*国家社会科学基金项目"台湾女性文学史"研究成果
*厦门大学人文学院211三期项目培育课题

台湾女性文学史

History of Taiwan Feminine Literature

"十二五"国家重点图书

林丹娅 ◎ 主编

厦门大学出版社
XIAMEN UNIVERSITY PRESS
国家一级出版社
全国百佳图书出版单位

关于本书

台湾文学是中国文学不可分割的一部分,台湾女性文学是其重要构成。中国大陆女性文学史自20世纪20年代迄今,一直都有学者在做,并不断取得突破性成果。但台湾女性文学史的治史工作至今仍为空白,这种状况显然与台湾女性文学的存在与发展极不相称;同时也意味着台湾女性文学在中国文学史中可能存在的空缺。因此,补上这项空白,是台湾女性文学与其研究发展至今的水到渠成,亦是当下海峡两岸文化与文学交流、教学与研究时势发展之必需。

本书为国家社会科学基金项目"台湾女性文学史"之成果。

关于主编

林丹娅博士,厦门大学中文系教授、博士生导师,厦大中国语言文学研究所所长,主要研究方向为中国现当代文学、女性文学、性别与文学文化。兼任福建省作家协会副主席、厦门市作家协会主席、中国女性文学委员会副会长、中国当代文学研究会理事等。出版《当代中国女性文学史论》《中国女性与中国散文》《用脚趾思想》等论著与文学作品集多部,发表《中国女性文化:从传统到现代化》等论文多篇,主编《女性文学教程》、"女缘丛书"等多种,主持"性别视野下的文学语言"等省部级、国家社科基金课题多项。

前言

一、撰写台湾女性文学史之始由

自 20 世纪 80 年代始,台湾文学既作为中华文化同根同源、源远流长的一部分,又作为海峡两岸民间往来文化互通的破冰先河,受到海内外尤其是大陆相关学界与受众的强烈关注,引发了一些研究者的学术兴趣。经过数年的探讨积累,1990 年代以来陆续出现一批颇具代表性的研究成果。从史论方面看,有黄重添等人的《台湾新文学概观》(1991)、刘登翰等人的《台湾文学史》(1991)、陆士清的《台湾文学新论》(1993)、朱双一的《近二十年台湾文学流脉——"战后新世代"文学论》(1999)、计璧瑞的《台湾文学论稿》(2001)、陆卓宁的《20 世纪台湾文学史略》(2006)、朱双一的《台湾文学创作思潮简史》(2010)等;台湾学界有施懿琳的《台湾文学百年显影》(2003)、彭瑞金的《台湾新文学运动四十年》(1997)、陈芳明的《台湾新文学史》(2011);日本方面有冈崎郁子的《台湾文学》(1997)。从文类研究方面看,有古继堂的《台湾小说发展史》和《台湾新诗发展史》(1989),黄重添的《台湾长篇小说论》(1990),楼肇明的《台湾散文发展的一个轮廓》(1991),徐学的《台湾当代散文综论》(1994),倪金华的《台湾散文新观察》(2002),张清芳和陈爱强的《台湾当代散文艺术流变史》(2011),刘登翰和朱双一的《彼岸的缪斯:台湾诗歌论》(1996),陈仲义的《从投射到拼贴:台湾诗歌艺术六十种》(1997),王金城的《台湾新世代诗歌研究》(2008),古远清的《台湾当代文学理论批评史》(1994),杨匡汉的《中国文化中的台湾文学》(2002)、吕正惠、赵遐秋主编的《台湾新文学思潮史纲》(2002)，等等。台湾方面则有许俊雅的《日据时期台湾小说研究》(1995)、梁明雄的《日据时期台湾新文学运动研究》(1996)、邱贵芬等人的《台湾小说史》(2007)、张瑞芬的《台湾当代女性散文史论》(2007)，等等。

从上述这些台湾文学研究的代表性成果可见，与从1950年代以来台湾女性创作发展状况相匹配的是，女作家与其作品从最早夹杂在以男作家为主体的主流文学史中的零星评介，到为其专辟章节给予展示与评述，它一方面显示了台湾女性文学存在的分量，一方面显明了主流文学史对其的不能忽略与不可回避。与此同时，"台湾女性文学"作为独立的研究对象与学术增长点，也越来越被海内外学者重视，如大陆古继堂、刘登翰、古远清等人的女性诗歌研究；徐学、方忠等人的女性散文、戏剧研究；樊洛平等人的当代女性小说研究；刘红林等人的女性主义文学研究；更有港台及海外学者如郑明俐、范铭如、邱贵芬、钟玲、李元贞、何春蕤、吕正惠、子宛玉、蔡英俊、林幸谦、王德威、黄维梁等对台湾女性文学各擅所长的研究。他们运用各种批评理论与方法，对台湾女性文学所进行的从宏观的写作意义、思想内涵到具象的作家作品、文本个案在文化上、艺术上、语言上的研究，其细致与精深的发掘、探析与阐释，提高了该项研究的学术品格与品位。

经过海内外学者的积年努力，台湾女性文学研究已颇具规模和成效。但不可讳言的是，迄今为止的研究，由于受到主客观条件的种种制约，存在着明显的局限性：一是研究范围多限于1945年以后，而对古代、近代和日据时期有可能存在的较少甚至未涉及；二是依附于整个台湾文学史勾勒的女性文学面貌，很难得到与实际情况相对应的、在历时性与共时性层面上全方位的详尽体现；三是即便是在研究最多的近50年来的台湾女性文学上，也存在着因对研究对象的特定界定，如特定时期时间内的、特定思潮思想倾向的、特定文体体式的……而形成定向性的、单一性的研究成果，缺少整体性、综合性的大型研究成果。此种状况，不仅与整个台湾地区女性文学发展面貌、态势不相适应，也与台湾文学研究的现状或女性文学研究的现状不相符合。

台湾文学的实质是中华文化母体和文学传统在台湾地区延播所形成的区域形态，是一种亚文化形态和文学的地方特征，而这一特征是历时性的，从女性文学的层面来呈现这种历时性无疑具有深刻的文化与现实意义。因为我们一直认为，相对于政治，文学是一种更为深入社会和民心的普遍而稳定的文化因素。文学固然受制于政治，但可以超越政治的种种限制，这种超越最典型地体现在更加关注人的日常生活、饮食男女、生老病死、血缘情感、习俗经验的女性文学身上。换而言之，女性文学的创作一方面不能不受制于当时当地的社会历史下的文化语境，而另一方面，从古至今的女性创作中又绵延着一条相对游离于主流文化语境的而与女性性别独特的存在方式密切相关的思想流脉。由于社会发展的不同形态和进程,两岸女性创作尽管在时间上常常不同步,但在表达方式和演变的程序上却有内在的一致性,通过对台湾女性文学的历史考察,发掘中华文化构成中一直被遮蔽的女性文化元素,呈现生生不息的女性文化流脉,更能彰显两岸文化精神与民族血脉的同根同源,相互影响。1970年代以来,在世界与台湾岛内各种有利因素的推动下,其女性文学呈现出独特而繁荣的局面,越来越显示出其独特的审美价值与艺术贡献,已然成为台湾愈来愈重要的文化力量。因之,对台湾女性文学史的研究,无疑将大大加强两岸间的文化与学术之间的联系。中国大陆的女性文学史从1910年代至今的近百年,一直都有突破性的成果出现,[①]但台湾女性文学史至今仍鲜有人涉足,这无疑也影响到其在母体文学史中的呈现与表述,这应是中华文学与学术研究的双重性缺憾。因此,补上这项空白,既是该项研究发展至目前的水到渠成,亦是当下海峡两岸政治与文化形势发展的必要、必须与必需。

二、女性文学概念之界定

什么是女性文学,为什么要在文学中特别标识出"女性"这一性别概念范畴? 时至今日,"女性文学"的合法性与合理性似已在人文学科内得到充分认同,但这并不代表包括男性与女性在内的阅读者或研究者对此没有困惑。究其基本原因,一是因为女性文学概念本身在形成过程中因国情族情等有差异而产生不可避免的多种阐释或理解,使其呈现出某些不清晰乃至多重交合或混淆的情况;二是认知主体本身所具有的性别意识形态所起的潜性而显性的微妙作用,譬如有的女性本身就意欲在以男性价值为普遍价值的主流文化中取得认可,以期不成为男性之"她者"而存在。其最通常的理由就是为什么没有男性文学,为什么要给文学标上"女性"之名? 因此,固然身为女性,也并不乐意被位于潜意识中次价值的"女性"贴上标签。因之,在理解什么是"女性文

---

① 代表性成果有谢无量《中国妇女文学史》(1916),谭正璧《中国女性文学史》(1930),孙绍先《女性主义文学》(1987),孟悦、戴锦华《浮出历史地表》(1989),盛英《中国新时期女作家论》(1992)、《中国女性文学新探》(1999),刘思谦《"娜拉"言说:中国现代女作家心路纪程》(1993),乔以钢《中国女性的文学世界》(1993)、《多彩的旋律:中国女性文学主题研究》(2003)、《中国当代女性文学的文化探析》(2006),林丹娅《当代中国女性文学史论》(1995)、《中国女性与中国散文》(2007),乔以钢、林丹娅《女性文学教程》(2007),王春荣《新女性文学论纲》(1995),荒林《新潮女性文学导引》(1995),李玲《中国现代文学的性别意识》(2002),寿静心《女性文学的革命:中国当代女性主义文学研究》(2007),任一鸣《中国当代女性文学简史》(2009)。

学"之前,首先要理解为什么要有女性文学之名,这是性别与文学研究中的一个基本命题。

首先,我们应该意识到,人类绵延数千年的父权宗法制君临天下的统治地位与形态,在漫长的人类文明进程中,造就了以男权话语为中心的社会、政治、经济、文化直至人的意识等无所不在的形态。男性执文化霸权之牛耳,男性意识直接侵蚀男权社会中的每一个人,成为其与生俱来的人性意识。男性即是人类的主体(如 human),男性取代或忽略人类其他性别而成为普遍性,男性思维、男性视角、男性立场、男性声音、男性意识就是人类的思维、人类的视角、人类的立场、人类的声音、人类的意识,就如人类历史就是他的历史(history)一样,人类的文学史也即是男性文学史。男性不必标出男性之性别,就具有天然而成的国族身份,最贴近的例子就是,在人们的意会与理解中,中国足球就是中国男足的同义词,所以当中国女足早已冲出亚洲时,人们还会不停地问"中国足球何时冲出亚洲"。德国哲学家西美尔曾一针见血地指出:"男性不单比女性占优势,而且成了人的一般性,以同样的规范方式支配具体的男性和具体的女性。这是由男人的权力地位以种种中介造成的。"① 可见:"人类文化可以说并不是没有性别的东西,绝对不存在超越男人和女人的纯粹客观性的文化。相反,除了极少数的领域,我们的文化是完全男性的……历史上从未实现一种不问男女的人类文化的美妙想法。"② 认识到了这一点,就可以理解:第一,为什么会有、要有"女性文学"之名;第二,为什么一厢情愿地把女性文学混同于男性文学的想法与做法,其实就是在忽略或取消已然萌生的,或正在萌生的,有别于男性的女性自己真实存在与她们自己的文学,即有别于既定的、既成的文学史。

理解了这一点,现在就可以来理解女性文学的概念内涵之所指。在中国,"女性文学这个概念最初出现于五四新文化运动中,80 年代之后,再次浮出历史地表,时至今日,已然成为在学界广为流行且为全社会所接受的一个概念。但如何理解与界定这一概念,学界却颇多歧义③。"然而,对以下我们的表述来说,"女性文学"一点歧义也没有。"女性文学",顾名思义,就是女性所创造的文学。显而易见,这是以特定性别符号作为"文学"的定语而构成有特定性别之所指的词语,因此,我们首先要理解的是"女性"。这里的"女性"之所指,它既是生理层面意义上的本质性的"女性",又是社会性别意义上的非本质性的

---

① [德]齐奥尔格·西美尔著,刘小枫编,顾仁明译:《金钱、性别、现代生活风格》,学林出版社 2000 年版,第 172 页。
② [德]齐奥尔格·西美尔著,刘小枫编,顾仁明译:《金钱、性别、现代生活风格》,学林出版社 2000 年版,第 141 页。
③ 乔以钢、林丹娅主编:《女性文学教程》,河北教育出版社 2007 年版,第 1 页。

"女性"。之所以这样界定,是因为男权社会的男尊女卑等一系列性别成规最先针对的就是本质性的性别对象,从而才引发、延伸到社会的、文化的等诸层面上非本质化的系统性的性别歧视。也正因为成了"人的一般性的男性"规范所造成的性别不平等的社会文化,才使得女性的写作具有有别于他之普遍性的特殊意义。在历来由占有主要教育与文化等社会资源的男性为主导的社会中,在以男性为主导的文学史中,女性写作会呈现出什么样的状态与状况,女性写作会给自我,会给固有的政治关系、经济关系、社会关系、文化关系、家庭关系、性别关系等带来何种变化,这是研究女性文学与写作意义的一个基本考察点与重要内容。西方女性主义者考察并总结有史以来的女性写作状况,提出两个很实际、也很重要的观点,那就是,针对女性被书写的历史状况,女性必须拿起笔来,打破沉默的状态,打破文学史中没有她们的状态。这就是要女性必须写自己,把自己写进作品中去。从历史上来看,尽管女性写作从未得到男权文化的鼓励,但女性从未彻底放弃过执笔书写的欲望和要求。如果说文学创作是应人类心灵的需要而产生的,那么这也是女性心灵的需要。呼应心灵,听从自我生命的召唤,追求文学的表达,这几乎也是一个有思想、有活力的生命的本能。这也正是写了《寻找我们母亲的田园》的艾丽斯·沃克的感觉:我们所拯救的正是自己的生命。生命既然存在,就会发出她自己的声音,发不出声音的生命会窒息在历史的黑洞中。文学,就是这样的一种声音。当她们把自己写进文学时,文学也把她们写进历史中去。

　　女性介入写作,从客观上来说,便意味着被他人书写,被他人塑造,被他人代言的历史状况的结束,这不仅是女性写作的历史意义,更重要的是它既是社会文明进步的标志,也是人类认识自我进步的标志,也是促进文明进步、人性完善的必需。但在写作实践过程中却并不如此简单,由于女性在长期的历史文化形成中,并无独立的意识与独立的话语体系,被他人塑造与代言的历史,通过社会与文化生活,沉淀在每一个女性个体生命中。她的思维与思想,她的立场与视角,她的语言与表述,无不源于并受制于既成与既定的规范与模式。这种规范与模式,带着男权话语的烙印,在不同出身与经历的女性个体上,烙下不同的痕迹,产生不同的反应,有的可能抵触它乃至反抗它;有的可能顺从它甚至还可能强化它。我们通常还能在日常生活与文化生活中看到一种现象:当一个女性有可能进入传统上由男性主宰的领域一展身手时,她甚而会比男性更变本加厉地复制或履行男权成规与程式。为什么会产生这种情况?它与"为什么会产生女性主义文学"一样,都构成了有别于作为人类普遍性的男性文学存在的内容,都应该成为女性文学研究的对象。况且,如果一个女性写作,那么她写什么,怎么写,相对于男性写作与男性文本有何相同还是不同,为什么会产生这种相同还是不同,除了艺术品在生产与接受过程中所含有的普遍特性外,毋庸讳言,性别的生理与文化等因素,都会从各种层面上不以人的意志为转移地发挥正面或负面、隐性或显性的作用。这种作用不仅使作品本身具有意识形态和文化形态的色彩,还直接作用于作品的艺术品质,这其实也涉及女性批评的另一个考察方向——女性写作,尽管会始于一个较长时期的对统治传统的流行模式的模仿,但只要她们在写,她们就不会永远耽于模仿,她们就会不断地寻求真正属于自己的表现与表达,这是人性的规律,也是艺术性的规律。

简而言之,抛却五花八门的对女性文学的理解与界定,穿过极其复杂的各种成因,它的概念内涵应该是如此简单明了的:女性文学是、也只能是女性所创造的文学。女性文学在不同的历史时期、不同的社会背景、不同的文化语境、不同的人文思潮、不同的国家地区、不同的国族群体,乃至不同的女性个体间,会有着不同的表现与呈现,包括主体文本是很有性别意识与立场的,还是毫无性别意识与立场的,是形有而实无的还是形无而实有的,是明晰准确的还是模棱两可模糊不清的,甚至是有悖于自己性别利益与立场的,是极端还是中庸的……所有这些情况与状况,都是女性文学本身所经历的历史过程与事实,也是女性文学研究需要知其然还要知其所以然的内容与对象,也都是、正是我们要对女性文学进行性别研究的原因与意义之所在。

三、关于撰写本史的原则与内容之说明

根据以上"女性文学"的定义,本部台湾女性文学史所涉对象与范畴主要为:外籍或原籍台湾的但主要在台湾生长或生活的女作家与其发表的作品及与此相关的文学活动和文学现象。编写本史的基本出发点首先是要对台湾女性文学从古至今的发展过程进行初步的梳理与厘清,在此基础上,呈现与勾勒被男性叙述所忽略的、埋没的、遮蔽的,或曲解的、误读的女性文学作品和女作家,从女性自己的书写中发现被意识形态所压抑、藏匿、扭曲了的女性的生存体验和生命存在的真实,发现并阐释女性写作与其文本的价值与意义。

从台湾女性文学历时性变化的现象与面貌的实际出发,也为了更明晰地呈现与陈述,时间的维度将成为本史叙事的基本依托与架构。年代作为史构的一个时间维度,并非仅仅只是外在的时间标识,也与人们的心理认知发生密切的内在联系;年代不仅是时间的标识,也是一些重要事件的标识。因此,我们将在时间的纵向节点上,发现事物的节点并对其进行横向的拓展性观照,形成一个历时性与共时性的网点,再对其展开专题性阐释,力图兼有对史实层面上的挖掘与描述和在史观层面上的发掘与表述。

为此,本史大致分为两部分来呈现台湾女性文学的历史分期与发展脉络。

第一部分包括远古直至1945年光复前的台湾女性文学。由于女性文学发生的特殊性，这一部分的主要内容与工作有四。其一是从台湾"原住民"各民族的古代神话传说、民间故事歌谣等线索入手，在搜集与整理的基础上，对其典型文本进行性别分析，从中寻找女作者身影，鉴别并呈现其性别形象与叙事的文化含义，对后世的叙事影响。其二是从明郑至清治时期、鸦片战争至日据前期的地方文献、历史资料线索入手，尽可能挖掘并清理女作家作品，让其浮出历史地表，再现原貌与特定意义。由于明郑至清治时期所具有的封建男权宗法制统治的社会背景，女性创作固然因为家族文学的兴起而出现，酝酿着女性文学的未来，但此时的女性创作仍然寥若晨星。为了呈现男性文学叙事的既定成规，这部分的考察除针对女作家及其代表性作品外，主要还针对与之关联的男作家创作的女性形象情况。其三是从两岸特有的海洋交通文化入手，再现并阐释女性文学与女性形象在其间的表现形态与文化作用，这部分的考察涉及妈祖文化，重点关注两岸海洋（妈祖）文化中所折射出的女性色彩，对两岸女性形象与女性创作的影响，突出闽台文学（文化）间的亲缘关系。其四是鸦片战争爆发至甲午海战后清政府割让台湾后的日据时期，其间胶合着中国现代文学的发生，这部分内容主要有两个：一是台湾女性文学兴起中蕴含的母体传统文化的影响与迹象；二是其现代性萌芽中蕴含的新文学运动的影响与痕迹。

　　第二部分则重点考察1945年光复后至21世纪初的台湾女性文学，其最基本特征是真正运用现代汉语进入现代语境中的女性写作，且这种写作即将呈现井喷式的涌现。对这部分内容，本史将进行较全面的梳理与厘清，按主要文类分门别类地梳理与呈现，其一是对台湾光复后却因为政治意识形态而进入两岸隔绝时期时的外来与本土作家，在其特殊的社会背景与生活境遇中产生的女性文学进行梳理与文化意义上的解读，从中揭示承继与创新，区别与共融。其二是对1970年代以后受世界女性主义思潮影响的台湾女性文学质的变化与飞跃进行深度描述，关注其与大陆1980年代后兴起至今的女性文学间的内在关联，从而揭示两岸女性文学的内在特质，揭示在特定新时期下交相影响的状况与效果。考虑到台湾女性戏剧与女性主义理论这两大文类所属学科领域的相对独立性，考虑到其产生与存在状况的整体性，这两大文类另辟专章呈现。

　　"女性文学"概念的提出，实际上已描述出一个不仅在意识内涵上，而且在表现形式上存在的与"男性话语"文本特征相互区别的事实。过去三十年来，西方人文学者运用女性主义社会性别分析的方法，对人文学科（包括哲学、宗教、历史、社会学、心理学、文学）等经典文本进行重读，发现并揭示出以男性话语为主导的文本所内含的历史文化信息。近年来，女性主义文学批评的影响越来越大，它导致人们用一种全新的角度去审视文学的历史、现状及未来。对文学文本的性别研究与解读,改变甚至颠覆了传统阅读中文学形象的意义与价值,对人们习以为常的认知体系产生了深刻的影响。与此同时,这种研究也挖掘并发现了不同于男性话语形态的女性文本的存在,发现其价值与意义。饶有意味的是,这种研究活动与研究成效,也极大地激发与鼓励了女性投入文学艺术创作活动,催生出更具有主体性与自觉性的女性文学。欧美国家有关学者对文学与性别关系问题的研究与思考,无论是在理论上,还是在文本解读上,已然相当深入与精辟,发表或出版了一批堪称经典的著述与成果。20世纪80年代以来,我国在这方面的研究也取得可喜的进展,产生一批公认的研究成果。毫无疑问,本史将采用社会历史批评与性别研究相结合的方法,借用神话原型批评、解构主义、后殖民主义、文化研究等理论资源,突出两岸文化同源性与两岸女性创作比较的视角,参照经典性与历史性、现实性与审美性的原则,对台湾女性文学进行尽可能的全面考察,不仅梳理与呈现不同时代女性创作的历史流变、沿革,更凸显不同时代女性创作中延续着的思想流脉。我们也关注并呈现相关学者对女性文学的研究,为阅读者提供在各种差异性的解说之间,发现差异,补充断裂,重新寻找,启发识别和认知的可能。

本史将突出以下特征:其一,始终把台湾女性文学的发掘、整理、解读、阐释工作置放在中华母体文化与母体文学的视角下比较进行,以期在性别视域中发现并揭示两岸文化的同源同根,同秉同性;其二,台湾文学中存在着丰富的女性文化资源,女性创作一方面受制于社会历史文化语境,一方面又绵延着一条相对游离于此而与自己这个性别群体的存在方式密切相关的思想流脉与表现形态,因此,本书突破历来在主流文学史与女性文学研究中的瓶颈,开展对远古直至台湾光复以前女性书写的寻找与描述,通过对"原住民"民间文学、明郑以来大陆去台士人阶层女眷文字进行清理,发现被湮没在历史尘埃中的女性创作,呈现被遮蔽的女性文化元素;其三,台湾文化中的漂泊心态与孤儿意识恰与女性的文化处境相似,对这种相关性的呈现,是本书所涉台湾女性文学史述有别于他的一个重要的内在逻辑;其四,两岸女性写作尽管在时间上不同步,但在思想资源、演进历程、文化处境等方面却有着惊人的相似,对这种相似性的深度揭示也是本史有别于他的创意所在。总之,我们力图在资料的完备上、思想的阐释上、研究的立意上,找到一个新的突破点与出发点,形成既能集结并提高既往研究成果又能反映台湾女性文学整体风貌的史类著作。这是我们撰写此书的初衷与目标,虽然我们的写作会沿着这设定努力,但理想与现实总是有差距的,尽管参与撰写的成员都是相关方面的研究者,但仍然会因本人水平与条件的种种限制而有力所不逮之处,故本史在完成初创使命的同时,也一定会留下诸多缺漏遗憾乃至谬误。如果因之而能起到抛砖引玉的作用,则是我们由衷欣喜的,其实这也是我们潜在的期望。

目 录

第一章 台湾远古文化与"原住民"口头文学中的女作者身影及其诉求

第一节 概述 …………………………………………………………… 1
第二节 台湾"原住民"神话与传说的性别分析 ……………………… 2
 一、始祖神话 ……………………………………………………… 3
 二、关于生殖器官的困惑 ………………………………………… 4
 三、关于人与动物的跨界婚恋 …………………………………… 7
 四、关于近亲婚姻 ………………………………………………… 9
 五、关于食物的由来 ……………………………………………… 10
第三节 台湾"原住民"歌谣创作的性别分析 ……………………… 12
 一、反映爱情生活 ………………………………………………… 12
 二、反映婚姻家庭生活 …………………………………………… 15
 三、反映女性生活的艰辛 ………………………………………… 18
 四、反映母爱与童趣 ……………………………………………… 19

第二章 明郑至清治时期台湾文学中的女性形象

第一节 概述 …………………………………………………………… 23
第二节 濡染异域风情的人物特写——番女 ………………………… 24
第三节 渗透着双重意志的"偶像"——烈女 ………………………… 28

第三章 鸦片战争至日据中期的台湾女性创作(1840—1937)

第一节 概述 …………………………………………………………… 35
第二节 宦游和本土文人的女眷与文学 ……………………………… 40
第三节 日据前期汉学振兴与女性创作 ……………………………… 44
第四节 日据中期诗社兴盛与女性诗人 ……………………………… 57

第四章 两岸文化亲缘在台湾女性创作中的投影

第一节 概述 …………………………………………………………… 70

第二节　跨越海峡的文学对接 …………………………………… 74
　　一、从传衍到交融：大陆来台文人与台湾女性创作 ………… 74
　　二、内渡、流寓和求学：台湾女诗人在大陆 ………………… 77
第三节　台湾女性创作中的历史、风俗和宗教信仰 …………… 80
　　一、家国幽思与英雄情结 …………………………………… 81
　　二、移垦社会女性生活风貌 ………………………………… 83
　　三、兴盛不衰的女神崇拜 …………………………………… 86

第五章　台湾现代女性文学的发生与兴起（1920—1945）

第一节　概述 …………………………………………………… 92
　　一、台湾现代女性文学产生的历史动因 …………………… 93
　　二、台湾现代女性文学的叙事主题及风格 ………………… 98
第二节　台湾现代女性小说创作 ……………………………… 99
　　一、日据时期台湾女性作家的小说创作 …………………… 100
　　二、"皇民化"时期台湾女性作家的小说创作 ……………… 107
第三节　台湾现代女性散文创作 ……………………………… 114
　　一、妇女解放与1920年代台湾女性散文写作主旨 ………… 115
　　二、性别觉醒与三四十年代台湾女性散文写作热 ………… 117
　　三、日据时期台湾女性散文写作的历史特征 ……………… 122
第四节　台湾现代女性诗歌创作 ……………………………… 123
　　一、日据时期"皇民化"运动和日语现代诗 ………………… 124
　　二、萌芽状态的女性现代诗歌 ……………………………… 126

第六章　1945年至1950年代的台湾女性文学

第一节　概述 …………………………………………………… 129
第二节　1945年至1950年代的女性小说创作 ………………… 140
　　一、"反攻复国"的同声应和 ………………………………… 142
　　　（一）潘人木：逃离大陆的莲漪表妹 ……………………… 142
　　　（二）孟瑶：爱情杂烩意识形态的"美虹" ………………… 143
　　　（三）谢冰莹：参军"复国"的受挫青年 …………………… 145
　　二、怀乡思旧的异地书写 …………………………………… 146
　　　（一）林海音：苍凉悠远的北平记忆 ……………………… 146
　　　（二）孟瑶：大陆体验的文学省思 ………………………… 148
　　　（三）张漱菡：大家庭里的故事 …………………………… 151
　　三、观照现实的多方描写 …………………………………… 152

（一）林海音、孟瑶、张秀亚、琦君等：背井离乡的生活之苦 ……… 153
　　（二）郭良蕙等：重回困境的主妇之怨 ………………………………… 156
　　（三）钟梅音、繁露、孟瑶、林海音等：复杂多元的性别之战 …… 158
　　（四）张秀亚、郭良蕙、孟瑶等：温情脉脉的人性之美 ……………… 162
第三节　1945年至1950年代的女性散文创作 …………………………… 163
　一、"五四"女作家新文学经验的传承 ………………………………… 165
　　（一）苏雪林：打杂文坛的归鸿忆语 …………………………………… 165
　　（二）谢冰莹：女兵理事的文章典范 …………………………………… 167
　二、青年女作家台湾视野与体验的拓展 ………………………………… 168
　　（一）张秀亚：大时代里的诗情爱梦 …………………………………… 168
　　（二）艾雯：文化沙漠里的青春流年 …………………………………… 170
　　（三）徐钟珮：驻外记者的中性特质 …………………………………… 173
　　（四）钟梅音：乡居主妇的闲情细语 …………………………………… 174
　　（五）琦君：初试啼声的琴心梦痕 ……………………………………… 175
第四节　1945年至1950年代的女性诗歌创作 …………………………… 178
　一、现代诗"横的移植" ………………………………………………… 178
　二、男性主唱诗坛中的女低音伴唱 ……………………………………… 179
　　（一）蓉子：作为新女性的"维纳丽莎" ……………………………… 181
　　（二）林泠："与顽石铸情"的理性 …………………………………… 186
　　（三）从张秀亚到李政乃：林鸟飞翔 …………………………………… 187

第七章　1960年代的台湾女性文学

第一节　概述 ……………………………………………………………… 192
第二节　1960年代的女性小说创作 ………………………………………… 199
　一、大陆情结的深沉释放 ………………………………………………… 199
　　（一）林海音：女性历史的深情回顾 …………………………………… 200
　　（二）聂华苓：直面现实的含泪的笑 …………………………………… 202
　二、留学海外的深刻体验 ………………………………………………… 205
　　（一）於梨华：负笈海外的无根代言 …………………………………… 205
　　（二）欧阳子：文化钟摆下的心理探寻 ………………………………… 207
　三、台湾现实的深入观照 ………………………………………………… 209
　　（一）陈若曦：现代文学里的台湾乡土 ………………………………… 210
　　（二）施叔青：奇异疯狂丑怪的美 ……………………………………… 212
　　（三）张秀亚：现代气息里的空虚与苦闷 ……………………………… 214
　　（四）琼瑶：纯美爱情反衬现代人性 …………………………………… 216

第三节　1960年代的女性散文创作 …… 217
一、怀乡忆旧纯粹个体情感 …… 218
（一）琦君：温柔敦厚的如烟轻愁 …… 218
（二）张秀亚：北窗下的曼陀罗 …… 221
二、海外见闻拓宽孤岛视野 …… 223
（一）林海音：作客美国的异域体验 …… 224
（二）钟梅音：放眼世界心存故国 …… 225
三、台湾视角呈现时代变迁 …… 226
（一）罗兰：知心姐姐的哲思与情怀 …… 227
（二）张晓风：地毯那一端的理性反思 …… 228
四、精致文化带来修养散文的萌起 …… 229
（一）张秀亚：即使得不到人爱也须爱人 …… 229
（二）胡品清：红尘中的爱情独白 …… 230

第四节　1960年代的女性诗歌创作 …… 231
一、现代派大行于世，现实主义"乡土"应声而起 …… 231
二、《创世纪》的现代派女诗人 …… 233
（一）罗英：超现实主义的感觉飞行 …… 233
（二）朵思和古月：传统的背叛者 …… 237
三、对现代派的反思 …… 240
（一）敻虹：由新古典转向新禅诗 …… 241
（二）胡品清：反对现代主义，表现女性特质 …… 246
（三）张香华：草根诗社的写实主义 …… 250
（四）其他女诗人：回归婉约为主的风格 …… 252

第八章　1970年代的台湾女性文学

第一节　概述 …… 257
一、政治经济及文化背景 …… 258
二、三种走向及各自发展 …… 261

第二节　1970年代的女性小说创作 …… 265
一、吾乡吾土与吾国吾民 …… 266
（一）谢霜天：传统"地母"式的乡土想象 …… 267
（二）萧丽红：演绎"桂花巷"里独活的女性 …… 270
（三）聂华苓：不仅仅是一个中国人的寻根 …… 273
二、现实人生之本岛版与海外版 …… 278
（一）曾心仪：期待她自污血中站起 …… 280

（二）季季：都市化进程中的众生相 …… 284
　　（三）陈若曦：在大炼狱中体悟深邃 …… 288
　　（四）荻宜：旋涡中的地狱之花 …… 291
二、女性主义理论与女性经验 …… 293
　　（一）李昂：从花季到人间世的鹿城故事 …… 295
　　（二）施叔青：呈现两性关系问题的逻辑基础 …… 299
　　（三）心岱：弱小者的视角与处境 …… 301
三、情爱幻想与残酷言情 …… 304
　　（一）琼瑶：台湾生活经验的出场 …… 306
　　（二）玄小佛：特立独行的反言情书写 …… 312

第三节　1970年代的女性散文创作 …… 312
一、"五四"余绪的承继者 …… 314
　　（一）琦君：永远唱着怀乡的歌谣 …… 314
　　（二）张秀亚：有情世界有情天 …… 317
　　（三）林文月：通过苦痛经验的澄明 …… 320
二、唯我唯美唯心的"私写作" …… 324
　　（一）三毛：我的故乡在远方 …… 324
　　（二）胡品清：寻找自我的流浪者 …… 329
三、主流文化的变形与突破 …… 333
　　（一）张晓风：家国意识风云气概 …… 333
　　（二）赵淑敏：小人物看大世界 …… 337
　　（三）罗兰：清新小语滋养心智 …… 338
　　（四）杏林子：在病痛中开出的生命之花 …… 338
　　（五）丘秀芷、谢霜天：像树叶生长一般自然 …… 339

第四节　1970年代的女性诗歌创作 …… 340
一、回归对乡土的想象与吁求台湾精神 …… 340
　　（一）陈秀喜：台湾女性的文化母亲 …… 342
　　（二）杜潘芳格：乡土女性诗的新发展 …… 347
二、现代派对"情欲"的重新抒写 …… 350
　　（一）冯青：与席慕蓉不同的境遇 …… 350
　　（二）苏白宇、斯人：独立女诗人的都市感悟 …… 353
三、现代派与古典派的融合 …… 355
　　（一）淡莹和尹玲：华侨女诗人笔下别种情致 …… 357
　　（二）刘延湘等：现代主义的触角 …… 359
　　（三）涂静怡等：本土诗人的古典风 …… 360

第九章 1980年代的台湾女性文学

第一节 概述 ……………………………………………………… 365
第二节 1980年代的女性小说创作 ……………………………… 368
  一、张爱玲、"三三"与闺秀文学 …………………………… 369
    （一）袁琼琼：女人要有自己的天空 …………………… 373
    （二）苏伟贞：世间女子的情爱红尘 …………………… 378
    （三）萧丽红：唯美传统诗化民俗 ……………………… 381
    （四）朱天心：眷村边缘生活的未了情 ………………… 384
  二、新女性主义小说 …………………………………………… 385
    （一）李昂：以性易食的杀夫与暗夜 …………………… 386
    （二）施叔青：外来者眼光中开出香港故事之奇葩 …… 392
    （三）廖辉英：一笔写尽女性的油麻菜籽命 …………… 395
    （四）朱秀娟：建构不脱传统的现代女强人 …………… 400
    （五）吕秀莲：借这三个女人提出女人的问题 ………… 403
    （六）陈烨：女性记忆中的家族记忆 …………………… 404
  三、都市小说和希代小说族 …………………………………… 405
    （一）萧飒：都市女性的情爱情仇 ……………………… 406
    （二）张曼娟：写出都市新人类的熟悉气味 …………… 409
    （三）吴淡如：拨动都市生活的敏感脆弱神经 ………… 410
    （四）黄子音：都市欲望与爱情的浮世绘 ……………… 410

第三节 1980年代的女性散文创作 ……………………………… 411
  一、性别与文体的双重突破 …………………………………… 413
    （一）龙应台：一把烧向劣根与弊端的野火 …………… 413
    （二）李昂：从岛屿政治到女性生存的尖刻解剖 ……… 417
  二、美文传统的传承与突破 …………………………………… 418
    （一）陈幸蕙：朴实理性地把爱还诸天地 ……………… 418
    （二）席慕蓉：安静而美丽地沁人心脾 ………………… 421
    （三）喻丽清：阑干拍遍依然茉莉香 …………………… 423
    （四）洪素丽：守望古典与现代主义的鱼 ……………… 426
    （五）刘静娟等：来自村俚乡俗的人间味 ……………… 429
  三、新女性主义散文 …………………………………………… 430
    （一）简媜：独特鲜明地浮在空中 ……………………… 430
    （二）曹又方：特别的妙方给特别的女性 ……………… 433
  四、报道文学与生态环保散文的相生 ………………………… 434

- (一)心岱：回归自然的完整生命 ……………………………………… 435
- (二)韩韩、马以工：我们只有一个地球 ……………………………… 437

第四节 1980年代的女性诗歌创作 …………………………………………… 438
- 一、中生代与诗歌的多元化 ……………………………………………… 438
  - (一)诗歌的多元化格局 ………………………………………………… 438
  - (二)女性主义诗歌逐渐进入主流 ……………………………………… 440
- 二、婉约与浪漫兼具的新闺怨派 ………………………………………… 442
  - (一)席慕蓉：长在你必经的路旁 ……………………………………… 442
  - (二)方娥真等：只当赋为寻愁而写 …………………………………… 448
- 三、都市女性的女性主义情欲表现 ……………………………………… 451
  - (一)夏宇：女顽童的粉红色噪音 ……………………………………… 452
  - (二)曾淑美、陈斐雯：猫一样的爱欲之枵渴 ………………………… 457
- 四、本土女诗人笔下的身体与乡土 ……………………………………… 461
  - (一)利玉芳：女人的水稻不稔症 ……………………………………… 461
  - (二)洪素丽等：为了向往一个天空 …………………………………… 463
  - (三)筱晓：水龙头下的母亲和乡土 …………………………………… 468
- 五、女性诗学与女性经验 ………………………………………………… 470
  - (一)钟玲：陛下的深情也刺痛我 ……………………………………… 471
  - (二)洪淑苓：为什么忘不掉玻璃鞋 …………………………………… 472

第十章　1990年代的台湾女性文学

第一节 概述 …………………………………………………………………… 476
- 一、1990年代台湾的社会文化语境 ……………………………………… 476
- 二、1990年代台湾女性文学的总体概况 ………………………………… 479

第二节 1990年代的女性小说创作 …………………………………………… 481
- 一、女性书写的以性言政治或其他 ……………………………………… 485
  - (一)李昂：性政治的历史迷园或魔鬼 ………………………………… 485
  - (二)朱天文：感应中的世纪末华丽 …………………………………… 493
  - (三)朱天心：眷村记忆的文化乡愁 …………………………………… 501
  - (四)苏伟贞：眷村情结的孤岛魔幻 …………………………………… 508
  - (五)袁琼琼：恐怖日常化的恐怖时代 ………………………………… 512
  - (六)李元贞：爱情私语与身体新伦理 ………………………………… 513
- 二、超越传统乡土叙事 …………………………………………………… 515
  - (一)凌烟：画眉失声与角色僭越性体验 ……………………………… 515
  - (二)蔡淑芬：盐田儿女与性别化乡土经验 …………………………… 518

三、挑战性别规约的同志小说 ………………………………………… 522
　　（一）邱妙津：无法互舔伤口的鳄鱼 …………………………… 523
　　（二）陈雪：寻找天使失落的翅膀 ……………………………… 527
　　（三）洪凌：不见天日的向日葵 ………………………………… 529
四、另类的历史书写 ……………………………………………………… 530
　　（一）施叔青：性别东方主义的殖民吊诡 ……………………… 530
　　（二）陈烨：泥河般的本省族群记忆 …………………………… 534
　　（三）平路：写在百龄笺上的隐喻 ……………………………… 536

第三节　1990年代的女性散文创作 ………………………………………… 538
一、风起云涌的女性散文与其变革 …………………………………… 538
二、台湾女性散文的代际图谱 ………………………………………… 542
三、席慕蓉：游牧文化的情怀 ………………………………………… 547
四、龙应台：特立独行的态度 ………………………………………… 549
五、简媜：多重风格的试验 …………………………………………… 555

第四节　1990年代的女性诗歌创作 ………………………………………… 558
一、女性诗歌与后现代主义的融合 …………………………………… 558
二、新世代的身体诗 …………………………………………………… 559
　　（一）罗任玲：在果菜市场遇见白雪公主 ……………………… 562
　　（二）零雨：在掌声中一跃而出 ………………………………… 565
　　（三）颜艾琳：女性成长中的"骨皮肉" ………………………… 569
　　（四）亚嫩等：执著一分古典的美与距离 ……………………… 574
三、后现代的破碎与自由 ……………………………………………… 576
　　（一）吴菀菱：做一个女巫般的坏女孩 ………………………… 577
　　（二）丘缓：不知如何当中知道如何 …………………………… 582
　　（三）刘毓秀等：虽然世界倒着站 ……………………………… 584
　　（四）网络女诗人：共享一张脸 ………………………………… 590

第十一章　21世纪初年的台湾女性文学

第一节　概述 ……………………………………………………………… 598
第二节　21世纪初年的女性小说创作 …………………………………… 601
一、苏伟贞《日历日历挂在墙上》与朱天文《巫言》 …………… 604
二、施叔青《台湾三部曲》及其他 ………………………………… 608
第三节　21世纪初年的女性散文创作 …………………………………… 614
一、林文月、张晓风、季季等人的创作 …………………………… 616
二、凌拂等人的自然书写以及龙应台的创作 ……………………… 619

三、简媜、张曼娟以及更年轻世代作家的创作 …………………………… 622
第四节　21世纪初年的女性诗歌创作 …………………………………… 625
　　一、21世纪初的妇运和新新世代视诗如归的多重写作 ……………… 625
　　二、女鲸诗社的诗歌革命 ………………………………………………… 628
　　　（一）江文瑜：情色的反情色诗 ………………………………………… 628
　　　（二）张芳慈：从身体写作到生态女性主义 ………………………… 632
　　　（三）李元贞：作一个"英雌" …………………………………………… 636
　　　（四）陈玉玲和沈花末：女人以恶露写诗 …………………………… 639
　　三、女性主义诗歌的新发展 ……………………………………………… 641
　　　（一）杨佳娴："美人鱼"的现代版本 …………………………………… 641
　　　（二）廖之韵、林婉瑜和杨久颖：新新世代的清醒的童话公主 …… 651
　　　（三）植物园诗社的女诗人：反思消费文化 ………………………… 654
　　　（四）蔡秀菊、蔡宛璇等：女体之抒写 ………………………………… 658
　　　（五）网络诗《诗次元：2001诗路年度诗选》：女性诗的多元发展 … 665

第十二章　台湾现代女性戏剧

第一节　概述 …………………………………………………………………… 671
第二节　戏剧导师李曼瑰 ……………………………………………………… 674
第三节　布道者张晓风 ………………………………………………………… 682
第四节　汪其楣领航"边缘"实验 …………………………………………… 693
第五节　从实验走向先锋 ……………………………………………………… 703

第十三章　台湾现代女性主义批评

第一节　概述 …………………………………………………………………… 716
第二节　欧阳子：新批评的典范之作 ……………………………………… 719
第三节　龙应台：新批评的"实用批评" …………………………………… 724
第四节　钟玲：为台湾女诗人塑像 ………………………………………… 730
第五节　李元贞："女性诗学"的建构 ……………………………………… 733
第六节　张小虹：后现代女性主义 ………………………………………… 736
　　一、解构女人国 …………………………………………………………… 736
　　二、女性主义与通俗文化 ………………………………………………… 739
第七节　何春蕤：性权派女性主义 ………………………………………… 742
第八节　邱贵芬：台湾・女人・文学史 …………………………………… 747
第九节　施淑：马克思主义的文学分析 …………………………………… 754
　　一、卢卡契的意义 ………………………………………………………… 754

二、日据时期文学知识分子研究 …………………………… 756
三、女性文学与社会历史 ……………………………………… 757
第十节　刘纪蕙：台湾文化症状的精神分析式解读 ……… 759
第十一节　范铭如：从女性到空间 ……………………………… 764

附录　台湾女性文学大事记 …………………………………… 769

后　记 ………………………………………………………………… 802

第一章 台湾远古文化与『原住民』口头文学中的女作者身影及其诉求

第一节 概 述

台湾的女性文学，其雏形可以追溯到远古时的原始神话、传说和民间歌谣。虽然这些文学形态经历了漫长的口耳相传的过程，最终逐渐定型，但我们依然可见其原初面貌。台湾的"原住民"族群较多，神话、传说的内容十分丰富，从实际考察的情况看，它们大多产生于母系社会时期，由于其时女性在生活中所处的主导地位，那些反映日常生活的场景事件，或情动于中而行于言的故事创作，应也大多出自女性之口。

要绝对精确地从性别特征考察台湾"原住民"神话、传说及歌谣，几乎是不可能的，只能采取大致合理的推测；要全面分析台湾"原住民"神话、传说及歌谣中的女性色彩，也是不可能的，只能选取典型，概括特色。这样的研究之所以能开展下去，得益于一些文化学者的辛勤劳动。林道生整理的《原住民神话·故事全集》5册、李献璋整理的《台湾民间文学集》、孙大川整理的《台湾原住民族汉语文学选集·诗歌卷》，为我们提供了大量研究材料。林道生的《原住民神话与文化赏析》、臧汀生的《台湾闽南语歌谣研究》、刘登翰等编的《台湾文学史》等相关研究，为我们提供了学术借鉴。

思考自身的由来，几乎是所有种群文化的共同需要，台湾"原住民"的神话、传说也不例外，他们以直观想象的方式，试图找出自己的祖先，摸清自己在这片土地上的根系。由于生理和生殖的双重因素，"原住民"对男女生殖器官充满了探索的兴趣，对其中难以解释的现象充满困惑以致恐惧。"原住民"人伦方面的意识，是逐渐萌发的，近亲之间的婚姻并不鲜见，太鲁阁族、布农族、噶玛兰、阿美族、排湾族都有兄妹结婚的传说，可见此种现象在早期"原住民"生活中的普遍性。原始群聚时代，人与动物的关系非常密切，因而动物在台湾"原住民"的神话、传说中比比皆是，如蛇、鹿、山猪、狗、熊、蚯蚓，甚至还出现人与动物的爱情婚姻，如排湾族的人蛇婚姻、赛夏族的人鹿之恋、布农族的人猪之恋，不胜枚举。民以食为天，食物由来也是"原住民"神话、传说中的重要题材，不仅有直接的传述，在其他神话、传说中也有间接的体现。

歌谣是台湾"原住民"早期文学创作的又一重要形式，从时间上看，要远远迟于神话传说，由于世代相传的原因，有的作品甚至从古代一直流传到近现代，流传的过程中不断加入新的时代因素，再创作的痕迹十分明显。虽然我们很难弄清歌谣作者的具体情况，但作者的性别常常是一目了然的——女性是台湾"原住民"歌谣创作的主体。就内容而言，反映爱情生活、婚姻家庭生活、日常生活的艰辛、母爱与童趣等几类，占有很大的比例。这种"饥者歌其食，劳者歌其事"的创作情形，与大陆的民间歌谣有很多相似之处。虽然后者在具体题材上不无自己的特色，但这种特色并不像台湾"原住民"神话、传说那么鲜明。

现存台湾"原住民"的神话、传说及歌谣，虽然未必完全是历史原貌，但毕竟最贴近当时的生活。而且，四面环海的岛屿地理与人文环境，相对隔绝与固定的"原住民"文化，也较大限度地保留了此类创作的原生态，这是我们今天考察台湾"原住民"神话、传说及歌谣的最有利条件。

第二节　台湾"原住民"神话与传说的性别分析

神话表现的是远古人民对自然、社会现象的模糊认识，是经过不自觉艺术加工的自然和社会形式本身。台湾"原住民"神话内容异常丰富，现今居住在台湾高山地区及东部的泰雅族、赛夏族、布农族、邹族、鲁凯族、排湾族、卑南族、阿美族和达悟族等九个族群及邵族、噶玛兰族以及太鲁阁族[①]，都保留了

---

① 按照台湾"行政院'原住民'族委员会"所认定的标准来看，台湾"原住民"共被分为12个族群，除了传统高山族的9个族群以外，还包括邵族、噶玛兰族以及太鲁阁族。中国大陆方面仅认定高山族为一个族群，但我们这里保留其说法，避免文献上的称呼差异导致误会。

大量的远古神话。由于"原住民"没有普及的文字①，因此在相当长的时期，这些神话未能进入任何典籍，多在民间口耳相传。近现代以来，一些学者深入民间，广泛采集，始得穷其枝叶，广其声貌。

要绝对区分台湾"原住民"神话的作者性别，非常困难，因为这些神话并非一人创作，而是世代相传、断续加工、逐渐完善的结果。但是，台湾"原住民"的神话创作阶段，大多数属于原始的母系社会时期，妇女在社会中享有崇高地位，故这些神话的创作很大程度上来源于女性。

一、始祖神话

在台湾"原住民"的始祖神话中，女性创作的色彩很浓。如排湾族的《创世神话》：

> 从前，在帕拿帕拿央的地方出现一位女神，右手拿着石头，左手拿着竹子。女神投出石头，石头落地裂开，从中走出一位神人，这就是后来台东马兰社阿美族人的祖先。女神用力将竹子插在地上，从竹子上方的节上出现了一位女神，从下方的节上出现了一位男神。两位神人结为夫妻，繁衍了数代，后代的容貌才有了人形，逐渐成为普通的人类。这两位神人就是排湾族卑南社人的祖先。

从这则神话中可见，创始神为女神，这与著名的"女娲造人"神话的主角性别一致，却与诸如基督教《圣经》中所描述的创世记神话中的男神造人不同，而且与《圣经》男神先造亚当再造夏娃的性别次序明显不同，这里是女先男后，结成夫妻后，逐渐繁殖出人类，其过程体现的是母系社会的性别结构形态与发展形态。林道生先生曾指出："祖先神的出现，在部落社会尚属于未开化的阶段，实行的也是男嫁女娶的母系社会，所生的孩子'只知其母，不知其父'，由一个始祖母传下的后代，仍然以女儿为中心，实行由女儿继承母亲管理家庭生活和生产，今天的排湾族、鲁凯族、阿美族、卑南族的母系社会也还保留着这种风

---

① 古代台湾的"原住民"是不是有文字？目前历史学家、考古学家及语言学家们几乎都持否定意见。连横《雅堂文集》在《台湾游记书后》云："'诸山名胜，皆蝌蚪碑文，莫可辨识。'蝌蚪为大篆以前之书，岂三代之时华人已至台？"台湾学者卫聚贤曾对台湾的古代文化多方搜集研究，著有《台湾山胞与越闽关系》《蝙蝠洞考古与台湾山胞》等书；其中就有搜集到台湾"原住民"的近于符号记事及象形文字和蝌蚪文字。

连横：《雅堂文集》，《台湾文献史料丛刊》第208期，台湾大通书局1987年版，第53页；卫聚贤：《蝙蝠洞考古与台湾山胞》，台湾省立新竹社会教育馆1979年版，第295～304页。

俗。"①既然如此,此创世神话主要为女子所作,可能性应该是非常大的。

在台湾"原住民"始祖神话中,类似女性创世记的神话不仅数量多,且表现内容丰富多彩。如布农族神话《丹社群的始祖》:

> 太古时代,在那母岸地方有七位妇女。有一天,从天上下来五位男子。这群男女试图交媾,以传宗接代,但男子却不得其门而入。他们试了耳朵、鼻子、腋下、肚脐等处,均不顺利。后来男子发现女子肚脐下有一个从未见过的洞穴,一试之下,就顺利完成了交合之道。于是怀孕并生下子女。他们就是丹社群的始祖。

从这个神话里可以明显看出社会生活的主体是妇女,因为七位妇女生活的地方是确定性的,而男子来的地方则被描述为不确定性的"天上",而且是特意为传宗接代而出现的。这也吻合母系社会所生孩子"只知其母,不知其父"的情景,是男女夫妻关系不固定现象的形象折射。类似的神话还出现在泰雅族的神话《破石而生》中,不过泰雅人认为他们的始祖是从石头中生出的一对男女,他们也不知道如何繁殖后代,经过鼻孔、耳朵等各个部位的尝试,皆不得其门而入,最后是一只苍蝇停在女子的胯间,才提醒了男子该怎么做,最终达到交合和繁殖的目的。

始祖神话试图对部族的来源进行描述性的解释,由于其创作主要在母系氏族社会时期,可以推测其创作应该大多是由当时占其社会与文化主流位置的女性所完成——当然并不单单是某一位女性,而是集体创作的成果。

二、关于生殖器官的困惑

台湾"原住民"神话中,以人的生殖器官为题材的,数量很可观。一类是关于男性生殖器的,如排湾族的传说《沙卡波拉的阴茎》,卑南族的传说《男根变老鼠》《阿米利米利康的男根》。另一类是关于女性生殖器的,如卑南族的传说《阴道长齿的女人》,阿美族的传说《阴道长牙的女人》,排湾族的传说《石女》。这些传说是特定社会历史阶段人类对自身的探索与认识,尤其反映了母系氏族社会"原住民"对人类繁衍的简单理解。如卑南族的传说《男根变老鼠》:

> 从前知本社住着一位女子,她在庭院采集棉花时靠近一个笼子,笼中有一条男根飞跳起来,触碰到妇女双腿的股间被夹住。不久妇女就怀孕了,后来生了孩子。孩子长大了,母亲有一次对孩子说,父亲在集会所,去

---

① 林道生:《原住民神话与文化赏析》,汉艺色研文化事业有限公司2003年版,第99页。

把他叫回来。孩子去了集会所,只看见一条男根在屋顶上,没有别的人,于是就回去告诉了母亲。母亲说,那就是你的父亲。孩子将男根取回时,母亲正在院里挖洞穴,男根一下子就钻进洞里。母亲往洞里灌热水,男根叫了一声,变成了一只老鼠。

这个传说虽然离奇,但它反映了"原住民"对两性关系与生产生育的朴素认知。其一,它反映并体现了当时"原住民"实际上过着杂交的生活现状,女性并不知道导致自己怀孕的具体男性对象。其二,由于人类繁衍的需求,"原住民"中显然存在着对男性生殖器官崇拜的现象,女子甚至认为使用那些具有男性生殖器官特征的器物,都可以导致怀孕生子。当然,男根最后变成老鼠,是一种幽默、诙谐的故事化手法,是典型的文学化创造。又如邹族的传说《征伐太阳》:

> 从前,有一位女孤儿,由于没有人为她捕捉野兽供作食物,只好自己去河川捕鱼。撒了几次网,都一无所获。有一网,她网到了一支漂浮过来的木头,于是抓起来扔掉。可是,下一次撒网,还是网住了这支木头。她想,带回去作柴烧吧,于是就将这木头挟在腰部,回家了。日子一天天过去了,她的肚子渐渐大了起来,不久以后生下了一个孩子。

通常类似主题与结构的民间传说,其特征都有共同点,那就是女性为主角,是当然的"人类",而导致其受孕的孩子他爹却被拟物化或虚化,如著名的有"华胥履大人迹于雷泽而生庖羲于成纪"①,"有娀氏之女简狄吞鸟卵而孕生契"②,"有邰氏之女姜嫄出野践巨人迹受孕生后稷"③,这种描写反映的是什么,表达的是什么,其意味是什么,后人有多种解读,但联系到先民所处的母系社会及其特征,反映的应该还是孩子"只知其母,不知其父"的情况。与其他传说不同的是,受孕不是来自形容较为隐晦的鸟蛋、种子、足迹,而是用木头之状直接把男根形象化,更直白地指向男性生殖器。邹族的传说《毛小叔叔》《月亮的由来》,卑南族的传说《卑南溪的故事》,都反映了大致相似的内容。

有意思的是,还有一些关于"病态"生殖器的形状与被"修理"的传说:

> 从前有一个叫阿米利米利康的男子,他有一条长长的男根,平时总是卷起来放在自己的肩膀上。有一次,他到河里洗澡,远方也正有一群妇女在沐浴,阿米利米利康在水中解下自己的男根,从水中一直潜伸到妇女们那边去骚扰她们,把妇女们吓得大声叫喊。由于阿米利米利康经常吓唬

---

① 袁珂:《〈山海经〉校论》,巴蜀书社1992年版,第381～382页。
② 《史记》,中华书局1975年版,第91页。
③ 《史记》,中华书局1975年版,第111页。

妇女,大家都想报复他一下。有一天,大家在阿米利米利康家门前的路上撒了许多植物的尖刺,然后齐声大叫,阿米利米利康不知发生了什么事,从屋子里冲了出来,因为来不及卷起男根,结果男根上扎进了很多尖刺。他终于明白是大家的恶作剧。

显然,这个传说本身用的是夸张手法,但在如此夸张的事件背后一定有其原因,它反映了什么样的实际情况与作者的诉求呢?可能的情况是,其一,现实中的确存在男性不顾女性意愿而骚扰侵犯女性的现象;其二,也反映了从性生活多为杂交野合状态而来的女性,此时对性生活表示出的并不随便的态度;另一方面,从台湾不同部族的"原住民"均有类似神话的现象来看,对特殊类型的男性生殖器的困惑和恐惧,在早期"原住民"中是比较普遍的现象。由于当时人对于人体生理知识几近无知,也无法理解性生活过程中发生的男性身体不适或受损的意外情况,先民们把这样的困惑与恐惧以及能够解决的期许,用如此形象的描述呈现出来,又如阿美族的传说《阴道长牙的女人》:

> 从前有一位美女,每次一结婚,第二天丈夫就死了。美女的母亲觉得奇怪,就检查女儿的身体,发现女儿的阴部长着牙齿,丈夫就是在新婚交合时被咬死的。母亲遂将女儿装入一个大木箱,投入海中。木箱漂流到知本的海岸,被卑南族人捡得,打开一看,居然是一美女。族中几位老妇在女子入睡时,检查她的身体,发现她的阴部长了牙齿,就用石头将那牙齿磨掉。最后部族头目娶美女为妻,过上了幸福的生活。

女子阴道长牙的传说,在其他民族的传说中也出现过。因性交而致男子猝死的现象,古往今来都有,现代医学当然可以诊断出许多可致死的原因与病症,从而做出合理的解释。但在当时无法探明的情况下,人们不理解为什么会有这样并不具普遍性的情况发生,便理所当然地把原因归结到性交一方的个体女子的阴道问题上,加以想象而形象化。这与民间广为流传的关于女性阴部无毛为"白虎精"克夫的说法异曲同工。如果说"阴道长牙齿"可对应性交中男子的猝死或急发病情形的话,那"白虎精"则可对应夫妻家庭生活过程中出现的男子非正常死亡的情形。从中也可看出,早期"原住民"对生殖器官充满好奇,并因各种非常态的性交事故而对其夹杂着困惑和恐惧。

此类传说在很大程度上应源于女性作者,除了母系氏族社会女子居于主导地位的因素外,在相关题材与主题的故事中,可以看到都是阴道长牙的女子之母率先检查女儿的身体,视之为妖异而将其抛弃。排湾族的传说《石女》中的女子,最终变成正常人,也是婆婆给她做的手术。从此类事件中女性所起的主导作用看,传说的创作与传播应主要是在女性之间完成的。

世界各民族的神话和传说中,不乏对人的生殖器官的描述,但像台湾"原住民"这样集中地关注与探释,这样坦率与直白的形象表现,似乎并不多见。

三、关于人与动物的跨界婚恋

在台湾"原住民"神话与民间传说故事中,人与动物的爱情、婚姻屡见不鲜。与人发生爱情或婚姻的动物主要有蛇、鹿、山猪、狗、熊、蚯蚓若干类。就故事数量而言,以蛇为题材的最多。如排湾族有一则神话:

> 从前,太阳神下降到大地上产下了一个卵,刚好被附近经过的一条蛇吞下。太阳神很失望,只好再生了一个卵,这次为了避免被蛇吞食,太阳神把卵下在木钵之内,再把木钵搁在秋千上,让木钵连续荡了五天才孵出一个女子。之后太阳神再生一个卵,孵出来的是一个男子。几年后,男子长大下山到了平地,成了日本人的祖先。女子留在山上,长大后嫁给了百步蛇。

类似题材的故事,表现了"原住民"对自身起源的想象。有意思的是,这故事的描述充满玄机:首先,与类似基督教《圣经》创世记神话里男神造人的性别次序相反,这里是神先造了女子,再造男子;其次,尽管造了男女,但他们并不像《圣经》里所说的被神指定为夫妻并规约妻从夫,而是男下山另谋出路,女留在山上嫁给蛇。这样的讲述透露出的是什么样的信息呢?从"女先男后""女留男走"的故事情节可以推测,其背景显然是母系氏族社会时期。因为生产力低下,此时的部落生活由担负繁衍后代并进行相对稳定的采集编织工作的女性为主。以游猎为主的男性,在此阶段的情爱生育中所担任角色的作用,依然会被自然物的形象替代,这既是母系氏族社会的群婚制和"只知其母不知其父"的现象留在故事中的痕迹,也是女主男从现象的反映。选择蛇作为替代对象,既是该族对蛇的图腾崇拜,也是传说者本身的自圆其说。该传说出自女性,应没有疑问。

这个神话属于排湾族的始祖神话,它对排湾族和鲁凯族后来的人蛇爱情、婚姻题材的神话与传说产生了很大的影响。排湾族、鲁凯族的另外几则传说,《嫁给百步蛇》《百步蛇娶妻》《人蛇联婚》,都讲述人与蛇之间的爱情婚姻。在这些故事中,人对蛇似乎有普遍的敬畏之心,但是,女子嫁了蛇丈夫后,大多夫妻恩爱,过上幸福美满的生活。蛇不仅有很深的法力,还有很多财宝,生活之富足令人羡慕,这也在一定程度上反映了女性对爱情家庭生活的渴望与期许。排湾族和鲁凯族原来是以百步蛇为图腾崇拜的母系氏族,其神话和传说中对人蛇爱情婚姻的描述,集中体现了这种文化精神。

鹿在台湾"原住民"神话与民间传说中出现的频率甚高,鹿与人之间的爱情婚姻也不鲜见。赛夏族的传说《女儿的鹿情人》，阿美族的传说《丈夫是鹿》，卑南族的传说《情人是鹿》，都脍炙人口，流传很广。如《情人是鹿》：

> 有一位女孩为父亲看守田里的苎麻，以防动物来吃。可是，过了些日子，父亲发现苎麻有被鹿吃了的痕迹。有一天，父亲趁女儿睡觉时，悄悄地来到苎麻田里，当他走近工棚的时候，发现一只公鹿走进工棚躺了下来。父亲一箭将鹿射死，然后将其解体，把鹿角挂在工棚的屋檐下。女儿见到鹿角后，知道公鹿已死，非常伤心，她拿过鹿角刺进了自己的腹部，因此也死去了。父亲很后悔，他把女儿和鹿放在同一个棺材内埋葬了。

台湾地处北回归线附近，气候温热，雨量丰沛，山高林密，于鹿的生存极其适宜。明代陈第的《东番记》云："山最宜鹿，儦儦俟俟，千百为群……居常，禁不许私捕鹿；冬，鹿群出，则约百十人即之，穷追既及，合围衷之，镖发命中，获若丘陵，社社无不饱鹿者。取其余肉，离而腊之，鹿舌、鹿鞭（鹿阳也）、鹿筋亦腊，鹿皮角委积充栋。鹿子善扰，驯之，与人相狎。"①由于野鹿甚多，与台湾"原住民"的日常生活联系又极其紧密，故鹿也成为女子爱情对象的男子形象的自然物寄托。

在台湾"原住民"神话传说中，山猪与人之间的爱情婚姻亦得到很多表现。如布农族的传说《妻子的情人是山猪》、邹族的传说《山猪情夫》、阿美族的传说《情夫是山猪》等台湾"原住民"神话，都因颇具特色而流传甚广。如《情夫是山猪》：

> 一个女子经常在外面看顾稻田，她偷偷地与山猪结成夫妻，并允许山猪吃田里的稻子。有一天，父母来到田里，发现稻子几乎要被山猪吃光了，于是生气地责备女儿。据说后来山猪爱吃妇女栽种的农作物，就是由此女子的情夫山猪遗传下来的。因此，此部落后来改由男人下田种植作物。

山猪或称野猪，是台湾"原住民"日常生活中又一常见的野生动物，分布全岛山区，从低海拔到高山，都有它们的踪迹。这是一种中大型兽类，彪悍矫捷，故杜臻《澎湖台湾纪略》云："山猪类常猪而色赤，性矫健、善跳跃，捕之不易；有毒，食之辄发疮疬。"②从这一描述中可以看出，山猪极具雄性特色，故在母系社会背景下成为女子情爱生育对象的男子形象替代物也是顺理成章的。

类似的神话与传说并不仅仅局限于上面所提到的几个部族，还广泛见于其他"原住民"部族。从这些传说中我们可以发现如下特点与脉络：一是故事的主角为女性，故事大多描述女子与雄性动物发生情爱，男子和雌性动物之间

---

① 沈有容：《闽海赠言》，《台湾文献丛刊》第56种，台湾大通书局1987年版，第26页。
② 杜臻：《澎湖台湾纪略》，《台湾文献丛刊》第104种，台湾大通书局1987年版，第2页。

的情爱则比较少见①。二是虽然女主角的故事一脉相承,但其野合对象的象征物或寄托物却有所变化,似乎从更早的未明性别的自然物,如水、果实、石头、木头等,逐渐变为更接近有明显性别指向的雄性动物,也更去除神秘化而接近生活气息。三是与这种变化同时出现的,是明显从采集生活到农耕生活的变化。

四、关于近亲婚姻

在台湾"原住民"神话传说中,关于近亲结婚禁忌的题材显得极其突出,几乎每一个部族都有相关的故事。太鲁阁族的《兄妹结婚的禁忌》、布农族的《兄妹相婚的禁忌》、噶玛兰族的《兄妹的故事》、阿美族的《兄妹漂流到台湾》、排湾族的传说《大洪水》等,都是相当典型的兄妹婚姻传说。兄妹婚姻又分为两类,一类是不得已的结合,如《兄妹漂流到台湾》:

> 从前,一次巨大的海啸导致阿美族的一个部落变成一片汪洋,一对兄妹躲在独木舟中被漂流到一个荒无人烟的岛屿。几年后,兄妹俩都长大了,因为再没有其他的男子和妇女,他们结为了夫妻。

大洪水与兄妹成夫妻的故事,在世界各民族传说中比较常见。其产生背景,一或源于人类对自身起源的理解与解说,如《道德经》有"道生一,一生二,二生三,三生万物"之说,《周易·系辞》里有"易有太极,是生两仪,两仪生四象,四象生八卦"之说,可见其理同出一辙;二或源于实情,因远古时期,在人类生存能力和生产力低下的背景下,自然条件与环境相对恶劣,人类无法与天灾人祸抗衡,基本上处于听天由命自生自灭的状态,若因人丁稀少无法找到适配对象,且人伦之规并未形成,兄妹之间的结合也是自然而然的事。噶玛兰族的传说《兄妹的故事》也讲述了大体相似的情景,兄妹结合,生下太鲁阁族的祖先。哥哥又与狗结合,生下噶玛兰族的祖先。这两个部族长期敌对。泰雅族的传说《文面的起源》亦讲述一对兄妹因没有另外的人嫁娶而不得不结为夫妻的故事。

另一类是结合后导致不良后果,最终形成禁忌,如泰雅族《血族禁婚的起源》:

> 古时候,有一户人家养有姐弟二人。他们长大后的某一天晚上,二人

---

① 林道生编著:《原住民神话·故事全集》(2),汉艺色研文化事业有限公司2003年版,第48页。男子和雌性动物之间的爱情婚姻在台湾"原住民"神话和传说中偶尔也能见到,如布农族的传说《鹿妻》就是其中之一。

相拥睡在一起，第二天早上也不分开。母亲发现后，用力拉他们，却无法将他们分开。母亲找邻居帮忙，也无法将他们分开。母亲不得已拿来一把工作刀，砍断了弟弟的阴茎，姐弟俩才脱离开来，但当场都死了。部落的长者听了此事后说，吸着同一个乳房的奶水长大的姐弟相奸，触怒了天神，才导致了这种恶果。此后，部落里的兄弟姐妹就不可以结婚了。

这个传说有明确的目的，一定是因为人们发现近亲结婚导致后代有缺陷的问题，逐渐形成血亲性爱婚姻禁忌和人伦秩序观念。以文学叙事进行的形象表达，就是这个故事中出现的姐弟乱伦会触怒天神不得善果的训诫。排湾族的传说《大洪水》里也记载了这个实情：

> 远古时期的一次大洪水，淹没了许多地方，一对兄妹被冲到一座山上。数年后，他们长大成人，由于他们所处人迹罕至的高山，哥哥找不到其他女子，妹妹也找不到其他男子，于是兄妹结为夫妻。可是，他们生下的孩子，身体都有残缺，有的眼睛瞎了，有的缺手，有的缺脚，几乎没有一个正常的。一直到第二代、第三代的子孙，才逐渐正常。于是，他们开始明白，近亲是不宜结婚的。

关于近亲结婚的问题，中国古代典籍早有记载，《左传·僖公二十三年》就有"男女同姓，其生不蕃"的说法。可见，台湾"原住民"在生活实践中也积累了许多经验与教训，意识到近亲结婚对其生育后代有极大的危害性。而其原因也早已为现代医学所破解，即有血缘关系的近亲结合，下一代患遗传性疾病的概率大大增加。

在台湾"原住民"近亲结婚的传说中，除了兄妹结合的以外，还有少量体现母子结合的。如泰雅族的神话《太鲁阁族的起源》认为女人是从猪粪里生出来的，当时大地上没有人，于是女人与狗交媾生下了男孩，男孩长大以后与母亲结婚，生下许多孩子，这就是太鲁阁族的由来。

近亲结婚是人类处于蒙昧时期的自然现象。随着社会文明的进步，这种现象逐渐退出历史舞台。但这种婚姻现象在先民生活中留下不可磨灭的印记，因而此类传说便很自然地流传了下来。

五、关于食物的由来

民以食为天，食物的由来，是台湾神话着重表现的一个方面。邹族神话《吃米、吃沙的神》最为典型：

> 古时候，从岩石中的一根石柱诞生了一位女神，那时候地上还没有什么食物，生活很困苦，因此女神求天神赐给食物，天神听了便授予女神各

种食物,当中有鱼类,也有兽类,还有米。女神拿了一粒米,剖成两半,拿其中的一半放进锅里就煮成了一锅饭。

那时候,还有一位吃河边沙子生活的男神。有一次,男神要去河边,途中遇见了女神,被女神邀请回去做客,看见女神家有许多好东西而入赘结成夫妻。

男神不知道什么是米,当他在庭院看见筼簋摆放着米饭而问女神:"这么多的虫卵要做什么呢?"

女神回答:"这不是虫卵,是米。"

男神不知道米是做什么用的,便把筼簋的米统统倒出来,自己去河边装了沙回来。女神觉得很奇怪:"为什么要倒了米装沙呢?"

女神实在不明白男神的用意,因此当男神不在的时候,女神又倒出沙来装米。男神回来看见自己要吃的沙被倒了出来,筼簋又装了虫卵而大为生气地责问:"你为什么两次倒了沙而装了虫卵?准备给我吃这些虫卵吗?你的心地不好!"

说着提起筼簋准备把米倒掉,女神赶紧阻止说:"这是天神授予的尊贵米,你吃一口看看,觉得不好再丢掉吧!连吃都没有吃过,就说这些是坏东西,那是愚笨的做法呀!"

说完强迫男神吃了一口米,这才知道米的味道真好,从此不再吃沙而改吃米饭。

没有煮饭的薪柴时,女神就去捡些小木头,当女神把这些小木头摆在庭院,口中念唱了些词,这些小木头就变成大木头占满庭院。当想要酒的时候,只要把两三粒米放入瓮里盖好盖子就会变成酒。过着快乐的生活。①

这则神话中有不少信息值得关注:其一,在食物的选择方面,女性比男性更为敏感。吃米和吃沙的区别,显示了双方食物的优劣。如果说女性最早发现谷物的食用方法,大约并不为过。其二,从男神入赘女神之家以及女神法力无边的现象,可以看出这是典型的母系氏族社会,女性在这个时期的各个方面占据着主导地位。此时的男性是附属于女性而存在的,饮食等生活习惯都是从女性那里学来的。其三,饮食之事,多为女性所从事,相关神话从出现到逐步加工定型,以及四处传播,整个创作过程中虽不能排除男性的介入,但以女性为主,却是不容置疑的。

---

① 林道生编著:《原住民神话·故事全集》,汉艺色研文化事业有限公司2003年版,第60~61页。

以上五类神话与传说,是台湾早期"原住民"认识生活、解释社会现象的主要体现。严格说来,这些神话和传说无从发现其作者。但是,从故事内容、叙事方式、传播轨迹等诸方面看,女性的创作和再创作在其中所占的比重很大,这些创作应可视为台湾女性文学最早的本土资源。

第三节　台湾"原住民"歌谣创作的性别分析

歌谣与女性生活联系极为紧密,妇女很自然地成为歌谣创作的主体。刘经庵在其《歌谣与妇女》之绪论中认为,妇女是歌谣的母亲、歌谣的大师。歌谣作者大多是女性,女性往往透过歌谣来传达心声,歌谣也反映出现实生活中女性的问题。台湾岛的"原住民"能歌善舞,在长期的发展过程中,创作了大量的歌谣。这些歌谣基本上是以口传的形态存在的,明代以后始有文人进行整理①,使之成为书面作品。此类作品原属高山语,经过整理后,失去很多天然的韵致,但依然可以窥见其若干风貌。兹择要归类分析之。

一、反映爱情生活

在各民族的歌谣中,爱情几乎是其中最引人注目的部分,台湾古代歌谣也不例外。从女性口中唱出的歌谣,通常更为深情婉约。女子思念男子的情歌很多,如《木棉开花》:

木棉开花有一枝,哥仔生成真文理。敢是潘安再出世,害吾相思十二时。

木棉花开的时间很短,但绚烂多姿,艳丽夺目,美不胜言,女子觉得自己暗恋的那位貌比潘安的小伙子,就像木棉花中最诱人的一枝,让她日思夜想,情思昏昏。木棉花开在农历二三月,正是万物复苏的时候,少女的情感也从朦胧走向苏醒。起句唱木棉花之美艳,还有起兴的意味,合乎中国古典民歌的抒情传统。

相思之情不能尽情倾诉的时候,女子的烦恼便绵绵不绝,如《烦烦恼恼》:

烦烦恼恼心无定,心中少乱无心情。来来去去娘的命,意意爱爱是阿兄。

又如《台湾竹枝词》中的两首:

---

① 黄叔璥:《台海使槎录》,《台湾文献丛刊》第 4 种,台湾大通书局 1984 年版,第 94～160 页。

郎家住在三重埔,妾家住在白石湖。路头相望无几步,郎试回头见妾无?
相思树底说相思,思郎恨郎郎不知。树头结得相思子,可是郎行思妾时?

这两首诗皆为女子所发,都是女子对男子纯洁而深情的呼唤。感情真挚,发调悲恻,令人肠断。《台湾竹枝词》为梁启超所辑,其序云:"晚凉步墟落,辄闻男女相从而歌,译其辞意,恻恻然若不胜《谷风》《小弁》之怨者,乃掇拾成什,为遗黎写哀云尔。"这些民谣虽然在梁启超的时代还在歌唱,但显然是世代相传的产物,梁启超将其与《诗经》中的作品进行比较,除了内容的近似外,时代的久远也是重要的因素。

类似的歌谣还有很多,《阿哥有来》《菜瓜开花》《兄哥心肝》《二个枕头》等都表达大致相似的主题。

比相思之情更进一步的,是男女之间产生爱情后的初步交往。如《梅花开透》:

梅花开透顶面芳,吾厝是有序大人。娘仔恬静共哥讲,起脚动手千不可。

歌中的少男少女大约是交往不久的一对恋人,但相互之间还没有非常亲密的行为,女子表现得很矜持,每当男子意乱情迷不能自持而欲越礼时,女子就故作严肃地告诫男子,说她是恬静规矩的姑娘,父母亦在不远处的房子里,动手动脚是万万不行的。类似情形,在《诗经·召南·野有死麇》中亦有表现:

野有死麇,白茅包之;有女怀春,吉士诱之。
林有朴樕,野有死鹿;白茅纯束,有女如玉。
舒而脱脱兮,无感我帨兮,无使尨也吠!

臧汀生将此诗与《梅花开透》进行比较,认为二诗在女子婉拒情郎亲热的动作时表现得极为相似①。但相较而言,《野有死麇》中的女性表现出来的,更大程度上是欲推还就,而《梅花开透》中的姑娘虽情窦已开,但确乎还没达到那么迷乱的程度。

男女之间交往渐深后,情愫已生,幽会频频,遂缠绵悱恻、难舍难分,此等歌谣甚多,《五更鼓》是其中非常出色的一首。此歌是男女对唱,其中女子所唱的是:

一更更鼓月照山,牵娘的手摸心肝。我君问娘欲按怎,随在阿君你主盘。
二更更鼓月照庭,牵君的手入绣厅。咱今相好天注定,别人言语不可听。
三更更鼓月照窗,牵君的手入绣房。二人相好有所望,阿君先倥先不可。
四更更鼓月照砖,牵君的手入绣床。咱今二人做夥眠,较好滚水泡米糖。

---

① 臧汀生:《台湾闽南语歌谣研究》,台湾商务印书馆1980年版,第40页。

五更天鼓天暂光,阮厝爷妈叫食饭。阿兄穿裳就卜返,手拔门栓心头酸。

歌谣写男女幽会的过程,从头天晚上到第二天天明,以更鼓为标记,分为五个时段,每一时段有不同的话语和活动。歌谣体现的情节大约是这样的:一对男女相爱后,受到来自父母方面的反对,因而只能偷偷往来。某日晚一更时分,男子潜入女子家中,亲热一番后,男子问女子怎么办,女子说一切听从男子安排。女子担心男子受他人影响,告诫他千万不要随便听从别人的看法。随着夜的加深,男女之间情不自禁,如胶似漆,直至天快亮的时候,男子才穿衣离开,双方皆心中酸楚,依依不舍。

这首歌谣的作者应是女性[1],歌谣中有几处明证。首先是第一章中的"我君问娘欲按怎,随在阿君你主盘"句,明显是女子口吻;其次是第二、三、四三章之"牵君的手"入"绣厅""绣房""绣床",均为女子自道;再次是最后一章云"阮厝爷妈叫食饭","阮"即闽南语"我",指女子,意即女子的爹娘喊其吃早饭,所以男子不得不仓皇离开。故作者为女子的可能性几不容置疑。从歌谣叙事的情形来看,这是女子事后的伤感追忆之歌。

男女幽会之歌源远流长,《诗经·郑风·将仲子兮》中就写了一对相爱男女,因受外部阻力,常常夜晚幽会,男子常攀缘宅边树木,越墙进入女子居室的故事。女子感觉精神压力太大,因而歌唱:

将仲子兮,无逾我里。无折我树杞,岂敢爱之?
畏我父母。仲可怀也,父母之言,亦可畏也。

《将仲子兮》中的女子屈从于外部压力而试图放弃自己的爱情,《五更鼓》中的女子虽受阻挠却坚决维护自己的爱情。《将仲子兮》中的情感表现比较节制,《五更鼓》中的情感表现则非常奔放。二诗皆出于女子之口,均表现出极为动人的情致。

男女之间的感情,常常要经受外部因素的考验。男女之间任何一方的移情别恋,每每会让另一方痛彻骨髓。故防患于未然的担心与叮咛,在歌谣中有许多体现。如《送阮夫君要远行》中妻子对远行丈夫的殷切嘱咐:

君着带念梅花丛,不可贪着野花香,有闲批信较接送,最好每暗给阮梦。

歌谣中以梅花喻己,表明自己的坚贞节操,以野花喻其他可能会迷惑丈夫的外乡女子。希望丈夫洁身自好,抵御诱惑,多念家庭,多想妻子,甚至每天夫妻都能在梦中相会。元王实甫《西厢记》中崔莺莺与情郎张生分别时,叮咛再

---

[1] 臧汀生:《台湾闽南语歌谣研究》,台湾商务印书馆 1980 年版,第 40 页。臧汀生认为此歌为男子所唱。

三云:"你休忧'文齐福不齐',我则怕你'停妻再娶妻'。休要'一春鱼雁无消息'!我这里青鸾有信频须寄,你却休'金榜无名誓不归'。此一节君须记,若见了那异乡花草,再休似此处栖迟。"二者心情极为相似。由于这一类歌谣表达的多为人之常情,体验极幽微,故感人至深。

与这种担心与叮咛相一致的是,男女之间为了相互取信,常常发下重誓,以示永不相负。此类海誓山盟甚多,如下面一首歌谣,是女子对男子发下的誓言:

芙蓉开花会结子,甘愿共兄结百年,谁人禀心雷拍死,头先禀心路旁尸。

女子对男子的感情真挚而专一,令人感动,但把誓言发至如此残忍、怨毒,则显示出极端的情感价值取向。值得注意的是,此女子的毒誓还不仅仅针对自己,也针对她所深爱的那位男性。不难看出,就这一对男女而言,女子可能是处于弱势的,因而她的誓言中似乎对未来的担心和恐惧。

二、反映婚姻家庭生活

男大当婚,女大当嫁,男婚女嫁是社会生活中的普遍现象,在台湾"原住民"歌谣中也有大量的表现。女子结婚时离不开嫁妆,能否得到嫁妆,得到怎样的嫁妆,是即将嫁人的女子焦灼而又憧憬的事。此类歌谣甚多,如《拍手歌》:

> 拍手歌,煮荖蒿,小妹欲嫁物都无,紧紧写信去给哥。大哥送妹金锁匙,二哥送妹金交椅,三哥做官未转来;大嫂送姑金银打凤钗,二嫂送姑脚帛色裤鞋;外公外妈送孙金耳钩,内公内妈送孙绣枕头;同年姊妹送伊金凉伞。八人扶,七人扛,扛届大林街拜四堂。顶堂下堂拜去了,大伯出来看,借问弟妇汝何人?正是台中陈小姐。吾厝的人一千零,顶厅官,是吾兄;下厅官,是阮亲情。

这首歌谣着力表现的是女子婚前的心态,充满浪漫气息和喜剧色彩。对幸福婚姻的期待,对婚嫁场面的想象,夸饰诙谐,笼罩着喜庆、欢乐的气氛,表现对美好生活的向往之情。这首歌谣的别致之处,是向哥哥、嫂子、外祖父母、祖父母、生活中的姐妹等索要嫁妆,而独独不提父母,可见其目的并不在于索要嫁妆,而是通过对嫁妆的描绘,营造喜庆的氛围。与这首歌谣相比,《爹爹夯门扇》略有不同:

> 爹爹夯门扇,对门遮,要你田园共水车,要你水牛十六只,要你三笼共五箱,要你十二领红袄绣鸳鸯;要你绸,要你缎,要你呢羽共六串;要你珍

珠玛瑙丸,要仔金手指,菜玉环。

这首歌谣是专门向父母要嫁妆的,要的数量、种类都很多,可谓狮子大开口。但此歌谣与上一首歌谣一样,不可完全方之以生活的真实,其中多用戏谑与调笑的口吻,极力夸张铺陈,生活气息浓厚。

对美好婚姻的歆羡,是台湾"原住民"歌谣着力表现的一个方面。如台南歌谣《咸菜咸辣辣》:

咸菜咸辣辣,父母主婚无得活,手举笔,欲画眉,欲嫁童生共秀才,不嫁你这懵懂奴才。嫁着好夫好佚陶,嫁着歹夫不如无。转来吾厝做姑婆,大甥叫食饭,细甥叫佚陶。

歌谣以女子自述的形态,表达女性自由择偶的诉求。她不要嫁给父母做主的她不中意的傻乎乎的憨大,而要嫁给知书识礼的读书人,是宁缺毋滥的意思。她想象与中意男人结婚以后的幸福生活,想象着将来带着自己的孩子回到娘家时的热闹情形。这是一位涉世不深的姑娘,性格天真爽朗,活泼可爱,充满对未来美妙生活的憧憬。

对失败婚姻的懊恼,是台湾"原住民"歌谣着力表现的又一个方面。如彰化歌谣《韭菜花》:

韭菜葱,十二丛,生吾四姊妹盖成人;大的嫁福州,第二的嫁风流,第三的嫁海口,第四的嫁内山;大的转来白马挂金鞍,第二的转来金凉伞,第三的转来金交椅,第四的转来切半死!切甚载?切吾父母歹心肝,给吾嫁内山!脚踏藤,手挽菅;给日曝,面乌干。也无针,也无线,可好给吾补破烂。

这首歌谣,亦似出自具有如此日常生活情状的女性之口。家有四女,老大、老二、老三皆嫁入大地方的富贵人家,过着富足闲适的生活,只有四妹嫁到贫瘠的山区,整天手拔杂草,脚踩青藤,风吹日晒,面目焦黑,衣不蔽体,食不果腹。当老大、老二、老三纷纷给娘家带来精巧、昂贵的礼物时,老四发出愤怒的责问,她痛恨父母偏心,将她嫁到一个简直难以活下去的火坑。歌谣即以四妹之口唱出,人物个性鲜明,生活气息扑面而来。

台湾"原住民"歌谣中关于家庭生活的内容相当广泛,多为琐事或矛盾,就女性而言,有夫妻之间的,有婆媳之间的,有妯娌之间的,有嫂姑之间的,有兄妹之间的,不一而足。如《竹仔枝》云:

竹仔枝,梅仔籽,做人媳妇八道理,晏晏困,早早起,起来梳头,抹粉点胭脂,入大厅,拭桌椅,入灶脚,洗碗箸,入绣房,做针黹,荷老兄,荷老弟,荷老丈夫好八字,荷老亲家好家世,荷老亲姆贤教示。

歌谣中讲述的是媳妇进门后的日常生活，迟睡早起，梳妆打扮，洒扫庭除，主持中馈，女红针黹，侍候老小，还得看人脸色，念个中艰辛，不禁长叹。这首歌谣中的女主人公只是劳作方面的辛苦，物质方面并不匮乏。下面的《媳妇怨》中的女主人公则备受贫困的煎熬：

> 拍铁歌，应铜锣，丈母唇，好佚陶。一个交，二个留，请你红柑姊仔来梳头。梳仔光，篦仔光，早早落柑园。柑园柑仔红滴滴，顶山下山人打铁。打铁弹，做人媳妇也艰难。也欲煮饭食，也欲放尿洗灶瓦，也欲尻川去夹壁。烦恼天未光，烦恼鸭无卵，烦恼小姑欲嫁无嫁妆，烦恼小叔欲娶无眠床。

这首歌谣中的媳妇，不仅要面对各种各样的家务劳作，而且为缺衣少食的贫困家境而苦恼。拮据的生活，使歌谣中的女主人公不自觉地流露出怨天尤人的情绪。

与媳妇的怨尤颇为相类的，是小姑（未出嫁的姑娘）的牢骚，此类歌谣亦不少见。如《小姑怨》：

> 草子仔花，白丽皙，阮兄骂吾不顾家，顾了家内无吾的，厅里梳头嫂也骂，所里梳头嫂也骂。不免骂！初一十五就欲嫁，嫁何位？嫁顶姑知，下姑知，三年二年才转来，五未嫁，柑仔未抽心，转来柑仔红紉紉。挽一粒，半路食点心，嫂仔头就欹，嘴就微。嫂呀嫂，头免欹，嘴免微，唇前唇后果子吾爹栽，不是嫂仔你唇张嫁来。

唱歌的是待嫁的姑娘，似乎爹娘已经去世，与哥哥嫂嫂生活在一起。可是哥哥嫂嫂对她很冷漠，动不动就咒骂她，骂她不顾家，骂她不做事，骂梳头弄脏了厅堂、房间。妹妹在柑园里摘一粒柑橘吃，嫂嫂就横眉竖眼。妹妹非常气愤，她在心里责问嫂嫂："这些果树是我爹娘栽下的，又不是你从娘家带来的嫁妆，凭什么不许我吃？"为了逃避苦难生活，姑娘恨不得立刻就嫁人，而且嫁得远远的，几年才回来一次。这种类型的歌谣不少，像《莿仔花白丽皙》《乌云转白云》《七里香》等皆表达相似主题。又如彰化歌谣《七里香》：

> 七里香，搬过墙，紧紧写信去给娘：娘莫视，娘莫看人，您唇兄嫂多爱挠人。赤米沙，讲风台，您唇家风吾都知，食您饭，落嘴齿，抹您油，头秃晶；您大房脚生虫，困您一对绣枕死双人。

唱歌的人是一个跟随兄嫂生活的姑娘，平时颇受兄嫂虐待，不仅缺衣少食，还常常被嫂嫂诬陷，于是赌咒发誓，欲洗清白。世间无人能听她辩白，只好把冤屈在歌声中抒发，试图告诉不在身边的亲娘。《汉乐府》中有一首《孤儿行》，讲述的是一个失去父母、跟随兄嫂生活的少年备受兄嫂折磨，最后完全失去生活的信心，发出绝望的悲鸣："里中一何哓哓，愿欲寄尺书，将与地下父母，兄嫂难与久居!"《七里香》中的女主人公父母是否在世,不曾明言,但其遭遇与《孤儿行》中的孤儿却颇为相似,都是在忍无可忍的情形下向父母倾诉。

三、反映女性生活的艰辛

台湾民间有不少反映下层人民生活艰难的歌谣,其中有一些来自女性的创作,表现在生活的各个方面。如港口担鱼女子的怨艾:

歹命落下港,要钱无要人,父母不知子轻重,查某不比查甫人。①

顶港担鱼落下港,零星不卖欲倚行;小娘在厝金吊桶,出外无捡好歹人。②

港口担鱼是重力气活,本来是男子干的,但是这些女子为生活所迫,不得不从事这样辛苦的劳动。她们对生活充满怨恨,或怨恨自己的命运,或怨恨父母的狠心,歌声酸涩凄楚,令人闻之顿生感伤之情。

在台湾民谣中,有一类来自烟花女子的心声。大多数烟花女子之所以走上这样的生活道路,是因为生活饥寒交迫,别无选择。诚如一首民歌所唱的:

今年田无做,冬无收,饭篱吊千秋,鼎盖水里泅。欲买蚶,蚶厚土;欲买肉,遇着人禁屠;欲买菜,遇着掘菜股;欲买鱼,遇着风台雨;欲买豆腐要生菇,欲买豆签烂糊糊,姑仔今年周难苦,蕃薯签,冈来糊,食会落,配菜脯,等待天公有补所。

天灾人祸,导致下层人民的生存成了问题,万不得已之下,女性只能为了生存而出卖自己的身体。如下面的几首民谣:

趁您二圆无软爽,也着一身脱光光,胸前二粒给君耍,腹肚给君做床眠。

牵牛开花早起时,做娘趁钱真艰难,一冥不困聊聊动,双脚双手着揽人。

咱娘生做有偌美,来落烟花较吃亏,看人成双又成对,自恨歹命无所归。③

这些民谣唱词粗浅、直露,而且似乎不知隐晦,毫无廉耻,但这样的直白恰恰是作为女人的她们,遭受残酷生活折磨的表现。从歌谣中不难看出,歌者对以身事人的烟花生活表现出无奈与厌恶,对命运的无情摧残表现出强烈的愤怒,对正常的恋人或夫妻生活表现出无限的羡慕。但是,生活就是这样残酷,她们不得不在烟花之路上耗损着自己的身体和青春。

---

① 查某指女人,查甫指男人。
② 金吊桶,很高贵的意思。
③ 吃亏,可怜或可惜的意思。

四、反映母爱与童趣

在台湾民歌中,有不少反映母爱与童趣的歌谣,这也是台湾女性文学创作表现出来的重要方面。表现母爱的歌谣,主要表现于大量的催眠曲。如《婴仔婴仔困》:

> 婴仔婴仔困,一暝大一寸。婴仔婴婴惜,一暝大一尺。摇囝日落山,抱囝睁眼看。囝是我心肝,怕你受风寒。

这是一位母亲口中的催眠曲,她一边轻摇着怀中的小儿,一边轻声地哼着歌,盼着孩子快快入睡。在母亲朴素的意识中,睡眠与生长是密切联系在一起的,睡得好就意味着长得快。母亲满眼爱怜,时刻注意着孩子的冷暖,避免孩子受到风寒。歌谣所表现的传统母爱,令人感到无比亲切与温暖。这首歌谣比较短,内容也很简单,还有一些内容繁复、篇幅较长的歌谣,其表现力也更强。如《摇儿歌》:

> 摇呀摇,来挽茄。挽若干?挽一锅饭。也有可食,也有可卖,也有护阮婴仔做度晬。阿婴哭,阿母无闲可上灶;阿婴惊,阿母连搭背脊坪。阿婴哞哇哇,阿母嘴内就念歌。阿婴哭不停,阿母直直念。念要去外妈家,阿婴无爱哭,阿公讲乖巧,好衫给你穿,好帽给你戴,明仔再带你去看戏,胸前给你结红包。阿婴笑眯眯,阿妈提金含,阿婴食着甜甜甜。阿婴困绵绵,阿妗给你挂八仙。阿婴嘴颊红凸凸,阿舅给你结玲珑。阿婴一下醒,阿姨给阮婴仔戴乌鼎。阿婴吃吃笑,阿母沿路行沿路摇。乖乖困,一暝大一寸。乖乖惜,一暝大一尺。

这是典型的慈母爱抚孩子,促其入睡的歌谣。孩子的一举一动、一颦一笑,都牵动着母亲的心。从歌谣中所唱的情形来看,前半部分写母亲一边哄孩子,一边忙里偷闲地做饭,孩子哭了,丢下灶上的活计,赶快抚拍孩子。孩子受惊了,遂躺在孩子的身边,不停口地为孩子唱催眠曲。这是写实。后半部分所唱的催眠曲中,唱带孩子去外公外婆家,孩子受到外公、外婆、舅舅、舅妈、姨妈的种种宠爱,则是虚写。世世代代的母亲,大抵都有类似的经历,故此歌谣口耳相传,绵延不绝,历久弥新。

可怜天下父母心,生养孩子的过程,耗费了父母——特别是母亲——的大量心血,故母亲往往是孩子成长的见证人。《育女歌》云:

> 一岁二岁手里抱,三岁四岁土脚趖。五岁六岁渐渐大,有时头烧及耳热。七岁八岁真嫌吵,一日顾伊二枝脚。九岁十岁教针箵,惊伊四界去经丝。

十一十二得打骂,此去得来学做衫。十三十四学煮菜,一块桌面办会来。十五十六欲转大,惊伊随人去风花。十七十八做亲情,一半欢喜一半惊。

此歌谣所唱的内容,是女儿自小到大的成长过程。每一个成长阶段及其特征,点点滴滴,母亲回忆起来,都如在目前。个中辛苦,自不待言。然而,女儿长大成人了,却终究要离开母亲,嫁给别人。对此,母亲的心情是复杂的,一则以喜,一则以愁,喜的是女儿顺利成长,愁的是女儿居然就要离开自己的呵护,开始新的生活了,前途不可预知。可见,即便女儿长大了,嫁人了,母亲的操心并不就此停止,她希望女儿永远顺利、幸福。此歌谣几乎全部写实,虽流水一样记事,但自然真切,令人产生一种发自内心的感动,非情至深处不能至此。

与母爱紧密联系的是童趣,绝大多数儿歌源于母亲对孩子的启蒙教育,本书所涉关于童趣的歌谣大多为此类。如布农族的童谣《来来》:

来来萤火虫,来来萤火虫。那边水很苦,这边水很甜。来来萤火虫,来来萤火虫。

这首童谣极其简单,大约为母亲教孩子学说话时所唱,故流传极广,成为著名的儿歌。又如鲁凯族的童谣《飞来》:

飞来,飞来,五彩美丽的吉丁①。飞来,飞来,夏天美丽的吉丁。快快停在我的头上,听听我为你唱歌。让我把你捉住吧,这样我就可以,快乐地为你唱歌。

小虫子多为儿童的玩物,故在童谣中成为极其可爱的意象,为纯洁的儿歌增添了许多天真烂漫的童话色彩。

此类童谣简洁通俗,明白如话。还有一类篇幅较长、带着一些故事情节的童谣,如《月光光》:

月光光,秀才郎;骑白马,过南塘。南塘未得过,猎猫仔来接货;接货接未着,举竹篙,撞猎鸢;猎鸢凸凸飞,举竹篙,撞茶锅;茶锅冲冲滚,一个查某偷折竹笋。折几枝?折二枝。一枝送童生,一枝送秀才。秀才骑马跟跟来,阉鸡掠来宰。宰体体,放火烧大伯。大伯走上山,放火烧猪肝。猪肝味签签,麻油糊豆签。豆签扑扑弹,猎臭头鸡仔来揾澜。

---

① 吉丁是一种小虫子。

以"月光光"为题的台湾民歌数十首,内容上能够明显地表现出时代的变迁①。此歌谣的内容跳跃性很大,颇有荒诞不经的意味,符合儿童的思维特征,故被广泛传唱。

反映母爱和童趣的民谣在台湾源远流长,作品甚多。李献璋先生将其归纳为"摇子歌""数字歌""游戏歌""抉择歌",足见其丰富多彩。

台湾的许多古代歌谣,有一个共同特征,即创作时间的不确定性。许多歌谣从遥远的古代就产生了,经过世世代代的口耳相传,一直流传到今天。可能歌谣的曲调有了变化,文字记载方式有了变化,但基本内容却没有大的改变。歌谣的作者身份,也难以确定,但女性作为歌谣创作的主体,应是不争之事实。

本章参考文献

黄叔璥:《台海使槎录》,《台湾文献史料丛刊》第 4 种,台湾大通书局 1984 年版。

杜臻:《澎湖台湾纪略》,《台湾文献史料丛刊》第 104 种,台湾大通书局 1984 年版。

沈有容:《闽海赠言》,《台湾文献史料丛刊》第 56 种,台湾大通书局 1987 年版。

连横:《雅堂文集》,《台湾文献史料丛刊》第 208 种,台湾大通书局 1987 年版。

林道生:《原住民神话与文化赏析》,汉艺色研文化事业有限公司 2003 年版。

林道生:《原住民神话·故事全集》(1~5),汉艺色研文化事业有限公司 2003 年版。

卫聚贤:《台湾山胞与越闽关系》,1977 年自印。

卫聚贤:《蝙蝠洞考古与台湾山胞》,台湾省立新竹社会教育馆 1980 年版。

孙大川:《台湾"原住民"族汉语文学选集·诗歌卷》,INK 印刻出版有限公司 2003 年版。

刘登翰、庄明萱、黄重添、林承璜:《台湾文学史》,海峡文艺出版社 1991 年版。

臧汀生:《台湾闽南语歌谣研究》,台湾商务印书馆 1980 年版。

李献璋:《台湾民间文学集》,台湾新文学社 1936 年版。

---

① 从李献璋《台湾民间文学集》中搜集的情况看,以《月光光》为题的民歌在内容上跨度很大,如本书所引的这一首中有"童生"与"秀才",是明清时读书人参加初级考试前后的称谓,而其他以此为题的民歌中已有写到近现代生活的,足见这类民歌的渊源和变迁。

陈杰:《台湾"原住民"概论》,台海出版社2008年版。
高鹏:《台湾少数民族·达悟》,台海出版社2008年版。
李树义:《台湾少数民族·布农》,台海出版社2008年版。
顾扬:《台湾少数民族·排湾》,台海出版社2008年版。
高伟:《台湾少数民族·鲁凯》,台海出版社2008年版。
余清梅:《台湾少数民族·邵》,台海出版社2008年版。
陈小艳:《台湾少数民族·泰雅》,台海出版社2008年版。
陈海舟、李晔:《台湾少数民族·赛夏》,台海出版社2008年版。
宋强:《台湾少数民族·邹》,台海出版社2008年版。
许玉香:《台湾少数民族·阿美》,台海出版社2008年版。
鲁洪柯:《台湾少数民族·太鲁阁》,台海出版社2008年版。

第二章 明郑至清治时期台湾文学中的女性形象

第一节 概 述

明郑(1661—1683)到清治(1683—1895)时期,是中国古典文学在台湾的发生、发展并取得硕果的时期,也是台湾本土文学孕育、生成并渐成规模的时期。由移民、宦游、本贯作家组成的台湾文坛,200多年间,留下了大量内容丰富、风格各异的作品。仅据《全台诗》的统计,自顺治十八年(1661)至咸丰元年(1851),共有近500名文人参与了台湾诗歌的创作,留下了近80万言的诗作。《全台文》更是可观,仅出版的文言部分,就成就75巨册。但令人遗憾的是,明郑时期的台湾文坛,是男性作家的文坛;清治时期的台湾文坛,仍然是男性作家的文坛。就骈、散文的创作而言,《全台文》收录署名作家近70位,无一人为女性;就古、近体诗的创作而言,200多年间,在近500名诗人组成的台湾诗坛中,仅有三位女性诗人。若无杜淑雅、谢采蘩、官连娣三位丽影厕身其中,台湾女性诗歌史的叙事,或许只能从近代谈起了。

以上事实说明,明郑至清治时期,仍属台湾女性文学的酝酿时期。台湾女性文学的发生、发展,实质仍与其母体——大陆文学有着合拍共振之处,即作家队伍发展遵循着由以男性作家为主导到少量女性作家出现,再到女性作家频繁出现这样一个渐变的发展过程。因此,研究明郑至清治时期的台湾女性文学,就不能把研究重心放在硕果仅存的几位女性作家身上,视野应当更宏观一些。为了尽可能地发现并研究这一时期的女性创作或与之有关联的女性形象的创作,本章将"女性文学"的内涵稍做扩容,纳入两个层面的内容:一是女作家及其创作的代表性作品;二是男作家创作的有关女性的文学作品,并将此二者相互参照作对比研究。

这一时期,从女性文学的第一层面来审视,固然可说是台湾女性文学的荒漠时期,但从另一个层面来看,这一时期的女性,始终出现在台湾文学的叙事视野中。更有甚者,受地缘、政缘、亲缘、血缘等因素的影响,明郑至清治这段时期,台湾文学中出现的女性形象有着较为独异的特征,无论是寓台还是台湾本土作家,其笔下的女性抒写,常带有一定的异域风情、政治寓意与劝诫意味。番女、烈女、贞女、嫠妇,始终是作家笔下最为瞩目的形象,这些形象描绘,在200多年中,前后相继,由少渐多,由单一到繁复,由脸谱化到个性化。台湾文学中的女性形象,在这段时期中,并没有简单地移植大陆传统文学的主要特征(比如以男子而作闺音、闺怨、宫怨题材等),而是自成特色,自具面目。这是一个颇值玩味的学术命题。它至少说明,寓居、宦游台湾的男性作家,其女性观有一些特别之处,而由独异环境与特殊背景玉成的"台湾女性",自有某些令人回眸的亮丽之处。

第二节 濡染异域风情的人物特写——番女

"番女",是历史上汉人对一些少数民族女性的称谓,原本带有歧视意味。我们今天仍然沿袭引用,是本着尊重历史原貌的态度,不得已而为之。最早将台湾番女形象摄入笔下的,似乎是沈光文。沈光文(1612—1688),字文开,别号斯庵,今浙江宁波人,因其在台的文学文化活动与贡献,被誉为"海东文献初祖""台湾文化初祖""台湾孔子",系台湾文学的奠基人。他在《番妇》一诗中写道:

> 社里朝朝出,同群担负行。野花头插满,黑齿草涂成。赛胜缠红绵,新妆挂白珩。鹿脂搽抹惯,欲与麝兰争。

"番妇"形象初现于沈光文笔下,首先是他对台湾"原住民"女性的整体性的形象描绘。其次,他的文学视角,是民俗学的视角。因此,诗中充满异域风情。再次,他采用纯客观的摄影式写作手法,特别关注笔下人物的外貌、行为特征,至于其心理、情感,则置之不问。作者自己对人物的态度,也不带入作品之中。最后,诗句后多用小注来解释诗意。例如"鹿脂搽抹惯"后即注曰"番抹鹿油以为香",以注释诗,使得诗意明白易晓。

沈光文笔下的"番女"形象,还只是对台湾"原住民"妇女的某些风尚的勾勒,概括有余而个性不足,谈不上全面与丰满。但他的《番妇》诗,对于台湾文学中的番女形象的描写,起着开风气之先的启迪与示范作用。

在郁永河的《土番竹枝词》中,"番女"的形象清晰多了。《土番竹枝词》是一组集中描写台湾"原住民"独特民俗的诗,其中涉及"番女"的有三首,每首诗诗句后面都有小注,与沈光文的《番妇》诗有一致之处。不同的是,在郁永河的《土番竹枝词》中,一首诗写一种风尚,几首诗互相配合,"番女"的艺术形象就显得生动、丰满一些。

《土番竹枝词》其三曰:"胸背斓斑直到腰,争夸错锦胜鲛绡。冰肌玉腕都文遍,只有双蛾不解描(原注:番妇臂股,文绣都遍,独头面蓬垢,不知修饰,以无镜可照,终身不能一睹其貌也)。"描写番女以文身为美的习俗,有描写、有说明,"番女"靓丽的形象遂跃然纸上。

《土番竹枝词》其六曰:"覆额齐眉绕乱莎,不分男女似头陀。晚来女伴临溪浴,一队鸬鹚漾绿波(原注:半线以北,男女皆剪发覆额,状若头陀。番妇无老幼,每近日暮,必浴溪中)。"描写台湾"原住民"独具民族特色的发型与日常生活。

《土番竹枝词》其十三描写了台湾"原住民"妇女在族群中的地位:"男儿待字早离娘,有子成童任远扬。不重生男重生女,家园原不与儿郎(原注:番俗以婿绍瓜瓞,有子不得承父业,故不知有姓氏)。"重女轻男,显然与汉族习俗迥异。

自由恋爱与"凿齿缔姻",是台湾"原住民"的婚恋习俗,独具民族性。"婚姻无媒妁。女已长,父母使居别室中,少年求偶者皆来,吹鼻箫,弹口琴,得女子和之,即入与乱,乱毕自去。久之,女择所爱者乃与挽手,挽手者以明私许之意也。明日,告其父母,召挽手少年至,凿上腭门牙二齿授女,女亦凿二齿付男,期某日就妇室婚,终身依妇以处,盖皆以门楣绍瓜瓞,父母不得有其子,故一再世而孙且不识其祖矣"(《裨海纪游》);"番女与邻儿私通,得以自择所爱",番女择偶的自由度很大,颇有近代男女自由恋爱之风。故郁永河用略带赞许的笔调写道:"女儿才到破瓜时,阿母忙为构室居。吹得鼻箫能合调,任教自择可人儿。"凿齿而交换之,以为彼此定情之物,在汉族士人的眼里,亦实可怪也。故郁永河用诧异的口吻言道:"只需娇女得欢心,那见堂开孔雀屏。既得欢心才挽手,更加凿齿缔姻盟。"

在郁永河的笔下,尽管番女因为物质条件与劳作的原因,其外在形象固有未及修饰之处:"乱发鬖鬖不作䰎,常将两手自搔爬。飞蓬毕世无膏沐,一样绸缪是室家(原注:番妇乱发如蓬,虮虱绕走其上,时以五指代梳)。"但是,"谁道番姬巧解酿,自将生米嚼成浆。竹筒为瓮床头挂,客至开筒劝客尝","夫携弓矢妇锄耰,无褐无衣不解愁","月明海澨歌如沸,知是番儿夜弄潮(原注:番人夫妇,乘莽葛射鱼,歌声竟夜不辍)"。她们手甚巧,体甚勤,歌甚欢,是一群有自己独特精神品质的劳动妇女。

郁永河所描写的台湾"原住民"妇女形象涉及外形、恋爱、婚姻、劳动与娱乐,叙写已较为全面,人物形象也已较为丰满。其后的作者,从民俗视角入手写台湾番女、番妇形象的,多与郁永河的叙写有重叠之处,间或亦有补充。如孙元衡的《裸人丛笑篇》其六曰:"短布无长缝,尚玄戒施缟。桶裙本陋制,不异蛮狵狫。狫蛮凿齿丧其亲,尔蛮凿齿媾其姻。杂俗殊风仁不仁。"其七曰:"管承鼻息扬箫音,筠亚齿隙调琴心。女儿别居椰子林,雄鸣雌和终凡禽。不顾爷娘回面哭,生男赘妇老而独。但知生女耀门楣,高者为山下者谷。猫女腻新相斗妍,醉歌跳舞惊鸿翩。酋长朝来易版籍,东家麻达西家仙(原注:女长构屋独居,以鼻箫、口琴男女互相调和,久而意偕,乃告诸父母)。"清人王渔洋曾称赞孙元衡的《裸人丛笑篇》十七首,以为"人奇事奇,故诗亦奇也",连横亦以之为"孙湘南得意之作"①。然而从番女形象的写作来看,其所写乃台湾"原住民""凿齿缔姻"、赘婚习俗及自由择偶之风尚,实未出郁永河之窠臼。黄叔璥作《番社杂咏》二十四首,分写台湾"原住民"之文身、作室、种园、禾间、昼织、夜春、捉牛、射鱼、捕鹿、猱采、社饷、互市、树宿、哨望、斗捷、嘴琴、鼻箫、迎妇、浴儿、让路、渡溪、会饮、赛戏等23种民俗,在台湾民俗诗的写作史上,自成特色,但仅文身、嘴琴、鼻箫、迎妇四首与番女有关,内容也无新意。

写番女而跳出民俗窠臼的,当推阮蔡文。其《咏大甲妇》诗曰:

大甲妇,一何苦。为夫饁饷为夫锄,为夫日日绩麻缕。绩缕须净亦须长,捻匀合线紧双股。斫木虚中三尺围,凿开一道两头堵。轻圆漫卷不支机,一任元黄杂成组。间彩颇似虹霓生,绽花疑落仙姬舞。吾闻利用前民有圣人,一器一名皆上古。况兹杼轴事机丝,制度周详供黻黼。土番蠢尔本无知,制器伊谁远近取。日计苦无多,月计有余褛。但得稍间余,轧轧事伛偻。番丁横肩胜绮罗,番妇周身短布褌。大甲妇,一何苦。

阮蔡文写"大甲妇",有两大特点:"一是写她巧。她织的布,'间彩颇似虹霓生,绽花疑落仙姬舞。'二是写她苦。她天天要为夫饁饷,为夫锄地,还要为夫织麻缕,累得背都驼了,穿的还是粗布衣服。"②番妇之巧,在台湾文学中不乏写作者,然而以同情的笔墨写番妇之苦,屏弃猎奇、歧视之心理,不以正统自居,不取俯视的态度,以平等的、关心的、己溺己饥的精神,真实地再现番妇的生存状况,这在其他作者的作品中并不常见。

---

① 连横:《台湾诗乘》,台湾大通书局1987年版,第29页。
② 刘登翰、庄明萱、黄重添、林承璜主编:《台湾文学史》(上卷),海峡文艺出版社1991年版,第152页。

写番女而独具情韵者,当推谢采蘩之父谢金銮。谢金銮有《台湾竹枝词》三十一首。他在《竹枝词序》中说:"五七言诗以典雅丽则为宗。惟《竹枝》杂道风土,虽方言里谚皆可以入则,犹《国风》之遗也。金銮以甲子腊月司铎武峦,乙丑供长工事,侨居赤嵌……耳目所经,时亦形诸歌咏。"从序中不难得知,谢氏作《竹枝词》,所取的是中国古典诗歌中的采风传统。因此,从内容上说,其《竹枝词》写番女,仍重在借番女写台湾"原住民"的民俗,但由于谢氏在创作时,注意从心理的视角刻画番女的形象,在番女形象中注入新的内涵,因此读来别具情韵。《台湾竹枝词》其十曰:"妹家门倚绿珊瑚,毒汁沾人合烂肤。愁说郎来行径熟,丫斜卷口月模糊(原注:绿珊瑚有枝无叶,丫叉状类珊瑚,其汁甚毒,沾汁肌肉皆烂,台人屋居前后,树之以为樊蔽)。"从原注看,作者创作此诗,乃因台湾"原住民"多以"绿珊瑚"为樊篱的独特民居文化。诗人抓住"绿珊瑚"有毒这一特性,借助于想象、推测,结合台湾"原住民"青年男女自由恋爱之风,将番女与其情郎的幽会置于特定的时间(月模糊)和特定的环境(门倚绿珊瑚)之下,将番女既渴望又担忧、亦喜亦忧的复杂心理呈现在读者面前。这一形象,既源于现实,又高于现实,具有很强的艺术感染力。比较一下刘家谋的《台海竹枝词》十首其四"月影朦胧郎识得,绿珊瑚里是侬家",高下精粗立辨。

　　以上枚举的台湾文学中的番女形象,仅是明郑迄清治时期台湾文学中的一部分。据汪毅夫《民俗、方言与台湾文学》中的搜罗可知,清代台湾采风诗之主要作家,有齐体物、高拱乾、郁永河、孙湘南、阮蔡文、蓝鼎元、黄叔璥、郑大枢、夏之芳、吴廷华、范咸、张湄、李如员等43位。他们的采风诗,大多数皆提及番女的形象。

　　台湾文学中的番女形象,持续地、较频繁地出现在明郑迄清治时期的寓台、宦台或台籍作家的笔下,原因有三:

　　其一,与台湾独特的地理位置与文化发展进程有关。台湾四面环水洋的孤岛地理形态,在一定程度上减少了外来文化信息的侵蚀与干扰。这种长时间的近乎"桃花源"式的原始生活方式,使得台湾"原住民"相当完整地保持了民风民俗。在明郑以前,其文化发展的进程,受大陆中原文化与外来文化的影响并不明显。因此,当这些寓居、宦游的大陆士人初次接触台湾"原住民"的文化时,为其所吸引并形诸文字,就势在必然了。番女——台湾"原住民"女性——作为文化的重要载体,其在服饰、行为、婚恋等方面皆迥异于中原女性,她们以艺术形象出现于作家的笔下,也在情理之中。

　　其二,在中国的文化传统中,士人有"入境问俗""下车观风"的古训。明郑时期的台湾作家,其主体是入台官员。他们在问政之余,兼而"问俗",将所见所闻记录于诗文之中,符合传统文人的治学与创作之路。郁永河著《裨海纪游》,黄叔璥著《台海使槎录》,董天工著《台海见闻录》,朱景英著《海东札记》,

陈盛韶著《问俗录》，皆能证明这一与士大夫契合的文化传统具有很强的实践精神。在《全台诗》中，以"竹枝词"为题者，有李如员《台城竹枝词》、彭廷选《盂兰竹枝词》、刘家谋《台海竹枝词》、陈肇兴《赤嵌竹枝词》，等等，举不胜举。这一写作形式的丰富也说明，旧的创作理念对于入台文人有着较强的规范作用。明郑迄清治时期的入台、寓台作家，其作品中的番女形象总与番俗、风物同时出现，系台湾民俗的一部分，其原因亦在此。这些诗歌的史料价值胜于艺术价值，其为学界所珍视，不在其诗，而在于其注，原因也在此。

其三，宦游者乃是清治时期台湾作家的主体。多数官员在台湾的为政时间并不长，因此，相同主题的作品便在前后入台的作家笔下陆续出现。200多年间，番女的形象一直不断地在台湾文学中出现，与台湾作家不断地更新有相当大的关系。

第三节 渗透着双重意志的"偶像"——烈女

"文学史，就其最深刻的意义来说，是一种心理学，研究人的灵魂，是灵魂的历史"①，明郑迄清治时期的台湾文学，有明末清初遗民的热望与失望，有清治赴台官员的期待与抉择，亦有寓台儒士的慨叹与反思。这些源自不同群体、不同身份的作家心灵深处的声音，有的前后相续，有的同时并起；有时作家直抒胸臆，有时作家托物言志，借此言彼。其自奏心曲者，自不待多言，其暗度陈仓处，须拨云见日，还其本来面目。在明郑迄清治时期的台湾文学中，"烈女"形象在文本中的凸现、强化，就是笼罩于台湾文学上的一层浓雾。"烈女"，这个中国古典文学中的传统意象，当被移植于台湾文学之中时，实质上承载了她原本不该承载的文化元素，她与官员的期望、部分汉族士人的"遗民情结"是紧密联结在一起的。

在明郑迄清治时期的台湾文学中，"烈女"形象有双重文化内涵。首先，承载着官方"移风俗"的意志，这是"烈女"形象在台湾文学中的第一层文化内涵。连横在《台湾通史·列女传》中说：

> 乌乎，东者撮土尔，而贤妇、才媛、烈女、义妃，一时并萃，谓非间灵之气多钟于妇人欤！夫夫妇之道，人之大伦，男子治外，女子治内，古有明训。台湾三百年来，旌表死节，多至千数百人，虽属庸德之行，而茹苦含辛，任重道远，固大有足取焉者，夫人至不幸而寡，家贫子幼，何以为生？

---

① ［丹麦］勃兰兑斯著，张道真译：《十九世纪文学主流》（第一分册），人民文学出版社1997年版，第2页。

而乃躬事缝纫，心凛冰霜，日居月诸，照临下土。卒之老者有依，少者有养，以长以教，门祚复兴，其功岂不伟欤！又或变起仓卒，不事二夫，慷慨相从，甘心一殉。贞烈之气，足励纲常，斯又求仁得仁者矣。昔子舆氏谓："可以托六尺之孤，可以寄百里之命，临大节而不可夺者，是为君子。"余观节妇所为，其操持岂有异是。惜乎其不为男子，而男子之无耻者且愧死矣！

连横这段"台湾烈女论"包含四个方面的内容：第一，烈女之范畴：贤妇、才媛、烈女、义妃；第二，台湾烈女之数量："多至千数百人"；第三，烈女之主要表现：寡而有德者与殉夫而死者；第四，烈女之意义：明纲常、移风俗。

这四个方面的内容，最后一则尤能代表清代官方之意志。因此，在现存的关于台湾女性的文献中，关于"贤妇""才媛"的资料甚少，而"烈女"对于台湾社会的意义却一再被强调。如董梦龙《台湾风土论》："（台湾）妇女好游，桑间濮上之风炽焉……开辟以来，置郡县学，设博士弟子员，当途加意培植，以至于今，而文人才士未有应地灵而起者，岂天地秘郁之气，一朝难以遽辟……虽然，以台之淫风流行，而烈女、节妇，所在辈出。自伪郑时，有阮氏、郑氏殉其夫死，志行可嘉；伪世子妇陈氏，死尤烈。自是以来，有雷氏、林氏、李氏、郑氏、董氏、庄氏，后先辉映。而方垄妻黄氏，姑夫交迫以淫，义不受辱死，尤籍籍人口。何女子之染于士风，而无待于教化也！"台南《黄宝姑碑记》："习俗移人之说，固不足信，而纲常名教，一死之所维持，岂浅鲜哉。理宜闻诸朝廷，请建坊立祠以彰潜德。"台中县《贞节坊重修碑记》："夫贞孝者，妇人之美德也。其生也，有以坊于时，其没也，亦有以怀于心。虽闾巷，夫闺门弱质，犹时思慕而不能忘，畏敬而不敢慢，故其名久而不行益彰，身亡而节弥著，纵经陵谷变迁，其贞孝之坊巍然独存，此岂或使之然哉……盖所以兴起其俗而动化其民，使知贞孝之不可泯也。"

从上引文献不难看出，"烈女"对于清治时期的台湾社会，其主要功能是动俗移风，其主要意义在针砭台湾社会日下之士风与流行之淫风。也就是说，"烈女"在台湾的发现、褒扬，是清政府统治与稳定台湾政策的组成部分，是清治时期入台官员政教合一的重要施政手段。因此，"烈女"是否出现以及数量的多少，是政府意志在台湾渗透强弱的标识。在这样的意识形态与价值观的支配下，就出现了两种最易进入清治时期入台官员视野的"台湾妇女"形象：一种是伤风败俗之典型，一种是持正守节之代表。

六十七（即陆世琦）《通饬慎婚姻重廉耻示》曰：

> 婚姻为人伦之始……本院莅台以来，深察民情，其礼义不愆者固多，而习俗未免淫佚。婚姻不遵礼法，有一女而两许，有既定而后悔者，每披文卷，不胜发指……现据台防厅审详李某控告连某一案，查李某自幼聘定

张某之女为妻,于十年九月完娶;讵于十月归宁,张某复将其女改嫁连某。在张某固属老而无耻,而其女到案,辄敢供称李某不肖,不肯相从。古云:"夫为妇之天。"又云:"妻者,齐也;一与之齐,终身不改。"今张某之女自恃少艾,敢于嫌夫别嫁,全无廉耻,深可痛恨!除传齐耆老人等,将张氏同连某二人,本院亲提于城隍庙重惩未徼,仍将连某枷号游城外,合通行饬知……现今圣朝首重贞节,凡妇女持正守志者,率加旌表。尔等虽居海外,当知秉礼守义,为声教之所不遗;万勿狃于恶习,恬不知改。

《通饬慎婚姻重廉耻示》以最明确的官方语言宣示了两种典型,一种如李某之妇,敢于追求自己的幸福而不遵礼法,一种是"妇女持正守志者"。前者是重惩对象,后者为"旌表"对象。前者越多,则意味着清治时期台湾民风未臻淳朴,这是入台官员不愿意看到的。相反,后者越多,则意味着其教化越有成就。在这样的心理驱动下,一批又一批的入台官员,用碑文、诗歌记录、宣扬、褒美"烈女",也就不足为奇。所谓"台湾三百年来,旌表死节,多至千数百人",其原因即在此。而与碑文、方志相表里,台湾诗歌中赞美"烈女"的声音亦此起彼伏。仅节妇郑氏一人,就足以引起施世榜、林华昌、王敏政、陆登选、孙襄、张驭、郑应球、吴周祯、张士箱、李廷纲、李钦文、孙日高、张师文、郑焕文、郑凤庭、张缵绪等20多位宦台或台籍诗人的创作兴趣。其余如"台湾三仁"之一的"刘烈女"以及众多的"节妇坊""烈女坊",歌咏之诗亦不胜枚举。可见"烈女"形象在清治时期深入士心。

由于台湾诗歌中"烈女"形象渗透着"淳风俗"这一层说教意志,因此,尽管此类题材作品甚多,但无论是主题还是手法,都存在着类同的现象,不同作家的同类作品与同一作家的不同作品,并无明显的高下之分。以《节妇郑氏诗》为例,孙襄的诗曰:

名家淑女掷芳年,未解三生石上缘。
皓月长明沧水面,颓风直挽凤山巅。
岂贪盛节垂千叶,但矢贞心到九泉。
扶植纲常吾辈事,新诗题遍海东天。

郑应球诗曰:

杀身取义古为程,世上浮云一羽轻。
松柏自能留正气,杨花终不是芳名。
青丝半缕悬寒月,碧冢双封吊暮鼪。
今日使君题赠尔,乌衣门巷觉峥嵘。

吴周祯的诗曰:

>　　廿载红颜誓柏舟，霜天皓月耀中洲。
>　　绘来环佩皆生气，死去纲常属女流。
>　　早订双栖同土壤，肯留只影度春秋。
>　　尺丝魂断声名振，愧杀须眉万古愁。

张士箱的诗曰：

>　　慷慨捐躯易，从容全节难。
>　　不为忠义胆，偏作女流肝。
>　　明镜悲秋尽，幽云拂雨寒。
>　　风谣传海内，千古尚相看。

林华昌的诗曰：

>　　凄绝香闺忽折鸾，无端玉树苦摧残。
>　　百年心事梦中托，九转肝肠哭后干。
>　　蜀魄夜啼霜月冷，湘魂时绕凤江干。
>　　从容一死宁他矢，独挈纲常万古寒。

在这些诗中，看不见生命消逝的叹息，看不见白发双亲的眼泪，看见的是反复出现的"纲常"和所谓的"正气""忠义"。有文字，而无灵魂；有说教，而无真性情。诗至于此，可谓诗之厄矣！

其次，"烈女"形象在台湾文学中的第二层文化内涵寄托了部分汉族士人的"遗民情结"。而"遗民情结"的载体主要集中在"五妃"形象上。关于明末五妃的事迹，凌扬藻《蠡勺编》卷三十四记载曰：

>　　五妃墓，在台湾县之仁和里，故明宁靖王术桂之姬袁氏、王氏、秀姑、梅姐、荷姐墓也。明亡，宁靖挈眷依伪郑以居，康熙癸亥，施襄壮琅克澎湖，王语诸姬曰："我死期至矣！"皆对曰："王生俱生，王死俱死。"遂同缢堂上。越日，宁靖死。乾隆十一年，方司马邦基立穹碑南门外曰："五妃墓道。"并刻诗其下，其最佳者张侍御湄诗云："瘗玉埋香骨未尘，五妃青冢草长春。云寒孤岛魂相聚，直抵田横五百人。"

《全台诗》中，现存"五妃诗"近30首。关于"五妃诗"的创作，从作者身份看，台湾本土作家是主体。15位作者中，台湾本土作家有林中桂、施世榜、江日升、施陈庆、陈辉、秦定国、施钰、章甫、祝道椿、僧莲芳生平不详，其余5位为非台籍士人。从题材来看，"五妃诗"皆属怀古咏史诗，但就其寄托的情感来看，台籍士人与入台官员之间则稍有区别。入台士人的诗寄托的感情比较简单，无非赞"五妃"之节烈；而台籍士人（特别是清治前中期的士人），其"五妃诗"中包含的情感就显得有些复杂。

林中桂《吊殉节五妃墓》：

> 谁将明祚复延长，六月投缳日色黄①。
> 节凛泉台甘结伴，躯捐海国愿从王。
> 宫闱永别同埋玉，脂粉宁悲久瘗香。
> 行过魁山遗冢在，至今犹绕老烟光。

施世榜《吊殉节五妃墓》：

> 珠沈芳草带余薰，玉碎空山锁乱云。
> 匹妇但知生共枕，五妃仅见死同群。
> 千秋节义谁无主，一代蛾眉独有君。
> 回首可怜明季世，相臣事业不堪云。

江日升《赞宁靖王朱术桂与五妃殉节二绝》：

> 天地乾坤无可寄，飘然海国全其身。
> 于今天命诚如此，不负朱家一伟人。
> 四海飘蓬何处栖，厦倾一木总难支。
> 愿留数茎白头发，归见高皇喜有子。

施陈庆《吊殉节五妃墓》：

> 五妃殉节报明君，旷代流芳天下闻。
> 烈魄共吞东海月，英风齐撼西山云。
> 啼残蜀帝声中血，拖尽湘灵水上裙。
> 尘土何干悲粉黛，一朝忧戚与谁分。

这几首"五妃诗"有一个共同特征，即虽明写五妃，却又暗寓着对南明覆亡的某些思考。所谓"一木总难支"就是从时势的角度指出南明小朝廷必将灭亡的历史趋势，"回首可怜明季世，相臣事业不堪云"似乎又在总结、感叹明代政治的得失。对比六十七的《吊五妃墓》，便可发现上引几首诗的特别之处：

> 东风骀荡天气清，载驰骢马春巡行，
> 刺桐花底林投畔，森然古墓何峥嵘。
> 路旁老人为余泣，当年一线存前明。
> 天兵既克澎湖岛，维时台海五烈皆捐生。
> 至今抔土都无恙，谁为守护劳山精，
> 云封马鬣连衰草，四围怪石争纵横。

---

① 原注：癸亥(1683)六月投缳，黄气绕室。

> 时闻鬼母悲啼苦，想见仙娥笑语声。
> 岁岁里民寒食节，椒浆频奠陈香羹。
> 满目荒凉已感叹，更听此语尤伤情。
> 有明岁晚多节义，樵夫渔父甘遭烹。
> 岛屿最后昭英烈，顽廉懦立蛮妇贞。
> 田横从死五百皆壮士。
> 吁嗟乎，五妃巾帼真堪旌。

六十七是满族人，他的民族情感应是倾向于清政府的。在这首诗中，有写景，有叙事，有抒情，就艺术价值而言，可能较林中桂等还略胜一筹。但是，该诗的主旨却在"顽廉懦立蛮妇贞"一句，也即是说，六十七作为清治时期的台湾官员，更看重的是"五妃"对于台湾社会的教化意义。因此，这首诗与普通的"烈女"诗及与他的《通饬慎婚姻重廉耻示》相比，并无本质上的区别。他提及"晚明"，也只是不可避免的叙事，仅此而已。

明郑时期是台湾政治史中至为重要的时期。不少台湾籍士人均与明郑有着一定的渊源，甚至带有一定的反清情绪。如江日升著《台湾外纪》，即志在保存明郑时期的重要史实。他的父亲江美鳌曾随明将郑彩在长江护卫南明弘光帝。林中桂曾礼赞过康熙六十年（1795年）的朱一贵起义，朱一贵起义事败后，他自己因"从匪"被议。朱一贵起义时，起义者在旗帜上书写"大明重兴""大元帅朱""清天夺国"等字样，"显然含有反清复明"的政治目的①。

台湾是最后被纳入清政府政治版图的区域。因此，台湾籍士人对明郑以及关乎明郑的史实、人物，其情感就复杂得多。台湾籍士人所作"五妃诗"，暗含有虽不明显却不可忽视的"晚明情结"，其原因似乎当从此中去索解。

明郑迄清治时期的台湾文学中关于女性的作品还有一些，兹据《全台诗》录其作者与篇名如下：

卢若腾《将士妻妾泛海遇风不任眩呕自溺死者数人作此哀之》，郑经《闺思》《妒妇歌》《采莲曲》《览镜》《秋闺月》《和李正青不遇空怨归》《闺人春日》《川上女》《催妆》《美人晓妆》，江日升《吊监国夫人诗四绝》，朱景英《女戒图》《明吴江女子叶小鸾自写小影为顾鉴沙题六首》，章甫《蔡母许孺人寿歌二首》《赠友纳宠四首》《寿吴母刘太君七十》《叠寿吴母刘太君七十韵》《四时闺思四首》《哭母六首》《西施泛湖图》《香闺秋夜思集句》《仙姬送桂图为王芳圃弄璋志喜》《半截美人图》，胡承珙《哭女随珠》，施钰《七子篇题孝女木兰跨鞍像》，陈维英《代少江寿张母夫人》，施琼芳《唐柳奇缘诗十八首并序》《晴皋太史同年以题颜希

---

① 陈孔立：《清代台湾移民社会研究》，厦门大学出版社1990年版，第130页。

源百美新咏诗索和勉拟附后》等。

这些作品按诗歌题材可分为两大类：一类以现实中的女性为叙写对象，多属寿唁诗或酬答诗的范畴；一类以历史人物、艺术作品中的人物甚至是想象中的人物为对象，进行艺术创作或再加工，属于传统诗歌创作中的咏史诗、题画诗或闺怨诗的题材范畴。

虽然这些作品所写的女性未必即为台湾女性，其中的大多数甚至不以现实中的女性为依据，但这些作品毕竟系台湾女性文学的一部分，是台湾女性文学内涵丰富的表征。此外，这些女性形象的描写，与中国传统文化中的女性形象有惊人的暗合之处，对于台湾女性文学的"移民"性质，也是一补充说明。

本章参考文献

施懿琳等编：《全台诗》，远流出版公司2004年版。
黄哲永、吴福助编：《全台文》，文听阁图书有限公司2007年版。
连横：《台湾诗乘》，台湾大通书局1987年版。
连横：《台湾通史》，黎明文化事业股份有限公司1985年版。
郁永河著，许俊雅校释：《裨海纪游》，台湾编译馆2009年版。
田哲益：《台湾原住民的社会与文化》，武陵出版有限公司2001年版。
陈孔立：《清代台湾移民社会研究》，厦门大学出版社1990年版。

第三章 鸦片战争至日据中期的台湾女性创作（1840—1937）

第一节 概 述

中国女性文学的历史源远流长,知名成家者代有人出,但在台湾,古代女性作家的身影十分少见。连横在《台湾通史·列女传》中云:"台湾为新辟之土,间灵之气,虽不尽钟妇人,而捴藻扬芬,衡金式玉,岂无二三秀出之媛,足以蜚声彤管。惜乎史多阙文,而懿德遂不传尔。"然而在鸦片战争至日据中期①这段时期中,台湾女性文学经历了由零星萌长到日渐活跃至局面较为可观的发展阶段。

当然,这一发展变化与台湾本土的社会历史变迁紧密相关。清政府统一台湾之后,设府置县,开科取士,使台湾的政治结构和文教建制都纳入中央王朝的系统,中原传统文化在台湾得以广泛传播。随着文教事业的发展和文化的日兴,台湾文学的创作逐渐由大陆来台文人的采风问俗转为以本土文人为主,然而其创作主体仍是男性。不仅移民入台、来台宦游的官员和文士多为男性,就是在台湾本岛,由于封建礼教的制约,女子以无才是德为训,一般较少有接受教育、学诗作文的机会。因此,鸦片战争之后,女性文学的创作园地仍数

---

① 关于台湾日据时期的分期,学界一般以1920年、1937年为两个时间分界点分为前期、中期和后期,本章论述亦依据此分期方法。

贫瘠，只有极为少数的有才华的女眷如林占梅之妾杜淑雅等留下诗作。

乙未割台日据以后，台湾的社会形势发生翻天覆地的变化，文坛也相应呈现出新的动态。一者，忽逢变局，士之不得于志者，竞逃于诗，寄情自遣，以泄海桑时变之感；一者，异族入据，面对日本强大的文化同化压力，许多有心之士有意通过吟诗酬酢，扢扬风雅，以希振兴汉学、保存汉文化。故而，一唱百和，南北并起，吟诗联唱蔚为风气。以文会友、以艺相磋的诗社亦呈渐盛之势。在这样一个汉学振兴的文化背景下，许多女性加入汉学的行列，她们学诗、能诗，公开发表诗作，参与汉诗活动。由于她们的耽情吟咏，在日据前期，台湾女性文学创作由此走出往日的沉寂。在她们当中，不仅有诗坛知名人士如林次湘、王香禅、蔡碧吟等，亦有无名女士踊跃投稿，并引起社会广泛关注，出现多人应和的现象。如1905年9月7日《汉文台湾日日新报》就登载编辑"植亭"对无名女性"北门外连氏女"投稿的态度声明，说："作者前曾寄诗祝汉文报独立，未为发刊，而稿已失。顷由此佳章，独惜不书名字里居，无从取信，恐非庐山真面，或好事者为之近是，然否还质其人。"因身份不明，故对此女子创作的真实性表示怀疑。后此"连氏女"又投《自怨》诗自述身世，编辑才相信此"连氏女"为能诗女性，刊发其诗①。诗作内容如下：

> 七岁读书春复秋，养家父母逝悠悠。
> 一身落寞无栖处，转赖生亲鞠育留。
> 亲结其褵八月天，私心窃拟是良缘。
> 那只身命遭磨蝎，郎竟恹恹一病缠。
> 春来日渐病疴况，消瘦形容已失音。
> 任是神仙丹丸转，也难救此肺伤深。
> 药石无灵病异常，酸心泪下陪神伤。
> 可怜明月团圆夜，正是人间死别长。
> 三载夫妻一旦离，呼天抢地独哀愁。
> 君今骑鹤飘然去，万哭千啼总不知。

此诗浅白，详述儿时不幸直至丧夫之痛，情感甚为真实、凄楚，显见出乎女子之手。报纸刊发后并附评语云："现身说法，历数平生，口角凄凉，一字一泪，其声如孤舟嫠妇，其韵如哀雁悲鸣，足令读者鼻酸，尤首首神气，俱能恰到好处，洵闺阁中不可多得也。"从诗中女子的身世来看，她在养父母家得以学习诗书，故而能诗。出身平常人家的女性，能作得如此篇章并将其积极发表以布报刊，足见当时文学风气之盛和女性创作之氛围。此诗发表后，引来诸多女子的

---

① 《汉文台湾日日新报》1905年9月27日。

竞相唱和,以至于有文人对此状况发表感想说:"有句云:'风雅消沉名士少,江山秀丽美人多。'盖即事之作也。讵知灵秀所钟,而风雅转出巾帼。特无人为之提倡耳。我台之不栉进士,固自多也。比自北部连氏女开其先,而南中之和而继之者,如骆胜蓝、刘银瓶、连阿好、王爱书辈,不一而足,亦可以观矣。"①其中所列"和而继之"的女子皆平常女性,如盐水港刘银瓶,《汉文台湾日日新报》就介绍道:"史银瓶者店仔口街银匠之妻也,脸腻夭桃,腰轻舞燕,善画工书,博通经史,解音律,好咏歌,绰绰有曹大家风范,第其林下风致,事负腹将军,多与墨客词人,诗酒往来,或对局敲棋,刻烛联韵,时有巧思丽句出人意表……只恨流水弹琴,知音未遇,有类幽兰空谷,自赏孤芳,殊为怅怅。近获与连氏女、蔡少香,驰骋词坛,挂名报牍,不使有才女子,湮没于穷乡僻壤中,而举世莫知也,亦云幸矣。"②刘氏银瓶和作《读连阿好女史佳作有感》云:

> 我亦当时学咏吟,推敲未就费深心。
> 闺中雅友穷乡少,笔砚空疏直至今。
> 近读连家才女诗,不禁技痒写巴辞。
> 班门弄斧毋相笑,慕子深情使子知。
> 咏雪相传道蕴贤,于今又有女青莲。
> 不嫌学浅才庸拙,愿结闺门翰墨缘。

可见银瓶出生于穷乡僻壤,后嫁一银匠为妻,但风姿绰约,颇有才气。另鹿港街连阿好《读台北连氏女自怨诗有感而作》云:

> 披吟佳句颦双蛾,堪叹身宫坐蝎磨。
> 自谓宗亲原小姓,偏于薄命女人多。
> 相怜同病感如何,悔我当时学唱歌。
> 不若男儿天纵子,海南地北日奔波。

旅台南兵马营一女子骆胜蓝不仅有《自叙五首用连氏女史瑶韵并引》,又有《再和连女士芳韵》(五首)、《再叠前韵寄连女史》(二首)等多首和作。连氏女之作如抛砖引玉,以上诸和诗,或以诗交友,或同病相怜、与之同哭。这些女子在诗坛上稍纵即逝,并未留下多大的声名,但从她们对连氏女一诗的应和风潮中可以看出,日据以后,社会上女子能诗并将自己的创作公诸世的现象已经非常普遍。甚至有如余芬兰、萧莲卿者在报刊上你唱我和,借诗作公开交游。一名为"试竿叟"者在《台湾日日新报》上发表声明说:

---

① 《汉文台湾日日新报》,1905年11月25日,诗话《拾碎锦囊》。
② 《汉文台湾日日新报》,1907年1月13日,《空谷幽兰》一则。

> 近见各报诗坛词界,常有女士女史名字。呜呼!当此斯文将丧之秋,男子能诗尚觉难得,况女子哉!诚可嘉也。但不知诸女子果有真才否?倘有真才,击钵吟会恭请莲步出席。①

署名"一女士"者则回应道:

> 敬答试竽叟请我女子参加击钵吟会,但台湾社会尚未进化,得保不被人误解耶?所愿吟会一般会员诸先生,停止挟邪之行,然后吾辈以礼自持,与之出席。咏雪无妨,赠芍不可。不知诸先生以为如何?②

这说明,日据前期,女性虽然能公开创作、施展才华,不用再感叹"自恨罗衣掩诗句",但此时社会上仍未挣脱传统观念中诗话场上红裙侑酒、佳人助兴的陋习和成见。所以,女性诗人仍担心在男性诗社中抛头露面。故而,除了个别女士,如林次湘者,参与诗社活动的仍为少见。

进入1921年,新文学运动兴起,诗社大兴、击钵联吟之风盛行,女性诗歌创作迎来兴盛时期。黄美娥《日治时代台湾诗社林立的社会考察》一文指出,1921—1937年"这十七年间是全台诗社数目增加最多的阶段","足见此时期正是台湾诗社林立的'高峰期'",而"大正十年(1921),田健治郎总督曾于官邸招待全台诗人,对于诗人的高度礼遇,无疑是各地诗人渐增、诗社纷起的重要契机,因此大正十年也成了全台诗社激增的一年。甚至有些地区是在本年以后才开始成立诗社,如基隆市、屏东县、台东县,可见这一年对台湾诗社而言是极关键的一年。"③当时旧诗吟风蔓延全岛,诗社遍布各地,粗通文墨的寻常百姓也加入逞才竞技的行列中,所有的社会阶层都有文士化的倾向。汉诗融入百姓的日常生活中,掇文扬雅之风一时之盛。在这样一个诗社林立、文学化的社会里,不仅吟咏能诗、积极参与诗社活动的女性大大涌现,还出现纯由女性成员组成的诗社。

日据以后,女性的社会地位仍远不如男性,接受文学教育的机会并不普遍,但随着整个社会对汉文学的重视和发扬,女性比以往更易获得学诗的门径。总体来看,这一时期女性学诗的渠道主要有以下两种:

一是家学渊源。通过这一渠道学诗的自然是那些出身书香家庭的名门淑媛。相比一般女子,她们从小就有学习文墨和吟咏的机会,在良好的家庭文学氛围中得以耳濡目染,受到父母或其他亲人的影响,养成对文学的爱好,培养了创作的才情。女诗人李如月从小就接受父亲的诗礼垂训,父亲去世后,她在

---

① 《台湾日日新报》1919年10月1日,"枫叶荻花"栏。
② 《台湾日日新报》1919年10月6日,"枫叶荻花"栏。
③ 《台湾风物》1997年第47卷第3期。

《先严逝世卅六周年感赋》中追忆此事云:"卅六年来骨肉疏,追思庭训转愁余。鄙倭戎学扶桑语,存汉唯崇孔氏书。"诗中道出了父亲重视汉学修养对她影响深远这一事实。才媛黄金川,自幼丧父,但受其母亲蔡寅爱好古典诗词的影响和熏陶。不少女诗人的父亲都能诗,热心参加诗社活动,如蔡碧吟之父蔡国琳为南社首任社长,吴燕生之父吴子瑜参加栎社,又自组怡社。有些女诗人的父亲担任塾师,如赵清华之父赵元安在台北设剑楼书塾;洪月娇之父洪少陵曾任澎湖赤嵌公学校汉文教师,后于高雄旗后、三块厝设帐授徒。作为诗人、诗社成员或塾师的女儿,她们有更多的机会接触汉学,成长为有才华的女诗人。

二是从师问学,接受书房教育。借此途径熏习诗教者大多为一般家庭出身的女性,当然也不排除有的名门淑媛除了接受家学外,也追随名士。日据以后,为传授汉学诗道、抵御异族同化,不少文人儒士设帐收徒,其中思想开明者不排斥接纳女弟子学诗吟咏。当时知名者如赵元安,字文徽,号一山,又号剑楼,1911年设"剑楼书塾"授徒,1921年设帐于台北,称其书塾为"剑楼",旗下女弟子王香禅(留仙)、洪貌仙(碧梧)、陈飞仙、周婉香、李晚霞、刘菡香、容荷青、周莲青、赵瑶青等,皆为一时之选。陈锡如,字钟灵,别号近市居士,先后在高雄、澎湖设帐,致力于女学。高雄旗津留鸿轩的女弟子有蔡月华、徐绣红、李玉音、李云英、卢虹乔、叶翠锦、陈素云诸人。澎湖留鸿轩的女弟子有蔡旨禅、蔡云锦、林淑妹、陈素心、陈雪玉、林芷香、郭素娟等人。其中尤以在高雄旗津设帐时门下收有十二女弟子闻名,澎湖弟子蔡旨禅曾有诗《喜晤锡如先生蒙录收门下赋此志感》感慨道:"公门桃李满庭隅,别有修桐十二株。愧我飞飞帘外燕,也随鸾凤上高梧。"明确地对"修桐十二株"表示艳羡。其他如施天鹤,字梅樵,女弟子有黄金川、王韵梅、诗妓阿桂、荷香等。黄绍谟,字丕承,号卧云,1920年设卧云斋教学,女弟子有林兰英、林富、李惜、黄文理、许承足等。王石鹏,号了庵,女弟子有林佩芬、林招治、杨娇娥、王少沧、吴燕生等。少数女性转益多师,如王香禅除拜赵一山为师,又得连横指导。李如月除自幼延聘邱仁秀才及张希袞宿儒在家力学国文诗词,又另师台南名诗家赵云石。与其他学诗途径相比,女性在这些文士帐下,不仅可以研习诗艺,还可以良好的平台唱和联谊、参与活动,往往能在社会上产生一定影响。

这一时期,社会上对女性创作也多持肯定和鼓励的态度。一方面,当时的文人对女士能诗不吝给予赞美,如前"试竽叟"即是。另一方面,当时的汉文报刊如《台湾日日新报》积极刊载汉诗。由于报纸杂志的传播效用和影响较大,所以它们的肯定和收录不仅极大地刺激了女性创作的积极性,促进了女性文学的成长和发展,而且对女性文学作品有保存之功。此外,随着女性文学创作的日益增长,少数文人刻意收集、保存女性诗作,如王松的《台阳诗话》收录了杜淑雅、林次湘、陈玉程的诗,连横的《台湾诗荟》收录了王香禅、李如月、李师韫、黄金川、洪浣翠的诗。女性作品本来就不多,能流传下来的就更少了。所以,报刊的及时登载,文人的用心收录,无疑功不可没,为现在了解、书写台湾女性文学史留下弥足珍贵的资料。

第二节　宦游和本土文人的女眷与文学

自清政府进驻台湾,大量属吏入台行治。清政府在台建立起包括文庙、儒学、书院、社学、义学、民学等在内的教育体系后,大批文人(其中以闽人居多)入台担任台湾各级负责教化工作的"教授""训导""教谕"等职,随这些士人来台的家眷中不乏能文会诗的女性。

谢采蘩,福建侯官人,乡贤谢金銮之女。谢金銮,字退谷,清嘉庆九年(1804)任嘉义教谕,其女谢采蘩随父入台。据《福建通志》载,谢采蘩"少好读书,恒夜分不辍。随宦渡台,风涛澎湃中犹手不释卷",年二十,归连江贡生郑光裕。未三十,卒。著有《冰壶集》①。现有《理发》绝句:

> 镜里乌云两鬓堆,一梳万缕便齐开。
> 问侬底事松如许,曾浸三宵海水来?

此诗自述对头发的爱护和敏感,以梳理头发为主题作诗来记录她渡过台湾海峡、被海风吹拂的游历体验,视角独特,体现出风雅和从容的一面。

官连娣,福建邵武人,台湾参将元圃之女。连娣少多孝行,未字,卒。留有《留香剩草》一卷。今存诗以下几首:

东瀛秋夜即事

> 海云生极浦,山月照边城。
> 侍坐清宵永,时闻画角声。

杏　花

> 阑干围十二,红杏放晴春。
> 绛脸凝脂滑,朱唇露粉匀。
> 村藏沽酒路,巷有卖花人。
> 笑煞狂蜂蝶,纷纷逐后尘。

---

① 陈寿祺等:《福建通志》卷二四九,华文书局1968年版,据清同治十年(1871)重刊本,第4568页。胡文楷《历代妇女著作考》(上海古籍出版社1985年版),亦著录谢采蘩《冰壶集》。

倚楼眺望

妆罢珠帘卷,窗开万象浓。
楼前两三树,树外三两峰。
山光笼树色,翠黛浓如墨。
万紫间千红,春风度水国。
花开知春至,花落知春归。
众芳竞烂漫,蛱蝶弄花飞。
露醉海棠丝,风摇杨柳絮。
一鸟舞帘间,啼破幽绿处。

晓 起①

东风总到画楼西,翠迫纱窗影欲迷。
梦破海天红袖冷,绿杨枝上晓莺啼。

诗中景色描写"海云生极浦""春风度水国""梦破海天红袖冷"等句皆与沿海相关,但亦未知是否在台之作。

游台文人女眷创作的现象在日据后也有,如梁启超之女梁令娴。梁启超于宣统三年(1911)春在台湾各地游历,令娴随父来台,有《侍大人游台湾,集雾峰庄林氏莱园,分韵得"举"字》诗,云:

生小奇他邦,故国老延伫。
远游得尊亲,肯辞山河阻!
矧乃贤主人,延客启别墅;
中厨办丰膳,斗酒呼童煮。
自愧非徐孺,乃逢陈仲举!
暮春花正繁,浓阴酿初暑;
鹅鸭不相喧,莺燕自为侣。
有时作劳歌,主客益激楚;
信美吾山川,奈何伤离黍!
回首望故乡,相去复几许!

林氏当即林献堂,据《台湾通史》卷三十三《林奠国传》,其父林文钦,"素慕莱子斑衣之志,筑莱园于雾峰之麓,亭台花木,境极幽邃"。梁令娴的诗记录梁氏父女来台后被林氏延请参与庄园宴集一事,受其父影响,诗中充满家国之感。

---

① 其诗被收入《全台诗》。

日据之前，女性文学的鳞光片羽不仅见诸宦游来台的女眷，亦见于本土文人女眷的笔下。日据之前本土文人女眷的创作，现有资料可据者只有林占梅(1821—1868)之妾杜淑雅(1851—1896年)一人。关于杜淑雅的身世，林占梅1867年所作《十月初三日纳侧室杜氏》诗前小序中有简要记载①：

> 杜氏名淑雅，一字韵士；其祖父，本素对家中落者。母萧氏，性情和婉，精针黹；为先生大夫人所怜爱，同饮食卧起。日惟勤事女红，不轻言笑；数十年间无闲语。其父为予司出纳计，故幼则随母常住予家。其性且娴慧，凡女眷多美爱之；因送之入女塾，复聘延金门名孝廉家卓人先生为之师，教之诗文、笔札。长而益醇静，貌复端庄；宗族亲戚间咸称其有淑德，且以寒门人丁单薄，劝予纳之，以广嗣系。承诸亲友盛意，爰择吉告庙，成此凤缘。结缡之夕，天气和煦如春；口占七律一首志之：

> 堂前纤月斗新蛾，入院风轻瑞霭多。
> 恰喜杨稊生意苗，试将桃叶小诗哦。
> 宜男冀应螽斯相，之子无惭燕尔歌。
> 笑我乔松苍老态，逢春竟复附青萝。

由以上记载可知，杜淑雅自幼随父母入住林家，且因聪慧被送入女塾学习诗书。林占梅家曾自设"女塾"，延师教学，蜕荍老人《大屯山房谭荟》中记载："师韫轩，在园东侧，台榭幽深，窗明几净，雪村诸姬勤德修容之所。"②所谓"师韫轩"，即师法东晋才女谢道韫之意，从中可见林氏家族绅士风雅、开明的一面及其对女性教育的重视，杜淑雅也正是在这一良好的环境下得以熏习诗艺。林占梅诗集中有数首标明赠杜淑雅之诗作，对其学诗予以勉励，如《雏姬杜淑雅暨小婢花奴入塾，诗以勉之》：

> 幸亲翰墨是前缘，有貌无才总缺然。

---

① 《骆香林全集·临海随笔》，龙文出版社1992年版，第522～523页。其中有这样的记载："林占梅先生，字鹤山，为吾乡前辈……中年颇近声色，食客满堂，诗酒流连，夜以达旦。所宠姬曰淑姑娘，善琴，能诗，皆鹤山专人教之。鹤山之诗曰琴余草，少时尝见之，皆香奁体，迫近疑两集，独少弱耳。淑姑娘之诗，不载其中，当另有集，惜犹未见。然琴余草，大都为淑姑娘作也。初鹤山得民女曰淑，聪慧多姿。鹤山养为女，故群呼以姑娘。及长而纳之，宠以专房，戒家人改其称，而外人仍以姑娘呼之。鹤山之妻，害其宠，为符水以饮之。自是鹤山绝足淑姑娘之室。故姑娘卒以忧郁死，年未三十也。余友香圃太夫人，儿时尝见之，谓余曰：淑姑娘长身玉立，发长过膝，自一室屏居，悲愤之极，无复画中人矣。其既死，所爱婢于席下得数钱贯以发，又符以裹之。疑即鹤山妻所魇云。"此"淑姑娘"可能就是杜淑雅，而记述的生平也许是当地传说。
② 《台北文献》直字第1，2，3，4期合刊，第155～156页。

不到瑯嬛真福地,那能称得女神仙。

又如《为少姬杜淑雅入学作此示之》:

闺阁虽当事女红,也须翰墨略求通。
开将绛帐传经好,度与金针学绣同。
识字原非儿女福,知书总是大家风。
辨琴咏絮留佳话,欲作名媛要用功。①

林占梅对杜淑雅寄望甚高,不仅要求有貌,事女红,还要知书、通文墨,要她以名媛蔡文姬、谢道韫为勉励榜样。其《题女塾东窗示少姬杜淑雅》一诗云:"精勤须解惜分阴,勿负东君冀望深。片石三生缘有定,高山一曲契知音。园林景胜能兼雅,闺阁多才乐共吟。学业成时年二九,西楼对月伴琴鸣。"②风雅林氏有意把杜淑雅培养成能吟善咏、心曲相通的姬妾,以期常伴左右、琴瑟和鸣。林豪亦有诗题为《雪村都转馆余于碧海堂,命其姬人杜淑雅、侍儿芳奴从问字焉,主人首唱一章,徵园中群客属和,次韵奉和二首》:"添香小史袖翻红,随侍兰香诵国风。彤管间抄官韵细,乌丝好界墨痕浓。谢家咏絮才应比,卫氏簪花格自同。欲度金针惭未称,望渠玉尺擅瀛东。""绮席宵开烛影红,潜园雅慕古人风。吟成白雪声声脆,韵到朱唇字字融。杜若品原香草并,林逋性与玉梅同。主人期望殷勤甚,亲酌金樽小阁东。"③由此可知,不仅林占梅的姬妾杜淑雅能诗善咏,侍儿芳奴亦能伴读识字。

遗憾的是,神仙眷侣之愿却终不得长久。依前述林占梅作《十月初三日纳侧室杜氏》,林氏将杜淑雅纳为侧室是在1867年,1868年林占梅就撒手人寰,据王松《台阳诗话》,杜淑雅"自先生作古后,青年守节,吟咏尽废",后"乙未避乱,卒于蟠桃庄"。若以"学业成时年二九,西楼对月伴琴鸣"来推算,杜淑雅18岁时被纳为侧室,次年先生离开人世,便"吟咏尽废"。正是因为如此,她的作品留下来的不多,其诗今仅存《春日园居》一首:

满园桃杏笑清明,薄日微云乍放晴。
一缕游丝飞不定,又牵花瓣作风筝。

此诗保存于王松的《台阳诗话》。从其浪漫轻快的情调看,应作于杜淑雅妙龄少女时期。诗写春日园景,明媚清新,尤其是"一缕游丝飞不定,又牵花瓣

---

① 林占梅:《潜园琴余草》,第576,639页,据徐慧钰《林占梅先生年谱》(政治大学硕士论文1991年),两诗分别作于咸丰十一年(1861)春、同治三年(1864)春。
② 林占梅:《潜园琴余草》,第704页,据徐慧钰《林占梅先生年谱》,此诗作于同治四年(1865)秋,当时林占梅45岁。
③ 林豪:《诵清堂诗集》卷六,(宿务)大众印书馆1957年版。

作风筝"句观察细致入微,用意独到,写出了少女心思细腻、灵敏飞动的一面。此诗曾受台湾文人好评,如李渔叔曾赞道:"台湾闺秀诗,余甚喜杜淑雅女士《春日园居》小诗……此意甚新,似未经人道著……淑雅之诗,可当得一新字……惟其新而不纤……所以为佳也。"①又云:

  台湾诗风最盛,吟社林立,甚至穷乡僻壤,也有许多人在结社吟诗。近百年来,词人辈出,即如女性中,也有很多杰出之才,可惜诗集单独印行的尚少,亦没有人去留心采集,所以大半湮没不彰,这是颇为遗憾的。以我所知,如杜淑雅、蔡宫眠两女士的所作,都是含情绵邈,清丽无双,真可算是扫眉才子了。传世的佳作,不在乎多,也不在乎词句过分的美丽,最主要的是能表现一种清切的风格。惟其清切,故近于真,惟其真,故能形成一种自然美,容易为一般人欣赏,上面所具的杜淑雅蔡宫眠作品,即是与这种作风相近的……作诗不易,作得好能够流传更不易,像杜蔡的两篇,的确是好诗,应该给她们写存下来,供大众欣赏。②

这段话对杜淑雅的评价甚高,李渔叔认为杜淑雅诗表现出真切、清丽的风格,有一种自然美。结合其《春日园居》来看,其评价不失为中肯之言。

第三节　日据前期汉学振兴与女性创作

日据以后,汉学振兴,台湾开始有报纸刊行,女性诗作亦有公开发表的园地。日据前期二十余年中,在报刊上发表诗作的女性有林次湘、王香禅、蔡碧吟、萧莲卿、王芬兰、李如月、洪碧梧、连氏女、廖韫玉、陈玉程等。当时的文人对在报刊上发表作品的能诗女士予以赞美,如李渔叔云:"闺秀能诗,士人艳之,谓此不过一女子耳,而能于描鸾绣凤之外,更娴翰墨,非有过人之才,乌能兼营而并务也。然因其才之难而艳之,则可;因其才之难而遂谓此固绝无而仅有,则不可。不必论天下之大,即以台地而论,如新竹之林秋兰女史、台中之林佩香女史、牛骂头之施寡妇等,所著之诗,或于报纸上刊著,为士林所景仰,或于诗社稿中选录,为当世所嗣音。况此外有不求名达,甘于孤芳独赏、匿迹销声之下,安知不尚有人焉?等空谷之幽兰而数倍于兹者,则未可谓渺尔瀛岛目中竟如秦无人也。"③可见,女性创作由日据之前的寥寥可数,到日据以后随着

---

① 李渔叔:《鱼千里斋随笔》,台北中华书局1968年版,第190页。
② 千里:《台湾女子诗》,"中央日报"1958年9月25日。千里应即为李渔叔之笔名。
③ 《台湾日日新报》1901年10月25日,"杂事"栏。文中所谓"新竹之林秋兰女史、台中之林佩香女史"同指林次湘。林次湘字佩香,一字秋兰。施寡妇及其诗作皆不详。

汉学振兴大气候的迅速增长并显眼于社会,成为文化界不可忽视的力量。其中,著名者有林次湘、王香禅、蔡碧吟等。

林次湘

字佩香,一字秋兰,别号香谷女士,蔡启运之妻。蔡启运(1862—1911),名见先,字启运,又字振丰,以字行,新竹人。启运是个风流诗人,据载:"少具不羁之才,落拓风尘,不十分器用于世,虽旧政府时曾博一矜之荣,明治三十二年曾拜参事之荣,而自生视之谓属小知,非英雄得志时也。年来却谢时氛,隐处山林,诗酒自娱,未免耽情声色,以故后房之孽荐枕席者,常以四五人计……蔡之妻,林秋兰者,窈窕静好,更耽讽咏,尤为诸妾冠,虽年已非少,而徐娘虽老,风韵犹存,尝因蔡多孽,作诗诮之曰:'就地梨花一树姿,经风冒雨几多时。无情最是小蝴蝶,忙里偷闲过别枝。'"①传说蔡启运读了秋兰诗,幡然悔悟,不再续弦,传为佳话。夫妇二人皆能诗,情趣相投,常相唱和。《台湾日日新报》载:"台中县苑里蔡振丰君工近体诗,其妻次湘亦好吟咏。每于风晨月夕酒后花前命题拈韵以唱和。故蔡《夏闺纳凉词》'深闺韵事未曾抛,月挂墙头杨柳梢。我记豆花棚下坐,内人得句共推敲。'盖纪实也。及次湘《咏踏春鞋》云:'风头窄小制来工,踏遍春苔印半弓。窗下低声诉夫婿,不甘心污落花红。'亦足想见唱随之乐。蔡氏何修而消受此艳福,有令人为之欣羡不置者矣。"②由此可见,其鱼水相得之乐在当时的文坛广为人知。

蔡启运热心于诗社活动,曾入南社、栎社为社友,倡设鹿苑诗社,曾出任栎社社长。连横《诗荟余墨》记其"惯作击钵吟诗""击钵吟外少制作"。作为其妻,林次湘自然免不了与诗社结缘。日据前期诗社尚未兴盛,林次湘是日据前期少见的参与诗社活动的女性。她参与的诗社,即其夫所倡设的"鹿苑诗社",她在首次课题吟唱中获第三名。诗作如下:

花　气

袭人恰有暖香吹,来似无端去尚疑。
一缕午风当槛地,平分诗味对花时。
已残梅粉蜂犹恋,才抹棠红蝶已知。
况是嫩香帘乍卷,鸭胪烟共扑丝丝。

花　影

绿云满地立徘徊,是色是空几度猜。
幽砌风摇千点乱,短垣月送一枝来。

---

① 《台湾日日新报》1902 年 6 月 28 日,"闺房清福"。
② 《台湾日日新报》1900 年 9 月 8 日,"闺阁乐事"。

> 翩翩洛女游□印,淡淡明妃画轴开。
> 触我镜花生妙悟,现身日独对妆台。

张丽华发
> 宫妆日日斗临春,鉴影云欹两鬟匀。
> 有罪也应难擢数,江山误尽女儿身。

卓文君眉
> 能语生成两道眉,当垆每值晓妆时。
> 料将曲曲求凤意,偏许临邛酒客知。

樊素口
> 樱桃枝立小娉婷,满口吹人气味馨。
> 为问青衫还谪后,新歌再唱与谁听。

小蛮腰①
> 嫋嫋纤腰侍女身,真成弱柳不胜春。
> 他时化作沾泥絮,一例青青折别人。

林次湘亦曾参与"海东击钵吟会",作《长生殿私语》②:

> 喁喁不了此幽衷,夫妇生生约誓同。
> 触得当头牛女感,人间一样可怜虫。

  无论是诗歌主题还是击钵吟唱的诗题,均为诗社、征诗者所定,作诗者无从选择,只能依题而行。以上诗作具有典型的女性色彩,内容皆写得流利妥帖,切合人情。张丽华、卓文君等皆为历史人物,林次湘以"女人"书写历史上的特殊女性,既要揣摩女性的心态、处境加以联想和构思,又要表现出一定的见识,颇为不易。

  再看其《寄怀台中县书记官横堀词伯大人斧削》二首:

> 我御行装君束装,雁南燕北各分行。
> 虽无祖饯呼樽酒,尚有闺词补锦囊。
> 老杜雄才惊李伯,小乔佳婿是周郎。
> 买丝待把平原绣,西阁闲添日影长。
>
> 人才尽向网珊收,深愧儿夫德未酬。
> 有分官车来栗里,无缘客席识荆州。

---

① 《台湾新报》1897 年 12 月 4 日。
② 《台湾日日新报》1905 年 8 月 19 日。

女中我愿为鸡口,世上君真唤虎头。
远官何关闺阁事,妆余也锁两眉愁。

此二诗为林次湘与日人的应酬之作,巧用典故,措辞从容有度,颇显作者有别于一般闺阁妇人的器识和聪颖干练的气质。"首作说明无缘一识横堀书记官,引以为憾,故以诗寄托钦慕之心;次首对于长官将蔡氏父子视为人才进以网罗的盛情,表示敬忱,并遥表寄怀之思。诗中情谊款款,辞气却不卑不亢,既彰扬横堀有老杜之雄才,但又以'李白'、'周瑜'暗指其佳婿;虽以门客如云的平原君,善于识才的韩荆州及表示大贵之人的'虎头'尊称对方,却也以'小乔'及小而尊的'鸡口'表明自己亦女流中的佼佼者。诗中工施妙喻,处处呈现次湘的聪明慧黠,颇有豪迈之气。"①诗作初刊,即引起注意,"稻香村人"与"东海散人"各作《读香谷女士近作有小乔佳婿是周郎之句寄呈七绝一章》,一云:"其人与笔两芬香,捧读佳篇喜欲狂。我愿来生邀艳福,只愁韬略逊周郎。"一云:"闲披报纸读佳章,尽兴珠玑字字香。恰喜参军谐匹耦,不教天壤叹王郎。"皆予以激赏。

除了击钵、应酬之作,林次湘亦有不少描写儿女闲情、自遣情怀的作品。如其《读红楼梦吊林黛玉》:"一梦红楼感此生,抛书我独恨声声。颦儿且莫因情误,金玉良缘不到卿。"又如《读镜花缘有感》诗:"群芳忽自昧通灵,几度春风唤不醒。我亦镜花频入梦,只争未上泣红亭。"②借书中人物引起感慨而发诸吟咏。由此可见,其诗歌题材、风格不拘,才情满腹,不愧为日据前期女性诗坛中的佼佼者。

王香禅

幼名罔市,台北市艋舺草仔鞍(今台北市龙山里)人。为承家计,年十六时出道为艺旦。能诗擅曲,以雅艳于台北大稻埕风月场中名闻一时,颇得文人墨客欣赏,号称"北部笙歌队里之特色"③。1907年嫁与号称"花花世界生"之罗秀惠,堪称一对才子佳人。但罗秀惠生性浪漫,后移情才女蔡碧吟,香禅难以挽回,只得忍痛割爱,主动提出离婚。因遭遇感情和婚姻的变故,她伤心至极,心灰意冷,曾经一度断发,决心遁入空门,"香禅"字号,便是此时所取。后又借着文字因缘,嫁给新竹名士谢介石,婚后于民国元年(1912)同赴上海居住,然

---

① 黄美娥:《清代台湾竹堑地区传统文学研究》,辅仁大学博士论文1999年,第92页。
② 皆见《台湾新报》1897年10月3日,署名"新竹谷香女士林秋兰"。苏子建:《堑城诗荟·诗话篇》《妻妾成群一诗家》提及:"次湘女士一夫多妻的家庭环境,难免也有醋海生波的时候。不过到底是诗人家庭,以诗表达更胜口舌之争。当看到她的《读红楼梦吊林黛玉》诗……便感觉含蕴之意,似另有所指。"
③ 《汉文台湾日日新报》1905年10月28日,"诗话"栏。

婚后生活并不美满。民国廿一年（1932），东北伪满洲国成立，谢介石出任伪外交部长，后又任伪驻日大使。抗战胜利后，谢介石被捕入南京监狱，香禅遂带着儿女留在天津，之后生死存亡便不得而知了。

香禅之学诗、创作，随着其人生经历的起伏，有着不同的阶段。先是在进入风月场后，经雅客王子鹤介绍，至大稻埕赵一山剑楼书塾学诗，当时学名称留仙，艺名谓梦痴。曾有《寄赵一山业师》二首回忆此段经历道，"稻江竹里人非远，绛帐芸窗望更遥。但祝师门春似海，今年花比去年娇"；"记得梅花香里时，殷勤低首学吟诗。门前桃李三千树，日日春风绕绛帏"。入塾问学后，香禅才艺大进，所作古近体诗皆可观。而她在诗坛上声名鹊起，则在其以"黛卿女士"之名发表《秋感》五首诗自述遭弃之遇后，诗云①：

> 恶缘错认是良缘，空自深闺镇日嗔。
> 真个黄金为世界，多姿毕竟逊多钱。
>
> 悔教柳色暗妆楼，一段欢情化作愁。
> 缚茧重重难自解，可怜清福不曾修。
>
> 红颜薄命古今多，盘错愁根唤奈何。
> 原望生生为羽翼，那知情海有横波。
>
> 青春美景去如烟，恩爱虽长只百年。
> 三载痴心今日醒，任他薄幸觅鸾弦。
>
> 繁华侬是过来人，暂借风尘住此身。
> 青眼悔逢穷阮籍，有情教识比丘真。

诗作直抒胸臆，对自己遇人不淑充满悔恨，自怨自怜之情甚为哀切，流露出长伴青灯古佛以修来生的心意。当时社会舆论同情香禅遭遇，和诗者甚众，如云林居士《和黛卿女士秋感瑶韵》、南阳居士《和黛卿女士秋感瑶韵》、碧罗女士《和黛卿秋感瑶韵》、城西处士《步王黛卿秋感原韵》、海外散人《和黛卿原韵》、吟村老妪《和黛卿秋感原韵》等。其中云林居士所作《和黛卿女士秋感瑶韵》②云：

> 不独伤心一阿缘，劝卿回首莫生嗔。
> 千金犹自高声价，还胜将身更卖钱。
> 记得当年宴震楼，夏莲欢乐锦莲愁。
> 分飞自是寻常事，清福何须怨未修。

---

① 《汉文台湾日日新报》1909 年 9 月 19 日。
② 《汉文台湾日日新报》1909 年 9 月 23 日。

> 欢场卿亦阅人多,不积金钱怨奈何。
> 樵麓原非芝麓比,岂可容得顾横波。
> 繁华事散逐轻烟,秋月春风送绮年。
> 比似浔阳商妇怨,嘈嘈切切托哀弦。
> 势利纷纷误尽人,那堪一节玷终身。
> 美卿不为倪来动,愧杀儒冠丧本真。

此诗既对香禅示以安慰之意,又微有嘲讽。

据报载:"王黛卿《秋感》诗,和者如云而起,可想见公论未泯,直道尚在人间也。近有欲编辑刊行,分赠诸作者,从北报到南报,摘录百余首,拟再广为搜罗,望艺苑诸巨公,不吝珠玉,俾得早藏厥事,以垂永久,使后之读书者,有所观感。"①和者之多,关注之热,至有编辑成书的建议,可见该诗影响之大。再看香禅《梅妃》两诗②:

> 真珠一斛长门赐,莫怨迁宫旧宠移。
> 较胜承恩肥婢子,马嵬坡下命难支。
>
> 一场春梦幻然过,香尽梅花瘦几多。
> 纨扇秋风应有恨,楼东赋就奈君何。

此诗以梅妃被弃,借以自比,抒发有才女子遭遇夫婿变心的痛苦,实与《秋感》同调。这些诗歌以自述悲惨遭遇和哀怨心声为主,出语极为凄楚,故而显得情有余而意不足。

香禅适新竹谢氏,离台内渡后,又遇到另一位良师益友——时逢一代大儒连横旅次上海,香禅与连横本为故交,因仰慕其诗文,便袖诗请益。据连横《诗荟余墨》载:"余谓欲学香奁,当自玉台入手,然运典构思,敷章定律,又不如先学玉溪,遂以《义山集》授之。香禅大悟,继又课以诗经,申以楚辞,而诗一变,今则斐然成章,不减谢庭咏絮矣。"由此可知其受连横指导后诗艺更加精进。二人常以诗酒唱酬,如后连横决定返台,香禅有《闻雅堂先生拟南归诗以慰之》:

> 数株松竹绕精庐,绝色天花伴著书。
> 此味年来消受惯,秋风底事忆鲈鱼。

雅堂先生亦有诗酬答,题曰《久居吉林,有归家之志;香禅赋诗挽留,次韵答

---

① 《汉文台湾日日新报》1909年10月26日,"桂香月影"栏。署名"不平生"。
② 《汉文台湾日日新报》1911年4月9日;1911年4月22日。

之》：

> 小隐青山共结庐，秋风黄叶夜摊书。
> 天涯未老闲情减，且向松江食鳜鱼。

陶醉于诗友唱和中读书著诗的闲情逸致，加上得不到家庭生活应有的乐趣，香禅更是寄情诗文，所作诗中亦常有出世之感，如《天津寄剑花室主》七律一首：

> 津云台树又离群，月畔花前感旧恩。
> 别绪潜生杨柳曲，吟怀欲断海棠魂。
> 鹿车久已无尘想，芳草依然有泪痕。
> 恨海难填天未补，万千哀思孰平分。

又《自题小照》七律一首云：

> 寄与人间翰墨场，现身休问女人装。
> 尘心早似禅心静，鸳梦何如鹤梦长。
> 因养性灵常听水，欲参诗思更焚香。
> 归时直向灵山去，不用拈花证法王。

以上诗作情致宛然，风格较前期已明显不同。它们少了前期诗作浓烈的凄怨色彩和脂粉气息，显得风韵平和、意味深长。这种不同不仅反映出作者又经人生历练后的心境变化，更直接说明其后期诗歌创作更加成熟老练。

蔡碧吟

名华诗，别号赤嵌女史。出生于1874年，卒于1939年。台南名儒蔡国琳（1843—1909年）之独生女。她出身名门，自幼聪慧，诗文、书法皆大有可观，不到20岁，就有"不栉秀士"的美誉。日据初期的文人称蔡碧吟："幼承庭训，冰雪聪明，过眼便成诵。年及笄，学问淹博，诗文辞赋，无不精通，尤善书法，工算术，理家政绰有余裕。人推为台湾女士之冠。时父设帐授徒，及门济济多士，凡有搜罗典故，多出其手。"[①]20岁时，嫁给父亲的得意门生赖文安，可就在行聘的当年年底，赖文安一病不起，蔡碧吟成为寡妇。后钟情于父亲门生、别号"花花世界生"之罗秀惠，罗秀惠虽与王香禅离异、与其结为连理，但不改放浪之习性。因婚姻情感的创伤，加之父亲离世后生活的煎迫，蔡碧吟悄悄离开台南，后不知所终。

蔡碧吟有诗二卷，与父蔡国琳的《丛桂堂诗钞》合在一起。后失传，现所见只有《竹枝词》五首：

---

① 《汉文台湾日日新报》1907年1月5日，"诗话"栏。

> 珊瑚十里绿云屯，毗舍城南梦蝶园。
> 日月花开春不老，华严东港好乾坤。
>
> 千家茅屋映朝晖，二月人多着暖衣。
> 武馆山前锣鼓闹，冈山昨日进香回。
>
> 无嫌黑齿聊随俗，吹到门前老叶香。
> 两颊桃花红欲晕，儿家风韵在槟榔。
>
> 宜晴宜雨好时光，草粿糖浆制备忙。
> 报得东邻诸姐妹，踏青齐拜五妃娘。
>
> 谷雨携筐摘嫩芽，大鹏顶畔是侬家。
> 一瓯茗试清泉好，郎有闲时来吃茶。

及《夏日春居杂感》：

> 夹垅凉云刈麦天，沙堤兔母拥儿眠。
> 田家子女闲时少，昼出耘田夜纺棉。
>
> 拳鸭童归又饭牛，菜花幻出短篱幽。
> 数间老屋疏林外，门对一湾溪水流。
>
> 榕影叠叠竹萧萧，出水秧针绿意饶。
> 几簇人声喧渡口，半江夕照卖鱼苗。
>
> 几天积雨沾新泥，苔径深林鹁鸟啼。
> 野水石梁初涨雨，半江萍影绿东西。
>
> 西瓜凉沁齿牙余，争说尝浆蜜不如。
> 菜菔松烹菘菜煮，乡间风味胜城居。

诗中对田园农家生活的描写，极为清新自然，若非有过真切的生活体验则不能道。

勇于在报刊上发表诗作的还有汪李如月、余王芬兰、萧莲卿等人。

李如月

字团卿，1890年出生于台北大稻埕，卒于1980年。李春生次男李高盛之女。长老教会女学校毕业，力学国文，专攻近体诗。1918年，李如月与神学院毕业生汪宗程结婚，婚后拟赴美留学，便同往日本、厦门、上海等地研习英文。在上海期间曾担任记者工作，因父病危，由沪返台，而未竟留学之志。后随夫传道，曾受聘担任日语讲习会讲师及刺绣编织教师、学校国文教员等。著有《汪李如月团卿诗集》（家人自印，约于1981年）。

在日据前期,其诗屡见于《台湾日日新报》,如,《感作寄邃龛先生》(1915年8月7日),《敬和云石夫子瑶韵并乞斧正》(1916年5月30日),《挽柯保罗君令嫒辉妃》(1916年6月23日),《谒慈坟时寒风刺骨不忍遽去偶咏寒风寒色寒溪三题以写哀思》(1916年7月21日),《病中对镜》(1916年8月6日),《先母周年由草山归谒墓途中口占》(1917年2月14日),《吊魏笃生先生继配潘孺人》(1917年5月7日),《吊孝女廖氏娇有感》(1917年5月7日)等。

余(王)芬兰①

字蕙青,大稻埕人。兰姿玉质,秀韵天成,曾从赵元安剑楼学诗,工吟咏,诗歌清丽,有汰陈出新之妙,被赞许为才女。后不知适于谁氏,民国十四五年间,迁居台中,遂鲜消息。

芬兰经常在《汉文台湾日日新报》上发表诗作,获较高评价。如:《寄怀》《暮春有感》(1906年6月16日),《夏晚即事》《观莲》(1906年8月29日),《春日偶成》《游猿山坑仙宫庙即景》(1907年4月26日),《吊黄植亭先生》(1907年9月7日),《夜坐》(1907年11月23日),《偶作》《观莲》(1908年8月12日),《御题雪中松》(1909年1月1日),《七夕》(1909年8月24日),《中秋夜苗圃观月》(1909年10月13日),《秋夜偶感》(1910年2月6日),《剑潭寺》(1910年3月24日),《白菊》(1910年12月19日),《春残偶成》(1911年5月3日),《暮春》(1911年5月6日),《白莲花》(1911年6月9日),《自题小照》(1911年6月10日),《和林区长问渔君令堂老伯母古稀大庆》(1916年2月2日)等。从上述诗题可以看出,芬兰多伤春悲秋、写景记游或咏怀之作。如其《寄怀》云:

> 香车一去恨难亲,晚向西风泪满巾。
> 消瘦形容妹知否,女人命薄果然真。

《自题小照》云:

> 不幸身为女子身,茫茫絮果与兰因。
> 本来面目还依旧,已过华年卅六春。

抒写其身为女性的不幸和悲哀,幽怨动人。

另外,芬兰还在《汉文台湾日日新报》上借诗作与其他女性诗人公开交游、唱和,在当时甚为突出。与她常相唱和、关系密切的是女诗人萧莲卿,芬兰有《春日寄萧莲卿即次原韵》(1906年6月15日),《客夜寄萧莲卿》(1906年10月26日),《夜坐偶作寄萧莲卿女史即次其原韵》《兰荷吟仍次莲卿韵》(1906年12月16日)等。她与其他女子也有诗歌唱和,如她与王香禅的唱和诗作

① 疑其原姓"王",后随夫姓为"余",或受日本姓氏习惯影响。

《和王黛卿女史秋夜原韵》①。她与李如月也有文字之交,李如月有《和芬兰女史偶作原韵》②,余芬兰有《赠李如月女士病后感怀并祝迟婚晚子》③:

闺中雅友女相如,兰气吹来护敝庐。
惭愧侬非才咏絮,漫吟巴曲总羞余。
梅花香雪是前身,天相终须福泽人。
珍重玉肌静养好,莫教思虑损精神。
论交文字是因缘,巾帼才高君占先。
羑辱秦嘉徐淑好,联吟花下写融篇。
班谢才高孰比肩,风流文雅继前贤。
良缘迟配三生定,兰桂腾芳近晚年。

诗句间透露出对李如月的钦佩、关切和祝福,二人因文字之交,关系甚好。

萧莲卿

淡江人。名士许南英回台时曾有诗《赠萧莲卿女史》云:"旧闻林子语,空谷有婵娟。犹带看花眼,来吟咏絮篇。赏心能有几,觌面竟无缘。悟得生公法,毋为色相牵。"诗前有小序:"淡江萧莲卿女史,风雅能诗,所交无俗客;学诗于林湘畹、谢汝铨。予游淡江,欲往见之;因其杜门谢客,嫌于唐突。湘畹云莲卿亦以不见予为憾,代呈一诗。感其意,成五律一首。"④由此可知,其因才情雅致,在当时甚是闻名。

萧莲卿的诗作也屡见于1906—1916年的《汉文台湾日日新报》,如《送骆胜蓝女史归乡》(1906年2月11日),《春日即事》(1906年2月13日),《寄怀林女友》(1906年3月25日),《夜坐偶作》《兰花》《荷花》(1906年9月16日),《台湾神社祭日恭赋》(1906年10月28日),《秋感》《题悬崖兰花图》(1906年11月28日),《游仙公庙即景》(1907年4月25日)等。她与余芬兰的唱和诗如《赋呈王芬兰女史》⑤:

读罢高吟白雪歌,出词悽婉果如何。
莫非同病相怜者,惹我双眸拭泪多。
寻思再四忽心惊,十载知交触感情。
鸿案齐眉谁似汝,无端句句作商声。

---

① 《汉文台湾日日新报》1908年12月24日、25日。
② 《汉文台湾日日新报》1908年9月2日。
③ 《南瀛佛教》1929年第7卷第2号。
④ 《窥园留草》,第125页。据《窥园先生自定年谱》,此诗作于1912年(壬子)。
⑤ 《汉文台湾日日新报》1906年12月18日。

又《赠余芬兰表嫂》：

> 当时蒙惠薛涛笺，助我微吟诗百篇。
> 三月奇花同领路，终宵疑义共宣研。
> 殷勤记汝读中宵，恰是莺声风外飘。
> 咏絮才高传谢女，读书学博继班昭。

从诗题可知余芬兰为萧莲卿表嫂，二人有亲戚关系。两人作为诗友，既互相安慰，又欣赏彼此作品。她们的频繁唱和在当时颇为瞩目，媒介赞赏二人："淡北女子能诗者以萧姣莲、余芬兰为最，于报上屡见其诗，令人倾倒，岂是瑶池王母宴，诗仙逃下一双来也。姣莲与芬兰中秋夜游茵圃诗，已略见一斑矣。明日登高，必更有佳句流传也，则且企予望之矣。"①

陈玉程

鹿港人，名门出身，但家世不详。娴于诗，先嫁邑诸生林济清，未几丧偶，成为寡妇。姑以其克夫，恶之，备受折磨。后嫁洪弃生为外室。② 王松《台阳诗话》载："鹿港陈玉程女士，青年守节，知书识礼。其宗人传其《感怀》七律，有一联云：'园中有鸟啼姑恶，月下无人唤子规。'一字一泪，令人不忍卒读。"因擅诗在当时亦有知名度，报刊曾将她与林次湘并称：

> 台中县辖内闺秀能诗者，除苑里蔡振丰之妻次湘而外，厥惟鹿港林济清之妻玉程，玉程适济清未久，而济清旋即弃世。玉程忧郁成疾，往往形诸吟咏。兹闻友人述其近作云："旧愁万种啼难开，无奈新愁又来触。惹我病躯担不起，丫鬟扶我过西阶。"其风度如此，虽未可与次湘并驾齐驱，亦可谓无独有偶也。噫嘻！次湘玉程同一能诗女子，一则嫁蔡而白首唱酬，一则嫁林而青年失偶，荣枯殊途，是岂造物之钟爱有厚薄哉？何有幸有不幸也？③

《台湾日日新报》刊其诗作《感怀》二首与《感事》二首，署名"鹿港陈玉程闺秀"④：

> 新愁旧恨总离离，叹息家庭难护持。
> 五角六张为我命，千辛万苦是谁知。
> 阶前草长低眉处，镜面尘生拭泪时。
> 回首深闺丝绣日，此身如在凤凰池。

---

① 《汉文台湾日日新报》1908年10月2日。
② 胥端甫编：《洪弃生先生遗书》之记载及程玉凰《洪弃生及其作品考述》考证。
③ 《台湾日日新报》1900年9月21日。
④ 《台湾日日新报》1900年11月14日。

方期琴瑟得倡随，何意凄风日日吹。
空阁秋吟愁咏积，幽闺夜坐泪长垂。
园中有鸟啼姑恶，月下无人唤子规。
莫道红颜皆薄命，姮娥也自有盈亏。

女人磨蝎入身宫，也有流言幻唇空。
闾阎事多家计苦，萧墙衅起谤声丛。
桑田有限成沧海，恶浪无端涌大风。
安得夷然消祸水，娲皇为我补天工。

解纷息变不胜烦，巾帼须眉对众喧。
任事难将金屋贮，持家偏值玉波翻。
杜鹃啼罢含哀血，精卫飞来抱苦冤。
洗尽铅华今已矣，放怀须到木兰村。

后又载其诗①：

秋日即事

霜风冷雨夜含悲，暗壁明窗胃落丝。
侍婢向人饶舌语，阿娘几月不修眉。

春日即景

满庭落叶不开门，杜宇声声叫断魂。
一树嫩风三径月，隔帘花影近黄昏。

可见其诗作主要描写婚姻家庭生活的不幸和悲苦抑郁之情，读来凄楚，就连眼中的秋日、春日景色，亦是一片阴冷、昏暗和萧瑟。

洪碧梧

在日据时期以书画、金石作品闻名，诗作亦为人所称道。鹭江张涛臣《赋赠碧梧女士》云："香名早岁已传闻，女界鲲溟迥出群。绝好柔荑纤十指，雕金镂玉自成文。""字格簪花最可儿，曾携纨扇索题诗。香闺墨宝须珍重，黄绢无惭绝妙辞。"②足见其当时盛名。

其诗歌描写到紧张快乐的学书生活，如《学书》二首③：

清晨试墨到兰堂，脂粉无心事晓妆。
深浅黛痕惟草草，一秋端为学书忙。

---

① 《台湾日日新报》1900 年 11 月 30 日。
② 《台湾日日新报》1915 年 9 月 8 日。
③ 《台湾日日新报》1912 年 11 月 10 日。

偷闲一刻便临池,趁晓拈毫母不知。
剪取绿云三两片,开□窥写画中诗。

又有《吟秋》①:

丹霞彩焕读书楼,贪写兰亭日上钩。
梳出晓鬟钗未插,水精帘外咏新秋。

诗中充满自在浪漫、活跃欢快的情绪,她应该生活或成长于自由宽松的家庭环境中。

施莲舫

出身书香世家,台南故进士施琼芳第三女,原海东书院主讲阁部沄舫之胞妹,适盐水港世族林廷瑞。乙未台籍改隶,林廷瑞内渡避居厦门,莲舫不得与之偕行,仍留故宅。寂寞无寥,辄形吟咏,有赋绝句《寄廷瑞》云:

君在中华妾海湄,片笺聊写易风时。
改装斩发文明国,台岛翻新一局棋。

写出台湾变局,又有《感怀》云②:

欲将经史再编修,仰诉苍穹命不犹。
可恨偏帷擅专宠,娥眉长锁万山愁。

其幽愁之意,于不自觉中流露出来。从"可恨偏帷擅专宠,娥眉长锁万山愁"句看,丈夫宠妾,很可能是其丈夫内渡而她不得与之偕行的原因,足见其婚姻的不幸。

蔡国琳妹

台南人,自幼聪慧过人,得母教,淹博群书,于诗尤妙。及笄,嫁与富室刘某,刘颇不慧,食粟而已,毫无所知,以是时怀抑郁,恒以诗见志。有《感怀》五绝一首云:"自作刘家妇,愁眉万叠山。试从明镜问,几度笑开颜。"③

魏张氏羊

台南明经魏一经先生之媳,魏宗源庠生之妻。丰韵娉婷,不苟言笑。自幼与其兄师奎读书,遍看列女传,女红犹其余事。常与蔡碧吟女史诗词往来。但惜红颜薄命,苦节二十年,守一子未冠而殇。但见婚前与其夫诗一联"相思咫尺人千里　永夜罗巾湿泪痕"④,未见其他作品。

---

① 川利一、松尾德寿编《高砂文雅集》(1914年)之书法作品。
② 《汉文台湾日日新报》1905年12月24日。
③ 《汉文台湾日日新报》1907年8月2日。
④ 《汉文台湾日日新报》1907年2月26日。

廖韫玉

留下《远别有感》一诗:"地北天南各一方,回文欲织断柔肠。知心只有风前烛,代洒相思泪数行。"诗写远别相思之情。据《台湾新报》第328号(1897年10月12日)所载《二娇过鬼》"有何宝玉廖韫玉二妓,淡艋勾阑中第一声价也"可知,她很可能是诗妓。

第四节　日据中期诗社兴盛与女性诗人

前文提及,随着1921年之后的诗社大兴,积极参与诗社活动的女性诗人大量涌现。仅就1930—1936年出版的《瀛洲诗集》《东宁击钵吟前集》《台湾诗醇》《东宁击钵吟后集》看,其中所收录日据中期后的女性作者就有小云英、王秋蟾、王袖云、甘玉燕、石俪玉、朵云、吴燕生、吴绮红、李林素珠、李王祝、李琼珠、李德和、李赵清华、周金叶、林剑华、林文昭、林周茶、黄金川、蔡旨禅、蔡宫眠等,多达50余人,数量已比日据前期明显增多。因为出身、学诗背景等的不同,她们能在以男性为主的诗社团体和诗社活动中参与吟咏所凭借的途径也不一样。有家学背景者,自然倚仗其家庭既有的声望和社交网络进出诗社。如张李德和,她原是云林西螺清儒学训导李昭元的长女,最初加入西螺菼社。20岁时嫁给嘉义医生张锦灿,为清贡生张元荣之季媳,所以婚后便成为嘉义罗山吟社社员。接受书房教育的女性,则因为其塾师大多为文化名流,参与或自组诗社,便也顺理成章地加入诗社。参与诗社活动的这些女性,摆脱了"女子无才便是德"这一传统观念的桎梏,走出闺阁,与文人唱酬、交游,参加击钵吟会和征诗活动,展现出与以往女性及同时期大多数女性所不同的生命意识和光芒,在当时以男性为主的文坛因"得之深闺"而颇为"不易",或因"难得"而格外受到瞩目。其中的佼佼者如蔡月华、蔡旨禅、黄金川、李德和、石中英,往往广受赞誉,享有名气,赢得"女诗人""才女"的称号,树立起在诗坛上的地位。

有报刊特别报道诗社中男女社员当场击钵较量的情形:

> 旗津吟社女社员,日在留鸿轩上肄业,其所作诗句斐然可观。男社员中有疑之者,密请于紫髯翁,欲与全部女生当场开击钵会。翁笑而领之。爰谋之女弟子。闻该女生因凛遵师命,不敢忤违,惟约法三章:一外社员不得参加,二会场当分别内外,三此会不得常开。议定后,遂于去拾九日星期日,午后二时全部男女咸集于留鸿书轩,以障帐别内外,用一雏婢传递题目。诗题拈《鏖诗》七绝,韵括六麻。诗钟拈"荷衣"魁斗格,限点半钟交卷。紫髯翁当场监督。诸男女社员,得题后勾心斗角当仁不让。会场

严肃,寂静无声。至脱稿后,女生之作由婢递与男生总抄录。共得诗七拾余首。进呈紫髯翁选取。诗元镇海龙,眼徐氏绣红,花卢耀庭,胪陈考庭,翰蔡氏月华。诗钟元黄哲园,眼李秀瀛,花陈考庭,胪蔡氏月华,翰陈氏素云。各分赠奖品,男女会员肃然起敬,彬彬济济,进退如仪。诚风雅之佳话,亦一时之美谈也。①

在这场比试中,徐绣红、蔡月华、陈素云等以不让须眉之才,最终消除了男社员的怀疑、偏见,赢得尊敬。此事见载报端,可见整个社会对女性才华和地位的认可也已大进矣。

随着诗社愈兴和女性参与诗社现象的增多,出现纯由女性组成的诗社,其中有明确记载且最著名的是莲社与秀英吟社。莲社于民国十一年(1922)由陈梅峰在高雄市集门下女弟子蔡旨禅、蔡月华等12人组织创立,是台湾最初设立的闺秀吟社。秀英吟社(又称香芸吟社、香英吟社)由石俪玉于民国十九年(1930)邀集台南闺秀创立,社员有石俪玉、韩锦云、黄容、黄顺、林清俭、张碧云、黄翠钗、邱阿娥、吴春莲、林好、蔡碧吟等十数人,共推蔡碧吟为社长,石俪玉为理事,韩锦云为干事。秀英吟社自发起以后便受到关注,如1930年10月1日《台南新报》载:

> 台南市内黄菊人、石俪玉、黄翠钗、徐燕诸女士外六名,此回为奖励妇女研究汉诗起见,故倡设一女诗社。现正募集社员,已得大多数赞成加入。兹订古历八月十五日中秋佳节,举行发会式。闻女诗社之创设,于本岛以此为嚆矢,其实现之日,岛中骚坛,定添一异彩云。②

随后10月17日又载高挺斋《祝香芸吟诗成立纪念》诗:

> 新筑骚坛疾似雷,红裙一阵势崔巍。
> 南都划气追唐韵,北海花光献寿杯。
> 艳藻芬芳闻凤阙,文星炯烁照龙堆。
> 欣逢三五团圆夜,钵影吟声滚地来。

1930年10月11日《台湾新民报》则载:

> 旧岛都的台南,比较新兴的都市,颇感著很没有活气,万般都极寂寞,尤其是妇女界的守旧,颇惹一般的注目,在这氛围气中,这回市内石俪玉女史,提倡组织女诗人的团体,至去二日午后八时起,在市内工友会事务所,开发起人磋商会,去六日在市内谢星楼氏宅开发会式了,会名决定为

---

① 《台南新报》1922年11月12日,"高雄通信"栏。
② 《台南新报》1930年10月1日,"创立女诗社"。

香英吟社……这样的团体员,概是孔子教徒,墨守深闺的妇女,故这回能敢加入团体,虽尚有畏头畏尾之嫌,也可谓是很可喜的现象。

《台南新报》和《台湾新民报》分别是宣扬旧文学和新文学的园地,从它们对秀英吟社的追踪报道足以看出,这一女性诗社的成立,在当时产生了较大的社会影响。据报刊资料记载,诗社成立后的两三年内,秀英吟社的成员在诗坛表现活跃,不仅常参加台南地区的诗社联吟会,还出席全岛联吟大会,举办征诗活动。随着整个汉文学的衰落,女性诗社才渐趋沉寂。

除有影响的女性诗社外,1930年代后亦有其他女性举办诗会、广邀吟友,如1932年1月6日《台南新报》就报道:

> 高雄市许秋粽氏令正,许吕氏嫦娥,当地有名产婆也,解风雅。乘市内诸吟友嬉游之暇,于去二日午后二时,发柬邀集鼓山、雄州及萍香诸吟友,三十余人。开新年击钵会,于耐园书轩。首次两唱,由氏拟定《产婆》七律先韵,左右词宗陈文石、鲍樑臣二氏。诗钟嫦娥对产婆分咏格,左右词宗陈春林、彭献东两氏。一同勾心斗角,至五时交卷,两题共得六十余首,录呈词宗评选,至八时榜发,首唱两元为蔡子聘、陈文石。次唱则□秀瀛、陈春林。乃由许吕嫦娥,对两唱左右十名内,分赠颇厚。如此之举,诚使须眉增惭矣。

1932年12月15日《诗报》则载:

> 鹿港玲珑阁女诗人黄碧玹去十九日夜七时假芸香室为会场,招待大冶聚鸥两吟会员,比到入席共十九名。由郑燕雪女士拟"雪文"为题,共拈庚韵,限十时半截收,得诗八十余首,录呈从前抢元许文英、施让甫氏选。发榜后左元为施炳扬、右元为朱启南所获,而黄碧玹女士独占双眼,许逸渔氏独得双花。又黄女士分呈其课余所制之绣品,至更阑月上各尽欢而散,洵文人之韵事也。

如此风雅集会、诗艺竞技,可谓女性文学之"兰亭佳话"也。日据中期,新文学运动已经兴起,此时,古典女性文学的创作达到有史以来最繁荣的高度,这是一个不争的事实。

在这一时期的诗社活动和创作中,表现尤为踊跃的突出者为蔡旨禅、黄金川、李德和、石中英等人,她们在当时俱享有盛名。

蔡旨禅

本名罔甘,道号明慧,生于1900年,卒于1958年,澎湖马公镇长安里人,"父名梗,母黄氏招,祷于观世音菩萨而孕焉,赋性贞淑,天资聪敏,自幼与群儿异,或绣凤或涂鸦,不事嬉游,九岁则长斋绣佛"①。民国前期于彰化福吉堂皈依先天道。她是陈锡如在澎湖留鸿轩的女弟子,曾只身赴厦门美术学院深造,故其不仅精诗文,还擅书画。先后于澎湖、彰化、雾峰、新竹设帐授徒,备受赞誉,还曾受雾峰望族林献堂之聘,为其家庭教师。踊跃参加诗会击钵,或征诗,或书画展览,其作均曾入选,获得才女之称并受到文艺界的尊敬。男性文人曾因她的表现作诗赞之,如澎湖颜其硕的《闻蔡旨禅女史斋堂振铎吟坛拔帜有感》三首云②:

> 青山如画映湖光,韵事传来喜欲狂。
> 多少须眉无气焰,娇娃竟署状元郎。
>
> 毕鸿弟子一何贤,压倒座中白乐天。
> 倘使当年生晋代,谢家咏絮有谁传。
>
> 描鸾刺凤寻常有,设帐传经自古稀。
> 况是红颜空色相,如来座下久皈依。

对蔡旨禅诗才、刺绣、授徒等方面均有称道,尤赞其诗才压倒须眉,以晋代才女谢道韫誉之。《台湾日日新报》第 8684 号(1924 年 7 月 19 日)对她在击钵吟会中"获元"的突出表现亦有特别报道:

> 去七日西瀛吟社二十余人,各到一新社内,重开击钵吟会……而前课题之《澎湖文石》,阳韵七绝,一元归之陈文石,说者谓名称其实,一元归之蔡氏旨禅,说者谓女士获元,尤为仅见。

其去世后,马公澄源堂弟子辑录其遗作为《旨禅诗画集》印行传世。

蔡旨禅的诗歌题材内容多样,风格清新飘逸、高雅恬淡,有一种女性独特的灵性和细腻流动其中,如其咏物诗《梅》和《白莲》:

> 清名奇绝孰堪夸,要论神情静女嘉。
> 既抱冰心甘冷落,更兼玉骨太横斜。
> 得天气足春何用?出世情多鬓正华。
> 不惜空山无赏识,暗香品胜洛阳花。
>
> 轻盈凝雪蘸波光,露渥清芬满素房。
> 玉洁真成君子品,缟衣罗袜艳新妆。

---

① 颜其硕、庄东撰述:《澎湖县志·人物志》第六章"贞烈",澎湖县文献委员会 1972 年版,第 72 页。
② 《台南新报》1924 年 6 月 11 日。

在对梅和莲的咏赞中,实寄寓着作者对自身人格气节的期许。由于蔡旨禅守贞不字,长斋礼佛,因此她也有许多具有禅味的诗,例如她最为人所熟知的《自励》,诗云:

> 为报今生父母恩,年华二八守清门。
> 菩提有树堪成果,明镜无尘莫拭痕。
> 禅味寻来通道味,菜根咬尽见灵根。
> 抚躬自信玉壶里,一片冰心可久存。

又借具体意象来写禅理:

落 花

> 东君如客去匆匆,庭院深深见落红。
> 有恨非徒含垒燕,无情最是妒花风。
> 从知人事离还合,忽悟禅机色即空。
> 竹帚纱囊且收拾,莫教玉骨辱泥中。

弥勒布袋

> 收贮乾坤一袋包,跏趺长坐未曾抛。
> 本来身外原无物,何用空囊实可嘲。

可见其习禅已久、入禅甚深,从寻常事物中即能获得妙悟。并且,蔡旨禅认为诗情画意无一不与禅味相通,曾云:"逆来顺受祸消除,坚若金刚返照虚。禅味诗情通画意,绝无烟火竟何如。"(《偶作》)因此,以上诗虽富有理趣,颇有"禅"的味道,但与一般枯燥乏味的禅理诗相比,又流露出活泼和通脱之趣。

另外,蔡旨禅对女性的看法不受古代男尊女卑的思想限制,是男女平等思想的提倡者和实践者。如她在彰化设帐时以"平权"为轩名,不少诗作直接表达了女子应当自立自强的主题。她曾有《誓志》诗云:"厌听志弱是钗裙,发愤攻书期出群。不怕养亲惟白手,终身计也舌耕耘。"一反传统弱女子的形象,表达了自己虽为女儿身,但有着不凡志趣的志向。又如《有怀》云:"出头女界正芽萌,讵忍无才过此生。昂首高歌天际上,抚膺一啸彩虹横。"认为女子应该一改"无才"形象,"昂首高歌"。蔡旨禅更是力图破除"生女无用"的思想,有诗《竹姗翁出四女侍坐玉照索题闺名公敏立静》云:"生男勿喜女勿悲,女能有为男何殊。君不见缇萦木兰胜男子,万古忠孝作楷模。又不见唐妃朱氏光父母,有耀门楣双老娱。"正因为她对女性地位的充分尊重,其《闺辞》亦不同于一般女子的相思闺怨:"坐对青山好画眉,淡浓深浅自家知。陶然笑向菱花问,记否阿侬二八时。"道出深闺女子的自信、自在和恬淡。不仅如此,她对自己的文学才华亦表现出充分的自信和自我肯定,《自题小照》云:"无将比拟玉芙蓉,婀娜枝柔尘不封。将貌比花侬未及,花无才思不如侬。"《石辉竹堂伯达诸先生见访有作》云:"南来紫气附青云,一朵山花挹露芬。深感丹心倾此日,即今热血振斯文。如公信是凤楼手,笑我初张娘子军。莫怨诗城恐割据,扶轮从此望殷勤。"写出了她要在文坛攻城略地的决心,展现出巾帼不让须眉的架势,意气豪迈。由此可以说,无论是诗歌志向,还是创作水准,蔡旨禅跟同期的男性诗人相比较,毫不逊色,甚至有过之而无不及。

石中英

乳名淑英,字俪玉,号如玉,生于1889年,卒于1980年。出身台南石鼎美望族,自幼受到家庭教育的影响,熟读典籍,工于诗词,名其读书处为"韫睿轩"。16岁时父亲逝世,家道没落,协助母亲共持家计。1920年代设"芸香阁"书房授徒,专收女弟子,成立"芸香吟社"教导女弟子学诗,又立志习医,以医药活人,毕业于台湾总督府医学专门学校。除悬壶、教学外,还踊跃参与多个诗社的吟诗征诗、课题击钵活动,展露才华,广交诗友,初适鹿港诗人陈子敏,婚姻出现裂痕,见情随事迁、无法挽回,便公开宣告离婚。后与台北吕伯雄结缡,志行相随。日据时期多次离台内渡,在漳州、厦门、泉州、福州等地驻足16年之久,或任职地方医院,或随夫革命抗战,志业与共。光复后夫妇回台,定居台北。著有《芸香阁俪玉吟草》(原刊1975年10月,1992年6月由龙文出版社重印出版)4卷,诗千首,词81阕。

石中英是一位极具创造力的诗人,心有所触,辄形之于咏。她说:"诗者,人之有所感触,如美景良辰,幽愤杀伐,流离伤亡,庆功颂燕等,动于情志,发自心灵,宣于喜、怒、哀、乐四声,和以韵律而吟咏,故谓心声。"诗,是其心声的流露,所以,她用诗详细记载自己的思亲之念、婚姻世界、观物所感、人际往来、时事变化等内容。与其他女性相比,她身上不仅具备一般女性作家的多愁善感和绵密情思,更突出的是,她对民族、时事和社会也有着强烈的责任心和巾帼不让须眉的志气。她设"芸香阁"书房授徒,即是因为有振兴汉学的责任感,《舌耕》二首云:

> 非因生计舌为耕,只恐吾人坠瞽盲。
> 力为尘寰弘大道,有谁知我个中情。
>
> 滔滔镇日话无停,吟罢词章说九经。
> 一点丹心存国粹,不辞老悴与飘零。

这两首诗表白自己设房授徒、殷勤舌耕,是为弘扬大道、力存国粹而尽丹心,虽飘零劳苦、容颜衰老亦义不容辞。加上其一直以助产士的身份在社会上就职,拥有在大陆与台湾之间往来的生活经验,所以,身处割据抗战动乱的变

局,她的书写内容及方向极其开阔深远,常在诗中表达对山河破碎、朝代更替的感慨,如:

《古画》四首其四

何代残编辨晦明,通神妙手得涛声。
屏风周昉能攻态,毛羽边鸾善写生。
粉本自从经劫后,丹青尚未付时名。
江山破碎今犹昔,逐鹿中原几变更。

中秋月

漫天星斗让晶莹,大地如霜夜气清。
亘古常新惟此镜,古今社稷几回更。

大多数女性诗作的题材范围往往受到一定的限制,常囿于个人身世、生活及意趣的书写。日据时期积极将国族意识书于诗稿的,首推石中英。正因为有国家民族的大我情怀,这种精神气质灌注于创作之中,使其诗作没有丝毫弱女子气息,而有着强烈的阳刚色彩,形成豪放英迈的风格。其诗《潜龙》写志说怀:

莫笑闲闲一卧龙,藏头伏尾掩行踪。
时来得遂风云际,逐浪翻波任意冲。

她义愤填膺地写下《追悼台湾革命先烈》三首:

剧怜列宿陨三台,血溅刑场草木哀。
化碧九泉知有恨,且看血债抵偿来。

痛心疾首野东夷,涂炭吾民剧可悲。
为保山河当炮垒,可怜浴血壮男儿。

坚强意志抱牺牲,何事嚣嚣叹不平。
后继更应齐奋斗,必歼夷狄慰苍生。

对英勇牺牲的抗日先烈深切缅怀,对"涂炭吾民"的东夷表达憎恨,表现出义无反顾的斗争精神。诗中燃起民族意识的激情,悲壮之气尽显。

这种豪迈之气还表现在她对婚姻情感的态度上。在第一次婚姻中,她发觉对方变心、无意挽回之后,毅然决定结束"枕畔床头总泪波"的生活,脱离牢笼,在文艺杂志上留下了罕见的女性离婚宣告书《离缘有感率成四绝》:

幼读诗书学圣贤,虽未巾帼志超然。
须眉世上钟情少,薄幸何多只自怜。

每逢薄幸欲何之,最是无情轻别离。

始觉冰人多诈骗，当年误听悔难追。

有郎如此愿无郎，薄命长宵恨转长。
达晓顾容憔悴甚，伤心对镜理残妆。

君既无良愿早休，有凰自有凤相求。
殷勤蕴蓄琴书力，何患前途志未酬。

一反"连氏女"、王香禅等的自哀自怜，表明不再眷念这段婚姻，反而庆幸脱离了薄情郎，相信自己将来必有知音，前途必定无患。可以说，正是如此的见识宽广、心胸超然，成就了她的诗中"豪杰"。

李德和

字连玉，号罗山女史、古诸罗散人、琳琅山阁主人、题襟亭主人、逸园主人，生于1893年，卒于1972年。出身云林西螺的望族，是水陆都督李朝安将军之后、清代儒学训导李昭元的长女。自幼既得父亲传授，又入表姑母刘活源筹办的活源书房习读汉学，书画、音乐等才艺皆得刘氏之衣钵真传。11岁、15岁时，先后入西螺公学校、台北第三高女接受教育。由于思想开通及多样化的教育背景，再加上勤于学艺，李德和不仅擅长诗文，而且谙音律、绘事、书法，精刺绣，贤而多才，有"诗书画三绝"之誉。20岁时，嫁给嘉义望族张元荣之子医生张锦灿。婚后育有二子七女，夫妇好合，翁媳唱和，邻里称羡，传为佳话。初加入西螺菼社，婚后为嘉义罗山吟社社员，在自家组织琳琅山阁诗会、连玉诗钟会、题襟亭填词会。1970年，丈夫张锦灿过世，李德和被长男接往日本奉养，1972年病逝。其诗作共1500余首，文数十篇。自己编辑出版有《琳琅山阁唱和集》《琳琅山阁艺苑》《罗山题襟集》《诗词合钞》。今人去其繁重，重新整理、补佚，编为《张李德和诗文集》。

李德和的诗歌创作内容十分丰富，抒情、写景、记游、咏物、怀古、酬赠、记事等皆入其中。她个人的情感生活，如生活琐事、闲情逸致、孝亲思亲、儿女之爱、朋友之义，都在诗作中有着真实呈现，其描写生活趣事的《闺中十趣》，将吟咏、练字、作画、刺绣、裁缝、弹筝、读书、作翰、教子、围棋等十事写入诗中，颇见其个性才情和生活哲学，如：

吟　咏

抗扬风雅自从容，岛瘦郊寒竹在胸。
月去珠来添逸兴，闲敲诗句遣疏慵。

练　字

银钩铁书愧难成，铁砚磨穿愿竭情。
兴到摊笺浑不寐，夜窗把笔对寒檠。

作　画

写莲写菊未殚欢，一幅梅花一幅兰。
墨染冰绡香有韵，秋毫点缀几忘餐。

刺　绣

莺梭燕剪柳梢间，比翼鸳鸯枕上闲。
绣出卿云光日月，穿针引线锁春山。

吟咏的从容兴味，练字的乐而不眠，作画的陶然忘我，刺绣的灵思飞动……才女身份所寓含的艺术品位与生活韵趣，使诗人在家庭居室间创造了不凡的美学风情与诗意画境。又如《观书》："萋萋芳草绿交加，半卷珠帘月已斜。读罢离骚人寂寂，一窗灯火映梨花。"《午梦》："小轩风雨引微凉，读到随园第几章。仿佛湖楼生枕簟，一帘花气泥人香。"《适兴》："宁可终年除肉味，不堪一日隔书香。适逢夜半生诗思，枕上推敲兴自长。"皆尽显其闲情雅趣的生活。

她又是一位相当具有现实感的诗人，笔下所涵盖的题材无所不包，无论是生活中景物实事的吟咏，还是民生实况、社会问题、灾变政局，都在她的诗里一一留下记录。其中以写灾变的长篇巨作《赈灾吟》百三十韵最具代表。它以寓史于诗的现实精神、叙事与抒情相结合的笔触，形象鲜明地记录下 1941 年台湾地震浩劫后众生惊恐之貌：

寅刻黑宵中，群动酣睡里。大地忽簸扬，骇然生不意。蓦地起风波，狂啸及犬豕。惊破黑甜乡，怆惶不及履。急遽避中庭，抱孙携幼女。危机一发间，狼狈出堂所……

李德和在记录震后逃生之实况的笔墨中饱蘸情感，读之不觉情境再现，台北诗人李石鲸谓"此煌煌巨篇，竟以一气呵成，尤征力量，闺阁中有此，足与焦仲卿妻《孔雀东南飞》拮抗千古矣"。至于《空袭行》，巨细无遗地刻画出日治战争期间在嘉义发生灾难的现场：

昭和乙酉四月三，忽地飞机迫市南。
狂呼疾叫家大小，防空壕里避危参。
举家入壕足未定，爆音霹雳似雷霆。
爆风震撼壕门碎，楼屋窗片起飞声。
树木摧折卷黄沙，炸裂声声连续加。
人在壕中如缩鼠，口里兢兢战齿牙……

李德和笔下展现了空袭发生后惊心万分、生死交战的历史情境，受难的百姓如同逃窜的老鼠一般,害怕得面色铁青,连牙齿都战栗,爆炸的威力就如同红云一般在身后紧追,可见当时之惨状。总的来说,李德和的诗歌抒发了她个人的女性声音,也记载了她对广大社会与政治危机的关怀。

李德和以诗为道,题材无所不入,在艺术表现和风格上也自成一格。她作诗的态度非常认真,既重灵感、兴味,又讲究用典,要求严守格律、声韵,因此每为字句苦思斟酌:"适逢夜半生诗思,枕上推敲兴自长。"(《适兴》)在文字风格上,她颇好修饰,效法六朝言语的华丽精美,自云:"一囊诗阜咏终宵,风格无才仿六朝。吟得荷花香满口,雨生水殿似江潮。"(《偶成》)加之女性的细腻和真诚,她的诗歌既具婉约娴雅、清丽朴真的本色,复有阳刚豪放的一面。前者如:

游公园

山环水抱景清幽,花木成蹊豁醉眸。
满袖香风斜照里,不知身在画中游。

水国秋

银塘十里叶萧萧,两岸芦花景色饶。
绝好扁舟明月夜,载将凉味过虹桥。

后者如《秋郊试马》:

不减当年出汉关,西风跃跃震郊寰。
腾空气壮誇边里,起雾心雄跨万山。
驰骋好如临阵地,回旋正似创烽园。
一鞭残照轻蹄勒,打鼓悠然逐对还。

在古代诗人中,李德和最景仰的诗人是陶渊明和杜甫,自言:"千秋知己唯陶渊令,一代无诗惜杜陵。"(《题菊海棠图》)她对陶渊明的向往使其诗充溢闲适淡远的情趣,对杜甫的景仰则形成她笔下写时放怀的逸气豪思。她的诗,俊逸清新,有逸韵而无俗气。

黄金川

生于1907年,卒于1990年。台南盐水港人。周岁丧父,与母亲蔡寅及朝琴、朝碧两兄长相互依持,自幼即承母亲美貌及对文学的爱好。9岁随兄长黄朝琴负笈日本,就读于精华高等女校。18岁毕业返台,拜盐水培英书塾蔡哲人为师,渐工吟咏,从以诗文、行草盛名的"卷涛阁"主人施天鹤(梅樵)专攻汉学、诗文。施天鹤《黄金川女士诗草序》谓其"初学作文,便明晰可喜……不数月,诗思泉涌",后则"坛坫蜚声,人莫不谓巾帼中之铮铮者矣"。23岁嫁与高雄商界闻人陈中和第八子陈启清为继室,当时兄长黄朝琴由上海购得《四库全书》千余册以为妆奁,传为一时佳话。婚后相夫教子之余,亦续有诗作。从1924年参加月津吟社第一期征诗,到1933年声明加入远在屏东的全岛诗社,十年间在诗社吟会中登坛拔帜、传名扬辉,时有"三台才女""不栉秀士"之称。有诗300余首传世,集为《金川诗草》。1930年,由上海中华书局最先排印出版,收录其18～23岁婚前时期的诗作,共240首。1991年10月,陈启清先生慈善基金会再版,除婚前作品外,又收录婚后诗作119首。1992年10月,"中央研究院"中国文哲研究所第三次出版,为清楚区分婚前、婚后之作,改题《正续合编金川诗草》。1993年10月,黄金川女子刊印《静对遥峰——闺秀诗人金川女士纪念集》。

在题材内容上,黄金川的诗歌不乏写时叙事、关怀现实、反映社会之作,如其描写1927年盐水地震的《震灾行》《蚕妇》,然大多数作品仍是将目光投注在日常生活和个人意趣之上,关注生活情事,以女性眼光书写自己的女性经验和人生。如其婚后思亲的诗,篇篇写得凄楚而深邃:

寄 亲

膝下承欢时,春边泪湿巾。
江楼明月满,应照不眠人。

元宵思亲(其二)

年年灯节倍思亲,故国风光入梦频。
知否今宵明月好,清辉分照不眠人。

处于深闺的她,对生活中的琐事,如节气里的活动和欢愉,也别有一番关切和深刻的感受:

扑蝶会(其一)

相邀姊妹觅芳华,胜会欣逢兴倍赊。
忽见一双枝上舞,背持小扇近桃花。

灯 谜

悬灯题句处,背手立多时。
中肯知谁是,分明费构思。

表现生活中闲情雅趣、生命省思的诗作更是俯拾即是:

夏日杂咏三十韵(其十八)

亭亭荷盖出花梢,香露轻收入砚坳。
都为夜来眠不得,轻呼小婢借书钞。

秋 怀

一年容易又中秋,月自团圆景自幽。
未必无才皆淑德,悬知有学便名流。
力能雪耻身何惜,生不逢辰死亦羞。
过眼光阴人老大,敢将哀怨问江鸥。

亦在咏物中寄托自我情志,"梅"和"菊"常作为她自我形象的表征:

黄菊次月华女士瑶韵

百花摇落独芬芳,灿烂如金贴地黄。
影瘦香迷三径月,风高艳绽一篱霜。
心坚晚节甘清淡,梦醒斜阳莫怨伤。
怪底渊明偏爱汝,挂冠日日对倾觞。

访 梅

年年踏雪路难忘,林下常临爱淡妆。
冰蕊香清寒傲骨,无言相对总情伤。

总之,用传统女性方式写诗,独抒性灵、感兴寄志,是黄金川创作的主旨和精神气质。因用心写诗,以诗写心,并在写作中善用生动的形象、简单而朴素的语言,创造出一种浓厚的情境,故其诗让人感受到丰富的心灵风景和生命律动,在艺术风格上显得清雅秀润。许俊雅评曰:"既不刚猛,亦不过于哀伤,时时流露出其温婉的性情……有诗人温柔敦厚之风,吟咏其诗,时生亲切安详之感。"[①]她亦以诗来表达自己的创作态度和美学追求,如《题诗》云:"清吟五七字,托尽万千思。秋日书怀好,春天咏物宜。有敲篇自雅,无索句难奇。心淡如霜雪,题成自解颐。"《诗癖》云:"吟成一句意洋洋,不管人间论短长。独爱高诗飘逸甚,嫌他杜老调凄凉。"正因其对诗的热爱、慧心、认真,以及"清""雅""淡""飘逸"的诗美趋向,她的诗情挚意深,清新朗润,不减林下风致。

本章参考文献

刘登翰、庄明萱、黄重添、林承璜主编:《台湾文学史》(上卷),海峡文艺出版社1991年版。

---

① 许俊雅:《三台才女黄金川及其诗》,《台湾文学散论》,文史哲出版社1994年版,第129页。

陈黄金川原著,罗宗涛总审订,郑文惠等编著:《金川诗草百首鉴赏》,文史哲出版社1997年版。

廖一瑾:《台湾诗史》,文史哲出版社1999年版。

陈寿祺等撰:《福建通志》,华文书局1968年版,据清同治十年(1871)重刊本。

连横:《台湾通史》,黎明文化事业股份有限公司1985年版。

第四章 两岸文化亲缘在台湾女性创作中的投影

第一节 概 述

台湾自古以来就是中国的领土，台湾同胞和大陆同胞一样，都是中华民族的伟大子民；台湾社会和大陆社会一样，都是在中华文化的基础之上建构和发展起来的。共同的文化是一股巨大的潜在的力量，在任何时候，都是维系台湾与祖国不可分割的精神支柱。因此，我们在探视台湾女性文学的发展时，不可能忽略其源于中华文化并与大陆文学互动的基本事实，考察台湾女性创作中的历史叙述以及民俗风尚、宗教信仰的呈现，也必将有助于更加深入地揭示两岸文化的密切亲缘关系。

考古数据显示，现在散布于台湾各地的"原住民"（或称番族、高山族等），其先祖之一是居住在中国南部大陆的古越族中的一支①。历史学家翦伯赞曾在1946年撰写的《台湾番族考》中指出：台湾"原住民"是古代"百越之族"的支裔，他们和中国东南、西南诸种族以及澎湖、琉球、日本的原始住民，在太古时代都是近亲②。台湾大多数人类学家也认为，台湾"原住民""是从大陆华南直接，或是迂回透过东南亚岛屿，在不同时期，一波波的进入台湾，唯有兰屿的亚

---

① 陈碧笙：《台湾地方史》，福建人民出版社1981年版，第16～18页。
② 田珏：《台湾史纲要》，福建人民出版社2000年版，第6页。

美文化,已确定和菲律宾有极密切的关系,是唯一的例外"①。

台湾社会的核心组成是由汉族移民形成的台湾移民社会。在历史上,大陆汉民移居台湾始于隋唐。宋代,福建移民在台湾的澎湖列岛"编户"建屋。南宋以后,随着政治、经济中心南移,大规模的汉民陆续迁往台湾。到了明清,台湾更是先后迎来三次移民高潮。第一次为明天启年间,在以颜思齐、郑芝龙为首的海上武装集团占据台湾北港时,适逢福建沿海旱灾,3000名左右泉、漳府属贫民竞相投奔赴台,其后的崇祯元年(1628),福建又遇饥荒,郑芝龙在福建巡抚熊文灿的支持下,募集沿海灾区饥民数万人移民台湾垦殖,东南亚的一些华人也相继移民台湾;第二次是南明永历十五年(1661),郑成功收复台湾,除郑氏军队及眷属3万多人登岛分区屯垦外,还大力招徕因清廷"迁界"而流离失所的大陆沿海民众,"不愿内徙者数十万人东渡,以实台地";第三次是康熙二十二年(1683),施琅率兵收复台湾,自此开始至乾嘉时期,尽管有清廷"海禁"的严控,东南沿海民众仍大规模"偷渡"赴台,导致台湾由南到北、由西向东的垦殖运动全面展开,尤其是乾隆四十九年(1784),开放台湾鹿港与泉州蚶江港对渡,五十七年(1792)又开放淡水八里岔与蚶江及福州五虎门通航,促使福建向台湾移民的人数激增。这三次移民高潮过后,汉族就成为台湾社会人口的绝对多数,成为台湾社会政治、经济、文化等方面的主导力量。

毋庸置疑,台湾女性文学的产生与来自大陆的移民有着千丝万缕的联系。就口传文学而言,由于古越人与台湾"原住民"的渊源关系,一些形成于母系氏族社会、女性色彩浓厚的台湾"原住民"神话传说不免包含相关内容。例如,泰雅族至今流传着其祖先来自大陆的神话,略云上古时期有兄妹俩为了朝拜太阳,由大陆漂到台湾,后来两人成婚,繁衍出泰雅子孙②。又如,蛇崇拜是古越人最重要的文化特征之一,台湾"原住民"中的排湾族、鲁凯族、泰雅族、布农族也盛行崇蛇习俗,其中排湾人不但奉祀活蛇,还流传多种有关蛇的创生神话。此外,在大陆的22个省、自治区都流传有蛇郎君的传说,其中东南各省的蛇郎君故事保留着比较原始的形态,基本情节是:有一个樵夫(或农夫),生了七个(或三个、两个)女儿。有一天,樵夫上山砍柴,为女儿采摘了蛇郎家的花,在蛇郎的威迫下,他答应将一个女儿嫁给它。但六个女儿都嫌弃蛇郎,只有小女儿答应嫁给它。小女儿和蛇郎结婚后,过着幸福的生活。然而其中一个姐姐嫉妒她,谋害了妹妹,冒充妹妹做了蛇郎的妻子。后来,妹妹的灵魂复活了,姐姐受到惩罚,妹妹和蛇郎再度团圆。由于东南地区是古代百越族的聚居地,百越族崇拜蛇,所以蛇郎君的故事源自越人,是再自然不过了,这实际上可以看作

---

① 郑元庆:《台湾"原住民"文化》(一),光华画报杂志社1994年版,第21~22页。
② 林国平:《闽台民间信仰源流》,福建人民出版社2003年版,第2页。

长江中下游地区古代越人蛇图腾崇拜的遗存①。

值得注意的是,台湾"原住民"中的卑南族、鲁凯族也流传有蛇郎君的神话传说。卑南族的《蛇郎君》说:"大南村有一位漂亮少女,很多头目的男孩向她求婚她都不接受,因为她爱上了一条蛇。后来蛇向少女的父亲提亲,把少女娶回家去,蛇的家在深山的一个湖里,他们生了很多鸟、蛇等动物,于是世界就有了各种禽兽。"②鲁凯族的《蛇郎君》传说更为生动:"从前有一位头目的女儿,叫玛嫩,爱上一条百步蛇。别人看到的是一条蛇,她见到的却是一位年轻英俊的王子,是从外地特地来向她求婚的。他俩决定结婚,男方送来聘礼,婚礼依照平时习俗举行。玛嫩嫁给高山上的蛇家,她看到自己进去的地方是一座宫殿,别人看到的却是一个湖。后来人们在每年举行的丰年祭之前,都要请祖先来尝一尝,我们的头目看到蛇尝过小米饭以后慢慢地回去了,便向大家宣布:'我们的祖先已经回来尝过小米饭了,现在可以举行丰年祭了。'"③事实上,无论是卑南族还是鲁凯族的《蛇郎君》传说故事,都源于"中国内地最流行的两种蛇郎故事","十分鲜明地保持了自己源于古越文化的民族文化特质"④。

汉族移民的大量涌入更是为台湾女性文学的产生创造了条件。具体来说,首先,大陆汉民横渡海峡,在台湾开拓垦殖、艰苦创业,不仅带来先进的生产工具和生产技术,更带来祖籍地的风俗习惯、宗教信仰乃至方言俚语。这些深深打上汉文化烙印的乡土民俗和风尚经过代代相传,成为台湾民众生活的主要组成部分,也为长期以来就有女性参与创作的民间故事、歌谣、俚谚、寓言等口头文学提供了丰富的素材。例如,因为台湾的居民大部分从福建漳泉迁移过去,所以闽台俗文学有着密切的联系,除了两岸流传着的台湾《电母的由来》和福建《闪电的故事》这类以女性为主角且情节内容基本相同的传说外,一些台湾民间故事直接以福建的风土人情作为内容。对此,多年来致力于民间文学资料的搜集、整理、翻译和研究的台湾著名民俗学家娄子匡教授曾精辟地指出:"就台湾民间流传的故事的内容来说,由考证它们的源流,看到台湾和大陆的关系确确实实不能分隔,更可以从此证明两地的血缘文化关系之深远,和精神纽带的紧紧正连接着呢。"⑤

其次,汉族移民大规模地开发台湾,始于明郑时期,台湾的文教事业由此发端而不断发展。当时,台湾的"原住民"尚处于较原始的社会形态,亟须教化;汉族移民大多是军队中的士兵、眷属和闽粤等地为生活所迫而背井离乡的

---

① 姜彬:《江南地区蛇传说中古代图腾崇拜的内涵》,上海民间文艺家协会编:《中国民间文化·人生礼俗研究》(第七集),学林出版社1992年版,第145~160页。
②③ 林国平:《闽台民间信仰源流》,福建人民出版社2003年版,第48页。
④ 林国平:《闽台民间信仰源流》,福建人民出版社2003年版,第49页。
⑤ 林仁川、黄福才:《闽台文化交融史》,福建教育出版社1997年版,第168页。

下层民众,甚至是无家无业之"罗汉脚",也需要教化。因此,郑氏政权将大陆文化系统移入台湾,不仅兴儒学以开全郡风气,还初步建立起比较完整的教育制度,进而开科取士。入清之后,设立台湾府,隶属于福建省,为政者同样十分重视文教事业,各地沿用祖国大陆之体制,相继建立起包括文庙、儒学、书院、社学、义学、民学等在内的教育体系,很快取得了"原住民"儿童亦能习汉语、读经书、颂毛诗的成效①。在此风熏陶下,尽管传统较不重视女性教育,但到清代中后期,终于有一些台湾女子得以进入私人性质的教育机构(俗称私塾或书房)以及由欧洲传教士陆续创设的新式女校(始于光绪十年)学文习字,至于官宦、富绅之家,则往往或延师设帐,或由尊长亲自担纲,对家中女性"施以诗教,训以法书"。如道光年间于归的彰化节妇林王氏"生长世家,素娴女箴";烈妇沈氏之父为斗南耆宿,她自幼即承父教,尤酷嗜《烈女传》,针绣余暇兀自浏览,"弗能自已"。当然,无论是书房教育、家庭教育还是女学堂,都未能产生较大的影响,截至清末,大多数台湾妇女仍是文盲;台湾人教育女子的目的,或是涵养妇德,使其贞洁、柔顺,能够合乎贤妻良母的角色,或是使更多的人能够认识基督,并不期望她们有所成就②。然而,女子能够接受教育、阅读书籍、陶冶道德情操并获得知识,毕竟打破了传统女性世界思想传承较为封闭狭隘的状况,是台湾社会的一大进步,更何况受教女子中不乏有才华者,日后凭借其自身的天赋与努力在文学领域的确取得令人瞩目的成就。

再次,一方面,尽管台湾早在三国时期就已见于中国史书的记载,并且这块土地上原有的住民也早就形成文化,其中包括艺术甚至文学,但那毕竟是原始形态的、相当粗糙的,同高度发达的汉文化、汉文学不能相提并论;另一方面,在郑氏移民之前,台湾虽然已经有了不少从大陆移台的先民,但由于他们多从事经贸、垦荒等活动,普遍缺乏文化素养,荷兰人占据时期所设的文教组织也仅是供沟通所需。因此,台湾真正意义上的文学创作,正如学者提出的那样:"主要产生于第二次移民高潮的17世纪中叶以降。其作者,一类是不满清朝统治、投身郑氏政权的明末文士;另一类则是清统一台湾初期来台任职的宦游文士。他们或者结社,或者办学,或者述异,或者修志,所有酬唱和撰述,基本上都属于咏怀和问俗两大类。而无论是咏怀还是问俗,所秉承的都是中国古代文学中的诗歌与散文传统。"③尽管这里着重展示男性文人的文学成就,但是不可否认的是,以儒家思想为内核的中华文化,特别是大陆固有的人文传

---

① 朱双一:《闽台文学的文化亲缘》,福建人民出版社2003年版,第105~107页。
② 卓意雯:《清代台湾妇女的生活》,自立晚报社文化出版部1993年版,第104~105页。
③ 刘登翰、庄明萱、黄重添、林承璜主编:《台湾文学史》(上卷),海峡文艺出版社1991年版,第8页。

统、学术思想、治学风气等,在这样特殊的历史背景下,确实是经由他们的播迁才得以在台湾扎根。这批大陆文士,有的暂居台湾,有的终老台湾,无论他们在台时间多长,都留下风格各异的诗文作品,既打破了台湾"无文"的局面,为早期的台湾文学画下了最初的轨迹,又在无形中传递了中国古典文学的薪火,为后起的台湾本土文人的养成奠定了基础,自然惠及相对更晚才出现的台湾女性书面文学的创作。①

综上所述,从远古社会开始至明末清初,随着来自大陆的移民不断进入台湾,大陆移民带来的中华文化逐渐累积成为台湾文化的主体。种族血缘以及文化血缘上的双重关系,是台湾女性文学生成与繁荣起来的最重要的基础条件,也构成台湾女性创作的基本文化品格。

第二节 跨越海峡的文学对接

自清中叶开始,随着人口日趋饱和以及土地开发告一段落,台湾从移民社会逐渐向定居社会转化。这个过渡过程历经100多年,大约到了道咸年间,特别是1860年前后才得以最后完成。其时,台湾早已摆脱蛮荒,城镇兴起,村社拓展,社会经济实力大大增强,文化蒸蒸日上。在这样的大环境下,台湾女性文学的发展也进入一个新的阶段,不仅经过多年的酝酿,终于在同治时期孕育出本土的诗人,有了书面形式的文学,及至日据中期,已是颇具规模,备受瞩目,而且在女性作家的文学创作和活动中,不时留下两岸文人交流互动的痕迹,真实地反映出台湾与大陆之间深厚的历史文化渊源。

一、从传衍到交融:大陆来台文人与台湾女性创作

乾嘉年间,大陆来台文人仍然在台湾文坛占据着主要位置。他们多因仕宦渡台,既为台湾的山水风光所吸引,又对台湾的风土人情深感兴趣,经过观察、感受、比较和思考,留下不少猎奇、观览、采风之作,如乾隆三十一年(1766)任澎湖通判的广东三水人胡建伟所作《澎湖歌》、乾隆三十四年(1769)任台湾海防同知、乾隆三十九年(1774)调台湾北路理番同知的湖南武陵人朱景英所著《海东杂记》(八记)以及自乾隆五十一年(1786)起,在台任职前后达16年之久的广西马平人杨廷理所著《东游诗草》(一卷)等,或关注历史地理,或摹写民

---

① 杨若萍:《台湾与大陆文学关系简史(一六五二—一九四九)》,上海文艺出版社2004年版,第95页。

风民俗,或记载物产民生,颇具代表性。当然,不可否认的是,尽管大陆赴台文人的所见所闻是新鲜的,但是获得这种"新鲜"的参照系却仍是旧有的、中土故乡的印象,使用的也仍是传统诗法。不过,他们借助新的美感经验,以自己对中国古代传统的意象系统和艺术方式的娴熟应用,为后来写台湾的同类题材诗作开了先河,尤其是就台湾文学的发展来说,他们将风土杂咏、竹枝词这类在大陆久已兴盛的、融会热爱本乡本土情感的诗体带到台湾,"扭转了自明郑以来慷慨悲愤的爱国诗和怀乡恋土的乡愁诗以及啼饥号寒的忧生诗的凄怆情调"①,在相当长的一段时间里,深深地影响了后起的包括女性在内的台湾本土文人。

大陆来台文人与台湾女性文学之间的直接关联,则是由谢采蘩、官连娣、吴毓秀等数位随父辈宦游来台的能诗女性率先实现的。其中见诸地方志书记载的有谢采蘩和官连娣二人,前者是福建侯官人,于嘉庆九年(1804)随担任嘉义教谕的父亲谢金銮来台,后者是福建邵武人,嘉庆年间台湾参将官赞朝之女。尽管她们留下的诗作不多,有些诗作未必都是在台时所作,但是这些诗作仍以其鲜明的性别色彩以及儒家文化内质,成为台湾女性书面文学切实的开创。如谢采蘩的《理发》一诗由女性对自身头发的爱护与敏感出发,记录她在海风吹拂下穿越台湾海峡的特殊经历;官连娣汲取前人写景诗的经验,努力展现沿海不同于内陆的新奇风景,"海云生极浦,山月照边城"(《东瀛秋夜即事》),这样的诗句正说明她未脱离正统的认知框架,仍以大陆为中心,视台湾为边陲。②

道咸同光时期的台湾,吟诗之风已盛,且经过了近200年的教育培养,台籍诗人的人数已超过宦台诗人,一跃成为文坛主流。但大陆宦台及流寓文人中仍多能诗者,有的致力于兴学教化,培养人才,有的勤于著作,投身各类文献的编撰,有的与当地文人交游密切,相与唱酬,均以不同的方式继续发挥影响力,为台湾女性文学的发展做出或直接或间接的贡献。例如,同治元年(1862),福建金门举人林豪渡海至台,为新竹贡生林占梅所器重,迎为上宾。在林家"潜园",林豪与林占梅共同发起成立"潜园吟社",从之游者40余人,实为当时台湾文坛的盛事;他还应聘担任林占梅侧室杜淑雅的西席(教及其侍儿芳奴),悉心指导,最终促成目前所知台湾本土最早的女性古典诗人的出现。又如,光绪十二年(1886),广西灌阳人唐景崧来台履台澎分巡兵备道任(兼理

---

① 杨若萍:《台湾与大陆文学关系简史(一六五二——一九四九)》,上海文艺出版社2004年版,第38页。

② 吴品贤:《日治时期台湾女性古典诗作研究》,台湾师范大学硕士论文1989年,第17~18页。

提督学政），公余常邀僚属和台湾诗人于台南道署内的斐亭雅集酬唱，后来他升任布政使、署巡抚等职，又在台北创立"牡丹吟社"，带动了"击钵吟"（诗钟）活动，使这种兴起于福建沿海、具有竞技性质的文人聚会形式在经济条件较好、有传统文化修养的台湾士绅阶层中广为流行。尽管此时台湾女性书面文学创作尚处于起步阶段，却也不免受"击钵吟"盛行带来的雕词琢句之风的影响，能诗女性一旦因各种因由得以参与诗社的活动，"击钵吟"先课题、联吟而后结集的特殊方式，的确为她们走出封闭的创作天地，诗作得以传播于世创造了良好的条件。

自1895年清廷将台湾割让给日本以后，大陆来台文人较之前大幅度减少，官派前来的文人已经完全没有，即便有来台的文人，也几乎都是以民间的身份前来——或因旅游而路过，或因避难而暂居，或因受邀而到访，其中几位与台湾女性文学颇有些渊源。如宣统三年（1911），应台湾爱国人士林献堂的热情邀请，"戊戌变法"领袖之一、近代著名学者梁启超自日本来台，停留两周后离去。其时，日据台湾已近17年，台湾文人在不得不面对现实后，压抑在内心的悲愤无处宣泄，诗风日益趋向消沉凄楚。梁启超游台期间，共写诗89首、词12首，除了与各地诗社诗友的宴游酬唱之作外，有不少诗词直面台湾人民的苦难生活，处处表现出失土隐痛和对祖国大陆的思念之情，颇能激励台湾同胞的民族民主意识，对台湾诗风的提振也大有助益。其长女梁令娴随同来台，受父亲影响，所吟诗篇尽管着重于感谢当地父老的盛情款待，却也充满家国之感，如"信美吾山川，奈何伤离黍！回首望故乡，相去复几许"（《侍大人游台湾，集雾峰庄林氏莱园，分韵得"举"字》）这样的诗句，读来是何等感人！此外，曾于光绪年间宦台、在治理"原住民"方面颇有功绩的广东三水人梁成柟，于割台后内渡，旋又来台，在雾峰林家任教习三年后复离开，共计在台十余年。他不仅诗风健峭，在当时的台湾诗坛较有影响，还与台湾中南部文人往来频密，并加入日据后彰化地区第一个诗社组织——鹿苑吟社——成为主要社员。该社创设人之一蔡启运的妻子就是台湾女性中首见在报刊上发表诗作的林次湘女士，她因其夫之故，亦常参与诗社活动，在两岸诗人的唱和中发出独特的女性的声音。

事实上，即便是进入日据时期，大陆和台湾之间的往来也并无明显障碍，因此，踏足台湾的大陆文人应当还有一些，只是他们与台湾女性文学的关系如何，在当时尚且不明显，时至今日就更加无迹可寻。不过，从上述所引材料已足以看出，大陆文人在台湾的文学活动的整体趋势是从传衍走向交融，在形式上由早期的个人创作慢慢走向近代的集体吟和，在题材上描景绘物、评说风俗之作日益被分题拈韵、酬唱赠答之作所取代。总而言之，100多年来，在大陆文人的来去之中，台湾女性文学逐渐发展起来，而源远流长、光辉灿烂的中华文化,也得以在一方新的空间里,再度展现其强劲的生命力及伟大的陶育力与影响力。①

二、内渡、流寓和求学:台湾女诗人在大陆

有清一代,除了大陆文人频繁来台之外,台湾文人也纷纷前往大陆,与大陆文人切磋磨砺诗艺。不过,受传统观念的束缚,台湾的女诗人仍然局限于小范围的社会活动,少有与外界接触的机会,更不用说出门远行了。直到中日签署《马关条约》之后,一些台湾文人"耻为异族之民,恝然作蹈海之举,先后离台内渡,归籍或寄籍于福建各地"②,这其中也有女性的身影。如以《绣英阁诗钞》③传世的台南嘉义诗人邱韵香,年仅6岁就跟随曾是清朝"明经"的父亲邱缉臣内渡,先后流离于香港、越南、印尼、缅甸、上海等地,最终返回祖籍地福建漳州,居住在海澄新垵(今属厦门海沧)。在大陆,邱韵香"幼承庭训,早擅道韫之称,长娴书史,益深惠班之誉",兼又精研医理,曾以如"医学由来愧未精,敢将俚记质高明。并言脏腑详分析,诊断浮沉要执衡。肾水肝经同辅佐,心宫脾肺自相生。医需智勇精仁术,妇理儿科细玉成"(《论医五首》)这样的诗作记录下她对医学的理解。与邱韵香有过师生之谊的台湾知名进士施士洁为其照片题诗,还引发一段文坛插曲,即因施氏诗中有"苏小""真真""崔徽""涛笺"等语,署名"陈无忌"者给他写信,称该诗"数典近于不伦,恐千载后同受不美之名,为识者笑"。施士洁随后在《复女弟子邱韵香书》中指出"无忌之言诗,非真能知诗者也",并洋洋洒洒,引经据典,援古证今,直斥对方"向三家村咬文嚼字,老死句下,谥为'诗囚'",以示他对邱韵香的欣赏与对自己位列台湾文坛首席的自信。

邱韵香后来嫁给海澄霞阳(今属厦门海沧)人杨文升,据《绣英阁诗钞·序》记载:"杨文升先生,故吴石仙高弟,善画山水……"其中提到的吴石仙,是近代闽南著名画家,作为他的高徒,杨文升堪称当地一大才子。两人结为伉俪,可谓珠联璧合,杨文升画作完成,都由邱韵香题诗。当时的著名文人苏眇公曾写诗赞美他们,称才子作画、佳人题词实乃一大雅事。邱韵香在霞阳的住处取名为"绣英阁",不仅诗集得名于斯,而且在很长一段时期内,绣英阁还成为文人雅集之所,前清遗老陈宝琛、华侨诗人邱菽园、闽南名士卢霞士、东山画

---

① 杨若萍:《台湾与大陆文学关系简史(一六五二——一九四九)》,上海文艺出版社2004年版,第74页。
② 汪毅夫:《台湾近代诗人在福建》,幼狮文化事业公司1998年版,第6页。
③ 邱缉臣、邱韵香:《丙寅留稿·绣英阁诗钞合刊》,福建漳州东山图书馆1995年印行。

家马兆麟、厦门书法家罗丹等,都曾是座上宾。

由于时局动荡,邱韵香跟随家人曾经辗转泉州等地,但她从未停止过对诗歌的追求。新中国成立以后,邱韵香回到霞阳,迎来崭新生活,在新中国成立十周年的时候,她曾赋诗"闪闪旌旗映日红,歌声浩浩水朝东。十年血汗成功日,六亿苍生覆载中……"以志庆。到了81岁生日时她又有诗云:"古稀又过十寒暄,远近儿孙聚一餐。旧雨不来虚首席,青云满座泛兰言。春风习习温茅屋,旭日雍雍暖稷黍。惭愧平生豪气尽,砚田笔耕古香存。"充分表达出她对生命的感悟以及对生活的热爱①。

尤其值得称道的是,尽管在幼年时即已离开台湾,邱韵香却未曾忘怀故乡。她日常乃以"嘉义女士"自号,甚至多年以后,仍在《绣英阁诗钞·自序》中深情地回忆说:"余台湾之嘉义县人也,儿时五十年前遭日人之变,从先君西渡归国……"此外,邱韵香一生写下不少如"久客无家愁幕燕,故乡有泪望瀛鲲"(《呈耐公师》)、"满庭兰菊迎重九,飒飒秋风哭二毛"(《重阳感逝即事》)这样溢满乡愁的诗句,20世纪前20年,多次应邀参加由台北"板桥林家"后人、爱国绅商林尔嘉在其位于厦门鼓浪屿的私家庭园——"菽庄花园"内发起创立的"菽庄吟社"的活动,与流寓闽南的台湾著名诗人如施士洁、许南英、汪春源等,以及如林纾、陈衍这样的福建名士相互唱酬。菽庄吟社所在的鼓浪屿本为郑成功操练水军之地,有许多郑成功活动的遗迹,菽庄花园本身又有诸多台北板桥林家园林景观的影子,所有这些都使得诗人们难免触景伤情,"家国破碎之恨、眷念故园之情和身世飘零之叹",常系于笔端②。

当然,台湾女诗人中,像邱韵香这样自幼随父内渡并从此长居大陆的毕竟只是极少数,大多数人在内渡后,为生活、情势所迫,又返回台湾。如别署"赤嵌女史"、被誉为"府城才女"的蔡碧吟,光绪十一年(1895,乙未)跟随父亲、清末举人蔡国琳避居福建厦门,翌年春蔡国琳应当时的台南县知事矶具静藏邀请担任台南县参事、台南县志纂修委员等工作,遂举家又复归台。蔡氏父女在大陆的文学活动虽不可考,但蔡国琳回台后,分别于1897年和1906年参与"沧浪诗社"的重振以及"南社"的成立,在日人占据下对于"保存国粹以延一线斯文于不坠"③颇有贡献,特别是以他为首任社长的台南南社,不仅成员众多,大家辈出,而且和全台诗人乃至海峡对岸的厦门菽庄吟社社友互动频繁,可谓

---

① 本节邱韵香事略的撰写综合了各方资料。许丹、卢志明:《海沧绣英阁曾经居才女》,《厦门日报》2008年3月9日。卢志明、许丹:《海沧绣英阁诗韵长存》,《厦门日报》2009年3月9日。陈忠义:《邱韵香的史诗〈哀安海〉》,《晋江乡讯》2002年总第201期。

② 朱双一:《闽台文学的文化亲缘》,福建人民出版社2003年版,第202页。

③ 刘登翰、庄明萱、黄重添、林承璜主编:《台湾文学史》(上卷),海峡文艺出版社1991年版,第296页。

南台湾诗坛的领导者。而蔡碧吟在日据之前诗名已著,且"时父设帐授徒,及门济济多士,凡有搜罗典故,多出其手",因此尽管她"著作颇多,惟不轻易示人",但在父荫之下,与南社成员以及虽已内渡、仍时时关切南社发展的许南英、施士洁等前辈诗人有所往来还是很有可能的。

民国建立后,到过大陆的台湾女诗人大为增多,尽管她们前往大陆的原因各异,人际交往领域也有所不同,却都以各自的方式为促进两岸的文化交流尤其是诗文交流起了一定的作用。如台北名艺旦王香禅再嫁新竹文士谢介石以后,于1912年八九月间赴上海居住,未几,台湾著名文人连横畅游祖国大陆,旅次上海与她相遇。王香禅素来仰慕连横的才名,便经常携诗作登门求教,自己则在家中朝夕课诗与钻研古书,终至才思大进,并写下不少与连横以及一些上海、台湾人士的唱酬之作,颇尽朋友之乐。此后王香禅辗转天津、吉林、北京等地,面对生活中的种种不如意,诗歌创作成为其人生最大的寄托与解脱,如"花香月色暗相侵,顿觉禅机一笑吟。万境此时何处去,回光返照本来心"这样的诗作正是她那时黯淡心情的真实写照。

又如,出身台南府城巨室"石鼎美"的石中英,虽然早已设帐授学并且诗名远扬,但她具有强烈的民族情感,深知在日本占据下的台湾推广汉文化有着事实上的不可能,遂决意前往祖国大陆,凭借过去蓄养的实力,施展自己的才华。从1929年初夏到1945年抗战胜利,除了因母病而数次返台小住之外,石中英先后在江南一带以及福建沿海的厦门、漳州、福州等地访游、行医乃至投入抗战工作,其间,她不仅以诗会友、和韵抒怀,而且关注时局,摹写社会人生实况。特别值得一提的是,作为致力于反抗异族统治的爱国志士,石中英还写下多首如"悲歌慷慨日,誓死决仇时。不遂平生志,雄心总不移。光复肠如铁,訇然风雷烈。樱花三月红,志士心头血"(《赠台湾革命同志》,作者自注:民国卅年辛巳秋,台湾革命同盟会南方执行部设立于福建漳州,并集革命志士同盟宣示)这样慷慨昂扬、鼓舞民心士气的作品,从中也可略见台湾人民在大陆努力为乡土争取权益的历史事实。

再如,出生于北平并由此得名的台中诗人吴燕生,尽管在幼年时,由于祖父去世,举家迁回台湾,但她深受中国传统文化的熏陶,国学基础甚佳,及年长后加入其父吴子瑜创设的怡社,不仅时常与中部地区的前辈诗人在自家位于台中太平乡的东山别墅煮酒敲诗,还多次参加全岛诗会,屡有诗作入选。1930年代,吴燕生曾随父再赴平津,肄业于北平中国大学,课余她除拜在法国教师门下学习曲、画外,似乎正是从这时起开始对篆刻产生浓厚兴趣,在返台后继续钻研齐白石金石谱,终至"工金石之作"。1976年6月,吴燕生赴美参加第三届世界诗人大会,除了所携带的600余册由何世臣教授译为英文的中英文对照诗集被索一空外,她还在会中亲刻汉瓦当"第三届世界诗人大会纪念"一方,获得中外人士的一致赞誉①。

此外,还有一些台湾女诗人虽曾往来于台湾和大陆之间,但或是停留时间较短,或是留下记录不多,在此仅能予以粗略陈述。如有"澎湖第一才女"之称的蔡旨禅,"好吟咏,兼嗜书画,每逢诗会击钵,或征诗,或书画展览,均曾入选"②,她以振兴汉学为己任,先后于澎湖、彰化、雾峰、新竹等地设帐授徒,传播中华文化,又曾因思慕故国,虽年已33岁仍在林献堂的资助下只身渡海赴闽,进入厦门美术专科学校深造。又如台北诗人李如月,在1918年与神学院毕业生汪宗程结婚后,拟同赴美留学,为研习英文,夫妇二人先后到过日本、厦门、上海等地。在上海期间,李如月还曾担任记者工作,后因父病危,由沪返台而未竟留学之志。

第三节　台湾女性创作中的历史、风俗和宗教信仰

基于特殊的地理位置和历史际遇,台湾具有比较多样化的文化构成因素,不过决定其根本文化属性的,还是其文化的核心要素。尽管在历史上曾经有过荷兰文化、西班牙文化以及日本文化的进入,其本身也存在着少数民族等非汉族的文化成分,但是上述这些文化从来没有成为台湾主导性的文化,也从未切入其文化的核心要素之中。相反,从明郑时期开始,由于核心要素的确立而形成系统结构的台湾文化,乃是由汉族文化占主导地位,以汉民族的伦理道德价值观念为核心要素的文化。因此,台湾文化虽然不无其特殊性,但它根本上的中华文化属性却是不容置疑的③。

文学既是文化的构成,又受到社会整体文化的制约。就台湾女性文学而言,不论是发端于民间又广泛流传于民间的俗文学,还是在同治年间才开始零星出现,到日据前期已开拓出自己园地的书面文学,它们对于地方历史、民俗民风以及宗教信仰的形象反映,都有助于厘清台湾文化发生的源头与演变过程,从而更深刻地认识其文化核心要素。

---

① 吴燕生事略的撰写综合了各方资料。吴品贤:《日治时期台湾女性古典诗作研究》,台湾师范大学硕士论文1989年,第185,189,194页。博文:《三级古迹之旅》,http://blog.yam.com/joanne2007/article/9557343。《太平市简介·人物》,http://140.111.1.12/local/taichun/yuan/h006/newpage2.htm。

② 颜昌硕、庞东撰述:《澎湖县志·人物志》,澎湖县文献委员会1972年版,第72页。

③ 朱双一:《闽台文学的文化亲缘》,福建人民出版社2003年版,第19~20页。

一、家国幽思与英雄情结

尽管在大多数女性诗作中,要寻找国家民族"大我"之义的表露,并非易事,但基于甲午战败后,本未直接卷入战争的台湾却被妥协投降、割地议和的腐败清朝政府所抛弃的惨痛史实,尤其是植根于源远流长的以忠义为尚、以民族为重的中华文化传统中,一些台湾女诗人不免抒发对祖国山河破碎、手足分离乃至历史兴亡的无限感慨。如幼时即随父内渡的才女邱韵香,身处大陆,心怀故乡和亲友,其《哭舅母》诗云"忆昔垂髫日,时时膝下依。沧桑三十载,死别两心违",又有"浮岛移家避世纷"(《赠梁莲弟女士》)、"吟来无限沧桑感"(《寄廖菊友舅父》)、"破碎河山悲似水,迁移家国废登高"(《重阳感逝即事》)等诗句,都将个人的身世与台湾的劫难紧密联系在一起,充满家国情怀。"星霜犹老怀尤壮,沧海横流志益敦"(《呈耐公师》)这样的诗句,则寄托着她坚持民族气节的深意和对台湾将来必然回归祖国的坚定信念。

又如生活在异族统治之下的石中英,时常与朋友"听谈时局先愁绝",她曾以"古画"为题,吟诗数首,中有"江山破碎偏增恨,岁月消磨更怆神"(第一首)、"江山破碎今犹昔,逐鹿中原几变更"(第四首)、"烟树模糊难觅迹,河山破碎失全真"(第五首)等句,失土亡国之痛溢于言表。日本殖民者对台湾的压榨凌辱,也引发诗人的无穷愤慨,除了以《恶吏》《莺声》《感怀 民国十四年乙丑礁吧哖事件十周年纪念》这样的诗作记下自己的不满,还有《演说》诗云"大陆思潮已变风,滔滔硕士各争雄。可怜扪舌人犹在,苦口未能到始终",渴慕自由、向往祖国大陆的心声表露无余①。

值得注意的是,近代以来,面对外国特别是日本侵占台湾的企图和行为,台湾文学中"有关郑成功的咏史抒怀作品大量出现,一时蔚为壮观,文人们借郑成功事迹,以浇自己胸中块垒"②,这种在特定时空才会产生的特殊现象无疑对女性诗人也产生了深刻影响。例如,石中英的故乡台南是明郑遗迹最多的地方,她就多于安平作怀古诗,以发思古之幽情:

游安平(四首)

轻车一路到安平,车上遥闻海啸声。
无数跃鱼真活泼,却叫海燕喜相逢。

---

① 吴品贤:《日治时期台湾女性古典诗作研究》,台湾师范大学硕士论文1989年,第167~169页。

② 朱双一:《闽台文学的文化亲缘》,福建人民出版社2003年版,第191页。

湖绿山光眼底收，人间始信有丹邱。
可怜过客空流涕，重对东宁百结愁。

英雄气短怨冲空，沧海桑田几不同。
恨积如山空抱负，真龙偏老水晶宫。

磋磨风浪羡渔家，柴蟹逢人隐白沙。
却喜沧州无限好，拾好秋色载归槎。

安平泛月

一轮明月静无波，鹿耳中流过客多。
太息东宁今已矣，何人不念故山河。

诗中屡用象征明郑（汉人政权）的"东宁"一词，以成功驱逐荷兰殖民者的"郑成功"为英雄，在念念不忘"故山河"的同时，暗藏着对具有雄才大略、能保卫国土、收复国土的郑成功式的民族英雄再次出现的热切期盼。

由于郑成功的遗迹大量留存于台湾，又大量散布于福建特别是闽南沿海各地，故而即使是内渡的文人，也得以借此抒发思古咏史情怀。如邱韵香的《绣英阁诗钞》中，就有题为《哀安海》的七言古诗：

云幂幂，雨凄凄，
……
频年军马肆蹂躏，楚人一炬阿房焦。
吁嗟安海民何辜，玉石俱焚难胜数。
雕梁画栋燕雀厦，沧废已成野荒圃。
寥寥存者两三家，大半焦椽与断宇。
昔时罗绮富家儿，今日悬鹑似俘虏。
父母妻孥莫处寻，金玉炫煌委尘土。
大兵之后百寇来，绿林恣扰如云集。
匈匈两岁不聊生，纵存破屋亦壁立。
我闻前言已涕泣，又闻续语更于邑。
曾是天涯兵燹余，重逢不啻我身及。
沧海桑田感慨深，数行申吊蛮笺湿。

按照《绣英阁诗钞》的排列顺序，《哀安海》的写作时间介于1918年（戊午）和1921年（辛酉）之间。邱韵香曾在"年近而立以陈翁嘉庚礼请出为翁妹教师。不惑以后，寓厦行医"（王作人序），则此诗当作于厦门。诗中所写安海遭遇劫难情况是何时发生的，已不可考，不过据《安海志》卷三十五"纪事"载，安海在明代屡受"海寇""广贼""日本夷船""倭寇""南贼"等袭扰掳掠。到了清初,安海作为郑成功的主要活动中心,又在将近30年间内连续遭受6次迁界(在沿海一带俗称迁都)的劫难,特别是顺治十三年(1656),清朝统治者为了扑灭郑成功的反抗火焰,把安海隳为一片瓦砾,仅存龙山寺及几间岗所平房。其他诸如《晋江市志》(简本)所云"顺治十八年(1661)春,清政府颁布迁界令强迫沿海居民内迁三十里,违者处死,沿海一带夷为废墟",以及"丙申焚毁,辛丑迁界,鞠为茂草,无屋可居,无田可耕,老者转死沟壑,壮者散居乡外。杼空南国,空招雪窖之魂;泪洒西郊,露冷迁民之骨……"之类的血泪记载不胜枚举,由此可以推断,这首诗应该不仅仅是指一时一事,而是对历史上安海遭受的噩运尤其是残暴迁界所带来的劫难的集中展现。同时,由于郑成功与安海有着密切的关联,并且他坚持抗清的事迹对于具有强烈民族意识的台湾汉人一直有着无比强烈的示范性感召力,因此也应看到,《哀安海》虽为吟咏相关史实之作,内含的民族精神和近现代诸多歌颂郑成功的台湾文学作品却是一脉相通的。

此外,在日人大力钳制言论,进而控制思想的背景下,还有一些女性诗人避开敏感话题,以曲折的方式表达了极为相似的历史感怀与故国情思,如蔡旨禅的咏史诗作《欧洲大战争》:

> 八国雌雄犹未分,攻城占地何纷纷;
> 德兵益围巴黎急,英皇欲救佛兰君。
> 大将联军催步马,法国都城赖不下;
> 俄为欧北战中人,日乃亚东援助者。
> 只为同盟愿同谋,立意欲将士卒酬;
> 胶州封锁加藤子,百里地方何所求。

作者在感叹欧战乱局、列强纷争之余,将关切的目光投向祖国大陆。诗中提到第一次世界大战中远东唯一的重要战事——日德青岛战役。胶州湾本是中国的领土,却因北洋政府的软弱妥协,终为日军所强占,沦为日本帝国主义的势力范围,这一事件作为近代中国屈辱外交的又一典型,成为台湾诗人关注的对象,当是有其特殊的深意。

二、移垦社会女性生活风貌

由于台湾居民大部分来自大陆尤其是闽南、粤东等地,且移民以地缘、血缘关系聚居,所以他们基本保持了祖籍地的风俗习惯。据清代史籍所记:"台民皆徙自闽之漳州、泉州,粤之潮州、嘉应州,其起居、服食、祀祭、婚丧,悉本土风,与内地无甚殊异。"1934年日本警员在充分调查研究台湾民俗后也不得不承认:"台湾的移住民,绝大多数都是汉民族,他们的祖先早在几百年前,从台湾海峡的对面福建和广东两省陆续迁入。就因为如此,所以台湾的一切风俗习惯,几乎都和大陆的闽粤两省相同。"①

台湾女性文学作品中关于女性生活风貌的描述,正符合上文所述的情况,既保留着母体的文化形态,又带有移垦社会的烙印。例如,在台湾的汉人社会中,与中华传统文化对于性别角色的定位相一致,男性主导了大部分的社会活动,家庭是女性最主要的活动范围,女子从小就被教导去胜任属于她们的性别角色,举凡厨房杂务、洗衣与女红等,皆自幼年即开始训练,唯望其出嫁之后能够得心应手。有一首《育儿歌》颇能反映女孩的这种成长历程:

> 一岁二岁手里抱,三岁四岁土脚趖。五岁六岁渐渐大,有时头烧及耳热。七岁八岁真嫌吵,一日顾伊二枝脚。九岁十岁教针黹,惊伊四界去经丝。十一十二得打骂,此去得来学做衫。十三十四学煮菜,一块桌面办会来。十五十六欲转大,惊伊随人去风花。十七十八做亲情,一半欢喜一半惊。

尽管清代台湾家族聚居的大家庭很多,由于同居共爨,家务可由各媳妇轮流担任,然而嫁入夫家,妇女却依旧忙碌,没有轮值的媳妇仍要分担家事。下面的民谣就道出了妇女料理家务的忧心劳苦以及身为媳妇的谨小慎微:

> 一只公鸡喔喔啼,一个媳妇早早起,入大厅洗椅棹,入房间做针黹,入灶脚洗碗箸,赞美兄!赞美弟,赞美亲家贤教示,烦恼猪无珠,烦恼鸭无卵,烦恼小姑要嫁无衣裳,烦恼小叔要娶无眠床。②

相较于既要承担各种家务劳作,又要备受贫困煎熬的妇女,那些能诗女性多数家境尚可,有佣人可供役使,有奴婢听其使唤,但她们还是无法彻底从家务中抽身出来,因此就像陈玉程《有感》诗所感慨的那样:"酱醋盐茶日几回,斜钗鬓堕故衫灰。自从出阁于归后,无复闲情咏絮来。"身为家庭主妇的她,日常生活已湮没在柴米油盐中,从早到晚张罗三餐,终不会再有未婚女儿的"咏絮闲情"了。

此外,早期的台湾尚有相当多的荒地亟待开发,不少农家妇女便还需参与拓垦的工作,她们对土地的开发有一定的贡献。特别是澎湖一带地瘠民贫,女子除下田助耕外,亦常或去海边捞取鱼虾(名曰讨小海),或种瓜以佐食、锄细草以当薪、晒牛粪以炊爨,因其劳苦过甚,谚语有谓:"澎湖女人,台湾牛。"

又如,沿袭大陆的风气,缠足成为清代台湾妇女普遍的履饰,是妇女所必须具备的一项足部之美,既代表女子的优雅高贵,亦是身份的表征,更关乎其

---

① 林仁川、黄福才:《闽台文化交融史》,福建教育出版社1997年版,第311页。
② 卓意雯:《清代台湾妇女的生活》,自立晚报社文化出版部1993年版,第64,71页。

终身大事。但女子缠足,不仅在整个裹脚的过程中要承受极大的伤残痛苦,而且在实际生活中也有着诸多不便,台南府城的《缚脚歌》,便道尽了女性对这种陋习的辛酸与无奈:

> 天地创造人,男女脚相同,算是天生成,好走又好行,可惜憨父母,以家缚脚好,爱子来缚脚,情理讲一担……①

不过,直到日据初期,台湾妇女直接参与生产劳动的状况仍相当普遍,尤以客家女性为著,因此就出现了如连横在《台湾通史·风俗志》中所描述的现状:"漳、泉妇女大多缠足,以小为美,三寸弓鞋,织造极工。而粤人则否,耕田力役,无异男子,平时且多跣足。"②粤籍妇女因帮助丈夫在田里干活或经常在户外作业的关系,多半没有缠足。

再如,旧时台湾汉人的婚姻一直沿袭着中原的古代传统婚俗,不仅男婚女嫁全凭父母之命、媒妁之言,而且仪式大致沿袭了《周礼》之"六礼"的过程,既烦琐又不能有丝毫的轻待。日据时期的《风月报》曾经刊登过一首署名为"溪湖尤氏花村"的诗作《从父》:"严命主婚岂可辞,箱装检点待佳期。镜奁何必多藏玉,夫婿唯求善读诗。不羡锦屏凭射雀,无劳绣幕把牵丝。百年苦乐由天定,裙布荆钗好出帷。"这是作者即将出嫁之际所写,由于"严命主婚",她只得"从父",尽管心中也有自己的期望——"夫婿唯求善读诗",却别无选择,只能将未来交托给宿命。另有凌昭女士的《新嫁娘》见于《诗报》上,其诗云:"出阁时节艳妆新,祇事欷歔哭泣频。似与母家离别苦,半惊半喜可怜人。"大喜之日的新嫁娘无疑都装扮得十分美丽,然而女子离旧家进新家本就心怀恐惧与悲哀,尤其是又受到流传久远的"哭嫁"习俗的影响,她们难免会"胭脂红,泪珠淌"③。

由父母决定的婚姻,并不一定能有圆满的结果,日后若有任何不满,多半会将责任归诸父母,有一首民间歌谣对女子的这种心态有非常传神的刻画:

> 韭菜葱,十二丛,生阮四姊妹皆成人,大的嫁福州,第二的嫁风流,第三的嫁海口,第四的嫁内山。大的返来白马挂金鞍,第二的返来金雨伞,第三的返来金交椅,第四的返来切半死,切何事,切阮父母歹心肝,教阮嫁内山,脚踏藤,手挽菅,给日曝,面乌干,也无针,也无线,可好给阮补破单。

---

① 卓意雯:《清代台湾妇女的生活》,自立晚报社文化出版部1993年版,第69页。
② 连横:《台湾通史·风俗志》,黎明文化事业股份有限公司1985年版,第577页。
③ 吴品贤:《日治时期台湾女性古典诗作研究》,台湾师范大学硕士论文1989年,第149~150页。

事实上,这首民歌还有着更丰富的内涵,即一方面透过闽台通婚现象直接反映出大陆与台湾民众之间密切的往来关系,另一方面则说明了传统台湾妇女的生活重心仍是家庭,她们没有独立的能力,必须依靠男人,嫁了好丈夫可以衣食不愁,嫁到环境较差的家庭则不免要劳苦终生,因此婚姻对女子的生活具有全面的影响①,犹如俚谚所云"割着歹稻望后冬,嫁着歹尪一世人"。

值得一提的是,筚路蓝缕、披荆斩棘的创业历程使得清代台湾普通民众在日常生活中特别重视经济条件,清初的台湾社会又普遍存在着"男多、女少、匹夫猝难得妇"的现象,使得生女之家每有"奇货可居"的心理。他们往往借故抬高嫁娶条件,出现了如康熙年间的志书所谓的现象:"婚礼之礼,重门户,不重财帛,古也,台之婚姻,先议聘仪……"家庭的贫富与能出聘金的多寡,成为民间嫁女议婚时的重要条件②。这种特别注重聘材的移垦社会婚姻陋习,长期以来不断受到有识之士的质疑与批评。日据时期刊于《诗报》上的蕙茹女士诗作《聘金废止》云:"买卖人身太不通,嫁儿偏议聘金丰。大呼我愿诸先觉,早把陋规一扫空。"这更是近代台湾女性在自我意识增强后,面对不公的命运所发出的大声疾呼。

三、兴盛不衰的女神崇拜

数百年前,对于生活困苦和科学知识缺乏的台湾早期移民来说,要跨越风信潮汐变幻莫测的台湾海峡,要征服瘴疫横溢野兽出没的茫茫荒野,要应对土著居民的突然来袭以及频繁发生的闽粤、漳泉械斗,依靠自身的力量显然不够,他们只好将希望寄托于冥冥不可知的神明。因此,当移民们离开故土的时候,往往恭请神像伴其渡台,或怀揣寺庙中提取的香火袋以作护符,祈求神明保佑;到达目的地后,便将自己随身携带的神像或香火袋供奉起来,朝夕膜拜;等到开垦成功,为答谢神恩,又集资建立庙宇专门奉祀。就这样,伴随着大陆民众的移居和垦殖活动,源自大陆的各种民间信仰,成为台湾百姓生活的重要内容,并沉淀为他们无法割舍的民族和文化基因。

身为社会的弱势群体,台湾女性笃信神祇,每当疑惑或不安之时,常诉诸宗教,期能消灾祈福,以满足精神的慰藉。尤其在清初社会秩序尚未安定之际,求神护佑之心益炙,故妇女多入寺烧香,麇集祈祷,其盛况正如文献中所记载的那样:"招群呼伴,结队而行,游人遍于寺中,邂逅亦不相避。"③至于妇女

---

① 卓意雯:《清代台湾妇女的生活》,自立晚报社文化出版部1993年版,第13页。
② 卓意雯:《清代台湾妇女的生活》,自立晚报社文化出版部1993年版,第14页。
③ 卓意雯:《清代台湾妇女的生活》,自立晚报社文化出版部1993年版,第91页。

所崇信的神灵,皆为台湾民间普遍的信仰对象,与大陆存在着千丝万缕的联系。例如,台湾的一些女性信奉"斋教",成为"斋女"(或称"菜姑""斋姑"),日常在家或附近的斋堂带发持斋、信佛修行,其中有立志不婚者,又称"贞女"。事实上,所谓台湾斋教,就是糅合了儒家和道教思想的民间佛教,在主供观音菩萨或释迦牟尼佛之余,倡导不出家,不剃发,不穿僧衣,茹素,由在家修行者传袭教义,主持教仪。台湾斋教有龙华、金钟和先天三派之别,均在清代中后期自福建传入,历经数十年的生枝发叶,斋堂遍设于全岛各地。尽管"斋女""贞女"的宗教社会成因仍有待进一步考察,但或许是因为潜心修道,寻得心灵的宁静;又或许是因为摆脱婚姻家庭的束缚,可以更自由地表达自我,到了日据时期,台湾有不少"斋女"积极参与文学活动并在创作上颇有成绩,其中"九岁则长斋绣佛"的蔡旨禅(道号明慧)诗风清新自然且具有灵性,除了常以如"从知人事离还合,忽悟禅机色即空"(《落花》)、"本来身外原无物,何用空囊始可嘲"(《弥勒布袋》)、"平直本心自寂然,何须实现往西天"(《有感》)这样的诗句来阐明佛理、抒发人生感悟外,还有诗《偶成》云:"最爱觅花供法王,嫌他兰菊属寻常。菩提净土直心处,自有优昙一样香。漫将福慧说前因,能作比丘先报亲。长斋惟愿志坚贞,鱼磐仍教伴课经。孺子差堪称可教,敢夸桃李得欣荣。玉食无求味菜根,心空五蕴少忧烦。贫能安道身能乐,冀悟灵机见本元。"在展现"贞女"坚定信仰的同时,不自觉地渗透着儒家传统的"孝亲"观念与"现世关怀"理念。

值得关注的是,台湾民间不乏女性神祇,她们深受男女两性的共同敬仰,信众广泛,成为不同社会群体进行沟通、增进社会认同的重要因素。以影响最大的天上圣母妈祖为例,她是福建莆田湄洲岛人,姓林名默,自宋元以来一直被我国东南沿海人民尊奉为救苦救难的海上保护神。明末清初,福建、广东沿海的百姓迁徙台湾,为了祈求一帆风顺,船上都供奉着妈祖神像。平安抵达台湾的移民,更是感激妈祖的庇佑,纷纷在聚居地建祠奉祀,妈祖的信奉区域便随着移民的足迹不断扩大。至日据前期的1918年,全台主祀妈祖的宫或庙已达320座①,其中著名的如澎湖天后宫、鹿港天后宫、台南大天后宫、北港朝天宫、台北关渡宫、大甲镇澜宫、新港奉天宫,均规模宏大,终年香客络绎不绝。

在台湾妈祖信仰兴盛的背后,蕴含着丰富而深刻的道德伦理、社会思想以及历史人文内涵。首先,妈祖的形象既不同于人面鸟身的禺猇、禺疆、弇兹以及与之相类的不廷胡余(《山海经》中所提及的四海之神),也不同于令人惊悚

---

① 余光弘:《台湾地区民间宗教的发展——寺庙调查资料之分析》,《"中央研究院"民族学研究所集刊》1982年第53期。

的海龙王,而是温婉高雅的年轻女性;其显现神迹时所体现出来的慈祥、亲切、无私、利人以及只讲奉献、不求回报,正是母爱精神的充分展示,与中华民族素来推崇的"仁义善心"教化相结合,极易在人们心中引起共鸣,因此她能够超越众多的男性海神,被奉为航海的第一保护神。其次,垦荒时代的台湾,到处瘴疠横行、瘟疫肆虐,在医疗卫生条件落后以及科学知识贫乏的情况下,尽管移民们极度祈望风调雨顺、大地丰产、子嗣昌盛,却也只能接受"收获与生育密不可分"的传统观念影响,一方面认为土地如同母亲,被赋予了繁衍生殖的神圣职责,另一方面将妇女生育子女归功于女神的馈赠,于是土地、女性和女神三者归一,最终形成褒扬女性、崇拜女神的习俗。妈祖作为航海女神,原已拥有相当广泛的群众基础,这种移民社会中以生育为核心的信仰追求促使其职能得以进一步扩展,不但沿海百姓信仰,山区群众也崇拜,最终妈祖成为人们心目中无所不管(管渔业丰产、男女婚配、生儿育女、祛病消灾)的神祇。再次,台湾民间历来特别看重从祖籍地传来的神灵,称之为"桑梓神",而全台各地妈祖庙奉祀的妈祖是从福建不同地方分灵去的,因此台湾同胞崇拜妈祖,绝不单单是宗教信仰的一种行为,还包含着"怀故乡"的强烈感情。尤其在日据时期,殖民统治者强行推行日本宗教,摧残、禁止最具中国文化特色的民间信仰,然而仍有广大妈祖信徒冲破重重关卡,千方百计回到大陆祖庙进香谒祖,这是中华民族向心力的特殊体现。

　　台湾的妈祖神话传说很多,其中不少是关于两岸一体、抗击外辱的。相传施琅率兵统一台湾进程中得到妈祖的庇佑,在攻打澎湖时,将士们看见天妃显灵助战,取得胜利。事后,人们见到妈祖神像衣袍湿透了,左右神将的双手起泡,证实所见并非幻象。又如,甲午战争失败后,日本殖民者占据台湾,安平民众见到妈祖神像伤心落泪,至今神像面容上的泪痕尚在。1938年9月,日本殖民者仅在安平一带就强行征了400多人到大陆为军夫,那时,妈祖的神像也凄然落泪,虽然经过多次整修擦洗,泪痕仍无法消除。再如,日据时期,有义士以台北关渡宫为基地,领导台湾人民抗日,日军发现后,火烧关渡宫。传说大火燃烧后,人们发现庙宇和神像丝毫未损,仅有妈祖神像的脸上有点烟熏的痕迹,而那天参加放火的日军全部无病暴死①。这些故事固然充满浓厚的神秘色彩,却进一步证明了妈祖在台湾信徒心目中不可替代的重要地位。总而言之,妈祖信仰曾经为台湾先民拓展生活空间提供精神支柱,寄托着台湾同胞忠贞不渝的爱国情思以及对故土的深深眷念之情,在客观上发挥着传承中华文化传统、凝聚民族精神和维系海峡两岸骨肉亲情的社会作用。

　　毫无疑问,妈祖信仰圈的形成对台湾其他民间女神信仰的产生与发展具

---

① 林国平:《闽台民间信仰源流》,福建人民出版社2003年版,第157页。

有一定的示范效应，不过与妈祖能够多方位地满足不同社会群体的心理需求有所不同，大多数女性神祇往往更具有针对性。不过，她们或多或少仍然与大陆有所关联。例如，1683年，施琅率清水师攻台，多年前随明郑渡海来台的宁靖王朱术桂深感大势已去，决定与明朝共亡。他昭告姬妾王氏、哀氏、荷姑、秀姑、梅姐五人表明心意，曰："孤不德，将全发肤归见先帝王于地下，若辈可自为计！"五妃泣对曰："王死国，妾死王，义一也。"遂同自缢，被合葬于台南南门外桂子山。五妃之死，属于殉国之举，因而她们受到台湾人民的纪念，成为一方之神。清乾隆十六年(1751)，地方官府整修五妃墓，并于墓前建五妃庙、立五妃墓道碑以旌其义烈。每年上巳、清明时节，人们纷纷前往吊拜，追怀这种坚贞的民族气节。日据时期的台南女诗人蔡碧吟曾有《台阳竹枝词·五妃芳冢》诗云："宜晴宜雨好时光，草粿糖浆制备忙。招得东邻诸姐妹，踏青齐拜五妃娘。"即是关于民间吊拜五妃的明确记载。

此外，基于大陆东南闽越族"好巫尚鬼"传统在台湾"原住民"中的遗存，以及早期移民面对恶劣的生活环境只能依靠祖地传播来的巫术消灾弭害的经历，台湾民间逐渐形成"信巫不信医"的风气，志称："俗尚巫，疾病辄令禳之"①，"俗信巫鬼，病者乞药于神……亦皆漳、泉旧俗"②。除了施行法术驱邪治病外，巫觋有时还自称神灵附体，用咒语为人寻物、寻人、问亡，等等，妇女尤多信之。清代台湾民间歌谣中就有一首《神姐歌》，叙述一群妇女相邀前往女巫处所，托其招引死去的亲友，虽女巫所言多半有误，但她总会自圆其说，终于使这群妇女信服，歌谣结尾乃云："世人总是痴，神姐无影厘，不如入庙烧好香，寻神终须无采钱。"③

求巫问卜之风的盛行也衍生出一些女神崇拜，如"椅仔姑"。传说椅仔姑自小失怙，年仅三岁，却常常受到狠心嫂嫂的虐待。旧时家庭煮饭的灶都是以糯壳或稿为燃料，为了维持火势必须不断补充燃料，冷酷的嫂嫂要女孩坐在竹椅上生火，晚上只准她睡在灶上，连食物也不给她吃。有一天早上，嫂嫂起床发现女孩冷冰冰地坐在竹椅上，这嫂嫂一点也不伤心，竟连像样的祭吊仪式也没有举办，后来二嫂买菜回来发现女孩仍坐在竹椅上，将糯壳丢入灶内生火，不禁大惊失色。随着椅仔姑的故事在民间广泛流传开来，人们对她的同情日渐升华为敬畏与尊崇，认为这位不幸女孩的灵魂有力量影响人世的祸福，姑娘们都向椅子膜拜。每逢元宵节和中秋节，还会举行限于未婚女子参加的占卜活动，少女们在一切整理就绪后齐唱歌谣："椅仔姑，椅仔姊，请汝姑姑来坐椅。

---

① 乾隆《重修台湾府志》卷一三《风俗（一）附考》。
② 嘉庆《续修台湾县志》卷一《地志·风俗》。
③ 卓意雯：《清代台湾妇女的生活》，自立晚报社文化出版部1993年版，第95页。

坐椅定,问椅圣,奈有圣,水桶头,柝三的,来更坐圣。"期望招来椅仔姑的灵魂并解答她们提出的各种问题。又如"关三姑","关"是施行法术之意,传说中的三姑,遭遇和椅仔姑大同小异。关三姑的参与者以年长女性居多,时间几乎都在夜间,举行仪式过程中所唱的歌谣是:"三岁姑四岁姊,阮厝也有槟榔心,亦有老叶藤,好食亦分恁,分阮三姑较是亲,亲落亲,亲豆藤,豆藤白波波,一条小路透奈何,行到奈何桥,脚亦摇手亦摇。"需借由灵媒引导进入阴府与亡者相会,也用来占卜命运或探寻病痛的原因①。

事实上,自南北朝开始即有紫姑信仰。相传紫姑曾是寿阳人李景之妾,为正妻所嫉恨,经常让她做秽事,于正月十五日含恨死在厕所中,被天帝封为厕神。紫姑虽为厕神,却不理厕事,专为人卜体咎,占岁事,每逢元宵节,各地民间皆有迎紫姑之俗。在闽南,旧时每逢元宵之夜,少女们便携物到厕所致祭紫姑,亦常卜以婚嫁,厦门一带更由此演变出"冬生仔娘"的祭拜习俗与占卜游戏。不难看出,台湾"椅仔姑"、"关三姑"之类的灵魂崇拜与大陆一脉相承,两岸文化的密切亲缘关系通过民间信仰活动再次得到确证,成为传统封闭社会中女性得以分享的生活乐趣。

本章参考文献

陈碧笙:《台湾地方史》,福建人民出版社1981年版。
田珏主编:《台湾史纲要》,福建人民出版社2000年版。
郑元庆:《台湾原住民文化(一)》,光华画报杂志社1994年版。
林国平:《闽台民间信仰源流》,福建人民出版社2003年版。
姜彬:《江南地区蛇传说中古代图腾崇拜的内涵》,上海民间文艺家协会编《中国民间文化·人生礼俗研究》(第七集),学林出版社1992年版。
林仁川、黄福才:《闽台文化交融史》,福建教育出版社1997年版。
朱双一:《闽台文学的文化亲缘》,福建人民出版社2003年版。
卓意雯:《清代台湾妇女的生活》,自立晚报社文化出版部1993年版。
汪毅夫:《台湾近代诗人在福建》,幼狮文化事业公司1998年版。
颜昌硕、庄东:《澎湖县志·人物志》,澎湖县文献委员会1972年版。
连横:《台湾通史》,黎明文化事业股份有限公司1985年版。
林川夫主编:《台湾民俗第一辑》,武陵出版社1990年版。
金荣华整理:《台南卑南族口传文学选》,中国文化大学出版社1989年版。

---

① [日]池田敏雄:《椅仔姑》《关三姑》,林川夫主编:《台湾民俗第一辑》,台武陵出版社1990年版,第24~31页。

金荣华整理:《台东大南鲁凯族口传文学》,中国文化大学出版社1989年版。

邱缉臣、邱韵香:《丙寅留稿·绣英阁诗钞合刊》,福建漳州东山图书馆1995年印行。

余光弘:《台湾地区民间宗教的发展——寺庙调查资料之分析》,《"中央研究院"民族学研究所集刊》1982年第53期。

第五章 台湾现代女性文学的发生与兴起(1920—1945)

第一节 概 述

台湾现代女性文学的发展,根据当时的社会历史背景与作家作品出现的具体情况,大致可分为三个时期。第一个时期为1922—1931年,是台湾现代女性文学的萌芽期,出现张泪痕等女作家;第二个时期为1931—1945年,是台湾现代女性文学发展较为繁荣期,出现杨千鹤、黄宝桃、叶陶、赖雪红等一批用日文写作的新女性作家;第三个时期为1946—1949年,由于台湾光复后社会与语言文化的转变,以日语写作的女作家纷纷辍笔,台湾现代女性文学出现转型时在写作上的寂寥期。台湾现代女性文学创作以散文、诗歌为主。据目前所能够掌握的资料看,散文、随笔共有85篇,约占台湾女性文学创作总量的65.4%;诗歌次之,计有27首,约占女性文学创作总量的20.8%。在台湾现代女性的文学写作中,女性小说数量最少,现在知道的只有18篇,约占台湾女性文学创作总量的13.8%。[①]

[①] 吕明纯:《徘徊于私语与秩序之间:日据时期台湾新文学女性创作研究》,淡江大学硕士论文2004年,第178页。

一、台湾现代女性文学产生的历史动因

台湾现代女性文学的发展，主要受台湾新文化运动、台湾现代女子教育以及台湾政治归属等因素的综合影响。

台湾新文学运动兴起于1920年代初，主要由"新民会"及"台湾青年会"的机关刊物《台湾青年》推动。该杂志于1920年7月7日在日本创刊，由日文和中文两种版面，作者既有台湾总督、日本及中国大陆的教授学者，也有台湾的文化名人，如林献堂、颜云年等。该杂志创刊之初态度比较温和，但"民族主义色彩逐渐加强"①。为了呼应台湾的文化启蒙运动与民族运动，《台湾青年》于1922年4月改名为《台湾》，和新文学有关的论文与创作大约出现在这一时期。受中国大陆五四文学革命的影响，黄呈聪、黄朝琴等人首先在《台湾》汉文栏上提倡白话文，以在台湾形成普遍而简易的文体，用于普及现代知识与启发民智。台湾真正的新文学运动，是从张我军在《台湾民报》上发起"新旧文学论争"开始的。张我军先后在《台湾民报》上发表《致台湾青年的一封信》《糟糕的台湾文学界》《为台湾文学界一哭》《请合力拆下这座败草丛中的破旧殿堂》等文，对以连横为代表的台湾旧汉诗人进行抨击。张我军又在该报上先后发表《诗体的解放》《研究新文学应该读什么书》《新文学运动的意义》等文，指出台湾新文学运动的意义在于建设白话文、改造台湾语为中国语。台湾的新文学运动造就了赖和、张我军、陈虚谷、杨云萍、杨华等一批台湾新文学作家。

受台湾新文化运动及新文学运动潮流的影响，台湾新文化、新文学青年开始关注台湾女性的社会解放问题，抨击台湾妇女的社会地位不平等、婚姻恋爱不自由、文化教育受歧视等现象。受台湾移垦社会形成的社会习尚的束缚，也受中国汉儒文化传统的影响，由于日本殖民政府初期"沿袭旧惯"的殖民政策，台湾社会中普遍存在着买卖婚姻、媳妇仔、娼妓、女佣人等社会陋习，女性在家族及婚姻中始终处于屈辱地位。《台湾民报》是台湾倡导妇女解放的先驱，它译介、转载了大陆的许多新文学作品，积极倡导男女平等、自由恋爱等现代思想，先后转载胡适《终身大事》《李超传》等文章。与大陆新文学情况类似，当时反映妇女问题的新文学作家较多的是男性启蒙者。赖和有《可怜她死了》，杨华有《薄命》，郭秋生有《死么？》等作品，从人道主义、人格尊严等角度揭露台湾

---

① [日]河原功著，莫素微译：《台湾新文学运动的展开》，全华科技图书股份有限公司1993年版，第126页。

女性所受的悲苦，"充分掌握了当时妇女在环境压迫下无可言喻的挫败感"①；兰谷有《一个年少的寡妇》，吴天赏有《龙》，杨守愚有《疯女》，杨逵有《再婚者手记》等作品，反映包办、买卖婚姻给台湾女性造成的人生痛苦及精神失常现象；杨华有《薄命》，吕赫若有《庙庭》《月夜》，龙瑛宗有《不知道的幸福》，朱点人有《纪念树》等作品，表现家庭内部婆媳关系的矛盾，揭示龌龊的封建传统和污秽的生存情境，揭示腐化无情的人性；郭永潭有《某个男人的手记》，蔡秋桐有《四两仔土》，杨守愚有《谁害了她》及《鸳鸯》等作品，表现台湾女工常遭工头及男性劳动者"性侵犯"的不幸处境。

在台湾现代女性解放运动中，"涌现了第一批言论激进、战斗立场鲜明的进步女性"②，她们以对抗官方、社会的姿态投入社会及文化变革运动中，其中既有在《台湾民报》上发表台湾现代女性解放激烈言论的玉鹃、紫鹃、张丽云等人，又有投身社会运动的叶陶、谢雪红、蔡阿信、简娥、张玉兰、郭翠玉、林双随、郭玉珊等人，还有潘贞、吴素贞、潘蕴真等台湾妇女运动团体中的成员。这些台湾女性解放运动及社会解放运动者，持有"男女平权"的性别意识及现代民主、科学等文化理念，摈弃殖民初期台湾上层社会倡导的"贤内助"女性观，积极倡导女性的社会解放即"人的解放"，热情鼓励台湾女性打破封建礼教束缚、争取婚姻自由及经济独立。在这个意义上，易卜生的《玩偶之家》对台湾现代女性解放运动产生了深远影响，日据时期不少小说都以女主人公离家出走为情节发展的高潮。这种女性解放观念虽然并不意味着台湾女性性别意识的真正觉醒，但它"在大力鼓舞女性走出家庭，向不合理的封建礼教挑战时，却能让台湾女性开始思索传统习俗对于女性是如何的不公"③。

台湾现代女子教育的兴起及发展，直接促进了台湾现代知识女性及现代职业女性的形成，造就了台湾现代女性文学的写作群体及文学主题。与中国大陆近代女子教育一样，台湾近代女子教育也由外国传教士开启，基督教传教士为培养女性传道者，于1884年和1887年先后创办"淡水女学堂""新楼女学校"，开启了台湾现代女子教育的历史先河。日本据台以后，台湾总督府初期的教育政策仅是"语文"教育，直到1919年4月教育令公布后才开始在台湾发展中等及专门教育，"以便开发资源，作大量搜刮和永久占领的打算"④。台湾

---

① [日]河原功著，莫素微译：《台湾新文学运动的展开》，全华科技图书股份有限公司1993年版，第34页。

② 吕明纯：《徘徊于私语与秩序之间：日据时期台湾新文学女性创作研究》，淡江大学硕士论文2004年，第32页。

③ 吕明纯：《徘徊于私语与秩序之间：日据时期台湾新文学女性创作研究》，淡江大学硕士论文2004年，第37页。

④ 汪知亭：《台湾教育史料新编》（1册），台湾商务印书馆1979年版，第35页。

本省女子的中学教育开始于1897年语文学校第一附属学校女子分校场①，到1943年为止，台湾已拥有22所公私立高等女学校，它们分别为省立台北第一女中(1904年)、台北第三高等女学校(1897年)、台北第二高等女学校(1918年)、台北第四高等女学校(1942年)、基隆高等女学校(1924年)、兰阳高等女学校(1938年)、新竹高等女学校(1924年)、台中第一高等女学校(1919年)、台中第二高等女学校(1941年)、彰化高等女学校(1919年)、台南第一高等女学校(1917年)、台南第二高等女学校(1921年)、嘉义高等女学校(1922年)、台南虎尾高等女学校(1940年)、高雄第一高等女学校(1924年)、高雄第二高等女学校(1943年)、高雄屏东高等女学校(1932年)、台东高等女学校(1940年)、花莲港高等女学校(1937年)、澎湖马公高等女学校(1943年)、淡水高等女学校(1938年)、长荣高等女学校(1939年)。1904—1940年，台湾公私女学校共培养本省女学生约达5万名。日据时期台湾女子高等教育并不发达，为了解决台湾女子要求深造必须远赴日本的高等教育问题，1943年4月创建了日据时期台湾唯一的女子高等学校，即私立台北女子专门学校，该校设文科("国语"科)、理科(数学科)和"别科"，但该校学生中台湾本省学生仅约占1/3，日本籍学生占了2/3。

日据时期台湾女子教育受日本内地女子教育方针影响较大，教育内容偏重于"同化教育和家庭教育"②，所授课程多偏重于裁缝手艺，因此，台湾高等女学校实际上类似于"家政学校"。这不仅致使台湾本省女子无法和男生竞争，而且无形中剥夺了台湾本省女子继续深造的上进机会，也制约了台湾现代女性作家文学写作水平的提高。尽管如此，台湾现代女子教育的开启及逐渐发达，促进了台湾本省女性由传统女性向现代女性的历史转型。这不仅表现为现代台湾知识女性开始拥有现代知识及写作能力、"男女平等"的女权观念及历史诉求，而且表现为现代女子教育带给她们诸多新的人生及社会经验。台湾高等女学校的学生多实行住校制度，校园生活不仅使她们得以走出家庭的束缚，而且读书、游戏、玩耍等生活内容也增加"同性情谊"。另外，日据时期台湾学校教育注重公民训练及体育卫生，学校经常举办体育比赛、郊游、音乐会、茶话会、纪念会、庆生会等活动，这些丰富多彩的活动"让原先处于封闭状态的传统女性，有机会和同龄少女开展出一种前所未见的新的人际关系，发展

---

① 汪知亭：《台湾教育史料新编》(1册)，台湾商务印书馆1979年版，第68页。该校于1902年改称为第二附属学校，1919年改称为台北女子高等普通学校，内分本科(学制三年)和一年制的师范科。

② 吕明纯：《徘徊于私语与秩序之间：日据时期台湾新文学女性创作研究》，淡江大学系硕士论文2004年，第24页。

出家族以外的新女性情谊"①,也有助于台湾女性现代主体性格的培养及形成。高等女学校中的这些人生经验及同性情谊,后来成为日据时期台湾女性写作的题材之一,这突出表现在杨千鹤、黄宝桃等人的文学叙事中。

台湾现代女性文学的发展历程,还受到台湾现代语言文化变迁的政治影响。台湾自明郑时期以后,一直受中国汉儒文化传统的影响,1895年日本殖民者占据台湾后,日本殖民者就决意在台湾这块新领土上普及日语。1896年,总督府在台湾各地开设"国语传习所"及"国语学校",1898年又令台湾各地"公学校"设立传授日语的"速成科",要求汉书房增设日语科目。1931年后,总督府加强了在台湾的日语普及工作,先后颁布《台湾公立特殊教育设施令》《国语普及十年计划》等法令,"预定十年之内使懂日语人数达50%以上"②。"七七"事变后,日本殖民者在台湾更雷厉风行地推行"皇民化运动"及"日语普及运动",禁止学校、报刊、商业机构使用汉文,迫使台湾人民不分男女老幼都要"在日常生活中使用日语"③。日本总督府的"日语普及运动"旨意是使"台湾人"变成"忠良的日本人",这就造成台湾现代女作家多会用日语写作而不谙熟汉语的状况。1945年日本战败后,随着台湾的光复和回归大陆,台湾日据时期的语言文化面临"去殖民化"的历史转型,台湾省行政公署"为使台湾人早日去除'日本文化'的影响",让"睽违祖国五十一年的台湾人重建文化与国族认同,积极地推行国语运动及宣扬三民主义的必要性"④,于1946年10月25日起废除报刊的日文版,旨在肃清台湾人思想中的被殖民经验及意识,从而使台湾完全走出"殖民化"而真正"中国化"。台湾回归大陆后"去殖民化"的"国语普及"运动,使"受日本教育的台湾日文作家顿时失去发言的权利,在新语言的学习还无法熟练地运用在创作上时"⑤而集体"失语",导致台湾现代文学迅速走向凋零。此外,"二二八"事件也使不少台湾作家"在悲痛之余更加排拒使用国语,甚至有终身不说国语的誓言"⑥。

台湾现代语言文化遭遇的"殖民化"和"去殖民化"运动,直接影响现代台

---

① 吕明纯:《徘徊于私语与秩序之间:日据时期台湾新文学女性创作研究》,淡江大学硕士论文2004年,第25页。
② 梁明雄:《日据时期台湾新文学运动研究》,文史哲出版社1997年版,第23页。
③ 梁明雄:《日据时期台湾新文学运动研究》,文史哲出版社1997年版,第24页。
④ 陈建忠:《被诅咒的文学:战后初期(1945—1949)台湾文学论集》,五南图书出版有限公司2007年版,第13页。
⑤ 陈建忠:《被诅咒的文学:战后初期(1945—1949)台湾文学论集》,五南图书出版有限公司2007年版,第16页。
⑥ 陈建忠:《被诅咒的文学:战后初期(1945—1949)台湾文学论集》,五南图书出版有限公司2007年版,第26页。

湾女性文学的发展。台湾现代女作家大致可分为两代：一代是中国汉儒文化传统培育的作家，她们多在台湾汉书房或中国大陆接受近现代文化教育，于1920年代的女性社会解放潮流中走上文坛；另一代为受日本语言文化教育而成长起来的知识女性，她们多在台湾高等女学校或日本内省接受中高等教育，于1930年代台湾文学勃兴的语境中走上文坛，她们是一代用日语写作的女作家，以杨千鹤、黄宝桃、张美惠、赖雪红等为代表。1930年代初期之前，因殖民总督府实行"怀柔"的殖民政策，这两代女性作家能够共生于台湾现代文坛，但至废除报刊汉文栏的"皇民化"时期，用汉语写作的台湾第一代女作家被迫搁笔，只有用日文写作的女作家才能继续创作。然而，随着台湾光复及台湾"去殖民化"，战前用日语写作的一代女作家又被迫"搁笔"，导致台湾现代女性文学在战后走向凋零。在台湾现代女性文学的发展历史中，"语言"及文化的变迁成为制约其发展并导致其迅速凋零的历史瓶颈。

从现代文学意义上看，台湾现代女性文学是在1930年代台湾现代文学潮流兴起的文化语境中形成的。台湾1920年代的新文学作家多是社会运动分子，他们倡导的新文学运动实际上是台湾新文化运动的一部分，因此，这一时期的台湾新文学极力批判传统社会习俗与殖民统治，提倡妇女解放与婚姻自主等现代文化观念。受其影响，台湾1920年代的现代女性文学多为抨击时弊的杂文，内容以批判传统汉儒礼教，激励女子解放为重心，作者多为在中国大陆及日本内地求学的女学生，以张丽云、玉鹃、玉梅女士、紫鹃等人为代表。1930年代后，由于台湾"左倾"社会运动与民族主义运动遭到清洗，1920年代从事社会运动的现代知识分子被迫转向"新文学"运动，当时"文学团体云兴霞蔚，杂志刊物如雨后春笋，活跃之作家及发表之作品，数量较前一期尤为丰，而其水准亦大幅提升"①。在台湾现代文学转向本土性、审美性的30年代语境中，一批用日语写作的台湾现代女性作家登上文坛，小说作者主要有叶陶、杨千鹤、黄宝桃、张碧华、张碧渊、赖雪红、辜颜碧霞；诗人主要有黄宝桃、赵氏静眸、董氏琴莲、李氏秋华、月女士、吴琼兰、柯刘氏兰、陈绿桑、李氏月云、林氏百合子、许氏月霞；散文作者主要有黄凤姿、杨千鹤、徐氏青娟、朱氏樱子、林氏幸子、黄氏琼华、赖氏金花、徐氏碧玉、游氏阿兰、谢氏春枝、张美惠、赖雪红、陈氏董霞、李氏杏花、陈氏照子、洪氏串珠、刘氏淑慎、吴氏嫦娥、辜颜碧霞、杨玲秋、许氏韵梅。这一时期，台湾现代女性文学不仅追求文学的审美意义，而且表现出较鲜明的性别立场，黄宝桃是这一时期最有代表性的女作家。

---

① 许俊雅：《日据时期台湾小说研究》，文史哲出版社1995年版，第106页。

二、台湾现代女性文学的叙事主题及风格

从女性主义的角度来看，台湾现代女性写作的文学主题，主要围绕对母爱的眷恋、女性心理及台湾女性在台湾社会现代化、殖民化历程中遭遇的悲情。

以母爱为主题的小说有张碧华的《新月》、赖雪红的《夏日抄》，散文以杨千鹤的《待嫁女儿心》、黄凤姿的《往事》、张美惠的《台湾的家庭生活》等为代表。它们都站在女儿或孩提时代的叙事视角上，描绘了母爱留给自己温暖、安全及慈爱的心灵感受，描绘了自己成人后对母爱的深情眷恋。这些女作家通过"在母体的亲密抚触中，在承载年幼记忆的内在空间或美丽物件中"，以怀念的叙事方式"书写了女性在生命最源初的爱恋与情感"①。

以女性心理为主题的作品，以杨千鹤的小说《花开时节》，黄宝桃的诗歌《忆起》《离别》《秋天的女人声音》等为代表。《花开时节》表现了青年女性在婚恋时节的微妙心理；《忆起》《离别》抒发了对美好又脆弱的"女性情谊"的依恋；《秋天的女人声音》呈现了女性承担"母亲"职责对女性自我的压抑及异化。

从现代女性主义的立场来表现台湾女性在台湾社会现代化、殖民化历程中的痛苦处境，是台湾现代女性写作最为鲜明的风格特征。叶陶的小说《爱的结晶》以女性子宫生育的"挫败"，反映了无产阶级男性的革命运动与有产阶级男性的纵欲，给女性这一社会性别群体造成的人生痛苦。黄宝桃的小说《人生》以工地上"孕妇"被塌方及台车压死的惨状，反映了资本主义社会生产方式对女性自然性别特性的无视及否定；小说《感情》以作为日本殖民者妻子的台湾女性的"苦命"，反映了台湾作为日本殖民地所特有的"文化含混"现象。张碧渊的《罗曼史》以三个少女为电影中的故事所迷而离家出走的故事，反映了现代化历程中电影的出现对乡镇市民的心理影响。从女性主义立场揭示台湾社会殖民化、现代化给台湾女性带来的新的难以承受的社会压力，还通过现代台湾女性对中国传统女性勤劳、质朴等品德的文化认同间接表现出来。陈氏董霞的散文《荫豉》与徐氏青娟的散文《渍豆乳》，都描绘台湾现代职业女性失却料理家庭日常生活的各种技艺而成为"不中用"一代的状况，隐约表达了对台湾社会现代化及现代女性的不满及不安，希望台湾现代女性不要把这些日常生活的技艺视为"古物般"而摈弃。谢氏春枝的散文《台湾农村的广东人》，描绘了台湾社会中的广东女子勤劳、耐苦的突出品质，隐约表达对现代都市知识女性只知追逐享乐、追求时尚风格的批评。

---

① 吕明纯：《徘徊于私语与秩序之间：日据时期台湾新文学女性创作研究》，淡江大学硕士论文 2004 年，第 45 页。

从文学叙事及抒情形式看,台湾现代女性文学写作呈现出简朴、平实的风格,这与其说是文学风格的自觉追求,不如说它反映了现代台湾女性作家文学写作能力的不足。这不仅表现在现代台湾女性文学作品多是形式松散的散文、随笔文体,而且表现为其叙事及抒情欠缺别具匠心的艺术创造。从目前所知的9篇台湾现代女性小说看,只有张碧华的《新月》和辜颜碧霞的《流》在叙述中使用意象、象征等叙事修辞技巧,较为恰当地将故事及意义、感情与意境巧妙地融为一体,以增加小说叙事的抒情性及哲理性。台湾现代女性诗歌也多是"直抒胸臆"式的作品,只有李氏秋华的《陋巷》、黄宝桃的《故乡》及陈绿桑的部分诗作,借鉴了象征主义诗歌的表现形式,增强了诗歌语言的象征性及抒情内容的含蓄性。现代台湾女性散文更多平铺直叙的平实之作,在叙事、状物之外很少追求文学的审美艺术性,仅有黄凤姿的散文写作显示出这方面的努力,她的散文《往事》《花》《佃农的家》等,在结构、叙事主题及情境描绘等方面都具有少许的文学色彩。因此,现代台湾女性写作呈现出随意、自在的文学特征,文学写作仅是处于简单的达意状物的阶段,还缺乏审美性的文学色彩及风格追求。这种文学状况的出现,一是因为这一时期仅是台湾女性写作肇始的历史阶段,文学写作及文学经典形式的借鉴能力还有待提高;二是因为现代台湾女性受到不公平的教育对待,她们在女校所受的教育,无论在教学内容还是在教育程度上,都无法和男性相比,致使她们无法像台湾男性作家那样阅读大量的文学经典,掌握高超的叙事技巧,台湾现代女性作家简朴、平实的文学风格,受台湾男性文学批评家诟病,是台湾现代女性遭遇现代男权压抑的文化象征及历史隐喻。

1945年日本战败投降后,随着台湾战后的光复及台湾"去殖民化"文化运动的开展,1946年10月以后日文在台湾被禁止、废除,受日本文化教育并在三四十年代产生的用日文写作的台湾女作家,因不会汉语而无奈地停止了文学创作,且受"二二八"事件影响,更其沉默及"失语",现代台湾女性文学写作因此似乎是必然性地走向凋零。

第二节 台湾现代女性小说创作

台湾现代女性小说作家稀少,目前所知仅有八位,且大多身世不详,较为著名的有杨千鹤、叶陶、黄宝桃。在现代历史时期,台湾接受的主要是日本文化教育,这一时期台湾女性作家使用的文学语言多为日语,尤其是在"皇民化"运动时期,台湾文学期刊的汉文栏目被禁止,日文成为台湾作家进行写作时被迫的单一选择。尽管现代台湾女性小说作家稀少,但她们多立足于台湾女性经验及女性立场,表现了台湾女性在男权社会结构中承受的压抑及痛楚,披露出母女两代女性之间相互同情的性别感受。在这些作家中,黄宝桃是性别意识最为明显而尖锐的一位。

八位台湾现代女性小说作家及其小说作品分别是:张泪痕《回忆小时的她》(1927)、张碧华《新月》(1934)、张碧渊《罗曼史》(1934)、黄宝桃《人生》(1935)及《感情》(1936)、叶陶《爱的结晶》(1936)、杨千鹤《花开时节》(1942)、赖雪红《夏日抄》(1942)、辜颜碧霞《流》(1942)。另外,黄宝桃还创作过历史小说《官有地》,该小说是《台湾新文学》第一期悬赏募集的入选作品,因为被该期刊拒绝发表而至今没能找到原文。

一、日据时期台湾女性作家的小说创作

张碧华

张碧华是台湾日据时期少数的女作家之一,身世不详。她在日本东京出版的1934年6月《福尔摩沙》终刊号上发表短篇小说《新月》,《新月》叙述的是台湾青年男女打破阶级观念、社会传统而追求现代自由爱情的故事。地主杨大英反对女儿玉惠和家中的佣人高进原恋爱,强要把婢女红梅免费无偿赠送给高进原做妻子,高进原认为没有爱情的婚姻是罪恶的,在主人的威逼下仍坚决拒绝主人的要求。出于经济及社会地位的现实考虑,进原的家庭希望儿子娶红梅为妻,因为红梅是免费赠送的,不需要聘金、迎娶之金,还可以帮助家庭劳动。高女毕业的玉惠面对母亲的规劝与哭诉,表示不愿意嫁给有钱人过隐藏在有钱、幸福背后的艰苦生活,不愿意重复母亲被丈夫冷落,被姨太太欺凌的不幸婚姻,她不仅说服母亲支持自己的恋爱,而且表示要坚决与父亲斗争。最后,进原与玉惠决意不顾世人的嘲笑与家庭的反对而实现他们的爱情。小说结束时,叙述者以诗意的笔墨表达对这对恋人的祝福,"恋爱的人永远地爱吧""恋爱的年轻人,望降临幸福"。

《新月》并不仅仅反映家庭包办婚姻与青年人自由恋爱的冲突,它更鲜明地揭示了自由爱情与阶级观念的冲突。地主杨大英之所以把家中婢女赠送给进原,是因为他不愿意自己的女儿跟进原相爱,他要求妻子以后禁止女儿外出。因此,进原与玉惠之间的关系实质上是资产阶级小姐与家庭中男仆人的相恋,这种"黄陆之爱"不仅打破了封建的门户意识,而且挑战了人类不平等的阶级意识。值得注意的是,小说叙事者强调了爱情的绝对性,这既指要追求美好的男女爱情,又指要敢于打破门户观念、阶级意识等一切世俗的束缚。然而,小说叙事者却把进原、玉惠抵抗家庭父权、资产阶级观念的情节冲突,这个具有深刻历史意义与社会意义的现代性矛盾,延搁在叙事本文之外,并未真正

展开剧烈的情节冲突,而仅强调"平时柔弱的母亲秀村所能提供的巨大精神凭借"①,"只要妈答应下来就行,其余就不需要了"②。玉惠母亲虽然有感于自己隐藏在金钱、幸福等背后的婚姻痛苦,也不希望以后将女儿嫁给有钱人,但是仅拥有反抗意志而缺乏现实权力的母亲无法解决女儿的爱情造成的巨大矛盾冲突。因此,小说叙事结束时的爱情美好神话,实际上是叙事者浪漫的乌托邦虚幻,呈现的只是现代女性在自我解放道路上的感伤情绪与挣扎,而不是矛盾真正的、现实的解决途径。

张碧华的这篇小说文笔轻盈、意境优美,它以"新月"意象表现了花前月下的爱情美好,也表达了爱情被家庭、社会阻碍的格外伤感之情。这种淡雅的文学风格让人联想起凌叔华的作品,但遮蔽了小说情节冲突的深入及主题内蕴的开拓,使作品成为清浅、虚幻的叙事游戏。事实上,这篇小说的创作可能受到"黄陆案"的影响。"黄陆案"指上海资产阶级小姐黄慧如与家中男佣人陆荣根的"淫奔",该案件于1928年7月经上海各报刊报道后引起社会各界的极大关注,并被上海一个剧社编成戏剧在影院上演。此后,有产阶级家庭中的小姐与家中男佣人之间的私通现象,就成为社会运动者及妇女解放运动者关注的问题。有人认为这是有产阶级"女儿难嫁"造成的后果,有人认为这是爱情超越一切、至高无上的表现,妇女运动者则看到黄女士的"革命精神"。在《新月》这篇小说叙事中,玉惠母亲秀村就担心女儿与进原的恋爱变成"黄陆之泪",从而使女儿遭到家庭的遗弃与社会的非议。总之,张碧华这篇小说的历史意义,可能被台湾文学研究者及台湾学者低估了,叶石涛在为这篇小说所写的"译者按"中就说:"小说的主题为反封建。日治时代的有钱人家娶妾很普遍,剥夺子女自由恋爱的权利甚为常见。小说中的男女情人反抗封建压制,争取婚姻自由也是司空见惯。"③

黄宝桃

黄宝桃是台湾日据时期仅有的几位女作家之一,作品经常在《台湾新文学》《台湾文艺》等刊物上发表。诗歌作品主要有《秋天的女人声音》《忆起》《离别》《诗手》《故乡》,杂文作品主要有《明信片》《五月号读后感》。她的小说现在已翻译成中文的有《人生》《感情》,另有一篇未刊稿《官有地》。黄宝桃的创作多反映台湾社会各阶层的苦难,批判不合理的社会状况,反映台湾女性在种族、阶级与性别上的弱势,和1930年代大陆女作家萧红的文学创作有些类似。

---

① 吕明纯:《徘徊于私语与秩序之间:日据时期台湾新文学女性创作研究》,淡江大学硕士论文2004年,第76页。
② 张碧华:《新月》,叶石涛编译:《台湾文学集1》,春晖出版社1996年版,第175页。
③ 张碧华:《新月》,叶石涛编译:《台湾文学集1》,春晖出版社1996年版,第178页。

黄宝桃从女性意识及性别认同角度出发,曲折地批判男性、阶级、国家等父权结构对女性感性、身体、体力的剥削,她为女性伸张正义的姿态实是"当时妇解运动落实到文学创作中的最佳典范"①。

《人生》是一部篇幅简短的短篇小说,它以工地发生的意外的工伤事故为背景,反映了台湾在走向现代化的社会转型中,农村的男女老幼都被卷入资本主义劳动市场,为生计而努力、艰苦出卖劳动力的社会处境,批判了不健全的社会制度给劳动者造成的生存压力,批判有产阶级对社会下层劳动者的压榨及对生命安全的无视。和一般的左翼小说或社会主义小说不同的是,黄宝桃还以女性的视角特别观照家庭妇女在社会转型时出外谋生的复杂面向。在小说叙事中,叙事者以怜悯的态度描绘了年轻女性在工作中的处境,她们不仅要像男性一样在恶劣环境中出卖体力,还常要忍受男性的调笑甚至监工的骚扰;尤其不幸的是,怀有身孕的女性也无法在家休养,被迫在危险环境中从事粗重的劳动。小说以年轻貌美的女工金英的遭遇,反映出男劳工对她品头论足的"谣言"带有的"色情化","无法扭转他们把女性视作性欲对象的观看角度"②,并使她成为难堪的、非我的调笑对象。与普遍性、日常性的男性性欲化"窥视"相比,金英遭遇的更大苦楚就是监工的性侵犯,面对这种侵犯,她不敢反抗而只能隐忍、不加理睬。小说还以一个技术员怀有身孕的妻子被塌方压死的惨状,反映了孕妇在工作时所面临的各种危险,她虽然像工友一样有所警觉,但因有身孕不能敏捷躲避,结果被刚通过的台车与断层压碎了,"像大鼓般的肚子无情地被压碎了。渗透在红土和溅在台车鲜红的血,使靠近的工人觉得害怕"③。

黄宝桃这篇小说的现实意义,就是首次从女性视角反映了台湾女性走进社会生产领域后,"可能因'美貌'或'生育任务'所造成的工作障碍"④,开启了台湾女性小说关于女性在现代社会劳动中要面对的性侮辱、生育等性别问题。这种女性视角所呈现的文学主题,隐喻了女性在现代历史中的社会处境。由于现代资本主义社会大生产的需要,也由于现代女权运动的促使,现代女性已经摆脱传统家庭的羁绊而走进社会生产领域,其在赢得经济权利、社会政治权利的同时,社会大生产与女性性别自然本质的矛盾日益突显。在大陆1930年

---

① 吕明纯:《徘徊于私语与秩序之间:日据时期台湾新文学女性创作研究》,淡江大学硕士论文 2004 年,第 151 页。
② 吕明纯:《徘徊于私语与秩序之间:日据时期台湾新文学女性创作研究》,淡江大学硕士论文 2004 年,第 133 页。
③ 黄宝桃:《人生》,叶石涛编译:《台湾文学集1》,春晖出版社 1996 年版,第 188 页。
④ 吕明纯:《徘徊于私语与秩序之间:日据时期台湾新文学女性创作研究》,淡江大学硕士论文 2004 年,第 134 页。

代的革命小说中,工厂女工遭遇工头、资本家侮辱、奸淫、拐卖的叙事频繁出现,这与其说是一种文学批评的修辞方式,不如说是女性真实社会问题的文学再现。在台湾的新文学潮流中,杨守愚《谁害了她》《鸳鸯》、吴浊流《水月》、蔡秋桐《四两仔土》、陈虚谷《无处申冤》等小说也都以此为题材,反映殖民地台湾女性所遭受的性剥削,对殖民者奸淫台湾女子的殖民权力进行抨击。

总之,《人生》从女性视角揭示了走进社会中的现代女工,无法避免男性"性欲化"的窥视及骚扰,无法反抗持有社会权力男性的"性压迫",这给现代女工造成无法言说的心灵伤害甚至扭曲,以至有些女工为贪图便宜而不惜满足监工随时发作的兽欲。因此,这篇小说叙事主题的意义不仅在于反映了人类被金钱奴役的悲惨状况,而更在于揭示了现代女性在社会领域中沦为男性"性欲化"窥视及性侵犯的处境。"在日据时期,许多农场女工被日本监督或管理者调戏、强暴的事情是相当普遍的"①,当时的《台湾民报》就经常报道这方面的事件,如台湾爆竹会社中凡有姿色的女工都被好色的监督奸淫、不从即被辞退的报道,嘉义东洋凤梨罐头会社只肯雇佣18岁以下妙龄女子并时常产生丑闻的报道等。如何将现代社会女性从性别结构的自然本质中解放出来,使之上升为与男性平等的人道主义的现代文明者,是现代文明必须面对及解决的社会文化问题。

《感情》发表在1936年4月《台湾文艺》3卷4,5号。这篇小说是日据时期仅有的讨论台日混血儿心理的小说,反映了殖民地极为复杂、敏感的"文化含混"现象。小说主人公太郎是一个台日混血儿,父亲是到台湾寻找快活的日本人,母亲则是被遗弃的台湾女子。台日混合的血统导致了太郎在文化认同上产生困扰,他自认为是日本人,所以要母亲在自己房间里挂上一面日本国旗。然而,他对从未谋面的父亲的渴望和对完全陌生的日本国度的好奇心完全出于"他要逃避只要是本岛人就叫'你呀'而当作劣等人种的周遭的人的念头"②。太郎的这种现实—认同无法统一的心理分裂状态,其实就是后殖民理论家弗朗茨·法农指出的"文化含混"现象。这种"文化含混"既导致太郎思想感情与现实处境的认同冲突,又导致他跟母系文化的认同冲突。当母亲征得他同意而决定结婚时,他不愿意脱下和服而改穿台湾衣服去见母亲的台湾新夫,愤怒地向母亲说他是日本人而不愿意脱下。小说叙事者深入描绘了太郎心理上的困扰:"高兴母亲结婚的明朗心情,由于这一句话而粉碎。以太郎而言,纵令生在台湾,母亲是台湾女性,可是有父亲血统关系的自己分明是内地

---

① 肖成:《日据时期台湾社会图谱:1920—1945台湾小说研究》,九州出版社2004年版,第55页。

② 黄宝桃:《感情》,叶石涛编译:《台湾文学集1》,春晖出版社1996年版,第190页。

人孩子。以内地人为父亲诞生的人。这样想来,母亲似乎对内地缺乏关心而不得不生气。"①太郎与母亲的冲突以及他内心的忧伤,实质上反映出他在"殖民者与被殖民者的'文化二元对立结构'的思考中迷失了自我。殖民者迷信自己的族群是伟大、优越、文明、理性的,应该享有特权,统治别人的;而被殖民者在自我形象一再地被扭曲丑化,过去的历史文化被抹杀、鄙视之后,也往往自我否定,接受统治者的价值体系"②。

《感情》虽然敏锐反映了殖民地中存在的"文化含混"或殖民化心态,但这篇小说的叙述也隐含着较明显的性别意识。小说虽以太郎为主人公并以他的视角进行叙事,但叙事者同情的却是太郎的"母亲","故事中这个苦命的母亲,年轻时满怀爱情,一心一意等待着丈夫归来,之后更是满怀亲情,全心全意在抚养儿子,她重视的其实不过是身边最单纯、最深刻的感情——和丈夫的爱情,和儿子的亲情。然而,内地丈夫无情地抛弃她;独立养大的儿子在种族和虚荣心作祟下,也不能理解她的痛苦,傲然拒绝脱下对他而言代表昔日伤痕的内地衫。对一个重视感情的台湾女性而言,恰恰是她其实并不太在意的'种族问题',使得她在多年前被日本情人抛弃;而现在又被混血儿儿子伤害;终究,她还是家国男性的大论述下牺牲了一切"③。在这里,"母亲"作为女性,其实和被殖民者具有相通的处境,她既成为光荣、伟大的殖民权力的表现符号,又成为屈辱的第二性或被殖民的苦难象征。所以,在儿子太郎认同父系血统的虚荣与倨傲面前,她作为女性及母亲的情感却被忽略及压抑了,只能默默地流着眼泪走出家门。总之,这篇小说在呈现殖民地的"文化含混"现象之时,也为女性在政治、国家、男权等文化秩序中被压抑的现状鸣不平。

黄宝桃还有一篇至今未寻找到原文的小说《官有地》,这篇小说是《台湾新文学》悬赏募集的入选作品,同时入选的还有吴浊流的《泥沼中的金鲤鱼》、陈培华的《王万之妻》等作品。但不知何故,其他入选作品都在《台湾新文学》上刊登出来,唯独黄宝桃的这篇作品未发表。这个令人难以理解的事件使黄宝桃决定终止自己的文学创作,从此,这位日据时期独树一帜的女作家就从台湾文坛上消失了。

叶　陶

叶陶(1905—1970年),高雄旗津人,是台湾少数妇女社会运动者之一。

---

①　黄宝桃:《感情》,叶石涛编译:《台湾文学集1》,春晖出版社1996年版,第193页。
②　肖成:《日据时期台湾社会图谱:1920—1945台湾小说研究》,九州出版社2004年版,第313页。
③　吕明纯:《徘徊于私语与秩序之间:日据时期台湾新文学女性创作研究》,淡江大学硕士论文2004年,第146页。

童年入汉书房接受中文教育,后来入公学校接受新式教育。在高雄第三公学教书时,结识了同事简吉,在其感染下加入"台湾农民组合"。1928年辞去教职,专门从事社会运动,担任农民组合的妇女部长。1929年,她与丈夫杨逵一起被捕,出狱后因台湾社会运动陷入低潮而生活无着,靠打柴、摆地摊谋生。1947年"二二八"事件后,叶陶与丈夫被追捕并判刑,出狱后以种花为生。1949年4月、9月两度被捕入狱,1950年代后因怕连累五个孩子而选择远离政治,转而参加妇女会的相关活动。叶陶的作品主要有中文诗作《我的教练真严厉》,1935年发表在台湾新闻文艺栏的诗作《病儿》,1936年2月发表在《新文学月报》1号的极短篇小说《爱的结晶》(日文),以及一些用日文写的杂文。

《爱的结晶》是以作者自身经历为素材而创作的小说,真实地反映了杨逵夫妻婚后困苦的生活状况。女主人公素英原是公学校的女教师,因为需要靠薪水养家而错过结婚机会,因为赞同社会运动家瑞昌的主义而爱上他,可是自从结婚后就失了业,物质上和精神上都遭遇了难以承受的打击,她不仅患上神经过敏症,孩子也由于营养不良、无钱求医而瞎了。小说中素英的不幸可谓叶陶自己处境与心境的真实反映。叶陶1928年辞去教职,专心从事社会运动,担任"农民组合"的妇女部长,被称为"土匪婆"。1929年与丈夫一起被捕,出狱后生活无着,只得以砍柴、摆地摊为生,第一个儿子出生后因缺乏维生素而得视盲症。小说以素英的人生经历反映了1930年代台湾无产阶级革命女性的不幸遭遇,"爱的结晶因钱而变成瞎子,理想因钱被黑暗所包围"[①],小说向那个无道的"歹时代"提出质问。然而,叶陶还以素英艰难的婚姻家庭生活揭示了女性在挣脱封建父权束缚后,还需要"面临自我认识体系的不断碎裂"[②]。素英以孩子瞎了的痛苦质疑爱情及婚姻的正当性,质疑"革命"带给女性的究竟是幸福还是厄运。素英的自我认识不断碎裂,在小说第三节介绍素英人生历程的叙述中体现出来,叙述者使用的"原本公学校的女教师"、"错过了结婚机会"、恋爱是"暂时饱尝了春天气氛"、"可是自从一起生活以后就失了业"等修辞话语,让人看到素英对婚姻选择的无奈及后悔之情。

因此,表面上看,《爱的结晶》是写实的自传性小说,"如实描写杨逵夫妻结婚后生活困苦的状况"[③],实质上它是从女性视角质疑阶级、革命、男权的女性

[①③] 叶陶:《爱的结晶》,叶石涛编译:《台湾文学集1》,春晖出版社1996年版,第184页。

[②] 邱贵芬:《日据以来台湾女作家小说选读》,女书文化事业有限公司2001年版,第60页。

小说，作者用简短的文字巧妙地"蕴涵了浓稠的时代感、深沉的问题意识与锐利的批判精神"①，呈现了一种解构女性主义思维的逆向性。它以女性"子宫孕生能力的挫败"这个意象，象征了女性在男性社会中的"自身的悲情"，这种女性独自的悲情反映在素英与宝珠这两个不同女性的相同处境中。素英和宝珠是女学校时代最要好的同学，她们的家庭出身不同，社会地位有别，人生道路迥异，"宝珠是生在T市头等的渔业资本家的千金，带了二千圆的嫁妆，为了成就父亲的目的，嫁给该S市的一个股长。从素英看来，宝珠是不知劳苦的无忧无虑的人"②。尽管如此，从素英与宝珠在公园不期而遇后的倾诉中，我们看到的却是她们因为女性生育机能缺陷而受着煎熬，素英因家境贫困而致使"爱的结晶"失去健康，宝珠则因丈夫的梅毒而无法正常孕育。这两个来自不同阶层并曾有过思想隔膜的女性拥有相同的命运及经验，相同因遭受"子宫孕生能力的挫败"而痛苦。因此，这篇小说实际上以女性"子宫生育"遭遇的不同问题为叙事焦点，以此质疑男性社会给女性造成的心灵创痛，这里面既有革命男性带给女性孕育的挫败，也有有产者纵欲行为遗留给女性无法孕育的痛苦。小说叙事结束在两位好友的惺惺相惜中，似乎象征了在爱情或婚姻中性别冲突的突显，"爱的结晶"似乎成了女性对爱情、婚姻的巨大嘲讽。正如台湾学者杨翠所言："《爱的结晶》以女性无法孕生健康子女的悲哀，来象征女性自身的悲情，以及社会沉郁、时代灰暗的悲哀，是一个很值得玩味的意象。从前者来看，小说以女性/育子的紧密联结关系为基调，是否意味着，即使在1930年代被认为极其前卫的叶陶，在其意识深处，仍然栖住着挥之不去的文化鬼魅？若果如此，则一方面彰显出性别文化肌理的深沉固执，一方面却也揭露出1930年代从事女性解放运动的艰难与不易，其所要对抗的，无论是外在的文化环境，抑或内在的文化惯性，都是如此深邃纠结。初阶段妇运工作者，在破除父权文化墙垣的同时，也必须面临自我认知体系的不断碎裂，双重虚脱的困境是不然的。"③

总之，叶陶的这篇小说以女性独自的生育体验，反映了女性的性别属性被男性的革命、爱情、阶级等神话遮蔽，呼吁女性确立自己的存在位置及角色，开创了台湾女性文学新的叙事向度与空间。

---

① 邱贵芬:《日据以来台湾女作家小说选读》，女书文化事业有限公司2001年版，第60页。

② 叶陶:《爱的结晶》，叶石涛编译:《台湾文学集1》，春晖出版社1996年版，第180页。

③ 邱贵芬:《日据以来台湾女作家小说选读》，女书文化事业有限公司2001年版，第61页。

二、"皇民化"时期台湾女性作家的小说创作

杨千鹤

杨千鹤(1921—2011),1921年生于台北市,1940年毕业于日据时代台湾唯一的女子高等学府——台北女子高等学院,开始日文写作。1941年进入台湾日日新报社工作,担任家庭文化版的记者,被认为是台湾第一位女记者。1940—1943年,她常在《文艺台湾》《民俗台湾》《台湾文学》《台湾时报》《台湾艺术》《台湾公论》《台湾地方行政》等报刊上发表日文作品,成为当时台湾文学界较有名的日文女作家。1943年结婚后,由于家庭状况和太平洋战争状况的恶化,她停止了文学写作。日本战败后,台湾语文由日文改为中文,杨千鹤因不谙中文而被迫辍笔。1946年迁居台东,1950年当选台湾地方自治首届县议员,1951年又担任台湾省妇女会理事等职,1977年赴美定居。她"自认是个爱看书、求自己内心充实,对'真''诚'执著的人"①。1993年,她出版日文写作的《人生三棱镜》。2000年,她将以往的日文、中译文、演讲稿等结集《花开时节》出版。她的第一篇日文小说《花开时节》发表于1942年的《台湾文学》上。

《花开时节》是以描绘少女待嫁时节茫然心理见长的小说,展现的是台湾新女性对自我存在的自觉追问及对台湾男性社会传统与殖民地教育的文化批评。小说描绘高中女生惠英在毕业前后两三年间的心理变化,展现了台湾新女性在社会传统、血缘亲情、生活空虚及时光流逝等包围中,不愿草率、贸然结婚而愿明确认识自己、了解自己的精神追求的艰难。由于女子归宿在于"嫁人"的社会旧传统使然,惠英高女时代近40位女同学在毕业后不久几乎都结婚生子了,这种毕业与结婚之间犹如"一墙之隔"的人生转换的仓促与急迫,在惠英看来,不仅让年纪尚轻的女子无暇了解婚姻的本质及自己的真正渴求,而且让惠英"总觉得这样的人生像是缺了些什么似的,有点遗憾"②。这让惠英和她最要好的女同学朱映、翠苑相约坚守"友情",以做最后一个结婚者相标榜,由此引发惠英与老迈的慈父之间的冲突。不仅如此,惠英还不断经受着同学、同伴相继嫁人生子的诱惑,不能踏入社会而带来的心灵空虚的侵袭,经历随着时光流逝而产生的淡然的孤独及动摇感。在此期间,惠英经过心仪的二哥的开导,才打消掉勉强结婚以让父亲放心的念头,坚持自己的本性及对女性

---

① 邱贵芬:《日据以来台湾女作家小说选读》,女书文化事业有限公司2001年版,第65页。

② 邱贵芬:《日据以来台湾女作家小说选读》,女书文化事业有限公司2001年版,第71页。

生命本质的自我探寻,以寻找人生真正的幸福。叙事者这样描绘惠英的心声:"女人的一生,从懵懵无知的出生婴儿时期开始,经过幼年时代,然后便是一个学校接一个学校念下去,尚且无暇喘口气的时候,又紧接着被催促着要出嫁,然后在生儿育女之中,转眼就衰老而死了。在这过程中,难道就真的可以撇开个人的感情与意志,而将自己完全托付给命运,任意受安排的吗?不,我也不是尽是要对那些事全盘质疑,而是对于尚无心理准备就要被安排结婚,感到不安与不解……我渴望能静一静,有喘息的时间与空间,来了解我自己,好好审视我自己。"①由此,小说隐约批评了当时台湾存在的反对女性外出工作的保守风气,批评了以培养贤妻良母为宗旨的殖民地教育方针,认为受过高等教育的台湾新女性仍然以婚姻为人生归宿是缺乏人生志向与成功追求的标志。

《花开时节》具有浓厚的女性心理及生命体验的气息,其描绘也具有浓厚的女性心理原型性质。这首先表现在惠英及其高女同学对嫁人茫然而被动的心理描绘上。小说以惠英疑惑的叙述口吻写道,自己高女时代的同学虽然表面上不情愿急于出嫁,但结果却在毕业不久就纷纷嫁了出去,无论是在就学时就退学结婚的医生太太,还是标榜最后一个结婚的谢同学、朱映,她们在议婚、结婚过程中不仅没有抵触情绪,反而感受到婚姻的幸福与心理满足。这种女性心理及婚姻态度的变化让惠英费解,同样的心理变化也发生在她自己身上。在好友朱映"送定"那天,她就被穿着红色旗袍、戴着翡翠耳环的美丽新娘吸引住而不时注目欣赏;在接到朱映在医院生了一个男孩的消息后,她就高兴地叫了起来,兴奋得像漂浮在宇宙间,"按捺不住地以高亢的声调四处宣扬这个好消息给我家里的每一个人知道"②。作者自己认为,这篇小说独有的叙事尝试就是"反映出一向被忽略的,未婚女性的微妙心情以及少女间的交情",而"参加朋友订婚礼(送定)时,对当事人的观察和自己的感慨;朋友中一位要先结婚,为了送别,三位好朋友一起去海边玩时的三人各不同的复杂心情、态度等等。又有听了先结婚的朋友生孩子时,二个未婚的相约到产院去看时,和一个刚生了孩子当母亲的朋友的对话,她们三个朋友间的简单几句对答也写得很自然,给人亲历其境的感觉"③。其次,它还表现在对脆弱的"女性情谊"的细腻描写上。小说中,惠英、翠苑、朱映三人是亲密无间的"三人小组",约定毕业后有人结婚也不能改变三人情谊。这些出身优越的高女学生,或在草地上躺着朗诵书本,或在音乐课上练习毕业歌而黯然神伤,或在大海边嬉戏,都呈现

---

① 邱贵芬:《日据以来台湾女作家小说选读》,女书文化事业有限公司2001年版,第73页。

② 邱贵芬:《日据以来台湾女作家小说选读》,女书文化事业有限公司2001年版,第87页。

③ 杨千鹤:《花开时节》,南天书局有限公司2001年版,第398页。

憧憬未来、充满梦幻的少女的单纯。然而,这种姐妹情谊因婚姻的到来而受到威胁,大家必得依各自的命运去面对婚姻或其他现实人生中的种种境遇,随着时光的流逝,她们无形中都有或多或少的改变,难现往昔单纯而真挚的情谊。这些心理描写都具有原型性质,呈现了女性在少女时代对待婚姻、性别认同的心理特征。

《花开时节》描写的少女微妙的心理虽然具有"原型"色彩,但它也反映了台湾女性拥有的"现代性",即台湾女性因接受现代教育而拥有家庭之外的感情经验。日本据台后,在台湾推行现代女子教育,这让一些台湾女性有了接触社会文明的机会,开始走出家门经历前所未有的学校生活,使台湾女子婚前长期离家外宿具有了合法性。走出家门和年龄相仿的女伴朝夕相处,这种校园生活对刚走出传统的台湾女性而言,实质上是一种新鲜的人生经验,"这些受新式教育的女学生们,不但在学校课程上可以和同龄女伴有密切互相讨论,甚至下了课放了学,她们生活上的点滴也依然可以和女同学亲密共享,一起读书、游戏、玩耍"①。学校也意识到"集体住宿"给女学生带来的多方面的影响,有意识地将校园生活举办得更加多彩,让原先处于封闭状态的台湾女性有机会和同龄女性建立新的人际关系,"发展出家族以外的新女性情谊"②。台湾现代女性小说出现的"女性情谊"描写,实质上是台湾现代女子教育带给台湾女性的"现代性"人生经验。因此,《花开时节》中惠英、朱映、翠苑等"三人小组"的情谊关系,女同学之间在订婚、结婚、生育等生活仪式方面的交往,都呈现出台湾女性现代性的感情经验及追求,象征着她们走出传统妇女的人生模式而"第一次有机会发展社交网络,拥有和女学校同学间崭新的情感经验"③。

在日据时期的台湾女性小说创作中,《花开时节》以少女待嫁之际茫然而微妙的心理探寻,展现了与男性作家不同的艺术特色。那时,男性作家多以文学反映台湾人苦难的生活或台湾女性遭受的不公平待遇,而《花开时节》"写着对世事无烦无忧的学生,在毕业前,探索结婚、友情、幸福的精神层面,描写着少女的心理,给人有一阵春风怡然的感受,当时这一篇的出现好像受到文学界相当的注目。战后也被翻译成中文,收录在战后最早出版的一本日据时代台湾作家日文小说集,远景出版社的《光复前台湾文学全集》以及在 1992 年由淡江大学教授施淑编的《日据时代台湾小说选》"④。但是,由于这是作者年轻时的作品,可能由于受到台湾初期白话小说中自然主义叙事法则的影响,《花开

---

① ② 吕明纯:《徘徊于私语与秩序之间:日据时期台湾新文学女性创作研究》,淡江大学硕士论文 2004 年,第 25 页。

③ 吕明纯:《徘徊于私语与秩序之间:日据时期台湾新文学女性创作研究》,淡江大学硕士论文 2004 年,第 68 页。

④ 杨千鹤:《花开时节》,南天书局有限公司 2001 年版,第 398 页。

时节》在情节布局及叙述技巧上并未达到精致,惠英辞去报社工作的叙事与小说情节显得游离,叙事结束时很匆乱。尽管如此,杨千鹤的这篇小说仍以内容的实感和文字的质朴,"在台湾文学史上自有它的特殊地位"①。

赖雪红

赖雪红是《台湾文学》杂志上出现的几个女作家之一,身世不详。她在日据时期发表的作品很少,除了一两篇随笔外,只有发表在1942年10月《台湾文学》3卷4号上的小说《夏日抄》。这篇小说是作者的习作,叙事技巧及叙事风格均未达到上乘,"但在写实主义的架构中注重心理的分析却是其特色,由此可窥见日治末期台湾日文女作家所达到的写作境界"②。

《夏日抄》是一篇以"养女"为叙事对象的别致的小说。日据时期,台湾养女习俗十分盛行,不仅贫困人家动辄将女孩送人,而且中产以上人家也多把女孩送人。这种养女习俗多带有人身买卖的性质,被收养的女子或做人家的媳妇仔、婢女、妾,或被逼为娼,因此受到台湾新文学家的激烈批评。与台湾新文学家常把"养女"描写成受养家虐待或被当作性商品交换的薄命女性不同,《夏日抄》描写的是养女与养母之间深厚的"亲情"。养女淑因为出生后受哥哥的排斥而被寄养在乡间阿叶家,虽然出身富裕家庭的淑在养母家里每日要做饭洗衣、照看弟弟、喂养家畜等,但善良的养母却视她为亲生女,为不能送她去读书而愧疚,也为她今后的人生幸福而挂念,尤其是在见到日本青年文秀后,养母阿叶决定把淑送回亲生父母家。在阿叶养母的争取下,淑的亲生父母终于答应把她接回,日本青年文秀也在门当户对情形下向淑家提亲。小说在平淡、细腻而优美的情节叙述中细致描绘了养母与养女之间胜似血亲的深情:"当傍晚的金星出现时,遵照阿母的吩咐换上长衫的淑,特别觉得寂寞。虽然阿叶也勤快地帮忙她,可是也显得寂寞。淑立刻体会了阿叶的寂寞,自己也觉得寂寞,她想,如果互相能够倾诉一切那多好。淑感到忽然互相分开了。可是也感到虽然分开,可是互相含泪呼叫的一颗心。"③

《夏日抄》还以养女淑心灵中的感情冲突,反映了养女感情被"骨肉亲情"与"养育恩情"所分割的痛苦。面对养母对自己的疼爱与亲生家人对自己的冷淡,她觉得同甘共苦过的养母可亲,"当她发现出生家的所有人疼她、关怀她只不过是似近'怜悯'时,她的眼前浮上了现在她叫作阿母的奶妈阿叶满披皱纹、劳苦的痕迹显著、晒黑的脸"④。每年两次的回到亲生父母的家里,她却怀念

---

① 许俊雅:《〈花开时节〉导读》,邱贵芬:《日据以来台湾女作家小说选读》,女书文化事业有限公司2001年版,第98页。
② 叶石涛编译:《台湾文学集1》,春晖出版社1996年版,第215页。
③ 叶石涛编译:《台湾文学集1》,春晖出版社1996年版,第211页。
④ 叶石涛编译:《台湾文学集1》,春晖出版社1996年版,第198页。

从小在养母家长大的同甘共苦的生活,怀念那十分熟悉的美丽的池塘、房屋、后花园以及朱乐树。然而,每当在养母家中劳累极了或是寂寞的时候,她又思念起生家,"轻轻地闭上眼又是奶妈的脸浮上来——曾几何时变成亲生母亲的脸。于是不久变成微笑而俊俏的哥哥的头"①。《夏日抄》从淑留恋与寂寞的心理角度,反映了台湾"养女"习俗给女性造成的内心感情冲突,反映了不同生活方式转换带给养女的陌生经验与拘谨态度,甚至还有人生命运的不同及哀叹。淑出生于富裕家庭但被寄养在贫苦的乡间,这种生活经历让她产生了对生家既向往又自卑的复杂心情,"一方面她希望被自己的亲生家人认同和接受,但一方面却也自知没上过学,整日做粗活的自己可能连生家的查某娴阿兰都不如"②。因此,这篇小说以恬淡、真挚的情调,赞颂了养母阿叶爱护养女的"真实的路",批评了违背"血统"感情及家族的养女习俗。

另外,《夏日抄》还涉及"爱情"带给淑的另一种感情冲突,即养育之情与异性之爱的矛盾。小说用比较隐晦的叙事手法叙述了淑与日本青年文秀的爱情,表面上看他俩在路上不期而遇是个偶然,实质上背后可能隐含着养母阿叶的苦心,这或许是养母暗中设计的"相亲"。看着美丽而聪明的淑长大成人,养母阿叶心中期盼她能够拥有幸福的婚姻。然而,淑虽然对优雅的文秀动心,但她却不能以单纯的喜悦之情面对婚事,心中有难以言说的寂寞与难以割舍的养母之情,她赴约会之时感到与养母"忽然相互分开了",可母女间仍抱着"互相含泪呼叫的一颗心"③。淑心中的这种感受是母女感情被文明的婚姻仪式所割裂并造成的情感冲突,显然是男性秩序中的女性共通的普遍的生命体验。但是,女性生命经验中这种被"异性"割裂的心理冲突,在男性文化秩序中却"不被期许强化"④,当淑把所体验到的无法言说的寂寞倾诉出来的时候,却受到了自由相中的日本青年文秀的误读及说教:"淑姑娘太过孤芳的样子,似乎缺乏忍耐、战斗到底的进取力量。躲在自己的寂寞里,一步也不愿走出。外面的美和尊贵的东西避免去看,不是聪明的做法。"⑤淑内心真正的寂寞被男友文秀误读,呈现了性别经验的矛盾及话语的冲突。

《夏日抄》因以台湾养女习俗为叙事对象而被誉为写实主义的小说,但其叙事内容却带有唯美主义的色彩。淑身上流露出来的非比寻常的高贵气质,

---

① 叶石涛编译:《台湾文学集1》,春晖出版社1996年版,第198页。
② 吕明纯:《徘徊于私语与秩序之间:日据时期台湾新文学女性创作研究》,淡江大学硕士论文2004年,第62页。
③ 叶石涛编译:《台湾文学集1》,春晖出版社1996年版,第211页。
④ 吕明纯:《徘徊于私语与秩序之间:日据时期台湾新文学女性创作研究》,淡江大学硕士论文2004年,第80页。
⑤ 叶石涛编译:《台湾文学集1》,春晖出版社1996年版,第212页。

让养母阿叶产生怜悯之心,既让她如亲生母亲一般爱怜养女,又让她感到该把养女归还给人家才不违背这孩子的血统,这才是爱护养女正确、真实的方式。不仅如此,淑身上难以掩饰的香气般的高贵品质,也吸引了日本青年文秀并使他产生爱慕之情,让他感觉到她的"阶级的血统"正呼唤着她回去。总之,小说叙事不断表明淑的高贵气质感动着周围的一切,最后使她避免养女的普遍命运,获得富裕家庭小姐应该拥有的一切。这呈现了叙事者的阶级态度及唯美主义观念,使小说丧失现实主义叙事隐喻历史、批判现实的功能。

辜颜碧霞

辜颜碧霞(1914—2000)出生于三峡的书香世家,嫁到鹿港辜家后生有一男一女,23岁时家庭惨遭剧变,公公、丈夫相继去世。成了名门望族的遗孀后,她亲自管理自己分到的铁工厂和制糖厂,奋发地做起了企业家。辜颜碧霞一生爱好文学,但文学创作对她而言仅是一种消遣或寄托。用日文写成并于1942年自费出版的长篇小说《流》,是她战前唯一的作品。该小说以大家庭中年轻而有学识的年轻寡妇美凤为主人公,描述了她在娘家与婆家两个家庭中的不幸处境,描绘了主人公"主动创造命运,不向折磨低头的个性"①,显示了台湾现代新女性的精神变化及潜能。

辜颜碧霞较少鲜明的性别意识及批评姿态,《流》的叙事策略"表现出一种保守而曲折的色彩",作者在处理叙事冲突时"一切以自然感情为最高处理原则"②,而未将家族成员之间的利害冲突推向极端。这种保守而曲折的色彩既表现在对多妻家庭制度弊端的描写上,又表现在对女主人公美凤守寡后的艰难处境的同情上。为了延续王家的香火,性情温和的王医师奉母命娶了阿娇、英华、冬密、阿月等一妻三妾,生有三男三女。一夫多妻家庭造成了妻妾之间的争风吃醋,由此影响子女之间的血缘情谊,给一家之主王医师带来精神上的不安与焦虑。王医师去世后,家庭成员为了财产分配而引发矛盾,最终各房别户而另过。在这种意义上,《流》的叙事主题非常近似于巴金的《家》,它以美凤、敬原、敬志、瑞珠等现代知识青年对家长传统观念的不满,表达了对妻妾家庭制度及铺张浪费等社会陋习的批评。但是,辜颜碧霞这位名门望族之女不像巴金那样态度激烈,《流》不像《家》那样表现出年青一代的"叛逆"情绪,而是在夫妻、父子、母女等家庭血缘亲情中化解这些矛盾。例如,在公学校任教的敬原结婚时,他虽然反对婚礼铺张浪费,但在他体知到做仆女出身的母亲将要

---

① 王昶雄:《序〈流〉》,辜颜碧霞著,邱振瑞译:《流》,草根出版事业有限公司1999年版,第4页。
② 吕明纯:《徘徊于私语与秩序之间:日据时期台湾新文学女性创作研究》,淡江大学硕士论文2004年,第151,152页。

做婆婆的幸福及荣耀的心情后,就有了默许家庭长辈热闹、盛大举办自己婚礼的行为。一家之主王医师虽然想过平静、简单的生活,但为了满足母亲抱孙子的心愿,应许了母亲为自己物色及所纳下的三个姨太太。因此,《流》尽管对家长传统观念及台湾社会陋俗多有批评,但叙事者并不制造激烈的情节矛盾及痛苦的叙事冲突,家庭中年轻子女多在尊敬长辈的礼仪中顺从父母的意志。

《流》还以王家长媳美凤守寡后所遭受的"闲言"和"排斥",反映了"守寡女性"在大家庭生活中的艰难处境,以美凤在孤苦无依情境中坚韧的自立精神,展现了台湾现代女性所拥有的不同于传统女性的精神特质。美凤是王家的长媳,因丈夫早逝而成为王家年轻的寡妇,"王医师的三个姨太太、伯叔母、兄嫂、小姑等人都对她极尽歧视、欺凌之能事,致使她身心折磨得苦不堪言"①。小说时常描写美凤在受人欺凌后,回到房间中面对幼小的女儿、亡夫遗像忍声哭泣的情景。在看到小叔敬原热闹吉祥的结婚场面时,她因伤感自己婚姻的不幸而躲在房间里流泪;在女儿春子挨了冬密夫人的打骂后,她带着女儿回到自己的房间而"放任感情湮灭自己"②,决心无论吃多少苦、遭遇多少挫折,为了女儿也要好好活下去,永远不离开女儿。不仅如此,小说还以庇护美凤母女两人的公公、父亲的相继死去,呈现了美凤在失去亲人关爱的情况下而决心自立的精神蜕变。在公公病逝后,婆家唯一可以信赖的人就是二叔子敬原,但出乎美凤意料的竟是,当她把自己想变卖家产的计划告诉敬原并希望获得帮助时,敬原却用平静的态度顺应并推托。当一直偏爱、关心自己的父亲突然离世后,美凤在娘家也逐渐失去昔日的地位,不仅母亲对她的些许关爱引来兄嫂们的闲话,而且兄长竟也因顾及兄嫂的存在而委婉拒绝帮助处于困境中的她。带着幼女孤单地在婆家求生存的美凤,没想到在自己娘家的处境也令人心寒,她深切地感到人间的冷酷,脑海里不禁浮现"泪湿衣袖时,方知世风无情"的诗句,最终萌生了无论遇到任何困难都要坚强活下去的人生信念。总之,叙事者通过揭示年轻守寡者美凤的精神气质的逐渐蜕变,彰显了台湾现代女性的"潜能",即坚守自己的尊严、依靠自己的耐苦与能力而获得生命的价值。

《流》中蕴含的女性主义意识具有独特的价值。它不选择具有女权主义观念的"时代女性"为叙事对象,而是选择处于女性群体中边缘位置的寡妇为叙事对象,通过她失去社会与家庭的"顶梁柱"男性的不幸,探索了处于弱势位置的女性面对生存的问题。在这种意义上,它并不像许多女性作家那样反对男性或家庭,它所暗示的是"我们社会分工并不是取决于性别,而是用兴趣与能

---

① 王昶雄:《序〈流〉》,辜颜碧霞著,邱振瑞译:《流》,草根出版事业有限公司1999年版,第4页。

② 辜颜碧霞著,邱振瑞译:《流》,草根出版事业有限公司1999年版,第119页。

力来实践"①。这种女性主义观念虽然显得保守,却是女性解放道路上较为现实而合理的思想。另外,这篇小说的叙事风格也富有女性诗学的特征,作者以平易自然的语言及散文化的结构方式,"糅合记忆、感叹和瞻望"等情绪化的叙事碎片,以散漫的故事结构及淡然的情节冲突呈现了美凤的处境及痛楚,以"流水"这个意象表现美凤对人生的感受与认识。流水既蕴含"细水长流"的坚韧精神,又象征美凤对女性生存真理与爱的信仰及追求。

从以上所述可见,台湾现代女性小说写作既有表现有产阶级知识女性的人生感受与体验,又有表现无产阶级女性在现代化、殖民化历程中的悲惨处境。它们或是表现有产阶级知识女性追求自立、爱情及社会成就的现代意识,或是反映无产阶级女性在现代及殖民社会中所遭受的性、身体及劳动等方面的剥削。这表明台湾现代女性写作不仅呈现鲜明的女性意识,而且带有尖锐的阶级意识。换句话说,台湾现代女性小说写作既挑战了台湾殖民地社会"贤内助"的女性观,又挑战了阶级、国家、民族等男权文化传统,有着迥异于现代台湾男性文学叙事的"性别视角"。

第三节　台湾现代女性散文创作

从目前所能掌握的资料看,现代台湾女性散文写作热潮主要是在上世纪台湾1920年代的女性解放运动和三四十年代的台湾民俗研究语境中形成的,前者以杂文为主,后者以平实的记叙文为主。无论是杂文还是记叙文,现代台湾女性写作风格多质朴无华,以文学性为写作追求的散文几乎没有。这说明,现代台湾女性散文写作尚处于"实用"阶段,仅为表达台湾现代知识女性渴求女性解放的"心声"和在现代生活中的人生感受。

在1920年代台湾女性解放运动语境中,出现在《台湾青年》《台湾民报》等报刊上的女性杂文作家主要有陈英、林双随、蔡氏阿信、黄璞君、刘氏淑娥、吕今吴、若霞、心珠、王方淑、张丽云、L.W女士、陈氏素云、玉鹃、戴慧贞、玉梅女士、何芸芳、紫鹃,其中以张丽云、玉鹃、玉梅女士、紫鹃为代表。在三四十年代台湾民俗研究的语境中,出现在《台湾民俗》《文艺台湾》《台湾文学》等刊物上的女性散文作家主要有黄凤姿、杨千鹤、徐氏青娟、朱氏樱子、林氏幸子、黄氏琼华、赖氏金花、徐氏碧玉、游氏阿兰、谢氏春枝、张美惠、赖雪红、陈氏董霞、李氏杏花、陈氏照子、洪氏串珠、刘氏淑慎、吴氏嫦娥、辜颜碧霞、杨玲秋,其中以

---

① 王昶雄:《序〈流〉》,辜颜碧霞著,邱振瑞译:《流》,草根出版事业有限公司1999年版,第5页。

黄凤姿、杨千鹤、张美惠为代表。据吕明纯的硕士论文《徘徊于私语与秩序之间：日据时期台湾新文学女性创作研究》统计，台湾女性作者在日据时期共发表杂文 42 篇、散文 40 篇。

一、妇女解放与 1920 年代台湾女性散文写作主旨

1920 年代台湾女性散文的写作以批判汉儒礼教、倡导台湾女性社会解放为重心，表达了台湾现代知识女性对台湾妇女社会解放的历史渴望。这突出表现在玉鹃、紫鹃、玉梅女士的杂文中。玉鹃的《猛醒吧！黑甜乡里的女青年！》激烈抨击"三从四德"的汉儒礼教对女性身心的束缚和戕害，激励台湾女性青年摈弃传统礼教观念，积极争取现代女权。文章说，世界目前正处在女性解放的历史潮流中，台湾女性也要觉悟、努力，"自由的恋爱，自由的结婚，一切和男子同样的权利，都得我们自己努力去取回呢"①。在《旧思想之吊钟》《斥台日纸上王某的愚论》两篇文章中，玉娟抨击汉儒礼教和男权社会守旧者对台湾女性现代解放的阻碍和对现代女性的人格侮辱，指出它们是现存的男尊女卑的不平等社会制度养成的结果，认为"这样的旧思想若不打倒，能使人们发生这样的思想的旧社会若不改造，比这事件更加不行的事情总是不会消灭的"②，希望台湾青年同胞起来将旧思想打倒，使社会守旧者的反攻成为旧思想最后的哀鸣和吊钟。她发表在《台湾民报》第 120 期上的《随感杂录·一》表达了对台湾女性解放运动低落及台湾女性消沉的焦虑，文章说，中国国民党政府已命令各级政府机关多聘用女职员，并在各级机关实行男女职员一律平等的待遇，这不仅使中国大陆的女性感到欢欣鼓舞，而且使大陆的女权运动者更加活跃；相比之下，台湾的女性解放运动"静悄悄没有一声半息"，台湾妇女也显得好像"不敢反抗现在的环境"，好像"愿意做男子的奴隶一样"；因而，她呼吁已觉悟的台湾女性赶快起来从事女性解放运动，期待有志的男性们能尽力援助台湾的女性解放运动。在《一个台湾女性的几句话——对黎明的台湾女界的祝福》中，玉鹃希望台湾各地的女性能尽快联系起来，在各地设立妇女团体并努力建设全台湾的妇女会，从事于唤醒女性同胞的思想启蒙工作，"领导女同胞向光明的路上前进"。

玉鹃的这些杂文主旨鲜明，感情鲜明、激越，显示出开阔的历史视野和鲜明的时代色彩。玉鹃是上海大学的学生，这所由国共两党合办的培养革命人才的学校，不仅培养她成长为勇于反抗汉儒礼教的现代女性革命者，而且赋予

---

① 玉娟：《猛醒吧！黑甜乡里的女青年》，《台湾民报》1926 年 2 月 21 日。
② 玉鹃：《旧思想之吊钟》，《台湾民报》1926 年 4 月 25 日。

她世界妇女解放运动的历史视野。在《猛醒吧！黑甜乡里的女青年》中，玉鹃就以现代生理学、心理学、生物学及社会学等现代社会知识教导台湾女性，说女性并不是"天生"就比男子愚劣、下等，女性在男权社会秩序中之所以沦为性别奴隶，主要是因为男女权利不平等的制度造成的，"我们既没有受教育的机会，以前还要缠了足，行动稍为活泼些，也要被人家骂为'不知耻'！何况说到什么社会上的活动、政治上的活跃呢？"她还从世界妇女解放运动的时代潮流角度，告诫台湾女性，世界现在已进入"女权运动"阶段，法国女性在社会上的地位已经日渐提高了，英国、德国两国的妇女已分别在1918年、1919年获得选举权和被选举权，美国妇女也于1920年获得选举权及被选举权，俄罗斯女子在"十月革命"后也获得和男子完全同等的地位，不仅如此，中国大陆妇女解放运动也焕发出蓬勃气象，中国大陆女性发动的救国运动、女权运动也取得不少成就。在《中国妇女运动的状况》中，她向台湾女性介绍中国大陆的妇女解放运动情状及取得的社会成就，指出，中国大陆最近的妇女运动大概分成基督教妇女运动、女权及参政运动、劳动妇女运动等三派；基督教妇女运动主要是向妇女宣传卫生常识、节俭习惯等，成立家务团、职业介绍部等社会机构；女权及参政运动的宗旨是获得男女在政治、教育、经济、职业劳动、家庭及婚姻等方面的法律平等权利，在各地成立女子参政协会、女权运动同盟会等女性团体；劳动妇女运动不仅维护女工权利，为女工争取提高工资、缩短工时、改良待遇而斗争，而且动员女性为国民革命而"奋斗、牺牲"。此外，玉鹃还从历史进化论的角度指出，汉儒礼教束缚女性身心的习俗应该被摈弃，男女平等、恋爱自由等现代观念应该为台湾社会所提倡。她在《斥台日纸上王某的愚论》中说，风俗、习惯，乃至礼教、道德等都不是固定不变的，某种社会、某种时代各有自己的礼教、道德，封建制度的礼教、道德不能够在20世纪文明的地方施行，这只要略读《社会进化史》就会明白。

对台湾及中国大陆社会现代化变革的历史关怀，也是1920年代台湾女性散文写作的一个文学主题。在《台湾民报》发起的"保甲制度""甘蔗采取区域制度"是否应该废除的调查活动中，嘉义县的陈氏素云就指出："保甲制度乃属过渡时代的制度，于立宪国治下的台湾，既不容这弊害多端的制度存在，又当速废何须待言。"① 在甘蔗采取区域制度的问题上，她又说，殖民当局的产业政策仅注重生产政策而忽视分配政策，无论是甘蔗采取区域制度还是甘蔗价格由会社任意乱定，都会给蔗农带来无限的压迫，都应当尽早废除，以免引起社会争端。

在《孙中山先生逝世一周年纪念》中，玉鹃缅怀了孙中山领导中国资产阶

---

① 《台湾民报》1926年1月1日。

级革命的艰难历史,颂扬了孙中山伟大的革命意志和高尚的道德品质,说他"不但是导师而且是一位四十年间不挠不屈的为民族、民权、民生而奋斗的大实行家",对正值多事之秋的中国来说,他的去世是大不幸,20世纪的台湾民众应该纪念他、怀念他。玉鹃《随感杂录》之二三,也借鉴《新青年》杂志的"随感录"文体抨击时政,揭露中国北洋军阀查禁工会、国民党党部及所谓"赤化"机关的反革命行径,对反动军阀疯狂捕杀文学家、记者、工运分子的行径感到无奈。何芸芳在《台湾妇女同胞们的政治经济社会的地位》中,除了分析台湾女性身上所受的政治、经济、社会的压迫外,还指出因日本殖民政权的独裁政治统治,造成台湾男女两性都在政治上彻底丧失权利而沦为被殖民者,因此,在日本殖民统治下的台湾,"不但是女子没有参政权于政治方面,就是所谓堂堂的男子,亦是同样没有参政权"。紫鹃在《〈南支台湾留学生的真相解剖〉的解剖》中批评台湾"御用"报纸《昭和新报》对台湾留学生的诬蔑,义正词严地说,南支各地的台湾留学生并非《昭和新报》记者所言的"是在台湾或日本的学校不得入学的劣货",他们多是台北师范、淡水女校、台中中学、台南一中、台南商专、长老教中学、新楼女中等校的"优秀分子",其中也有由日本学校转学过的,《昭和新报》记者之所以诬蔑学生,并非是这些记者履行为新闻而新闻的"有闻必录"的使命,而是因为他们思想守旧,"不知时势的变迁、不识时代的潮流"。

这些为台湾及中国大陆社会现代化变革"呐喊"的杂文,虽然呈现台湾现代知识女性积极参与新文化运动、中国社会革命的精神风貌,却多少遮蔽或忽略台湾女性的性别解放问题。换而言之,受新文化运动潮流及台湾妇女社会解放运动中仍隐含的"男性"视角的影响,1920年代的台湾女性杂文写作,明显隐含男性中心主义视角,由此反观台湾现代知识女性的性别意识及性别立场,在此时多少仍处于无意识状态。台湾现代知识女性性别意识的历史性觉醒,似乎要在三四十年代的台湾女性散文写作中,才较为鲜明地崭露出来。

二、性别觉醒与三四十年代台湾女性散文写作热

据现有的文献资料,台湾日据时期三四十年代的女性散文写作热潮,主要形成于台湾民俗调查的殖民文化语境中。台湾民俗调查主要由《民俗台湾》促成,该杂志由日本人金关博士创办,他是日本的解剖学、考古学、人类学专家,侨居台湾期间,同台湾人士交往比较紧密。他主张台湾民俗研究不能局限于文献的考证和制度的研究,应该于台湾民众"日常生活所产生的意识感情中探索"。金关发起的台湾民俗调查,隐含着鲜明的殖民色彩,宗旨是"正确记录和掌握由内台的交涉所产生的生活上、思想上的同化可以作为日本文化发展的

资料"。该杂志由日本人池田敏雄担任编务，编辑方针是编辑部人员不写作，而让台湾各地的人士提供资料。《台湾民俗》杂志的编辑方针，不仅影响了三四十年代台湾女性散文的文体，即多为平实简短的叙述体散文，而且影响女性散文的写作视角及主题，即通过书写台湾传统生活，表达了对民族传统、台湾女性的认同及批判。这一时期的女性作者主要有黄凤姿、杨千鹤、徐氏素娟、朱氏樱子、林氏幸子、陈氏照子。

这一时期台湾女性散文最突出的特征是，开始有意无意地游离1920年代在女性散文中仍然存在的"男性中心主义"的话语视角与方式，开始了女作家写作女性自己的生活经历及内心感受的女性意识觉醒的视角与方式。

李氏杏花的《养女摘录》通过对台湾各地养女的调查统计，呈现了台湾"北部的媳妇仔制度比南部盛行"的状况，揭示了造成台湾养女制度盛行的各种社会原因，有的是因迷信而将"注定媳妇仔命"的女儿送人当养女，有的是因家中子女过多、养育困难而将女儿送出，有的是因家庭遭遇天灾、生计困难而将女儿卖给别人。值得注意的是，作者虽然同情养女的社会处境与人生遭遇，鲜明地指出这种制度造成收养养女企图牟利的社会恶习，但是却在如实呈现这种社会制度所以形成的现实原因的同时也呈现了其"合人情"的方面。文中说，不少女方家庭担心女儿在养家遭受虐待，常将男方家庭"送定"聘金多半退回，另外赠送女儿衣服、随身用品等；养女在男方家庭生活期间，也有不少养女受养家疼爱超过其亲生父母的。

杨千鹤的《待嫁女儿心》叙述了在男权社会处于"交换位置"的女性独特心理，表达了婚姻与血缘情感割裂给女性造成的心理冲突及精神感伤。文中说台湾女子出嫁时母女哭嫁的场面，"令我印象十分深刻"且困惑不解，因为女孩到了适婚年龄而仍然待字家中，做母亲的必会"焦急地央三托四，四处找人配亲事"，女儿一旦要出阁了，做母亲的"却又好似千刀万割地，心中会有一股莫名的感伤"，母亲在女儿出嫁当天汪汪地哭，做女儿的也要哭出声以表达对父母最后的忠心。台湾社会及中国大陆婚嫁礼仪中的"哭嫁"风俗，实质上是由女性在男权社会中所处的"交换位置"的社会结构造成的，它不仅使女性情感世界被婚姻及血缘分割成二元空间，而且导致女性情感的矛盾及感伤。不仅如此，杨千鹤在此文中还表达了待嫁女子对婚姻的憧憬及不安。在同学订婚的时候，看到女同学向男方客人奉送甜茶后低头坐在高脚圆凳上，"我们"大家心里"觉得有一股莫名的兴奋感觉"；当看到未来的婆婆慢慢将戒指套在新娘子手指上，"我们"在外边围观的人就一起发出"她的命运就这么决定了"的叹息。作者评论说，这是一种"觉悟的叹息，是安心的感觉，也是对一种未曾尝验的梦的叹息"。

黄凤姿的《做月内》写出台湾女性坐月子时的种种迷信习俗，探求它们背后期望婴儿人生幸福、美好的隐秘心理。比如,产后第三天拜神的时候,产妇要将所杀之鸡的脚放在外边而不像平时那样放在鸡腹内,以祈求的是婴儿的脚长长,以后无论到哪里"都会很凑巧地碰到吃的机会";"拜拜"时敬神的酒应一次性倒满,祈求的是婴儿尿尿时一次性尿完而不是一次一点点的,这样就能减少换洗尿布的次数。敬神完毕后,产妇还要向附近产后四个多月的女性要些奶水给婴儿喝,这样婴儿长大后就能早点婚嫁。这些"做月内"的迷信尽管荒唐可笑,却表达了母亲对孩子健康成长、未来人生幸福的期盼。值得注意的是,这篇散文以一个小女孩向"婶婶"询问"做月内"的迷信知识为叙述视角,实质上隐喻作者对女性性别经验的关注、感受及其代际间的历史传承。

这一时期台湾女性散文写作的另一个鲜明特征是在台湾日益殖民化、现代化的历史语境中,抒写台湾现代女性对民族传统生活及习俗的记忆,抒写台湾女性生活的历史文化变迁。黄凤姿的《台湾妇女服饰》、张美惠的《台湾的家庭生活》、徐氏青娟的《渍豆乳》、陈氏董霞的《荫豉》等散文,细致地描绘出台湾传统生活中的衣食住行。

《台湾妇女服饰》介绍台湾妇女一年四季的穿戴。她们的衣服不仅质料种类很多,春天有浮贡、绉纱、丝绒、沙绿,夏天有纺绸、凉纱、关纱,秋冬各有秋罗、狐狸裘等。服饰还会随着社会的发展而出现形式上的变革,从前台湾妇女的上衣较长且袖子短而宽,现在则流行无袖的长衫,台湾妇女的装饰以头饰为多,有用来插头发的各种形状的针类,也有两端雕着龟结、金龟结的"鼎"形发饰,此外还有各种金银珠宝类的耳钩。

《台湾的家庭生活》描绘了在城市中已很难看到的台湾典型的传统房屋的结构及样式。为了防御台湾"原住民"的侵袭及土匪的劫掠,台湾移垦民族多在房子周围种植浓密的刺竹林或筑砌高墙,在竹林之间常常有个简陋却看来风雅的小门,"从这门进入可以看到所种各色花木,和 U 字形房子的栋相对着",走过花木后,就是收割时用作晒谷场且平时供小孩游戏的前庭院。由于台湾移垦民族多保留自古以来的传统大家族制度,房屋结构以正面的正厅为中心,两翼延伸为大房、二房等,呈直角向前伸出的"伸手",为房中的小家庭所住,按长子、次子等次序排列分住。正厅为全家的中枢兼做客厅起居室,厅内靠墙壁安置着祭坛,供奉着佛祖、祖先牌位及各类祭品。台湾房屋传统的式样因受外来文化的影响,发生了不少变化,这形成了时至今日都市房屋的结构及样式。为了遮阳或避雨的需要,台湾都市的房屋面临大街的首先是"停仔脚"①,进去"停仔脚"后就是正厅,其格式和功能与前面所述的正厅相近,正厅

---

① 它是从屋缘起、向街道伸出 4~6 米的建筑,四角用方形或圆形柱子支撑,主要用来遮挡亚热带的烈日及暴雨。

进去后是有门通向正厅的两或三个房间,房间进去后是厨房、厕所、阳台或深井等。作者这样细琐地介绍台湾居民的房屋空间结构,旨在揭示出它设计上的各种不足,如不符合卫生条件、不利于子女成长等,以便于"设计出最适合第二代国民的房屋格局及样式"。

《渍豆乳》描绘了台湾家庭制作"豆腐乳"的方法及过程,先把买来的豆腐切成大约五公分的立方块,然后撒上盐巴放在太阳下晾晒,晒干后再把它及豆渍相互堆叠地放进瓮中发酵,大约40天之后,那种"既香又美味的豆腐乳就成功了"。

如果说这些介绍台湾居民衣食住行的散文,多以客观的立场及态度描绘了其民族生活方式,那么黄凤姿的《往事》《掠猿》《花》以及徐氏素娟的《掷杯筊》《咒诅》等作品,则以"童年"的叙事视角展现了其对民族传统生活的美好记忆及眷恋,显示了对台湾社会日益现代化、殖民化倾向的感情疏离。

《往事》不仅叙述了作者随母亲一起生活的童年生活,诸如二三岁时母亲给自己"遹痘花"举行的仪式,外祖父对自己的怜爱,溺爱自己的曾祖母去世时自己失声痛哭的情形等等,文中还叙述了在清明节、上元节、中元节等日子里自己所经历过的许多难以忘怀的往事,如清明时随母亲去拜墓时自己垂涎供拜用的菜肴,上元节时外祖父送的他亲自扎的兔仔灯或狮仔灯,令人无法形容的中元节放水灯的美好情景。《花》记述了台湾女性喜爱头戴鲜花的习俗及成因。台湾人把树比喻成男性,用花比喻女性,所以台湾女子喜欢鲜花、头戴鲜花,"女孩子如果要拜访别人家的时候,头上一定都要戴上一朵花,如果不注重自己的服装打扮,就会给人很不好的印象。所以不论是老年人或是年轻的小姐们头上都喜欢戴着一枝花簪"。这种文化传统不仅造成台湾社会对花的崇拜甚至迷信,据说女子如果三天不戴花簪,灶君就会把这件事报告给玉皇大帝,这形成台湾女性朴素的美感。作者这样写道:"如果现在在街上看到老年人家或是旧式妇女头上插花,总会给人一种朴素的感觉。也许是因为花香或是花的美丽衬托出那个老人家的气质吧。"

《掷杯筊》与《咒诅》描述了台湾社会中的传统迷信行为。掷杯筊的习俗起源于民间故事,据说一个叫丁连的穷人从前不知孝敬父母,每当母亲送饭到田里的时候,就会恶言相向甚至于殴打。有一天他看到树梢上一只小鸟口叼食饵饲养病着的鸟妈妈,被小鸟报答鸟妈妈养育之恩的行为所感动,决定向母亲赔罪,孝顺母亲,但不幸的是,前来送饭的母亲感觉今天送饭来迟,害怕遭受儿子的毒打而跳入池塘自尽,丁连发现后慌忙跳入水中寻找母亲,结果只找到一块棺材板。于是,他哭着将这块棺材板当作母亲日夜奉祭,后来他又做了两块木板并设有表里两面,做任何事情之前都要通过它来问问母亲,这就演化成台湾"掷杯筊"的民间习俗。用掷杯筊"问神"的时候,如果两块杯筊的正面都向上叫"笑杯",表示神在笑,不便发表意见;如果两块杯笺的背面都向上,叫"阴杯",表示神明不满意;如果一个表面向上、一个背面向上叫"圣杯",表示神满意承诺。《咒诅》描绘了台湾流行的"向天发誓"的赌咒习俗,它分为用头口向天立誓和在神明面前慎重立誓两种形式。赌咒的时候,诅者就说自己很清白,否则就以生命,甚至全家的灾难或性命为诅码。作者认为,这种习俗一方面表现了中国人好隐瞒罪过的习性,另一方面也是台湾人性格耿直的体现。需要强调的是,在这些表现台湾生活及迷信习俗的散文中,作者不再恪守进化、现代、科学等启蒙立场,而是从民族情感及文化认同的角度,解剖了它们产生、形成的社会历史及文化根源,呈现了背后包藏的亲情、种族及文化等方面的心理与精神需求。

这一时期,台湾女性散文写作的第三个鲜明特征是表现现代女性与传统女性之间的代际差异,表现现代女性对传统女性勤劳、质朴等优秀品德的认同。

随着台湾社会现代化进程的发展及现代民主、女性解放等文化思潮的影响,现代职业女性在台湾三四十年代的现代社会里大量出现,她们虽展现了现代女性追求平等、自由、自主等时代气质,但也因受都市文明的影响而失却了传统女性的一些美德,比如,现代女性普遍失却了传统女性料理家政的勤勉及技艺。

陈氏董霞的《荫豉》以现代女性失却日常生活各种技艺而被母辈视为"不中用"为主题,期望现代年轻女性不要把这些家庭技艺视为"古物般"摈弃。作者写道,台湾上了年纪的阿姨们都把"很会做渍卤(别名卤菹,酱菜之意)"视为"好主妇",而年轻的女性或主妇虽然会做些西餐,或者烹饪鸡鸭的内脏,或者做一些引起食欲的菜肴,但是却不会做渍卤。在物质丰富的时代里,虽然大人小孩都不愿意食用它,但在日本侵略战争对台湾日常生活造成巨大影响的特殊时期里,"从前没有人垂青的荫豉、菜脯、腌瓜及豆乳等,现在都成了不可或缺的下饭菜了,即使对这些寒酸的菜肴,也得深表谢意"。由此,作者在文章结尾写道,受过现代教育的女孩子,"与其在咖啡店喝咖啡、看电影、高谈文艺美术的时候,不如默默地勤做渍卤,烧一手好菜,认真地料理每天的家事。这些才是现代女性所必须具备的本领"。

徐氏青娟的《渍豆乳》也以母女料理家务的"手艺"差异,呈现了现代女性日常生活技能的不足。看到母亲做豆乳时那双令人羡慕的"灵巧"的双手,自己就显得"笨手笨脚",若将很软的豆腐块拿起"抹盐",那豆腐块马上就会弄坏。这两篇散文表现现代女性对传统女性料理家务"技艺"的由衷羡慕,肯定了传统女性的这些技艺及优秀品德在现代生活中的内在价值及传承,表现了对现代女性生活技能缺失的历史忧虑。这种忧虑象征了台湾女性意识的增强,隐喻着台湾女性对"现代性"的反思及批判。

这种"现代性"的历史反思,是通过现代女性对母亲、祖母等传统女性的"敬爱"来隐喻的。在三四十年代的台湾女性散文中,母亲及祖母等传统女性已不是封建家长权威或愚昧迷信思想的文化象征,而是终生操劳、养育生命、爱护子女等人生不可或缺的生命伦理的象征。

张美惠在《台湾的家庭生活》中写道,在她幼小的心灵记忆中,祖母是一位温柔的伟大女性,她"在将近一世纪的生涯里,把全部精力灌注于子孙及天主教义的传布",不仅是"不曾对媳妇们的工作多插嘴,好像只有在媳妇们有困难的时候指点而已"的好婆婆,而且是勇于"打破当时姑娘家应在深闺里的上流社会教条"的"新时代的人",将孙女送出去接受现代教育。

黄凤姿的《往事》也对"曾祖母"溺爱自己充满感激之情,至今还很清楚地记得曾祖母的容貌和逝世时的音容。小时候,每逢"我"得不到自己喜欢的东西时,就会趴在地上大哭大闹,这时候母亲就会大骂"我",疼爱"我"的曾祖母就会阻止母亲,并"眼里往往含着泪珠"把"我"抱起,而她在临终前还向"我"伸出手并"说了些祝福我的话"。

杨千鹤的《待嫁女儿心》中描绘的母亲形象也令人动容,为女儿婚事焦急、操劳又舍不得女儿出阁、骨肉分离的母爱,让做女儿的感到就像"喝了一大半烈酒的感觉"。文中这样叙述,每当女儿到了适婚的年龄而仍然待字闺中,做母亲的必会焦急地央三托四、四处找人配亲事,一旦女儿要出阁了,母亲的心却又好似千刀万割,会有一股莫名的哀伤。

现代女性对母辈的情感记忆及留恋,不仅表现在传统女性生命中所秉有的温柔、慈爱等特质上,还表现在她们为家庭生活所付出的操劳上。谢氏春枝的《台湾农村的广东人》中提到,台湾社群、族群中的广东女性非常勤劳,"妇女则种植蔬菜,未出嫁的姑娘负责采茶,老人家帮忙照料家畜,小孩子放牛",各个家庭主妇都必定饲养猪、鸡、鸭等。她们不仅勤劳而且耐苦,不像来台的福建籍女性那样缠足,因此,她们的脚不仅大而且平时多打赤足,只有外出时才穿上鞋。台湾广东客家妇人的吃苦耐劳精神,不仅感动了台湾现代女性,尤其是现代都市知识女性,而且成为台湾女性社会史、精神史中最为亮丽的一道风景。她们每天都忙于"从田里的农事到家畜的饲养",忙得"连上厕所的时间都没有","她们就在'没闲'、'没闲'的情况下度过一生"。

三、日据时期台湾女性散文写作的历史特征

纵观日据时期台湾女性散文写作,台湾女性写作主体经历了由"人"的解放意识到"性别"的意识觉醒过程。这种性别意识的觉醒,既表现为三四十年

代台湾女性散文逐渐走向女性生命经验的书写，又表现为现代女性对传统女性优秀道德品质的心理及精神认同。这种认同既是台湾现代知识女性、职业女性对台湾社会殖民化/现代化的反思，也是台湾现代女性重构女性性别经验及对女性的社会、文化价值的精神追寻。虽然日据时期台湾女性散文多质朴无华，但随着写作经验的丰富及心理情感的真正投入，这一时期也出现少许描写优美、风格清新的感人作品，主要是黄凤姿、杨千鹤等人的散文。尤其可贵的是，黄凤姿的《佃农的家》还展现出对社会下层女性的关注，揭示了不同社会阶层女性不同的人生处境及生命经验的差异。

第四节　台湾现代女性诗歌创作

女性诗歌由最初完全湮没在男性诗歌的叙述传统与技巧之下，到渐渐成形及至最后成为台湾诗歌中最为突出的现象，其背后有许多社会文化因素。台湾自20世纪以来的现代女性诗歌，是诸多文学内在因素与外在因素相互交织又不断协调的结果。考察台湾诗歌中的女性因素，可以有许多坐标轴，如传统与现代、本土与世界、个性与群体，这些坐标轴为我们提供分析架构，有助于深入了解台湾现代诗的特质与成就。设立坐标轴是为了显现女性诗歌所面临的发展与危机，揭示出这一类诗歌惊人创造力的源泉。

从1921年开始，台湾文化协会及《台湾》《台湾民报》等报刊相继把大陆"五四"时期的文学运动情况、作家、作品、现代诗歌文本和理论介绍到台湾，胡适、郭沫若、刘半农、冰心、徐玉诺等人的诗歌作品和理论作品也都陆续登台。

由于与大陆一海相隔，在以诗文为主体的传统文学向现代文体的转型过程中，台湾文学现代性的展开似乎要比大陆来得晚，现代诗的产生也晚于大陆。也正因为这一海相隔，当新文化运动在大陆由于种种原因而放慢脚步的时候，在台湾的发展却不曾停滞。现代诗出现之时，台湾已被日本占据了30年，这是台湾文学现代性的特殊之处，诗歌作为一种前卫文体，尤其能够体现台湾文学现代性的这一特色，"诗歌要比小说更早一些成为台湾现代主义文学的主要体裁"①。从1925年以后，新文学运动由理论主张转向创作实践，出现了一批有影响的新作家，最早显出实绩的就是新诗。

---

①　李欧梵：《台湾文学中的"现代主义"和"浪漫主义"》，《现代性的追求——李欧梵文化评论精选集》，麦田出版社1996年版，第178页。

一、日据时期"皇民化"运动和日语现代诗

学术界对产生于日据时期的诗歌的发展阶段有不同的划分法。若以政治因素为主,可以采用许俊雅在《日治时期台湾白话诗的起步》中提出的三分法,以 1927 年和 1932 年作为分界点,1927 年以前的诗歌倾向于以中国白话文书写反封建、控诉殖民以及表现爱情等主题;1927 年之后,则渐趋杂有台湾话,作品以控诉帝国主义、资本主义的压迫和同情普罗大众的内容为主。1920 年代张我军以新诗人身份掀起新旧文学论战,迎来"诗体革命"。1932 年以后,由于左翼遭日本政府全面肃清,社会运动连带受到影响,反抗的批判的文学受到干预与检查,此时,台湾诗歌以杨炽昌引进的超现实主义为代表,诗的创作以追求艺术性为主。

日据时期的新诗在语言上历经了白话文、台湾话文以及日文三个阶段,诗歌语言的转换背景是政治性的,直接与日本政府对台湾的"国语政策"背景息息相关。虽然 1937 年以前,台湾公立学校都设中文和日文课程,但从被殖民一开始,"日化"就被大力提倡。当时的"皇民化运动"包括改姓日本姓名、日常生活方式日本化、说日语、改信神道等。配合"皇民化"的人可以得到如颁发匾额、多配给粮食等鼓励。

在此背景下,台湾最早发表的现代诗都用日文写成,我们目前并未找到在当时得以发表的中文现代诗。1924 年,谢春木写的四首日文诗《模仿的诗》(包括《赞美番王》《煤炭颂》《恋爱将茁壮》和《花开之前》)以"追风"的笔名,发表于当年 4 月 10 日出版的《台湾》杂志第 5 卷 1 号上。1925 年赖和发表《觉悟下的牺牲》。这些都是当时诗坛很有影响的作品。1924 年,台湾最早的白话文杂志《台湾民报》逐期刊发施文杞、杨云萍、张我军等人的现代诗歌作品,如杨云萍的《这是什么声》。1925 年,现代诗歌的发表园地扩展到由杨云萍和江梦笔创办的台湾第一个文学杂志《人人》,该杂志的第二期(1925 年 12 月)便集中发表了一批新诗,主要有杨云萍的《夜雨》《无题》《泉水》,纵横的《乞孩》《小诗二首》,鹤瘦的《我早手软了》,肖梅的《唐棣梅》,郑岭秋的《我的儿》,启文的《夜哭》,梨生的《小疑》,泽生的《思念郎》《海滨白骨》,崇五的《误认》《旅愁》,杨华的《小诗》《黑潮集》,虚谷的《卖花》等,这些诗作有鲜明的时代特点,诅咒黑暗的社会,揭露虚伪的人生,抒发对爱情的追求,讴歌光明和胜利,语言鲜明泼辣,格调清新流畅。同年,张我军的诗集《乱都之恋》在台北出版,这是台湾出版的第一本现代诗歌个人诗集,也是第一本新文学作品集。1926 年,《台湾民报》举行了第一次全岛性的现代诗歌征集评选活动,征集到现代诗歌 50 首,这是台湾首次上规模的现代诗歌创作活动。此一时期还值得注意的是由张彦

勋、朱实、许清世和林亨泰所组成的"银铃会"(1942—1949),强调社会意识,推广世界文学,影响了战后现实主义及现代主义两个脉络。

1930—1933年,黄石辉提倡以闽南语写作的"乡土文学",由此引发台湾文学究竟应用"国语"还是用闽南语写作的讨论。在日据的背景下,用闽南语创作本身就隐含着反殖民的意图。1930年代以来,在台湾创刊的文学杂志逐渐增加(《南音》1923年创刊、《台湾文学》1933年创刊、《福尔摩沙》1934年创刊、《台湾文艺》1934年创刊、《先发部队》1934年创刊),台湾现代诗歌有了较为充分的发表空间,出现了一批有独特风格的诗人和现代诗歌作品。他们一般提倡"抒写真性情的艺术观念"和"为人生"的诗歌主张,这和大陆"五四"时期的艺术主张相似,他们的创作奠定了台湾现代诗歌以现实主义为主导的传统。诗歌主题主要是反殖民统治、反封建思想、歌颂爱情、描写台湾风土等。就作者的文学观及政治立场而言,则可略分为"批判的现实主义"与"前卫的现代主义"两类。赖和、杨华、杨守愚等的诗歌代表了批判现实主义诗歌这一路向,而王白渊、杨炽昌、林修二与稍后出现的日本语诗人如陈千武、詹冰等人则吸收欧美和日本现代诗的新观念。传统文化和外来思想互相摩擦、冲撞,传统意识、本土意识和现代观念互相纠葛、冲突、互补和转换,不断地推动着台湾现代诗歌的发展。但是,总体而言,这一时期的现代诗歌仍停留在学习与模仿上,并未出现较为经典的现代诗歌文本。

1937年4月,日本全面侵略中国之前三个月,所有学校和大众传媒都禁用中文,在公开场合也只准使用日文。1937年日本对华的侵略战争全面爆发后,台湾诗歌的繁荣即告中断。为了配合侵华战争,日本殖民统治者在台湾加紧文化上的控制,全面查禁中文报刊,完全取缔汉文教学,一些具有爱国主义思想和民族意识的诗人也受到迫害。现代诗歌的创作受到严重的挫伤。后来日本诗人曾就此正式向女诗人陈秀喜道歉。1975年陈秀喜赴日出席在东京三笠会馆本馆举办的《陈秀喜诗集》出版纪念会期间,曾拜访日本元老诗人堀口大学、草野心平、北川冬彦等。当堀口称赞陈秀喜日语优美时,陈秀喜当场索纸笔,作日本和歌一首,其中文意为"懂日语是悲哀,故乡被殖民伤痕犹在",堀口等诗人立刻就地肃坐伏拜道歉[1]。陈秀喜的回应与她诗中流露的情感是一致的,都表达了日据时期台湾人民备受残害的哀痛。陈秀喜发表于七八十年代的一些作品仍然不断回忆日据时期的屈辱和痛苦生活,我们在七八十年代的诗歌中将进一步介绍她的作品。

---

[1] 陈秀喜:《陈秀喜全集——资料集》,竹堑文化丛书出版社1997年版,第175~225页。

二、萌芽状态的女性现代诗歌

台湾的女性现代诗歌创作此时还处于萌芽状态。1920年代，在台湾新文学革命和台湾新文学的背景下，个别女作家开始创作实践。但台湾女性现代诗歌创作真正破土而出，要等到1950年代。应当强调的是，台湾早期的女性诗歌的创作仍以古体诗为主。

可以说，台湾的古典诗歌传统一直未中断过。虽然1920年代古体诗多为附庸风雅之作，但在社会交往中一直备受推崇。1937年，日本殖民政府全面禁用中文，仍然给报纸上的"汉诗栏"留下一席之地。虽然作为新文体的现代诗在1920年代以后取得较大成功，但仍无法与古体诗的社会地位相抗衡，这种情况一直持续到1950年代。

女诗人张秀亚在1966年出版的《秋池畔》后记中说她于1935年开始写诗，但这些作品发表在大陆而非台湾。① 此外，她的《水上琴声》等诗要到1940年才发表于台湾的《辅仁文苑》。② 尽管如此，这一时期依然有个别女作家的新诗实践取得卓越的成就。日据台湾中后期的女诗人黄宝桃在日文诗《故乡》中写道③：

  沉甸甸冻结的冬夜
  年轻妓女喷着曙光牌香烟
  回忆着可诅咒撕破的故乡
  胖胖大大地
  混进长相如猪的地主家
  歪斜的柱子
  家里脏乱　为生活而喘不过气
  龙钟老态的父亲
  孜孜地工作
  放下婴孩
  被谣言中伤的母亲
  还没回来
  为高昂肥料硬性的农作物
  长得乱七八糟

---

① 张秀亚：《秋池畔》，光启出版社1966年版，第117页。
② 张秀亚：《秀亚自选集》，黎明文化事业股份有限公司1975年版，第189页。
③ 《台湾文艺》1936年第3卷第7,8号。

>牙齿脱落的故乡
>
>年轻卖笑妇　为了忘怀
>
>无代价跟生活脱节的美德
>
>哼着摇篮曲

在这首日文诗中,黄宝桃以一个受到性别、阶级和种族三重压迫的"年轻妓女"为主人公,叙述她在冬夜里回忆"故乡"时的心情,将其悲惨的现实生活形象地呈现出来。由于从小家庭贫苦、父亲老迈、母亲"放下婴孩"出外讨生活、农作物"长得乱七八糟"等原因,她被卖到"胖胖大大地/……长相如猪"的地主家。从"年轻妓女喷着曙光牌香烟""年轻卖笑妇　为了忘怀/无代价跟生活脱节的美德"等句,可知这个年轻妓女已完完全全抛弃传统女性那些"跟生活脱节"的虚伪美德,而以一种"喷着曙光牌香烟""哼着摇篮曲"的半是被迫、半是主动的叛逆姿态在生活。由此,黄宝桃以妓女的身份书写出现实生活中底层女性的真实处境。这首诗的怀乡之情与同时期男诗人的乡土书写完全不同,相较于男诗人笔下对故乡的怀念与赞美,黄宝桃笔下的故乡是"牙齿脱落的""可诅咒撕破的"。这样一篇"反乡愁"的作品,在今天来看,仍是前卫和叛逆的。那时的黄宝桃可能已经受到马克思主义的阶级观和潜在的女性解放观的影响,所以才写出在女性反思上与八九十年代女性主义诗歌可堪比肩之作。

虽然这一时期可待查考的女性作品很少,但值得注意的是,在台湾早期的诗歌中,被殖民者的形象通常是"女性"。如杨牧的《热兰遮城》描述了1662年郑成功赶走荷兰人的历史,传统的男性殖民者与女性被殖民者的角色互换,在表现反抗殖民斗争胜利后的喜悦时,仍然是赢则为"男",败则为"女",性别的逻辑仍然是一贯的。而在日本对台湾经济剥削的背景下,相较于日本的剥削者形象,被剥削者的台湾形象通常也是"女性"的。如杨华的台湾闽南语诗《女工悲曲》①就以戏剧独白的手法通过女工的悲吟来呈现台湾的命运,描写出台湾人民被殖民的痛苦。联系传统文化中女性所扮演的柔弱顺从的角色可知,这首诗为被殖民者所处的逆境提供了贴切的象征。由此可知,虽然这些诗并不是女诗人所创作的,但这些诗歌中折射出来的台湾作为被殖民者的女性意象,已经使得台湾的象征形象与女性形象紧密联系在一起。

1933年,以杨炽昌为代表的四位台湾诗人和三位(在台的)日本诗人共同创办风车诗社,刻意回避当时的写实主义文学主流,探索"苍白皮肤的美学"

---

① 《台湾文艺》1935年第2卷第3号。

(杨炽昌),女性作为兼具感官和精神的极致象征,亦在男诗人的作品中担任着重要角色。如杨炽昌写于1934年12月的《尼姑》,就以尼姑端端的感官觉醒和宗教信仰之间的冲突,表现出女性性欲与宗教禁欲的紧张对峙。

本章参考文献

吕明纯:《徘徊于私语与秩序之间:日据时期台湾新文学女性创作研究》,淡江大学硕士论文2004年。

(日)河原功著,莫素微译:《台湾新文学运动的展开》,全华科技图书股份有限公司1993年版。

汪知亭:《台湾教育史料新编》(1册),台湾商务印书馆1979年版。

梁明雄:《日据时期台湾新文学运动研究》,文史哲出版社1997年版。

陈建忠:《被诅咒的文学:战后初期(1945—1949)台湾文学论集》,五南图书出版有限公司2007年版。

许俊雅:《日据时期台湾小说研究》,文史哲出版社1995年版。

叶石涛编译:《台湾文学集1》,春晖出版社1996年版。

邱贵芬:《日据以来台湾女作家小说选读》,女书文化事业有限公司2001年版。

肖成:《日据时期台湾社会图谱:1920—1945台湾小说研究》,九州出版社2004年版。

李欧梵:《现代性的追求——李欧梵文化评论精选集》,麦田出版社1996年版。

第六章 1945年至1950年代的台湾女性文学

第一节 概 述

1945年8月15日,日本无条件投降,第二次世界大战宣告结束。10月25日,台湾行政公署长官、台湾警备司令陈仪代表国民党当局,与日本台湾总督兼第十方面军司令官安藤利吉及各界250余人,在台北市公会堂举行签字受降仪式,正式接收台湾。① 自此,甲午战争中被日本强行割占51年的台湾终于回到祖国怀抱。签字仪式后,台湾行政长官公署和警备总司令部共同组建了台湾省接收委员会,各项接管工作随即开始。台湾历史翻开了新的一页。因为这个时期台湾社会的政治、经济、文化等各个方面都处于与之前全然不同的变化当中,而在此社会背景下,与台湾女性文学息息相关并影响其发展的女性生活环境、女作家的生存境遇、总体的文学思潮与文学运动等内外因素,都发生了一系列的变化,这就导致这个时期台湾女性文学的总体状况有了与之前截然不同的新面貌。

这个时期的女性文学大致可分为两个阶段:第一阶段主要在光复初期②,即1945—1949年;第二阶段主要在国民党当局撤出大陆赴台后的50年代。

---

① 林仁川、李跃乾编著:《台湾光复》,福建教育出版社2007年版,第77页。
② 吕正惠、赵遐秋主编:《台湾新文学思潮史纲》,昆仑出版社2002年版,第132页。

在光复初期阶段,台湾整个社会背景复杂,台湾女性文坛颇为沉寂,呈现出过渡期的寂寥状态。究其原因主要有以下几个方面:

一是人们回归祖国的热切愿望与对美好生活的殷切期盼,在冷酷的现实面前迅速冷却。一方面,当时,国民党当局虽在政治上光复了台湾,但此前日本未降时,美军对台的狂轰滥炸,客观上致使台湾各方面遭受到一定的破坏,民众死伤惨重,生活和生产秩序混乱;再加上日据时期所遗留的诸多问题依然存在,导致失业与通货膨胀严重,人民生活水平低下,民生艰辛;此外,还有民族身份认同的思想危机等问题,这些都致使台湾虽已光复,但社会却依旧百病丛生、百废待兴。另一方面,当时大陆内战已经打响,国民党当局应接不暇,没有更多精力去顾及台湾各方面的恢复与重建工作。在这种情况下,国民党各派系又争权夺利,台湾政府机构臃肿、办事效率低下、管理不善、治理无能,甚至官僚腐败、贪污成风,致使民怨沸腾,直接引发"二二八"事件。① 当局的镇压不仅使得许多台胞在感情上受到极大伤害,也埋下日后台湾省籍歧见的祸由,使台湾处于一种省内外人对抗的紧张之中,"以前台湾人对内地去的人称'祖国来的',现在大多改叫'中国人'了,这种情形愈来愈普遍,这种心理感染着每个台湾人的心"②。面对如此状况,许多台籍精英的热情大受打击,许多台籍作家乃至来台文化人士对国民党的政权失去信心,"二二八"事件平息后,他们纷纷保持沉默,悄然淡出。一些女作家就是如此。如,日据时期的台湾女作家叶陶,在"二二八"事件后被悬赏追捕并被判处死刑,后虽解除死刑并获改判,但出狱后不久,1949年,其丈夫——著名作家杨逵又被当局判入狱12年。这期间,叶陶要挑起养活一家老小的重担,遂远离文坛。同样,台湾女作家简娥也因为结婚生子、身体不适以及时局混乱等多种原因而长期在家静养,远离外界活动。

二是由于此前日本政府在台湾推行"皇民化"教育,致使台湾人中文荒废,语言的隔阂成为较大的社会问题。回归后,为促进台湾与祖国的文化统一,行政长官公署一方面积极利用学校、报刊、广播、社会活动等推进"国语"教育;一方面又于1946年发出公告,命令各县市"自本年十月二十五日起撤除本省境内所有新闻纸、杂志附刊之日文版"③。对于绝大部分在日据时期用日文写作的台籍女作家来说,要跨越语言障碍进行创作,还需要一个过程。此时,如日

---

① 陈鸣钟、陈兴唐主编:《台湾光复和光复后五年省情》(下),南京出版社1989年版,第598页。

② 扬风:《台湾归来》,陈鸣钟、陈兴唐主编:《台湾光复和光复后五年省情》(上),南京出版社1989年版,第337页。

③ 陈鸣钟、陈兴唐主编:《台湾光复和光复后五年省情》(上),南京出版社1989年版,第235页。

据时期的台湾女作家杨千鹤、曾出版过日文诗集而被称为"台湾第一位女诗人"的陈秀喜等,都因语言骤变等原因而纷纷辍笔。

三是光复初期,台湾文学与文化刚从日据时期"皇民化"的桎梏下解放出来,如何汇合到祖国大潮流中重新出发,是它所面临的实际问题。就现有的资料来看,这个时期的台湾社团和刊物,多以反省与检讨过去,呼吁重建等宏观方面的任务为己任。日据时期的作家朱点人、林自蹼等,早在日本宣布投降的当天就发起组织"文学同志社",发行刊物《文学小志》,"开了战后台湾文坛组社办刊的风气之先"①。此外,1946年6月16日成立,且在"二二八"事件前成为台湾进步文化重镇的台湾文化协进会及其《台湾文化》月刊,以及光复初期可供发表文学作品的报纸"中央日报"《新生报》,台中《和平日报》《自立晚报》《公论报》"国语日报",刊物《新新》《台湾月刊》《台湾文艺》《文化交流》《潮流》《宝岛文艺》《一阳周报》《创作》《新知识》等等,莫不为"建设民主的台湾文化、建设科学的新台湾、肃清日寇时代的文化遗毒"②发挥出自己的作用。各界对台湾文学、文化的未来的畅想与讨论亦此起彼伏。如1945年10月25日,林萍心在《前锋》杂志创刊号上发表《我们新的任务开始了——给台湾智识阶级》一文;1946年元旦,范泉在上海《新文学》杂志上发表《论台湾文学》一文,1946年1月3日,赖明弘也在该杂志上发表《重见祖国之日——台湾文学今后的前进目标》一文;1946年5月,楼宪和张禹(王思翔)在台湾的《和平日报》"新文学"副刊第一期上发表《一个开始·一个结束》一文,同月,杨逵在该刊第二期上发表《文学再建的前提》;另外还有以《新生报》"桥"文艺副刊为主要园地,围绕"如何建设台湾新文学"这一话题而论争的几十篇文章。由于前述种种诸如语言转换等原因,这个时期刊物的发起人与参与者较多都不是本省人,而且几乎都是男性。这些男作家的关注点也多在文学和文化的重建与设想等宏观方面。在此文化思潮背景下,原有的台湾女作家还少有条件可介入并有所作为。

总之,由于上述诸种原因,此时颇为沉寂的台湾文坛甚至被称为"文化沙漠"③。对于台湾当代女性文学的表现而言,光复初期的确可称得上是一个"苍白的过渡"④。

转机出现在1949年年底。随着国民党退守台湾,随之赴台的军政人员及其眷属数目庞大,据统计,约有"91万人"⑤之巨。又根据光复时台湾人人口中

---

① 刘登翰、庄明萱、黄重添、林承璜主编:《台湾文学史》(下卷),海峡文艺出版社1993年版,第285页。
② 吕正惠、赵遐秋主编:《台湾新文学思潮史纲》,昆仑出版社2002年版,第138页。
③ 陆卓宁:《20世纪台湾文学史略》,民族出版社2006年版,第92页。
④ 田锐生:《台湾文学主流》,河南大学出版社1996年版,第9页。
⑤ 戚嘉林:《台湾史》,海峡学术出版社2007年版,第470页。

所唱的"六百万民同乐,壶浆箪食表欢迎"①与1954年9月台湾首次人口普查所得的全省常住人口为"931万"②的数字大略估算,光复后至1954年间,陆续来台者不下300万人。随之来台的女性移民中,包括大量知识女性。那些在大陆原已成名的或已开始在文坛上崭露头角的女作家们,客观上充实了在台的女作家队伍,使女性文学创作群体得以扩充。应该说,台湾当代女性文学的出发,首先是以女作家的不断涌现为标志的。一大批来自大陆的女性政治移民,积极地参与台湾的文学建设,把自"五四"以来不同发展阶段的文化传统与文学精神带入台湾,使台湾当代女性文学一开始便有了较高的起点。又因50年代国民党着力在台构筑"反共"基地,思想、政策相对统一,而汉语成为官方通用语言,文化人又持续着对出版物的热衷;再加上,1950年代,特别是后期,台籍女作家也逐渐复苏或成长,种种因素都使得这个阶段的女性文学创作呈现出复苏乃至繁荣的景象。

为了保全地位,求得生存与发展,国民党当局在美国趁朝鲜战争之际"协防台湾"的保护与扶持下,利用"国家"机器,以强硬的政治手段控制岛上的一切,把台湾打造成为众所瞩目的"反攻复国"基地。此后,"反攻复国""反共抗俄"便成为当局积极推行的基本"国策"③,配合此"国策"的一系列"文化改造运动",则直接构成1950年代台湾的"文化生态环境"④。

国民党当局迁台后,一方面,承袭陈诚治台时期的"戒严"法令,继续在全台"戒严",对人民的言论、集会、结社、居住、迁徙、出入境等基本权利实行全面的军事管制;蒋介石复职(1950年3月)后,又陆续特别颁布、修订《台湾省"戒严"期间新闻纸杂志图书管制办法》《台湾地区"戒严"时期出版物管制办法》等,审查并限制台湾的新闻、杂志、图书、标语与相关出版品中内容"之认为与军事有妨碍者",以阻止大陆某些思想入台,限制某些思想在台滋生。依照这些法令,当局对所有宣传媒体严加管制,钳制新闻、杂志等的言论与出版自由。如,自1951年起,不再进行新报纸的登记,使台湾直到1987年"解严"的30多年间,只有"29家报纸"⑤;台湾所有出版品必须于发行前送台湾省保安司令部(后改为警备总部及地方警察局)审查方可出版,如审查不合格,除扣压出版品外,还需追究出版负责人的刑事责任;此外,所查禁的书刊数量也十分庞大,除了黄色书刊外,所有留在中国大陆的"五四"运动后知名作家如巴金、茅盾、老

---

① 何海兵主编:《台湾六十年》,上海人民出版社2009年版,第22页。
② 何况:《拥抱阿里山——一九四五年光复台湾纪实》,解放军出版社2006年版,第289页。
③ 陆卓宁:《20世纪台湾文学史略》,民族出版社2006年版,第111页。
④ 吕正惠、赵遐秋主编:《台湾新文学思潮史纲》,昆仑出版社2002年版,第174页。
⑤ 何海兵主编:《台湾六十年》,上海人民出版社2009年版,第61页。

舍、沈从文、丁玲等以及具有意识形态倾向的鲁迅等人的著作、译作等皆被拒于门外。这种禁闭，人为地造成了台湾文化、文学与自"五四"以来的中国大陆新文化和新文学之间的断层。以致1948年生于南京，一岁时即随家人来台的女作家李黎说，她在台湾从来没有看过1930年代的作品。①

但另一方面，面对惨败的事实，国民党当局又开始反思。蒋介石在对以往失败教训的总结中检讨了国民党的文化宣传工作，他认为，在大陆时期，国民党"宣传不够主动而理论不够充实"，以至于让共产党争取了民众，尤其是青年，占了上风，因此，在台湾及时"健全宣传机构"，确定"反共"宣传政策，开展"肃共宣传和'三民主义文化运动'"，以"争取人心"，"配合军事反攻进展"。②于是，国民党当局以对待政治宣传工作的态度对待文艺，投入大量的人力与财力，支持与鼓励各项文艺工作，以期在文艺界建立起一支"笔军"，与政府达成"反共抗俄"的共识。作为国民党"反共复国"政策文艺变种的"战斗文艺"应运而生，成为1950年代官方文学思潮的主流。

1950年代，在国民党文艺政策的推行与实践中，被台湾学者郑明娳称为"国民党文艺政策的始作俑者"的张道藩扮演着重要的角色。③ 早在1942年7月，为对抗毛泽东《在延安文艺座谈会上的讲话》，张道藩就写了《我们所需要的文艺政策》，提出"三民主义文艺观"，这成为1949年以后台湾文艺政策的滥觞。赴台后，张道藩又以国民党高级党工的身份，对国民党文艺政策进行鼓吹，甚至干脆指出："以'反共抗俄'为内容的作品，即是三民主义的文艺作品"，把台湾的文艺运动纳入"反共抗俄"的道路。④

为了更好地让文学创作为这个时期的官方文艺政策服务，国民党当局还支持鼓励文艺界设置各类文艺奖项，成立各种文艺团体，推动各种文艺运动。

1950年3月，张道藩奉蒋介石之命组织成立"中华文艺奖金委员会"（简称"文奖会"）。这是一个以高额奖金鼓励社会大众与在校青年写作"富有时代性的文艺创作，以激励民心士气，发挥'反共抗俄'的精神力量"⑤来改变宣传方向的官方政策性奖项。"文奖会"的11位委员多由国民党要员组成，除身兼国民党传播媒体数种要职，后又任台湾"立法院院长"的张道藩外，还有国民党"中宣部部长"张其昀，"教育部部长"程天放，台湾省"教育厅厅长"陈雪屏，国民党"中央改造委员"某组主任曾虚白，"立法委员"陈纪滢、李曼瑰等。此外还有罗家伦、梁实秋、胡建中、狄膺等知名人士。该会于每年5月4日、11月12

---

① 王晋民主编：《台湾文学家辞典》，广西教育出版社1991年版，第226页。
②④ 吕正惠、赵遐秋主编：《台湾新文学思潮史纲》，昆仑出版社2002年版，第198页。
③ 黄瑞真：《五〇年代的孟瑶》，政治大学硕士论文2006年，第20页。
⑤ 应凤凰：《五〇年代文学出版显影》，台北县政府文化局2006年版，第24页。

日(孙中山诞辰日)等日对外公布得奖名单。其征稿范围包括诗歌、歌词、小说、话剧、平剧、文艺理论、漫画及木刻等各类。每次的稿件经过委员会评定后给予奖金奖励。根据陈纪滢的回忆,"文奖会"刚成立时,经费一年约有60万元新台币,由国民党宣传部第四组支持。① 同时,它也接受日常投稿,对比较优秀的作品不仅给予稿费,而且还将它们介绍到报刊上发表。后来,得奖作品则多依托"文协"的机关刊物《文艺创作》发表。

这项文艺奖金,是1950年代台湾文坛最大最重要的文艺奖项,鼓动了这个年代"反共抗俄"的官方"战斗文艺"思潮。该会早期获奖作品几乎都是《打回大陆去》《打回大陆歌》等类型的作品,意识形态鲜明,大有写"反共八股"的趋势,也有一些具有一定文学水准的优秀作品。"文奖会"有较丰厚的稿酬和多方的发表渠道,在一定程度上刺激了台湾作家的创作。据统计,在"文奖会"存在的7年中,他们共评过17次奖,3000多人投过稿,作品有近万件,获奖作家达120人,从优得稿酬的作家也在1000人以上。② 这其中也有一定数量的女作家作品,如潘人木的短篇小说《如梦记》(1950)、长篇小说《莲漪表妹》(1952)、短篇小说《马兰自传》(1954),孟瑶的长篇小说《悬崖勒马》(1953),王韵梅(繁露)的中篇小说《养女湖》(1956),匡若霞的短篇小说《迷途者的归来》(1953)。有的人,如潘人木,正因获奖而得到"作家"之名。该项大奖颁至1956年年底停止,客观上,对于1950年代前期文艺创作的繁荣,起到了鼓励与提倡的作用。

仿效此法,之后"国防部总政治部"也设置"军中文艺奖","教育部"设置"学术文艺奖","反共救国团"设置"青年文艺奖",国民党中央党部设置"中山学术文化奖"等,都从物质上给"反共"的"战斗文艺"打气。③

除"文奖会"外,张道藩于1950年5月4日在台北市中山堂牵头成立"中国文艺协会"。这个堪称是"台湾五十年代成员最多、活动力最强、效果也最大的文艺组织"④,实质上是一个官办的"民间"文艺团体,具有"准御用"的性质。它以"团结'我国'文艺界人士,研究文艺理论,从事文艺创作,展开文艺运动,发展文艺事业,实践三民主义文化建设,完成'反共抗俄'、'复国建国'任务,促进世界和平"⑤为宗旨。其会员从成立之初的150余人发展到1950年代末的千余人,几乎囊括当时文坛十之八九的作家,其中包括不少知名的女作家。大

---

① 应凤凰:《五〇年代文学出版显影》,台北县政府文化局2006年版,第24页。
② 陆卓宁:《20世纪台湾文学史略》,民族出版社2006年版,第113页。
③ 陆卓宁:《20世纪台湾文学史略》,民族出版社2006年版,第114页。
④ 施懿琳:《台湾文学百年显影》,玉山社出版事业股份有限公司2003年版,第164页。
⑤ 黄瑞真:《五〇年代的孟瑶》,政治大学硕士论文2006年,第21页。

会选出张道藩、陈纪滢、王平陵、谢冰莹等15人为理事,设置了文学、美术、音乐、话剧、平剧及地方剧5个委员会,以后又扩充为17个委员会,此外还创办机关刊物《文艺创作》。因它是在原台北市"副刊编辑者联谊会"的基础上成立的,其中要员多是"中央日报"副刊、《新生报》副刊、《民族晚报》副刊、《公论报》副刊、《新生报南部版》副刊等当时最具影响力的报纸和《文艺创作》等文艺杂志的主编,所以,名义上,它几乎掌握了所有文学发表的管道。故而有学者如是说:"五〇年代任何一个作家一旦被文艺协会所摒弃,正是被放逐于台湾文坛之外。"①

在"文协"的带动下,社会各界亦大量涌现官方支持的文艺团体。其中最有代表性的是"中国青年写作协会"和"台湾省妇女写作协会"。

"中国青年写作协会"是在"青年反共救国团"的支持下,由包遵勉、刘心皇、冯放民等于1953年8月2日创立,该会的宗旨亦是"以团结青年作者、培养青年写作兴趣、提高写作水平、建立三民主义文艺理论、加强'反共抗俄'的宣传"。《成立宣言》中还指出:"我们不仅以团结'国内'的文艺工作者为满足,我们还希望并要求海外的华侨青年文艺工作者,和我们站在一起,同心同德,为'反共抗俄'而写作,为'复兴建国'而磨砺。"该会创办机关刊物《幼狮文艺》,依托"青年反共救国团"在台湾各地(特别是大专院校中)设立分会。成立时该会会员仅200多人,5年后会员已达到3000多人。

"台湾省妇女写作协会"成立于1955年5月5日。成立当日即于台北举行成立大会及第一届年会。会议由筹备会发起人苏雪林主持,通过了会章及各项提案并选出第一届理监事。这是台湾第一个妇女文学社团,最初的会员有苏雪林、谢冰莹、潘人木、林海音、孟瑶等33人②(又有一说"成立大会,参加的会员有一百多名"③)。自成立以降的10年间,登记在册的会员人数超过300人④。这个文学团体成立之初也同样具有政治色彩,如该会也以"为鼓励妇女写作,研究妇女问题,以实践三民主义、增强'反共抗俄'力量"为宗旨。但它在客观上,起到聚集女作家、联络女作家之间的感情并为女性文坛培养新人的作用。活跃于1950年代台湾文坛的女作家们,多在这个团体之中。除上述女作家外,还有郭良蕙、张秀亚、琦君、沉樱、张漱菡、艾雯、钟梅音、徐钟珮、繁露、李曼瑰、邱七七、王琰如、刘枋、童真、徐薏蓝、严友梅、蓉子、萧传文、毕璞、

---

① 郑明娳:《当代台湾文艺政策的发展、影响与检讨》,郑明娳编:《当代台湾政治文学论》,时报文化出版企业1994年版,第6页。
② 潘亚暾主编:《台港文学导论》,高等教育出版社1990年版,第262页。
③ 刘登翰、庄明萱、黄重添、林承璜主编:《台湾文学史》(下卷),海峡文艺出版社1993年版,第300页。
④ 樊洛平:《当代台湾女性小说史论》,台湾商务印书馆2006年版,第16页。

王文漪、吴崇兰、从静文、聂华苓、郭晋秀、张裘丽、李萼、侯榕生、赵文艺、华曼、王怡之、姚葳、彭捷、李芳兰、左海伦。上述人中除林海音外，清一色全是大陆人，且多在1940年代末来台。此外，该会还通过邀请专家开文艺座谈会、创办纯文学杂志、出版《妇女文丛》等方式来提高女性写作水平、拓展女性作品发表的空间，为培养女作家、提高她们的写作水平与文学素养贡献力量。该协会曾请罗家伦主讲"写作的理论"，还创办《妇女文学》杂志等。自1969年起，该协会更名为"中国妇女写作协会"。

除单纯地支持文艺界设置奖项和成立各种团体之外，国民党当局还积极利用这些奖项与团体等建构起一套有利于政治一元化的发声机制。具体说来，就是在官方的主导下，由这些官办、半官办的"民间"文艺团体大力推行各种文艺运动，以使其"战斗文艺"政策得到全面贯彻。1950年代，最具代表性的运动主要有"军中文艺运动""文化清洁运动"和"战斗文艺"运动，"'民间'文艺团体对官方文艺思潮的一味趋同和全力拥护，构成了那个时代文艺运动的显著特征"①。

1951年，时任"国防部"政治部主任的蒋经国发表了《敬告文艺界人士书》，提出"文艺到军中去"的口号，鼓励军中人士进行文学创作。自此，蒋经国的"政治部"系统与张道藩的"文协"系统彼此呼应，"形成军中文艺界与社会文艺界双管齐下的犄角之势"②。当时，"国防部政治部"也拥有自己的刊物，开始是1950年创刊而并不对外发行的《军中文摘》，1954年改为《军中文艺》，1956年又改为《革命文艺》。该刊由身兼军职的女作家王文漪担任主编。编辑方针也由最初的"纯粹为军人服务，为军人打算"改为"要使军中文艺的力量和社会文艺的力量交流互助，以扩大革命事业的阵容"③。另外，他们每年还举办"军中文艺奖金"征稿活动，以鼓励现役军人加入文艺创作。著名诗人痖弦在谈到这个时期的台湾文学创作时曾指出："在中国文学史上，从来没有一个时代有这么多的军中作家，他们的表现……俨然形成一个文化气候。"④

1955年1月，蒋介石亲自向全台军民发出推行"战斗文艺"的号召，文艺界再次紧锣密鼓地竞相配合，轰轰烈烈地开展"战斗文艺"运动。除"国防部政治部"在台北举行由100多位作家参加的"战斗文艺"座谈会外，"文协"也邀请诗人们举行"战斗文艺"座谈会，强调如何发挥新诗的"战斗"精神。《文坛》《军

---

① 吕正惠、赵遐秋主编：《台湾新文学思潮史纲》，昆仑出版社2002年版，第194页。
② 郑明俐：《当代台湾文艺政策的发展、影响与检讨》，《当代台湾政治文学论》，时报文化出版企业1994年版，第24页。
③ 应凤凰：《五〇年代文学出版显影》，台北县政府文化局2006年版，第290页。
④ 《张秀亚全集》第15卷，台湾文学馆2005年版，第16页。

中文艺》《文艺月报》等刊物纷纷开辟"战斗文艺笔谈",为"战斗文艺"制造理论依据。在这次运动中,穆中南的《文坛》杂志扮演了较重要的角色,"战斗文艺"的最初草案便是在《文坛》第三卷第五期(1955年2月1日)上刊出的,之后它又连用五期刊载了30多位作家对于"战斗文艺"的看法,其中也包括王琰如、苏雪林、谢冰莹、繁露等女作家的文章。此外,文坛出版社还一连推出10种一套的"战斗文艺丛书",为"战斗文艺"运动呐喊助威。这些书据说"都是向共产主义作战的"①,其中也包括三位女作家的图书:心蕊的散文集《葡萄园》、琰如的短篇小说《长相忆》,徐钟珮的翻译小说《不能征服的人》。经此声势浩大的呼应,"'战斗文艺'运动呈现出'战鼓与军号齐鸣,党旗共标语一色'的泛滥之势"②,"战斗文艺"成为1950年代台湾官方文艺运动的统一口号和最高旗帜。

"战斗文艺"的作品,虽然在1950年代,特别是初期和中期,占有着绝对的舆论支持和重要的发表园地,但因它是当局政治路线的产物,有着极端政治化宣传的倾向,是以作品越来越模式化和概念化,艺术纯度多数较低。面对这一情况,就连张道藩也很反感,"老是那一种形式,那一种调儿","千篇一律的形式,千篇一律的布局结构;千篇一律的叙述描写,千篇一律的语言文字",写出愈多,给"读者的兴趣反而愈淡"③。1950年代,游离于"反共八股"之外、坚持文学本位的创作,其实一直存在着,且随着国民党"反攻复国"政治梦想的幻灭、"战斗文艺"政策的衰落而渐浮出水面。这当中,不少女作家的日常生活小题材作品易被审查者放行,"并以婚恋故事怀乡私语等与'战斗文艺'充满口号的叫嚣截然不同的清新风格迅速占领了读者市场,也由此迎来了台湾女性文学的首度繁荣"④。

1950年代,女作家的数量之多,在台湾文学史上实属空前。林海音、孟瑶、钟梅音、郭良蕙、艾雯、张漱菡等都在文坛成就"作家"之名。她们"在禁闭的时代氛围里,加入一幕幕新鲜的风景"⑤的创作实绩也颇引人瞩目:她们不仅在前述带有国民党当局官方色彩的大奖中屡有斩获,获得主流文坛的肯定;而且在由"中国青年写作协会"举办的1955年"全国青年最喜阅读文艺作品测验"的民意调查中,也获得读者大众的广泛好评。在1956年1月9日公布的调查结果中,台湾青年读者选出了他们最喜欢阅读的各类体裁的各10部作品,四大体裁中除诗歌没有女性的作品外,其他则多见女作家身影。小说类有

---

① 应凤凰:《五〇年代文学出版显影》,台北县政府文化局2006年版,第87页。
② 吕正惠、赵遐秋主编:《台湾新文学思潮史纲》,昆仑出版社2002年版,第184页。
③ 张道藩:《论当前自由中国文艺发展的方向》,刘登翰、庄明萱、黄重添、林承璜主编:《台湾文学史》(下卷),海峡文艺出版社1993年版,第307页。
④ 徐学:《悦读台北女》,厦门大学出版社2005年版,第45页。
⑤ 林瑞明:《序》,张秀亚:《张秀亚全集》第15卷,台湾文学馆2005年版,第3页。

张漱菡的《意难忘》、张爱玲的《秧歌》、孟瑶的《心园》、谢冰莹的《圣洁的灵魂》、王洁心的《爱与罪》等5部。剧本类有李曼瑰的《女画家》。在散文类的10部作品中，女作家的竟占去8部：艾雯的《青春篇》，张秀亚的《三色堇》《牧羊女》《凡妮的手册》，徐钟珮的《我在台北》，谢冰莹的《爱晚亭》，钟梅音的《冷泉心影》，苏雪林的《绿天》。这个调查结果说明，当时在文学特别是在小说、散文类的创作中，女性文学作品在台湾青年读者中已拥有相当的影响力。

总的来看，1950年代的台湾女性文学是台湾女性文学发展史上的重要阶段。它不仅在小说创作方面有孟瑶、林海音、郭良蕙、张漱菡等，戏剧创作方面有李曼瑰、张晓风等，诗歌创作方面有蓉子、林泠等，在散文创作方面更是成果不凡，拥有开拓了日后台湾多种散文写作范式的张秀亚、艾雯、徐钟珮等众多散文女作家。

1950年代，台湾女性文学在筚路蓝缕的开垦中之所以能有如此成绩，除大背景外，还与当时女作家的生活、文学创作的特质等不无关联。一是生活的艰难使女性拿起笔杆。1940年代末期赴台者大多是仓皇离乡的，抵台后又遭遇台湾人口剧增、就业问题严峻的情状，不少人因无法顺利就业而生活艰难，这使得她们要想办法来改变现状。在谈到为什么从事写作时，郭良蕙的说法颇具代表性："当年我们走上写作这条路，是因为来台后没有什么发展，尤其是女性，没有就业的机会，而写作这条路比较就近，不需要什么工本就可以进行，所以都往这条路上走。"①另外，又如张秀亚，从大陆赴台不久即遭逢婚姻变故。在时局动荡的年月要肩负抚养两个孩子的重任，这使她在教书之外，还必须勤于笔耕，方能维持一家三口的生活。艰难的生活，恰又使得这批女作家必须直面惨淡的人生。所以，相对来说，在她们的作品中，沧桑、厚重多于风花雪月。这也是它们能引起众多同病相怜者共鸣的原因之一。

二是乡愁与婚恋主题也易为当局所接受。如前所述，在以"反攻复国"与"战斗文艺"为主导的政治高压时代，任何刊物、图书出版前都要接受审查。又因写作的禁区处处，思想的禁锢重重，作家们可写的话题较少。这个时期，女作家们的创作多围绕乡愁与婚恋等"柔软"的话题，一方面可以回避敏感话题而与政治多无直接关联；一方面这些怀乡忆旧的作品在当局看来，还歪打正着地为"反攻复国"政策发挥积蓄情感、凝聚人心的作用，所以，这些作品虽不与官方主流同调，却较容易通过审查而获得发表。

三是多种报刊提供了发表园地。在这些来台者中，有许多是受过良好教育，曾从事新闻、教育等工作的知识女性。她们随家庭或单位赴台后，有的仍受聘于媒体工作。如，在1950年代创刊的报刊从事编辑工作的女性就

---

① 吴宗蕙：《美寓真诚——访台湾女作家郭良蕙》，《海内与海外》2002年第11期。

有:《军中文摘》(1950)的王文漪,《西窗小品》(1951)的武月卿,《联合报》(1951)的林海音,《文坛》月刊(1952)的刘枋,《文艺列车》(1953)的郭良蕙,《妇女》月刊(1954)的王文漪、钟梅音、毕璞,《现代诗讯》(1958)的林泠、罗英,《蓝星诗页》(1958)的蓉子等。她们绝大多数本身就是女作家,在所编辑的刊物中又对女性作者多有提携,所以为台湾女性作家的整体崛起做出重要的贡献。

在多种刊物中,由于报纸副刊读者群庞大,所以较其他文化生产机构的影响力更深远。这一时期,对女性文学提携有功的副刊最有代表性的是"中央日报"副刊和《联合报》副刊。

早在1949年3月13日就创刊的"中央日报"的"妇女与家庭"版,由女作家武月卿主编,每周日出刊,多刊登小说,具有很强的文艺性。这个副刊鼓励了不少赴台女作家的创作。经常为该刊撰稿的女作家有钟梅音、林海音、徐钟珮等,谢冰莹、张秀亚、琦君、孟瑶、郭良蕙、王琰如、艾雯、张漱菡、刘枋等也在该刊上发表了不少作品。前述散文集中张秀亚的《凡妮的手册》、徐钟珮的《我在台北》都是作者将自己在该副刊所发表的专栏文章集结而成的。林海音早期的小说也多发表于此,内容主要是"针对家庭、伦理、婚姻、恋爱、儿教而发,所谓问题小说也"①。

另一个女作家重要的集结地是《联合报》的副刊。《联合报》由当时台湾的《民族报》《全民日报》和《经济时报》三家报纸合并而成,创刊于1951年9月16日。《联合副刊》与报纸同步创刊。1953—1963年的十年里,《联合副刊》一直由女作家林海音担任主编。在这十年中,由于林海音向纯文学倾斜的编辑理念,该副刊渐从综艺性转向文艺性。除了开辟星期小说、西洋文学译介、旅美杂记、海外艺坛等各种文艺栏目外,还发掘了不少优秀的作家作品。林海音本人的重要长篇小说《晓云》也在该刊连载(1959年6月9日起至11月6日结束)。作为此期唯一的台籍女主编,台湾出生和大陆成长的双重背景,使她能较好地团结台湾本省与外来的作家,成为两方面的黏合剂,当代作家、诗人、艺术家、翻译家为该刊执笔者不胜枚举。林海音对《联合副刊》长达十年的苦心经营,使它不仅成为青年作家成长的摇篮,更奠定了台湾报纸副刊文学性的基础。

除了报纸副刊外,一些综合期刊这一时期也为女性发表作品大开方便之门。这些期刊,男女编辑都有。先看有女编辑的刊物情况。如在聂华苓主持长达11年之久的《自由中国》(1949)上有孟瑶、林海音、琦君等的作品;在王文漪主编的《军中文摘》半月刊(1950)上有郭良蕙、繁露等的作品;在刘枋曾担任

---

① 傅光明、童仁编:《城南旧影——林海音自传》,江苏文艺出版社2000年版,第329页。

编辑的《文坛》(1952)上有钟梅音、谢冰莹、艾雯、徐钟珮、张秀亚、林海音、王文漪等的作品;在郭良蕙担任编辑的《文艺列车》(1953)上有郭良蕙、丹扉等的作品;在林海音负责文艺编辑的《文星杂志》(1957)上有蓉子等的作品。一些男性担任编辑的刊物,也多发表女性的作品。除"文协"的机关刊物《文艺创作》(1951)上登载潘人木、孟瑶、童真、繁露、张秀亚等人的作品外,《幼狮文艺》(1954)也登载张秀亚、郭良蕙、郭晋秀、谢冰莹、苏雪林等人的作品。此外,程大城创办的《半月文艺》(1950)上有谢冰莹、蓉子的作品;孙陵主编的《火炬》半月刊(1950)上有潘人木、艾雯的作品;台糖公司职员金文、师范等人创办的《野风》(1950)上有郭良蕙等人的作品;王启煦主编的《文艺春秋》(1954)上有谢冰莹、陈香梅等人的作品;虞君质主编的《文艺月报》(1954)上有苏雪林、张秀亚、孟瑶、李曼瑰、琦君、潘人木等人的作品。聂华苓、於梨华、陈若曦等人,要么是当年《文学杂志》(1956)的作者,要么就是该杂志主编之一夏济安所指导过的门生。

除此之外,1950年代还有一些专门的女性期刊创刊,如由"中华妇女反共联合会"出版的"中华妇女"月刊,1950年7月1日创刊;由台湾妇女会印行的《台湾妇女通讯》,1953年10月创刊;由国民党"中央"妇女工作会主办的《妇女》月刊,1954年"双十节"创刊。这些刊物除了报道台湾妇女的各项活动外,也发表女性文学作品。可以说,1950年代台湾女性文学创作之所以能有令人瞩目的成就,与这些由知识女性或开明男编辑所主导、编辑的副刊、期刊的支持是有直接联系的。上述刊物,在一批有识编辑的支持下,为1950年代台湾女性文学的成长、繁荣以及浮出水面发挥了重要的作用。

上述诸种因素,使得台湾女性文学在一个似乎最不可能繁华的年代却繁花似锦。这一时期不少女性文学作品,由于受到读者的欢迎与喜爱而一版再版,成为台湾文学的经典,对以后女性文学的创作产生了较大的影响。台湾著名诗人痖弦在谈及这个年代台湾女性文学时认为,正是由于张秀亚、孟瑶、林海音等人的艰辛垦荒,正是因为她们"人人意气风发,'放下锅铲,拿起笔杆'(1955年"台湾省妇女写作协会"大会标语),推出新作,形成一个宏大的混声合唱"①,才有了台湾日后女性文学的兴盛。

第二节 1945年至1950年代的女性小说创作

1950年代的台湾女性小说创作,起步于一个艰难的时期。台湾光复后的

---

① 《张秀亚全集》第15卷,台湾文学馆2005年版,第16页。

幸福在频繁的政治波动面前黯然失色,大时代的变迁影响着每一个中国人的命运。在跨海大迁徙中,未来在台湾女性小说园地将扮演重要的拓荒者角色的女作家们,也经历着烽火流离与沧桑剧变。她们在这个过程中所经历并体验到的个人悲欢离合等,虽在这大背景下显得微不足道,却为当代台湾女性小说储备了异常丰富的思想内涵与美学品格。

这一时期,在小说园地执笔耕耘的女作家主要以大陆赴台者为主。在时代大变动中逐渐安定下来的众多知识女性,或出于职业惯性,或出于生存所需,纷纷拾笔书写。其参与者之多、小说产量之丰,形成台湾女性文学史上有史以来的第一个高峰。据统计,1952—1962年,女作家创作了60多部长篇,55部短篇小说集。其中,孟瑶的长篇达14部,郭良蕙的长篇达13部,张漱菡的短篇小说集达8部。① 除上述几位多产的作家外,从1950年代小说结集出版的多寡情况看,这个时期在小说园地活跃的作家主要还有艾雯、萧传文、谢冰莹、张秀亚、林海音、吴崇兰、潘人木、琦君、繁露、聂华苓、王琰如、童真、徐薏蓝、侯榕生,此外还有钟梅音、毕璞、郭晋秀、李芳兰、刘枋、苏雪林、张裘丽、严友梅等。仅上述这些女作家,在赴台后不到十年的工夫,就出版了百余本小说(集),这足可证明那个年代女性小说创作之丰。

如前所述,1950年代,台湾文坛因为政治的强力干预而多笼罩在浓郁的"反攻复国"氛围之中,几沦为政治的附庸。但纵观这个年代女性小说创作方面的情况,我们却不难发现,女作家们总在官方主流思潮内外游走。一方面,身居主流叙事的大背景下,女作家们似乎不得不时常拥护官方立场,迎合当局视角,参与政治化的写作,或渲染"反共""复国"的政治意图,或为"党国"的政绩大唱赞歌;另一方面,以女性在传统社会里的习惯性角色与心理定位,她们又时不时地疏离主流,远离宏大叙事,淡化政治意味,把目光更自然地投向日常生活、周边琐事、社会问题等,从微观的个人化视角去体察、思考、写作,展现出女性性别与文学本身的双重自觉。多元的创作姿态显露出她们在复杂局势下的矛盾心态,可喜的是,正是这种矛盾与自觉,使那些游离于主流之外的创作成为可能。她们在政治主导文学的时代发出异声,为当代台湾小说留下血肉丰满的真实记忆。随着时光的流逝与来自文学内部的检验,这种异声与记忆显得更具有文学的品格与价值。

本来,任何一种绝对的分类,对于可进行多元阐释的文本解读来说都是不科学的。但为了方便叙述,我们对于这个时期的女性小说创作,还是进行大体上的划分。这个时期女性小说创作主要向三个方向发散。一是与"反攻复国"等官方主流同声应和的书写。这方面的作品,多是应时的急就章,能抵御时间

---

① 古继堂主编:《简明台湾文学史》,时事出版社2002年版,第242页。

筛选而存留下来、具有较高文学价值的作品不多。二是身居异地的怀乡思旧书写。这类小说的作者们来台时思想较成熟,业已体会到国破家亡的辛酸,多把台湾当作政治避难的跳板而持过客的心态,时常流露出返乡的期待。随着回归的无望,作品中的思念愈发郁积。体现在作品中,作者多以原乡为背景,书写人、事、物,流露出对故国家园的思念之情。这类作品较多,成就也较大,且一直延续到 1960 年代。三是对于光复后特别是 1950 年代台湾生活的书写。这方面特别难能可贵,具有较重要的社会学与史学价值,我们可以由此观察到时代变换之初台湾各方面的生活以及人们的各种心态。遗憾的是,对于光复后至 1950 年代的这一段文学史,以往论者多以"反共"、怀乡等主流一言以蔽之,而对这第三种关注得较少。不过,近年来一些高校学者们所投入的关注令人欣慰。

总而言之,从光复后至 1950 年代的女性小说创作中,我们可以看到"戒严"时期政治主导文坛、暴力机器干预文艺创作留下的种种印迹;可以看到女作家们如何自觉地继承"五四"以来中国小说的写作传统,如对弱势群体,特别是对大家庭中女性生活、命运的关注;也可以看到,在台湾新的环境、局势下,这群背负着中国传统辗转来台的人最初的生活、思想等痕迹,看到他们在时代的变革中,面对西方文化的冲击,中国传统文化所发生的变异。

除此之外,在小说技巧方面,经过 1950 年代的练笔,女作家们日臻成熟,开始由初期专注于自传式叙述或外在故事情节的编织,逐渐向作品思想内涵或写作技巧等方面进行探索。张秀亚、郭良蕙等人,更因为有外文的优势,且曾从事过翻译工作,较多地接触了海外文学创作新理念等,不断地自觉尝试新的写作技巧,以充实自己原有的写作风格。

一、"反攻复国"的同声应和

正如台湾妇女写作协会的宣言中所言:"我们愿望拿起一支笔写下自己的心声、自由中国的复兴、大陆铁幕的黑暗。"①不可否认,这个时期,潘人木等不少女作家在官方倡导的主流方面着力创作,著名女作家如孟瑶、谢冰莹等的作品中也都有意迎合官方意识,难出本真,艺术难免受此影响,有失水准。

(一)潘人木:逃离大陆的莲漪表妹

潘人木,本名潘佛彬,1919 年 2 月 28 日出生于辽宁法库县贺尔海,2005 年 11 月 3 日病逝,享年 87 岁。原籍江苏潘阳市,1942 年毕业于中央大学外

---

① 樊洛平:《当代台湾女性小说史论》,台湾商务印书馆 2006 年版,第 27 页。

文系,曾任职于重庆海关总署、新疆女子师范学院,1949年12月赴台。潘人木是国民党迁台初期官方较支持、鼓励的女作家之一。1950年代初开始文学创作,因其小说连获官奖,而被称为当时台湾"风头最健"的女作家。1964年后,潘先后担任台湾省"教育厅"儿童读物编辑小组的编辑与总编辑,致力于儿童文学创作等方面的工作。曾获得"文奖会"小说创作首奖,"中国文艺协会"文艺奖章,信谊基金会幼儿文学特别贡献奖,"中国妇女写作协会"资深编辑奖,亚洲儿童文学大会最佳翻译奖,新闻局小太阳奖最佳翻译类奖,杨唤儿童文学特殊贡献奖等奖项。

1950年代,潘人木的小说主要有《如梦记》(1950)、《莲漪表妹》(1951)、《马兰自传》(1952),它们多获官奖。其中,被誉为"四大抗战小说"之一的《莲漪表妹》是其代表作。潘人木等人的"反共"小说有一个基本模式:青年人由于爱国心切,容易被共产党的宣传所迷惑而上当受骗。这类小说中作者常用"小骂帮大忙"①的做法,指出国民党的一些缺点,但终归结论还是国民党比共产党好。《莲漪表妹》描写了莲漪等一群在北平求学的爱国青年学生由不满、幻想、追求,走向失望、覆灭的过程。由于不了解国民党政府的抗日部署,所以,当日军的侵略迫近时,青年学生们便对当局不满。又因受到左翼思想的鼓动,他们不惜克服重重困难奔赴延安、探求真理。不料到延安后,他们却发现掉进共产党的陷阱,但此时已追悔莫及。小说通过对主人公莲漪经历的描写,如参与学生运动、奔赴延安、看清现实、被捕入狱、出狱后忍辱求生,最后,在国民党地下特工的帮助下,假死并冒名顶替别人至香港医治精神疾病,重获自由新生等,展现了三四十年代中国政局的混乱,对新中国成立前后的共产党进行政治意识形态攻击。多数"反共"文学,除了具有明显、强烈的政治色彩外,因为急于表达政见,其表现手段多流于呆板而少变化、欠灵活,导致艺术纯度偏低。比较而言,潘人木对小说的技巧比较重视,写作时也比较会兼顾作品的艺术含量。她的小说多从女性角色的视角出发,用冷静的观察和简洁的文字,书写人与时代的关系。这本小说因人物心理等写作技巧较为成熟,而在1950年代乃至此后的台湾文坛颇受青睐,王德威先生在其《小说中国——晚清到当代的中文小说》中就评价"潘人木先生的《莲漪表妹》是五十年代小说的佼佼者",但它也因情节、内容等多失实而为众多大陆学者所诟病。

(二)孟瑶:爱情杂烩意识形态的"美虹"

孟瑶,本名杨宗珍,1919年5月29日生于汉口,2000年10月6日病逝于台北,享年81岁。原籍湖北武昌,1928年随家迁至南京,中学未毕业即遭母

---

① 田锐生:《台湾文学主流》,河南大学出版社1996年版,第51页。

逝,又随父亲回武汉读书。1942年毕业于重庆的中央大学历史系后,任教于重庆私立广益中学,1944年又到四川省简阳县立女子中学教书。1949年赴台后,历任民雄高中、台湾省立台中师范学校教师、师范学院国文系副教授,她于这一时期开始写作。1949年,她向"中央日报"的《妇女周刊》投第一篇稿《弱者,你的名字是女人》,后开始用"孟瑶"的笔名。1962年,她应聘去新加坡南洋大学任中文系教授。1966年返台任中兴大学教授,在中文系讲授中国文学史、史记、新文艺创作等课程。1975年任该校中文系主任。退休后旅居美国。孟瑶出入于学术、小说、戏剧之间,以历史系的训练投入文学史的研究,一生笔耕不辍,创作文类丰富。一生共有各类作品80部左右,单小说类就有50余部。在自传中她曾称其创作之初"服膺浪漫主义",多以描写爱情为题材;其后转入"现实摸索",揭示社会人生问题。其长篇历史小说,可说是近代变乱中国的投影。其作品曾获"中华文艺奖"、"教育部"文学奖、中山文艺奖、嘉新文艺奖等。

  1950年代,孟瑶的小说作品主要有《美虹》《心园》《危岩》《几番风雨》《茑萝》《穷巷》《柳暗花明》《追踪》《黎明前》《梦之恋》《屋顶下》《斜晖》《鉴湖女侠秋瑾》《鸣蝉》《兰心》《晓雾》《迷航》《乱离人》《杜鹃声里》《流浪汉》《断梦》《生命的列车》《含羞草》《荆棘场》《小木屋》。从总体上看,孟瑶的创作丰富,居同期作家前列。正如台湾学者应凤凰所言:"孟瑶小说以描写爱情、亲情的故事居多,简单易懂为大众所爱读,被称为琼瑶之前的畅销女作家。"①但其小说也因多产而有水平参差不齐的问题,正如她自己所意识到的"自1952年正式握笔起,我几乎夜以继日在'多产'下粗制滥造,虽然由于稿约多,也是自己不惜于把自己贬为一名'写匠',思之可叹"②,尽管有自谦之意,却道出部分真实。

  孟瑶1950年代的小说有不少也与官方主流思潮多有应和,有着较强的意识形态色彩。她赴台后的第一篇小说《美虹》,通过美虹与昔日同窗孔小聪的母亲在狱中相遇,让孔母讲述数十年来的经历。作品《危岩》描写共产党员高适以爱情为幌子,暗中利用深爱着自己的善良温顺的戏子婵娟,让她嫁入吕家为妾,就近监视集权势、富贵于一身的吕润轩,以达到颠覆资本主义社会的目的。故事旨在揭示:抗日胜利后,在充满繁荣假象的时代中,到处充满着危机,人们稍有不慎便会落入陷阱。《梦之恋》中,作者叙述了一位逃离大陆的伊莲,

---

① 应凤凰:《文学风华——战后初期13著名女作家》,秀威资讯科技股份有限公司2007年版,第73~74页。
② 刘登翰、庄明萱、黄重添、林承璜主编:《台湾文学史》(下卷),海峡文艺出版社1993年版,第324~325页。

因时时怀念尚未逃脱的未婚夫济之,又因两岸分离、音讯阻隔而心急如焚。故事回叙了伊莲优秀杰出的未婚夫,他原本充满政治改革的理想,对国家满腔热忱,希望为国家流血牺牲,缔造国家新的生命契机。但没过多久,他便发现某党的欺骗与罪恶,因而机警地劝伊莲尽早逃出"铁幕",自己却深陷牢笼,无法逃出来。小说男主角李思聪的情况也与伊莲相似,来台后他也是时时思念受共产党"欺骗"而滞留大陆的前女友沁英,作者站在"反共"立场,编造类似故事以应和当时官方的"反共"意识。

(三)谢冰莹:参军"复国"的受挫青年

谢冰莹此期的小说作品中也有自觉呼应官方主流意识形态的趋向。谢冰莹,原名谢鸣岗,字凤宝,笔名南芝、无畏、紫英、芙英等。1906年出生于湖南新化县,2000年1月5日逝于美国旧金山,享年94岁。原籍湖南冷水江铎山,先后于湖南省第一女子师范肄业,北平师范大学毕业,1930年代曾两度赴日本求学。"七七"事变后,她回国组织"湖南妇女战地服务团"赴前线救助伤员兼做宣传工作,后曾担任多家文艺月刊及报纸副刊主编。抗战胜利后,曾任北平国立师范大学及华北文化学院教授。1948年9月赴台,任台湾省立师范学院(后改为师大)教授。后又曾往马来西亚与菲律宾讲学。1955年任台湾省妇女写作协会监事。1971年退休后定居美国。谢冰莹1921年即发表作品。其创作以散文、小说为主,另有其他文体。赴台后她继续从事文学创作,曾获"中国文艺协会"文艺奖章。

50年代的小说主要有《红豆》(1954)、《圣洁的灵魂》(1954)、《雾》(1955)、《碧瑶之恋》(1957)。《红豆》是谢冰莹赴台后发表的第一部长篇小说,小说以台湾为背景,描写一个大学生和一个中学生的恋爱悲喜剧。男主角林子钦和女主角李玉梅是一对善良的青年,富于爱国热忱。但因玉梅父亲以金钱与地位作为选婿条件,二人在爱情路上遂遭受到折磨与阻碍。这篇小说亦自觉呼应官方主潮,内容具有浓厚的政治色彩,有人甚至还建议冰莹将两人写成"光复大陆"后再结婚。①

总之,此期以配合"反攻复国"诸"国策"为目的的女性小说创作,多是国民党当局政治路线干预的产物。其强烈的政治宣传意味,常使作品伤及文学性,而陷入主题先行的虚幻想象与具有先悲后喜、光明收尾等套路的"反共八股"之中。随着国民党"反攻大陆"政治神话的破灭,这一创作趋势在1950年代中后期逐渐走向衰落。

---

① 崔家瑜:《谢冰莹及其作品研究》,文史哲出版社2008年版,第71页。

二、怀乡思旧的异地书写

1950年代初期,台湾在很多人心中仍是一个暂居地。重返家园的宣传鼓动与真心期待使很多来台人士怀着过客心态,而不作落地生根之思。流离迁徙的人生际遇使他们有着浓重的怀乡思旧情绪,"他们全是失掉根的人;他们全患思乡'病';他们全渴望有一天回老家"①。同样,对于这一时期流落他乡的女作家们来说,怀乡思旧的"乡愁"书写成为她们重温记忆的重要方式。虽然这一时期书写"乡愁"的作品也受到官方文艺政策的干预,发挥着配合政治宣传的作用,如白先勇所说的:"这些作家乐观执迷于国民党当局的反攻大陆,使作品流于滥情。"②不过,空间的阻隔与年复一年的渴望,使得"乡愁"渐渐净化为一代作家的集体记忆而郁集于不同风格的各种创作中。正如洛夫在《时间之伤》中所表现的,这种乡愁,已远远超出某省某县某村的具体概念,而升华为文化上的情感寄托:"雾正升起,我们在茫然中勒马四顾/手掌开始生汗/望远镜中扩大数十倍的乡愁/乱如风中的散发/当距离调整到令人心跳的程度/一座远山迎面飞来/把我撞成了/严重的内伤。"③

此一时期,女性小说领域在怀乡思旧书写方面较著名的有林海音、孟瑶、张漱菡。特别值得一提的是,五六十年代女作家们通过怀乡思旧的书写,几乎勾勒出中国近半个世纪的妇女生活状况。这包括作家们对旧式女性与新式女性的书写。前一种多是写赴台女作家母亲一辈的人物,这些女性多是受污辱与受损害者。她们或出身于社会下层,未受过教育,或是身在大家族中,受过旧式教育却甘心认命,缺少反抗意识。对于她们的生活和命运,作者们多继承"五四"以来的文学传统,表达较多的关注与同情。后一种则多写受过"五四"新文化运动洗礼或接受了新式教育熏陶的女性,她们已有了较丰富的知识和较自觉的自主意识,但生不逢时,在家国之变的乱世背景下迷茫、迁徙、四处奔波、困难重重。她们身上多折射出来台这一代女作家们自身的影子。除此之外,怀乡作品中反思文化的一路也特别值得关注,其文学史意义不可低估。

(一)林海音:苍凉悠远的北平记忆

林海音,原名林含英,小名英子,1918年3月18日出生于日本大阪,2001

---

① 聂华苓:《台湾轶事》,北京出版社1980年版,第1页。
② 白先勇:《流荡的中国人:台湾小说的放逐主题》,杨匡汉主编:《中国文化中的台湾文学》,长江文艺出版社2002年版,第38页。
③ 洛夫:《时间之伤》,时报文化出版企业1981年版,第157～158页。

年12月1日逝世。原籍台湾省苗栗县,在日本出生不久后随全家返台,1923年又随家迁居北平,之后她在北平度过童年与青年时光。林海音曾就读于北平新闻专科学校,毕业后就职于《世界日报》,女记者的经历为她以后的创作积累了不少素材。1948年11月,林海音和家人一同回到故乡台湾,曾先后任《国语日报》编辑、《联合报》副刊主编、《文星》杂志编辑和世界新闻学校教员等,同时进行文艺创作。1967年,创办并主编《纯文学杂志》,后又经营纯文学出版社,出版"纯文学丛书"等。林海音因勤于笔耕、主编刊物、提携新人、经营出版社等文学事业方面的多重贡献,在台湾文学界享有很高的声誉。

林海音是这个时期为数不多的台湾省籍优秀的女作家,创作颇丰。50年代,小说方面,除结集出版的《绿藻与咸蛋》《晓云》外,还有许多文字散见于各报刊。林海音的创作有两个重心,谈女性和写"两地"。其小说多取材于台湾和北平两地生活,以女人、婚姻、家庭为中心,针对形形色色的妇女问题,揭示出不同时代里女性的生存真相。那种对于女性命运的关怀和描写,构成她一生的文学方向①,许多以怀乡思旧为主题的作品也都凝结着她对女性问题的思考。

因为结集出版于1960年的短篇小说集《城南旧事》创作于1950年代,并已在《自由中国》《联合报》《文学杂志》等上发表,所以我们也将它纳入这个阶段来讨论。作为这一时期"怀旧文学的代表作"②的《城南旧事》,是一部自传性质的小说集。它由《惠安馆传奇》《兰姨娘》《我们看海去》《驴打滚儿》《爸爸的花儿落了》五个短篇小说组成,具有浓厚的"京味儿"。作者用小女孩英子的视角,描绘了北平胡同里的人和事,把记忆中儿时的北平生活写得生动、形象、传神。小说利用小女孩英子串起各篇故事,带出惠安馆里因失爱而疯的秀贞,水井边被养父母当作卖唱赚钱工具的同龄苦命小女伴儿妞儿,草丛里善良穷困却一心要帮助弟弟求学的小偷,被人抛弃而寄居家中的烟花女子兰姨娘,命运不济、丧儿又失女的农村女佣宋妈等小人物,接续了"五四"新文学关注底层社会、书写小人物、书写多妻制婚姻与旧式女性命运等话题。林海音的作品多描写新旧交替时代女性的境遇,对此,她说:"我和五四新文化运动,几乎同时来到这世间,我看到了那个旧时代转成新时代一幕幕的悲剧,尤其是中国女性的悲剧。"③但是不同于"五四"前后知识精英对于旧式家庭或社会制度进行猛烈批判的做法,海音的小说及此期众多的怀旧作品,多着重于对故乡旧地风土人情以及旧时生活细节的平面描写。在远距离的追忆中,作者们对过去的那

---

① 樊洛平:《当代台湾女性小说史论》,台湾商务印书馆2006年版,第80页。
② 田锐生:《台湾文学主流》,河南大学出版社1996年版,第54页。
③ 傅光明、童仁编:《城南旧影——林海音自传》,江苏文艺出版社2000年版,第3页。

一切徒留下思念之情,因为思念的郁积,问题渐被弱化、美化,作品风格趋向婉约,最终传达出浓浓的乡愁。《城南旧事》中那苍凉、悠远的毕业歌,那在每段故事结局中都一一离去的主人公,常使读者为之动容。这也使得这本小说成为当代台湾文学的经典。另外,区别于其他女作家怀乡书写中台湾主体性的缺乏,在林海音的北平故事里,作者通过对母亲闽南口音的模仿,隐隐凸显出台湾人的身份,更透露出一份亲切之感。

(二)孟瑶:大陆体验的文学省思

此时期,孟瑶也有不少以大陆为背景的小说,流露出作者怀乡忆旧的情愫,较有代表性的是《心园》《黎明前》。

1953年出版的长篇小说《心园》,不仅是孟瑶的长篇处女作,也是她的代表作之一。作为孟瑶本人十分偏爱的长篇小说,它不仅集中代表了作者"服膺浪漫主义"的早期创作风格,更奠定了她在文坛上的地位。小说的背景亦选在故乡大陆——孟瑶曾工作过的重庆某中学,主人公就是这所中学里的校长以及他身边的女人们。故事以丑女胡曰涓在南山中学校长田耕野家做特别护士时的经历与感受为线索,在富有田园诗意的自然环境中演绎了复杂的情感纠葛。在《心园·自序》中,作者曾这样回忆以往的生活:"在一个环境幽美的中学执教,在那里,我遇见了这篇小说中的'我',她丑陋得使我不愿意看她;但是,不到一个月,我们成了好朋友,以后,只要一天不看见她,我就觉得浑身有拂拭不去的俗气。我和她真正在一起的时间只有半年,我不明白她是哪一点魅力,使我至今不能忘怀! 在她身上,我了解了一件事,灵魂的美才是永久长青,系人心神的。"正是这样的人生经历与生命感悟,才成就了孟瑶最初的文学创作。①

在这部小说中,孟瑶通过围绕在田耕野身边的三位女子的不同风格的感情描写,对女性命运和两性关系进行了思考。田耕野的妻子久病在床,护士胡曰涓在照料田太太的同时对充满人性美、颇具生活诗意的田校长产生感情。但童年时因得天花而致的麻脸和左眼失明,使她有强烈的自卑感。所以,她虽然爱着田耕野,却不敢流露,而只能把这感情深藏于心。田家的养女丁亚玫,在田耕野夫妇的宠爱和大自然风光的陶冶下长大,率性而为、热情奔放,她象征着生命的自然形态,也同样爱着田耕野,却不得不违背意愿和他的弟弟田耕尧结婚。由于二人的结合并无感情,又因她和利欲熏心的丈夫之间人生追求相悖,在婚姻的痛苦和情感的压抑中,丁亚玫常常把梦湖和文峰塔当作田耕野的化身,在绘画中寻求情爱的寄托,借纵情山水释放被压抑的爱情。最后因家

---

① 樊洛平:《当代台湾女性小说史论》,台湾商务印书馆2006年版,第103页。

庭矛盾愈演愈烈、内在冲突无法排遣,亚玫在大自然怀抱中走上不归路,结束了生命。最终,嫁给田耕野的竟是看中了田耕野身份与地位的追求物欲、工于心计的王文秀,她使出种种手段赢得婚姻,却又毫不珍惜地将它抛弃。这部小说通过一男三女的情感模式,引发了人们对于现实中男女婚恋观、择偶标准等问题的思考。作者通过对奉献自我、贴近自然等纯美灵魂的赞扬,否定了功利主义的婚恋观,表达了对纯净自然之爱的向往和对人性精神之园——心园之美的期待。

《心园》还揭示出一个更深刻的事实,即女性的幸福不能依赖于男性的施舍。在小说中,田耕野虽被塑造成一位对学生有爱心、对事业有热情、对久病的太太无微不至地关照的几近完美的男子,但他却既不能忽视胡曰涓的容貌,也无法突破与丁亚玫之间的伦理约束,因而对她们的爱敬而远之,最终让这两位对他付出真情的女子心碎。正如大陆学者樊洛平所说:"这种爱情悲剧表明,在当时社会的男女婚恋及两性关系中,爱情的主动权和决定权最终掌握在男性手里。"①孟瑶站在女性的立场上,一方面批判了王文秀式的现代功利主义婚姻观,另一方面也批评了女人们一味隐忍、单方面付出的传统做法。孟瑶用这个故事来提醒读者,女人的幸福是要靠自己把握的,即使你爱上的是完美的男性,也可能无法得到幸福。由于它对女性命运的思索深刻,再加上偏离政治化的表达等原因,《心园》成为台湾1955年度的"全国"青年最喜阅读文艺作品之一。

孟瑶出版于1956年的长篇小说《黎明前》对于中国历史文化的关注也颇值得注意。这部洋洋50万字的小说是孟瑶小说中最长的一部,故事亦以大陆生活为背景,作者将历史学的专业素养和女性史观融会其中,描写了赵家这个家族近半个世纪以来在风雨飘摇中摇摇欲坠的现状,引发读者思考中国传统文化在经历了辛亥革命、日寇侵略等一连串磨难后可能命若悬丝、后继无力的现实。《黎明前》以一家窥一国,近半个世纪的历史贯穿显露出孟瑶创作"大河"小说的雄心。

小说中的赵家本是恪守儒家传统思想的诗礼之家。故事开始时,整个家族仍由老太太主持着。但在时代的变革中,家风已难以为继。长子伯诚仍是典型的传统儒生,在乱世中依旧秉承家风、恪守父训,且对后代寄予厚望。但他四体不勤、五谷不分、读圣贤书、无意仕途的古人式的生活方式在新时代已显落伍,不合时宜了。次子仲谨是小说中最喜钻营名利的那类人。他是权力、欲望的象征,因没什么坚定立场,风吹两边倒,所以他倒是能"与时俱进",时代愈乱还愈是能浑水摸鱼。三子叔让是留学生,却不幸于英年客死他乡,留下寡

---

① 樊洛平:《当代台湾女性小说史论》,台湾商务印书馆2006年版,第105页。

妻独力抚养子女。赵家儿辈的人生取向透露出时代的印迹,他们的生存状况更显露出中国传统文化在新时代的变迁中难以原封不动地坚持这一问题。为此,孟瑶在赵家年青一代的身上寄予希望,期待他们能有所作为。所以,他们名字中都有一个"希"字。但当作者回到历史中去考查这一代人,却不尽如人意。长房的希儒年轻时很有理想,力图参加革命来力挽狂澜,在感受到国家的贫、病、愚、弱后,又立志救国,在父亲的支持下远赴重洋,负笈求学。这些作为确实让人感受到家、国的双重希望。回国后,希儒却因国家依旧混乱的现状和妻子的逝世而变得凄凉起来,逐渐踏上父亲退缩不前的路子,成为不上不下、不新不旧的夹缝中人。二房的希侃,颇似父亲的做派,没什么理想,只贪图安逸的物质享乐,又像只投机的蝗虫,对于财富名利无所不用其极。在子承父业观念的影响下,变乱时代的赵家气息微弱。赵家男性长幼的生存状况亦象征着中国传统文化在历史长河的滚滚波涛中,虽依旧绵延未绝,却已是垂垂老矣,后继无力了。

  除了提出问题,引起人们的注意,作者也试图给这个家族和整个国家开出药方。古老的中国传统文化在时代发生变化的大背景下,按照以往的方式当然难以为继,只有吸纳新思想、接受新力量,在新形式下去芜存菁,才有继续生存和发扬光大的可能。尊重女性、重视女子教育就是儒家传统中缺少的重要一环。小说描写了多位在新时代的历史激流下渐渐苏醒的女性。不论她们的人生路向选择如何,我们都能看到她们身上觉醒后强烈的女性自我意识。三房里的寡妻淑均外柔内刚、秉性坚强,对于自身年轻守寡的命运虽逆来顺受,但在子女教育问题上却极为开明、先进,尤其重视女子人格。她相信:在新的时代下,女人将不再是男人的附庸,女人的生活圈子也将不只局限于家中。在开明母亲的培育下,三房里的女子希仪,虽为女流,却独具眼光、思虑周密,成为眼光远大、心胸宽阔、令人激赏的女教育家。较之其他两房的子孙而言,也只有她才是支起赵家家族命脉继往开来的人。小说中,希仪是一个贯串全场的人物,以教育女学为终身事业,作者在她身上确实寄托了希望。除这对母女外,冯雯也是一个典型的觉醒的女性形象。她原是希仪学校中最优秀的女孩,因见过太多在父权压制下无奈苦痛的传统女子,而更要处处自尊自强,带着强烈的自我意识。虽也被写成因年轻与婚姻、前途的彷徨等而误入共党的范例,但她在现实生活中重视自我价值的实现而慷慨激昂地摆脱错误婚姻枷锁的做法却有别于传统女性的隐忍和自我牺牲,显示出新时代女性敢于自我取舍命运的勇气与魄力。她的呼声"我苦学了这些年,到结果只派我一个女佣的用场,这是我万万不甘心接受的",道出了当时众多知识女性婚后不能在家庭与事业中取得平衡,且要与传统陈规做斗争的心声。

(三)张漱菡:大家庭里的故事

张漱菡,本名张欣禾,笔名寒柯,1929年12月16日出生于北平,2000年6月17日逝世。原籍安徽桐城。自幼在书香门第的熏陶下喜爱古典诗词,庞大的家族背景也成为她日后小说创作的灵感来源。后于上海震旦女子文理学院肄业。1949年赴台。1950年代初期开始从事文学创作。创作文类包括旧诗、杂文、小说等,以长篇小说为主。亦是多产作家,先后出版各文类作品近40本。张漱菡的小说中也多有怀乡思旧的佳作。

张漱菡的作品以言情居多,一部分取材于现实生活,所塑造出来的女主角都清丽、善良、多情。主题却纯正严肃,富有历史意识。1950年代出版的小说集有《意难忘》(1952)、《翠岛热梦》(1953)、《绿堡之秘》(1953)、《桥影箫声》(1953)、《花开时节》(1955)、《侏儒的故事》(1955)、《七孔笛》(1956)、《张漱菡小说选》(1956)、《喘息的小巷》(1959)、《江山万里心》(1959)。

成名作《意难忘》是张漱菡听家族中的长辈叙述而写下的真实故事,亦是大陆题材,书写思旧之情。小说围绕自强不息的知识女性李明珊的情感故事展开。在中日战争背景下的传统大家庭中,二房里的李明珊一家常受大房、三房的欺凌。父亲的早逝及弟弟的残疾都使作为长女的她要直面家庭重任。为了让妈妈、弟弟扬眉吐气,坦荡地站在人前不受侮辱,她立志要出人头地。通过努力,她考上上海有名的S大外文系,后又出国留学,学成后选择回国工作。然而,在学业、事业上一帆风顺的李明珊30多岁了仍是单身。此前因为家庭责任与自己寻梦的缘故,她曾将男主角——令她欣赏的杨克农拒于千里之外。杨的小科员身份及其所负担的家累等现实因素都令她望而却步,所以,她不得不在自己前途看好之际选择放弃这段感情。多年后,男主角对她的痴心依旧如一,两人也看似有重拾旧好的可能性,但另一个女孩——李明珊恩师的女儿林白蒂的介入,又让李明珊碍于情面而做出牺牲自己、让爱于他人的决定。小说借以个人理想和家庭责任为重而将爱情放在次位的情感波折经历指出:一个女人即使拥有学位、财富、地位、名望和婚姻,如缺乏爱情,人生还是无法获得真正快乐。小说最后以开放式的结局,给人留下想象的空间:在李明珊决定让爱离去后,杨克农随即动身去寻她。《意难忘》因为形象的丰满、情感的真挚等而在1955年度台湾青年最喜阅读文艺作品测验中获得小说类第一名。

《七孔笛》也是以中日战争时的大陆为背景的"让爱"故事。故事发生在诗礼之家周家大宅,围绕着女主角谢心琼与男主角周峤的爱情发展而进行。周家祖上做过官,可到了健庭、健铭兄弟这一代已经没落了。健庭英年早逝,夫人亦病故,只留下13岁的儿子周峤。周峤误将有毒蜘蛛揉进眼睛,乡下医术不发达、没有及时治疗,所以双目失明。但所幸,健庭夫妇在世时领养了自幼父母双亡、孤苦伶仃的谢心琼。她与周峤是青梅竹马的好伙伴。周峤失明后的生活起居几乎都由她操持。谢心琼期望自己能带给沉浸在失明的悲伤里的周峤以希望,她坚信秉着自己对周峤纯洁的爱一定会照亮他的生活。但周峤自认条件不好,恐失明的残疾误了心琼一生。当学识渊博、人品相貌都不差的族兄周峋出现时,他就决定让爱于他,好让周峋带给心琼幸福。当二舅妈了解到心琼有心与周峤结为连理,正为他们筹备婚礼时,周峤选择出走,最后投河自尽了结了生命。心琼却仍执意与已逝的男主角完成结婚仪式,在同时办理的喜事与丧事过后,过了好长一段浑浑噩噩的生活,直至收到周峋来信怒斥她这是"十八世纪封建遗毒,于死者生者都无丝毫价值与意义"①,方才有所醒悟,为自己的愚昧行为感到羞惭。但却又觉得这是自己甘愿的,不这样做便不能心安,便无以告慰地下的周峤。心琼虽因一时无法从丧夫之痛中走出而显得自卑自怜,但经一段时日之后,她的旧我与新我已在无声的冲突中发出这样的声音:"你这没出息的弱者啊!难道你就这样寄人篱下,永远消沉下去?觉醒吧,坚强地站起来奋斗吧!不能再延迟了!"②

三、观照现实的多方描写

这一时期,除了上述为数可观的"反共"、怀乡文学的口号式与追忆式书写外,还有不少女作家走写实路线,创作以台湾为背景,描写现实生活的小说。它们涉及婚姻、家庭、伦理、人性等各方面。因为在"反攻复国"的"战斗文艺"盛行之时,文坛的空气较为险恶,作家们动不动就被卷入政治风暴,所以,相较于同期男作家们对家国重建的更多关注,在女性创作领域,多不指涉政治生活大事的"市民趣味的作风渐渐成为人们喜爱的对象"③。她们多从微观的视角出发,在细微处着笔,有意地淡化主题,委婉地陈述生活琐事。虽有流于琐屑之嫌,但其真情实感的自然流露,读来虽平淡却也颇觉有味,"正好迎合了大众的逃避心理而受到人们瞩目"④。这一方面,林海音、郭良蕙、孟瑶、张秀亚、琦君等作家多有佳作。

---

① 张漱菡:《七孔笛》,吕佳蓉:《张漱菡小说的女性形象研究》,成功大学硕士论文2010年,第34页。

② 张漱菡:《七孔笛》,吕佳蓉:《张漱菡小说的女性形象研究》,成功大学硕士论文2010年,第68页。

③ 尉天聪:《三十年来台湾社会转弯与文学的发展》,应凤凰:《五〇年代文学出版显影》,台北县政府文化局2006年版,第282页。

④ 古继堂主编:《简明台湾文学史》,时事出版社2002年版,第243页。

(一)林海音、孟瑶、张秀亚、琦君等:背井离乡的生活之苦

对于这一代来台的政治移民来说,他们多是在匆忙中背井离乡、跨海逃难的,许多人在各方面都准备不足。所以,当故园难回,而要在台湾这个孤独的海岛上重建新家时,他们必然要承受物质的匮乏与思家念亲双重的苦楚。这一时期,女性小说对此现状有诸多描写,展现出这一时期人们在台湾重建家园时所面临的各种困境和他们应对困境时的不同姿态。林海音写于1952年8月的《窃读记》①,从一个小男孩的角度反映了来台初期人们物质匮乏的情况。这个小男孩是个酷爱读书的穷学生,因家中没有余钱买书,所以他每天放学后就去书店逛,装作要买书的样子"窃读"新书。但他又怕站久了引起人家的怀疑而被赶走,所以,他往往看一本书要分好多天,且得在不同的书店"窃读"。看书饿了,他也没钱买吃的,只能趁人不注意时偷偷吞几粒花生米充饥。谢冰莹的《圣洁的灵魂》也写一个穷困青年的悲凄爱情故事。正因为外省来台的江老师一无所有,为财所使的养父李阿狗才反对他和养女李宝珠来往,并逼迫养女去公共食堂(即酒吧)出卖肉体。在不愿意而被强暴后,洁身自爱的李宝珠以身殉情,保留她圣洁的灵魂给爱人②。谢的这部小说,也曾被评为1955年度台湾青年最喜阅读文艺作品之一。

在描写来台初期物质匮乏方面,多产的孟瑶的长篇小说里写得更多。如《乱离人》中,曾经叱咤风云的将领何古泉来台后的境遇也一度萧条凄凉,使得本已离他而去寻找到真爱的年少妻子友湄看后于心不忍,才又一次不顾心理创痛,选择回到对自己并无多少情意的父子身边。《屋顶下》中的屋主——公营事业机关的小职员施孝延一家随机关迁台后,因为在动荡的生活中急需贴补家用,才将他们本就不大的房屋一分为三,出租给一对妓女与嫖客"夫妇"和一对大学刚毕业的新婚夫妇,从而引出了三家同处于一个屋檐下的人生百态和男女主人公们的情欲纠葛。女租客——原本善良聪明、心地美好的莹莹,亦是由于遭逢乱世、身陷飘零、孤苦无着,才落得以卖身为生,沦为遭人唾弃的妓女。《穷巷》中的房东小翠母亲同样也因为要贴补家用而将房子出租给高大健硕却贫穷无业的年轻房客柳一絮。这才引来女儿小翠、富家小姐紫若与容易日久生情、移情别恋的柳一絮两女一男之间错综复杂的"三角恋"与随之而来的混乱、报复与毁灭。《生命的列车》里的蒲苇在追忆大陆老家短暂幸福的童年时有感而发,觉得到台湾后贫穷使大家都屈服于现实的苦难,直至陷于绝境

---

① 林海音:《林海音作品菁华集:城南旧事》,中国画报出版社2010年版,第138~143页。

② 崔家瑜:《谢冰莹及其作品研究》,文史哲出版社2008年版,第71页。

不能自拔,失败得很惨。《含羞草》中,仓促来台后的夫妇大中与正青,因为陷入经济窘困而生出情感变异。妻子因不断犯愁而患神经衰弱症,丈夫因要忙于奔波谋生,没时间陪伴妻子,所以鼓励她加入世交思德的社交圈以减轻忧郁病,却使得妻子陷入与游戏人生的薄幸男子思德之间的情感漩涡中不可自拔。

在自传式书写或以婚恋、家庭所结构的故事之外,较多女作家把眼光投向家门外,关注更广阔的社会题材,描写来台后人们的隔海情愁与精神之苦。如林海音《晚晴》中姚亚德与下层老工友思乡的同病相怜、张秀亚小说里对来台孤单老人情感转移的关注、郭良蕙以人与动物来结构故事从而揭示出人物内心情感的小说。它们既延续了乡愁主题,又反映了这个时期渡海来台者们的真实心态。

张秀亚

笔名心井、陈蓝、张亚蓝。1919年9月16日出生,2001年6月29日逝世。原籍河北平原,1938年考入北平辅仁大学中国文学系,次年转入西洋文学系,毕业后入该校研究所史学组,后任助教。1943年到四川重庆任《益世报》副刊编辑。1946年回辅仁大学任教。1948年赴台后,曾任职于静宜英专、辅仁大学研究所,后又受邀至美国新泽西州西东大学担任客座教授。张秀亚还曾先后担任国大代表、台湾文艺基金会散文及翻译评审委员、中山文化基金会散文评审委员、洛城作家协会顾问。退休后定居美国。

早在1935年,张秀亚便开始了文学创作,写作生涯长达六七十年。其创作文类以散文为主,兼及诗、小说等。此外,她还从事翻译工作,以介绍西方文化与作家作品为主。女性主义经典名著伍尔芙《自己的房间》的第一个中译本,便是张秀亚所译。她自己的作品也曾被译为韩文、法文及英文等,多篇被编入学校教材。晚年定居美国后,她仍继续创作,文学成就获得美国汉学界的肯定。她的作品与译作,全部被美国加州大学长堤分校及斯坦福大学胡佛研究所永久收藏。美国国会还将其生平列入美国国会纪录以示纪念和崇敬。她一生曾获得妇联会新诗征文首奖、第一届"中国文艺协会"散文奖章、"中央"妇工会文艺金奖章、中山文艺奖、亚洲华文作家基金会文学贡献奖、"中国文艺协会"终身成就荣誉奖章等。

张秀亚曾一度因婚姻、家庭、战乱等因素中断写作,辗转赴台后,才又开始提笔。《寻梦草》(1953)是她赴台后的首部小说集,1950年代,张秀亚还有小说集《七弦琴》(1954)、《感情的花朵》(1956)、《女儿行》(1958)。作品多"写那些平凡、洁净、素朴而诗意化了的'人生'"(《寻梦草》自序),富含生命哲理和时代意义。在《寻梦草》之前,她的小说多有与现实脱节的现象。此后,作者历经波折后的思想沉淀亦投射于小说之中。在《感情的花朵 前记》中作者说道:

"虽然这几年小说写得较少,但是较之诗和散文,我是怀着更严肃的心情执笔的"①。这份严肃的心情,使得张秀亚在之后的创作中逐渐脱离初期的青涩,渐趋成熟,其作品风格也由梦幻编织慢慢转向现实书写与美好人性的展现。

张秀亚小说常见对来台孤单老人情感的关注。在《七弦琴·夕阳》中,作者说:"由于两岸阻隔,这些老人们与故乡断绝音讯而在海岛重新开始生活,孤单寂寞的心绪时常涌现。"②张秀亚处理这类主题时较乐观,不会让她的主人公去否定人生,而是写他们将情感向动物或非亲属转移。《女儿行·老校工的羊》是这类小说中较有代表性的一篇。它描述了一位孤单老人与动物之间的情谊。老人是退伍军人,在一所小学里担任校工。为了排遣寂寞,他不让自己停下来,于是种花种树、编织花瓶。此外,他还细心饲养了猴子、松鼠、山羊等许多小动物。后来,他的山羊失踪了。老校工因此急得生了病。私自抱走小羊的学生赖阿吉得知后,十分羞愧,把羊抱还给老校工时,才知道老校工原也有一个孩子,只因太想念他了,才养一些小动物来解闷。小说里,不管是孤单的老校工,还是从没见过父母只跟老祖母生活在一起的孤儿阿吉,他们喜爱动物都是为了转移情感。因为缺乏关注、交流的对象,他们就通过饲养、拥有动物来抒发情感,给心灵寻找寄托。张秀亚细心地捕捉到了这一点。

琦 君

本名潘希真,小名春英。1917 年 7 月 24 日生于原籍浙江永嘉,2006 年 6 月 7 日病逝于台北,享年 90 岁。琦君父母早逝,兄妹俩早年被过继给伯父伯母。琦君作品中常提到的父母亲即是其伯父伯母。琦君幼时曾随家庭教师学习古典文学。1928 年,举家迁居杭州。1930 年,考入弘道女中。1935 年,她在《浙江青年》杂志上发表第一篇散文《我的朋友阿黄》。1936 年,进入之江大学中文系就读,其间饱读中西文艺作品。笔名"琦君"是由其老师——词学大师夏承焘所取。1941 年大学毕业后,她先后任教于上海汇中女中、永嘉县中。1945 年,抗战胜利后回杭州,任教于母校之江大学,兼任浙江高院图书管理员,而后转入苏州法院担任机要秘书,开始了往后数十年在司法界与教育界并行的工作。1949 年 5 月随单位赴台,担任"高检处"书记官,之后转任司法行政部编审科长。1949 年于"中央日报"发表来台后的首篇散文《金盒子》。1954 年,出版了第一本散文小说合集《琴心》。除从事司法工作外,在台几十年间,琦君也在各大学兼教语文。1969 年,从法院退休。1977 年与 1983 年,两度随夫留居美国。1999 年,其散文集《烟愁》被选为台湾文学三十部经典之

---

① 张秀亚:《感情的花朵 前记》,《张秀亚全集》第 11 卷,台湾文学馆 2005 年版,第 74 页。

② 张秀亚:《夕阳》,黄雅芬:《张秀亚小说研究》,铭传大学硕士论文 2007 年,第 118 页。

一。2001年,返回故乡参加"琦君文学馆"的开馆典礼。2004年,夫妇返台定居于台北县淡水镇。琦君曾获得"中国文艺协会"散文奖章、中山学术基金会文艺创作散文奖、新闻局优良著作金鼎奖、台湾文艺奖散文奖等。其散文还多次被选入台湾的中学语文课本。小说《橘子红了》被改拍为电视剧,红极一时。

琦君虽以散文创作著称,却也涉足小说创作。1950年代的小说集有《菁姐》(1954)、《百合羹》(1958)与小说散文合集《琴心》(1953)。《菁姐》的十篇故事中,"追忆"是其主要的基调。除《七月的哀伤》《伞下》外,《菁姐》《快乐圣诞》《紫罗兰的芬芳》《迟暮心》《绣香袋》等八篇故事的内容皆以1949年与台海相隔为时、空分界线,形成今—昔—今的结构,不断地制造出相同的故事原型:时空的阻隔将两情相依的爱侣竟相拆离,其后在异地苦苦追忆,引出故事情节来。虽然每篇小说故事、人物不同,但都试图表现虽经历时空却坚贞不屈的真情。因为作者对颠沛流离、情事迁移的那段往事有着切身的经历,所以作品读来情真意切。

(二)郭良蕙等:重回困境的主妇之怨

1950年代,由于台湾的就业岗位远不能满足人口突然增长的需求,所以,很多知识女性被迫回家当主妇,重新面临经济上不能独立的生存状况。又由于当时生活相对较清苦,请保姆较昂贵,此期多数想摆脱物质、精神双重困境,重新找回自身价值而尝试执笔写作的女作家几乎均不能全职写作,而要兼顾主妇之职。我们从1956年齐如山赠给谢冰莹的诗里可以看到当时部分女作家的真实生活状况:"做饭洗碗扫房间,铺床叠被洗衣衫,写文改课教儿童,吊贺迎送兼聚餐,慰问访问又探病,讲演开会还上班,诸事日有一百件,学校还将功课担,事事捭挡都井井,写的文章堆如山……"①谢冰莹来台时已是较著名的女作家了,生活圈子还比较大,而很多女作家或知识女性开始执笔时,因为生活圈子较小,常围着丈夫子女家庭转,因此她们起步时期的许多作品难免多以家庭为圆心,取材视野也相对较窄。所以有人戏称这些作品为"主妇文学"②。在这些小说中,表现主妇之怨的作品不少。

郭良蕙

1926年7月10日生于河南开封,原籍山东巨野。抗战时期在四川读中学,后考入四川大学,又转学至复旦大学并于1948年在复旦大学外文系毕业。曾任《上海新民报》记者。1949年前,与空军军官结婚,1949年4月,夫妇一道

---

① 崔家瑜:《谢冰莹及其作品研究》,文史哲出版社2008年版,第158页。
② 潘亚暾主编:《台港文学导论》,高等教育出版社1990年版,第263页。

赴台。1950年代初,开始写作。"写作之初,我并未对这条路有什么美梦幻想,只因受困于当时的狭小生活圈子里,必须找一件事做,用来证实自己真正的存在,有价值的存在"①,开始她只是翻译外国小说,不久她发现翻译只能介绍别人的作品,不能抒发自己的见解,而且当时台湾的报刊也不怎么欢迎翻译小说,于是转而从事小说创作。这位曾被"'封'为'文坛四大美人'之一和'最美丽的女作家'"②自1953年自费出版第一本短篇小说集《银梦》后,便一发不可收。在其近60部的作品中,以小说创作为主。1962年郭良蕙发表了长篇小说《心锁》,因其中有大胆的男女情欲描写,遭到同行非议,结果被禁,她本人也因此遭到文坛的多方排挤。之后,1971年,她独自环游世界,开阔视野,写作方向也渐转向散文。晚年她又转向文物鉴赏,相继有作品出版。

1950年代,郭良蕙的小说作品有《银梦》(1953)、《泥洼的边缘》(1954)、《禁果》(1954)、《情种》(1955)、《生活的秘密》(1956)、《错误的抉择》(1956)、《圣女》(1956)、《繁华梦》(1956)、《一吻》(1958)、《感情的债》(1958)、《默恋》(1959)等。郭良蕙的小说创作不仅以量取胜,在艺术创作等方面对后来的女性小说创作也产生影响。③ 其主题大致可分为"探讨人性、亲子关系与婚姻爱情"④三大类,其中尤以最后一类的量最大。其故事时间从传统社会贯穿到现代社会,多以单纯的两性恋爱、单恋、多角恋、外遇等爱情故事以及女性婚后处境等作为主要内容。其中长篇小说以男女爱情故事居多,短篇小说则以刻画女性婚后处境的故事居多。其小说中人物虽不多,却错综复杂、纠葛不断;在情节安排、人物塑造、心理刻画与剖析等方面,都有突出的成就。

其短篇小说集《禁果》中,不少篇目就表现了知识女性来台后被迫待业在家、重新回到经济不能独立的传统主妇的生存状态时内心的苦闷、压抑、怨愤,以及她们对于爱情、婚姻的重新思考与对于自身价值的重新体认。《禁果·风雅》里的沉太太,当初为了让初恋圆满,放弃所拥有的音乐成就,充满期待地走进婚姻。但婚后家庭主妇繁复的家务,让她的心情从期待降到无奈。虽然在情人与钢琴之间她选择情人,但在钢琴与家事之间,她却更愿意选择钢琴。

婚后,经济的限制剥夺了她获有钢琴的想望。在家事操作和照管孩

---

① 张国立:《打开郭良蕙的心锁》,钟欣怡:《郭良蕙婚恋小说》,台北教育大学硕士论文2008年,第24页。
② 郭嗣汾:《郭良蕙的天地》,钟欣怡:《郭良蕙婚恋小说》,台北教育大学硕士论文2008年,第23页。
③ 古继堂主编:《简明台湾文学史》,时事出版社2002年版,第245页。
④ 钟欣怡:《郭良蕙婚恋小说》,台北教育大学硕士论文2008年,第20页。

子下,打发走时日。几年过去了,她的手指僵硬起来,被堆弃在壁橱里的厚厚琴谱,也积上了厚厚的尘埃。

充满油盐气息的生活是如此枯燥乏味,每每她意识到自己丢弃了以往的风雅高贵,而步入庸俗平凡的时候,便会哀怨起来。①

《禁果·凶手》里的主妇"她"小时候是十分爱护小动物的:

> 她的家里经常饲养着猫;大猫生下小猫,小猫长大又生下小猫,全成为她的伴侣。和猫玩;和猫睡;和猫聊天;将猫当成知己。妈要把猫送给亲友,她拒绝;姐姐踢了猫,她哀泣;弟弟打了猫,她恼怒。②

婚后家庭经济的拮据以及整天忙于家务、伺候孩子的处境,使"她"的性格发生了极大变化,后来竟成为盛怒之下踢死小猫的凶手。这不禁令作者慨叹:"过去的善良秉性遗失在何处?是什么驱使她残忍地作了凶手?"③

《凶手》里的小猫是为了驱除鼠患而养的工作性质的动物,由于体质孱弱,几乎丧失了攻击能力,而令婚后期待猫能解决鼠患的"她"十分不悦。又因为它不停地哀叫讨食,成为这个经济拮据家庭里的累赘,最终变成"她"的眼中钉。另外,这只不受人疼爱的温驯、低调的小猫毫不抵抗地默默任由孩子、老鼠们玩弄与欺负的遭遇,也让"她"百感交集,看到自己在婚后因为没有工作而不得不对金钱斤斤计较、又不得不屈服于恼人的孩子与家务的窘境。小说借爱猫如命的"她"婚后骂猫、恨猫以至杀猫之举,隐晦地表达了现代女性在婚后生活中,重新沦为全职家庭主妇后内心的失落、压抑与怨怒,对只能扮演"温驯、低调"角色的自己的反驳,显示出作者鼓励女性从传统形象中蜕变的企图。

(三)钟梅音、繁露、孟瑶、林海音等:复杂多元的性别之战

在光复后至1950年代新旧交替特殊时期的台湾,传统的男权思想和现代的两性平等观念交织出复杂的女性生存图景。一方面,社会的现代化已是时之所趋,保持传统男权思想绝对权威的时代已一去不返;另一方面,这时期台湾社会多方面复杂的状况又造就了传统观念的回光返照,使许多女性在男女双方出现矛盾、进行"性别之战"时,仍是无奈地被迫选择走保守路线,回归家庭。但更应该注意的是,现代化是一把双刃剑,它一方面给女性主体意识觉

---

① 郭良蕙:《禁果·风雅》,钟欣怡:《郭良蕙婚恋小说》,台北教育大学硕士论文2008年,第54页。
② 郭良蕙:《禁果·风雅》,钟欣怡:《郭良蕙婚恋小说》,台北教育大学硕士论文2008年,第80~81页。
③ 郭良蕙:《禁果·风雅》,钟欣怡:《郭良蕙婚恋小说》,台北教育大学硕士论文2008年,第60页。

醒、自我命运主控以土壤,使她们在"性别之战"中胜出;另一方面又以不良的风气、金钱等污染女性纯洁的爱情、美好的人性。从这个时期钟梅音、繁露、孟瑶、林海音等人的小说中,我们可以看到这一复杂现状的诸多表现。

钟梅音

笔名小芙、有音、爱珈、绿诗。1922年12月28日生于北平,1984年1月12日于台北病逝,享年63岁。她原籍福建上杭,幼年因患气喘病,未能按部就班地上学。抗战时,她随家人流徙内地,1937年以同等学力考取五年制湖北艺专,但适逢武汉大撤退而未入学。1939年入广西大学文法学院法律系学习,未毕业即与余伯祺结婚。1946年12月,曾任善后救济复员会中文秘书。1948年3月随夫携子赴台,定居基隆。次年3月又随夫迁居宜兰苏澳,开始写作。1949年,于"中央日报"妇女周刊发表第一篇散文《鸡的故事》后开始在台湾的写作生涯。1955年4月迁居台北,1956年4月主编《妇友月刊》(至1957年11月),1963年9月开始,曾主持台湾电视公司《艺文夜谈》节目半年,是第一位主持电视节目的女作家。1964年起随夫游历亚、欧、美等地,将旅途见闻写成游记,结集出版。另外,她也曾翻译过意大利民歌和维也纳歌剧。1969年,又随夫移居海外十几年,曾在泰国、新加坡、美国等国居住。钟梅音的创作以散文为主,也有一些小说、儿童文学作品。曾获嘉新文艺著作奖、中山文艺奖等。

钟梅音的小说调子与林海音颇接近,道出了那一代女子在婚姻、爱情、事业上的无奈与彷徨。《迟开的茉莉》(1957)是她唯一的小说创作集,共收入10篇短篇小说。其中《路》写女性家庭与事业难以兼顾的困境。《路》中,妻子梦淇因为聪明能干而赢得职位的升迁,但心态失衡的丈夫绍全却因妻子过强而积怨甚多且有了外遇。受到伤害的梦淇欲走出家庭的围城,但是周围的舆论又使她身陷"不仁不义"的境地。结果,她是"事业从大门口进来,爱情从窗户里飞去",病倒在床的梦淇终于递上辞呈。这篇小说把职业女性在事业与家庭之间挣扎,意欲独立而在独立之路上又遭遇重重羁绊的现状表现得淋漓尽致。

繁 露

本名王韵梅。1918年12月21日出生,2008年1月30日逝世。原籍浙江上虞,上海大夏大学肄业。抗战爆发后,她投笔从戎,曾任国防部军事委员会电映队、宣传队、演剧队及青年军209师政工队队员。1947年随军赴台,曾任台湾电视台编辑,后从事文学创作。繁露的创作以小说为主,出版过各类小说集等40多部。其作品背景多取自她所经历过的北伐、抗战等各时期。此外,她也喜欢写有关军中的种种事情。曾获得中山文艺小说奖、"文奖会"小说奖等。晚年旅居美国。

1950年代,繁露出版的小说有《爱之诺言》(1955)、《养女湖》(1956)、《第七张画像》(1957)等。繁露的《夫妇之间》(1955)通过家庭场景中的夫妻较量与性别之战,暴露了男性沙文主义的自私虚伪面目,从而解构"家"的神话。冲突发生在一对夫妻之间。丈夫抱怨文坛不公,只要是女人的稿子一律通行无阻,而男人即使有好稿子也不被看重。妻子于是建议做一个"实验"来检验一下。于是两人互换笔名分别投稿。结果丈夫投出的"女性小说"被退稿,而妻子挂丈夫的名写的文章却被刊出。丈夫转而怂恿妻子继续用他的笔名投稿,妻子以为无聊,遂引来丈夫的教诲和训斥:"你们女人所以只能回到厨房去,一点也不懂得把握环境,利用时机","难怪人家要叫出'弱者,你的名字是女人!'连投稿换个名字都不敢,还不是弱者么"①。繁露以大胆的喜剧漫画笔法嘲弄了身边好名而技穷的男性文人。

另外,在孟瑶的小说中,《乱离人》(1958)也是展现女性冲出困境,寻找命运主控权的典型文本。主人公友湄是一个在大时代的变迁中常常牺牲自我的困鸟。因父亲在战争中牺牲,她怀着少女的幻想嫁给了父亲的老友——父亲牺牲后常关心她家的叱咤风云却在战争中失尽了家人的将领何古泉,生下小泉。婚后古泉又回到战场,这使年轻妻子的热情无由奉献。为了解闷,她继续去上大学。在学校,友湄开阔了眼界,与年龄相仿、情投意合的同学心治产生了强烈的感情,最后友湄在痛苦中选择了心治而舍弃了禁锢的家。在时局的动荡中,他们虽逃奔到台湾过上充满幸福的生活,但她的内心却又无时无刻不在自我谴责中。十年后,命运让她和古泉又在台湾重逢。当她见到这对父子萧条凄凉的样子时,便再度在痛苦与心理折磨中选择回到他们身边。但是一家三口相处却摩擦不断。她苦于无法对古泉付出真情,也苦于得不到儿子的谅解,古泉也敏感于她的怜悯。友湄旧愁新恨蜂拥而来,在痛苦挣扎中无法自处,在乱世纷扰的情感中她体悟到:我常常为别人的不幸感到凄苦,为什么不用全力来怜悯一下自己?那漫长无尽的道路不必再走下去了;那痛苦的眼泪不必再流下去了。命运支配了我,我也有向命运反抗的一天。②"向命运反抗"的信念让这个乱离人如获新生。最后她抛开一切纠葛,决定把热情转到下一代身上,自己的孩子不尊敬她、不爱她,她可以去赢得更大一群孩子的爱与尊敬。在她的自主下,友湄的人生得到转机。她争取主动、反抗命运的做法再一次使她自己战胜了命运的作弄,掌握了主控权。这本小说深受林语堂的瞩目,并由"外交官"时昌瀛译成英文在美国发表,成为孟瑶小说作品被翻译传播至海外的开始。

---

① 徐学:《悦读台北女》,厦门大学出版社2005年版,第18页。
② 孟瑶:《乱离人》,黄瑞真:《五○年代的孟瑶》,政治大学硕士论文2006年,第139页。

林海音的长篇小说《晓云》也塑造了一个试图把握自己命运的女性夏晓云。晓云是母亲孙曼云大学时代与夏教授的私生女,高中毕业后,因家境清贫,没能到大学深造,而做了家庭教师。内心清高、倔强、充满浪漫幻想的晓云在现实中却是孤独、落寞、处境窘迫的。里外极大的反差使她身上带有一种"病态美"①。她既渴望得到理想男子汉的有力保护,又不肯人云亦云,跟随流俗。因此,尽管留美学生俞文渊热烈地追求她,母亲也极力赞成怂恿,她却不接受他的爱而只与他保持兄妹关系。反倒是在她担任家庭教师的何家,男主人公有妇之夫梁思敬的情感遭遇深深打动了她的心,让她深陷情网不可自拔,重蹈了母亲的覆辙。虽然最终他们私奔去日本的美梦被梁的妻子何静娟轻易地粉碎了,但小说却非常明白地显示出新女性晓云强烈的主体意识和她意欲掌控自己命运的意图。正如台大彭小妍教授之所见,比起八九十年代情欲至上、玉石俱焚的女性形象,林海音笔下的女性似乎更多了一层潇洒和自主:在"三角关系"中,总是处于"敌对地位"的两个女人采取行动,化解了尴尬;男人却总是先顺从生理(或感情)的诱惑,事情爆发后又自怜自艾地逃避现实,最后默默地接受两个女人的决定。②

《晓云》的深刻之处还在于塑造出了何静娟这样一个悲剧的女性形象。从表面上看,何静娟似乎是一个胜利者。她不动声色、工于心计,略施小技就逼死了丈夫的日本情妇,夺回了他俩所生的孩子,并从此使梁思敬服服帖帖。丈夫与晓云相爱后自以为隐秘,不断约会,其实却未能逃脱她的法眼。对于他们的计划,她是了如指掌。所以,当晓云申请出国时,她便猝不及防地一举粉碎了他们的美梦。然而,尽管如此,我们仍不难看到,何静娟机关算尽,得到的却只是一个与自己无关的孩子和一个名义上的丈夫而已。她用父亲的金钱所掌控的只不过是一桩充满悲剧意味的婚姻,而她自己则更是这桩悲剧婚姻当中的牺牲品。这部长篇形象地展示出"资本主义金钱权势对婚姻爱情生活所起的支配与摧残作用"③。

如果说晓云的悲剧是源于外因,而她曾忠于内心所选择的那段没有结果的恋情仍不失为纯洁美好的话,那孟瑶的小说《斜晖》中的彦珊却刚好相反。彦珊本是海滨别墅男主人柳唐亡妻的好友,为了谋得柳唐庞大的家产后再与年轻的情人致中远走高飞,而不惜与失明的柳唐结婚。但始料未及的是,致中与柳唐的女儿竟弄假成真、倾心相恋了。最后,彦珊谋产动机败露,她只剩下

---

① 樊洛平:《当代台湾女性小说史论》,台湾商务印书馆 2006 年版,第 84 页。
② 夏祖丽:《从城南走来——林海音传》,三联书店 2003 年版,第 201~202 页。
③ 刘登翰、庄明萱、黄重添、林承璜主编:《台湾文学史》(下卷),海峡文艺出版社 1993 年版,第 321 页。

小小的愿望：期待致中与她双宿双飞，远离是非之地，致中却已不愿再受她的控制、要挟了。在她的逼迫下，致中在冲动中意外坠下悬崖。彦珊因此也跳下峭壁，殉情身亡。虽然彦珊以生命来控诉情人有负于她的举动也能引发深思，但她在财富面前灵魂扭曲变异，婚姻观受到金钱物质腐蚀、污染的事实却不能为人忘却。

（四）张秀亚、郭良蕙、孟瑶等：温情脉脉的人性之美

此期，以台湾生活为题材的小说中，在书写美好人性方面也有不少佳作。张秀亚、郭良蕙等人的此类作品中或讴歌母爱，或礼赞奉献，或鼓励宽恕，字里行间都洋溢着脉脉的人间温情。

张秀亚《女儿行·小珉的幻想》中，小珉听母亲说有个舅舅在美国，便写信去表达想要一辆绿色脚踏车的愿望。而事实上，母亲并不知道舅舅身在何处。她偷偷把小珉的信收了起来。为了不让小珉的期盼落空，她用省吃俭用仅存的一点钱买来一辆半新的车。隔天早晨，小珉一见到脚踏车，便高兴得大声欢呼。母亲含泪带笑地告诉小珉，舅舅还夸她的信写得很好呢。故事虽然简单，却道出了那个年代的一个普遍事实——在俭朴的生活条件下，许多母亲即使自己再苦，也尽量不让天真的孩子失望。在《七弦琴·秋山图》与《寻梦草·天鹅之歌》等小说中，张秀亚还不惜以男女一方离去的方式来成全圆满的爱情，体现出牺牲自我、成全别人的人性美德。《秋山图》讲述了一个大三学生上山养病时的遭遇。他无意间遇见了恬静、飘逸、有着遗世独立的幽静之美的女画家李秋明。于是在日复一日与她习画的过程中，他竟自陷于爱情的痛苦与矛盾。他甚至以李秋明为形象绘了一幅"秋山图"。这段苦恋最后并无结果。因为，李秋明这个年约三十、饱经风霜、有太多痛苦过去的少妇，自认不应再将一个天真的男孩拖入爱情的陷阱里，加重他情感的包袱，选择离开。小说中，代表"昨日"的她决定把"今日"留给年轻男孩。《天鹅之歌》的故事与《秋山图》大同小异。文菁是一个28岁、有着痛苦过去的女子，去一个偏僻的地方"隐居"一段时间以整理心情。弟弟的好友——16岁的高中生李家大弟因来此地参加考试无处居住而投奔她。不久，天真的男孩自以为懂得了她的悲喜而向她表白爱意，岂料却引来她关于爱的一通哲言。经过思考，男孩选择离开。他在留给菁姊的信中说："你告诉我，爱是牺牲，是不使被爱者痛苦，为了这，为了使你看我能实践爱的真义，我悄悄地离开了你，带着笑，当然也带着泪。"[1]此外，张秀亚作品中还有讲宽恕的，《寻梦草·饶恕》叙述了一位当年与有妇之夫私奔的妇人，多年之后，想请求当初被她伤害过的原配太太原谅；当两位年过半

---

[1] 张秀亚：《张秀亚全集》第10卷，台湾文学馆2005年版，第439页。

百的老妪相见时,已放下怨恨爱憎。

郭良蕙探讨人性的小说多集中于《禁果》(1954)、《错误的抉择》(1956)中。《禁果·受辱的人》讲述了崔兰芳因其貌不扬而常被同学嘲笑为"乌鸦",她人丑心不丑,她将同学们捐助给她的救助金以不具名的方式全数捐献给国家,而不欲为人所知。这令时常欺负她的"我"感到十分感佩与愧疚。小说以对比的手法赞扬了美好的人性。此外,孟瑶等其他女作家此一时期台湾题材的小说中也有不少书写人性之美的。孟瑶的《屋顶下》中的莹莹,虽是污浊的妓女,但其内心对美好的向往却并未失去,反倒是意欲在堕落中求升华。最后,她以死涤清灵魂,赢得曾鄙视她的人们的理解与尊敬。

第三节　1945年至1950年代的女性散文创作

光复后,特别是国民党当局迁台后,是台湾散文发展的分水岭。此前,在日本占据台湾的半个多世纪中,执政当局在"去中国化"思想指导下企图弱化、消泯中国文化传统的影响,而强化台湾民众对日本文化的认同,使得那些为数不多的台湾女作家只能以日文阅读、写作,或通过日本文学间接地接受西方文学的影响。女性散文总体成就不大。与此同时,冰心、白薇、陈衡哲、萧红、庐隐、石评梅、凌叔华、苏雪林、谢冰莹、袁昌英、张爱玲等祖国大陆的女作家在中国传统散文、宋元以来白话小说、西洋散文等多种文学传统的影响下,在扬弃传统糟粕的同时,渐步入现代化的进程,在散文理论与实际创作方面皆有较大收获。光复后,特别是国民党当局迁台后,来自大陆与台湾的两批作家以及尚未成为作家的知识女性汇集台湾,从此开始了台湾女性散文的新历程。

1950年代,台湾女性散文创作是在政治挂帅这样一种文学生态环境中开展的。在战争未远、情势飘摇的背景下,官方倡导的"反共""战斗"主题作品获得大多数发表园地和官方奖项。报纸杂志上到处可见男作家们倾泻"国仇家恨"、口诛笔伐"共匪"的文章,如马存坤《中国赤色内幕》(1950),刘心皇《赤魔群像》(1951)、《中俄血债》(1952),张守初《赤色大陆真相》(1951),董时进《共区回忆》(1951)、《我认识了共产党》(1951)。这类文章,虽然经不起时间的检验,但在当时却几乎淹没视听,印证着文坛受政治干预的生存环境和以雄壮、阳刚的宏大叙事风格为导向的官方文学品位。

但这个年代真正受到读者大众肯定的却是那些情真意切、念人思物的怀旧散文与现实杂感小品。它们镶嵌在动荡的年代中,每使人动容。大量女作家在这方面颇有建树。她们往往利用女性特有的感性、细腻,或在柴米油盐、衣着打扮的琐碎生活中研磨强烈的怀乡意识,或在举手投足的见闻感想中书写她们与台湾现实生活的磨合。这些用细致与琐碎冲淡了的小感触,反倒更受读者的喜爱。

因为语言转换的问题,以日文写作的台籍作家,要到突破语言障碍后,才能为台湾文学的建设重新发挥作用。所以,这个时期,台湾女性散文创作的主力军,与小说方面一样,也几乎都是渡海来台的大陆女作家。这些来台后多从事教育、新闻等方面工作的女性,来台时的写作水平参差不齐,有的早在来台前便是知名作家,如苏雪林、谢冰莹、沉樱等;有的来台前已经过了练笔阶段,且已有作品发表或出版,如张秀亚、艾雯、徐钟珮等;而更多人则是来台后才开始进入练笔阶段的。但即便如此,作为大陆时期的民国知识女性的来台女作家们普遍都有较好的文字表达能力。这为她们今后从事散文写作打下了坚实的基础。她们对中国特别是"五四"以来各时期散文创作经验的整体性、共时性移植,使得1950年代台湾女性散文创作空前繁荣。这从"中国青年写作协会"所举办的1955年度"全国青年最喜阅读文艺作品测验"中就不难看出。在散文类的10部得奖作品中,除了梁容若与凤兮两位男作家的作品外,女作家竟占到八部。它们是艾雯的《青春篇》,张秀亚的《三色堇》《牧羊女》《凡妮的手册》,徐钟珮的《我在台北》,谢冰莹的《爱晚亭》,钟梅音的《冷泉心影》,苏雪林的《绿天》。其中除了《绿天》全本及《爱晚亭》中的少数篇目属早年作品外,其余均在台所作。另外,从散文专集出版的情况看,也可见此时台湾女性散文的成绩及其在台影响力之一斑。除上列入选作者外,林海音、琦君、王文漪、萧传文、张漱菡、邱七七、孟瑶、郭晋秀、侯榕生、刘枋、李莼、王琰如等此期都有专集出版,有的甚至不断再版。对于这个时期的台湾散文创作而言,女作家们将遍布全国各地的多样化地域文化因素注入文中,极大地丰富了台湾文学的文化内涵,使台湾文学因此成为包含最丰富最完全的多元地域文化色彩的文学板块。正如大陆学者朱二所言,这是台湾文学中最值得骄傲的,且在整个中文文学中也是独一无二的。① 这些女性散文在官方倡导"反共抗俄"的"战斗文艺"年代为文坛注入的清流,可谓开风气之先,对此后台湾散文创作的丰富产生了巨大的影响。

如上所述,因为共时性整体移植的关系,此期台湾女性散文的创作经验与写作理念,都是承上启下的。一方面,女作家们的到来与继续创作使中国"五四"以来的散文创作经验等在台湾得到活的传承;另一方面,因为台湾长时间的"戒严"政策等所导致的台湾在中国现代文化(包括文学)方面的闭塞,这些在大陆生、大陆长,只因政局变革而来台的女作家们的所思、所写便理所当然地成为文坛后学们想象中国的原型;她们的写作经验也将对当代台湾散文创

---

① 朱双一:《台湾文学创作思潮简史》,九州出版社2010年版,第174页。

作产生较大的影响。以下,我们就结合代表性作家的创作状况来进行简要的阐述,以期管窥此期台湾女性散文创作的概貌。

一、"五四"女作家新文学经验的传承

此期的女性散文创作园地活跃着一批在大陆时即已成名的知名女作家,她们的创作对此后的台湾散文创作产生积极的影响。最有代表性的当属苏雪林与谢冰莹。

(一)苏雪林:打杂文坛的归鸿忆语

苏雪林,本名苏梅,字雪林,以字行。笔名有瑞奴、瑞庐、小妹、绿漪、灵芬、老梅等。1897年生于浙江瑞安,1999年4月22日逝世,享年102岁。原籍安徽太平,先后毕业于安徽省立第一女子师范学校、北京高等女子师范学校。1921年往法国留学,1925年回国后,曾任教于东吴大学、沪江大学、安徽大学、武汉大学等。在武大任教时,她与凌叔华、袁昌英一起被合称为"珞珈三女杰"。1952年由香港赴台后,先后在台湾师范大学、成功大学等校担任教授。

苏雪林是个集作家、学者、教授、画家等于一身的文坛耆宿。她一生笔耕不辍,著作等身,其文学创作以散文居多。早在"五四"新文化运动时,她就开始写作,广泛关注人口、妇女、婚姻、家庭、生育、文学、艺术、哲学等各方面的问题,展现出广阔的视野,并与冰心、丁玲、冯沅君、凌叔华并称为现代文坛"五大女作家"。在大陆时期,其自传色彩颇浓的散文集《绿天》曾名噪一时。但在1930年代鲁迅逝世后,她因多次撰文抨击、批判鲁迅,发表"反共"言论,并与左派作家打笔战,长期成为中国文学史上的"化外之民",在两岸政治对峙的特殊时代里常为大陆的文学史撰写者们所忽略。这使得她在中国现代文学史上没有得到较全面而客观的评价,文学史地位也远不如上述同时期的女作家。但对台湾文学而言,她是"五四"时期老作家中为数不多的赴台者之一。知名作家的到来,无疑为台湾女性文学,尤其是台湾女性散文的创作,注入了一种恰逢其需的力量与养分。

1950年代,苏雪林主要有散文集《归鸿集》(1955)、《读与写》(1959)。1951年香港光启学社出版的《三大圣地的巡礼》,更名为《欧游揽胜》后也由台中光启出版社于1957年再版。此外,她还有不少文章散见于报端,如刊于"中华日报"副刊的《幽默大师论幽默》(1958)、《〈海滨故人〉的作者庐隐女士》(1959)。此期,苏雪林的文章较少儿女情长、闺阁香艳的内容。《归鸿集·小文章》表明了她这个年代的创作取向:"像我们现在这样年龄,'哥哥妹妹'一类文字,固绝对无法再写,即感慨时序,流连光景一类'风花雪月'的文字,也不容

易写出来。"学养丰厚的苏雪林在经历了家国剧变后,从昔日《绿天》等自传式的书写中,转入常为男性所独霸的学者散文领域。其以学理见长、颇具学者风范的文章,为台湾女性散文创作开阔了视野,提供了成熟的写作范式。

《归鸿集》47篇,较好地体现了苏雪林散文关注面广、题材多样、学养丰厚的特点。1949年后,苏雪林自武汉漂泊至上海、香港和海外,直至1952年来台,这期间,她"断鸿零雁,到处为家"(《归鸿集》自序),精神上苦闷、彷徨。她视这次流浪为孤雁归鸿,因此把积存多年的旧稿编成《归鸿集》。集子中有回忆旧人的,如《悼女教育家杨荫榆先生》以朋友的身份悼念杨女士,虽不乏意气之词,却率直朴厚,有胆有识;有回忆离开大陆前旧事的,如《一个五四时代青年的自白》《卅年写作生活的回忆》《灌园生活的回忆》《抗战末期生活小记》,虽不免琐碎,却也读之有理、有趣;有的是与画坛有关的文章,如《女画家方君璧》《凌叔华女士的画》《孙多慈女士的画》《记画家孙多慈女士》《储辉月女士的画》等,对诸画家、画作等都有情真意切的解读或中肯的评价;有的是写关于书籍的,如《我所爱读的书》《我的书》,不是津津乐道自家的藏书,而是哀悼书的离散;有的是记录异域见闻感想的,如写于巴黎的《花都漫拾》,指出了法国老年人生活艰难与战后世风日下的问题,与中国的大家庭制度、治安等相关状况进行了对比;另外,还有不少是为友人的书所写的序跋等。正如致力于苏雪林及其作品研究的安徽大学沈晖教授所言:

> 这些散文文字凝重,情感真粹,思想深邃,见解深刻。将人情世事与学问,坦荡的襟怀与豪迈的才情,一炉共冶,中外比较,古今对照,笔下流出的是作者学养浓厚的智慧澄液,洋溢着高雅的情趣和书卷气……
>
> 她的文字个性鲜明,读她的散文,给人有故友重逢,促膝而谈的亲切感。作者以丰富的阅历,真知灼见的人生感悟,引领你去认识人生,理解人生,经验人生……她用平淡冲和的文字与你接近,用正义感、是非心、真理爱与你沟通……许多作品,无论你是初读,还是重温,世态风情与况味人生扑面而来,毫无过时之感,具有永恒的魅力。①

《读与写》是苏雪林关于写作的书。书中她谦称自己"打杂文坛","担柴挑水,忙个不了","耕耘自己的园地",表达了"以宝贵的生命来兑换艺术的完美"的意念。作为学者和文学批评家,苏雪林也流露出她的文艺观,"文学和艺术家的使命,是以丰富的想象,高超的意境,美化人生,提高人们的感情和思想。他们要在荒地上撒播花种,要在沙漠里掘开甘泉,把这个荒凉的世界,逐渐化

---

① 沈晖:《苏雪林——文坛的一棵长青树》,苏雪林:《苏雪林文集》,安徽文艺出版社1996年版,第6~7页。

成锦天绣地的乐园"(《蝉之曲》序),"作家必如此,才算艺术忠臣,文艺必在这种情况下写出,才有永久的生命力"。①

(二)谢冰莹:女兵理事的文章典范

同为大陆时期知名作家的谢冰莹来台后也有不少散文作品问世。1950年代出版的散文集主要有《爱晚亭》(1954)、《绿窗寄语》(1955)、《菲岛记游》(1957)、《故乡》(1958)等。

《爱晚亭》是冰莹来台后出版的第一本散文集,共收文40篇。除《伟大的母亲》《关于女兵自传》写于来台之前外,其余都是来台之后1954年的作品。它们依次分为抒情小品、描写记叙、杂感随笔、阅读写作等四辑。其中《两块不平凡的刺绣》(原名《哀思》)、《爱晚亭》、《卢沟桥的狮子》、《台湾素描》、《雨港基隆》、《故乡的烤红薯》等六篇被选为中学语文教材,成为众人模仿的文章典范。苏雪林曾说"冰莹的散文集我爱读的是《爱晚亭》",以苏雪林的文学品位与欣赏能力,可知《爱晚亭》受到肯定的程度。② 在前述1955年度"全国青年最喜阅读文艺作品测验"中,它也获得读者们的好评。

《绿窗寄语》的内容是作者于1949年应"中央日报"《妇女与家庭》周刊索稿,用书简体裁回答读者询问的有关读书与写作、恋爱和婚姻的问题。共收《和女青年们谈写作》《关于十个问题的答案》《怎样搜集材料》等22篇文章。作者在序里说:"在这本小册子里面,没有高深的理论,也没有美丽的辞藻,有的是忠实的报导,真挚的友情,和我一点读书的心得,以及对于恋爱的看法。"③

《菲岛记游》是冰莹为了搜集小说《碧瑶之恋》的资料而写的,有《我是怎样搜集材料的(代序)》《第一次乘军舰》《最兴奋的一夜》等27篇文章。《碧瑶之恋》是以菲律宾为背景的写爱国侨胞的小说。在《菲岛记游·代序》里作者说:"我绝对不能闭门造车……我下决心要想法达到去菲律宾的目的……因为小说里面的主角是坐海船来台湾的,我必须有这一段海上生活的经验才行。"所以,1956年4月17日,她便随迎接侨生的军舰游历了一次马尼拉。此书就是在军舰停留在马尼拉的短短96小时中,作者对菲岛所做的记游巡礼。④

《故乡》是冰莹于1957年赴马来西亚华联中学应聘之前,交给台北力行书局排印的散文集,共有39篇文章,约15万字。它分为六辑:第一辑"抒情",有

---

① 沈晖:《苏雪林——文坛的一棵长青树》,苏雪林:《苏雪林文集》,安徽文艺出版社1996年版,第12页。
② 崔家瑜:《谢冰莹及其作品研究》,文史哲出版社2008年版,第65~66页。
③ 崔家瑜:《谢冰莹及其作品研究》,文史哲出版社2008年版,第66页。
④ 崔家瑜:《谢冰莹及其作品研究》,文史哲出版社2008年版,第79页。

《母亲的生日》《故乡》等六篇;第二辑"人物",有《我的国文老师》《我所知道的林芙美子》等五篇;第三辑"山水",有《北斗坪和毛女洞》《花溪忆游》等五篇;第四辑"生活杂忆",有《不堪回首忆红楼》《与脂粉无缘》等五篇;第五辑"杂文",有《昙花》《生命的跳动》《红豆》等七篇;第六辑"阅读与写作",有《怎样欣赏世界名著》《约翰·克利斯朵夫》等11篇。冰莹在此书的《写在前面》中说:"此书是我真实感情流露的小品,写得并不好,然而每一句话,都是出之于肺腑,其中有悲哀;有快乐;有眼泪;也有微笑。"①

二、青年女作家台湾视野与体验的拓展

除上述知名作家外,此期,渡海来台的张秀亚、艾雯、徐钟珮、钟梅音、琦君等后起之秀在散文创作方面也都有不菲的成绩。

(一)张秀亚:大时代里的诗情爱梦

曾被痖弦称作"台湾近四十年来美文的开拓者"②的张秀亚很早就开始文艺创作,她从凌叔华、伍尔芙等中外女作家的作品中吸取养分。她是唯一一位在1955年度台湾青年最喜欢阅读的作品评选中以三部作品入选的散文作家。在其六七十年间所创的80余部作品中,散文集达37本(含选集)。赴台后的50年代,她有散文集《三色堇》(1952)、《牧羊女》(1953)、《凡妮的手册》(1955)、《怀念》(1955)、《湖上》(1957)、《爱琳的日记》(1958)等。她的早期散文,偏多幻思梦想等个人悲喜,风格隽逸,透出浓重的伤感和幽怨;在经历了人生的种种磨难后,其文风逐渐贴近现实。她的行文淡雅、隽逸,常"以诗人的心情来创作自己的散文"③,用象征手法营造诗化意境,将朦胧空灵的美感注入字里行间。以思亲怀旧、自叙胸臆居多的来台后第一本散文集《三色堇》就是这种诗化怀旧散文的代表。

《三色堇》由《苦奈树》《雯娜的悲剧》《哀歌》《一株心灵的植物》《山城之子》《迁居》《湖畔》《种花记》等篇组成,侧面展现了张秀亚赴台后那段艰难痛苦的人生经历:在陌生的海岛上,远离故乡,生活艰辛,还得咽下失婚的痛苦,独自抚养两个年幼的孩子。在这种背景下,作者对童年故乡生活、京津求学生涯、乱世"投荒"旅程的怀想,对故人的殷切思念等,纷至沓来,都打上她那忧郁的

---

① 崔家瑜:《谢冰莹及其作品研究》,文史哲出版社2008年版,第66~67页。
② 罗淑芬:《五〇年代女性散文的两个范式——以张秀亚、艾雯为中心》,政治大学硕士论文2004年,第23页。
③ 张秀亚:《张秀亚全集》第2卷,台湾文学馆2005年版,第24页。

情感印记。书中她总是将个人情感、生活经历以及自己那份宗教情怀融入字里行间,再以诗的手段将它升华,然后抒情、造境。浓郁的诗化氛围与独特内蕴消弭同时代诸多文章中强烈的功利色彩,形成1950年代更具纯文学特质的写作。

在《三色堇》之后的篇章里,张秀亚一面继续保持她典雅、清淡的行文风格,一面以更加超脱的姿态对待人生。她期待自己在《三色堇》之后,不再睡眼蒙眬地单从自我灰色经历取材,而是把视野投向更广阔的别处。在此期的其他文集中她也确实写下了较为理性的《谈散文》《我的编辑经验》《一个画家——乔治·卢奥》《书斋》《谈文艺创作》《写作二十年》等文章。在本时期最后一本散文集《爱琳的日记》的序《写作二十年》中,她谈及近两三年来自己的写作,已是"有意描写生活中的琐屑","希望自生活的最细微处,反映出那颠扑不破的真理"了①。这将成为她1960年代散文写作的主要追求。

张秀亚的散文,受到"五四"时期冰心等人的影响,总是不乏对自然、母爱及童心的讴歌。用她的话来说则是:"三色堇的不同花色,代表着我最喜爱的:大自然、孩童,以及我所最赞美的神圣感情——爱"②。对大自然与儿童的爱,遍布于此期及之后的许多散文中:

> 它(大自然)向我所展示的,是宇宙间的创作精神,蓬勃生机,以及那无限的美,大自然,这我们生命的舞台前瑰丽神奇的布景,启示给我们的是可赞美的智慧与爱力。
>
> 我爱童,不只为了那娇痴的小样子,可爱的稚拙之态,而更为了小天使们那份雏菊的心子般金色的纯真。成年人在这方面实应回头来向孩子们学习。我们倘常保、维护自己那份与生俱来的童稚的真诚,不仅自己生活得心安理得,且也可为世界增加多少可贵的东西。常常浮漾在我心中的是曾出现于杜甫、陆游诗篇中的"心尚孩"三个字,够了,仅这三个字,已可做我生活的良箴。③

这些由母爱、童心、大自然等元素构成、透露出田园牧歌气息的诗化散文,影响着台湾文坛诸多后来者。正如符立中所言:"在那个文艺年代……每个人心中都住着一个张秀亚。从三毛、欧阳子、吕大明到琼瑶,那种在生命幽谷编织幻梦,交错着朦胧和感伤的'秀亚式'魅力是无远弗届的"④。也如林海音所

---

① 刘秀珍:《苦奈花开来时路,寻梦草留身后香》,《重庆职业技术学院学报》2008年第1期。
② 张秀亚:《三色堇·一株心灵的植物》,尔雅出版社1981年版,第6页。
③ 张秀亚:《三色堇·一株心灵的植物》,尔雅出版社1981年版,第6～7页。
④ 符立中:《赴一场历史的盛宴——记张秀亚》,《幼狮文艺》2002年第7期。

说:"四五十年代的中学生,谁不是读着张秀亚的作品长大的。"①即便是在今天台湾经济高度发达的时代,张秀亚的散文依然有着积极的意义:"在这样一个光怪陆离的时代,张秀亚那行云流水、清新秀丽的田园文学,对人们失去已久的、属于心灵的纯美素质,具有一种唤起、警醒的作用。"②

(二)艾雯:文化沙漠里的青春流年

曾写出"文化沙漠的年代的第一本散文集"③《青春篇》(1951),以此在前述1955年度的散文类民意测验中获得第一名的作者艾雯,本名熊昆珍,1923年8月11日生于江苏苏州,2009年8月27日病逝,享年87岁。原籍江苏吴县,自幼受父亲的影响,接触文学。17岁时,艾雯因父亲突然病逝而辍学就业,过早地挑起家庭重担,但也因祸得福,在图书管理员等工作中得以博览群书,打下坚实的文学基础,在一连串由国难家变带来的苦闷中渐渐走上写作之路。1941年,18岁的她即以小说《意外》获得《江西妇女》征文第一名,此后开始使用笔名"艾雯"。在大陆时,她曾担任《凯报》副刊主编,接触了许多作家作品。1949年2月来台后,先是定居于屏东,后移居台北,继续从事文学创作。2000年她曾回大陆家乡,与陆文夫合作,在《苏州杂志》上设立"艾雯青年散文奖"。亦如苏雪林一样,艾雯是一位令人尊敬的女作家,年逾八旬后,仍有《花韵》(2003年)、《孤独,凌驾于一切》(2008年)等书出版。曾获"中国文艺协会"散文创作奖等奖项,其短文《路》被选入中学教科书。

艾雯的早期创作中小说、散文并重,1960年代中期她开始全力往散文发展。1950年代她的散文集有《青春篇》(1951)、《渔港书简》(1955)、《生活小品——主妇随笔》(1955)、《艾雯散文选》(1956)等。《青春篇》是艾雯赴台后的第一本散文集,由《青春篇》《路》《它》《惦念》《水的恋念》《门里门外》《伴》《细雨黄昏》《过年》《主妇与写作》《祝福》等篇组成。《渔港书简》由《虹一般的忆念》《山城忆》《写在前面》《狸奴》《母女》《赶在太阳前面》《渔港书简》《白云深处觅歌舞》《春的召唤》《初历地震》等篇组成。《生活小品——主妇随笔》由《写在前面》《良好的开始》《精神上的疫病》等篇组成。

此一时期,她的散文视野开阔、题材丰富,多写早年生活回忆、日常家居印象、所见所思所感等,形式上融合抒情和哲理的趣味,文字隽永、细腻,兼具古

---

① 于德兰:《永不沉落的星辰——纪念母亲张秀亚升天周年》,《中外杂志》2002年第7期。

② 刘秀珍:《苦奈花开来时路,寻梦草留身后香》,《重庆职业技术学院学报》2008年第1期。

③ 罗淑芬:《五〇年代女性散文的两个范式——以张秀亚、艾雯为中心》,政治大学硕士论文2004年,第39页。

典与创新的品格。其中,怀旧忆往,表现对故乡、过往眷恋的文章占有一定的比例。这类散文所表现出的浓浓眷恋以及对于当下现实的无奈,由于相同的社会心理与高超的写作技巧等原因,曾引起广泛的共鸣。《青春篇》中,作者从不知如何寄予她(故乡苏州)密如雨层的"惦念"(《惦念》),到把思乡之情化作对水城苏州的"水的恋念"(《水的恋念》):"但愿我是那片白云,越过高矗的山岭,去亲近那可爱的水、水、水。"①而《它》则回忆起了在童年时期,"孤独寂寞"——它,就总是如影随形地跟着自己,为当前的孤独寂寞寻找到了一个诗意解脱的源头。在其他集子,如《渔港书简》中,这种情绪不管是描写故人——如有着潇洒不羁的苏州旧文士气的父亲对自己人生的影响(《虹一般的忆念》),还是回忆故地——如在国难家变接踵而至中生活了十年的赣南山城的记忆(《山城忆》),皆俯首可拾:

<blockquote>
山城、山城,你的静谧朴质和十年寄居的那份情感,使你在我记忆之城占着庞大的一角。在你安详的怀抱里我避去第一次战争的劫难,如今,第二次更悲惨酷的战乱,却驱使我离开了苦难中的你。②
</blockquote>

"一切的艺术永远是联系着时代的,它不仅是表现一己的感情生活,更要从这时代人民大众丰富的生活中去提炼"③,在这样的理念下,艾雯在怀乡忆旧的异地化写作外,也将目光对准当时当地的台湾。在《渔港书简》一书中,作者通过对所游历的台湾各地的风土人情的描写,甚至开启了日后人们所热衷的旅游散文写作。《从赣南到台湾》记录她逃难来台时所见到的台湾特有的自然风景与人文环境;《四重溪之春》写重游四重溪的经过及这过程中所领受的美景;《白云深处觅歌舞》写在山地游中体会到的"原住民"的人情之美;《山在虚无缥渺间》写琉球屿之游的自然美与人文美;《晴山绿紫西子湾》写西子湾枕山怀海的美与媚等。在《渔港书简》一文中,她以外地人的身份感受当地的人文环境,用温柔细腻的笔致来书写海的多变,渔民生活的贫穷、艰辛,为他们唱出生命的哀愁与希望,充分展示散文家的观察能力与悲悯情怀:

<blockquote>
就在这洁白美丽的大理石围墙内,便围着矮小简陋的渔民之家。在渔岛,据说人的繁殖跟鱼类一样的迅速,每一家都有一串梯形的孩子,人
</blockquote>

---

① 封德屏主编:《艾雯全集》第1集,朱恬恬自费出版,财团法人"国家文化艺术基金会"赞助,台北市文化局赞助2012年版,第212页。
② 封德屏主编:《艾雯全集》第1集,朱恬恬自费出版,财团法人"国家文化艺术基金会"赞助,台北市文化局赞助2012年版,第375页。
③ 封德屏主编:《艾雯全集》第1集,朱恬恬自费出版,财团法人"国家文化艺术基金会"赞助,台北市文化局赞助2012年版,第279～280页。

们在黯沉沉的小屋子里就像关在篓里的群蟹,蠕蠕蠢动。这便是渔人的家!渔人的家里充满着海洋的咸腥味,也弥漫着贫穷的气息。海洋是丰饶的、肥沃的,但在海洋怀抱中的这一块陆地,却是这样贫瘠……

渔民们必须从海上去捕获鱼类,换取借以生活的物质,但海上的生产全靠运气,而渔民们只会操纵舵桨,却不能操纵命运!

于是,渔民们只得吞食粗粝的杂粮,拾来的蚌海螺和网底的小鱼小虾,穿着千补百衲的衣服,孩子们赤着脚,半裸着黧黑的上身……

"船还没有,怎能讲究吃的穿的啊!"

"等自己有了船,生活就会好起来。"

没有怨尤,没有愤恨,这便是他们对贫苦生活的答复。他们不晓得什么是享受,只求免受冻馁,风平浪静。他们不懂什么叫爱情,只有互相合作,同尝甘苦。他们没有丰富的知识,却有一肚子海的学问。他们是勤勉的,从不懒惰贪安逸。多么朴实而可爱的人们——海的儿女们,他们才是上帝最善良纯真的子民!①

此外,讴歌母爱、借咏物以阐发哲理的文章在艾雯此期的作品中也颇常见。《青春篇·祝福》《渔港书简·母女》等都写到母爱。特别是在《渔港书简·狸奴》中,作者还别出心裁地借一只怀孕生崽后性格由狷傲、孤僻逐渐变得温驯的母猫"狸奴"来说明"纵使人兽之间有不可衡量的区别,崇高的母爱却是一般无二"的主题。② 艾雯散文中咏物主题的文章亦不少,所咏之物品种繁多,咏物技巧亦多种多样。有的将具体之物抽象化咏之,有的又将抽象之物具体化咏之。《青春篇·门里门外》是前一种的范例,文中,门的形象被抽象化了:它可以是一把保护伞,使人不受伤害;也可以是一道隔阂,阻隔人与人之间的交流。薄薄的一扇门的内外,可以截然分出两个不同的世界。在门内门外的选择中,引出哲理性的思考。《青春篇》一文则是后一种的范例。青春原为看不见、摸不着的抽象事物,但在作者笔下却成为头戴绿色冠冕、身披白色轻纱、赤足散发、右手拿着娇艳玫瑰、左手执着辉煌金杖的容光焕发的青春女神形象。文中描写了一个梦境,梦中青春女神离自己远去,当"我"苦苦哀求她留下时,她冷笑着停下脚步说:"当我整天厮守着你们时,你们一味将我浪费,从不珍惜;可是等我一旦离开了你们,又不胜悔恨地嗟叹着青春易逝,青春不再!

---

① 封德屏主编:《艾雯全集》第1集,朱恬恬自费出版,财团法人"国家文化艺术基金会"赞助,台北市文化局赞助2012年版,第345页。

② 罗淑芬:《五〇年代女性散文的两个范式——以张秀亚、艾雯为中心》,政治大学硕士论文2004年,第105页。

对不起,我可再不能为不知爱惜我的人,虚掷我宝贵的光阴了。"①作者借人们与青春女神的对话,劝人们珍惜青春。艾雯的咏物之作情真意切,形象饱满,足见其此期散文写作技巧之成熟。

艾雯的散文亦颇具女性意识。在《生活小品·写在前面》中,她道出了当时一部分女性的生存状况:"尤其是作为一个家庭主妇,长年被烦冗而琐碎的家务囚系在小圈子中,不免深深地感到生活的枯燥乏味。"②为了自我鞭策,也为了给所有被生活压扁了的人打气,艾雯在《生活小品》中对身边琐事进行哲理化的思考,借达观、贤能的主妇思瑾之口道出她在生活中所体验到的处世、教子、治家等心得。通过这些文章,人们不难发现,作者企图通过对平凡、琐碎事物的书写来超越,希望从高处观照人们的生活。③ 在那个标举口号的时代,艾雯用日记体、书信体等建立起的"私密散文"④,给读者以心灵的抚慰。

(三)徐钟珮:驻外记者的中性特质

赴台之前即以对比战后的英国与祖国、忧时感怀、具有报道文学色彩的散文集《英伦归来》一书闻名的徐钟珮,笔名余风,1917 年 2 月 12 日出生,2006 年 4 月 5 日逝于台湾振兴医院,享年 90 岁。原籍江苏省常熟县。她是中央政治学校(即台湾政治大学前身)有史以来的第一位女学生,1939 年于该校新闻系毕业。毕业后,曾任"中央宣传部"国际宣传处新闻检查员。1942—1945 年任重庆"中央日报"记者。1945 年抗战胜利后担任重庆"中央日报"驻伦敦特派员。1947 年结束英伦生活,回南京担任"中央日报"采访部主任。1948 年当选国大代表,出席第一届行宪国民大会,之后由南京渡海来台。1956 年始,随担任"外交官"的丈夫长期于海外生活,曾于加拿大、美国、巴西、西班牙、韩国等国居住。"公使"夫人的生活为她提供了观察异国的机会和许多写作的素材。退休后亦随夫长年旅居海外。

徐钟珮的创作以散文为主,兼及小说、翻译。在小说领域,1960 年代,她的长篇小说《余音》被誉为"四大抗战小说"之一;她还曾翻译莫里哀的小说《哈安瑙小姐》、毛姆的《世界十大作家及其代表作》等。1950 年代,她的散文作品

---

① 封德屏主编:《艾雯全集》第 1 集,朱恬恬自费出版,财团法人"国家文化艺术基金会"赞助,台北市文化局赞助 2012 年版,第 96 页。
② 封德屏主编:《艾雯全集》第 2 集,朱恬恬自费出版,财团法人"国家文化艺术基金会"赞助,台北市文化局赞助 2012 年版,第 9 页。
③ 徐存:《梦的养分——介绍艾雯〈昙花开的晚上〉》,艾雯:《昙花开的晚上》,群众出版社 1995 年版,第 167~168 页。
④ 罗淑芬:《五〇年代女性散文的两个范式——以张秀亚、艾雯为中心》,政治大学硕士论文 2004 年,第 100 页。

主要收在《我在台北》(1951)一书中。该书的20篇散文是她自1950年6—9月间在"中央日报"副刊所写的专栏文章,主要记述来台后碰到的人、事、物,展示了那个特殊时代的台湾生活风貌。《浮萍》中写一批满怀壮志的鸿儒撤退来台之后只能楚囚相对,残酷的现状迫使他们只能退而求其次,在台湾设法照顾一家老小,让漂泊的浮萍重新长出一点根来;《我的家》《尝试》写作者初来台湾时的生活状况,以开朗的心态面对来台生活的简陋及女仆的无礼;《发现了川端桥》写在漂泊无助中,作者对家门口的川端桥等平凡的却实实在在的景物有全然不同的新体验,产生莫名的皈依之情。川端桥以及那桥边的一切越是平凡,徐钟珮对它们的依恋就越显现出其内心的脆弱。此外,《熊掌和鱼》等文则彰显了女性意识,对于女性必须因家庭而牺牲事业有着不平之鸣,道出了职业女性在家庭与事业之中不能得兼的两难处境与她们内心的矛盾挣扎:

> 家和工作,几乎等于熊掌和鱼,我常想两菜同烧,结果两道菜都烧得半生不熟。
>
> 我爱家,也爱工作,我就生活在这矛盾的爱里,像三明治里的夹肉,窒息得无以自处……于是我赌气一脚踢翻熊掌,专心在家煮鱼……在这转变里,只有我一个人不欣赏我自己。我总漠然倾听他们的谬奖,眼睛怅然注视着我案头生锈的笔尖,我坐在明窗净几的书室里,却觉得心头积厚厚一层灰尘。①

因为记者的身份与曾驻外的特殊经历等原因,相比于同时期来台的女作家,徐钟珮拥有更加开阔的视野、敏锐的观察,这些都使其在1950年代的台湾文坛上占有一席,虽着墨不多,却以同期女作家笔下少见的"中性特质"②而独具一格。作者理性幽默的文笔与调整后的心态也使其笔下的台湾生活显露出同期散文中较少有的亲切感。

(四)钟梅音:乡居主妇的闲情细语

不同于上述在大陆时期就已颇具文名的女作家们,以迁居台湾为创作起点、以家庭为圆心进行写作的钟梅音,是典型的家庭主妇型散文作家。1949年,钟梅音在"中央日报"《妇女周刊》上发表的《鸡的故事》一文,开启其在台的写作生涯,属典型的拉家常的主妇风格:体制短小,主题多样,充满情趣,在温

---

① 徐钟珮:《我在台北及其他》,纯文学出版社1986年版,第22～23页。
② 郑明娳:《一个女作家的中性文体——徐钟珮作品论》,《当代台湾女性文学论》,时报文化出版企业1993年版,第312～314页。郑明娳认为徐钟珮的"中性文体"最大特色是:一,明净的语境;二,小说格局;三,重思维少感性。

情委婉的背后有着繁复琐细的特质。

1950年代,钟梅音散文作品多结集在《冷泉心影》(1951)、《海滨随笔》(1954)、《母亲的忆念》(1954)、《小楼听雨集》(1958)中。《冷泉心影》是钟梅音的第一本散文集,共收早期散文30篇;《海滨随笔》集其1952年起在"中央日报"《大华晚报》《新生报》"中华日报"等的专栏文章而成;《母亲的忆念》中除对故人往事的怀思及乡居杂感外,还收录30余首歌词;《小楼听雨集》是集1954年下半年的散文而成,包括随笔、画评、说理文章等。

钟梅音这个时期的散文,最有名的当属书写台湾东部苏澳冷泉乡居生活情趣的《冷泉心影》。正如王文漪所说:"原来只是一个小小的泉池,她却写得那样美。"[1]其夫任台肥苏澳厂厂长,钟梅音亦携子迁居宜兰苏澳,并因"乡居无俚,夜坐寂寞"而开始创作。《冷泉心影》中,《我的生活》《鸡的故事》《卖蛋记》《阿兰走了以后》《乡居闲情》等篇都写来台之后乡居的小家庭生活点滴。《我的生活》一文中,作者不厌其详地记录一天的生活:晨起沐浴朝阳晓风去采购,料理午餐,午睡后做针线,晚饭后与夫婿闲聊或教子习字等。文末风趣地谈治家心得:"我这个'执政党'幸赖'反对党'的支持,与'人民'的爱戴,大伙儿颇能'安居乐业',堪称不失其'融融泄泄'之概。"[2]《乡居闲情》也是此一时期典型的家居生活作品,从平凡生活中感受世界的可爱。在别人眼中,乡间家居生活很是单调乏味,但作者认为那是因为"人们都太忙了,从忙着吃奶、长牙、到忙着学走路、学说话、学念书……以至忙着魂牵梦萦地恋爱,气急败坏地赚钱,因此忘了她们的周遭,还有这么一个可爱的世界,而我,却从一般人以为枯燥贫乏的乡居生活里,认识了它们"[3]。这些点点滴滴的生活片断刻画出太平盛世的合家欢景象。作者细腻的文笔又使得原本易流于琐碎的日常生活题材的文章流露出自然的真情。在钟梅音的笔下,此一时期文坛所热衷的话题——大陆故乡的家变,逃亡的流离漂泊,"反攻复国"的官方号召等,似都被抛到九霄云外。《冷泉心影》也因其真实生活记录的风格与"家台湾"的亲切表现等为读者所钟爱,而在前述评选中榜上有名。

(五)琦君:初试啼声的琴心梦痕

最后,我们来看一下六七十年代在怀旧散文方面成为台湾首屈一指的大家的琦君的散文创作情况。虽然此时期其作品并不是很多,字里行间也流露

---

[1] 王文漪:《怀思梅音》,萧萧主编:《七十三年散文选》,九歌出版社1985年版,第297页。

[2][3] 钟梅音:《冷泉心影·我的生活》,李雅情:《徐钟珮钟梅音游记散文研究》,东海大学硕士论文2008年,第50页。

出这个年代的意识形态印迹,但其散文写作的基本风格,如强烈的自传色彩,缅怀旧时大陆人、事、物的题材和小说化笔法,即重视情节的结构和人物的塑造等都已露端倪。以后,她正是顺着这条路子渐入佳境的。

1949年,33岁的琦君渡海来台。那时她的亲人多已相继过世,她向来敬重的夏老师也留在大陆,身边唯一的长辈只有带给她莫大心理阴影的姨娘。在孤寂中,琦君提笔写作。来台三个月后所发表的第一篇散文《金盒子》即以怀旧为出发点,寄托对故人、故土的情思。此后,她更是以怀乡思旧为创作源泉,开启其在台不凡的散文创作历程。此时期,琦君的散文作品主要以《琴心》(1953)这本散文小说合集为代表。《琴心》是琦君的第一本书,其中收录的散文大多写于1949—1953年,大致包含思亲、念友、怀乡等内容。

《金盒子》《油鼻子与父亲的旱烟筒》都属睹物思亲的文章。文中作者通过睹旧物而引发对旧人、旧事的回忆,最终表达出作者对逝去的亲人们的深深思念。金盒子是儿时父亲给"我"和哥哥装玩具的"小保险箱"。这个盒子里,收藏了父亲对孩子们的爱、"我"和哥哥欢乐的童年,以及"我"与弟弟最终达成的默契等等。兄弟们纷纷逝世以后,金盒子成了"我"寂寞中的良伴,但也每每使"我"睹物思人,悲从中来。特别是来台后,在茫茫人世的踽踽独行中,金盒子愈发承载着"我"对逝者们与日俱增的深切哀思。《油鼻子与父亲的旱烟筒》写"我"在镜中见到自己泛着油光的鼻子,而忆起了父亲的旱烟筒。儿时自己常模仿大人,用自己的鼻子去抹那旱烟筒,好让它变得像紫檀木似的光滑如镜。在父亲去世后,旱烟筒成为"我"寄托哀思的心爱之物。但因仓促来台,这父亲的遗物却没能带来。文章从念物的角度侧面表达作者对父亲的思念。

在此期,琦君的散文中也已开始对老师的回忆。《家庭教师》写信佛茹素的启蒙教师叶巨雄。他是琦君5～14岁的老师。在他的教导下,琦君熟读了中国古典文学,奠定了扎实的文学根基。来台后,琦君未忘师恩。在她的笔下,叶老师的形象生动,也颇严厉,儿时与写作时复杂的情感充溢于作者对往事的追忆之中:

> 老师四十左右年纪,秃头马脸,目光炯炯逼人,两排黄牙自出生以来从不洗刷,说是刷牙丧精神,非养生之道。老师自谓患肺病(我不知父亲何以聘一位肺病患者教我读书),所以平时说话,除了大发雷霆以外,总是低声细气,以免有伤元气。任是夏日炎炎,老师的屋子总是门窗四闭,自己怕冷也不许我怕热。背书背得汗流浃背,不许用扇子。蚊子叮在腿上,更不许用手去拍,至多可以用嘴轻轻一吹,让蚊子扬长而去。因为老师是位虔诚的佛教徒,与和尚只差一口气,"杀生"是大忌特忌的。他终日茹素以外,每月里还有六天斋期,过午不食,十二时以前赶着吃了三大碗饭,午

后就不进任何点心食物了。到了晚上他不免饿火中烧,肝阳上升。我这唯一的学生,就做了唯一的出气筒了。所以老师怕度斋期,我更怕度老师的斋期。①

大学老师"一代词宗"夏承焘对琦君的影响更加深远。在之江大学求学期间,琦君成为夏先生的得意女弟子。在往后的多篇文章中,琦君都写下对这位恩师的追忆与思念。此期的《一生一代一双人》中通过细节描写回忆了老师与师母间的温馨互持与鹣鲽情深:师母惦念外面风大怕丈夫受凉,夏老师则反将暖烘烘的包子塞入太太手心。文尾作者又回到现实,想到老师与师母仍在对岸,而整个大陆又都在闹着严重的饥荒,因而担心他们连薄粥菜根都没得吃,哪儿还有暖烘烘的肉包子可吃呢!② 文中虽不乏"反共"的政治意味,但学生对老师的惦念与担忧之情却是十分真切的。

此外,此时期琦君还有回忆家乡的文章,如《乡思》等。在陌生的台湾,"此心如无根的浮萍,没有了着落,对家乡的苦恋,也就与日俱增了"③。在远距离的凝视中,故乡已不再局限于某一具体的村落,过去所游历的旧地隔着时空的距离时隐时现,都显得那么亲切、美好:

> 早春时期,梅花盛放,冷香入室,登楼品茗,凭栏远眺,整个姑苏城有如酣睡的美人,躺在懒洋洋的春阳里。那情景与在杭州城隍山上,望平波似镜的西湖,依稀相似。④

琦君的诸多怀旧散文,通过对过去时空中那些无法回复的往事的回忆与书写,在文本中重构并延续其存在。作者以第一人称的叙述方式一一细数童年、亲朋、家乡,使文章带有强烈的自传色彩。她的散文没有浓妆艳抹的富丽华贵,而如杨牧所言"于平淡中注入深沉的感情,那是她无所不在的浅愁",而这浅愁又"不是伤人的哀歌",作者总是在过度的忧伤来临之前,用援引古典诗词等手法来化解,以保持其文章"温柔敦厚"的品质。⑤《琴心》是琦君的初试啼声之作,字里行间虽流露出1950年代官方"反共"意味,但文中情真意切的往事回忆与典雅隽永的书写,仍为当时不乏功利的女性散文园地的清流。

---

① 琦君:《琴心·家庭教师》,尔雅出版社1995年版,第51~52页。
② 琦君:《琴心·一生一代一双人》,尔雅出版社1995年版,第40~41页。
③ 琦君:《琴心·乡思》,尔雅出版社1995年版,第71页。
④ 琦君:《琴心·忆苏州》,尔雅出版社1995年版,第60~61页。
⑤ 杨牧:《留予他年说梦痕》,隐地编:《琦君的世界》,尔雅出版社1985年版,第250页。

第四节　1945年至1950年代的女性诗歌创作

一、现代诗"横的移植"①

　　1945年8月,随着抗战胜利日本投降,台湾顺理成章地回归祖国,史称光复。光复后的台湾民族意识高涨,一大批大陆作家、诗人来到台湾参与文化重建,台湾的中文现代诗歌从起步、复苏到繁荣。国民党当局在台湾推行"再中国化"和"去殖民化",在公共场合及大众媒体严禁闽南语和日本语,查禁原日据时期出版的以日语和闽南语为主的台湾文学。台湾本土作家的国语已经荒废多年,暂时无法以之进行创作;较为熟悉的日文又被禁止用于写作;加上1947年的"二二八"事件的阴影仍然困扰着他们,故而他们的创作在语言上面临困境。1946年到1949年底,台湾仅出版雷石榆《八年诗选集》、汪玉岑《卞和》和绿原、田野等17位22首诗选集的《路》。在相当长的一段时间里,来自大陆的诗人成为推动台湾诗歌发展的活跃力量。

　　歌雷主编的《新生报》"桥"副刊(1947年8月1日至1949年3月29日)是当时刊登新诗的主要园地。1949年,在《新生报》副刊展开了有名的"战斗文艺"的讨论。1950年3月,"文奖会"成立,每年两次颁奖给各种文类,包括诗和歌词,甄选的标准就是作者必须使用文学和艺术技巧,强化国家意识,传达"反共抗俄"的主题。

　　在这种情况下,大陆赴台诗人的创作成为诗坛的主体。台湾现代诗有两大传统——大陆新诗和日本现代诗,一些诗人通晓两种或多种语言。从长远来看,这种文化混血其实带给台湾现代诗一个较为有益的生长因子。1950年代到1960年代中期的"现代主义诗潮"运动之下,诗歌成了台湾现代主义的主要文体,大陆赴台诗人主导了诗坛发展的主流。纪弦的"现代派",洛夫、痖弦、张默的创世纪诗社以及覃子豪、余光中的蓝星诗社都属"横的移植"的成果——现代主义诗歌流派。

　　究其原因,现代主义在台湾的流行,首先是由于大陆1930年代以来现代主义思潮余风所致;其次,台湾经济的繁荣(接受美援、美国和日本两国的国际资本的扶持以及半殖民地的经济特点),使得都市文化繁荣,出现中产阶级,这些都为现代主义文化思潮在台湾的萌生和发展提供了土壤;再次,1950年代

---

① "横的移植"的说法见《现代诗》1956年总第13期。

以来台湾当局从军事、政治到经济对美国的全面依赖,导致西方思想大量涌入台湾,加上没有本土思想资源与之抗衡,西方文化思潮影响下的台湾文学全面西化,现代主义文学思潮成为主流;最后,台湾当局有意切断台湾文学与大陆"五四"新文学的联系,迫使诗人们作为时代的"先声",不是倒退——纷纷倒退回头看——研究古典诗,就是向"外"看、向西看——学习西方现代主义。

纪弦的"现代派"以1953年2月创办的《现代诗》为发端,以1956年正式成立"现代派"为高潮。《现代诗》初为月刊,后改为季刊。当1956年1月出满12期时,纪弦在台北发起召开现代诗人第一届年会,正式宣布成立"现代派",最初加盟者83人,后增至102人,这是台湾现代诗歌最具声势的团体。纪弦宣布现代派的六大信条,坚决与旧诗划清界限,建立自我身份,"我们认为新诗乃是横的移植,而非纵的传承。这是一个总的看法,一个基本的出发点,无论是理论的建立或是创作的实践"(第二条)①。

那些不同意纪弦"横的移植"观点的诗人,如覃子豪、钟鼎文、夏菁等于1954年3月创立蓝星诗社,主张诗歌仍要以抒情为主;张默、洛夫、痖弦等同年创立创世纪诗社,鼓吹超现实主义。这三大诗社鼎足而立,仍然有一个共同点,那就是"主要发展'现代主义'与'反共文艺'"②。

二战结束后到1950年代,台湾新诗已经建立起大致的框架。现代主义为主的新诗通过创作和一系列文学论争获得台湾文坛的主流地位。纪弦与覃子豪关于"横的移植"产生论争,接着是覃子豪与苏雪林针对"象征派"进行论战,然后是言曦与余光中就新旧诗的因袭问题展开讨论,这就是当时关于现代诗的三次大论争。论争的反方站在传统的现实主义角度,批判现代派诗逃避现实,抛弃现实主义传统,现代派作为正方则站在现代主义角度进行反击。这三次论争对于现代派诗人的创作也产生较为有益的影响,纪弦后来就修正了观点,1965年,他甚至提出应取消导致诗坛重大争论的名称"现代派"三个字。

二、男性主唱诗坛中的女低音伴唱

1950年代的台湾,还是女性观念相当封闭的社会,随国民党当局撤台的第一批跻身台湾文坛的大陆女作家,仍然身处"闺阁"之中,与"反攻复国"的政治喧嚣有一定距离。赴台女作家的作品都未能摆脱传统女性文学的影响,创作的主题仍然是爱情之离愁别恨。

---

① 《现代诗》1956年总第13期。
② 阮美惠:《台湾精神的回归——六七十年代台湾诗风》,成功大学博士论文2002年,第298页。

1955年,台湾成立"妇女写作协会",而赴台女作家大部分写小说、散文,只有少数写新诗,如蓉子、胡品清、张秀亚、林泠、晶晶、彭捷、陈敏华,她们加上台湾本土女诗人陈秀喜、李政乃、杜潘芳格等,一起成为台湾女性诗歌的开拓者。现代派成立大会召开时,会员共83人,但女诗人只有蓉子、李政乃、张秀亚、林泠四人。其中,蓉子又加入蓝星诗社,其他蓝星诗社的同仁还有彭捷、敻虹;创世纪诗社则根本没有女诗人。

当然,早期女诗人的创作均得益于诗坛中男诗人的提携。纪弦、余光中、杨牧等都写过评论文章,赞扬女性诗人的作品。张默编辑了海内外闻名的《剪成碧玉叶层层:现代女诗人选集》。诗刊通常是由男性主编的,如《蓝星》,时常集中刊出女诗人的作品。可以说,不论在精神上还是在出版上,女诗人大多受过男诗人的鼓励或协助。

在这些女作家中,老作家苏雪林早年在大陆就已成名。苏雪林以研究楚辞屈赋为主,其次则是文学史之研究。苏雪林曾获台湾"教育部"文艺奖、"文复会"第三届"中正最优写作奖"、中山文艺创作奖、第六届台湾文艺理论奖。虽然她的诗集《灯前诗草》1982年才出版,但收录了她赴台以来的创作。1959年7月,苏雪林在《自由青年》上发表《新诗坛象征派创始者李金发》一文,发起台湾诗坛的一次重要论争。她指出,三四十年代大陆诗人李金发为起始的中国象征诗派其实给诗坛带来诸多流弊。覃子豪颇为不满,发表《论象征派与中国新诗》一文,苏雪林又发表《为象征诗体的争论敬答覃子豪先生》,覃子豪又回以《简论马拉美、徐志摩、李金发及其他——再致苏雪林先生》。随后专栏作家陆续加入,把这场论争推向高潮,成为台湾1950年代的文学三大论争之一。但就诗歌而言,苏雪林成就一般。

女诗人中,张秀亚写诗最早,1940年她在大陆时就发表过诗作了①。如果只计算在台湾发表诗作的时间,则蓉子和林泠最早。蓉子的《缪斯》发表在纪弦主编的《诗志》1952年8月第1期上,林泠的诗则首次出现在1952年的《野风》第38期上。李政乃的诗出现在1954年5月的《现代诗》第6期上,彭捷的诗出现在1955年3月的《创世纪》诗刊第2期上。1957年8月,沉思的诗发表于《蓝星》诗刊第一期上。陈秀喜于1957年开始学习中文,改用中文写诗。敻虹于1958年12月在《现代诗》第22期发表诗作。1956年2月,年仅11岁的蓝菱在《现代诗》第13期上发表《理想》一诗。

1950年代的女诗人作品的共同点有两个:都使用现代诗的新形式;传统的主题与全新的女性自觉和解放主旨相交融。虽然她们的作品大部分仍然带

---

① 张秀亚:《秀亚自选集》,黎明文化事业股份有限公司1975年版,第189页。1940年,张秀亚在《秋池畔》后记中提到自己最早的诗《水上琴声》发表于《辅仁文苑》。

有强烈的古典色彩,风格也偏向含蓄、典雅的"阴柔"美,但其诗歌创作具有重大意义:一是作品已经涉及女性尊严、价值追求以及性别自觉等主题;二是她们的作品虽然少,水平还有待提高,但她们作为创作群体的意义,远远超出作为个体诗人出现的意义,证明作为群体的真正的女性主义诗歌在中国已经出现。因此,我们把她们的创作统称为在以男性为主的诗坛上的"女低音合唱"。

虽然成熟的女性诗歌文本还不多见,但我们可以借用对1950年代的女性散文的评价来评价这一时期的女性诗歌:感情丰富,思想细腻,描写心情和事物,都能入情入理,而且用词美丽[①];就诗歌这一文体而论,她们展现了更多的个人视角与方式,因而带有较为质朴而自发的女性主义特点。

(一)蓉子:作为新女性的"维纳丽莎"

在崛起于台湾的女诗人中,以蓉子的作品发表最早最多。蓉子诗龄至今超过40年,堪称诗坛常青树,是台湾成就最大的女诗人。蓉子本名王蓉芷,1928年生于扬州,原籍江苏省吴县。她生长在一个三代基督教徒的家族里,父亲就是新教的牧师。从南京金陵女子大学附中毕业后,蓉子考取了农学院森林系,后又于政治大学公共行政企业管理教育中心结业,曾获英国国际学院颁授的荣誉人文硕士学位、世界文化艺术学院荣誉文学博士学位。曾任职于"交通部"国际电信管理局,担任过台北市教育局小学老师研习会讲师、东海大学和高雄师范学院文艺创作研习班教师。现已退休,专事写作。

至1987年,蓉子一共出版十本诗集:《青鸟集》(1953)、《七月的南方》(1961)、《蓉子诗抄》(1965)、《童话城》(1967)、《维纳丽莎组曲》(1969)、《横笛与竖笛的响午》(1974)、《天堂鸟》(1977)、《蓉子自选集》(1978)、《雪是我的童年》(1978)、《这一站不到神话》(1986)。她的最新诗集是《海上晨曦》(1997),此外,她还有《儿童诗抄》、英文诗选集《日月集》(与罗门合集,1968)、诗选集《只要我们有根》(1989)、《千曲之声》(1995)、《水流花放》、《众树歌唱》等诗集。

1951年12月,当蓉子正在为写小说还是写诗犹豫的时候,她读到葛贤宁、钟鼎文、覃子豪、纪弦于《自立晚报》创办的《新诗周刊》。当朋友把她的《为什么向我索取形象》刊发在《新诗周刊》第四期之后,蓉子的作品不断出现于《新诗周刊》《现代诗》《蓝星》《文坛》《中外文艺》等刊物上。蓝星诗社解体后,蓉子与丈夫罗门长期在位于台北泰顺街菜市场隔壁公寓的四层楼上的"诗人灯屋"中,维系着蓝星的生命。1953年,蓉子的诗集《青鸟集》由中兴文学出版

---

① 刘心皇:《五十年代》,《当代中国新文学大系:史料与索引》,天视出版社1981年版,第70页。

社出版,在台湾诗坛引起轰动。

作为基督徒,蓉子还很关注《圣经》中传为所罗门所作的《传道书》,但与穆旦不同的是,虔诚的蓉子强调的是基督性①,如她早期的诗《青鸟》:

> 从久远的年代里——
> 人类就追寻青鸟,
> 青鸟,你在哪里?
>
> 青鸟在邱比特的箭镞上。
> 中年人说:
> 青鸟伴随着"玛门"。
> 老年人说:
> 别忘了,青鸟是有着一对
> 会飞的翅膀啊……

这首诗被选入台湾的中小学课本,诗中的"玛门"意即"财富",出自《圣经·马太福音》中的"耶稣吩咐我们不要爱玛门(钱财)"。"青鸟"典出梅特林克写于1909年的同名剧本,原剧本讲两兄妹为了帮助一位忧伤的女孩,在神的指示下,四处去找寻幸福的守护神——青鸟,最后发现青鸟就在自己的家中,青鸟隐喻真正的幸福。这首诗反梅特林克之意,指出真正的、永恒的幸福是需要用心守护的,她也因此被誉为台湾诗坛的"青鸟"。

在蓉子的作品中,我们都能找到一个内在的线索——女性自我的成长。

我们从最早的《为什么向我索取形象》②这首诗中,就可以看到蓉子诗歌中最初的"自我"——"我"怀疑爱情,认为作为男性的"你"对"我"的追求,是要"在生命的新页上,又写上几行",并不是真正的爱情。

蓉子似乎有意突破女诗人好写"情诗"的传统,在风格上,蓉子很喜欢泰戈尔和冰心的诗,《雪是我的童年》有很强的模仿冰心的痕迹:

> 母亲,因你世界陨落在明丽的初夏
> 那沉重和悲苦如此压抑着我底成长
> 孤寂啊! 海洋。

蓉子自述曾受到冰心的诗《繁星》《春水》的影响。此外,她也喜欢徐志摩、何其芳以及冯至的十四行诗。此外,蓉子还曾担任教堂唱诗班的手风琴手,《圣经》音乐和赞美诗也对她的诗歌创作有影响。

---

① [斯洛伐克]马利安·高利克著,胡宗锋、艾福旗译:《以圣经为源泉的中国现代诗歌:从周作人到海子》,《人文杂志》2007年第5期。
② 蓉子:《蓉子自选集》,黎明文化事业股份有限公司1978年版,第245页。

1955年，蓉子与诗人罗门结婚，踏上红毯的那一端。婚姻在传统的意义上是"幸福的"，但作为诗人的蓉子却为"主妇"的身份所困扰，蓉子开始面对女性对于传统身份的困惑，她一下子陷入家事之中，白天还要上班，导致她的第二本诗集《七月的南方》八年后才出版，再加上台湾诗坛发展迅速，诗歌的现代主义时代迅速来临，她未能很快地适应现代主义的流行。我们从《白色的睡》中既可以看出婚后的蓉子的"禁锢"和"微睡"的忧郁——"像满园兰蕊/你禁锢的灵魂/正翕合着一种微睡/一群白色音符之寂静/——我的忧悒在其中/在紫色花蕊"，也可以看到她在现代诗的论争中所采取的沉默姿态。

　　从1959年的《一卷如发的悲丝》一诗看，蓉子已有蜕变的迹象，1960年6月，她在《现代诗》上发表《碎镜》，同年10月，在《蓝星诗页》女诗人专号上发表《乱梦》，风格有了明显的变化。

　　写于1960年的《乱梦》描绘女性普遍的生存经验：作为叙述者的少妇，自述年轻时是"金色羡慕"的焦点，但婚后的生活就像投过石子的破碎水面，沉默于此，前方将是一条幽寂的灰路。女人的老年如同"风雪掩盖的冬天"，生命意象变成"一无声的空白""一孤立在旷野里的桥""一搁浅了的小舟"，挥之不去的是"迷失在水天间的那种沮丧"。社会并不让女人们看到她们存在的真相——残缺、谎言和丑恶，却让她们盲目地承受着家庭劳役的折磨，"早晨的沁凉为厨房烘焦"，剩下的只是夜晚的"一些乱梦"；随着年老色衰，男人也把爱情收回，她们变得"尚没有一枚草莓的价值"。在《乱梦》中，蓉子用了一个能引起性爱联想和男性联想的隐喻——"可怕的苍白的雨"，但也不过是让女人"疲惫而不能憩息"。在如此浓重的恐惧与不满中，女性终于发出挣脱桎梏的沉重告白：

　　　久久地被困于沼泽地的泥泞
　　　哦，我将如何？
　　　我将如何涉过
　　　这沉默得如此的深潭！①

　　从这首诗可以看出，蓉子对于女性存在的真实处境的确很敏感。这首诗先于台湾的女性运动而揭示出女性存在的真相。②

　　1969年，蓉子用诗集《维纳丽沙组曲》倾心塑造了一位台湾现代新女性形象。蓉子把这个新的诗歌形象作为自我的投射，并为"她"取了一个意大利名字——"维纳丽莎"，在诗集的后记中，她说维纳丽莎绝不是"蒙娜丽莎"的化

---

　①　蓉子：《千曲之声——蓉子诗作选》，文史哲出版社1995年版，第39～41页。

　②　十二年后，西蒙·波伏娃的《第二性》的中译本才在台湾出版，影响了台湾的妇女运动。

身,因为维纳丽莎不用装得像蒙娜丽莎那样,"好像世界从不会搅扰过她一样","我诗中的维纳丽莎""在不停的跋涉充满风沙的长途,但不忘自我塑造"①。在她笔下,"维纳丽莎"独立而坚强,是一个现代女性,"不需彩带装饰自己//你静静地走着//让浮动的眼神将你遗落……——你完成自己于无边的寂静之中"②,维纳丽莎不需任何外在的肯定,充满智慧。《维纳丽沙的星光》中,蓉子赞美道,"你自给自足自我训练自我塑造"③,维纳丽莎是一个完美而丰盈的主体,从抽象延伸到现实,即使在不毛之地的"极地",都有"一簇鲜花"为她留存,她的完美使得她所到之处充满了生机。

其中的《维纳丽莎之超越》一诗刻画了台湾现代女英雄的形象,维纳丽莎有着"孤绝中的勇气/绝望中的意志",抒情主体发出了"让我也能这样伸出笔直的/如在梦中行走的维纳丽莎"④的请求。在诗的下半段,抒情主体"我"得以承接这种意志,得以躲开物欲、现实、文明的"战场"而逃脱。这一形象说明蓉子对探索现代女性精神的成长与发展这一主题很感兴趣。

蓉子并不是简单地描述维纳丽沙的成长。在《肖像》中,她写道:

你在雏菊与檀香木之间打着秋千
在过往与未来间缓缓地形成自己!⑤

这两句妙用比喻,小女孩在园中花雏菊和檀香木之间荡秋千,雏菊暗示"过往的维纳丽莎",正要长大成长,是"春天的维纳丽莎",而檀香木则暗示出未来的典雅而成熟的维纳丽莎。这样,诗歌潜藏的含义就呈现出来了:一个女性的成长的历史,是在过去、现在与未来之间交替而形成的。

蓉子的反传统的性别意识非常明确,"我是一棵独立的树——不是藤萝"(《树》);她对于男女平等、两性和谐相处的追求,显现出台湾女诗人一开始就没有陷入性别斗争的陷阱:"不甘于做奴隶/也不拟作女神//附庸/太侮蔑/至尊/太寂寞//啊!我们的愿望/不过是做你们兄弟似的姐妹。"(《平凡的愿望》)蓉子意识到"奴隶"与"女神"不过是性别设置中的一体两面,而当时乃至现代都很少有人能理解她的"兄弟似的姐妹"的追求。其实,这种表达,很像波伏娃在《第二性》结尾中所说的意思,即女性寻找到真正的自我,寻找到真正的主体性,必定会经过一个"男性化的女人"这个阶段。蓉子所追求的"兄弟似的姐妹",正与波伏娃这个表达相应,在蓉子看来,这个愿望,是身为"人"的一个"平

---

① 蓉子:《维纳丽莎组曲》,纯文学出版社1969年版,第95页。
② 蓉子:《维纳丽莎组曲》,纯文学出版社1969年版,第3页。
③ 蓉子:《维纳丽莎组曲》,纯文学出版社1969年版,第25页。
④ 蓉子:《维纳丽莎组曲》,纯文学出版社1969年版,第6~7页。
⑤ 蓉子:《蓉子自选集》,黎明文化事业股份有限公司1978年版,第179~180页。

凡的愿望"。在另一首诗《惜夏》的结尾,她写出了对于女性精神成长的追求:

  在这闷热的城池
  我只憧憬于一颗成熟的心
  在睥睨阔步的夏天结束以前!

  蓉子还很注意诗歌的形式,她常常把意象用隐喻的手法叠加,并与内容表现完美地结合在一起。93行的长诗《七月的南方》,对自然的描写展现了蓉子对色彩与情绪之间关系的微妙把握:

  到光艳的南方去
  看颜色们朗笑着 繁英将美呈现:
  为浅红的桃金娘 深红的太阳花
  似软镯的牵牛黄 丁香紫 石竹白
  绿微紫色的风信子 七彩的剪绒①

  张健对这首诗的评点表现了作为男性批评者的局限,"以一位女诗人而能有如此浑厚的魄力,可谓鲜见"②。这未免流于"阳具中心批评"(phallic criticism)的狭隘。总体上,《七月的南方》通过着力描写台湾大自然的丰饶,暗示女性生命力的充盈,采用的手法与当时诗坛流行的现代主义完全不同。

  在《我的妆镜是一只弓背的猫》中,蓉子用妆镜似猫的隐喻,把意象重叠起来,在诗中,妆镜和猫都隐喻着对女性自我发展进行限制并制造幻象的迷误,代表时间和命运对女性的不公,在诗中,一个现代女性的自信与反思显现出来了:

  舍弃它有韵律的步履 在此困居
  我的妆镜是一只蹲踞的猫
  我的猫是一迷离的梦 无光 无影
  也从未正确的反映我形象。③

  蓉子还在描写自然山水的诗中有意识地插进"地母""丰饶姐妹"的意象,如在《我们的城市不再飞花》等诗中,她批评现代都市工商业文明,描写工业化所带来的腐化、污染、孤寂、虚无等现代性症状。

  与蓉子同为蓝星诗社会员的彭捷,1919年出生于广东广州,毕业于广州女高,1949年到台湾后曾经参加"中华文艺函授学校"第一期诗歌班,自1954

---

① 蓉子:《蓉子自选集》,黎明文化事业股份有限公司1978年版,第212页。
② 张健:《评"七月的南方"》,《现代文学》1962年第12期。
③ 蓉子:《蓉子自选集》,黎明文化事业股份有限公司1978年版,第179～180页。

年起她就在《公论报·蓝星周刊》与《现代诗》上发表作品。1976年起旅居加拿大。彭捷为《五弦琴》的五作者之一,有诗集《水乡》(1956)。由于彭捷是空军家属,1956年她以《水乡》代表空军眷属参加"国军"文艺竞赛,她的这本诗集可以说是由"空军政治部"包办出版事务,收了47首小诗。彭捷的诗风温郁、雅致,多取材自日常生活中的身边琐事,亲情味浓,颇具朴实之美。如《影子》中最后两句"往日我追影子/如今影子追我",富于现代派的知性。

(二)林泠:"与顽石铸情"的理性①

与蓉子齐名的,是林泠。余光中在《中国现代文学大系·诗歌卷》的"总序"中所说,"蓉子、林泠等在诗坛的美名久已远播"。林泠本名胡云裳,1938年出生于四川省江津县,原籍广东开平。1952年还是少女的林泠即发表诗作于《野风》,结识纪弦等现代派诗人。1956年,纪弦宣告"现代派"成立,林泠名列九位筹备委员之一,这时她还正在台湾大学化学系就读,虽然《林泠诗集》1982年才出版,但她的大多数作品在1955—1957年的大学时期就完成,三年间的43首诗奠定了她在台湾女性诗坛中的地位。她曾获"中国文艺协会"诗人奖,之后她到美国深造、结婚、就业,前期创作就基本结束了。林泠近年出版的《在植物与幽灵之间》,表明她的诗歌在谋篇、结构等形式上更为精细,在内容上也很前卫。

林泠名列"现代派"的九位筹委之一,在1955年所写的《紫色与紫色的》一诗中说:"那延伸于墙外的牵牛花/像我的诗篇一样,野生而不羁。"杨牧在《林泠诗集》的序言中概括地指出林泠作品中的五个特点:风格婉约优柔和纯真矜持;内容偏重内心的探索;运用意象化的有机结构来呈现;自然流动的声调和节奏;她创造的神话隐约的朦胧的色彩,但绝不晦涩。② 这些艺术概括还是相当准确的,但也有一些问题,杨牧只注意到其婉约的风格,而未注意到背后所隐藏的力量,如《南方啊——赠孝楣》③:

> 在南方
> 我爱穿灰色的衣裳,漠然地
> …………
> 在南方　我爱着
> 那阴影浅度的交错,一枝

---

① 此节标题用的是林泠在大陆出版的诗选名称,见《与顽石铸情——林泠诗选》,三联书店2005年版。
② 林泠:《林泠诗集》,洪范书店1982年版,第4页。
③ 林泠:《林泠诗集》,洪范书店1982年版,第92~93页。

在赠予和婉却中萎谢的

映山红

虽然突出了"映山红",但却是"萎谢的"红,再加上"阴影浅度的交错",再加上"灰色的衣裳",以及"漠然"的表情或身影。这个身影与蓉子笔下那热情而坚强的维纳丽莎不同,而是从1960年代现代派"横的移植"移来的身影。

林泠以《女墙》代表女性所受到的社会限制:

曾经如此对它希望

走在那阴影下

我只是一个人

这回,我第二次来,

第二次,便不再梦想辽阔了。

我背着手,从这头踱到那头

我在想:这么细的绳索,能拴住一个城市吗?①

女性觉醒者只是作为孤单的"一个人"走在历史的"阴影"下,从第一次的满怀希望到第二次的"不再梦想辽阔"以及质疑,我们看到明确的理性。

在《微悟——为一个赌徒而写》中:

在你的胸臆,蒙的卡罗的夜啊

我爱的那人正烤着火

他拾来的松枝不够燃烧,蒙的卡罗的夜

他要去了我的发

我的脊骨……②

这首诗也很能体现林泠"与顽石铸情"的特色。诗中抒情主体"爱"着一个"赌徒",在后者那里,女性的一切都可以随手取用,当"他要去了"我的一切时,而"我"才开始"微悟"。

虽然林泠名列"现代派"筹委,但她也对"现代派"有微词,1981年,她写下一首《非现代的抒情》,忍不住讽刺现代主义者对抒情的排斥,"而弹了骨的现代主义者/是不欲,也不能/抒情的"。

(三)从张秀亚到李政乃:林鸟飞翔

有意思的是,1950年代的女诗人们,带着她们刚刚萌发出来的主体性,如

---

① 林泠:《林泠诗集》,洪范书店1982年版,第35~36页。
② 林泠:《林泠诗集》,洪范书店1982年版,第49~50页。

林中试飞,在诗中都写出了飞翔之于女性的意义。

我们已在散文部分介绍过张秀亚,其散文成就超过诗歌。1935年,张秀亚还是初中生时,便开始写作,其第一首诗发表于《益世报》上。她于北京辅仁大学就读西语系时,就已发表长篇叙事诗《水上琴声》。出版的诗集有《青苔诗集》(1937)、《水上琴声》(1956)、《秋池畔》(1966)、《我的水墨小品》(1978)和《爱的又一日》(1987)等。

张秀亚还是女性主义经典名著伍尔芙的《自己的房间》的第一个中文译者,可谓学者诗人。

传统诗歌题材中的女子伤春在张秀亚笔下更多了一层理性的反思,"夜正年轻/而记忆却非常古老了/我看见/一朵朵苦笑自你唇边消失/有如灯花在落",即使"当琴弦为你而断",时间也并不能将生命和美全部剥落,其实剥落的只是枯枝败叶,于是"生命的曲调乃化为永恒"(《夜正年轻》),她总是平静而乐观的,总是"想起了明天我还要赶长长的路"。

在《花园》中,张秀亚讨论了自然与女性生命的对应关系:

我说:"你的花园已空无所有了"
"有风
有雨
更有冬日的阳光抚摸着
一枚枚顽强的菌子。"她回答,悄悄的

我说:"你的花园已空无所有了"
"有青苔
有沙石
更有星影颤摇的夜
一声声鹳鸟响亮的鸣啼。"她回答,幽幽的①

"我"以理性化的眼光,忽略生命迹象,只看到自然的贫瘠,轻易给自然下断言;而自然的化身"她"则以丰盈而鲜明的生命现象,充满自信地回答。这首诗暗示:女人所拥有的生命正如这座花园一般,有着极其坚韧而丰富的内在。

张秀亚的诗很有力量,面对时间与命运,她的回答是存在主义式的,"我面向群峰前的山湖/悄然独立/你,林中的歌手啊/你是那峰巅回声中的回声/而我,也只是那湖心映影中的映影/百年不过一瞬/我把握住这片刻将你倾听"(《林鸟》)。在《林鸟》中,她倾心于这只"林中的歌手",把一只歌唱的小鸟置于宏大的背景和叙事中。对抒情主体来说,林鸟有一对飞翔的翅膀,能成就"峰

---

① 张秀亚:《秋池畔》,光启出版社1966年版,第65页。

巅回声中的回声"的事业,而"我"作为一个女性,只能"悄然独立"、"倾听",因为没有翅膀,只能成为"湖心映影中的映影"。两种对比,一动一静、一歌唱一沉默无声,透视出女性的当下存在状况和"林鸟"理想。

李政乃

笔名白珩,1934年生于广东平远,毕业于台湾女子师范学校、台北师专,曾任小学和师专教师。她17岁开始写诗,19岁即有诗作在《自立晚报》"新诗周刊"上发表。从创作年代角度来看,李政乃应是1945年后出现的台湾第一位省籍女诗人。她是现代诗社同仁,1957年因家累而停笔。1981年复出,常有诗作在《秋水》、《创世纪》、"中央日报"副刊上发表。出版有诗集《千羽是诗》(1984)。李政乃独来独往,不参加诗社活动。

李政乃在《幸福的召唤》中,平静地诉说着曾经没有主体的"过去":

　　过去活着为了别人
　　过去活着太墨守成规
　　过去活着　尽说些曲意承欢的话语
　　过去活着　自己太软弱　太善良　只为逢迎
　　过去活着　竟不知道自己是不是自己
　　我说过去是一场梦　一场空白的梦啊①

在诗中,她层层深入地质疑女性的"过去"生活:完全没有主体性,活着就是为他人,失语(只能说一些曲意承欢的话语)状态中,连"自己是不是自己"都不知道,谈何追求真正的自我?但是,未来呢?未来的"主体性"在她笔下也很可疑,因为"幸福的召唤"不过是等待"子孙们将抬着金婚的厚礼"、婚姻美满和儿孙满堂,她承认,从世俗角度,对女人来说,这些是幸福的,但女性却仍然没有主体性,仍然是通过命运的偶然性来获得幸福。

李政乃有些诗由思想和文明起源处来反思男性占据的中心位置。在《女人的王国》里,她把女性世界的"乐园"作为理想:"银光撒满大地　夜幕渐趋宁静/青萤　有如天上的繁星/花在低垂　女人在作诗/这儿是女人的乐园呀　没有妒……谁说女人是祸水　女人是悲哀。"②说女人善妒、女人祸水、女人悲哀,都是男性世界强泼给女人的污水。在她的理想中,女人宁静地在鲜花与繁星中"写诗",才是女性真正的"乐园"。

女性世界或静或动,是"拥着蔷薇梦的大地",但同时渴望飞翔,渴望有一对翅膀,李政乃在《孔雀》一诗中写道:

---

① 李政乃:《千羽是诗》,竹一出版社1984年版,第106~107页。
② 李政乃:《千羽是诗》,竹一出版社1984年版,第16页。

小立于绚丽的岁月中,
拘束如博物院金柜中的美孔雀
看到落日的余辉
我终于失声痛哭了
拥着蔷薇梦的大地啊
怎地渴望长对翅膀呢?①

对于"孔雀"来说,无论环境如何优越,她宁愿选择飞翔,也不愿待在博物院的"金柜"里;宁愿自由地"看到落日的余晖",也不愿被束缚在家庭这样的"金柜"中。大地一向隐喻女性(母亲),拥有一对自由飞翔的翅膀才是女性真正的价值所在。李政乃认识到既要当"大地"(母亲)又要自由飞翔(主体),对于女性存在来说,这是一个生存的悖论,所以暂时找不到解决之道的诗人最后只能在诗中"失声痛哭"。

本章参考文献

林仁川、李跃乾编著:《台湾光复》,福建教育出版社2007年版。
吕正惠、赵遐秋主编:《台湾新文学思潮史纲》,昆仑出版社2002年版。
陈鸣钟、陈兴唐主编:《台湾光复和光复后五年省情》(上、下),南京出版社1989年版。
刘登翰、庄明萱、黄重添、林承璜主编:《台湾文学史》,海峡文艺出版社1993年版。
陆卓宁:《20世纪台湾文学史略》,民族出版社2006年版。
田锐生:《台湾文学主流》,河南大学出版社1996年版。
戚嘉林:《台湾史》,海峡学术出版社2007年版。
何海兵主编:《台湾六十年》,上海人民出版社2009年版。
何况:《拥抱阿里山——一九四五年光复台湾纪实》,解放军出版社2006年版。
朱双一:《台湾文学创作思潮简史》,九州出版社2010年版。
潘亚暾主编:《台港文学导论》,高等教育出版社1990年版。
樊洛平:《当代台湾女性小说史论》,台湾商务印书馆2006年版。
施懿琳等:《台湾文学百年显影》,玉山社出版事业股份有限公司2003年版。

---

① 李政乃:《千羽是诗》,竹一出版社1984年版,第19～20页。

郑明娳主编:《当代台湾政治文学论》,时报文化出版企业1994年版。
郑明娳主编:《当代台湾女性文学论》,时报文化出版企业1993年版。
应凤凰:《文学风华·战后初期13著名女作家》,秀威资讯科技股份有限公司2007年版。
应凤凰:《五〇年代文学出版显影》,台北县政府文化局2006年版。
张瑞芬:《台湾当代女性散文史论》,麦田出版社2007年版。
崔家瑜:《谢冰莹及其作品研究》,文史哲出版社2008年版。
阮美惠:《台湾精神的回归——六七十年代台湾诗风》,成功大学博士论文2002年。
《当代中国新文学大系:史料与索引》,天视出版社1981年。

第七章 1960年代的台湾女性文学

第一节 概 述

　　1960年代,对于台湾女性文学来说,不仅仅是一组机械递增的标志时间的序数,因为台湾历史进入1960年代后,的确发生了一些直接影响与改变女性文学总体状况的标志性事件,我们可以从社会历史文化背景、文学思潮、文学创作方法等几个方面入手考察这种情况的产生与存在。

　　从台湾局势看,1960年,蒋介石当局以修订《动员戡乱时期临时条款》的方式,完成"不断任总统"的法治程序。在消除了种种内部杂音之后,其政权显得比1950年代稳定得多。在此情况下,从官方到民间,都开始摆脱之前战乱与流亡的心态,进入较为稳定的生产和建设行动中,当局也开始有序地施行社会经济发展计划。到1960年代中期,台湾已完成了由农业社会转向劳力密集、工资低廉的初级工业社会的准备,经济开始起飞。经济起飞带动社会各行业的发展,使得社会发生诸多变化:受教育人口迅速增加、农村城市化进程不断加快、人口快速往都市集中……以1965年美国终止对台湾的经济援助为标志,台湾当局有由先前的孤立逐渐走向自立的倾向。但美中不足的是,对美国军事的依赖与对外关系上取决于美国立场的僵硬、封闭态度,使台湾事事紧随美国之后,在国际舞台上不能自主,在对外事务方面继续处于孤立的处境。这时,表面上政权渐趋稳定、经济和其他方面的发展确实已开始迈向飞跃的台湾,像个"燥热而密闭的空间","显露出某种焦躁、郁闷和彷徨的时代气息"①。

从文化与文学气候看,1960年代,特别是其初期,国民党仍然在台湾实行高压统治和政治化的文艺政策,把"五四"以来进步的大陆作家的作品等列为禁书。在外部政治的高压下,一切指向现实、批判现实的创作倾向在台湾均面临打击,它们多会遭到政治干预,甚至会给作者引来杀身之祸。如1949年由"外省精英"主导的宣扬自由民主的《自由中国》杂志,就因发表大量自由批评蒋当局的文章而于1960年9月4日遭到停刊,其主要编辑雷震等人还被逮捕、监视,失去人身自由。由此可见,在当时,政治话语仍在文坛上占据极强势的霸权地位。在"传统的既不可亲,五四的新文学又无缘亲近"的情况下,台湾的文艺青年只能向西方寻求出路,台湾文艺也"只剩下一条西化的生路或竟是死路了"②。正如余光中所见到的,在经济面向西方发展、政治向西方依靠的1960年代,远离祖国的台湾关闭了对大陆"五四"以来先进文艺的"纵的继承"的大门之后,迅速"横的移植"的西化已成为可怜的唯一的出路。此外,从发生于五六十年代的新老西化派与中国文化派的"中西文化论战"(新老西化派有胡适、李敖、肖孟能等;中国文化派有胡秋原、郑学稼、任卓宣、徐复观、钱穆等,两边的主将是李敖和胡秋原)中,我们也可以看到,台湾在短期内向西方全面开放,迅速西化成为不争的事实。虽然李敖因文章攻击蒋氏父子和高层显要而锒铛入狱,使论战宣告结束,但这一由西化派主动挑起的论战,"经过双方大规模的交锋,大大地扩大了西化派的影响,扫除了台湾政治、经济、文化、文学全盘西化道路上的障碍,为台湾的全盘西化做了舆论上的准备"③,台湾进入1960年代之后,在极短的时间内全方位、无抗体地迅速西化成为可能。

在此背景下,1960年代文坛上的女作家,除了1950年代就对文坛有贡献的苏雪林、谢冰莹、张秀亚、林海音、琦君、郭良蕙、孟瑶、艾雯、刘枋、邱七七、聂华苓等,还有1960年代活跃于台湾文坛的於梨华、丛甦、吉铮、孟丝、康芸薇、王令娴、丹扉、陈克环、姚宜瑛、罗兰、叶蝉贞、叶曼、胡品清、姚葳、褚问鹃、华霞菱、重提、匡若霞、幼柏、朱慧洁等。值得一提的是,除了以上为数众多的大陆来台女作家外,一批接受过高等教育的本省籍女作家也登上文坛,崭露头角。她们有的甚至出手不凡,给文坛带来不小的震动,如陈若曦、欧阳子、施叔青、李昂。她们的加入,填补了台湾当代文学因语言转变等因素而导致的本省籍作家创作的苍白状况。她们有意识地挖掘台湾题材,关注本土现实的做法,也给这个时期的台湾文坛带来新的生机。

---

① 彭瑞金:《台湾新文学运动40年》,自立晚报社文化出版部1991年版,第105页。
② 余光中:《天狼星》,洪范书店1976年版,第153页。
③ 吕正惠、赵遐秋主编:《台湾新文学思潮史纲》,昆仑出版社2002年版,第219页。

这一时期,女性生存状况多种多样。随着台湾经济的飞速发展、现代化速度的加快,社会贫富差距拉大了。在此情况下,有的女性家境富裕,有机会接受高等教育,大学毕业后既可以在社会上谋职、自食其力,也有出国留学或嫁给中产阶层人士为妻的可能。出身低下或生长在穷乡僻壤的女性,却往往要为了物质所需奔波劳碌、奋力工作。这些状况,在众多女作家的笔下都有所表现。前者常表现在张秀亚、琼瑶、郭良蕙、欧阳子等人的作品中,而后者,多表现在林海音、陈若曦、施叔青等本省籍作家的作品中。

此一时期,不少刊物也给女性作品的发表大开方便之门,推动女性文学的繁荣。其中发挥重要作用的文学刊物应首推《现代文学》杂志。1960年3月创刊的《现代文学》杂志是继50年代夏济安的《文学杂志》①之后1960年代非常重要的刊物。它由台湾大学学生社团"现代文学社"(该社由1950年代末台大外文系学生陈若曦、王愈静等创办的交友性质的学生组织"南北社"扩大改组而成,成员有陈若曦、白先勇、欧阳子、李欧梵、王文兴、王愈静、戴天、席幕萱等)主办,白先勇任主编。在该刊发表作品的许多作者,如聂华苓、於梨华、陈若曦、欧阳子等,多是《文学杂志》上的作者或夏济安先生的学生,曾受到过夏先生等人的影响或指导。《现代文学》杂志系统地翻译介绍西方近代艺术学派、思潮、作家,选择代表性的作品刊出。在发刊词中他们写道:"我们如此做并不表示我们对外国艺术的偏爱,仅为依据'他山之石'之进步原则……";"我们感于旧有的艺术形式和风格不足于表现我们作为现代人的艺术情感。所以,我们决定试验、摸索和创造新的艺术形式和风格……我们尊重传统,但我们不必模仿传统或激烈地废除传统,不过为了需要,我们可以做一些'破坏的建设工作'②"。"现代文学社"的成立和《现代文学》杂志的创刊,成为台湾现代派小说崛起的重要标志。杂志创刊后,这批青年大学生很快便展示出才华和朝气:一边搞创作,一边拉稿子,同时抽出时间搞翻译。正如台湾文艺理论家何欣的评价:"《现代文学》在介绍西方文艺理论、批评与重要作家方面的贡献是毋庸置疑的……西方文艺理论与技巧为年轻一代的作家所吸收,所实践。

---

① 《文学杂志》是台大外文系教授夏济安等人于1956年9月,联合该系一批师生创办的学院式文学刊物。聂华苓、於梨华、白先勇、陈若曦、欧阳子、王文兴等都曾是它的作者。其创刊号《致读者》中写道:"我们的希望是要继承中国文学的伟大传统,从而发扬光大之。我们虽然身处动乱年代,我们希望我们的文学并不动乱。"在50年代"反共八股"文学泛滥之际,这个刊物为台湾文坛打开了一扇呼吸新鲜空气的窗户,接通了台湾文坛和西方现代主义文学的关系,对当时的台湾文坛有较大的影响,为台湾现代派的崛起进行了舆论准备,培养了人才,可看作是台湾现代主义文艺思潮到来的前奏。1959年7月,夏济安去了美国,该杂志便进入了尾声,1960年8月停刊。

② 吕正惠、赵遐秋主编:《台湾新文学思潮史纲》,昆仑出版社2002年版,第216页。

他们也影响了以前从未接触过西方文学的作家。也影响了别的杂志,如《纯文学》《幼狮文艺》等刊物所发展的路向。"①

除了主要发表小说的《现代文学》杂志外,1960年代在诗歌方面发挥重要作用的刊物主要有纪弦编辑的《现代诗》季刊(1953年2月创刊,1964年2月休刊,1982年复刊),张默、洛夫、痖弦编辑的现代诗刊《创世纪》(1954年10月创刊,1969年1月休刊)和夏菁、覃子豪、余光中、罗门、蓉子等编辑的《蓝星诗页》(1958年12月创刊,1965年6月停刊)。此外,较重要的刊物还有《笔汇》、《文学季刊》、《台湾妇女月刊》、《文坛》月刊、《野风》半月刊、《征信新闻报》副刊等,它们都为此期女性作品的发表发挥了一定的作用。

尽管各方面的西化已成为不可逆的潮流趋势,但1960年代的台湾,特别是早些时候,除了政治话语霸权之外,遗留在人们头脑中的传统观念意识,如传统的文学观、价值观、伦理观等,仍旧十分强烈。它们对这一时期的女性文学创作也有不同程度的影响与制约,从"《心锁》事件"中我们不难看到这一点。

1962年,在《征信新闻报》上连载的郭良蕙小说《心锁》,因大胆地言及性爱等问题,揭示被压抑、被扭曲的爱情心理及情欲对人格产生的毁坏力量,其表现出的观念突破了传统的禁区,在当时文艺界掀起轩然大波。

许多资深作家就此撰文发表意见,如苏雪林写了《评两本黄色小说——〈江山美人〉与〈心锁〉》,谢冰莹写了《给郭良蕙女士的一封公开信》,均对作品甚至作者本人进行了激烈的批驳。最终,1963年1月,台湾"内务部"及"省政府"认为"该书部分文字诲淫,描写多角人物乱伦关系,且色情狂滥",决定查禁该书。同年11月,"中国文艺协会"也发表声明,注销郭良蕙的会籍。

但换一种角度看,《心锁》对于扭曲和压抑人性的社会力量的抗议是有积极意义的,作品自有其独特的文学价值。在中西文化碰撞、传统价值观念开始变迁的1960年代初期的台湾,作者只不过是从性文化的角度切入,道出她所捕捉到的社会现实变化——部分青年在婚恋生活中,由于传统婚恋观裂变而走向迷惘与沉沦。作者塑造的这个矛盾迷失、伦理混乱而表面上又温情脉脉的家庭,也可谓是台湾社会转型初期世态人情与现实症结的缩影。②

作者将笔锋直指道德、伦理、信仰和人性等问题,不仅显示了她敏锐的观察力,更彰显了胆识,从而凸显作者作为一个女性在当时所少有的勇气与魄力。官方与主流文坛如此默契呼应、激烈批驳的反应,正说明了那个时代女性文学创作的生存处境,即:主流话语与传统观念对女性文学创作中个性化写作和女性意识凸显的做法,有着明显的反感与排斥。欧阳子等人作品中对性心

---

① 何欣:《中国现代小说的主潮》,远景出版社1979年版,第36~37页。
② 樊洛平:《当代台湾女性小说史论》,台湾商务印书馆2006年版,第97页。

理等描写的大遭非议等,其缘由莫不与此相同。好在近年来,研究者们在重新发掘被历史遗忘与忽视的女性创作时,重新给予它们较为公允的评价。

虽受种种强烈的外在干预,这一时期的女性文学并未完全沦为政治等主流话语的附庸,成为政治宣传的工具,而是用特有的方式来进行适当的反驳,不断在当时的大背景下巧妙地寻找合适的立足点来争取可能的生长空间。总的看来,这一时期,在上述背景下,女性文学创作主要体现出三种不同的风貌:一是继续延续1950年代怀乡忆旧的创作倾向,把目光或批判的目标指向过去或大陆;二是感应1960年代西风东渐的趋势,把目光投向海外,书写海外游子的现实生活或文化心理;三是在台湾女作家逐渐成长、台湾意识逐渐苏醒的背景下,女性文学创作也常在台湾乡土题材中寻找无关政治痛痒的写作元素。从怀乡题材写作的逃避、海外题材写作的回避、乡土题材写作中的顾左右而言他等可以看出,此一时期女性文学创作整体上趋向于回避台湾现实,特别是与当局有关的政治问题。这些作品多缺乏直指现实、批判现实的勇气,更不像西方1960年代女权主义运动浪潮中的文学作品那样文风犀利、锋芒毕露,而是在巧妙的反驳之外往往体现出主流所期待的温婉风格。作者们至多在现实题材的作品中琐陈现状、点到为止或常假托其他时代、地域来说事,说明她们并非看不到诸多社会问题;而最终削减火力、归于温柔敦厚的劝说或耐人寻味的叹息,正说明那个时代作家们因着制约而不能言说的无奈。即便是此一时期批判力度较大的林海音、聂华苓等人,其作品矛头也只是指向大陆或封建旧时代,这对台湾的现实、政治非但无伤害,反倒正合当局之意,所以无妨。

就怀乡忆旧的创作倾向而言,一方面它是1950年代后期国民党"反攻复国"神话破灭后,在海峡两岸完全隔绝、"怀乡病"在台岛盛行的现实中兴起的怀乡文学的顺延;另一方面,在本时期,它又表现出新的特点,如作家们更注重作品的精神深度,在怀乡忆旧时亦更客观理性,不少作品还增强了批判意识,等等。这一创作倾向在1960年代初就形成了高潮,此后陆续发展。这一点有着重要的文学史意义,正如陶德宗所言,怀乡文学的产生和发展,"是对完全失落文学本性且正猖獗于文坛的'反共文学'的有力抗争,使台湾文学的主体性由失落趋向回归并为整个中国当代文学增添了新的文学因素"[1]。这方面较有代表性的女作家有林海音、聂华苓、於梨华、张秀亚、琦君。此一时期,怀乡文学的创作实绩主要在小说方面,其次是诗歌和散文。综观这个时期的怀乡文学,总的说来,它又表现为以下几种:一是以忆旧抒怀为主的创作,如张秀亚、琦君等人的作品,重在通过对故乡亲人、往事的不断回忆,表达自己当下的

---

[1] 陶德宗:《百年中华文学中的台港文学》,巴蜀书社2003年版,第200页。

各种情怀;二是关注下层流亡者的创作,如聂华苓的作品多关注来台下层小人物的生存状况,他们往往在无聊小事上耗费时日以排遣回乡无望的忧愁,深切的共鸣体现出作者的人道主义关怀;三是用故乡元素、怀乡情感与揭露批判旧中国社会的题旨相结合的创作,如林海音、聂华苓的许多作品多以作家自己旧日的大陆生活经验为蓝本,以带有强烈自传色彩的主人公的活动为引子,在细腻地描绘出一幅幅优美动人的故乡风情画之后,又客观、理性地揭批故乡的不合理之处。读者从中不难见到作家们对故乡无尽的思恋和对祖国深沉的爱。

就海外题材的创作倾向而言,其中最有代表性的是留学生文学。此外,也有一些书写海外的旅行见闻。1960年代,台湾的留学潮达到高峰。许多青年一方面为了追求梦想,一方面也为了逃避闷热、压抑的台湾政治氛围而纷纷负笈海外,求学于西洋。他们当中有的在台湾时就有文名(如陈若曦、欧阳子、聂华苓),留学期间依然不辍写作。这便有了以留学生生活、情感、心理及命运等为表现对象的留学生文学。正如大陆学者吴尚华所言,留学生文学是"台湾文学漂泊主题在异国的延伸"①。从某种意义上讲,对故土的文化乡愁与更深层次的民族情感和寻根意识等使留学生文学与指向大陆的怀乡文学有着共通之处。在东西方冷战的年代,许多留学生怀揣梦想,离开台湾、移居海外,但东西方异质文化的冲突、农业文明与现代文明的反差,使这群如赵淑侠在《从留学生文艺到海外知识分子》一文中所说的"在走的时候就抱着一去不返的心理"的留学生们产生强烈的文化认同危机和焦虑;台湾当局对西方依附的事实等更使他们滋生不安、惶惑、自卑等心理。在流浪与迁移中,这群留学生成为没有国家之根的精神漂泊者,种种边缘人的失落感、无奈感、"无根的漂泊"感油然而生。生活现实与文化心境上的双重失意,使这一时期的留学生文学主要从留学生们升学、就业、婚恋等生活遭遇上取材,展现他们在西方异域文化境遇中的真实生存状况。於梨华、吉铮、丛甦、欧阳子是这个时期留学生文学的主要作家,於梨华的小说《又见棕榈,又见棕榈》是其中的扛鼎之作。

就台湾题材的创作倾向而言,此期最值得关注的是台湾女作家们对于乡土题材的书写。台湾的新文学中虽一直存在着乡土文学的传统,但"二二八"事件及其后1950年代的"白色恐怖",使许多台籍作家受到压制,再加上语言转换等原因,光复后一个时期的台湾乡土文学陷入低谷。② 但它并未灭绝,只是从事这方面创作的多是钟肇政、钟理和、陈火泉、廖清秀等男性作家。1950年代后期以来,随着台湾女性教育状况的普遍改善,土生土长的台籍女作家开

---

① 吴尚华:《台港文学研究》,安徽人民出版社2007年版,第124页。
② 朱双一:《台湾文学创作思潮简史》,九州出版社2010年版,第226页。

始逐渐成长。本省籍男作家们在乡土文学方面或创作，或编书（钟肇政主编了《本省籍作家作品选集》等），或撰文（叶石涛写有《台湾的乡土文学》《两年来的省籍作家及其小说》等），多方面不间断努力，无疑壮大了声势，影响正在学步之初、接受多方教育的台籍女作家如陈若曦、施叔青、李昂等，她们开始有意识地从乡土题材中寻找创作元素。在高等学府接受的多元表现手法，又使她们能用不同于老一辈作家们的灵活方式来处理乡土题材作品。比如，陈若曦在1950年代末就运用现代派技巧，创作出了具有浓厚台湾乡土色彩的作品。她们早期的创作虽有瑕疵，作品中或是现状描述多于理性批判，或是技巧锻炼多于内容呈现，但她们朝这一方向上的努力为这个时期的台湾女性文学创作园地增色不少。

就创作方法而言，这一时期台湾女性文学创作多感应西风东渐的时代趋势而从西方现代主义文学中吸取营养。总的来说，在创作上有向内转的倾向，即：由现实主义的注重描写外在具体社会现象转向现代主义的多关注人的内心世界、潜意识等方面。意识流、象征、隐喻、心理独白、黑色幽默等现代主义手法被广泛运用，丰富了这个时期的女性文学创作手法。实质上，这种向内转的趋势，一方面是1960年代政治等外在因素强烈干预文学创作，使作者们不敢轻言现实周遭因而发生转向的直接反映；另一方面也是文艺理论工作者大力推动的结果。自1950年代后期起，夏济安的《文学杂志》等就介绍与引进西方的文学理论家和作家。1960年代，白先勇等人的《现代文学》杂志又有计划、有系统地引进西方现代主义的理论，先后刊出西方现代派代表作家卡夫卡、托马斯·曼、乔伊斯、劳伦斯、伍尔芙、萨特、波特莱尔、福克纳、亨利·詹姆斯等的代表性作品等。这些西方现代派作家多在战争中体验到世事的沧桑。强调自我、表达作家的主观情感而不是客观地再现现实生活世界，成为他们写作的旨归。他们的作品也多由具象的描述转向抽象的沉思，多挖掘人性、展现哲学观念。1950年代后期国民党"反攻复国"的神话覆灭之后，整个台湾社会四处弥漫着失望、痛苦、迷惘、焦虑与幻灭的气息。这种战争之后的社会现状与普遍心理正与西方现代主义作家们所面临的生存处境相同。因此，二者较易产生共鸣。所以，在台湾政治、经济等对西方全面开放的1960年代，各种文艺思潮汹涌而至，让人眼花缭乱、目不暇接，西方现代主义作家在世界文学史上的地位、文艺理论工作者的极力推动以及"现代文学社"成员的成功效仿等，都使得现代主义文学创作倾向在台湾文艺界有了更多的生存空间。现代主义作家的作品为这个时期台湾的文艺女青年提供了极好的蓝本，现代主义的创作手法也纷纷为作家们所效仿，大大地丰富了这个时期的女性文学创作。

第二节　1960年代的女性小说创作

1960年代，文坛主流依然笼罩在浓郁的政治氛围之中，但因为台湾在寻求经济开放与大发展的过程中政治出现了一定的松动，再加上自1949年以来台湾女性文学创作多在无关乎政治的怀乡忆旧、家庭琐事等方面的作为，反而使其得以在以"反共"宣传式创作为主的文坛上一枝独秀。因此，这个时期的女作家们承继上一个时期的余绪，抓住这一个时期的机遇，继续有所作为，使得女性小说创作园地颇为丰富，不管是从作者的队伍方面、创作主题方面还是写作技巧方面，都较上一个时期有所拓展。首先，从作者队伍方面看，这一时期，除了渡海来台的女作家们如郭良蕙、繁露、孟瑶、童真、张漱菡、於梨华、毕璞、吴崇兰、林海音、徐薏蓝、艾雯、萧传文、刘枋、季季、聂华苓、谢冰莹、徐钟珮、张秀亚、琦君、郭晋秀、李芳兰、张裘丽等（以上按作家在1960年代出版图书数量的多少进行排序），继续在女性文学领域发挥中流砥柱的作用外，台籍作家如陈若曦、施家三姐妹等也渐渐成长，加入写作队伍，开始了她们的文学创作历程。这些台籍女作家不仅受到良好的教育，还有意强调台湾意识，力图在台湾题材的挖掘中有所作为。从创作主题方面看，除了上一时期人们针对祖国大陆的怀乡忆旧之作有所延续，此一时期，因为西方思想、观念等大量输入台湾，在经济利益的强势作用下多被强制接受，台湾社会的农耕经济正逐渐向工商业经济转变。各方面的变化使得台湾社会出现了许多新情况，如留学潮、人们观念的转变、农村快速城市化等。因此，此期小说创作中也不乏对台籍海外留学生生活以及台湾本岛生活的写照与关注。值得注意的是，此一时期，作品中对台湾本岛现实的关注方面有了新内涵：西方文化的输入势必与中国传统文化产生冲突，这个冲突对中国传统伦理道德、习俗、观念等也产生了较大的影响，这些都体现在此一时期的小说创作中。在创作技巧方面，此一时期，由于以台大外文系师生等为主的向西方学习技巧的风气渐成趋势，现代主义写作手法（如意识流、象征、隐喻等）被广泛运用，随处可见。

一、大陆情结的深沉释放

1960年代，特别是初期，众多女性小说作者的大陆情结仍难以释怀，笔下亦常情不自禁地流露对祖国故乡的深切怀念。因此，此一时期，女性小说领域对怀乡忆旧的描写仍在继续，较著名的有林海音、聂华苓、於梨华。相较于上一个时期，此一时期这类小说更注重作品的精神深度，亦更客观理性，富有批判意识。

（一）林海音：女性历史的深情回顾

1960年代，林海音主要出版小说作品《城南旧事》（1960）、《婚姻的故事》（1963）、《烛芯》（1965）、《春风丽日》（1967）、《孟珠的旅程》（1967）。区别于怀乡小说思乡情感的无节制泛滥，林海音的这类小说，多以思乡为切入口，在主题上仍坚持她一以贯之的对中国女性命运的关注与思考。这一时期这类代表性作品是小说集《婚姻的故事》和《烛芯》，它们通过描写中国几代妇女的不幸遭遇，"构成了一部悲剧性的女性生存历史"①。她们的悲喜、奋斗、挣扎，最终不可避免的悲剧结局，常令人扼腕深思。林海音也通过对旧时女性苦难历程的描述、对封建制度文化的批判、对女性自身不觉悟的反思以及对男权话语的批判，使其小说在同期众多同类作品中显得别具深度。

《殉》写一个旧中国"冲喜"的婚姻故事。方大奶奶在为养女准备嫁妆，无限伤感地回忆起自己不幸的身世。当年，还是少女的她嫁过去为身患重病的未婚夫冲喜，"喜"没冲成，一个月后丈夫还是死了。这个仍是处女之身的少女从此便一生留在夫家，开始如漫漫长夜的守寡生活，那孤单凄凉正如以死相殉。作品从现代、人性等角度揭示封建婚姻制度的罪恶，具有较强的社会批判意义。

被台湾文学评论家叶石涛认为是"题材可怕、技巧完美"②的《烛》，由作者老同学家的故事改编而来。不同于1950年代《金鲤鱼的百褶裙》等写"小妾"的悲哀，《烛》关注"大妇的不幸"③，写的是一夫多妻婚姻制度下，大太太因不能接受丈夫纳妾的事实而装病以致瘫痪半生的故事。启福太太在为丈夫生下第四个孩子后，目睹丈夫把她的婢女收为小妾。在那个丈夫纳妾是天经地义的时代，本是大家闺秀、向来好面子的大太太表面上宽容大度，但被弃的痛苦和对丈夫的怨恨却日夜吞噬着她的心。姨太太进门后，她就不再走进丈夫的房里，趁腿受风寒之机，终日躺在床上装病，借此引起丈夫的注意并趁机折磨他们。因常年卧床，她的小腿退化，竟真的瘫在那里，再也起不来。这个女人就在一缕烛光下，对墙躺了十几年，直到丈夫和小妾都死了，她还仍旧躺在床上……小说除了批判封建婚姻制度，也批判旧式女性本身。正如林海音之女夏祖丽所言："她活了一生却瘫了半辈子，只为了丈夫娶了姨太太。她的命运和社会地位竟是维系在另一个人——丈夫身上。男人爱她，她就好像有一种

---

① 陆卓宁：《20世纪台湾文学史略》，民族出版社2006年版，第139页。
② 夏祖丽：《从城南走来——林海音传》，三联书店2003年版，第190页。
③ 田锐生：《台港文学主流》，河南大学出版社1996年版，第56页。

光圈照着;男人冷落她,她就像一具僵尸一样活着。"①

以上这些作品所反映的都是作者母辈妇女的悲剧命运,林海音将视点落到那些封建传统婚姻的女性牺牲者身上。一方面,她控诉封建婚姻制度的罪恶,在这些女性身上倾注自己的同情;另一方面,她也不动声色地展现这些女性的内在心理,"对他们的麻木不悟亦给予温婉深沉的叹息"②。除此之外,林海音还关注到,在更趋现代的社会中妇女婚姻与命运的变化,如《烛芯》《琼君》中就出现一些不同于旧式的,不屈于已有婚姻、命运的女性。

《烛芯》围绕一个"痴情女子负心汉"的故事框架,描写对中国近代政局动荡中女性婚姻家庭观的改变,寄寓了作者对不同时代女性命运的新思考。故事的背景是1960年代的台湾,但其源起却要追溯到抗战年月的大陆。年轻恩爱的小夫妻元芳和志雄在抗战年月里被迫分开,志雄为追求理想而去后方做抗战青年,元芳为掩护丈夫而遭日寇审问踢打,不幸流产。元芳在沦陷区苦等了丈夫八年,却等来丈夫另娶后飞往台湾。元芳千里寻夫来台,重逢时,当年那个信誓旦旦的丈夫已娶妻生子。志雄旧爱新欢都无法割舍,便说服两个女人一块儿过活。元芳在无奈中容纳了这个女人,接受丈夫一星期来住几天像施舍似的爱情。后来,元芳遇上朴实爽朗的北方汉子俊杰,终于鼓起勇气离开志雄,和俊杰结合。俊杰却坦白地告诉元芳,他的妻子留在大陆,生死未卜。在这一点点伴随着遗憾与愧疚的幸福中,元芳也正扮演着另一个可能的"第三者"的角色。正如大陆学者樊洛平所说的,元芳流浪在两个男人之间,走过了痴情妻子—被遗弃女人—特殊意义的"第三者"的生命历程,"即使再遇诚信男子,仍旧摆脱不了女性在男权文化中独自背负的道德罪名。社会并没有因女性在时局动荡中的特别负重,而减轻男权话语对她们的沉重压迫"③。台湾学者范铭如教授也认为,《烛芯》以女性立场直捣家国政治与性别政治的纠葛核心,戳破男性中心论述的谎言。④

《琼君》是个"寡妇再嫁"的故事,起始于1930年代的大陆。孤女琼君在父亲去世后便被安排嫁给了她30岁的韩四叔做填房,给他生了儿子。来台没多久,韩四叔便死了,琼君带着儿子度日。后来,一位年轻工程师闯入琼君的心扉,她在"寡妇再嫁"与否的矛盾中几经挣扎,最后决定"朝前走一步",嫁给工程师。

---

① 夏祖丽:《从城南走来——林海音传》,三联书店2003年版,第190页。
② 丁帆等:《中国大陆与台湾乡土小说比较史论》,南京大学出版社2001年版,第221页。
③ 樊洛平:《男权话语遮蔽下的婚姻真相揭示——试论林海音对台湾女性文学的开拓》,《北京联合大学学报》(人文社会科学版)2005年第2期。
④ 夏祖丽:《从城南走来——林海音传》,三联书店2003年版,第193页。

《烛芯》里的元芳,最终主动结束屈辱,以"大妇"之身迈出不尴不尬的两女一男的旧式婚姻怪圈;琼君因"朝前走了一步",从既有的婚姻轨道与旧式女人"父死从子"的宿命里挣脱出来,自主地再嫁予他人。她们比《城南旧事》里的宋妈、《金鲤鱼的百褶裙》里的金鲤鱼、《烛》里的大太太、《殉》里的方大奶奶等都要觉悟、勇敢得多。虽枉费大半辈子,但到底还是走出来了;虽并未达到十分完美的境地,却真切地触碰到幸福的边缘。林海音用深邃的历史之眼,在怀乡的书写情结之中,捕捉到女性在历史长河中的变迁。她的怀乡加女性式的创作路子无疑疏离政治主流话语,在仍然属于政治高压的特殊年代里寻找到主流之外作家立足的最佳位置。

(二)聂华苓:直面现实的含泪的笑

与林海音一样,聂华苓也是这一时期将怀乡题材与女性关怀结合得较好的作家。聂华苓1925年1月11日出生于原籍湖北应山县。南京中央大学外文系毕业,后在美国取得科罗拉多大学、可欧学院、杜布克大学三个荣誉博士学位。1949年赴台湾后长期担任《自由中国》编辑委员和文艺版主编,也曾任教于台湾大学及东海大学。1964年离开台湾,前往美国爱荷华大学"国际作家工作坊"工作。1967年,聂华苓与丈夫美国诗人保罗·安格尔共同发起爱荷华大学"国际写作计划",每年邀请世界各地的作家、诗人来进修创作,对国际文化交流有较大的贡献。1977年,300多位各国作家曾推荐聂华苓和安格尔为诺贝尔和平奖候选人。1981年,夫妇两人还一同得到美国五十州州长所颁的文学、艺术杰出贡献奖。

自1950年代起,聂华苓先后创作长篇小说《失去的金铃子》《桑青与桃红》《千山外,水长流》,中篇小说《葛藤》,短篇小说集《翡翠猫》《一朵小白花》《聂华苓短篇小说集》《王大年的几件喜事》《台湾轶事》及散文评论集《梦谷集》《黑色、黑色、最美丽的颜色》《三十年后——归人札记》与《沈从文评传》,回忆录《三生三世》等,其中部分作品被翻译成多国语言发表。其代表作《桑青与桃红》还被列入亚洲小说一百强。

聂华苓的小说题材多样,内容广泛,既有抒发对祖国山河和乡村人物的情思,寄托对祖国、故土、亲人的怀念的(如《失去的金铃子》),又有描写从大陆流落到台湾的小市民的生活和乡愁,表现他们想回家又不能回家的空虚绝望情绪的(如《台湾轶事》)。此一时期,聂华苓的小说创作主要有长篇小说《失去的金铃子》(1960)和短篇小说集《一朵小白花》(1963)。

思念故乡,是聂华苓创作《失去的金铃子》的一个动因。在完成这篇小说之前,她任职多年的《自由中国》杂志因触犯当局的禁忌而被迫停刊,多位同事被捕,她自己也遭到特务的监视。在那不能自由表达意志的环境里,她从对大陆故乡的怀念中得到安慰,她在小说的后记《铃子是我吗?》中写道:"那个地方与那儿的人物如此强烈地吸引着我,使我渴望再到那儿去重新生活。"①作者以个人生活经验为起点进行艺术构思,写出这篇小说。其原型是母亲所讲的故事,背景是作者小时候曾到过的地方。与有些来台作家出于政治需要,用牧歌式的调子抒发乡情,把旧中国大陆美化为世外桃源不同,聂华苓对于旧中国虽然有许多美好的回忆,却并不回避其半封建半殖民地国家依旧悲剧连连的事实。因此,她的小说里既有令人留恋难忘的自然美景,如奇特的山区交通工具"兜子"、横跨山间的竹管、惹人喜爱的金铃子、悠长的蝉声、清亮的鸟鸣、嶙嶙高山、矗矗乱石等;又有女人"从一而终"、男人纳妾、原始野蛮充满迷信的接生方法等封建习俗。这使得她笔下的故乡既质朴、清新、美丽,又封建、闭塞、落后。

小说以西南地区一个山村三星寨为背景,围绕主人公苓子的成长过程,叙述了一系列爱情悲剧,真切地呈现出抗战时期这个具有典型意味的边远山村的社会情状。抗战期间,无数人逃难到西南后方的边远山村。他们不但给那里带来战时畸形的商业繁荣,也给那里带来为封建习俗所不容的自由空气与现代文明,表面平静的山村发生种种变化。但这些变化就像死水微澜,最终仍在巨大的封建力量面前归于沉寂。小说中的苓子是个性解放的新女性,她一反旧中国传统妇女的观念,声称"我就是我""我是为自己而活的"。她就是带着这种现代思想来到三星寨——这个以庄家姨爷爷、黎家姨爹为封建势力代表的表面恬静、欢乐的山村的。在这里,尽管有势力的男人们不是娶姨太太就是乱搞女人,但他们却要道貌岸然地利用手中的权力,以封建习俗为法律,不许青年男女有半点爱情婚姻的自由。谁敢违抗,谁就遭殃。妇女在其中深受其害、苦不堪言。作品通过苓子的叙述,写出了巧巧、丫丫、玉兰等女性一系列的爱情悲剧故事,描绘出一幅幅旧中国人生阴暗的画面。寡妇巧巧受到新思想的影响,置妇女"从一而终"的封建习俗于不顾,对钦慕她的、具有自由思想的外来西医尹之一往情深,他们的大胆挑衅自然要遭到残酷镇压:巧巧被逐出村子,无家可归;尹之也遭人栽赃,差点被当作鸦片贩子被处极刑。丫丫被父母指腹为婚,男方长大后长年害气喘病,但母亲为了物质利益却仍要女儿嫁过去。为了追求幸福,丫丫勇敢地和当地驻军的一个连长私奔了。但"天下乌鸦一般黑",不久后受伤的她又回到山村活受罪。玉兰尚未出嫁,未婚夫就死了,从此她便要被迫为他守节做未亡人。后来玉兰顺从人性与别人私通,被族人当众问罪,险些送命……作品中的爱情故事虽也写出了"那些怀着理想之光的

---

① 《失去的金铃子》写于1960年,并在当年的台湾《联合报》上连载,人民文学出版社1980年出版。

男女们撞击封建锁链时所闪出的火花"①,但最终莫不是以悲剧收束。种种意想不到的结果,使苓子的灵魂受到很大的震动。在现实与思想的痛苦挣扎中,她获得了内心的成长。书中作者借西医尹之之口尖锐地指出封建礼教、习俗对妇女的压迫,提出旧中国依旧普遍存在着的妇女问题:这个地方必须首先让女人像个"女人",把女人的问题解决了,才会有进步。②

作者用客观写实的笔法,层次分明地勾画出山村特有的自然景象、风土人情、社会习俗、人际关系,使我们可从三星寨这"一斑"窥见抗战时期后方山村乃至广大旧中国农村的"全豹"。虽然资产阶级民主革命已推翻封建王朝,旧的秩序表面上遭到破坏,但在半封建半殖民地中国的现状下,封建势力却未受到致命的冲击,依旧盘踞在广大城乡,特别是边远的山村,这严重妨碍着中国社会的进步。作品中对封建礼教、习俗的揭露与批判以及对女性追求自由、幸福的同情与支持,不难看出作者对"五四"文学传统的继承。

除《失去的金铃子》外,聂华苓还从台湾现实生活中择取素材,塑造了许多患有怀乡病的小人物,这可从《台湾轶事》小说集中看出。这个集子虽然是在1980年由北京出版社出版的,但它是由其以前创作的几本短篇小说集精选荟萃而成。集子的内容正如作者在"前言"中所说:"全是针对台湾社会生活的'现实'而说的老实话。小说里各种各色的人物全是从大陆流落到台湾的小市民,他们全是失掉根的人,他们全患思乡'病',他们全渴望有一天回老家。我就生活在他们之中,我写那些小说的时候,和他们一样想'家',一样空虚,一样绝望——这辈子回不去啦! 怎么活下去呢!"③集子中比较有代表性的有《爱国奖券》《小白花》《一捻红》等。

《爱国奖券》写的是一群自大陆来台的小人物们在政治专制、经济困窘的台湾饱受精神空虚苦闷和经济困顿拮据之苦的故事,众人同租的房子里上演了一场人生活剧。乌效鹏来台之后无所事事,天天在斗室里从一头走到另一头,进行轰轰烈烈却漫无目的无休止的长途散步;万守成在台湾一无情,二无爱,每天在家抄"处长通讯簿",抄一个字,念一个字,不停地抄,不停地念,借此打发时间;顾丹卿是个奉公守法的小公务员,总结出三十六计中沉默是上策,生孩子成了他"唯一的消遣"。因穷极无聊,这几个邻居总希望有点什么奇迹能发生,于是就合资购买了一张"爱国奖券",希望能得到二十万的头奖。可最终他们连十块钱也没中,生活该怎样还是怎样。篇末,乌效鹏边走回自己的房间,边唱着京剧《四郎探母·坐宫》:"……我好比,笼中鸟,有翅难展。我好比,

---

① 陆士清:《台湾文学新论》,复旦大学出版社1993年版,第176页。
② 封祖盛:《台湾小说主要流派初探》,福建人民出版社1983年版,第259页。
③ 田锐生:《台港文学主流》,河南大学出版社1996年版,第200页。

虎离山,受尽了孤单。我好比,南来雁,失群飞散。我好比,戏水龙,被困沙滩。"小说在杨延辉对命运的悲叹与歌者走板的腔调中,以表面的幽默透露出人们无聊、无奈和绝望的心情。《一朵小白花》是写两个来自大陆的老同学在台湾重逢时的情形。丁一燕刚见到谭心辉时,简直无话可说,场面尴尬,空气像块凝固的冰。只有当两人忆起在大陆读书时的一幕幕往事时,那冰墙才消解了。在去馆子吃面的路上,她们一同哼出旧时的老歌,丁一燕还在路旁掐了一朵小白花插在老同学的发际。这些孩子气的举动,使守门的老头看得目瞪口呆。"聂华苓笔下的这群人,都是从大陆匆匆而来的,她们把青春、爱情都丢在了大陆,带到台湾的只有一丝挥不去的寂寞和惆怅"①,小说深情地写出了她们对已逝青春的无限眷恋。《一捻红》通过主人公婵媛的矛盾心理写出大时代中许多人家庭受挫的痛苦与不幸。婵媛在大陆时与丈夫叶仲甫情深意笃。乱世中她来到台湾,而丈夫却永远留在大陆。为了生存和孩子,她不得不委身于50岁出头的纱厂老板赖国熹。虽然赖国熹难得的心地厚道,对她好,甚至是爱她,但婵媛却还要怀着教徒般的心情保留一部分,拒绝与他结婚。虽然与丈夫天各一方,音讯全无,她还是决心"生为叶家人,死为叶家鬼",并在家门前写明是"叶宅"。她既渴望仲甫,渴望昔日正常的婚姻关系,但每当有人从大陆过来,她又害怕丈夫真出来找她,因为她已不是从前的她了。小说通过婵媛心灵深处的矛盾,折射出乱世中家庭分崩离析后人们——尤其是女人们的悲苦挣扎和难言之隐。

无论是现实中的空虚绝望,还是精神上的迷恋过往,其本质都是挥之不去的浓浓的乡愁。聂华苓的作品既深邃,又耐读。她善于截取生活中的横断面,又善于深入人物复杂的内心世界。她熔写实、象征、讽刺于一炉,使其作品在鲜明的喜剧格调中又让人体会到"含泪的笑"。

二、留学海外的深刻体验

1960年代,由于台湾社会生活的变化,出现留学潮。因此,描写海外留学生生活的作品也应运而生,较著名的作家有於梨华、欧阳子。她们在抒写海外留学生生活——特别是精神上"无根的漂泊"与文化冲突方面有着卓越的表现。

(一)於梨华:负笈海外的无根代言

1931年11月28日生于上海,原籍浙江宁波镇海,战时流浪迁徙各地,曾在福建南平小学、四川广汉中学就读。1947年全家相继来台。1949年高中毕

---

① 田锐生:《台港文学主流》,河南大学出版社1996年版,第202页。

业，考入台湾大学外文系，次年转入该校历史系，1953年毕业后定居美国。后获美国加州大学洛杉矶分校新闻硕士。1968年起，曾于纽约州立大学奥本尼分校远东系教中国文学、中文作文等课程。1977年又任该校中文研究部主任，1980年兼任交换计划顾问。退休后移居马里兰州。2006年获维蒙特州明德学院颁赠荣誉文学博士。

於梨华的创作以散文和小说为主，早期作品多以台湾留学生在美国的遭遇为背景，写他们身处异域的挣扎、远离祖国的寂寞。近年作品则以中国人文地理为主，关怀少数民族的文化传承。1956年，她用英语写成的短篇小说《扬子江头几多愁》曾获美国米高梅电影公司在该校设立的文艺奖第一名。1967年，其代表作《又见棕榈，又见棕榈》获嘉新文艺奖小说奖。

1960年代，於梨华共出版长篇小说《梦回青河》（1963）、《变》（1965）、《又见棕榈，又见棕榈》（1967）、《焰》（1969），中篇《也是秋天》（1964），短篇集《归》（1963）、《雪地上的星星》（1966）、《白驹集》（1969）等。这个时期，其代表作是1967年创作的长篇小说《又见棕榈，又见棕榈》。该书不仅描写了漂泊海外的留学生们现实生活中的辛酸经历，而且深刻地写出他们面对中西文化冲突时产生的文化认同危机和寻根归宿思想等共同的文化心态。小说以主人公——台湾留美学生牟天磊回台省亲为线索结构全篇，叙述了他在美国十年生活的辛酸和迷惘。经济的拮据、学业的艰辛、事业的挫折、爱情的不幸、乡愁的难遣，使他过早地体验到中年人的心情。牟天磊不能真正融入美国社会，"不管你个人的成就怎么样，不管你的英文讲得多么流利，你还是外国人"；他重回台湾时，又发现自己的一切想法、观念和台湾"脱了节"，自己仍是个圈外人，仍是无根的浮萍。在向何种文化归依的问题上，他难以抉择，强烈的寻根意识撞击着他。这个人物及其思想深深地打下作者作为台湾留美学生的烙印。在《归·序》中，作者曾谈到她在美国生活的感受：美国的社会现实使她"从一个把梦顶在头上的大学生，到一个把梦捧在手中的留学生，到一个把梦踩在脚下的女人"。1960年代，於梨华作为留在美国的作家，面临着去国怀乡、感时忧国、文化认同以及新生代与中国文化日益疏离等问题。"美国不是自己的国家，勉强开创事业，也无法打入他们的社会，获得真正的认同，他们永远只能处在边缘，他们因此再度地失落了"，"当年轻人去了美国，发现国民政府的命运其实正是自己的命运的写照"[①]，他们成为"无根的一代"。小说通过牟天磊这个人物概括了那个时代台湾留学生们内心的苦闷与困惑。

於梨华是一位对小说艺术有着执著追求的作家，她与1960年代台湾的"现代文学"流派有异曲同工之处。在艺术方法上，她坚持中西合璧的追求：熔

---

① 吴尚华：《台港文学研究》，安徽人民出版社2007年版，第129页。

现代小说和传统小说、西方小说和中国小说的诸多特点于一炉,其作品既现代化又民族化。在写作中,她以中国传统文学的手法为主,重视强化情节的连贯性和完整性,又恰如其分地融入西方现代文学的写作技巧。如当牟天磊回到台湾家中,仆人叫他一声"少爷"时,小说便写他由此在脑海中浮现出自己在美国扫厕所、到餐馆打工等一系列情节,即是在故事情节的发展中穿插意识流技巧。又如小说中写广袤无垠的沙漠,既是描写自然景色,又暗示海外留学生内心的无限寂寞,这是通过外部描写来展现人物内心变化的隐喻手法。她的艺术手法也曾得到许多论者的赞誉,夏志清在《又见棕榈,又见棕榈·序》中称她为"近年来罕见的最精致的文体家"。

於梨华把留洋文学从记录观光见闻、感受提高到描写留学生涯、探讨人生理想、表现乡愁与寻根的苦闷等,得到同行的高度肯定。余光中在《会场现形记·序》中认为她身在海外却心存故园,笔下带着充沛的民族感情,是少数能免于脂粉气和闺怨腔的女作家①。她的创作在台湾、香港和旅美华人中也产生颇广泛的影响,以至于《又见棕榈,又见棕榈》被称为"无根的一代"的文学代表作,成为台湾赴美留学生的必读书目,而作者本人也被誉为"留学生文学的鼻祖""无根一代的代言人"。

(二)欧阳子:文化钟摆下的心理探寻

作为1960年代台湾现代派文学的代表性人物,屡遭评论界非难的欧阳子也有留学经历,也曾写小说反映留学生生活。欧阳子,本名洪智惠,1939年生于日本广岛,台湾南投县人。在日本完成小学教育,台湾光复后随家返台。1957年考入台湾大学外文系,1960年与同学白先勇、王文兴、陈若曦、李欧梵、刘绍铭等人创办《现代文学》,开始以"欧阳子"的笔名写小说。1962年毕业后赴美国爱荷华大学小说创作班攻读硕士,后进入伊利诺伊大学进修。1965年,她随丈夫定居得克萨斯州。1969年后不再从事文学创作,只写评论文章。曾编过一些选集,翻译了法国著名女作家西蒙·波伏娃的名著《第二性》,主要作品有短篇小说集《那长头发的女孩》《秋叶》,评论集《王谢堂前的燕子》,散文集《移植的樱花》。

作为一个名副其实的旅美台湾人,留美的生活经历使她把目光转向跟她一样在美国生活的台湾人的生活和感情经历。与她早年在台大就读时着力表现无爱婚姻中的"畸恋"略有不同,她留学后的小说多表现主人公在东西方文化冲突中的矛盾心理。与於梨华笔下主人公在两种文化冲突中向传统文化寻求归宿的文化取向不同,在欧阳子的笔下,"中西方文化的冲撞总是以东方文

---

① 陆卓宁:《20世纪台湾文学史略》,民族出版社2006年版,第169页。

化的失败而告终"①,其主人公倾向于向西方文化倾斜。如《考验》中的"中国集团"未能阻止美莲与美国人的恋爱,美莲对于中国过去的文化也持批判态度;《秋叶》中的敏生最后还是觉得自己更像在美国的母亲。

《考验》(1965)是以留美台湾学生的生活与爱情经历为素材的短篇小说。作者描写他们的生活和心理,着力表现处于东西方文化夹缝中的台湾留学生所遭遇的民族尊严与爱情的双重困境。女主角美莲是台湾留美学生,来美国后,虽然也像其他中国同学一样,骨子里有着强烈的民族自豪感,但她的思想却很开放,乐于接受西方先进的文化,她相信不同的文化可由相互了解而沟通。于是,她大胆地与美国青年保罗谈恋爱,即使这一行为为她的中国同胞所不齿,她也不在乎。她把自己的这段感情视为"一种考验",用来证明她所坚信的不同文化可以联姻沟通的可能。在这种心理作用下,她的民族自尊感与爱情扭结在一起并影响着后者的发展。她希望保罗尊重、重视她胜过他的美国同胞,当保罗表示对东方旗袍的喜爱,称呼她的中文名字,对弱势民族表现同情等时,美莲就感到十分愉快,两人之爱就顺利向前发展;相反,当她的民族自尊心受到打击,自尊感未能得到满足时,她就本能地反抗。所以,最后当保罗在他的美国朋友面前做出种种与前相异的表现时,美莲痛苦地觉悟到:在他俩之间横亘着"一道由不同的国籍、种族和文化所造成的鸿沟",这使他们不能站在同一个平面上相互爱恋,"文化的融合并不像她所想象的那样容易,她只能痛苦地结束了她的异国恋情"②。小说并未停留在单纯地书写异国恋情与两情相悦上,而是通过对女主人公美莲内心矛盾和挣扎的探索,触及东西方文化冲突以及那个时代在这种冲突下留学生所遭遇的内心困境等问题,"这种把爱情与民族情感扭结在一起的心态,是那个时代留学生强烈民族自尊的反映"③。

《秋叶》(1969)主要是通过一个母子乱伦的故事模式,写发生在21岁的中美混血儿敏生和他的继母身上的文化心理冲突。在中国父亲与美国母亲离异后,敏生由父亲——华裔历史教授王启瑞负责教养。王教授虽然身在美国,却一点也不洋化。他酷爱中国古代文化,喜欢穿长袍、喝浓茶、吃稀饭,甚至连续弦也非要中国女子不可。王家的一切做派都带有强烈的中国色彩。王教授还要求有一半西洋血统的儿子敏生接受中国化:讲中文,一切进退举止都要像中国人。敏生身处中国家庭和美国社会之间,两种文化在他心里不可避免地发生着冲突和撞击。这个中国教授与美国姑娘生下的混血儿身上具有两国的血

---

① 田锐生:《台港文学主流》,河南大学出版社1996年版,第221页。
②③ 张莹:《东西文化冲突下的情爱困境》,《南阳理工学院学报》(社会科学版)2009年第5期。

统，因此成为具有象征意义的中西文化的交汇点。虽然他也想过做一个像父亲一样重礼仪的中国人，却不可能完全拒绝来自美国文化（母亲）的影响。当他与稍稍年长于自己的年轻继母单独接触后，通过交流，二人共同体验了彼此内心的痛苦和悲愁，产生了深深的同情和爱怜。敏生发现自己毕竟是美国母亲生的，于是他摆脱了平时礼教的外壳，变得活泼、开朗，甚至竟无视礼仪、狂乱冲动，差一点与继母发生性关系。他的狂乱否定了父亲在他身上所培养和期待的中国式理性，而肯定了美国母亲遗传给他的激情。最后，还是在继母的恐惧与拒绝下，他才开车离家，去了住在芝加哥的母亲那里。

"欧阳子的小说可以说是中国文学与西方现代主义文学的混合体"[①]。《考验》和《秋叶》是作者留美后1960年代中后期的作品，正是这种西方手法与中国内容结合的体现。诚如白先勇所说，欧阳子的小说敢于大胆地突破文化与社会的禁忌，把人类潜意识的心理活动忠实地暴露出来，极具挑战精神。同时，作者又以冷静、客观的现代心理写实手法发掘人生故事背后诸多复杂的文化内涵。对西方文艺理论的系统学习使她能够以细腻而深刻的艺术手法将这些内容很好地表现出来。虽然因为着力书写畸形恋情、展露人物内心原欲的坦率，欧阳子在1960年代尚不够开放的台湾文艺界毁誉参半，但不可否认，作为"扎实的心理写实者"[②]（白先勇语），她在1960年代的台湾小说史上具有独特的地位。自她崛起后，台湾心理小说得到了开拓与发展。

三、台湾现实的深入观照

在这方面着力的作家较多，较突出的有林海音、聂华苓、陈若曦、施叔青、张秀亚、琼瑶。她们从不同的角度书写1960年代台湾社会、文化等各方面的变迁以及这些变化对在台人们的生活、内心等各方面的影响。1960年代，林海音除了写怀乡忆旧的小说外，还关注台湾社会现实对女性命运的影响，她的写歌妓雪子悲惨遭遇的《孟珠的旅程》便可视为一部当代台湾女性的悲歌。正如叶石涛在《台湾乡土文学论集》中所说的："她往往能从世界性妇女问题的症结，来思考今日台湾妇女的特殊遭遇。"[③]聂华苓也关注现实中那些来台的大陆小人物内心的起伏（《台湾轶事》等）；张秀亚也关注现实中的征地、留学等对人们的影响以及中产阶级已婚女性的精神空虚，等等。特别值得一提的是，台

---

① 齐邦媛：《千年之泪》，吴尚华：《台港文学研究》，安徽人民出版社2007年版，第118页。
② 白先勇：《崎岖的心路——秋叶序》，吴尚华：《台港文学研究》，安徽人民出版社2007年版，第118页。
③ 田锐生：《台港文学主流》，河南大学出版社1996年版，第57页。

籍年轻作家此期开始崛起于文坛,她们着力于挖掘台湾题材、强化台湾意识的做法给文坛带来一道靓丽的风景。在这方面,陈若曦、施叔青、欧阳子等都有上佳的表现。

(一)陈若曦:现代文学里的台湾乡土

陈若曦,本名陈秀美,台北人,1938年出生于台北。1957年由台北第一女子中学毕业考入台湾大学外文系。大学期间,曾得到夏济安、黎烈文等老师的指导,开始进行小说创作。1958年,她和同学白先勇、王文兴、欧阳子等组织南北社,1960年转为现代文学社并创办《现代文学》杂志。1962年赴美留学,入约翰·霍布金斯大学写作系主修美国小说,1965年获硕士学位并留该校图书馆工作。1966年秋,陈若曦满怀理想与丈夫取道中国大陆工作,适逢"文化大革命",历经挫折。1973年全家离开大陆,先后在香港、加拿大、美国等地居住工作,继续创作各类题材的小说。1989年陈若曦与聂华苓等创建海外华文女作家协会。1995年返台定居,任职"中国时报"专栏作者、台湾"中央大学"驻校作家等。

陈若曦的代表作有《尹县长》《城里城外》《向着太平洋彼岸》《绿卡》《纸婚》,曾获得美国图书馆协会书卷奖、中山文艺奖、《联合报》文学特别奖、吴三连文学奖及吴浊流文学奖等。她的各个时期的创作分别结合了台湾、大陆、海外等地的生活经验。早期大学时代她主要以短篇小说创作为主。自1957年大一发表处女作至1962年去美国之前,她于《文学杂志》《现代文学》等刊上共发表12篇作品。1950年代有《周末》(1957)、《钦之舅舅》(1958)、《灰眼黑猫》(1959),1960年代有《巴里的旅程》、《收魂》、《辛庄》(此前为1960)、《乔琪》、《最后夜戏》、《燃烧的夜》、《邀晤》、《百元》(此前为1961)、《妇人桃花》(1962)等9篇小说。她的作品既带有浓郁的台湾乡土味,又有着鲜明的西方现代主义特征。贫穷的儿时经验与贴近普通百姓的情感指向,使她常用写实手法表现台湾底层人民的生存境遇,揭示反封建反迷信的批判主题。较系统地对西方现代文学的学习,又使她常用多种表现方法与风格进行模仿与尝试。

此时期陈若曦最值得称道的小说是那些对台湾底层社会被侮辱与被损害者同情和哀叹的作品。《最后夜戏》几乎被所有的评论者认为是她早期最优秀的一篇作品,该小说塑造了一个痛苦的母亲形象。作品描写台湾歌仔戏旦角金喜仔的最后一场夜戏。与十年前人们争相捧场,以致场场爆满外还能额外售出许多"站票"不同,随着现代电影业的侵入,歌仔戏艺术渐渐没落了,再加上十年演艺生涯对她容貌、嗓音等的损毁,金喜仔在此行业已难以为继,留给她的只是一份惨淡的前程(班主已暗示对她的不满)和一个襁褓中没有父亲且已离不开掺有白粉的奶汁的孩子①。小说中的金喜仔是个女性意识开始觉醒的母亲。她曾为流氓所惑,却坚持生下、留下了孩子阿宝。苦闷和劳累使她滋生了吸毒的恶习,嗓子越来越坏,老板随时都可能解雇她。像她这样的人,最后不是老大嫁作商人妇,便是买几个养女去开茶室、娼馆……经过仔细的思考抉择,这个才28岁的痛苦母亲否定了以上出路,决定为了孩子,再次承担起生命的重量:她必须戒毒才能获得新生,为此她必须离开舞台。也是为了孩子,她必须先把孩子暂时交给别人领养。作品将现代背景下台湾民间艺人落魄潦倒的人生与歌仔戏的衰落命运交织起来,为被侮辱与被损害的人们喊出不平。

《辛庄》也是一篇人物性格塑造得相当好的小说,写乡下流动小贩——吃苦耐劳又极端隐忍的老实人辛庄,为生活所迫不分昼夜地拼命干活儿,用自己的血汗偿还债务、养育妻儿,不能过正常的家庭生活,却遭到变心妻子的无情背叛,以致沦入更受欺凌、侮辱的境地。辛庄劳累过度,生了一场大病,停工后才偶然间从别人口中得知了妻子红杏出墙,与卖猪肉的房客"长脚高"有染,但已无力挽回。他眼睁睁看着妻子一副晚上化好妆还要出门幽会的样子,禁不住在心底对她呼喊:"云英不要去,同我在一起,不要……"然而老实的他却发不出一声来。这些台湾社会底层的人物,虽然处境和遭遇不尽相同,却都同样勇敢地面对现实,承担起生命的重任。作者用写实的手法和质朴的文字,将一幅幅台湾底层人生图景展示在读者面前,充满了浓厚的现实主义色彩和感时忧民的悲悯情怀。

此外,陈若曦还创作了一些台湾乡土民俗气息较浓的作品。像1950年代的《灰眼黑猫》一样,《收魂》与《妇人桃花》批判台湾当时盛行的迷信、巫风。《收魂》讲的是一个身患重病的小孩柳萱,晚上就要第七次开刀了,他的家人却还在忙着在家请道士为他收魂。当他在医院的手术台上停止呼吸时,他的父亲还微笑着说:"道士说了,贵人出现东方,午夜便可安然无恙……"作者用讽刺的手法增强了故事的悲剧性。《妇人桃花》讲的是桃花的情感故事,但在结构上却与《收魂》一样,着重写法师作法的过程。桃花的情人梁在禾因为桃花另嫁而误了到日本的船期,因而自杀了。然而桃花却是因为想阻止梁去日本而故意引诱别人,被阿母发现后才被迫出嫁的。此后,桃花终日昏昏沉沉、精神抑郁,又时而喃喃自语,犹如"鬼魂附体"。于是人们便请巫婆阿婆仔来作法。在法术下,桃花进入催眠状态,将整个过去讲述出来后竟然"无药而愈"。

这几篇小说的背景都在台湾乡村,与作者儿时的生活环境颇为接近。作者从现实生活的素材和自己的亲身体验出发,写乡村的人物、风物,真诚、炽烈的情感自然流淌在字里行间。虽也多用心理、意识流等手法,但革除了《钦之

---

① 王静:《人生的三种书写——读陈若曦早期作品》,《台湾研究集刊》2003年第1期。

舅舅》《巴里的旅程》等作品中过度刻意模仿西方手法、想象多于体验因而失之于浮华迷离、神秘虚无的弊病。总的来说,虽然此期陈若曦的作品还欠缺开阔的视野,有些作品,形象还略显单薄,批判现实的力量也还不够强烈,但她挖掘、书写本乡本土题材的努力,既丰富了作品色彩,又使她明显地区别于其他现代派作家。这使其创作在1960年代台湾文学史上具有独特的地位。

(二)施叔青:奇异疯狂丑怪的美

与陈若曦一样,施叔青的早期作品也着力从台湾乡土世俗社会中挖掘题材。施叔青,本名施淑卿,台湾彰化县人,1945年出生于彰化鹿港,与施淑、李昂是三姊妹。高中时即发表处女作,后入淡江文理学院外文系学习。1970年,入美国纽约市立大学戏剧系学习,获得硕士学位。回台后,在政治大学讲授西方戏剧,从事中国传统戏剧研究,也写小说。1978年移居香港后创作了一系列描绘香港众生相的小说,曾担任香港艺术中心亚洲节目部策划主任。1994年离开香港回到台湾后,担任东华大学驻校作家,一方面继续写作,一方面致力于促进两岸的文化交流工作。施叔青用不同的笔墨写过台湾地区、美国以及香港地区,显示了多样、充满张力的艺术禀赋。早期作品受超现实主义影响,后期风格发生重大变化,趋向现实主义。代表性的作品有《约伯的末裔》《窑变》《愫细怨》《她的名叫蝴蝶》《遍山洋紫荆》《寂寞云园》《微醺彩妆》《行过洛津》《风前尘埃》《三世人》等,在海峡两岸均有热烈的回响,曾获得《联合报》文学奖、台北文学奖等。

施叔青在文学上的才华很早就显露了出来,现代主义加乡土色彩是她早期小说的主调。她早期发表的被公认为现代主义气息浓厚的作品,流露出一种被白先勇称为"奇异、疯狂、丑怪的美"。在梦魇般的鬼气中,她的作品敢于突破传统的禁忌,大胆地想象,以象征和特殊的语言风格著称。1960年代,施叔青初登文坛,便在《现代文学》《文学季刊》等刊物上发表了一系列小说,有1961年的《壁虎》,1965年的《瓷观音》,1966年的《痊愈》,1967年的《石烟城》《纪念碑》《池鱼》《约伯的末裔》,1968年的《安崎坑》《泥像们的祭典》,1969年的《火鸡的故事》《倒放的天梯》《曲线之内》等,这些作品后结集在《约伯的末裔》等书中。

《壁虎》虽是作者高中时期的处女作,但小说中那种扎根于西方精神分析理论的奇异风范却十分引人注目,不失为台湾1960年代现代派小说的经典之作。小说写了西台湾充满古风的小镇上一个有威望的家族,这个家族本身就是一个传统与现代的交合点。他们住在与小镇格格不入的设有西式音乐厅的现代化建筑里,父子两辈都有着高雅的文化品位,每晚欣赏西洋音乐。晚辈们还敬仰上帝,在神学院学习,海外留学等等。尽管如此,他们的观念却仍相当老旧。他们将情欲视为一种低级卑贱的行为,耻于谈它,更耻于不顾他人感受地放胆享受它。所以,当兄嫂婚后公然无视他人、大胆地享受情欲时,父亲深感痛心,兄弟们也因容忍不了大嫂口无遮拦的开放而纷纷离家,连往日迷恋哥哥的小妹妹也对哥哥置之不理。兄嫂床戏的声浪常使妹妹彻夜辗转难眠,一种复杂的情感使她心生嫉恨。

  小说着力表现传统观念与现代生活的冲突,重在揭示传统道德观念对人性的束缚。在传统社会里,情欲的放纵是种罪恶,不被容许,人们引以为耻。主人公们的生长环境虽然已开始慢慢向现代转变(如建筑物、生活方式),但脑子里传统道德观念的更新却跟不上现代化的步伐,因而他们的行为和心理无不受着旧观念的制约。作者用第一人称独白的手法,展示了主人公——小说中的妹妹,从少女时期未曾体验过性,将之视为不洁与羞耻的罪恶而对兄嫂心生嫉恨,到婚后体验过情欲的快乐后,仍受着旧观念的束缚而对自己正常的性生活感到可耻不安的过程,揭示了传统社会中人们(特别是女性)对"性"的无知状况与想要而又不敢要的内心挣扎。文中熟练地运用象征的手法,把有着丰满胴体的大嫂与倒悬的赤裸的壁虎这些具象视为一体,一方面让它们代表人类的情欲,另一方面,又用它们来代写凝视着芸芸众生的禁欲的社会道德观念。因此,"壁虎"既使人在潜意识中充满取而代之的憧憬,又使人在日常行为中心怀道德的恐惧。

  除了写女性对性的挣扎外,小说还大胆触碰传统的禁忌,写了少女暧昧不明的恋兄情结。如妹妹在养病时期,和大哥一起"索求那只有我们能懂的绝对的美,然后,我把微微发热的额头仰高,由大哥感人的嘴唇深深去思想一些什么",大嫂出现后,妹妹又视她为"粉碎我纯白的爱的人"等。这些叛逆性的叙述,在1960年代的台湾社会,都是不易被接受的。从作者的勇气中我们不难看到西方现代文学对她的影响。

  此外,施叔青早期创作也关注男性。但相较于作者笔下血肉丰满的女性,此时的男性形象还显得比较单薄。他们往往被淡化或概念化成某种先入为主的性格或精神状态,被作者置于光怪诡异的气氛下来进行冷眼旁观的分析。作者尚未像后期那样从两性关系中去挖掘男性的内心世界。

  《倒放的天梯》是一部试图探讨人的生存问题的小说,它透过一个实习医生的视角,叙述了流浪者潘地霖在油漆工人们的侮辱、围攻与怂恿下,决定去做别人不敢做的事——独自去漆吊桥,结果被倒挂在吊桥上三天三夜,终于承受不住失衡的恐惧而精神崩溃,结果被送进医院。潘地霖这个男性,代表着现实生活中无数被扭曲、被倒置、无法把握自己命运的平凡人。他们都在现实社会(观念)的深渊上摇晃不已、恐惧不安。他的发疯,是人们在现实社会(观念)压力下无法把握自己命运的惶惑心态的夸张表现。

小说采用多角度的叙述方式,以实习医生不同角度的狂想,连缀起关于患者的片断信息,提供患者发病的现实环境和内心独白,推演出整个故事的发展过程。作者成功地运用了现代主义技巧,在象征手法、语言锤炼等方面都有杰出的表现。故事结尾处,潘地霖体悟到"终究,我不过是个被人用线牵的傀儡,摆荡于深渊之上"①,实质上是作者对现实中诸多男性生存处境的探索与思考。现实社会中,不可能每个男人都是强者,可一旦他们承认了自己的软弱无能,便会立刻受到歧视与耻笑,不见容于人群。所以,很多时候,他们只能被社会舆论强逼着硬充好汉,在意识到自己是"傀儡"之后,却已无力摆脱、放弃,只得做无谓、徒劳的挣扎。作者抓住这一点进行发挥,写出了潘地霖的悲剧。在负责笔录的实习医生的共鸣中,作者也暗示了潘地霖的病症并非特例,而是现实社会中普遍存在的问题。这使得她的早期创作超越了对男女情欲的想象与描写,而具有更深刻的现实与思想价值。

(三)张秀亚:现代气息里的空虚与苦闷

除台籍作家外,张秀亚等外省作家也多关注台湾现实。这个时期,张秀亚的小说不多,主要收在短篇小说选《那飘去的云》中,多关注来台老者与台湾知识女性的生存状态。

《养鸭者》的情节与张秀亚1950年代的小说《老校工的羊》大同小异,也是写来台老者举目无亲,晚景凄凉,为排遣乡愁与寂寞而移情于小动物的故事。与之前不同的是,《养鸭者》触及1960年代台湾社会生活环境的变化,更加衬托出老者身在异乡无依无靠的孤独。从小说中老萧住处环境的变化上可以嗅到台湾社会急剧变迁的味道。他刚租住这里的时候,"屋子四围都是一片翠绿的麦田,麦熟的时候,四处飘散着芳香,一片金黄的颜色,擎托着那片碧蓝的天空,使他不禁想起故乡来。但如今大部分的麦田都被垫平了,建起高楼华厦,只有他屋旁那一方麦田,因为地价未曾谈妥,所以得保留了原样"②。但是,这麦田是要被卖掉的。那时,不仅这最后一块能让他联想起家乡的麦田要被毁掉,连他的临时栖身之所也都要失去,他又得再次被迫另谋栖处了。在时代的急速变化中,赴台下层老人生存状况的不堪被凸显出来。

另外,张秀亚此期小说更关注台湾知识女性的生存状态,这些小说主要被收在《那飘去的云》第一辑"爱情的故事"中,有《两粒沙》《池边》《画媒》《甬道》《冬天的太阳》《不相遇的星球》等。区别于林海音多写大陆旧式女子的婚姻,

---

① 施叔青:《施叔青集》,前卫出版社1993年版,第24页。
② 张秀亚:《张秀亚全集》第11卷,台湾文学馆2005年版,第332页。

陈若曦多挖掘台湾乡村女子的故事，此期张秀亚笔下的女性，省籍界限模糊。她们是哪里人并不重要，重要的是，区别于前述两位作家笔下的人物，她们多是知识阶层，受过高等教育，可以在社会上自谋职业、自食其力，大学毕业后也有出国留学或嫁给中产阶层人士为妻的机会或可能。这是1960年代台湾一部分女性真实生存状况的写照。作者写她们爱情故事的立意，也有别于林海音等揭批封建婚姻制度，於梨华等表现异乡精神漂泊等，而有着新的内涵。思考爱情的真意，探讨台湾中产阶层已婚妇女精神空虚苦闷的原因是其主要着力的方向，显露出时代变迁的印迹。

《不相遇的星球》是其中写得较好的一篇。小说讲的是央嫁给自己所爱的男人侃后并未工作，而是回归家庭，当起了中产阶层家庭主妇。婚后，侃整天忙于公司事务及应酬。结婚六七年来，他在工作上得心应手，但对于家庭及妻子却缺乏照料，使央饱受寂寞之苦。侃的自负，使他甚至不相信别人对央的追求以及央的拒绝是真的，只当是妻子在无聊中自娱。央感到"生活是一片空白，是一片空虚"①，而周边的女友们却觉得她是身在福中不知福。精神的空虚苦闷，使央想以离家出走的方式来重新激起侃的注意与爱意，但一碰见提前回来的侃后，那种念头又全都消失了，她只好重新回到无味的婚姻生活中独自怅惘叹息。

小说中央婚后物质不缺，但内心寂寞苦闷的生存状况，并非特例，这反映了当时台湾社会富裕家庭女性的普遍问题。随着台湾现代化速度的加快，社会竞争使贫富差距拉大了。一般家庭的女性还要奔波劳碌于社会工作，换取相应的衣食所需。但一部分富裕家庭的女性已无须为了物质而出去工作。在此情况下，许多女性受完高等教育后便告别社会，回到家庭，享受起中产阶层丈夫提供的优越物质生活，成为家里被爱被关照的天使。而其人生价值也自动退回到传统时代的实现妻职、母职上去。女子从社会职责中主动退出、接受被养的事实，使两性关系失去了婚前相互敬重、景仰的平台，也变回到男强女弱、男子主动女子被动的传统模式中去。这样，女人的爱情也就剩下传统意味中的"被爱"，而不是现代爱情中所倡导的"相爱"。但是，在现代教育思想的启迪下，这群回家的女性已不可能像旧式女子那样安于传统家庭中男主女从、夫贵妻容的两性模式了。婚后，她们对保持两性间平等、尊重，与现代爱情中两性"相爱"的期待与男性中心主义家庭的事实形成了极大的反差。所以，在现实的泡影中，这群既已感到了婚后家里的"闷热"，又没有勇气像娜拉那样摔门而出，只是跨在门槛上犹豫不决、等待被爱的天使"央"们的精神苦闷在所难免。作者敏锐地发现了问题，通过小说表现出来。

---

① 张秀亚：《张秀亚全集》第11卷，台湾文学馆2005年版，第326页。

(四)琼瑶:纯美爱情反衬现代人性

此期另一位着力探讨爱情的女作家是被誉为"爱情圣母"的琼瑶。琼瑶,本名陈喆,1938年4月20日生于原籍湖南衡阳。自幼热爱文学和写作,9岁即在上海《大公报》儿童版发表短文《可怜的小青》。1949年随家赴台,先后入台北师范大学附小、台北第二女子中学就读。高中时即在各报刊上发表小说、散文多篇,成为台湾岛内有名的中学生作家。1963年,她在平鑫涛主持的台北皇冠出版社出版了长篇小说《窗外》,一举闻名。此后先后出版了《六个梦》《烟雨濛濛》《几度夕阳红》《庭院深深》《心有千千结》《一帘幽梦》等50余部小说,其中多数被改编成影视剧本搬演,拥有大量的读者和观众,特别深受市民(尤其是青少年)的喜爱。由于其作品先后在台湾、香港、大陆等地大量出版发行,很长一段时间,它们在华语文坛产生了较大的社会反响,对于促进海峡两岸文化交流起了积极作用。1999年,香港《亚洲周刊》与来自全球各地的学者、作家评选20世纪中文小说100强,她的作品名列其中。

"纯真热烈的爱,是琼瑶小说的精魂"[1],作者把自己对爱情生活的体验和对爱情、人生的理想追求融注在笔下,描绘出富有浓厚情感色彩和文化精神的爱情天国。由于作者深受中国古典诗文的影响,她的小说充满着浓郁的诗美。通过巧妙的构思,作者将中国式的人生、人情、传统伦理道德与优美绚丽的意境诗化成一个个哀婉凄楚的爱情故事。在琼瑶温文尔雅的爱情世界里,温柔贤雅、才德兼备、小鸟依人、逆来顺受的中国传统女性与英俊潇洒、用情专一、拥有书生式忧郁或者富家公子财富的男性形象往往是作者的偏爱。女性柔弱、貌美的病态美与男性们在恋爱的角逐中占据主动、创造浪漫奇迹的做派使琼瑶的小说充满男权话语的影子,透露出作者自身文化结构中传统文化的比重。但她的小说无疑又超越了中国传统爱情小说的"才子佳人"模式,而具有现代意识。琼瑶虽然将这些现代生活中屡见不鲜的师生恋、婚外恋、乱伦恋、多角恋等放到厚重的历史时局和社会环境当中,给人一种远离现实的错觉,但那些带有理想化色彩的纯美爱情,无疑对消费社会中被扭曲与被异化了的人性和被金钱染过色的爱情是一种鲜明的反衬,能给人以向善向美的启示和感悟。[2]

---

[1] 陶德宗:《百年中华文学中的台港文学》,巴蜀书社2003年版,第258页。
[2] 陶德宗:《百年中华文学中的台港文学》,巴蜀书社2003年版,第260页。

第三节　1960年代的女性散文创作

在前一个时期的基础上，1960年代的台湾女性散文创作有了较好的发展。散文园地的收获颇为可观。由于本省籍女作家多还处在起步阶段，或更专注于小说等体裁的写作练笔，此期从事散文创作的女作家多还是渡海来台的知识女性。由于她们在情绪积淀与写作技巧等方面都比上一个时期有了更多的储备，所以，不少女作家在散文创作上渐入佳境。如张秀亚、琦君等就取得了不小的成就。她们笔下的不少名篇佳作，虽穿越时空，在今天读来却仍有韵味。因为此期出版业的发达，不少作家纷纷将自己的文章结集出版。除了较知名的张秀亚、琦君、钟梅音、林海音、罗兰等作家外，谢冰莹、苏雪林、郭晋秀、毕璞、王文漪、王琰如、李尊、刘枋、艾雯、张漱菡、华曼、彭捷、吴崇兰、萧传文、张裘丽、赵文艺、聂华苓等也都出了散文集。总的来讲，这个时期女作家们下笔更加从容，其散文内容更加丰富、风格更加多样、作品的艺术价值也更高。

就内容方面来讲，此期女性散文中怀旧散文、旅游散文、环保散文、哲理散文等都得到了较好的发展。其中，向海外题材拓展的海外旅行见闻是一个新的增长点，它与怀乡忆旧散文以及关注台湾现实的文章一起构成本期女性散文创作的三大趋势。因为此期台湾的"开放政策"，不少女作家得以以各种名目出岛游览，她们随之将海外见闻感受记录了下来。异域风情与中外情状的两相对比使得这类散文既富有可读性又具有五六十年代女性散文中较缺乏的反思精神。另外，较上一个年代而言，1960年代由于"反攻复国"的呼声没有那么高，因而许多作家怀乡忆旧等情感能够得到更加真挚、自然的抒发。在现实书写方面，散文创作本应较小说等有更多涉及现实问题的可能，因而也更有机会对现实做出评判，但无独有偶，与小说等的创作一样，此期散文创作也没有出现"五四"时期杂文那样畅所欲言、对现实进行犀利批判的现象（苏雪林的颇有"五四"战斗气的《眼泪的海》是一个例外，但也仍只涉及学术问题的批驳）。作家们对现实不是进行直接的评判，而是多婉转地上升或婉约地处理成哲理感悟式，张秀亚、罗兰的现实题材散文多是如此。

就创作风格而言，此期散文具有多样化的趋势：既有清新婉丽、擅长抒发女性的纤细柔情的文章（如张晓风），又有措辞激昂、捉笔为刀、笔锋犀利的文章（如苏雪林）。此外，"风格简净，殆无长语"的中性风格的文章也不少（如徐钟珮）。

从女性意识方面来讲，由于生活方式的限制和文化传统的影响，此期台湾的女散文家们也还无法像西方女权主义者那样从性别观念等的角度出发去解构现实社会中的男权话语。在女性意识的多层面发掘与拓展上,许多作者也都还存在着笔力不逮的现象。比如,在处理恋爱、婚姻、家庭等两性情感的题材时,她们通常"表现出重主观抒情而轻理性审视的特点"。①

一、怀乡忆旧纯粹个体情感

此期不少渡海来台的女作家仍深具怀旧情结,在一笔一墨中往往情不自禁地流露出对故国家园、人情往事的深切怀念。这些散文中,最打动人心的莫过于那些经过人生沧桑的过滤之后被纯化了的情感潜流。琦君、张秀亚、谢冰莹、罗兰、聂华苓等作家在这方面都有所建树。如谢冰莹《我的回忆》一书中所收的大多是她的忆往之作,如《平凡的半生》《女兵生活》《战时生活》等;其《作家印象记》一书对王平陵、王独清、方玮德、朱自清、朱湘等26位中国"五四"作家作了较为系统、翔实的介绍。聂华苓《梦谷集》里的散文,或忆母亲,或记乡居,一唱三叹,也多是由忆旧怀乡来感叹个人悲欢的。《罗兰小语》中一样也有充满着故土情结、怀乡忆往的书写。当然,这类散文尤以琦君、张秀亚的作品最为有名。

(一)琦君:温柔敦厚的如烟轻愁

琦君是1960年代以来台湾文坛怀旧散文的主力作家,正如台湾学者张瑞芬所说,琦君散文"穿越六〇年代以下,逐渐取得主流位置。她的怀旧主题,是离乱伤情经过沉淀后的反应,隔着渺远时空的人性呼唤,在不同时代中,撼动了无数人的心灵"②。1960年代,她出版了散文集《溪边琐语》(1962)、《烟愁》(1963)、《琦君小品》(1966,收录散文、小说、词、杂谈等)和《红纱灯》(1969)等。这当中,无疑当以"内容上最醇、堪称精华部分"③的《烟愁》为代表。1964年,她凭借《烟愁》获得文协奖章。

《烟愁》一书包括《启蒙师》《晒晒暖》《烟愁》《三划阿王》《红花灯》《毛衣》《倒账》等三十多篇文章,涵盖童年忆往、怀亲念友、异地思乡等主题。文章看似如烟似幻,却都是作者纯真情感的艺术表现。《烟愁》一文由"我"现在因病不能抽烟而想到烟,并由此回忆起自己童年时跟远房四叔偷学抽烟的故事。

---

① 陆卓宁:《20世纪台湾文学史略》,民族出版社2006年版,第130页。
② 张瑞芬:《琴心梦痕——琦君散文及其文学史意义》,李瑞腾主编:《永恒的温柔——琦君及其同辈女作家学术研讨会论文集》,"中央大学"中文系琦君研究中心2006年版,第57～58页。
③ 刘登翰、庄明萱、黄重添、林承璜主编:《台湾文学史》(下卷),海峡文艺出版社1993年版,第723页。

又由烟及人，谈到故人往事，心中不胜感慨。文中寥寥数笔，父亲的大度、母亲的慈爱、二叔的朴实、四叔的调皮等便都跃然纸上，如在近旁。时光荏苒，琦君来台后举目无亲，常借香烟这相知有素的少时良伴消愁解闷，却是借"烟"消愁愁更愁了。《晒晒暖》写的是在故乡矮墙头晒太阳的童年情景。浙江永嘉农村管晒太阳叫"晒晒暖"，秋收晒谷，冬阳晒萝卜丝、霉干菜、番薯条等。童年的琦君经常逃学躲到晒场，偷吃番薯条，好生快活。文末又透过时空的变迁，点出了往事不再的怀乡情怀："战乱流离转徙，没有一个冬天能够在故乡过着晒晒暖的安闲日子……飘雪花与雪后晒晒暖的情味，就只能在梦中追寻。"①集子中《启蒙师》与《不见是见，见亦无见》都是写启蒙老师的文章。相比于1950年代她对老师只管逼自己背书、练字、罚跪等严厉形象的塑造，这个年代，同样是回忆那些陈年旧事，却有了不同的情节：

> 老师对我虽然也一样绷着脸，我却看得出来他心里还是疼我的。因为他每天都把如来佛前面的一杯净水端给我喝，说我下巴太削，恐怕将来福分薄，要我多念经，多喝净水，保佑我长生，聪明。②

> 我忽然觉得寂寞起来，寂寞中还夹杂着一份忏悔。因为我一直畏惧老师的严厉，好多次在心里赌咒，不再背那劳什子的古文，并且希望老师快快走。如今他真走了，而且永不回来了，我却伏在桌上哭起来。③

时空的变迁与情感的研磨，使这个时期的琦君对老师有了新的理解。于是老师的严厉在文中便也有了新的内涵。

《红纱灯》《琦君小品》等集中也多有"发纤秾于简古，寄至味于淡泊"④的怀旧之作。其中不少还是忆旧名篇，如前书中的《髻》《红纱灯》《下雨天，真好》《忆姑苏》等，后书中的《烂脚糖》《佛缘》《一朵小梅花》《外祖父的白胡须》等。

在《髻》里，作者透过母亲和姨娘不同的发髻，道出了同一个封建家庭中两个女性性格的差异。她以母亲的守旧来对照姨娘的时髦，以母亲的忍让、悲愁来对照姨娘的得宠与欢乐。作者对母亲身上传统女性善良、宽容、克制、忍让等品性，反复地予以了深情、含蓄的赞美。此外，文中作者还通过对家中两个女人同在廊下背对背梳头、彼此不交一语场景的细致描写，揭示出传统女性在旧时"只见新人笑，不闻旧人哭"不合理的婚姻制度中处于被抛弃、被冷落的生存境况与其黯然无言的痛苦与幽怨："我已懂得，一把小小黄杨木梳，再也理不

---

① 琦君：《烟愁·晒晒暖》，尔雅出版社1982年版，第73～74页。
② 琦君：《烟愁·启蒙师》，尔雅出版社1982年版，第5页。
③ 琦君：《烟愁·不见是见，见亦无见》，尔雅出版社1982年版，第197页。
④ 刘登翰、庄明萱、黄重添、林承璜主编：《台湾文学史》（下卷），海峡文艺出版社1993年版，第723页。

清母亲心中的愁绪。因为在走廊的那一边,不时飘来父亲和姨娘琅琅的笑语声。"①《下雨天,真好》初以轻快的笔调回忆年少时下雨天家中有吃有玩、不寂寞的愉快景象:长工们不下田、推牌九;母亲不用老早起来做饭,"我"便可以躺着听她讲故事;老师走路不方便也来得晚;父亲拿着宜兴茶壶在廊下赏雨,姨娘则"下雨天是打牌天",都没工夫管"我";"我"可以经常有理由逃学;唱鼓儿词的也总从后门进来唱母亲和五叔婆们爱听的《秦雪梅吊孝》和《郑元和学丐》;碰上左邻右舍晚上也来家里听唱的时候,那真有做喜事的感觉……琦君的记忆里总是热闹非凡,那些故人、故事在文中屡屡出现,更映衬出她来台后无边的寂寞。文末作者同样是笔锋一转,"如果我一直不长大,就可一直沉浸在雨的欢乐中。然而谁能不长大呢……在淅沥的风雨中,他(父亲)吟诗的声音愈来愈低,我终于听不见了,永远听不见了"②,感伤之情自然流露。文中"小春"的欢笑与现实生活中琦君的轻愁交织在一起,回旋不已。《红纱灯》一文则由想起小时候过年时外公为"我"扎的红灯笼而带出往事:某年外公来扎灯时,悉心劝教五叔,使他不再做一个小偷小摸、不务正业、为人所不齿的人,而是开始认真地读书、习字,有尊严地做人等等。

《烂脚糖》由家乡的一种小吃"烂脚糖"想起两个与之相关的人物:妈妈和张伯伯。他们虽各有自己的信仰——妈妈笃信佛教,而张伯伯是虔诚的基督教牧师,却都懂得尊重别人的信仰自由。他们虽都很爱"我",却不强求"我"加入他们的宗教,只是默默地把爱给予"我",等待"我"自己的选择。他们不同宗教背景下同样仁慈的光辉,使"我"对佛堂与教堂有着同样的向往,未皈依任何一门宗教,而是吸收他们共同的优点——仁慈,去关爱弱小的人们。《一朵小梅花》通过父亲年轻时送给母亲的一朵梅花型的发簪,连缀起父亲对母亲一生的情感变化:从年轻时的相知相恋到中年的相离相弃又到晚年的重拾记忆。起伏间,始终不变的是母亲这位具有传统美德的女性对父亲的一片真心痴情。不管是面对中年父亲的狠心冷落,还是面对他晚年病痛时对自己的百般依赖,母亲都同样惜缘知足,真诚地对待这个她所钟爱的男人。《外祖父的白胡须》写"我"常忆起飘着白胡须的外公的慈爱面容,由此追叙当私塾先生的外公在养生、劝善、济贫、鼓励他人等方面的小故事。外公的言传身教,践行了许多儒家思想中做人做事的道理,让"我"受益匪浅。

琦君散文的题材与风格前后变化不大。其忆旧文章多是写过去生活中的人物和琐事。这些人或是浙东乡村的亲人邻里,或是西子湖畔的良师益友,并无特别之处,"她的成功主要得力于描写人物叙述事件的功力和那关爱人间的

---

① 琦君:《红纱灯·髻》,三民书局1981年版,第34页。
② 琦君:《红纱灯·下雨天,真好》,三民书局1981年版,第57页。

温厚情怀"①。琦君自幼随塾师习古文,后又在中文系接受文学熏陶,扎实的文学功底使她的文章能将丰富的历史知识、诗词掌故与传神的人物描写融为一体,文章行云流水,真情汩汩而出。浓厚的古典文学修养又使她能化古典的意境和人文精神于文中,在极细小的生活琐事的描写上,也能平中见奇,别有韵味。另外,她在苦难里又不失仁爱,失落中又自我勉励,努力保持"温柔敦厚"的做派,更显出其"东方式的澄静淡泊"②。凡此种种,使其在《烟愁》及其后的散文,逐渐形成"笔致淡雅""温柔蕴藉"的风格,成为当时怀旧散文、乡愁散文中的翘楚。

(二)张秀亚:北窗下的曼陀罗

1960年代,张秀亚创作上的着力点也在散文方面,共有散文集《少女的书》(1961)、《两个圣诞节》(1961)、《北窗下》(1962)、《张秀亚散文集》(1964)、《张秀亚选集》(1964)、《曼陀罗》(1965)、《我与文学》(1966)、《心寄何处》(1969)等。其题材广泛,涉及宗教、文学、哲理等多个方面,另外还有不少杂感、书信夹杂其中。在怀旧散文方面,这时期具有代表性的是《北窗下》和《曼陀罗》。

1962年出版的《北窗下》共有《星光》《黎明》《远方》《生命的颂歌》《海棠树》《田园》等70篇散文,曾在"中央日报"连载,获首届中山文艺创作散文奖。这部近8万字的小品中的文章皆不长,篇、题多精简如诗。在该书《前记》中作者自述:"我不预备写一些大题目,我只愿画出一粒细沙,一片花瓣,一点星光。只要是对人生有启示性的,我就觉得是值得抒写的。"③

《北窗下》中有多篇怀旧散文,其中又以回忆读书时代往事的最多。张秀亚以前在大陆读书时念的学校原是逊清王府的旧址。那时的生活在她心中留下不可磨灭的印象,成为她回忆中的重要部分。如《海棠树》回忆大学时代宿舍窗外的那株海棠树以及她与海棠树一起朝夕生活年代的美景。《荷叶》由一张荷叶的旧照片想起往日求学时她常在湖边散步,并向老盲者学关于湖的歌谣以及给凌叔华及其友人当向导等往事。《水鹆鹆》忆起从前读书时,每年几番风雨后,走过那湿软的有着许多株柳树的湖堤时,总会听到水鹆鹆那动人的鸣唤,那声音曾给她带来无限的想象与灵感。《雪》由台湾酷热的夏天联想到北国冬天落雪的日子里,"我"在一种缄默的无言之美中去图书馆读书,路上能听到小屋里传来的断续的月琴声;在图书馆里,"我"读徐志摩批过的书,想起

---

①② 刘登翰、庄明萱、黄重添、林承璜主编:《台湾文学史》(下卷),海峡文艺出版社1993年版,第724页。

③ 张秀亚:《张秀亚全集》第4卷,台湾文学馆2005年版,第10页。

他的《雪花的快乐》……心情便超然平静。此外，集子中也有怀念家乡的散文。如《鹰的梦》中写到她幼时听的一个传说：猎人捕鹰后如想饲养它，就不能允许它入睡，因为据说鹰一入睡便会做梦，梦到它曾到过的高山、深林，那就更不宜养了。作者同情鹰的处境，并以己比鹰："我的枕上也是深深飘着乡梦的，因而深深想起那只故事中的有着怀乡病的大鹰……我爱这只鸟儿……为了它那使人感动的，眷恋故土的深情。"①这些张秀亚在台中时期每天默坐窗前而将心灵的感受记录下来的怀旧散文，不同于她1950年代的自伤自怜，情感上既不凄楚，也少幽怨，只将过去光阴里的往事融入所写之景，使人观其景便自然联想起那些断续的又挥之不去的往事。在文中，作者常以自然景物为发端，结合诗、散文、寓言和随笔等的写法，在娓娓自道中，用纯美的心灵，将小品美文推向一个新的高度，其所擅长的诗笔与纯净都很好地显露出来了。读完后，读者很少有琦君散文读毕后的那种往事不再的遗憾，而是满纸余香，随作者的游丝一起朝唯美的方向飘扬。正如台湾学者张瑞芬所说："直到《北窗下》的出现，才标示了张秀亚初期散文实验的结束。"②这本集子的影响很大，从其出版至1978年已印行到第20版，可见其受读者喜爱之一斑。

另外，《曼陀罗》一书中的怀旧意味也较浓，从其书名即可看出。那象征着过去美好日子的"曼陀罗"，曾是过去作者在北平读书时写的一首诗中的文字。在后记中作者说道："为了纪念那一段失去的日子，那无忧无虑的少年时光，我以曼陀罗作为书名，这将是摇曳在我心中的一朵永恒的小花。"③在战乱、苦难、流离的日子里，那些往日的美好，曾为作者的生活燃起了许多希望，使她感到暖热与温馨。书中具有怀旧风格的文章如《慈母》《老仆孙荣》《小镇》，多收在第一辑里。

《慈母》回忆生于南方世家、早年颇受诗礼之教的母亲，嫁入北方地主之家后的事。母亲不仅在大家族中担当许多家务，受了不少累，还受了不少气，以至于身体羸弱、气血两亏。她唯一的办法就是忍让、缄默，在晚上无人时独自对灯低诉、消解怨气，第二天又同样以宽厚温和的笑容示人。同样是着墨于闺阁妇女的困境，张秀亚并不像有的作家那样，朝批判与谴责一路走去，而是多在看似不动声色的记叙中暗赞母亲身上的传统妇德。如她的衣着简朴、勤做女红、喜爱读书、看淡物质、坚守古礼、对子女饱含爱与期望等都深深地印在"我"的脑海当中，久久难以磨灭。《老仆孙荣》是怀念"我"4岁时搬到新家后

---

① 张秀亚：《张秀亚全集》第4卷，台湾文学馆2005年版，第110页。
② 张瑞芬：《张秀亚的散文美学及其文学史意义》，《张秀亚全集》第2卷，台湾文学馆2005年版，第46页。
③ 张秀亚：《张秀亚全集》，第4卷，台湾文学馆2005年版，第404页。

的忘年交老仆孙荣的文章。在"我"孤独时,他总是带"我"出去逛街、逛城隍庙、去古战场上挖箭头玩。在"我"做错事时,他总是包容"我",先做"我"的救星,然后再教"我"以"勿妄取"等道理。他的慈祥、关爱、体贴、知理等,令人难忘。《小镇》是作者在都市中漂泊,思念故乡——大陆北方某县一古老小镇的文章。这小镇虽然很穷,但民风淳朴;虽然封闭——每年只有在商人的骆驼群经过或戏班子来唱戏酬神时,才会有生气,但镇上的人个个都有单弦琴,爱编、爱讲、也爱听故事。这些都为平常乏味的生活增添了许多趣味。如今,小镇是遥远得再也回不去了,但是那里名叫"睡不醒的人"的小店伙计,以及他向女佣默默的求爱方式等等,所有的那些往事,在时空的阻隔中都显得那么美好,在作者的脑海中时隐时现,温暖地慰藉着她那份思乡的情怀。

早年曾受周作人、沈从文、凌叔华等人影响的张秀亚,在散文写作上推行京派的抒情与诗意美学。与何其芳、徐志摩等"浓得化不开"的美文不同,她的文章"风格简净,殆无长语"[1],自然飘逸、朴质无华又条理谨严。1960年代,张秀亚还曾在《杏黄月》《独行,在黄昏》《十叶树》等文里尝试了现代主义的散文实验。虽并未进行到底,仍是很快就回到她所擅长的抒情路子上去,但总的来说,在多趋向"八股写实(或苍白梦呓)的五六十年代文坛",她的散文理论与写作实践,事实上已跨越"五四遗风",超越了当时许多名家。[2]

二、海外见闻拓宽孤岛视野

如前所述,因为1960年代台湾"政策"逐渐开放,不少女作家得以先后以各种名目出岛游览,她们随之将海外的见闻记录了下来。这些作品中的异域风情与真情实感给沉闷的台湾文坛带来一股清新的气息。透过作家们深入浅出的介绍,读者们得以从文字中走进海外世界,领略神秘面纱下异域文明的奥妙。作家们精辟幽默、丰富多元的叙事笔法,又令人读后意犹未尽。林海音、钟梅音、徐钟珮、谢冰莹、胡品清等人在这方面都有所涉及。如徐钟珮在随夫出岛之后有了颇具历史文化深度的海外旅游散文《追忆西班牙》一书(该书虽于70年代出版,但内中所收文章多于1960年代就已于报刊发表)。该书中作者用文学结合历史的方法,从西班牙的皇宫、皇室生活、博物馆、战场、观光事业、风俗习惯等表象去追究它深层的历史政治问题。又如谢冰莹在应聘至马

---

[1] 张瑞芬:《张秀亚的散文美学及其文学史意义》,《张秀亚全集》第2卷,台湾文学馆2005年版,第40页。

[2] 张瑞芬:《张秀亚的散文美学及其文学史意义》,《张秀亚全集》第2卷,台湾文学馆2005年版,第52页。

来西亚华联中学任教,游历四方后有了《马来亚游记》一书,在赴马尼拉讲学以及访问汉城回台湾后有了《海天漫游》一书,等等。这类作品中,尤以林海音、钟梅音的作品最具代表性。

(一)林海音:作客美国的异域体验

1965年4月18日,林海音作为美国国务院"认识美国"计划邀请的第一位台湾女作家赴美访问。在出岛颇为不易的那时,这是林海音的第一次出岛。访问的四个月间,她将随行的点点滴滴记录下来,先后在台湾的刊物上发表,与大家分享。这些文章后来结集成《作客美国》一书。正如夏祖丽所言,这本书"不是游记,也不是浮光掠影的介绍,而是一个思考成熟的文化人借鉴先进经验、开拓文化观照视野之旅",和林海音其他作品比较起来,这本书里"显示了她性格中批判性的一面",东西文化的差异、生活的差距等冲击给她的印象特别深刻,使她的敏锐的观察力也发挥了出来。[①]

《作客美国》一书主要由《普利兹奖女作家菲丽丝会见记》《访玛霞·勃朗——两度获美国儿童读物插图奖女作家》《访赛珍珠谈她的救孤工作》《访马克·吐温故居》《美国的儿童读物》《中国作家在美国》《辛酸餐馆泪——罗拔·蔡是吃角子老虎》《在美国看"中国家庭"》等25篇文章组成,此外还收录了林海音访美期间的40多封"家书"。除了一般性的见闻之外,该书主要包括三个方面的内容,即作者行前所提出的三个主题——访问在美的中美作家,访问美国妇女及家庭,调查美国儿童读物[②]。

《辛酸餐馆泪——罗拔·蔡是吃角子老虎》写了在外求学的许多中国留学生的生存境况。他们总是利用暑假到餐馆打工以凑齐下学期的费用,用一个打工留学生罗拔·蔡的话来说,他们一天当中最快乐的事莫过于下班之后数角子算钱了。那种筋疲力尽之后的小快乐道尽了众多留学生的辛酸。《访赛珍珠谈她的救孤工作》重温了女作家赛珍珠的过去,又谈到近年来她除了写作外,还热心于人道主义工作,筹建"赛珍珠基金会",救济"美亚混血儿"——美国大兵在亚洲战争期间留下的孩子。作者从人道主义的立场,对此给予肯定。《中国作家在美国》简要记叙了作者在美国见到的30多位赴美中国作家的生存状况,相对于过去,他们当中多数人——特别是女作家不写或少写了。如在"美国之音"工作的吴鲁芹、乔志高写作甚少;武月卿因体弱不工作了,而成了一个纯粹的家庭主妇;吴崇兰为家务所绕,写作亦少;聂华苓一面工作一面还要攻读硕士学位,以备将来在美国学校教书,写得也较少了;陈香梅,虽然精力

[①] 夏祖丽:《从城南走来——林海音传》,三联书店2003年版,第177页。
[②] 林海音:《作客美国·后记》,纯文学出版社1982年版,第306页。

充沛,但是教书、讲演、写作等同时做好几种事,一年到头都得不到休息,等等。《美国的儿童读物》讲述了美国儿童读物行业的发达。该行业从政府到民间,从作家到出版商,从大学课程设置到各学校购书经费等各个环节,都形成合理完善的配套体系,因此,这个行业在美国发展势头"看涨"。作者由此对台湾的同类行业进行反思,指出台湾该行业近年虽在精美的印刷和稿费等外在条件方面都不成问题,但由于作家们观念没有更新,写作时总是太受"保存国粹"思想的束缚,而脱不了神仙、历史、伟人、英雄、愚孝故事、苦儿努力记等传统的老套子,使得以创造性、今日生活观念、科学头脑、适合目前儿童生活环境为题材的儿童读物非常缺乏。林海音指出,台湾应多参考美、法、日等同行业发达国家的做法,更新观念,为儿童文学界多做益事。另外,海音家书中的记录也颇丰,如《中年寡妇学生》记述了已身为高中生母亲的中年寡妇,不顾年龄等外因而选择继续赴校求学,且热心参加志愿接待外宾的工作。她的好学精神,充实、充满阳光的生活方式与中国女性形成鲜明的对比,引人深思。《全美女记者联谊会》介绍了该会的概况及目的,企盼也已有很多优秀的妇女从事该行业工作的台湾能受到该组织积极有益的影响。《中国厨师重金购屋》写了中国厨师——东兴楼餐馆的刘老板因为手艺好,生意兴隆,得利颇丰,因而得以在海外购置非常昂贵的富人区房子居住。《打工》写在海外的年轻中国留学生打工仔们,区别于老一代的华侨洗衣工的单纯攒钱回乡,有着更多的想法;但也因为想得多,所以痛苦也更多……这些异域的见闻感受,给台湾文艺带来新鲜的空气,让台湾民众开阔了视野,见识了海外异彩纷呈的世界;也为台湾如何更好地建设自己提供了多方面可贵的参照。该书后来有过多次再版,可见其受欢迎的程度。

(二)钟梅音:放眼世界心存故国

1960年代,钟梅音的散文创作亦颇丰,光是结集出版的散文集就有《塞上行》(1964)、《十月小阳春》(1964)、《海天游踪》(1966)、《摘星文选》(1966)、《我只追求一个"圆"》(1968)、《梦与希望》(1969)、《风楼随笔》(1969)等。其中《海天游踪》是她最著名的代表作,1968年,作者因此获得中山文艺奖。这本曾引起热烈回响的海外游记是她1964年夏随夫出岛考察,80天内走遍13个国家、25个城市后所写的一系列散文。

书中,作者从各种角度对各景点的自然景观与风土人情进行了较详尽的介绍,如《苏立克与瑞士乡村》《西柏林这孤岛》《神仙的故乡》《温莎古堡与汉普顿宫》《闲话巴黎》《挪威的白夜》等文即是。作者对于当地的历史、文化的考证都颇为用心,如《卿本佳人》《关于梵谛冈》《拿破仑与约瑟芬》等在写作时都穿插了故事和史料来增加其叙事之趣,足见其匠心。但本书并非纯景观式的游记,正如大陆赴台作家赵滋藩的评价,它是"放眼世界,心存故国"的①。作者在字里行间总不忘自己的国家,许多篇章都总以他国、他地为借鉴而对台湾的现状进行理性反思。如《香江屐痕》由香港大会堂想到台北的中山堂,盼望台湾也能更重视文化运动;《卧榻之旁的人物》由日本对古迹的维护,感叹台湾片面追求现代经济的发展而不重视古迹文化的现实;《关于伦敦塔》由见识英国民族意识等的觉醒,提醒国民不要只顾自傲于五千年文化,而应该虚心向他人学习;《我与奥斯陆》由北欧小国人民的良好气质而对台湾人的素质涵养提出客观的针砭等等。诸如此种描写,都透露出作者对台湾见贤思齐、提高自己的殷切期望。此外,钟梅音对于异国艺术的着墨也颇多,《泰国的音乐和舞蹈》《北欧的土风舞》《罗浮宫的一鳞半爪》《幸福乐土人间天堂》等篇透过文字与读者们分享自己对艺术的喜爱。

总的来说,《海天游踪》一书行文流畅自如,有时大发议论,有时又像优美的小诗。作者的文学涵养使得本书深具美感,正如梁容若教授的评价,此书"有深度的思想,文字多变深具趣味,加上引人入胜的描写……为中国游记展开了崭新的一面"②。在出岛旅游并不太普遍的年代里,对于读者而言,这些文字无疑为他们打开了一扇窗户,让他们得以坐游世界。这本书在当时就创下销售佳绩,其后续影响,从20年间印行15版的数据不难窥见。

三、台湾视角呈现时代变迁

1960年代,除了上述怀乡忆旧与海外见闻的散文外,还有不少女作家写作以台湾为背景的散文,如罗兰、张秀亚、苏雪林、谢冰莹、张晓风。这时政治话语仍占据文坛的主导位置,直接指向台湾政治的散文非常少见。作家们多巧妙地避开政治大事,而将目光与笔触投向台湾的自然、社会、文化与日常生活等方方面面。谢冰莹《梦里的微笑》一书即有多篇描写金门、马祖、澎湖、日月潭的自然风光。又如,1960年代的苏雪林虽将主要精力放在学术研究上,但未放弃散文,《眼泪的海》即是胡适逝世后,她为了纪念老师胡适并为维护其名誉而写的书。另外,张秀亚的作品中也多涉及台湾现实生活,《曼陀罗》一书中的《送伞的女孩》即写辍学的台湾贫家小女孩阿换因不满撞球馆中类似风尘的生活而出来做帮佣,但又因自尊心太强不能忍受学童们称她"小佣人"而辞工重回撞球馆,展现了下层台湾民众的真实生存状况。文末作者满怀人道主义同情地发出感叹:"阿换曾在雨中送伞给我,但在人生的风雨中,我却不能递

---

① 李雅情:《徐钟珮、钟梅音游记散文研究》,东海大学硕士论文2008年,第59页。
② 梁容若:《序》,钟梅音:《海天游踪第二集》,"中华大典编印会"1966年版,第1页。

给她一把伞,谁知道在残酷的现实中,她将遇到一些什么样的人同事,我似乎看到,乌发上束了那根玫瑰色的尼龙带子,唇边浮漾着一股嘲讽的冷笑。"① 在这一类文章中,罗兰、张晓风等的作品较具有代表性。

(一)罗兰:知心姐姐的哲思与情怀

罗兰,原名靳佩芬,1919年10月10日出生于原籍河北省宁河县芦台镇。天津女师学院师范部毕业、音乐系肄业。曾任音乐教员、广播电台节目制作人、编辑等职。1948年赴台湾。1959—1991年,任台湾省警察广播电台节目制作兼主持人。在诸多赴台女作家中,罗兰算是文学创作起步较晚的,直到1962年她才在"中央日报"上发表来台后的第一篇作品。但自1963年她将广播稿汇成《罗兰小语第一辑》出版后,即受到广大读者的注目,自此致力于散文创作。到2001年,其散文著作共结集成16本。除散文外,她还有小说、游记、诗歌、诗论。其清新的文风似一脉文学清流,在不同时期抚慰海峡两岸众多读者的心灵。在台湾,她曾获得中山文艺奖、广播金钟奖特别奖。2003年,她还获得世界华文作家协会颁发的"终身成就奖"。

据台湾"行政院文化建设委员会"编印的《"中华民国"作家作品目录·下册》,1960年代,罗兰的散文除《罗兰小语第一辑》(1963)外,还有《生活漫谈》(1964)、《给青年们》(1964)、《罗兰小语第二辑》(1966)、《罗兰散文第一辑》(1966)、《罗兰散文第二辑》(1968)。相对来说,罗兰散文的题材较同时代女作家的要广泛,她既与渡海来台的一代女作家们一样充满着故土情结,创作了不少怀乡忆往的作品,又在人物小品、歌咏自然、旅游见闻等题材上着力不少;此外,因为长期从事电台节目主持人工作,她不像大多数女作家那样囿于创作狭窄的生活圈,而是充满现实关怀,以较为深邃的立意和宽广的社会关注面较多地从台湾的社会问题或现实生活等方面取材写作。

《罗兰小语》是广播电台主持人与广大听众交流谈心式的作品,作者既以都市女性和新闻工作者的双重敏感,用温和却犀利的笔触创作出一批关注现实生活的散文,批评了社会的多种弊端,探讨了现代人心灵深处的多种困惑;又以中国知识女性温柔的情怀来表现"知性与感性交融的艺术风貌"②,或对奋进者进行勉励,或对失意者进行抚慰,或对迷惘者进行引导,或对恋爱婚姻进行评点。罗兰对人生、历史、文化传统、现代社会等深刻、清醒的思考和感悟,洋溢着中国式的哲思、睿智与通达。她所阐述的人生哲理对社会转型时期面临各种压力和苦闷的人以及正处于人生十字路口的青少年产生积极的引导

---

① 张秀亚:《张秀亚全集》第4卷,台湾文学馆2005年版,第231页。
② 古继堂主编:《简明台湾文学史》,时事出版社2002年版,第250页。

和启发作用。另外，又因其文含蓄、隽永，具有较强的艺术感染力等缘故，她的文章颇受人们的喜爱。

(二)张晓风：地毯那一端的理性反思

张晓风笔名晓风、桑科、可叵，1941年3月29日生于浙江金华。原籍江苏铜山。1949年随家人赴台。台湾东吴大学中文系毕业。曾任东吴大学助理教授、《论坛报》副刊主编、阳明医学院教授、香港浸会学院客座教授等。1958年，她在《台湾新生报》(南版)发表第一篇作品后开始从事文学创作，其创作文类兼及散文、小说、剧本、报道文学和儿童文学等，以散文最负盛名。在几十年的创作生涯中，她获得中山文艺奖(1967年，散文)、台湾文艺奖(1980年，散文)、时报文学奖、吴三连散文奖等。

1960年代，张晓风较有代表性的散文集是《地毯的那一端》(1966)。这是她的第一本书，共收入《地毯的那一端》《到山中去》等18篇文章。书中主要是以天真浪漫的少女情怀与清婉雅致、不失女性纤柔的笔调来抒写年轻人眼中的当代台湾生活。从作者对大学毕业前后生活的描写与她的田园牧歌情结上面，我们大概可以看到那个时代台湾部分高校青年的精神面貌以及在台湾社会的现代化转型中，知识青年最初的理性反思。

《地毯的那一端》一文是写"我"在婚期渐近的喜乐中回顾以往在物资匮乏的年代，青年学子们无论生活如何困顿，总是重视精神生活，在友情与爱情里拥抱知识。《绿色的书简》是谈自己的求学生活并鼓励弟弟妹妹们努力求学的家信。《最后的戳记》是写她在大学最后一次注册时有所感触，回首大学往事，思考怎样对社会尽责任的文章。《小小的烛光》是回忆大二时初识的在台执教的美国老师老桑先生的文章，这位孤零零的系主任是一位教徒，在异邦忍受很大的痛苦，做别人不在意的工作，却什么都不图。用文中的话来说，"他就像马太福音书里所说的那种光，点着了，放在高处。上面被烧着，下面被插着——但却照亮了一家的人，找着了许多失落的东西"①。从作者不惜言辞的赞扬中，我们可以窥见这个时期作者颇为进取的精神指向。

此外，该书中还有多篇写作者在山中、野外旅行时发现的大自然之美，文章对现代城市生活进行反思。如《到山中去》《画晴》《归去》等篇。正如《我喜欢》一文中所道出的作者这个时期的情趣与品位，她既喜欢非现实中的梦幻、诗篇，又喜欢于现实中亲近大自然，过远离尘嚣、闲适松散的生活。面对大自然未凿的天真之美，面对那"山的郁绿、风的低鸣、水的弦柱、月的水银、松竹的

---

① 张晓风：《地毯的那一端·小小的烛光》，文星书店1966年版，第155页。

香气"①,作者仿佛回到闲逸、古朴的田园生活时代,"是归返了自己的家园"②。在宁静的山的怀抱中休憩,在不知名的原野中感受遍地泛滥着的阳光,作者对快节奏的现代城市生活进行了反思。原野的落日与城市昏黄的灯光,乡村与城市,古朴与现代两种生活方式的对比,使她不禁感慨现代城市生活是"阴湿黑暗的蛰居"③,置身于其中,抬头只见一线天色,"仿佛置身于死荫的幽谷"④,由此感叹"为什么我不能长远归家?为什么我要住在一个陌生市尘的大城里"⑤。这些文章,因为体现了作者对人生的感恩、对生活的热爱,透露出她真诚温暖的处世态度,所以在处境多同的读者中间产生了较广泛的共鸣。

张晓风的散文总会引用一些典故,或是《圣经》,或是古诗词,或是一段英文歌词,显示出其较丰富的知识面。她的作品既不乱叹人生的虚无,也不沉溺于文字的晦涩;内容上能深思人生的际遇,关怀社会的变化;风格上能用知性来提升感性;视野上能把小我拓展到大我,且能免于盲目追求西化的时尚,都颇为可贵。这些都为她成为1970年代台湾散文女作家的代表人物之一打下了良好的基础。虽然这个时期她的文章还略显稚嫩,离余光中所谓颇有"一股勃然不磨的英伟之气"⑥尚有距离,但正如作者在该书自序中所言:"这些字句也许只能称为一抹淡淡的痕迹。但它足以说明曾有一个女孩子那样炽烈地爱过这个世界。"⑦

四、精致文化带来修养散文的萌起

1960年代的女性散文,除了以上创作趋向之外,还出现不少谈论宗教、哲理、文学、艺术、修养、爱情等方面的作品。这些似乎被认为是闲适散文的出现,恰表明精致文化生活与修养的兴起、流行与被需求,张秀亚、胡品清等写作题材颇为广泛的作家在这些方面多有涉及。

(一)张秀亚:即使得不到人爱也须爱人

仅就张秀亚来讲,她的《两个圣诞节》一书就是谈宗教的;《我与文学》一书

---

① 张晓风:《地毯的那一端·归去》,文星书店1966年版,第170页。
② 张晓风:《地毯的那一端·归去》,文星书店1966年版,第157页。
③ 张晓风:《地毯的那一端·画晴》,文星书店1966年版,第13页。
④ 张晓风:《地毯的那一端·画晴》,文星书店1966年版,第17页。
⑤ 张晓风:《地毯的那一端·归去》,文星书店1966年版,第169页。
⑥ 余光中:《亦秀亦豪的健笔》,《中华现代文学大系·评论卷》,九歌出版社1989年版,第756页。
⑦ 张晓风:《地毯的那一端·自序》,文星书店1966年版,第6页。

是谈文学的;《少女的书》则是一部作者和少女们讨论人生和修养问题的箴言集,其中收录了《谈生活》《谈诗》《谈画》《谈爱情》《谈婚姻》《谈快乐》《谈服务精神》等各方面的文章 12 篇。《北窗下》和《曼陀罗》两个散文集更是取材驳杂广泛。《北窗下》有多篇是哲理感悟式的文章;《鹤顶红》通过自家养的一盆鹤顶红花在潮湿阴暗的地方生长得旺盛,而被移到阳光充沛的阳台后竟死去的事情,引申到人类,并得出"逸乐离着死亡最近,而艰苦则有助于生命的成长"的结论。《爱琳》本是答读者问《爱琳的日记》中的"爱琳"到底是谁的一封信,作者由此将"爱琳"抽象为一种人格:她或他会给予别人仁爱,即便是自己不曾得到别人的爱,就像拜伦诗中所说的"Yet though I cannot be beloved, still let me love"①一样,倡导仁爱的处世原则。《曼陀罗》集中还有写家庭之爱的《温情》;借书信的形式与成长中的儿子畅谈仁爱、善良、谦逊、真诚、友爱、自我、读书、工作、生命力、母爱等话题的《给山山》等,文中充满着实践自我、劝善忌恶的人生哲学以及推己及人、爱人如己等的博爱精神,对其他青年也颇有启发教育意义。

(二)胡品清:红尘中的爱情独白

此期,颇值得注意的还有后来著作等身的才女作家胡品清。胡品清,1921年11月出生,原籍浙江绍兴,父亲为黄埔军校教官,在北伐中病逝。胡品清自幼随祖母居住,在严厉而博学的祖母教导下长大,4岁开始背诵经史子集,打下了坚实的古典文学基础。小学毕业后,胡品清就读于美国教会学校,得以较早涉猎西洋文学。1937年考入浙江大学英文系。毕业后到四川重庆工作,结识一法国军官并与之结婚。婚后随夫先后去了曼谷和巴黎。在法国期间,曾在巴黎大学研究现代文学,用法文写了一本新诗集《彩虹》,编译了《中国古诗选》和《中国新诗选》。1962年,婚变后的胡品清回台定居,先后任教于"中国文化学院"法文系、法国文学研究所以及政教学校外文系等。从此,这位敏感而漂泊的"美丽的异乡人",便与山林为伴,教书、写作,终老于斯。

胡品清能用四种外文阅读,三种文字写作,教学之余,潜心著述,除发表了诗集、散文集、短篇小说集外,还有译著多种,成为台湾知名的诗人、英法文学翻译家、文学研究家,散文作品大多是在 1960 年代之后,但此一时期也有诗、散文、小说合集《梦的船》(1966),诗与散文集《梦幻组曲》(1967)、《晚开的欧薄荷》(1968)等出版,并对她的学生及后来的三毛等的散文创作起到不可忽视的影响作用。

相较于此期的琦君较多地回忆童年往事、故国家园,张秀亚充满宗教式博

---

① 张秀亚:《张秀亚全集》第 4 卷,台湾文学馆 2005 年版,第 112 页。

爱气息地阐说人生哲理,胡品清的散文更多的是书写爱情。她执着地把自己对爱情的每一个感觉或每一个甜蜜、痛苦的须臾都记载下来。即便其他事物汇入篇章,也要与她的感情世界产生奇妙的联想。正如她自己所说:"我是一个真真实实的红尘中人,一个十足的女人,我会为一张悱恻的相片而流泪,因一个动人的故事而沉思,会因'人'占据我的心灵而把'神'摒拒于心灵之外。"①胡品清的散文具有明显的自传色彩,真实地表达着灵性和个性,记录下求学和执教生活、法国式的恋爱婚姻、外交官太太们的日常应酬、婚姻的隔膜与破裂等点点滴滴……通过这些真实的生活经历,作者真切地写出了一个中国知识女性在特定的时代环境里、在中西方文化的冲突中特有的心绪和情感历程。

综观胡品清的散文,作者内心的丰富复杂、对中外文学的熟稔以及艺术功力的深厚,使其文具有诗化美文的品貌,展现出独特的气韵。感情至上、潇洒随意、以诗情画意入文的唯美浪漫笔调,又有力地弥补了其文题材方面的诸多重复,其一连串爱情独白在1960年代的台湾散文中成为"特殊的现象"②。

第四节 1960年代的女性诗歌创作

一、现代派大行于世,现实主义"乡土"应声而起

1960年代前期,新诗最大的特色在于学习西方现代主义,讲求语言文字的创新以及意象的凝练与繁复。从1950年代末期开始,台湾诗坛形成新的现代主义的文体。随着《现代诗》《蓝星诗刊》《创世纪》的诗风逐渐一致起来,现代主义成为最重要的文学思潮。

台湾现代主义诗歌在艺术上是反对传统,着重于神秘的个人主体,探索人类意识,进行精神革命,代表作家有洛夫、商禽、痖弦、管管、叶维廉、郑愁予,他们的大部分作品或多或少都带着西方的异国情调、内向探索的自我、象征主义手法、丰富复杂的意象以及存在主义哲学的影响,一些诗作则明显地呈现出象征主义及超现实主义色彩。受这一思潮影响,《创世纪》由"新民族诗型"改版

---

① 刘登翰、庄明萱、黄重添、林承璜主编:《台湾文学史》(下卷),海峡文艺出版社1993年版,第728页。
② 刘登翰、庄明萱、黄重添、林承璜主编:《台湾文学史》(下卷),海峡文艺出版社1993年版,第727页。

为"超现实主义"。超现实主义作品重潜意识自由联想、反逻辑思维、强调纯粹感官的感知、强调从日常生活中领悟。《六十年代诗选》和《七十年代诗选》中的作品基本都是这类个人梦呓式的作品,后来为苏雪林和言曦所批判。

1960年代出版的诗刊与诗集量大,除了《现代诗》《创世纪》外,在此时期创刊的有《纵横》《蓝星》《野火》《海鸥》《新象》《星座》《笠》等。1960年代中期,成熟的现代诗已经稳固于文坛。创世纪诗社在诗刊改版后(1959年4月)提倡诗的世界性、超现实性、独创性与纯粹性,主导了当时诗坛走向。从1960年起,现代诗进入台湾教育体制中,中学语文课本首次选入两首现代诗。总之,1950年代中期到1960年代中期是现代主义诗歌的全盛期。

1962年7月成立的葡萄园诗社及其诗刊《葡萄园》是最早提出与现代诗不同艺术方向的社团,该社创刊词提出"回归现实,回归明朗,创造有血有肉的诗章",诗社从诗的语言角度反省现代主义的问题,既批评"蓝星"的"拟古典主义"的那种文言诗,"也针对以'创世纪'为代表的所谓超现实主义所影响的虚无作风加以非难"[①]。稍后相同倾向的龙族诗社、主流诗社、草根诗社相继成立,都倡导西方文化中现实主义这一流向。

1964年3月,吴浊流邀请27位本省籍作家创办《台湾文艺》,该刊创办20年来,始终以推动本省籍作家创作为使命,坚持把根"扎在台湾历史的、文化的、社会的、民众的风土"之中,"主张文学反映人生,特别注重乡土色彩,倾向于写实主义的现实文学"。1960年代中期以后,台湾诗歌发展进入转折期,标志着这一转折的是笠诗社的成立以及它所代表的本土意识和现实精神的发扬。1964年3月8日,日据时期的吴瀛涛、赵天仪、王宪阳等五位本土诗人(他们都曾经参加《台湾文艺》创刊筹备会),在詹冰位于卓兰的家中聚会,成立了一个新的诗社。林亨泰为诗社命名为"笠","笠"与"皇冠"的意象形成强烈对比,"皇冠"是1954年创刊的一份通俗文学刊物的名称,其意象隐射着台湾的现代主义诗歌对西方的因承。诗社以"笠"为名,其意就是:宁要自家的草笠,也不要不属于自己的皇冠。1964年6月15日《笠》双月刊创刊,成为台湾省籍诗人的专属刊物,也是台湾现代诗史上最长寿的期刊。它提出了"时代性""社会性"与"真挚性"[②]的口号,延续了日据至光复初期的现实主义精神和乡土精神,强调批判现实;但现实主义并不是笠诗社的唯一风格,林亨泰、黄荷生和白萩等诗人就偏向于现代主义风格。陈秀喜、杜潘芳格是笠诗社早期杰出的女诗人,她们的重要作品主要创作于1970年代,将于下章节专门介绍。

---

① 赵天仪:《从荆棘的途径走出来》,《台湾文学的周边——台湾文学与台湾现代诗的对流》,富春文化公司2000年版,第201页。
② 《本社启事》,《笠》1964年创刊号。

《台湾文艺》是代表现代主义倾向的重要刊物，《笠》则代表强烈的本土意识。在它们之间，还有1966年由战后第二代省籍作家尉天骢、陈映真、黄春明、王祯和、七等生等为主创办的《文学季刊》，它构成了1970年代乡土文学思潮的另一翼。由于其成员大都先接受现代主义，后来又从对现代主义的批判和反思中回归乡土，因此对1970年代乡土文学思潮的形成，起着重要的作用。

《笠》与《文学季刊》先后创刊，意味着1960年代后期台湾诗坛开始反省现代主义思潮，力图重建本土诗学和现实主义。1960年代中后期，现代主义诗歌开始由高潮走下坡路。1963年，蓝星诗社的创始人和精神领袖覃子豪辞世。1964年只出了一本年度选集《蓝星诗页》，1965年停刊，下一期的出版则要等到1971年。1964年2月，《现代诗季刊》在第45期后停刊。1961—1963年，《创世纪诗季刊》每年也仅出版一本。

二、《创世纪》的现代派女诗人

1960年代的创世纪诗社吸纳了大量女性诗人，如刘延湘、罗英、古月、朵思、蓝菱等。罗英的创作仍然延续她一贯的超现实主义风格，刘延湘则以直觉、感官和精确的意象来表现现代世界和生活。蓝菱由晦涩的自我反思转到江湖侠客的"自由"世界，最后回到写实主义。

（一）罗英：超现实主义的感觉飞行

罗英，1940年出生于湖北省蒲圻县，1949年随家人赴台。台北市立女师专毕业。曾主持过一家幼儿园。自高中时代即开始写诗，1950年代曾参加纪弦领导的现代诗社，还参加过创世纪诗社。初适诗人画家朱沉冬。1961年5月，她在《现代诗》第34期上发表作品。罗英的作品多发表于《创世纪》《蓝星》等杂志上。同年与沉冬由现代诗社出版诗合集《玫瑰的上午》。之后停笔十年，1981年重新开始写作。她后来与台湾诗坛的"怪异诗人"商禽结婚。曾获时报文学奖，作品入选多种诗选集。出版有诗集《云的捕手》(1982)和《二分之一的喜悦》(1987)。

罗英可谓20世纪备受瞩目的中国超现实主义诗人，她以强烈的主观来诠释世界。罗英说自己写诗从不加构思，与西方超现实主义诗人一样，她凭潜意识的流动，进行下意识的自动写作，"也不一定要去寻找题材，当遇上时就好像着魔一般，非写不可"①。

在手法上，她借鉴了印象派的"通感"手法来进行创作，例如，"耳是/这山

---

① 痖弦主持"与美丽智慧同行：当代女诗人座谈会"，《联合报》1988年6月1日。

和/那山/浮贴着微微潮湿/永不被踩踏的/声音的/苔"①。她将耳朵的软、能听声音与"苔"潮湿柔软的意象相结合,耳就是有声音的"苔",这种意象结合颇得印象派的"通感"手法精要,所以五六十年代崛起的诗人们,如洛夫、张默、向明等创世纪诗社的诗人,都很推崇罗英的风格。

她的诗还有效地结合意象跳跃、通感与叙事,如《电话》:

> 电话铃声
> 终于沸腾起来
> 烫伤的是心不是听觉
> 她仅痴呆地
> 望着它
> 当它是具小巧的棺木吧
> 让他躺在那里面
> 让他死后也要焦虑
> 也要思念
> 也要细数时间
> 如同她心中被铃声吹起来的发②

在这首短诗里,我们看到的却是一个长长的曲折的爱情故事:罗英把爱情比成"棺木",陷入爱情即是一种死亡状态,"她"不断地打电话追寻着"他",陷入"焦虑"之中。罗英以通感手法活用了两个比喻:一是电话铃声如沸腾的开水,这是把听觉转为触觉与内心感觉,烫伤的不是"听觉",而是"她"的"心";二是电话铃声如风,这是把听觉的一半转为触觉,她的乱糟糟的心事则是被风扬起的纷乱的"发",但"她"现在只能"痴呆地 望着它"。她不接电话,让对方也感受一下她曾经感受到的痛苦:在长长的铃声中细数时间、思念与焦虑。

对于女性与黑夜的关系,罗英也有反思,有自己的诠释,在《夜》中,她营造的就是女性在夜中的主体缺失的痛苦:

> 夜藏身在猫的眼瞳内不安的等候里
> 夜藏身在女子的发丛彷徨的忧愁里
> 夜藏身在寺庙的迷失的钟声里
> 夜藏身在朽木的折断的花香里
> 而我在夜的眼瞳内

---

① 罗英:《耳》,痖弦等编:《创世纪诗选(1954—1984)》,尔雅出版社1984年版,第246～247页。

② 罗英:《二分之一的喜悦》,九歌出版社1987年版,第156页。

而我在夜的花丛内

而我在夜的寺庙内

而我在夜的朽木内

我把夜一片一片地　切割

我把夜一句一句地　背诵

我把夜一处一处地　点燃

我把夜一声一声地　唤醒①

在这首诗中,"我"与夜的相似之处都是"藏",我与夜相互交融,意象不断回旋往复,营造出主体严重缺失的旋涡,"我"在夜中挣扎,而与明亮的"阳"性的白日无关;但我也把夜"唤醒",同时唤醒自己?

在《死,你的动作是飞翔》中,罗英塑造了一个英雌形象,诗中的"我"不断在意识上排除掉女人的躯体、怕猫的鱼身("鱼也不是很好")、随波的水,最后"便将她塑成太阳,挂在/海上"②。在这首诗里,罗英把女人由月亮形象变成太阳形象,时间由黑夜到白昼,非但不是阳具中心主义,反而是通过一个从阴到阳、从黑暗到光明的过程来暗示女性最后达到的自我认知。

罗英的抒情主体不仅不惧怕黑夜,而且,她从黑夜走出,太阳也不是什么可以羡慕的顶峰。在《驾驶人》中,罗英把人生比成一个由加速到减速的过程,比成太阳升起到凋零再到月亮升起的过程:

减速之后

他说

这遍地铺满的百合花

是他年少时的心

说的时候

太阳就凋零了

半世纪前的月亮

在他灰白的发上

升起③

这个漫长的过程要如何浓缩在不到十行的诗中呢?罗英用一系列简短而急速跳动的意象来实现。诗中的抒情主体"我"虽然未现身,却是这些意象的组织者,我感受到太阳的凋零,如同"他"百合花般的青春的凋零。最后"我"的

---

① 罗英:《云的捕手》,林白出版社1982年版,第125页。

② 罗英:《云的捕手》,林白出版社1982年版,第200页。

③ 罗英:《二分之一的喜悦》,九歌出版社1987年版,第29～30页。

眼中呈现的是一个古怪的意象:他的灰白的发上升起了半个世纪前的月亮。

又如她的悼母诗《蝴蝶》:

> 偶尔飞进屋里来的
> 蝴蝶
> 带来了满屋细雨
> 当湖泊在桌子上
> 荡漾起来的时候
> 蝴蝶栖于水上
> 是相框里母亲的
> 遗容①

这首诗从蝴蝶而细雨,从而使思维从光滑的桌面滑向荡漾的湖泊,倒映出相框里的母亲的遗容,细雨般的思念汇聚如浩渺的湖泊,思魂如蝴蝶般无由而至伫立于此。通过这些意象跳跃,抒情主体对亡母的无限思念由意识深处流淌出来。这是母亲在家的意象,由蝴蝶沟通内外二界的生息,感伤而唯美。本来"蝴蝶"是能指的意象,并不具有所指功能来指向母亲,但罗英以强大的意识流和超现实主义手法实现了蝴蝶的这一新所指功能,而"满屋细雨"又象征了她对母亲的回忆如细雨纷纷,可见抒情主体早已将对母亲的思念和认同深入潜意识内,随时就会因时因地、触景生情地流溢出来,映染在所见的每一个岂止是蝴蝶的意象上。

如同样写雪,《看雪》一诗把雪写成一个静止而又灵动的生命:

> 鸟
> 用她眼睛里的夕阳
> 去温暖松枝
> 去温暖
> 雪②

在这里,被温暖了的岂止是雪,还有读者的眼睛。在《雪的假想》中:

> 让雪去拥抱枯枝
> 枯枝去拥抱月光
> 月光去拥抱死者
> 死者去拥抱融雪。③

---

① 罗英:《二分之一的喜悦》,九歌出版社1987年版,第119页。
② 罗英:《云的捕手》,林白出版社1982年版,第7页。
③ 罗英:《二分之一的喜悦》,九歌出版社1987年版,第108页。

意象之间构成了一个循环,尸体残存的温暖融化了雪,罗英把死亡写成一个活跃的生命过程,是一个雪融化的过程。

罗英的跳接、潜意识和超现实符合女性边缘书写的律动。罗英诗中飞跃的感觉意象,其实是通过超越常规的意象,以通感手法连接成诗。在罗英的丈夫商禽眼里,罗英几乎就是一个超现实主义的天才,"她观察事物的方法,打个比喻,就如同复眼的照相机,她自身具备一种自动检视的功能。就拿超现实来说,它对罗英,不是什么主义,也不是什么方法,而是她先天的禀赋早已具有超现实"①,超现实主义对她来说是一种天才的"禀赋"。罗英自己也说创作时"我觉得写诗要有梦幻和酒醉的心情"②。也许,西苏在《美杜莎的笑声》中所说的女性写作可以诠释罗英诗歌的这种"现代性":"因为诗歌是通过潜意识来获取力量,也因为潜意识这个无限领域正是被压制者妇女们或如霍夫曼所说的仙女们得以生存的地方。"③难怪钟玲、孟樊都以罗英为台湾最具意识流味道的女诗人。罗英运用跳跃意象的能力可能是台湾女诗人中最强的。而在某种意义上,诗歌的本质就是意象之间的跳跃与衔接。

(二)朵思和古月:传统的背叛者

创世纪诗社的女诗人还有刘延湘、古月、蓝菱。我们将在1970年代创作中介绍刘延湘。古月的《蝶之魂》和《风起时》、蓝菱的《箫声》和《荷塘》都是1960年代的名篇。

朵 思

本名周翠卿,别号光子,另有笔名韵茹等,生于1939年,台湾省嘉义县人,嘉义女中高中毕业。出版有诗集《侧影》(1963)、《窗的感觉》(1990)、《心痕索骥》(1994)、《飞翔咖啡屋》(1997)、《从池塘出发》(1999)、《曦日》(2004)和儿童文学《梦中音乐会》(1998)。

朵思出生在一个医师世家,父母总是希望子女或从医或嫁娶从医者,热爱文学的朵思与父亲冲突日甚。日本诗人北原白秋的诗是她最早接触的作品之一,对她影响较大。1955年,未满16岁的朵思于《野风》上发表第一篇诗作《路灯》,从此以后致力于诗歌创作。

朵思早期作品之长处正如张默所论:"朵思从来没有停止过自己的脚步,她一直是朝向深、真、纯的境界走,她的表现技法是暗喻多于叙说,隐秘多于直

---

① 张默、萧萧编:《新诗三百首,1917—1995》(上),九歌出版社1995年版,第549~550页。
② 痖弦主持"与美丽智慧同行:当代女诗人座谈会",《联合报》1988年6月1日。
③ 张京媛:《当代女性主义文学批评》,北京大学出版社1992年版,第193页。

陈,从绵密的意象中放射一股难以抵挡的劲力,说得直截了当一点,她不是传统的继承人而是它彻头彻尾的背叛者。"①但形式上较为西化,内容较狭隘,以描写传统女性在风花雪月中的感受为主。

朵思的第二本诗集与第一本诗集的出版跨度达20多年。朵思于1979年重返诗坛,由于经历了经商挫败,加上1982年她丈夫诗人毕加不幸中风,朵思一人担负起家庭的重担。由于这种种原因,朵思的诗风有很大变化,从较为理性和自觉的角度,以女性主义观点反思人生。

她以桂花形容母爱,并不落俗套,"像极桂花,不似太阳/无光,不似山脉,无色/只有一种暖意/是一面湛蓝的天空覆盖住桂花/处处飘香"②。以桂花香来形容母爱的力量和无限温暖。

1993年毕加辞世后,朵思出版第三本诗集《心痕索骥》,该诗集共分三辑,收诗50首。由于其中许多为组诗,实际将近100首。这本诗集有一个特点,许多诗与精神医学有关。单是第一辑,就有《幻听者之歌》《妄想症》《精神官能症患者》《梦呓抒情》《梦幻马路》《在昏眩的时空》《忧郁症》《躁郁症患者之歌》等诗名。

当然,朵思还有一些富于"颠覆性"的作品,如《皱纹》是对男性审美标准的反叛,又如《扶》,"请扶起我的灵魂坐好/我说出要说的那个字时/世界将崩溃"③,这首诗表现了女性内在的力量,女性内心的风暴一旦爆发,将震撼整个世界。

在《阴阳同体——看〈美丽佳人欧兰朵〉衍生的诗》中,朵思暗示着她对于"雌雄同体"的女性主义美学的向往:

> 生命穿梭于男性和女性之间
> 相互渗透,而后,我选择在心灵的池塘
> 让三十岁以前的我和三十岁以后的我
> 互相较量
> 并且,一起飞翔④

朵思以这首诗试图和伍尔芙的《欧兰朵》对话,她以男人"激壮的火"和女人"山脉的水流"来形容两性将"相互渗透",表达欧兰朵是集男女两性特质于一身,最后成为最高境界("飞翔")的真正生命形态。有论者指出,《欧兰朵》这

---

① 张默:《朵思:背离传统的女人》,《中国一周》1965年第773期。
② 朵思:《窗的感觉》,1990年自印,第37～38页。
③ 朵思:《从池塘出发》,嘉义市文化局1999年版,第67页。
④ 朵思:《飞翔咖啡屋》,尔雅出版社1997年版,第35～36页。

类诗"相当符合女性主义论调的题材……呈现她对女性命运与处境的整体思考"①。

的确,后期的朵思把诗歌与生活结合在一起,在生活实践和诗歌创作中充分、自觉地进行女性主义反思。虽然她的诗作常被选入各种诗选集,但她仍然感叹诗选集里女诗人的比例只占 6.6%~16%,同时她很关注女性在诗坛乃至整个社会的边缘处境。

古　月

本名胡玉衡,出生于 1943 年,原籍湖南衡阳,毕业于台湾基督教协同会圣经书院,曾在台湾中原大学教务处任职。古月曾多次获得青年诗人奖,代表台湾出席第二届世界诗人大会。古月出版有三本诗集:《追随太阳步伐的人》(1967)、《月之祭》(1975)和《我爱》(1994)。

1964 年古月加入提倡写实主义的葡萄园诗社,但其诗风与倡导超现实主义的创世纪诗社更为接近,不久,古月就"背叛"葡萄园诗社,加入创世纪诗社。

古月最早的作品收入她于 1967 年出版的诗集《追随太阳步伐的人》,诗集中有一首同名诗②:

　　一息尚存　向阳性延伸
　　潜伏的思念发着酵
　　永忆起你　即或另个世纪
　　偷窃火种的古贤
　　已沿着时钟播种

　　解脱窒息人性的轭
　　让慧剑把持心灵
　　揶揄啊　讥笑啊
　　且向明天绽放的花朵哭泣吧
　　生命之页不再空白　我昂然

这首诗在 1960 年代很有代表性,钟玲在论述 1960 年代台湾女性诗风的文章《追随太阳步伐——六十年代台湾女诗人作品风貌》中以这个诗名为序名,把这首诗作当作女诗人阳刚风格的代表作:"显然女诗人在这些诗中尝试追求一种超越,在文体上也试图超越自己以往的风格;她们在寻找自我上,试

---

① 洪淑苓:《朵思及其诗歌美学析论》,《东吴中文学报》2003 年第 9 期。
② 古月:《追随太阳步伐的人》,葡萄园诗社 1967 年版,第 78 页。

图以阳刚诗体来提升自我。"①但古月自己显然不这么看,她在诗集后记中说:"太阳是光明、永恒的象征……我晓得自己是个软弱又固执的人,当时摒弃阳光的引照,凭着直觉去探索原始、纯真的声音,失望如梦幻破碎,是意料中的,而太阳仍恒于前面。"②古月的自白道出了她的不得已,她的时代尚不允许她超越"恒于前面"的太阳,她只能跟在后面,她从语言的运用中寻找主体感("原始、纯真的声音")的尝试也失败了。

总体上,这部早期的少女之作在艺术上并不算成熟,语言欧化,宗教色彩过于浓厚。但这部诗集的最大优点是呈现了女性感受的角度。诗中的抒情形象是敏锐多感的女性形象,抒发的情感既有皈依上帝的宗教情怀,又有独悟人世的历史感伤。这些都以女性感悟的方式呈现,如《月之魂》对爱情的描写:"泪是雨/是相思树的子。"③

1975年,古月与先生李锡奇合作出版诗画集《月之祭》。同年,震惊世人的"阿波罗号"登月,在她的笔下,却是一个充满了感伤的哀叹。

20年后,古月才出版了第三部诗集《我爱》,新诗集抒写了基督教给她的启悟。此外,古月还有一些写于千禧年前后的作品,如《蝴蝶的记忆》《他的脸是一条河》和《斗牛士之悲歌》等作品,标志着她创作上的成熟。《蝴蝶的记忆》写被称为"战争之岛"的金门:"自枪管的硝烟里/飞扑着一只折翼斑斓的蝴蝶/在祠下的社鼓声中/仍昂然地舞着一则九歌。"她以蝴蝶意象表现了金门岛上的人民的无名的创伤,"只有战争的记忆""却找不到哭墙"。

三、对现代派的反思

伴随着现代派"横的移植",现代主义诗歌的创作手法对一些女诗人的写作产生了影响。但她们接受更多的是六七十年代诗歌复古运动的影响,她们把古典诗词的意境进行再创造,反映当下的心境和现实。

林泠、夐虹得以在1960年代的台湾诗坛上立足,与被选入创世纪诗社于1961年出版的《六十年代诗选》有关,这本选集是国民党迁台后第一本诗人作品选集,26位诗人中只有这两位女诗人。夐虹的《金蛹》、蓉子的《七月的南方》则是此时较有代表性的诗集。

淡莹在1960年代的作品略显晦涩,最后成功地脱离现代主义,回到她较

---

① 钟玲:《追随太阳步伐——六十年代台湾女诗人作品风貌》,封德屏编:《台湾现代诗史论》,文讯杂志社1996年版,第227页。
② 古月:《追随太阳步伐的人》,葡萄园诗社1967年版,第86页。
③ 古月:《我爱》,小报文化有限公司1994年版,第70页。

为熟悉的古典世界。胡品清、古月都以浪漫抒情以表现女性的细腻,张香华则以写实主义为主。此外,淡莹的《怀古篇》、钟玲的十首《美人图》等,也都各具特色。

除了创世纪诗社的现代主义方向的女诗人外,胡品清和郑林则属于蓝星诗社。这时的星座诗社以海外华侨为主,此时还有淡莹和钟玲的加入。张香华创办了草根诗社并主持编务。翔翎则参加了大地诗社,陈敏华是葡萄园诗社的社长。

(一)夐虹:由新古典转向新禅诗

在五六十年代的台湾诗坛中,能与新女性蓉子、理性诗人林泠相提并论的,也许只有夐虹。她的诗风格独特,由新古典起家,最后转向写佛教现代诗,余光中赞她的作品风格独特,"在一般女诗人的作品里也少见"①。

夐虹本名胡梅子,1940年出生于台湾省台东县。台湾师范大学艺术系毕业,文化大学文学硕士,东海大学哲学研究所博士。蓝星诗社同仁,曾任中学老师,并从事室内设计及插图工作。曾赴美国爱荷华大学"国际工作坊"研习,现寓居美国。曾获中山文艺奖新诗奖。夐虹在佛教家庭中长大,受到父亲修持《心经》的影响,在大学时,已有礼赞佛陀、向往如来境界的诗句,中年后她在佛光山受持五戒和菩萨戒,法名弘慈。

夐虹的诗作有画意,诗画合一。这是因为她父亲曾希望她成为画家,故她曾受过绘画上的训练。她能在诗中呈现一种绘画式的构图。夐虹的第一首诗是她13岁时为纪念亡友而写的,写好后便焚以寄哀。她读高一时开始大量写作新诗,甚至把新诗当成日记来写,200多首诗抒写了她对于台东的大海、风沙、树林的热爱。她第一次发表的诗作是《离人》(《台东新报》副刊)。此后,夐虹开始投稿给《蓝星诗刊》,多次获时任主编余光中回函鼓励。1957年,她首次在余光中在《公论报》上所主编的《蓝星诗刊》中发表诗作。当时余光中委托黄用代编一期,黄用很欣赏夐虹,就把她的诗作放置于刊头,女诗人的作品放在如此重要的位置,这在台湾诗坛上还是头一次。痖弦则将她的诗编进1960年代诗选。1961年,张默、纪弦等人的创世纪诗社出版《六十年代诗选》,这是国民党迁台后台湾第一本诗人作品选集,被选中的26位作家中只有两位女作家,夐虹是其中之一。故她的确是台湾1960年代备受瞩目的女诗人,如痖弦称赞她为"我们这个年代最优秀的女诗人"②。

---

① 余光中:《穿过一丛珊瑚礁——我看夐虹的诗》,夐虹:《红珊瑚》,大地出版社1987年版,第11页。

② 夐虹:《爱结》,大地出版社1991年版,序。

敻虹的第一本诗集《金蛹》出版于她写诗约10年之后,于1968年由蓝星诗社出版的。此外,她还有诗集《红珊瑚》(1983)、《爱结》(1991)、《稻草人》、《观世音菩萨摩诃萨》(1997)、《向宁静的心河出航》(1999)等。《敻虹诗集》(1976)则收录了包括《金蛹》时期的作品(除了《浪女》《自白的笺》及后来的新作《白色的歌》)。《稻草人》是她的儿童诗集,洪淑苓认为"诗心、佛心、童心是敻虹创作的三种心灵模式,不仅前后期各有偏重,更是互相交融,因此才能将人生经历、学佛修道与诗艺的琢磨三者结合在一起,开拓创作的新境界"①。

敻虹的诗可以1968年为界,分为前期的五六十年代以及七八十年代至今的后期。

敻虹早期诗作《金蛹》《我已经走向你了》具有较强的抒情意味。她在《金蛹》诗集前的题词是:"取十七岁所见,垂挂在嫩绿的杨桃树上,那灿灿的蝶蛹为名,是纪念美好的童时生活;是象征我对诗的崇仰;永远灿若金辉,闭壳是沉静的浑圆,出壳是彩翼翻飞。"②的确,《金蛹》诗集中的主题以爱情为主,90%以上都是情诗,以婉约柔和优美见长。

她的《海誓》一诗前两段以时间为轴,由少年到青年再到暮年,描写情感的深度,并在日常生活中,提炼出"你"和"我"之间最为特殊的情感。《海誓》一诗的结尾则写道:

　　当我们太老了
　　便化为一对翩翩蝴蝶
　　第一次睁眼,你便看见我,我正破蛹而出
　　我们生生世世都是最相爱的
　　这是我小时候听来的故事

"一对翩翩蝴蝶"写的其实是对于爱情的期待,反用梁祝化蝶的旧典,抓住"破蛹而出"的意象,用的不是传统的蝴蝶双飞的意象,此种"陌生化"的效果,强化了诗歌的爱情主义,"第一次睁眼,你便看见我,我正破蛹而出",把"爱情"与"轮回"紧密相连,对生命与爱情都保持着一种乐观和执着的态度——在生命结束之后,爱情仍然可以重新破蛹而出。最后的"我们生生世世都是最相爱的"的"誓言"紧扣主题,达到诗歌最后的情感的高潮。本来我们以为诗在这里就乐观而高昂地收尾了,但最妙的是,她却又在最后补上一句"这是我小时候听来的故事",逆转了整首诗,又解构了前面铺垫起来的一切深情与感动,把它归之于"故事",原先如同海洋一样奔放不羁的情感泛滥瞬间消失,这种诗的调

---

① 洪淑苓:《诗心　佛心　童心——论敻虹创作历程及其美学风格》,《两岸女性诗歌学术研讨会论文集》,中国诗歌艺术学会1999年印行,第1~30页。

② 敻虹:《金蛹》,蓝星诗社1968年版,题词。

控的确是作者的高明所在。结尾的情感逆转解构了"海誓":誓言只是"故事",只是传说,而非"事实";甚至只是"听来的",不但不应相信它,还要对之进行质疑。

《忆你在雨季》中的抒情主人公也是古典的、婉约的:

> 是雨季,唉,昔日的人竟都流浪去了
> 今夜,再也没有谁撑着黑伞
> 走过那桥,走过那长长的街道
>
> 是的,再也没有人
> 走过长街;除了往事那疲倦的小旅人
> 今晚来访;且以他颤抖的手指
> 叩我眸的篱门
>
> 往事轻叩我眸的篱门
> 怎样作答? 一颗颗珍珠的无语
>
> 是雨季,昔日的人都流浪去了
> 唉,昔日
> 就像今天
> 像我们隔着一个
> 冷冷的梦境①

夐虹的诗大体上都是这样含蓄而悠长的风格,诗人在昔日的爱中徘徊,"婉约"总是主轴。但是,夐虹有着丰富的诗才,有婉约也有阳刚气的,如:

> 听说大吊桥已流走
> 如抱的钢丝曾奋力坚持
> 与万匹马力的山洪,决
> 臂力、张力
> 如蛟的钢魂终于不支
> 钢断
> 如英雄之崩(倒)②

婉约与阳刚的巨大悬殊,造成在风格上强烈的反差,余光中对此诗的评价也不免陷入男性角度的误区,"唯一的不足是'如抱的钢丝',因为丝太柔了,不

---

① 夐虹:《夐虹诗集》,新理想出版社1976年版,第8~9页。
② 夐虹:《夐虹诗集》,新理想出版社1976年版,第152~153页。此版无"倒"字,但其他版本和选本均有此字。

如说钢索或钢缆"①。

敻虹写给母亲的诗也很有感染力,在她笔下,母女之间的生命之流是同源的:

> 好像一世,只是两照面
> 你在一端给
> 我在一端取
> 这回你是泉流,我是池塘
> 你是落泪的泉流
> 我是幽静的池塘②

母女是线的两端,连成"一世"的同一源流,母亲"落泪"成泉流,这个比喻生动地呈现母亲自我牺牲的精神;而女儿是"幽静的池塘",此意象喻接纳与归宿,把母女情谊生动地表现出来,颇符合女性主义诗歌对母女情谊的强调。

从《白色的歌》起,敻虹开始有了一些突破,意象更为精简,诗风转趋于写实及理性,题材也拓宽了,包括乡土情怀、家庭温情、时光伤逝及佛家哲理等。

敻虹后期的理想是佛教现代诗,且称之为"新禅诗",重在表现悲天悯人的禅意与对人生的豁达态度。

敻虹的第一批新禅诗是《炉香赞》(13首),她学佛后的诗观与信仰在日常生活中融合起来。其实,在她的创作历程里,现代诗与新禅诗的创作并不是前后分为两个阶段,而是相互重叠、并行交叉。新禅诗结集为《观世音菩萨摩诃萨》《向宁静的心河出航》,这时她的诗风完全回归到单纯与质朴,她赞颂观音菩萨,用诗歌重新诠释《心经》。"向宁静的心河出航"这一书名是出版社的编辑为了市场销路,未经她同意自行更改的,诗集原名"无等等梵呗","梵呗"直指内心,但的确一般人无法理解,所以编辑的改动也有一定道理,"生命是世间的诗/境界可以直往/妙慧之虚空",余光中说敻虹的诵佛诗"妙用佛语,巧探禅境,短句起伏,如漾涟漪,可谓在周梦蝶之外另辟一胜境"③,痖弦也担心她能否"在桂叶与菩提之间往来自如"④。桂叶指的是诗人的桂冠,菩提则是佛教的哲理,的确,她的尝试还只在起步。

---

① 余光中:《穿过一丛珊瑚礁——我看敻虹的诗》,敻虹:《红珊瑚》,大地出版社1987年版,第11页。
② 敻虹:《敻虹诗集》,大地出版社1976年版,第174～175页。
③ 余光中:《穿过一丛珊瑚礁——我看敻虹的诗》,敻虹:《红珊瑚》,大地出版社1987年版,第16页。
④ 痖弦:《河的两岸——敻虹诗小记》,敻虹:《爱结》,大地出版社1991年版,第13页。

敻虹在《红珊瑚》中延续前一诗集的主题,《写给母亲》、《又歌东部》两辑中的诗,在意境的营造与语言的锤炼上,并无太大的突破。然而在"红珊瑚"与"念亡诗"两辑中,有许多佳作,如《记得》:

关切是问
而有时
关切
是
不问
倘若一无消息
如沉船后静静的
海面,其实也是
静静的记得
倘若在夏季之末
秋季之初
写过　一两　次
隐晦的字
影射那偶然
像是偶然的
落雨
——也是记得

这首诗情意深远,隐讳的情感"如沉船后静静的海面",充满暗示的口吻,让人不禁怀想一段被埋葬的爱情往事。再如《水纹》:

我忽然想起你
但不是劫后的你,万花尽落的你

为什么人潮,如果有方向
都是朝着分散的方向
为什么万灯谢尽,流光流不来你

稚傻的初日,如一株小草
而后绿绿的草原,移转为荒原
草木皆焚:你用万把刹那的
情火
也许我只该用玻璃雕你
不该用深湛的凝想

也许你早该告诉我
无论何处,无殿堂,也无神像

忽然想起你,但不是此刻的你
已不星华灿发,已不锦绣
不在最美的梦中,最梦的美中

忽然想起
但伤感是微微的了
如远去的船
船边的水纹……

逝去的爱情带给"我"的感伤如同"水纹",而想起的"你"不是现代的"劫后的你,万花尽落的你",而是恋情中的"你",过去的"你"。但在接下来的第二段,不直接写"你"的情况,而是进入一个宏观的角度,由"人潮"、万家灯火来慨叹人生是华筵总将散。第三四段才是真正回忆恋情,几个意象的巧妙使用表达了爱情的理想破灭后的心境。

敻虹的《红珊瑚》《爱结》中还有许多礼佛诗,等到《向宁静的心河出航》《观世音菩萨摩诃萨》等结集成册,她接受五戒,更为《普门》杂志大量创作佛教诗,但诗集《爱结》未达到她原有的高度。

(二)胡品清:反对现代主义,表现女性特质

胡品清

才女胡品清1961年的第一首诗作《花房五题》发表于《蓝星诗刊》,1962年自法国返台湾,任台湾"中国文化大学"法语系和研究所教授。胡品清和张秀亚一样,是教授型诗人,有广博的知识,有广泛的爱好,诗歌、散文、评论、词曲、译著多方面显示出她的才华,其中出版的诗集有:《人造花》(1965)、《玻璃人》(1978)、《另一种夏娃》(1984)、《冷香》(1987)、《蔷薇田》(1991)、《最后的爱神木》(2002)等,还有诗歌、散文与小说的合集《梦的船》(1966)、《梦幻组曲》(1967)、《晚开的欧薄荷》(1968)、《最后一曲圆舞》(1968)、《芒花球》(1969)。胡品清在1960年代曾译介法国现代诗人作品,刊登于《蓝星》与《文星》杂志,同时把中国新诗译成法文。

许多论者都注意到胡品清的诗中有一个"童话公主"的自我形象。的确,童话公主、镜中水仙等形象都是胡品清在诗中刻意描画的"自我",这可能与她童年时代的心理匮乏有关。她在散文《我爱乳白》中曾说:"祖母是个英雄式的女人,满腹经纶,但是自恨生不逢时……她一心一意要把我塑造成一个男孩……祖母毕竟是旧时代的女性,而且是很男性化的女性,没有读过儿童心

理学,也忽视我的性向。我原是为爱与美而生的,而我的童年里没有爱与温情。当左邻右舍的小女孩被母亲宠得像个小公主,打扮得像朵花的时候,我只在镜子里看见自己是个不男不女的小家伙:一件对襟衫,一条叉裤,一双叉鞋,一头短发,而我老是私下羡慕小朋友们的长发飘飘。当别的小女孩在暑假回到乡下省亲时,总是穿着衣裙载歌载舞,而我只有在一旁看的份,像一个灰姑娘。"①

1965年,胡品清在她的第一本诗集《人造花》的自序中表达了自己不同于现代主义诗歌的主张:"假如有人强调现代诗人的声音必须是冷酷的、凄厉的、枯寂的、晦涩的;假如有人肯定地说现代诗不是抒情的,只是主智的;或是现代诗表现的只是现代人被物质文明分割后所感受的痛苦;那么这本集子显然没资格被称为现代诗。可是我认为更重要的是我这些作品正像我那株人造花,他们代表真的永恒,善的永恒,美的永恒,爱的永恒。"可见她在骨子里是不同意现代主义诗歌的观念的,在她看来,诗其实很简单,就是"一点点的美学,一点点的哲学、一点点的情感"。以美学、哲学之"理"入诗,是她与现代派相似之处,但她决不放弃排在最后的诗歌"情感"。如此以美学、哲学之理性再加上情感的综合的风格,也许可以用她的诗集"冷香"来概括。

在《我是豪华的》一诗中,胡品清写道:"真能把自己幻想为公主/被金玑玉帛所包围/偶一仰首/缤纷的云就幻成彩玉的雕琢","而且你是小小的王子/每一句话语每一个动作都构成童话的主题"②。这种对浪漫童话爱情的想象其实是反女性主义的。在生活中,胡品清也是如此,她无法从爱情的失落中解脱,于是更彻底地沉溺在童话世界里,实现暂时的自我救赎(或者是自我麻醉),1968年出版的《晚开的欧薄荷》中收录的一些作品就是如此。

与中国女性的写作传统一样,胡品清把她在个人情感和婚姻上的不如意直接渗透到诗歌里。她曾是一个幸福的情人,"星星叠成瓦/虹和白云砌成墙/那是一栋梦居/没有谁在其中喧哗",她在爱情的"魔屋中小息,珍珠露是他们的饮水,野草莓是他们的地粮"(《魔屋》);她叹息,"我是命定要活在童话里的人/你为我编排的主题永远不能成为被遗忘的故事"③。她把童话爱情视为"重生",如《你是》一诗中,她不断歌唱情人,"你是命运的主人/为我安排再生之乐章","你是天工/为我筑城于童话之国度/庭院森严/重门深锁/半世纪/将我禁锢/于是我说着童话/活着童话/当人间已莫我属的日子/你是农神/为我洒落灵感的种子/在情思的园地上/于是我想着童话写着童话/当现实已莫我

---

① 胡品清:《我爱乳白》,《玫瑰雨》,文经出版社1980年版,第107页。
② 胡品清:《最后一曲圆舞》,水牛出版社1977年版,第120页。
③ 胡品清:《晚开的欧薄荷》,水牛出版社1968年版,第79~80页。

所属的日子"①。在这里,我们看到一个逃避现实而梦想回到童话爱情世界的胡品清。

但是,靠童话公主的意象以及童话般的浪漫爱情为自我救赎,是根本不可能实现的。所以,胡品清在诗中表现她最大的恐惧,就是永远等不到童话中的"白马王子"。如她在《恐惧长夜症》中写道:"这不是贝荷笔下的睡林/我也不是被苹果窒息的女孩/就这样清醒地躺卧在空无和死寂里/永远听不见白马的蹄声自远方来。"②"贝荷"指的是童话作者贝洛,"被苹果窒息的女孩"即白雪公主。但是,当她即便无法进行自我欺骗而清醒面对现实时,她还是意识不到自己的主体缺失才是最大的痛苦,而只是一再期待"白马的蹄声"。

1970年代末,胡品清似乎获得了美满的爱情,她的诗抒发了一种感恩的情怀。她在1978年的《感恩节》中写道:"我的感恩节发生在春天/在你用秋日为我构成的春天","感谢你如树的双臂/为我围成一个童话的国度"。在她看来,有爱总是比无爱好,"纵使你的玫瑰多刺/纵使你为我构成的春天是没有果实的花季/而我依然感谢你"③。

不久以后她再度失恋,这次她既是自负的女诗人,"众木已槁/我是唯一的青松",又是一个充满悲凉的孤独者,"而经验说/台风夜的待月草是你的名字",这些使胡品清的诗作中充溢着一种美丽的幻灭感,她反复强调:"要扼杀回忆","要谋杀记忆"。

在《童话》中,她回顾了美好的爱情,怀念一起相处的一千五百个日子:"曾属于你我的一椽华屋　在此岛城/古典的铜质门环/象牙色的话机和水晶双人镜/封闭的窗/在夏日深锁一室清凉/深锁一室和煦　在严厉的冬天/帷幔低垂隔绝了整个尘寰/你的发做成幻术的　睡林/走兽静止　飞禽无声/花朵永远鲜活/枝叶永远葱青/我就是贝荷童话中被苹果窒息的大女孩/熟睡一千五百个春天。"④《禁锢》表现的主题甚至是对禁锢的一种怀念,"说不是禁锢/而孤独筑成的塔森然冷然/寂寞是没有缝隙的城廓/泪是一条护城河/环墙流过/她就是城堡里的女人/终日凝眸云外/把一串串的思掷向艾斯戈河上/纵倚遍栏杆/不再听见白马的蹄声来自远方"。这个等待着的公主的意象是充满着绝望的,"日子连接着日子/很多/很长/串成一条不通向希望的路/也不通向遗忘/她必须忍痛地踽踽独行/穿过回忆的巷里/独行未来的下半个世纪"。她不断地怀念一千五百个昨天,因为那时有爱相伴,"只能活在与你分享的一千五百个昨

---

① ② 胡品清:《晚开的欧薄荷》,水牛出版社1968年版,第91～93页。
③ 胡品清:《芒花球》,水牛出版社1969年版,第206～207页。
④ 胡品清:《芒花球》,水牛出版社1969年版,第204～205页。

日/在逝去了的风景中/那曾经 来自童话之国度的爱抚/失落于异邦/而她是坚忍的纯一主义者/永远执着于她选择的方向/只让追思往复于记忆的庭园/绕过你的栽植/蔷薇 荆棘 荆棘 蔷薇/一串串的毋忘侬"①。

这种风格到了1981年已有所变化,如《最后一曲圆舞》,"涉过一夕豪华,/以馨德瑞拉的锦衣和玻璃鞋。/众人实已惊讶,当我踏着圆圆的舞步,旋转于你臂弯的虹桥。/然后,/致命的金钟敲响了子夜,/以不可通融的铿锵。/而我不曾忘却魔杖的时限,/只从容离去,不曾遗落一只仙履在仓促中。/如今我又是厨下的馨德瑞拉,荆钗敝屣,/一夕蝴蝶梦,/无边怅惘"。② 在这首诗里,胡品清修改了灰姑娘童话,诗中的灰姑娘并没有遗落"仙履",因此王子最后也不可能找到她,虽然她还不能走出童话世界,但这首诗对童话的修改,已经能让我们看到一个处在反思期的胡品清。

1984年出版的《另一种夏娃》中有一首诗《巧合》,重新诠释了西方传统中的灰姑娘:"惜别仍唱在午后/并非害怕华服幻成褴褛/你我之间无须现实/亦无仙履奇缘。"③这首诗写的仍是胡品清对爱情的期待,在诗中,她与一个年轻男歌手既相互欣赏,但又保持着距离,没有太多的纠缠。曲终人散之后,两人各自回到自我。这首诗里的"我"显然已经走出了童话公主情结,充满了自信。在《如雪的传奇》中,童话爱情仍然是美好的,"只因某种呼唤之阙如/遂在灵堡中小寐/像神话中持续千年的美人之睡",虽然她仍然期待"曾是那睡美人/我的情智/你歌声之优雅是跶跶马蹄/以奔驰来/以飞跃来/穿过沉睡的宫闱园囿/越过沉睡的群花众兽/也惊醒那沉睡的佳丽",但胡品清并未停留在这样的童话意境中,该诗最后表现出对童话爱情的反思,"多年后/(我必然已撒自尘寰)","偶一低回/不知你是否追忆/那则发生于二十世纪的/如雪的传奇"。不难看出,这样的追问带着一定的主体性,胡品清把自己由童话爱情中挣脱说成是拥有一颗"剔透的心灵"。

总体而言,胡品清后期的作品却更加偏向现代派,抒情的味道少了,哲学与美学的反思加强了,一些诗流露了浓厚的女性意识,"不悉何故/被称为疯妇/为了安全有人在四周/安装铁栏不可跨越不可攀"④。

郑 林

与胡品清同属蓝星诗社的郑林,原名郑贤淑,出生于1939年,台湾新竹人,台北师范大学历史系毕业,曾工作于台湾多所中学,曾为《正声儿童》编写童诗。

---

① 胡品清:《芒花球》,水牛出版社1969年版,第217~219页。
② 胡品清:《最后一曲圆舞》,水牛出版社1977年版,第111~112页。
③ 胡品清:《另一种夏娃》,文化大学出版社1984年版,第71~72页。
④ 胡品清:《玫瑰雨》,文经出版社1980年版,第28页。

早期为蓝星诗社同仁。1972年赴美留学,1980年后改行经商,从事珠宝古董生意,停止创作,现为纽约SNS珠宝行董事长。郑林是《五弦琴》①的作者之一,诗作见于《文星》《蓝星》《文学杂志》等,著有诗集《郑林诗集》(1997)。郑林的诗富于少女情怀,如《冰鞋的故事》:"我滑向你了/斜坡引诱着冰鞋。"

(三)张香华:草根诗社的写实主义

1939年出生于福建龙岩,台湾师范大学中文系毕业,美国加州伯克莱大学高级英语中心结业。曾执教于台北市建国中学和世界新闻专科学校等。张香华于19岁在台湾《文星》杂志上发表处女作,1975—1977年担任《草根》诗刊的执行编辑、《文星》杂志诗页主编。与柏杨结为夫妇后,1978年出版第一本诗集《不眠的青青草》,1985年参加美国爱荷华大学的国际写作计划,翌年辞去教职,协助柏杨专事写作,出版有诗集《爱荷华诗抄》(1985)、《千般是情》(1985)、《南斯拉夫的观音》(合集,1996)、《猫,你喜欢我吗?》(2004)和《初吻》(2006)。她曾参加反对台湾诗歌西化的运动,是1970年代台湾新崛起的青年诗人群的一员。她参加许多国际诗人会议,编辑并与人合作翻译塞尔维亚语的《中国现代诗选》,1993年迄今主持警广电台"诗的小语"节目,推广台湾现代诗,并促进台湾地区与东欧的文化交流。

张香华从现实生活和漫长的人生中寻找和吸取诗的源泉,她多写日常生活中的所见所闻,以写实的手法来抵制、批判和抗拒西方现代派思潮。她在名篇《四象》中把人的生、老、病、死比喻成阳光撒下的金黄谷子、花树的果实、吐过丝的蚕、由蚕丝织成的锦衣等,"亮丽的太阳流苏里,我们/是阳光撒下的一把金黄的谷子/翻滚、播扬、跳跃……"表现物我冥合的情趣。"褪红留下轻艳/残荷带来细碎的雨声/就用一张枯叶包了去吧/擎在风中的莲蓬/频摇她焦褐的头"(《藕》),轻艳和残荷被一张枯叶包裹而去,意味着繁华的世界已逝;擎着果实的莲蓬在频频地摇头,然后才是诗人上升到哲理的思考:"细巧,玲珑的圆孔/幽静而散淡奏出/乐句:这一夏的美/属于泥下的根。"

《水银》刻画女性"无声""失语"的存在:

> 小楼上,我是窗边寒暑计中的
> 一粒水银
> 在仅存的空间,我的生存是
> 无定的升、降、浮、沉
> 我标示我的感觉

---

① 1967年,为了纪念覃子豪老师,彭捷、向明、楚风、郑林、蜀弓共同出版诗集《五弦琴》,每人选印诗10首,由台北蓝星诗社出版。

以我的心中
银白灼亮的泪滴
为着欢娱以及轻蔑
除外,我不做什么不能。①

女性的存在("我")只是一个客体,除了"感觉"世界的"冷热交替"并随之浮沉如同"水银"之外,只是一个无声无息的存在。但"我"仍然有"银白灼亮的泪滴",仍有自己的坚持。不过,"水银"由于有"记录"温度的功能,毕竟还是温暖的。在另一首诗《有赠》中,诗中的"我"如"一瓣战栗的白茉莉",处在主体缺失的状态之中:

如许我以化身之能,
我就流去作一弯清凉
等着赠给那个用瓢汲取我的人
或者,请稍待
就让我自此消匿。②

抒情主人公完全是"受虐"式的女性客体,她所有的能力就是"牺牲",并渴求这种牺牲。

到了1980年代的《一张吸墨纸》中,张香华的态度更消极了:

我是一张吸墨纸
轻轻按捺在你写过的字的
纸上,把你遗留下的余渍
吸干③

不仅无法发言,更无法书写,只能屈居一张吸"余渍"的纸的纯粹客体地位。张香华还以"幻象"来自我刻画,如《画像》中,"她"原本有水的韧性——"温柔而执拗",但在"不济的时运"中,"阳光"之下,仍然是如"水"般自主的自我认知。

张香华写得更多的是那些处在调整之中以待反戈一击的女性,"我忍不住向你告别/一句话。你我已经扯平/"④。为什么扯平了呢?因为你的世界"永远渔阳鼙鼓、勾戟矛槊",而"我"作为客体的世界则是"依然一片澄清"。虽然这种心态有阿Q的精神胜利法之嫌,但由此可见张香华对女性特质的富于个

---

① 张香华:《不眠的青青草》,星光出版社1978年版,第88～89页。
② 张香华:《不眠的青青草》,星光出版社1978年版,第53～54页。
③ 张香华:《爱荷华诗抄》,林白出版社1985年版,第131～132页。
④ 张香华:《爱荷华诗抄》,林白出版社1985年版,第150页。

性的观点,应从西方女性主义重提"女人性"(le féminin,伊利格瑞)的角度来重新评价张香华的作品。

(四)其他女诗人:回归婉约为主的风格

翔翎

本名李庆旋,出生于1948年,原籍山东省阳谷县,台湾"中国文化大学"英文研究所毕业。曾赴美在爱荷华大学作家工作坊从事研究工作,80年代初回台后,在台湾中兴大学英文系任教。她是大地诗社同仁。

钟玲以翔翎为"现代婉约派的正宗"①,并不全对。如在《流失》中,翔翎写道:"我无从知晓/你的性别/更无从描绘/你的容貌/而中夜临镜/两行清泪里/仿佛见你/自镜中行来,那风致/也一若水仙/我不知如何唤你/更不敢以手触你/那最美的梦/最忍心的决定/你是我/流失的生命/子宫内/最最深刻的伤恸。"②其实这是写给被流产掉的未出生的孩子的。这种身体经验与心灵的伤痛的确只有女性才有,而女性诗的意义之一也正在这里。"那风致/也一若水仙"是一种沉痛,而非钟玲所说的"连打胎也处理得典雅含蓄"③。

翔翎还巧妙地由另一个角度来表现女性特质的力量,在《我是一株吃光的植物》中,她写道:"我是一株吃光的植物/我用毛发/我用身体/我用爱情/我用思想 把阳光/一点一点的咀嚼//我日日独坐园中/然后就盼呀盼地/直到夜色流满园子/把阳光/一点一点地反刍。"(手稿:61)这是翔翎对男"阳"女"阴"的不平等的象征的反讽,"吃光"一词的使用很有意义,有着类似于美杜莎女妖似的力量。

王渝

出生于1939年,1960年代开始发表诗作。钟玲把她称为"台湾女诗人中的郑愁予"④。她的诗表现了流浪的主题,但比郑愁予少一些自恋。"小白花谢在流泪的夏季"(《那年以后》),她还写流浪后的一种乌托邦状态,"我想在一高处/风也不能触及的地方/躺下"。她的时间与空间都表现为诗人的一种内在的自在状态,空间是风无法触及的地方,时间则是时间之外的,"来往的人们仍然匆忙,仍然孤寂/仍然触着这一城市的心脏/我却摒弃了它的呐喊,轻盈如一飘舞的雪花/独自向时间的深处隐去"⑤。

王渝的爱情诗写得尤其好,如《一次分手》,"只要/能化作一缕声音/浅浅

---

① ③ 钟玲:《现代中国缪司:台湾女诗人作品析论》,联经出版社1989年版,第272页。
② 翔翎:《流失》,《联合报》1981年12月13日。
④ 钟玲:《现代中国缪司:台湾女诗人作品析论》,联经出版社1989年版,第269页。
⑤ 王瑜:《时间广场》,余光中编:《中国现代文学大系第一辑 诗歌卷(1950—1970)》,九歌出版社1989年版,第246页。

的耳窝里最好/匿藏/你凝神的意态悠悠……一次分手/一次小小的死亡 我们——夹岸相对的风景拉长/退去的潮水不再上升/直到下一次相遇/又会心跳/又会在灰烬的双目中/找到火种/嘴角欲起的晨云/也总会忍不住/泄露夜里编织的秘密"。王渝把分手诅咒成一次小小的死亡,把爱情的消逝比成狂潮漫过后的松软海滩,而爱情就是对下一次潮起的期待。

陈敏华

出生于1934年,原籍山东黄县,1949年赴台。西班牙安多哥拉大学及巴基斯坦自由大学曾分别授予她荣誉博士。陈敏华曾主持教育电台及台视文艺节目多年。1962年4月,陈敏华与王在军、古丁、文晓村、李佩征、宋后颖等人组成葡萄园诗社,7月开始发行《葡萄园诗季刊》。继李佩征之后,1965年陈敏华担任社长。曾获亚洲杰出诗人奖、"教育部"文艺奖、"中国文艺协会"文艺奖等。现旅居美国。出版有诗集《雏菊》(1967)、《水晶集》(1970)、《琴窗诗抄》(1971)和《星海的风笛》(1973)。

陈敏华的诗富于女性自我意识,如《雏菊》:

> 有什么可悲的呢
> 你本可以挺起胸膛,昂立于
> 无所不容的蓝天之下
>
> 在此广阔的世界
> 你也拥有一小片天地
> 清风雨露里,枝叶如意舒展
>
> 开出朵朵小花如莲心
> 圆而纯白,美而丰盈
> 当众花枯瘦,秋已飘零
>
> 有什么可悲哀呢
> 阳光如此博爱,润泥情深
> 虽然没结下成熟的果实
> 但你却有扩展宇宙的根

虽然女性尚缺乏自身的历史,自我的发展还很弱小,如一朵雏菊,但这"一小片天地"却"有扩展宇宙的根"。

1975年,陈敏华赴美定居。由于丈夫张绍载为有名的建筑师,出版《建筑与艺术》杂志,每期都有"诗情画意"一栏,其中的配诗都出自陈敏华之手,为之配画的画家都是水彩名家,如蓝荫鼎、王蓝、刘其伟。但是,除《葡萄园》诗选外,陈敏华从未登上其他诗选集,这与她的一些作品过于直白、感情过于外露、流于浅显有关。她还写了一些应酬诗,如《时代的巨人》:"奔向你伟大的影像,是谁/摆动银灰的双翼追随你";又如《阿里山日落》:"你是宇宙的主宰/……每一星座都感受着你的光。"而女性主义诗学认为,象征着光与热的"日"景赞颂的其实是男性所属的秩序中心,陈敏华如此的抒写可能落入男权的视野和圈套之中。

李仲秋

生于1942年,卒于1995年,原籍山东日照,1949年赴台,笔名云帆。基督教台湾圣书院毕业,后到台湾"中国文化大学"选修新闻。曾任幼儿园主任、"华视新闻杂志"顾问,正声广播电台节目主持人,《台湾新生报》新闻部秘书、记者等。她曾获优秀青年诗人奖。出版了三本诗集:《生命的流》(1969)、《履痕》(1978)和《云帆之旅》(1986)。

晶 晶

出生于1932年,本名刘自亮,笔名品川,原籍河南罗山,杭州女中毕业,1949年赴台。供军职30余年,退役后任《葡萄园》编委,三月诗会同仁。晶晶于1962年开始发表诗作,无论写景还是抒情都偏向温柔敦厚的传统诗风。1965年,她以《碧潭》一诗获第一届葡萄园新诗奖,因诗集《星语》获1985年"中国文艺协会"第廿七届诗歌创作奖章。著有诗集《星语》(1984)、《曾经拥有》等。

虽然这一时期的风格仍然以婉约为主,但李元贞发表于1969年12月7日的《女人》①已经有着明确的女性主义意识:

> 给我一粒子弹
> 即刻就闭目长眠
> 我就可以简单地撒手
> 不再计算
> 多少个上下弦月
>
> 忧郁的排卵期
> 任何屠夫的刃
> 不这么蹂肠躏肚
> 逼我的精神疯癫
> 四肢不知爬向何方
>
> 歌颂所有的母体

---

① 李元贞:《女人》,《女人诗眼》,台北县立文化中心1995年版,第23~24页。

它是痛苦的上帝化身
命定承受自然的付托
流自己的血
破自己的身

你有什么好哀怨的
男人们说
你禀赋先天的价值
你可以隐居在家里
还可以在床上尽情流泪

这首诗有具备强烈的女性主义色彩，与现在的许多女性主义诗人的作品相比也不逊色，因为作者在诗中把1960年代社会的基本性别（gender）配置表现得很明确。可以说，这首诗是七八十年代即将到来的女性主义诗歌的先声。

本章参考文献

吕正惠、赵遐秋主编：《台湾新文学思潮史纲》，昆仑出版社2002年版。
何欣：《中国现代小说的主潮》，远景出版社1979年版。
彭瑞金：《台湾新文学运动40年》，自立晚报社文化出版部1991年版。
余光中《天狼星》，洪范书店1976年版。
樊洛平：《当代台湾女性小说史论》，台湾商务印书馆2006年版。
陶德宗：《百年中华文学中的台港文学》，巴蜀书社2003年版。
吴尚华：《台港文学研究》，安徽人民出版社2007年版。
朱双一：《台湾文学创作思潮简史》，九州出版社2010年版。
陆卓宁：《20世纪台湾文学史略》，民族出版社2006年版。
夏祖丽：《从城南走来——林海音传》，三联书店2003年版。
田锐生：《台港文学主流》，河南大学出版社1996年版。
丁帆等：《中国大陆与台湾乡土小说比较史论》，南京大学出版社2001年版。
封祖盛：《台湾小说主要流派初探》，福建人民出版社1983年版。
陆士清：《台湾文学新论》，复旦大学出版社1993年版。
刘登翰、庄明萱、黄重添、林承璜主编：《台湾文学史》，海峡文艺出版社1993年版。
古继堂主编：《简明台湾文学史》，时事出版社2002年版。
余光中主编：《中华现代文学大系·评论卷》，九歌出版社1989年版。
郑明俐主编：《当代台湾女性文学论》，时报文化出版企业有限公司1993

年版。

李瑞腾主编:《永恒的温柔——琦君及其同辈女作家学术研讨会论文集》,"中央大学"中文系琦君研究中心 2006 年版。

李元贞:《女性诗学:台湾现代女诗人集体研究》,女书文化事业有限公司 2000 年版。

赵天仪:《台湾文学的周边——台湾文学与台湾现代诗的对流》,富春文化有限公司 2000 年版。

张京媛编:《当代女性主义文学批评》,北京大学出版社 1992 年版。

封德屏编:《台湾现代诗史论》,文讯杂志社 1996 年版。

钟玲:《现代中国缪司:台湾女诗人作品析论》,联经出版社 1989 年版。

第八章 1970年代的台湾女性文学

第一节 概 述

1970年代的台湾,政治风云诡谲变幻,从社会结构到民众心理都经历了巨大震荡;严重依赖美日的殖民地经济弊病充分暴露;国民党长期以来的"威权统治"面临挑战,民众的民主意识萌生;通过反省检视知识界的"失根症"从而"发现中国、发现台湾";真正意义上的女性主义理论伴随着吕秀莲发起的"新女性主义"进入台湾……众多影响未来台湾政坛乃至文坛走向的事件于此际发生,人物于此际崭露头角,1970年代因此成为台湾政治文化形态变化的重要过渡时期。

这一时期登上文坛的,多是出生于1945年后的第二代移民或本省女作家,其心理上既无日据时期家国沦丧的印迹,也无大陆生活的乡愁记忆,对她们来说,所谓"反攻大陆"也只是意识形态的灌输,但在整个时代的反思大潮之中,伴随着女性生活环境的变化,尤其是1970年代初期吕秀莲、瞿宛文等提倡的"新女性主义"运动这些使女作家的创作朝着现实主义、现代主义以及通俗小说三个向度推进,与同时代的文学主潮呈现出既有同一层面的交汇、又有不同维度的游离的立体多元式的联系。

一、政治经济及文化背景

　　自 1949 年国民党迁台后 20 年的台湾社会局势,可用两句话进行概括,一是政治保守,二是经济文化西化。进入 1970 年代,台湾一直引以为傲的经济腾飞神话首次面临危机。1960 年代台湾工业的起飞是以农业生产受到扼制、农村劳动力大量外流为代价的,同时,台湾经济对美日依赖过深,短期内表面的繁荣掩盖了台湾经济基础的不稳定性以及殖民地经济的深刻弊病。1973 年,世界石油危机爆发,引发了第二次世界大战后西方经济的第一次普遍危机,波及台湾,台湾经济遭受前所未有的重创。

　　引发全台湾从社会结构到民众心理层面大动荡的,则是几乎贯穿整个 1970 年代的一系列极具冲击力的重大政治事件。1971 年 10 月 25 日,台湾"中华民国"在联合国的席位被取消,年内就有 23 个国家与之"断交";接着,次年 2 月,尼克松访华,发表《上海公报》,奠定中美关系基础;1972 年 9 月,日本与中国建交,承认中华人民共和国为"唯一合法的中国政府";1978 年 12 月,中美正式建交。以上政治变局彻底动摇了国民党以"威权统治"建立起来的貌似稳定的社会局势,使整个台湾社会陷入"国际孤儿"的窘困境地中。

　　1970 年 11 月,"钓鱼岛事件"发生,适逢"联合国代表权"遭遇危机的国民党当局,并未对美国的强权行为进行有效应对。1971 年 1 月 29—30 日,美国各地华人"保钓委员会"组织了声势浩大的示威游行,之后,"保钓运动"的主战场由海外移至台湾本岛,激发起广大民众,尤其是青年知识分子,高涨的民族意识。以《大学》杂志社为主导,一批学术界和工商界青年提倡政治革新,提出"扩大政治参与""废除政治特权""改选'中央'民意代表""改造上层政治结构"等主张。党外势力开始活跃并有所发展,要求"解除'戒严'令""开放党禁、报禁",这与国民党当局长期以来的发展经济但不允许插手政治的政策相左。1972 年 12 月 4 日,台湾大学师生举行"民族主义座谈会",提出统一中国的主张,遭台湾当局镇压,酿成"民族主义事件"。1975 年 4 月,蒋介石病故,国民党内部面临高层权力换届,内部矛盾加剧。及至 1979 年,颇具影响力的《美丽岛》杂志社聚集了一大批国民党党外人士,意图组织反对国民党,他们定于同年 12 月 10 日世界人权日游行,与当局发生冲突,爆发了影响台湾未来二十年政治走向的"美丽岛事件"。这一事件不仅成为台湾迈向民主化社会的开端,也可称为"文化台独"的源起。在一定程度上,这种人人皆可参加、民众反抗威权的斗争形式,为 80 年代女性写作的泛政治性倾向提供了思想和社会基础。

　　政治经济变局在文学界的直接后果,就是以"回归传统、关怀现实"为主要标志的乡土文学思潮在 70 年代初的崛起,"当七十年代初期台湾各种政治、社会问题——呈现出来的时候,一向习惯于'向外'追求知识、习惯于自由主义思考的知识分子,突然之间不得不转回来'面向本土',并寻求另一种思想(社会主义)的可能性,从而因此找到了'大反省'的契机"①。借助于1972年前后关于现代主义思潮的一场论战,台湾文坛对十多年来的现代主义文学运动进行了回顾与检省。现代主义文学曾经是对当时充斥文坛的"反共文艺"突围的生力军,对资本主义经济发展中现代人的生存困境和精神悲剧有着深刻的体察与表现,但其内在性、纯粹性与抽象性等特征,既是其特色,也是其软肋,加上越来越沉溺于个人的内心世界与形式实验,不同程度上出现了盲目模仿西方文学的倾向,与现实和读者的隔膜加剧。在1970年代的政治经济环境下,现代主义文学创作的弊端高度显现,似乎到了非纠正不可之地步。1973年8月,龙族诗社的"龙族评论专号"将论战推向高潮,希望诗人进一步表现这个时代、这个民族的精神。② 小说等领域也纷纷加入论战,1977年爆发的"乡土文学论战"即围绕着"新殖民主义",台湾社会是否存在阶级矛盾、阶级斗争和社会阴暗面等主题展开。通过两次大论战,台湾知识分子清醒地看到"失根"的病症,逐渐确立了1970年代台湾文学回归民族传统观念、关怀社会现实的主流和方向。"用九〇年代流行的语言,我们可以拿'发现台湾'来形容七〇年代的思想核心。不过七〇年代当时的人自以为发现的是'中国',而不是台湾。"③

对于1970年代文学主流路线的确立,当时的文学及政论刊物可谓功不可没。创刊于1973年8月15日而仅出三期的《文季》,接续《文学季刊》,表达了文学应反映现实生活的鲜明观点;以台湾大学青年学生、知识分子为核心的《大学》杂志偏重现实政治批判;《仙人掌》力图秉承并再现"五四"的文化批判与爱国主义传统;《夏潮》则带有泛左翼色彩。其他如《台湾文艺》《笠》《龙族诗刊》,都在不同层面上发挥了积极的推动作用,这些刊物既充当了尉天骢、陈映真、黄春明、杨青矗等人发起论战的阵地,也成为其创作实践的园地。

特别值得注意的是,1971年,在全球范围内的女性主义思潮影响下,吕秀莲等人发起"新女性主义运动",先后筹建"时代女性协会""拓荒者之家"等组织,举办讲座、培训班,在报刊上发表文章,向整个社会灌输新女性思想,强调女性的觉悟和独立,鼓励女性追求事业发展,以逐步建立现代社会男女平等的新意识。

---

① 吕正惠:《战后台湾文学经验》,新地文学出版社1995年版,第250页。
② 陈芳明:《诗与现实》,洪范书店1977年版,第54页。
③ 杨泽:《70年代忏情录——理想继续燃烧》,时报文化出版企业1994年版,第132页。

无独有偶,在《大学》杂志推进"拥抱斯土斯民"论战的同时,作为台湾女性主义运动先行者之一的瞿宛文于1972年始,即在《台大法言》以及《毕联会讯》上,以"罗莎"和"罗琼"为笔名撰文多篇,呼吁女性自觉,她尤为关心两性关系中女性的心理机制。"在我们将'左倾'当成一种知识分子的觉醒过程并认定自我改造的必要之后,妇女解放的观点当然也带给她(瞿宛文)感性经验的提升,更认识到知识女性的觉醒与自我改造的必要了。"①1973年3月,在台大"民族主义事件"发生后不久,无惧政治高压的噤声效应,瞿宛文邀请吕秀莲在台大"男性中心的社会该结束了吧"座谈会上演讲:"我们在此提倡'新女性主义',与外国的妇女解放运动,虽不无东施效颦的瓜田李下之嫌,深悟其昧的人却该同意'它不是外国的翻版'这句话。我们希望结束男性中心社会的意思,并不等于要建立女性中心的社会,因为我们自始肯定这是一个两性而非单性的社会,以任何一方为中心,都违反了上帝的意旨……""'当妈妈'已不再是女子的唯一功能了",并提出"立法保障妇女得免于因生儿育女致失业或减薪的恐惧"②等现实权利要求,为更进一步的女性参政进行了一场预演。据参与者回忆,"该晚男女同学参加皆极踊跃,闻风而来的社会名流亦不在少数,会场座无虚席,盛况空前"③。受限于当时的政治气候和社会条件,"新女性主义运动"的活动范围仅限于知识分子阶层,即使在这个受教育层次较高的人群内,遭遇到的也是讥讽多于理解与尊重,因此该运动更多起传递新知、思想启蒙的作用。尽管如此,它还是打破了以往女性话题由男性把持的一元化的话语空间,一定程度上颠覆了传统党国体制下妇女运动的家国论述主题,为台湾现代妇女运动点燃了火苗。

1974年,经由幼狮月刊,吕秀莲出版了她的第一本书《新女性主义》,在"初版序"中,她清楚地阐明了写书的初衷在于,廓清由"美国妇女解放运动予人的不良印象"而导致的台湾岛内民众乃至知识界人士对新女性主义未假思索的"不怀好感","无论公开的言表或私下的闲聊,批评、指摘甚至诽谤式的谩骂迭有所闻,也就在那些批评、指摘和谩骂中,我发现到外界的误解及曲解之深且谬"④。全书共八章,从历史、人类学、社会学、生物学等多角度分析了中国传统的妇女观以及台湾妇女社会地位的现状,梳理了美国妇女解放运动的

---

① 郑鸿生:《青春之歌——追忆70年代台湾左翼青年的一段如火年华》,联经出版社2001年版,第281页。

② 郑鸿生:《青春之歌——追忆70年代台湾左翼青年的一段如火年华》,联经出版社2001年版,第278页。

③ 郑鸿生:《青春之歌——追忆70年代台湾左翼青年的一段如火年华》,联经出版社2001年版,第277页。

④ 吕秀莲:《新女性主义·初版序》,敦理出版社1986年版,第13页。

来龙去脉。虽然在第三章《台湾需不需要妇女运动》以及第七章《迈向新人性社会》中发出"撞开社会之门""脱掉你的高跟鞋"等激烈的呼声,但与写作的"厘清误会"以及"别怕,男士们"的安抚初衷相一致,《新女性主义》尽管姿态激进,但其内容实质仍然相对温和,注重可行性及可操作性,"新女性主义绝无强人所难,迫人所恶的意思……所以它的主张是中庸温和的,步骤也很平易迂缓"①。如第七章,在为广大女性提出"如何做一个新女性"的建议时,她表示,"家庭是女子的三分之二生命,而为男子的二分之一,换句话说,丈夫应给太太三分之一家庭以外的生活天地及自由,而其本身则应拿出全部生命的一半给妻子儿女,当然,这三分之一或二分之一的支配,也不是分分秒秒的事,乃是整个人生过程中总的安排,一切端视家庭与工作情况而定,而这三分之一或二分之一的规划,虽无数理根据,却是基于男女生理与心理因素的考虑的,至少,它应该是过渡时期中比较适切可行,比较温婉渐进的吧"②。

在立场鲜明的新女性主义的鼓吹者之外,为数众多的女性传媒人、撰稿人也在奉献一份"小我"的力量。从1960年代至1990年代,罗兰一直在台湾省警察广播电台主持《安全岛》节目。经由女性特有的敏感纤细而富于包容的视角,从她丰富的人生阅历中提炼出的那些深刻而隽永的人生智慧、生活哲理,在台湾广为人知。叶曼自1968年出任《妇女杂志》的总编,主持了长达20多年的《叶曼信箱》,为广大读者特别是女性读者提供情感和生活疑难的咨询与解答,在台湾产生广泛的影响。另一位女作家姚宜瑛,是大地出版社的创始人,在台湾文艺图书出版方面做出了重要的贡献。

二、三种走向及各自发展

正是在这样的大背景下,1970年代的台湾女性写作显示出其独特的过渡色彩以及多向发展的丰富性与复杂性。时代动荡首先带来的就是人生视域的扩大,以及整个反思大潮下对社会人生、女性命运的深刻体察。季季的一番话颇有代表性:"我向往一个比教科书更宽阔渊博的知识世界;我向往那个静态的世界所呈现的动态世界的相貌,一如我向往整个大宇宙存在的一切伟大的事物;我向往高山大河、波涛壮阔;向往风吹草低见牛羊的大草原上的牧人;向往神游太空,伸手摘星,翻掌覆雨;向往大博物馆的阴凉、古朴、丰盛;向往原始森林的小径和荆棘。我尤其向往的是许许多多在我内心澎湃不已的人间角色:小贩、浪人、农民、工人、推销员、艺人、精神病患者、孤儿……我渴望进入他

---

① 吕秀莲:《新女性主义》,敦理出版社1986年版,第198页。
② 吕秀莲:《新女性主义》,敦理出版社1986年版,第199页。

们的生活,和他们闲话家常,了解他们的爱憎悲喜。"①

自台湾经济腾飞以来,城市扩张,农村衰败破产,农民流向城市后流离失所,遭遇种种人生悲剧。工业文明入侵农村所引起的社会变迁,必然进入1970年代台湾女作家的笔下。她们继承了乡土文学直面人生的现实主义取向,注重表现台湾社会现实矛盾与弊病,以饱含同情之心关注草根阶层贫弱女性的生存状态。曾心仪的《我爱博士》、心岱的《小秤锤》、荻宜的《米粉嫂》等,笔触从家庭、厨房进而辐射到整个现实人生,生活的百味杂陈被近乎原生态地未加或少加评判地呈现。有的女作家直接从乡土取材,如谢霜天的"大河小说"《梅村心曲》,描写了从日据时期到光复后50余年间,一户普通客家乡民的悲欢离合、人情际遇,堪称悠远深情的客家拓荒史诗,还有如施叔青的《琉璃瓦》及"鹿港故事"系列,心岱的《大地反扑》等。有的女作家则于传统、国族叙事中探寻女性的命运,如聂华苓的《桑青与桃红》、萧丽红的《桂花巷》、罗兰的《飘雪的春天》以及其出版于1973年并获台湾"第四届中山文艺奖"的长篇小说《西风·古道·斜阳》等。这些对古老中国大地上的又一种人生和"又一种爱情"的抒写,皆可视为对"失根症"的一种别样叩问:在丧失国族之根的飘摇境遇中女性之根如何能够以及何以自存? 散文方面,客家女性散文作家谢霜天和丘秀芷分别用她们朴素的文字道出对乡土和亲人的淳朴热爱,张晓风更直接以笔为剑,腕聚风云,揭出家国议题血色弥漫的一面。

从更为广阔的角度看,1970年代留学生文学的主题转换也可以视为这一文学主潮的"海外版"。在促进台湾经济飞速发展的同时,"美援"也一手缔造了台湾社会对美国文化、政治的绝对崇拜,从1962年台湾当局修订"'国外'留学规程"直至1976年,台湾赴美留学热潮始终不减。1968年,联合国发表的世界性人才外流统计显示,台湾的人才外流人数高居世界各地区之首。② 与过往的留学潮相比,这一代人有着特殊的文化心理,尤其是自大陆随父母流寓台湾的"无根的一代",往往怀着"移根—失根—寻根"的心态,不再只视留学为"救国""兴国"的手段,他们心中的"国"与"族"都被强制地失去了,而那个遥远未知的异邦却被视为人生的归属地。"尤其是随家由大陆流寓台湾的外省第二代,受到父辈'过客'心态的影响,觉得在台湾无根,大陆又回不去,留学对他们来说,最根本的目的是离开台湾,移居国外,留学便也由手段或过程变为直接的目的。他们到了国外,也无不成了'留'下不走的'学生'。"③1970年的"保

---

① 季季:《暗影生异彩》,刘登翰、庄明萱、黄重添、林承璜主编:《台湾文学史》(上卷),海峡文艺出版社1991年版,第463页。
② 樊洛平:《当代台湾女性小说史论》,台湾商务印书馆2006年版,第187页。
③ 朱芳玲:《论六七十年代台湾留学生文学的原型》,中正大学中文硕士论文1995年,第2页。

钓运动"激发了广大海外华人的民族意识和爱国热情,对身处海外在东西文化冲突、自我身份认同间挣扎漂泊的"无根的一代"来说,这种对"根"的追寻自然而然地由朝向异邦转变为对中华故国的民族认同,留学生文学创作主题也随之从"无根的一代"向"觉醒的一代"转变。

在留学生文学创作中,女作家无疑是主力军,主要有於梨华、聂华苓、陈若曦、赵淑侠、李黎、范思绮。她们的笔触深情而真挚,但与60年代的留学生文学作者相比,她们的感情心理已悄然发生"由无根失落到认同回归的发展",那些漂泊于异邦的知识分子们内心始终缠绕着无法忘怀的"中国情意结"。如於梨华的《傅家的儿女们》中爱上准备毕业后回到祖国大陆的李拓泰的小妹如玉,违背父亲意愿决心留台任教的小弟如华;赵淑侠的《我们的歌》在"去""留"的问题上有了独立而清醒的自我选择与民族认同,不再游移于"寻根"的人生漂泊中。丛甦在《中国人·序》中饱含深情的一番话可谓说出了海外游子的心声"中国可以没有我们而存在,但是我们不能没有中国而存在","也许,说穿了,在我这十几年,跑过半个地球的追寻里,只是为了再看见你,再认同你……你,中国人"①。

在作为文学主流的乡土文学传统之外,曾于1960年代盛极一时的现代主义文学仍"余音缭绕",此时的女作家们从另一个经由现代主义的向度出发,探讨国族及性别之"根"。虽然她们仍然受到弗洛伊德精神分析以及泛性论的影响,但是由于个人视界的扩大,更由于吕秀莲所倡导的"新女性主义"的影响,她们不再、不愿被冠上"女性"的字眼,不再"抗拒'女性特质'在应用到文类形象时,意味着的感性、主观、琐碎、狭隘等等较'次等'的文学品质"②。李昂于1968年高中时代就发表《花季》,但其本人并不认同其中涉及的典型女性问题,而且还有意取了一个硬朗阳刚的笔名:"我母亲姓李,还没有笔名的时候,我就决定起笔名时要姓李;有一次我从台湾回鹿港,因为我个子矮,放行李得昂起头,我突然觉得'昂'字不错,就问我姐:'我笔名叫"李昂"好不好?'我姐说:'好啊!'从此,我就有了这个笔名。当时台湾社会认为女作家就只会写写爱情小说,写不了好作品,我起这个男性化的笔名也有点挑战的意味。"③

继《花季》发表后两年,李昂于1970年发表短篇小说《有曲线的娃娃》,文本中明显带有对60年代经院派女作家曾有过深刻影响的弗洛伊德泛性论的

---

① 丛甦:《中国人》,时报文化出版企业1978年版,第5~7页。
② 张诵圣:《台湾女作家与当代主导文化》,《中外文学》1999年第28卷第4期。
③ 海鹰:《以〈杀夫〉名震台文坛 李昂称要写最浪漫的两岸爱情》,http://www.xmnn.cn/xwzx/xmyw/200709/t20070923_323995.htm,2007-09-23。

痕迹,亦能够清晰地看出女性情欲自我的幡然醒觉,以及对于缺失的女性历史、女性记忆的追溯,"乳房"以及"母亲"分别担当这两个向度的象征图腾,在女性的身心复苏中获得统一。欧阳子的小说亦将性爱当作解读女性人生的一把钥匙,她笔下处于性爱困境中的女性、病态的人格、不正当的情爱关系,特别是她由性爱情欲角度出发对女性心灵的剖析,将人物隐秘的最深层的意识乃至潜意识发掘出来,达到罕见的心理深度。

与李昂和欧阳子不同,吕秀莲并非职业的小说家,作为新女性主义的倡导者,她的创作更多地体现为借鉴西方女权主义的现代思想观念,以提高女性现实的政治、经济地位。《这三个女性》《今夕何夕》虽然不免应观念而作之嫌,《新女性主义》却可视为台湾女性主义最初的正式宣言,不论迎来的是不无贬义的嘲讽也好,是出自好奇的围观也罢,都为未来的女性主义发展吹响号角。

立身于时代风云之外,由现代主义文学向着大众化方向发展的另一道支流——通俗文学也在这一时期蓬勃发展,主要包括武侠小说、言情小说和历史小说等类型。通俗文学取得蓬勃发展,一方面是因为自1960年代以来,台湾文坛历经"反共文艺""除三害"等一系列文化"戒严"事件,文坛上弥漫着压抑的氛围,并且,进入1970年代以来,在知识界的反思大潮下,文坛主流创作多诉诸宏大叙事,关注现实人生社会问题,气氛过于凝重,广大民众需要一些与现实保持一定距离的作品来舒缓调剂生活;另一方面,随着台湾经济起飞,印刷出版业兴盛,市民阶层不断发展壮大,他们需要轻松、消遣的消费型文学。于是,描写男女情爱的言情小说被称为"成人童话"的武侠小说,讲述历史兴衰而不直接指涉现实的历史小说大行其道便不足为奇。

有趣的是,1970年代的通俗文学创作呈现出饶有趣味的性别分治:创作言情小说的作家几乎清一色是女性作家,武侠、历史小说则是男性作家的天下。这种来自作者与读者双向的、丝毫不带异议而"不越雷池半步"的互不干涉各就各位的文坛景象,既是言情小说作家们继承男女情爱关系中对女性情感、命运等的传统书写并将之朝大众化方向发展的结果,也婉转地体现了言情小说作家们对传统女性角色的认同。

1970年代主要的言情小说作家的创作量都颇为惊人,琼瑶共创作了言情小说64部,严沁72部,徐薏蓝43部,华严18部,玄小佛27部,孟瑶、郭良蕙、繁露等也多有作品问世。其中,琼瑶的读者群最为庞大,她的数十部作品先后在七八十年代被改编为电影、电视剧,风靡台港乃至东南亚,并在1980年代初一经引入即席卷大陆,形成"琼瑶热"。琼瑶的作品均描写男女情爱,虽招致"滥情主义"的评价,其作品本身也有较严重的模式化倾向,但正如李昂所说,"琼瑶热"自有其形成原因:"琼瑶的小说可以帮助我们缓和情绪,就像希腊悲剧的净化作用,经过恐惧和怜悯,使人的感情得到升华。我觉得在琼瑶的小说里得到这种感情的升华。"①

可以说,台湾1970年代的言情小说创作既有对古典的传承,如古典式的对情感的坚守执着,对爱情不惜殒命地坚决捍卫;又融入现代因素,如对"父母之命,媒妁之言"等迂腐礼教的勇敢反抗,对两性间平等的情爱关系的大胆追求等。"它们(武侠、言情、历史小说)既是'现代'的,又是'传统'的,所以,在那由'现代'向'乡土'和'传统'转向的风潮中,仍不为所动地继续发展着。"②

1970年代,台湾政治经济格局面临重新洗牌,是一个乱象丛生的时代,同时无疑也是一个孕育、萌生新社会新文化格局的时代。凑巧的是,海峡对岸的祖国大陆也正经历着"文化大革命"十年动乱的终结、改革开放百废待兴的阶段,从伤痕文学到反思文学,亦不乏与文学主潮不那么雷同而更鲜活更富血肉的女性初生面容。在台湾文坛上,于此际刚刚登上文坛的光复后出生的一代女作家,奉献一系列从主流话语中旁逸斜出的女性文本,在这个躁动而自由、敏感而激扬的时代里啼声初试、恣意探索,成为1980年代将要到来的台湾女性书写的丰盛与成熟所必不可少的先声。

第二节 1970年代的女性小说创作

在各种变局背景之下,1970年代的台湾政治低气压虽然仍盘踞文坛却也开始松动;而乡土文学论战以及全社会关于"失根症"的自省反思,也令"回归乡土、关注现实"这两个创作面向为广大作家所接受。这一时期,女性小说创作一方面延续关注女性命运的视角,另一方面也从怀乡忆旧的题材中抽身出来,将社会现实背景纳入笔端,或转而关注台湾本岛现实人生,或专注于国族建构的书写,与文坛主流呈现出既交汇又旁逸斜出的复杂关系。

从创作队伍上看,这一时期重要的女性小说家有聂华苓、陈若曦、施叔青、曾心仪、季季、心岱、荻宜、谢霜天、萧丽红、琼瑶、赵淑侠、丛甦,后期成为台湾女性主义主将的李昂也已有令人惊艳的表现。早期成名的女性作家们仍然活跃在文坛,但她们中的一批则由于年事渐高或其他原因,作品量大减;新一代(出生于1945年后)的女作家已崭露头角,她们或接受了现代主义等外来创作技法的影响,或受到吕秀莲发起的早期女性主义运动的洗礼,表现出不同于前辈的创作风貌。

---

① 黄维樑:《香港的"通俗"文学》,《台湾香港文学论文选》,海峡文艺出版社1985年版,第315页。
② 朱双一:《台湾文学创作思潮简史》,九州出版社2010年版,第225页。

一、吾乡吾土与吾国吾民

1970年代台湾文坛的重大事件之一是乡土文学论战，这场论战的发生有复杂的社会政治背景——由"失根症"引发的全社会自省思潮在文坛的投射，也有文学自身发展的自在要求——现代主义文学自身的弊病积重难返。"失根症"直接引发台湾社会的身份认同危机，乡土文学论战在某种程度上是对这种身份认同危机的回应和寻找回民族、文化之根的尝试。事实上，在关于身份认同的众多论著中，"空间"一直是重要的切入点，对糅杂了福佬族群文化、客家族群文化、一直怀有过客心态的外省人族群文化的台湾文学来说，这个问题显得尤其重要并且错综棘手。于是，脚下踩着的这块土地便成为负载身份认同这个形而上命题的最佳载体。一系列命题，诸如"乡土""国族"，俱由"土地"这个实实在在的角色生发开来。

与前辈女作家们不同，此时期崭露头角的女作家多出生于1940年代或1950年代。她们生于斯长于斯，日据的经历、海峡对岸的故园、祖辈胼手胝足拓荒垦殖的血泪史虽然构成她们的心理基石，但毕竟未亲历，也因此，她们在祖辈所赋予的情感底色上另辟蹊径，描绘出了她们自己关于吾乡吾土、吾国吾民的叙事与想象。这一代年轻的女作家贡献了一系列突破了以往的乡愁、忆旧、怀乡题材，抛去了对昔日故国故园的迷思，而致力于以女性的理解与想象建构家国族群叙事的文本。谢霜天、聂华苓、萧丽红是其中的佼佼者，她们的国族想象也呈现出丰富而复杂的多种面向。

在这里，必须指出，女性关于乡土国族叙事与男性不同。关于乡土叙事，男性评论家曾经做出如下概括："基本上，'乡土'一词隐含内在分裂，通常被用来指涉两层其实互相矛盾的意思。第一层意思召唤一个'原乡'未被污染前的朴素传统，另一个意义则是批判下层农、渔、工业环境被剥削的情况。"① 对大多数1970年代的主流文学理论者以及男性作家来说，"根"是可以寻找的，也即默认了这样一个前提："根"是一个毋庸置疑的既有存在物，它就在那里，只是在战乱流亡中失落了，尽管经历了数十年的迷惑，但仍然可以寻找回来，所需要的只是真实地直面现实的乡土。在这里，乡土基本上被约定俗成地固化成"乡村"与"传统"，创作方法也先在地或者说不无简单化地被默认地规约为现实主义。当然，这种现实主义化与1960年代现代主义文学的积弊难返有着直接的关系。

---

① 邱贵芬：《女性的"乡土想象"：台湾当代乡土女性小说初探》，《仲介台湾·女人：后殖民女性观点的台湾阅读》，元尊文化企业1997年版，第82页。杨照语。

在女性的乡土国族叙事中,尽管也不少见此类主流观念,但其中的佼佼者们其实已经意识到,所谓乡土与国族都是通过叙事建构起来的。这一时期,女性乡土叙事对上述格局进行了拓展,糅入女性对人生、命运的思考。如果说谢霜天的《梅村心曲》是属于第一种意义上的乡土创作的话,萧丽红的《桂花巷》则是在此两种格局之间蜿蜒穿行的叙事尝试。罗兰的《飘雪的春天》《西风·古道·斜阳》将吾乡吾土扩展至吾国吾民,继承但不囿于早期叙事中相对单一的怀乡情感维度,而升华至乱世风云背景下女性对生命成长、人生真谛的深刻体认,"凄厉的灾难震撼一时,平静的灾难震撼永远";聂华苓的《桑青与桃红》则是对这一格局的完全超越,在一个更高的层面上,构建出一个更为形而上的经由乡土与国族而到达的关于人类命运的想象,但绝非具体可感的乡土与国族。桑青也好,桃红也罢,女人也好,因战火乱世而被去势的男人也罢,都只是身不由己的飘零孤鸿,并不存在所谓"未被污染前的'原乡'",因此,在这里没有直接面向的批判,价值判断在这个空间中失重因而被悬置,只有在此间苦苦挣扎求存的人,最历尽沧桑最原始最珍贵又最堕落的人。

(一)谢霜天:传统"地母"式的乡土想象

谢霜天,本名谢文玖,1943年10月出生,苗栗县铜锣乡人。1961年毕业于淡江大学中文系,先后在基隆立德中学、台北市立启聪学校高职部任教。出版散文集《绿树》(1974)、《心画》(1974)、《抹不去的苍翠》(1976)、《霜天小品》(1982)、《荧荧灯火中》(1986)、《青山的邀约》(1987)、《乡土情怀》(1987)、《泥中有情》(1987)等,还有长篇小说、传记等。曾获台湾文艺奖、"中国文艺协会"文艺奖章、十大杰出女青年奖等。

谢霜天的长篇小说《梅村心曲》出版于1975年,于1976年获台湾当局颁发的第二届台湾文艺奖,堪称她的成名作、代表作。全书共分《秋暮》《冬夜》《春晨》三部,由77个相对独立的短章统构而成,结构相对新颖。小说的三部分分别对应主人公林素梅人生中的三个阶段,与大时代形成呼应,围绕着对乡土的歌咏,跨越了由日据时期到光复后50年的漫长时光,书写了客家儿女筚路蓝缕、垦拓台湾的悲欢岁月。书中对农村乡野风光的描写俯拾皆是,如嘎嘎争食的鸭子,初生小蛋神情得意的新母鸡,肥绿油亮的甘薯田,碧绿沁凉的竹林,又比如祭神牲品的制作,搓树薯签、摘花生、种甘薯等,妙趣横生的生活场景从字里行间透出,浓郁的客家风物、风俗、风情扑面而来,寄托了作者对土地与乡村深深的眷念。总的来说,谢霜天的《梅村心曲》仍然属于典型的传统乡土小说。

《梅村心曲》的主人公林素梅以作者的大嫂为原型,谢霜天在《我写〈梅村心曲〉(代总序)》里饱含深情地写道:"她出身农家,嫁到农家,一生血汗都滴落在田地里。虽然备历艰苦,却能屡挫屡起,绝对不向命运低头,充分表现一个坚强的客家妇女典型。"①1931年,22岁的素梅嫁到梅村吴家,成了吴家的长媳。梅村是由来自广东嘉应州的客家人吴氏祖先自乾隆年间来台后开拓的,并于1950年由吴氏后人命名。婚后的素梅辛苦劳作,勤勉持家,她听从母亲的叮咛,努力改掉自己急躁的脾气,去做一个尽责的农家媳妇。但日据下的台湾农村又岂是一个可以实现幸福的乐园,不幸接踵而至:先是年轻力壮的丈夫突然病故,连生的是什么病都不清楚;接着不到两岁的长子阿彦又被脑炎夺去生命;婆婆饱受胃痛折磨至死,52岁就撒手人寰;无情的地震又摧毁了他们赖以生存的家园。短短五年间,素梅从幸福美丽的新嫁娘变成一个经历了丧夫失子、婆婆离世、家园被毁连番打击的未亡人,但她并不低头,而是重建了家园,更加辛勤地劳作,她"小小年纪便知道:用双手付出劳力,土地便会回报一分收获"。② 1937年抗日战争爆发,日本为了向台湾压榨出更多的战略物资,"台湾农民过着历史上最暗淡的日子"。素梅咬着牙倔强地活着,她一面要与日本人的疯狂压榨斗争,藏米、拒绝献金;一面还要与受日本"皇民化"影响的小叔子阿柱斗智斗勇。素梅的辛劳并未得到所有人的认同,阿柱闹着分了家,素梅辛苦开垦的水田又被占了去,而素梅仍然不屈服,她始终相信土地,相信自己的双手。1950年代,台湾农村施行"土地革命",素梅和家人一起迎来新生活。

　　正如谢霜天在《代总序》中所写,素梅的确是一个坚强的客家妇女典型,她具有"'客家人'的执着,更有着中华儿女传统的坚忍气质"。更值得注意的是,这个客籍女作家的乡土叙事是试图构建一个传统式"地母"形象。这部看起来十分传统的乡土小说,事实上存在着由"乡土"这个核心辐射出去的三重视角:当政者/农村,台湾/客家人,家族/女性,素梅作为一个客籍农村妇女,无疑在这三重关系中都是处于后者的弱势地位,文本中的两次婚嫁和两次反抗,状似无意地由忠于生活的女性作家笔下流泻而出,却曲折地折射出女性对乡土、对受人崇敬的"地母"的复杂情感。

　　先看这两次婚嫁。首先是素梅的婚嫁。为了替常年受胃病折磨的未来婆婆冲喜,并且作为一个青壮劳力料理家务,素梅要以一种简单得近乎寒酸的方式被吴家提前迎娶,听到这个消息的时候,素梅是不悦的,母亲劝说她:"我知道这样嫁过去,有点委屈了你,但你也要想想,人家正在急难关头,这样做实在也是出于无奈。再说,你已经二十二岁了,再不嫁,别人会笑我养老女子了

---

① 谢霜天:《梅村心曲》,漓江出版社1990年版,第2页。
② 谢霜天:《梅村心曲》,漓江出版社1990年版,第9页。

呢!"①再来是养女秀敏的出嫁。秀敏3岁时由素梅的母亲替她抱养来,素梅打算"如果乖巧听话的,将来就做了阿彬的妻子,未尝不是一件好事"②。渐渐长大的秀敏爱上了素梅的次子阿彬,但阿彬这个受到新式教育的学生却不愿接受旧式童养媳。秀敏不慎落水,被一向爱慕她的嘉正救起,两人情愫渐生,终于打破"不嫁外省人"的老观念,和嘉正结了婚。在文中,作者给秀敏安排了不势利的养母,天天把她支使得团团转的是不讨人喜欢的阿柱媳妇,弱化了秀敏的童养媳身份;秀敏也一如安排地喜欢上阿彬,遭到拒绝后终和嘉正喜结良缘,为了小两口的幸福着想,吴家还不收礼金。但综观这两个女子的婚嫁,不难看出,在女性、农村、客家这三个相对弱势项中,客家的农家女子在婚嫁中是作为劳动力被看重的,尽管女人们对此颇有微词,但内心却全然赞同。虽然素梅和秀敏都在作者的笔下很幸运地遇上心爱的丈夫、慈爱的公婆,但现实生活中有多少妇女在乡土生涯中无缘享有此等幸运却是显而易见的。

再看素梅的两次反抗。第一次反抗是针对日本殖民当局。抗战爆发后,日本人强迫台湾人民交出贵重金属支持所谓"圣战",素梅执意将金镯子藏起来,甚至在被迫向妈祖像发誓时,不惜说谎也拒不献金。第二次是面对加入日本巡警搜查队的小叔阿柱的反对,素梅坚持要把自己辛苦种出的米粮藏起来,与阿柱发生了激烈争吵:"我的米是偷的?是抢的?我藏自己种来的米粮,有什么见不得人?你去问问看,上湾、下湾哪一家人不是这样的?你讲我不要命,你才真不要命呢!往后你连甘薯签都要吃不到了,想过没有?头昏了?还是少了心肝?"③素梅终于在公公的支持下藏起了一部分米粮,得以维持家人的生存。这是素梅第一次与阿柱发生正面争吵,直接为后来的分家埋下伏笔。

尽管素梅吃苦受累起早贪黑,真的让自己代替死去的丈夫成了吴家的"儿子",但在阿柱眼里,素梅只是个不祥的克夫克子的"夭寿嬷",阿柱甚至跳进厨房操起菜刀要杀她。"我气就气你这夭寿嬷,好好的一个家庭,被你调弄得乱糟糟的,上下不和,我——我今天不把你杀了,我不姓吴!"④尽管生命受到威胁,真正分家时又分配不公,母亲和二弟欲打抱不平,但是素梅全都忍了下来,甚至在阿柱夫妻离开农村去大城市后,还接受了他们的委托帮忙照管树园。

两次反抗与多次的不反抗,在这里构成了有意味的对照。在民族气节、家人生存这些"大义"面前,素梅是挺身反抗、不畏强权的,斥责阿柱的话短促有

---

① 谢霜天:《梅村心曲》,漓江出版社1990年版,第6页。
② 谢霜天:《梅村心曲》,漓江出版社1990年版,第262页。
③ 谢霜天:《梅村心曲》,漓江出版社1990年版,第290页。
④ 谢霜天:《梅村心曲》,漓江出版社1990年版,第392页。

力,句句掷地有声;但面对自己的利益,哪怕生命都受到威胁,她的选择是隐忍、顾全大局,虽然她心里愤怒到颤抖,即使在睡梦中也会被阿柱"我要宰了你"的怒吼惊醒,"素梅连宵睡不安席,白天仍像一具空壳子样的做着机械性的操劳,她的背影就像一棵直干的树,不曾折弯在狂风中。可是,她的肩胛在厚厚的冬衣下,依然耸露着,不够圆融。她的眼洼出现深蓝的阴影,其中只有两道寒飕飕的光柱;轮廓分明的唇角往下抿紧,消瘦的颊边叠起了深深的纹理。三十九岁的人,却有了四十五岁的外貌"①。"气节""反抗"是中国传统美德中备受推崇的品德,也是父权制社会的核心价值观,拒绝献金自然不用说,即使是藏粮行为也是在保障生存的同时对日本殖民者的反抗。个体利益在中国传统文化中是不被尊重的,争取个人利益即便不被视为失德,极端者如阿柱和他的妻子娇莲,至少也不会得到认同。素梅选择完全服膺传统。

在这里,有必要引入一个关于女性主义与中国文化传统的话题。女性主义理论引介至中国时,面临着巨大的文化差异,经历了一个艰难的内在化的过程,即它对于中国来说是外在的,我们只能生硬而机械地试图从自身内部寻求对应物。对此,有学者认为这种情况很大程度上与中国的文化背景有关,中国传统文化推崇的贤妻良母,就包含吃苦耐劳、贤惠忠贞等意志方面的内容,中国传统的好女人也不是受欺压的软弱的女性,进而形成一种自发的抗体,影响对女性主义理论的接受。② 这里需要区分"受欺压"和"软弱"这两个相关但未必相同的概念,不"软弱"却未必不"受欺压",只是这二者在中国传统文化中是如此难以分割地纠缠生长在一起,《梅村心曲》或许正在这个意义上为这一讨论提供了文本范例。

(二)萧丽红:演绎"桂花巷"里独活的女性

在1970年代的台湾文坛上,不论是乡土文学还是国族想象主题的小说,它们都贯穿同一个母题——"根"。"基本上,'乡土'一词隐含内在分裂,通常被用来指涉两层其实互相矛盾的意思。第一层意思召唤一个'原乡'未被污染前的朴素传统,另一个意义则是批判下层农、渔、工业环境被剥削的情况。"③如果说谢霜天的《梅村心曲》指涉的是第一层含义的话,那么萧丽红的《桂花巷》则展现了这两者之外的另一个乡土与家族,一场从性别而非过去/现代视角展开的宗族经验。

---

① 谢霜天:《梅村心曲》,漓江出版社1990年版,第397页。
② 周乐诗:《笔尖的舞蹈:女性文学和女性批评策略》,上海外语教育出版社2006年版,第24页。
③ 邱贵芬:《女性的"乡土想象":台湾当代乡土女性小说初探》,《仲介台湾·女人:后殖民女性观点的台湾阅读》,元尊文化企业1997年版,第82页。杨照语。

萧丽红，1950年出生，台湾嘉义布袋镇人。幼年丧父，年轻守寡的母亲独力抚育姐弟三人长大。从嘉义女中毕业后，为了帮补家计，萧丽红前往台北工作，赚钱供弟弟念书。1975年，萧丽红出版了第一本中篇小说《冷金笺》，正式登上文坛。1977年，她的第一部长篇小说《桂花巷》在《联合报》上连载，深获好评，"《桂花巷》深度刻画一位早年丧夫的台湾寡妇对抗旧社会父权体制钳制的'逾矩'女性情欲表演，至今仍未见到哪一本台湾女性小说能望其项背"①。布袋镇的纯朴民风对萧丽红有着深厚影响，她曾经说："在故乡每一个节日都是鲜明的，过年用石磨磨水米做年糕，厨房、灶下连着几天蒸粿做粽的气息不散。你不用看日历，走到路上巷口，鼻子里的气息就是节令。"殊为难得的是，《桂花巷》全书穿插着台湾闽南语对白、本岛风俗，在1970年代的台湾小说写作中占有独特地位。

主人公高剔红出生于桂花巷贫苦家庭，自幼丧父，不到10岁母亲又病故，与弟弟高剔江相依为命，以刺绣为生。凭了母亲病故前托人帮她缠出的一双精致小脚和出色的绣工，剔红被林石港辛家相中。在渔船上工作的弟弟剔江在一次海难中丧生，剔红发誓要摆脱贫穷，于是放弃了心里爱慕的青年渔民秦江海，嫁给辛家少爷瑞雨。她摆脱了贫穷的身世，却挣不脱所谓"断掌"带给她的"独活"命运。生下独子惠池后不久，瑞雨染病去世，那年剔红才25岁，自此掌管辛家，也开始了她五十年的独活岁月。她严苛教子，宽待下人，亲睦妯娌，却也敌不过情欲纠缠，先是与歌仔戏里唱小生的少女海芙蓉假凤虚凰有暧昧情愫，后来更与长相酷似秦江海的烧烟男仆春树结下私情，幸得成年后的惠池理解而远赴日本生下一女，弃于京都。剔红为独子挑选了出身名门的儿媳碧楼，又处心积虑地逼惠池将其休却，虽终与惠池再娶的挹翠一团和气，婆媳亲爱，却也只得短暂的数十日时光，惠池任职内地，只剔红一人长年守着辛家大宅度日。剔红六十大寿那年，合家团聚十日后送走儿孙，剔红难捺心中冷清，也难忘秦江海，重回老家北门屿的桂花巷，却意外与已经富贵发达的秦江海擦肩而过，剔红心知秦江海也是重返故里惆怅旧情，便觉得吃过的那些苦都值得了，更自忖道："他和她注定是传奇人物，各自得以赤手打出天下，并且拉旁边的人起来。"②1959年，80岁高龄的高剔红离开人世。

翻开《桂花巷》，除去闽台风物的描绘外，总是让人不自觉地将之与张爱玲的《怨女》比较。首先是行文方面，"她穿的是绢缎，盖的是细绸，手上拎的是真丝，一身绫罗；又是娴婢，又是厨娘，老的、小的，使奴差婢，连梳头都不必自己

---

① 邱贵芬：《族国建构与当代台湾女性小说的认同政治》，《仲介台湾·女人：后殖民女性观点的台湾阅读》，元尊文化企业1997年版，第50页。

② 萧丽红：《桂花巷》，联经出版社2004年版，第458页。

动手。长远过去,自会变成丝绢布上,用十色线挑的锦绣人身:有眉有目,有嘴有鼻,差只差在动弹不得"①。与张爱玲《茉莉香片》里的文字有着极其相近的意蕴,"她是绣在屏风上的鸟——抑郁的紫色缎子屏风上,织金云朵里的一只白鸟。年深月久了,羽毛暗了,霉了,给虫蛀了,死也还死在屏风上"。在这里,甚至所用的意象都是一样的:织锦上美丽而无生气的形象。剔红对儿媳碧楼百般刁难,非要惠池休之而后快,也颇与曹七巧有异曲同工之处。不过,在扑面而来的"张风"之外,细细体味却总有"用力稍白"之感。萧丽红继承了张氏关于老旧中国的题材传统,不同的是,张爱玲总是冷静旁观,在她看来所谓古老的中华传统不过是"一袭华美的袍,上面爬满了蚤子",又或者是一个"苍凉的手势",蕴含着世纪末的主题与基调。萧丽红则对传统充满热爱之情,近乎无条件地拥抱传统。张爱玲对笔下的七巧并无怜爱,而萧丽红对剔红则有着难掩的亲近之意。她在《剔红是我》中写道:"细心的人,一定从这书里,尽窥出我对剔红那种血肉浓粘的感情,我真是爱她这样的人,直爱进心去。剔红是谁?在我的感觉里,剔红是最可爱的中国旧式女子,真真的爱恨强烈,恩怨分明,叫人爱也不是,不爱也不是……事实上,汉文化漫漫五千年的岁、月、光、阴里,不知生活过多少这类女子。她们或远或近,是我们血缘上的亲人,在度夜如年、度年如夜的时空里,各自有各自的血泪、辛酸。(所以,《桂花巷》的故事,说假是真,说真是假。)她们的好,难掩犯下的错,而那些错,却也减不了她们的好。就因为这纵横交错,叫人在叹息之余,对人性、肉身,有另一种清楚、明白。"②

正是因为这种"直爱进心去"的感情基调,使得那种虚构美好、不敢直面人生苦痛、总是在痛苦边缘轻轻滑过的风格,在《桂花巷》这部堪称萧氏力作的长篇小说中已初见端倪。文中充满了对剔红命好,能嫁入富家飞上枝头变凤凰的宿命式的暗示,比如剔红的"断掌"、象征有福气的手、形状姣好的嘴型,而这种暗示更进一步发展成为全书的主基调。这种风格还体现在最常被评论者引用的剔红与长相酷似秦江海的烧烟男仆春树的私情上。小说把剔红初见春树的震撼描写得细致入微,"她几乎要翻身坐起,人也只差一些,便要滚落烟榻去"③,秦江海怎么到了这里?而当她知道自己怀孕后更是疑神疑鬼,觉得自己像"厨下丫环们在杀的一只青蛙,瘦长的四肢,被拉扯,割开了——前尖的脑壳,用快刀这么一刹"④。跟亲近的人不能明说,家族的宗亲大伯们更要提防,儿子要回家总担心渐粗的肚腹会露了马脚……剔红疑神疑鬼,五内如遭油烹。

---

① 萧丽红:《桂花巷》,联经出版社2004年版,第112页。

② 萧丽红:《剔红是我——〈桂花巷〉后记》,《桂花巷》,联经出版社1977年版,第478~479页。

③ 萧丽红:《桂花巷》,联经出版社2004年版,第247页。

④ 萧丽红:《桂花巷》,联经出版社2004年版,第267页。

但终于蒙作者高抬贵手,居然由"至孝"的儿子惠池不动声色地设法代母遮过,主动提出携剔红赴日游玩,借机避开众人,让剔红在日本生下私生女,送给当地夫妻抚养,神不知鬼不觉地逃过一劫。

对于失节偷情的母亲如此"纯孝",对于同母异父的妹妹包括后来的结发妻子碧楼如此无情,在这里惠池是一个令人无法理解的形象:如果他是不重情感只重礼教的"孝子",那么他无法接受母亲偷情的事实;如果他出于重情重爱理解了母亲失节的无奈,那么便不会那么无情地对待刚出生的妹妹和妻子碧楼。萧丽红对他却不无欣赏,她借剔红的口吻写道:"自己真的有一个纯情至孝的儿子,他真的是她的儿子,母子连心,她不说一句话,他却能灵感相应,完全知会、照心。像是戏上,撮土为香案,换帖交拜的好汉兄弟。""孝行孝思,是汉民族文化的命脉,是伊真正的根;几千年来,中国历经多少战乱与浩劫,而今天,伊还能站着,便因为伊有这些根,这深深入土的根!"①于是,行文间形成了一种奇异吊诡的语境:就人物层面来说,做出了最为传统文化所不容的"失节"之事的母亲几乎不带愧疚地由衷礼赞传统文化,至孝的儿子并非出于无奈而纯属出于理解对偷情的母亲没有任何过渡地全盘理解;就叙事层面来说,文本并非故意要形成此种相悖而富于张力的语境,而是真心实意地在由衷礼赞,这双重的悖反十分清晰地传达出"传统"在萧丽红思想中的分裂性,显示萧丽红对"传统"的理解的简单化。抑或,张爱玲式的批判与通透,对萧丽红来说,仍然只是一种附丽与模仿,一旦触及深处,则笔力不逮,只能以宿命或凭空降神(惠池凭空跳出来施以援手)的方式来使主人公在人生最酷烈处侥幸过关。在"张风"笔法与题材的大盖头下,萧氏分裂的传统观左冲右突,显出种种不和谐之处,由此来看,萧丽红在下一部作品《千江有水千江月》中完全放弃了张爱玲式的人生况味摹写,其锋芒几乎消失殆尽,也就不难理解了。

(三)聂华苓:不仅仅是一个中国人的寻根

聂华苓,1925年1月出生于武汉,湖北省应山县人,南京中央大学政治系毕业,1949年到台湾,任《自由中国》编辑委员和文艺主编,曾任台湾大学、东海大学副教授。1964年赴美定居,1967年和美国诗人保罗·安格尔一同发起爱荷华大学"国际写作计划",1977年,300多位各国作家联名推荐聂华苓和安格尔为诺贝尔和平奖候选人。

1970年代,由于种种原因,聂华苓的作品仅有一部,就是她自己最喜爱的长篇小说《桑青与桃红》(1976)。该书中文版的出版经历也颇"值得玩味",至1997年台北时报版已是第七个版本,既有"大刀乱砍的版本",也有"小刀修剪

---

① 萧丽红:《桂花巷》,联经出版社2004年版,第308页。

的版本",还有"一字不漏的全本","在两岸出版那一刻的政治气候决定版本的命运"。与版本的复杂相映成趣的是对文本评价的莫衷一是:"女性运动者说它维护女权说服力不强,西方左派说它太'黄',有的说根本看不懂……这些互相矛盾的现象也是我当初写小说时没有料到的"①。1990年代,《桑青与桃红》在华人社会以及国际上都得到学界的经典化认可,名列《亚洲周刊》的"20世纪中文小说百强",1990年获得美国国家图书奖,成为西方学者研究亚裔离散文学(Diaspora)、少数民族文学、女性文学与比较文学的重要范本与经典教材。近年来,华文学界重拾对聂华苓及其作品的关注,尤其在台湾学界出现一些颇有新意的论述,如辅仁大学蔡祝青援引法国学者克莉丝蒂娃的精神分析观点阐释聂作里人物自残自贱分裂异化的内在因素;"中央大学"博士朱嘉雯认为聂作显示出女性在"去国家、去民族、去认同"之后可以以积极的方式追寻自由,"男性流亡学人肩负民族与历史的沉重包袱终在女作家身上卸下"。这些解读体现了彼岸学人拓展这部作品诠释新空间的努力。②

聂华苓在《桑青与桃红流放小记》中自承,"《桑青与桃红》是一篇有'野心'的尝试"③,"这部小说中我想要表现的不仅仅是一个中国人的寻根,而是一种普遍的人性,'人'被困在各种陷阱中反复地挣扎于被困和逃离之间,这种状态不论中国人还是美国人都存在,就是 human condition。"④

《桑青与桃红》全书分为四个部分,每部分都由一封桃红给移民局的信和一篇桑青日记组成,从结构上就形成两段人生四个历史时期叙事的互文性:桃红的信勾勒出主人公在异域流浪的路线图,桑青的日记则穿梭于四个历史时空,记载了她在战乱年代的离乱人生。第一部分记述的是抗战胜利前夕发生在瞿塘峡的故事,无法忍受母亲虐待与好友老史偷跑出来的桑青莫名地与一群素昧平生的男女被困在一条搁浅的黄龙滩的木船上六天六夜。第二部分记述的是解放前夕的北平,桑青与沈氏母子被困在沈家大院里,在沈母"九龙壁倒了"的梦呓预言中与沈家纲仓皇成亲,从此踏上南下的逃亡之路。第三部分是桑青夫妇抵台后的阁楼困局,为了躲避追捕,桑青与丈夫带着女儿桑娃蜷缩在昏暗低矮的阁楼里,每天靠着阅读各种八卦小报度日,在这种异化的环境里,年幼的桑娃甚至失去直立行走的能力。第四部分,桑青终于逃离台湾到了

---

① 聂华苓:《桑青与桃红流放小记》,《桑青与桃红》,时报文化出版企业1997年版,第271~272页。
② 朱立立:《女性话语·国族寓言·华人文化英雄——从文化研究视角重读当代华语经典〈桑青与桃红〉》,《台湾研究集刊》2006年第3期。
③ 聂华苓:《桑青与桃红流放小记》,《桑青与桃红》,时报文化出版企业1997年版,第272页。
④ 李静:《域外文学与流亡话语》,《青海师范大学学报》(社会科学版)1998年第4期。

美国的独树镇,却仍然无法逃离移民局的追踪与调查带来的恐惧与焦虑,她与江一波有了外遇并怀上孩子,在罪恶感与恐惧感的交替折磨下身心俱疲,发生人格分裂。正是在这一部分,桑青与如那个胎儿一样正在孕育中的桃红发生了对话,而非前三部分两人各自独白。

《桑青与桃红》是一部奇特的作品,它提供了一种与男性完全不同的女性的国族想象角度。回顾台湾文学传统中的怀乡忆旧主题,面临"失根"的精神危机存在着双重的概念置换,一是将"根"等同于"原乡",二是将"原乡"等同于大陆故土。在这个将"根"实物化为故乡的心理过程中,存在于想象与回忆中的大陆故土则成为最佳的承载物。一来大陆于他们既近又远,既真实又虚幻,这种若即若离的距离感恰到好处地置换了精神性的"根"与现实性的"乡土"之间的关系;更重要的是,大陆代表"中国人"的族裔身份,国与族的双重的身份,并非巧合的是,同时期多数海外华人创作中一再出现了此类"被迫远离—逃离—再认同"的文学主题。

那么,女性的国族想象又有何不同呢?《桑青与桃红》提供了一个新的视角,它不仅是国别的,还是性别的;在形式上不是条分缕析的,而是纷杂魔幻有如梦呓的;在情感指向上不是单纯的眷念惋惜,而是怀着创伤五味杂陈的。其最明显的独特性在于:《桑青与桃红》的国族想象中并没有明确的赞美者/破坏者,原乡并不是一个最初美好而后遭人破坏的世外桃源,也不是一个深爱子女却被迫将其放逐的无辜母亲——前者在台湾文学传统的"纯正"乡土小说中表现得十分明显,后者在关怀现实指向的70年代主流乡土文学中也始终构成了一种叙事底色——它指向的是鲁迅所说的"无物之阵",无迹可求而又无所不在。与之相适应,文本中并无明确的要回归原乡或者重建原乡的目的指向,最后留给桃红面对的是美国广阔无垠的公路。

《桑青与桃红》在出版过程中遭受的另一项诟病即是太"黄",尤其是桃红最后变成了一个性乱的女人。但需要指出的是,在文本中,由性而突显的身体与由家国代表的意识形态构成人生着落的两个方向。"聂华苓并非单是刻画一个性狂态者的病历身世,这篇小说不是只宜作心理病理学临床个案研究,作者其实以此预言近代中国的悲惨情况,说明中国政治上的精神分裂正像疯者混乱的世界。"①

值得注意的是,文本中几乎每一次的性行为都伴随着生命的绝境式处境。瞿塘峡被困小舟上桑青与流亡学生的初夜,北平解放后逃亡路上一对大学生模样的青年男女在"难友"们起哄下幕天席地的"婚礼"。当生命面临绝境的时

---

① 白先勇:《世界性的漂泊者——重读〈桑青与桃红〉》,聂华苓:《桑青与桃红》,时报文化出版企业1997年版,第276页。

候,来自身体的兽性的欢娱成了确认存在的唯一方式,于是人们在恐惧之中抓住这最后的一根稻草来告诉自己:我还活着。当家与国都不存在,生与死只在一线间的时刻,什么政治、什么道德、什么文明都统统烟消云散,贞操自然也不再重要。桑青的初夜发生得毫无情趣可言,"流亡学生躺在甲板上,打着赤膊。峡里很黑很黑。他的手向我伸出来。我在他身上躺了下去。我们没有说话。他腿上沾着我的处女血。他吐了口唾沫擦掉了"①。沈家纲在新婚之夜还为桑青不是处女而痛苦,南下逃亡路上,他第一次夸桑青"有副好身子"。这种性的狂欢还伴随着各种神神怪怪的鬼故事,被炸死的女鬼,绿衣女的传说,台湾小报上艳尸的故事,桑青梦见的白身黑尾的猫……伴随着信仰的坍塌,人何以为凭?在这一片"疯者的世界"里,恐惧既来自不知何时死亡的命运——在困舟上,在台湾的阁楼里,在移民局的追逼下;也来自当作信仰的替代物堵塞到脑中的性与暴力——艳尸吃人、荒山黄金梦、三峰真传固精术、英国大臣与模特儿的婚外恋。

于是,以"神圣的树"——桑为姓,以"天空的颜色"——青为名的桑青,终于疯了,变成了与困舟上风流桃花女的衣衫一样颜色的桃红。桃红放浪地欢呼:"我是开天辟地在山谷里生出来的。女娲从山崖上扯了一枝野花向地上一挥,野花掉落的地方就跳出了人。我就是那样子跳出来的。你们是从娘胎里生出来的。我到哪儿都是个外乡人。但我很快活。这个世界有趣的事可多啦!我也不是什么精灵鬼怪。那一套虚无的东西我全不相信。我只相信我可以闻到、摸到、听到、看到的东西。"②政治、意识形态、道德、对女人几千年来的规训,这些闻不到、摸不到、听不到、看不到的东西,统统被桃红这个从"野花掉落的地方跳出来"的女子抛诸脑后。

小说的结尾处写道:"【独树镇讯】前晚独树镇发生一离奇车祸。一空车撞在树上发火燃烧。一女人躺在一公里以外的路边,并未受伤,仅失去知觉,现在圣慈医院救治中。车祸原因不详。女人姓名身份不详。"③由桑青分裂而来的桃红也不见了,确切地说,是"桃红"这个符号消失了,还原成一个无姓名无身份的女人,只是一个女人。

这种在政治与意识形态的重压下失去的感觉,聂华苓是感同身受的,起因则在于60年代著名的雷震"自由中国"案。以雷震为首的《自由中国》半月刊社,自1957年8月起所发表的文章开始引起当局的高度关注,当局于1960年9月4日逮捕雷震等四人,迫令《自由中国》停刊。"先擒傅正,再拿聂华苓",

---

① 聂华苓:《桑青与桃红》,时报文化出版企业1997年版,第60页。
② 聂华苓:《桑青与桃红》,时报文化出版企业1997年版,第9页。
③ 聂华苓:《桑青与桃红》,时报文化出版企业1997年版,第268页。

聂华苓在多年以后记叙了当时的情景①:

> 我和母亲互相望了一眼,没有说话。我们明白那是怎样一回事,用不着说什么。我只知道我很镇静,不要害怕。九岁的女儿蓝蓝弹起小钢琴,坐在地板上,弹着《我的妈妈》。
>
> 我浑身无力,坐在椅子上,一动也不动。他们是一个个下手,先擒傅正,再拿聂华苓。他们就要来了。我就坐在那儿等吧!……
>
> 蓝蓝又继续弹下去,没有一定的调子,弹得也没劲了。
>
> 我望着她,心里想:"但愿下一代中国人没有这种恐惧了。"
>
> 中午,傅正的房门打开了。一大群警察和便衣人员围着他走出来了。

没有人可以永远生活在恐惧中,何况还有老母和幼小的孩子。聂华苓终于逃往美国。

正如聂华苓自述:"小说是我在70年代在爱荷华写的,一九六四年从台湾来到爱荷华,好几年写不出一个字,只因不知道自己的根究竟在哪儿,一支笔也在中文和英文之间漂荡,没有着落。那几年,我读书,我生活,我体验,我思考,我探索。当我发觉只有用中文写中国人、中国事,我才如鱼得水,自由自在。我才知道,我的母语就是我的根。中国是我的原乡。爱荷华是我的家。"②在这段短短的自述里,聂华苓清晰地将"原乡""国族""根"以及"家"四个向来被混淆与混用的范畴区分开来。聂华苓自身的选择是"家",不仅因为作为"原乡"的台湾已经回不去了,而且因为这个"原乡"也是由一系列的意识形态话语建构起来的,而"家"是一个感情性的存在。于是,这个远在异域的"家"替代了"原乡""寻根"这一系列非个人的话语,成为她落实其国族想象的个人性的实体存在。语言则是她的根,语言可以建构出记忆、历史,还有意识形态,正是这些建构物导致了她离开台湾后几年内的"失语症",提起笔却写不出一个字来;也正是透过语言,透过咀嚼伤痛与爱,重整自我和他者的关系,自我成为发言的主体,治愈了"失语症"。通过桑青与桃红这两个分裂的主体之间的互文性结构关系,文本成功地消解了所谓宏大叙事,突显出叙述者(发言的我)的重要性,叙述者所依凭的正是语言,这里传达出另一个更大胆的观念——所谓历史、国族以及原乡都是被建构的,且是通过一系列经典的男性话语建构起来的,在廓清了这一基本观念的迷雾后,余下的只是生命本身,于是桃红终于决定生下肚子里的孩子,并宣称"我对全人类是怀着和平而来的"。

---

① 聂华苓:《黑色·黑色·最美丽的颜色》,林白出版社1986年版,第45~46页。
② 聂华苓:《桑青与桃红流放小记》,聂华苓:《桑青与桃红》,时报文化出版企业1997年版,第271页。

二、现实人生之本岛版与海外版

1970年代的社会动荡与对"失根症"的反思带来的另一个后果是,女性小说创作对现实人生的关注。如果说之前的女性小说创作多在家庭这个不见硝烟的战场上,有涉两性关系困境的探讨,1970年代的女性小说创作则将原本被淡化乃至取消的社会现实、政治风云、世态变迁还原为人物存在的真实且不可忽视的背景,同时,女性困境也由单一的两性关系探讨扩展至女性在迅速资本主义化的台湾社会中的生存境遇。

这一批女性作家往往出身寒微,自己便有着辛苦挣扎于社会底层的艰辛体验:曾心仪交不起念高中的学费,身为长姐的她只得辗转谋生于社会底层,当过店员、美容师,以微薄的薪水贴补家计,照料五个弟妹;季季出身农家,早年经历婚变,独自承担着抚养两个孩子的重担;荻宜高中毕业因为家贫不得不放弃学业,当过店员、女工、孤儿院的保姆,尝尽生活的艰辛……对她们来说,拿起手中的笔来呈现在残酷的现实旋涡中无助无援挣扎求存的女人,写她们的斑斑血泪,写她们的自我救赎,成为自觉自发的选择。曾心仪的风尘女子系列小说讲述了一个个被生活巨轮压垮的少女的故事,她们无可选择,走投无路,只能以她们的血肉之躯化为催生台湾当代工商业社会的不无屈辱的温床。曾心仪饱含同情地写下《一个十九岁少女的故事》《乌来的公主》《阁楼间的女人》《酒吧间的许伟》等一系列短篇小说,为这些少女的命运发出不平之鸣。季季有感于台湾严重的未婚妈妈现象,在调查访问了"芥菜种会"的未婚妈妈之家后,写出了调查报告《未婚妈妈的漫漫旅途》以及纪实性小说集《涩果》,"她们的痴情和梦幻、天真和愚昧、忍耐和坚强、错误和挫击,确曾一次又一次赤裸而且冷酷地震撼过我,感动过我。我也希望经由我的呈现,和更多的同胞手足共尝这份美丽的哀愁,并在实际生活中给'她们'更多的关怀和祝福"①。荻宜有感于身处传统与现代冲撞中的女性命运变迁与人性沉浮,她笔下的米粉嫂面对被丈夫遗弃的命运,自尊自立,在让自己获得了新生的同时,也为广大女性指出一条自救之路。在社会巨大变迁的境遇下,这些女作家选择直面人生,将手中的笔探入生活之流的最低处,直探到交织着泪与痛、污血与浊泥的伤口,深刻地呈现出台湾消费社会形成过程中,在古老的男性中心意识与当代工商业社会的双重挤压下,女性身与心的累累伤痕,揭示她们的自我救赎之途。

从表面上看,这一批女作家不再只注目于前辈作家所擅长的两性关系、情

---

① 季季:《涩果·序》,《涩果》,尔雅出版社1979年版,第1页。

感生活题材,似乎走上主流化的现实主义道路,貌似是女性书写的倒退。但从另一个角度看,正是由于她们将女性写作的视野扩大,将现实人生重新引入,才使得她们笔下的人物不再只是脸色苍白的梦游者,她们是活生生的与读者生活在同一个时代同一片土地上的姐妹同胞,她们遭遇了每一个普通人可能遭遇的事件,她们做出了或可悲或可叹或可敬的选择,基于此,这些人物以及她们的经验才显得如此真实可感,也使女性创作获得可持续发展的空间与源泉。

在本岛经验之外,在遥远的大洋彼岸还有另一种现实,那是一群去国怀乡的游子在异邦的所遇所思所感,与本岛经验的书写文本相比,关于域外生涯的小说创作在呈现人生遭际之外更具有形而上的思考,这些作品"就深度来说,也是由异国飘零的生活感受层面挖掘下去,思考探索了文化差异、认同、民族主义、历史等待比较深刻的问题"①。1970年代的政治风云,对这些处于多重文化夹缝间而天然敏感的人群不啻惊涛骇浪,留学生文学也必然随之发生变化。在她们的书写中,不乏对家国民族的叙事想象,但是她们的创作关注的始终是域外华人的生存境遇,谋生的艰辛以及身份危机,文化差异以及文化认同等。在这里,国族叙事只是其中的一个组成部分,因此,正是基于这样一种考虑,才把留学生文学放在这一部分讨论,并试图与前述本岛经验形成对照。

1970年代留学生文学发生重要的转变,从"无根的一代"向"觉醒的一代"转变。不论是1970年"保钓运动"激起的民族情感,还是这一代怀着"只把他乡当故乡"初衷的流寓者踏上异国的土地才发现"他乡"也非"故乡",生活的困顿与被放大的无根的漂泊感,都直接或间接地促成这种转变。丛甦写作于1970年代的《野宴》《中国人》,与早期备受赞誉的作品《盲猎》那种以表现主义手法寓言式地探讨人生困境不同,她出版于1978年的小说集《中国人》完成了一个重大的转变,摆脱了早期作品中对个体的孤独迷茫情绪的单一刻画,转而探讨留学人群在心理上的反省与转变,终于拨云见日般清醒地意识到:"中国就是一种精神,一种默契,中国就在你我的心里,有中国人的地方就是中国,有说中国话的地方就是中国。"②传记于1985年被剑桥大学收入《世界妇女名人录》的赵淑侠也于1970年代正式步入文坛,且出手惊人。如果说她描写海外华人生活系列的第一篇短篇小说《王博士的巴黎假期》仍然走在表达流寓异邦的人生失落无着、孤独彷徨的老路上,还未形成独特的风格,那么到了堪称她短篇小说代表作的《塞纳河之王》,则描画了谦厚执着、立志要"把中国的艺术

---

① 李黎:《海外华人作家小说选·前记》,《海外华人作家小说选》,香港三联书店1983年版,第2页。

② 丛甦:《中国人》,《魔与兽》,河北教育出版社1995年版,第189页。

精神介绍给世界,让中国画的美,揉进西方艺术里,为全世界人接受,不光局限在中国一个地方"①的艺术家王南强,奏出民族精神的最强音。她的长篇小说《我们的歌》更是集大成者,将这种带有东方气质、国族印迹的理想人格扩展至对"中国人""中华民族"的再度认同,以清新健朗、积极进取之风一扫弥漫于早期留学生文学中的乡愁孤独彷徨之气。1970年代,於梨华写出长篇小说《傅家的儿女们》《考验》《会场现形记》等一系列作品,其中《傅家的儿女们》通过傅家六兄妹的命运遭际,真实地捕捉和再现了从"无根的一代"到"觉醒的一代"的最初变化。

在众多描写海外华人生活的海外女作家中,陈若曦是一个异数。她传奇般的人生道路,尤其是1966年与丈夫返回祖国大陆的经历,使她成为台湾作家中唯一的"文革"亲历者;又由于她潜在的"为政治冲动而写小说"的政治理想以及对政治的关注,她同时又成为台湾作家中最早涉及"文革"题材的。《尹县长》《任秀兰》《归》《耿尔在北京》《晶晶的生日》等一系列文本,在再现"文革"时期对人性的践踏、极"左"思潮给知识分子以及广大民众带来的心理创伤的同时,也对这场民族浩劫、人性悲剧进行了深刻的反思。对她来说,这是一场"对乌托邦的追寻与幻灭"(白先勇语)之旅,也因此,她的创作始终紧扣国家前途、民族命运。

值得注意的是,这一时期海外华人文学小说可以看到对现代主义思想及技法的借鉴和运用。这方面,丛甦的文本十分有代表性。丛甦小说中的"死亡"主题、主人公以清醒的自我意识主动选择死亡,带有明显的存在主义思想的印迹。丛甦自写作《盲猎》起,就擅长将写实与象征手法交织运用,以其独特的富于哲理性的思考逼近人类生存困境的本相。身为《现代文学》四大主将之一的陈若曦则一向擅长运用现代技法,以隐喻、象征等手法来探讨现实问题,进入1970年代,更融入她在现实中磨砺出来的冷峻持重的文风。

(一)曾心仪:期待她自污血中站起

曾心仪,原名曾台生,1948年出生于台南,原籍江西省永丰县,曾心仪自幼"酷爱文艺",曾想当画家、护士,却"终因生活颠沛,梦幻成空"。身为长姐的她,不得不早早辍学,步入社会求职谋生,曾经当过化妆公司美容师、百货公司店员、广告公司秘书及报社记者等职务。直到1975年,她才考入"中国文化学院"夜间部大众传播系学习。早年的贫苦生活令她接触到许多出身贫寒的年轻女性,特别是对许多被生活所迫沦落风尘、过着痛苦屈辱生活的女性有着深

---

① 赵淑侠:《塞纳河之王》,《赵淑侠自选集》,黎明文化事业股份有限公司1981年版,第53~54页。

切的了解和同情。1974年,曾心仪开始从事小说创作。她的作品大多取材于妇女生活,先后在《中外文学》《夏潮》《仙人掌杂志》等杂志上刊登作品。《我爱博士》《彩凤的心愿》曾分别获得《联合报》和《书评书目》小说奖,被誉为具有"独特性"的文坛新秀。第一本小说集《我爱博士》于1977年出版。《彩凤的心愿》于1977年10月刊于《小说新潮》,入选隐地编、书评书目出版社出版的1977年《短篇小说集》,被认为是作者的代表作,1978年曾被淡江学院改为话剧演出。小说集主要有《那群青春的女孩》《彩凤的心愿》《游过生命黑河》(1996)、《心内那朵花台湾民主运动的文学纪事》(2000),著名的中篇小说有《窗橱里的少女》《一个十九岁少女的故事》。

曾心仪是一个关心政治的烈性女子,积极与她认为是"不公不义的事"进行斗争。30岁那年,就以外省人的身份投入民主运动,"冒着被执政当局逮捕、囚禁的危险与少数党外同志的怀疑眼光,为台湾的民主运动凿出一丝空隙"。"美丽岛事件"发生后,她幸免被捕,却去法院自首,宁愿受牢狱之灾也不肯幸存于外,虽未如她愿,其刚烈个性却可见一斑。也正是得益于她对公义的关注以及早年贫苦的生活经历,她的作品有着丰富的社会基础,笔触深入社会生活的最底层,店员、酒女、舞女、探监的母亲,这些草根阶层女性的生活纷纷涌入她的笔下。因此,她的作品"绝不无病呻吟,无中生有,每一篇创作都有其丰富的体验作根基,这和目前台湾所流行的女作家'轻、薄、短、小'的作品,有极大的不同"①。曾心仪在她的小说集自序中,写了如下诗句:

> 我时时看见她
> 身心伤痕累累,
> 我期待她
> 自污血中站起。"②

曾心仪的创作包括小说、散文、报道等,成就最大的是小说。现实主义是"我对文学的认识:它不再是装饰生活,不再是消遣,而是一种使命,为人们说话,说出痛苦,说出愿望,说出方法。它是一把利刃,划破虚伪的面具,看出它的病症"③。"多年来,我看到我周围太多的少女毅然放弃追求个人的幸福,为了解决她们家境的贫困,沦落风尘。基于我对风尘女郎生涯的了解,我坚定地认为,她们的牺牲是一个残忍的悲剧,只能救一时之急,却不能根本解决问题;

---

① 许振江:《烈性女子的爱——小谈曾心仪和〈猫女〉小说集》,曾心仪:《曾心仪集》,前卫出版社1992年版,第237页。
② 施淑:《爱丽丝游记——曾心仪集序》,《曾心仪集》,前卫出版社1992年版,第12页。
③ 曾心仪:《我的创作过程》,庄明萱、阙丰龄、黄重添选编:《台湾作家创作谈》,海峡文艺出版社1985年版,第120页。

她们的牺牲所付出的代价太大了"①,正是基于这种了解与不平,曾心仪在描写这些"被侮辱被损害"的底层女性于"污血"中"伤痕累累"的故事时,总可以窥见她行文中若隐若现的不忍与同情。如《乌来的公主》里三十出头"又瘦又小,脸只有一般女子三分之二大"的酒女露西,回想"以前有钱的时候"多么的丰满,本来还可以去美国,一厢情愿地巴望等到运气好的时候碰到个出手阔气的生意人可以大赚一笔;如《从大溪来的少女》中矿工的女儿来台北谋生却遭遗弃沦为酒吧女;如《阁楼里的女人》里爱娜的房间总是飘着中药味,陪客赚来的钱几乎都付了打胎的费用,还被美国大兵诱骗关进了警察局;如《彩凤的心愿》里店员彩凤为了拉得"时代歌后"的选票不得不强忍厌恶应酬"想讨三姨太"的好色的赖老板,却堕入驻唱餐厅老板蔡先生的骗局,被带到宾馆当作应召女,等等。曾心仪在呈现她们的生存与生命状态时,表达了自己深切的同情与义愤。

不仅如此,曾心仪的小说还总是另有指涉,如当彩凤被餐厅老板骗去旅馆,面对色迷迷的日本人时,她仿佛看见:

  路边的刑场
  双手被反绑,跪在地上的中国人民
  被砍去头颅,平平的颈面
  日本军阀手持弯弯、亮光光的武士刀
  头颅在武士刀边,临在空间
  是怎样痛苦、无言的脸颜啊,那临空的头颅上②

于中可窥曾心仪作品所渗透出的强烈的殖民地意识,这与她初登文坛正值乡土文学风云激荡之时有密切的关联。她写道:"在王文兴演讲会上的所见,更使我痛心疾首。演讲会后,在三天的春假里,我想了想,最后决定休学。"③

"被殖民",无论是经济上的还是政治上的,是曾心仪众多小说不容忽视的背景,"殖民者"或者作为直接的性欺压者出现,如她的风尘女子题材小说中追欢买笑的洋人、美国大兵、日本商人,由于家贫而堕入风尘的中国少女则是直接或间接的受害者,这与台湾被殖民被剥削的境地不无相通之处;或者化身为经济外援盟友等叙事背景出现,恰如曾心仪笔下人物无时无刻都需要面对的生存压力、经济困境。

---

① 曾心仪:《我的创作过程》,庄明萱、阙丰龄、黄重添选编:《台湾作家创作谈》,海峡文艺出版社1985年版,第119页。
② 曾心仪:《彩凤的心愿》,《曾心仪集》,前卫出版社1992年版,第56页。
③ 曾心仪:《一年的回顾》,《彩凤的心愿》,远景出版社1978年版,自序。

台湾的经济腾飞是以广大城镇农村的破败凋敝为代价的,农民失去生存凭依,年轻人纷纷进入城市谋生借以维持家计,但往往只能在城市的最底层做着薪水微薄的工作勉强糊口,其中牺牲最大的正是曾心仪付出满腔义愤书写的为生计所迫堕入风尘的少女们,彩凤、露西、爱娜、黎翠华都是这样善良而命运悲惨的女子,她们堕入欢场仍然不忘给家里寄钱,接济家人生活。

进入1970年代,随着整个政治格局的变化,台湾经济对美国依赖深重的积弊渐渐暴露,首先感受到这股冲击的也正是这些在城市的最底层操持着迎来送往皮肉生意的她们。一方面她们并不甘心遭受美国大兵、日本人的蹂躏,但更不愿意受本岛人的欺负,何况这欺负往往还要同时冒被人知晓身份的危险;另一方面,美军撤离、洋人渐少,却又切实地影响到她们的生存。

写于1977年的《酒吧间的许伟》真切地写出这种生存夹缝间的无奈与挣扎:许伟是个敏感内向的男孩,许父凭着精明油滑拉得下面子,从拉皮条起家,渐渐挣得一份资产后与人合伙开起了酒吧,专做驻台美军、日本商人的生意。许伟对父亲的生意一向心存不屑却又一直由父亲供给全家用度,父亲出车祸后,许伟不得不接下父亲的工作。许伟心头怀着屈辱和对小姐们的同情像父亲一样在街头拉客人,一次他为了维护吧女痛打了一个仗势欺人的美国人,终于决定离开这里。"我不认为我做错了。肚子饿,要吃饭,可是做人的志气不可短,我怎么能看见小姐被凌辱而无动于衷呢!与其这样一天天混着,受侮辱,没远景,倒不如把气都发出来,揍揍这些鬼子,让他们知道我们可不是好欺侮的。万一真是把生意搞垮了——唉,廖伯伯,这个生意是再撑不了多久啦,你不要再存幻想它会再重获生机。它既然要垮,就让它垮吧……我跟许多小姐谈过这个问题,可是,没办法,有太多外在的因素牵制着她们。今天就算酒吧全关门了,还有数不清的应召站、餐馆、舞厅、酒家、理发院、按摩院,哪里可以卖色卖身让她们赚钱、生存,她们就往哪里去。除非所有的色情场所连根拔掉,何时可能?我有心帮助她们,可是我个人的力量微弱,帮不了她们。我自己却在精神崩溃的边缘,我不得不暂时离开这个场所,我考虑许久,决定要离开这里。"①许父与许伟,这两个对吧女操有控制权的男人,在这种殖民经济中,也是被压迫被决定的一群。于此,文本的意义便超出了单一的风尘女子命运,而扩展至1970年代整个台湾的境况,与后殖民批评的理论视角有了微妙的暗合。

《我爱博士》《一个作家的画像》等作品则从另一个角度揭露那些内心低劣的"归国学人"们,借着留洋身份玩弄女性感情的无耻行径,也不留情地批判了当时弥漫在台湾社会中的崇洋媚外的不良风气。

---

① 曾心仪:《酒吧间的许伟》,《曾心仪集》,前卫出版社1992年版,第191~192页。

1980年代后,曾心仪作品数量不多,但仍然延续了她对女性生存命运的关注。《情迷》《猫女》等小说,更多地探讨女性在现代都市水泥丛林、职场硝烟中,在事业与爱情间辗转求生的艰辛与挣扎,揭示由此出现的人性迷失与异化。《猫女》篇颇有几分《变形记》的味道,身为秘书的葛小姐在男主人过世后,与女主人相互扶持,在商战中铲除异己,大权在握,同时,她人性的一面也渐渐弱化,指甲变硬、眼珠变绿、鼻子两侧还长出细长的白毛,她已变成一只猫。

曾心仪的小说朴素自然,干净利落,少用华丽繁复的辞藻,清楚明白中又颇含深意。更为特别的是,由于关注现实人生,勇于痛斥社会不公,她的小说中时时鼓荡着风云之气,为女性作家群中尤为难得的一个独特存在。

(二)季季:都市化进程中的众生相

季季,本名李瑞月,1944年12月出生于台湾云林。随着五个弟妹的相继出世,季季很小便要帮父母做家务,照顾幼小的弟妹,艰辛的生活也造就了她不善屈服的性格。小学时,季季便爱上文学,13岁时,以笔名"姬姬"在《台湾新闻》"学校生活"专栏上发表了第一篇小说《小双辫》。自此她走上一条相对平坦的文学创作路——她所投的稿子从未被退回过。

1963年,季季做出了人生中第一个重大的抉择:放弃大学联考,北上参加同日筹建的"救国团文艺写作研究队"。她是铁了心要当作家,父亲为她东挪西借筹措了2000元台币,任她只身一人到台北闯文坛,所幸不久便以《两朵隔墙花》获台北文艺营创作竞赛第一名。隔年又在台湾"中央日报"副刊上发表《假日与苹果》,显露出创作才华。1964年9月,季季以20岁的"稚龄",却与聂华苓、琼瑶、琦君、高阳等前辈名作家同时签约成为首批15位"皇冠基本作家"。因此,生活基本来源有了保障,季季得以专心写作。但是,季季的婚姻却远不如创作小说那么顺利,令她心力交瘁。来台北第二年,季季便步入婚姻,几年后第二个孩子刚满半岁时,她的婚姻破裂了。在苦闷迷惘之中,季季重新拿起笔,顽强地继续写作。

季季的创作以1970年左右为界,可以明显地分为前后两个阶段。文集《属于十七岁的》《谁是最后的玫瑰》《泥人与狗》代表了其早期风格,充满着虚无、幻想以及无奈的色调,带有明显的那个时代的印痕。《属于十七岁的》写的是一个敏感的女中学生眼中乏味刻板的学校生活以及学校中各色人等来来往往、生老病死的人生:老门房意外死亡,留下半残废的妻子和两个年幼的孩子;处女死了,身下会不会像电影里那样涌出泉水;叫"疯狗"的体育老师每天骑着车在篮球场绕圈;"我"则每个周末都沿着竹林小路去摆着老师灵位的地方听尼姑诵经……在这般如此平平常常的叙事中传达着生命中深刻的无奈与莫名。《寻找一条河》则明显运用现代主义技巧,一系列繁复的意象,如蜘蛛与网、善于变奏的水声、自然界的各种声响,构筑出关于生命的追寻之旅。季季回顾早期创作时也曾表示,"(1961—1966)我们很流行看存在主义的小说、存在主义的电影,听'世界末日'的流行歌曲等,都让人觉得生命是有点浪漫而无可奈何的东西,当时年轻人的社会、气氛是这样,我当然是受影响,这不是有意模仿,我也生活在那种气氛里,所以我表达的就是那样的东西"①。

　　以1970年代初出版的文集《异乡之死》《月亮的背面》为标志,季季的创作进入成熟阶段,来自婚姻的磨砺以及独自抚养孩子的艰辛,令季季对人生有了更深刻的体悟。离开乡土故园来到都市台北的这几年,季季看到都市文明的繁荣,也看到这种繁荣背后付出的代价,看到随之而来的社会价值观的巨大转变,她对传统人伦美德的消逝感到十分痛心。自小生长于台南农家,乡土农村淳朴深厚的人情风俗给季季留下难以磨灭的美好回忆,她时刻不忘自己是个"乡下人",要像父亲"一样努力、诚恳地生活着。虽然在台北住了23年,并未沦为虚伪或虚荣的都市功利主义者;仍然保有乡下人的素朴与务实,不敢荒废应该耕耘的土地"②。

　　季季笔下有一类小说带有自传色彩,表达了这种对乡土的淳朴人情民风的怀念之情。《异乡之死》《河里的香蕉树》正是此类作品的代表。《河里的香蕉树》中在学校附近开小杂货店的肉瘤伯年近七旬,依然是孤身度日。一天,他从赚食寮(妓寨)领回来一个40多岁的"欧巴桑",小店开始有了生气。欧巴桑虽然以前是赚食查某(妓女),却也凭着她的善良与勤劳被村人所接受,连一向鄙视赚食查某、甚至为了避开赚食寮门前的必经之路、一年多都没带女儿回外婆家的母亲,都夸她是个好人。不多久,肉瘤伯去世,欧巴桑在村人的关心和帮助下,生下了一个睁不开眼睛的孩子,即使是这样一个卑微而残缺的新生命,却也要坚强地存活下去。就像先前被欧巴桑掘掉抛入河中的香蕉树一样,漂到河心突起的一点点土地上也要生根发芽。文中充满了乡情的温暖美好,充满了对生命的尊重。这种乡土情怀在季季的作品中多有表现,如《月亮的背面》中爱梅对生活朴素而深厚的感恩之心,那是一种根植于大地的安定与踏实,"即使是那样痛苦的挣扎,也是跟随着生存存在的。爱梅从来不因在困境中生活而觉得生存是一种多余。她甚至觉得只要有蔬菜佐餐、有屋宇避风雨,都是值得感激和喜悦的"③。季季表示:"因为我是老大姐,我从不以为生命里有东西可以挫败我。固然生命里有很多不公平的事情,但只要我们努力去做,

---

①　林瑞明:《寻找一条可以逆流的河——季季集序》,季季:《季季集》,前卫出版社1993年版,第10页。
②　季季:《摄氏20~25度》,尔雅出版社1987年版,后记。
③　季季:《月亮的背面》,《季季集》,前卫出版社1993年版,第108~109页。

到最后一定有成果。我总是强调温和的改革,我不喜欢激烈的东西。"①

尽管怀着对乡土人伦的眷恋,但工商业文明的汹汹来势,冲决了传统乡土社会的道德秩序与伦理世情,在台湾由农业社会向工商业文明转型的过程中,乡村付出巨大的代价,乡村的凋敝、乡人拥入城市后的挣扎与迷失,都是季季关注的重心,"我关心的是人的生存,以及因生存而产生的诸多问题,贫穷、痛苦、爱的幻灭,从农村走入都市后的迷失、新文明对旧社会的冲击……更彻底地说,所有这些问题的核心,仍是为了探讨人的生存的价值"②。

其中最具代表性的当数《拾玉镯》,该小说入木三分地刻画了都市文明中弥漫的拜金主义、功利主义的丑恶嘴脸。老家的三叔来信,让在台北的子侄们返乡为曾祖母捡骨,刚开始,没人愿意抽出赚钱的宝贵时间回转落后的乡下,岂料一夜之间风向全变,在台北当董事长的、当导播的、当歌星的、当老板的堂兄姐们,都积极地包车返乡,原来他们听说曾祖母的墓中有大量的陪葬品,赶着要去分一杯羹。当三叔拿出一对陪葬的名贵大陆玉镯时,这些堂兄姐们便忙着估价、忙着商量如何瓜分,一个个在财物面前原形毕露。质朴的二叔虽感寒心却也无能为力,只能对着同去的"我"的儿子说:"以后别学他们就好!"季季对这些衣着光鲜,但内心寒碜的功利主义者们抱持的自然是批判的态度,但对年迈的三叔、病后耳聋失聪的三婶,特别是他们智能不足的儿子大树的描写,却又不无悲凉地暗示着乡土文明的末路及其必然走向没落的命运,与著名的传统戏曲《拾玉镯》同名的题名,更加反衬出这种失落。

《寂寞之冬》则从另一个侧面描写了两种文明的冲突。新开办的"天天乐公共茶室"如一颗巨石,打破了小镇的宁静与淳朴,娶了妻的和没娶妻的汉子们三天两头就往那里跑,也扰乱了年过五十的王医生的心,令他在被撩拨起的肉欲与不断宣泄这肉欲的愤怒的炽焰间来来回回地受着煎熬,唯一聊以安慰的是,他可以告诉妻子在他的有生之年不曾背叛过她。

《鸡》写的是世事变迁给普通人带来的酸甜苦辣。因为要新建公园,阿苦仙的店和家都被迫搬迁,以前的布店,现在是餐厅,以前的家,现在是公厕,阿苦仙的日子也大不如前,屡屡被昔日朋友催债。偏偏隔壁老太婆家养的公鸡半夜打鸣,心情抑郁的阿苦仙一怒之下杀了这只怪鸡泄愤,却又被狡猾的老太婆讹走了一大笔赔偿费。《吠》《债》《跨》等作品也表达了相似的主题,揭示了转型期台湾社会的众生相。

在关注现实人生之外,女性的生存本相更是季季创作关注的焦点,在婚姻

---

① 季季:《季季谈创作历程》(节录),庄明萱、阙丰龄、黄重添选编:《台湾作家创作谈》,海峡文艺出版社1985年版,第107页。

② 季季:《月亮的背面》,大地出版社1973年版,第218页。

关系中一直处于弱势地位的女性,在传统伦理道德崩坏的社会转型期间比男性承受了更多的伤害与苦难。从1970年的《秋霞仔出嫁》开始,季季的笔触就始终没离开女性在这个转型社会中的不幸命运、在两性关系中的伤痛人生。凭着她的敏锐与聪慧,以及自身不美满的婚姻经历,季季特别捕捉到并描摹出两性关系中的冷漠与疏离。《杯底的脸》《塑胶葫芦》《褐色念珠》《没有感觉是什么感觉》中的女性人物在两性关系中冷漠如"冰石",即使是与恋人间的对话也是毫无热情,内心却翻江倒海,发出无声的吼叫。特别是《塑胶葫芦》这篇小说,父亲带了一个黑色的气球给阿洋,因为他现在的妻子、阿洋的继母死了。于是在父亲逼死继母的第二天早上,阿洋穿着一身艳红的衣服去和男友约会,借着红与黑的巨大反差,阿洋表达了对父亲最大的嘲弄与蔑视,表达了季季对于男性以及两性关系的不信任,不论是男人也好,婚姻也罢,都无法成为女性的救赎之途。

季季关注女性命运的小说中,特别值得一提的是她在调查访问了"芥菜种会"的"未婚妈妈之家"后,写出的纪实性小说集《涩果》,在当时一片风花雪月的女性文学作品中,显得独特而意义重大。这本小说集集中讲述了未婚妈妈的不幸故事,但季季并不把视线集中到她们过去的不幸上,更关注她们未来的人生道路。

《苦夏》中的小兰在怀孕后被同事阿德抛弃,流落异乡,幸得好心的阿兴兄妹收留,为了拿身份证回到家乡,却又遭继父欺骗,孩子险些被他遗弃,虽然最终小兰找回孩子,但小兰未来的路可想而知仍然充满坎坷。《菱镜久悬》中的秀桃却是一个能予人几分希望的角色。十三年前,在一次酒醉失身后,秀桃不堪忍受父亲的打骂和邻人的鄙夷逃离了家乡,在新街镇生了一对不知父亲是谁的双胞胎后重新开始。她从底层做起,做到与人合开了一家美容院,当了老板。随着孩子渐渐长大,秀桃求助于"妇女会",希望能找到孩子的父亲。令人吃惊的是,一番找寻下来却发现,十三年前的冬天,在台中一个地方竟然就有十五位少女因为醉酒失身给陌生人,这个令人震惊的事实让秀桃打消了替孩子寻父的念头,因为"趁女孩子酒醉而占人家便宜,这种男人简直就是禽兽……这种德行的男人,认来给孩子做父亲又有什么好处?还不如干脆没有,自己教养反而单纯"①。秀桃从苦难中站了起来,做到了经济独立,十三年的隔绝之后家人也重新接纳她,等待着秀桃的是一个光明的未来。但是,在未婚妈妈的队伍里,秀桃这样的女性毕竟是少数,整个社会对待未婚妈妈的态度在多大程度上有所改变呢?在这里,季季重提女性救赎这个命题,并从现实层面上给出了她的意见。女性的互助机构,如《菱镜久悬》中提到的"妇女会"等组织

---

① 季季:《菱镜久悬》,《季季集》,前卫出版社1993年版,第354页。

机构;整个社会对女性态度的开明,如阿兴兄妹对小兰的无私帮助、"妇女会"蒋会长等觉醒了的知识女性的指引扶助,都是女性走出困境,迎来新生的有力后盾,但最重要的或许还是来自女性自身内在的生命力量,怀有一颗善良的心,并不因悲惨的遭遇而使之蒙尘。就像《月亮的背面》中的爱梅那样,"有一颗真诚而容易受感动的心……她的心灵总是立刻接纳了他们,把他们紧紧地视为知己。这种感动是一种生存的喜悦,即使丈夫逝世后,仍然不因哀伤而丧失这善良的品质,因而依旧感到生存是一种幸福"①。

季季的小说创作,经历了由现代主义向现实主义的明显转向,再加上她一向秉承的"乡下人"情怀,与1970年代台湾文坛的乡土文学主潮有着相当大程度上的契合。她的作品取材于生活,风格多样,深受读者喜爱。但季季也自称,由于生计所迫、时间有限,她早期的创作多数是在仓促的情况下写成投稿的,往往存在题材开掘不深、经营粗糙、结尾拖沓的问题。但瑕不掩瑜,这些缺点并不能掩盖季季作品应有的光芒,并且经过多年的锤炼,季季的小说风格愈加沉稳洗练。1970年代后期,由于家庭负担,加上只凭文学创作无法维持家计,在坚持专业创作十多年后,季季进入新闻界工作。1988年,季季出任"中国时报"副刊组主任兼《人间》副刊主编,之后还担任了"中国时报"周刊副总编辑。虽然季季负责的仍是与文艺编辑相关的工作,但其写作几乎可以说是停顿了。

(三)陈若曦:在大炼狱中体悟深邃

1966年秋,陈若曦与丈夫段世尧怀着热情与梦想,结束了在美国的工作学习,取道欧洲辗转返回祖国大陆。其时正值"文革",虽然在巴黎等签证时,在《纽约时报》上看到老舍自杀的消息,但夫妻二人并未动摇归国的决心。归国后,目睹了"文革"期间一幕幕倒行逆施的人伦惨剧,1973年,陈若曦和丈夫离开大陆,落足香港,因为拒绝认同"政治难民"身份,未能重返美国,最终以技术移民移居加拿大,数年后,受聘于美国大学,才到美国定居。

1976年由台湾远景出版社出版的短篇小说集《尹县长》,是陈若曦离开大陆后的第一部作品集,其中多数作品都在香港《明报》月刊等报刊上先行刊登过,《尹县长》是其中最早的一篇,在海外华人界引起了巨大的震惊与讨论。梦花女士曾在《不该遗忘的悲剧》一文中这样写道:"《尹县长》出现在'四人帮'尚未垮台的1974年,它比国内'伤痕文学'的发轫之作《班主任》还要早三年,可以说,它是开了'伤痕文学'的先声。"②是否开伤痕文学先河这一点尚可商榷,

---

① 季季:《月亮的背面》,《季季集》,前卫出版社1993年版,第108页。
② 王韬:《寻梦与梦魇——评陈若曦小说集〈尹县长〉》,《世界华文文学论坛》1999年第4期。

毕竟二者虽然题材相似，但叙事立场和角度截然不同；再则《尹县长》其时只在海外发行，对同一时期大陆作家的影响可以说是微乎其微。但是"海外背景"对陈若曦创作的意义却不可轻忽，一方面她本人经历了从满怀壮志回归到理想幻灭离开的心路历程，她的"离—归—离"的传奇经历与一直身处大陆的其他作家相比有其独特性，代表了当时广大归国留学生的普遍心情；另一方面，作为台湾作家中唯一的"文革"亲历者，身处海外既为她提供了一个更为宽广的文化反思空间，也保证了她的创作不受其他因素干扰，得以真实记录"文革"浩劫中的众生百态。陈若曦的老同学白先勇曾对她的这段历程做出如下评判："陈若曦追寻乌托邦的心路历程大概也跟纪德、奥登等人相类似，然而她幻灭后的痛苦，恐怕要比他们深得多。因为纪德等人看到的悲剧，到底发生在别人的国家里，不免隔岸观火。陈若曦却身经炼狱，更有切肤之痛。幸亏陈若曦会写作，可以把目击到'文革'这场大劫难，作一个纪录，向历史作证。"①

《尹县长》这部短篇小说集共收录了六篇小说，分别是《尹县长》《晶晶的生日》《值夜》《查户口》《任秀兰》与《耿尔在北京》。《尹县长》发表于1974年，是最早也最著名的一篇。由此开始，陈若曦的叙事风格发生了重大转变，与早期以现代主义技法强烈宣泄情感不同，这一时期小说的叙事则以冷静甚至冷漠、客观自抑的基调为主，呈现出历史反思下的凝重朴实的美学风貌，又如静水流深，在冷静纪实看似不带任何倾向性的文字之下，却有着深层的情绪激荡，更增添了作品荒诞的悲剧意味。

小说以"我"这个旁观者的口吻写成，尹飞龙原是胡宗南手下的军官，因为率部队起义有功，解放后当上了陕南兴安县的县长。他关心百姓、克己奉公，在当地颇有威望，岂料"文革"大潮席卷而来，尹县长被扣上"阶级敌人""谎报成性"等罪名而被枪毙。讽刺的是，公审尹县长的大会上群众的反应并不热烈，到最后跟着台上高喊"毛主席万岁"的竟然只剩尹县长一个人，甚至在行刑前他也仍然在高喊"毛主席万岁"，以至于不得不用手帕捂住他的嘴巴才能执行。尹县长至死也不明白他到底犯了什么罪，就像他弄不明白马列主义、跟不上瞬息万变的政策一样，但事实却是他只是政治斗争的牺牲品，因为"文革"运动刚开始，不枪毙个把人不足以立威。

尹县长的悲剧自然可以归咎于那个时代，陈若曦的深刻之处则在于并不仅仅停留于此，而是不动声色地速写了那个时代疯狂的集体群像。率众起义后的尹县长在学习班向党交心、坦白，为了表示自己的忠诚，把家庭出身填成

---

① 白先勇：《乌托邦的追寻与幻灭》，《尹县长》，远景出版有限公司1976年版，第29～42页。

地主，不仅他一个人这样，当时人人都恨不得把自己的心挖出来，把自己说得越坏就越坦白，也就越光荣。全书中唯有一个尹老头冷静地拒绝卷入政治旋涡，但他竭尽全力能做的也只是不害人而已。

不幸的是，"文革"这样的政治荒诞剧，连孩子的世界也无可幸免，三岁多的小女孩因为误说了一句玩笑话，被当作喊反动口号，连夜被几个政工干部轮流审问，却又实在问不出什么来，只能以孩子困极了打盹当作点头草草结案（《晶晶的生日》）。《查户口》是一个政治极权与传统性道德合谋的闹剧，居委会主任怀疑彭玉莲乘丈夫不在家的时候偷汉子，于是借着"查户口"之名行捉奸之实，演出了一幕荒诞剧。《值夜》里的大学农场也是极"左"路线影响下令人啼笑皆非的产物，每个大学都要办一个农场，大学教师被要求放下书本去耕田，一波又一波的政治运动早已令知识分子变得麻木消沉。《任秀兰》叙述的则是一位女干部堪称残酷的反抗，曾参加游击队的老干部任秀兰，被定性成"五一六"分子，绝望地自杀于一个小小的粪池中，她求死的欲望竟然坚决如斯！陈若曦后来接受采访时表示《任秀兰》与《尹县长》皆取材自真人真事，特别是《尹县长》这一篇，小说采取的旁观者和倾听者的叙述视角，使叙述者和读者都与书中人物保持了一定距离，为读者在同情之外还留下了反思的空间。疯狂的时代，被愚弄的人，冷静且不动声色的叙述使小说具有了一种残酷而荒诞的意味，并因之超出政治小说或反思小说的局限，上升到人性探讨的深度。

《耿尔在北京》是这一系列中篇幅最长、艺术成就最高的一篇。与其他几篇重在描写外部事件不同，《耿尔在北京》集中笔墨塑造了耿尔这样一个人物形象，他从立志报国到理想幻灭的心路历程，有陈若曦自己的影子，在那个时代的归国留学生中也颇具代表性。耿尔29岁拿博士学位，39岁回国，原想回到故土建设国家、成家立业，却被政治原因所累，直至年近五旬仍然孑身一人。耿尔并不是热衷政治的人，却到此时才发现，政治的阴影无处不在，威权政治对人的限制，却是连结婚如此个人的事也逃不过的啊。耿尔第一个恋人小晴是棉纺厂的工人，根正苗红，耿尔却是地位低下的留美知识分子、臭老九，高攀不起；第二个恋人小金出身地主家庭，成分太坏，组织上又不允许耿尔低就。血统论、出身论这些荒谬的论调在"文革"时横扫一切，简单粗暴地把人分成三六九等，并直接与其政治成分、社会地位对等起来，不同出身的人不允许结婚，造成了多少人伦悲剧。但《耿尔在北京》最大的意义或许并不只在揭露威权政治的反人性，小说结尾处耿尔多年后重遇小金，这个成分不好的不幸女子，已经被迫嫁给一个长年在家养病的老干部了，"可怜的女人……耿尔觉得从来没有像眼前这一刻这样怜爱着她"，被压迫得已近奄奄一息的人性抬起了头来，这一刻的人性复苏，或许才是小说的真正意义和题旨所在吧，"在一个阶级分明的专制社会里,人与人之间,超阶级片刻的同情与怜悯,才是人类唯一的救赎之道"①,正是这一刻人性的复归,使得整本书在低沉萧瑟的基调中透出微温。

《老人》《归》的题材与此类似。《老人》写的是一个目睹了"天安门事件"的老人被迫在家写交代材料,为了拖延交代的时间,只好不断地借口打扫厕所,却在早年被抓进日本人监狱为了只有早上倒尿盆时才能见到阳光的痛苦回忆中不断受着煎熬。长篇小说《归》以两对归国留学生夫妇在"文革"期间理想幻灭的不幸遭遇为主线,他们怀着一腔热忱回到祖国,却被视为外人得不到认同与信任,在经受了繁重的体力劳动改造之后,原以为可以被接纳成为国家的一分子,却发现原来只是一厢情愿的幻想。这篇小说颇有自传色彩,但也因此在细节上略嫌拖沓、琐碎,有的章节甚至近乎是生活的流水账式记录,且因为感触良多,作者常常在文中发出主观议论,这些都影响了作品的艺术水准。

进入1980年代,赴美定居的陈若曦进入了新的创作时期,"文革"题材渐渐从她笔下消失,代之以对海外华人生活的关注。主要作品有中篇小说《路口》《城里城外》《绿卡》,长篇小说《突围》《远见》《二胡》《纸婚》等。"我现在感兴趣的正是写美国的华人社会——目前这个阶段的华人社会,写华人的思想和生活,例如他们对分裂的祖国、对20世纪80年代中国人在国际社会上地位的认识,还有高级知识分子在这样的社会里的追求,他们怎样看自己、别人乃至一般美国人怎样看他们,还有种种个人的奋斗、矛盾等。我现在要写的就是这方面的题材。"②

综观陈若曦的创作轨迹,可见在经历了"文革"之后,陈若曦创作中现代主义的痕迹明显转淡,代之以冷静自持、凝重内敛的笔调书写现实人生,其对家国命运、人性世情的关注始终不变;无论其反映"文革"题材的作品也好,还是反映海外华人生活的作品也好,时代大背景下普通人的小故事始终是陈若曦所关注的。

(四)荻宜:旋涡中的地狱之花

荻宜,本名谢秀莲,1948年2月出生于台中,台湾桃园人。家中有八个姐妹,一个兄弟,家境清寒。初中毕业后,因为身体欠佳,虽然考上世新编辑采访

---

① 白先勇:《乌托邦的追寻与幻灭》,《尹县长》,远景出版有限公司1976年版,第29~42页。

② 彦火:《海外华人作家掠影》,樊洛平:《当代台湾女性小说史论》,台湾商务印书馆2006年版,第242页。

科,却放弃升学开始工作,曾当过店员、女工、孤儿院保姆,广泛接触台湾社会底层的日常生活。她始终热爱文艺创作,辗转中坚持不懈地创作,走上文学道路,曾担任杂志社采访记者、特约编剧等,现专心从事写作。

获宜的创作路子很宽,创作文类包括散文、小说及报道文学等,言情小说、剧本、武侠小说以及武侠史料搜集也都有所涉猎。1967年在《台湾日报》副刊发表处女作《再生》,1977年以短篇小说《米粉嫂》崛起文坛,她的小说以细腻灵动的笔触刻画所观察到的社会现象,写出了1970年代台湾发展资本主义工商业的大背景下,传统伦理道德秩序受到的激烈挑战,以及在这种挑战下女性生存境遇的真实变迁。"获宜的小说和她的人一样,深情而自然,散发着浓厚的乡土芳香,却又不流于低俗。"[1]1981年,获宜在武侠小说创作方面初试啼声,以灵空子为笔名创作了一系列武侠小说,长篇如《采花记》《明镜妖媚》等,短篇则以《江山梦》《七巧神鞭彩虹剑》等较为著名。她的创作打破武侠小说自诞生以来男作家一统江湖的局面,成为台湾女性创作武侠小说第一人。

获宜的小说擅长刻画身处传统与现代冲撞环境中的女性,台湾经济的腾飞给传统道德伦理带来巨大的冲击,家庭伦理、两性关系首当其冲。有感于此,获宜将笔触深入当代台湾两性情感际遇的旋涡,写出这些原本长在寂寞深闺里的传统妇女在情感生活中遭遇的现实命运和人性浮沉。

在情感危机和人生困境面前,有的人放纵自我随波逐流,最终陷入新的困境,进退两难;有的人尽管奋力挣扎,却终究敌不过外界的逼迫和自身的弱点,而终于堕落。《地狱之花》里的李月容,少女时期陷入买卖婚姻,嫁给了大自己20多岁的丈夫,生养了3个孩子,过着枷锁般的婚姻生活。风流潇洒的浪荡哥儿小杨对她来说就是致命的诱惑,她不能自持地陷入偷欢与罪恶的挣扎中。当她决意离开丈夫和小杨在一起时,却发现小杨早已另有新欢,与自己不过是寻欢作乐、逢场作戏而已。《大喜》中的碧桃一心念着满嘴甜言蜜语的鲍力,对老实本分的未婚夫心存怨念。而随后知晓的事实让碧桃如梦初醒:鲍力居然是一个抛妻弃子、迷恋女色的好色之徒!《心路》中的雷素华却未有碧桃迷途知返的幸运,虽然始终反抗,却终于不幸误入风尘。这类长在深闺的传统女性不能掌握自身的命运,只能通过婚姻依附于男性以求得生存,经济大潮席卷下两性关系遭受的冲击使得她们无法继续原先的生活,妻子的地位和身份受到极大的动摇,不要说爱情生活,甚至连安身立命都面临危机。选择以另一桩婚姻来取代旧的已经坏死的婚姻也并非良策,不过是换汤不换药,从一个已经朽坏的笼子跳进另一个未知的笼子而已,还往往堕入更为不堪的圈套。

---

[1] 柏杨:《寂寞深闺·序》,樊洛平:《当代台湾女性小说史论》,台湾商务印书馆2006年版,第299页。

当然,也有坚强的新一代女性,在危机面前并未迷失,反而在苦难的磨砺中觉醒并发现自我,大胆追求新的人生,正如荻宜的代表作《米粉嫂》中的女主人公,那位代表劳动女性真善美等一系列美好品质、自尊自强的云凤。云凤婚后靠丈夫的薪水生活,不料几年后丈夫情感出轨,背着妻子与两个孩子在外另筑香巢,不再养家,更在米粉嫂去找他谈判之时,以离婚相要挟。事态已无可挽回,米粉嫂迅速办好离婚手续,"没有拿丈夫一个钱",变卖了陪嫁的首饰,盘下了别人的米粉摊子,独自挑起抚养两个孩子的重担。云凤吃苦耐劳又善良厚道,生意渐渐红火起来,自尊自强的米粉嫂还赢得出租车司机赵福民的爱情,而赵某却已有妻子欲待离婚。面对哭诉的赵妻,米粉嫂回想起自己被丈夫抛弃的遭遇,经历了痛苦的内心挣扎后,毅然决定斩断这份感情,"自己何尝不是伤心人,离婚的打击对一个无助的女人是残忍的……同样的遭遇,同样的命运,只不过从前自己是受害者,如今居然成了迫害者"①。在米粉嫂的身上,不仅体现了中国女性温柔善良的传统美德,更有超越了男女之情、人伦私欲的人性之美,堪称东方式的内心温柔强大的新女性。在传统的道德伦常遭遇冲撞变化已成定局的现实下,不同的女性做出了不同的选择,而米粉嫂的自强之路可以说为女性的新生提供了一个参照。

三、女性主义理论与女性经验

对于台湾女性写作来说,1970年代是一个重要的时期。正当此时,以台大学生为主力发起的爱国民族主义运动为先声,其中的女性代表发起对传统女性观念的挑战,进而由一群留学归台的女性知识分子正式引入西方女权主义理论。值得一提的是,这一幕与"五四"那个"弑父"的时代,觉醒的儿女们向传统父权发起猛烈攻击叛出父门的情势,十分相似。

1972年前后,瞿宛文以"罗莎""罗琼"的笔名相继在台大的几本主要刊物上发表了一系列文章,率先发起对妇女问题的探讨,包括《怨女》(《毕联会讯》1972年第1期)、《相夫教子?》(《毕联会讯》1972年第7期)、《尊严何在?——谈选美》(《台大法言》第27期,1972年12月25日)、《责任与平等——谈女性参与选举》(《台大法言》第28期,1973年1月12日)、《女性的自觉——女权运动成败之关键条件》(《台大法言》第30期,1973年3月26日)、《台大女生的剖析》(《台大青年》,1973年第70期)、《属于台湾各阶层妇女的女权运动之真义》(《大学杂志》,1973年5月)等。1973年3月1日,吕秀莲应瞿宛文之邀在"男性中心的社会该结束了吧"座谈会上担任主讲,其时,吕秀莲回台不久,

---

① 荻宜:《米粉嫂》,《寂寞深闺》,时事出版社1996年版,第68页。

担任"行政院"的"咨议",开始提倡"新女性主义",为台湾的妇女运动点燃了火苗。吕秀莲的这次演讲旨在挑战社会偏见,从国家发展的角度来呈现男女平等的观点,认为女性在台湾"既与男子同享教育之机会,她就有义务还报社会以同等之服务"。"吕秀莲并提出当年经合会的调查数据,指出在"台湾受过大专以上程度教育的人口中,妇女竟占了36%,这个比率在当时比起先进国家应是不遑多让"①,但这个观点在当时尚属不入主流的,即使在台大校园内受到的也多为讥讽。"最近热门的话题真多,先是女权运动闹得满城风雨,有人叫好,有人喊打,有人笑脸观变,有人如沐春风,有人紧张莫名,如受切肤之痛……"②此文描画出了当时台湾社会面对女性话题的众生百态。

虽然她们的努力没有取得明显的预期效果,但与以往散见于各报刊的相关文章不同,甚至与"五四"时期的妇女运动亦不同,1970年代的这场运动从一开始就显示出了其坚决性、严谨性以及专业性。不论是瞿宛文还是吕秀莲,她们关注的不再只是家庭中的夫妻相处之道,也不再只是发发牢骚打打纸笔仗,或者充当女性大众的"知心姐姐",虽然从西方直接引入的女权主义理论有"空降"和未经本土化的弱点,但的确令这场论战具备了前所未有的理论高度。并且,这是一套专门针对女性问题的理论,不再是其他政治运动及政治理论的附庸。这一批接受了优质高等教育的优秀女性深知妇女解放是一场漫长的革命,但她们已有明确的目的指向,从经济独立这个最基础的问题开始,不仅仅是撰文抨击男女不平等的社会现象社会问题,还提出具有可执行性的建议。如吕秀莲提出"立法保障妇女得免于因生儿育女致失业或减薪的恐惧"③等现实权利要求,为更进一步的女性参政打下合理性基础。

这场运动取得了一项隐性但长期的成果,一批作家受到女权主义理论的影响,开始有意识地在她们的写作中付诸实践。其中最著名的应该是李昂与施叔青姐妹。1960年代即于文坛崭露头角的施叔青,在1970年代与吕秀莲合作举办拓荒者出版社。她于1970年赴美留学,在美国直接感受到女权主义运动的时代大潮,从现代主义渐渐向女权主义转变。李昂于1970年与吕秀莲结识,她不止一次谈及吕秀莲对她的影响:"就外界的影响而言,毫无疑问最重要的是跟吕秀莲有关。我在大一或是大二时认识她,我常说我是她的喽啰,跟在她身边帮她提皮包,跟着去看她演讲,去做一些实质社会里的女权运动……

---

① 郑鸿生:《青春之歌:追忆70年代台湾左翼青年的一段如火年华》,联经出版社2001年版,第277页。

② 莫翔:《由〈女权运动与一百万小时〉谈起》,《台大法言》1973年第31期。

③ 郑鸿生:《青春之歌:追忆70年代台湾左翼青年的一段如火年华》,联经出版社2001年版,第278页。

吕秀莲把女性议题当作社会工作来做的态度对我有相当大的启发。"①此时期初涉文坛的李昂作品风格发生明显的转变,与处女作《花季》相比,《人间世》《莫春》以及"鹿城故事"系列小说有了明显的女性立场,虽然作为新人,她的文风发生变化是十分自然的事情,但写于1980年代初并代表其风格基本定型的《杀夫》以及此后她文本中一向强烈的政治色彩和鲜明的斗士姿态,很难说与1970年代的这场女权主义运动没有关系。

(一) 李昂:从花季到人间世的鹿城故事

李昂,本名施淑端,1952年出生于台湾彰化鹿港镇,"中国文化大学"哲学系毕业,美国俄勒冈州立大学戏剧硕士。1978年回到台北后任教于"中国文化大学"。

李昂是台湾文坛著名的"施家三姐妹"中的老幺,大姐施淑女(后改名施淑)先写小说后写评论,在家中留下大量图书,创造了良好的阅读环境。二姐施叔青也很早就接触现代诗刊,后来成为不断实现自身突破蜕变的著名华文作家。李昂的父亲是一个白手起家的成功商人,爱好中国古典诗词,为姐妹们提供了比较开明和开放的高等教育机会。在这样浓厚文学氛围的直接濡染下,李昂跟姐姐们相比,其早慧与敏感有过之而无不及。14岁写了第一部作品《安可的第一封情书》,虽然未能刊用,16岁上高二时写作并发表的《花季》,却可称出手不凡。

从1968年到1969年的两年时间里,李昂陆续写了由《花季》到《长跑者》一系列共七篇小说,这一系列小说明显地透出据施淑所说源于大专联考压力而来的"受困意识",以及存在主义和心理分析的浓重印痕,"从它们的中心意念和情节发展的结构上看,却使人感觉到这些小说是在表现一个相同的心理境况的循环故事(story cycle)。可以说李昂在这阶段内的作品一直是徘徊在僵局之中,而那正是她在联考的阴影下急于摆脱的心理上的困境"②,一个明显的例子即是在这一系列小说中反复出现的"我不知道""我不清楚"等字眼。

《花季》这篇在李昂的创作生涯中有着序幕意义的小说,叙述的是一个普通的女中学生,在枯燥乏味的课业之外,在白雪公主和白马王子的残梦之余,借着一次跟随陌生的花匠去遥远的花房挑选圣诞树的简单又无趣的短暂旅途,上演的一场自编自导自演的无声心理剧。老花匠一张"读不出来情欲,有的只是已经断欲的老年人脸上才能有的那种黝黑的严厉",把"我"的被害妄想

---

① 邱贵芬:《"(不)同国女人"聒噪:访谈当代台湾女性作家》,元尊文化企业1998年版,第99~101页。

② 施淑:《盐屋——代序》,李昂:《花季》,洪范书店1985年版,第7页。

轻易扑灭,而"我"在接下来经历了甘蔗园的邪思异想,荒凉坟场的怪念丛生,再到花房里对着墙角那柄锄头的握起放下之后,精疲力竭,却什么也没发生。"一切竟是这样的无趣,什么也没有发生,但我是否真正渴望发生一些什么,我自己也不清楚"①,在《混声合唱》中也有类似的表现,带着花香的青年的袭击混同着"我"的怀疑与幻觉,以冷静清淡的笔触将少女对性的好奇、憧憬与恐惧的心理层层剥开又重重穿绕。虽然施淑认为这种写法明显受到弗洛伊德心理学的影响,并对其作用持保留态度,但不可否认的是,"性"这件被用来做"挖掘"人性的工具,一直贯穿于李昂未来的创作,取得斐然的成绩。

《婚礼》则加入了更多的魔幻色彩,主角提着一篮重得像"魔鬼"的素食,莫名地替祖母去给一个叫菜姑的女人送礼,因为菜姑的女儿要出嫁。经历了一连串莫名的迷路和语焉不详的提示后,来到一幢古老破败的房舍,穿过似乎无穷尽的天井、暗巷、腐朽木楼梯再推开一块棺材似的厚木板后,终于找到菜姑和她平板枯瘦的女儿,一个有着"尸白"的手的胖女人拿着"公元几千年前人们所用的"白粉和口红在为新娘子梳妆。主角怀着对丰腴而肉感的女友J的欲望想象,牵着新娘经历了一系列莫名的仪式后,终于得以逃离这个古墓似的地方,重新回到街上已是日落时分,那水淋淋半湿的太阳也已经不见了。值得注意的是,这里的主角"我"的性别,他是一个男性。与古时误入荒郊偶遇女鬼的书生不同,他诅咒这个阴森晦暗的地方,当然,他遇到的女鬼也绝非艳鬼;与猝不及防地被卷入并参观了一场僵死般的传统婚姻景观的女性也不同,他并无太多恐慌,他始终超脱其外,但这个场景令他"抓到一些我渴望抓住的东西的确实性,但它又逃逸了,我还是不知道它是什么"②。面对这个没有生息的世界,他以想象与女友J的性事来加以反抗,并使得这趟"足以令人嘲笑的经验"更加可笑。过往并未引起太多关注的《有曲线的娃娃》,却是一篇相当出色的作品。在用现代主义技法编织的魔幻而鬼魅的文字迷宫里,"她"这样一个已婚女性对母亲乳房的奇特的依恋而至迷恋,从制作不同材质的但无一例外有着高耸夸张的胸部的娃娃,到疯狂地祈祷丈夫长出一对乳房,再到黄绿色眼睛的怪兽唤起的女性情欲的复苏及满足,堪称一场女性寻找自身性别体验的预演。它也是这一系列中唯一一篇使用第三人称"她"来结构心理叙事的作品,文字的丰饶与质感,与"她"这一非主观性的叙述人称,或许是为了运用心理分析等现代技法的方便与深入起见,却也间接地反映了高中阶段的李昂对于明白直接地书写成熟女性的性心理与感触的不确定性。

李昂的这种受困意识在《长跑者》中达到了高峰,并以"盐屋"这一恐怖而

---

① 李昂:《花季》,《花季》,洪范书店1985年版,第11页。
② 李昂:《婚礼》,《花季》,洪范书店1985年版,第30页。

具体的形象在文本中得到展现:"里面并不很宽敞,也是个多边形的空间,却比我想的更为明亮,有阳光从各个平面交接处的细缝中透进来,穿插成一束光网,光线照在亮白的盐壁上,再反射回来,十分耀亮,直刺痛我的眼睛……在透光的细缝里,我看不清外面,每天我面对的只是白巴巴的盐,颗粒不大却坚硬残酷,它们贪婪地吸食我体内的水分,膨胀自己的身体再缩小空间来压缩我,每天我醒过来后,总觉它们是在一寸寸地迫近我,我能活动的空间越来越小,多边形的各个角尖锐的碰触我、割伤我,无论我以怎样的姿势,坐着、站着、躺着,它们都触着我,插入我的皮肤,当血液流出后它们又溶入其中化成无数的小钻来钻打我每个细胞,留下剧烈的疼痛。在这当中,我也曾想到逃跑,我用手去挖盐粒,想挖出个缺口,可是它们似乎是无穷尽的,永远也挖不通……"①这种源于存在主义的关于人存在的荒谬性的思考,在李昂考上大学后告一段落。但经由性"造成一条更内向探索的线索",因而性是"与自身最有关的一个要素",是"总在那约定了的社会"的"最深刻的方法"的观点②,以及李昂自承的"魔幻写实主义"笔法,却保留了下来。

和其他女性主义作家一样,李昂在很大程度上受到新女性主义理论的影响。李昂曾经坦言,"我不否认,我受到女权运动者的影响",李昂的大学时代,正值台湾女权运动兴起和发展的时候。吕秀莲1970年代成立拓荒者出版社,合作者就是李昂的二姐施叔青。后来李昂赴美求学,更直接地呼吸到美国女权运动的气息,广泛接触众多现实妇女问题并在创作中加以表现。李昂对女性问题的关注,和台湾其他女作家相比,又呈现出鲜明的个人化话语特征,以女性的身体作为切入点,写女性的身体与生存、女性的情欲与自我、女性的性和政治的交易等诸多话题,又能超出性和身体本身之外,从社会性别的角度、从性与政治历史的高度进行系列叙事。

1974年,大学毕业的李昂发表了《人间世》以及其他直接探讨性主题的小说,引起轩然大波。其时台湾风气尚为保守,一个年轻女作家公然写出性题材的小说,需要极大的勇气。一时间,作家、评论家纷纷对她口诛笔伐,甚至有人给李昂冠上"成人小说作家"的帽子,指责她道德失范,从此"争议性"成为伴随李昂多年的另一个标签,贯穿她的文学生涯。《人间世》写的是一个缺乏性知识的大一女生与同是大一的男友相恋,并在男友宿舍发生了性行为,竟成为宿舍的前卫人物。一次事后女生下体出血,便去学校的辅导中心咨询,谁料事情由此传开,二人都被勒令退学。小说直指当时台湾性教育的缺失,这个女生竟然无知到以为接吻就会怀孕,而整个教育体系竟然无视性知识教育的重要性,

---

① 李昂:《长跑者》,《花季》,洪范书店1985年版,第121~122页。
② 施淑:《盐屋——代序》,李昂:《花季》,洪范书店1985年版,第12页。

以"在宿舍发生性行为"为由勒令学生退学,最终仍然是由女性来承受来自身体、体制以及舆论的多重伤害甚至遗弃。如果说《人间世》仍然停留在从社会影响层面对性问题进行探讨的话,那么第二年发表于《中外文学》的《莫春》则更向前迈了一大步。出于与同性爱人 Ann 分手后的自弃心理,在一个荒陋旅店里,唐可言将自己的贞操交给了李季,因为李季与哥哥熟识,不至于闹到令她难堪;而且他经验丰富,不会造成太多伤害或令她无措。唐可言有条不紊又漫不经心地计划着她的初夜,更与李季成了长期的性伴侣,她渐渐体会到这副女性的身躯本身的快乐。在李季之后,"她等待着另一个男人,用另种方式,激发出潜藏不自觉的女性,而该直到那时,她才算真正被完成了"。于是,她遇到了一个男同性恋,一个纤弱的处男,她突然涌起强烈的冲动,企图自他身上掠夺他尚未被开发的完整,以此填补自身来求得满足补偿,一如她的处子之身被掠夺。仍然是因为 Ann,关于她的新恋情的传闻,唐可言又重新与李季在一起了,而她最初与李季在一起时的处女身份,为她带来一桩婚姻。讽刺的是,由于爱慕着同性而得以保存的处女身份,给了她一桩聊胜于无的婚姻,只是伴随着性爱体悟到的真实,心中的伤痛、满怀的凄楚,却永远也没人知道了。在这篇小说里,李昂深入触及女性隐秘的身体经验,"贞操"对于一个女性来说并非她生命的"完成",对唐可言来说,"性"将是一条可用来探索自己心灵深处"不自觉的女性"的途径,同时又是对女性由来已久的"被掠夺"身份的反叛之途。唐可言对男同性恋者的"初夜"的掠夺欲望,正是这样一场绝望而两败俱伤的反叛,只不过,这场战斗里谁也不是赢家。

从 1973 年开始,李昂以自幼生活的鹿港古镇为背景,动笔写作"鹿城故事",并于当年发表《辞乡》《西莲》《水丽》等篇什。鹿港,以其特殊的地理位置,曾经是宋元以来大陆移民登台的第一站,也成就了其独特而炫目的鹿港文明。随着时光的流逝,繁华不再的鹿港渐渐凝固为不变的文化景象:古城小巷、深宅大院,以及流传久远的神秘奇诡的沧桑故事和充满着巫风魅影的民间传说。在这个曾经繁华而今古老压抑的地方,女人们生于鹿港,死于鹿港,出去的人却也逃不开身为女人的"魔咒"。陈西莲(《西莲》)固然屈服于寡母与流言,与医生结婚,维系着一桩并不美满的婚姻,逃出去并且功成名就的林水丽(《水丽》)却也惶惑不已:难道当初的出走只换回一个离异的、没有孩子的中年妇女?不论留守还是出走,女性面对强大的外部世界,仍然是如此柔弱无力。李昂在经历了早期的现代主义思考与书写后,借着北上求学,返身观照她从小生长的乡土,特别是在乡土代表的巨大的传统规约束缚下的女性命运,70 年代西莲的委曲求全、水丽的疑惑,终于在 80 年代冲决而出,成就了林市(《杀夫》)举起利刃杀夫的狂暴反抗。

(二)施叔青:呈现两性关系问题的逻辑基础

在施叔青创作的头一个十年的1960年代,她的作品充满了从现代主义出发的形式探索与文本实验的意味,使之在台湾文坛享有文名。1970年她赴美修习戏剧,从曼哈顿获纽约市立大学戏剧硕士后回台,在政治大学任教,讲授西方戏剧并从事传统京剧、地方歌仔戏等研究,1978年全家移居香港。随着生活经历的变化,这一期间她的小说或深入家庭婚姻领域,站在女性立场探讨两性间的情爱纠葛,或写处于中西文化冲突中的留学生及旅外华人的生存境遇,作品风格上,怪诞鬼魅之气渐弱,人间烟火气渐浓。施叔青也曾表示:"我作品的风格,随着剧变的生活方式,由一个时期跃入另一个时期,可以变到面目全非的地步。这可能是和天性有关,我是很善变的。"①

这一时期施叔青的小说逐渐形成独特的异国/异乡视野,一类是身居海外心怀故乡的作品,如中篇《牛铃声响》,表达了留学海外的乡愁,既使用了现代主义的技法,也融入女性主义思维。《琉璃瓦》写的是原本轻视乡土文化的许玉葵,在一次返回故乡枫城收购古物的过程中,受到几个热爱乡土的友人的影响而改变,为了保护家乡的文物,不惜失去洋人的工作。这种自离开乡土再到反思乡土,并重新认识其价值的经历,或许也正是施叔青本人心路历程的真实写照吧。《摆荡的人》则更进一步通过片段式的谈话、剧本、镜头拼贴,把身处中西文化夹缝中、两边无着的心态表现得淋漓尽致,并给予这群客居异乡的人一个称谓——"摆荡的人"。在这篇现代主义印痕明显的短篇小说中,施叔青擅用的象征手法表现得可圈可点:老祖母指点的"可以带我回家"的小星星是R的乡愁,两个布袋戏的一红一绿小人偶是安蕴的乡愁,不仅海龙王招亲的传说,就连火车头精灵的风月怪谈也可拿来一慰乡愁。但是尚未可知R的心,是不是能像那个依靠织布而重返正常生活的美国士兵那样,花三个月的时间"在织布机前一针一针地缀织着",把他在摆荡中"支离破碎的心给缝合了"呢?② 施叔青本人,的确是在1972年返回台湾后,开始涉足中西戏剧研究以及鹿港民俗研究,或许正是她本人经历的文化摆荡促使她做出这样的决定吧。

同样是在这一时期,受女权主义影响的施叔青,开始着力于"婚姻故事"的发掘与讲述,在她看来,"两性关系则是呈现问题的逻辑基础"③。由婚姻入

---

① 施叔青:《常满姨的一日》,景象出版社1977年版,序。
② 施叔青:《摆荡的人》,《愫细怨》,花城出版社2005年版,第78页。
③ 施叔青:《被颠倒了的世界再颠倒回来——〈夹缝之间〉序》,《李昂施叔青散文精粹》,花城出版社1997年版,第274页。

手,施叔青以敏感而细腻的笔触剥丝抽茧地拨开层层迷雾,暴露出女性在婚姻这个大课题中的种种表现及其心理根源。《困》写的是一段仓促的婚姻给女性带来的痛苦。叶洈大学毕业后出于心急,与并不了解的王溪山结了婚,从波士顿到纽约,丈夫忙于工作,留下叶洈一个人独自面对陌生环境中的新生活,只有打字机嗒嗒的声音提示她还有一个人的存在。当王溪山惊觉这一切时,他们也尝试沟通,他带花回家,甚至还特地抽出时间陪叶洈去做他认为她应该喜欢的事情,但一切都那么别扭,二人的关系又降至冰点。当情况发展到王溪山甚至用性作为要挟她的工具时,叶洈崩溃了,从此只能在酒精的世界里自我麻醉。《回首·蓦然》中的夫妻关系更为恶劣,范水秀遵照父母的安排嫁给名校高才生杰生,孰料杰生因为童年性虐待的阴影而致心理扭曲变态,这桩看似风光的婚姻背后水秀饱受暴力摧残。好不容易回到台湾,水秀向父母寻求帮助,要与杰生离婚,却遭到一致反对,甚至当她去见心理医师,得到的也是恶意嘲弄,每个人对这桩婚姻,对杰生,对水秀,都有自己的解释,却没人愿意听听水秀自己的声音。女性的婚姻是被当作一件谈资或事件来看待的,婚姻中女性的感受乃至她们自己的声音完全被湮没。《后街》写了留美归来年过三十的朱勤,在情人萧的妻子返台一周内的心理困境,或者逆来顺受,一辈子躲在"后街"做萧的情妇,或者像对门小腿爬满静脉瘤的老妇那样,夜夜出去只为听听人声。《台湾玉》中,李梅这位前外交官夫人,为了在年轻性感、有着"细毛的、性感的手臂"的商人亚伦的眼中重温昔日优雅高贵、万人瞩目的幻梦,一头栽进商场的陷阱里,还赔上丈夫的退休金。

1970年代,施叔青作品中最出名的篇什是《常满姨的一日》,它也是施作中的异数。施叔青擅长描摹知识女性,常满姨却是个粗鄙、市侩的乡下仆妇,跟了当时帮佣的东家来到美国,立志要让乡下亲戚羡慕。这一日是常满姨的休假日,实在无处可去的常满姨虽然明知道会被讨厌,仍然踏上了去远房亲戚阿辉家的路,常满姨饱受情欲撩拨又饱受情欲煎熬的一日便从此开始。先是猝不及防地被一个黑鬼醉汉调戏,又无意中看到他撒尿的私处,再从门缝里看到阿辉的画家邻居墙上挂着的画里女人又肥又大的屁股,常满姨的心里被搅得乱腾腾的,偏偏她的男人坤生,几个月从海上回来一次却要先去喝得烂醉,连温存的一刻也没有。无聊的下午,与阿辉鬼使神差地误看了一场色情小电影之后,常满姨受到阿辉年轻身体的诱惑,再也按捺不住心中的意乱情迷,"头胸渐渐俯下来,低得几乎俯到男人的脚上"①,床上的男人却一跃而起,只留下趴在床头低低哭泣的常满姨。在纽约这个物欲横流的城市,常满姨却只能幽怨饮泣,她的休假日就要结束,第二天又要投入日常工作,她的幽怨也将如此

---

① 施叔青:《常满姨的一日》,《施叔青集》,前卫出版社1993年版,第60页。

循环往复,不得终止。

"死亡、性、疯癫,是施叔青小说中循环不息的主题,且互为因素密切相关的。死亡和性这两种神秘不可解的生命现象,在任何文学传统中,都是经常出现的主题,但是在施叔青的小说中,却挟着雷霆万钧之势出现。"①这些短篇中的主角正是在"性"的雷霆万钧之势面前被压倒的女人,同时也是龙应台所说的"茧里的女人"②,她们不论出身如何、经历如何,却始终敌不过情欲的强力。施叔青这一系列小说虽然可视作1980年代"香港的故事"系列的先声,但也只是先声,毕竟这一时期的作品仍然只聚焦在单个人物(通常是女主角)的身上,呈现出相对静态的风貌,虽然题材视野随着作者经历的扩大而冲出鹿港小镇的范围,但叙事视野仍然局限在单个人物心理叙事的套路上。部分作品结构失于剪裁,如《台湾玉》部分细节的琐碎冗长、《摆荡的人》片段的零散破碎等,都在一定程度上影响了情节的发展。另外,题材也有一定的重复,施叔青自己曾表示,写作中"像孩子堆积木似的,我把短短的情节聚了又拆,拆了又聚,一直等到最后积起来的比真的建筑更富于梦及惊诧的色彩为止"③。但显然,这十年只是她由鹿港叙事向异乡叙事过渡的时期,"比真的建筑更富于梦及惊诧"的文本在80年代的"香港的故事"中才得以初露峥嵘。

(三)心岱:弱小者的视角与处境

心岱,本名李碧慧,1949年出生于台湾彰化县鹿港镇。初中毕业后,独闯台北,就读育达商业职业学校夜间部,白天写作。18岁开始投稿,1974年进入《皇冠杂志》采访部任记者,对台湾人文社会和自然环境有亲身体察,是环保运动和自然生态保育者。

心岱的作品自觉地放弃宏大叙事,选择弱小者的视角,无论是她描写人与动物间情谊的作品,如《少女与猫》《名种狗》,还是关注下层女性生存状况的作品,如《小秤锤》《鞋匠的妻子》,甚至她后期的生态写作,如《逐鹿人》,以及写于1980年代的《大地反扑》和《回首大地》两部文集,都保持并延续了这样一个独特的视角。

在心岱笔下,猫儿、狗儿甚至蛇,不仅代表未经人世污浊的本真的纯善,而且是主人公自我的投射。文本中既透出她对人们漠视生命的抗议,对尊重生命的呼吁,又通过对笔下人物脆弱复杂而又无力真正反抗的心理活动的细致

---

① 白先勇:《鹿港神话》,施叔青:《约伯的末裔》,仙人掌出版社1969年版,序。
② 龙应台:《茧里的女人——评施叔青〈愫细怨〉》,尔雅出版社1985年版,第71页。
③ 施叔青:《论施叔青早期小说的禁锢与颠覆意识》,《施叔青集》,前卫出版社1993年版,第274页。

描写，婉转地传达出弱者对同伴以及来自同伴的慰藉的心理需求，甚至这种无意传达出来的微妙复杂、脆弱但真实的情绪，比那些关于人性、关于尊重生命的呼吁，更动人也更深刻，她们对动物的怜爱说到底未尝不是一种自怜。

《少女与猫》中的少女是个爱猫者，她前后共养过八只猫，不论是瘦小的病猫，还是不驯服的野猫，她都细心地照料它们，她为猫拌饭，清猫屎，有时候还抱着猫入睡。少女的母亲对她如此爱猫不以为然，只有那个几乎缺席的粗人父亲同她一样对猫有着异常的喜爱。可是少女的猫几乎都不得善终，她还目睹了一窝小乳猫被顽皮的孩童用石头、泥块活活砸死，在猫儿们的不幸命运中，人类的残忍、自私、冷漠、迷信与愚昧被一一呈现出来。小说的结尾处，少女要离开老家外出求学，临行前在埋葬了母猫小白的野地里遇到守候在那里的小白的生前爱侣猫儿小黑，少女流下了伤心的泪水，"时间的流转，生命的轮回，像要一刀斩断她对猫儿的爱，她感到自己变得单薄得不堪一击，可是明天，明天她即将单独的出外去奋斗，该怎么办"①。这泪水不单为小黑的深情、人与猫间的友情而流，也为少女即将面对未知世界的迷茫恐惧以及内心的孤独而流。《名种狗》中的李先生受要出国定居的朋友之托代为养育一条名种狗，起初他完全是冲着"名种狗"身价不凡像是平白捡了便宜而起兴饲养它，渐渐地他和狗之间建立了感情，狗对他也从起初的排斥到完全的信赖。

"当了快半辈子的光棍，房子也不过是个栖身之所，自从名种狗来后，不但改变了他有规律的作息生活，就连这房子，好像也起了一种新变化，最起码的是他待在房子里的时间越来越多，一堵墙，一扇门，一片窗……对他都无形的亲切起来。'从前我是多么寂寞啊。'"他每天带着名种狗一起上班，把它揣在大衣里坐公车，他最爱的是下班时牵着名种狗一路步子奇慢地溜达回家，沿途享受邻居艳羡的表情，以及各式土狗面对名种狗自叹不如的愁态。名种狗春情发动之时，李先生便怀着一种唯恐被出卖的心情将狗锁在了屋里，名种狗逃了出去，当它再回来的时候，李先生拿皮带狠狠地抽打它，在他看来，名种狗是"宁愿贪图一时的幸福，而把他们之间彼此的默契出卖掉"②。李先生对名种狗看管得更严了，每到交配期，他就露出一种阴冷的忧郁，把自己当成法官或修道院的执事，"他是竭力希望狗儿了解一种奉献自己的神圣"③。这种情感当然是自私的，但又绝非简单的一句"自私""虚荣"可以涵盖，这种对更弱小者拥有生杀予夺大权的权力感，往往成为现实生活中的弱者转嫁自卑的"良药"，被控制者化身控制者，受虐者摇身一变成施虐者，成为权力的共谋。这与

---

① 心岱：《少女与猫》，《心岱自选集》，黎明文化事业股份有限公司1982年版，第30页。
② 心岱：《名种狗》，《心岱自选集》，黎明文化事业股份有限公司1982年版，第88页。
③ 心岱：《名种狗》，《心岱自选集》，黎明文化事业股份有限公司1982年版，第89页。

《金锁记》中的七巧、铁凝的《玫瑰门》中的司绮纹，可谓异类同质。

《蛇是女人的恋神》中，这种女性（弱势者）与被捕杀被虐待的动物间的同病相怜之情被表达得最为明显，如果说少女对猫、李先生对名种狗的喜欢出于本能的话，那么大多数人很难会本能地喜欢毒蛇。一个连自己名字都没有的无名"女人"，有着悲惨的童年和少年，被养母以2000元半卖半"嫁"到山上后，还得经受男人"为了驯服她的鞭打"，"长年在暴力之下压抑，她早已习以为常。因此，她对自己简直坦然得没有期待，没有希望"①。男人意外捉到一条蛇，把它养在家中等着蛇贩来收购，女人枯燥的生活有了一点乐趣，她从害怕它到细心照料它，甚至梦见自己也穿上了一件与蛇身花纹相仿的白底打着墨绿镶橘黄的菱角格子的衣裳，蛇这种象征着神秘与恐怖而外表艳美的生物在女人死水般的心灵中激起了一线波澜。女人生平第一次体验到性爱的愉悦竟然在被执意要卖掉蛇的男人毒打后的求欢中，她起初动也不动地躺着，心里冰凉至极，这时想到了蛇，想到蛇会如何怜悯嘲笑她在男人面前毫无自主能力，连一条蛇也保护不了，"朦胧中，她感到身上所伏躺的并不是她的男人，而是被一条粗绳索团团围绕着，她直觉有一股从未有的愉悦正急急地涌进她的血脉中"②。撇开弗洛伊德泛性论以及其他西方文化传统中赋予蛇的性及诱惑者的意蕴不论，在中国传统文化中，蛇也始终与性尤其是女性性欲有关，在此意义上则可以理解文本中为什么几乎无处谈及"恋"而题目却叫"蛇是女人的恋神"。就在当夜，女人违背了丈夫的意愿，将蛇从铁笼中放了出来，她不能让自己以外的人得到它，"它（毒蛇）紧紧依附着她，这使她感动了，她的一生，只有被使唤、被利用、被捉弄外，从不曾拥有过一件属于自己喜爱的东西，这一刻，她深刻的领略到她已经拥有了它，人与人之间只存有欺骗，而它是不会欺骗她的，它的舌一遍又一遍地舔着她的颊，仿佛向她诉说着什么。在她的心底游过一瞬满足的幸福"③。蛇吻下幸福的女人，这几乎是一幅悲情到甚至有些许恐怖的画面了。

不论是爱猫的少女，还是李先生，抑或是恋蛇的女人，她们都是在外部世界受挫的人。少女连唯一的朋友都欺凌她；李先生单身了一辈子，每天过着单调灰暗的生活；女人在丈夫眼里就是"一只牲畜"或"一件家具"……于是他们退守到与动物相处的单纯而安全的世界中，在动物对主人的需求中确认自我，

---

① 心岱：《蛇是女人的恋神》，《心岱自选集》，黎明文化事业股份有限公司1982年版，第114页。
② 心岱：《蛇是女人的恋神》，《心岱自选集》，黎明文化事业股份有限公司1982年版，第122～123页。
③ 心岱：《蛇是女人的恋神》，《心岱自选集》，黎明文化事业股份有限公司1982年版，第124页。

哪怕只是一条可怕的毒蛇,这种情感需求何等卑微,这种未必积极健康的情感世界,又何尝不是女性凄苦心境的写照?

心岱成长于鹿港小镇,对底层民众尤其是底层妇女的命运遭际有着深刻的了解,为了替家庭换取哪怕是一点点利益,女性的婚姻幸福往往被当作交易轻易地牺牲掉了。《鞋匠的妻子》写的就是两代鹿港女性的婚姻悲剧。阿美和恋人被父母拆散,被迫嫁给一名军人,换回来四万块聘金。阿美的母亲春枝自己也是婚姻的牺牲品,整日陪伴着痨病鬼鞋匠丈夫,鞋匠死后,不得不接过丈夫的鞋匠摊子,挑起生活的重担。她遇到黑道流氓大象时,被这个与"一身蜡黄,驼背"的鞋匠完全不同的男人的男性魅力与传奇故事所吸引,明知大象是个吃软饭的混蛋,仍心甘情愿地做活供养他,做着变成"大象夫人"的美梦。岂料好景不长,大象畏罪潜逃,还将她所有的钱财抢走,春枝的美梦成了一场空。底层女性长期挣扎在贫病交加的卑微生活中,长期的情感与安全感缺失,令她们在欲望面前溃不成军,无法摆脱或改变自身的命运。

基于独特的鹿港经验,心岱还写出《情景——连作》这样一部较为特殊的小说。《情景》由"出世""花瓶""补鞋的阿枝""烛光的夜""春缠""种子""江水东流""出玲""嘀嗒""漫漫之路"十个部分组成,铺陈出艾萨姬曲折而艰辛的成长之路。艾萨姬为摆脱心中的恋父情结离家出走,却在为父亲奔丧重返家乡时发现,父亲一直是她的主宰者。经历了恋爱、失学、丧父、结婚等人世的悲欢离合,特别是与母亲月娇之间爱恨交织、若即若离的关系,艾萨姬体悟了生命的痛苦与意义。最后她与丈夫回到阔别二十年的家乡,衣锦还乡并不能给她带来真正的满足,沧桑并未过去,并不是回到原点再出发就可以成为另一个完整的新生命,在艾萨姬面前的仍然是一条漫漫长路。该文提出一个疑问,与俄狄浦斯情结相类似,厄勒克特拉情结是艾萨姬出走的根源,当她在外面的世界历练了一圈,仍然无法获得心灵上的真正满足,二十年后回家再离家,象征着返回前俄狄浦斯阶段寻找完整的女性自我的向往与尝试,但艾萨姬的故事却恰恰证明,此路不通,女性的自我完满之途是无法以单纯的回溯方式完成的。在此意义上,心岱的文本提供了一个有益的尝试。

心岱擅长以细腻精微的笔法描写曲折幽微的女性心理,独特的鹿港小镇生活经验,给心岱的作品蒙上一层淡淡的哀愁与鬼魅之气。她往往自独特的角度取材,在人物内心世界开掘方面颇有特色。1980年代后,心岱转而投身环保运动,在报告文学写作方面取得了一定的成绩。

四、情爱幻想与残酷言情

在通常被称为纯文学的小说之外,还有一类在当时似乎难登大雅之堂的小说,尽管后来它们获得"大众文化"这个较为学术的定位。在1970年代,它们必须依托出版机构这类非官方组织,以及租书业这类民间渠道谋得生存,言情小说正是其中的主力军。

1970年代,台湾文坛仍然低气压弥漫,一方面得益于1970年代台湾经济腾飞、工商业发达,出版业勃兴;另一方面,得益于广大女性读者阶层的兴起,延续1960年代的通俗文学之路,与政治、意识形态无涉的言情小说获得特殊的发展机遇。

林芳玫将1970年代台湾的出版业分成政治组织、有影响力且稳定的私人组织、不稳定的小型团体和租书业四个阶层。在言情小说的发展过程中,第二个阶层——有影响力且稳定的私人组织起决定性的作用,它们出版作品既不用像第一阶层那样严格受限于当局政策,又不像第三阶层即不稳定的小型团体那样激进前卫[①]。对照1970年代的台湾,第二个阶层又包括两大类民间私人的出版机构,一类是《联合报》"中国时报"等大型机构,一类是规模不大但历史悠久且较为稳定的出版社,如"五小",即尔雅、纯文学、洪范、九歌、大地,虽然此二类机构大小规模有差别,但对文坛皆有较大影响力。1963—1976年,皇冠出版社创始人平鑫涛继林海音以后接任《联合报》主编,他延续了林海音的"文艺性"路线,主张增加文艺的比重,此时,大量的女性作家因在《联合报》上发表作品而名声大噪。他上任不满一个月就做出惊人之举,全版刊登连载琼瑶的《追寻》,引发空前的"琼瑶热"。后来更先后刊登《烟雨濛濛》《菟丝花》《紫贝壳》等,引导了台湾民众阅读言情小说的热潮,当时甚至出现民众等不及报纸送到家,争先恐后去报馆门前排长队等候阅读的情形,奠定了琼瑶的"掌门"地位。1977年,痖弦接任《联合报》主编,又于1979年11月推出"新人月活动",这种不分门第、不设门槛地推出新人并针对女性有效地推广言情小说的活动方式特别有利,推动着女性言情创作的潮流。介于二者之间,由平鑫涛于1965年创办的皇冠出版社,在言情小说的推广上起到举足轻重的作用。一向被排除在正统媒体之外的租书业,虽然只占据出版机构的末流,所供图书往往纸质粗糙、印刷拙劣,但也发展出了文化消费要求较低的底层读者以及特定作者,玄小佛就是从租书店中成长起来的作家。除去当之无愧的"爱情教母"琼瑶外,华严、徐薏蓝、孟瑶、玄小佛、姬小苔等都是为当时的读者耳熟能详的言情小说作家。

此外,新兴的媒体,如电影、电视,也纷纷加入言情小说的传播阵营。1970年代末,平鑫涛、琼瑶自组巨星影业公司,从创作、改编到拍摄一条龙,实现了大众通俗文化与音像影视的良好互动,清楚地体现了通俗文学与商业化制作

---

① 林芳玫:《解读琼瑶爱情王国》,台湾商务印书馆2006年版,第103~105页。

结盟,日益变成一种文化生产和文化消费活动。1970年代琼瑶小说从主题到人物的日益模式化,也正是采用这种文化生产流水线作业必须付出的代价。与琼瑶、三毛几乎齐名的言情小说家玄小佛,继18岁出版的《白屋之恋》后,陆续也有20余部作品被改编成电影;另一言情作家徐薏蓝,其小说也常常被改编成电视剧,如流行一时的《河上的月光》。传统与新兴媒体的互动,共同促成了1970年代言情小说的大面积流行,但不可否认的是,它所带来的文化资源的资本化与商业化,在加速台湾言情小说以及大众文化的成熟的同时,也使之烙上模式化与平面化的印痕,使之与纯文学的分野日渐清晰。

同为通俗文学的主力,言情小说与武侠小说受到的认同度明显不同。尽管两类小说都存在着诸如模式化、脱离现实等通俗文学的弊病,但金庸、古龙、梁羽生等武侠小说名家几乎都获得"大师"的称号,似乎作为学术殿堂中的学者们爱读武侠并不丢人,反倒显得有情趣,不死板。金庸更是继于浙江大学招收博士生之后,获得剑桥大学的博士学位。学术界也颇多为武侠小说翻案的文章且影响甚大,出现陈平原《千古文人侠客梦》这类研究中国武侠小说类型及其演变的学术专著,对武侠小说的研究呈现出渐被主流接受并纳入学术研究领域的态势。言情小说则始终无法为自己"正名",尽管读者甚众,却只能在"畅销书"行列打转。这一方面与自古以来传统的"侠"文化传承有关,另一方面也曲折地表达了关于男性视角即使在通俗文学中也无处不在又无迹可寻的霸权地位。

(一)琼瑶:台湾生活经验的出场

以创作于1971年的《水灵》与《白狐》为上一阶段的终结,1970年代琼瑶的创作进入新阶段,共创作包括《海鸥飞处》《在水一方》《一帘幽梦》等在内的19部小说,可谓创作力惊人。经历了1960年代的铺垫,琼瑶迎来她创作生涯的黄金时期。她与平鑫涛自组巨星影业公司,既写小说又改编剧本,还拍摄影片。据统计,1970年代台湾改编自小说的文艺电影50多部,琼瑶一人便独占21部,由她的作品改编的电影或电视剧主题曲有数十首在全社会传唱。正如林芳玫所说,"无论个人层次我们是否看过或欣赏琼瑶小说,她的小说、电影、连续剧都成了台湾社会的集体回忆"[①]。

1970年代,琼瑶的创作与前一时期相比发生较为明显的变化。首先是大陆生活经验退场,代之以台湾的生活经验。前期小说如《几度夕阳红》中父母一辈的恩怨情仇发生在重庆沙坪坝,《菟丝花》中也有父辈在大陆的生活经历,到了1970年代的琼瑶小说中,这些大陆生活经验全部让位于纯粹的台湾本岛

[①] 林芳玫:《解读琼瑶爱情王国》,台湾商务印书馆2006年版,第2页。

经验。另外，前期创作中的两代人故事齐头并进的架构也被压缩成为单纯的年青一代的爱情故事。这两个变化暗示着1970年代琼瑶小说向商业化靠拢的痕迹。大陆生活经验固然为小说中的世代矛盾（父辈与年青一代）提供了充分的情感根由，使得书中的爱情与亲情的冲突波澜起伏，人物的内心世界也更为丰富，但是上一辈人的大陆经验往往与战火离乱、人世沧桑有关，在丰富了人物的情感世界的同时，也使得小说更加沉重。另外，两代人双线并进的格局，意味着更大的文字容量，动辄几十万字的小说，就算是言情小说，在读者的接受度上以及市场流通的速度上都远远不及内容单纯、篇幅适中的作品。琼瑶自己也曾经说过，"评论界的褒贬我并不在乎，我只要读者，越多越好"①。

1970年代的琼瑶小说一改1960年代小说中的哀愁甚至阴郁的结局与风格，除去《我是一片云》外，其余18部全部以喜剧收场。"自1973年《心有千千结》开始，琼瑶文风发生变化，此后，她的创作中洋溢着明朗、乐观、温馨的情调。她努力表现爱情的力量和作用，尽可能地拒绝和消解悲剧，追求令读者和书中人物皆大欢喜的喜剧效果。"②这个改变最集中地表现在文本中亲情与爱情的关系由矛盾走向统合，即林芳玫所说的日渐清晰和定型的"情感式家庭主义"，"琼瑶中的人物其自我界线较模糊，自我存在于和他人的关系，尤其是和家人的关系，并非只是女主角如此，男主角也类似。即使他们在追求爱情时，会暂时经历一段追求独立与反抗父母的心路历程，最后他们仍会重回父母怀抱。因此我称琼瑶小说世界中的意识形态为情感式家庭主义，它有别于父权家庭体系，但与西方个人主义也不同"③。这种情感式家庭主义一方面是一种想象中的情感革命，琼瑶以文本的方式虚构了这样一场革命，试图以情感方式挑战并改变中国传统父权制度中的权力结构，以父辈向年青一代的妥协并接受他们的价值观来召唤一种更为和谐和平等的家庭关系，即以情感这种女性方式而非权威这种男权方式为纽带来重建有别于传统的家庭等级制度，这种新的家庭关系是以基于爱的两代人之间的理解与共识为基础的。另一方面它仍然是一个道德幻境，琼瑶十分重视家庭的神圣性与核心地位，这样便默认了一个前提，也预设了一个结局，即"和"与大团圆。个人总归要服膺家庭，那么最具个人性的爱情自然也包括在内，在琼瑶小说中几乎只有受到家庭认可与祝福的爱情才算得上是完满的爱情，那么，从逻辑上看，唯一的结局就是父

---

① 曹晓鸣：《"我爱我的读者"——台湾著名作家琼瑶访问记》，《文学报》1988年第7期。
② 刘津津、缪星象编：《说不尽的侠骨柔情——台湾武侠与言情文学》，福建教育出版社2009年版，第101页。
③ 林芳玫：《解读琼瑶爱情王国》，台湾商务印书馆2006年版，第122页。

辈的妥协。也因此，即使琼瑶多次申明她的不少小说蓝本来自真人真事，但她的作品仍然被指脱离现实，只是少女幻梦；另一个直接的后果就是，父辈与年青一代的世代矛盾越来越缺少丰富的心理根由，而渐渐变成推动情节发展的单元要素，那么模式化、套路化的痕迹自然也越来越明显。

最典型地反映了这种结构变化的文本当数创作于1975年的《秋歌》。董芷筠父母双亡，和有智力缺陷的弟弟竹伟一起生活。一次偶然的机会，她救了摔倒的机车骑士殷超凡，两人堕入爱河。但是超凡的父母一则疑心芷筠觊觎殷家的财产，二则看到竹伟的天生缺陷，担心会影响后代的健康，于是出面干涉二人的恋情。经过一系列矛盾与误会后，芷筠带着竹伟离开台北，不知去向。超凡则搬离家中，要凭自己的能力自力更生。殷父殷母后来终于明白了芷筠的为人，殷父找到芷筠，冰释前嫌，超凡和芷筠有情人终成眷属。在这部小说里，殷父殷母反对的理由一是门第差异，二是子孙健康隐患，如果后者尚属人之常情的话，那么前者却可列入世俗甚至势利的价值观范畴。于是，在年轻一辈的坚持下，父辈最终妥协。

值得注意的是，这种情感式家庭主义实实在在地触及了中国传统道德伦理秩序中最核心的问题，即个人与家庭的关系。事实上，不单是琼瑶，大部分通俗小说，甚至是被当作严肃文学来对待的多数女性作家的文学作品，在这个问题上，往往采取与琼瑶一样的立场与态度——家庭高于个人，或者视家庭为女人最终的皈依，这里的家庭不单指与另一个男性建立的同一辈分的家庭，也包括由父母建立的原生家庭以及孩子，在情感类型上可以统归为亲情。为了个人情感而与亲情决裂，在道德上并不是作为被赞同的形式出现的，而多数女作家也规避了这种决裂的可能性，在文本中多采用其他方式加以弥合。这种对于个人主义在传统伦理面前的无力的默认，也进一步影响到小说中的"男/女"性别模式，在琼瑶小说中可以明显见到这种对传统男女角色定位的心理认同。琼瑶小说的女主角其实没有自我只有个性，正因为自我的缺失，她们在清纯可人或慧黠可喜的个性之外，有着共同的心理根源——自卑，特别是在爱人面前可见的自卑，小说中的多数误会、波折多出于此。《我是一片云》里的宛露，自从知道自己的弃儿身份，亲生母亲是个舞女，自卑感就压得她抬不起头来，放弃争取与孟樵的感情，大嫂进门后承欢膝下，她更是连娘家也很少回去。一方面出于心理的自卑选择了水一般安全——永远在付出的友岚，一方面抵抗不住火一般热烈的孟樵的吸引，又并不敢真正去追求。在友岚从脚手架摔下后，宛露疯了，问她什么，都只会说"我是一片云"。《彩霞满天》中的采芹也是如此，出身富裕之家自小受瞩目的采芹，为了救父亲不告而别，委身于一个已有家室的律师，之后更被赶出家门。重遇书培后，二人同居了，采芹却无法消除心中的自卑，一来她日渐觉得自己无法融入书培的生活，他和朋友们的谈话,她完全听不懂。二来书培的父亲也不可能接受她。之后采芹又要应付振扬的骚扰,又要赶夜场在餐厅演奏,但怕书培看轻自己,她什么也不说,明知有误会也只是哑忍。误会终于一发不可收拾,等书培再找到采芹的时候,她已经躺在医院完全不想活下去,书培出示了父亲同意他们结婚的书信,采芹才又活过来。琼瑶笔下的女主人公往往会经历生活中的磨难与困境,在这种情况下她们向来的个性锋芒消失,代之以自卑感以及由这种自卑感驱使的自苦自虐甚至自弃倾向,留书出走、自杀都是常见的处理方式,以此占据道德上的制高点,并以弱者的悲惨遭遇来"威胁"男人放低姿态,做出更大的让步或许下更大的承诺,就像简·爱只有在罗切斯特失去所有,甚至变成盲人后,才能平等地和他在一起。

  琼瑶小说一向以摹写纯真执著能超越现实羁绊的理想爱情著称,但是对她笔下的女性人物来说,情感得以实现后,爱人的怀抱就是她们的整个世界,为了保持爱情的完整不惜委曲求全,并将其视为美德来予以赞扬。《一帘幽梦》中的紫菱,最初以叛逆少女的勇气,嫁给年近四十的离异男子费云帆,当她的寻找共梦之人的情感愿望实现之时,也是她的个性消失之日。费云帆的一巴掌固然打醒了紫菱,让她认清了自己的真心,却也彻底打掉了紫菱的自我。当费云帆因此向紫菱道歉时,她"宽容"地说"只要不打成习惯就好"。《海鸥飞处》中的杨羽裳在结识俞慕槐之初,一会儿化身少女海鸥,一会儿以歌女面目出现,是个骄傲任性令男人抓不住的女孩,当她一时负气嫁人不淑而经历了一段痛苦的婚姻之后,写信给俞说自己愿意低头,但不知道他还要不要她。《碧云天》中的碧菡更几乎已经是一个百年前隐忍贤惠的妾了,为了爱慕高皓天,她宁愿做一个借腹生子的工具,之后更抛开所有自尊,安心地当起"小妻"来。然而她的恩人,即高皓天的妻子依云,痛苦令碧菡无法漠视,她终于留下书信离开,数月后托妹妹把生下的孩子送回高家,孩子名叫"天理",正是取自她留书中的最后两句"恨人间太多不平,问世间可有天理"。在某种程度上,琼瑶的爱情观念仍然停留在"五四"问题小说的阶段,她笔下的女主人公或者能够与爱人携手对抗父辈的反对,但她们的爱情和她们自身一样是没有独立性的,只能依靠外部世界的反对来确立。当外部世界的反对之声在作者的安排下圆满解决后,爱情内部的"男/女"关系模式事实上比起从前并无太大改变,女主角们在实现爱情之后,心甘情愿地栖息于爱人的羽翼之下。

  琼瑶有深厚的古典文学功底,她的言情小说在线性叙事情节的营构之外能够吸收古典小说草蛇灰线的精致铺排艺术,在主体语言通俗明白之外加入高山流水式的唐风宋韵,为小说平添了几分荡气回肠的古典情韵。琼瑶小说的书名往往就极富诗情画意,如《月朦胧,鸟朦胧》《雁儿在林梢》《一帘幽梦》等,《在水一方》《碧云天》《心有千千结》或本身是诗句,或自诗词句中化出。琼瑶还擅以诗词入文,最典型的如《心有千千结》,琼瑶巧妙地把古典诗词与爱情故事的起伏跌宕及人物的心情变幻熔于一炉。当两人关系还处于扑朔迷离时,江雨薇把耿若尘最喜欢的一阕词中的"天不老,情难绝。心似双丝网,终有千千结"改写成"问天何时老?问情何时绝?我心深深处,中有千千结"。这两个"问"将雨薇心中情动却又仍存顾虑的心境表达得委婉动人;而当二人互明心意、两情相悦时,终于达到"心似双丝网,化作同心结"。其他如《在水一方》里的那支歌,"碧草青青,白雾茫茫,有位佳人,在水一方……"将诗经《在水一方》的词句以优美的白话文译出,含蓄地表达出朱诗尧心中杜小双可望而不可即、令他溯流求索的水中佳人形象。琼瑶还擅长以古典诗词式的主意象贯穿全书,营造出超越凡俗又含蓄婉转的氛围,令人回味不已。如《一颗红豆》中的"红豆"意象,《一帘幽梦》以寻找可"共梦"之人为线,《心有千千结》中的"千千结""同心结"等。文字造诣方面,琼瑶确有特出之处。只不过,随着琼瑶小说的商业化与传奇化,诗词运用未免有滥情之嫌,并向着矫情的方向滑动。

伴随着1970年代琼瑶小说风格的改变,尤其是上述亲情与爱情统合的道德幻境的强化,情节渐渐取代人物性格成为第一要素,基本上经历了"相爱—家人反对(或他人挑拨)—出走或反抗—家人让步—大团圆"这样的流程,模式化的痕迹越来越重。从创作心理看,琼瑶本人的感情经历及性格心理,极大地决定了其小说叙事中人物形象设定、叙事情节套路,"一女多男""老夫少妻"的情爱性别模式,疯癫、出走、自杀等方式的反复运用,琼瑶对男女性别角色传统定位的潜在认同心理又无疑决定了她对女性形貌刻画的倾斜和对女性丰富内心印证的省略。如果说龙应台在评《千江有水千江月》时指出的"肤浅"一说还待商榷的话,那么,她指出的一个事实却是不可忽视的,即琼瑶小说片面化与单面化的倾向。"我们说一本言情小说缺乏深度,因为它的女主角有如梦的眼睛、美丽的身材、炽热的感情;它的男主角有英俊的外表、飞扬的个性、深渊似的热情。它描写男女如何在海边、繁花前、明月下呢喃或拥抱或哭泣。我们说它肤浅,因为我们知道在现实人生中,眼睛如梦的美女可能有半夜磨牙的恐怖习惯,那个英俊的男人上厕所时也许老是把马桶弄得一塌糊涂而且忘了冲洗;他或许有飞扬的个性,但是他同时也是那种借了钱不还、老占人便宜的人。言情小说肤浅,往往由于作者固执地把多面的人削成一面人——一个平面的人,而且只表现光滑美丽的那一面。"① 这个评价,对于1970年代的琼瑶小说来说,还是非常适合的。

进入1980年代,随着社会观念开放度的提高,言情小说受到的非议度明

---

① 龙应台:《龙应台评小说》,尔雅出版社1985年版,第162～163页。

显降低,甚至连直接描写性行为的情色小说也堂而皇之地出版发行。但与此时通俗言情小说大行其道相反,琼瑶的作品产量明显降低,只有《燃烧吧,火鸟》《匆匆,太匆匆》等近十部小说问世,知名度高的作品也不多。但是1980年代的琼瑶小说明显地体现出她求变的意图,虽然并不成功。如《匆匆,太匆匆》里的女主角鸵鸵,就是一个充满了叛逆性的女性形象,她不再恪守钟情到底的信条,数度移情别恋爱上别的男子,甚至要和韩青分手。虽然两人还是和好了,鸵鸵又内疚又道歉,但她清楚地知道,两个家庭背景完全不同的人,要在一起生活几十年,单有爱情是不够的。与传统的琼瑶女主角不同,鸵鸵是个有自我的女性,她也有着对爱情和家庭以外的世界的热情。很明显,鸵鸵已经进化到了1980年代,不再沉溺于古典式的从一而终的感情深潭,她和1980年代的女性一样,把前辈们远远地抛在身后。鸵鸵的形象塑造再明晰不过地揭示了琼瑶试图处理新一代年轻人的感情故事的努力,却始终敌不过她心中固守的"爱情是完美"的观念,琼瑶可以编织由长辈让步而消解亲情与爱情矛盾的道德幻境,却无法处理爱情自身的矛盾,或者说,她有勇气让笔下的人物反抗父权中心意识,却无法容忍传统的男/女模式的任何改变。于是,"琼瑶进行一场文本谋杀,在真正叛变发生前让女主角病死,以此来保全爱情的完整"①。

以写作于1990年的《雪珂》为标志,琼瑶小说开始丧失其独立地位,之后有作品《望夫崖》《青青河边草》《梅花烙》《鬼丈夫》《水云间》小说的同名电视连续剧结集为《梅花三弄》)《新月格格·烟锁重楼》《还珠格格》,都以小说与同名电视连续剧捆绑的形式面世,小说已经沦为影视剧作的脚本。另一个值得注意的现象是,从《雪珂》开始,故事背景已经不再是现代台湾,而是彻底退回到民国和清朝。这意味着琼瑶从文学创作领域的退场,究其原因,一是读者群的变化,当年追捧琼瑶爱情小说的少女们已届中年,不再有热情去陪着小说里的主人公欢喜悲伤;二是媒体权力的变化,影视等现代视觉传媒的崛起,数码科技的发展,已经夺走小说这传统媒介的江湖地位;三,也是最重要的一点,琼瑶对于处理新生代的感情故事无能为力,又不愿改变忠贞不渝式的传统爱情观,于是索性退回到更为封闭保守的古代,以相比起民国、清朝明显先进得多的1960年代的爱情观去书写古典式的宫闱传奇、闺阁纯爱。最典型的例子莫过于1990年代后期红遍大江南北、海峡两岸的《还珠格格》。前朝秘辛、格格贝勒、风流皇帝私生女、市井侠义小燕子,甚至连武侠功夫江湖义气也出现在琼瑶笔下,可谓熔所有现代影视商业元素于一炉。《还珠格格》缔造了巨大的商业成功,琼瑶也华丽转型,但这一商业运作的成功案例与文学书写渐行渐远。

---

① 林芳玫:《解读琼瑶爱情王国》,台湾商务印书馆2006年版,第262～263页。

(二) 玄小佛：特立独行的反言情书写

玄小佛，原名何隆生，从小受到严格的家庭教育。17岁时还在读高中的玄小佛发表了处女作《白屋之恋》，一炮打响。自世界新闻专科学校毕业后，她陆续出版了数十部长篇小说，成为与琼瑶、三毛等齐名的畅销书作家。她的代表作有《小葫芦》《晨雾》《踩在夕阳里》《爱在雨季》。

长期研究哲学、心理学和历史学，使得玄小佛形成了与琼瑶等人迥异的创作风格。她笔下的女主角多为反传统的叛逆角色，有太妹、女强人、女同性恋，她们既不温柔贤淑，更不优雅端庄。虽然多数作品结局也是有情人终成眷属，但在事业、地位上，男女主人公却是平起平坐的，甚至经由女方的帮助，男方才能达到事业的成功。1970年代，玄小佛的作品多由汉麟出版社发行，流通往往限于租书店，故而虽然她的作品有十多部被翻拍成影视作品，也比琼瑶的作品更富挑战性，但其真正价值还有待挖掘。

第三节　1970年代的女性散文创作

与1970年代台湾社会心理激变相适应，此时的台湾女性散文也呈现出与五六十年代很不同的面貌。差异性题材与新的形式元素的摄入，尤其是不同于"五四"遗风的"新的散文"以及类似于"私小说"的新写作观念及写作实践的出现，将1970年代的台湾女性散文激扰得风生水起。

1970年代，在文坛上发表过散文作品或出版过散文集的台湾女作家数量庞大，她们有三毛、琦君、张秀亚、张晓风、胡品清、林文月、喻丽清、丘秀芷、杏林子、罗兰、谢霜天、赵淑敏、小民、王文漪、王明书、丹扉、方娥真、艾雯、方瑀、王令娴、心岱、仙枝、毕璞、吕大明、朱秀娟、华严、刘咏森、刘枋、刘静娟、农晴依、杜萱、李昂、张漱菡、陈克环、陈冷、陈幸蕙、陈若曦、林海音、欧阳子、季季、周梅音、於梨华、罗英、赵云、赵淑侠、钟玲、钟梅音、侯榕生、林文亚、徐钟佩、席慕蓉、萧传文、曹又方、曾宝英、蓬丹、简宛、鲍晓辉、薇薇夫人、叶蝉贞、严静文、利玉芳、郭晋秀、雪茵、姚葳、钟丽珠。

按照余光中为台湾散文创作勾勒出的四代作家代际图谱，这四代依序是梁实秋—琦君、张秀亚—林文月、张晓风—陈幸蕙，前两代不脱"五四"遗风，对"五四"传统和白话体制继承较多，[①]至第三代则有新变，特别如张晓风已稍稍

[①] 张瑞芬：《五十年来台湾女性散文》，麦田出版社2006年版，第173页。余光中划分的台湾散文的代际图谱。

受到现代主义的冲击（但她发表于1960年代末的作品却仍被余光中指为"不够现代"）。一个有意思的现象是，相对于1960年代现代主义在小说及诗歌层面的狂飙突进，散文界的现代主义风潮却是延迟到1970年代才低调地现身，且始终未能占据主流。主要受唯情主义与唯美主义影响的散文作家如胡品清，也一直未能在彼时文坛产生重大影响。

纵观整个1970年代的台湾女性散文创作，作家队伍上呈现出老中青"三代同堂"的局面。五六十年代已成名的作家继续活跃在文坛上，如出生于1917年的琦君和出生于1919年的张秀亚，1970年代依然有大量作品结集出版，风格与十年或二十年前或无多大改变，但笔力技法却更臻上境，遂成各人之代表作，如张秀亚的《湖水·秋灯》，琦君的《桂花雨》和《三更有梦书当枕》；与她二人同时代的罗兰，在1970年代也仍然笔耕不辍，陆续出版五辑《罗兰小语》。出生于1930年代的作家，如林文月，也于此际步入文坛，胡品清虽然属于1920年代生人，但迟至1976年才发表第一部诗集，故也归入此列，这两人虽然起步较迟，却各有各的精彩。林文月延续了"五四"散文中的学者散文一脉，兼受太康文学和日本古典文学的影响，带有浓厚的书卷气和知性色彩，追忆师长类的作品多出名篇，如《从温州街到温州街》《台先生的肖像》等，至1990年代更发展出独特的饮食题材，借膳食而忆故人，中正平和且悠然绵长。胡品清与林文月一样，也是著名的女性学者，法国文学的权威，她的创作受法国现代主义的影响，与外部世界基本无涉，属于向内的文学，其时在文坛并无特别大的影响力，但对三毛等后继者颇有影响。值得注意的是，胡林二人出身相似，而在文坛的影响力却大相径庭，细究起来，一方面自是因为日本古典文学与中国传统文化的亲缘关系大大近于法国现代主义文学，也直接影响读者的接受；另一方面，也可说明1970年代现代主义对台湾散文特别是女性散文的影响仍然十分有限。至于1940年代出生的女性作家，如以《地毯的那一端》成名于1960年代后期的张晓风也于此时期大显身手，进入她创作的第二个阶段，以《步下红毯之后》和《你还没有爱过》这两部文集奠定她的文坛地位。比张晓风小两岁的三毛也在1970年代发表了她一系列享有盛名的作品，如《撒哈拉的故事》《哭泣的骆驼》，风靡海峡两岸。

从女性散文与主导文化的关系角度来考察1970年代的台湾女性散文创作，那么女作家们的创作流脉则大致可以划分为三种类型：一是以琦君、张秀亚、林文月为代表的继承"五四"传统的一脉；二是以胡品清及私淑胡腔的三毛为代表的，与"私小说"创作方法相接近的"私写作"一脉；三是以张晓风为代表的受到主导文化影响并加以自我变形改造的一脉，努力自女性散文的三重"枷锁",即"中文系的古典文学教育背景""女作家的传统""五四新文学的余风"①中求新求变。如果说琦君、张秀亚、林文月的作品取的是"中道自持,不曾干犯禁忌,从未卷入政治"的态度,那么对胡品清和三毛来说,则甚至连主流或意识形态的概念也不曾有,1970年代的张晓风则在努力跳出上述三重"枷锁"的同时,避不开自身的眷村血脉,而与同出于眷村的"闺秀文学"经由以叙事寻找认同的同一途径发生共鸣。张诵圣以为,"有些六七十年代的重要作家从另一条路径将这种抒情感性传统加以转化。比如张晓风便很能代表在主导文化羽翼下成长的作家如何将大陆地理、风物、中国古典传统加以主观美学化,经由对'国族想象'的感性化而衍生出一种绝对价值,与'文人传统'中的保守价值彼此契合"。②

一、"五四"余绪的承继者

以"五四"为标志的现代散文发散,经由琦君、张秀亚这些女作家的承继,依然在此时散发余绪幽香。只不过张秀亚的创作明显受凌叔华、俞平伯,甚至包括沈从文的影响,琦君则自觉承继了以白话入文的新文学传统,但这二人的文意却仍是古典式婉约派的。林文月继承的是学者散文的遗风,有着女性加知性的视角与风范。

(一)琦君:永远唱着怀乡的歌谣

琦君在五六十年代的台湾就享有文名,至今她的名字几乎就是台湾现代散文的代称。进入1970年代,年届花甲的琦君依然笔耕不辍,共出版散文集《三更有梦书当枕》《桂花雨》《读书与生活》《千里怀人月在峰》《与我同车》等,1980年代之后则出版有《留予他年说梦痕》《琦君说童年》《母心似天空》《灯景旧情怀》《水是故乡甜》《此处有仙桃》《琦君寄小读者》《玻璃笔》《我爱动物》《青灯有味似儿时》《泪珠与珍珠》《翡翠的心》《素心笺》等。其中,《留予他年说梦痕》获"文协"第四届奖章,《琦君寄小读者》《此处有仙桃》获"行政院"图书金鼎奖等。琦君的散文深受读者喜爱,其中一些文集多次再版,如《三更有梦书当枕》于1975年初出版,至1982年时已再版26次,受读者追捧可见一斑。

琦君的散文永远唱着怀乡的歌谣,琦君曾说,"像树木花草一样,谁能没有一个根呢? 我若能忘掉故乡,忘掉亲人师友,忘掉童年,我宁愿搁下笔,此生永

---

① 张瑞芬:《五十年来台湾女性散文》,麦田出版社2006年版,第316页。
② 张诵圣:《台湾女作家与当代主导文化》,《文学场域的变迁:当代台湾小说论》,联合文学出版社2001年版,第50页。

不再写"。早年在浙江故里的生活经验成为她散文创作的不竭源泉。琦君的父亲曾经游学日本,投入军旅后官至师长,后来离开军界,但仍为地方著名乡绅。母亲是地道的农村妇女,虔信佛教,虽然丈夫仕途得志,却始终保持着劳动妇女勤劳、善良、节俭、宽厚的美德。琦君的童年时代大部分在这种亦城亦乡、亦官亦绅的家庭生活中度过,童年的大部分时间生活在乡村,从母亲、外公、叔叔、塾师、长工及其他人的身上感受到温良敦厚的传统美德,乡土生活中的种种风土习俗也深深地印在她的脑海中,琦君12岁考入教会学校(弘道女中),到杭州时,说的仍然是一口乡村土话。1978—1979年,琦君随夫居留美国,1983年后由于丈夫工作的关系,再度长居美国20年,2004年返台,定居台北县淡水镇。在这二十余年旅美生涯中,台湾这个"异地"也变成琦君思念的故乡。

琦君是当时台湾文坛中为数不多的专攻散文的女作家。1970年代,琦君散文当数《三更有梦书当枕》和《桂花雨》最具代表性,这两部文集也可称得上是琦君散文的代表作,杨牧以"古典的节制"称其散文"以不变应万变","寓严密深广的思想感情于平淡明朗的文体之中","烈火生青焰,冷水为增冰,如陈酒之醇,如老姜之辣"①。

琦君的散文多以人物为主体,不论是由景由物而触动情怀,却终于落在人身上,抒发忆旧与怀乡之情。在这类回忆往事的作品中,着墨最多、情感也最深挚的是她的母亲。1976年,琦君应《读者文摘》主编特邀写下《母亲》一文,母亲虽然没有读过多少诗书,但由于家教甚严,以及本性纯善,"她那旧时代的美德,真可作全村妇女的模范"。母亲总是勤勉持家,做饭、喂猪、做针线,一双原本细白好看的手在每天的辛苦劳作下变得布满裂缝;母亲信佛,很多经书都背得很熟,最后理想便是往生西方极乐世界;母亲对父亲千依百顺,二人却总是聚少离多,母亲只能每年把乡下果园里产的最好的水果寄去杭州给父亲尝新;母亲极爱孩子却从不溺爱,孩子做错了事并不责打,而是要多做一件事以示惩罚,晚上睡觉的时候母亲会讲一些旧式故事,还会唱农村青年男女相恋时唱的《十八岁姑娘》,最后总是以一首孩儿经哄"我"入眠。虽然"我"离家求学与母亲分开,毕业后回家,母亲已经不在人间,但母亲"天高地厚"的爱却永远记在孩子的心中。其他如《母亲新婚时》《母亲的偏方》《一朵小梅花》《菜篮挑水》等作品也从不同侧面表现母亲的慈祥、善良、勤劳、节俭、仁厚、聪慧等品格,但也反映了旧时代一夫多妻制下为人妻子的幽怨、孤寂和悲苦,使得母亲这个旧时代的顺从女性形象益发丰满真切。就像"没有人会忘记二妈头上耀武扬威的髻是如何刺痛着琦君母亲的心"(白先勇语)一样,也没有人会忘记那

---

① 张瑞芬:《五十年来台湾女性散文》,麦田出版社2006年版,第36~37页。

条母亲照着父亲所赠梅花簪的样子绣好,却被父亲不耐烦地退回的梅花手绢(《一朵小梅花》)。琦君对笔下的人物不忍苛责,在《父亲》一文中对父亲也是诸多敬爱,在她眼中,父亲是个很好的人,一生待人仁厚,处事中正和平,但正是这个信佛仁厚的好人却让母亲如此痛苦。或许琦君并无攻击"封建大家庭""礼教害人"的本意,却在波澜不惊的文字互现中呈现出巨大的反差,引人深思。母亲是琦君笔下永远的主角,《菜干》《柚子碗、盒及其他》《春酒》等作品,则借这些家乡特产的小食、器物及风俗来怀念巧手的母亲及魂牵梦萦的故乡。

此外,《外祖父的白胡须》《父亲》《衣不如旧》《看戏》《一对金手镯》《春节忆儿时》《鞋不如故》《想念荷花》等文章分别描写父亲、二妈、叔叔、长工阿荣伯、乳母的女儿阿月,描写故乡过节的各种风俗习惯。无论写人写事还是状物,俱笔触鲜活,生动如在眼前,淳厚朴素的乡土人情更令人无限遐想。《桂花雨》借怀念浙江故乡的桂花季节,寄托了对幼时生活的怀念,父亲见我"摇桂花"一时兴起作的诗,母亲用桂花做的点心、小食。对母亲来说,以"三秋桂子,十里荷花"闻名天下的杭州桂花尚且比不上故乡旧宅里的金桂,对我来说,故乡的桂花又何尝可以被替代呢?《三更有梦书当枕》则以自己从小到大的读书历程为线,串起了赴台前的前半生中几乎所有的亲人、师长、故友,聪敏而玩世不恭的肫肝叔,教我念"慈爱之神乎,吾将临汝矣"的家庭教师,我与二妈因小说而"化敌为友"时母亲放心与失落杂陈的心境,年岁渐长时与父亲亦师亦友的关系,都成了多年后最可宝贵的记忆。战乱中失去的图书可以再找回来,但逝去的长辈、过去的时光却再也无法重来。"披览之际,我就会想起童年时代打着呵欠背左传孟子时的苦况,想起所有爱护我的长辈和恩师。尤其是当我回忆陪父亲背杜诗闲话家常的情景,就好像坐在冬日午后的太阳里,虽然是那么暖烘烘的,却总觉光线愈来愈微弱了。太阳落下去明天还会上升,长辈去了就是去了。逝去的光阴也永不再回来。"①

琦君曾受教于浙东大词人夏承焘,有良好的诗词古文功底,却又能于平淡中见醇厚,"艰穷变怪得,往往造平淡",平白如话的文字中却负荷着在作者心头反复酝酿了数十年的乡愁旧绪。白先勇这样评论琦君的散文,"看琦君的文章就好像翻阅一本旧相簿,一张张泛了黄的相片都承载着如许沉厚的记忆与怀念,时间是这个世纪的前半段,地点是作者魂牵梦萦的江南。琦君在为逝去的一个时代造像,那一幅幅的影像,都在诉说着基调相同的古老故事:温馨中

---

① 琦君:《三更有梦书当枕》,《琦君自选集》,黎明文化事业股份有限公司1975年版,第92页。

透着幽幽的怆痛"①。

　　1970年代末,琦君随夫旅居美国20余年,其间出版了《留予他年说梦痕》《水是故乡甜》《此处有仙桃》等散文集,其时琦君已年逾花甲,历经时间的沉淀,情感更为深邃,表达也更圆熟,读后令人如饮醇醪。这一时期的文集中虽然也有写居留美国的异乡生活异乡人,但母亲与故乡仍然是她笔下永恒不变的主题。琦君还著有小说《橘子红了》,写传统大家庭妻妾陋习下女性的悲剧命运,后改编为电视剧,红遍海峡两岸。

　　琦君曾写道:"母亲啊,是您的爱赐给我无尽的写作灵感。我虽已年逾八十,但我一提笔写童年往事,就马上变成七岁的幼儿,回到您身边"②。这种"长不大的女儿"心态,使得琦君在回忆往事时便化身为幼小的孩童,透过当时只是孩子的她的眼睛来看待这个世界和人情百态。"在文学'典律化'过程中,琦君以其正面、光明的属性,超越时代与意识形态的局限发挥影响力。除了文学上的高度成就外,琦君以中道自持,不曾干犯禁忌,从未卷入政治,都使她的经典地位不容移易。"③这种孩童的视角,令她的文章始终保持清浅如白话的恬淡风格,多以白描摹写记忆中的景物人事,却也使得文章缺少反思,得于清浅而失于清浅。

(二)张秀亚:有情世界有情天

　　名列台湾十大散文家之一的张秀亚,1970年代依然活跃在文坛。出版的散文集有:《书房一角》《在华五十年》《水仙辞》《天香庭院》《我的水墨小品》《人生小景》《写作是艺术》《诗人的小木屋》《湖水·秋灯》《石竹花的沉思》《白鸽·紫丁花》《海棠树下小窗前》《爱的轻歌》《杏黄月》《张秀亚全集》等。

　　张秀亚的散文创作长达半个多世纪,她用散文将一个"有情的世界"全盘推出给读者(《我的笔耕生涯》),"像居里夫人在多少吨土沥青中,滤取到那一闪的镭光,在人的内心深处,显示出照明的作用"④。"爱自然"与"爱人类"是张秀亚散文永恒的主题,而人与自然又常常互为辉映出一个有情的世界,一个个"无私的爱的故事"。创作于1973年的《水仙辞》和创作于1979年的《湖水·秋灯》可以视为张秀亚1970年代的两部代表作,也是她创作的又两座高峰。

　　《水仙辞》以法国诗人瓦雷里的同名诗集为题,所收也多是短小而极富诗

---

　　① 白先勇:《弃妇吟——琦君的橘子红了》,隐地编:《白先勇书话》,文化艺术出版社2009年版。
　　② 琦君:《旅居心情》,《母亲的金手表》,中国三峡出版社2002年版,序。
　　③ 张瑞芬:《五十年来台湾女性散文》,麦田出版社2006年版,第32页。
　　④ 张秀亚:《写作是艺术》,《张秀亚全集》第6卷,台湾文学馆2005年版,第25页。

意的怀念散文。《没有荷叶》以"荷叶"为题写的却是纵然没有荷叶却也爱听的雨声,而多年前在山城雨中一间小小茅顶茶亭喝的一杯"红红的热茶",却凝聚着对第二故乡——山城的怀念,永远不可再得。《古城的市招》呈现的是少年时求学的古城风貌,虽然有如李商隐诗般款款欲飞的流苏招子,百年老店笨拙古朴黄澄澄的铜招牌,却也有暮年老人为了生计不得不贱价出卖珍藏图书的小小硬纸招牌,"上面以颤抖的手写成欹斜的字迹:每本三角钱",却不啻一首"五个字的生命悲歌"①。张秀亚此时的散文,清丽隽永之外,还多了几分人生的悲凉体悟与沧桑况味。

　　《湖水·秋灯》是张秀亚散文最圆熟时期的作品,仍然延续怀旧与写景的美文路线,她在前记中写道:"曾有个朋友说,'近年你终日闭户幽居,我看你笔下的风景,都是自回忆中撷取来的吧?'我蹙然:说得真对!但我还要加个注脚,那些风景片断,大部分来自湖水、秋灯的照映下;湖水营养了我,而灯光更教育了我的心灵。"②《湖水·秋灯》借写校园里的湖与湖上灯光,追忆自己在海峡彼岸山城的大学时光。《水之湄》则顺着水的足迹回忆起许多美好的生活片断,有童年与老仆妇一起看"打麦的"的河边,学生时代做着诗与美的梦的湖畔,台中故居旁与孩子们一同游玩的幽潭,水流伴着往昔的人与情,逝者如斯,却是永恒。《梅花·小菀和我》写的是一个奇迹般的故事,爱梅的小菀因为到郊外赏梅丢失了身份证,却正逢上日本宪兵到学校里查良民证,小菀仓皇间只能到宿舍楼梯下的储藏室藏身。在躲藏的四五个小时里,只有她手中的梅枝陪伴她,而原本只是"绿禽般"的小花苞,却奇迹般地开出雪白的花朵,抚慰着小菀的心。其他一些小品文,《小狗》《竹》《初夏又来了》《草儿与我》等,皆清新可喜,寥寥百余字却自平凡的日常景物中发掘出不平凡的意趣与纯美来。这种写作风格与圆融的状态也一直延续到之后甚至1980年代的文集《石竹花的沉思》《白鸽·紫丁花》中的一些篇什,《钟楼·河水·葡萄藤》描绘教会小学的钟楼与小河的美景,勾勒出校长的慈和及小女孩子的顽皮;《日记》则如一幅风景画,描摹出浓绿七月墙荫下的一个读书人的优哉与神游,"一篇好的作品,应是一颗伟大心灵的所应,充满了对人类的爱与关注"③。

　　在张秀亚的笔下,一草一木,一风一水皆可入文,她还素喜中外诗词歌赋,行文中常由一片小景或一缕沉思而引出对经典诗词的穿插使用。如《没有荷

---

① 张秀亚:《古城的市招》,《张秀亚自选集》第6卷,黎明文化事业股份有限公司1975年版,第57页。
② 张秀亚:《湖水·秋灯》前记,《张秀亚全集》第6卷,台湾文学馆2005年版,第270页。
③ 张秀亚:《写给青年朋友的信——谈写作》,《张秀亚全集》第7卷,台湾文学馆2005年版,第320页。

叶》开篇即引用了一首写雨中行人的小诗,"四山一片雨响/雨声泻成了狂溪/我循着溪赶路/湿寒透了单衣/有人打伞过桥/'借光,可有避雨处?'/看不清,隔着雨,/山脚有座茶屋"。① 几行简单如白话的小诗,一面将雨中行路的诗意烘托出来,一面又承接了前文"爱听雨声",并极自然地将笔触转换至山中的茅顶茶屋。这样的妙笔不止一处,《雪·紫丁香》文末引用的异国女诗人的歌,《爱花观画记》《水仙花的爱者》更是巧妙地把与荷花、水仙相关的诗文和赏花爱花的情境心境融在一起,为文章平添了几分情趣与诗意。

  1970年代,张秀亚的散文创作有较大的新变,出现大量总结创作经验的散文。除了《水仙辞》《湖水·秋灯》这类她所擅长的写景抒情类的作品外,还有不小比重的文艺鉴赏与艺术家品评类的文章,如《一位散文家》《乔治桑及其田园小说》《水手作家康拉德》等作家点评与介绍类的作品,又如谈"鸟与文学"的《鸟鸣嘤嘤》《虚点的妙用》《翻译上的问题》等创作方法谈。写于1978年的《写作是艺术》以文学鉴赏的方式,详尽地分析了中外经典文学作品的艺术技巧,其他如《谈散文写作》等也散见于《白鸽·紫丁花》等集中。到了《海棠树下小窗前》,则比较有系统地整合了自己的散文创作观,比较集中在《写给青年朋友的信——谈写作》《漫谈写作》《写作取材的角度》等篇什中。张秀亚认为,写作中需要注意三件事,"广泛知识的汲收,人生经验的撷取,写作技巧的锻炼"(《写给青年朋友的信——谈写作》);文字要"亲切","文中的情景是读者所熟悉的,而却是一般人所很难道出的"(《漫谈写作》);取材方面则不妨"以小见大"(《写作取材的角度》)。同时,不仅能写,还要会删,因为"简练的文字,自会呈现出一种单纯之美,而这纯美的文字,在感情及哲理的负荷量上是极大的,所以简美到极点,乃成为力与智的凝聚"②。在《写作取材的角度》一文中,张秀亚还为女作家们常被指写作取材不广而鸣不平,认为小猫小狗、小花小草何尝不可写,"重在能否注意到描写的角度而已",她的创作实践正是这一散文观的极好佐证。1978年,张秀亚发表了《创造散文的新风格》一文,指出"新的散文已逐渐地摆脱了往昔纯粹以时间为脉络的写法,而部分地接受了时间与空间、幻想与现实的流动错综性"。表现内容上,新散文更注重人的心灵的深度开掘;写法上,与传统的叙述和铺陈相比,更注重分剖;表现手法上,喜用象征及隐喻,朦胧暗示性加强,更与诗接近。张秀亚还特别提及,创造新散文词汇时,应把陈旧的字词"推敲、锻炼、伸展它,并试验其韧性、张力以及负荷、涵容

---

  ① 张秀亚:《没有荷叶》,《张秀亚自选集》,黎明文化事业股份有限公司1975年版,第15页。
  ② 张秀亚:《写给青年朋友的信——谈写作》,《张秀亚全集》第7卷,台湾文学馆2005年版,第320页。

的能力"①。张瑞芬认为,张秀亚对"新的散文"观念的推崇,与前几年翻译弗吉尼亚·伍尔芙的女性主义著作《自己的房间》不无关系,而这种新的散文观对张秀亚自身继承并实践多年的"五四"式散文观念是一种超越。

1980年代后,张秀亚出版了两部散文集《白鸽·紫丁花》和《海棠树下小窗前》,之后渐无新作。1994年,张秀亚依儿女之请,移居美国与家人团聚。此后,她正式远离台湾文坛,虽然偶有新作,但数量锐减,也不再有新集问世。但作为"台湾女性写作的燃灯人",在台湾当代文学史与台湾女性文学史上,"张秀亚"是一个重要且值得尊敬的名字。

(三)林文月:通过苦痛经验的澄明

林文月,1933年9月出生于上海,台湾彰化人,自小接受日语教育,1946年随家人返回台湾,自小学六年级开始学习中国语文。1958年自台湾大学中文系研究所毕业后留校任教,专攻六朝文学、中日比较文学。曾任美国华盛顿大学、斯坦福大学、伯克莱大学以及捷克查理斯大学客座教授。

林文月最常被人提及的自然是她的名门出身,她是《台湾通史》作者、素有"台湾太史公"之称的连横的外孙女,连战的表姐。其实,在名门出身背后,林文月本人付出的"努力和坚持"远远超过常人。在台湾的文化界,她是与周作人、林语堂等相提并论的人物——散文创作、学术论著和日本古典文学翻译,三支文笔,样样成就斐然,在当今浮躁的现代社会中更是难得。已出版的散文集有《京都一年》《读中文系的人》《遥远》《午后书房》《交谈》《作品》《拟古》《饮膳札记》等。另有翻译作品、学术论著等多部,曾获台湾"中国时报"文学奖散文推荐奖、台湾文艺奖散文类奖及翻译成就奖等。

林文月年近不惑才开始她的散文创作,此时琦君早已享誉文坛多年,张晓风等新秀亦已崭露头角。但回顾三人的文学成就,林文月与二人相较颇有独特之处,于二者亦不遑多让。细究起来,除去个人才情不论,林文月还有两个独特的文学渊源:一是六朝文学,尤其是太康文学繁缛骈丽精致文风的影响,二是对日本文学反复铺陈、巨细靡遗的表现方式的吸收。古典文学方面的深厚学养也赋予她的散文独特的灵性,寂然凝虑,思接千载,在现实与冥想静思间忽倏来去。林文月在台大执教三十五年,研究论著、散文、翻译三支文笔相得益彰,她的散文既是传统纯散文,也是典型学者散文的路数。何寄澎以"似质而自有膏腴,似朴而自有华采"两句来形容她的散文的独特风采似乎可以略

---

① 张秀亚:《创造散文的新风格》,赵立忠、田宏选编,张秀亚著:《张秀亚作品选》,陕西人民出版社1987年版,第385~386页。

概其貌①。

　　林文月虽然早期曾写过小说,但创作主要在散文,可说是位纯粹的散文作家。她的第一部散文集是1970年出版的《京都一年》,1969年,她以"唐代文化对日本平安文坛的影响"为计划到日本京都大学进行为期一年的比较文学访问研究,在林海音的鼓励下,研究之余,信手写下在日的游历与感怀。《京都一年》属于林文月的早期作品,考证严密,铺陈反复,颇有太康文体遗风,可以算是典型的游记类散文。林文月自己后来曾对《京都一年》做出如下评价:"于今回看十余年前的文章,觉得尽管当时采取相当认真的态度记叙,却未免絮絮叨叨缺乏剪裁,致有时颇嫌烦琐",终于"不再满足于华丽雕饰,而逐渐喜爱淡雅,甚至绕富涩味者,并越写越短,追求精致含蓄的意趣"②。《读中文系的人》集则颇有体裁探索意味,由随笔、古诗词赏析类的文章以及《源氏物语》的译介缘由及相关论述三部分构成。如果说《京都一年》中台静农批评的"流丽"文风还可见遗迹,到了文集《读中文系的人》,平实内敛的文风已渐成型。至1986年的《午后书房》,林文月在序言《散文的经营》中明确提出自己的散文创作观,将之贯彻于写作实践中,"写散文又和写其他文类一样,好的内容须待好的形式技巧,然后才能骨肉均匀,呈现文质彬彬的完整效果"③。她对诸如用典、声势气韵、用字等方面都提出自己的见解。1993年出版的《拟古》,是林文月创作中富于挑战性的尝试,14篇文字或拟现代文学经典如《呼兰河传》,或拟六朝名文诗赋如《洛阳伽蓝记》和六朝诗赋,甚至连日本古典名著《枕草子》、泰戈尔的《漂鸟集》也在拟仿之列,在不同语言、文体间穿梭仿拟,好不快意! 1999年的《饮膳札记》则圆融恬淡,以膳食忆故人,写实的手法中蕴藏的是深厚的追忆之情。

　　林文月的散文创作大致可分四类。一类自然以她多年执教和治学生涯为题材,其中不少追忆昔日师友的篇什,俱为佳作。《在台大的日子》《读中文系的人》怀着感恩之情回忆了在台大中文系求学期间各位名师,如台静农、凌纯声、莫千里、欧神父、夏济安、郑骞、董同龢等,各自的授课艺术,他们就如"屹立中庭"的老树守护着一代又一代的学子。《从温州街到温州街》以感伤的笔调记叙了郑骞和台静农两位师长六十载绵长深厚的友谊,二老年高多病,虽同住一条温州街,却因为一条拥堵的辛亥路之隔,只得拜托"我"这个学生做司机才得以相见。岂料这一面便成永诀,二老相继辞世,温州街的故居也不复存在。

---

① 张瑞芬:《五十年来台湾女性散文》,麦田出版社2006年版,第144页。何寄澎语。
② 庄若江:《情美理丰,学者风范——林文月散文创作论》,《世界华文文学论坛》1995年第2期。林文月语。
③ 林文月:《散文的经营》,《三月曝书》,上海人民出版社2009年版,第231页。

《台先生和他的书房》《台先生写字》《怀念台先生》《台先生的肖像》等篇什回忆了敬慕的师长在学生心中的点滴,孺慕之情溢于纸上。《我的读书生活》《书情》《一本书》《午后书房》《阳光下读诗》《我的三种文笔》记录的则是书斋生涯中的日常点滴和遐思异想,带有浓厚的书卷气。《午后书房》叙说了一位女教授在寂寂午后的幽然玄想,小小的一间书斋俨然是个独立的世界,由得思绪自审查论文随意生发,浮想联翩。《一本书》则从一册旧书如何辗转到我手中说起,及至翻开,于半个世纪后品读一群日本年轻诗人的诗作,不由得对他们认真严肃的态度油然而生敬意。林文月的这一类作品,冲淡素朴,情感收放内敛含蓄,最得传统学者散文的大家风范。

林文月还擅写亲情及忆旧的文字,这类作品往往贯穿着她对数十载欢愁岁月的独特感悟,父母、亲长、孩子令作者生活在爱的世界中享受天伦之乐,但长辈的老去与病痛、育儿的艰辛也带来深切的哀痛与伤感。《白发与脐带》细腻地描写我面对母亲病逝后遗留下来的白发以及五个子女的脐带的复杂感情,这些身体发肤之物真切地传达出子女与母亲的血肉相连,它们令作者既哀伤又逃避。"初时,我有点害怕,不敢正视它,也不敢去碰触它,但想到那是曾经将自己和母亲牢牢联系的东西,便有一种温暖亲热的感觉漾荡心上……我轻轻将它抬起,放在右手食指上端详。多么奇妙啊,这一段萎缩成寸许长的细带,竟是生命的隧道,虽然经历了这么多年,甚至另一端已经烬灭了,它仍然完整地叙说着薪火传递的故事……现在,我不再逃避、害怕,也不再激越、伤悲了。我的心似乎有一种通过苦痛经验的澄明平静。"①

此类作品始终渗透着这种忧伤却澄明的情感。《给母亲梳头发》写一生未剪过发的母亲年老病衰时,不得不由女儿代为梳发,"这一把用了多年的旧梳子,滑润无比,上面还深染着属于母亲的独特发香。我用它小心翼翼地给坐在前面的母亲梳头;小心谨慎,尽量让头发少掉落"。梳完发又为母亲沐浴,在这样的照料中,"我突然分辨不出亲情的方向,仿佛眼前这位衰老的母亲是我娇爱的婴儿"②。《我的舅舅》寄托了对亲人长辈们随着岁月渐渐老去、离去的忧伤与寂寥,《父亲》《你终于走了,孩子》在痛苦之中触及对死亡的哲理思考、人面对生老病死的无奈以及为人子女、父母虽深爱如斯却无法以身相代的哀恸,《给儿子的信》《欢愁岁月》《生日礼物》则传达了作为母亲抚育儿女成长的欢愁经历。《过年·萝卜糕·童年》《说童年》《江湾路忆往》记述了小时候在上海的生活,接受的是日本语教育,家中却依然浸润了闽南风俗,还有那位喊小外孙女"阿熊"的慈爱却早逝的外祖父。难能可贵的是,林文月的这一类作品往往

---

① 林文月:《白发与脐带》,《三月曝书》,上海人民出版社2009年版,第150~151页。
② 林文月:《给母亲梳头发》,《林文月精选集》,九歌出版社2002年版,第93~94页。

哀而不伤，文字中始终贯穿她对生命的感悟而至于澄明。

林文月也擅写游记，她的第一部散文集《京都一年》收录的就是作者在日本古城京都的游历见闻，饶有兴味地记叙了游览奈良正仓院、桂离宫、唐招提寺，欣赏茶道、歌舞伎、祇园祭表演的经历，自然也少不了日本的国粹樱花，樱花时节观都舞，更是一番日本风情的最佳领略，娓娓诉来，清新可喜。在美景、古仪之外，也不乏人情，处处保留朝气、独力主持"十二段家"的秋道太太，好学而热心的那须小姐，会闹脾气又疼爱"我"如女儿的邻居下平太太；还不时有些小插曲，东寺市集售卖号称可治病的假戒指的老妇人，祇园祭中偶遇的那个像献花一样把扇子献上的男子，都引得读者会心一笑。文中对日本历史、文物、典俗的解说，也令人见闻大增。

林文月以膳食为题材的散文十分特别，收在《饮膳札记》中，颇有袁枚《随园食单》的意趣。只不过她的饮膳文字并不单单只为记录美食的制法，亦记述与此食物相关的人事往昔，所录者也以家常小菜居多，有闽南传统菜肴，也有中原菜式，她学会做那些菜，师友欢聚时飨客以慰大陆师长的乡愁。比如与传统做法不同的葱烤鲫鱼（《葱烤鲫鱼》），其做法即来自郑百因先生夫人，《糟炒鸡丝》则包含了对爱好美食的孔德成先生的回忆，佛跳墙（《佛跳墙》）这道闽南名菜对作者更有特殊意义，连接着她与外祖父连横和父亲有关的童年回忆。借这些对作者个人具有特殊意义的菜肴，怀念与它们相联结的人物、生命中曾经有过的美好记忆，或是父母师长或是童年时光，正是因为有了这些人与事，才"岁月掷人而去，所幸不是虚掷"。

林文月的散文文如其人，如张让所说"在在有欠身领首的风度"，也像董桥形容春阳中飘起的亮丽碎花丝巾那样，稍微老派一点的矜持。① 而在保持了难得的纯散文路数外，林文月又对散文体例有突破性的尝试，如《拟古》，一方面以对包括诗歌在内不同文体佳作的仿拟，突破了文体体例的限制，另一方面她仿拟的对象从日本古典名著到泰戈尔的诗作，又打破了国别与时空的限制，在不同语言间自由穿梭，"散文中，仅有林先生有拟古的创作散文——《拟古》一书，此外别无他人，故可说开创了一种写作方式。从林先生的拟作来看，她由拟古锻炼出一种新的文笔，其中华美厚重的文笔是《拟古》之前所未有的，此为吸收拟古对象的优点加以自己风华而成"②。林文月的散文重情，尤其是字里行间透出的澄明而圆融的感悟，使得她的作品颇有泱泱大家风范，而于空灵缥缈与鲜活现实间的腾挪自如，又如她既入得厨房，又耐得书斋的从容，构筑

---

① 张瑞芬：《五十年来台湾女性散文》，麦田出版社 2006 年版，第 142 页。
② 何寄澎：《林文月散文的特色与文学史意义》，林文月：《三月曝书》，上海人民出版社 2009 年版，第 12 页。

出一番别样的文学风景。

二、唯我唯美唯心的"私写作"

"私小说"又称"自我小说",是日本大正年间(1912—1926)产生的独特的小说形态,"私小说"一词于 1920 年开始散见于当时的报刊上。1924—1925 年间,得益于久米正雄等人的助推,这个名词被广泛使用。关于私小说,一向有广义和狭义两种定义,按广义的解释,所有以第一人称写成的作品都可归为私小说,如中国传统散文,这种文类可写景、抒情、状物,且多用第一人称,正符合广义的私小说定义。但是为了突出"私小说"这一新兴文学形式的独特性,多采用狭义的解释,指的是脱离时代背景和社会生活而孤立地描写个人身边琐事和心理活动的作品。为了免于引起文体上的混淆,本书将这种创作方法称为"私写作"。

胡品清自不必说,她的作品关注内心世界的开掘,是向内投射型的文学;三毛则远走撒哈拉沙漠,在与台湾相隔数万里之遥的异国他乡写自己的喜怒哀乐。她们的作品都带有传奇性,如果三毛是经历的传奇,那么胡品清则是内心的传奇,只演给自己看的传奇。此二人作品又各擅胜场,胡品清的人物内心开掘深度自然是三毛无法比拟的,但若论起读者面以及影响力,三毛却又胜出一筹。

(一)三毛:我的故乡在远方

三毛,原名陈懋平,后改名为陈平,1943 年 3 月出生于四川重庆,原籍浙江定海。随父母到台湾后,曾就读台北中正小学,第一女子中学。初三时休学,自学中文、外语,并修钢琴、书画,七年中读书千余册。1963 年进入台湾文化大学,创作出处女作《惑》与《现代女子》。大学三年级时去西班牙,在马德里大学文哲学院主修文学。两年后转赴联邦德国歌德学院,后又赴美国芝加哥伊利诺伊大学主修陶瓷,先后游历欧美多国。70 年代初返回台湾,随后再次出岛,1973 年在西非撒哈拉沙漠与西班牙潜水师荷西结婚。1974 年开始大量发表充满传奇色彩和异国情调的自传体作品,特别是于 1976 年出版的散文集《撒哈拉的故事》,一时声名大噪。1979 年荷西遇难去世,三毛怀着丧夫之痛于 1981 年返回台湾,于文化大学中文系任教。1991 年 1 月 4 日辞世,享年 48 岁。

三毛一生作品颇丰,主要有散文集《撒哈拉的故事》(1976)、《雨季不再来》(1976)、《稻草人手记》(1977)、《哭泣的骆驼》(1977)、《温柔的夜》(1979)、《背影》(1981)、《梦里花落知多少》(1981)、《万水千山走遍》(1982)、《我的宝贝》

(1987)、《闹学记》(1988)，还有剧本《滚滚红尘》(1990)等。"三毛笔耕整整31年，共出书23本，作品被译成15国文字，获得塞万提斯奖。三毛的作品在台湾长久保持着畅销不衰的势头，《撒哈拉的故事》至今再版近40版，《倾城》被列为1985年台湾十大畅销书榜首。不仅在台湾风靡，而且在大陆、东南亚一带也形成了三毛作品的冲击波，有上千万痴迷三毛的读者。"[1]

陈平给自己取的英文名叫Echo，是她早期写歌词、画作的署名。"三毛"则是后期的笔名，岂料这个不起眼的名字却在后来红遍海峡两岸。1970年代中期的台湾，经济上有了长足的发展，思想文化控制却依然森严，年轻人尤其是年轻女性对于外面的世界，特别是浪漫的爱情心存期望。三毛的散文充满异国风情和独特的流浪气质，比起传统的游记又加入了爱情这个亘古的主题，她的作品不仅是那个一袭白裙漫步在撒哈拉漫天黄沙间的独立不羁的女子的人生传奇，更代表了另一种生活方式。白先勇认为："三毛创造了一个充满传奇色彩瑰丽的浪漫世界；里面有大起大落生死相许的爱情故事，引人入胜不可思议的异国情调，非洲沙漠的驰骋，拉丁美洲原始森林的探幽——这些常人所不能及的人生经验三毛是写给年轻人看的，难怪三毛变成了海峡两岸的青春偶像。"[2]这个评价无疑是十分精当的。

从自卑自闭的少女到"海峡两岸的青春偶像"，三毛的作品及文风发生重大的变化。《雨季不再来》收录的是三毛17～22岁写作的文字，三毛自己也曾评论："《雨季不再来》还是一个水仙自恋的我。我过去的东西都是自恋的。如果一个人永远自恋那就完了……很多人可以看到我过去是怎样的一个病态女孩。"[3]胡品清亦在《皇冠》与《联合报》副刊上分别发表了写给Echo的书简："胡对她的印象是：一个令人费解的、拔俗的、谈吐超现实的、奇怪的女孩，像一个谜。1967年她出国后一个月，胡品清的《断片三则》之一描写她：喜欢追求幻影，创造悲剧美，等到幻影变为真实的时候，便开始逃避。"[4]到《撒哈拉的故事》(其中不少篇什写于1974年)，这个病态女孩已经成长为背起行囊走天涯，在大漠黄沙中与爱人白手成家的传奇女子，她的文字也变得明朗豁达幽默，始终不变的是她的人文关怀之心与创作视角，永远写"我"和"我"眼中的世界。

---

[1] 古继堂主编:《简明台湾文学史》，时事出版社2002年版，第402页。
[2] 白先勇:《不信青春唤不回》，《白先勇文集第四卷·第六只手指》，花城出版社2009年版，第74页。
[3] 心岱:《访三毛、写三毛》，三毛:《雨季不再来》，哈尔滨出版社2003年版，第216页。
[4] 桂文亚:《飞——三毛作品的今昔》，三毛:《雨季不再来》，哈尔滨出版社2003年版，第231页。

三毛曾明确宣称:"写作只是我的游戏之一,用最白话的字来说就是玩。"①正是这种"玩"的态度,使得三毛的创作自动规避了重大社会、历史问题一类的沉重话题,而着力于表达个人性情,个人所见、所闻、所感,并与"私小说"的写作路径接近。事实上,三毛的一部分叙事类作品中,小说与散文的界限已经模糊。但为了免于引起文体上的混淆,本书将三毛的散文创作方法称为"私写作"。三毛说过:"我是一个'我执'比较重的写作者,要我不写自己而去写别人的话,没有办法,我的五本书中,没有一篇文章是第三人称的,有一次我试着写第三人称的文章,我就想:我不是'他',怎么知道'他'在想什么?所以我又回过头来,还是写'我'。"②

解读三毛的作品,离不开的一个关键词自然是"流浪",再加上"我执"的私写作态度,呈现在文本中的便是有着深厚自传体色彩的"我"在流浪中的所见所闻所感所思。三毛的一类作品,如《撒哈拉的故事》《梦里花落知多少》《背影》《稻草人手记》等集子中的大部分篇什都是以"我"为主人公的作品。"我""黄帝大战蚩尤"般的留学生生活(《西风不识相》),"我"与荷西在沙漠中缔结姻缘(《结婚记》),"我"在荒山之夜遇险(《荒山之夜》),"我"与沙漠芳邻们的相处(《芳邻》),"我"与假想敌婆婆的斗法(《亲爱的婆婆大人》),"我"用小黄瓜冒充炒竹笋招待来家里吃饭的荷西的上司(《沙漠中的饭店》)……这个"我"率性洒脱、热爱自由,有一个相亲相爱的丈夫,像寻找"属于前世回忆似的乡愁"一样热爱撒哈拉。

另外一类作品则是从"我"的眼中看到的人生百态,"我"周围的人们经历着的生活、痛苦与欢乐,在这类作品中"我"虽然退到旁观者的位置上,但"我"的爱憎思虑仍然透过文字清晰地传达出来。"就像《哭泣的骆驼》,我的确是和这些人共生死,同患难,虽然我是过了很久才动笔把它写下来,但我还是不能很冷静地把他们玩偶般地在我笔下任意摆布,我只能把自己完全投入其中,去把它记录下来。"③沙伊达受辱之时,"我"被拦在人群外,无法靠近,但"我"为着沙伊达的不幸遭遇发出的悲愤嘶吼也回荡在美丽而荒蛮的撒哈拉(《哭泣的骆驼》);哑奴虽然有着"我的身体虽是不自由的,但是我的心是自由的"的智慧,却仍然无法改变自己被卖掉的命运,"我"抱着一张美丽的大沙漠彩色毯子去送他,他却挣脱了绳子,用毯子包裹住了他的家人,风里面,只有哑巴的声音和那条红色的毛毯在拍打着"我"的心(《哑奴》)。《士为知己者死》借昔日好友

---

① 三毛:《我的写作生活》,《梦里花落知多少》,中国友谊出版社1984年版,第107页。
② 《两极对话——沈君山与三毛》,《梦里花落知多少》,中国友谊出版社1984年版,第181页。
③ 《热带的港夜——三毛对话录》,《三毛昨日、今日、明日》,中国友谊出版社1988年版,第68页。

米盖婚前婚后的变化,由独立的男子汉变成只是作为"贝蒂的丈夫"而存在的家庭的奴隶,传达的是"我"对在婚姻家庭生活中如何保有自我的思考;《这样的人生》记录了加纳利群岛上一群热爱生命的快乐老人们的生活,从他们身上了解到,"人生的尽头,也可以再有春天,再有希望,再有信心"。其他如一个人照顾重病的养父母的孩子达尼埃(《巨人》),为了无望的爱情不惜铤而走险的沙仑(《爱的寻求》),甚至那个狡猾的卖花女(《卖花女》),都表达出了"我"的判断与好恶。

  在三毛的流浪气质背后,是她对现代工业文明的背离,以及对半原始风物的向往憧憬。三毛曾不无认真地写道:"我有一天长大了,希望做一个拾破烂的人,因为这种职业,不但可以呼吸新鲜的空气,同时又可以大街小巷的游走玩耍,一面工作一面游戏,自由快乐得如同天上的飞鸟。更重要的是,人们常常不知不觉地将许多还可以利用的好东西当作垃圾丢掉,拾破烂的人最愉快的时刻就是将这些蒙尘的好东西再度发掘出来……"①这种"拾荒"的心态,一方面是三毛流浪生涯的真实写照,四处游走玩耍;另一方面,更深一层的意义在于对现代文明的反思,人们在现代工业社会中失落的宝贵的精神财富,三毛愿意把它们一样一样再寻找回来。正是基于这种"拾荒"心态,她用从垃圾场里捡来的宝贝们把撒哈拉沙场区的简陋小屋布置成沙漠里最华丽的宫殿(《白手成家》),捧着当作结婚礼物的一个完整的骆驼头骨爱不释手(《结婚礼物》),从从容容地叫荷西停车然后从别人的垃圾箱里捧出三大棵美丽的羊齿植物(《拾荒梦》),借了锯子去海边锯一段漂流木,再开开心心地拖回家(《这样的人生》)。撒哈拉的生活是艰苦的,缺医少药自不必说,连食物也并不充足,有时候只能吃一个白水煮鸡蛋,或者酱油拌饭。甚至荷西因为要工作的缘故经常在外,常常只有三毛一个人在家。但是三毛的特出之处便在于,她用一句"好玩"吹散了所有笼罩在生活中的、由于物质匮乏或爱情缺失带来的阴影,就像"捡垃圾"可以艺术化成"拾荒梦"一样。

  她梦想有一座相思农场,"房子在小坡上,一排都是木造的,好几十间。牛房猪舍在下风的地方,鸡隔开来养,怕鸡瘟。进农场的路只有一条……这几十公顷是种玉米,那边是大豆,牧草种在近牛栏的地方,水道四通八达,小土坝拦在河的上游,果树在房子后面,地道通到农场外面森林里,狗夜间放出来跟她弟弟们巡夜,菜蔬是不卖的,只种自己要吃的,马厩夜间也要人去睡,羊群倒是不必守,有牧羊犬……"②在三毛的相思农场里,是有她的家人的,姐姐弹琴,她坐在摇椅上一边喝柠檬汁一边听音乐,楼上的妈妈在窗口叫她小心着

---

① 三毛:《拾荒梦》,《背影》,湖南文艺出版社1987年版,第29页。
② 三毛:《相思农场》,《稻草人手记》,湖南文艺出版社1987年版,第144页。

凉……沙漠、海岛，这些非常人所及的地方统统是三毛的乐园，即使她的作品如《撒哈拉的故事》中涉及西属撒哈拉面临的政治乱局，但对用中文阅读的广大读者来说，由于地理的遥远以及认知的陌生，仍然是当作传奇故事来听的，与读者的现实生活几乎无涉。

三毛的半原始主义倾向还表现在她对现代都市的拒斥上，她的心始终与都市生活保持着一段距离。即使后来偶尔返回台湾，与现代都市的接触，却也多半是经由家人、朋友的间接接触，仍然活在她的想象的王国里，时代的巨轮仿佛与她无涉，"我的半生，漂流过很多国家。高度文明的社会，我住过，看透，也尝够了，我的感动不是没有，我的生活方式，多多少少也受到它们的影响。但是我始终没有在一个固定的地方，将我的心也留下来给我居住的城市"①。她痛心于都市文明对人类灵性的戕害，下一代的孩子们与大自然不再亲近，在他们眼里，美丽的月光不如一块彩色塑胶垫板有吸引力，爬山踏青不如电视节目有诱惑力，见到草丛只站在路边，因为怕草深有蛇，不敢进去，他们已经成为新一代塑料儿童（《塑料儿童》）。吸引三毛的是原始的撒哈拉沙漠，"如梦如幻又如鬼魅似的海市蜃楼，连绵平滑温柔得如同女人胴体的沙丘，迎面如雨似的狂风沙，焦烈的大地，向天空伸长着手臂呼唤嘶叫的仙人掌，千万年前枯干了的河床，黑色的山峦，深蓝到冻住了的长空，满布乱石的荒野……这一切的景象使我意乱情迷，目不暇接"②。但在这美丽而原始的地方，不仅有未被开垦的原始的美，还存在着落后残酷的奴隶制，小小年纪就知道叫哑奴"哈鲁佛"（猪），气得被"我"恐吓要荷西把她捉来倒吊在天台上的小女孩子（《哑奴》），还有以宗教之名强暴女人的愚昧的沙哈拉威暴民（《哭泣的骆驼》），年轻的女孩子们虽然善良而美丽，有着无知而性感的嘴唇，表情却一片茫然（《收魂记》）。"我"在这里施医赠药，开办学校教女孩子们读书认字，用所逃离的现代文化去帮助她们，但真正改变了多少呢？她们却仍然动不动就要用自己的想象力去判断一些完全不是她们智力所能判断的事情，仍然如她们的母亲一样吐着口水骂沙伊达婊子；她们的弟弟，每日到三毛家来治皮肤病的孩童，如儿歌一般地唱着"先杀荷西，再杀三毛"（《哭泣的骆驼》）。撒哈拉并非三毛梦想中的相思农场，前工业文明也绝非世外桃源。在都市文明生活过的三毛，无法彻底地被同化成沙哈拉威人，她需要书籍，需要书桌，需要台灯、茶具，她的家"对沙哈拉威人来说，没有一样东西是必要的，而我，却脱不开这个枷锁，要使四周的环境复杂得跟从前一样"③，文明的脚步无法倒退，三毛的梦想终究是要落空的。

① 三毛：《白手成家》，《撒哈拉的故事》，哈尔滨出版社2003年版，第170页。
② 三毛：《收魂记》，《哭泣的骆驼》，中国友谊出版社1985年版，第4页。
③ 三毛：《白手成家》，《撒哈拉的故事》，哈尔滨出版社2003年版，第197页。

荷西去世后两年,1981年1—7月,三毛与助手米夏,自最南端的墨西哥开始一路向南游历中南美洲,沿途游历见闻后结集为《万水千山走遍》。文中依然充满浓郁的异国风情,将神秘的中南美洲一一呈现在读者眼前,三毛在厄瓜多尔的银湖之滨甚至再次感到如似曾相识般的感觉,深信自己前世是个印第安人。但整本书相对低沉的色调已不复1970年代作品的明朗亮丽。

三毛的私写作及游戏的创作态度,自觉规避了宏大叙事,多选取个人化的视角与个人性经验作为写作素材,在此意义上,三毛虽然"不是妇女解放运动的支持者"(《结婚记》),但她的创作观却与女性书写的理论题旨不谋而合。但是,个人自传体写作最容易出现的问题是题材的重复以及经验的泛滥,李敖就曾如此评价三毛:"三毛说她:'不是个喜欢把自己落在框子里去说话的人',我看却正好相反,我看她整天在兜她的框框,这个框框就是她那个一再重复的爱情故事,其中有白虎星式的克夫、白云乡式的逃世、白血病式的国际路线,和白开水式的泛滥感情。"这一评价或许失之刻薄,但的确道出私写作中最易遇到的瓶颈。三毛的解决之途即是她不同于常人的万水千山走遍的传奇经历。她的作品感情丰沛,但有时情感会溢出文字,加上她以往的"水仙自恋"情结,使得她的自传体的个人化叙事因此招来相当多关于她文中所写是否为真事的质疑,有好事者甚至专程沿着书中所写路线,一路寻访,考证出三毛书中多处与她实际生活不符之处。这或许是私写作的通病,也可以说作为一桩文学个案为强调个人经验体悟的女性书写提出反思的角度。于此又可生发出两个疑问:一是散文是否可以虚构的问题;二是个人经验中想象的真实与经历真实的问题,是否存在想象的真实,它与经历的真实性在真实度上有何区别?这也是三毛散文给我们的启示。

对于在前工业文明与都市现代文明之间挣扎的三毛,流浪是她的宿命。或许,三毛自己创作的歌词《橄榄树》,对她这种矛盾心情做出了最好的诠释:"不要问我从哪里来,我的故乡在远方。为什么流浪,流浪远方,流浪……"

(二)胡品清:寻找自我的流浪者

胡品清堪称中法文学交流史上的奇女子,她是继梁宗岱、徐仲年、罗大冈等之后,又一位在寄寓国用法语写诗和译介中国诗歌的诗人。教学之余,她用中、英、法、德四种文字阅读,中、英、法三种文字写诗、散文、译作、学术论述。胡品清前期的文集多是诗与散文并包的,如《梦的船》(1966)、《梦的组曲》(1967)、《水仙的独白》(1972)《芭琪的雕像》(1974)等,80年代后才渐渐以散文单独成集。除以上列出外,已出版的文集有《仙人掌》(1970)、《晚开的欧薄荷》(1968)、《胡品清散文选》(1973)、《欧菲丽亚的日记》(1975)、《梦之花》(1975)、《水晶球》(1977)、《彩色音符》(1979)、《不碎的雕像》(1980)、《斜阳影里的独白》(1980)、《画云的女人》(1981)、《不投邮的书简》(1982)、《隐形的港湾》(1983)、《慕情》(1984)、《玫瑰雨》(1986)等。

与林文月一样,胡品清也是文学创作、译作、学术论著三支文笔全开的女性学者,但胡品清在文学史上的地位却有几分暧昧不明。究其原因,一方面是因为胡品清进入文坛的时间太晚,她的年龄与琦君、张秀亚等来台第一代女作家相仿,却是在1967年年届46岁时才出版第一部诗文集《梦的船》,到1970年代,她的作品才获得较大的影响力,相比其他文坛新秀,自然是起步迟迟。另一方面,则与她的文体及文风有关。胡品清被称为是"一半旧式才女和一半西洋的混合"①,她的诗与散文也是一半古典一半西洋,文中充满的是欧化的语言、丰富的意象,如《香槟泉的呢喃》中的印度传说、恒河的故事;《项链》中的希腊传说等。且她的作品多采用书信、日记、组曲等形式入文,执着于对自我内心的剖白以及个人唯情主义的抒情,这与当时文坛的主流格格不入。她就像"一株晚开的欧薄荷,尽管蓊蓊其叶,灼灼其华,似乎注定了寂寞的命运"②。

胡品清深受法国现代主义诗歌的影响,尤其喜爱波德莱尔的诗,在她的创作中自然也延续了这种风格,带有浓重的诗化倾向。她自称是个可以理智区分"大我"与"小我"的人,而"不论是描写大我或是塑造小我,我都不忘记法国十九世纪名诗人波德莱尔的一句话,'永远做个诗人,即使在散文中'"。她不仅学贯中西,甚至诗文不别,她曾明言,"我的散文,不论是庄敬的或美丽的,不论是主情的或主智的,都是按照那句话写成的"③。胡品清还明确表示,她不写长篇小说,"我无法把长篇小说写得像诗,因为长篇需要太多不同典型的人物和对话,而并非所有的主角或配角都可以是诗样的人"④。这种对散文诗化及诗性的追求,使得胡品清的散文具有独特的美学品格,将东方古典智慧与西方现代主义对人性和自我的探索结合在一起,以东方式的空灵哲学辅助行文中弗洛伊德式的心理分析,构筑出一道通向人性深处以及哲学式终极意义的华美的楼梯,这楼梯的分级以及回旋方式是现代主义的,而材质与装饰却不无东方美学的痕迹。1980年代后,胡品清散文中中国古典诗词的气息渐渐减少,但国学的神韵却已然入骨。

胡品清的散文主要以内心探索为主要题材,即便是她的抒情,也是面向心灵的思考与追问,它们完全是个人式的、唯情主义的。"现实不能属于我,梦才是我唯一能享有的东西"。因此,当要寻找自我的流浪者"在决定了写童话之

---

① 张菱舲:《山居者》,胡品清:《芒花球》,水牛出版社1978年版,序言。
② 张瑞芬:《五十年来台湾女性散文》,麦田出版社2006年版,第99页。
③ 胡品清:《自序》,《胡品清自选集》,黎明文化事业股份有限公司1975年版,第5~6页。
④ 胡品清:《自序》,《胡品清自选集》,黎明文化事业股份有限公司1975年,第6页。

后,她猝然觉得自己轻盈得像一只鸟,正展开彩翼作起飞状。我带你飞,她说。于是他们飞出石室,飞向天空,去盗窃五彩的虹,当如金的光潮从四面八方向他们涌来"①。于是,胡品清在散文中抒写自己的梦与爱情,而写作正是令她寻找回自我、凌空展翅的彩翼。胡品清的散文与台湾散文创作中常见的怀乡忆旧、亲情母爱、童真童趣,甚至宗教信仰、人生情感等话题几乎全然无涉,她也是台湾女作家中唯一从未写过父母、师长、亲友的,在海外的留学生活也只在《塞壬河畔的垂杨》中略有描述。胡品清的这种写作态度必然会导致她创作的私人化和情感的自传性,这一点,被当时仰慕她的"七个小女孩"之一的三毛继承下来,并在她的写作中加以贯彻。

这种私人化与自传性内心写作的不可避免的缺陷就在于题材的重复性,胡品清的散文中这一特点非常明显,她常常一事多写,或者在不同的篇什中进行同一主题的深化、连续和衍生,这一点在散文创作中是十分罕见的,当然,她也并不奢望自己能被大多数人了解。在胡品清的散文中,除去直接以第一人称写成的作品外,"芭琪"和"欧菲丽亚"常常是她自己的化身,如《欧菲丽亚的日记五则》《芭琪的雕像》等,文本记录了她面向内心所作的独白。

在这一类型的散文中,有一个反复出现的意象——塑像——相当值得注意。不论是芭琪疯了之前不断呓语,"我的雕像有裂痕了,以后请你千万不要动它"(《芭琪的雕像》),还是"我的雕像失落了"(《欧菲丽亚的日记五则》),或者"捣碎了自己的塑像之后,她蓄意要把失落了的自己找回来"(《童话》),"塑像"(或"雕像")都象征着另一个自己,或者说是自我的镜像。捣碎"塑像"(《童话》),象征着打碎被塑造的自己,或许可以视为胡品清离开前夫,孤身来台的深刻体认。"我一直没有享有过自己,别人把我塑造成他们所喜爱的样子。少小的时候,我被塑成一个畏怯的,恭顺的,好学的,穿男装,蓄短发的女孩,而我私心羡慕长长的辫子,圆圆的裙子,和多彩多姿的童话。后来,我有了自己的家,又被塑成一个没有灵性和个性的女孩,我就自己把那塑像打碎了,出来流浪。"②这里的塑像上当然有胡品清自身经历的影子,却也与西蒙·波伏娃"女人不是生成的,而是变成的"这句著名的论断有着高度的契合。"我"流浪是为了找回那有灵性和个性的自己,塑成了自己又如何呢? 芭琪的雕像是她亲手塑造的(《芭琪的雕像》),但这个雕像在现实世界面前却如此脆弱,像芭琪的自我、芭琪的爱、芭琪的才华与她钟爱的艺术一样。一旦芭琪下定决心放弃小我、坚持大我(责任、义务),雕像便有了裂痕,在强大的外部世界面前,女性的自我如石膏雕像一样如此脆弱而难以保全。芭琪疯了,她只能不断地叮嘱,

---

① 胡品清:《童话》,《胡品清自选集》,黎明文化事业股份有限公司1975年版,第10页。
② 胡品清:《童话》,《胡品清自选集》,黎明文化事业股份有限公司1975年版,第9页。

"啊！请勿动它以免粉碎,也请用它陪葬,当我逝时"①。疯狂是芭琪最后的守护和坚持,即使死去,也要保护她已伤痕累累的自我,而这份守护和坚持无论是在意图上,还是在表达上,都充满诗意。芭琪疯了,欧菲丽亚原本就是个疯子(《欧菲丽亚的日记五则》),她用玉石雕了一个雕像,它完美无双,却失落了。

在胡品清笔下,欧菲丽亚既获得哈姆莱特的哲学式雄辩,也有着《狂人日记》里疯者的清醒。她发现自己是个愚人,并开始轻视自己,"当一个人轻视自己的时候,他有两种选择:竭力向上,竭力得让所有的血球都苍白,所有的细胞都死去以挣回别人对自己的重视;或是践踏自己作为对自己的惩罚。而我,我同时选择二者。在教室之内,我选择前者;在教室之外,我选择后者,于是同时顾全了大我又惩罚了小我,真是两全其美了"②。于是她在大我和小我之间周旋,上午是小我,下午是大我;在失眠与遭夜盗的恐怖之间轮转,然后一天比一天"死透"。从一个"死人""疯人"的眼里看世界,可以发现多少荒谬,又少了多少顾忌,"我"纯清得如水如云?"我"轻视自己的时候竟被称为被伤害的皇后?别人工作是为了养活自己和家人,"我"呢？ 面对的只是绝对的空无。但还有"他","殉情者是最自私的,因为自绝只是一种抗议,叫生者永远不得安生。所以我不要自私,我要用最大的耐心在痛苦中等待自己享尽天年。我要成全你,折磨自己成全你"③。这里呼应了胡品清关于爱情的唯美主义的观念,"真正的恋情该像虔诚的信徒对上帝的爱,它无须神之显现作为神之存在的证物"(《香槟泉的呢喃》)。她把爱情当作一种信仰来笃信。有趣的是,疯了的欧菲丽亚拒绝了殉情,对莎士比亚笔下那个著名的自我牺牲的同名女性来说,或许是一个优雅而含蓄的讽刺呢。

"雕像"这样的意象在不同篇什中的重现、续写,在胡品清的散文中,不止此一例。再加上循环往复的同主题续写不断做出的后设性补充,以及人物的高度重复性,芭琪、欧菲丽亚、"我"、笔友或爱人KC(《香槟泉的呢喃》《电话机中的元旦》《项链》),少年时的青梅竹马TY(《夕阳中的红帆》《天上人间》《阿菊的男友》),情人T.H.(《不朽的书简》)等等,构成多元多层次的复调的叙事迷宫,或许正如胡品清自言,"人原是多面性的,何况不同的时空和遭遇也给人不同的感受"④。只不过这个迷宫是指向内心,因而是单向的,充盈着呓语、疯

---

① 胡品清:《芭琪的雕像》,《胡品清自选集》,黎明文化事业股份有限公司1975年版,第113页。

② 胡品清:《欧菲丽亚的日记五则》,《胡品清自选集》,黎明文化事业股份有限公司1975年版,第147页。

③ 胡品清:《欧菲丽亚的日记五则》,《胡品清自选集》,黎明文化事业股份有限公司1975年版,第156页。

④ 胡品清:《胡品清自选集》,黎明文化事业股份有限公司1975年版,第5页。

话和只有她自己才懂得的暗语和回忆。

胡品清在她的自序中不断强调"真实","我只凭自己真实的经验写出自己真实的感受。我不说自己文章好,但是我说自己的文章是百分之百的真实,其中没有一点赝品"①。胡品清的真实与三毛自传体式的真实不同,胡品清是情感和内心的真实,她很少关注外部世界,重重叠叠地写自己的内心;三毛是想象的真实,她想象中的自己和自己的生活。在这个意义上,私淑胡品清的三毛并不如她的老师勇敢。尽管胡品清并非一个女性主义者,但她笔下充盈着"流动、琐碎与独白"、疯狂与魔魅、细节的反复演绎的个人化内心情感经验叙事却不失为女性书写的一个样本。

三、主流文化的变形与突破

如果说琦君们代表着介于传统与"五四"现代散文间的文统,三毛们代表着远离传统与现实社会日常生活,不是生活在别处就是生活在内心的话,1970年代还有一种散文形态由女性作家呈现,那就是经由她们的原创转化主流式的抒情感性传统转化,求得散文写作上的突破。

(一)张晓风:家国意识风云气概

张晓风,1941年3月出生于浙江金华,原籍江苏铜山县。童年时在颠沛流离中迁居福建建阳、重庆、南京、柳州、广州等地,1949年随父母抵达台湾。1958年入东吴大学中文系,现任教阳明大学。以散文创作见长,也创作戏剧、小说、童话,名列台湾十大散文家之列。曾获台湾中山文艺奖散文奖、台湾文艺奖散文奖、吴三连文艺奖等。著有散文集《地毯的那一端》《给你,莹莹》《年轻的鼓声》《愁乡石》《步下红毯之后》《早晨的梦境》《天才的宴会》《是》《十分钟的宁静》《从你美丽的流域》《人生的回廊》《玉想》《我知道你是谁》《这杯咖啡的温度刚好》《你的侧影好美》《星星都已经到齐了》等。

按余光中为台湾散文创作勾勒出的代际图谱,张晓风被划归到第三代,与林文月比肩。1970年代至1980年代,台湾女性散文的领军人物的确非张晓风莫属,不只是因为她的作品完整贯穿了这二十年,她的创作高峰——70年代中期到80年代中期也正在这个时间内,作品数量与质量都颇为可观;更因为张晓风还引领了这二十年来台湾文坛散文创作风格的主流。总的说来,张晓风的散文创作风格较为多样,且自身不断成长变化,不易以某一个单一概念来加以概括。

---

① 胡品清:《胡品清自选集》,黎明文化事业股份有限公司1975年版,第6页。

张晓风的散文创作大致可以分为三个阶段。以1966年出版第一本散文集《地毯的那一端》为标志,张晓风创作的第一阶段仍然可划归到"五四"散文余绪的行列。《地毯的那一端》以美好而诗化的语言,用即将做新娘的"我"的口吻,诉说了与未婚夫德从相识、相恋到共结连理一路走来的艰辛与美好,"我即将走入礼堂,德,当《结婚进行曲》奏响的时候,父亲将挽着我,送我走到坛前,我的步履将凌过如梦如幻的花香。那时,你将以怎样的微笑迎接我呢"①。同一时期的作品如《魔季》《初雪》等,都是这种以纯情的温室内花朵的眼光看待爱情与世界的作品。以余光中在《我们需要几本书》中所论,"'许多不知名的小黄花正摇曳着,像一串晶莹透明的梦'、'大片大片绿萝裙一般的芳草'这种字句,说明了作者未能摆脱古典文学的影响","它还不够新,不够现代",而彼时(60年代后期)流行的散文,"本质上仍为五四新文学的延伸","早期的张晓风不能进入现代"②。纵然余光中做此断言时,正是台湾现代主义勃兴之时,或许此番评论有稍过之处,但指出的一个事实,即彼时的台湾女性散文写作仍脱不了"五四"带来的过分闺秀气,却是不容置疑的。1970年代中期以后,张晓风放弃了前一个阶段的小说与戏剧创作,专攻散文。也用"可叵"的笔名写一些杂文。

随着1977年《愁乡石》、1979年《步下红毯之后》、1981年《你还没有爱过——七月七,另一种悲壮的情人节》等一系列作品的问世,张晓风步入她创作生涯的第二个阶段。余光中称她的作品"腕挟风雷",将她列入当代台湾散文第三代。余光中指出散文第三代由于接受了现代文艺的洗礼,相对于前两代的"五四"遗风乃为"突变";而中文系的教育,女作家的传统,"五四"新文学的遗风,本足以阻碍现代化的倾向,"晓风三者皆备,竟能像跳栏选手一样,一一越过,且奔向坦坦的现代大道,实在是难能可贵的"③。《步下红毯之后》本身就是张晓风对前一个阶段创作的告别,虽然一再告诫自己"你为什么流泪呢?你身上穿的仍是做新娘子的嫁服,你是幸福的,你有你小小的家,每天黄昏,拉下紫幔等那人回来,生活里有小小的气恼,小小的得意,小小的凄伤和甜蜜,日子这样不就很好了吗?不要碰故园之思,它太强,不要让三江五岳来撞击你,不要念赤县神州的名字,你受不了的……"然而,一场十月的庆典却将故园之思逼到眼前来,终究认识到,"闺阁是美丽的,但我有更重要的剑要佩,更长的路要走"(《步下红毯之后》)。《许士林的独白——献给那些暌违母颜比十

---

① 张晓风:《地毯的那一端》,陈义芝主编:《张晓风精选集》,九歌出版社2004年版,第57页。
② 张瑞芬:《五十年来台湾女性散文》,麦田出版社2006年版,第169页。
③ 张瑞芬:《五十年来台湾女性散文》,麦田出版社2006年版,第170页。

八年更长久的天涯亡人》,借演绎《白蛇传》传说中许士林中状元后"祭塔"一段,寄托的是寄寓台湾的外省人对故园亲长的深刻怀念。《你还没有爱过》更以喷薄而出的词句惊雷般地发问:"你爱过吗?""看五十年前的少年,如今剩两鬓花斑,但他们活过,他们爱过……我们注定要为一个什么而燃烧,我们要狠狠地爱一场,只是,去爱什么呢? 去为什么而自焚呢? 为一个不存在的谎言? 抑或为一则确凿的信仰?"①自此,张晓风告别了以小我之爱为主的早期创作,投身于风云激荡、惊涛排空的民族家国大爱中,一支笔也似上了文字的疆场,在艰难地寻找自身的国族认同。《大音》《半局》《孤意与深情》记录的是作者与数位来台文艺界耆老的交往、他们的人格魅力与高洁灵魂。

对于张晓风在散文创作中,尤其是女性散文创作中难得一见的风云气概,评论家也持有不同的看法。痖弦称之为"双性同体"的人格互动:"在张晓风的作品里,同样也有雌雄两种人格的交替与互动。我们发现,在女性的晓风之外,还有一个男性的晓风,在'柔情的守护人'的夏娃背后,还隐藏着一个象征'严厉力量'的亚当……二者共生互补,相激相荡,为张晓风的作品带来强劲的激发力和创造力。在文学原型的拓殖上,她古典;在诗的纯粹的探索上,她唯美;在咏史和表现大我的意图上,她是一个高举现实主义和浪漫主义风旗的勇士了。"②张诵圣则从文学创作与主导文化间关系的角度指出:"张晓风肯定主观精神的价值,轻藐五六十年代的物质匮乏;以对英雄世代的想象补偿安定生活的贫瘠和缺乏戏剧性。在这里官方的历史叙述成为激发感性想象的素材。意志的提升被倾注到对物的观照,效果之一是将抒情文类的女性特质转化。这种右翼的思维模式,借用陈映真的词汇,也同时孕育了一种自我陶醉的'幸福意识'。"③而这种"幸福意识"和七八十年代之交兴起的"闺秀文学"中流露的"自足感"不无相通之处。深究下去,这种以主流意识形态转换文类的女性特质的创作态度,和张晓风本人的眷村血脉不无关系。张晓风出身眷村,她的父亲是军人,1949年母亲携张晓风赴台一年后,父亲翻越云南边境的野人山而归,他视如性命的长刀丢了,唯一带回来的是"劫后之身"。父亲的激越与乡愁深深影响着张晓风,在她的心中,"屏东与渭水"是共存的。她并不像朱天文姐妹那样直接写过眷村题材的散文作品,但她在1970年代中后期之后的创作中流露出的浓重的家国意识,或许可以视之后眷村书写的隐形版。因为的确

---

① 张晓风:《你还没有爱过》,陈义芝主编:《张晓风精选集》,九歌出版社2004年版,第136页。

② 痖弦:《散文的诗人——张晓风创作世界的四个向度》,陈义芝主编:《张晓风精选集》,九歌出版社2004年版,第27页。

③ 张诵圣:《台湾女作家与当代主导文化》,《文学场域的变迁:当代台湾小说论》,联合文学出版社2001年版,第50页。

没有第二个女性散文作家如此风云气壮地写过军人、征战。从某种意义上说，经由"家国"（国民党宣传中的家国概念）这个1970年代台湾文坛主导文化范畴，张晓风的散文写作与由"三三"集刊群启动的"闺秀文学"在创作心态上实现共通，可以视作眷村血脉的两个不同分支。

1990年前后，张晓风出版了《玉想》《我知道你是谁》《秋千上的女子》等散文集，"廊庑渐趋廓大"，这标志着她的创作进入最为成熟的阶段，其文字呈现出风云气壮之外含蓄蕴藉的另一面。《只因为年轻啊》采用的是"联句诗"般的分题式格式，将六段分幕剧式的文字统合到同一主题，发出"青春太好，好到你无论怎么过都觉得浪掷"式的体悟。《尘缘》和《不识》写的都是曾经做过陆军少将的父亲，值得注意的是，在这两部作品里，父亲的军人身份只是作为一个老人的或许不同凡响的经历来讲述的，《不识》则提出一个残酷但真实的观点：我们未必熟识身边的人，哪怕是至亲如父。而"我们面对面却瞠目不相识的，恐怕是生命本身吧"①。《凡夫俗子的人生第一要务便是：活着》则从政治纷乱、"耙光棍影"中抢救出生命本身的鲜活感受，更剥出一个真理，"讲'不朽'，是圣人的事。至于我们这些必朽之辈的'人生第一要务'，就是要'好好活着'"②。《你欠我一个故事》这本散文集《秋千上的女子》的代自序则已经把老兵的家园梦想化为一声"你欠我一个故事"的生命呼唤，上升到生命本体的高度。这些作品，尤其是这篇代自序，或可视为张晓风自己对上一阶段创作的反思。而一个明显的变化是，张晓风1990年代后的作品已可见明显的沉潜意味，不再执着于家国叙事，而代之以生命本体的诗性观照来感应世间万物、人生世相。

张晓风作品中的女性意识却不如她的文体意识来得敏锐，在《地毯的那一端》以及《一个女人的爱情观》中表现的仍然是未经沧桑的单纯得近乎天真的爱情观，"有小小的家，每天黄昏，拉下紫幔等那人回来"。张晓风之后的女性观念更多地表现在对于家国等宏大命题的再理解上，不过，她选择的是佩剑而行。1990年代后，张晓风开始以生命本体来观照人生，她对于女性意识的探讨也更加深入，进而透露出颠覆的意识"此刻我是我，既不妻，也不母，既不贤，也不良，我只是我。远方，仍有一个天涯等我去行遍"（《女人和她的指甲刀》）。

或许由于曾经写作小说、戏剧的关系，张晓风对于散文形式的尝试颇多探索。1980年代初，她开始尝试联句诗式的分题散文，如《咏物篇》《花之笔记》，有些散文写得如同一幕一幕的戏剧，如《只因为年轻啊》《眼神四则》；还尝试不

---

① 张晓风：《不识》，《秋千上的女子》，花城出版社2005年版，第87页。
② 张晓风：《凡夫俗子的人生第一要务便是：活着》，陈义芝主编：《张晓风精选集》，九歌出版社2004年版，第258页。

同文类间的互通与融合,如《许士林的独白》中诗歌的抒情性与戏剧的独白的结合等。这些文体尝试,对陈幸蕙、简嫃、张曼娟等后继的女性散文家产生了有益的影响。

张晓风的散文之所以获得读者的广泛赞誉和欢迎,与其散文观念有很大关系。张晓风追求古典美学,追求散文的诗化,她认为散文的写作并不可只使用纯粹的日常语言,而传统文学的简洁、闳约及婉转深厚,都颇可借鉴。如她的《血笛》:"我的血管是最红最红的一根笛/最长最温柔的笛/从头颅直到脚趾/蜿蜒的流绕我淙淙的爱/给你 我的中国/我的心房是最深最沉的一面鼓/最雄肆最悲伤的鼓/从太古直击到永恒/焦急的献出我熊熊的爱/给你 我的民族。"①这种融合古典意象与现代情感的文字,读来令人"气血翻涌",无法不产生"感性的感动"。张晓风还强调散文的特质是不借重故事、情节,不具备虚构性,同时也不受语言押韵造成的"音乐性加分"的影响,而只和读者"素面相见"。虽然简单,却足感人,其凭借的就是"内功"。而借用王国维的话来说,所谓"内功"就叫"感慨遂深"。她归纳总结出读者对散文的阅读期待有这几方面:希望读到好的文笔,好的修辞;希望读到对人生的观察和体悟;希望隐隐如对作者,想知道作者的生活、见识和心境;希望收获到"感性的感动",也希望读到"知性的深度"。② 这道出张晓风散文的主要内容和叙事特征,其散文无论是叙事写人,还是借物抒怀,大多表现作者的生活、见识和心境,包括其对人生的观察和体悟,在给读者带来"感性的感悟"的同时,也往往给予某种"知性的深度"的启悟。

(二)赵淑敏:小人物看大世界

赵淑敏,1935年1月生于北平,原籍黑龙江省肇东县,先后在重庆、沈阳、南京就读中小学。1948年随家人到台湾。中学时开始创作。1953年入台湾师范大学历史系。曾任教于高中、实践家专、辅仁大学等。已出版散文集《属于我的音符》(1973)、《高处不胜寒》(1974)、《心海的回航》(1976)、《小人物看大世界》(1979)、《多情树》(1979)、《采菊东篱下》(1980)、《水调歌头》(1982)、《乘着歌声的翅膀》(1984)、《短歌行》(1986),还有短篇小说集、长篇小说。曾获台湾中兴文艺奖章散文奖、文艺协会文艺奖章。

赵淑敏多以自己的亲身经历与感受入文,始终怀有对国家、社会和人生的关注。《一串成长》《闹元宵》以怀旧的笔触抒写童年和少年时在战乱流离中的

---

① 张晓风:《大音》,陈义芝主编:《张晓风精选集》,九歌出版社2004年版,第112页。
② 张晓风:《张晓风散文观》,陈义芝主编:《张晓风精选集》,九歌出版社2004年版,第43页。

记忆片断,艰辛苦涩中难掩生命成长的淡淡喜悦。《我是中国人》《小丑》等作品都抒写作者对"中国人"身份的珍惜,面对不得不扮小丑卖艺乞讨的同胞,只能祈求那出带泪的丑角戏早日落幕。赵淑敏的散文作品不事雕琢,自有一股自然本色的韵味。

(三)罗兰:清新小语滋养心智

因《罗兰小语》在1960年代产生巨大影响的罗兰,1970年代又陆续出版了散文集《访美散记》(1972)、《罗兰散文》(1972—1978)、《罗兰小语》(三)(1974)、《歌与春及花》(1980)、《独游小记》(1981)、《早起看人间》(1981)、《罗兰小语》(四)(1983)、《生命之歌》(1985)、《从小桥流水到经济起飞》(1987)等。她另有长篇小说、诗剧、诗论。

《罗兰小语》和《罗兰散文》深受海峡两岸读者的喜爱。罗兰以富于哲理性和启迪性的话语,与读者娓娓谈心,予人许多有益的启悟,又极富人情味。罗兰具有深厚的中国文化素养,以通达圆融的胸襟和处世之道来面对社会、人生中的许多问题,她的文字流露出对中华传统文化的眷恋,以及与浮躁喧嚣的现代功利社会迥然不同的审美与价值取向。女性特有的情致使她的小语饱含特殊的语言与思想之美,极富张力,其形态也一度被人争相模仿,风靡海峡两岸,影响深广。

(四)杏林子:在病痛中开出的生命之花

杏林子,本名刘侠,1942年2月出生,卒于2003年2月,原籍陕西扶风县,童年时随家人到台湾,1954年小学毕业时罹患幼年型类风湿关节炎,不得不辍学四处求医,后病症加重而丧失了行动能力,但她顽强地与病魔抗争,刻苦自学,以文艺创作疗养身体与精神。其与疾病奋斗的经历曾被拍摄成纪录影片参加影展,被《文化一周》评选为台湾十大最具影响力的女性之一。出版散文集《喜乐年华》(1976)、《生之歌》(1977)、《杏林小记》(1979)、《北极第一家》(1980)、《生命颂》(1981)、《另一种爱情》(1982)、《凯歌集》(1983)、《重入红尘》(1985)、《我们》(1985)、《感谢玫瑰有刺》(1989)等。另有剧本、小说,共计创作100万字以上,获台湾文艺奖、基督教文艺奖、第二届十大女青年称号等。

作者自言署名"杏林子",是为了怀念故乡陕西扶风的杏林镇,同时纪念自己这辈子和医院结下的"不解之缘"。《杏林小记》为纪念作者与病魔抗战25周年而作,忠实地记录下她在医院这个"人性实验室"中亲身经历和亲眼所见的生老病死、悲欢离合,以及她对生命和死亡的感悟。由于自身残疾,杏林子从小就在生与死的边缘挣扎,对生命的脆弱与坚韧、人生的无助与无常,有着切肤彻骨的深刻感受。可以说,她对生命的理解,有着常人无法企及的高度与深度。这本小记被认为是一本泪中有笑、笑中有泪的人生小品,在"中华日报"副刊上以专栏形式发表时,即获得广大读者的共鸣和极高的赞誉,被认为是精美、淳厚的精神食粮。该书续集出版后,短短五年间再版了32次。

(五)丘秀芷、谢霜天:像树叶生长一般自然

丘秀芷

本名丘淑女,1940年7月出生于台北,原籍广东蕉岭,世界新闻专科学校编采科毕业。曾任中学教师,后任职台湾"行政院新闻局公关室"、《妇友》月刊编委。1962年开始写作,已出版散文集《小白鸽》(1970)、《绿野寂寥》(1975)、《蓦然回首》(1978)、《悲欢岁月》(1982)、《一步一脚印》(1986)、《留白天地宽》(1987)、《寻找一个园》(1987)、《番薯的故事》(1989)等,也有小说《迟熟的草莓》,传记《剖云行日——丘逢甲传》《大爱——证严法师与慈济世界》。曾获"中国文艺协会"文艺奖章散文奖、中山学术文艺基金会传记文学奖一等奖。

像所有的客家人一样,丘秀芷崇尚自然,亲近乡土,她的散文也纯朴自然,带有泥土的芬芳。丘秀芷的创作观深受客家传统特别是家族的影响,带有客家儿女与土地独特的亲厚感情。丘秀芷的二叔公是中国近代史上著名的抗日保台爱国志士、教育家、诗人丘逢甲,祖父在日据期间饱受日人折磨,却从不屈服,去世时,遗命丘家子弟:"虽在异族统治下但绝不做三脚仔(日本走狗),而且无论再怎么困难,也要男女老少个个学汉文,并传授汉文。"家族影响使得丘秀芷心中根植着一份绵延不绝的家国之爱,在文学创作中不受讲究包装、趋向浮华的文坛风气影响,而维持清新朴拙的风貌。她的作品,常以生于现代的后辈人的心境追忆家人和家族往昔岁月的欢笑和辛酸,既有日据时期的痛苦生活和情感磨难,也有充满乡土田园风味的生活情趣,有对快乐生活的珍惜和赞美,如《那个年头》《蓦然回首》《故乡风物旧时情》《静念园林好》。丘秀芷笔下的自然风光,一笔一画的素描表现朴实自然的"黑白生活照",具有较强的生活实感,被称为"像树叶生长一般的自然"①。

谢霜天

1932年10月出生于台湾。除小说外,她在七八十年代出版的主要散文作品有《绿树》(1974)、《心画》(1974)、《抹不去的苍翠》(1976)、《霜天小品》(1982)、《荧荧灯火中》(1986)、《青山的邀约》(1987)、《乡土情怀》(1987)、《泥中有情》(1987)。

与丘秀芷一样,谢霜天也是客家人,心头同样怀着对土地的永久眷念。

---

① 张秀亚:《像树叶生长般自然——序,〈蓦然回首〉》,大地出版社1978年版,第2页。

《绿树》《心画》《抹不去的苍翠》等作品抒写乡土之情、自然之情和天伦之情,《绿树》集中收录的不少篇什,用文字描述与记录每一个家庭成员的生活:父亲在蕉山的耕读生活、母亲和大嫂的勤劳持家以及三姐妹的成长,具有浓郁的乡土生活气息,反映了时代和生活的变迁。其中的大嫂正是她获奖的长篇小说《梅村心曲》的人物原型。谢霜天这类抒写自然、乡土和亲情的散文,笔致清新自然,细腻生动,富有情韵。

第四节 1970年代的女性诗歌创作

一、回归对乡土的想象与吁求台湾精神

随着1970年代国际冷战形势的变化,台湾人的民主意识萌发,政治改革迫在眉睫。1971年,台湾爆发"保钓运动"(保护钓鱼岛运动),民族意识重新抬头。这些政治与社会变迁冲击着诗歌,出现"现代诗论战""乡土文学论战"等影响较大的论战。对诗歌而言,这两大论战都是关于台湾诗歌应该走本土道路还是与西方流行的现代主义诗风接轨的讨论。

是否回归乡土的论战由《文学季刊》点燃。《文学季刊》上的一系列文章都批评了台湾1960年代诗坛所提倡的"横的移植",认为其实质为文学"殖民",批判现代主义诗风在本质上是"文学殖民主义"。1972年,任教于新加坡国立大学英文系的华裔教授关杰明发表《中国现代诗人的困境》《中国现代诗的幻境》,批评台湾的现代诗由于片面模仿西方的现代主义诗歌,丧失了台湾诗歌原有的中国意识和社会意识,认为台湾现代诗已经沦为美国"文化殖民主义"的产物。这一观点引起广泛回应。高信疆透过《龙族》发动现代诗论战,继而唐文标的《诗的没落》《什么时代什么地方什么人》引发响应。唐文标批评说,台湾现代诗作家已经成为"文化买办",传达的是颓废、虚无、形式主义,是个人主义的表现和西方思想腐蚀的结果。

现代诗论战之后,草根诗社、大地诗社、绿地诗社等相继成立,这些诗社的名称本身就体现了1970年代诗人对本土传统的"寻根"诉求。尤其是1970年代中后期台湾实行"政治改革"后,"本土诗学"成为主要取向,影响甚广。1971年3月,由辛牧、萧萧、陈芳明、苏绍连等创办龙族诗社,之后的《主流》《大地》也与《龙族》一样主张正视中国自身的传统,《草根》于创刊词陈述"诗必真切地反映人生,进而真切地反映民族"。强调本土传统,意在扫除五六十年代新诗过于西化、晦涩及关注自我的弊病,将台湾诗歌发展的根重新植于乡土。1979

年爆发"美丽岛事件",强化了诗坛中的民族意识诉求与表现社会人生,正如阮美惠所指出的,这些论战和政治事件,造成了"族类文化认同意识的分裂,'现实'与'本土'诗学,有了不同的意义与划分,'中国意识'与'台湾意识'成了对立面犄角。原本依附在'现实主义'诗学下的诗人群,也因族类意识的差别,而有了不同的抉择方向"①。这场论战影响了台湾现代主义诗歌,许多诗人,如杨牧、余光中、洛夫,开始自觉地与古典传统对话,汲取养料。

但对于女性诗人来说,这些寻根诉求在本质上都是男性的和父权的,如龙族诗社宣扬自己是"龙的传人",龙本身却是皇帝和男性权威的象征,正如奚密所言:"批评者往往将力量、独立、尊严这些物质归属于男性,而将相反的特质——薄弱、依赖、屈从,赋予女性。性别的僵化在整个论战中相当普遍。批评者不是将现代主义等同于性无能或去势的男性,就是将之和弱者的女性相提并论。因此,男性象征主体而女性一无所有。在渴望为台湾找到强有力的文化归属的同时,论战却不自觉地认同——也因此强化了——传统的性别偏见。"②当然,论战对带动女性诗人表现乡土情怀有正面意义。总之,这一时期台湾本省籍诗人的比例较前期更多,约占三分之一,本节中将特别关注台湾的本土女诗人,如洪素丽、沈花末、筱晓、利玉芳、陈斐雯、曾淑美。

与诗坛论战的诉求相反,女性主义现代诗歌得到发展,这是由于源于西方1960年代末的妇女解放运动在1970年代以后逐渐转向文化层面,这一转向也影响台湾。台湾妇女运动始于1971年由吕秀莲所带动的女性拓荒时代③,这一觉醒运动影响了台湾女诗人创作的主题。

这一时期的女诗人,多在台湾本地受过大学教育,诗作反映都市生活的居多,如朱凌、沈花末和苏白宇;她们中许多人都不是专职家庭妇女,而为职业女性,席慕蓉为大专老师和专业画家,万志为任职于图书馆,王铠珠、叶翠频、筱晓等为中学老师,谢馨曾为空姐,朱陵当过电视台编剧。

1972年,由余光中、洛夫主编的《中国现代文学大系》诗辑出版,70位诗人中共有8位女诗人入选,她们是:蓉子、林泠、夐虹、罗英、朵思、王渝、刘延湘、蓝菱。名篇则有陈秀喜的《假象不是我》《树的哀乐》《棘锁》,涂静怡的《草的语言》,万志为的《人》,张香华的《我爱的人在火烧岛上》和叶翠苹的《山痴》等,都是七八十年代较有代表性的。此外,这一时期的女作家也试图表现"豪放"的

---

① 阮美惠:《台湾精神的回归——六七十年代台湾诗风》,成功大学博士论文2002年,第302页。
② 奚密:《二十世纪台湾诗选》,中国社会科学出版社2003年版,第37页。
③ 顾燕翎:《女性意识到妇女运动的发展》,中国论坛编辑委员会主编:《女性知识分子与台湾发展》,联经出版社1989年版,第109~122页。

倾向,如张香华早期的作品、夐虹的《台东大桥》、淡莹的《楚霸王》,这些作品气势豪放,有大境界,显得非常特殊。

(一)陈秀喜:台湾女性的文化母亲

陈秀喜,1921年出生,卒于1991年,台湾新竹县人。毕业于日据时代新竹女子公学校,15岁开始以日文写短歌及俳句,1967年加入日本东京短歌社台北支部,1970年日本东京"早苗书房"出版其日文短歌集《斗室》。她自1957年起开始学习用中文写诗,1967年,她与林亨泰发起笠诗社,1971年任笠诗社社长,出版多部中文现代诗集,有《覆叶》(1971)、《树的哀荣》(1974)、《灶》(1981)、《岭顶静观》(1986)、《玉兰花》(1989)等。1997年,新竹文化中心出版《陈秀喜全集》(十册)。陈秀喜既是台湾"跨越语言"的代表诗人之一,又是台湾新诗早期的女诗人代表,可谓日据时期台湾女性诗歌和现代台湾女性诗歌衔接的桥梁,被誉为台湾女性的"文化母亲"①。

陈秀喜是1970年代的乡土文学风潮中最优秀的代表。她一生遭遇坎坷,早年被婆婆虐待,有诗表现这一传统女子特有处境。57岁时因第一任丈夫外遇而离婚,《棘锁》一诗便是批判传统婚姻对女性之压迫。离婚后,她隐居关仔岭,因个性豪爽好客,不吝提携后进,诗友盈门。

首先,陈秀喜善于以花草树木的意象来刻画女性的自我影像。她以"玉兰花"象征台湾女性粗生粗养而又坚韧的品质,感叹她们悲凉的命运。反映女性问题时,陈秀喜的诗歌笔触极为尖锐,她质疑女性被传统社会以道德命名的身份,指出传统的那种"女人"只不过是一种女性存在的一个"假象":

> 没有思想的树/那个假象比我高强/我在树与人之间彷徨/我是树或是人?/抉择甘心是人/不愿成为永远是/一棵顺从的树//回顾女人的半生/信奉习俗为美德/曾是容忍的俘虏/历历的回忆/悔恨容忍的错误/宠遇假象茁壮/猛悟/人跌下去不是人/树倒下去还是树/把蹒跚的影子踢开/高喊着/假象不是我②

在《假象不是我》一诗中,她说自己在婚姻中最终成了"没有思想的树"。陈秀喜笔下的女性不愿再勉强当一个贤妻良母。她能看穿这些把戏的真相,揭穿"假象"。在陈秀喜看来,每一个女人都要当一个真正的自己。这一点可以用拉康的"镜像理论"来解释,即要察觉自己真实主体的前提,就是要打破拉

---

① 李元贞:《从"文化母亲"的观点论陈秀喜与杜潘芳格两位前辈女诗人的精神映照》,《竹堑文献》1997年第4期。台湾女诗人李元贞称赞陈秀喜为所有台湾女性的"文化母亲"。

② 陈秀喜:《陈秀喜全集》(诗集一),竹堑文化丛书出版社1997年版,第36页。

康所说的父权制镜像的存在。又如她的《棘锁》①：

　　卅二年前
　　新郎捧着荆棘（也许他不知）
　　当作一束鲜花赠我
　　新娘感恩得变成一棵树
　　……
　　捏造着孝媳的花朵
　　捏造着妻子的花朵
　　捏造着母者的花朵
　　插于棘尖
　　湛着"福禄寿"的微笑
　　掩饰刺伤的痛楚
　　不让他人识破

　　当心被刺得空洞无数
　　不能喊的树扭曲枝丫
　　天啊　让强风吹来
　　请把我的棘锁打开
　　让我再捏造着
　　一朵美好的寂寞
　　治疗伤口
　　请把棘锁打开吧

　　这首诗深刻检视女性在婚姻中与自我疏离的处境。她用棘锁象征婚姻的束缚与伤害。"鲜花"原本象征爱情的美好，本与荆棘不相干，但"鲜花是爱的锁/荆棘是怨的铁链"，女性接受了这些，就不得不戴上妻性、母性、妇性的枷锁，进入贤妻良母角色的"表演"之中。女人是一棵守在家里的树，在这里，"树"与"锁"的意象相似，女人是一棵被锁在家里的树，就算这把锁有着"福禄寿"的表象，就算打开棘锁后等待着她的是"寂寞"，但在她看来，解放仍然是"美好的"。

　　在《未完成的故事更神奇》中，陈秀喜自信地提出，没有父权制的束缚，女性的生命也许还会有更神奇的故事，这首诗也以她个人的经验为主，在成为贤妻良母36年后，"我"，"热演多角色"，而"当我发觉一切都是圈套/厌恶自己的

---

① 陈秀喜：《陈秀喜全集》（诗集一），竹堑文化丛书出版社1997年版，第168～170页。该诗发表于《笠》1975年第65期，收入诗集《灶》。

演技太精",于是决定"挣脱",决定脱下戏装①。这首诗语气愤激、犀利,充满深刻的检讨与批判,揭示了女性看似平稳的生存表象下的深层压抑。

其次,陈秀喜的诗在表现母女情谊方面也极为深刻。她的小女儿为情自杀,陈秀喜极为悲痛,为此她写下《父母心》:"神啊/请把小玲的腿打断/罚我做她的手臂,直到瘫痪/请把小玲弄成瞎子/罚我变成拐杖/请把小玲弄成白痴/罚我终身为奴隶。"②这首诗把女儿自杀对母亲的打击表现得极为深刻。当陈秀喜知道女儿怀孕之后,她写下了《复活》:"我知道老树也有它的喜悦/我知道复活的欢欣。"③这种喜悦透露出:陈秀喜并没有传统父权的思想,认为孩子是属于男性的(父亲的)。相反,在她的诗中流露出来的思想是:孩子只属于母亲。在她笔下,母爱作为源头犹如活水,女儿的意义不同于儿子,是真正地延续了母亲的生命。

最后,陈秀喜是台湾第一位在现代诗中表达殖民统治和性别压迫的女诗人。李元贞曾经指出作为乡土诗人的陈秀喜的意义,"最关心国事,且善用女人事物来比喻台湾被殖民的屈辱感的女诗人当推已过世的陈秀喜"④,如《台湾》⑤一诗:

> 海峡的波浪冲来多高
> 台风旋来多强烈
> 切勿忘记诚恳的叮咛
> 只要我们的脚步整齐
> 摇篮是坚固的
> 摇篮是永恒的
> 谁不爱恋母亲留给我们的摇篮

这首早期创作的代表作后来被梁景峰改编歌词、李双泽谱曲,改名为《美丽岛》,成为校园民歌,风靡一时,随后因政治因素被当局禁唱达八年之久。对于这首诗使用的较为简单的意象,李元贞认为,"这可以说明女诗人在认定本土时,以母亲意象的正面含意,或者母亲意象的低姿态,来包容台湾七〇年代的动荡和纷争","陈秀喜诗中所使用的意象、韵律、口吻确是展现了一种诚恳

---

① 陈秀喜:《陈秀喜全集》(诗集一),竹堑文化丛书出版社1997年版,第94页。
② 陈秀喜:《陈秀喜全集》(诗集一),竹堑文化丛书出版社1997年版,第40~41页。发表于《笠》1970年第35期,收入诗集《覆叶》。
③ 陈秀喜:《陈秀喜全集》(诗集一),竹堑文化丛书出版社1997年版,第17页。
④ 阮美惠:《笠诗社跨越语言一代诗人研究》,东海大学硕士论文1997年,http://ws.twl.ncku.edu.tw/hak-chia/n/ng-bi-hui/sek-su/ch-6.htm。
⑤ 陈秀喜:《树的哀荣》,笠诗社1974年版,第14页。

叮咛的柔性温暖性"①。这些看法都是一语中的。但陈秀喜早期的这类诗的确有钟玲所说的缺点,"常有平铺直叙、缺乏层次之弊"②。

到了后期,陈秀喜的诗作风格日益成熟,完全没有了钟玲所说的问题。如1976年的《我的笔》便是陈秀喜表达民族情怀的代表诗作。在这首诗里,她更深刻地反思台湾的殖民性,将女性的脸孔转化成一个隐喻:

> 眉毛是画眉笔的殖民地
> 双唇一圈是口红的地域
> 我高兴我的笔
> 不画眉毛也不涂唇
>
> "殖民地","地域性"
> 每一次看到这些字眼
> 被殖民过的悲怆又复生
> 数着今夜的叹息
> 抚摸着血管
> 血液的激流推动笔尖
> 在泪水湿过的稿纸上
> 写满着
> 我是中国人
> 我是中国人
> 我们都是中国人③

这首诗获美国国际诗奖第二名,道尽了台湾人民在日本殖民下的悲怆与痛苦。诗的力量源于譬喻的原创性,她把女人的面孔喻成殖民地,化妆品则是殖民者所谓的装扮。第一人称叙事者"我"拒绝传统给予女性的"笔"(眉笔、唇笔),而要拿起真正的笔——抒写之笔,并以此肯定自己作为中国人的身份。写字的墨笔代替黑色的眉笔,"红色的嘴"代替了"口红",这两组色彩的一一对应暗示了女性不再"为悦己者容",获得了一定的主体性,以主动取代被动,以独立取代屈从。1978年,美国宣布与台湾"断交",移民海外潮便波涛汹涌地达到高潮,此诗亦传递了陈秀喜的愤怒及激动情绪,在诗的结尾,陈秀喜以三次高呼"我(们)是中国人"来表现她的强烈而愤激的国族意识。

---

① 吴达芸:《跨越语言一代女诗人的台湾意象——以陈秀喜杜潘芳格为例》,第二届(2000)台湾文学学术研讨会宣读论文,http://ws.twl.ncku.edu.tw/hak-chia/g/gou-tat-un/lusijin-taioan-i-siong.htm。
② 钟玲:《现代中国缪司:台湾女诗人作品析论》,联经出版社1989年版,第196页。
③ 陈秀喜:《陈秀喜全集》(诗集一),竹堑文化丛书出版社1997年版,第79~80页。

再来看陈秀喜有名的反思殖民时期的诗作《耳环》：

要辨别我们并不是日本人
戴着翡翠玉坠的耳环
梳两条辫子
穿着长齐脚跟的旗袍
因怕统治者的威风
纯中国式的打扮
街上已少见
我时常被日本的小孩子们
投掷小石头　骂"清国奴"
他们无知的妄举
是统治者骄傲的遗传
耳环如祖国的手安慰我
抚着我的面颊
使我更神气阔步
当时　十八岁的我
深信母亲的话
耳环就是
中国女孩的凭证
台湾光复　那一天
不必检验耳朵的针洞
如今　年龄已老照镜子的时候
习惯地多看一看
去世的母亲
留给我的民族观念①

创作此诗时，作者年事已高，回忆起孩童时母亲的教诲以及自己少年时的执著。陈秀喜的诗还原了日据时期的残酷，当时多数人因害怕日治迫害，都不敢做"中国式的打扮"，不敢正视自己的身份，有些人甚至已经被同化，逐渐遗忘自我。而且其中令人感叹的是，童年欺侮她的对象竟然只是孩子而已，后来她想象耳环的晃动，如同祖国的手抚摸着面颊，以此作为安慰。她用"耳环"这个意象反复强调身上的记号，不会消失，亦如自己的民族意识，永远不变一样。诗的结尾指出，去世的母亲像是当初离开的祖国，就算走了，作者仍然记得自

---

① 陈秀喜：《岭顶静观》，笠诗社1986年版，第14页。

己的身份。正如吴达芸所言,"诗中母亲以女儿的爱美天性,借着肉身刻镂的动作(穿耳洞),将民族意识刻骨铭心印记传于子孙,这一细节格外动人"①。

陈秀喜不愧是第一代台湾乡土文学潮流中的女诗人代表,之后敻虹和洪素丽进一步发展了以陈秀喜诗作为开山的台湾乡土诗。

(二)杜潘芳格:乡土女性诗的新发展

杜潘芳格,1927年出生,新竹县新埔客家人。新竹女中、台北女高毕业,台师专肄业。曾任《台湾文艺》杂志社社长,婚后即协助夫君医业并从事写作,兼用日文、中文、客家语写诗,任女鲸诗社社长。

杜潘芳格早年写日文诗,1965年4月开始向《笠》诗刊第6期投稿,1977年自费出版第一本双语诗集《庆寿》,为笠诗社同仁所推崇。1986年参与《笠》诗刊台湾诗人选集30种,结集《淮山完海》。杜潘芳格为"跨越语言的一代"的代表诗人,至1992年获"陈秀喜诗奖"才真正崛起于诗坛,广为人知。此外,她还有《朝晴》(1990)、《远千湖》(中文、日文、英文合集,1992)、《青凤兰波》(包括客家语诗,1993)、《芙蓉花的季节》(1997)及《拯层》(日文)等诗集,其作品曾入选《亚洲现代诗集》。

杜潘芳格从小就对女性的处境有切身体会,从小她就对女性边缘化的位置非常清楚。在《父母亲》中她写道:"母亲的姿影/在午夜静寂的礼拜堂院子/傲耀的玫瑰花/看不见母亲了/因为父亲的影子。"②杜潘芳格的母亲出生后不久曾卖给人当童养媳,由于男方家养的狗和牲口都死了,于是被认定会带来厄运,数度被遣返娘家。③这首诗描绘母亲的形象被父亲的阴影笼罩住,表明她对于父权的历史有较深的感受。在诗集《芙蓉花的季节》附录的访谈里,她回忆自己的童年生活:"因为我是长孙妇女,所以一心一意想得到祖父的欢心,但是他一点都不看我,他是封建时代的人,重男轻女,他认为女孩子将来是姓别人家的姓又不潘。"④

1970年代,杜潘芳格作为基督徒开始创作,作品有明显的《圣经》色彩,如"世间有光,光会点出爱,爱会点出光,大家要快去,走上走下忙忙碌碌"等。

杜潘芳格于1988年年底率先尝试客家语诗的创作,1993年,她出版以客语诗为主体的《青凤兰波》,开拓了台湾客家语的文学版图。在《平安戏》中,她

---

① 吴达芸:《跨越语言一代女诗人的台湾意象——以陈秀喜杜潘芳格为例》,第二届(2000)台湾文学学术研讨会宣读论文,http://ws.twl.ncku.edu.tw/hak-chia/g/gou-tat-un/lusijin-taioan-i-siong.htm。
② 杜潘芳格:《淮山完海》,笠诗社1986年版,第89页。
③ 杜潘芳格:《芙蓉花的季节》,前卫出版社1997年版,第154页。
④ 杜潘芳格:《芙蓉花的季节》,前卫出版社1997年版,第152页。

写道:"年年都系大平年,年年都作平安戏,只晓得顺从个平安人,只晓得忍耐个平安人,围戏棚下,看平安戏。个系汝兜侪肯佢作个呵!尽多尽多个平安人,情愿仵戏棚下,咬甘蔗含李仔咸,保持佢个一条老命,看平安戏。"这首诗其实是在反其意而发问,演平安戏就能带来平安吗?

她还把客家语与汉语放在一起,创造出混乱型的诗歌语言,如《含笑花》:

> 含笑花哟含笑花
> 你过 ngai ke 房间。
> Ngai 兜共下食三餐
> 共下去散步,
> 生生 ke 含笑花
> 你甜甜揽 ngai。
> 我家毋识断香花
> 毋识断爱心。

这首甜美的客语诗最能呈现杜潘芳格诗歌的母性以及信仰的深沉。花因爱而飘香,人在爱中与圣爱相融合。杜潘芳格以客语诗尝试表现客家女性的生活与情感,她甚至尝试以客家语翻译法国象征派诗人兰波(Rimbaud)的诗。她的客家语诗,除了特有的宗教意味外,更以平淡、严肃、批评的知性风格关注女性的存在和命运,尽写上一代女性的无奈与认命的人生;她还关注现实社会问题,诗中有对台湾民主运动的关心,对台湾人内心精神面向的分析与描绘等。在《纸人》中,杜潘芳格试图寻找一种女性在台湾的真实存在:

> 地上到处都系
> 纸人
> 秋风一吹摇过来摇过去。
>
> Ngai 毋系纸人
> 因为
> Ngai ke 身体系 ke 殿
> Ngai ke 心交托分上帝。
>
> 头脑充满了天赐 ke 启示
> Ngai 有力量,ngai 有能力。
>
> 纸人充满台湾岛上
> Ngai 寻,ngai 到处去寻,
> 像 ngai 共样 ke 真人。

这首诗表现信仰使她免于变成假人之患。"Ngai"就是客家语的"我"的意思,"我不是纸人"这句诗用汉语表达就是:"我/我的脑充满了/天赐的力量//纸人充盈的世界里/我寻找着/像我一样的真人。"①"我"的内在自我是充满无限神力的"真人",这不仅说明她的女性主义意识,还与她虔诚的基督徒身份有关。

杜潘芳格的自省意识特别强,她的诗摆脱了女性作家刻板闺怨的风格,以浅白质朴的语言,塑造出台湾女性的多重身影,拓展了女性诗的深度与广度。如《声音》:

> 不知何时,唯有自己能谛听的细微声音,
> 那声音牢固地,锁上了。
>
> 从那时起
> 语言失去了出口。
>
> 现在,只能等待新的声音。
> 一天又一天,
> 严肃地忍耐地等待。

1988年,后殖民女性主义者斯皮瓦克从第三世界妇女的角度发表《底层能说话吗》一文,指出,印度"贱民"在殖民统治的多重压迫下"被消音"。杜潘芳格作为台湾"跨越语言的一代"的诗人,历经日本殖民统治、国民党当局的"国语政策"等语言压制的历史,这首诗呈现的就是台湾人在殖民统治和国民党的高压下"被消音"的处境,语言没有出口,诗人只能耐心等待,坚定而平和地等待。

在风格上,杜潘芳格的诗,"是在抒情里包容着思想的诗"(李敏勇语)。杜潘芳格认为女性身份本身说明了女性存在与诗歌创作之间有一种特别紧密的关系:"为何写作?这像问我为什么活着一样;为什么写作,因有语言的产生所以写作……语言的洪流像宇宙星云的循环一般。一个精神,对于某一个精神具有意义就是,这样参与全体的洪流,在那新的独自性之下,踏出自由的一步……"②当女性在认识到主体性之后,她内在精神的张扬必然需要一个群体的力量,以抗衡父权社会,因此她必然关注其他女性的处境。杜潘芳格把女性写作看作参与宇宙的精神洪流,由其中产生自由,这些诗歌观点对于女性写作富有启示意义。

---

① 杜潘芳格:《淮山完海》,笠诗社1986年版,第16~17页。
② 杜潘芳格:《青凤兰波》卷三《散文随笔》,前卫出版社1993年版,第167~168页。

二、现代派对"情欲"的重新抒写

1970年代是台湾诗坛现代派受到乡土派挑战并反省的时代。但是对于女性诗并不如此,冯青对台湾现代女性的体验的抒写备受关注与扶持。究其原因,现代主义的女性诗歌正处在起步阶段,在男性为主的诗坛中,其创作只是一支脉流,所以反而能扶摇直上。而女性诗歌在重新抒写女性身体经验这一点上,在文体和意识上都有发展的空间。

(一)冯青:与席慕蓉不同的境遇

冯青,本名冯靖鲁,1950年生于山东青岛市,原籍江苏武进。冯青中小学时期在台湾宜兰县度过,18岁就开始发表诗作。1973年毕业于台湾"中国文化大学"历史系。她于1978年参加创世纪诗社,还曾加入阳光小集诗社和台湾笔会。现为专门从事写作的家庭主妇。1983年出版第一本诗集《天河的水声》,集中收录了她1970—1982年的作品,颇受创世纪诗人洛夫与学者张汉良的好评。后期还出版了《雪原奔火》(1989)和《快乐或不快乐的鱼》(1990),反响都很好。

冯青的诗虽然不在大众层面上流行,却备受台湾诗评界瞩目。她的诗作不仅在1980年代的各种诗选集中入选,更在1991年获得吴浊流新诗奖。张默称赞她既懂"语言的穿越性",又懂"意象的特殊性",张汉良则承认她"熟稔现代诗某些约定俗成的体制"①。

冯青的诗对情欲的表现很有个性:

他将问你的芳名
相对于柏拉图式的表达
他将重复一遍
"请问芳名?"
那里你灵魂的舷旁
要栖满肉欲般幸福的白鸟
制造完美的幻觉

从冯青对情欲的抒写中,的确可以看到现代派对情欲的抒写已经不同于古典派。林耀德因此肯定冯青是"具备了女性主义色彩的诗人",他说,"冯青

---

① 冯青:《天河的水声》,尔雅出版社1983年版,第213~231页。

重新以诗审视了爱欲(Eros)与性欲(Sex)之间诡异模糊的临界线"①。学者林于弘认为,冯青"在政治、乡土与女性主义等层面,也都有超越昔日的开创见解"②。

冯青的《白牡丹》使用了象征的写法,先写当年"白牡丹"红极一时的盛况。她以"白牡丹"暗喻那些被男性所抒写的历史遮蔽的优秀女性,同时相信历史并不能真正抹灭"白牡丹"们的壮美形象,因为她们才是历史"最出色的主角":

> 当历史白成许多颜色时
> 她是千首歌中最出色的主角
> 翻过歌谱可能吹出另一种风情
> 你看！白牡丹
> 蹲在庭院的角落
> 吃着另一种时空的花雾
> 她的歌声遂凝冻在台湾的舌尖上
> 有一种雪被焚时的清香
> 以慢节拍流过一座小岛
> 然后,想着浏亮的刘海和扇坠的那男人
> 眼中只剩那么一条长河——
> 飘满了洁白花蕊心在春风里
> 啊！白牡丹
> 那女子遂轻轻咬住下唇
> 以绢样的笑声去面对风雨
> 面对
> 我们花丛上清亮的天穹
> 像蒹葭一样
> 我们最早的爱情
> 其实从不
> 绝版——

经过冯青这些奇伟的想象和乐观的抒情,"白牡丹"像一个史诗中的英雄,虽然命运沧桑,却在被囚禁前有着美好的生活和真正的爱情。该诗由史诗般的大情境到最后爱情的小情境,过渡得极其自然,可谓兼有王国维所言的"大

---

① 林耀德:《永远的鱼拓——论冯青的诗》,《快乐或不快乐的鱼》,尚书文化出版社1990年版,第8页。
② 林于弘:《台湾新诗分类学》,鹰汉文化企业股份有限公司2004年版,第300～301页。

境界"与"小境界"。冯青在创作时,充分借鉴西方现代诗的手法,她常常使用象征主义的通感手法,把听觉、视觉和触觉与情绪混合起来。

1980年代末出版《雪原奔火》《快乐或不快乐的鱼》后,冯青更是一改早期清新明澈的风格,敏锐而具批判性,表现了激昂的反叛意识。如《鹦鹉》一诗表现了对男性尖锐的嘲讽:

> 他们的语音溅着口水
> 以快速的信号报销
> 你耳垂上的痛苦
> 一如勇敢的十字军为真理东征
> 一再投诉于全城的大银幕
> 啊!泛滥的语词及捷径
> 滥生着荷尔蒙过多的雄性鹦鹉们
> 在乏味的屠宰场上
> 它们宰割着数千万具
> 裙裾下隐形的美女及想象
> 在它尝过粪便的喙上
> 淌着褐色的蜜①

这首诗把那些为"真理东征"的男性征战说成是"荷尔蒙过多",把男性对女性的统治隐喻成"宰割",非常尖锐。冯青在《小矮人》一诗中还写了女性挣扎于传统的艰难,"我曾感谢/带来童话般幸福的小矮人/在我苍白的床单上绣出鲜艳的花果","翻阅童话书/仍有轻微的晕船症"②。虽然理性上已经清楚童话中所写的浪漫爱情是对女性的欺骗,但她仍然有一种沉迷(晕船症),难以克服对浪漫爱情的向往。

在《三八节之共生谱》中,冯青直指身为"女人"的处境对女性主体性的摧残:"如同被瓦斯阵雨淋浴的世纪妇女/总是把妻妾意识绣成宽大的盆骨……浪型的卫生棉及荷尔蒙/花间词式的吟咏——眼泪及面膏齐飞/有人努力打造更重的枷/带回自己的家。"③在冯青眼里,女性的处境并不只是男性造成的,完全是由女性自身内化了这些统治的要素,形成自我封闭的困局,自己打造了一个"更重的枷","带回自己的家",在她的抒情世界里,现代那些时尚的女性也不过正在用化妆品"面膏"打造比传统女性更沉重的枷锁。进入创作后期,

---

① 冯青:《雪原奔火》,汉光文化事业股份有限公司1989年版,第101页。
② 冯青:《雪原奔火》,汉光文化事业股份有限公司1989年版,第156~157页。
③ 冯青:《雪原奔火》,汉光文化事业股份有限公司1989年版,第65~66页。

她的女性主义主张也越来越激进,她甚至直接发出"我只要去造反"①的呐喊,但其后期诗作的语言有流于抽象而衍生枝蔓等问题。

(二)苏白宇、斯人:独立女诗人的都市感悟

苏白宇、斯人和沈花末都未参与诗社,她们直接由女性的直觉入手,描写台湾的都市化,表现都市生活的疏离感以及女性体验到的都市的冷漠。

苏白宇

苏白宇,1949年出生,湖南益阳人,笔名白雨、雪里、苏风,台湾大学大气科学系毕业,曾任中学老师、研究助理,现为专事写作的家庭主妇。因诗人丈夫张健参与《蓝星》编务,曾以别名投过稿,但直到1983年她自印诗集《待宵草》后,诗名才为世人所知,次年入选尔雅版年度诗选,曾获优秀青年诗人奖。与朵思一样,她是做完主妇工作后半夜写诗。与蓉子一样,她也从不与诗人丈夫讨论创作。1989年她自费出版了第二本诗集《一场雪》。

"那枚戒指,一副手铐/无期徒刑!法官宣告/再添三根脐带缠成脚镣"(《囚》)。不得已放弃事业而当专职家庭主妇的苏白宇,对家庭女性困境,有着痛切的体验,她的《主妇日记》不厌其烦地写了作为主妇的经验:

每天把五个人的口粮搬上五楼
不知能否算一种薛西佛斯
无底的水箱和胃袋是难餍之饕
吸墨的衣袜则如野草日日沐春风
还有兆亿尘粒以等比级数在繁殖
一双螳臂该撑到那一层极限
不周山原来像矮于身高的屋顶
稍一闪神便折断天柱缺了地维
瞧瞧电灯才复明水龙头又滴漏不停
可不是老三刚退烧老二就闹牙疼
那美丽的五色石只好昼夜赶炼
三分的人生早已注定了等于
一个永不止息的循环小数
零点三三三三三三……
恰巧瞥见无寐的嫦娥也凭窗
她跟我说宁愿作伐桂的吴刚

---

① 冯青:《给坏情人的现代启示录》,《快乐或不快乐的鱼》,尚书文化出版社1990年版,第147页。

这首诗铺陈家务的多样与繁忙,吴刚伐桂虽辛苦,但天天在厨房"循环"劳作的无创造性的辛苦却使得嫦娥发出"宁作吴刚"的呼声,表现女性期盼走出家庭桎梏的独立愿望。

张小虹在《两种〈欧兰朵〉》中指出,一切可以呈现的都围绕在语言、社会位置和服装中,"扮装(卸去男装、穿上女装)为变性之转喻"。① 苏白宇的《蝉》就曲折地表现了变性的隐喻:

> 漫漫十七年的修行
> 在未识风日的地穴中
> 每一次蜕下的袈裟
> 且能疗治世间诸疾苦
> 缘何爬上不着天的树干呢
> 清晨的迸裂始自头胸
> 扬弃了那袭无尘衣
> 乃羽化成一翩翩少年

蝉的成长周期为17年,幼小时为若虫,栖于地穴中等待蜕变,吸食多年生植物根中的汁液以存活。"扬弃了那袭无尘衣"指的是所蜕("羽化")之壳,可以入药,所以诗中说可以"疗治世间诸疾苦"。苏白宇把蝉的"前身"描述得如同慈悲的地母,等到为了从地底到树上而"换装"时,蝉"羽化成一翩翩少年",其实是想通过蝉的蜕变来写女性的"性别换装"。诗人将活在一片桑叶里的蚕比喻为"自君别后的小女子",朝暮而机械地啃着自己的青春,"等无法屈伸的皮面/也掩不住虚填的躯囊/便开始绝食的长眠/不得不醒来的时候/换穿的还是那色素衣"。此处又以"素衣"形容女性性别表演失败、为情所困的状态,构思极为精巧。

又如《四月冬》:

> 无论鲜绿、嫩黄或艳红
> 即使标了价的轻盈花俏
> 也如岁月的交易一般艰难
> 臃肿的中年只宜啊深素裹之

把花哨的服装与青春相提,而年华既逝,"只宜啊深素裹之",更多的是将服装与社会潜在的很难改变的性别观念联系起来,给人一种悲凉之感。

---

① 张小虹:《两种〈欧兰朵〉——文字/影像互动与性别/文本政治》,《性/别研究读本》,麦田出版社1998年版,第21~22页。

斯 人

斯人,本名谢淑德,1952年生于台南,台大中文系毕业。斯人于1970年代中期开始写诗,在《蓝星》与《联合报》副刊上发表,1982年《联副三十年文学大系——抒情传统》诗卷选入她的诗,但尔雅版的年度诗选从未选她,倒是苦苓与沈花末主编的前卫版的1984年和1985年台湾诗选选用了她的作品。出版有诗集《蔷薇花事》(1995),该诗集由余光中作序。余光中在序中提出斯人的诗风有一个发展的过程,"由早年的轻愁发为中年的沉郁,并由纤巧的小品演成淋漓的长篇"。

斯人的《荷》,以古怪的服装意象写荷花,"像美人卸下残妆/犹拖半截金缕的衣裳"①。

斯人很有女诗人的自觉意识,如诗歌《有人要我写——戏答痖弦先生》②就以一种游戏的语言表现女性主义的写作观:"有些不朽的诗人天生的多才又美丽/要我东施效颦的眼耳鼻舌身意/恕我无礼,套艾略特的一行诗自惕/NO. I am not Emily Dickinson,/nor was meant to be."诗中的英文句意为"不,我不是艾米丽·狄金森,也无意效法"。斯人把写诗的方法比成佛教的"六观",认为没必要在"眼耳鼻舌身意"上模仿,她以此"戏答"强调的其实是女诗人自主的语言实践。此外,斯人还在一些诗里表现了她由佛教徒转变为基督徒时的观念变化,如《晚祷》表现了她对《圣经》的较为个人性的、女性主义的解读。

三、现代派与古典派的融合

在总体风格上,这一时期的台湾女性诗歌既传承了古典余韵,又以含蓄内敛的风格为主。一方面,她们的诗词表现了温柔、驯良、妩媚、细腻、精致、凄清的心绪,另一方面,也充满不食人间烟火的纯净、超然、飘逸、清空等气质。这些特点构成女诗人传统的特征,也大致吻合"闺怨诗""婉约诗"的传统。林泠、夐虹、翔翎、方娥真、张秀亚、冯青、叶翠苹、王铠珠等诗人的作品都有这些特点。同时,又受到台湾现代派余韵的影响,如被批评界普遍接受的冯青,开拓了婉约派的新路。还有一些女诗人坚持现实主义传统,如女诗人叶香,在此时期写下不少优秀的女工之诗,但因她没有立即出版诗集而被诗坛遗忘。

叶 香

叶香,本名胡月香,1950年生于台湾嘉义,高雄复华中学毕业。曾任《时报周刊》助理编辑、台视《家庭月刊》采访部记者。系草根诗社同仁,后从事儿

---

① 斯人:《蔷薇花事》,书林出版有限公司1995年版,第67页。
② 斯人:《蔷薇花事》,书林出版有限公司1995年版,第103~104页。

童文艺教学,任台东社教馆文化中心文艺班老师,现为"叶香文学工坊""写作的一角"负责人,她近年来致力于妇女写作之推动,主持妇女写作班,对推动台东女性主义运动和台东诗坛关注现实一脉较有贡献。

叶香曾在加工出口区的外资厂高雄电子公司当过品管员,在台湾女诗人多数养尊处优的生活境遇中,她是较为独特的。她对女工的处境有着切身的经验,她在《工作》中写道:

> 一袭蓝衣
> 万架机器
> 待发
>
> 数千瓦灯光
> 亮炯炯是美国老板的眼
> 巨细靡遗
> 赶货赶货赶货

这首诗写得很质朴,甚至可以说有一点粗糙,几乎没有流行的现代主义的手法,保持着严格的写实和批判精神。叶香的诗作,大多如此,记录的是现代工厂流水线上的亲身体验,是资本流动中女工的叹息。此外,她的儿童诗也写得很好,如《小蚂蚁回家》。

叶香诗作的价值被女诗人兼诗歌评论者李元贞发现,李元贞经考查认定叶香是唯一为女工写诗的台湾现代女诗人①。叶香迟至1998年始出版她散发在各诗刊及报纸副刊上的诗作,并与其小品文合并为《微雨》一书。她的工人诗作主要收录于散文《仿佛》与诗集《微雨》中,其他或可零星地在报纸或《劳动者》杂志中觅得。

袁琼琼

台湾的女诗人,若说有一个传统的话,那就是她们是从日文古典诗开始起步的,而台湾诗坛的现代主义运动,直到1970年代方真正影响多数女诗人的创作。诗人管管的妻子袁琼琼,1950年出生,四川眉山人,台湾省立台南商专毕业,任职电视台编剧,创世纪诗社同仁。早年以笔名朱陵写作新诗,她虽以写小说和散文为主,未出诗集,但零星诗作发表于《创世纪》《蓝星》《水星》《草根》上。她善于描述女性的生理经验,表现自我独特而隐秘的生命体验。在表现女性作为"身体的存在"时,她的诗大胆而沉痛,如"惶痛的伤口里/呕出了/冰寒的死婴孩"(《中元节的月亮》)。她的《钟与镜》更把对容颜已老的恐惧、无

---

① 李元贞:《女性诗学:台湾现代女诗人集体研究》,女书文化事业有限公司2000年版,第429页。

助推向极致:"钟与镜放在一起/就像/流光与容颜/放在一块/等待//谁/吃/掉/谁。"由于女性经验的特殊处理,镜子在这里成为女性人生的真实见证者。她的《生日》《每天》以尖锐痛楚的感觉,以死亡为参照,来关注人类生存的共相,怪异的意象背后投射着作者来自女性生存经验的强烈主观感受,在她笔下,人生的大部分都是"朦胧的朦胧的/风声"①。总之,她的风格是以沉痛、悲凉的语调来反思人生,表现了1970年代的现代与古典的融合。

(一)淡莹和尹玲:华侨女诗人笔下别种情致

淡 莹

淡莹,本名刘宝珍,广东省梅县人,1943年出生于马来西亚霹雳州的华侨家庭里,后到台湾就读台湾大学外文系。新加坡籍,丈夫为诗人王润华。淡莹于中学时代就开始写诗。大学时代,她和诗友同学,如王润华、林绿、翱翱、陈慧桦、黄德伟等人,创办星座诗社,自费创办《星座》诗刊。后赴美深造,系美国威斯康星东亚研究所硕士,曾任教于美国加州圣巴巴拉校园东亚系及新加坡大学华语中心,1974年又转往新加坡,现任新加坡大学华语研究中心讲师。出版有诗集《千万遍阳关》(1966)、《单人道》(1968)、《太极诗谱》(1979)和《发上岁月》(1993)。淡莹常投稿于张默、痖弦和洛夫主办的现代派诗刊《创世纪》,是该刊的主要撰稿人之一,她的《沤鸟》《楚霸王》《太极拳谱》等名篇都是在这个诗刊上发表的。她还多次入选尔雅版年度诗选。

在创作上,淡莹的诗歌观点是不要讨好读者,在她看来,"赋予文字新的生命,创造一种诗的语言,乃是当前诗人急需之务。如果一味沿袭陈腔滥调,那么,终有一天,连诗人自己都会觉得已无存在的必要。从事创作是一件艰辛的工作,虽然诗人不一定要为它呕心沥血,但至少应该抱着严谨的态度,相信这也是读者对诗人的要求之一。诗人再也不能说他只对自己的作品负责,他也同时应对读者负责,不过绝非讨好读者"。所以,淡莹在创作时能选取一些难度较大的题材,在楚霸王、太极拳等生硬冷僻的题材上试笔。如《楚霸王》一诗的结尾:"他把宝剑舞成数百道/人鬼隔绝的路/倏地张大嘴/一口咬住那股寒锋/三十一步的鲜血直冲青天/终于跌入逆流/大江东去/他的头颅跟肢体/价值千金万邑/及五个诰封/浪淘尽千古风流人物/他的血在乌江呜咽。"场面描写悲壮、苍凉,气度很大。

即使在表现细微的反思中,淡莹也善于以小见大,挖掘事物中的哲理,如在《落幕的原因》中,淡莹思考的是落幕背后的人生启示,"我需要有足够的智慧/来决定/落幕的时间",这种思考并没有给出答案,却余味悠长。

---

① 朱凌:《恍惚的人》,张默编:《剪成碧玉叶层层:现代女诗人选集》,尔雅出版社1981年版,第206~207页。

尹 玲

尹玲,本名何尹玲,又名何金兰,出生于越南美拖市(My Tho),原籍广东大埔,父亲为客家人,母亲为越南人。自幼爱好文艺,高中时开始向南越华文报刊投稿。自幼同时接受中、法、越三种不同文化的熏陶和影响,精通中文、闽南语、粤语、客家话、法语、越南语和英语。先后毕业于越南西贡文科大学、台湾大学、巴黎第七大学并获得学士、硕士、博士学位。著有诗集《当夜绽放如花》(1991)、《一只白鸽飞过》(1997)和童话诗集《旋转木马》(2000)。此外,还有《尹玲短诗选》(2002)和《蓝星诗学——尹玲特辑"端午号"》(2003)。

尹玲研究法国文学理论和中越文学比较,有专著《文学社会学》《苏东坡与秦少游》《五代诗人及其诗》等。她还是一位翻译家,译有《萨伊在地铁上》(Zazie dans le metro)、《法兰西遗嘱》(Le Testament Francais)等法国小说,还翻译了许多法国诗、越南小说和越南诗。目前任教于淡江大学中文系和法文系、辅仁大学法文研究所、东吴大学社会学研究所。

《旋转木马》是一本儿童诗集,是尹玲与女儿的"通关密语"。《当夜绽放如花》更多的是她游历的记录,如这本诗集第三辑为"莫奈印象"。她的爱情诗写得优美而深情:

> 滴滴雨珠是对对晶莹的复眼
> 夜夜开合玉色底的相思
> 一定的　我们将永汇成一海
> 呼吸着一样深邃的同一名字①

尹玲写得最好的是战争诗。《血仍未凝》是一首战争情诗,是尹玲战争诗的代表作之一。全诗分四节,第一节写男女之间"未及开口的许诺",被火河"淹没";诗的第二节以情人之间的失散、流徙的意象,如"被囚的鹰"、折断的双翼、"独守更漏"等,来形容爱人之间的别离。她自言自己过的是一种"以梦写生"的生活,"赤足走过几许冰雕的路",而"为何你不/你不伸手牵我"则把离别的心绪和深情表现得动人心魄,"照明弹眩盲我们的双睛/天灯那样夜夜君临空中/摄去我们急索空气的呼吸/半秒钟的迟疑/瓦砾之上/死亡躺在高速跑的射程内",爱情的背景是战争与死亡,而在战火时相见则是:"一次见面是一次死生的轮回。"在《碑石流着湄河一样的泪》这首诗中,"那年/无所谓前后方/火线就在客厅或卧房/在学校或寺庙/在巷弄在墓地里/能够醒来/便能拾到昨夜飞如星雨的弹壳"。尹玲以"星雨"形容流弹,这是一个被痖弦评为"美丽得近乎邪恶"的战争意象。"在我们干涸欲裂的瞳仁里/渐渐瘦成枝枝雏菊/开出一

---

① 尹玲:《黑夜亦是一尊太阳》,《当夜绽放如花》,1991年自印,第64页。

朵照明弹/那般的颜色",记忆在这里永远闪着照明弹一样鬼魅的光泽。

北越与南越的冲突,最后以北越统一南越结束,但尹玲是反共派,她为此痛苦得"一夜白头"。当然,我们不能教条地说她是"反共"的,其实她反对的是一切战争。由此,她关注全世界正在进行的战争,诗集《一只白鸽飞过》中的最有名的诗《一只白鸽飞过》写的就是萨拉热窝的内战,表达对和平的期待和失望。她也抨击美国的伊拉克战争,认为它毁灭了文化。

(二)刘延湘等:现代主义的触角

刘延湘

刘延湘,1942年出生于湖南省湘乡,1951年随家人赴台。台湾政治大学西语系毕业,曾任英文《中国邮报》编辑、台湾《经济日报》编辑、台湾欣欣大众公司董事长秘书等,为创世纪诗社同仁,作品曾入选《七十年代诗选》。出版有中英文对照诗集《露珠集》(1973)。

刘延湘写爱情,不着一个"爱"字,只在"醉"字上做文章:

就让我伏在这绵柔的
紫色山脉
睡它一个舒服的长夏吧

恋人的臂弯是"紫色的山脉",云雾缭绕,醉意朦胧,她只把醒来时欢乐的泡沫描绘出来。她写"声",却用无声,用沉寂,用肃穆来表达有声,而且这无声的声是那样强烈,甚至"贴紧在你的鼓膜上",是"伸手向外面就能一串串/一串串地抓得到/正如抓住邻居那女子……"《鱼之舞》更是妙趣横生,"何妨用身体所有的器官谈笑",用谈笑来"掩藏彼此半生不熟的舞步",可谓大胆地表现了女性的性与欲望。

1973年,刘延湘在《露珠集》自序里说:"'黎明的前奏不再是云雀在天国之门歌唱,而是大卡车在天亮前穿过隧道的轰隆之声',这恐怕是现代人写诗的一般精神,当然也是我的。但我不喜欢夸张所谓苍白,愤怒,孤绝等等的'现代感',我所做的是,从自己对存在意义与生命价值不能留情的否定的惧怕中,设法解释自己,稳固自己和平衡自己。"这种观点亦颇能表达台湾现代女性诗人所面临的困境,难怪有论者认为她有着"现代主义的触觉"①。

苏 凌

苏凌,本名苏秀华,1947年出生,政治大学西语系毕业,她在1970年代前后出版有诗集《明澈集》(1969)、《卜居》(1974)和《蝶歌》(1981)。

---

① 钟玲:《现代中国缪司:台湾女诗人作品析论》,联经出版社1989年版,第205页。

李 黎

李黎，本名鲍利黎，1948年出生于江苏南京，原籍安徽。从小在台湾读书，台湾大学历史系毕业，现在美国《华人世界》任编辑。中国青年出版社曾为她出版短篇小说集《西江月》。她的诗气象很大，如"心头有歌，缓缓升起——/一条小河，一条大河……/在我身内/流着一条/比水还长的/比血更浓的/大河"（《一条大河》，1978）。

刘小梅

刘小梅，1954年出生于台北，原籍山东诸城，辅仁大学教育心理学系毕业，美国圣约翰大学亚洲研究所硕士。曾任警广电台节目制作、主持人，铭传管理学院、台湾艺术大学、"中国文化大学"兼任讲师，"中国广播公司"节目部编审、《联合报》副刊编辑。刘小梅由播送节目而触发写作灵感，她著有散文、小说、诗、格言集十余本书，其中诗集有《惊艳》《雕像》《今夜有酒》《刺心》等多种，曾获台湾"中国文艺奖"、"优秀青年诗人奖"等。

刘小梅的诗，情色味十足，如《布丁还在桌上》：

> 布丁还在桌上
> 不敢卸妆
> 九点了
>
> 它娇嗔地要我
> 给个交待
>
> 我趴在它的耳边
> 轻声细语
> 等我……①

这首情色诗，算是符合《诗经》的"思无邪"的标准。布丁在这里似乎被比成男性，却是顺从而追求身体满足的男性，它"不敢卸妆""娇嗔"地用"耳"聆听"我"的细语；如果从更大胆的意象表现角度来看，布丁似乎很像是对男性生殖器的隐喻，这是一个等待他人安抚的部位，向"我"要求"给个交待"。诗中的抒情主体"我"的角色既现代又传统，一方面，她情色十足地"轻声细语"，另一方面，对"我"的主体性的刻画也显现了现代女性的身体意识和主动的性意识。

（三）涂静怡等：本土诗人的古典风

1970年代的女诗人数量较之前有显著增长，她们之间有一个共同特点：

---

① 《创世纪》2008年第154期。

一般接受过大学教育,本土出生的诗人比例上升。

涂静怡

涂静怡,1941年出生,台湾省桃园县大溪乡人,三岁失怙,家境贫寒,靠半工半读念完中小学,德育商业职业学校毕业。后考上公职,曾任职于台湾林务局、邮政局和台湾法务部司法训练所等。她是葡萄园诗社筹备人古丁的学生,于1971年开始写诗,1974年1月与古丁、绿蒂等同仁创办《秋水》诗刊。她还曾创办政论性杂志《中国风》月刊。1981年古丁辞世,涂静怡续任《秋水》主编,编有《盈盈秋水》《悠悠秋水》《浩浩秋水》等诗选。

涂静怡于1975年出版第一本诗集《织虹的人》。1978年她发表的长诗《从苦难中成长》获得第十四届"国军"文艺金像奖之长诗奖。她于1980年发表诗作《历史的伤痕》,以40首各自可以独立的短诗组合成该首长诗,获"中山文艺奖"。她出版有诗集《从苦难中成长》(1980)、《历史的伤痕》(1980)、《饮水思源》(1986)、《秋笺》(1990)、《画梦》(1991)、《绿笺多情》(1992)、《紫色香囊》(2000)和《回眸处》(2008)。此外,她于1982年出版《怡园诗话》表达了对诗的观念和见解,两本畅销诗画笔记书《绿笺多情》(1992)、《红尘留白》均发行5版以上。最新的诗集《回眸处》分《午后雨》、《诗的窗口》、《布拉格》、《世俗之外》、《中诗英泽》等卷,包括近百首诗作。

涂静怡在1979年与翔翎、朱陵、冯青、沈花末等一起入选张汉良、萧萧主编的《现代诗导读》。1980年与1981年入选痖弦主编的《当代中国新文学大系》诗卷,亦入选萧萧、陈宁贵、向阳主编的《中国当代新诗大展(1970—1979)》。涂静怡的作品善于抒情,表达的情感不事修饰而纯真,如《布拉格》:

> 在旧城与新城之间
> 展示着东欧人的骄傲
> 中世纪最浪漫的图腾
> 不知孕育过多少撩人的皇族逸事

但由此也可见此诗语言较为随意,流于记叙,缺少诗艺的加工,似并不很留意诗歌独有的表达形式和独特的文体。

萧苏

萧苏,本名苏箫化,1945年出生于台湾新竹,政治大学西洋语文学系毕业,美国杨百翰大学英美文学硕士,威斯康辛星大学麦迪逊校区比较文学硕士、东亚语文学硕士,威斯康星大学戏剧系博士研究生。曾任台南师范学院语文教育学系副教授。2002年去世。出版有诗集《蝶歌》(1979)、《诗篇三十八首》(1988)和诗文合集《冥想乃现实》(1997)。她的诗展现出跨文化的尝试,试图超越意识形态,跨越族群、性别、阶级的藩篱,在形式上尝试超越语言。

杨 笛

杨笛,本名王惠萍,1958年出生于台北,台湾政治大学中文系毕业,曾任《台湾新生报》文教记者,现于台湾《青年战士报》任职。杨笛的《写花十二帖》,短小别致,可谓现代新绝句,如《樨》:"若家族是一株树/是不是传统的妇女都和你/隐藏自己在叶后/哪儿也看不到/花香却淡淡地洒了一树。"出版有诗集《把寂寞养在水里》(1990)以及与徐玉珍合著的《山城诗画》(1980)。

曾妙容

曾妙容,台湾省屏东人,主要写儿童诗,有诗集《露珠》(1974)和《纸船》(1976)。《露珠》就是她在屏东师专五年的儿童诗作品集。曾妙容的诗充满童心,如这首被选入小学教材的《老祖母》:

> 时间真是恶作剧,
> 爱在老祖母的牙齿开山洞;
> 风儿更顽皮,
> 在那山洞里钻来钻去。
> 嘘!嘘!嘘!
> 老祖母的话儿半天才说一句:
> 去!去!去!
> 逗得我们笑嘻嘻。①

马瑞雪

马瑞雪,1943年生于广东坪石,卒于2002年。1949年赴台。北平中央音乐学院钢琴系、美国华盛顿天主教大学音乐系毕业。曾于1977年以散文集《三度空间》获中山文艺奖,1980年以散文集《抒思集》获台湾文艺奖,另出版有诗集《送给故乡的歌》(1977),散文、诗歌、小说合集《写在水上的诗》(1985)和《马瑞雪自选集》(1987)。

喻丽清

喻丽清的创作虽以散文为主,但也擅长写诗,大学时是北极星诗社创办人,出版有诗集《短歌》(1976)、《爱的图腾》(1994)、《沿着时间的边缘走》(1999)和《未来的花园》(2002)等。

喻丽清的诗在意象与风格上仍然很传统,如:

> 泪入雨中
> 化成雨
> 亭立的荷

---

① 林焕彰编:《童诗百首》,尔雅出版社1980年版,第66页。

终于学过了爱　深情和痛苦①

　　这首小诗简洁洗练,可以看出诗人文笔上的功夫。但相对于1970年代现代与古典交融为主的诗风,她的诗或许偏于古典而缺少新劲的冲击与影响力。

本章参考文献

陈芳明:《诗与现实》,洪范书店1977年版。

吕秀莲:《新女性主义》,敦理出版社1986年版。

刘登翰、庄明萱、黄重添、林承璜主编:《台湾文学史》,海峡文艺出版社1993年版。

丛甦:《中国人》,时报文化出版企业1978年版。

朱双一:《台湾文学创作思潮简史》,九州出版社2010年版。

周乐诗:《笔尖的舞蹈:女性文学和女性批评策略》,上海外语教育出版社2006年版。

李黎:《海外华人作家小说选》,(香港)三联书店1983年版。

庄明萱、阙丰龄、黄重添:《台湾作家创作谈》,海峡文艺出版社1985年版。

樊洛平:《当代台湾女性小说史论》,台湾商务印书馆2006年版。

郑鸿生:《青春之歌:追忆70年代台湾左翼青年的一段如火年华》,联经出版社2001年版。

林芳玫:《解读琼瑶爱情王国》,台湾商务印书馆2006年版。

刘津津、缪星象:《说不尽的侠骨柔情——台湾武侠与言情文学》,福建教育出版社2009年版。

龙应台:《龙应台评小说》,尔雅出版社1985年版。

古继堂:《简明台湾文学史》,时事出版社2002年版。

张瑞芬:《五十年来台湾女性散文》,麦田出版社2006年版。

隐地:《白先勇书话》,文化艺术出版社2009年版。

奚密:《二十世纪台湾诗选》,中国社会科学出版社2003年版。

"中国论坛"编辑委员会主编:《女性知识分子与台湾发展》,联经出版社1989年版。

李元贞:《女性诗学:台湾现代女诗人集体研究》,女书文化事业有限公司2000年版。

李元贞:《从"文化母亲"的观点论陈秀喜与杜潘芳格两位前辈女诗人的精

---

① 喻丽清:《雨荷》,《短歌》,光启出版社1976年版,第65页。

神映照》,《竹堑文献》1997年第4期。

钟玲:《现代中国缪司:台湾女诗人作品析论》,联经出版社1989年版。
林于弘:《台湾新诗分类学》,鹰汉文化企业股份有限公司2004年版。
张默编:《剪成碧玉叶层层:现代女诗人选集》,尔雅出版社1981年版。
林焕彰:《童诗百首》,尔雅出版社1980年版。

第九章 1980年代的台湾女性文学

第一节 概 述

　　1980年代,台湾政治经济局势风云激荡,以发生在1979年的"美丽岛事件"(又称"高雄事件")作为醒目的标志,它给之后的台湾带来最重要的政治效应就是民主化进程的日益加速。1986年9月,以国民党为对手的在野反对党民进党在台北成立。1987年,国民党当局宣布"反攻大陆无望",并于7月15日宣布解除了实行长达40年之久的"戒严令"。台湾一旦"解严",割不断血缘、亲缘、地缘、史缘等等千丝万缕之联系的台湾与大陆,就开始了各种形式的民间往来,海峡两岸四十年的严密禁锢与隔绝状态终于被打破,也为未来的一系列变革开启了大门。1988年年初,报禁与书禁相继解除,前者意味着媒体言论的自由,后者意味着个人选择的自由;1989年,李登辉当选,国民党一党权威统治正式宣告结束,思想钳制彻底松动。与此同时,台湾经济进一步发展,解严当年,台湾的外汇储备达到新高,居世界第二,仅次于日本。经济形态进一步向都市化迈进,农业经济相对萎缩。

　　直接得益于经济发展与都市化程度的提高,1980年代台湾女性的经济独力能力大大增强。首先是女性受教育程度大幅度提高,1979年和1982年,台湾先后制订"国民教育法"和"国民教育法施行细则",规定6～15岁的儿童享受免费就学,故此,台湾女性已基本享有受教育的平等权利。这种提高还表现在高等教育方面,女性比例也已较前有大幅度上升。此时男尊女卑的传统观念仍然在起作用,主要体现在两个方面:首先,女性多选择就读职校,而男性则更多选择从高中到大学的正统受教育程序;其次,在学科选择上,在高等教育阶段,女性往往倾向于就读人文社会学科,而男性则往往倾向于选择理工学科。这既与女性体力受限的生理特点有关,更受"女性职业"的传统观念影响,相对安稳而有规律的职业有利于女性同时负担起职场与家庭的双重任务。尽管如此,女性受教育程度的提高,其直接后果之一即是知识女性和职业女性队伍急速扩大。台湾"经济部"人力规划处的资料显示,由于女性劳动力增加的速度远高于男性,妇女劳动力占总劳动力的比例逐年上升,在1961年为28.2%,至1981年升至33.4%。1986—1987年更由37.6%升至38.1%,上升了0.5%。不仅如此,女性劳动力之参与率(实际参与劳动之女性人数占女性总劳动力比率)亦由1961年的35.8%升至1981年的38.8%,在1986—1987年,从45.5%升至46.5%,一年之间提高了1%。这些数据显示了这期间女性人力投入劳动市场大幅上升的趋势。① 在女性参政方面,从实行"戒严令"到宣布"解严"的38年间,台湾女性参政少之又少。"美丽岛事件"后,部分遇害的党外人士家族中的女性成员以政治受难者家属的身份参选,常用代"父"出征或代"夫"出征的悲情主义来获得选票。"解严"后的女性参政,数量固然还有限,但更多地表现出以切身性的女性议题为其政治诉求的出发点,有着更清醒的性别立场与更独立的自我。余陈月瑛、苏洪月娇即属于后者。

　　由此可见,在1980年代台湾社会变迁的过程中,女性的受教育程度、经济自主能力、劳动就业率及政治参与率等较以往均显著提高,妇女在社会中的角色已被重新定位,女性角色不仅仅限于家庭,更拓展到职场。众多妇女社团及妇女运动在帮助新一代女性明辨何为自己的利益以及如何去争取的同时,更教会她们独立思考。1980年代女性社会地位的变迁直接令女性更广泛地接触社会生活的方方面面,经济独立后的女性获得更多的自我选择权利。女性受教育程度的提高,既为女性文学作品培养了越来越多的读者,也从中产生了越来越多的女性作家,女作家创作队伍的后继有人、持续壮大,必定会为女性创作带来新的气象、迎来新的潮头。

　　在这样的大背景下,此时的台湾女性文学,在文学文化各种因素的介入作用下,特别呈现出以下两种特质:其一是女性主义思潮带来的女性主义视角:延续1970年代由吕秀莲等提倡的新女性主义的道路,1980年代随着女性受

---

① 二十一世纪基金会:《一九八八年台湾社会评估报告》,二十一世纪基金会1990年版,第53页。

教育比率及受教育程度的提高,这场女性主义的运动越发声势浩大。吕秀莲所著《新女性主义》一书自1974年出版以来,已连续再版过数版,而继吕秀莲与施叔青、曹又方共同创办"拓荒者出版社"之后,由李元贞发起成立的"妇女新知杂志社"成为1980年代台湾妇女运动的主导团体,以办刊物的方式启发女性的自我意识。

在女性主义理论的影响下,1980年代新女性主义小说创作取得骄人的成绩。吕秀莲的《这三个女人》出版于1985年,以三个昔日同窗好友选择的不同道路及不同命运,探讨了女性在现代社会自我成长的可能性及其途径。虽然这部作品颇有观念先行、为演绎其"新女性主义"服务之嫌,但其开风气之先的重大意义却不容抹杀。此一时期,李昂以惊世骇俗的《杀夫》震惊文坛,她将这则《春申旧闻》中"詹周氏杀夫"的新闻移植至家乡鹿港,借冈市手中高举的利刃向传统乡土中国对女性数千年的戕害史发出最决绝的声讨与反抗。同样写于1980年代的《暗夜》,李昂将视线转移到物欲横流的现代都市社会,揭示出一个残酷的真相:尽管时间与空间都改变了,但女性以身体为交易筹码的地位与命运却没有根本的改变。施叔青则借移居香港,创作视野与意识阔大,"香港的故事"系列作品将女性在物欲与情欲间的挣扎放置在香港这个东西交汇、光怪陆离的前殖民地背景中,较之她1970年代的作品,深度与丰富性上都达到新的高度。"女性问题专家"廖辉英对现代女性及传统女性生存境遇的挖掘,朱秀娟"女强人"系列新时代女性形象的塑造,都可视为1980年代女性主义思潮在文学创作上的出色表现。

其二是"统独"之争带来的泛政治化视角:1970年代乡土论战的两派,经过"美丽岛事件"及台湾政局的剧烈变动直至重新洗牌后,发展成"第三世界文学论"与"台湾文学本论"两种观点的对峙。在政权交替的政局剧变以及文坛"统独"之争的大背景下,1980年代的文学创作往往不可避免地被烙上那个时代的印记。表现在女性文学创作上,一方面是解严之后,人们急于发声的补偿性书写,另一方面也是"统独"之争、"后殖民讨论"所强化并更新的政治背景,女性书写出现泛政治化的倾向。不论是龙应台以文化批判为切入点,直接面对权力机构的犀利杂文,还是以文为笔直接参与这场论争的邱贵芬,或者是李昂惊世骇俗的《杀夫》、陈烨第一部以"二二八"事件为题材的长篇家族史小说《泥河》等都在一定程度上受这一时代大潮的影响。

即便是与政治似乎无直接干涉,被认为是"投合青春少女喜好"[①]的闺秀文学,其受到的评价也与政治脱不了干系。如吕正惠认为,"国民党透过出版

---

① 吕正惠:《分裂的乡土,浮虚的文化——80年代的台湾文学》,《战后台湾文学经验》,新地文学出版社1995年版,第131页。

社和报纸,力捧那些纯正的少女文学,以便对乡土文学产生制衡的作用"①。张诵圣、杨照等批评家也认为,"闺秀文学"颇有为主流政治势力服务之嫌②。以张爱玲为"祖师奶奶"的闺秀派女作家们,早期的创作多以男女情爱题材为主,1980年代后期,纷纷转向眷村书写,既可见出父辈政治立场对其创作心态的深刻影响力,更可见出其时的政治大潮是如何无所不包。

第二节 1980年代的女性小说创作

1980年代最重要的文化现象就是都市文学的兴起。季季在选编尔雅版1986年度小说时,将"描写的不是过去穷苦人家单纯的想要赚点钱改善生活的欲望,而是在已近富裕的基础上有了更深邃更复杂的欲望"的所谓"现代都市梦"的作品列为编选的重点,这正好透露出文学思潮转换与更替的明显信息。③ 与1970年代曾心仪、季季等作家笔下的城乡差异有所不同,1980年代的"现代都市梦"作品一方面关注重心已发生转移,不再着眼于批判或揭露经济发展带来的人情沉浮、人性异化、城乡命运以及传统农业文明与新兴工业文明间的冲突,在1980年代都市化已经成为既成现实的背景下,其重心已经转移到对女性如何在现代都市社会自处的探讨上;另一方面,与现代文化消费相适应,这类作品也更注重可读性,不可避免地受到消费文化大潮的挟裹,向着通俗小说的一脉发展。如萧飒的作品,多写都会女性的情爱与婚姻,外遇婚变尤其是她关注的焦点,而其小说改编成影视作品的高频率也实实在在地与其作品本身的通俗性密切相关。

1980年代中后期,围绕着《小说族》月刊等通俗文学杂志和希代出版社的商业化运作,一个新兴的女性作家群吸引了广大女性读者的眼球,吴淡如、张曼娟、黄子音、林黛嫚、彭树君都是其中的佼佼者。尤其是吴淡如更成为日后享誉台湾的"畅销书天后",张曼娟则执教、出书两不误,成为目前中国台湾、中国香港、美国以及东南亚各华人地区最具知名度与最受欢迎的华文女作家之一。她们的创作,不同程度地触及都市中女性境遇以及女性主义题旨,但无可讳言的是,这些文本对此类主题的探讨仍然流于表面与清浅,与1970年代大行于世的言情小说并无二致。"她们不避工商社会背景下都市男女畸形感情

---

① 吕正惠:《八〇年代台湾小说的主流》,孟樊、林耀德选编:《世纪末偏航——80年代台湾文学论》,时报文化出版企业1990年版,第271页。

② 邱贵芬:《族国建构与当代台湾女性小说的认同政治》,《仲介台湾·女人:后殖民女性观点的台湾阅读》,元尊文化企业1997年版,第43页。

③ 朱双一:《台湾文学创作思潮简史》,九州出版社2010年版,第300页。

和灰色人性,其作品又带有新都市言情小说的面貌;她们身为颇有文学修养的高学历作者,却又对时尚的'红唇族文学'情有独钟,这种现象所揭示给人们的,正是文化消费日趋扩大的七八十年代台湾社会里,严肃文学与通俗文学之间泾渭分明的界限已经被打破,并出现了某种合流的趋向。"①

1980年代台湾女性小说呈现出多元深入的创作格局,闺秀文学、新女性主义小说和新都市小说是其中三个最主要且风格鲜明的类型,勾勒出整个1980年代女性小说创作的流脉。

一、张爱玲、"三三"与闺秀文学

从1970年代后半叶开始,台湾文坛上活跃着一个松散地集合在"三三"旗下的作家群。"三三"肇始于1977年4月出版的第一集《三三集刊》,"据张瑞芬总结张诵圣、杨照等的看法,'三三'乃眷村文学加上大中国意识(拥护国民党)、主流文化的集合,某种程度上对抗着乡土文学和台湾中心论,并且成为80年代怀旧风之先兆"②。其核心作者有朱天文、朱天心、谢材俊、袁琼琼、萧丽红、吴念真、苏伟贞、陈玉慧。由于这一派女作家的作品多写男女情爱,在1970年代乡土文学论战的硝烟弥漫中多少显得有些无关宏旨,或被视为言情小说的延续,或被指为满足"无知女生"青春幻梦的通俗文学,被称为"闺秀派"文学。

闺秀文学产生的原因大体可归为以下几点:

一是媒体的助力。

吕正惠推论闺秀文学兴于斯时的原因时认为有以下两方面:一是读者群结构变化,男性读者减少,女性成为文学作品消费的生力军,女作家兴起正是这种变化的反映;二是政治因素的渗入,"国民党透过出版社和报纸,力捧那些纯正的少女文学,以便对乡土文学产生制衡的作用"③。张诵圣、杨照也持相近观点,认为"闺秀文学"颇有为主流政治势力服务之嫌④。两位女性研究者则在此推论上进行了更为深入的开掘。郝誉翔认为,"到底是先有女作家还是先有女性读者?"难以成为立论根据,而第二点原因"或许才更能说明80年代女作家兴起的社会背景……其实引发出来两个值得继续深思的问题:其一是

---

① 樊洛平:《当代台湾女性小说史论》,台湾商务印书馆2006年版,第352页。
② 朱双一:《台湾文学创作思潮简史》,九州出版社2010年版,第309页。
③ 吕正惠:《八〇年代台湾小说的主流》,孟樊、林耀德选编:《世纪末偏航——80年代台湾文学论》,时报文化出版企业1990年版,第271页。
④ 邱贵芬:《族国建构与当代台湾女性小说的认同政治》,《仲介台湾·女人:后殖民女性观点的台湾阅读》,元尊文化企业1997年版,第43页。

作家的兴起和传播媒体之间的关系,其二则是80年代女作家和70年代乡土文学之间的传承或者是对立"①。邱贵芬则"不尽同意吕正惠的看法,将多数'闺秀文学'不自觉流露的对主流国家论述的支持归罪于特定政治机构在幕后操纵,但是,'闺秀文学'的兴起、传播所隐含的政治性却不可忽视"。邱贵芬认为:"显然女性创作得以在短期间内横扫台湾文坛,不是因为这些女性作品的内容和以前的女性小说有划时代的差别,而是文化生产的管制有了重大改变。"②

无论持何种解释,1970年代后半叶至1980年代初闺秀文学席卷文坛是个不争的事实。所谓"闺秀文学"现象正是起于1976年蒋晓云以《掉伞天》夺得《联合报》第一届小说奖二等奖(一等奖从缺),之后数年间,借力于《联合报》与"中国时报"于1976年和1978年设立文学奖,以及朱氏姐妹创办的"三三集刊"的媒体助推,一批年轻女作家脱颖而出,屡屡获奖。单以《联合报》论,1976—1983年连续八届的文学奖中,闺秀文学的代表作家俱榜上有名。如蒋晓云的《掉伞天》《乐山行》《姻缘路》,朱天文的《乔太守新记》,朱天心的《天凉好个秋》《未了》,苏伟贞的《东西南北》《世间女子》《红颜已老》,萧丽红的《千江有水千江月》,曾丽娟的《红颜》,许台英的《岁修》,袁琼琼的《自己的天空》等。其间,报刊尤其是《联合报》与"中国时报"的助推功不可没。

二是对张爱玲的重新接受。

在集中笔墨描写男女情爱之外,闺秀文学的另一大特色即是对张爱玲的推崇与追随,王德威称之为"私淑张腔","张爱玲成了祖师奶奶"③。这一方面得自于1961年夏志清在其著作《现代中国小说史》中首度将这位纵横于十里洋场上海的通俗女作家与鲁迅、茅盾等大师并列,为日后的"张学"研究奠定基石。另一方面,则与胡兰成的曲折影响大有干系。1974年,一向居于日本的胡兰成赴台任教,成了三三的精神导师。据王德威所言,闺秀文学代表人物,朱天文、朱天心、苏伟贞、袁琼琼、萧丽红等,彼时所著小说虽各有各的法门,却皆有较明显的"张腔""胡说"痕迹。朱天文将"胡兰成大书特书的江山日月、王道正气,终于九九还原,尽行流落到张爱玲式的,猥琐荒凉的市井欲望中";朱天心后期虽越写越泼辣,但张爱玲的光影仍不时返照她的作品中;萧丽红的《桂花巷》活脱脱就是《怨女》的翻版。其他如袁琼琼则"对张爱玲最难说的一

---

① 郝誉翔:《社会、家庭、乡土——论八○年代台湾女性小说中的三种"写真"》,《情欲世纪末:当代台湾女性小说论》,联合文学出版社2002年版,第17页。
② 邱贵芬:《仲介台湾·女人:后殖民女性观点的台湾阅读》,元尊文化企业1997年版,第44~45页。
③ 王德威:《张爱玲成了祖师奶奶(代序)》,《落地的麦子不死——张爱玲与"张派"传人》,山东画报出版社2004年版,第1页。

面——庸俗人的喜剧——重作了诠释";苏伟贞则"以无情的方式写有情,因此深得张爱玲的三昧"①。"'张爱玲风'最盛时是在 70 年代末期,台湾文坛上一方面是乡土文学论战的意识形态炙热杀伐,一方面却浮现出许多以张爱玲式笔调的爱情小说。一刚一柔,一个以雄性声音高扬国族、阶级论述;一个以女性书写挖掘情爱内蕴细节,给那个时代图染了令人久久难以忘怀的丰富面貌"②。

在梳理台湾对张爱玲的接受乃至"拜物化"的文化轨迹及文化心理时,邱贵芬指出:"或许张爱玲笔下的中国提供了战后从大陆来台文人对母国复杂情绪的投射。张爱玲擅写世纪末颓废荒凉的中国。这样的中国,显然最能契合当时来台大陆系人对中国爱恨交加,欲拒还迎的复杂情愫。"③张爱玲少涉政治,"从不相信'历史的洪流',却从日常生活的小人物世界创造了另一种'新传奇'"的路数,也使得张派传人们在七八十年代之交能获得较大的书写自由④。如张诵圣与邱贵芬两位研究台湾女性文学的重量级学者,前者从文化生产面向上直陈,这一波女性文学,与所谓张爱玲热,正是台湾文学市场的产物;后者从政治社会脉络中指出,女性文学在当时紧绷的风气中能脱颖而出,多少归因于这种无关宏旨的主题。而"就女性小说与国家主义的关系而言,1980 年前后的'闺秀文学现象'似乎有相当不稳定的意义。一方面响应主流(中国)国家想象,但另一方面却也隐含颠覆国族主义的颠覆性,介入长久以来台湾文学创作为特定国家叙述'奋战'的传统"⑤。

闺秀文学在文本形态上,多呈现出较高的文字技巧,也成为后期评论家为闺秀文学正名的立论依据,以此来归避其最为人诟病的情爱主题。另有评论家则称之为"中产文类",这类作品题材较为狭窄,多写男女情爱,不挑战主流意识形态,批判性也不强,以适应一个既不那么粗疏,又不那么精英的群体(中产阶级)的阅读需要⑥。"闺秀文学"的出现在一定程度上正代表着台湾"中产阶级",即萧新煌所指,以"自营小店东和自雇作业者"为主的"新中产阶级"的

---

① 王德威:《落地的麦子不死——张爱玲的文学影响力与"张派"作家的超越之路》,《落地的麦子不死——张爱玲与"张派"传人》,山东画报出版社 2004 年版,第 1 页。

② 杨照:《四十年台湾大众文学小史》,《文学、社会与历史想象——战后文学史散论》,联合文学出版社 1984 年版,第 43 页。

③ 邱贵芬:《从张爱玲看台湾女性文学传统的建构》,《仲介台湾·女人:后殖民女性观点的台湾阅读》,元尊文化企业 1997 年版,第 23~24 页。

④ 邱贵芬:《仲介台湾·女人:后殖民女性观点的台湾阅读》,元尊文化企业 1997 年版,第 23 页。

⑤ 邱贵芬:《族国建构与当代台湾女性小说的认同政治》,《仲介台湾·女人:后殖民女性观点的台湾阅读》,元尊文化企业 1997 年版,第 48~49 页。

⑥ 刘悠扬:《朱天文:不仅仅是"小张爱玲"》,《深圳商报》2009 年 8 月 2 日。

兴起。

三是向眷村书写的转向。

眷村小说是台湾文学创作中的一个独特题材。1987年解严以及随之而来的报禁、书禁开放，使得威权统治式微、言论尺度松动。加上1988年蒋经国去世、李登辉意外掌权引发政治权力机构大洗牌，使得沉潜了四十余年的族群议题浮出水面。台湾社会构成中福佬人、客家人、台湾少数民族以及1949年迁居台湾的"外省人"这四大族群中，后三者一向被视为身处边缘的弱势族群，尤其是"外省人"这一群，经历了由随军赴台时的强势群体向解严后弱势群体的转变，台湾文学中关于"外省人"生活和命运的文学表现，也经历了一个曲折的过程。

随军来台的"外省人"第一代作家普遍怀有一种过客心态，他们在50年代的创作，多数以抒发乡愁、书写旧时大陆记忆为主，并不太多地顾及在台湾的"暂时性"的生活境遇。及至外省第二代作家，如白先勇，虽然较早将关注点转移到外省人的在台生活上来，但由于其出身世家，笔触所及主要是上流社会的"豪门夜宴"、生活变迁。真正触及中下层外省人命运的，往往是战后新世代的作家们，其中不少是外省第二代。首先进入这批外省第二代作家笔下的是来台老兵们的悲惨境遇，他们当年在一无所知的情况下被一纸军令带来台湾，离开部队后又没有其他谋生技能，有的随着年龄增长连体力劳动能力也渐渐失去，当政者也未做出妥善安置。这一时期的老兵小说多数集中于描写他们于社会底层苦苦挣扎多时，心理和精神上的变态及异常。

稍后出现的"眷村"小说可以说是早期老兵题材小说的新层次的延续，且由于"三三"集刊作家群与国民党当局的特殊关联以及本身的外省人身份，特别是眷村出身，早期的眷村小说往往被列为闺秀作家的女作者们的感性作品，如朱天心的《未了》、袁琼琼的《今生缘》、苏伟贞的《有情千里》等。"所谓'眷村'，只是一个笼统名词，它表示国民党军队自大陆撤退台湾后，许多士兵和眷属聚居在散落于全省各地的军人村子里。实质上它们的存在，代表了自中国大陆离散漂流后的一种异乡暂顿。暂顿久后又成为另一种永远的家乡。但初期未融入本土之前，许多人更是一生异乡人，无法融入，他们扮演了'外来者'的异类角色。"① 与老兵小说关注随国民党来台的外省"老兵"的生活困境特别是普遍婚姻无着、晚境凄凉的人生悲歌不同，眷村小说尤其是后期的眷村小说更注重从文化和族群认同的层面上去反映和提炼眷村的特质。其一，眷村是一个由非血缘、非宗族的同事或袍泽关系建立的聚落，经济来源主要靠当局的

---

① 张错：《凡人的异类　离散的尽头——台湾"眷村文学"两代人的叙述》，《中国比较文学》2006年第4期。

薪俸,因此形成一种不同于本地原有村落的社会组织形态。其二,眷村在离乱的低沉、无奈气氛中透露出希望。其三,眷村文化以浓厚的中原传统文化为基调,对国民党当局有着既恨又爱的复杂感情。① 眷村书写对眷村文化由寻找、描述再到反思的态度,一方面体现了外省人第二代作家对该群体由强势转为边缘的思考,另一方面也显示出眷村第二代对族群前途命运的思考。

由于上述特质,眷村小说不可避免地带有泛政治化或与政治的必然有涉性。这么一个重大的社会政治议题却是由一向被视为只写作"无知少女"读物的闺秀派率先于文学中加以表现,这不能不说是一个饶有趣味的文学现象。

(一)袁琼琼:女人要有自己的天空

袁琼琼,1950年11月出生于新竹,原籍四川眉山,毕业于台南商职,1982年赴美参加爱荷华国际写作班研究。起初以笔名朱陵写作新诗,1976年开始写小说,曾在《三三集刊》写专栏"清平乐"并任《创作》月刊编辑,也曾为民众日报撰"花拳绣腿"专栏。1979年第一本小说集《春水船》出版。1980年以《自己的天空》获《联合报》短篇小说奖,并入选尔雅版、詹宏志编1980年《短篇小说选》,被评为"闪烁着深刻的女性世故与动人的描写问题的佳作,有资格成为1980年最重要的小说之一"。1981年散文集《红尘心事》出版。同年开始童话写作。所作小说文笔精练细腻,题材多为男女情爱,且偏重畸恋。1984年《沧桑》获"中国时报"文学奖小说甄选奖,入选尔雅版、马森编1984年《短篇小说选》,被评为擅长于描写女性的心理和遭遇,具有卓越的塑造人物和处理场景的技巧。1989年发表长篇小说《苹果会微笑》及《今生缘》。袁琼琼还长期参与电视及电影剧本写作,因为写剧本"可以磨炼结构、布局的能力",较著名者有《大城小调》《红男绿女》《家和万事兴》等。

王德威称袁琼琼为"台湾80年代初期,最具个人特色的女作家之一"②,所指即为其早期《自己的天空》和《沧桑》等名篇。创作于1980年的《自己的天空》曾获当年的《联合报》短篇小说奖,"自己的天空"更成为台湾女性间广为流传的呼声或口号。这是一个关于女性命运的故事。小说一开篇,嘈杂的餐厅里,静敏的丈夫要求她把房子让给怀了他孩子的舞女预备生产,静敏在突然的打击面前泪流满面,却并非因为伤心,"别的男人有外遇,总弄得鸡飞狗跳的,只有他,一切安排得好好的。完全拿她不当回事。现在还要她把房子让给那

---

① 朱双一:《台湾文学创作思潮简史》,九州出版社2010年版,第291~292页。
② 王德威:《感伤的嘲讽——评袁琼琼的〈情爱风尘〉》,《落地的麦子不死——张爱玲与"张派"传人》,山东画报出版社2004年版,第205页。

女人,而且算定她会听话"。出乎丈夫意料,静敏拒绝接受这样屈辱的生活,提出离婚,走上寻找"自己的天空"之路。她先开手工艺品店,又卖过保险,几番苦辛终于成为独立开朗的现代女性。值得注意的是,静敏并不只是一个都市版的米粉嫂(萧飒《米粉嫂》),在经历了对小叔的短暂情迷后,遇到屈少节,"静敏决定自己要他",于是她成为屈的情人,她知道他是结了婚的。某天,在朋友开的餐厅里,几乎是重复当年那个场景,静敏遇见了前夫一家,她的快乐让前夫如坐针毡,静敏第一次见到那个"破坏"她婚姻的女人,"那就像那个女人代替静敏在良三身边活下去,灰暗、温静、安分守己。或许她也很快乐,静敏从前也不是活得不好。因为那个女人,她现在在过另一种生活。她觉得自己现在比过去好",因为"她现在是个自主、有把握的女人"。

　　被遗弃的女人从头开始,经历个人奋斗,在事业和感情上都拥有"自己的天空",这是一条传统的女性自立自强的路线,但《自己的天空》又是个反传统的女性命运故事,袁琼琼的独特视角在此表露无遗。

　　首先,静敏不是个反抗者的形象,虽然选择离婚,却并不是出于多么不屈服的心态来对抗命运的不公平,静敏甚至并不太伤心,她只是吓到了,想不到自己生活里会出这样的事。其次,文本的叙事重心并不在女性如何自立自强上,而在于她的情感乃至情欲生发上。关于静敏离婚后的事业发展只有寥寥的几笔,而她与良七那场关于剪头发的暧昧却写了一节,占了1/3的篇幅。偏偏这场朦胧情欲的对象又是年龄上小静敏甚多"像弟弟、爱人,像儿子"的小叔子,一个非传统的对象。甚至最后的归宿上,静敏并没有发展出"重获真爱"风光再嫁的情节,她选择了和一个已婚男人同居,只因为是她决定要的人。故而,王德威有此一问:"离婚后的静敏,是否就如女性主义家们所预期的'自立自强'了起来呢……所谓'自己的天空',就是从丈夫另有新欢的怨妇,到自己成为别人丈夫的'新欢'么?"①"自己的天空"这一标题十分容易令人联想到弗吉尼亚·伍尔芙的"一间自己的房间",天空与房间都是关于空间的概念,但"房间"更具体可感,是一个建构性的概念;而"天空"在袁琼琼的笔下带了几分反中心主义的味道,袁琼琼在接受采访里表示并不全然赞同女权运动,她"觉得没有什么新女性、旧女性的分别。女人都差不多,那种所谓的新女性不过是挂了一个壳子而已"②。就算《自己的天空》中被认为是相当正面的宣言,"她觉得自己现在是个自主、有把握的女人",袁琼琼后来都承认:"这句话就是谎

---

① 王德威:《感伤的嘲讽——评袁琼琼的〈情爱风尘〉》,《落地的麦子不死——张爱玲与"张派"传人》,山东画报出版社2004年版,第206页。

② 郝誉翔:《情欲世纪末:当代台湾女性小说论》,联合文学出版社2002年版,第68页,注17。

言。"小说所涉及的几个空间里,被告知丈夫有外遇的餐厅、小工艺品店、朋友的餐厅,静敏都只是一个过客。静敏并不是一个自我定位明确的受压迫者,被遗弃的命运并不令她赌着一口气,要反抗要争取,她的变化在于从拘束到自在,正如她从前一直是抱膝缩腿的坐姿,现在坐着也会把腿搁得老高。

也正如袁琼琼的写作态度,她并不摆出要为女性抗争的姿态,她关注的不是意义这类宏大命题,而是实实在在的生活,带着王德威所说的张爱玲式的黑色喜剧气氛去书写一个个平凡的生命故事,这种在历史的洪流外去发掘小人物日常生活的"新传奇"式的写作路数,倒的确是颇得张爱玲的真传。

值得注意的是,袁琼琼的小说中常常出现年长女性与小男人之间的爱情游戏情节,比如《自己的天空》里的静敏与良七,《两个人的事》里的范红英与史(这个人物甚至没有全名),再如《江雨的爱情》以及《无言》。在这样的情爱关系中,年长的或已有社会阅历的女性或难得地处在具有掌控能力的优势位置,如静敏之于良七;或摒去家室之念只为一时快乐,如范红英之于史。这样一场单纯的两性间征逐游戏,虽然题材新鲜,也不乏有趣之处,但这游戏心态,却令文本停留于机巧层面,未得深意。

袁琼琼擅写女性心事,世情人心,几笔白描,曲尽情状。《沧桑》写的是一个以眷村为背景的故事。寡居的卢妈妈带着四个女儿多年后重回眷村参加包家儿子的婚礼,重会当年的老邻居——为人风流但义气的包先生包瑞行,以及早年与人有染羞愤之下抛夫弃子离家的包太太杨青。这样一个家常故事,在袁琼琼笔下写来,诸多情状铺陈有致。从开篇包家四个女儿如开战般抢着唯一一面穿衣镜拥拥挤挤地梳妆出门,到席间听好事的姚太太讲包家女儿没名没分的"那一位"出钱修的房子,八卦之余不忘盘算姚家有两个未婚的儿子,说不定可以顺手解决女儿的婚事。姚太太虽也心有灵犀,却又不忘絮絮地说起近状潦倒的杨青。一番铺陈下来,包瑞行、杨青终于出场,昔日皮肉雪嫩如今只成个枯瘦黑影的杨青,忍不住向曾经的好姐妹卢太太哭诉起来:"我只是不甘心哪!怎么一错就回不来了呢?"①再回头联系前面的细节,卢先生死后,多亏了包瑞行照顾卢家上下,偏偏村里闲话传得难听,卢太太虽知道自己条件太差,虽然正派但风流的包瑞行不会朝自己身上打主意,但仍不免有些伤自尊心。回想起杨青偷情事发当日,卢太太明知包瑞行回家会撞破妻子的奸情,却没有做些什么羁住他,包家三个孩子和杨青的命运,"有那么一刹那是捏在她的手里"。人世沧桑,人情幽微,婚礼的鞭炮噼噼啪啪一放,一辈子都过完了……杨青这个出走的女人,晚境凄凉,袁琼琼并未给她一个多么美好的结局,事实上她对女性命运的认知是相对保守而非激进的。

---

① 袁琼琼:《沧桑》,《沧桑》,洪范出版社1985年版,第225页。

这种带着对世相人情微有讥诮的感伤情境,是袁琼琼小说的基调。《异事》中周家的六女儿越和因为联考压力大,发了疯,17岁时被送进医院,此后"这一家人平淡而有良心的一直活了下来。对于越和的感情是在她送医时就死了的"①。《邻家女儿》中寄住姐姐家中一向拘谨的美恩因了所谓的"民族自尊心"硬着头皮赴了住对门的"外国友人"之约,晚归后被姐姐扫地出门,与对门的外国友人一夜风流,但这短暂的爱情结束在第二天中午她醒来的时候,对方的女友正站在她床前,美恩便知道自己的爱情完了。一场少女情事,在袁琼琼笔下被消尽旖旎,美恩的第一次"爱"只存活了短短的一夜,她的失恋更全无以往书中的伤筋动骨、肝肠寸断,只是回复原先的木然,并且再也不信外国人是浪漫的这回事。

到了《沧桑》集中,袁琼琼擅写男女畸形疯狂心理的手法与倾向得到集中的发挥。《烧》里的安桃为了满足自己的控制欲和被需要感,丈夫发了高烧却不送他上医院,一意孤行地按自己的土法照料,终使年富力强的丈夫死于感冒,安桃却觉得"清肇仍然逃离了,借着死亡逃离了"。《颜振》中颜振怀着对父亲的恨意,在一次看到瘫痪的父亲赤身裸体地倒伏在为他洗身的妻子腿间后,便疏远了她。妻子怀了别人的孩子之后自杀,颜振投向别人女人怀中寻求安慰,因为他既特别容易喜欢女人,也特别容易被女人喜欢。这个有恋母情结的孱弱男人,虽然为着母亲在他幼年时即因不堪忍受家暴自杀而痛恨着他的父亲,却在成年之后,用他的冷漠将他的妻子也送上不归路。《慕德之夜》里的丈夫自从妻子被强暴以后疑心生暗鬼,想杀妻的疯狂恨意翻滚沸腾,从此只能靠安眠药方能入睡。袁琼琼的小说虽写情,却是虐情或冷情,虽然内心或许波澜壮阔椎心泣血,但经由她的讥诮,却总如隔了一层玻璃看表演,看得到手足舞动,却听不真句句台词,于是人物不免显得滑稽唐突。也许对袁琼琼来说,世情人心本来就是如此,她细心体察人性幽微,却不做出道德评判,这种书写态度,一方面保留了她笔下人性故事的相对完整与真实,但也往往由深刻处轻轻滑走,阻碍了她笔触的进一步深入。

1980年代初的那一波女性文学热潮,在沉寂了一阵子后,于1980年代末迎来另一波风潮。袁琼琼也连续出版了两部长篇《今生缘》与《苹果会微笑》(又名《万人情妇》)。《今生缘》是一个可归类于书写族群记忆乃至族群认同类别的作品,被邱贵芬形容为"台湾版的《活着》"②,用袁琼琼的话说,"是我想献

---

① 袁琼琼:《异事》,《沧桑》,洪范出版社1985年版,第306页。
② 邱贵芬:《"西部拓荒史":评袁琼琼的〈今生缘〉》,《仲介台湾·女人:后殖民女性观点的台湾阅读》,元尊文化企业1997年版,第142页。

给我母亲和她那一代人的一本书"①。张大春评论该书"宏观地将视线投身到眷村两代人物的镂辖底层,于是,几桩跨阶级、跨世代的恋情便聚合成抗拒族群文化的象征"②。小说从一大群"外省人"漂洋过海来到台湾写起,细致描摹他们离乡背井来到完全陌生的海岛努力求存的挣扎与惶恐。男主角陆智兰禁不起生活磨折,撒手尘寰,只留下妻子慧先带着几个嗷嗷待哺的幼儿继续在险恶且陌生的环境里努力活下去。眷村是全书的大背景,书中人物的关系图谱、命运遭际既与那个流寓入台的特殊族群历史分不开,也与眷村这个特殊的生活场景息息相关,一群特殊经历的人们在这个特殊的地域开始了辛酸惶惑的生活。但是,袁琼琼并不热衷于诉诸辛辣尖锐的意识形态批判,或在政治认同的层面上大做文章,她关注的是这些遭历史拨弄从而有着特殊遭际的人们如何生活,如何重建他们内心的认同。"相较于其他以族群立场出发,召唤历史记忆的作品,《今生缘》却是少了此类小说常有的或抗议,或控诉、或辩解的书写姿态。在当下台湾的文化气氛里,书写回忆往往具有相当成分的政治性……相较于其他记忆书写紧绷的意识形态及认同政治纷争,《今生缘》倒是难得的神闲气定。"③这与袁琼琼一向的非激进的性别观以及政治观一脉相承,文本形式方面,也缺少叙事技巧方面的推陈出新,仍然延续过往的平铺直叙,稍嫌拖沓。

《苹果会微笑》则描写一个女性借由自身情欲自觉成长的故事。赵光明个性柔弱,早早地嫁给了个年纪很大的男人,中年丧夫后,经历了多种情欲关系,直到她遇到年少于她的信德,她感到:"她一下子成了少女,在信德泛滥的热情里悸动不安。而心理影响了生理,她在展开身子接纳信德时,奇怪地觉得自己在做一件从前没有做过的事,她这具接受过无数男子的肉身,在信德的密语和自己的震动中被净化,变得纯洁和无知,而覆在她身上的,成为她此生唯一的男人。"④光明渐渐认识到自己以往过的生活是没有自己的生活,经由情欲这一特殊的途径,她找到了"自我"。这种"自我",用作者的话来说,就是"任性"以及由任性而来的"诚实"。在本书的后记中,作者曾称,"任性是不顾一切,不管别人,也不管自己。必须要任性才能诚实";"这本书之所以会存在和呈现出来,其实也是根源于自己这点想诚实的任性,因为想试着来面对自己的肉体,

---

① 袁琼琼:《今生缘·缘会〈代序〉》,联合文学出版社1988年版。
② 邱贵芬:《仲介台湾·女人:后殖民女性观点的台湾阅读》,元尊文化企业1997年版,第53~54页。
③ 邱贵芬:《仲介台湾·女人:后殖民女性观点的台湾阅读》,元尊文化企业1997年版,第143~144页。
④ 袁琼琼:《苹果会微笑》,洪范出版社1989年版,第149页。

来面对自己四十年来身为女子,对爱与性的感觉"①。

经历了1980年代台湾社会的各种变化与洗礼,袁琼琼的写作也发生了题材和深度上的转变,由短篇转向长篇直接意味着文本容量的扩大,关于女性情欲的书写也更加自觉和深入。"袁琼琼和苏伟贞作为80年代第一波女性情欲小说的先声,即使其姿态是暧昧、跌宕或矛盾的,却为女性书写打开了另一扇窗口,并且以不同于张爱玲的方式,挖掘女性书写的可能性。"②

(二)苏伟贞:世间女子的情爱红尘

苏伟贞,1954年生于台南,原籍广东番禺,政治作战学校影剧系毕业,后任职于政军界新闻部门。退役后,转任《联合报》副刊编辑。2006年7月取得香港大学哲学博士学位,现任教于台湾成功大学中国文学系。

和朱氏姐妹一样,苏伟贞也是一位典型的眷村子弟,尤其还有数年供职于政军系统新闻部门的工作经历,由单纯的"军属"到"军人"的转化,一方面使得苏伟贞更深地浸润于眷村的生活,也使得眷村在她的生命体悟中成为一个更形浓重的背景。

苏伟贞于1970年代末以其情爱小说《陪他一段》(1979)一炮而红而登上文坛,1980年代初更以《红颜已老》(1981)和《世间女子》(1983)两次获得《联合报》文学奖。1980年代中期,眷村背景渐渐渗入她的作品中,如她第一部长篇小说《有缘千里》(1984)和《旧爱》(1985)等,与都市文明纠缠共生,为人物的情爱纠葛加上了一个浓重而复杂的底色背景。王德威称之为,"苏伟贞能让她的人物'专心'对付情天欲海里种种险恶,无怨无悔。情到深处,何庸千言万语;两心相许的极致,是一种付托,也更是一种义气,不劳外人置喙。苏伟贞笔下的男男女女是情场上的行军者。他(她)们厉行沉默的喧哗,锻炼激情的纪律,并以此成就了一种奇特的情爱景观"③。在此,王氏巧妙地把情爱《陪他一段》和军旅糅在一起,其中纠结着的特殊情思与情韵,使小说叙事显得颇有深意而富有张力。这时期出版的主要作品还有《人间有梦》(1983)、《离家出走》(1987)、《流离》(1989)和《陌路》(1986)。

苏伟贞擅长描写现代男女尤其是知识分子千疮百孔的爱情故事,她的爱情小说如她笔下"明净"而在情爱红尘中"清坚决绝"的女子一般,别有风情。

《陪他一段》中的费敏是苏伟贞笔下最痴情的一位。费敏并不美,但笑起

---

① 袁琼琼:《苹果会微笑》,洪范出版社1989年版,后记。
② 郝誉翔:《情欲世纪末:当代台湾女性小说论》,联合文学出版社2002年版,第64～65页。
③ 王德威:《以爱欲兴亡为己任,置个人死生于度外——苏伟贞论》,《落地的麦子不死——张爱玲与"张派"传人》,山东画报出版社2004年版,第131页。

来却令人无法抗拒。这样一个明净的女子,却爱上了一个也很干净但需要很多很多爱的人。费敏独自去兰屿待了五天,回来以后对他说"我陪你玩一段",然后便义无反顾地投入这段只有不平等付出的感情,因为他只是拿费敏做自己的避风港,并不在乎她的感受。费敏也知道他不爱自己,他有一个有名望的父亲,一个太漂亮的前女友,但是"费敏最喜欢的就是他的两面性格,和他给她的悲剧使命,让她过足了扮演施予者的角色的瘾"①。费敏用着掏空自己的方式包容他,剧情自然照着事先预定的悲剧路线走下去:他回到了美丽的前女友身边,费敏则在付出了所有之后,悲情地死去,甚至连在日记里都不曾留下一句怨言。这种清冷无争的女性角色,在苏伟贞其他小说中也得到了延续。

《世间女子》里的唐宁也是一个这样淡淡而清朗的女性,在爱情关系中她与费敏换了个位置,段恒也有美丽富有的前女友余烈晴,但爱的是清清淡淡的唐宁,比《陪他一段》中的"他"优秀也高贵得多。余烈晴"长相、身材、学问、谈吐、打扮,没有一样不列入自信的范围,最恨别人比她好,又看不得比她糟的人"②,于是同性之间的争风较量代替了男女间的情爱交锋。唐宁并不在乎爱情,虽然一向是需要对手的人,但好友程瑜的死却让她也不在乎与余烈晴的暗战,这份不在乎却恰恰反衬出余的幼稚与浅薄。

其他如《红颜已老》中的章惜,《人间有梦》中的高品晨,《旧爱》中的典青,都是如出一辙具有同样气质的姐妹,有着相似的神韵——清冷,清是清朗,冷是冷漠,都没有可供自负的美貌,端的以气质胜出。她们脸上都挂的是淡淡的表情,偏偏做的还都是热闹的工作,或在电视台工作,或做记者,近在咫尺却都是抓不住的人物,她们的故事也大同小异。她们个个凭空出世,除了唐宁因为余烈晴的职场之争而涉及一些日常事务外,其他人均背景模糊,工作也只是简单的交代,她们的全部心思以及苏伟贞的全部笔墨都放在"情"上。这种清冷气质表现在其他方面,就是外冷内热与世无争,表现在感情上,则是一种以退为进、以不争来争全部的感情观。如费敏,甚至是以不断的无底限的付出,以在给予中渐渐成型的"施予者"身份来给自己定位。

也因此,在苏伟贞的小说中常常呈现出一种"情感缺失"与"情绪过剩"的特点。也即,人物对于情感的态度固然是少有的坚决,但对于感情却所知甚少,基本上是不对等的在一个人付出。在费敏看来,恋爱是太简单又太苦的事情,对现代人没什么用,而她对"他"的爱(有意思的是,这里的他甚至没有一个名字,因而人物倒有了一种泛指性,更指向一种非个体性的抽象的爱)与其说是爱这个人,不如说是爱上自己能够付出的感觉,爱上施予者的身份。再如章

---

① 苏伟贞:《陪他一段》,洪范书店1984年版,第3页。
② 苏伟贞:《世间女子》,花城出版社2005年版,第12页。

惜,爱上的也是个现代社会的"爱无能"者,但章惜的爱又如何呢?甚至包括爱得连性命也不要的费敏,在文本中全然看不出"情"之内容,只看见满眼的"爱"字以及披着"爱"的外衣的孤独灵魂的自虐及虐人而已。同时,反观文本却有一种情绪溢出文字的现象,如《世间女子》,基本上每一句对话都紧跟着情绪性的评价或情绪性的描述,唐宁的淡漠外表下是不断自我辩论的焦虑的心声:

"为什么要跟事情作对?"唐宁自问。

然后就回不去了,所有的事情成了兴致勃勃,就像一条直线,有去无回。

"真学会了抱怨?"她直起了身子远眺,窗外有一份心情……①

文本中充斥着这样的自我抗辩与自问自答,将情节撕扯得支离破碎,只余下强烈的要倾诉的情绪,作者有太多要申诉要为她们正名的话语需要释放,这种"情绪过剩"又恰恰与人物的清冷、决绝背道而驰。这样,苏伟贞的小说中形成独特、冷情而表达热烈的吊诡叙事,她用叙事编织了一道绵密、絮叨甚至密不透风的情绪的网,这道网其实早在她 1990 年代创作的《离开同方》之前就已经存在,它与《离开同方》中方才明朗的"岛屿意识""封闭意识"一样,在叙事上把文本区隔开来,只放同类进入,而将其他人拒之门外。

1984 年,苏伟贞发表了她的第一部以眷村生活为背景的长篇小说——《有缘千里》,她最熟悉的眷村生活从此正式进入笔下。苏伟贞在她主编的《台湾眷村小说选》的序言部分《眷村的尽头》中,满怀感情地写道:

有一群人,他们几乎没有亲戚却有很多邻居,他们的亲人认知是从邻居开始的,并且年节时家家户户一定祭祖却无坟可上,他们的父母一口乡音,他们关起门来和父母以籍贯上的语言对话;出得家门,在巷弄学校里和邻居孩子们讲各地方言(他们很早就学会其他人的母语,且乐于以此沟通卖弄,这使得他们其中大部分得以训练得口条麻利,以至于后来有些人批评这批家伙光靠一张嘴;但要打架? 相信我,你也打不过他们,这些人的父亲当兵出身,一辈子服膺一条真理:打赢了再回来);出得村门,他们讲国语客语或台湾闽南语。很小,他们就像活在外国。

他们身份证上的籍贯画出一个具体而微的中国——广东福建江苏安徽山东四川新疆河南热河北京上海南京……却明明生在台湾更住在台湾(他们有些甚至就叫台生,而且没出过国)平房、营区附近,海陆空宪兵联勤各军种各兵种各官阶;撒豆成兵,挂牌开始落户生根——克难影剧自强妇联果贸汤山……世界上从没如此正面意义的名字奋发图强地聚集一岛

---

① 苏伟贞:《世间女子》,《世间女子》,花城出版社 2005 年版,第 1 页。

之上闽南走北由东到西的群落吧？这些连幢平房且有名字的社区，统称为眷村。这些人，统称为外省人第二代。①

《有缘千里》中，都市的背景被置换成一个墨色浓郁的东港空军眷村——致远新村，空间上横越海峡两岸，时间上则纵贯村中七户人家上下两代人。书名即取"有缘千里来相会"之意，回眸这一群被时代大潮挟裹而来的第一代外省人在举目无亲的异地重新开始他们人生的苦难记忆，第二代虽然生于台湾，长于眷村，但他们的人生与爱情却无时无刻不与父辈的记忆纠缠不已。到了第二年的《旧爱》，眷村已经淡化为故事发生的遥远的背景，都市再次成为爱情故事上演的主场景。真正实现对眷村形态的反思与形而上化的，则是她写于1990年的《离开同方》。

（三）萧丽红：唯美传统诗化民俗

1980年代，萧丽红的作品主要有两部，即《千江有水千江月》和《桃花与正果》。

1980年，萧丽红以《千江有水千江月》夺得《联合报》长篇小说奖，成为当年最畅销的小说，并因其文字间"使人读出中国文化的厚重"（尼洛言），"表现了中华民族的宽恕厚重"（彭歌言）②，获得评价界的高度赞誉。作品延续了她惯以地方风物民俗入文的风格，讲述了发生在温柔敦厚的嘉义少女贞观与来自台北的大信之间一段古典而含蓄的爱情故事。大信是贞观四妗的侄儿，二人幼时就已相识，却因成年后一次大信来访由贞观接引同游而生情愫，引为知己。后来大信去澎湖服兵役，贞观也至台北大舅的公司工作，二人遂以书信往来。一次大信通信不便且突然身体不适，贞观辗转得知后通知大信的母亲，老人飞至澎湖探病，大信愤怒不已，因为他正是怕惹老母担心才隐瞒病情。自此两人情感破裂，贞观大病一场，大信则在退役后出国留学。不久，阿嬷去世，贞观返乡送别老人，与早有出家之心的大妗上山礼佛，在寺中山上受佛法一番开悟，"所有大信给过她的痛苦，贞观都在这离寺下山的月夜路上，将它还天，还地，还诸神佛"③。

在文本形态方面，与写于1977年的《桂花巷》对乡土的叙事不同，《千江有水千江月》将乡土，特别是台湾本乡本土、风俗风物以中国传统文化的名义和话语彻底地诗化。这种诗化不仅表现在对民俗的优美详尽的描写中，更表现

---

① 苏伟贞：《台湾眷村小说选》，二鱼文化事业有限公司2004年版，序。
② 邱贵芬：《仲介台湾·女人：后殖民女性观点的台湾阅读》，元尊文化企业1997年版，第47页。
③ 萧丽红：《千江有水千江月》，人民文学出版社2006年版，第298页。

在紧随描写的评论中。从搓汤团、做红龟粿等民俗,到拣谷粒、揭簿子这样的妇女闺中戏耍,甚至是平常的割瓜摘果、时令菜蔬,阿嬷教贞观捉蛤蟆取肝,任何一个小举动背后都有着深厚的文化意蕴,尤其是写网鱼季的"虎尾渔灯"一节,确是中华传统文化与渔岛风物的诗意融合,中华与台湾经由传统合而为一。"沿岸走来,贞观倒是一颗心都在水池里:这鱼塘月色;一水一月,千水即是千月——世上原来有这等光景……再看远方、近处,个个渔家草寮挂出来的灯火,隐约衔散在凉冽的夜空。"①但不可否认的是,这种文化意蕴在《千江有水千江月》中颇有泛滥之嫌。如日常摘黄瓜,便会联想到"瓜面花身""身在情长在";看到小脚阿婆烧纸钱,便感叹"沿着圆,才会大赚钱"这个十足的迷信有着"无尽的意思","甚至是——不能再好,她像说说即过,却又极认真,普天之下,大概只有我们才能有这种恰到好处"②。与这种诗化的写作企图相适应,《桂花巷》中大量的台湾闽南语对话形式,被《千江有水千江月》中的描述性笔墨所替代,文字更典丽优雅,却失去《桂花巷》中的真实可感,通篇云遮雾罩,而至虚无缥缈。

张诵圣认为,1980年代台湾女作家"明显地受制于主导文化体制内所认可的内向化、新传统主义和抒情的艺术视野",而"有一种显著的特质——'自足感'。这种'自足感'以不同方式出现,可以是近乎激进的极端保守,也可以是妥协自满、自我划限"。"在师法张爱玲的作家群(如袁琼琼、苏伟贞、朱天文)中,中产阶级的自足心态则往往外显化为作品中的浪漫绮想及美学式的逃避主义"③,这个评价用在《千江有水千江月》上无疑十分恰当。虽然在《千江有水千江月》中,不论从题材还是技法上都与张爱玲有了明显不同的倾向,与胡兰成却有千丝万缕的联系,甚至贞观、大信的名字都出自其《山河岁月》,而张爱玲的犀利与直面人生的勇气让位于上文所述这种"自足性"并转化为对传统的全无保留的接受,这种在典雅的文字、充满人情之美的民俗风物包裹下的传统却是以"顺"为核心的传统美德,对父权中心体制、文化的全面顺从,对传统女性地位、角色的完全服从,更深一步就是对命运全然无力的宿命论。

如小说中的贞观幼时念书无过人之处,母亲说了她两句,外公却开口替她分辩:"你听我说:女儿不比儿子,女道不同男纲,闺女是世界的源头,未来的国民之母,要她们读书、识字,原为的明理,本来是好的,可是现在不少学校课业出众的,依我看,却是一点做人的道理也不知。若为了念出成绩,只教她争头

---

① 萧丽红:《千江有水千江月》,人民文学出版社 2006 年版,第 22 页。
② 萧丽红:《千江有水千江月》,人民文学出版社 2006 年版,第 128 页。
③ 郝誉翔:《情欲世纪末:当代台湾女性小说论》,联合文学出版社 2002 年版,第 40 页。

抢前，一旦失去做姑娘的许多本分，这就因小失大了。"①贞观深以为有理，便兴奋地去随外公念《妇女家训》《劝世文》。母亲"不准贞观将衣服与弟弟们的作一盆洗"，"连弟弟们脱下来的鞋，都不准贞观提脚跨过去，必须绕路而行"②。萧丽红的作品中，女主人公常常是丧父的孤女，剔红是，贞观也是。但父亲的形象却是非常正面的，母亲代替了父亲成为温柔而坚定的父系道德的维系者、教导者，更是以身作则者，正是母亲的以身作则使得整个体制运行得更加畅通无碍，将年青一代可能的反抗也顺理成章地消解于襁褓中。整个家族中的男男女女都一派温柔敦厚，安分守己地在传统道德给他们设定的位置上生活，驯服顺从，"顺"才有福。如果顺从地生活仍然会遭遇痛苦，那么，被片面化的佛经禅理就是最好的开导和皈依。

在《千江有水千江月》中，包括爱情，也是驯良温和的。贞观与大信之间是不切实际得仿佛不食人间烟火的爱情，贞观觉得"大信于她，该是同年同月同日生的指腹之誓：同性为姊妹，为兄弟，异性则是男女，夫妻"③，又觉得"刚才她睡得那样沉，天地两茫的，却是大信身心内支出来的魂魄，先奔飞在前，来叫醒她；他的魂自然识得她的"④，可事实上，两人平日只是谈谈佛理，讲讲风物，连手也没牵过，海誓山盟也全无从谈起。于是书中贯彻的是这样一种一厢情愿的逻辑：一面把爱情归于冥冥中强大无匹的缘分，一面这缘分又脆弱得一场小小的甚至称不上误会的风波也可以将之完全摧破。于是，人的位置没有了，更遑论女性的位置了。从某种意义上说，正是《千江有水千江月》中华美的文字与看似悠长绵延的传统，一方面把台湾乡土诗化和经典化，另一方面，则掩盖并美化了其中所包裹的思想的保守性乃至退步性，"她复活了中国的古典文化，却在古典中迷失了现代人的价值取向"⑤。

相比之下，《桃花与正果》并未获得《千江有水千江月》这般的赞誉。小说讲述的是一对自小青梅竹马的男女，遭逢时代剧变被迫分离，于中年重会共度一段时光后，又再度分离的故事。地点跨越大陆、美国、中国台湾，是一个曲折但仍属通俗白话的爱情故事，但萧丽红拿手的古典文化意蕴与地方风俗人情分量已大大减少。书中的感情观比《千江有水千江月》更加刻板地将感情一分为二，如书名所言，不论什么感情故事，不是桃花就是正果，而区分二者的标志，就是是否圆满，即是否能够导向婚姻并白头到老。粗疏轻率的情感观局限

---

① 萧丽红：《千江有水千江月》，人民文学出版社2006年版，第4页。
② 萧丽红：《千江有水千江月》，人民文学出版社2006年版，第264页。
③ 萧丽红：《千江有水千江月》，人民文学出版社2006年版，第133页。
④ 萧丽红：《千江有水千江月》，人民文学出版社2006年版，第222页。
⑤ 李雪梅：《优美典雅的怀旧情结——评萧丽红的两部长篇小说》，《海南师院学报》1998年第4期。

了这本以爱情故事为题材的小说对情感世界的探求,艺术成就并不高。

由《桂花巷》至《千江有水千江月》及《桃花与正果》,萧丽红与张爱玲的貌合神离已经十分明显,骈丽的文字、佛法的感悟并不能掩饰思想的贫弱。应该说,萧丽红早期的作品,尤其是《桂花巷》中暴露出关于"乡土""家族"观念中的矛盾性,这种矛盾仍然可以传达出女性立场的思考的努力以及对于这类观念的叙事尝试,那么,到了《千江有水千江月》,萧丽红已经心甘情愿地完全退回到以"顺"为主旨的传统观念中去,这种观念当然是以父权制为核心的。龙应台不客气地批评这本书:"这本小说流露的观念意识——凡是'传统',都是美好的——却令我坐立不安。作者以极度感情式的、唯美式的、罗曼蒂克式近乎盲目地去拥抱、歌颂一个父尊子卑、男贵女贱的世界,对这样一个世界没有一点反省与怀疑,使'千江'成为一本非常肤浅的小说,辜负了它美丽的文字与民俗的丰富知识。而'千江'却是去年最畅销的小说,是不是也暗示了台湾读者唯美、怀旧到近乎盲目的心态呢?"①后期萧丽红的作品进一步向通俗小说的路向发展,似乎也与龙应台的评论有着微妙的暗合。

(四)朱天心:眷村边缘生活的未了情

除施叔青家姐妹外,台湾文坛还有著名的"朱家姐妹",朱天文、朱天心和朱天衣,其中朱天文和朱天心于1980年代登上文坛,即成为台湾文坛的才女佳话。

朱天心,1958年3月出生于高雄凤山,原籍山东临朐,台湾大学历史系毕业,高中毕业即步入文坛,开始文学创作。作为"三三集刊"的主编之一,朱天心1982年以《未了》获得《联合报》大奖,使眷村文学成为备受瞩目的文坛类型,她也被誉为眷村文学第一人。"怎样想到写眷村?朱天心说,她认为眷村是弱势群体中的一支,与其他弱势群体相仿佛,在社会之中乍看都没有什么问题,但在朱天心眼里,这些弱势群体中的人都是边缘人,他们的生活方式比较主观,或许发现客观不能认同这个社会的价值观?"②

朱天心是典型的眷村子弟,居住过不止一处眷村,对眷村生活十分熟悉,尤其是那股"浓浓的眷村味儿"。《未了》就是一部眷村孩子的成长小史,记述了夏家从迁入眷村到搬出眷村的那段时光,夏家的三个女儿青云、缙云和白云在眷村度过的童年以及青涩萌动的青少年时代。正是朱天心这样一部感性之

---

① 龙应台:《盲目的怀旧病——评〈千江有水千江月〉》,《龙应台评小说》,尔雅出版社1985年版,第166页。

② 爱亚:《朱天心与〈想我眷村的兄弟们〉》,《八十年短篇小说选》,尔雅出版社1992年版,第171页。

作,开启了之后在台湾文学中独树一帜并取得重要成就的眷村小说题材。

二、新女性主义小说

延续1970年代台湾女性主义运动的势头,加之以1980年代妇女团体和妇女刊物的蓬勃发展,女性主义思想文化理念迅速扩大了自己的领地,成为当时台湾一股新兴的文化力量。新女性主义的核心内涵已经不再局限于关注女性的生活悲苦、爱情婚姻悲剧以及经济独立等表层或现实问题,而是渐行渐远,逐步升格为对男性中心文化以及象征秩序的反思和批判,对女性自身独立自主主体性人格的建构以及男女两性和谐生态的呼唤等。

1980年代领衔小说叙事舞台的女性小说创作主体,或多或少自觉接受了这种女性主义思潮的潜移默化的影响。李昂曾经坦言:"我不否认我受到女权运动者的影响。"①廖辉英也不讳言:"我是个女性主义者。"李元贞和吕秀莲,既从事女性主义思想文化的大力传播,亦直接从事女性主义小说创作实践。

吕秀莲的《这三个女人》正是一部领风潮之先的作品。1980年"美丽岛事件"大审期间,吕秀莲被囚禁于景美看守所59号房,判刑后移送至土城仁教所。1985年因甲状腺癌复发,获得"保外就医"的资格,于隔年获准离台赴美进一步就医。在狱中,吕秀莲写作了《这三个女人》。作为一本写成于敏感环境中的"狱中旧作",文本并不呈现出激愤、决绝的风格品貌,却延续了《新女性主义》相对温和却坚定的路线。高秀如、许玉芝、汪云这三个昔日同窗,分别代表三类不同的女性,在经历了人生的风雨和思索后,从不同的起点出发,终于都找到独立的女性自我,为自己而活。《这三个女人》与大陆几乎同时期的探讨女性命运的作品《方舟》有着明显的相似之处,不同的是,张洁的《方舟》表达的是女性自我建构以及身份认同的焦虑和困境,《这三个女人》则立意于为当代都市女性指明路径,从某种程度上可以称之为吕秀莲《新女性主义》的故事演绎。虽然这部作品艺术方面略嫌不足,观念先行的痕迹明显,人物也有模式化与类型化的缺点,但在1980年代仍然有开风气之先的重大意义。

在1980年代逐渐走向成熟的李昂,以未完成的旧作《妇人杀夫》为题材,写出了惊世骇俗的小说《杀夫》,并着手写作于1990年连载、1991年出版的《迷园》。《杀夫》甫一面世即以其凌厉的性与暴力的书写形式震惊文坛,小说取材自《春申旧闻》中一则社会新闻"詹周氏杀夫"并移植于鹿港,借一个饱受性与饥饿双重虐待的女性的杀夫之举,完成了对父权制男性中心主义的迎头

---

① 李昂:《我不是大女人主义者》,《女人的意见》,时报文化出版企业1984年版,第70页。

痛击与彻底颠覆,也令李昂本人成为备受争议的作家。写于 1984 年的另一个中篇《暗夜》,虽然笔触和缓,但其中层层缠绕的性/权力话语关系,叶原对李琳的虐恋,黄承德心中由幼时阿母偷人私奔带来的始终无法消减的屈辱感,打着"净化道德"招牌的哲学"大师"陈天瑞对暗恋着的丁欣欣的变态情欲,都真实得触目惊心。施叔青于 1978 年移居香港后,贡献了"香港的故事"系列小说,以异乡/异国的视角来看待香港这块华洋杂处的神奇的土地。

被誉为"纯粹女性问题专家"的廖辉英,以处女作《油麻菜籽》蜚声文坛,获得"中国时报"第五届文学奖短篇小说首奖,被誉为"一笔写尽台湾妇女 30 年悲苦生活"。她的作品朴实感人,基于自身现代职业女性的经验背景,对女性命运、生存遭际、困惑以及焦虑进行探讨以及反思。更难能可贵的是,她的作品中时时流露出的宽厚与悲悯,"情感事件中,我不忍用笔去过分挞伐任何一个角色"①,自有一份独特的魅力。

(一)李昂:以性易食的杀夫与暗夜

1980 年代的李昂除了为文坛贡献出《杀夫》(1982)、《暗夜》(1985)和《禁色的梦》(1989)等小说外,还有不少散文及报章专栏创作,如 1981 年她以《别可怜我,请教育我》获得"中国时报"报告文学首奖,同年受詹宏志与张武顺之邀,在"中国时报"撰写专栏"女性的意见",完成《转折》《误解》等篇什并于 1984 年结集出版。

1980 年代李昂最重要的作品当数《杀夫》,小说获得 1983 年《联合报》中篇小说首奖,同年由联经出版事业股份有限公司出版。书中大胆的性与暴力描写,对于当时的文坛堪比暴风骤雨。随后几年,《杀夫》的英、德、法文版相继出版,其影响日益扩大,李昂也成为备受瞩目同时饱受争议的作家,而受争议的原因自然离不开她的小说所选取的题材。

1980 年代初,乡土文学论战已偃旗息鼓,闺秀文学与都市文学大行其道,《杀夫》颇有些"不合时宜"地选择了乡土叙事,李昂自己也说:"我从来是个跟不上潮流的人。当早年我以存在主义、心理分析作背景,大写现代小说时,现代主义已是个末流。然后,我开始用鹿港作背景写小说,乡土文学的潮流又尚未兴起,等我自己以为写了十分乡土的小说《杀夫》,乡土文学潮流已经过去,不再是一种时尚。当然,我这样说并非表示我惋惜自己跟不上潮流,而只是有些无奈,因为种种因缘际会,我好像真是那种跟不上潮流的人。"②这种跟不上

---

① 廖辉英:《油麻菜籽·自序》,中国文联出版公司 1987 年版。
② 施淑端:《新纳蕤思解说——李昂的自冲与自省》,《暗夜》,时报文化出版企业 1985 年版,第 176 页。

潮流的文类错位,一方面使李昂在文坛始终是一个异数,另一方面,却也为她提供了身处潮流之后的独特的反思背景与空间,《杀夫》即选择了一个向来在台湾乡土文学传统中被遮蔽的性别视角来展开叙事。

《杀夫》取材自李昂1970年代末赴美时,在白先勇家中读到的陈定山(一作陈静山)著《春申旧闻》中的一则社会新闻,这本书搜集的都是早年上海滩的奇闻逸事,其中一篇《詹周氏杀夫》吸引了李昂的注意。詹周氏是个信佛的女人,偏偏嫁了个屠夫丈夫。他不仅以杀猪为生,还以杀猪为乐,甚至屡次逼迫詹周氏看他杀猪,从不杀生的詹周氏吓得闭上眼睛,丈夫却仍然不放过她,把她当作施虐和取乐的工具。经历了长期的受虐生活,詹周氏变得有些疯癫,一次,趁丈夫睡熟,将他斩成八块,藏在床下。不料屋里的地板有缝,血从楼上渗到楼下的二房东家。二房东以为是猪血,不以为意,但借口血迹污脏了屋子,要赔一条猪腿,遂上门敲竹杠,却从床下拖出一条人腿。东窗事发,詹周氏被判了死刑,还未行刑,适逢抗战胜利,詹周氏从此不知去向。这则本来作为消遣的故事,引发了李昂极大的兴趣,她将之移植到她的家乡鹿港,力图"写出屠夫残忍背后的东西"。

小说开篇就消解了传统所谓"无奸不成杀"的"情理",李昂语带讥诮地写道:陈林市被判枪毙,送进大牢前游街示众,"陈林市所到,真是人山人海,万人空巷。然有观者称惜,谓陈林市既不美貌,又不曾看到奸夫,游街因而不十分好看"①。由此,在正式讲述这个"妇人杀夫"的故事之前,文本便经由叙事(结尾处阿罔官引证林市"哀哀叫"以及其母经历重提"无奸不杀")构建了一个"被看"的环形结构,这个结构指向两个经典的性别命题。一是女性"被看"的"他者"命运。林市的悲剧不仅仅是茶余饭后的谈资,甚至还只是个颇为扫兴的谈资,因为既不美貌,又无奸夫。不仅林市,几千年来的女性命运岂非也是这般,被一个庞大的无处不在的父权中心主义压迫成为"被看"的"他者"?看客中固然有男性,但更津津乐道的却是同性别的女人们,如阿罔官们。二是"被看"的内容——性。"无奸不成杀",男权中心的话语暴力尤其是其中以女性身份与这暴力共谋的"帮凶"们,正是经由"性"将其中的叛逆者们定罪、贬损,以训后人,将一切归咎于"淫""不守妇德",从而遮蔽其中最根本的性暴力与性压迫。

李昂历时性地选择了两代乡土女性如出一辙的婚姻悲剧。林市的母亲因为没有儿子,被族叔侵占家产屋舍,只能带着幼小的林市住在祠堂,在极度饥饿下,逃兵用两个白饭团便换取了阿母的身体,被捉到时,"阿母嘴里正啃着一个白饭团,手上还抓着一团。已狠狠塞满白饭的嘴巴,随着阿母唧唧哼哼的出

---

① 李昂:《杀夫》,联经出版社1983年版,第76页。

声,嚼过的白颜色米粒混着口水,滴淌满半边面颊,还顺势流到肚子及衣襟"①。随后被宗族以"饿死事小,失节事大"的罪名处决。林市在叔父家里度过饥饿的童年、青年,终于被作为换取猪肉的筹码卖给快40岁的屠夫陈江水。一无所有的林市,不仅成为陈江水变态性虐待的对象,还因为全无生活来源成为全无人身自由的奴隶,从新婚夜开始林市就开始重演阿母以"性"易"食"的悲惨命运:

> 饶是这样,喝醉酒的陈江水要履行做丈夫的义务,仍使得林市用尽残余的精力,连声惨叫。叫声由于持续不断,据四邻说,人们听伴随在夜风咻咻声中的林市干嚎,恍惚还以为又是猪嚎呢!
>
> 待静止下来,林市几乎昏死过去,陈江水倒十分老练,忙往林市口中灌酒,被呛着的林市猛醒过来,仍昏昏沉沉的,兀自只嚷饿。陈江水到厅里取来一大把带皮带油的猪肉,往林市嘴里塞,林市满满一嘴的嚼吃猪肉,叽吱吱出声,肥油还溢出嘴角,串串延滴到下颚、脖子处,油湿腻腻。这时,眼泪也溢出眼眶,一滚到发际,方是一阵寒凉。
>
> 林市怎样都料不到,往后她重复过的,就是这样的生活。②

在林市日复一日的生活中,四邻、人们自始至终与族叔、陈江水一起向她施暴,阿罔官的长舌,四邻的闲话,陈江水的拳头、虐待和饥饿,陈江水刻意带林市去看的杀猪场景,一起把林市逼疯。像祥林嫂要为自己捐门槛一样,林市要为失节的阿母烧纸人,换来陈江水最后一次的刻意虐待及强暴。恍惚中,林市操起陈江水用来恐吓她的杀猪刀,像杀猪一样杀死了陈江水,"丢下猪刀,林市爬出房外来到灶边,熟练地生起一把火,取来供在桌上摆放的几个纸人与纸衣裤一一在火里烧了,再端来几碗祭拜的饭菜,就着熊熊的火光,在灶边猛然吞吃,直吃到喉口挤胀满东西,肚腹十分饱胀。林市靠着温暖的灶脚,沉沉的、无梦的熟熟睡了过去"③。从"非人间"的待遇中解脱出来,不再遭受暴力虐待,能够吃饱,于林市就是莫大的幸福,女性在传统乡土生活中占据的只是这样一个"非人"的、动物化的一角。陈江水对待林市如同动物,但与妓女金花的相处中却又颇有几分温情和仗义,相救阿罔官也可见这个人并非一味地残暴,"就陈江水而言,在妻子面前沦为非人,在妻子之外复原为人"④。夫权是中国传统伦理秩序的中心支架之一,在这个体制中,女性被用于满足男权的"食"与

---

① 李昂:《杀夫》,联经出版社1983年版,第79页。
② 李昂:《杀夫》,联经出版社1983年版,第84页。
③ 李昂:《杀夫》,联经出版社1983年版,第100~200页。
④ 陆卓宁:《不同生存形态中的同一文化意旨——李昂〈杀夫〉、〈暗夜〉管锥》,《南方文坛》1993年第5期。

"性"的需要，其本身却既是"婚姻交易"的对象，也是"性暴力"的受害者。

李昂以惊世骇俗的笔触僭越了男性中心的叙事话语，在乡土文学的两大传统——歌颂乡土之美和揭露台湾工商化进程中对传统农业文明、广大农村的侵轧——之外，发掘出性别压迫这个一直被忽略和遮蔽的主题；在80年代回溯"二二八"事件、"统独"之争以及后殖民讨论的泛政治主题外，开掘出酷烈却隐性的性政治话语图景。林市是台湾文学中不多见的"疯女人"形象之一，在闺秀文学伤春悲秋的爱情婚姻悲剧之外，乡土台湾还有林市这样被逼得走投无路无法生存的女人，自尊与自我于她们都是奢望，只有借着疯狂举起利刃才能完成人类最基本的自我保存的需要。

值得注意的是《杀夫》的叙事语言，这是一种典型的中性文体。郑明俐曾对"中性文体"进行过阐述，首先长久以来台湾女作家不自觉地形成一个稳固的抒情传统，言必及情，写作题材离不开家庭，不少女作家著作等身却是不断重复自己以及别人写过的题材及写作方式。再者，多数女作家还惯常以"文艺腔调"为抒情的充分必要条件，以致以玩弄辞藻为正典，把情溢乎辞的滥情当作多情。最后，许多女作家安于社会提供的女性角色，写作时也少质疑自身处境，自我常被掩埋，"中性文体"则是对这种抒情传统的背离①。反观李昂的《杀夫》，多用白描勾勒，少见抒情手法，见出一种冷静的质感，但又不同于客观写实，书中几处穿插着关于咒怨的传说，陈江水杀到一头怀仔母猪时的惶恐，林市为阿母拜拜准备的五彩纸人；文中多处描写充满浓烈残酷的色彩，如林市阿母事发时身着的大红艳色嫁衣，林市噩梦中血红的"直插入一片墨色的漆黑"中的柱子，从小窗中照进来的"一长条青白月光"，长出"灰绿色的铜钱大斑点""像传说中鬼怪腐烂的脸面"的面线，林市自觉存留在腹中的嚷嚷说话的"紫红色舌头"，陈江水温热的"绵长无尽、纠结不清"如面线般的肚肠……正是李昂自承的"魔幻写实"的表现方式②。不同于女性作家言必及情、文艺腔调的抒情传统，《杀夫》写的是实；但又不同于男性作家的客观反映式书写，李昂恰恰是通篇魔幻的"鬼"话。正是在这个意义上，《杀夫》不仅在主题上突破了传统书写的狭隘天地，在叙事手法上也颇具独创性，传达出更为丰富的意涵。这种凌厉酷烈的浓墨重彩式书写，使得《杀夫》具有力透纸背的批判力度，将传统乡土中女性的悲惨命运淋漓尽致地泼洒出来，杀人不见血的性/政治压迫正像年长日久凝涸成黑色的血块让人再也无法忽视。

1980年代李昂的另一部重要作品是《暗夜》，与《杀夫》关注乡土传统农耕

---

① 郑明俐：《一个女作家的中性文体》，《当代台湾女性文学论》，时报文化出版企业1993年版，第311页。

② 李昂：《花季·洪范版序》，《花季》，洪范书店1985年版，第2页。

社会女性双重饥饿不同,《暗夜》写的是现代都市的物欲横流,用李昂自己的话说,前者是"吃不饱的文学",后者则是典型的"吃得饱的文学",但二者有一个共同的叙事视角——性。李昂自述,"性在这里的作用只是'造成一条更向内探索的线索,作为一种假借'"①。《暗夜》写的是台湾进入资本主义工商业社会后,中产阶级的尔虞我诈以及在经济驱力和性解放表象下仍然严酷的性压迫,女人的身体仍然是交易的筹码和报复泄愤的工具。《暗夜》勾勒出一幅工商业社会的欲望图谱。哲学系毕业任职于"道德裁决研究所"的陈天瑞,在一个雨夜来到实业家黄承德的家中,这个神秘的不速之客揭破了黄妻李琳与他密友叶原的婚外情,一向风流的叶原当然还有其他情人,年轻貌美又野心勃勃的丁欣欣就是其中一个,讽刺的是,叶原却也只是丁欣欣向上爬的选择之一,能让她进入上层社会的旅美博士孙新亚也是她的入幕之宾。黄承德的公司却因近年不景气,全凭消息灵通的叶原透露股票行情才得以维系,知道他与妻子的奸情后选择忍耐,被陈天瑞义正词严地指责为没有"行使道德的勇气"。却遭灵机一动的黄承德一语喝破,陈天瑞只不过是暗恋丁欣欣未果还被嘲笑的一只可怜虫,所谓"以道德净化为终身理念"不过是借道德来保有其残余的一丝自尊的可怜方式罢了。李昂以文本的方式设置了一个环环相扣的连环套,其核心是"欲",其结局却指向凄冷无尽的无边暗夜。

  这里的"欲"既有"物欲",当然也有"性欲",更有被物质社会异化了的人的"兽欲","性"与权力的角力、心理原罪的戏码在无边的暗夜中上演了一幕又一幕,却始终是以女性身体为载体的。黄承德即便靠个人奋斗成为商业巨子,幼年时因为母亲与人有染被同龄人嘲笑的记忆始终是个巨大的黑影压在他的心中,"不见笑,跟人跑,给人干。黄承德的阿母,裤底破个洞"②的歌谣仍然不时由被压抑的记忆中翻滚而出。来自"性"不洁的羞辱既让他选择向小女孩施以同样的性暴力,也令他成为一个去势的男人,臣服于物欲,对妻子的出轨视而不见,使得童年时的羞辱在成年后继续重演。叶原与李琳的私情固然很大程度上是出于他追求肉欲的本性,却也颇有对其丈夫的报复意味,以性对另一个更为强势的男性实行羞辱。黄承德虽然要靠叶原透露消息做股票生意,却是家大业大有钱有势;叶原虽然有才华,会写诗,心中曾经怀有诗人梦,却只能通过卖消息给黄承德之流来换得吃饭签单权等等连带的奢侈享受而已。他貌似无意地向李琳谈及黄承德的风流韵事,在黄家的别墅里兴致勃勃地与李琳"在屋里所有地方欢爱,在客厅的沙发、餐桌、浴室,甚至儿女们的房间","我要你

---

① 施淑:《盐屋——代序》,李昂《花季》,洪范书店1985年版。
② 李昂:《暗夜》,《台湾爱情小说精粹·姻缘路》,春风文艺出版社1987年版,第123页。

以后在家中,不管到哪里,都会记得我,你在你丈夫的家中,但会一辈子记得我怎样和你做爱"①。在温暖的浴室里他炫耀地裸露性器官,向黄夸耀自己的性能力,即便如此,他仍然怀着难以抑制的恨意,"那片刻里叶原有种几近乎控制不了的冲动,想将整杯啤酒泼向黄承德肥红的脸面,眼中不自觉的有着闪烁光芒"②。陈天瑞满口道德、净化,象征着被去势的孱弱的传统,仍然在做垂死挣扎,甚至被逼得只能拿"我还是处男"来证明自己的纯洁。现代都市社会中,如传统乡土社会一样,"性"仍然被强势男性当作自身能力(性能力与经济能力)的证据,而弱势男性(如陈天瑞)则选择了传统女性的做法,以性方面的纯洁来佐证自己道德上的至善。

都市女性们,仍然或以性为交易手段,为自己换取进身之阶,如丁欣欣;或如李琳,她自以为与叶原的私情是真正的爱情,是对过往为他人主宰的苍白生活的背叛,但在这段私情中她仍然是委屈承迎的那一个,既要不断讨好容易厌倦的叶原,还要独自承受怀孕的恐慌,她的身心正如同从佛堂求来的那幅画:肥厚巨大的墨色叶子占满上方,碎裂成三片的西瓜,断藤无子,红墨淋流。即使生活富足了,传统文化桎梏在工商业大潮冲击下渐渐松动,但女性心灵依然空虚,女性主体性仍然是一片空白。所以李琳以算命为寄托,丁欣欣以身体为筹码,她们是叙事中淑女与荡妇这两类女性典型在新世代的延续,虽然与前代女性相比,性尝试与性机会多出许多,但在两性关系中的地位仍未有根本变化,女性仍然是工具化的第二性。

可以见出的是,1980年代李昂的写作风格与1970年代相比发生重大变化,不再像《花季》《有曲线的娃娃》那些早期文本单纯从女性自我的个人性角度切入叙事,性/政治的视角虽然给予了作品更强的批判力度,但从某种意义上说,却是以将女性经验群体化从而牺牲其个体性特征为代价的,林市、阿罔官作为某一类女性的代言人,有着相对清晰的立场与站位。进入1990年代,李昂保持了她一向的凌厉批判之姿并直接涉及现实政治题材,"政治是一种最绝对的权力关系,我想表达一个女性和这种权力之间互相的关系,我觉得对我来说,那比真实地去写'二二八'事件或高雄'美丽岛事件'更有意义"。"我会以政治当背景,但不作为主体,因为当这些事件过去后,所写的东西也就跟着过去了,我想表达的是女性在政治事件中做了什么样的人性表现"③。前述特点在《戴贞操带的魔鬼》系列中表现得愈发明显,但是为了避讳而高频率出现

---

① 李昂:《暗夜》,《台湾爱情小说精粹·姻缘路》,春风文艺出版社1987年版,第108页。
② 李昂:《暗夜》,《台湾爱情小说精粹·姻缘路》,春风文艺出版社1987年版,第92页。
③ 李昂:《我的小说写给两千万同胞看的——专访李昂》,李瑞腾编著:《累积人生经验,开创人文空间——文学尖端对话》(二),九歌出版社1998年版,第701页。

的类似"悲情的国母"的称谓,使人物被贴上了这个类型的标签,成为作者的甚至某种观念的载体,从而失去了个性。在某种程度上,这种变化与女性主义及妇女运动自身的发展历程相吻合,却又与女性书写的某些初衷发生了微妙的背离。

(二)施叔青:外来者眼光中开出香港故事之奇葩

施叔青,在台湾文坛著名的"施家三姐妹"中排行老二,写现代诗和留学生文学;大姐施淑,专事文学评论写作;小妹施淑端即是特立独行的李昂,小说创作独树一帜。三姐妹俱是文字高手。

施叔青,1945年10月出生于台湾彰化鹿港古镇,受到念中文系的大姐施淑的影响,17岁即在《现代文学》发表处女作《壁虎》。淡江大学法文系毕业后,于美国纽约市立大学攻读戏剧硕士,后回台任教。1978年移居香港,除进行小说创作外,还从事歌仔戏、平剧、鹿港民俗研究。由于她本人所具有的台湾、香港、海外三地生活经历,也被归入"香港美籍台湾作家"之列。同时,得益于她早先所受的现代主义影响以及后来对于西方理论特别是后殖民理论的了解,她的后期创作具有更为丰富的内涵与更富有意义的指涉。

1980年代即移居香港的施叔青,灵感来袭,创作可谓丰产,先后发表和出版的主要作品有《倒放的天梯》(1983)、《愫细怨》(1984)、《完美的丈夫》(1985)、《台上台下》(1986)、《香港的故事》(1986)、《夹缝之间》(1986)、《情探》(1986)、《那些不毛的日子》(1988)、《韭菜命的人》(1988)、《指点天涯》(1989)。尤为出彩的是"香港的故事"系列,鉴于题材、视角以及作者经历的相似性,评论界往往将她与张爱玲相比较。白先勇就认为,"现代主义加乡土色彩便形成了施叔青早期小说的主调……在施叔青的小说里便有了一种歌德式(Gothic)的夸张。四十多年前,另外一个女作家便以外来者的眼光写下了一系列的香港故事,施叔青显然也继承了张爱玲传奇的路子"①。如果说张爱玲亲眼见证了前一个世纪末的倾颓,施叔青则以她鬼魅幽深的书写预言了下一个世纪末的支离破碎,这种意识在"香港的故事"系列中初露端倪,到90年代的《香港三部曲》(《她名叫蝴蝶》《遍山洋紫荆》《寂寞云园》)才真正得以发扬光大。

施叔青自1981年开始在《联合报》陆续发表以"香港的故事"为题的系列短篇小说,其独特的异乡视野渐渐显露。"香港的故事"驻足于华洋杂处、东西交汇的"东方之珠"香港,以这个光怪陆离的前殖民地社会为创作背景,细细描摹来自四面八方的各色人等在这个神奇的混同社会的生活情状,尤其是女性置身于其间的命运遭际,她们的奋斗、挣扎与沉沦。施叔青曾表示,她是喜爱

---

① 白先勇:《驱魔·序》,施叔青:《驱魔》,作家出版社1989年版,第1页。

香港的,"我基本上是很爱玩的,置身华洋杂处的社会,叹世界的本性出现了,我在这儿住得很开心"①。"叹世界"来自粤语,有享受的意思,也指突然得到一次意外享受,如豪华旅游或美食盛宴。以"叹世界"的好奇与新鲜的眼光来看待这块奇异的土地("香港的故事"系列开始写作时间仅在施叔青移居香港后两三年),施叔青早期"鹿港叙事"中浓重的禁锢与颠覆意识略有淡化,代之以一种身为"他者"对这块充满异态传奇之地的探险与旁观姿态。

"香港的故事"系列第一篇《愫细怨》写的是上流社会的留洋佳丽和胼手胝足打拼起来的市井小商人的一段露水孽缘。留美归港的愫细经历了一段失败的异国婚姻,"我和狄克一起回来,他来香港找中国,失望了,连带地对我这个中国女人失望,只好回到他同种的人那儿,濡沫相吸去了"②。一个偶然的机会,愫细认识了自大陆来港,靠赤手空拳打拼起家的印刷小老板洪俊兴,一个纯粹的中国男人,愫细的同种的人。面对洪的追求,愫细起初是怀有居高临下的好奇和不屑的,在心里面划定自己跟他是两种人,本来想让洪知难而退,却在自身的空虚寂寞和洪的刻意温存下缴械投降,做了他的情妇。在美国受过高等教育、出入洋行写字楼的愫细,打心底看不起洪俊兴这种从社会底层爬起、没有见过大世面品味伧俗的暴发户,更恨的是即使是这样一个处处比自己差的人,居然也无法全部拥有他,洪俊兴毕竟有妻有子有家庭,更是一心一意要拿愫细当情妇的。愫细在肉欲与自尊间交战,终于沉沦于情欲与物质之海,她自我安慰:"在雅致的西餐厅、中环的精品店,和床上之间消磨岁月,愫细认了,还有什么好计较的?"③但真的认了么? 小说结尾处愫细在海滩边徘徊了一夜,呕吐不已,表现了愫细的挣扎和施叔青对她的同情。

正如冯梦龙"三言"中的名句所言:"太平之世,人鬼相分;今日之世,人鬼相杂。"百年沉浮,殖民主义的话语在香港建构了一个西方想象中的不伦不类的伪东方,就像"香港的故事"系列里包括张爱玲描写香港的作品里一再出现的高级酒店、上流会所里为迎合西方人发展出来的典型而特有的不中不西不土不洋的摆设——他们大老远地来看中国,总不能让人扫兴;与之相仿,狄克通过愫细来想象中国,洪俊兴通过香港残余的遗迹哪怕只是备忘录上的一张中国水墨山水画一缕一缕地回想中国,愫细则通过洪俊兴想象中国男人——落实于她与洪俊兴相处时那种被呵护照顾可以回到当独生女儿年代的感觉。

吊诡的是,殖民话语成功地在香港打上了抹不去的印痕,狄克虽然对西方

---

① 施叔青:《与施叔青谈她的"香港的故事"》,《驱魔——香港传奇》,作家出版社1989年版,第299页。
② 施叔青:《愫细怨》,《施叔青集》,前卫出版社1993年版,第137页。
③ 施叔青:《愫细怨》,《施叔青集》,前卫出版社1993年版,第151页。

人想象中的"东方之珠"失望却仍然可以退回"他的同种的人"——一个美国女孩的怀抱,愫细的想象却彻彻底底地失败了。

这里从两个向度上提出问题。一是愫细的,或者说女性的"他者"身份。如同香港这个光怪陆离的异质世界,愫细也是个夹心人。狄克有他赖以倚仗的现代西方文明,洪俊兴有他辛苦操持二十几年,可以随意表达他的大男子主义的家以及他纯正的中国文化,在他的世界里,强大的传统力量把一切安排得井井有条,各居其位,愫细却只有"反把故乡当他乡"的香港。对这两个男人来说,愫细都是他们世界的"他者"。尽管百年前的殖民者以强行侵入的方式将自己的文化印迹留在被殖民地之上,被西方强势文化浸润的愫细作为女性却无法以相同的方式对洪俊兴实现掌控,反倒成为被所谓弱势文明(尤其洪是由上海净身出逃至香港,抛开政治等因素不谈,移居香港对他是一种擢升)降服豢养的宠物。二是女性主体性的确立与破碎。很难说接受了完善的西方教育的愫细最初对洪所怀有的优越感,与西方文明进入古老中华,甚至西方殖民者以坚船利炮打开古中国大门时身怀的文明对落后的优越感有多大不同,但确确实实,愫细或许在情欲上满足了洪俊兴,却是以自身的分裂与挣扎为代价。甚至在愫细不甘于情妇身份,而随着性子和洪撒娇撒泼的时候,她从那些香港现代女性军团那里取来的经是"吃定他",于是愫细如茅塞顿开般大手大脚大花洪俊兴的钱,却正中洪的下怀——他本意就是想豢养这个美人。于是一种充满悖论的反讽形成了:愫细想用以报复洪俊兴将她当作情妇的方法,恰恰最为现实地把她推向并固定在情妇的位置上。

愫细得自西方文明的自我存在着一个致命的死穴,这却正是施叔青的细致处。"每一回,愫细只消安逸地坐着,这儿是洪俊兴的领地,由他主管一切,他一个人点菜张罗,从来不需要愫细操心。不像从前和狄克一群洋人上广东馆子吃饭,看菜单点菜的工作落在她这全桌唯一的中国人身上。愫细身负重任,生怕点的菜不合这群洋鬼子的口味。在那种时候,做中国人简直是一种负担。和洪俊兴,使她有着回娘家做客的感觉,一切都是熟悉舒适而温暖。"①

这里提出了一个尖锐的问题:主体意识对于女性,特别是中国女性,是否也是"他者"? 回到中国,面对洪俊兴宠溺式的呵护关照,愫细的西式女性做派明显败下阵来,在"他"的领地由"他"主宰一切,却有着回娘家的感觉。在这里男性"领地"与"娘家"其实都是父权统治的领域,接受西风美雨的愫细终归还只是"女儿"。委身于洪后,愫细想着,"也许有一天,我终于屈服了,我们真的可以在一起"②,洪却反问:"我们不是在一起吗?"愫细在自我失落边缘的挣

---

① 施叔青:《愫细怨》,《施叔青集》,前卫出版社1993年版,第125页。
② 施叔青:《愫细怨》,《施叔青集》,前卫出版社1993年版,第148页。

扎,被洪俊兴轻轻一问立时化为无形。强大的传统合着愫细对情感和情欲的需要铺天盖地压下来,虽然仍留了一条缝隙,却也只容得愫细以剧烈的呕吐来鄙弃自己的沉沦。

"香港的故事"系列开篇惊人,后续者亦出手不凡,仍然延续了"异地叹世界"的如观万花筒众生相的视角。《窑变》与《愫细怨》有相似的主题,从台湾随丈夫移居香港的小妇人方月与瓷器收藏名家姚茫邂逅,方月心仪于他的风采学识,便也成了他的收藏之一。一段意乱情迷后,方月遭曾经的恋人点醒,终于离开姚茫那座虽富庶却有如坟场、夜深后"架子的瓷器渗出阵阵寒意"的豪宅,留下那个有着多肉而绵软双手的垂垂老者独自守着他的古墓皇朝。《票房》和《情探》写了一群旅港上海佬的心机往来,他们在香港独辟出一块小天地摆出上海滩的派头自娱自乐,在新冒险家的乐园香港为来自十里洋场的自己固执地硬撑出一份文化上的优越感。他们玩票唱京剧唱评弹,操着口音不准的广东话,穿街钻巷去吃上海私房菜,借着熏鱼醉蟹配花雕一疗乡愁。在这样的一群人里,自然也少不了男女狎戏、逢场作戏。《票房》里伴着西皮二黄京腔沪韵,男男女女钩心斗角你来我往好不热闹。"文革"中下牛棚被强暴的磨难让人没了底线,干爹破产又抽去了她仅存的底气,科班出身的京城名角丁葵芳不得不屈于财势去替船商外室扶正的卢太太唱《白蛇传》帮衬小青,丁的师弟潘又安却如鱼得水在一群太太票友团里左右逢迎,专门侍候有钱太太。《情探》写了两个出来捞钱的女人围绕一个男人庄水法争风吃醋的故事,严蕊蕊伧俗风骚,是欢场中的常见人物,殷玫的出场却多了几分冷艳,而这一切不过是香港这个名利场日夜都在上演的无数财色情爱交易中的一个而已。其他如《一夜游》《黄昏星》仍然大抵延续了前列数篇的题材,幽艳颓废,不过《黄昏星》将故事场景搬到北京,在欲望的纠葛外还多了意识形态的纠缠龃龉。

"施叔青的作品往往引起评者绝大兴趣,因为不论是现代主义还是写实主义,女性主义还是后殖民主义,乡土文学还是海外文学,于她似乎都有迹可循。"①即使是在短篇这样有限的小容量里,仍有多处可圈可点的精彩之笔。但真正把这种自"叹世界"的经历中得来的经验化为文学表现,让精缩的人物得以舒展手足自在对战,还要到90年代代表了施叔青创作生涯高峰的《香港三部曲》。

(三)廖辉英:一笔写尽女性的油麻菜籽命

廖辉英,1948年出生于台湾台中县,初三开始写作,早期多以散文创作为

---

① 王德威:《异象与异化,异性与异史——施叔青论》,《落地的麦子不死——张爱玲与"张派"传人》,山东画报出版社2004年版,第103页。

主。1970年台湾大学中文系毕业,暂时封笔进入广告界。十四年的社会历练,把她锻炼成一个精明干练的职场"女强人",同时,对商业化都市社会游戏规则的敏感触摸和对人际关系的感同身受,使她对职业女性在从传统向现代转型的当代台湾社会中遭遇的酸甜苦辣和生存困窘更是刻骨铭心。因此,从1980年代初跻身文坛,廖辉英便自觉成为具有新女性主义意识的小说家。1982年,以《油麻菜籽》夺得第五届"中国时报"文学奖"短篇小说首奖",第二年,她的中篇小说《不归路》又获得《联合报》的第八届特别小说奖,这两部小说先后被改编成电影,前者在1984年还获得第21届金马奖最佳改编剧本奖。廖辉英1980年代出版的主要作品有《油麻菜籽》(1983)、《不归路》(1983)、《盲点》(1986)、《绝唱》(1986)、《落尘》(1987)、《焚烧的蝶》(1988)、《蓝色第五季》(1988)、《窗口的女人》(1989)、《朝颜》(1989)。她笔耕不辍,始终关注女性在都会职场、都市人生中的处境,时时击中社会要害,被誉为"纯粹女性问题专家",在台湾拥有广大的读者群。

感同身受中国传统妇女为家庭付出一生,却完全没有了自我的悲剧人生;现代都市社会中事实上仍然长期且顽固存在的男女两性不平等,女性欲与男性获得同等成就所耗费的双倍努力;对女性在家庭、爱情、事业方面面临的内心压力与重重矛盾等种种问题,廖辉英有着自己的思考,从而提出她的女性主义主张。她强调,先做一个"人",再做一个"女人";她还主张,女性在为家庭奉献心力之外,还要保留自己的空间;她既反对"男主外,女主内"的传统家庭秩序,也不认同新锐激进的"单身贵族",她希望两性能够理性、平和地互相对待。廖辉英自承,"我是个女性主义者",但她的女性主义观念并不激进,反倒中庸平和;她无意于提出新锐热辣的主张或纲领,更看重两性相处的合情合理,互相扶持。因此,她的作品虽然多描写诸如婆媳关系、女性职场经历、事业与家庭纠葛等与现实妇女问题联系紧密的题材,但在批判之外,总有一种难得的宽容与温和。正如为她带来极大声誉并奠定其文坛地位的《油麻菜籽》的自序中所写的:"所有的经验或可以移植,唯有感情的经验,却是无论如何没有办法完全移植的。人欠欠人,总要你偿光眼泪,还清情孽,才有暂歇的时刻。也因此,情感事件中,我也不忍用笔去过分挞伐任何一个角色。"①或许这种"还清孽债,才有暂歇"的观念会被指为保守或局限,但正是因为将心比心,使得廖辉英的小说极易与读者产生共鸣,也形成她独特的艺术魅力。

廖辉英的创作可以明显地区分为两个阶段。1980年代的创作集中书写现代都市男女生活、感情遭遇、家庭问题、人生抉择,如《盲点》《今夜微雨》《不归路》《窗口的女人》《岁月的眼睛》《朝颜》《蓝色第五季》;1990年代初期仍延

---

① 廖辉英:《油麻菜籽》,皇冠文学出版有限公司1983年版,第6页。

续这一题材的书写,如《木棉花与满山红》《都市候鸟》《你是我今生的守候》,但更拓展出发掘被尘埋的女性历史和女性经验的主题,如《辗转红莲》《负君千行泪》《相逢一笑宫前町》,她花费了数年时间进行田野调查和历史考证,从彼时衣着耳饰到养女制度以及查某间(妓女户)的情况,力图抹开历史的尘埃,倾听那个时代女性的声音,再现和观照日据前后大时代动荡下的女性命运与女性历史。因此,她的创作就将过去与当下连缀起来,勾画描摹出一部台湾近代女性命运史。

廖辉英擅长写旧式女子、职场女性以及"窗口女人"。《油麻菜籽》既是廖辉英小说处女作,也是她的成名作,有评论称其一笔写尽台湾妇女三十年悲苦生活。油麻菜籽是个比喻,指的是未嫁女子的命运,像又轻又低贱的油麻菜籽,被风吹到哪里就到哪里生根,全凭命运的安排,自己做不了主。小说中的我(即阿惠)的母亲就是这样一粒认命的"油麻菜籽"。身为富家女的母亲在外公的安排下嫁给家境并不富裕的父亲,就因为觉得他"老实可靠",这个男人婚后却常常"横眉竖目、摔东掼西",母亲则"披头散发、呼天抢地"。每次吵架后母亲便跑回娘家,但都会被白发苍苍的外公再给送回来,"查某囡仔是油麻菜籽命",嫁得不好也就是你的命啊,只有自己忍耐。在这样的环境里,孩子们一天天长大,阿惠目睹了曾经是千金小姐、在日本上过新娘学校的母亲怎样坚忍辛苦,靠频繁地开箱子变卖嫁妆支撑起整个家;也目睹了母亲的委曲求全,风雨夜流产丈夫却不在身边只有靠阿惠出门求助才保住性命,丈夫在外面乱搞女人,大年三十被人追上门要遮羞费,只能含羞带气连夜出门变卖家当。令阿惠不能接受的是,认命了的母亲仍然拿"女人是油麻菜籽命"这一套来对待她。在生活的重压和丈夫的背叛下,母亲的心理扭曲了,子女长大经济条件好转后,她却越来越变成刻薄、吝啬、几近无可理喻的妇人,拼命攒钱,逼迫女儿为家庭付出,甚至几番破坏女儿的恋爱。但从小的经历让阿惠对母亲并无恨意,相反更多的是悲悯,出嫁前夕,身披白纱的阿惠第一次忘情地抱住母亲,一再地叫着"妈妈! 妈妈!"

《油麻菜籽》以第一人称"我"写成,读来亲切平实,感人至深,真实地写出两代女人的命运。阿惠不满于与哥哥"男尊女卑"的差别对待,母亲"黑猫仔"理直气壮地教训她道:"你计较什么? 查某囡仔是油麻菜籽命,落到哪里就长到哪里。没嫁的查某囡仔,命好不算好。妈妈是公平对你们,像咱们这么穷,还让你念书,别人早就当女工去了。你阿兄将来要传李家的香烟,你和他计较什么? 将来你还不知姓什么呢?"[①]当阿惠如愿考上大学时,母亲一瓢冷水浇

---

① 廖辉英:《油麻菜籽》,皇冠文学出版有限公司1983年版,第29页。

熄了女儿的兴奋,她"竟冲着成绩单撒撒嘴:'猪不肥,肥到狗身上去。'"①阿惠大学毕业后交往的对象个个让她看不顺眼,"在我偶尔迟归的夜里,她不准家人为我开门,由着我站在黢黑的长巷中,听着她由四楼公寓传下来一句一句不堪的骂语"②。母亲本身就是"油麻菜籽"论调的受害者,认命地承受屈辱维系家庭,奉献了她的一生以至心灵扭曲,心中何尝没有不甘与愤怒?但她又如此理所当然地用这一套男权中心的观念来对待自己的女儿,受害者摇身一变成为新的施暴者,这正是男权中心主义文化根深蒂固的影响。正因为了解了这一层,阿惠出嫁前夕,怕八字犯冲母亲坚持避让不送女儿出门,阿惠盛装为母亲一个人穿上新娘礼服,"我用戴着白色长手套的手,抚着她已斑白的发;在穿衣镜中,竟觉得她是那样无助、那样衰老,几乎不能撑持着去看这粒'菜籽'的落点。我跪下去,第一次忘情的抱住她,让她靠在我胸前的白纱上。我很想告诉她说,我会幸福的,请她放心,然而,看着那张充满过去无数忧患的、确已老迈的脸,我却只能一再的叫着'妈妈,妈妈'"③。在母亲看来,这又是一颗要落到不可知田里去的"油麻菜籽",但阿惠的命运已经与她的母亲不同。

《油麻菜籽》的情节并无惊心处,语言也朴实无华,其动人处恰恰在于以极其生活化的方式讲述了一个发生在人们身边的平实家常却埋着深深隐痛的故事——母亲式的旧式女子在父权制的文化语境中,人生无法自主只能随命运拨弄;而"油麻菜籽"式的传统妇女观,又如何以集体无意识的方式荼毒压迫了中国女性数千年。从某种程度上说,《油麻菜籽》正是在其平实朴素毫无锋芒的叙事中完成了对"母亲"形象的解构,其中阿惠的态度还可见出廖辉英一向的女性观,她对母亲始终存有体谅与宽容之心,甚至家里的兄弟都说她"惯坏"了母亲(即使是那个只有施暴背影的近乎缺席的父亲也有着偷偷塞钱给女儿、带女儿去吃牛肉面庆祝的几乎可以称为书中唯一关于亲情的快乐记录),这也可以视为泛化了的女性情谊及对前辈女性经验的更为理性的态度。事实上,前辈的女性经验在很大程度上不可避免地带有旧时代旧观念的痕迹,在批判旧制度的同时,对这些观念的承袭者与受害者也一概否定与批判是否失之武断?廖辉英对女性主义文学发展提出了一个很现实的问题,给出了她自己的答案。

在旧式女子之外,廖辉英花更大笔墨描摹现代女性的现实人生,尤其是在商业大潮袭来,价值观念、道德准则处于转型期的台湾现代社会,女性如何寻找自身的身份认同并实现角色转换,在家庭、事业间如何抉择,在母亲、妻子、

---

① 廖辉英:《油麻菜籽》,皇冠文学出版有限公司1983年版,第36页。
② 廖辉英:《油麻菜籽》,皇冠文学出版有限公司1983年版,第41页。
③ 廖辉英:《油麻菜籽》,皇冠文学出版有限公司1983年版,第44页。

女儿的身份纠葛中如何平衡及自存。相对于旧式妇女,《红尘劫》中的黎欣欣可谓是一个完全相反的新型妇女典型,她是广告界精明强干的女强人,因为一桩办公室恋情被迫离开奋斗多年的公司,来到新公司后难过情关再次身陷感情旋涡。身为女人,一方面,她要与男性同事在公事上竞争,"要立足,无论男女,只有使自己成为强者,身上连一处弱点也暴露不得;在这种环境下,又怎能叫单闯独斗的女人,不满身刺猬的戒备"。她还要小心应对一切桃色风波与传闻,因为它们对女性的杀伤力远远大过男性,于是她与章伟的恋爱成了地下情;另一方面,她也渐渐厌倦"困兽"处境,"人在这无所不在的庞然大物压榨下,慢慢丧失了真正的生存意趣,成为索然无味的、全然的经济动物。而且广告无情,圈圈里恁多真真假假、浮泛不稳的红男绿女,摧肝断肠的离合在同一空间里串演……"①黎欣欣终于对这个真假莫辨、劫难重重的十丈红尘心灰意冷,选择离开。未曾踏入婚姻的女强人在弱肉强食的职场角逐中败下阵来,选择进入家庭的知识女性也未能从此获得幸福。《盲点》中的丁素素成长于有教养的家庭,有着现代女性人格要求,经过自由恋爱与齐子湘结婚,却从此身陷陈腐教条文化的陷阱中。面对苛刻守旧的婆婆、心理变态的小姑子,特别是懦弱无能的丈夫,丁素素在传统与现代的夹缝中饱受折磨,最终选择冲出家庭,逃离陈腐的樊笼,创办"妇女美容韵律中心",做自己生活的主人。这条路或许艰辛异常,但毕竟透露出女性自立自强的曙光。《今夜微雨》中的杜佳洛,聪明貌美,感情生活却异常坎坷。她先是资助男友赴美留学,结果不到三个月就惨遭抛弃;后来嫁给程伟天,一心一意相夫教子,丈夫却另结新欢,她再一次面临被遗弃的命运。而这一切的症结在于:虽然她精明强干,事业顺利,男人却恰恰无法容忍她的精明能干。现代社会中,女性的自我奋斗与向来被视为女性归宿的家庭,尤其是与传统的妇女角色定位发生了严重的抵触。事实上,婚姻并非女性唯一的幸福来源,只是从小潜移默化的教育转化为集体无意识让广大女性纷纷将之当作归宿,但当她们进入婚姻后,却发现从一而终、以夫为天的传统角色不能为现代女性所容忍,更遑论遵从。于是,在"女性"与"妻性"间,现代女性们经历着痛苦的内心交战与灵魂斗争。

另一类姑且称之为"窗口女人"的女性,正是现代都市的特殊产物,她们想进入婚姻而不可得,又不甘无可依赖,便成为在窗口等待别人丈夫的一群。《不归路》中的李芸儿寂寞难遣,与有妇之夫方武男有染并成为他的情妇,出于对"终身"有托的渴望,明知对方只是逢场作戏,却仍然执迷不悟,以致断送十年的青春。《窗口的女人》中的朱庭月被算命的所说天生"妾"命的阴影所笼罩,做了何翰平的情妇,却又不甘心人生无依,便想用怀孕生子来让男人抛妻

---

① 廖辉英:《油麻菜籽》,皇冠文学出版有限公司1983年版,第189页。

弃子成就自己的婚姻。

不可否认,廖辉英的创作在《油麻菜籽》后进行了题材方面的拓展,但也渐渐坠入模式化的窠臼。她擅长从外部世界去观照女性人生的艰难与局限,但这也恰恰成为她的局限——缺乏深刻的自省与自剖意识,往往不知不觉间将不幸遭遇归咎于外部世界,其后果是她笔下多数女性的人生就像一个首尾封闭的圆,找不到突破口与超越的可能。黎欣欣浓重的戒备心理、犀利甚至有些刻薄的词锋,当然是职场女性不得已的自我武装,却也是一种人性及性别异化。如果只是一味的同情或将责任归于外界,那么也只有从这个战场中败北一途而已。另外,她的作品中往往存在对男性角色的片面化与单面化处理,如《不归路》中的方武男,被简化成一个粗暴无耻毫无优点的人,李芸儿却义无反顾地牺牲了十年青春,这种简化往往使叙事脱离日常生活经验,仅仅成为某一个不智女人的个案,在一定程度上削弱了作品的艺术感染力。

(四)朱秀娟:建构不脱传统的现代女强人

朱秀娟,1936年10月出生,原籍江苏盐城,1946年随家人到台湾,高考失利后进入台北铭传商业专科学校,毕业后在美国、香港等地工作多年,后投身台湾商界。1960年代开始业余创作,以长篇小说为主。1969年发表第一部长篇小说《雨荷》,1970年代发表两部长篇小说《破落户的春天》(1971)与《梧桐雨》(1976)。为朱秀娟赢得声誉的是她创作于1980年代的一系列以事业女性为主人公的小说,她先后出版了《万里心航》(1983)、《晚霜》(1984)、《双心芯》(1984)、《女强人》(1984)、《花落春不在》(1984)、《燕单飞》(1985)、《没有明天的女人》(1985)、《木麻黄的眩惑》(1985)、《把她交给你》(1986)、《内在美》(1986)、《别有情怀》(1987)、《丹霞飘》(1987)、《那串响亮的日子》(1987)、《握不住的情》(1988)等。其代表作《女强人》获台湾1984年中山文艺奖长篇小说奖。

朱秀娟文学生涯的起步,是从写日记开始的,"不管晚上做功课到什么时候,都要写下来……长大了些,就喜欢给好朋友写信了。那时电话不发达,想到什么就写信,人家不回也没关系,照样写,这事实上成为早期的文字锻炼"①。自高二起,她就学着写小说,商专毕业后,工作之余,便接着写高中时代未完的文稿,初时屡遭退稿,但她并不灰心,一如既往练习写作。

虽然朱秀娟出道较晚,却已出版三十余部长篇小说,称得上是高产作家。她尤其注意在不重复别人的同时也不重复自己,"从前是不要抄别人的,现在

---

① 傅宁军:《女人当自强——记台湾女作家朱秀娟》,《台声杂志》2002年7月。

是不要抄自己的,一本一本地写,非常难,非常累,但也要往前走"①。发表于1969年的处女作《雨荷》延续了台湾女性小说的传统题材,写的是一个婚恋爱情故事:一对相恋的情侣因战乱分离,十余年后重逢,男已婚,而女未嫁打算守着美好的初恋终老一生。《破落户的春天》和《归雁》写的都是海外留学生生活,前者还带有几分自传色彩。朱秀娟获得众多的文学奖,如"中山学术文学奖"、"年度'中国文艺奖'"、"金钟奖"、北美文艺协会"学作有恒"奖、"'海峡情'小说一等奖"等,但真正奠定她文坛地位,令她声名鹊起的,当数《女强人》。这部小说创作完成后,在"中央日报"副刊首先推出,连载时间将近五个月。自1984年出版以来,再版70多次,台湾岛内掀起一股"女强人"热,朱秀娟也因《女强人》连续三年高踞台湾十大畅销作家排行榜。小说受到如此热捧,引发巨大的社会反响,自然与朱秀娟的创作功力密不可分,小说题材的选取也功不可没。随着台湾经济腾飞,越来越多女性进入职场,《女强人》第一次以这批新兴的社会群体为主角,小说名更是直接为这群新生社会群体命名,见证了这个特殊群体的理想、坚持与一路走来的酸甜苦辣。

《女强人》是朱秀娟创作的里程碑,被誉为"融民族传统于现代生活"的文学作品,塑造了林欣华这样一个锐意进取、独立奋斗的新时代女性形象。高考落榜后,林欣华不自卑不气馁,考虑到家境,放弃复读进入社会。凭着"我可以学"的韧性和不服输的劲头,从一个小公司的临时打字员做起,直到成为一家在一次次世界经济危机中屹立不倒反而日益发展壮大的外贸公司掌门人。

林欣华是当之无愧的女强人,第一次去美国她就敢独自一人跑遍美国东西岸,连个朋友都没打扰,单枪匹马地接下了一年2000万美金的生意,被誉为"外贸界的天才"。中间也经历了事业的沉浮,被老东家明升暗降安排了一个闲职,林欣华毅然拒绝并宣布辞职。但由于震洋公司的员工录用和管理制度都是她苦心经营起来的,当老东家请求她再回头帮忙时,她不计前嫌地同意了。正是她高超的经商能力和她一向坚持的人格尊严,使她在硝烟弥漫的商场立于不败之地。

与事业上高歌猛进相比,林欣华在感情上却并非一帆风顺。她一直爱慕邻居叶济荣,却因为叶已有女友后来又出国留学只能将这份感情埋在心里。后来遇见英俊潇洒的香港百万富豪之子雷蒙,欣华与他一见钟情,更专程赴港结婚,却发现雷蒙只需要她做一个在家相夫教子的富家太太,"没事逛百货公司,饮广东茶,打麻将,丈夫回来了赶快回去陪着,有应酬了打扮得漂漂亮亮"②。林欣华放弃了这个在大多数人看来绝佳的机会,放弃了她爱着的雷蒙

---

① 傅宁军:《女人当自强——记台湾女作家朱秀娟》,《台声杂志》2002年7月。
② 朱秀娟:《女强人》,人民文学出版社1996年版,第137页。

以及婚后优渥的生活,返回台湾,因为对她来说,无自我,毋宁死!林欣华得力助手的哥哥,人品家世都颇出众的余世光对欣华展开了强烈的爱情攻势,林欣华动了真情,却发现余世光要的也只是一位在漂亮的家中等候他的漂亮女人,她再次选择了放弃。她再次感叹道:"我从来没有想到一个男人要为我放弃他的事业,我只希望有个人能接受我,包括我的事业。"①经历了两段失败的感情,林欣华意识到心里爱的仍然是叶济荣,叶济荣虽然并不富裕,却拥有和她一样的婚姻观,"只是有个人彼此关心,疲惫的时候回到家来,有个人可以谈谈",而不是把太太只限制在家里洗衣洒扫、烧饭带孩子。林欣华主动向叶济荣求婚,赢得了自己的幸福。

《万里心航》里的张芬芝则是另一种类型的女强人。张芬芝向往美国的现代生活,作为陪读妻子,她带着儿女随丈夫来到大洋彼岸,从车衣女工到清洁工,再到经营汽车旅馆,二十年胼手胝足的辛劳终于实现她的"美国梦"。但在这个过程中,更多更珍贵的东西却渐渐遗失了。她的现实功利以及独断专行让丈夫杨考政无法忍受,提出离婚;孩子们的人生选择也并不如芬芝所愿,最听话的小女儿一直在母亲的勉励下力争上游,却因操劳过度患上不治之症。到头来面对离散的家庭,这个为"美国梦"付出二十年宝贵人生的女强人,心头只剩了一片茫然。

《丹霞飘》里的尹桂珊也是一位类似的女强人,只是在她的身上保留了更多的传统女性特质。尹桂珊因父亲病逝而辍学,后来在刘炳弘的鼓励和支持下,终于成为著名的模特儿、服装设计师。作为一位时装界的成功女性,她有着女强人共有的特质:坚忍不拔、吃苦耐劳,敢于为理想拼搏;但小说更着力表现的是她洁身自好、忠于感情、重视家庭的东方女性美德,为了不让丈夫在她的成就面前感到压力,她不断地根据丈夫和家庭的需要调整自己的创业方向,这种牺牲得到回馈——得到家庭(包括丈夫、母亲、外公)的全力支持,在爱情和事业两方面都结出丰硕的成果。

朱秀娟笔下的女强人有着共同的特点。首先,她们都追求人格上的独立与自尊,追求在两性婚姻关系中的平等地位,重视夫妻间和家庭成员间的互相尊重与互相扶持。正是基于此,林欣华甘愿放弃嫁入豪门的机会,选择尊重她而不试图去改变她、不视她为附庸的叶济荣;张芬芝任劳任怨挑起全家重担,苦心经营旅馆。其次,她们都是刚柔相济的新女性:既有远大志向、坚强意志,有巾帼不让须眉的勇气和才干,又善良端庄,体贴家人,或忍辱负重如张芬芝,或温柔坚贞如尹桂珊,或洒脱大方如林欣华,都不同程度地体现"双性同体"的理想人格。这种"双性同体"的新时代职业女性的人格塑造,让女主人公们温

---

① 朱秀娟:《女强人》,人民文学出版社1996年版,第299页。

柔可亲而不令人生畏生厌,避免了人们由"女强人"这一称谓常联想到的"女性雄化"现象。特别值得一提的是,朱秀娟小说中的一系列开明男性形象。《女强人》中的叶济荣,虽然在两人的感情上,他是个被动者,曾经以"我们之间有太多的不同"婉拒欣华,但从小说的开始,他就以教导者和倾听者的形象出现,在欣华遇到挫折或情绪低落的时候,或给以忠告,或倾听烦恼,给予心灵上的抚慰。《丹霞飘》中由尹桂珊的绘画老师变成她丈夫的刘炳弘也有着相似的宽厚品格,尹桂珊在事业上奋力拼搏,他是妻子感情上坚实的后盾,推动、支持她的事业并细心呵护她的情感和他们的家庭。

朱秀娟笔下的女强人及她们的婚姻家庭关系,为读者呈现出"双性同体"的美好世界,但在一定程度上存在过于美化的痕迹。不论是林欣华,还是尹桂珊,她们最终总能遇到理解并愿意支持她们事业的男性。事实上,女性的奋斗之路绝非如此平坦,在事业之外,家庭才是虽然不见硝烟却暗战无声的战场,种种旧文化旧传统的积弊在这里以潜性而顽固的形态盘根错节。将女性自立与根深蒂固的男权中心主义的角力过度简化为遇到一个理解她的男人,从而将这场战斗化解于无形,从此这条女性解放之途便顺坦无碍,不得不说是对现实日常生活的简单化处理。如果并不存在这样一位量身定做的丈夫,那么女强人们又如何自处呢?事实上,即使是开明如叶济荣也数次感叹,"想着幸好将来不和她(林欣华)生活在一起,免得受不完的尴尬和难堪"①。但小说却不在此深入下去,而是将这不和谐因素抹去,完成关于女强人的理想化叙事。

这里隐藏了一个默认的前提,即女性独立只在于经济独立,在感情上她们始终需要一个亦父亦兄的指导者,叶济荣是如此,刘炳弘也是如此。经济独立是女性解放的第一步,但并非女性解放的全部。将婚姻与事业人为地割裂开来,婚姻幸福始终是女性最重要的归宿。在这一点上,朱秀娟笔下的女强人与吃苦耐劳的前辈女性们并无二致,也并无超出之处。正是由于对于传统的潜意识式的心理默认,使得朱秀娟的笔触并未真正触及女性解放的困境之根本,而是以一种怀柔的方式停留在一厢情愿的美好想象而已。这些女强人对个人理想的坚定追求,甚至择偶时的新标准(不重外表、家世背景,而重视夫妻间的互相尊重),仍然使她们在台湾新时期女性形象长廊中占有重要的位置。

(五)吕秀莲:借这三个女人提出女人的问题

吕秀莲,1944年6月出生于台湾桃园,原籍福建省南靖县,毕业于台湾大学法律系,赴美留学并获哈佛大学法学硕士学位,台湾"新女性主义"创始人。

中篇小说《这三个女人》出版于1985年,是吕秀莲的狱中旧作,被誉为"将

---

① 朱秀娟:《女强人》,人民文学出版社1996年版,第308页。

是新女性主义小说的经典作品之一",作者也自以为是"最彻底阐述'新女性主义'思想的小说"。"美丽岛事件"大审后吕秀莲被判刑并移送至土城仁教所,在此期间写作了《这三个女人》,据说,由于监狱内条件恶劣,没有书桌,吕秀莲就用塑胶脸盆的盆底当桌,用卫生纸写作。1985年吕秀莲因甲状腺癌复发,获得"保外就医"的资格,并于隔年获准赴美就医。这样一本写成于敏感环境中的"狱中旧作",并未呈现出激愤、决绝的风格品貌,却延续了《新女性主义》相对温和却坚定的路线。

《这三个女人》描述了三位昔日同窗好友各自不同的婚恋生活和人生道路,倡导女性走出传统女性角色的藩篱,开创自己的天空。许玉芝是传统的贤妻良母型女性,在家从父命,专心念书直读到研究所;出嫁从夫命,跟着丈夫漂洋过海成了专职的家庭主妇。高秀如是现代独立女性,在事业和生活特别是婚恋方面都坚持自主,因为不肯屈就而一直未婚,她信奉自我的独立与完整,"你是你,我是我,我不为你而活,你也不为着我……"①汪云则完全是一个不谙世事的孩子,与大学里的恋人结了婚之后,万事不用操心,惬意地过着富足的少奶奶生活,逐渐与社会脱节,与丈夫也没有了共同语言,丈夫有了外遇,还生养了一个孩子。丈夫车祸去世后,汪云被迫正视现实,在朋友的帮助下开起服装店,独力抚育两个女儿,机缘巧合才发现最得力的助手就是当年丈夫出轨的对象。三年的磨炼让汪云成熟了许多,她终于放下心结,不计前嫌,向丈夫当年的情人伸出援手,救活她的孩子。

小说分三部分,分别以三位女性的自述口吻写成,便于深入描写人物的内心活动和心理状态。这三位女性各自代表了现实生活中的一类女性,以自述及相互比较的方式来展示三种迥然不同的人生道路和心路历程,虽然在当时是开风气之先的作品,但在某种程度上说,仍可视为对其倡导的"新女性主义"的形象版图解,不免有观念先行的缺点。但23年后,也即2008年,这部作品非但没有被遗忘,还被拍成电视剧在台湾播放,却也在提醒众人:女性解放是个漫长的过程,《这三个女人》所提出的社会问题至今仍有重要的社会意义。

(六)陈烨:女性记忆中的家族记忆

陈烨,原名陈春秀,1959年出生于台湾台南,卒于2012年1月,台湾师范大学中文系毕业。陈烨敏感而早慧,从大学期间就开始了文学创作。曾获第五届"中国时报"文学奖小说优等奖,第一届联合文学小说奖,第二届春晖青年文艺奖,第21、22届吴浊流文学奖等。

---

① 吕秀莲:《这三个女人》,《台湾爱情小说精粹·姻缘路》,春风文艺出版社1987年版,第229~230页。

陈烨的代表作《泥河》写于1989年,并于1990年《大英百科全书年鉴》获得 Howard C. Goldblatt(中文名:葛浩文)的推荐,奠定文坛地位。之后积极参加妇女争取社会平权运动,并在报刊上发表了一系列探讨女人与两性关系的文章,与台湾著名妇运领袖施寄青合作出版《女人治国》一书。

由于陈烨独特的家世背景及个人遭际,她的作品往往具有家族记忆与政治批判两个书写向度,《泥河》正是这样一部典型,堪称台湾女性创作中第一部表现"二二八"事件历史记忆的长篇小说。同时,正是得益于1987年台湾"解严",该书才得以问世。全书为三部曲:《雾浓河岸》《泥河》《明天在大河彼岸》,小说从不同人物的视点出发去挖掘俨然禁忌的真相,而这个真相集中于在"二二八"事件中失踪了的炳国,他既是母亲城真华念念不忘的初恋情人,也是姑姑银钗一生守候的兄弟,更是父母感情不和、亲子关系冷漠的根源。各人的记忆重重叠叠,不仅影响他们的现实生活、人际图谱,还干扰下一代的命运,即使在事件过去那么多年之后,仍然像一个巨大的无形的网笼罩着所有人的生活。陈烨曾表示,写作的初衷并非刻意涉入政治议题,只是想探索母亲的记忆——典型的"二二八症候群",但正因为如此,涉入政治恰恰无可避免。"我如果涉入政治,是因为我的家庭里,有国民党的官员,有'二二八'事件的受害者,有一九五〇年代白色恐怖的受难者,有民进党的大桩主,还有新党的支持者。我只是忠于书写我的家庭,政治在我成长经验里很稀松平常。"①

三、都市小说和希代小说族

进入1980年代,随着台湾都市化程度的迅速提高,信息传播技术的飞速发展及普遍应用,台湾在某种意义上已经变成一个"都市岛"。有评论家断言,都市文学已跃居为1980年代台湾文学的主流②,先不论这个断言是否有所夸大,但都市叙事成分的确已经越来越重。一系列新滋生于工商业社会的问题和矛盾涌向1980年代作家的笔端,成为他们思考和关注的新焦点。

1980年代的女性写作自然也避不开这个社会大背景,工商业社会中引发的传统道德伦理的嬗变,首先就表现于婚姻家庭领域,与此同时,现代都会女性也不再如传统女性那样,只待在家里相夫教子,她们面前有广阔的世界,也有更多的挑战。"现代工业社会里的女性比过去任何时代的女性生活得更苦,她们一方面同男性一样要承担着来自外在社会的各种冲击,即经济的、政治

---

① 邱贵芬:《陈烨——访谈内容》,《"(不)同国女人"聒噪:访谈当代台湾女作家》,元尊文化企业1998年版,第175页。陈烨语。
② 黄凡、林燿德:《新世代小说大系·都市卷》,希代出版有限公司1989年版,序言。

的、文化的繁复影响,一方面要在家庭里从事保育子女,维持家庭和谐的单调劳动,这种双重的枷锁使得现代女性被迫过筋疲力尽的生活。"①这样,1980年代的女性小说就从两个意义上呈现出都市化的倾向:一是题材内容上,以现代都市变迁中的女性命运与生存遭际为主;二是主旨上,一系列以适应现代都市文化消费需求为目的的商业化小说文本应运而生。

1980年代中后期,以希代出版社这一台湾最大的言情小说出版社为中心,一个新兴的女性作家群脱颖而出。吴淡如、张曼娟、黄子音、林黛嫚、彭树君等人都在其列。

这一批女作家多为1960年代生人,接受过完善的高等教育,步入文坛之时多半只有二十出头的年纪。因为希代出版社的集结,被统称为希代"小说族",比起前辈女作家来,她们更熟悉都市生活,对现代人曲折幽微的情感世界也有更深的了解与感受。

(一)萧飒:都市女性的情爱情仇

萧飒,本名萧庆余,1953年3月生于台北,原籍江苏省南京市,1973年毕业于台北市立女子师范专科学校,后考入淡江文理学院(淡江大学前身)夜间部中文系攻读,两年后因故退学。萧飒从小就表现出对文学的敏感和喜爱,年岁渐长时,开始如饥似渴地阅读《红楼梦》。在台北师专学习期间,对《现代文学》《文季》和较早的《笔汇》等刊物,表现出浓厚的兴趣,在这些期刊上涉猎了大量台湾当代作家的作品。萧飒还爱看日本翻译小说,她曾经说过:"比较起来,我看日本翻译小说,确实要多过西洋翻译小说,因为我一直觉得,那种东方式的感情和民族性,我比较懂得。"②

萧飒初中时就开始尝试过写小说,16岁开始写作,1969年,第一篇小说《红裙子》刊在《青年战士报》副刊上。

萧飒的小说多次进入台湾年度小说选,受到文坛好评。1979年,短篇小说《我儿汉生》获《联合报》第二届短篇小说奖第二名。1981年,中篇小说《霞飞之家》获《联合报》中篇小说奖。1982年,短篇小说《死了一个国中女生之后》获《联合报》小说推荐奖,次年获省教育厅中兴文艺奖章。1984年,以小说《小叶》等四篇获第四届时报文学奖小说推荐奖。次年又以《我这样过了一生》获金马奖最佳改编剧本奖。萧飒在1980年代出版的主要作品有《我儿汉生》

---

① 叶石涛:《季季论——台湾妇女生活中的"诗与真实"》,《台湾乡土作家论集》,远景出版社1981年版。
② 季季:《站在冷静的高处——与萧飒谈生活与写作》,"中国时报"1987年8月14日。萧飒语。

(1981)、《霞飞之家》(1981)、《如梦令》(1981)、《爱情的季节》(1983)、《少年阿辛》(1984)、《小镇医生的爱情》(1984)、《唯良的爱》(1986)、《返乡札记》(1986)、《走过从前》(1988)。

作为著名的新生代小说家,萧飒影响最大用力最勤的是她的当代都市叙事。如前所述,进入1980年代以后,台湾的都市化进程加快,产业升级初步完成,工商业已经当仁不让地成为支柱产业,都市也成为人口聚集的中心。在台湾女性作家的笔下,一方面,都市仍然是罪恶的渊薮,正是都市商业文明大潮冲决了传统婚姻秩序的堤坝,甚至出现晨妻、午妻、周末妻、出差妻等形式越来越多样的婚外情;但另一方面,都市化已经是既成事实,女作家们也纷纷在作品中传达出对女性在都市情境中自处这一命题的思考。萧飒的当代都市叙事恰好从这两个方面都进行了有益的探索与尝试。

萧飒的作品主要涉及两大类主题,一类是女性情爱主题,另一类则是青少年题材。作品人物囊括城市中的三教九流、各行各业,《小镇医生的爱情》里的医生、护士,《明天,又是个星期天》《黄满真》里的中学女教师,《如梦令》《霞飞之家》里的女企业家,《盛夏之末》里的公司经理,《憚》里的出国留学生,《小叶》中的妓女、酒店侍者,《死了一个国中女生之后》里的中学生、家庭主妇等,这些生活于当代物欲化都市的男女,在喧嚣绚丽的"日光夜景"背后,如置身于荒原的野狼,或刻骨孤独,无奈等待,或莫名怀疑,神经质的自戕。

萧飒擅长写都会女性的情爱与婚姻,外遇婚变尤其是她关注的焦点,她笔下既有遭第三者插足的家庭主妇,也有因敌不过物质诱惑或空闺寂寞而甘做他人情妇的年轻女性,长篇小说《如梦令》《爱情的季节》《小镇医生的爱情》《唯良的爱》《给前夫的一封信》,中短篇小说《明天,又是一个星期天》《小叶》《盛夏之末》等,均属此列。《盛夏之末》写年轻貌美的女明星让李愿与妻子离婚娶她,却容不下李与前妻的孩子;李愿也难忘旧情,又从其他女人身上寻找慰藉。《爱情的季节》写的也是都市人混乱的情感状态,要爱情还是要面包?林佩心在戴维良的妻子和美国人私奔后嫁给了他,婚后生活中一切应有尽有,她却总觉得缺少了点什么,郁郁寡欢。维良在寂寞中爱上中学同学的妻子,佩心几番波折甚至要离家出走,最终仍然忍气吞声,回到戴家,尽一个妻子的责任。

《小镇医生的爱情》是萧飒较有名的长篇小说,描写已近花甲的小镇医生利一面对年仅18岁的年轻护士光美的情欲骚动,却在一次相好时被结缡30年的妻子月琴撞破,月琴离家出走,光美亦离开小镇。《唯良的爱》写的则是一个极端的女性复仇故事。年轻美丽的唯良一心爱护她的丈夫和孩子,平日也注意提高自身修养和家庭生活品质,一切好妻子该做的都做了,但丈夫仍然不可避免地与舞蹈教师范安玲有了外遇。唯良知道后,去质问第三者,却被对方理直气壮地噎了回来;离家出走,丈夫不仅不为所动,还执意要和她离婚。万念俱灰的唯良,由愤转恨,像希腊神话中的美狄亚那样,选择同归于尽。当女性作家涉入外遇婚变题材之时,道德判断立刻成了首选的最有力的武器,不论妻子或情妇,都频频以或自杀或出走的方式进行要挟。萧飒小说中失爱的女人们,陷在愤怒与怨怼的泥沼中无力自拔,"她在意的,只是生活,她自己的生活,而她的生活就是家、丈夫、孩子。而现在,这一切,显然有了残缺。她从小恨生活上的残缺,她恨自己家境不好,恨父亲早死,恨母亲改嫁,现在她更恨丈夫的外遇。这些分明是在迫害她,使她永远得不到完整的感情,永远没有安全的爱,她好恨"①。

对这些女人来说,所要的全部只是"安全的爱""完整的感情",而这一切却是以一个男人,她的丈夫,为支柱的。当这个支柱失掉之后,她的生活就有了残缺,而残缺带来的是强烈到要玉石俱焚的恨。可以见出的是,萧飒笔下的女性虽然生活在现代都市中,却仍然是三五十年代的旧式女子,一则她们的生命是全无自我的,或如唯良只愿意围绕丈夫做一朵向日葵,或如光美,她对利一的感情既算不上爱,也谈不上欲,只是糊里糊涂地由着别人改变她;二则这些作品中还涉及现代都市人在爱情与物质之间,现代都市女性在爱情与寂寞之间的挣扎,如最终选择忍耐以维持婚姻的林佩心(《爱情的季节》),与丈夫离婚后却做了名士派商人情妇的黄季珊(《酒宴》),虽然不受物欲所制却敌不过寂寞于是跟了一个已有两个太太的男人的杜欣(《浮光镜影》);三则当婚姻破裂时,所有的矛头只会指向另一个女人,就像在《唯良的爱》,特别是《给前夫的一封信》中,丈夫的身影是模糊的,他被抽象得只剩下了一个符号,两个女人便为了这个空洞的符号争得头破血流。这充分说明女作家在处理这类题材时,由于对于男性心理的缺乏了解,往往只能将外遇的原因简单地归结为男人喜新厌旧的天性,既然是天性,便只能以默许的态度接受,那么唯一能憎恨的就是另外一个女人了。面对这样的困境,女性该如何自处?《霞飞之家》却在困境中透出一点亮色,社会底层的小人物靠着自己的勤力与拼搏在都市中站稳脚跟。桂美辛苦养大几个孩子,儿子游手好闲,只有女儿正芳作为她的继承者支撑着这个家。但正芳的感情之路也不平顺,甚至要用钱来交换振东的爱情。萧飒为都市里身心受创的女性指出的路是回归家庭,具体说来是孩子,正芳的选择是继续开餐厅并抚养哥哥的孩子。

在萧飒的女性情爱题材小说中,故事的重复性较高,而"萧飒的小说多见随社会的'波'而流的人物,少见执着性的价值选择"。这是作者处理素材时的

---

① 萧飒:《唯良的爱》,九歌出版社1986年版,第25页。

态度,也是"时代征候的呈现"①。也因此决定了她的小说只能是对都市情爱的浮光掠影的速写,只得形貌,而未有神髓,却也正与都市快餐式的文化消费模式相得益彰。

在《我儿汉生》之后,萧飒推出了一系列青少年题材小说,如《死了一个国中女生之后》《少年阿辛》,依托于她师范毕业的学科背景,塑造出一系列性格丰满生动的青少年形象。《我儿汉生》以一个中产阶级母亲的口吻,写出她望子成龙的期盼,以及母亲眼中的孩子在青少年时期、上大学以及初入社会这几个人生重要转折时期的叛逆、焦虑心态,是一部极具代表性的成长小说。小说发表后,获得隐地、彭歌、张系国、刘绍铭等名家的赞赏。《死了一个国中女生之后》和《少年阿辛》则分析了青少年犯罪或遭遇不幸的家庭及社会原因,与《我儿汉生》形成对照,衬托出家庭在每个人的成长过程中的重要意义。这些作品都不仅仅停留在对青少年问题的客观描述上,而是以一颗女性和母性的心灵,深入这些社会现象的背后,回溯他们的生活历程,以凝重的笔触探讨这些社会问题形成的根本原因,力图找出合理的解决途径。

这里可以明显见出萧飒作品中贯穿的类似于母题的原型——家庭。不论是都市男女情爱还是外遇婚变悲剧,破坏的正是传统家庭人伦道德体系与秩序,而家庭又是下一代孩子健康成长的保障,孩子又是在婚姻中遭受重创的女性寄托生活重心的避风港,做一个成功的母亲是女性在婚姻外的另一项成就。这样一个头尾衔接的封闭的圆环就形成了。"城市中失爱的女人,最重要的是如何扮演一个称职的母亲,负担起现实的生计——萧飒笔下的理想女人大抵如是,一个坚毅、包容的大地之母,富于责任但寡情少欲,她们的能力足以应付都市生活,却仍然固守传统农业社会的美德、价值观与思考模式。我们不妨称之为新社会中的旧女人,在面对快速变迁的社会之际,传统不但没有遭到淘汰,反而成为她们安身立命的鹄的。"②

(二)张曼娟:写出都市新人类的熟悉气味

张曼娟,1961年3月出生于台湾,原籍河北省丰润县,东吴大学中文系毕业,现任教于东吴大学中文系,教授"古典小说""现代小说""现代散文"等课程。著有小说集《海水正蓝》(1985)、《笑拈梅花》(1987)、《鸳鸯纹身》(1994),长篇小说《我的男人是爬虫类》《火宅之猫》(1997年)等。《海水正蓝》写的是

---

① 刘绍铭:《时代的抽样——论萧飒的小说》,萧飒:《唯良的爱》,九歌出版社1986年版,第189~212页。

② 郝誉翔:《情欲世纪末:当代台湾女性小说论》,联合文学出版社2002年版,第24页。

父母离婚对七岁半的孩子纯真心灵的永久伤害,小彤这个敏感的孩子在大人的世界绝望,带着他唯一忠实的朋友——爱犬莉莉,依着小姨讲的童话,走向大海,去做海龙王的儿子以求见到妈妈。小彤的悲剧也令小姨"我"开始质疑婚姻与家庭。《永恒的羽翼》写的是夫妻情与父女情的冲突。慕云在两种情感间心力交瘁,经过父亲与淮舟——慕云生命中最重要的两个男人的一番会谈后,大家误会冰释。对慕云来说,幼时父亲是她的羽翼,父亲暮年时,则换她用自己的浓密羽毛来为老父遮风挡雨。淮舟更许下诺言,要做那只更大更强壮的鸟,用他的羽翼永远和她和家庭守在一起。《俨然记》中樊素对邂逅一面的出家人倾心,拒绝了现实生活中的异性情缘,甘心与姥姥相依度日。张曼娟的作品清丽典雅,长年研读古典文学并获得博士学位的学术背景,使得她笔下的爱情多了几分古典式的浪漫情怀。她曾表示自己追求的是新古典主义,"希望能代表九十年代新人类的风貌,既给新生代读者在作品中找到他们熟悉的气味,又能为他们带来他们暂时不能了解的生命中微妙的东西"①。

(三)吴淡如:拨动都市生活的敏感脆弱神经

吴淡如,1964年3月出生,台湾宜兰人,台湾大学法律系和中文研究所毕业,台湾著名的畅销书作家及节目主持人。吴淡如18岁开始写作,20岁出版第一本小说集,大学毕业入职之后,主持节目与著书两不误,并以快速高产著称,且大都是畅销佳作,曾连续五年成为金石堂最佳畅销女作家,被誉为"台湾畅销书天后",广受读者喜爱。主要代表作有小说集《淡如清风》(1987)、《人淡如菊》(1988)、《冬日吉普赛》(1989)、《多情摇滚》(1990)、《寻找初恋情人》(1991)、《我们结婚好吗》(1991)、《爱情招呼站》(1991)等多种,长篇小说《青春飞行》(1990)、《牯岭街少年杀人事件》(1991)、《谁都会说我爱你》(1998)等20多部。《牯岭街少年杀人事件》由台湾著名导演杨德昌拍成电影后,更是享誉台湾及世界影坛。吴淡如爱写作,把写作当作生命灵魂的出口,但对广大读者来说,喜欢她作品的理由可能只有一个,那就是,她擅长以行云流水般的笔触,对都市人的情感世界或人际关系做细腻幽深的思索与探寻,风格温婉恬淡,她轻轻拨动着都市生活的敏感神经,其言语既可以作为都市情感生活启迪的宝典,又可以产生一种警醒性的共鸣。

(四)黄子音:都市欲望与爱情的浮世绘

黄子音,出生于1960年,台北私立"中国文化大学"戏剧系、美国圣彼得堡学院教育系毕业。著有小说集《一个叫林阿昭的女人》(1987)、《前任男友》

---

① 高卫华:《生命在迁徙中闪光》,《名作欣赏》2004年第5期。

(1987)、《台北一千零一夜》(1988)、《红尘有爱》(1988)、《寂寞星期六》(1988)、《黑色斯迪麦》(1989)、《一个男人的特别假日》(1989)、《爱情罐头》(1989)、《痴心汉》(1990)、《单身女三十心情》(1991)、《年轻的爱人都是残酷的》(1996年)等,长篇小说有《星期五俱乐部》(1987)、《桃花游戏》(1989)、《台北豪放男》(1991)、《她点的名字叫美丽》(1992)等等。黄子音擅写灯红酒绿的大都市中,被抽去了情感内涵的快餐式爱情,物质消费时代都市男女在欲望的催动下,将爱情变成一场游戏与狩猎。

如果说,以琼瑶为领军的言情小说是以古典式的"爱情至上"的观念来营造出一个幻梦的爱情、幻梦的世界,那么希代小说族的作品不过是以更新后的爱情观来观照都市生活,虽然人物似乎生活在更为切实的环境与社会中,但仍然固执地只沉溺于爱情之潭中,以商业化的方式为商业社会中的男女情爱,絮絮地抒写精致而优美的爱情感悟。虽然文辞优美精致,但无可讳言的是,这些文本对此类主题的探讨仍然流于表面不够深刻。

第三节　1980年代的女性散文创作

1980年代,随着都市化进程的加快,社会人生活节奏的加快,散文这种相对自由短小的形态和与之承载的休闲加益智式的心灵鸡汤式的内容,特别适合大众阅读,经由图书市场的需求与刺激,台湾散文创作大放异彩,不论出版数量与读者、作者人数都远远超出其他文类,俨然成为雄踞文坛的一种文类。据《"中华民国"七十五年度出版年鉴》资料显示,1984—1985年,台湾出版的文学类图书中,散文占约40%,远远高于同期出版的小说与诗歌图书的总和。特别要指出的是,由于女性写作者特质与现代散文文学元素之间的某些契合,使得女性散文写作更是风生水起,一发不可阻挡,成为其中不能忽视的一支生力军。与1970年代台湾女性散文继承传统而辅以部分创新的总体态势相比,1980年代的女性散文呈现出更为多元化的发展格局及更为劲强的发展势头。

1980年代在台湾文坛上发表散文作品或续集的女性散文作家数以百计。其中有龙应台、席慕蓉、陈幸蕙、李昂、洪素丽、简媜、心岱、刘静娟、季季、曹文芳、胡台丽、韩韩、马以工、三毛、小民、丹扉、艾雯、平路、丘秀芷、王文漪、丛甦、冯青、毕璞、朱天文、朵思、刘枋、许芗君、苏伟贞、林萱、杏林子、李春霞、李黎、杨小云、张晓凤、张秀亚、张秀华、张晓风、张曼娟、张漱菡、陈克环、陈若曦、陈佩璇、陈艳秋、林海音、欧阳子、罗英、罗兰、郑宝娟、赵云、赵淑侠、赵淑敏、胡茵梦、胡晶清、侯榕生、施叔青、袁琼琼、桂文亚、徐钟佩、徐薏蓝、爱亚、郭良蕙、唐怀萱、姬小苔、萧传文、琦君、琼瑶、喻丽清、游淑龄、谢霜天、蓬丹、简宛、鲍晓晖、廖玉蕙、廖辉英、薇薇夫人、李苹、雪茵、褚问鹃、蓉子、姚葳、钟丽珠、蔡碧航、陈怡真、黄碧端、苏雪林、林文月、荆棘、方瑜、詹西玉、萧毅红、黄慧莺、郑明俐、方娥真、凌拂、曾丽华、周芬伶、李慧敏等。

  从作家的代际构成上看，这一时期活跃在散文创作领域的作家年龄跨度亦相当大，涵盖了从 1919 年左右出生的老一辈散文家琦君、张秀亚到中生代的张晓风、林文月、喻丽清，以及 1950 年代出生的一代，如龙应台、陈幸蕙、李昂、心岱等，甚至生于 1960 年代的新生代作家简媜也已于此时期以《水问》《只缘身在此山中》等相对成熟的散文集惊艳亮相。散文观念上亦有新变，1987 年陈幸蕙与简媜这两位台湾女性散文第四代和第五代的代表人物的一场对谈，明显可见散文观念的世代递进关系。陈幸蕙秉持的仍然是传统的"小说较客观，散文犹如与读者对话"观，简媜则认为散文也允许实验，可具多重性格，甚至不妨移用小说的技巧①，可视为对 1970 年代末期张秀亚曾经提出的"新的散文"观念的回应，她在 1980 年代后期的几部散文集中进行了多样的文体实验，从某种程度上说，这为她 1990 年代《女儿红》《胭脂盆地》等代表作的问世做好了充分的准备。

  在作品类型上，1980 年代的台湾女性散文亦有了相当大的突破。满足了中产阶级的文化品位以及文化上的过度补偿心态的美文仍然是主流一脉，老一辈作家如琦君贡献了《水是故乡甜》《此处有仙桃》《琦君寄小读者》等 10 部散文集，张秀亚也出版了《白鸽·紫丁花》等 4 部文集，但不少作家已开始了自己向着"中文系的背景、女作家的传统，以及五四散文的遗风"这三个被余光中视为女性散文现代化的最大阻碍的突破尝试。

  与此同时，以龙应台为代表的女性作家向杂文领域挺进。在台湾文学传统中，散文尤其是抒情类的散文一向被视作具有女性特质的文类，而以说理讽刺为主的杂文，则被划归到男性文类的阵营中。如果说 1980 年代龙应台以《野火集》率先发难抨击时弊，还带有抹除性别的自由主义立场的话，那么李昂在《水仙花症》等直接讽喻时政的杂文之外的一系列寓言式杂文则以打破小说与散文界限的方式，以更为具象和经验的方式，传达出站在性别立场上的女性体认和含蓄的批判。

  与新女性主义在 1980 年代台湾女性小说领域的深刻影响相较，性别书写理论在散文领域的真正渗透及接受则显得缓慢了许多。由于台湾女性散文受古典传统影响太深以致形成束缚，将女性意识默认等同于文笔优美、情感温柔、时现慧心的传统反倒成为一层厚障壁，以偷换概念的方式将个人经验的深入探索隔绝在外，以至于虽然放眼望去全是女性作家的个人心情与感悟，但情

---

① 张瑞芬：《五十年来台湾女性散文》，麦田出版社 2006 年版，第 372 页。

感及情感表达方式的高同质化使得这种个人经验被泛化及稀释。简媜是一个例外,她的早期散文虽然也在传统题材与表达方式内进行,但她独特的温柔与刚毅并存的风格在文本间相互撕扯搏斗,形成巨大的张力,并为深入的以性别意识为出发点的对人类存在的思考提供了空间。

1980年代台湾女性散文家族中还拓展出一个特殊的创作领域,即生态环保系列报道文学。心岱、韩韩、马以工这三位女作家率先涉足这个领域,分别以《大地反扑》和韩、马二人合著的《我们只有一个地球》成为台湾生态环保文学的先锋。洪素丽于1980年代中期转向自然写作,以《守望的鱼》《寻找一只鸟的名字》等作品加入生态环保散文的写作行列。

一、性别与文体的双重突破

1980年代台湾政治经历了一系列重大变局,特别是1987年两岸"解禁"使得岛内民主进程大大加快,大众言论也终于在1980年代实现松绑。正是在"解禁"前夕,台湾女性作家正式介入抨击时政、针砭时弊的杂文创作领域,表现出非凡的勇气以及抒情之外的另一种女性创作风貌,其中的代表人物当数龙应台与李昂。

(一)龙应台:一把烧向劣根与弊端的野火

龙应台,1952年2月出生于台湾高雄,原籍湖南衡山,父母是1949年随国民党撤离大陆渡海来台大军中的一员。龙应台1969年进入成功大学外文系,后赴美留学,毕业后任教于纽约市立大学及梅西大学英文系。1983年回台湾后,先后任教于"中央大学"英文系,后转至淡江大学。1986年8月旅居瑞士苏黎世,两年后迁居联邦德国。1999年返回台湾,相继出任台北市文化局长与台湾"文化部部长"。

1980年代中期在台任教期间,龙应台在台湾《新书月刊》《中国时报》的《人间》等报刊上撰写书评和杂文,1984年11月20日刊出的《中国人,你为什么不生气》产生巨大的社会反响。1985年3月"野火集"专栏问世,同年12月《野火集》正式出版,几年内已印100余版。龙应台的文学批评集《龙应台评小说》于1985年6月出版,不到半年即印20余版,创造了台湾出版界的奇迹,掀起一股席卷台湾社会的"龙卷风"。上述二书分别被评选为"年度最具影响的书",作者本人被称为"1985年最具影响力的作家"和"1985年文化界风云人物"。龙应台在1980年代出版的主要作品有《野火集》(1985)、《野火集外集》(1987)、《人在欧洲》(1988),应该说,从《野火集》开始,龙应台作为公共知识分子的形象已初步奠定。

龙应台的杂文对1980年代"解严"前夕的台湾社会来说不啻为一剂猛药，批判锋芒直指台湾社会存在的种种弊端与病态——严重的环境污染、愚民式的思想禁锢、丑陋自卑的国民性、填鸭式的教育体系……致力于传播开放、自由、民主与理性的精神。"野火"站在"反对权威、批判现状"的立场，指控现代的中国人丧失道德勇气，它要求学生争取独立思考的空间，它要求政治的开放与容忍，它逼问"台湾一千八百万懦弱自私的中国人"一个冷酷的问题："我们，是不是一个残障的民族？"①这质问背后深藏的是深深爱着这块故土的拳拳之心。

龙应台抛出的第一枚重型炸弹是《中国人，你为什么不生气》，它尖锐地直指那些"沉默的大多数"在环境公寓、社会、治安等与每个人切身相关的问题面前退让躲避或不作为的态度，"在台湾，最容易生存的不是蟑螂，而是'坏人'，因为中国人怕事、自私，只要不杀到他床上去，他宁可闭着眼睛假寐"②，龙应台以笔为旗大声呼吁人们勇敢地站出来，对执法与行政机构喊出自己的不满，争取自己应得的权利。这篇文章发表后，一石激起千层浪，针对读者的反馈，龙应台随即写出了《生气，没有用吗？》作为回应。在文中她以一叠连声的排比句发问，"如果打电话到环保局去的不只我一个，而是一天有两百通电话、三百封信，你说环保局还能支吾其事吗？如果对分局长抗议的不只我一个，而是每一个不甘心受气的市民——他还能执迷不悟地说'中国台湾实情如此'吗？如果那个养狗的人家，每天都有路人对他说：'换个笼子吧！'他还能视若无睹吗？如果叫阿旺的这个人一插队，就受人指责，一丢垃圾就遭人抗议，阿旺一天能出几次丑呢？"③龙应台逻辑严密而雄辩的质问贯穿于《野火集》和《野火集外集》中的文章。《生了梅毒的母亲》提出的是环保问题，在台湾社会疯狂追求所谓"经济成长"的同时，原来山清水秀的家乡已经百孔千疮，像"生了梅毒的母亲"。《不要遮住我的阳光》《天罗地网》从台湾铺天盖地的"标语"口号，以及相关部门以建孔子石雕公署的好大喜功入手，深刻批判台湾充满教条的生活环境，以及重形式作表面的不良习性。《机器人中学》《幼稚园大学》《不会"闹事"的一代——给大学生》则是批评台湾僵化的条条框框式教育，导致学生缺乏独立思考和创新的能力，认为应该打破封闭式和保护式的教育方式，培养能思考、能判断、有勇气、有良知的下一代。《美国不是我们的家》《台湾是谁的家》《正眼看西方》试图以理性的态度唤起民众对台湾的信心，因为"真正有信心的

---

① 龙应台：《传递这把火》，原为台湾版《野火集》序（写在出书前夕），《野火集》，上海文艺出版社1996年版，第265页。
② 龙应台：《中国人，你为什么不生气》，《野火集》，上海文艺出版社1996年版，第2页。
③ 龙应台：《生气，没有用吗？》，《野火集》，上海文艺出版社1996年版，第13页。

人不怕暴露自己的缺点,更不忌讳承认自己的丑陋"①。《难局》则将矛头直接指向"不合理的制度""人生在世是为了生活,不是为了改革。所以对付一个不合理的制度,最好的办法就是立即地抵制"②。这些如一缕缕"野火"般的社会批评,确实起到针砭时弊、振聋发聩的社会效果。龙应台在后记中写道:"《野火集》却很苦很猛,因为我不喜欢糖衣,更不耐烦戴着面具看事情、谈问题。习惯甜食的人觉得《野火集》难以下咽;对糖衣厌烦的人却觉得它重重的苦味清新振奋。"③

　　但龙应台是清醒的,她很清楚自己提倡的野火精神里头"并没有任何新鲜的观念",甚至由于自美返台未久,对社会情况了解不够深入,观点也未够深刻。她在分析"野火"反响如此巨大的原因时,认为,一是其时台湾正在经历一场由经济、教育、外来文化引发的社会蜕变,人们要求撕掉蒙眼布;二是她的野火精神并没有归附于某种意识形态,并不是以新的蒙眼布来换掉旧的蒙眼布,她也宁愿继续做一只不说"悦耳的话"的"乌鸦",而不做只报喜不报忧的"喜鹊"。但单以文论,造就"龙卷风"奇迹的还有另外两个原因:一是龙应台不以术语或坚涩的文字入文,也不摆出留美教授的架子,她的杂文习惯于从与每个人切身相关的身边小事说起,烂肠一样的淡水河、带毒的泥土、被化学废弃物污染成奇异颜色的海水等,这些令每个台北人深受其害,极易产生共鸣;二是龙应台的杂文并不止于讲道理,在她极富逻辑性又干脆利落的论证之后,她会提出自己的解决方案,"勿以善小而不为",她"只是谦卑地希望你每天去做一点'微不足道'的事",捡一块垃圾、打一个投诉电话,等等。而她对这块生她养她的土地的热爱,对她所归属的这个民族前途的忧心,无不跃然纸上。

　　1986年,龙应台再次离开台湾,旅居瑞士,并于1988年出版了另一部文集《人在欧洲》,这部文集中的文章记述的是龙应台在欧洲一年半的心路历程,"从《野火》到《人在欧洲》,我好像翻过了一座山,站在另一个山头上,远看来时路,台湾隐隐在路的起点。离开瑞士,移居联邦德国,眼前又是一条岔路,我渐行渐远渐深沉,但路则像一根绵延的带子,系在胸间,时感觉那起点的扯动"④。在这个新的山头上,龙应台探讨的是"地球村"时代多元文化碰撞中的身份认同以及弱国如何自处的问题,隐然与后殖民理论有了某种相通之处。说"相通"而不说"运用"后殖民理论,在于龙应台在此问题上格外清楚和理性的态度。巴特·穆尔·吉尔伯特曾引用过两位学者的对话:"对于埃拉·肖哈

---

① 龙应台:《台湾是谁的家》,《野火集》,上海文艺出版社1996年版,第120页。
② 龙应台:《难局》,《野火集》,上海文艺出版社1996年版,第23页。
③ 龙应台:《传递这把火》,《野火集》附录,上海文艺出版社1996年版,第263页。
④ 龙应台《一只白色的乌鸦——〈人在欧洲〉序》,《人在欧洲》,时报文化出版企业1988年版,第13页。

特提出的'后殖民''究竟始于何时'的问题,阿利夫·德里克曾不客气地答道:'始于第三世界的知识分子到达第一世界学术圈时。'"①杨乃乔称这个观点并非纯粹学理意义上的学缘谱系学,但传达出第三世界知识分子以强硬的反调之声获取第一世界知识分子关注的微妙心理。龙应台并不讳言这个她在国际会议中数次遭遇的事实,她也有"一只白色的乌鸦"在白色的鸽群与黑色的鸦群间的身份尴尬,但她的特出之处仍然在于以身边事实入手。特别值得注意的是她在《泰国来的?》一文中的态度与胸襟,因为要带孩子的缘故,这位衣着朴素得牛仔裤上经常沾满果汁、水彩、泥土,甚至还有孩子鼻涕的女教授,一度被人误认为是泰国妓女、台湾护士、越南难民,还遭遇数次"好心"的施舍。龙应台并没有立即想当然地将之归结为白人世界的种族歧视,然后予以声讨,她十分理性地区分了种族歧视与"以此类推"以及"以偏概全"的区别,并反过来审视中国人对西方人、对菲律宾人的态度,岂不是也存在这种"以偏概全"的误区?而欧洲老妇人的"施舍"行为,毕竟还是出于"一个人性中很高贵的品质——同情心"。她关心并探讨的是,在这样的"以偏概全"的人性弱点面前,不同文化交汇与碰撞中,我们,特别是作为一个积弱民族的中国人,应该如何自处?

龙应台的杂文在台湾女性散文乃至整个散文界中都应是一个异数,在一片风花雪月优雅空灵的作品中,既"野"又"火"的她创造了一个奇迹般的文学景观,她的文字不事雕琢,平白如话家常,逻辑严密丝丝入扣却又气势磅礴,一句一句振聋发聩的质问排空而来,完全没有所谓淑女气,也难怪她的杂文发表之初常被读者误以为是男性所为。这里有个值得注意的问题,即文体的选择。在台湾的文学传统中,散文通常被视为女性化的文类,事实上女性作家们也的确在散文创作领域独占鳌头,尤其是抒情散文领域。杂文,特别是由五四传统延续下来的抨击时事类的杂文,一向是由男性作家把持的,这个传统也使杂文成为富于男性气质的文类。龙应台1980年代的文章以杂文和书评为主,对这种男性气质文类的选择,一方面与她的自由主义和人道主义立场及其性别观念有关,她认为,不论男性女性首先是一个人,然后才谈性别差异;另一方面,虽然龙应台是本名,但文类选择背后的心态和李昂初登文坛时刻意取一个阳刚的男性化的名字的初衷未必没有相同之处,因为龙应台1980年代的杂文关注的都是宏大命题,环境、教育、制度乃至于国民性,文本关注的议题与文类的选择之间自然有着千丝万缕的联系。

另外,在龙应台的第一部小说集,出版于1995年的《在海德堡坠入情网》

---

① [英]巴特穆尔·吉尔伯特等编撰,杨乃乔等译:《后殖民批评·导言》,北京大学出版社2001年版,第97页。

的附录《面具》中,有这么一段颇有意味的文字:"我的文体,是所谓知性散文,我有意地摒除了两种东西。一种是太过于抒情的描述……不写纯抒情的散文,因为我不相信我的深刻会超过唐诗宋词,更因为我讨厌琐屑……另外一种我有意摒除的,是我的私生活。我愿意纵谈观念、分析现象、批判流尚,但是我不谈'我'……在知性散文里,我是明快、利落、逻辑、锋利的。但是人生里有太多事情是矛盾、悖理、糊里糊涂的。写知性散文时握在手中一刀见血的那支笔,不足以表达我对人生的整体感受,而且年事越长,越觉其不足。所以我戴上一个面具……小说是我的面具。"①

这段文字表达了龙应台对于私人经验的不重视以及不信任,"抗拒'女性特质'在应用到文类形象时,意味着的感性、主观、琐碎、狭隘等等较'次等'的文学品质"②,张诵圣的这句评价用在龙应台这一时期的创作上也是恰当的。

这种现象或许也并不能以创作上的"双性同体"理论来加以解释,必须承认的是,在1980年代,龙应台是作为公共知识分子,站在人道主义或自由主义而非性别的立场上对公共领域的事务来进行人文观照,对于知性观念的探讨一直是她创作中隐而不去的主线,但《面具》一文至少预示着一个转变——对之前立场的反思以及随之而来的对个人琐屑经验的重视。这并不是说龙应台1980年代的杂文与1990年代及其后的散文,如《孩子,你慢慢来》,甚至《大江大海,一九四九》等有如何的优劣差距,从另一个角度看,龙应台的"男性化"的文学选择及成就,恰恰是对女性主义的宗旨及其所强调的超越二元的一个极佳的佐证,即自我选择的自由。

(二)李昂:从岛屿政治到女性生存的尖刻解剖

作为1980年代台湾文坛女性主义写作主将的李昂,在小说创作外,也写了不少杂文与寓言性散文。李昂的此类文章多以寓言形式来反讽观照现实世界,从岛屿政治到女性生存处境,具有敏锐的洞察力与深刻的剖析力。

《水仙花症》以一个虚拟的X-R号星球对地球演进的实验,投放超音波,引发"水仙花症",来讽刺现代人类政治的虚妄与自欺。《三寸灵魂》则以一个年轻人的灵魂终于被抛弃的寓言,来批判现代人的堕落。与原初相比,现代人的灵魂已经愈发短小,更免不了被抛弃的命运,满街嘈杂热闹的街道,飘荡着无数被遗弃的无主的灵魂。《移情》《猫咪与情人》探讨的是爱情。女人因为喜欢野猫不驯的邪气和野性而收养为家猫,因情人公认的成就和聪慧迷人而不

---

① 龙应台:《面具》,《在海德堡坠入情网》,上海文艺出版社1996年版,第213~214页。

② 张诵圣:《台湾女作家与当代主导文化》,《中外文学》1999年第4期。

顾其有家庭一心爱恋他。但悖论的是猫咪野性未泯而不时离家出走,情人也因为各种关系、各种人、各方面都需要他而一再地离去。而且猫咪每次出走后又会回来享用女主人提供的猫食,因为它不愿意回复过往找食的野猫生涯;有妇之夫的情人不愿给女人今生今世在一起的承诺,但仍然如猫咪一样回来寻找女人,使女人不能不想到他为的或只是上床这项免于付钱的行为及由此连带引发出来的一点情感。为此猫咪与情人随时可以来去自如,女人则永远在焦虑、痛苦和被动中等待,"只好让自己的时间永远处于真空状态,随时都能接纳他","但他来的时候仍何其短暂"。女人终于醒悟到收养野猫与爱上有妇之夫的两难处境,明了原先最不曾在意的世俗仪规,如家庭、妻子的名分、小孩,才真具备对恒久的许诺,才是对情人真正有效的牵系。在作品结尾处,女人想借助空洞的隔绝与情人来个了断,但一路行来走过人类几千年日月风云时,仍在心中悬念回去后猫咪和情人是否在家的问题。文中以"野猫"比之脱离世俗仪规,不受婚姻约束的"情人",然而这种脱离婚姻规则的两性关系实际上只有利于男方,他们无须承担任何责任和义务,却有权利享用女方的感情和奉献。纵然人类历经了几千年的文明,能够恒久维系两性关系的仍然是婚姻和家庭,女人只能依靠这世俗仪规才能保障男性的恒久的许诺。因此纵然独立自主如现代女性,仍不免在与男性的情感纠葛中寄望于世俗婚姻外壳的保护,显示了女性在两性关系中的两难处境。

二、美文传统的传承与突破

从1950年代开始,美文始终是台湾女性散文创作中的主流。进入1980年代,尽管女性书写在其他散文类型中开疆拓土,但美文的经典地位依然坚挺。

老一辈作家如琦君、张秀亚等仍然时有作品结集出版,新一辈作家在承继美文传统的同时也开始了她们的突破尝试。张晓风从主流意识形态的变形认同中抽身,代之以更为澄静的本体式的生命观照;同是中文系出身的陈幸蕙也在试图融合古典与现代方面进行积极的文本尝试;旅居海外的喻丽清则以更为深沉凝重的情感寄托心中的家国之思;席慕蓉与洪素丽,二人皆能诗能文,一个以牧歌式的复沓风格反复吟唱心中的故乡大草原,一个则以版画的粗犷力度赋予笔下的花木人生以南台湾骄阳般的迸发热力。可以说,1980年代的女性传统美文呈现出更为丰富且更具个性的创作风貌。

(一)陈幸蕙:朴实理性地把爱还诸天地

陈幸蕙,1953年8月生于台湾台中县,原籍湖北汉口,3岁随家人迁至高雄县。中学时大量阅读中外名著。1970年考入台湾大学中文系。大学期间开始发表散文和小说。1974年大学毕业后入台大中文研究所。曾任教于台北师专、政治作战学校、北一女中、世新大学、"国防管理学院"等，后专事写作。1980年代出版的主要作品有《群树之歌》(1980)、《把爱还诸天地》(1982)、《交会时互放的光亮》(1982)、《黎明心情》(1988)、《榄仁树下》(1988)、《同心》(1989)、《碧沉西瓜》(1989)、《丽似夏花》(1989)、《被美撞了一下》(1989)等。曾获幼狮文艺散文奖、文豪小说奖、中山文艺散文奖、"中央日报"文学奖等。

　　按余光中为台湾散文划分的代际图谱，生于1950年代的陈幸蕙当属第四代代表人物之一，创作高峰主要在1980年代至1990年代中期。余光中所言"中文系的教育、女作家的传统、五四新文学的余风"等台湾女性散文现代化路上的阻碍，也是陈幸蕙在创作中始终难以形成重大突破的主要原因。台湾高等院校中文系的教育在1980年代之前基本以纯粹的中国古典文学教育为主，这种学科设置为中文系出身的女性作家打下了坚实甚至过于坚实的传统文学基础，而女性作家们往往吸取的又是古典文学中婉约一派的营养，以致过分偏重文辞华丽，而止步于美文，缺乏对意象的深入开掘，使得其文中所抒之情既落入千百年来之文人窠臼，又未得深意。故而张瑞芬在论及陈幸蕙时认为："从文学史和批评史的角度来看陈幸蕙（或许广义一些来看以上女性散文家），其实颇为尴尬。濡染于古典是她辞藻优美的原因，然而偏重抒情与诗词套用，却也使写作受到限制……从古典诗词到散文的现代感，陈幸蕙或许算得上是跨越得辛苦的一位。"①

　　《群树之歌》是陈幸蕙出版的第一部散文集，确立了她最初咏物抒情的创作路线。第一辑由"群树之歌""群羽之歌""群光谱""群芳谱"及"咏馥篇"五部分组成，以下又按各项分别罗列，如椰、香椿、木瓜、槭、凤凰木；麻雀、鸽、燕子；雏菊、水仙、圣诞红等，张瑞芬谓之"颇有一种《诗林韵编》或《文苑英华》的古典飞扬和严谨秩序"，且从中易见出自张晓风散文中《林木篇》《咏物篇》等的影响。②《群树之歌》中的这一系列散文，更可以见出的是中国传统诗文中"比德"手法的延续与运用。"比德"说是一种中国传统自然美观点，即将自然物的某些特征比附于人的某种道德情操，从而使自然物人格化，自然物的美丑并非决定于其自身，而是决定于它所能比附的道德伦理品格的价值优劣。香椿虽然在菜市中价格低微，但它摘了又长，长了又摘，代表的是生生不息、顽强不屈的品格（《香椿》）；凤凰木退隐、自甘淡泊三个季节，却在盛夏以"舍我其谁"的姿态出击，"完成一年一度的壮举"（《凤凰木》）；鸡与雉则代表了放弃或坚持自

---

①　张瑞芬:《五十年来台湾女性散文》，麦田出版社2006年版，第316页。
②　张瑞芬:《五十年来台湾女性散文》，麦田出版社2006年版，第317页。

由选择的不同生命形态(《鸡与雉》)。从"比德"手法的频繁运用上,也可见出陈幸蕙古典化的程度之深。她的第二本散文集、荣获中山文艺奖的《把爱还诸天地》,仍然走这种古典路线,张晓风的序以"南宋小词""李清照的皓腕"喻之①,但织巧太过,格局未成的瓶颈仍待突破。

1986年,陈幸蕙辞去军校的教职,专事写作。出版于1988年的《黎明心情》是她的代表作,标志着她迈入了创作高峰期,她在《把爱还诸天地》序中自我期许的"朴实理性"亦得到初步实践。"当早报被缓缓折起,黎明心情开始自湿漉漉的铅字海面,登陆干爽实在的生活沙滩,其实,你比谁都更清楚地知道,昨日未完的工作必须继续全力投入,艰困的现实人生必须鼓起余勇坦然面对,而今天,也应该公平地给它一个稳健正常的开始,这,才是重点所在。"②《一街灯光的河流》写的是都市中新旧陈杂、嘈闹繁华的夜市,在一个"温暖的钟情之辈"心中留下的"灯火阑珊处的人间风情";《冬日随笔》则以舒缓而富于诗意的心灵去感受一个返璞归真的冬日独有的那份"清明"。

其后陈幸蕙的创作继续在原有的古典与"朴实理性"这两条路线间游走,进行了一系列文类体裁方面的尝试。如《丽似夏花》《被美撞了一下》,以及《现代女性的四个大梦》《青年的四个大梦》等,或尝试小品式随笔的写作,或以专栏形式探讨现实生活中的实际问题。1989年的《同心》堪称一次古典主义的全面回归,以一首古典情诗与一篇散文相唱和的新颖形式,表现那"隽永"的,"可以同时是现在进行式,未来进行式,或过去完成式"的爱情。陈幸蕙在序中特别强调的是,"古典情诗中的女性多具有一种幽怨气质,温婉有余,开朗自信不足,在爱情的世界里,她们常居于一种被动无助且无能开创自我生命的地位"。而她写的现代女性,"大多是对人生、对爱情绝不潦草的行动主义者,她们独立、自主、信心十足,虽也在爱情的煎熬中辗转,但毕竟,经由两性持平的相互对待,她们为两性平等的爱情,开启了一个层楼更上、再创新境的可能"③。但这个期许并未很好地得到贯彻,由南朝《子夜歌》生发而来的《在世界的边缘聚首》,通篇是男子在讲述格林童话中莴苣姑娘的故事,女性的她只是一个诉说的对象;其他如《关雎》而来的《摘一支水菱花》以及与《蒹葭》唱和的《水湄》,被爱着的那个女孩子,只是作为一个谈话中的人物符号出现。事实上,在陈幸蕙的《同心》集中,这个现代的女性反倒不如古典情诗中的女性面目来得清晰,她们多半是以一种空洞的、作为文章要素的符号形态出现于文本

---

① 张瑞芬:《五十年来台湾女性散文》,麦田出版社2006年版,第317页。
② 陈幸蕙:《黎明心情》,《一个女作家的百宝箱》,北京师范大学出版社1993年版,第106页。
③ 陈幸蕙:《春花装点碧树》,《同心》,汉艺色研文化事业有限公司1989年版,第14~15页。

中。更为明显的是,作者在行文中常常显现出对文辞之优雅、词藻之丰赡的自我沉溺,使得原本文白互现、古今互鉴的初衷也在这种沉溺中不了了之。平心而论,陈幸蕙在这些文本形式方面的尝试,并不算成功。

陈幸蕙的散文长于对生命及自然的静态呈现,并不擅长描写对话等动态情境。她的散文沿袭了台湾女作家的抒情传统,通过自身的古典文学造诣充分发挥了中国文字的言辞之美,并不断地在延续传统的同时进行突破的尝试。

(二)席慕蓉:安静而美丽地沁人心脾

席慕蓉,本名穆伦·席连勃,意即"大江河",1943年11月出生于四川重庆,原籍内蒙古察哈尔盟明安旗,1948年在南京读小学,1949年随家人迁居香港,1954年赴台湾,1956年入台北师范艺术科习画,三年后考入台湾师范大学艺术系。毕业后于台湾新竹师范学院任教多年。席慕蓉集画家、诗人、散文家于一身,曾多次举办个人画展,诗歌和散文亦十分畅销,广受读者喜爱。出版散文集《心灵的探索》(1975)、《成长的痕迹》(1982)、《画出心中的彩虹》(1982)、《有一首歌》(1983)、《同心集》(1985)、《写给幸福》(1985)、《在那遥远的地方》(1988)、《信物》(1988)、《写生者》(1989)等,以及诗集多部。曾获台湾中兴文艺奖章新诗奖、"中国文艺协会"油画奖、布鲁塞尔市政府金牌奖、比利时皇家金牌奖、欧洲美协铜牌奖等。

1980年代的台湾文坛上,席慕蓉的出现,犹如吹来一股既古雅又典雅清新袭人的文艺风,她的诗文画所到之处,风靡无数读者,甚至有"诗界琼瑶"之称。许多诗文传入大陆,其特有的韵致沁人心脾,也深受读者热捧。当然,与琼瑶类似,在赢得了众多读者的同时,也引来许多意见不一的评价。如夏祖丽在《一条河流的梦——席慕蓉访问记》中指出的,1983年席慕蓉有6本书同时进入畅销排行榜,堪称"席慕蓉年",但在一片喝彩声中,也有批评之声,如渡也与非马就分别在报刊撰文对她的苍白梦幻提出非议①。席慕蓉则自称,她的作品是写给自己看的,"一些安静而又美丽的短短的梦"②。

席慕蓉正式登上文坛是以出版于1981年的第一本诗文集《七里香》为标志的,之前的《心灵的探索》和《画诗》都是自费印行,她的散文创作也正好以出版于1990年的《我的家乡在高原上》为界划分为两个十分清晰的阶段,从《成长的痕迹》到出版于1988年的《在那遥远的地方》,都属于她的前期创作。席慕蓉这一阶段的散文多以诗化的内心感悟类散文和怀念故乡大草原的乡愁类散文为主,较少单纯的咏物类作品,而多以人以情为主轴。《旧日的故事》当属

---

① 张瑞芬:《五十年来台湾女性散文》,麦田出版社2006年版,第200页,注释2。
② 张瑞芬:《五十年来台湾女性散文》,麦田出版社2006年版,第197页。席慕蓉语。

席慕蓉相当早的作品,写的是外婆离世后作者对母系历史的追溯,外婆诞生的那条河畔,广袤无边的美丽草原,语声温柔的蒙古族歌谣,而作者的童年则是四川乡下开在湖边的一朵蓝色鸢尾花,又香又美,催人思归。席慕蓉擅长以一颗易感而温柔的心,在平凡琐碎的日常生活和事物中发现爱的真谛,感悟生命的本相。"台湾的诗人向明说:'诗人越天真,写出来的诗越可贵。'我深以为然。'天真无邪'如夏日初发的芙蓉,可贵的就是那瞬间的饱满与洁净,但是,人生能有几次那样的幸福……饱经世故之后的我们,如果能够在沧桑无奈之中还坚持不肯失去天真,恐怕是更为可贵的罢。"①《谜题》由孩子们面对生命天真而稚嫩的疑问"妈妈,你有一天会死掉的,是吗?"引发了对生命本相的思索,而"生命本身就是一个无法解答的谜题",因为生命之美好甜蜜,才令人心中充满忧伤,而正是因为心中充满忧伤,才令人"更加珍惜起眼前一切的甜蜜和美丽"。《槭树下的家》写的是多年流离异国他乡后,在台湾安下了家,而心中也终于释然,不管怎样耿耿于怀那失去的塞外芬芳的草原,真正的家却是在这槭树下,平凡的人家、平凡的人生里也因此有着极丰盈的美。《失母》中所写的痛失凭依的痛苦或许正是让席慕蓉亲身返乡寻找自己的族群和文化之根的直接原因:

父亲忽然回头问我:"妈妈这墓地是朝北的吗?"

我一时也不知道该怎么回答,北方?北方是哪里?是哪一个方向呢?

是妈妈用七十一年的时间慢慢走过来的那个最初的地方吗?是妈妈在离开的时候并不知道从此就不能再回去的故乡吗?

在《在那遥远的地方》集中,席慕蓉仍然在海峡的另一端看着照片怀念外婆和母亲的故乡;由于母亲的离世,1990年出版的《我的家乡在高原》则是席慕蓉亲身踏上梦想中的大草原后的真情书写了,席慕蓉的散文创作也由此进入更丰美更成熟的第二阶段。

在艺术形式上,席慕蓉的散文与她的诗和画拥有十分相似的风格,诗歌体裁对她的散文形式也产生潜移默化的影响。《成长的痕迹》以四个人生中不同时期的回忆片断连缀而成,而终于明白:"原来不管我怎样热爱我的生活,不管我怎样惋惜与你的错过,不管我怎样努力要重寻那些成长的痕迹;所有的时刻仍然都要过去。在一切的痛苦与欢乐之下,生命仍然要静静地流逝。永不再重回。"《写给幸福》也是这种分题诗式的结构,表达了对幸福的独特感受。这种分题诗式的散文结构正是从诗歌中借鉴而来,对文章的主题进行多方面的

---

① 席慕蓉:《初心》,《席慕蓉自选集:我的家在高原上》,上海文艺出版社1997年版,第2页。

诉说与补充,复沓重来使得主题愈加丰满,又与她的散文语言相得益彰。席慕蓉的文字不事雕琢,平白清浅接近口语,"正如她的诗一样,用'反复回增法'——一句话说了一遍又一遍,形成满纸的回音与和声",也正是王鼎钧(以"朱舞程"为化名发表)所说的接近民谣与牧歌的特质。①

(三)喻丽清:阑干拍遍依然茉莉香

喻丽清,1945 年出生于浙江金华,原籍浙江杭州,1948 年随家人到台湾。17 岁时应征《皇冠》杂志征文入选,从此开始写作历程。1967 年毕业于台北医学院药学系,现定居美国。1980 年代前后出版的作品主要有《青色花》(1972)、《牛城随笔》(1975)、《春天的意思》(1978)、《流浪的岁月》(1979)、《阑干拍遍》(1980)、《无情不似多情苦》(1983)、《蝴蝶树》(1986)、《把花戴在头上》(1987)、《依然茉莉香》(1990)、《沿着绿线走》(1991)、《带只杯子出门》(1994)等。除了散文创作外,喻丽清也有诗歌、小说和译作作品,曾获台湾"中国文艺协会"文艺奖章、新闻局优良著作金鼎奖等。

喻丽清的散文一向被认为是当代华文中的上品,张秀亚形容她的文字,"山间带露的清新之气,弥天匝地而来"②,琦君则喜其"隽永""玲珑可爱,空灵淡雅"③。其文多数篇幅不长,简短如话,却凝练耐读,经得起细细品味。学医的知识背景,构成了她散文中的理性思辨底色,不耽于物、事,而总能寓日常小事以哲理思考,也使得她的散文虽然篇幅短小,但经得起推敲和再三咀嚼。早期的文集如出版于六七十年代的《千山之外》《青色花》还略嫌生涩,到了《牛城随笔》,特别是出版于 1980 年的《阑干拍遍》,经历了喻母和世伯吴鲁芹相继去世的人事沧桑与情感积淀,喻丽清的散文渐渐由清浅而多了几分沉郁的况味。因此喻丽清虽然在 1970 年代就已颇有文名,但仍然以她散文创作最富成熟与成就的 1980 年代为标志。

长居海外,坚持写作数十年,喻丽清是把写作当成在海外唯一能与故土相连的东西来对待的,虽然"其间的'清孤'与挣扎也实在是'非等闲可以道之'的"④,但写作于她是生命中的梦想,"在我俗世苍白的生活中加入些时光的色彩、生命的重量,使它美丽发光,写出一种'素人作家'不卑不亢的境界来,这或

---

① 张瑞芬:《五十年来台湾女性散文》,麦田出版社 2006 年版,第 197 页。痖弦语。
② 张瑞芬:《五十年来台湾女性散文》,麦田出版社 2006 年版,第 232 页。张秀亚为喻丽清散文集《青色花》所作序中语。
③ 琦君:《是多情还是无情——读喻丽清〈无情不似多情苦〉及其他》,《琦君读书》,九歌出版社 1987 年版。
④ 喻丽清:《阑干拍遍》,河北教育出版社 1995 年版,第 2 页。

许就是我的梦想"①。正如她的一首小诗所写的那样:"我心中的爱……/多到无处可放的时候,/我写。/心柔念净的时候,/我写。/寂寞孤独的时候,/我写。/我无端起伏的心情……/激得水花四溅的时候,/我写。/我活得好累好辛苦的时候,/我便垂着眼泪,说:/'我感谢我能写。'"②在喻丽清清丽剔透的文字背后,深藏着的是她对生命,对"爱与自由,寂寞与困惑,生命的静美与哀愁"的深刻体悟。

爱心与亲情,是散文永恒的母题,也是喻丽清笔下恒久的主题。因为曾就职于加州大学伯克莱分校脊椎动物学博物馆这个得天独厚的便利,人与动物、人与自然的话题也自然常常进入喻丽清的视野。

《瞎子·孩子与狗》写的是孩子纯真的爱心与童心。女儿小乔重遇三年前曾经作为"小老师"训练的导盲犬老黄毛,虽然是从狗监牢里救出的流浪狗,老黄毛却是相当有灵性,与小乔结下了深厚的感情。在孩子与动物的相处中,流露的是人性中最美好纯善的一面,而母亲一面被孩子的爱心感动,一面却不由得担心:"在人生这个爱的漩涡里,我是应当怎样地教导我的孩子才能使她不至于惨遭灭顶呢?"③《象脚花瓶》借记叙一只用小象脚做的花瓶的来历表达了对人与自然关系的思考,母象为了救她的小象不惜殒身的爱感动了那个狩猎名家,但这样的惨剧到底要发生多少回才能让人们真正静下心来,倾听大自然的哀鸣?

其他如《稚情》写的是成人心中因一只玩具小熊而起的童心,《我家的诗与幽默》中和谐的家庭情趣,《琴心》中由孩子的儿歌而生的对中国传统文化中强调的"知足"的思考,《孩子与雪人》则是母亲在目睹了孩子玩雪的快乐后对成人世界的反思,其中的思考与感悟远远超出了几百字的文字容量。

《母女一日》《春天的意思》《会唱歌的叶子》抒发的是母女之爱与亲子之情,在孩子看来,时令是因为对亲爱的人有意义而美好,完美的一天是源于母女之间自然的亲昵;在母亲看来,天下所有的母亲都心甘情愿做一棵奉献树,在这棵树上永远有会唱歌的叶子,为她的孩子唱着心中的歌。正如喻丽清在文中所说,作为一位母亲,她满怀幸福地体会到母爱"不只是下孝的,还可以是上慈的";可是,当作为一个女儿,从暮年病重的母亲处再享受到的母爱却是"凄凉的幸福",令人心酸动容(《阑干拍遍》)。子女们都以为母亲应当坚强、勇敢,女儿把母亲患了癌症的病情据实以告后,才发现,自己精神上的担子轻了,可母亲心理上的压力却无人能够分担,而母亲却至死都在为孩子着想。爱的

---

① 喻丽清:《山水总相逢》,河北教育出版社2003年版,第2页。
② 喻丽清:《阑干拍遍》,河北教育出版社1995年版,第2页。
③ 喻丽清:《瞎子·孩子与狗》,《阑干拍遍》,河北教育出版社1995年版,第261页。

施与受从来就没有公平一说,无从回报这份爱的女儿只能将这"凄凉的幸福"存于心间,直走到人生路的尽头。喻丽清擅长以细腻的白描笔墨将人物情感层层剥露,而情之动人并不在最后余下的那个"爱"字,而在体悟此情的盘旋缭绕的过程之中。

喻丽清自1972年二度赴美后,便长居异国,海外生活自然成为她笔下的重要题材。但与早期的留学生或海外文学不同,喻丽清笔下的域外生活"已经不再像於梨华、吉铮、孟丝笔下那样瑟缩在饭馆后巷的寒风中悲泣"①,即呈现出一种健康明朗的基调。无论是《走马观花三千里》,还是《从纽约到渥太华》,虽然也有"失根兰花"搬家容易的自嘲,但更多的是开阔的心境以及对未来的希望。其他如《校园里的春天》《话说伯克莱》等描写伯克莱大学生活的作品,《半月湾里南瓜肥》《游杰克伦敦广场》《公园里的莎士比亚》《骗人的太阳》《最后一次看雪》等抒写海外生活中与西方文化及异域风土遭遇的篇什,也都贯穿了这种开放积极的心态,将自己当作世界民族之林以及当今世界多元文化交流碰撞中的一员。文本中体现出的那种平等、欣赏以及思考的姿态,不仅不是"寒风中的悲泣",更是"要来把中国人的声名重建"的积极与豪情了,在这里,喻丽清的创作心态与1970年代海外留学生文学中由"无根的一代"向"觉醒的一代"的转化有相当程度的吻合。

出生于杭州,成长于台湾的喻丽清,虽然在她的怀乡忆亲类的散文中,怀念的故乡不再是烟雨江南而是海岛台湾,但她的文字中却始终怀有"我是中国人"的国族认同,《也谈竹》《檀香之香》都贯穿了这种中国情意结。获得台湾金鼎奖、出版于1986年的《蝴蝶树》就是这样一个关于家园的隐喻,也是喻丽清的代表作。从阿拉斯加到蒙特瑞半岛,美丽而脆弱的玛瑙蝶飞越三千英里去寻找岛上的那株松树,在这里它们怀胎受孕,再飞回故乡阿拉斯加。它们的寿命短暂得只有一年,都花在那跨越太平洋的千辛万苦的飞行上了,但世世代代的玛瑙蝶仍然重复着这种极端艰苦的方式去寻访那棵蝴蝶树。"谁能看见三千哩外莫名的招引呢?谁能明白飞在太平洋上水天一蓝之外的那种'寻树'的心情呢?"②这番感慨虽因玛瑙蝶而起,却又何尝不是与那只被做成标本的台湾小鲵(《人鱼与流落》)一样,是身为海外游子的喻丽清的自况呢?及至出版于1991年、应"中国时报"专栏之邀写成的《沿着绿线走》,这种家园隐喻化为寻访历史的切实旅途。喻丽清自谓,"在国外留而不归成了华侨,才开始关心华侨的历史"③,她与丈夫一起,以抒情文字和摄影纪录的方式,沿着早期华人

---

① 喻丽清:《蝴蝶树》,尔雅出版社1986年版,序言。
② 喻丽清:《蝴蝶树》,《阑干拍遍》,河北教育出版社1995年版,第241页。
③ 喻丽清:《山水总相逢》,河北教育出版社2003年版,第311页。

在美国谋生的足迹,走访了他们留下的历史遗迹:华人虾寮、制罐巷以及寄托了海外华工卑微而虔诚心愿的众多寺庙,这里留下了他们奋斗的辛酸与汗水,也见证了排华法案下华工争取合法权利的斑斑血泪史。这段寻访历史的旅途,是否也是喻丽清的另一种寻根历程?"像一滴东方的油落入西方的江河,融已不易,自保亦难",而不论"咖啡、人、思想、生活的态度","东方的东西,要在西方生存",最美满的或许都只在于"一种由心自造的境界吧,一种不酸不苦的境界而已"(《带只杯子出门》)①。在喻丽清笔下,这种故土故国的乡愁又是与爱心亲情融汇的,《台北,我妈妈的故乡》《蝴蝶树》《人鱼与流落》,都自然地把女儿对母亲的爱、蝴蝶对松树的生生世世的眷恋、台湾小鲵因战乱而流离异乡与对故土的怀念融合在一起,使得文章意象丰富,耐人寻味。

喻丽清散文的另一大特色在于其文体的创新与尝试。她的散文不拘一格,自由适度,《木马还魂》《象脚花瓶》《黄丝带》等作品是诗、散文、小说融合一体的产物,诗的音乐性和小说的戏剧性丰富了作品的美学内涵,也增添了回味不尽的意韵;《我家的诗与幽默》则几乎全由对话构成,寥寥几笔勾勒,夫妻间你来我往的戏谑与风趣跃然纸上;《青菜的素描》颇有几分黄永玉画作的意味,简短的几句"素描"倒更像图画一角的精彩点评;《职业:主妇》则像一首意识流的散文诗,长短互见,跳跃俏皮。

喻丽清是海外散文写意派的代表人物,她的散文在很大程度上,仍然是旧式散文的路数。1960年代后期,李敖在《文星》杂志上"讨伐"闺秀派时,喻丽清也未能幸免。虽然直到1980年代她的作品才被肯定为写意派,但她却自认,"所写依然是闺秀意,不过多了些书卷气而已"②。

(四)洪素丽:守望古典与现代主义的鱼

洪素丽,1947年出生于台湾高雄,1970年毕业于台湾大学中文系,1978年赴美国纽约国家艺术学院学习版画和油画,现定居美国,专事文学与绘画创作,集诗人、散文家、版画家于一身。洪素丽多才多艺,版画、油画、木刻皆擅长,文学创作方面,可诗可文,著作颇丰。1980年代出版的主要作品有《十年散记》(1981)、《浮草》(1982)、《昔人的脸》(1984)、《守望的鱼》(1986)等,以及诗集多部。

受惠于西方现代艺术的滋养,洪素丽的散文呈现出一种富于力度的绘画之美,这在一片空灵清淡的台湾女性散文中尤为罕见。蔡美丽称其出版于1981年的第一部散文集《十年散记》笔致浓美而带有霸气,"明显叫读者觉得

---

① 喻丽清:《带只杯子出门》,《山雾居手记》,四川人民出版社2000年版,第5~6页。
② 喻丽清:《山水总相逢》,河北教育出版社2003年版,第2页。

作者是一个在南台湾光色缤纷的风物中育成的人"①。《十年散记》虽为洪素丽的第一本散文集,借南台湾的花树瓜果风物而怀念她的故乡高雄红毛港村,但已近乎涵盖了她散文创作中的大部分主题:花木、乡愁、艺术与人文关怀,以画与诗的意境入文则成为她在艺术技巧方面的一项独创,木刻画的粗犷硬朗,油画的光色交错,都在洪素丽的散文中得以文字化的呈现。

在艺术技法方面,《十年散记》已是相当成熟的作品,并且与第二年出版的散文集《浮草》俱表现出洪素丽虽擅用古文典故,却有着现代主义精神内核的独特一面;其文字风格方面却又明显受来自张爱玲和周作人双方面的影响。《十年散记》里,写木瓜树、牵牛花、牡丹与茉莉、苦瓜,写橘与柚,"橘叶墨绿色,枝干硬挺,树皮扭筋般的硬而滑,像去了皮肉的兽骨。短枝上长出尖刺,枝叶密生交错的间隙,一个个小灯笼似的橘子挂下来,发出灿烂霞光,整棵树仿佛喜庆般张灯结彩"(《橘与柚》),简静而略带"涩"味,十足有周作人的况味;她写曼陀罗花,"一只茎上开五六朵,悠悠垂下如六折的白色喇叭。天越暗,雨越密,它则越白。低低栽下头去,像《雪国》里描述的埋头跪在榻榻米上,艺妓驹子和服背上一截袒露的白颈背,动物性的肉感,令人心里发毛",白色山茶花则如"一种幽燕情调,一种高山流水的苍茫,一种压抑,一种苍苔庭院的潮气,一个缥缈的手势"(《一花一叶耐温存》),却又颇得张爱玲的神髓。洪素丽的花树系列散文,充盈着奇妙的"印象派绘画"般的光与色的交错。"毋宁沉溺于视觉上,色彩的流动,物体与物体,以及背景空间,全以色彩的交融搅拌来暗示。像天籁的音乐流转统一了树林的美,他让色彩的韵律来统一画面的美。他喜欢画小公寓阳台外,洒满阳光的小风景,也喜欢画阳台内摆满了食物的餐室。餐桌上永远不忘一盆亮汪汪的橘子"(《橘与柚》),这一段写勃纳尔的文字用来形容洪素丽自己的散文的绘画性特点倒也颇为贴切。

出版于1984年的散文集《昔人的脸》可以称得上是洪素丽前期散文的代表作,也可见出不论在精神内核还是艺术技法方面,洪素丽都已可在古典与现代主义间游走自如。集中颇多佳篇,亦获得相当的好评。《乡土篇》中的《花香》写了七种花的意态,石竹花"近看是一朵朵幼小锯齿状,有裂痕的花,远看却像一片海青色或水桃色的阴影",虞美人则"毋宁有种山高水远,野马尘埃的苍渺,美得恍恍惚惚"。《瓷碗》一文颇有禅意,由两只新买的青花瓷碗而发思古之幽情,从僧钵到茶具到酒器,再到川端康成文中的乡愁,那瓷碗落地的"哐啷"一声,又何止回荡在作者一人的心头?《昔人的脸》由三个人物速写式的短章构成,分别摹写了三个逝者的面容:"永远像一盆清水中的影子"的守寡的三婶婆、"脑后枕着一片红红血泊"的坠楼男婴、台风夜夭亡的同胞兄弟,冷静的

---

① 蔡美丽:《十年散记——序二》,洪素丽:《十年散记》,时报文化出版企业1981年版。

笔调渲染出浓重刺目的色块,"青布台湾衫黑绸长裙"、在风中拍打着窗口的大花粗布窗帘、"劈裂的银青闪电",以拼贴的手法呈现出人世的无常、生命的另一种真相。洪素丽写过这么一段文字:"握刀的手,凌厉地左刻右挖,内心的震荡与焦灼,尽情倾泻。人家奇怪,这么脆弱的我,刻出这么雄劲的木刻?这样吗?是这样吗?我不知道,血液流光了,也不知道,唯知木头是软的,刀是锋利的,心是雀跃的。"(《灯笼花再开》)她的散文中恰恰也奔突着这样的凌厉与雄劲的血脉,虽然郑明娳以为洪素丽"长于小品,短于巨幅,长于抒情,拙于说理"①,但她这种放弃说理而诉诸直观呈现的创作方法,却也不失为别开生面之举,在散文集《港都夜雨》中收录的诸多以绘画作品为题材的篇什中,如描写梵高最后一幅画作的《万鸦飞过废田》,加以更直接和极致的贯彻。

1986年前后,洪素丽转向自然主义创作,她认为"自然主义的文学,不是逃出文学,也不是歌颂自然,不食人间烟火的文学"②。自然写作与环保生态写作颇有相通之处,洪素丽作为一个资深赏鸟人,她的创作便主要放在观鸟、写鸟上,通过野外实地观测,实现对自然生物主要是鸟类的样貌习性、自然生活以及所受到的生态威胁的准确细致的描写,进而促使人们反思文明与自然的关系。80年代出版的《守望的鱼》《寻找一只鸟的名字》以及90年代末期出版的《台湾百合》,都是这一类的作品,相关评论颇多,而褒贬不一。杨照指其《寻找一只鸟的名字》"粗糙",吴明益则质疑其"不在场",而代之以书面资料,"缺乏令人共鸣共振的归属感"③。如他二人所言,《寻找一只鸟的名字》集中如《信天翁报告》《寻找一只鸟的名字》《鸟人之死》《北极的夏天》等篇什的确多为资料或掌故,亲身观测的成分相对缺乏,不似散文而类似科普材料了。但亦有佳品,如《海岸之冬》写的是冬天在海岸线观鸟,给鸟拍照,画速写的经历。其中对鸟类和海岸冬景的描绘既有文学的细致生动,又有绘画般的丰富色彩。如群鸟在水上栖息的形态、小啄木鸟抱着芦苇秆敲虫吃的情景等,都写得形神兼备。黄栌秋叶的鲜红美丽及其殷红褐黑的浆果,北极白雪猫头鹰黑色肚腹及黑白相间错落的双翅,紫鹬灰黑嘴尖与橘红脚趾的颜色对比,以及安静伫于岩上沉思时,背景却是嘶喊的海洋,吹胀的云霽,泼墨的天幕,配合以作者即兴而作的岸鸟与版画专题,把绘画的色彩、线条与光影带入其中。《雪降之前》里8岁的小小观鸟者随父母晨起观鸟,看到鸟儿的雀跃心情让"饿与渴睡"都消失无踪,俨然是下一代的赏鸟与环保爱好者;《蔷薇微笑》记叙的是对一只小小

---

① 郑明娳:《评〈昔人的脸〉》,张瑞芬:《五十年来台湾女性散文》,麦田出版社2006年版,第247页。

② 洪素丽:《自然主义的文学——〈守望的鱼〉序》,晨星出版社1986年版。

③ 张瑞芬:《五十年来台湾女性散文》,麦田出版社2006年版,第252页。注释5。

菊戴鸟的抢救，它一跃而起，立在纸袋中巨大牛头骨"空空的眼眶上"，却正是一幅微缩的自然图像。《原乡物语——〈台湾百合〉散文集序》虽然其名为序，本身却已是一篇不俗的散文，回到原乡美浓，在山间一边写生画下当地的叶草，一边看小雨燕、鱼狗、白耳画眉、小白鹭们在自然林木间穿梭往来、啁啾鸣叫，虽然父母都已不在但原乡之情依然浓烈，仍将"以虔诚喜悦的心，记述我描绘原乡的过程"。

1990年前后，随着台湾文坛泛政治化倾向的日益浓重，洪素丽出版了散文集《黑发城市》，在这部文集里，乡愁被凝固为对岛屿政治的关注、家族纪事等更加沉重的主题，"二二八"事件的受难者也出现在洪素丽的笔下，如火的激愤以诗的形式表达出来，代表了洪素丽的又一项艺术尝试。

洪素丽的散文以画面感和色彩感极强的直观表现为台湾女性散文轻灵空蒙的古典世界带来了南台湾的骄阳与热力，虽然她的散文不擅说理，方瑜谓之为"惯常以近似禅语的美文收尾，从痛苦黑暗的边缘，轻盈的滑行而去"①。但她直观呈现的创作方法，不囿于古典而拥抱现代的精神内核，文字间富于张力的力度的美，却是对台湾女性散文家长期困足于古典诗词及女作家传统和五四遗风的可贵的超越。

（五）刘静娟等：来自村俚乡俗的人间味

刘静娟

刘静娟，1940年7月出生于台湾彰化南投县，毕业于台湾高等商业学院，后任台湾《新生报》副刊主编。1958年开始发表作品。出版散文集《载走的载不走的》(1966)、《响自小径那头》(1970)、《心底有根弦》(1975)、《岁月就像一个球》(1980)、《眼眸深处》(1980)、《解语花》(1981)、《笑声如歌》(1982)、《因为爱》(1985)等。曾获台湾文艺奖散文奖、中兴文艺奖章等。

刘静娟自小生活在南部乡村，从小听来的母亲的歌仔戏、阿嬷的讲古成为她的创作源泉，她的散文也因此呈现出"一种有别于书上来的人间味和家常事"②。1980年获得台湾文学奖的《眼眸深处》，是刘静娟的里程碑式的作品，几乎身边所有琐事小情都可入其笔下，化为生活的省思。出版于1985年的《因为爱》《咱们公开来偷听》以及《老鼠走路》等则呈现出台湾本省特有的乡土风情，兼以方音口语入文，妙趣横生。《好像"酱菜间"》写的是从母亲家中取走儿时母亲腌酱菜的几个坛子，有的放在餐厅装饰家居，有的放在厨房搁姜蒜，从中流露出对农业时代的怀旧情绪。《走亲戚》写的是随母亲到乡下走亲戚的

---

① 张瑞芬：《五十年来台湾女性散文》，麦田出版社2006年版，第252页。
② 张瑞芬：《五十年来台湾女性散文》，麦田出版社2006年版，第156页。

情形,那些婆婆妈妈姑姑嫂嫂,各色土音方言的村俚称呼,表现出家庭血脉难以割裂的亲情纽带和台湾乡村特有的俚俗而热闹的乡土风情。这类描写乡村与怀旧的散文,往往在写情叙景中给人温馨甜美的感受,文笔也自然轻盈而富有情致,"写出了本省籍女性作家中最早的村俚浮世绘与众生相"①。

胡台丽

胡台丽,1950年3月生于台北,原籍上海,台湾大学历史系毕业,1972年赴美国留学,获纽约市立大学人类学系文化人类学博士学位。1976年返台,任职"中央研究院"民族研究所。出版散文集《媳妇入门》(1982)、《性与死》(1986)等,曾获"中国时报"文学奖。胡台丽受过专业的文化人类学训练,其散文《他乡城市》《愿嫁山地郎》《青鸟学生》等在描述人事时往往从文化人类学的视角出发,将专业知识与社会关怀结合在一起,显示其独具的价值与风采,颇引人注目。

三、新女性主义散文

随着知识女性以及就业女性数量的极大提高,女性主义思潮的传播与发展进程大大加快,原本相对于女性小说显得保守与传统的女性散文创作也低调地以一定程度的滞后性接受了女性主义思潮的影响。但在文本表现上,性别觉醒与性别意识仍然是零散的、偶发的、尚未自觉的。简媜与曹又方这两位年龄相隔了近20岁的女性作家,一个选择了以乡土为根的痛苦而深刻的内向自剖,一个以国际大都会宽容新锐而烟视媚行的女性眼光,从两个截然相反的向度实践了1980年代的女性叙事。

(一)简媜:独特鲜明地浮在空中

简媜,本名简敏媜,1961年10月出生,台湾宜兰县人,自幼生长在乡村,15岁到台北读高中。台湾大学中文系毕业。曾任《联合文学》主编,后创办大雁出版社。80年代出版的主要作品有《水问》(1985)、《只缘身在此山中》(1986)、《月娘照眠床》(1987)、《七个季节》(1987)、《私房书》(1988)、《浮在空中的鱼群》(1988)、《下午茶》(1989)等。

简媜成长并成名于1980年代,也是为数不多的专攻散文的女作家之一,被视为台湾女性散文作家第五代当之无愧的领军人物。简媜也是《台湾文学经典》最年轻的入选者,在1994年台湾十二大散文家票选中,她名列前三,可见其受认可的程度。简媜生于宜兰乡间,长于冬山河畔,高中时便独自上台北

---

① 张瑞芬:《五十年来台湾女性散文》,麦田出版社2006年版,第158页。

求学,开始写作投稿,第一篇获得文学奖项的作品是写于大二时候的《有情石》,此后获奖连连。1984年,简媜在痖弦的赏识下登上《联合报》,成为副刊催生的最后一批作家。简媜自己也曾说,"我是幸运的,不早不晚在那时候浮上来"①。简媜从起步始,就有着明确的创作规划,她早期的每一部作品都坚持有独特完整的主题与风格,尝试"以典丽繁复的辞藻与怦然心动的情怀歌咏青春时代(《水问》),磨炼出一种空灵文字与境界,渲染佛义、演绎世间之缘起缘灭(《只缘身在此山中》),我又刻意溶解闽南母语于中文书写中,捕捉已消逝的农村风土人情(《月娘照眠床》)"②,但同一部文集内部各篇文章间却缺乏统一的主题。也因此,1990年前后,简媜"面对前几本散文集的七宝散乱,不得不去正视文学的整体思想问题"③。

出版于1985年的《水问》是简媜的第一部散文集,收录的是她大学期间的作品,写花木景物、写校园生活、写友情爱情与感悟,集中记录的也是她永远回不去的唯一一段风花雪月的年代,简媜本人则"愿意尊重《水问》为我个人的'断代史'"④。《水经》写的是爱情,自经首句"我的爱情是一部水经,从发源的泉眼开始已然注定了流程与消逝,因而奔流途中所遇到的惊喜之漩涡与悲哀的暗礁都是不得不了的心愿",汨汨流去,直至卷终。其中的佳作亦是美文的典范,如《花之三迭》则类似于张晓风《林木篇》《咏物篇》的分题诗式的形式,写了"因为某个特殊且不可原谅的理由,被造物者罚为一只不能飞的鸟,禁锢于花族之中"的天堂鸟、身处"春殿之中"却"独在冷宫"的含羞草和"后羿射下的九个太阳""统统陨落到地面上,触地成花"的软枝黄蝉;《美之别号》与之类似,分别写了三种树木,仍然因袭的是比德式的中国散文传统,言辞优美。

简媜还擅以奇思妙想入文,台大文学院里不同教室的窗外风景,像一幅幅优美而风格迥异的壁画,文学院便因之俨然成为一座卢浮宫(《壁画》);杜鹃"不满冬天的步调太慢"发了疯,开得满溢花城(《花季之遗传》)。她的散文也不时闪现她的哲理玄思,关于爱情与欲望的争论(《月碑》)、对死亡意义的探寻(《情殇》)以及与不无年少轻狂的20岁的告别,"让懂的人懂,/让不懂的人不懂,/让世界是世界,/我甘心是我的茧"(《美丽的茧》)。第二部散文集《只缘身在此山中》聚集了对佛理禅意的思考与演绎,事实上,简媜在她的散文中一直扮演着"创作者"与"思考者"的角色,并反复以文字讲解她参悟的人生哲理——关于"缘"与"本分"的人生哲理。她的散文极少有平实的描述,而多浓

---

① 张瑞芬:《五十年来台湾女性散文》,麦田出版社2006年版,第372页。简媜语。
② 简媜:《重如鸿毛——自述创作之路》,《私房书》,九州图书出版社2000年版,第2~3页。
③ 张瑞芬:《五十年来台湾女性散文》,麦田出版社2006年版,第375页。
④ 简媜:《序:如水合水》,《水问》,文化艺术出版社2009年版,序。

烈主观情绪的注入，那么这种反复宣讲的执着是否也与禅意有悖呢？《渔父》是简媜极大胆地袒露自我的一篇作品。从"父亲，你想过我吗？"起笔，通过"日日笑""前寻""手温""后来"和"捡骨"五节写尽父女之间"没有对话"却又如藏在骨骼的宿命般的想念，但这想念或许只是各有所思，因为"一个看不到父亲在衰老，一个看不到女儿在长大"。自幼对父亲既畏惧又爱恋的我，早早地就体认到"父亲对我的原始情感：畏惧的、征服性的，以及命定的悲感"，却依然在等待、发现和寻找父亲的身影，甚至产生过违反伦常的念头："为何是你来播种我，而非我来哺育你？"但是嗜酒的父亲在深夜闹酒而丑态百出，令敏感的女儿悲痛欲绝，决心弃绝父亲："要这样的阿爸做什么？"不料一语成谶。不久父亲因车祸而离世，身为女儿的椎心泣血悲痛欲绝，直到十一年后开棺捡骨时亲睹父亲遗容，才宽恕多年来对自己的自戕与自虐。文中披露的隐秘的"恋父情结"，这种既是父亲又如恋人的刻骨觉悟，是一般女性作家所不敢表现的，而简媜对女性隐秘潜意识禁区的探索，却并非基于某个预设的道德立场，而是与父亲对谈的剖白式的内心袒露，对人生中无处放弃血肉相连的宿命的真实呈现与上升到生存状态的痛苦思考，溢满凄厉泣血甚至带有几分残酷的情感底色。

1986年简媜辞去《联合报》编辑的工作，专事写作。三年后与好友张错等人创办大雁出版社，在此期间，简媜将平时零散的札记、日记式的短文结集出版，有《七个季节》《私房书》《浮在空中的鱼群》《下午茶》等四部，简媜自己称之为"花蝴蝶时期"。这一时期简媜的作品，谈不上艺术上的成熟或突破，却反映了她在文本形式变革方面的尝试与努力，有浓厚的文本实验意味。这四部文集仍然依着前两部散文集的模式，以四或五部分卷或分章构成，但其中文章的内容长短参差，比最初的两部成名集更加散乱。有以数十节并无关联的短小箴言合成一篇的《与岁月同等心跳》《寸土》，也有颇具乡土写作风味的《铺路》《分居》。特别值得一提的是《花底瘀伤》一文，写的是过门未足三月的乡村新媳妇，头上仍戴着小小红缎子花，尤带喜气，却猝遭丧夫的悲剧，却以类似乡村说书快板的泼辣的半韵文写成，浓郁的乡土风情扑面而来，与之前颇有经院气息的作品截然不同。"竹花问稻花：'快瞧，茄子又开紫痒痒的花！'稻花劝竹花：'瞧什么，还不是女人家。'"写新媳妇冒雨出门寻夫却听说丈夫被大江淹了，"伊追到路头，指着女人的背影辣辣地骂：'我的男人活着出门，我的男人不会死着回家！'伊想，雨下得真是大，捡了伞，又在泥洼里找到那朵红艳艳的缎子花。"茄瓜桑麻，如竹筒倒豆子，爽脆利落，却把这个新媳妇的嘴硬心怯、伤心欲绝写得跃然纸上。《梦的狼牙》也是其中颇为出色的一篇，以类似小说的形式，把梦拟人化为一头顽童般天真烂漫自由不羁的兽，作为黑夜的潜意识本我与白天理性的自我展开对话。简媜把这头梦兽写得谐趣十足，憨态可掬，做噩梦原来是它捣鬼吓人，梦见思念的情人是两头梦兽敦亲睦邻好意撮合，而不论是梦兽还是自我,最向往的却还是那个不存在的"秋香色的故乡"。

简媜以鲜明的女性意识与性别书写特质,作为台湾女性散文第五代的代表人物,跨越了思想甫解禁的1980年代与日益多元化的1990年代。1986年,简媜从《联合报》辞职后,与同样出身台大中文系,同样专事写作的陈幸蕙进行了一次关于散文观念的对谈,简媜认为散文并非只是长于"与读者对话",也允许文体实验,如借用小说技巧等,事实上在《浮在空中的鱼群》《私房书》等文集中她的确进行了相关的尝试。就女性意识而言,简媜也比长她七岁的陈幸蕙要更进一步,但更集中和切实的实践则体现在她1990年代后的创作中。

早期的简媜散文还不免带有一些"为赋新词强说愁"的刻意之态,评论界对其也有类似于"文胜于质""为文造情"①的评价,但文辞华美已可见一斑。简媜的散文题材与以往的女性散文并无不同,爱情、花木、人生感悟,但其特出之处有三:一是擅长将笔下所写提升至人类生存层面来进行探讨质询,父亲过早的离世让简媜对生命怀有无常幻灭之感,曾经的美好时光逝去后,在生命深处留下的却是一道难以愈合的血痕。她说:"我幼年家庭突如其来的变故,使我对生命的脆弱和幻灭感特别强烈,它使我在看到一个繁华或愉快的景象时,会预先想到它悲伤无常的一面。"②随后情人的病逝,更加深了她的宿命感。二是她独特的温柔与刚毅、浓烈与决绝并蓄的写作风格,隐藏在浓重而肃杀的表征下生命的疼痛与嘶喊,在《渔父》中得到强烈而鲜明的呈现,在1990年出版的《女儿红》中更加成熟。三则是她独特的语言功力,早期的作品中她偏好将文言拗曲而力求险怪新奇,如文题《野蔓之誓》《如水合水》,又如每一卷的名称《花诰》《化音》等,这种拗曲方式一方面使得其文别具深意,另一方面,一眼望去几乎不知所云,颇有为奇而求奇的矫情之态,后期作品中文字更加圆熟,深意仍存,而矫饰不再。

(二)曹又方:特别的妙方给特别的女性

曹又方,本名曹履铭,1942年4月生于上海,原籍辽宁岫岩县,1949年随家人到台湾,在台南长大,毕业于世界新闻专科学校编辑采访科,曾任《联合报》副刊编辑、拓荒出版社总编辑、海外华文女作家协会会长。1980年代前后出版的主要作品有《爱的妙方》(1976)、《随缘小记》(1978)、《刺》(1979)、《情怀》(1984)、《笑拈》(1985)、《出岫》(1986)、《门前一道清流》(1988)、《写给永恒的恋人》(1989),另有小说集、论文集等。

---

① 郭明福:《少女情怀总是诗——由〈水问〉谈起》,《文讯》1985年第18期。
② 刘胜利:《心灵深处的伤痕——简媜散文浅析》,《渝西学院学报》2004年第1期。简媜语。

曹又方于1974年与吕秀莲、施叔青合办了拓荒出版社,并任总编辑,提倡女权时为女权先声,一生行事刚强,堪比须眉。曹又方在写小说外,也写散文,甚至有过最多的时候同时开13个专栏的纪录。与专栏的杂文不同,曹又方的散文情思纤柔绵密,细腻动人,又有一定的思想性,早期写的多是烟视媚行的都会女子,她真正的散文创作高峰期正是自1979年离台赴美及其后在美定居的十年间,这一时期她的创作技巧日渐圆熟,而情感亦经历了岁月的沉淀变得丰厚蕴藉。

《一株不知名的树》写的是一株原本生在野外却被强行移植到庭园中的绿树从翠绿美丽到叶片落尽而亡的过程,而领悟到自己的错误在于"我去找寻一棵理想的树,而不是去栽培一棵理想的树"。《门前一道清流》写的是从孩提时代织就的"门前一道清流,夹岸两行垂柳"的梦想,后来在一位名叫"无果"的美籍意大利人乡下庄园真正看到"门前一道清流"的景象,在肯定无果筚路蓝缕愚公移山精神时,也就此有所质疑和反思。《一只手套》由路边一只失落的手套,引发关于爱情宿命的叹息,"看见好心人把一只落单的手套搁在邮筒上、车棚顶或栏缘边,分外提醒昭示着复合机会的渺茫。成双的事物永远包涵隐蔽着失散的宿命,一只遗落的手套不经心的便点醒了这往往被忽略的真理"。

自纽约返台后,曹又方把精力与时间更多地投入关注女性成长的工作中,著有多部有关励志、心灵、两性、女性成长主题的书,2009年3月因心肌梗死不幸病逝于台北。

四、报道文学与生态环保散文的相生

台湾的报道文学产生于1980年前后,1970年代的"上山下海"青年学生运动是催生其的原因之一,而1980年前后高信疆主持"中国时报"的"人间"副刊时设立了报道文学奖,以资金和荣誉征求优秀的报道文学稿件,更直接地促成报道文学的崛起。

在报道文学的题材方面,由于1979年年底"美丽岛事件"发生后,甫进入1980年代的台湾舆论控制仍然相当严密,"80年前后诞生的台湾报道文学,在题材上自然很难像世界上重要的报道文学发展史那样,以社会、政治的强烈批判为题材,以表现生活、历史和社会所蕴藏的矛盾,而吸引起广泛的共鸣。因此,与现实政治距离较远的生态环境问题,显然是刚刚出生不久的台湾报道文学理想的题材"①。在这一新兴的散文领域,心岱、韩韩、马以工三位女性作家,以她们的作品领风气之先,在台湾的生态环保方面起到切实的巨大作用。

---

① 陈映真:《台湾文学中的环境意识》,《文学评论》1996年第3期。

(一) 心岱：回归自然的完整生命

六七十年代以小说闻名的心岱，自1970年代末起投身于报道文学的写作，环保是她主要涉及的题材。1980年代出版的主要作品有《一把风采》(1978)、《他为什么活不下去》(1980)、《大地反扑》(1983)、《请留住》(1984)、《聚宝盆》(1986)、《回首大地》(1989)、《走过的路》(1989)、《发现绿光》(1997)。

许多小说作者也写散文，心岱也不例外。心岱自谓，"小说是我的生命，散文是我的生活"[①]。她早期的散文与她色调幽暗的小说相比，则十分朴实，也未见明显的个人风格与特色。直至经历了丈夫猝然离世的痛苦以及独自养育孩子的艰辛，1978年的《致伊书简》风格为之一变，心岱小说中对于人物情感世界幽微曲折处的洞察之眼移至对自己内心的观照上，开始正视自我并袒露自身的成长历程及对生命意义的探寻，也标志着心岱散文的成熟。但80年代，心岱成就最大也最有意义的还在于她的一系列以生态环保为题材的报道文学上。

1978年，突逢丈夫离世这等生命中巨大不幸的心岱，为着生活计，也为着克服心中的恐慌，进入皇冠杂志社，开始连续发表采访报导的文章。一个偶然的机会，心岱与朋友外出游玩，目睹了整个桃园滨海地区的死亡、破败的荒芜景象，这一幕触发了心岱的写作动机。1980年前后，心岱重返乡村，采访、摄影，先后写出《大地反扑》《绿色大厦》《美丽新世界》等11部报道文学作品。其中最有名的自然是《大地反扑》，乃至于这个标题日后变成为台湾环保生态保护运动的徽语——当人类不断以征服自然改造自然为名掠夺毁坏环境生态，大自然将以废墟和毁灭进行报复，让人类付出比所获取利益高昂百倍的代价。

心岱的这十一部生态环保系列报道文学，可以称得上是一部"台湾生态自然的沧桑史"，完整地呈现出台湾本岛这四十年来开发、建设背后所付出的沉重代价。《大地反扑》以纪实的笔调写出了"大地之怒"对人类的反扑与惩罚：桃园县林口火力发电站排出的毒气严重污染了沿岸地带，更与季风带来的潮湿形成硫酸雾气，防风林大量枯死，作物无法收成；早年政府大量砍伐防保林开发移民新村，田地开垦过度面临废耕，当地农民在大自然的反扑面前生计难度，坐困愁城。其他如《天霸王珊瑚》《最后的歌声》《蝴蝶出卖》《美丽新世界》《彼岸之河》《大甲溪传奇》，则真实地描绘了整个台湾岛内饱受摧残的自然生态系统：从恒春半岛到宜兰哈盆地，从八通关布农族到台湾东海岸，这座美丽之岛的森林、河流，空中的鸟类、蝴蝶，水里的游鱼，海底的珊瑚，在独立于自然

[①] 张瑞芬：《五十年来台湾女性散文》，麦田出版社2006年版，第275页。心岱语。

天地间千百年后的今天,在盲目追求利益的现代化开发大潮下惨遭屠戮。心岱由此对人类与自然的关系进行了深沉的思考,她写道:"一株野草,一棵杂木都有维持大自然的平衡和长久相互信赖的功用;人也只不过是这个自然界的一分子。由于人类智慧与经验的累积,俨然成了宇宙的主宰,按照己意处理周围的环境,忘了自己是从自然环境生长出来。在这个极度开发的时代,我们对道德的系统必须现重新深思,把关心扩及整个大地的生命世界……生命原是一只巨大无端的链,在大自然里,谁也不能扮演掠夺者。"①

心岱关注生态环保问题,固然与前述偶然契机的触发有关,但也与她18岁就离开故乡鹿港在台北都市生活十余年,对都市科技现代生活充满的迷惘与恐慌不无关系。心岱曾自述,"六十九年(1980年),我一度迁居台北东区的大厦高楼中,面对那样的现代建筑,觉得有些莫名的恐慌,就好想往外跑……从此我开始浪迹四方,走遍他乡……"②为追求文学理想从鹿港那家小小的布店走向台北的心岱,从城市再出发回到乡村,她看到的不再是传统农业、手工业组织下为了生计而被安排在一起的人与人之间陈腐、隐忍的关系,也不再是对古老的乡土传统日益失落的感伤与怀旧。她与自己小说《情景——连作》中的主人公艾萨姬有几分相似:出走的艾萨姬二十年后重回家乡,她渴望回到原点从而重获另一个完整的生命。心岱则在目睹并亲历了现代都市物欲催逼下日渐畸形的人性,体味过都市中人们的疲惫、焦虑、无力与挫败后,在乡村与山水间寻找疏泄的管道,放飞心中那只永远的"自由鸟","透过环保关切与报道文学,从都会回到乡村的心岱,在城乡移动上,格外有着寻找自我的'回归'意味"③。

心岱的报道文学并不以术语或环保理论取胜,甚至女性主义的意识也并未显现,而是紧紧依托于实地观测与采访,忠实地记录下乡民的苦难,生于乡村小镇的心岱十分明白农民对土地那份特殊的依恋之情,"世代以务农为生的农民,他们耕耘土地,从土地中获得回报,土地于他们的情感已不仅是温饱一回事,土地是他们精神盘踞、信仰依持的地方"④。基于对台湾乡土的热爱,心岱的报道文学中洋溢着浓郁的情感,在纪实性之外仍然保持了作品的文学性特质。她在《明山丽水好青天》里写道:"台湾,这么美极、伟峻、丰盛,如果不是亲眼瞻仰,也许会是赞叹国外的风光,羡慕异国的情调。然而,台湾,当我走到了这心脏之地,遥望积雪的玉山峰顶,我已经知道,什么是乡土,什么是我的血

---

① 心岱:《大地反扑》,《发现绿光》,时报文化出版企业1997年版,第56页。
② 蒋勋:《路遥情深——序二》,心岱:《发现绿光》,时报文化出版企业1997年版,第16页。心岱语。
③ 张瑞芬:《五十年来台湾女性散文》,麦田出版社2006年版,第274页。
④ 心岱:《大地反扑》,《发现绿光》,时报文化出版企业1997年版,第48页。

肉,我的爱恋。"①正是这份乡土之爱使她承担了作家的社会使命。她自称写作是为了尽一个作家的责任,是由自己的心和情感出发,"为大自然呐喊","思索这两者(人类与自然)冲突的新道德"②。心岱对于台湾自然生态的深刻关怀,将台湾社会相当忽略的生态平衡问题提出来,被认为是具有相当重大的社会意义,成为台湾岛内为环境保育工作呼吁声援的第一代作家。

柏杨在为心岱文集写的序中这样评价她的报道文学的意义:"我尊敬心岱女士的原因在此,尊敬她关怀林口海岸污染和恒春半岛变迁,尊敬她关怀宜兰的绿色世界和山胞、鳟鱼、鸟群、森林、野生动物!她用文学形式,报导逼面而来的慢性毁灭危机。事实上,我除了尊敬她,也为我们生活在这个岛上的人们焦急。"③一方面心岱环保生态系列报道文学的意义正在于此,另一方面,心岱的这一系列作品中并没有显露出明确的女性主义意识,但回顾她由城市重返乡村的心路历程,却也不正是现代女性在跋涉中成长的例证么?

(二)韩韩、马以工:我们只有一个地球

韩韩,本名骆元元,1948年生于北平,长于台湾,原籍江西。台湾政治大学中文系毕业后赴美,1980年举家返回台湾。曾任《大自然》杂志总编辑及台湾自然生态保育协会出版组委员。马以工,1948年生于台北,原籍江苏南京。中原大学建筑系毕业。美国新泽西大学区域计划硕士。韩韩和马以工都是以自然生态保育类的作品而受到关注,韩韩的散文文笔流丽,马以工则侧重于说理和环保理论的引鉴。

韩韩和马以工合著的《我们只有一个地球》是关于台湾自然生态保育的报道文学专集。如马以工的《万物并育》和《有这里才有永远》,强调保护稀有植物水笔仔红树木的重要性;韩韩也创作了《红树林在这里》以为呼应,以及《沧桑历尽——我们的北海》关注因养殖一种叫"九孔"的高价蛤而导致的台湾北部海岸的海蚀平台遭任意毁坏的问题。该书以整体的宇宙观为出发点,针砭台湾存在的一系列环境问题,台湾淡水遭到毁坏的树林水笔仔,九孔池引发的海岸生态损毁,提示各种各样自然资源如森林、植被、鸟类等等正遭受人类的劫难。她以美国的生态保护政策为借鉴,建议设立完整的环保法则,在全社会普及生态等,在开发的同时注重生态保育,为子孙后代留下一个良好的环境。她们关于环保的报告文学获得社会大众的支持,也产生实际的影响,进一步发

---

① 心岱:《明山丽水好青天》,《发现绿光》,时报文化出版企业1997年版,第119页。
② 心岱:《最后的香格里拉——后记》,《发现绿光》,时报文化出版企业1997年版,第119页。
③ 柏杨:《不信唤不醒——序一》,《发现绿光》,时报文化出版企业1997年版,第8页。

挥了这种文体的现实和社会功用。

第四节 1980年代的女性诗歌创作

一、中生代与诗歌的多元化

作为亚洲"四小龙"之一的台湾社会,其1980年代的特征是政治"解禁"与经济大发展并行。诗歌评论家孟樊指出:"80年代的台湾社会,因为政治的除魅,使得整个社会趋向自由化与多元化,在官定意识形态逐渐土崩瓦解之际,'定于一'的政治论调亦随着遭到质疑。反映在文化上,遂造成各种次级文化的崛起,而且蓬勃兴盛;文艺创作自然亦受到涉及,后现代主义的作家及诗人们,已不再需要中心、统一和均衡,相反地,他们需要的是分散、多中心、多边缘状态,此正扣合了整个文化的大趋向。"①

随着台湾社会的政治、经济与文化的逐渐多元化发展的总体趋势,台湾1980年代以来文学思潮亦呈多元化格局发展,主要是:第一,传统的批判现实主义继续发展与超越,杨渡、詹澈、莫那能、施善继、钟乔等人继承中国韵文传统,坚持现实主义与抗争精神,主张诗歌的平民化、社会化,以诗歌参与社会改革。第二,现代主义复苏与发展,现代主义思潮在告别1960年代的"西方化"之后,开始结合东方化、台湾本土化取得新进展。1980年,林亨泰以蔬果的混种打比方,为1970年代备受争议的现代主义辩护,"拒绝影响亦即等于拒绝成长"。他提出现代主义与本土主义都各有偏颇之处。1980年代以后的现代诗力图融入台湾社会,简政珍、罗智成、陈克华、杨泽、零雨与鸿鸿等人,吸收并反省修正现代派的优缺点,拓宽创作视野。第三,后现代主义在1980年代最新崛起,台湾诗坛的后现代主义发展很早,几乎与西方并行同步,但这股思潮在1980年代只是一个苗头,它的真正繁荣要等到1990年代。

(一)诗歌的多元化格局

在诗歌方面,1980年代以来,老的诗刊如《创世纪》《蓝星》《葡萄园》《笠》等继续占主流地位,新的诗刊不断涌现,据统计,相继创刊的新诗刊有:《诗学日志》《脚印》《掌握》《山城》《涓流》《汉广》《飚》《心脏》《洛城》《台湾诗季刊》《草原》《晨风》《春风》《传说》《钟山》《南风》《四度空间》《王陵》《地平线》《季风》《天

---

① 孟樊:《当代台湾新诗理论》,杨智文化事业股份有限公司1995年版,第280页。

水》《握星》等30多种。虽然这其中有不少诗刊很快又停刊了,但它们共创了1980年代初期台湾诗坛的繁荣。

新生代诗人兼学者林耀德此时期出版《一九四九以后》《不安海域》两部诗论,从史的角度来考察台湾诗坛,对台湾现代诗的基本状况和发展趋势勾画了一个清晰的轮廓,尤其着重对中生代诗人的诗作加以评析。新崛起的台湾第四代诗人[1]被林耀德分为古典婉约派、乡土怀旧风格与"掌握都市精神的世代"三大类型。他说:"前行代诗人在创作的实践上亦有足多者,第二代如罗门、杨牧、余光中、非马、洛夫、向明……均能在维持一定的质量外,别有翻新开拓;而成长贯穿整个70年代的第三代诗人已蔚为80年代前叶的中坚。"[2]

第四代其实就是中生代——出生于1949年以后(也就是1980年代中期批评家笔下的"新世代诗人")[3],成长于台湾经济起飞的1960年代。他们与之前的"前行代"诗人,以及之后的"新生代""数字时代"等诗人都不同。

较之前几个时期,1980年代后期以来的台湾诗坛有较大的不同,现代派和乡土派之间火爆的论战停熄了。诗坛上仍以"三大诗社(诗刊《蓝星》《创世纪》《笠》)"为主,但《台湾诗学》的苏绍连、向阳、白灵与《现在诗》的夏宇都是备受肯定的中生代要角,他们既写诗亦论诗学,又有辖下网站"吹鼓吹诗论坛"一起鼓吹诗歌,活力非同寻常。

这一时期由于政治的逐渐开放,政治诗兴盛;由于都市化的节奏加快,都市诗和环保诗涌现,怀乡与乡愁诗表现台湾移民无法抹去的对故土的眷恋。在政治诗、都市诗、环保诗、乡愁诗之外,还有"录影诗""视觉诗"等新型诗,如罗青首创"飞鸟体",向阳创"十行体",苏绍连创"四言体",董智溶创"电脑诗",汪启疆创"海洋诗"等。1980年6月,《联合报》举办了《水调歌头》"诗与歌之夜",1984年12月,新象艺术中心承办了"中、意视觉诗歌展"。洛夫等诗人每次在诗集首发时均举办演唱会,这些都是工业社会传播手段的发展给诗歌带来的新变化。

在总体上,中生代诗人的创作基本呈现为两大路向:

一是本土诗学的异化变质。1970年代乡土文学的"关怀现实""乡土化"

---

[1] 罗青在断代上,把1956年以后出生的诗人定为第四代。罗青:《专制与——草根宣言第二号》,《草根》1985年总号42期(复刊号)。

[2] 林耀德:《不安海域——台湾地区八〇年代前叶现代诗风潮试论》,《文讯》1986年8月第25期。

[3] "新世代诗人"之说,可参考林耀德:《一九四九以后》,尔雅出版社1986年版;简政珍、林耀德编:《台湾新世代诗人大系》,书林出版有限公司1990年版;杨宗翰:《"新世代诗人"林耀德》,《台湾现代诗史:批判的阅读》,巨流图书股份有限公司2002年版,第195~220页。

"本土化"等现实主义传统在"台独"的政治激进主义的支配下,出现了分化和变异。"本土化"异化为所谓"自主性""台湾意识""独立的台湾民族文化"等"台独"分离主义观念,已经与1970年代乡土作家所倡导的"本土化"的含义完全相反。仍然有一批乡土作家并不改乡土文学的初衷,拒斥"台独"和"分离",在艺术形式上探求走出1970年代较为单一的创作方法。

二是后现代诗学的萌芽。1980年代中叶后,罗青为《日出金色》诗合集写序,名之为《后现代状况出现了》,为后现代主义诗歌摇旗呐喊。夏宇、罗青、林耀德、林群盛、陈克华、罗任玲、丘缓等台湾后现代诗人,借鉴拼贴与符号游戏等手法,进行各种形式的语言试验,后现代诗歌出现。"为了摆脱敏感、复杂的主体认同,直接向'外'学习,将八十年代之后的政治议题悬置在外,以'去中心化'、'国际化'的思维,来处理棘手的'台湾'问题。"①这些诗表现出消解崇高、逃避理想、拒斥英雄的思想倾向,对语言进行拆解和颠覆,对逻辑、理性和秩序进行重新阐释。总之,后现代主义诗歌继现实主义、现代主义诗歌之后成为台湾当代诗坛中的一元,使台湾诗坛呈现出多元化的诗歌格局。

(二)女性主义诗歌逐渐进入主流

1984年,夏宇自费出版诗集《备忘录》,这本诗集是女性诗歌史上的里程碑,它预示着台湾女性诗歌的新流向——女性主义的后现代主义。1985年,顾燕翎在台大创设"妇女研究室",发行《妇女研究通讯》②。1986年,《中外文学》《当代》与《联合文学》分别推出了"女性主义文学专号""女性主义专辑"和"女性与文学专辑"。1987年,"妇女新知基金会"成立,由李元贞担任董事长,同年,"台湾妇女救援协会"成立。1988年还成立了"台大女研社",女性文学的第一本批评论著《风起云涌的女性主义批评》出版。1989年,台湾"清华大学""两性与社会研究室"成立,陈幼石、李昂合办的《女性人》也正式创刊。

西方的"女权主义运动"发展到1970年代以后,逐渐由政治层面转向文化层面。海登·怀特对大历史(grand history)的抒写进行批判,提出父权社会的文化抹杀了历史真相,象征秩序中根本没有女性主体的位置。因此,女性写作要推翻代表父之法的象征秩序所建立的大历史,必须重建文明之外的自然秩序,重建女性看待身体的方式,重写大历史不曾记录或有意遗漏、含糊的细节,在"她历史"(herstory)中让女性主体处于重构的叙述中心。在这一叙述

---

① 阮美惠:《台湾精神的回归——六七十年代台湾诗风》,成功大学博士论文2002年,第298页。

② 32期后易名为《妇女与两性研究通讯》。

中,被正史、正统文学所排斥的演义、传奇、"野史"、童话等,成为重要的素材。萧瓦尔特在《她们自己的文学》中,提出把英国18世纪末、19世纪初的女性写作分为三个阶段:妇女阶段(feminine phase)、女权主义阶段(feminist phase)和女性阶段(female phase)。女性由模仿传统主流的思维模式、内化男权社会价值标准,到反抗这些标准和价值,提倡女性权利及价值,再到摆脱了"模仿"和"抗议",而转向自我发现、寻找自我的真正位置,不再贬低女性自身的生活经验。

从1980年代开始,台湾女性诗人也加入"自造新史"的过程中。身体写作在女诗人诗作中呈现出不同面貌,夏宇、颜艾琳都是善写身体的诗坛美杜莎,她们借着书写身体的律动,通过诗歌文本展开母性空间(chora)所具有的"拒绝"和"否定性",以抗衡或颠覆既有的二元论述。她们设法重现女性眼中的历史内涵,那些被大历史所忽略的东西正是她们书写的新疆域,而改写野史、传奇,改变历史单一而权威的视角,正需要她们加入自己对事件的重述。

女权主义运动对台湾文学有两个明显的影响:一是女权意识影响了作家,尤其是女作家的创作;二是女权主义活动拓宽了妇女生活的题材。随着《第二性》在台湾的翻译出版及其对台湾女性运动的推进,1980年代中期,《中外文学》推出"女性主义文学专号",宋美王华、刘毓秀、何春蕤、王德威、张小虹、廖炳惠、李元贞、蔡源煌等都对女性主义文学这一课题做过讨论。1982年,李元贞领导的女性主义运动进入新知时期,[①]这一运动的影响,反映在80年代中期以后的女性诗歌创作之中,使得女性诗歌渐成潮流之一,王丽华与翔翎及更年轻一些的女诗人如曾淑美、陈斐雯等,都是大学时有名的校园诗人。1985年,林婷、郭玉文、柯顺隆等创办《四度空间》诗刊。这一时期台湾女性诗歌进行了创造性的试验,一次次寻求诗歌的发展与突破。女性诗歌对政治的参与、都市与环保的关注也增加起来,涌现出一批较有实力的女性诗人。

1970年代末的乡土文学论战的洗礼,使女性主义的诗作在1980年代以后逐渐丰富。除了原先的"边缘叙述"的书写、内容与风格之外,她们也试图打破原来的刻板印象,建立女性自我的典范(paradigm)。

1980年代以前,对台湾女性诗人的质疑,一向以"时代性"和"社会性"不足为缺憾,但在女性主义看来,这其实是女性诗人出于自觉或不自觉的"女性叙事",这是迥异于男性诗人的、非主流的边缘叙述(peripheral statement)。1980年代的本土诗派中,以杜潘芳格、洪素丽、利玉芳、王丽华等女诗人较为

---

① 顾燕翎:《女性意识到妇女运动的发展》,中国论坛编辑委员会主编:《女性知识分子与台湾发展》,联经出版社1989年版,第109~122页。

出色,均有优秀的诗作发表,且诗风各自不同。夏宇所开创的1980年代中期以后的后现代诗风潮(夏宇、罗任玲、零雨等)对身体写作的探索大胆且充满了反思。此外,传统的闺秀诗的婉约风格也在1980年代趋于成熟,以席慕蓉为代表发展到巅峰。苏白宇、筱晓、曾淑美、陈斐雯、尹玲、张芳慈等诗人则在抒情诗传统中探索自己的道路,如曾淑美更倾向于探索情欲背后的心理状况。此外,还有萧秀芳等人的儿童诗。

总之,1980年代的台湾诗坛,女诗人创作丰饶多姿,"中生代"与"前行代"女诗人正在转型,"新世代"女诗人也挟富含现代女性主义思想和行动的力量加入。张默主编的《剪成碧玉叶层层:现代女诗人选集》精选了1955—1980年26位台湾女诗人的作品,是对三十年台湾女性诗继往开来的重要总结。

二、婉约与浪漫兼具的新闺怨派

以方娥真、席慕蓉为代表的传统婉约风格和现代浪漫情怀相融合的新古典主义在1980年代成为女性诗歌的主要流向。

(一)席慕蓉:长在你必经的路旁

1985年的台湾诗坛被称为"席慕蓉年",因为席慕蓉的作品创造了台湾诗坛空前的销售纪录,她的散文,尤其是诗歌备受读者喜爱。她的第一部诗集《画诗》(1979)仅在九年(1981—1990)内就再版了46次,接下来的三本诗集《七里香》(1981)、《无怨的青春》(1982)和《时光九篇》(1987)也创造了空前的销售纪录,多次蝉联"畅销书排行榜"榜首,其中《七里香》一年内销售7版,到1999年销售至57版6刷;《无怨的青春》4个月内再版4次,到1999年为54版5刷;《时光九篇》则为32印①。即便是余光中、郑愁予等台湾著名诗人的作品,也要经过多年才能再版。② 1980年代,席慕蓉的诗,长在广大读者必经的路旁,注定成为万众瞩目的一道独特而美丽的风景。

席慕蓉的诗风委婉哀伤,配以她手绘的优美插图,较易为大众接受。席慕蓉可谓是婉约派的现代化身,她承续中国古典诗歌中晚唐杜牧、李商隐的传统,在内容上延续了冰心诗歌的爱的主题。如《禅意》之二:

当一切都已过去
我知道 我会

---

① 林于弘:《台湾新诗分类学》,鹰汉文化企业股份有限公司2004年版,第46页。作者林于弘的统计数字。

② 孟樊:《当代台湾新诗理论》,杨智文化事业股份有限公司1995年版,第198页。

慢慢地将你忘记

心上的重担卸落

请你　请你原谅我

生命原是要

不断地受伤和不断地复原

世界仍然是一个

在温柔地等待着成熟的果园

天这样蓝　树这样绿

生活原来可以

这样的安宁和　美丽

又如她的《青春》之一,写尽了人们心底共同的"致青春"情结:

所有的结局都已写好

所有的泪水也都已启程

却忽然忘了是怎么样的一个开始

在那个古老的不再回来的夏日

无论我如何地去追索

年轻的你只如云影掠过

而你微笑的面容极浅极淡

逐渐隐没在日落后的群岚

遂翻开那发黄的扉页

命运将它装订得极为拙劣

含着泪　我一读再读

却不得不承认

青春是一本太仓促的书。

席慕蓉的诗延续着唐诗的传统,作为一个诗人兼画家,她以画入诗,诗画结合。例如《一棵开花的树》,巧妙地做到了用开满了花、颤抖着叶的树的生动形象来抒发对爱情的渴望和不安:

如何让你遇见我

在我最美丽的时刻　为这

我已在佛前求了五百年

求佛让我们结一段尘缘

佛于是把我化做一棵树

长在你必经的路旁
阳光下慎重地开满了花
朵朵都是我前世的盼望

当你走近　请你细听
那颤抖的叶是我等待的热情
而当你终于无视地走过
在你身后落了一地的
朋友啊　那不是花瓣
那是我凋零的心

借助开满花的树以及树叶在风中颤抖的意象，充分传达了对爱情的渴望与忐忑不安的心情。席慕蓉以画入诗，借景抒情，但她并不用单纯静止的画面，而是以一组动感的画面的有机组合，来婉转地表达情感。她的诗以相当深远的历史时空，以流动的可观可感的意象与深邃的诗的意蕴相结合。总之，青春、爱与乡愁是她诗歌的主题。她向往故乡的"歌"与"面貌"，向往着代表中国历史和文明的长城，如《长城谣》：

为什么唱你时总不能成声
写你不能成篇
而一提起你便有烈火焚起
火中有你万里的躯体
有你千年的面容
有你的云　你的树　你的风

但是，随着席慕蓉作品的热销，评论界对她的作品产生了两极化的看法。渡也率先批判席慕蓉的诗是"有糖衣的毒药"，"思想肤浅、浅露松散、无社会性，气格卑弱，数十年如一日"①等七大弊病。渡也的文章引发了论战。还有论者从席慕蓉诗的畅销及"'城市经验'所制造出来的大众诗，又和其出版的被纳入资本主义的生产机制或市场机制中有很密切的关系"②称其为"逃避现实的甜点"以及"社会整合"的工具。③ 这些批评表面上看似对人，实

---

① 渡也：《有糖衣的毒药——评席慕蓉的诗》，《新诗补给站》，三民书局1995年版，第24～27页。
② 孟樊：《大众诗学》，《当代台湾诗论》，扬智文化事业股份有限公司1995年版，第209页。
③ 孟樊：《大众诗学》，《当代台湾诗论》，扬智文化事业股份有限公司1995年版，第217页。

则对事,批评其实是基于对台湾整个现代诗坛的不满。在这样的语境下,席慕蓉只是一个"代罪羔羊"。所以在批评席慕蓉后不到一年,渡也又发表《席慕蓉与我》,重新评价她的诗,"从她新近发表的某些诗作来看,已有所突破,已另闯一条崭新、宽广的坦途。十分可喜,此次年度诗选决审时,她的《历史博物馆》一诗进入决赛,这的确是一首好诗。身为评审委员的我举手赞成此诗入选"①。

虽然论战不了了之,但大众对席慕蓉诗歌的喜爱并未受到影响。大地出版社结束营业后,《无怨的青春》和《七里香》就由图神出版社于2000年改版后重新推出,尔雅出版社于世纪末推出《世纪诗选》十二家的时候,席慕蓉是唯一入选的女诗人。此外,席慕蓉在1987年出版《时光九篇》之后,十多年再未出版诗集。在关于她的诗歌引发的论战中,席慕蓉始终置身事外,不曾回应或反击。1992年出版的自选集《河流之歌》中,她甚至发出"不再写诗"的宣告。她直到1999年4月才出版《边缘光影》,2005年才出版第六本诗集《我折叠着我的爱》,这些停顿都说明她的创作并非单纯地以市场为导向。

作为一个现代女性,席慕蓉也受到女性思潮的影响,她喜欢书写出走的经验,她对既有父权体制表现出平静的"厌倦",在《美酒》中,她写道:

终于厌倦了这种
把灵魂　一层又一层
包装起来的世界

我要回去了　列蒂齐亚

下决心不再对生命提出
任何的要求,什么也不带走,只留下孤独
作为款待我自己
最后的那一杯　美酒②

这首诗表现出女性自我不再依赖父权秩序,而转向自我追求。在《我》中,她写道:"我喜欢在夜里写一首长诗/然后再来在这清凉的早上/逐行逐段地检视/慢慢删去/每一个与你有着关联的字。"③女性主体化在她后期的诗中很明显,她要在诗中删去"你"统治时的一切痕迹,而"喜欢唱那没有唱出来的歌"。

---

① 渡也:《席慕蓉与我》,《新诗补给站》,三民书局1995年版,第45页。
② 席慕蓉:《时光九篇》,尔雅出版社1987版,第150～151页。
③ 席慕蓉:《时光九篇》,尔雅出版社1987版,第105页。

1999年出版的《边缘光影》在某种程度上是她回归故乡后的"结晶"①,这是源自原乡故土的呼唤,"金色的马鞍,引领她直至落雪的地方"②,引导她回到故乡,她感受到与生俱来的宿命,似乎听到铁马、黄河和蒙古草原"用低沉的喉音呼唤"——穆伦·席连勃③。白灵因此评说:"早、中期的席诗近于歌谣体,介在口语和纯诗之间,因之反复咏叹、悲情伤怀,赚尽青年女子的眼泪;晚近的席诗,离现代就更近了一些,风花萎落,雪月溶去,顿然有繁华卸尽、凄然寂然之感。"④

2005年出版的诗集《我折叠着我的爱》也是以草原书写为主题,收录近年诗作42首,另附哈达其·刚和杨锦郁的两篇评论。"辑一:鲸·昙花"收录诗歌19首,展现的是如"月光下　一如鲸和昙花/在不被人所测知的灵魂深处/所有的渴望正纷纷苏醒/当暗潮起伏　当夏夜芳馥"⑤的抒情。"辑二:素描簿"收诗11首。"辑三:两公里的月光"收诗12首,表现的是对故乡的情怀和内心告白,如"虽然已经不能用母语来诉说/亲爱的族人　请接纳我的悲伤/请分享我的欢乐/我也是高原的孩子啊　心里有一首歌/歌中有我父亲的草原我母亲的河"⑥等。这本诗集在发布时配合了"钱南章乐展"的表演,由作曲家为诗谱曲,并由女高音徐以琳教授演唱,钢琴家王美龄教授伴奏,在"国家音乐厅"公开发表。⑦

在《我折叠着我的爱》中,她深情地写道:

我折叠着我的爱
我的爱也折叠着我
我的折叠的爱
像草原上的长河那样宛转曲折
遂将我层层地折叠起来

我隐藏着我的爱
我的爱也隐藏着我
我的隐藏着的爱

---

① 席慕蓉:《长路迢迢——新版后记》,《边缘光影》,圆神出版社2006年版,第233~241页。
②③ 鲍尔吉·原野:《月光插图》,《迷途诗册》,圆神出版社2002年版,第184页。
④ 白灵:《悬崖菊的变与不变》,"中央日报"《出版与阅读》2000年12月27日。
⑤ 席慕蓉:《鲸·昙花》,《我折叠着我的爱》,圆神出版社2005年版,第57~58页。
⑥ 席慕蓉:《父亲的草原母亲的河》,《我折叠着我的爱》,圆神出版社2005年版,第127页。
⑦ 方群:《抒情与原乡的交会》,《幼狮文艺》2005年第618期。

像山岚遮蔽了燃烧着的秋林
遂将我严密地隐藏起来

我显露着我的爱
我的爱也显露着我
我的显露着的爱
像春天的风吹过旷野无所忌惮
遂将我完整地显露出来

我铺展着我的爱
我的爱也铺展着我
我的铺展着的爱
像万顷松涛无边无际的起伏
遂将我无垠地铺展开来

反复低回　再逐层攀升
这是一首亘古传唱的长调
在大地与苍穹之间
我们彼此倾诉　那灵魂的美丽与寂寥

请你静静聆听　再接受我歌声的带引
重回那久已遗忘的心灵的原乡
在那里　我们所有的悲欣
正忽隐忽现　忽空而又复满盈

……①

在形式上，这首诗把重复、顶针、回文等修辞进行杂糅，第一段的"我""折叠""爱"，第二段的"我""隐藏""爱"，第三段的"我""显露""爱"，第四段的"我""铺展""爱"，都是以铺陈，加上每段第四句的比喻，这种手法与蒙古长调"诺古拉"的形式相关联，采用的是长调中迂回曲折的唱法。诗的第五、六段的总结与上文形成前后对应和映衬，如"反复低回　再逐层攀升""大地与苍穹""美丽与寂寥""请你静静聆听　再接受我歌声的带引""悲欣""正忽隐忽现　忽空而又复满盈"，就连最后连用的两个省略号，都增加了诗和长调的余韵。

大陆诗评家沈奇认为，"历史和地缘文化标题的加入，无疑大大扩展了席

---

① 席慕蓉：《我折叠着我的爱》，《我折叠着我的爱》，圆神出版社 2005 年版，第 130～133 页。

慕蓉诗歌的表现域度"①。席慕蓉对诗的定义最简洁最直接,在她看来,诗就是"我","诗,不可能是别人,只能是自己。这个自己,和生活里的角色不必一定完全相称,然而却绝对是灵魂全部的重量,是生命最逼真最精确的画像"。②对于诗歌的语言,席慕蓉的理解也有着女性主义的色彩,她问道:"啊!给我们语言到底是为了/禁锢还是为了释放?"③

(二)方娥真等:只当赋为寻愁而写

方娥真,本名廖湮,笔名方兰君,1954年出生于马来西亚,原籍广东,台湾师范大学中文系肄业。中学时在马来西亚诗坛崭露头角,17岁时参加温瑞安负责的绿洲诗社,1973年两人又携手创办中学生的天狼星诗社。1974年,天狼星诗社主干人物一起赴台留学,夫妇俩在台湾创办了规模宏大的神州诗社。由于组织发展迅速,会员遍布台湾、香港、新马等地,引起台湾当局注意。当局于1980年出动军警,以"涉嫌叛乱""为匪宣传"的罪名查抄神州诗社,逮捕方娥真、温瑞安。后经台湾文化界知名人士力保,台湾当局将二人驱逐出境。方娥真夫妇二人身无分文流落至香港,多年后获准返台。方娥真著有诗集《娥眉赋》(1977)和《小方碗》(1987)等。方娥真的诗作正如余光中所指:"她的主题几乎纯属爱情,可谓'新闺怨',而表达的方式几乎都是第二人称,可谓'情书体'。"(《娥眉赋·序》)她自己说:

　　这个世界除了情
　　就是生和死
　　情缘断了,生来便为了死

与席慕蓉较为宽广的主题不同,方娥真只歌唱爱情。在小说《佳话》中,她借着女主人公的手写下了诸多诗篇,如:

　　在人潮千万的电影院里
　　我爱那刚熄灯的一刻
　　你专注地侧过赞美的脸
　　你的眼瞳有我害羞的喜悦
　　四处的人都望向银幕上和广告
　　只有我们是互望的人

虽然主题单一有限,但她却能不断拓展新视角,独树一帜,再创现代新婉

---

① 沈奇:《边缘光影布清芬》,《迷途诗册》,圆神出版社2002年版,第172页。
② 席慕蓉:《边缘光影》,尔雅出版社1999年,序言。
③ 席慕蓉:《边缘光影》,尔雅出版社1999年版,第44页。

约诗,如《小路》。

> 闲情各处,散成傍晚的步
> 爱问归鸟向谁处,
> 落日落向那方
> 只怨没有琼楼
> 不能登高写断肠赋
> 不知肠为何而断
> 只当赋为寻愁而写
> 为了不知你是谁而唱怀念的歌
> 知那一个约会是自己的等待

这首诗生动地描写了怀春的少女,写少女那莫名的强愁。她笔下的失恋也写得富于理趣,如《小路》:

> 许多的约会,已不再是
> 等待　而是回想

连"约会"在她的笔下也显得气象颇大,如《高山流水·琴》:

> 若我深夜弄琴
> 音乐为冰寒
> 为山绿
> 为水暖
> 山水之外是风花,是雪月
> 雪月风花外的你正为琴声而赶路
> 路在东南　在西北
> 在四处　在无人

此外,她的诗还很有想象力,如她把萤火虫想象为寻找爱人的灵魂,如《侧影》:

> 我墓前的衰草
> 衰草化为流萤,点着灯笼
> 一路寻到你的窗前

这首诗流露的情感是率真而质朴的,但也显现了方娥真的诗在含蓄方面略显不足,她作品中有很多类似于"你熟悉地望着我/我依赖地随着你"(《红楼》)这样过于直露的句子。此外,她诗歌中的男女主角的形象都难免落入传统的巢穴,作为抒情主体的女主角都是手握"惠风词话"(如《书》)的"才情绝峰"（如《娥眉赋》）的才女,而男主角则是武侠小说中的英雄,如《上楼》：

> 爱在灯下对我说夜雨　画江湖
> 一灯照青史
> 一纸画中原
> 向往风萧萧的马蹄
> 哒哒的奔向北方的城门

有论者把方诗中的男主角特点概括为"迷恋江湖,喜浪迹天涯,爱走风沙路,壮志立四极"①,钟玲说方娥真"以古代佳人才女为面具,对一位浪迹天涯的书生诉说爱情"②,对于1980年代的人来说,这些形象的确较为陈旧,究其实质,不过是才子佳人的现代版本。虽然方娥真在新古典主义创作流向中的作品尚属于上乘之作,但由于"常随兴之所至,不加裁剪,故有重复冗长之弊,佳句不少,松散的句子也多,影响到整体的品质"③。

诗风类此的女诗人还有谢馨、王铠珠、梁翠梅等。

谢馨,1938出生,原籍上海,艺专影剧科毕业,曾任空中小姐,1960年代中期远嫁菲律宾,为千岛诗社社员。谢馨较迟开始写诗,1982年才开始在《蓝星》上发表诗作。1990年出版诗集《波斯猫》,此外,还有《说给花听》《石林静坐》两部诗集,她的诗作多次入选台北年度诗选。在《波斯猫》中,她写道,"我伸缩的瞳孔在黑暗中见到些什么/东方一古老国度的神秘以及你前世/再前世/许多世结下的宿缘",此诗以波斯猫来喻女性,很有特点。她以雨暗示性,"每当缠绵的春雨斜斜下着/园中花草也斜斜地扭着腰"④,"灰绿的潮湿中,湖水/一秒,一秒/慢慢填满整个/你"⑤,这些诗句都充满性的暗示,但在情感上又含而不露。

谢馨的《红木椅——为纪念婆婆李许淑媛而作》,把婆媳之间的关系抒写得如同母女,表现的是女性之间的情谊。在她看来,婆媳之间甚至不需要儿子/丈夫来中介：

> 我们甚至不需要
> 一座桥,在婆媳之间
> 二十年流水潺潺流过

---

① 简政珍、林耀德主编：《台湾新世代诗人大系》（上卷）,书林出版有限公司1990年版,第309页。
② 钟玲：《现代中国缪司：台湾女诗人作品析论》,联经出版社1989年版,第199页。
③ 钟玲：《现代中国缪司：台湾女诗人作品析论》,联经出版社1989年版,第330页。
④ 谢馨：《细姨》,《波斯猫》,殿堂出版社1990年版,第176页。
⑤ 谢馨：《波斯猫》,殿堂出版社1990年版,第215页。

>客厅里的红木椅知道
>
>椅背上镶嵌的大理石冰凉
>
>透骨,我用手
>
>轻轻抚触——像抚触
>
>你的脸
>
>像抚触一汪明净的湖水①

"婆—媳"不是两块陆地,需要桥连接,而是源流与源头的关系,是同一条河流,所以不需要"一座桥"(儿子/丈夫)。如此意象运用得的确是言简意赅,精深悠长。

谢馨的《你已不能激怒我》一诗表现了女性在两性冲突中独有的智慧,当"你"(男人)狂躁和暴怒之时,"我"则安静如山,虽然哭泣,但"我"充满理性,"我便是树/知道眼泪/是成长/必经的痛楚"。诗中把男人的情绪世界表现得充满危险而又可笑,"你会听见/自己的疯狂/和/愚昧"。② 在她看来,女性面对狂暴的男性力量时,应以精神上的超越来对付。

王铠珠,笔名林风,1952出生,原籍山东省诸城县,台湾师范大学社会教育系新闻组毕业,曾任台湾"中华电视台"新闻部助理制片、台北市忠义中学和兰雅中学的英语老师,随外交官丈夫赴西班牙,在马德里语言学校攻读西班牙语。王铠珠的诗有童趣,但流于清浅,如"就那样停留着正好,小星星/我要你做我梦的见证/黛黛观音淡淡水/浅啜野海棠午后的依偎"。

梁翠梅,1957年出生于台湾,江西瑞金县人,东海大学社会系毕业。她的诗能把情感表现得迂回而又流畅,如《回信》的结尾:"欲有话直说/尽管出手稍嫌迟疑/无非是/我已很年迈/而你正年少/且/两眼里/羞涩一样。"梁翠梅还大胆地以口语入诗,如《蓝色水手》:"而,贴邮票,用口水,呸!呸!呸!他妈的海,还是那个死样子。"不俗而清新,她还使用服装意象表达心情,相当纤巧精细,"假想心情也似一件蓝布长衫/可以任意脱下"(《洗衣心情》)。在梁翠梅的诗中,既有现代诗的表现手法,又有传统的现实主义,形式上则是传统的清新与现代诗的不规则之美的结合。

三、都市女性的女性主义情欲表现

七八十年代以来,随着资本主义商业社会的迅猛发展,都市诗兴起。都市

---

① 谢馨:《波斯猫》,殿堂出版社1990版,第211~212页。
② 谢馨:《波斯猫》,殿堂出版社1990版,第275~276页。

诗的中坚人物有罗门、陈美连、王仁、夏维、萧湘等,早期都市诗借鉴现实主义手法,无情地挞伐现代性社会的四大异化——人与社会、人与信仰、人与人、人与自我之间的异化,表现底层民众在异化中的真实处境。由于都市诗在西方是与现代主义文艺相伴而生的,所以后期都市诗普遍使用现代主义手法,并以强烈的后现代主义色彩来深入都市生活的内在机制,触碰幽暗的都市灵魂,表现人的碎片化处境与孤独、异化和撕裂的状态,表现对人类未来命运的恐惧与幻灭。

(一)夏宇:女顽童的粉红色噪音

夏宇,本名黄庆琦,另有笔名童大龙、李格弟,原籍广东省五华县,1956年出生于台北。台湾艺术专科学校影剧科毕业,曾任职于出版社和电视公司,现旅居法国。她19岁开始写诗,1975年与张香华、万志为参加草根诗社,亦投稿《蓝星》诗刊及"中国时报"副刊。1984年4月,她获得《中外文学》月刊主办的第一届现代诗奖第二名,1984年9月夏宇自印第一本诗集《备忘录》,开创了手工诗集的时代,这部诗集于1986年再版,其诗亦再度入选尔雅版1984年年度诗选。接下来,夏宇以平均每六年出一本诗集的速度稳步前进。她的每一本诗集,都在创作概念及出版形式上翻新出奇。第二本诗集《腹语术》(1991)出版时,她拿剪刀将《腹语术》剪开,以自我破坏、自我解构来表现对自我的重塑。接下来的《摩擦·无以名状》(1995)将前一本诗集一字字剪开,重新拼贴成一辑全新诗作,《夏宇诗集Salsa》(1999)则以不裁边的复古方式刊行。

最先把夏宇作为诗人隆重推出的是1981年由张默主编的《剪成碧玉叶层层:现代女诗人选集》,这个选集率先以最多篇幅介绍她的《和你的Texwood一样蓝的天》等八首诗作:

> 死去的
> 和你的Texwood一样蓝的天
> 你不容易
> 死去
> 你只是碎裂
> 只是
> 慢慢
> 碎
> 裂①

---

① 夏宇:《跟你的Texwood一样蓝的天》,《备忘录》,1986年自印,第11页。

不过夏宇真正备受瞩目是在1984年《备忘录》出版之后,这本诗集收录了她九年的创作,是一本"与众不同"的著作。在设计上,这本书封面简单素朴,开本(40K)纸质奇特,甚至连版权页都付之阙如,不按一般的商业管道行销,只在少数的营业点出售,但两年后却创下了再版的奇迹。这一年她获得《创世纪》三十周年诗奖,由洛夫执笔的得奖评语是:"以冷静自嘲的语调反抒情式地抒情。语言颇见锻炼之功,语法与逻辑切断等技巧运用成功,意象准确,且富暗示性。作者潜力深厚,实为一杰出的现代诗人。"

就内容来说,《备忘录》中抒情的作品仍占多数,但她的"抒情"使用的却是冷酷而奇特的语言,如"每逢下雨天/我就有一种感觉/想要交配　繁殖"[1],她在原诗旁加注,言明此诗意在诠释《诗经·生民》篇的"厥初生民/时维姜嫄/生民如何/克礼克祀/以弗无子"的微言大义。奚密分析这首诗时,注意到夏宇在诗中强调的"女性追求性和自我延续之本能的满足,嘲讽诗经故事中童贞生子、英雄承天命启文明的男性中心神话。她暗示文明典章(如语言和政治体系)未必是男性智慧与征服的结果,它实源自女性本能的自我实践的过程"[2]。

在台湾诗坛上,夏宇被视为"一个怪异的女诗人",她以全新的视角来透视诸多主题,尤其是爱情。在她那里,爱情是一种无害的病毒,"一颗痘痘在鼻子上/吻过后长的/我照顾它",接着,她把它跟昙花相比,"第二天院子里的昙花也开了",就这么一句便独立成段。然后,"开了/迅速凋落/在鼻子上/比昙花短/比爱情长"。情人在脸上吻过以后,幸福的刺激造就出一颗"痘",吻痕还在,感觉犹新,爱情却已消逝。又如《鞋》:

梦见
自己是一根忧郁的鞋带
固执着
破旧的鞋[3]

弗洛伊德认为的女用皮包、皮鞋都有性暗示,夏宇在此诗中以鞋带隐喻"自己"的恋情已附着在鞋(身体)上。夏宇的诗集《备忘录》中有一首叫《连连看》的诗:

信封　自由　人行道　手电筒　方法　铅字　着　宝蓝
图钉　磁铁　五楼　鼓　笑　□□　无邪的　挖

读者可以像猜谜语似的用上述十六个词任意组合、连接、调配,不同的人

---

[1]　夏宇:《备忘录》,1986年自印,第107页。
[2]　奚密:《现当代诗文录》,联合文学出版社1998年版,第41~42页。
[3]　夏宇:《备忘录》,1986年自印,第4页。

可以做出不同的组接。《甜蜜的复仇》则采用了回旋式结构：

　　把你的影子加点盐
　　腌起来
　　风干

　　老的时候
　　下酒

这是夏宇在"疲于抒情"时创造的"另一种抒情方法"：反崇高的崇高,反抒情的抒情。这首诗的结尾和题目可以连起来作回旋式的阅读,在旋转的诗轮上新的诗意不断向外辐射。这首诗对台北文化圈中更年轻的女诗人如陈斐雯、零雨、罗任玲和林翠华等影响颇大。

　　夏宇的《由1走向2》①的形式更是诡异：

料倾复重
料倾复重抖倾
复重复重料倾复重
紧绷敛收高升霍挥落跌
失遗低降开撕裂破
压挤满充透穿
息叹溃崩

这首诗文不对题,显然是一首图像诗,达到一种内容与形式的分离。七行诗,由重复的双音节词语构成,阅读的秘密是每一行要从后面往前阅读。第四行又一分为二,成为全诗的中轴,分为上下两个相反的等腰梯形,加在一起又是一个非等边六边形。

　　夏宇的《颓废末帝国Ⅱ》②是献给秋瑾的,在注中,她解释说"秋瑾奔走革命/偶以男装出现",所以诗中出现了由秋瑾式的革命到商品化的当代发展成无意义而又无奈的"雌雄同体"：

　　不无互相毁灭可能的华尔兹
　　如你的革命
　　我发现我以男装出现
　　如你
　　舞至极低

---

① 夏宇：《腹语术》,现代诗社1991年版,第116页。
② 夏宇：《腹语术》,现代诗社1991年版,第175～176页。

> 极低的无限
> 即将倾倒
> 一个溃烂的王朝
> 但我只不过是雌雄同体
> 在幽暗的沙龙里
> 释放着华美
> 高亢的男性①

这首诗引用法国象征派诗人保尔·魏尔伦（Paul Verlaine）的诗"我乃颓废末之帝国"，夏宇先是提到"你的革命"，然后是当代的"我"置身于男性游戏规则之下，以女性身份来装上男装，她所释放的"高亢的男性"不过是自我意识的伪装，但却不可能倒转男高女低的二元对立，不能再进行革命，只能在"幽暗的沙龙"扮演"雌雄同体"。

夏宇收在《备忘录》里的《今年最后一首情诗》，诗中的"我"在垃圾场看到一具头盖骨进而相信它就是转世重逢的爱人：

> 那顺着思考以及忧愁的曲度
> 分裂的　那惯于蹙眉的
> 形状姣好的头颅
> 蹙眉之后
> 缓缓一笑
> 居然重逢
> 以这么赤裸简单的方式
> 在晴天的垃圾场②

夏宇故意嘲弄传统女诗人特有的缠绵语调及轮回观念，她把头盖骨形容为"一个毁坏的音乐闹钟"，以此颠覆男性文化编造的那种对爱情的缠绵期待。在《下午茶》一诗中，夏宇更是以"手淫""小便""交媾""鼠蹊"等放诞不经的语言，向男性语言挑战。夏宇进而把诗看成女性的抗议，她甚至提出女性诗应是"女性脏话"："我并不介意我必须骑女用自行车或故意喜欢空男衬衫什么的，但身为女人，我发现我们没有自己专用的脏话，这是非常令人不满的——当然不只因为这样，所以我写诗。"③

这个观点可以看成夏宇对女性诗歌的一种另类思考。在钟玲看来，玛

---

① 夏宇：《腹语术》，现代诗社出版社1997年版，第59～60页。
② 夏宇：《备忘录》，1986年自印，第175～176页。
③ 夏宇：《腹语术》，现代诗社1997年版，第116页。

丽·艾尔曼(Mary Ellmann)那样的呓语并不适合于台湾女性诗,因为中国有自己的女性诗传统,当代女诗人完全可以光明正大地承继、转化这一模式,而不必从头开始对语言进行革命。但夏宇显然不这么想,她的诗满是俚俗的、琐屑的生活口语和意象,她借此来反叛传统诗歌的典丽、儒雅、唯美、纯净和现代诗歌的直感、幻觉,因为,她就是要"扭断了逻辑和语法的脖子","重建自己新的语言规则",强调她要对立的新的女性的主体"自我"。

又如《重金属》：

> 想象他们带着牠们行走／在路上遇到朋友／他们也许互相嫉妒而牠们并不／他们互相比较／不,她们并不常讨论牠们／仅以某种柔软空洞自喜／当牠们在她们隐秘的地方／见证一种钢的脆弱／而又愉悦了她们／她们想象他们带着牠们行走／在路上遇到朋友／牠们互相嫉妒／而他们并不①

"牠们"指"阳物",并不具备主体意识,所以,只是"他们"互相嫉妒。而她们其实从未真正看重"牠们",她们才是主体的,自信自喜于自己的"某种柔软空洞"。正如女性主义者伊利格瑞所言,女性与男性阳具单一性构造不同,"双唇"(阴唇)是自足的,性快乐也是自足的。而男性则是单一的,脆弱的,是"钢的脆弱"。于是她们想象"他们"带着"牠们"行走时,情形是完全相反的,"牠们"之间相互嫉妒,这样的想象给她们以自信的力量。夏宇并不以"蛇""钢"来隐喻,而创造性地使用动物性代名词"牠"来指称"阳物",以黑色幽默的方式大胆地揶揄了男权世界的"阳具崇拜"。

夏宇的诗集《粉红色噪音》(2007)完全用透明塑料片,以粉红色和黑色油墨交替印出33首中英对照的诗,页页字迹叠复,全书看来像一块内藏无数密码玄机的半透明版,翻阅时必须在页面下插一张白纸(或任何图案的垫板)才可能阅读,否则会产生静电。就像前两本诗集要求读者边读边裁一样,这本书也要求读者的如此互动参与才能进入阅读。

《粉红色噪音》直指形式。"噪音"尤具象征义,一方面是透明片上的叠复字迹造成的视觉印象,另一方面也兼指内文的错乱喧哗。诗人把任何她感兴趣的东西剪下,丢进自动翻译软件,或反复重译,之后再加以剪裁编排。夏宇与机器互动,她选择丢什么东西进去、选择如何对待译文。这本诗集可谓夏宇在机械复制时代与机器跳的舞蹈。由这些诗集可见,夏宇从后现代角度对文字意义的随机与人性之揭露,比起罗青、林耀德等男诗人更透彻。夏宇还和一群独立乐手合作制作了诵诗CD《愈混乐队》。

夏宇表现了一种奇特的女性语言风格,"空白"与"短"所造成不合逻辑的

---

① 夏宇:《腹语术》,现代诗社1997年版,第56页。

语言模式,她以"嘲笑"和"揶揄"公然对抗阳具崇拜。她所刻意编织的"空白"能够以"无"击"有",颠覆父权规则,动摇传统阳物中心文本,最后在夏宇女童般的"顽"而"劣"的笑声中结束。

与夏宇走的方向大概一致的是万志为。万志为,1953年出生,原籍福建崇安,世界新专图书资料科毕业,系草根社同仁,曾供职于台北"农发会"图书室,曾为《草根》编辑。台湾报刊评论说她"为女性诗人的创作世界开了另一扇窗户"。万志为的作品长于思辨和说理,有一种她特有的"自审"意识,如"每个人/是一颗独立的星体/你走不进我的感觉/我走不进你的感觉/互相排斥/以维持吸引力的不坠……"

(二)曾淑美、陈斐雯:猫一样的爱欲之枵渴

1986年,林耀德的诗评集《一九四九以后——台湾新世代诗人初探》向读者隆重推出夏宇、曾淑美和陈斐雯。曾淑美与陈斐雯都在台中女中读书,两人从同学时代起就一起从事现代诗的创作与研究。

曾淑美,1962年出生,原籍台湾南投县,辅仁大学哲学系毕业。她在辅大三年级时担任草原文学社社长,与柯顺隆、徐望云等创办《草原》诗刊,诗作散见《中外文学》《春秋小集》《汉广》及《草原》诗刊,亦获辅大校园诗奖。曾任《人间》杂志采访记者、意识形态广告公司和联经国际执行创意总监。现任麦肯北京执行创意总监。

1985年,杨牧在《联合文学》第三期《给青年诗人的信》系列中评介了曾淑美的作品。1987年,人间杂志社出版了她的第一本诗集《坠入花丛的女子》。曾淑美在"跋"里承认,"基本上,《坠入花丛的女子》是青春的一次错误示范",但读者"也许能从我坦然示范的错误中,领略出生命里真正强韧美好,经得起挥霍的部分",结论时更加强调"微渺的我携带着些许的憧憬和幻灭,势必要继续冒险,继续犯错。萤火虫不小心闯进了星星的族群,从不后悔自己的迷路"[1]。她把女性写作比成"萤火虫",把男性的传统比成"星星的族群",暗指自己的写作正在参与创造女性诗的新历史中。

曾淑美的作品被林耀德称为"对于'爱欲的枵渴'的最佳诠释者"[2],的确,她自己也承认:"我的大部分的诗都是因失恋而写,低调的心情沦陷成一首首的诗……对于我而言,爱情一直是推动我向前走的力量,使我不断地写诗。"[3]

---

[1] 曾淑美:《坠入花丛的女子》,人间杂志社1987年版,第108~109页。
[2] 林耀德:《一九四九以后——台湾新世代诗人初探》,尔雅出版社1986年版,第236页。
[3] 林耀德:《在台湾"当代女诗人座谈会"上的发言》,《联合报》1988年6月1日。

用曾淑美自己的诗句来形容,就是:"对世界的看法绝对纯粹。"

曾淑美含蓄而大胆地表现女性情欲主题和经验:"我只是摇摇欲坠一朵/露珠或落花/贴睡于你呼吸左右/长发为袂/而下有纯洁的胸膛/亲吻,焐暖冻伤的心/口渴/就在你的唇上龟裂了/我之内/藏匿一座绝美的峡谷/向我更深刻地堕落/最深渊/你将获得飞行的翅膀/低低穿掠初霞的涌生。"(《缠绵贴》)这些诗句的确描绘出女性隐秘的性体验,她赞美女性的躯体和性:"伊的裸体仿佛说:请完成我……//做爱之前,我们/坐下来倾听所有欲望/自躯体哗然崩落。"(《哀愁》)①

曾淑美还以"伤"的意象来表现女性在危机四伏的世界中的处境。在《捕蝶人》中,她写道:"图钉穿透蝴蝶的刹那/我顿然　失去了:/美丽与生命的权利。"②又如《袜子的颜色》:

一

郁绿与深褐
夏秋之交的气氛
温暖而惆怅

走走停下来
你却想:冬的脚步近了

二

我把伤心隐藏在
袜子的颜色里:
郁绿与深褐
夏秋之交的气息

我的伤心始终不忍
涉足绝望的雪地

这首诗几乎每一句都扣住袜子或颜色。很多人穿白色(雪地)的袜子,曾淑美却把伤心藏在袜子的颜色里,不轻易显露。

曾淑美在《坠入花丛的女子》这本诗集中的最后一首诗《纪念》中写道:"我穿着阿根廷来的绒布裤穿过装满晚霞的巷弄/同志们住在木棉树旁/枝头花朵一样高的阁楼上。"这些诗句还与诗集开始的《雨夜书》相呼应:"所有的星星伏在窗口哭泣/但是我喜欢在晴天/想念你。"③相比之下,读者可能误认为出自

---

① 曾淑美:《坠入花丛的女子》,人间杂志社1987年版,第49页。
② 曾淑美:《坠入花丛的女子》,人间杂志社1987年版。
③ 曾淑美:《坠入花丛的女子》,人间杂志社1987年版,第104,36页。

不同的手笔，但这正是诗人1983年至1987年的变化。

罗智成曾批评曾淑美的诗，认为其结构不够好，"像喝一杯没有充分调开的充满颗粒的咖啡或牛奶"。不过，就像曾淑美所设计的意识形态广告一样，新新人类所需要的结构是一种不需要特别建构的结构。

陈斐雯，1963年生于台中，"中国文化大学"中文系文艺组毕业，是华冈诗奖得主之一。曾任《人间杂志》特约采访记者，《自立晚报》艺文组记者兼《自立早报》儿童版主编，《中时晚报》副刊编辑，现任"中国时报"浮世绘版主编。1984年《商工日报·春秋副刊》以全版介绍陈斐雯的散文与诗作，同年她获《创世纪》诗刊"诗坛新秀专栏"推荐。1986年她自费出版《陈斐雯诗集》，1988年出版《猫蚤札》（收入前部诗集一半诗作）。

陈斐雯在《猫蚤札》诗集序中，以"猫搔痒/图舒适"谈女性的诗歌创作。《猫蚤札》中的几首作品都涉及对童话故事和梦境的反思。她通过改写白雪公主、灰姑娘、糖果屋（韩森与葛娜德）、吹笛人与爱丽思等童话故事①来嘲讽西方童话情节的固定模式。《迷路》用的糖果屋的典故，《带你们离家出走》用的是吹笛人故事。② 在《爱情笔记》中，她写道："明明把那本故事书送人了/怎么睡前还是听见/白马王子在跟白雪公主唠叨：/'无论如何/我已经吻了你/生命至此/理当有所改观'。"③

诗中的爱情被陈斐雯归纳为"Something, Anything, Nothing"，她还不断强调，"这就是爱情/真的，目前还找不到/第四种归纳"④。

抒情主人公在舞会上假装无知地对邀舞的男子说："亲爱的白马王子呵/请熄灭心中/温暖的童话烛光/我是真的很疲倦了。"舞会结束后，公主迅速逃之夭夭：

> 这是第一支舞的邀请/所有的王子都骑马出动/雪白的蹄响敲碎了/黑森林的寂寞　他们相继下马来吻你/亲爱的白雪公主啊/到底谁才是带来终身幸福的人　你将因无从辨认而/坚持优雅的睡姿/在青春铸成的玻璃棺里/可千万不要随意/吐露嘴里的毒苹果……忘了吻别/灰姑娘慌忙离去/照例在楼阶上遗落一只/玻璃鞋　钟准时为无措的王子叹息/当，当，当，当……/亲爱的公主王子们/卸装之后（后）/不好再见⑤

---

① 洪淑苓：《从童话里流浪出来——〈陈斐雯诗集评介〉》，洪认为，陈斐雯诗中的童话运用，具有两种观照：一是对童话故事的反省，戳破其中的幻境；二是反省到女性对童话人物认同的暧昧心理，也作了自我批判。
② 陈斐雯：《猫蚤札》，自立晚报社文化出版部1988年版，第52,58~60页。
③ 陈斐雯：《猫蚤札》，自立晚报社文化出版部1988年版，第61页。
④ 陈斐雯：《猫蚤札》，自立晚报社文化出版部1988年版，第61~62页。
⑤ 陈斐雯：《猫蚤札》，自立晚报社文化出版部1988年版，第70~73页。

"黑森林的寂寞"象征等待爱情的寂寞;"坚持优雅的睡姿"则是对童话所塑造的天真无邪、高贵优雅的公主形象的一种嘲讽;"青春铸成的玻璃棺"一句可见陈斐雯对童话钳制女性的深刻的洞察力。诗的最后公主的话说明陈斐雯早已看穿童话故事的欺骗,所谓"后来的幸福生活"全是谎言。

在《给艾莉丝》中,陈斐雯对童话有另一种建构的方式。她以艾莉丝(或译为"爱丽思")历险记为题材,诗中的艾莉丝"从童话里流浪出来,就再也回不去了",但诗人安慰她,"其实,/并没有想象中那样糟","其实你只是在阳光下/迷路了,又怎样呢/如果你的双脚还健在/向前走去就是路"①。在《巫婆 M 的承诺》中,"我"就是法力无边的巫婆 M,以温柔的声音抚慰不快乐的"你",答应让"你"安全离开梦的城堡,不再受伤害,"此际我正默默为你/打扫灰尘满布的额头/让岁月还出它霸占的床铺/我是法力无边的巫婆 M,答应你/当你自梦的古堡回来/将有一个真正的休息"②。

陈斐雯还是一个环保主义者,她在《地球花园》中写道:

为了让你相信/我们真的可以拥有/一座地球花园/请原谅/我不许你摘花

难道你不能/想象自己是一朵花/是一朵花而能够/夜夜在月光的哄抱中/睡去,小梦柔浅/这不是很好 你在露水的长吻里醒来/迎风梳妆的时候/仍呵欠连连/我偶尔路过,弯腰问候/难道不能/为了这样美丽的问候而/不许你摘花

如果我们流浪在世界各处/但事实上却只是/在一座花园里云游/那不是很好/我们路过每一朵花的家/弯腰向他们请安的时候/自己也含笑成一朵花

为了加速实现/我们的地球花园/我已经摔破了九十九只花瓶/并与整条街的花贩反目成仇/而你竟满怀着花走了/颓坐在你芬芳溅溢的背影里/我含泪地说了再说/不许摘花……

这首诗中有点"野蛮女友"的味道,用撒娇和怄气的夸张语气,表达的却是现代环保意识,"不许摘花"使用的是祈使句式,既率真又以命令的口气来宣传环保,但又不流于标语口号,是女性环保诗的佳作。

---

① 陈斐雯:《猫蚤札》,自立晚报社文化出版部 1988 年版,第 78~80 页。
② 陈斐雯:《猫蚤札》,自立晚报社文化出版部 1988 年版,第 106~107 页。

四、本土女诗人笔下的身体与乡土

(一) 利玉芳:女人的水稻不稳症

利玉芳,笔名绿莎,1952 年出生于台湾省屏东县内埔,高雄商专毕业,成功大学空中商专会计科毕业。曾任小学代课教员,电台童诗撰稿与配音,台湾《大海洋》诗刊主编等,从事食品企管业。她于 1978 年加入笠诗社后开始发表诗作,曾获吴浊流新诗奖等。出版诗集《活的滋味》(1986)、《猫》(1991)、《向日葵》(1996)、《淡饮落神花茶的早晨》(2000)等。

利玉芳是由家庭主妇成长起来的女诗人。她的名作《水稻不稳症》表面上字句俏丽,实际上内容含蓄,思想深沉。水稻本来是应该受孕的,却因污染而流产,利玉芳又由水稻之不孕推及男女之间的爱情,诗的结尾两句深刻有力,"莫叹我肚子里没有你的爱/是你不让我作你四月的情妇",主题其实是不要让纯洁的爱被污染。

《堆雪人》一诗写她兼为主妇及女诗人的角色:

> 油烟的裙兜暂且松开你的腰间
> 让围巾在你的颈项烧一圈温暖
> 贤惠与温柔的冠冕暂且脱下吧
> 让俏皮的呢帽拉近你耳边
> 这样你就听不见家中么儿的呼唤

可见,利玉芳提倡的是一种类似于朱迪斯·巴特勒式的"操演"(performativity)的女性主体性。诗中说,要暂时让"你"解下油烟的裙兜,摘去贤惠与温柔的冠冕,去追求浪漫,去展现自我的韵致;暂时摆脱家的枷锁,尝试为自己而生活。

利玉芳还喜欢以服装的意象进入诗,如《夏日色拉》:

> 去年严冬的脚步
> 走远了吧
> 怎么直到现在
> 我还没有脱去那件沉重的外衣
>
> 那一季严冬
> 几个穿着比基尼
> 长得跟我一样黄肤色的女郎
> 是我脱不掉的外衣

这首诗写她某年冬天在一个偏僻小村马沙沟看到几个穿得极少的花车女郎,在寒风中起舞,唱着哆哆嗦嗦的歌。哪怕在偏僻的山村,女性身体的"性展示"功能仍然没有变化,是"胃口不同的食客"的共同需要。女诗人心情由此变得沉重,那几个女郎的裸露变成了她脱不掉的外衣,"外衣"在诗中成为女性自省的身体意象。

《古迹修护》写她对于爱和性的反省:

> 惊喜你那疏离我的
> 遗忘我的
> 手
> 在我瘦了的乳房
> 索求
> 流连初给时的丰满
> 甚且
> 把岁月残留的情
> 拿来装饰我肚皮上斑驳的孕纹
> 手啊
> 整修我的
> 惊喜你那缱绻的爱

这几句诗以古迹象征被遗忘的爱情,以修护古迹来比喻爱情的恢复和再生,发人思索。又如,她的《猫》一诗巧妙地表现了女性情感的层次,先是自比为猫,"猫的眼睛就是我的眼睛","猫的脚步就是我的脚步",因为猫的轻盈的脚步是怕引起麻烦,她的放大的瞳孔是因为"四周设陷和疑惧"。但此时诗中有一个转折,"原以为猫的哀鸣只是为了饥饿",似乎又不认同了。接着,笔锋一转,最后找到的却是更深的认同,猫的哀唤不是饥饿,而是世界有太多腐败的食物(权力与金钱),它/她都不屑一顾,"一声鸣叫/发现那是我隐藏已久的声音"。在猫的哀鸣声中,她认出那是女人"隐藏已久的声音"。

笠诗社对于乡土精神的强调,强化了利玉芳在写作中的自主意识,1986年,利玉芳在《活的滋味》自序里说:"随着加入'笠'……从此,我划开了内心生活的脚步,我用真诚的语言写我隐藏已久的声音,我应该这样努力生活着。"在《秆棚》中,她写道:

> 禾埕尾的秆棚,系田舍人收藏个作品,系心舅毋使愁个火种,干干又燥燥个秆棚,一阵风吹来,有息把犁耙翻土个黄泥味,有春天莳的臭青秧,有日头搓草触田流个汗臊,还有吐穗个稻香,亲像一幅彩色个乡村图画,送到高高个秆棚,系肩头放忒担竿个心情,系水牛饱足个草量,秆棚下,系

鸡母带子络食个天堂,系细人仔掩目避屋个好所在。

旧时代的农家用秆棚烧火煮饭,用秆棚的草来喂牛,小孩子在那边掩目避屋,鸡鸭在那边带子觅食,这首诗展现的就是客家人生活空间中很重要的场景。

利玉芳在《掌纹》中写道:

> 大人侪讲,河川手个细妹仔使得出嫁,心肝肚暗中喜欢,我系河坝手,嫁来小村之后,定定仔看掌纹,生命线亲视像故乡东个港溪,连等阿姆个肚脐绊,事业线又像庄北个急水溪,顺等弯弯个河路泅去,感情线河个坝唇,吹来咸水草个味绪,恬静个岸顶,还有息把野姜花个相思。

虽然钟玲认为利玉芳是"台湾所有女诗人中,表现最浓烈的女性身体意识"[①]的一位,并且她甚至"以比较直接的方式描写对性爱的追求"[②],但就利玉芳的作品而言,表现"身体"这一理想仍然有待更年轻、更为激进的女诗人来完成。利玉芳的客家语诗也存在类似问题,虽然她的诗精妙地表现了客家女性的生活与情感,但由于客家语诗发展时间太短,并未发展出较为成型的表达技巧,虽然使用了较多的重复、排比、衬托、譬喻等修辞手法,但形式技巧上仍然有待进一步发展和创新。

(二)洪素丽等:为了向往一个天空

1980 年代的台湾诗坛,随着政治的逐渐开放,出现政治诗。"政治诗"虽早已有之,但这一名词的提出却是在 1980 年代。[③] 政治诗的兴起与 1980 年代以来台湾社会的多元化密切相关,诗人们得以大胆地"以政治入诗"。政治诗又与 1970 年代的本土诗学相结合,扎根本土、反映和批判现实,此一流向以《笠》诗刊为代表,政治诗成为富于力量的社会代言。这些乡土文学型的"政治诗"敏锐地批判台湾社会、政治、经济与文化的弊病,这种介入在 1980 年代"解严"前后发展到最高峰。女诗人李元贞敏锐地抓住社会的变化,以"诗史"的方式记录下来当时的变化:

> 很喜欢这种感觉

---

① 钟玲:《现代中国缪司:台湾女诗人作品析论》,联经出版社 1989 年版,第 324 页。
② 钟玲:《现代中国缪司:台湾女诗人作品析论》,联经出版社 1989 年版,第 37 页。
③ "政治诗"的提法首先出现在 1983 年的《台湾文艺》。叶石涛在《阳光小集》第十期的《我看政治诗》中提出:政治诗是表示某一阶级对当时政权的不满。政治诗为台湾社会结构中的农民、渔民、劳工阶级等低收入者做代言人。此外叶氏还提出了写政治诗的四点意见,当然,这四点意见与创作乡土诗的意见是完全一致的。为此,《阳光小集》第十三期还推出《政治诗专辑》。

>　　四十而不惑
>　　亚热带小岛
>　　真正崛起
>　　反一党独大、反杜邦、
>　　反专制教育、反核、
>　　反压迫妇女、劳工、原偏、
>　　有不满说说
>　　街头与讲坛
>　　不怕与警察对峙
>　　岛民拨弄电视
>　　本地事件
>　　头条新闻①

1980年代女性政治诗人以洪素丽和王丽华等为代表。

洪素丽

　　与席慕蓉相似,洪素丽以版画家身份进入诗坛,未参加任何诗社。洪素丽多才多艺,22岁时即以《旅馆》一诗获"全国大专青年新诗奖"。洪素丽在台大中文系就读时曾自费出版一本诗集《诗》(1969),因赴美留学多年,至1981年才正式由时报出版她的诗集《十年诗草》。次年李魁贤主编的前卫版《1982年台湾诗选》选入她的《盛夏的南台湾》。随后,她出版《盛夏的南台湾》(1986)、《流亡》(1990)、《惜草》(1993)等诗集。

　　这个时期,洪素丽以写"政治诗"知名,她写那些因上了政府的"黑名单"而被迫流亡海外的异议分子:

>　　最好你不要变成蝙蝠侠
>　　让五万警力阻挡你一个人
>　　回家
>　　耸动国际视听
>　　造成一个大笑话
>　　……
>　　异议的灵魂被关在异域愤世嫉俗
>　　纵然遍体血伤也要鲑鱼返乡
>　　冲破一张不公不义的黑名单②

---

① 李元贞:《1986—1987》,《女人诗眼》,台北县立文化中心1995年版,第138~139页。

② 洪素丽:《异议分子回家》,《流亡》,自立晚报社文化出版部1990年版,第72页。

环保诗也称"环境生态诗",产生于1970年代,当时台湾在经济挂帅的政策下牺牲了生态环境,"这段台湾经济逐渐起飞的时期,我们难以看到任何有力的反对声音,更未见着民间环保组织的出现,而诉诸文学形式,鲜明表达对生态环境关心的作品更是绝无仅有"①。到1977年"乡土文学论战"时,这种局面才有所改观。1981年,由韩韩、马以工合著的《我们只有一个地球》专辑的发表,使得对生态环境的关注成为风尚,环保诗应运而生。环保诗批评现代工业文明对人类生存环境的破坏,诗人们在表现这一主题时流露的其实是整个人类的生态危机感。1985年成立的"四度空间"是一个年轻诗人的重要集团,林婷在《八〇年代的诗路》中明确表示:"前瞻性的'科幻诗'及'社会诗'、'生态诗'也是我们目前所应发展的重要方向。"②洪素丽的《港都行——哀爱河》是最早的环保诗之一。

洪素丽的环保诗写得很有特点,她善于把情感由一己之私扩展到茫茫人海,扩展到大自然:

> 平芜尽处是青山
> 防风林外是蔚蓝海岸
> 海天交处,闪着
> 迷铄的光芒③

第一句是引用古诗,表现回归自然的渴望。她理想的风景是青山与大海相连,而"迷铄的光芒"就在理想的大自然中再现。洪素丽的《垂首》着墨于主体的"我"如伊利格瑞所定义的"流动力学":"我""伪装""变形""扩散",众虫的生态也是"我"的生态,"我"是各种土地、河流上的各类动植物,诗中主体"最后来到一片风中绿地",无限分化,形貌多变。

女性由于被社会塑造成自然的,她们对于生态有更多的关注。与男性生态作家刘克襄不同,洪素丽更侧重于生态的人文情境。洪素丽的诗主体意识比较强,她的名篇《港都行——哀爱河》《大河》等作品,有较强的批判和抗议色彩。洪素丽把女性诗的表现范围由寝室、厨房扩大到被工业严重污染的乡村田野,如《黑色三角洲》④:

> 黑色的港口,泄油的港湾
> 黑色岛屿的最南端

---

① 刘克襄:《台湾的自然写作经验》,《联合报》副刊1996年1月4—5日。
② 《四度空间》创号,1985年5月;另林耀德的《新锐扫瞄导言》有类似宣言,见《商工日报·春秋副刊》1985年7月21日。
③ 洪素丽:《纵贯线》,《十年诗草》,时报文化出版企业1981年版,第134页。
④ 洪素丽:《流亡》,自立晚报社文化出版部1990年版,第146~147页。

钓鱼的孩子赤足烫热沙上,携回空杆
　　散乱旧渔网垂置路旁
　　油黑岔路上飞鸿了小黄蝶
　　熏黑妈祖庙汩汩流出木鱼诵经声嘈嘈切切
　　入港渔船卸下油腥死鱼,鼓腹朝空
　　尾翼像鱼尾的黑色老鹰逡巡飞过

这就是她所看到的残破的故乡(港都高雄),致命的污染损坏了她记忆中的美好:

　　酸雨浸染过的
　　沉重的信笺
　　……
　　百万人得了流行怪病
　　半夜里——整个社会人全部昏厥倒地
　　无处可逃的
　　工业城市的废墟①

洪素丽以客观描绘来表达环境污染破坏的严重问题,这种抗议以诗的形式表现,不仅突出对生态破坏的控诉,也有利于唤醒民众的环保意识。

洪素丽还巧妙地把生态诗与政治诗结合起来:

　　一株株珍贵的雨林砍伐下来
　　做成马粪纸输出
　　海岸干渴一如政治犯喉管的空洞
　　水鹿绝种
　　老鹰与猕猴销声匿迹
　　蜥蜴爬在苦楝树端睁着黑豆粒的细眼焦虑②

如果未来台湾的政治和生态一样被污染和破坏的话,那么我们还有什么可期待的?这就是洪素丽诗歌中隐藏的力量,她将政治诗的意象与生态意象结合起来,直击台湾现实。

洪素丽的诗集都配有她的版画,但因为她的诗偏重乡土历史、政治感伤及环保等重大议题,无法像席慕蓉诗集中的爱情感伤、女人容颜、花月草木的配图那样吸引中学女生读者群。

---

① 洪素丽:《港都来的信》,《盛夏的南台湾》,前卫出版社1986年版,第187～188页。
② 洪素丽:《忧郁的亚热带森林》,《流亡》,自立晚报文化出版部1990年版,第48～49页。

爱，丛生如毛
恶意绝情如火
雨沿檐而泣
雨拭泪如猫，
孤立如雨中
猫①

这首《冬雨与猫》虽然写爱，但与席慕蓉的委婉风格截然不同。在洪素丽笔下，冬雨与猫的意象怪诞而新奇，互相交错，很能体现她独特的现代风格。

王丽华

王丽华也是政治诗人，1954年生于台南，曾连续两届获得成大凤凰树文学诗奖。毕业于成功大学中文系，美国"Seton Hall"大学亚洲系毕业。曾任静宜大学、台南神学院讲师，为笠诗社成员。1983年王丽华开始陆续写作政治长诗，投稿于《文学界》《笠》《台湾文艺》。1988年自费出版政治诗集《他们对着我的窗口演讲》，内容多批判、揭露政治笼罩下人性的变相和扭曲，诗风尖锐犀利，较有名的代表作有《这是自由的国度》《我们只授业不传道不解惑》《他们对着我的窗口演讲》②等。1988年她获吴浊流新诗奖，诗作入选1992年春晖版《笠诗选——混声合唱》。出版诗集《他们对着我的窗口演讲》（1997）。

王丽华在高中时参加过一次复兴文艺营，当时的指导老师为痖弦，这使她有机会接触到台湾的诗歌界。她的两个哥哥告诉她军校所接触到的国民党军队的腐败现象，使她很早就开始关注台湾政治。在大学时，她与老师张良泽由师生恋而结婚，在"美丽岛事件"前后遭受到政治干扰，对"解禁"前的台湾政治体验颇深。

在代表作《他们对着我的窗口演讲》③中，王丽华以夸张的男性口吻来表现1980年代台湾政治的混乱，当"他们对着我的窗口演讲"之时，我刚结束"五圈麻将"，"正在爱人轰轰烈烈肉搏战"中，该诗以这样的口气表达出政治冷漠症。但诗中的男子最后仍然决定放下原来的生活方式，了解了演讲之后，"他"发现旧有政治体制是个"迷信四十年的天方夜谭"和"破产的信仰"。在《给他一个回不去的故乡》中，她表达了对台湾的封闭政策的嘲讽，"管他名叫马奎

---

① 洪素丽：《冬雨与猫》，《十年诗草》，时报文化出版企业1981年版，第10页。
② 赵天仪等编：《笠诗选——混声合唱》，春晖出版社1992年版，第789～790，784～789，792～793页。
③ 王丽华：《他们对着我的窗口演讲》，春晖出版社1997年版，第40～42页。

兹/索尔尼辛/阿奎诺/许信良/或无名小卒/我就是要给他一个回不去的故乡"①，为那些被列入台湾当局黑名单上的异议人士鸣不平。

在诗集《他们对着我的窗口演讲》的"跋"中，王丽华引用索尔仁尼琴的"每一个作家，都是一个独立的政府"之语来诠释自己的政治诗立场，在她看来："唯有每一个作家都能确立自己本身便是一个独立的政府，而不必再假外求去阿谀、附和另一个政府，唯一替他把关的，只有艺术之神的大刀阔斧，他的创作才得以自由。"因此，王丽华的政治诗不但批判专制政府，还批判政治扭曲下人性常见的投机与脆弱。

虽然王丽华在1983年就开始写作政治长诗，揭露政治笼罩下人性的变相和扭曲，但焦桐1995年在文讯主办的"台湾现代诗史研讨会"中发表的《现代诗的街头运动——试论台湾80年代的政治诗》一文中，却独独漏了王丽华。1990年代挂名现代诗社的年度诗选以及前卫版的文学选中的诗歌部分，皆未选入王丽华后期的非政治诗。由此可印证女诗人在台湾诗坛仍然不被关注。

王丽华的政治诗，以一连串对政治的异议为主题，优点在于呐喊、直呼、议论的手法的使用，但缺点也在此，她在诗中几乎把话都说尽了。

叶翠苹

叶翠苹，1956出生，原籍福建南平，台湾师范大学历史系毕业，美国奥克拉荷马大学硕士，诗作见于《蓝星》《创世纪》和《秋水》等诗刊。她较为有名的诗是《接你回家》，这首诗的背景地是荷兰老殖民主义者奴役和压迫台湾的枢纽地——台湾淡水的红毛城。抗战胜利后，红毛城和整个宝岛回归中国，叶翠苹仅以二十行的篇幅就揭示了这一重大历史。"我们流进红毛城/流进枯寒的血管/暖出一波又一波鲜红的花朵/在这多风的河口/推窗便是滔滔的历史/闭门则是隐痛。"这样的诗句既表现了历史的无奈，又贯穿了现代意识。在诗的结尾处，她深情地写道："我们来了/接你回家/回到空悬已久的座椅/回到我们苍翠的树上。"在爱情题材上，《读》一诗则展现出叶翠苹对于情感的挖掘也相当深刻："眼痛的时候　读诗/读最少的字　最丰饶的意象/心痛的时候　读什么呢？/读你留给我的话/一言、一语/咀嚼而成一生　一生不绝的回响。"

（三）筱晓：水龙头下的母亲和乡土

筱晓，本名刘玲珠，1957年生于台湾嘉义，高雄师范大学教育系毕业，台湾师大心辅暑研所结业。曾任高雄光华中学老师。她于1976年发表诗作于高雄《风灯》诗刊，1977年参加复兴文艺营，结识辛郁、余光中等诗人，1983年

---

① 李敏勇:《绽放语言的玫瑰的玫瑰:20位台湾诗人的政治情境》,玉山社出版事业股份有限公司1997年版,第148～149页。

加入高雄心脏诗社,后任社长。她曾获台湾优秀青年诗人奖、高雄市文艺奖和"教育部"文艺创作奖等,1989年获台湾优秀诗人奖,作品选入《台湾青年诗选》。1992年,她以《牵着你的手》一诗获高雄市妇女文学奖社会组新诗类首奖。筱晓于1986年自费出版第一本诗集《印象诗集:1977—1986》,1994年由高雄市中正文化中心出版诗集《牵着你的手》。

筱晓认为,台湾文坛如同政坛,也存在重北轻南的倾向,男编者们在挑选台湾诗、散文、小说等的选辑时,重台湾北部作家,南部作家上榜者总是少之又少。

筱晓以雨的意象来写性和爱:"相思/像五月的梅雨/总按捺不住喜悦的/滴落/心底。"①她还喜欢用表现服装的意象来表现心情,如《归去》一诗:"临行密密的叮缝/怎还感觉/今晚的衣裳/竟是好单薄?"②

筱晓的《女人与风筝》并不简单地用风筝的意象来指代自由:

听人说起
仲秋午后黄昏
满空风筝相属的季节
于是,我着一袭蓝衫
款款走向
飞渡的彼岸
伫足坡顶
自手中缓缓升着的白色纸鸢
竟也只是
另一扇深掩的窗③

这里实际上揭示了自由的悖论:当主人公"款款走向/飞渡的彼岸",以为可以获得自由的时候,才发现不过是另一个禁锢,世界本身就是一个大禁锢,或者自由的艰难就在于它是一个更大的无法把握的空虚,有着"深掩的窗"。

《蹲在水龙头下的妇人——献给母亲》是写在她离家告别母亲之际:

当告别的脚步声响起
弯腰的母亲
你的白发

---

① 筱晓:《相思》,《印象诗集》,心脏诗社1986年版,第46~47页。
② 筱晓:《相思》,《印象诗集》,心脏诗社1986年版,第62~63页。
③ 筱晓:《相思》,《印象诗集》,心脏诗社1986年版,第137页。

低低的
在水底静默

你忧愁的眼神
拒绝
送我远去
而那拴不紧的水龙头
水声总是一滴
一滴
滴落我心底
离去
蹲在水龙头下的妇人
我弯腰的母亲呵
却成为
一路的街景

在这首诗里,母亲呈现出劳作的形象,让人想到朱自清《背影》中父亲的形象。此诗写母女分开时的心境,短短的几行诗,将母亲形象慢慢升华,最后呈现在女儿心里的,不是模糊了满街的景物,而是清晰的母亲衰老、劳作与悲伤的形象。这首诗表现了女儿们离家时共同的心情,很容易引起读者的共鸣。

此外,与此诗风相近的较有特色的诗人还有白苇和扶疏。

白 苇

白苇,本名林铃,1953年生于台湾屏东,高雄医学院护理学系、成功大学中文系毕业,高雄医学院护理系研究所在职专班。曾任职于红十字会村里卫生护士,现任职于高雄医学院附属中和纪念医院。曾获巡回文艺营现代诗佳作奖等,出版有诗集《白衣手记》(1989)和《海岸书房》(2006)。身为白衣天使的白苇,在诗歌中表现出来的对于生命的理解,有着不同于常人的深刻。

扶 疏

扶疏,本名黄素芬,曾用笔名逸竹、杨人双、款冬花,1960年出生于台湾新竹,政治大学中文系毕业。曾任大地出版社编辑,现任教于新竹光复中学。曾获台湾文艺金环奖第一名、台湾省教育厅著作新诗首奖等,出版有四本诗集:《水蓝鱼白》(1987)、《年少,走出教室来》(1994)、《唯谎言盛开》(1995)和《母亲的河》(2000)。扶疏的诗除了自我观照外,还涉及民族国家等宏大主题。

五、女性诗学与女性经验

钟玲和洪淑苓是既写诗又研究女性诗学的批评家,她们的诗不仅表现了女性的生命体验,还更富于反思和理性精神。

(一)钟玲:陛下的深情也刺痛我

钟玲,1945年4月出生于重庆,原籍广东广州,台湾东海大学外文系毕业,台湾大学外文研究所肄业,美国威斯康星大学麦迪逊校区比较文学系硕士和博士。曾任教于纽约州立大学比较文学系,香港大学,高雄"中山大学"外文系教授、系主任及研究所所长,浸会大学文学院讲座教授兼院长等。

虽然钟玲16岁即以笔名雁零发表散文,并曾获《联合报》文学奖,作为星座诗社同仁,她的诗歌、散文合集《群山呼唤我》直到1981年才出版,其他的诗歌、小说、散文集《美丽的错误》(1983)和诗集《芬芳的海》(1988)、《兰屿颂——诗文摄影集》(与余光中、罗青合著,1989)、《游目骋怀——玉山公园诗文之美摄影集》(与余光中合著,1993)和《山海传奇——高雄摄影诗文集》(与余光中合著,2001)等亦都在80年代以后出版,所以把她放在80年代来论述。在文学研究方面,她以《现代中国缪司:台湾女诗人作品析论》一书获台湾文艺奖(文学理论类)。

钟玲具有强烈的民族意识,1972年,美国总统尼克松访华,登上长城留影,她却从留影中看到危机,《长城谣》就充满了这样的危机意识:

> 你这条巨蟒
> 曾以雄性的拥抱
> 紧缠中国二十多个世纪!
> ……
> 而今是太空世纪了
> 去了势的长城啊,
> 你仍要忧心忡忡
> 戍守北方腾腾的杀气。
> 这次你为什么显灵?
> 一只北美飞来的鹰
> 那钩鼻的白人头目
> 立在城堞上
> 在报章的头条里探头探脑
> 向我咧嘴微笑。

钟玲对这首诗作了一个说明:"后记:一九七二年岁暮美国总统尼克松访大陆,他立在长城上的照片,令海外的中国人心中很不平静。"钟玲出于对殖民时代的恐惧,把1972年的中美建交看成隐含着恐惧的未来,表现了强烈的民族意识,是一篇从消极的视角看待中美建交的诗作。

1984—1986年,钟玲写了10首《美人图》,以第一人称,分别吟咏王昭君、李清照、西施、绿珠、唐琬、花蕊夫人、苏小小等中国古代十大美女。其中《王昭君》抓住昭君上承明殿的情景,由主体的角度来写王昭君:"陛下,你的深情也刺痛我,/纵使你爱我,以无尽温柔,/你的宠眷能多久?"余光中对这十首诗很是欣赏,称赞"这种种观点读者未必全盘接受,却不能不佩服作者穿针引线、烛隐显幽的苦心与妙想"①。

1989年6月,钟玲出版《现代中国缪司:台湾女诗人作品析论》,详介1950年代以迄1980年代52位台湾女诗人的风格。1989年8月,钟玲在《中外文学》上发表《试探女性文体与文化传统之关系》,1992年12月在"当代台湾女性文学研讨会"上宣读论文《台湾女诗人作品中的女性主义思想》,1994年6月又在《中外文学》上发表《诗的荒野地带》,这些文章说明她一直在关注台湾女性主义诗歌创作。由这些研究可见,钟玲的理论架构主要建立在肖瓦尔特(Elaine Showalter)在《荒野中的女性批评》(*Feminist Criticism in the Wilderness*)所标示的四个探索课题:女性作家对女性的身体因素及生理因素有何反思,女性作家对父权社会"压迫者的语言"有何反应,女性作家对传统的心理分析理论有何反应,女性作家对错综复杂的文化传统有无以女性为中心的观点。

钟玲以翔翎描写堕胎的《流失》、李政乃描写生产艰难的《初产》、利玉芳描写女性生理的《孕》和《水稻不稔症》、朵思称颂皱纹之美以及她本人探讨女性性经验美感的诗,说明女诗人正在寻找对身体的主控权,表达自身的经验,通过发现并挖掘独有的女性体验以抵制把女性身体物化的父权传统。钟玲强调月经出血、月经痛、怀孕、流产、哺乳等身体经验对女诗人作品与风格内涵具有深远影响。

(二)洪淑苓:为什么忘不掉玻璃鞋

洪淑苓,1962年出生,台北市人,台大中文系文学学士、硕士和博士,现任台湾大学中文系副教授,兼任野鸭诗社指导老师。诗作见"中华日报"《蓝星》和《青年日报》等,亦为诗歌评论家。她虽然于1994年才出版自印诗集《合婚》,但因其主要诗作和评论多发表于1980年代,故与钟玲一起放在1980年代女性诗歌中进行讨论。她于2001年正式出版诗集《预约的幸福》。此外,还有散文集《深情记事》《傅钟下的歌唱》等。

洪淑苓的诗清丽温婉,却不乏敏锐的性别意识与洞察力,诗风兼具古典与

---

① 钟玲:《芬芳的海》,大地出版社1988年版,第8~9页。

创新。她对于福柯所说的"凝视"很敏感,"雨湿了她的衣衫/整条街的窗口/都变成雄性的眼睛/尽情摹塑/女体的线条"①,雨似乎是写实的,又似乎是女体所散发出来的湿润,使得男性的凝视暴露出直接的欲望,原本为隐藏的缺席的"凝视"(gaze)被暴露为一种"在场"状态。

《过"婚姻广场"》写于1985年9月,女诗人经过婚纱摄影礼服店"芝麻婚姻广场"时,看到的仍然是披挂着新外套的"旧体":

> 打"婚姻广场"走过
> 幸福牌的微笑满街赠送
> 一个个邓肯,西蒙波娃
> 也穿起蕾丝彩绣圆蓬
> ……
> 安徒生的女孩乖乖站着　店名叫"芝麻"
> 芝麻:开——门
> 柴米油盐还是
> 王子的金马车门②

这首诗用鼓吹自由恋爱现代舞开创者邓肯和女性主义先驱者西蒙·波伏娃来反喻,暗指现代消费文化的强大与无孔不入,连这些女性主义者都在橱窗中穿上了婚纱,更不要说安徒生笔下的女性形象了。圆蓬婚纱裙这一意象对于女性的精神束缚更有甚于束腰长裙等服装,其实象征了女性的祭坛。在这首诗的最后一段,洪淑苓借赶赴好友婚礼之事,再次嘲讽了童话:

> 看看表是十二点零三分
> 闺友的良辰在市外圣母堂
> 辛德瑞拉的钟一向准时
> 招手,跳上计程车
> 我要赶送一对喜联:致
> 裸足的你
> "终于拥有自己的名姓
> 为什么忘不掉玻璃鞋"③

---

① 洪淑苓:《西北雨》,《预约的幸福》,河童出版社2001年版,第78页。
② 洪淑苓:《预约的幸福》,河童出版社2001年版,第32页。
③ 洪淑苓:《预约的幸福》,河童出版社2001年版,第34~35页。

这首诗较能代表洪淑苓对女性问题的反思与觉醒①,正如陈义芝在《各人住在各人的衣服里——台湾战后世代女诗人的服装心理学》中对这首诗的评价那样:"真能突出洪淑苓对女性主体思考的诗是笔锋犀利的《过"婚姻广场"》……则可见圆蓬婚纱裙对女性撒下的弥天大网,实在很难逃脱……女性因忘不掉玻璃鞋的诱惑,这一座'圆'所笼罩的范围于是就成了她们(包括女强人)的祭坛。"②

2000年12月1日发表于《自由时报》副刊的《卡通告白》一诗,表现了洪淑苓试图改写经典童话的愿望:"可以不吃苹果吗/我已经五十岁了/白雪公主说/我不再期待白马王子/也不需要 减肥的苹果 可以少吃点儿菠菜吗/我已经五十岁了"。"五十岁"指的是迪士尼动画所创造的白雪公主这一形象已经有五十年的历史了,同时还隐喻女性被青春与美貌所束缚的年代。童话里"有毒的苹果"的意象在这里变成"减肥的苹果",表现女性由传统的被束缚被迫害到当下为"减肥"这一现代迷思所束缚。在创作之外,洪淑苓对新诗的教学、研究与评论,皆颇有成绩。她很重视台湾女诗人80年代以来在作品中对童话的解构,把反思童话和重写童话看成"书写策略",看成"自造新史(herstory)"的重要一步,她同时也用自己的创作深化这一反思主题。

本章参考文献

朱双一:《台湾文学创作思潮简史》,九州出版社2010年版。

二十一世纪基金会:《一九八八年台湾社会评估报告》,二十一世纪基金会1990年版。

吕正惠:《战后台湾文学经验》,新地文学出版社1995年版。

孟樊、林耀德选编:《世纪末偏航——80年代台湾文学论》,时报文化出版企业1990年版。

邱贵芬:《仲介台湾·女人:后殖民女性观点的台湾阅读》,元尊文化企业1997年版。

樊洛平:《当代台湾女性小说史论》,台湾商务印书馆2006年版。

郝誉翔:《情欲世纪末:当代台湾女性小说论》,联合文学出版社2002年版。

---

① 刘维瑛:《八〇年代以降台湾女诗人的书写策略》,成功大学硕士论文2000年,第157页。

② 陈义芝:《从半裸到全开——台湾战后世代女诗人的性别意识》,台湾学生书局1999年版,第105页。

王德威:《落地的麦子不死——张爱玲与"张派"传人》,山东画报出版社2004年版。

杨照:《文学、社会与历史想象——战后文学史散论》,联合文学出版社1984年版。

龙应台:《龙应台评小说》,尔雅出版社1985年版。

李昂:《女人的意见》,时报文化出版企业1984年版。

郑明俐主编:《当代台湾女性文学论》,时报文化出版企业1993年版。

李瑞腾编著:《累积人生经验,开创人文空间——文学尖端对话》,九歌出版社1998年版。

邱贵芬:《"(不)同国女人"聒噪:访谈当代台湾女作家》,元尊文化企业1998年版。

叶石涛:《台湾乡土作家论集》,远景出版社1981年版。

张瑞芬:《五十年来台湾女性散文》,麦田出版社2006年版。

[英]巴特·穆尔·吉尔伯特等编:《后殖民批评》,北京大学出版社2001年版。

张默:《剪成碧玉叶层层:现代女诗人选集》,尔雅出版社1981年版。

孟樊:《当代台湾新诗理论》,杨智文化事业股份有限公司1995年版。

林耀德:《不安海域——台湾地区八〇年代前叶现代诗风潮试论》,《文讯》1986年第25期。

中国论坛编辑委员会主编:《女性知识分子与台湾发展》,联经出版社1989年版。

林于弘:《台湾新诗分类学》,鹰汉文化企业股份有限公司2004年版。

渡也:《新诗补给站》,三民书局1995年版。

孟樊:《当代台湾诗论》,杨智文化事业股份有限公司1995年版。

简政珍、林耀德主编:《台湾新世代诗人大系》(上卷),书林出版有限公司1990年版。

奚密:《现当代诗文录》,联合文学出版社1998年版。

林耀德:《一九四九以后——台湾新世代诗人初探》,尔雅出版社1986年版。

洪淑苓:《现代诗新版图》,秀威资讯科技股份有限公司2004年版。

李元贞:《女人诗眼》,台北县立文化中心1995年版。

陈义芝:《从半裸到全开——台湾战后世代女诗人的性别意识》,台湾学生书局1999年版。

赵天仪等合编:《笠诗选——混声合唱》,春晖出版社1992年版。

第十章 1990年代的台湾女性文学

第一节 概 述

一、1990年代台湾的社会文化语境

　　1987年"解严"所引发的台湾社会的转型，进入1990年代后，更是大幅度铺展开来。这首先表现在政治上，威权政治向多元化民主化政治转型，政治体系与政治结构的深刻转型，意味着政治生活的转向，这一风向发生在社会生活的各个方面，催生出大大小小的社会运动，政治改革运动、"原住民"运动、客家运动、农民运动、劳工运动、学生运动、环保运动、妇女运动、同性恋运动、老兵要求返乡运动、教育改革运动等，在威权体制时代受压抑的弱势群体纷纷发出自己的声音。纵观深刻影响1990年代女性创作的社会文化语境，大致有这样几个方面特征：

　　首先是妇女运动的如火如荼，女性主义浪潮的风起云涌。上个世纪中叶以来的台湾社会，虽然随着经济的崛起，现代化程度相对较高，但由于日据时期的大男子主义遗存、本土福佬、客家族群保守的性别文化习俗，加上漫长"戒严"时代的思想禁锢——1949年后退踞台湾的国民党政府并未将20世纪上半叶的妇女解放运动遗产纳入执政议题，因此，台湾社会男权意识实际上相当

沉厚，日益压抑、限制着女性发展和社会的现代化进程。进入1980年代以来，台湾经济飞速发展，职业妇女阶层迅速壮大，特别是一茬又一茬战后出生的又在西方接受完硕士博士研究生教育，接受过系统的西方女性主义理论熏陶与妇女运动洗礼的知识女性纷纷回台，她们介入社会生活的各个领域。1980年代后期"解严"之后，社会文化日益开放，价值观念日趋多元，借助政治"解严"的东风，加上第三波全球女性主义运动强劲的推动力，天时地利人和三方面条件使得女性主义、性别平等浪潮在1990年代的台湾社会获得长足迅猛的发展。其主要表现在以下两个方面。

一是妇女团体的数量大幅度增加，如1990年代相继成立的"台北市新女性联合会""终止童妓运动协会""女工团结生产线""女性权益促进会""社区妇女才能发展协会""女性上班族协会"，推动妇女二度就业的"彭婉如文教基金会"、关怀同志权益的"性别人权协会"等，还有北高两市的"妇女新知协会""台湾女人连线""台湾妇女团体全台联合会""性别平等教育协会"等等。不难看出，相比于1980年代，1990年代出现的妇女团体特点是团体类别更为细致化和专业化，诉求更为单一，更加强调妇女内部的差异性。与此同时，各高校妇女研究机构也陆续增加，继1980年代台湾大学成立"台大妇女研究室"，台湾"清华大学"人文社会学院成立"两性与社会研究室"之后，1990年代高雄医学院"两性研究中心"成立，台湾大学"性别与空间研究室"、高雄师范大学"性别教育研究所"也相继成立，特别值得一提的是继台湾大学于1987年学生社团性质的"女性主义研究室"（简称女研社）成立之后，1993年9月，成立了以全台大专院校女教授为主要成员的"女性学学会"，"作为一个联结学术研究与妇女运动的跨校组织，女学会汇聚了全台高校各个学科领域的女性高级知识分子，并以其学术能力为当时的妇女运动提供了最新的研究发展与理论支持，同时也引介了不少新回台的年轻女性主义者进入妇女运动界，很快成为妇运团体里面最精英的妇女团体"[①]。

二是相比于1980年代，1990年代妇女团体社会活动能量也急剧增强，其方式也有别于1980年代妇运的温和渐进式，1990年代的妇女运动除了沿用1980年代温和的演讲、座谈、调查报告等方式外，多采用激进的街头抗议、游行示威请愿、直接参政议政等方式，这也促进了1990年代台湾女性主义由思想文化领域向现实政治权力领域的干预渗透，由批判的武器演变为武器的批判，其效果相当显著，如"立法院"1996年通过《性侵害犯罪防治法》，1998年、1999年公布实施《家庭暴力防治法》，2001年《两性工作平等法》也最终通过。

---

① 林小芳：《台湾女性参政研究》，福建师范大学博士论文2007年，第85~56页。本节有关1990年代台湾女性团体数据信息参见该论文。

1997年,"行政院"妇女权益促进会和"内政部"性侵害防治委员会、"教育部"两性平等教育委员会等机构相继成立。综上所述,女性主义浪潮俨然是1990年代台湾社会非常重要的思想文化运动,活跃的知识生产场域,渗透力极强的文化力量,并最终演化为正能量十足的社会进步力量。联合国所倡导的社会性别主流化(gender mainstreaming)似乎在1990年代的台湾社会获得初步实现。这一切无可避免地对1990年代的台湾女性文学创作产生深刻的影响,女性主义已成为这一时期女作家创作普泛性的立场,尽管她们的表现可能或凌厉激进或稳健沉潜,但都一样的坚定鲜明。

1990年代台湾社会文化语境的第二个特征是众声喧哗,文化诉求多元化。由于政治民主化催生各种社会运动,相应的文化领域出现多元文化诉求,除了女性主义诉求外,还有本土文化诉求、"原住民"文化诉求、同性恋文化诉求,等等。母语文学、同性恋文学、"原住民"文学成为90年代直至新世纪台湾文学的重要的题中之意,女性在父权社会中被边缘化、他者化的处境与方言母语、同性恋群体、"原住民"族群在主流社会中的处境有着惊人的相似性,这就导致女性主义写作与母语写作、同性恋写作、"原住民"写作频频联袂,呈现了比80年代女性文学更广阔的话语空间。特别值得一提的是,文化诉求的多元化也表现在女性主义运动内部,这导致女性主义运动内部的缝隙甚至分裂,如出现以林芳玫为代表的"妇权派"与何春蕤为代表的"性权派"之争,年龄(世代)、族群、阶层、性倾向等因素都逐渐浮现,带来妇女群体内部的差异和身份认同的多元。

1990年代台湾社会文化语境的第三个特征是泛政治化。随着台湾政治形势的深刻变革,加上地处海岛,人们接受外来文化影响格外快捷。台湾原本在政治经济文化上长期依附美国,长期以来西方文化尤其是美国文化的影响一直是台湾文化的显著特征,1990年代的台湾文化吸纳了更多的外来文化元素,尤其是美国政治文化影响。以民主选举、政党政治、议会政治为核心要素的美国政治文化代替威权时代注重权威、强调服从、轻视个人的传统政治文化,成为台湾政治文化的重要元素。随着经济的蓬勃发展,中产阶级壮大,其政治参与意识也与日俱增,并以此激发民众的政治参与意识。泛政治化成为1990年代台湾文化的重要特征,因此,文学创作中的政治论述容量大大提高。政治已不再只是政党政治,不再是与个人、私域毫不相关的领域,它更多地与个人、私域相纠结。这似乎为女性写作开辟了一条关怀公共政治的新路径,1990年代女性创作的最大转向便是"政治化",当然,这是广义的政治,包括公共政治与性别政治①。"性别政治"在"戒严"以来的台湾语境中,其独特含义

---

① 邱贵芬:《后殖民及其外》,麦田出版社2003年版,第247页。

与米利特第一次提出这个概念之际所给的定义不尽相同①。前者既包括女性主义、同志运动的身份政治,也包括以小博大,以个人、身体的、私人领域的琐碎政治来影射公共领域族群政治、政党政治,呈现泛政治化倾向。

1990年代台湾社会文化语境的第四个特征是都市化以及后现代主义特征。虽然在1990年代的台湾,经济议题是次于政治议题的社会生活议题,意识形态冲突也对经济产生负面影响,但这一时期台湾经济保持相对平稳的发展,之前"十年经建"计划的实施以及经济调整政策的成果依然深刻影响着1990年代的台湾社会生活,新的"六年建设计划"(1991—1996)的实施又促使台湾经济于1990年代保持持续增长,现代化目标基本达成,都市化进程明显加剧。1980年代末农业生产在台湾生产净值中的比重仅为5.9%,都市人口在台湾人口的比重超过80%。都市化进程还明显表现在文化形态上,民众普遍具有较高的教育程度和广泛的社会联系,资讯与通信网络发达,政治参与活跃的中产阶层不断成长壮大,从某种程度而言,1990年代的台湾已经渐渐变成"都市岛"。尽管就总体生产力发展水平而言,这一时期的台湾社会尚未进入后期资本主义阶段,但是,后工业社会的两个显著特征——信息事业的高度发展和大众的商业消费倾向已日趋显现。1990年代的台湾社会,由于电子制造业特别发达,电子化、数位化、网络化迅速发展导致信息事业的高度发达,社会财富急剧膨胀引发服务消费行业的勃兴,于是便提早出现上述两种特征,呈现出鲜明的后现代特征。② 都市化与后工业社会的特征催生了1990年代台湾文坛后现代主义文学思潮,后现代主义对女性创作的渗透也是1990年代台湾女性创作的显著特征,它超越1980年代女性文学常见的压抑——反抗的二元模式,开拓出更加多元的女性写作空间。

二、1990年代台湾女性文学的总体概况

其实早在1980年代,文学界就是台湾女性主义潮流的策源地,进入1990年代,这股潮流更是如火如荼。首先是女作家数量的激增。据统计,台湾1984年女作家数量是男作家的29%,到了1995年就占到35%。在1990年代台湾文坛的小说领域,四五十年代出生的女作家,如李昂、施叔青、朱天心、朱天文、苏伟贞、平路等人的创作炉火纯青,1960年代出生的女作家也日益崛

---

① 王宇:《性别表述与现代认同》,上海三联书店2006年版,第3页。凯特·米利特在1970年代轰动欧美的著作《性的政治》中提出"sexual politics"的概念,翻译成"性别政治"或"性政治"。

② 朱双一、张羽:《海峡两岸新文学思潮的渊源和比较》,厦门大学出版社2006年版,第528页。有关台湾社会提前出现后现代特征的论述参见该书。

起,人数逼近同年代出生的台湾作家总人数的一半。1990年代的台湾文坛不仅女作家人数倍增,相对于1980年代的"闺秀文学",女性创作面貌发生很大的转向,这当然集中体现在作为台湾女性文学最强形式的女性小说的基本特征上,也体现在女性散文、戏剧、诗歌、文学评论的创作上。

在散文方面,与1990年代台湾女性小说相比,女性散文创作同样处于非常活跃的状态。虽然女散文家在数量上可能略逊男散文家,但她们作品的影响力却毫不逊色。许多作品不仅成为1990年代的台湾散文的扛鼎之作,更值得一提的是,一些好作品还改变了散文长期以来相对于小说的边缘化的或无人问津的地位,成为大众阅读的热点,甚至走出台湾,在大陆和海外华人世界,乃至欧洲,都产生巨大的影响,如席慕蓉、龙应台的散文。从作家的代际构成而言,这一阶段女性散文创作囊括了从1919年出生的罗兰、张秀亚到1960年代末1970年代初出生的钟怡雯、张惠菁,可谓六世同堂。从散文写作立场而言,女性主义已构成90年代台湾女性散文创作中最引人注目的、最具年代标志性的创作倾向;从散文风格而言,虚构、想象、荒诞、魔幻、诡异等元素的加入使得90年代的女性散文呈现出与前行世代很不相同的美学品格,极具冲击力;从作家个体创作角度而言,席慕蓉的草原系列散文,龙应台的文化批评散文,简媜的文艺散文都成为1990年代台湾女性散文的地标。在1990年代女性散文领域特别值得一提的是以排湾族女作家利格拉乐·阿女乌(Liglave A-wu)为代表的"原住民"女性写作,阿女乌的散文转述"原住民"代代相传的故事,为"原住民"日益丧失的文化传统与记忆作证,尤其是为"原住民"的女性文化传统与记忆作证。阿女乌们的写作正是1990年代台湾社会多元文化诉求中"原住民"文化浮出历史地表的典型例子。

在戏剧方面,早在始于1980年代后期的小剧场运动中,女性戏剧就有不俗的战绩。到了1990年代,传统意义上的剧场美学已经遭到彻底破坏,现代主义、后现代主义思潮冲击着剧场。小剧场里以身体(肢体与动作)作为形式的戏剧文本,以后现代主义的暴力、破坏与拼贴为特征的"语言",成为女性反体制、反社会、反男权的重要工具。女性主义、同性恋文化、环保主义等,成为女性戏剧表现较多的题材。在诗歌方面,虽然1990年代的台湾女性诗歌并未出现小说领域那样的激进女性主义潮流,但也表现出更为自觉的性别意识,这突出表现在新世代女诗人让"身体"隆重出场,"身体诗"的出现成为1990年代台湾女性主义诗歌中颇为瞩目的现象。在文学批评领域,女性主义文学批评也从早期文学中的男权中心的批判、女性意识的提倡,一直发展到这时期强调"解构、差异"的后现代女性主义,情欲解放的"性权派"女性主义,以及试图结合国家、族群与女性主义的后殖民女性主义等多样纷纭的局面。

第二节　1990年代的女性小说创作

1990年代台湾女性文学创作的主要特征，首先体现在作为台湾女性文学重镇的女性小说上，尽管对这些特征的归纳与阐释，越来越不可能穷尽其文本主题的丰富多元，不同主题之间也彼此交叉、重叠与渗透，但在交缠错综的意旨与征象之上，仍不乏这个年代显著而鲜活的特征。

首先是关于女性性别自我、身体与情欲的主题。

进入1980年代，一茬又一茬受过西方女性主义理论熏陶的女性学者加盟台湾知识文化界，女性主义思潮影响日益深入，妇女运动渐成气候，活跃于1980年代文坛上的女作家们深受这一思潮的影响，她们常常以"女性主义"自我标榜，如李昂、廖辉英等。① 但是1980年代的女性主义无论是作为文化实践还是社会实践，基本风格还是温和、内敛。进入1990年代以来，政治宽松、言论自由的局面无疑大大促进女性主义思潮/运动的蓬勃发展，女性主义运动以及受其影响的女性文学开始摆脱温文尔雅，呈现出锋芒毕露的性别立场和尖锐的社会批判色彩。从对女性外部命运、社会历史处境的关注向内转，探索女性内在自我、女性人性的深幽。这样的由外向内的步骤与同一时期大陆女性主义写作的演进轨迹惊人相似。当然，1990年代台湾女性主义潮流更多的是受欧美女性主义反色情、性解放思想以及后现代主义的影响，因而格外关注女性的身体与情欲。身体与自我的关系一向是现代哲学的议题。现代哲学的转型使得古典时代先验的思辨主体为肉身主体所替代。但"身体"并不像我们所理解的那样是与生俱来的，依据福柯的观点，历史中"身体"实际上充满权力机制。在诸种穿越身体的权力中，最重要的、最基本的权力形式是性别权力。躯体的代码化中实际上隐藏着深重的性别意识形态。"身体"从来就不是一个抽象、中性的概念，它必须分为具体的男性的身体和女性的身体。② 女性主义身体伦理认为，"父权制文化秩序中躯体作为女性的象征，被损害被摆布，然而却未被承认。躯体这一万物和社会发展永恒的源头被置于历史文化和社会之外"③。因此，虽然父权文化秩序有着无比丰富的关于女性躯体的修辞代码系

---

① 廖辉英曾直言"我是个女性主义者"，李昂也说"我不否认我受到女权运动者的影响"。李昂：《我不是大女人主义》，《女人的意见》，时报文化出版企业1984年版，第70页。这与同一时期大陆女作家极力否认自己的女性主义身份截然不同。
② 王宇：《性别表述与现代认同》，上海三联书店2006年版，第202页。
③ ［英］玛丽·伊格尔顿：《女权主义文学理论》，湖南人民出版社1989年版，第359页。

统,但这只是"空洞的能指",真正的女性躯体始终是历史与文化的缺席者、沉默者,女性要改变这种状况首先必须赎回自己的身体。因为本真性的女性"身体"是女性唯一没有被菲勒斯统治世界污染的东西,也是女性在这个世界上的唯一所有,它外在于一切语言制度而存在。女性写作必须写自己的身体,"写你自己,必须让人们听到你的身体,只有到那时,潜意识的巨大源泉才会喷涌,我们的气息才会布满世界"①。只有在这样的知识背景下我们才能理解1990年代台湾女性主义思潮对身体、情欲的格外关注。以张小虹、李元贞、何春蕤、黄毓秀等为代表的"激进女性主义者",率先向男权禁忌的古老堤岸发出猛烈的冲击,号召妇女姐妹要做掌握情欲自主权的"豪爽女人",在1994年5月22日的女性反骚扰大游行中,何春蕤惊世骇俗地打出"要性高潮,不要性骚扰"的性解放口号。更多的女作家则用小说的形式介入这一场以身体为轴心的女性主义潮流中。朱天文的《世纪末的华丽》、李元贞的《爱情私语》与苏伟贞的《沉默之岛》就是其中的重要篇章。《世纪末的华丽》并不直接写女性的身体与性欲,而是通过营造繁复丰富、华丽绮靡的味觉、嗅觉等感官经验,提醒人们注意女性身体的坚定的"在场"。《爱情私语》《沉默之岛》这两个作品则通过深受男权掌控的女主人公从对自己身体的一无所知,情欲、性别自我处于压抑、晦暗不明的状态到身体渐渐苏醒,最终获得身心合一的自我的漫长、艰辛的过程,昭示着有血有肉的女性主体的历史性出场。

其次是1990年代以来女性小说的"政治化"倾向。

正如前面提到的,1990年代以来女性创作的最大特点是"政治化"倾向,因此此一时期的女性小说常常让情欲、身体越界,以身体、情欲这样的琐碎政治来影射公共领域的宏大政治,这样一种"泛情欲书写"一再出现在李昂的《戴贞操带的魔鬼系列》《迷园》《自传的小说》,施叔青的《香港三部曲》,平路的《行道天涯》《百龄笺》等作品中。尤其是李昂的《戴贞操带的魔鬼系列》更是刻意凸现性与政治的过分纠葛,将"二二八"事件、岛内民主运动、反对运动、政治乱象全盘纳入性政治议题。与此同时,女性小说情欲的越位还指向同性情欲书写、酷儿书写,如朱天文的《荒人手记》、邱妙津的《鳄鱼手记》《蒙马特遗书》、陈雪的《恶女书》,洪凌的《异端吸血鬼列传》等。

1987年的"解严",不仅带来政治宽松、言论自由的局面,而且由于接任台湾地区领导人的李登辉是本省籍人士,由此带来台湾政坛人事大变动,随即引发族群意识、族群认同风潮。认同政治成为台湾意识形态的主要面向,对族群记忆的书写成为女性小说的重要议题。首先是外省族群第二代的眷村书写,

---

① [法]埃莱娜·西苏:《美杜莎的笑声》,张京媛:《当代女性主义文学批评》,北京大学出版社1992年版,第188页。

其中最著名的是朱天心的《想我眷村的兄弟们》和苏伟贞的《离开同方》。相比于作者早年的眷村书写，这两部作品显示了不同的面貌。《想我眷村的兄弟们》一方面传达出眷村族群身份认同的暧昧、尴尬、迷惘与失落，另一方面则努力重建族群记忆图谱，为眷村族群招魂。苏伟贞于1990年代伊始出版的描写眷村生活的长篇小说《离开同方》，则与八九十年代眷村小说的书写惯例迥然不同，称得上是眷村书写中的另类。在对眷村生活的传奇化、魔幻化描写中呈现出眷村人精神的封闭、孤独与怆然状态，传达出更深层的眷村生态的真实。

1990年代在书写本省族群记忆的作品中具有较大影响的有李昂的《迷园》、陈烨的《泥河》①。这两部作品在对族群记忆和历史的书写中传达出福佬女性的声音，这种声音不仅不同于"戒严"之前的历史书写，也不同于"解严"后男作家的本土族群记忆书写，显得相当异端。1990年代中期以后李昂的"戴贞操带的魔鬼系列"更是对反对运动、民主运动、本土化论述、族群历史记忆、"解严"以来台湾政治乱象极尽调侃挖苦之能事。类似的对本土化运动的质疑的作品还有外省籍作家朱天心的《古都》。

再次，穿越历史缝隙的另类历史书写。

正如上面提到的，无论是李昂的《迷园》还是陈烨的《泥河》，对族群记忆和历史的书写，俱不同于台湾"戒严"之前的历史书写和"解严"后男作家本土族群记忆的书写，显得相当另类。还有一些作家作品对记忆与历史的书写也不凸现书写者的族群身份，反而能以纯粹的女性视角深入历史的种种缝隙之处，对历史提出另一种观点，如施叔青的《香港三部曲》、李昂的《自传の小说》、平路的《行道天涯》《百龄笺》，还包括朱天文1990年代的两部电影剧本——《戏梦人生》与《好男好女》。

最后，1990年代台湾文坛上还有一些作家作品相对游离上述性别政治、族群记忆、历史书写等热点议题，在对事态人心的深刻洞察中提供了台湾现代化过程中更具普泛性的经验。凌烟的《失声画眉》、蔡素芬的《盐田儿女》就是这样的作品，其中的乡土书写在1990年代台湾文坛的众声喧哗中犹如一股清新的风。凌烟和蔡素芬这两个本省籍作家并不表现族群对抗、政治控诉，而是本分而忠实地记录了现代化过程中乡土风物、人情礼俗的蜕变以及变迁过程中底层女性的命运，野台子歌仔戏的衰微、台南渔村的沧桑变故、歌仔戏女演员鲜为人知的生活、盐田女儿艰难的生活，表现出朴素的草根关怀和原乡理想。袁琼琼汇集了30则短篇速写的《恐怖故事》，以平淡的、不经意的、若无其

---

① 这部作品虽然出版于1989年，但鉴于其思想面貌更接近于1990年代的作品，也在1990年代的文化空间中产生强烈反响，所以把它放在1990年代来论述。它的再版《烈爱真华》则出现于2002年。

事的叙述呈现了一幅幅荒诞不经、让人心惊肉跳的现代人生存的恐怖景观,提供了一种让人不寒而栗的真实。

在1990年代的女性创作中,唱主角的无疑是生于1950年代至1960年代前期的作家(个别作家生于1940年代,如施叔青、李元贞),而1965年后出生的"新世代"女作家也崭露头角,成绩不菲。除了前文提到的邱妙津,较有影响的作家作品还有成英姝《天使之眼》《公主彻夜未眠》(1994)、张瀛太《西藏爱人》(小说集,2000)、郝誉翔《洗》(1998)、《饿》(1999)、刘叔慧《夜间飞行》(小说集,1996)、朱国珍《夜夜要喝长岛冰茶的女人》《寻找杨淑芬》、赖香吟《翻译者》《散步到他方》(1996)、《雾中风景》《岛》(小说集,2000)、杜修兰《逆女》、宇文正《台北下雪了》《猫的时代》、凌明玉《爱情乌托邦》《图书馆之恋》、陈淑瑶《女儿井》等。这些作家的文学成长、成名经历实际上与前世代作家一样,都是在大学时代开始创作,经过一段时间的积累,在1990年代各种文学奖项中脱颖而出。"这些文学奖项主要是以两报(《联合报》"中国时报")、三刊(《联合文学》《幼狮文艺》《台湾新文学》)为阵地,另外也有台北文学奖、洪醒夫小说奖以及各类校园文学奖等等。与此同时,尔雅出版社每年一度的短篇小说选,也为新世代女作家的登坛提供了平台。"①

1990年代台湾女性小说的思想内涵一方面是女性主义、同志运动的身份政治,另一方面是以小博大,以个人的、身体的、私人领域的琐碎政治来影射、解构公共领域族群政治、政党政治。成英姝、赖香吟等一批更年轻的"新世代"作家的小说内涵同样表现出这两种面向。首先以鲜明的女性主义立场对异性恋爱情、婚姻、女性的传统角色定规进行无情拆解,如成英姝的《天使之眼》《好女孩不做》《我的幸福生活就要开始》,郝翔誉的《洗》,朱国珍的《悲剧喜帖》;其次是对1990年代以来台湾岛内甚嚣尘上的族群政治的戏弄与嘲讽。朱国珍的《夜夜要喝长岛冰茶的女人》竟然让一个有着20年屈辱从妓生涯的女子当上"立法院"院长,小说中,政治与性深刻缠绕,在轻描淡写中架空了本土化论述所关怀的种种议题的重要意义。赖香吟的《翻译者》呈现性别身份与族群、政治身份之间的纠葛,试图表明性别平等与族群平等同样重要。正如前面提到的,尽管族群认同曾是1990年代前期女性小说非常执著的主题,作品如李昂的《迷园》、陈烨的《泥河》、朱天心的《想我眷村的兄弟们》等,事实上这些作品总是不断以性别身份来干扰、质询族群身份,1990年代中期以后,这种倾向愈发明显。这正是1990年代台湾女性小说最杰出的性别政治,成英姝、赖香吟等一批更年轻的"新世代"作家1990年代的创作,依然在这样的"性别政治"的框架内。

---

① 樊洛平:《当代台湾女性小说史论》,台湾商务印书馆2006年版,第409页。

一、女性书写的以性言政治或其他

（一）李昂：性政治的历史迷园或魔鬼

李昂1990年代出版的主要作品有《迷园》(1991)、《北港香炉人人插·戴贞操带的魔鬼系列》(含《戴贞操带的魔鬼》《空白的灵堂》《北港香炉人人插》《彩妆血祭》)(1997)等。作为性别意识明确的作家，自1960年代发表处女作《花季》开始，到1970年代的《有曲线的娃娃》《鹿港故事》系列、《人间世》系列，再到1980年代的《杀夫》《暗夜》等作品，李昂执著于探索迷离繁复的女性自我，揭示男权意识形态对女性的盘剥、摧残与压制，带有浓厚的私人化色彩。尽管长久以来李昂一直被看成写性专家，以此招致争议乃至诋毁，但实际上在她小说中，性的问题常常是构成小说的切入点，以此来进入社会生活，勾勒历史脉络，达到"以性言他"的目的，毕竟性权力是一切权力的基础与最基本的形式，李昂笔下的"性反抗"常常是社会反抗的象征。1980年代后期，随着台湾政经形势的深刻变革，台湾文化吸纳了更多外来文化元素，以民主选举、政党政治、议会政府为核心要素的美国政治文化代替注重权威、强调服从、轻视个人的传统政治文化，成为台湾文化中的重要元素。随着新文化思维的兴起，小说创作中的政治论述容量大大提高。政治不再是与个人、私域毫不相关的领域，它更多地与个人、私域相纠结。沿着一向"以性言他"的创作路线，有关政治、国族、族群与性的纠葛，性别认同与政治认同之间的互相渗透，自然成了李昂1990年代写作的重要面向。

长篇小说《迷园》就是这样一个两性关系与台湾历史、政治互相缠绕的迷宫。小说正面描写台北房地产大亨林西庚与古老的南方小城——鹿城世家之女朱影红之间的情欲纠葛，借朱影红对童年生活的回忆呈现了她与父亲朱祖彦之间的父女关系以及朱祖彦所受的政治迫害和朱家历经数代的私家花园——菡园的历史。菡园是一座非常精致的旧式花园，朱祖彦生前曾对菡园倾注许多心血，几度精心修葺。菡园也是朱影红成长的地方，从童年时起朱影红就对它充满依恋。朱祖彦死后菡园渐渐荒芜没落，还落入他人之手。朱影红在和林西庚结婚之后，借他的财力赎回并重振菡园，成立基金会将菡园捐给基金会，由基金会与她共同管理。

小说第一部写朱影红初识林西庚，后者作为一个事业成功的男人的男子汉气概与霸气深深吸引着朱影红，这使她一开始就置于被动状态，她甚至产生一种被虐、被征服的快感，最终被林西庚离弃。第二部写朱影红的等候与狩猎，通过从另一个男人那里获得身体满足而让自己从身体躁动中渐渐平静下来,以等待时机反守为攻,以被动、等待的假象掩护狩猎的行动,诱惑林西庚自动上钩。第三部写朱林两人各种性爱场景,朱影红堕胎后陷入"无所欲求的沉静",不再在乎林西庚,这反而使林西庚向她求婚。终卷写朱影红从情欲中彻底超拔出来,借助林西庚的财力赎回荒废的菡园并投身于菡园的捐献、再造的公共事业。她先前因为爱欲而迷失的女性自我、自尊、自觉、自决都在菡园中一一复活,一向刚愎自用、滴水成冰的林西庚却在菡园中一再迷路。他不仅不能再掌控朱影红而且还陷入性无能。叙事呈现强势与弱势、主动与被动、宰制与被宰制这些彼此对立的二元项之间的互相流转,女性实际上兼具强与弱、主动与被动、阴性与阳性多种面向;具有从内部复活、适应环境的能力。男性看起来不可一世,其实内在相当虚弱,遭受打击后难以翻身。阴/阳、强/弱之间并无绝对的界限,具有父性权威的朱祖彦其实比朱影红更阴性化,遭受政治迫害后一蹶不振,自我放逐于私人空间,在玩物赏景的感官享受中打发时光。朱祖彦原本对儿子们深寄希望,将他们送到国外读书,却认为女儿朱影红生命的最大的意义就是"找个好的归宿",但最后,"两个出色的、拿到博士学位的儿子"却永远地留在国外,"忘怀了这块土地、忘怀了血缘与传承",重振菡园的重担恰恰落在柔弱的女儿身上。女儿和她的子孙将在这块土地上繁衍生息。从这个角度而言,《迷园》其实可以说是在家国的背景下延续了李昂一向的女性自我成长的主题,这种成长是以男人在文本中的缺席(朱家两个儿子远走异国他乡)和阉割(朱祖彦与林西庚,一个在精神上被阉割,另一个在肉体上被阉割)为背景的。

与女性的成长主题相纠缠的是《迷园》的政治、历史主题。小说第一句话就是"我生长在甲午战争的末年……"这是朱影红9岁时作文的一句话,是童年朱影红的幻觉。而随后作者写朱祖彦在重读台湾近代史时也痛感"我算开始明白,甲午战争对台湾人的影响,真是深远……我正是生在甲午战争后的台湾人,那款受压迫,苦着开不了口的台湾人"。漫长的日据历史造成台湾人诸如被动、被虐、自弃、依赖、行动受限、心灵扭曲等种种阴性特质。朱祖彦身上深具这一特征,但面对朱影红,他又具有父的威权(这也再一次说明主体位置的流动性、多面性不仅是历时性的同时也是共时性的,即朱祖彦同时具有阴性、阳性多重面向)。朱影红"一向被教导只能全然遵从父亲",在父亲面前,她是个地道的"开不了口"的人。叙事不仅表现了长期的日据历史造成台湾人的阴性特质,还表现了这种阴性特质是怎么被再生产的。正是"自幼就被教导长者的话不可抗辩",使得朱影红在与林西庚的情欲关系中,深度服膺后者的性霸权,受到后者男性霸权的宰制、掌控、盘剥,甚至获得被虐的快感。朱影红成了台湾的隐喻,朱影红的成长不再是个人的历史,而带有强烈的政治寓言色彩,这正应验了詹明信的那段著名的话:

第三世界的文本甚至那些看起来好像是关于个人和利比多趋力的文本,总是以民族寓言的形式来投射一种政治:关于个人命运的故事包含着第三世界的大众文化和社会受到冲击的寓言。①

小说叙事存在一系列同构性的二元对立项,林西庚/朱影红、男/女、阳性/阴性、强/弱、现代/传统、政权/人民、压迫/被压迫。这样的二元对立很容易导致如下的解释:朱影红受到林西庚的压迫与宰制象征台湾人民过去受日本殖民政权的统治,后来受到国民党政权的宰制,朱祖彦受到国民党当局的迫害,实际上是个被去势的阴性化的男性,象征着台湾人民被宰制的遭遇,处境犹如女性。于是性别论述等同于台湾论述,女性解放与台湾"独立"解放密切相关,女性主义与台湾"独立"精神具有共通性。这是《迷园》自出版以来流行的一种女性主义解读。这样的解读显然无法解释小说中一系列的疑点:其一,如果说朱影红受到林西庚的压迫隐喻着台湾的命运,那么林西庚为什么不是外省人而是本省人?如果他是外省人岂不更能显示"台湾人受到外来势力压迫"这样的主题?其二,如果说同样来自台湾本土的朱林二人的结合,象征台湾本土传统文化与现代资本的珠联璧合而生成的"独立"的台湾精神,那么小说结尾为何将林西庚处理成性无能?事实上,正如林芳玫指出的那样,李昂并非要重复"悲情台湾"的陈词滥调,而恰恰是对种种二元对立的颠覆与消解②。朱影红的性爱经验、情欲历程中的强与弱、主动与被动、阴性与阳性、纯洁与放荡、内敛与放纵等等多种面向投射着台湾诡异多变的历史所造成的主体认同上的流动性与复杂性,"女性同时具有多重面向(强与弱;主动与被动),所以台湾及其历史也同样地包含多重面向"③。这正是小说叙事主题的独到之处。

复杂流动的隐喻色彩同样表现在菡园的历史中。菡园与朱影红也互相指涉,进入菡园后第一个亭子就是"影红轩"。影红轩红柱上有草书题对"寂寂小园惊雁目天随风去,田田翠叶羽客含欢弄影红"。"菡园"与汉园同音,园中亭台楼阁的取地及命名造景、对联、题匾无不表明它是一个典型的中国传统园林,如"影红轩""枕流阁""方亭""挹翠亭""迷景戏台""太师壁""龙墙"等。园中原本种植松树,象征人格操守的高洁,书房旁边则种植榉树,意味中举。这一切浸染着士人文化精神。但朱祖彦把松树挖走,改种杨桃树,又把榉树砍

---

① [美]詹明信著,张京媛译:《处于跨国资本主义时代的第三世界文学》,詹明信:《晚期资本主义文化逻辑》,三联书店1997年版,第523页。
② 林芳玫:《〈迷园〉解释:性别认同与国族认同的吊诡》,钟慧玲主编:《女性主义与中国文学》,里仁书局1997年版,第278页。
③ 林芳玫:《〈迷园〉解释:性别认同与国族认同的吊诡》,钟慧玲主编:《女性主义与中国文学》,里仁书局1997年版,第274页。

掉,栽植凤凰木。许多论者将此解读为摒弃中国化,秉持文化"台独"精神。其实,正如一些论者考证的那样,杨桃原产中国大陆、马来与印度,凤凰木原产地也不是台湾而是马达加斯加,而台湾也有本土产的榉树和松树。① 其实朱祖彦把榉树砍掉改种凤凰木更多的是要打破中举的封建思想,此行为恰受到大陆五四新文化运动遗风流韵的熏陶,改种杨桃与凤凰木则是出于鹿城亚热带气候考虑。显然,作者要颠覆外来/本土二元对立,呈现出台湾历史与文化的华洋杂错的多元性、复杂性。正如朱家一方面生活在弥漫着浓厚中国文化氛围的菡园中,另一方面却讲着流利的日语——朱祖彦给女儿写信用日语,给女儿娶日本名字绫子,朱影红"母亲的日语在鹿城一向为人称道,唤起来又细又暖,极为好听"。尽管大家都不愿用日语,但无意识中又总是脱口而出,顺手而写,李昂行文过程中特别写到朱家人对话时也是日本文字夹杂在中国文字中。小说无论是在叙事层面还是故事层面都渗透着台湾人的文化漂浮感、无根感。就在这茫然无着的漂浮中一缕情思若隐若现,那就是潜意识中对中国文化传统的深切认同,小说有一个细节意味深长,朱祖彦几度想把"菡园"(汉园)改为"凤凰园",但终没有改,朱氏祖先在建园之初就以龙墙和梧桐奠定菡园的原貌。朱祖彦最终没有改菡园的名字,个中的原因不言自明。

除了对台湾历史政治的隐喻外,《迷园》还有着本体性象征意味,这座阴暗落寞野草蔓生的古老庭院,其实是耸立在五光十色的台北背后荒芜的阴影,象征着繁华欲望与死亡虚无的不停流转,小说开头作者就不时暗示"菡园"不过是一场虚幻的迷梦,一切都将如花凋零如雪消融。

《迷园》在叙事结构上也颇具特点,朱影红和朱祖彦的父女关系与她和林西庚的男女关系发生在过去、现在两段不同时间和菡园、台北两个不同的空间中,但叙事却通过各种象征手法、主人公的回忆、联想让不同的时空里发生的事同时并存。全书除了契子和终卷外,共分三部,每部各两章,每章又分为两小节,第一小节叙述朱影红童年少年时代在菡园的生活,透过朱影红的视界展现朱父的性格生平。第二小节叙述朱影红成年以后在台北与实业大亨林西庚的情欲生活,其间不断穿插朱影红对童年、少年生活、父女关系的回忆。过去/现在、菡园/台北两条线索互相纠缠不仅突出了小说性与政治两个"你中有我,我中有你"的主题,也使人物的心理空间显得异常丰富。小说叙事实际上深受西方现代心理学、电影蒙太奇的影响,主人公的内心独白、意识的流动、意念的闪回导致叙事时间、空间频繁的变换与穿插,例如,朱父的宾士车和林西庚巨大的劳斯莱斯,童年朱影红眼中朱父被士兵带走时的身影和成年朱影红眼中林西庚离去时的身影、苦楝飘零如雪的菡园和长满一树树黄金急雨的台

---

① 程风:《我想拔错了:说〈迷园〉中的花木》,《当代》1992年第73期。

北……不断闪回、拼贴的画面不仅拓展了叙事空间,也使叙事本身摆脱对历史事件、外部情节的冗长叙述,显得摇曳多姿。象征和隐喻是《迷园》在艺术表现上最出色之处,正如前面提到的,不仅主人公的强弱沉浮、菡园的兴废、朱氏家族命运与台湾的历史互相指涉,菡园中的种种植物、建筑都有象征意义。除了上面提到的菡园中的树木的象征意义外,菡园中疯长的青草,一方面"凄极荒败",另一方面又"昂扬吐信",象征着女性兼具的对立互相转化的两面,颠覆了男权文化对女性——柔弱的本质主义指认。

《迷园》的主题意蕴充分体现李昂式的性与政治的纠缠,正如她自己所说,"政治是一种最绝对的权力关系,我想表达一个女性和这种权力之间互相的关系,我觉得对我来说,那比真实地去写'二二八'事件或高雄'美丽岛事件'更有意义"。"我想表达的是女性在政治事件中作了什么样的人性表演"。既然性别权力是一切权力的渊源和最基本的形式,那么,以此作为介入政治这一巅峰权力机制的路径不啻为明智的叙事策略。

《迷园》之后,1995年李昂开始写作《戴贞操带的魔鬼系列》(包括《戴贞操带的魔鬼》《空白的灵堂》《北港香炉人人插》《彩妆血祭》四个短篇),政治的议题更加突出。这一组小说可以看成李昂以情欲的角度重构台湾的民主运动史,是更典型的李昂式性政治的文本实践,四个作品彼此之间存在互文性[①]。《戴贞操带的魔鬼》是这个系列的开端,叙述音乐教师、身陷囹圄的民运领袖之妻,代夫出征,当选"立委"。这位"哀伤的国母",作为一座具有政治意义的道德牌位,理应戴上沉重的贞操带,却在一次与年轻的助手一同前往欧洲的政治旅行中,情欲之魔渐渐挣脱贞操带而苏醒,并如同决堤的洪水滔滔不绝,一场政治受难者的聚会演化成情欲横流的感官盛宴。《空白的灵堂》基本上延续了《戴贞操带的魔鬼》的叙事思路。主人公林玉贞是反对运动烈士的未亡人,她也因此在丈夫死后活跃于政治舞台,但与上一篇小说的主人公不同的是,林玉贞的丈夫生前外遇不断,林玉贞早就不想与他有任何瓜葛了。林也不再压抑自己的情欲,但她却必须维护贞节的烈士未亡人这个假象,因为只有悲情的道德牌位才能保证她在政坛上的地位,这是父权社会为参政的女性拟定的游戏规则。接下来的《北港香炉人人插》则揭示女人参政的另一游戏规则——成为色情对象(容后详述)。最后一篇《彩妆血祭》,以一场"二二八"事件公开纪念大会为主要叙事脉络,从这个主线上旁衍许多支流,致使小说内涵丰富驳杂。作为"二二八"事件遗属的王妈妈在丈夫殉难后,不仅受到强权的性侵害,她的儿子也要受到强权人物的同性恋侵害,王妈妈后来积极参加本土的反对运动而备

---

① 王德威:《序论:性,丑闻与美学政治》,《北港香炉人人插》,麦田出版社1998年版,第38页。王德威认为四个作品彼此构成起承转合的关系。

受崇敬，儿子也成长为一个优秀的医生，但却是一个隐蔽的同性恋者，最后死于艾滋。王妈妈为死去的儿子拭去殡仪馆化好的英俊的男妆，而为其重新敷上女妆，还他男性外表下的女性本质。儿子并非天生就有同性恋倾向，是政治强权与男性霸权（以中老年男人为代表）将儿子变成同性恋者，却又不允许他以女性的面目面世，王妈妈还儿子以真面目的彩妆场景与小说中不断穿插叙述的"二二八"事件死难者妻子用高明的化妆术修复丈夫支离破碎遗体的传闻互相指涉，将同性恋论述纳入性政治论述中，《彩妆血祭》被认为是台湾当代同性恋题材文学中真正具有控诉性的作品。

写于1997年的《北港香炉人人插》是这个系列作品中最具社会反响的作品。主人公林丽姿从政其实经历了两个阶段。在第一阶段，她扮演了父权传统政治权力角逐中女性惯常角色，以性来"抚慰那些在运动里奋斗的男人的挫折和焦虑"，并不直接介入权力，但却遭遇始乱终弃的结局；于是在第二阶段，林丽姿开始公然以身体换权力，"女人为什么不能用自己的身体来作为颠覆男人、赢得权力的策略？"看起来这一阶段似是对前一阶段的颠覆，女性将自己从客体位置变为主体，女人的身体过去只是被占有物，现在回到女人自己手里，归自己支配，女人主动出击，用它来交换自己想要的东西，建构自己的主体性。但只要我们再追问一句，是什么样的游戏规则使得"以身体换权力"的交易得以成功，显然正是父权制的潜规则，林丽姿正是顺应了这一规则，所以才能屡屡得手。从个人层面而言，当性成为工具，成了与主体分离的东西，这意味着使用并拥有这一工具的主人精神上的无性。林丽姿以此来建构女性主体性岂不是南辕北辙？以身体来颠覆父权制，这样做的结果恰恰使自己更深地陷入所要颠覆的父权制度的圈套中，到头来不过是成了身体性的"政治秀"，还在公众眼里营造一道劳拉·穆尔维所谓的"被看"的"奇观"(spectacle)。从社会层面而言，正是林丽姿们这种貌似反抗的行为在日复一日地深化着父权制度。而"那些以悲情作诉求进'立法院'的'台湾国烈士之妻''台湾国XX'的女性立委"们，她们相当不屑、鄙视林丽姿，"姊姊妹妹站起来让她躺下来"，但她们自身在政治权力场域中的处境又怎样呢？不过是另一种"秀"，以"贞节"和"悲情"来营造另一种被看的奇观，以满足父权文化的另一种需要。无论是色情还是悲情，无论是作为泄欲的对象还是作为禁欲的道德牌位，女人似乎都很难摆脱这种"被看"位置，即便与会的几个前卫的妇女代表相约会后去看一场白种男人的脱衣秀，但"搭配演出的，仍然是女人"。

作者对台湾政治乱象中的"女性主义运动""女性问政"、女性在男权社会文化中的处境显然都不乐观，这点在这篇小说的一开端就有了隐喻，一个女作家与国外一位著名女权主义者的座谈，座谈会的地点却"选择在这样一个长、圆、高、耸立的典型阳具象征的建筑物内举行"。各路妇女团体的代表齐聚在一起,准备发表一份"妇女政策白皮书",主要议题是"如何要男人交出权力,在各级民意代表取得四分之一(二分之一是理想目标)的妇女保障席次"。与此同时,会场高大的落地窗外正走过的是一对迎神赛会的队伍,巨大的男神像逐一窗前经过。这两个细节正是对在巨大的、无处不在的男权阴影笼罩下的女权运动尴尬处境的绝好的隐喻。无论是林丽姿还是那些悲情而贞节的"台湾国烈士之妻"们所作的都无异于抓着自己的头发想离开地球。

小说对父权制、以男性为中心的政治权力运作的颠覆与嘲讽是相当犀利的,在这篇不到一万字的小说中,台湾政坛各反对党之间、反对党内部各派系之间的钩心斗角、权力倾轧、败德虚伪跃然纸上,他们一方面痛斥、谩骂林丽姿为"北港香炉",另一方面又把和林丽姿有染看成"身份、政治地位、能力的表征",甚至是政治结盟的捷径。作者对政治的嘲讽在描写林丽姿着裸背装出席"二二八"事件五十周年纪念晚会情景中达到高峰:

> 那晚礼服以一道极夸张的曲线,将整个背部直到腰际的布料挖空,露出原就软白肥腴的半身白肉,衬着台上作为布景的张张一尺多高被枪决、失踪的"二二八"事件死难者遗照,一时时空错置,恍若是那死状凄厉的死者,或这一具可见裸半身背部的白肉女体,在重新拼贴,要塑造出新一种形式的鬼魅魍魉。

表面上看起来,这样的描写无疑是对庄严、悲壮的历史事件的亵渎,但李昂的凌厉正在于此:林丽姿晃动的女体与"二二八"事件死难者的遗像交相辉映,隐示着两者实际上都是政治的道具,历史犹如女体,都是权力穿越、表演的场所。

小说始终贯穿两条线索,一条叙述林丽姿出席妇女代表大会的情景,穿插介绍林丽姿的政治生涯,另一条通过林丽姿眼睛叙述窗外行进着的迎神赛会队伍,前一条线索写实,而后一条线索显然具有浓厚的象征意味。两条线索共时并置,互相补充互相指涉。迎神赛会队伍中的男神像看起来高大无比、威严可怖,但一旦"扛神的男人"太累了需要休息,将它们放下,这些不可一世的神像"便一尺一尺的矮下身","降尊纡贵陷入尘土的赤裸裸方式坐在柏油马路上,有着十分滑稽可笑的可怜":

> 少去了下半身的男神像,就算只见背面,有着被阉去残缺的诡异氛围,怪特可笑中更具一种残忍的威吓。

不可一世的男神在林丽姿的注视之下被去势,神圣的光圈荡然无存,林丽姿也由长期以来"被看"的客体转为"看"的主体,李昂再一次表达了在《迷园》中所呈现的女性兼具主动、被动多重面向的性别理念。男神像显然象征着父权架构,这个巨大的架构正是"扛神的男人"们制造出来的假象,"扛神的男人"

们制造了男神像的高大和威严,他们则都躲藏在这个威严架构中并挪用其威权,但他们的双脚却在扛起神像之后变成不成比例的小脚,非常滑稽。自大、虚妄的男权实际上内里相当空虚,表里的不统一使父权架构在其恐怖、威吓的同时又显得可笑、可鄙、怪诞;而当"扛神的男人"们终于意识到自己"倦累不胜负荷",放下神像之际,神像一点一点矮下去,而他们却恢复原本粗壮、真实的双脚。这一切暗示着威严的父权架构不仅对女性是一种威慑、宰制,对男性同样也是一种负担、异化。男人的萎缩无能是因为不堪神像的重负。男神像自始至终背对着林丽姿,林丽姿很想知道:"转过来会是怎样的一张脸?"读者与她一样想知道,小说快结束时这句话再次被重复,但男神像始终没有转过来,父权文明正是这样一个神秘的所在,拥有一个吓人的躯壳,但没有人见过其真实面目,因为神秘、无法看见所以可怖,这正是一切鬼魅瘆人的原因。小说的结尾有一个意味深长的细节,童年林丽姿每天放学都要经过一个有着满屋子青面獠牙男神巨像的城隍庙,阴森恐怖的氛围使得林丽姿每每经过时总是拔腿就跑,从来不敢走近过它们,更谈不上像现在这样大胆地注视它们。正是成熟女性僭越式的注视(gaze)使得威严可怖的男神的威慑力颓败如泥。这个细节的另一层隐喻是林丽姿从小就受到父权构架的威慑与宰制,正是这样的宰制决定了她成年以后的一切。挣扎于情欲与政治泥淖中的林丽姿会想起很久以前那个奔跑着惊恐万状地"穿过黑漆漆的穿堂"的少女林丽姿。这个细节不禁让人想起张爱玲《金锁记》的结尾,在鸦片的毒雾中昏昏沉睡、骨瘦如柴的曹七巧仿佛看到30年前那个自己,一个有着滚圆的胳膊、健壮单纯的少女。这两个相似的细节再次彰显了这样的真理:女人不是天生的,而是被变成的。

小说发表以后立即引起轩然大波,"香炉事件"流弹四射,显然这篇小说在台湾社会公共文化空间独特的传播历程,又为性别视角的文学社会学研究提供了一个极好的个案。

这一系列四篇小说在叙事策略上也颇有可圈可点之处。除了上述提到的象征、暗示等李昂一向的叙事策略外,李昂还圆熟地运用在正文中穿插括弧的形式表现叙事的多种声音,从而营造出类似巴赫金所谓复调小说的多元意义空间,例如《戴贞操带的魔鬼》与《空白的灵堂》文本中括弧内充满的女性感官和知觉等表现女性潜意识深处的情欲涌动的话语与括弧外道貌岸然、故作镇静的正文叙述构成不断质询、辩论、争吵、对话的关系,使叙事充满张力。其实这种交织着多重话语的叙事策略在《一封未寄的情书》《迷园》中已经初露端倪。①

1999年李昂出版了以台湾共产党创始人之一、"二二八"事件的主要领

---

① 郝誉翔:《女性情欲帝国/迷宫/废墟——从〈迷园〉到〈北港香炉人人插〉》,《情欲世纪末:当代台湾女性小说论》,联合文学出版社2002年版,第81页。

者、传奇女性谢雪红生平事迹为素材的《自传·小说》,这是一部凝聚了李昂近十年心血的"呕心沥血"之作,差不多近十年时间,李昂浸淫在谢雪红的生命里,其间有两三年时间她沿着谢雪红当年的足迹,从台湾到东京、神户、莫斯科、香港、北京、上海,不仅仅是为了实地考察收集素材,更重要的是为了穿越半个多世纪的时间隧道寻找两个女人之间的心灵感应。这一切似在这部小说的奇怪书名中已作了提示,全书穿插第一人称小说体和第三人称传记体,交织着李昂与谢雪红两个女人的生命体验(这点李昂在《自序:谁的自传、谁的小说》中已作说明)。这部小说显然不是传统的女英雄传记,它敞亮了民族、国家宏大叙事中一直被遮蔽、省略、修改的革命女性的性别境遇,探讨民族解放、阶级解放与性别解放之间微妙的关系。谢雪红怀抱着性别解放的理想参加"推翻腐败的满清政府""建立青天白日满地红的中华民国"的革命,但在革命过程中她却学习到:爱国家重于推广男女平等。所以辛亥革命一成功,《临时宪法》就省去男女平权内容。李昂以她一向的凌厉颠覆了人们所熟悉的历史叙述。这部小说再次探究性政治与公共政治复杂纠缠的话题,是继《戴贞操带的魔鬼系列》之后又一次女性的政治书写。与这本小说同时出版的还有李昂记录自己追随谢雪红足迹的游记散文《漂流之旅》,与小说构成既深刻又生动的互文关系。

(二)朱天文:感应中的世纪末华丽

朱天文1990年代的主要作品有小说《世纪末的华丽》(1990,入选二十世纪中文小说一百强)、《荒人手记》(1994,获第一届台湾"中国时报"文学百万小说首奖)、电影剧本《戏梦人生》(1993,*The Puppetmaster*,获戛纳国际电影节评委会奖、比利时根特国际影展最佳音乐效果奖等)、电影剧本《好男好女》(1995,*Good Men, Good Women*,获第三十二届台湾金马奖最佳编剧奖)等。

进入1990年代,朱天文从早期热衷于少女情怀的抒写转向对世纪末社会情态的观照,而1990年代短篇小说《世纪末的华丽》被认为是标志这一转变的里程碑式的作品。小说通过时装模特儿米亚声色犬马的生活方式、细腻独特的感官世界,展现了20世纪末台湾后现代都市社会"新人类"精神族类的生存状态。"世纪末"原本是一种源自基督教的精神传统。在西方,每个世纪末都会引发人类的种种恐慌,认为末日将至。而到了既是世纪末,又是千年末的20世纪最后十年,末世氛围在西方文化界表现得更加显著,深受西方现代主义文学浸染本身又是基督徒的朱天文对此深有感受。1980年代末至1990年代初的台湾社会,"解严"带来党国政治式微、宏大叙事瓦解,这既意味着自由宽松解放,也意味着意识形态领域的众声喧哗、无所适从,尤其是对于像朱天文这样具有军眷背景的作家而言。记忆和历史一夕之间化为乌有,精神上的失重、失落、失根,似乎只有身外无限繁衍的物质世界、只有自己的肉身才是真实的、可以依赖的。再者,七八十年代以来台湾经济的腾飞带来无限丰富的物质基础,又为这样的拜物/拜金主义提供了可能性。《世纪末的华丽》中的女主人公米亚就是这样一个"物质女郎":

> 世界绚烂她还来不及看,她立志奔赴前程不择手段。物质女郎,为什么不呢,拜物,拜金,青春绮貌,她好崇拜自己姣好的身体。

只相信物质的米亚们沉湎于后现代消费都市的物质中,绚烂富丽的流行时尚,声色犬马、桀骜不驯的另类生活,大麻、性、同性恋的刺激。作为后现代都市社会的衍生物,她们"生活之中,习其礼俗,游其艺技,润其风华,成其大器",一旦离开都市就会"失根而萎"。米亚偶然一次到台北郊外,顿觉到了"好荒凉的异国",落荒而返,直到看到台北闪烁霓虹才"如鱼得水又活回来了"。当抹去历史、记忆这样的时间变量之后,"台北米兰巴黎伦敦东京纽约结成的城市邦联",一样繁华绮靡一样的都是她们的乡土,这些城市对她们而言没有本质的区别。可见新人类的生存是放逐时间的,"新人类的身体里没有沉重的历史记忆,只要简单干净地生活在此刻"①。她们唯一拥有的就是由感官、肉身营造出的奢华绮靡的此刻与现在,此外她们一无所有。不仅没有过去,甚至没有未来,只有25岁的米亚,就觉得自己已经很老,一如"花香日渐枯淡,色泽深深黯去,最后它们已转变为另外一种事物"。依赖声光色影所营造出的华丽必然转瞬即逝,岁月的无情与无常最终造就了虚妄和虚无,小说隐隐地又一次延续了朱天文多年以来的师承,"生命是一袭华美的袍",所有的华丽都不过是"苍凉的手势"。这俨然是一种典型的中国式的世纪末情绪。

但如果我们从性别视角切入,这个小说就存在从另一个角度解读的可能性。米亚依靠大量名牌服饰、植物、手工制品建立起独特的生活方式,尤其是小说繁复书写了米亚丰富的感官世界,其实是在张扬一种以身体为中心的女性生存伦理。事实上,米亚的另类不仅来自她"新人类"身份,更来自她绝对的阴性气质,以及由此而生的与这个世界的格格不入。这种格格不入与生俱来,小的时候,妈妈坚持认为"女人衣物绝对不能放在男人的上面,一如坚持男人衣物晒在女人的前面",但米亚挑战禁忌,"幼小心智很想试测会不会有天灾降临"。极度敏锐的身体感觉同样是与生俱来的,米亚从小就穿着被太阳暴晒后粗糙板正、掩盖身体线条的衣服,但它非但不能抹去米亚叛逆的身体,相反的"着衣时布是布,肉是肉,爽然提醒她有一条清洁的身体存在"。身体的感觉造就米亚独特的生存伦理,她以身体面对世界,感官是她了解和辨识世界的唯一

---

① 李晨:《论朱天文创作中的阴性书写》,《江汉论坛》2007年第2期。

通道,在人们的五官感觉中,嗅觉常处于边缘的位置,常常被忽略,但在米亚的生活中,嗅觉却处于中心位置:

> 米亚是一位相信嗅觉,依赖嗅觉记忆活着的人。安息香使她回到那场八九年春装秀中,淹没在一片雪纺,乔其纱,网绸,金葱,纱丽,绑扎缠绕裹垂坠的印度热里,天衣无缝……
>
> 清冽的薄荷药草茶,她记起九零年夏装海滨浅色调。

同时,"米亚也同样依赖颜色的记忆……"一种独特的紫色能让她刻骨铭心,凝视天空由粉红渐变黛绿的过程让她得以与大师莫奈对话。甚至米亚对男人的兴趣也决定于色感、味觉:

> 五十岁男人仍然蓬软细贴的黑发但两鬓已经飞霜,唤起少女浪漫恋情的风霜之灰,练达之灰。
>
> 米亚很早已脱离童年,但她也感到被老段浪漫灰所吸引,以及嗅觉,她闻见是只有老段独有的太阳光味道。

她甚至可以因为"着迷于牛仔裤的旧蓝和洗白了的卡其色所造成的拓落氛围"而冲动地想嫁给牛仔裤的主人。而比嗅觉、色觉更具物质性、更能表现身体的在世感的是触觉,小说大量描写米亚丰富的触觉,通过触觉展现时装的质地、款式、流行密码,春装秀中的雪纺、乔其纱、网绸、金葱、纱丽,秋冬蕾丝镂空,或用压褶压烫出鱼鳍和贝壳纹路,冬装的人造皮草,米亚用触觉来感知外部历史的风云际会,于是,那些正襟危坐、彪炳千秋的父权历史——化为流行时尚的点缀和噱头。法国大革命两百周年的帝政遗风,不过是1992年冬装的"上披披风斗篷,下配紧身裤或长袜,或搭长及膝上的靴子"。而慷慨悲壮的"吴淑珍代夫出征竞选'立法委员'的宣传车,跟柯拉蓉和平革命飞扬如旗海的黄丝带"则与玛当娜的模仿秀相映成趣。对米亚而言,外部时代的宏大变革、历史事件之所以有意义不在于它们本身,而在于它们可以演化为时尚的元素与装点,作用于感官,最终提示着一份女性身体的"在世感"。

女性主义身体伦理认为,父权文化秩序有着无比丰富的关于女性躯体的修辞代码系统,但这只是"空洞的能指",真正的女性躯体始终是历史与文化的缺席者,这也正是菲勒斯(phallus)得以统治的原因。"父权制文化秩序中躯体作为女性的象征,被损害被摆布,然而却未被承认。躯体这一万物和社会发展永恒的源头被置于历史文化和社会之外。"①因此,本真性的女性"身体"是女性唯一未被菲勒斯中心世界污染的东西,也是女性在这个世界上的唯一所有,它外在于一切语言制度而存在。如果说,"身体是感觉的在体论基础,感觉

---

① [英]玛丽·伊格尔顿:《女权主义文学理论》,湖南人民出版社1989年版,第359页。

则是身体之在的认识论功能器官"①,那么《世纪末的华丽》的独到之处恰恰在于它并不像1990年代台湾其他女性主义小说那样直接描写身体与情欲,而是通过山重水复、丰满奇妙的感官功能让读者感受到无处不在的女性身体的气息,深切感受到女性身体的出场,一旦这个身体出场,就意味着一个崭新女性主体的出场——小说的结尾,米亚发明一种非常独特的造纸技艺,这实际上是一个极具象征性的细节,预示着父权历史书写的终结,僵化冰冷的菲勒斯世界的轰然倒塌,女性依赖感官来重建这个世界:

> 有一天男人用理论与制度建立起的世界会倒塌,她将以嗅觉和颜色的记忆存活,从这里并予之重建。

如果说,现代科技理性导致人类感官世界日益缩小,人日益成为冰冷和僵化的工具,那么,对感官世界的肯定张扬,无疑提示着一种人性的复活与救赎的可能性,《世纪末的华丽》俨然以柔软的姿态彰显了一份坚定的女性伦理,这才是真正的世纪末华丽的寓言/预言。

《荒人手记》同样是一篇世纪末的寓言。由于女性主义思潮和现代主义思潮影响,"同志书写"在1960年代台湾就初露端倪,1970年代之后,同志书写已相当普遍,许多著名作家都加入这一行列,例如白先勇、李昂、朱天心、马森、席德进、顾肇森,1980年代末"解严"以后,涉足同性恋题材写作的作家人数更是激增,据统计不下50个,同志书写俨然成为一股潮流。其中女作家的同志书写格外引人注目,不仅有兼涉这一题材的作品,还出现专门描写同性恋的鸿篇巨制,并接踵获得台湾文学大奖②。朱天文的这部《荒人手记》被认为是其中的翘楚。

虽然1994年,随着国际同性恋文化影响的扩大,台湾的同性恋运动也初现规模,并引起主流媒体的关注,同性恋亚文化的组织活动渐成气候,具有先锋意识的知识界也对其表示宽容和理解,但尚处"解严"初期的台湾社会,对同性恋文化的认同态度还不很明朗,尤其是作为社会文化主流的大众文化仍视其为心理变态和道德沦丧。这使得《荒人手记》尽管比起早期的同性恋小说,如陆昭环的《双镯》、梁寒衣的《山茶花男子》、凌烟的《失声画眉》、曹丽娟的《童

---

① 刘小枫:《现代性社会理论绪论》,上海三联书店1998年版,第347页。

② 1980年代末以来女作家的同性恋小说有曹丽娟《童女之舞》、凌烟《失声画眉》、朱天心《春风蝴蝶事》、杨丽玲《爱染》、邱妙津《鳄鱼手记》《蒙马特遗书》、苏伟贞《沉默之岛》、朱天文《荒人手记》、陈雪《恶女书》《梦游1994》《恶魔的女儿》、杜修兰《逆女》、洪凌《异端吸血鬼列传》等等。《失声画眉》1990年获得自立报系百万小说大奖、《童女之舞》1991年获得《联合报》年度首奖、《荒人手记》1994年获得第一届"中国时报"文学百万小说首奖、《鳄鱼手记》《沉默之岛》1994年获"中国时报"文学推荐奖。

女之舞》、杜修兰的《逆女》等,对同性恋身份、同性恋文化不再闪烁其词而有了明确的认同,但这样的认同依然显得犹豫,充满困惑、矛盾与痛苦,这也是小说采用内省、独白的叙事策略(这种情形同样出现在邱妙津《鳄鱼手记》中)的原因。① 手记体则是这一叙事策略最为恰当的文体。小说主人公"我"——小韶,一个自称荒人(所谓的"荒人"就是社会的放逐者)的男同性恋者,以手记的方式散漫回忆了先后同八位同性恋者的情色历程。其中又以小韶与其中一位曾"青梅竹马"的阿尧之间的情路历程和最后的生离死别贯穿全书始终。小说一开始就弥漫着悲情、绝望的气氛:

> 我以我赤裸之身作为人界所可接受最败伦德行的底线。在我之上,从黑暗到光亮,人欲纵横,色相驰骋。在我之下,除了深渊,还是深渊。但既然我从来没有相信过天堂,自然也不存在有地狱。是的在我之下,那不是魔界。那只是,只是永远永远无法测试的,深渊。

所谓"深渊"与通常指称同性恋者的"阴界""暗柜"等词含义相同,都是指称同性恋者不见天日的生存处境,这里既有同性恋者所遭遇的外部主流社会的放逐,更有他们自身因为内化主流异性恋社会观念,不敢正视自己的同性情欲,带着罪恶感的自我放逐,他们"往往,未败于社会制裁之前先败于自己内心的荒原"。朱天文借由对同性恋者内外双重放逐的悲情书写来控诉、批判男权异性恋社会。正是内外交困致使"我"原本正值"四十岁人界的盛年期",却"已历经了生老病死一个人类命定必须经过的全部行程,形同槁木"。作为放逐者、弃儿、异端、他者,大部分同性恋者一生都在漂泊,过着离群索居的生活,交往的朋友也大都是"圈内人士"。他们没有故乡、家园、祖国,甚至没有亲人:

> 岂止无祖国。违规者,游移性,非社会化,叛教徒,我们恐怕也是无父祖。

同性恋被异性恋主流社会拒斥的一个重要原因是,同性恋与作为人类社会基本结构的亲属制度相冲突,性不再与生殖发生关系,同性恋实际上成了亲属制度的终结者,这便是荒人所谓"无父祖"。"不在亲属关系中所赖以建立的血缘传承意义里担负责任的男同志,则只有成为无法命名的、也是无父祖的被弃绝的一族"②。为了摆脱悲情暗柜状态,阿尧主动积极挑战异性恋社会,热衷于各式各样同性恋运动,鼓吹"同志爱,同志反攻,同志空间,同志权力",无所顾忌地与人滥交,以此抗拒异性恋霸权,甚至不惮染上艾滋。然而,这积极的表象背后是内心深处的脆弱、绝望与无助,阿尧最后死于艾滋。小韶则深刻

---

① 曹惠民:《台湾"同志书写"的性别想象及其元素》,《华文文学》2007年第7期。
② 徐琇祯:《台湾当代小说纵论:解严前后(1977—1997)》,五南图书出版有限公司2001年版,第210页。

内化异性恋观念,对同性恋世界抱消极态度,自我放逐并最终走向超越情欲的宗教世界,认定人生如无边苦海,万劫不复却永难救赎。小说的结尾详尽描写了遭受艾滋折磨的阿尧瘆人的临终情形以及死后的焚化过程:

> 盒子拉出来,烧成灰的阿尧隐约排成一直行,就像一根平放在地上燃尽的线香二行灰,比我所想的要少得多,少很多。

沉重的肉身、无尽的爱欲顷刻间化为灰烬,生命是这样的轻飘与荒凉,这兴许是"荒人"的另一层意思。"荒人那柔肠百转的爱欲,引得他在俗骨凡胎间辗转堕落。他以他的肉身见证了六界种种的爱欲劫毁,缘起缘灭,最后寄托色相于文字"①,朱天文在字里行间已然再次彰显了"张派传人"的神韵。

在《世纪末的华丽》结尾,米亚发誓要以嗅觉和颜色的记忆建立一个与男性的理性与制度相对立的女性乌托邦,这个乌托邦俨然是建立在一系列的二元对立认同前提下,即男性——精神、意志、理性,女性——物质、肉体、感性,作者显然要以后者来反抗颠覆前者。而到了《荒人手记》,作者的性别乌托邦理想有了进一步发展,追求的是一种告别二元对立之后的多元浑一的阴性乌托邦。也许正是因为这样的性别理想,致使作者身为女性却去构想男同性恋的处境,而不像其他女作家那热衷于书写女同性恋。主人公小韶("我")就是这样一个模糊阴阳界限的奇异混合体:

> 我剖视自己,是一朵阴性的灵魂装在阳性身躯里。我的精神活动充满了阴性特质,但我的身体,这个携带着生殖驱力 DNA 之身体,人作为一种生物不可脱逃的定数,亦是我们的铁血命运。
>
> 被凝视的阴性,与被凝视的阳性,并存于我们身上。

如果说性别是生理角色的文化表现,那么,生理性别为男性的"我"在文化表现上理应呈现出阳性色彩,但他却选择了阴性的文化角色。与阳性中心社会为男性设置的宰制、支配性角色定位相冲突,这是男同性恋格外为主流社会所不容的原因。小说中的阿尧却带有阳性身份特征,阿尧与"我","既是男同性恋者中的阳性与阴性,又同为父权体制中的阳性与阴性,这使得阿尧本身成为一个二元对立的矛盾体,他一方面积极投身于男同性恋社会权利的争取,来与父权体制下的异性恋社会相对抗(以阳性颠覆阳性,一种阳性秩序权力的替换);另一方面他则以纯父权意识的权力位置轻蔑地对待着女性"②。阿尧式

---

① 王德威:《从狂人日记到荒人手记——论朱天文兼及胡兰成与张爱玲》,《落地的麦子不死——张爱玲与"张派"传人》,山东画报出版社 2004 年版,第 79 页。

② 徐琇祯:《台湾当代小说纵论:解严前后(1977—1997)》,五南图书出版有限公司 2001 年版,第 207 页。

的同性恋的阳性霸权与异性恋的阳性霸权实际上并无区别,不过是对后者的复制,作者显然是不认同阿尧的。阿尧身份的尴尬以及最后的暴毙再一次表明作者对二元对立阳性中心权力机制的解构。基于这样的性别理念小说重新解释了历史:

> 神话揭示出隐情,自然创生女人,女人创生男人,然而男人开造了历史。是的,历史,男人于是根据他的意思写下了人类的故事。写下了女人是他身体的一根肋骨做成,更写下了女人啃食知识禁果遭神谴责的原罪。可依我来看,倒是男人偷吃了知识的禁果罢。是他,开创二元对立的。是他,开始抽象思维的。他观察,他分析,他解说。他建造出一个与自然匹敌又相异的系统,是如此与自然异体质的东西呀,男神篡取了女神的位置。

二元对立的父权文明是一个与自然相悖的、异质性的他者,但男性篡改了历史,反将女性放在他者的位置上,这就是全部父权历史的真相。打破阳性历史的正统性之后,阴性历史的正统性才得以彰显,小说借助同性恋文化由衷赞美阴性气质,相对于阿尧的阳刚与权力欲,小韶正是这种阴性气质的化身,情欲呈现出多元流动性。他前后交往的八位男同志,两位雌性、六位雄性,象征着一种多元浑一的阴性乌托邦,以此来对抗建立在二元对立基础上的阳性霸权社会。这也许是《荒人手记》在性别文化层面上的积极意义。

《荒人手记》的政治隐喻也是不言而喻的,荒人畸零、边缘、他者的处境,正是"解严"以来,尤其是进入1990年代以来,在排他性本土化运动中作者所处身的眷村族群命运的写照。尤其是像朱天文这样的眷村第二代,他们在思想观念上早已与父辈以及父辈所属的那个政治集团产生分裂,但又受到本土化运动的排斥,他们的处境更加尴尬,"岂止无祖国。违规者,游移性,非社会化,叛教徒,我们恐怕也是无父祖",这一句话不仅指称同性恋者的尴尬,也是对族群、政治身份暧昧性的指涉。

作为朱天文1990年代代表性作品,《世纪末的华丽》《荒人手记》在艺术表现上同样备受关注,进一步发展了她早年的叙事特点,注重感性细节,语言极富质感,文字极尽奢华、靡艳,格调流美而感伤苍凉。早年小说中就存在的,过分关注细节而忽略整体结构的散漫化、散文化的倾向在这两个作品中发展到极致,衍变为漫无边际地穿插与拼贴。如果说在《世纪末的华丽》中,将花草知识、植物栽培、手工制作、流行时尚、时装的历史演变、麦当娜、川久保玲、阿部宽等等与主人公的情感世界、现实生活相拼贴,尚还可以达到交相辉映,共同营造出作为时装模特儿的主人公独特的生活世界;到了《荒人手记》,这样的拼贴似走过了头,神话传说、文化理论、宗教、星象学、李维史陀、傅柯(福柯)、罗丹、歌德、小津安二郎、费里尼、伯格曼、佛陀,这些风马牛不相及且与主题无关的人、事被毫无过渡地摆放在一起,呈现出典型的后现代文本拼盘杂烩的特征,这实际上是对连续性历史、父权制逻各斯中心的质疑和解构,自有其与小说主题意蕴吻合之处,但也使《荒人手记》的内容显得相当散漫、庞杂,不易把握。

从1983年起,朱天文开始参与电影文学创作,继1980年代末的《悲情城市》成功之后,进入1990年代,朱天文继续和导演侯孝贤合作,创作了《戏梦人生》和《好男好女》,这三部作品并称"台湾悲情三部曲",透过影像回顾了台湾从日据时期到光复再到国民党治理三个历史时期。胡兰成曾预言朱天文的小说令他想起日本神社中神姬舞蹈的风景,"神姬是为神而舞,不是为观众而舞",而相对于小说创作中的"神姬之舞",朱天文的电影剧本则表现出强烈的现实关怀,对台湾历史与现状的思考,是一场"人姬之舞"。

《戏梦人生》以真实人物、台湾布袋艺术家李天禄口述生平经历为线索,讲述台湾日据时期及光复前后历史的变迁,体现了以小人物讲述大历史的边缘历史观。因此作品除了表现"皇民化运动"、清帝退位、卢沟桥事变这样一些大历史的变迁外,最有价值的是对在大历史缝隙中偷生的草根阶层的叙述。光复前后台湾社会动荡不安,思想意识也错综混乱,底层事实上只是盲目被动地接受各种政治倾向的渗透,日本将士战死的事件甚至被改编为木偶剧上演,包括李天禄在内参加演出的台湾民间艺人们不过是为了养家糊口,没有什么明确的政治倾向。光复之后,在台日人全部遣回日本,而这对于早已将台湾作为自己心理归属地的日本在台普通民众,甚至下层军士,同样是一场生离死别。这些小人物们苟且偷生于远离政治的历史缝隙中,但政治和历史的剧烈变动并没有放过他们。犹如李天禄舞台上的布袋戏木偶,被动地任凭这只巨大的魔手操纵着、拨弄着,人生如戏、戏梦人生。《戏梦人生》另一个可圈可点之处在于对台湾近现代历史上错综复杂的认同问题的关注,日本人在台湾推行"皇民化"教育虽然前后只有几十年时间,但却给台湾民众内心造成极大的影响,造成家国认知的错位[1],这样的错位延续到光复之后直至今日。这个问题实际上也是当代台湾文学/文化的一个共同命题。

《好男好女》的素材同样来自一个真实人物,它是20世纪台湾民主革命者、"二二八"事件受难者蒋碧玉的传记。电影采用戏中戏的结构,以现代演员梁静参与拍摄电影《好男好女》为由头,插入她对三年前男友被杀前后的种种回忆,以及她参与拍摄的"戏中戏"中蒋碧玉在1940年代的遭遇。1940年代初蒋碧玉和丈夫钟浩东以及一些热血青年,放弃台湾优裕的生活条件奔赴大

---

[1] 李晨:《论朱天文创作中的阴性书写》,《江汉论坛》2007年第2期。

陆参加抗日,为此他们甚至把自己的亲生孩子送人。胜利后回到台湾他们继续关注社会劳苦大众,不惜卖掉房产经营危险极大、有一定的马克思主义倾向的政治性探索刊物。国民党撤守台湾后,1947年发生了著名的"二二八"事件,国民党逮捕并枪毙了大批政治犯。蒋碧玉和丈夫一起被捕入狱,丈夫被执行了枪决,作为家庭妇女的蒋碧玉因涉案不深,不久被释放回家,在白色恐怖和痛失亲人的悲情中度过了后半生。同样是小人物边缘性的历史叙述,由于采用讲述者蒋碧玉的女性身份,使得这部影片比起《戏梦人生》具有更鲜明的女性立场。主人公蒋碧玉因为养父和丈夫的原因才被牵扯进政治旋涡中,犹如木偶般承受历史这支魔手的拨弄。但她默默承受着一切,躲在最不起眼的角落里舔舐伤口,正如朱天文所谓"男人为他们的斗争都死去的时候,女人走出来,抚慰战场,见证历史"。就在女人絮絮叨叨的讲述中,残酷的历史过程、政治斗争、血腥厮杀,都一一淡化为寻常百姓家的一段过往、一份悲欢离合。在剧烈的历史的巨变、断裂中,正是脆弱、渺小、庸常的女性对生命和日常生活的顽强持守,弥合着历史的创痛,成就着历史的绵延。《好男好女》呈现出一派典型的女性历史叙述风貌。

(三)朱天心:眷村记忆的文化乡愁

"解严"之后,尤其是进入1990年代以来,朱天心剥落了闺秀文学的外衣,文风发生很大的变化。朱天心1990年代创作的主要小说作品收入在下列三个集子中:其一是《想我眷村的兄弟们》(1992),包含下列篇目:《我的朋友阿里萨》《想我眷村的兄弟们》《从前从前有个浦岛太郎》《预知死亡记事》《袋鼠族物语》《春风蝴蝶之事》;其二是《古都》(1997),包含下列篇目:《威尼斯之死》《拉曼查志士》《第凡内早餐》《匈牙利之水》《古都》;其三是《漫游者》(2000),包含下列篇目:《梦一途》《五月的蓝色月亮》《出航》《银河铁道》《远方的雷声》《〈华太平家传〉的作者与我》。其中以《想我眷村的兄弟们》和《古都》最为著名。

眷村,即国民党随军家属聚集而成的群落,是台湾社会特殊的族群。成长于其中的朱天心,在其青年时代便以眷村生活为背景创作出小说《未了》《天之夕颜》《天凉好个秋》《时移事往》等。眷村身份一直是朱天心写作的重要资源,眷村的故人旧地、成长经验、童年往事、亲情友情与爱情固然都曾是朱天心创作的题材,但"眷村"对于朱天心而言不仅仅只是一个地理性生活空间、一个承载着许多儿时记忆的怀旧场所;不仅仅只是个人记忆、成长叙事,眷村还承载着公共记忆、家国大历史,具有更复杂的历史、文化、政治影射。父辈们挥之不去的归乡梦,传说中的20世纪上半叶的风云际会,五六十年代国民党当局"反攻大陆"的政治蓝图,1970年代台湾退出联合国、美援的终结以及由此导致的台湾一系列的政治、经济、文化的变迁,这些家国的关切一直都是朱天心1980

年代的眷村书写的题中之意。1987年,台湾"解禁",国民党威权政治瓦解,党派纷争,"统独"之争愈演愈烈,甚嚣尘上排他性的本土化运动,刺激着一直潜藏的外省人、本省人之间的矛盾,台湾各族群之间的利益冲突浮出水面,使之渐渐白热化。身份关切成了1990年代以来的台湾社会最重要的文化诉求。"台湾岛内潜藏隐讳的'认同'与'记忆'课题被掀开,在台湾岛内各种群落中错织成一组复杂的问题丛,'我是谁',我是什么样的谁？我要成为什么样的谁？"①上个世纪1980年代以来,随着台湾经济的腾飞和城市化进程,随着军眷住宅制度的变更,简陋的军眷住宅区纷纷拆除改建,眷村渐渐消失,眷村子弟流落四方。这一切无疑冲击着眷村族群的心理,必然深刻地触动一向具有高度政治敏感性的朱天心,加上原本就有的深厚的怀旧、伤逝情怀,个人心境与时代氛围终于催生出1991年的《想我眷村的兄弟们》。

小说没有完整的情节和贯穿始终的人物,只是以浓厚的怀旧的笔调写了眷村生活的片断,包括空军村、海军村、陆军村、宪兵村、情报村等不同特色的眷村生活,眷村两代人不同的精神状态,尤其是眷村子弟(第二代眷村人)独特的成长经验、生活道路,其间夹杂大量抒情、议论,是一篇名副其实的"散文化小说"。

眷村原本不仅仅是一个封闭的地理空间,它与其附近的当地人的自然村落之间不仅是地理空间、活动空间上的分隔,更重要的是心理空间、文化空间上的分隔,甚至政治身份、社会阶层方面的分隔,眷村人习惯称呼眷村以外当地居民为"老百姓",几乎不与他们来往。不同眷村之间,无论相隔多远,都互相来往,在人际关系上自成一个自足的内部体系,以自我封闭、隔绝来构筑"眷村"这一带有隐隐的优越感的特殊空间/族群身份认同。在这一认同中,"眷村"这一在场空间因着另一缺席空间——大陆老家而获得意义,而"眷村"作为在地空间本身实际上并未获得眷村住民的认同,如《想我眷村的兄弟们》：

> 这一日(清明——笔者)总过得荒荒草草,天晚了回家等吃的,父母也变得好奇怪,有的在后院烧纸钱,但因为不确知家乡亲人的生死下落,只得语焉不详地写着是烧给X氏祖宗的,因此那表情也极度复杂,不敢悲伤,只满布着因益趋远去而更加清楚的回忆。
>
> 原来,没有亲人死去的土地,是无法叫作家乡的。
>
> 原来,那时让她大为不解的空气中无时不在浮动的焦躁、不安,并非出于青春期无法压抑的骚动的泛滥,而仅仅只是连他们自己都不能解释的无法落地生根的危机迫促之感吧。

---

① 杨翠:《建构我族,解构他族——朱天心记忆与认同之辨证》,成功大学台湾文学系主编:《跨领域的台湾文学研究学术研讨会论文集》,台湾文学馆2006年版,第194页。

怀想或假想大陆老家是第一代眷村人生活的重要内容和心灵鸡汤,记忆是眷村族群自我认同的基础,如《想我眷村的兄弟们》:

> 出于一种复杂的心情,以及经过十数年反复说明的膨胀,每个父家母家都曾经是大地主或大财主(毛毛家祖上的牧场甚至有五六个台湾那么大),都曾经拥有十来个老妈子一排勤务兵以及半打司机,逃难时沿路不得不丢弃的黄金条块与日俱增,加起来远超过俞鸿钧为国民党搬来台湾的……

眷村被拆除了,空间的消失意味着时间的中断,童年、初恋、成长这些个人记忆的中断,个体生命连续性的破裂。同时,眷村空间的消失还意味着存在于怀想、记忆、父辈们传说中的另一空间——原乡的渐行渐远,整个族群记忆的中断——"眷村封闭空间原是眷村住民的封闭乡土,是它们中国家园精神土地的'仿作'、复制与投射,眷村改建后,眷村封闭空间开启,眷村住民失去自我隔绝、观想中国的护城河,其精神上的闭锁感、边缘感增生强化,解严、开放反而令其产生更深的孤绝感……"①开放探亲之后,当记忆和怀想中的大陆老家真实呈现在面前时,眷村一族却发现自己再也回不去了:

> 得以返乡探亲的那一刻,才发现在仅存的亲族眼中,原来自己是台胞、是台湾人,而回到活了四十年的岛上,又动辄被指为"你们外省人",因此有为小孩说故事习惯的人,迟早会在伊索寓言故事里发现,自己正如那只徘徊于鸟类兽类之间,无可归属的蝙蝠。总而言之,你们这个族群正日益稀少中,你必须承认,并做调适。

对于眷村第二代来说,虽然背负着父辈灌输的怀乡念旧的思想、处于一种无根的状态,但与他们从未谋面的故乡、祖国大陆毕竟只是存在他们的想象中而已,显然无法与现实生活相抗衡,所以长大以后眷村子弟大多选择了逃避和离开眷村,去其他地方开辟自己的生活。但他们从小被灌输的"眷村式"生活理念、人生观与台湾现代都市价值观,尤其是与1990年代以来排他性的"本土经验"之间产生深深的隔阂,他们被别有用心指认为"外省第二代",这使得他们一如父辈们那样处于非兽非鸟的"蝙蝠"的状态。这种非鸟非兽的认同尴尬同样表现在眷村族群政治身份的归属中,他们一再被指认为"压迫本省的政权的同路人"、国民党专制政权的"既得利益者",但实际上眷村族群与国民党之间关系复杂微妙而尴尬:

---

① 杨翠:《建构我族,解构他族——朱天心记忆与认同之辨证》,成功大学台湾文学系主编:《跨领域的台湾文学研究学术研讨会论文集》,台湾文学馆2006年版,第194页。

与其说你们是喝国民党稀薄奶水长大的(如你丈夫常用来嘲笑你的话),你更觉得其实你和这个党的关系仿佛一对早该离婚的怨偶,你往往恨起它来远胜过你丈夫对它的,因为其中还多了被辜负、被背弃之感。

小说一方面传达出眷村族群身份认同的暧昧、尴尬、迷惘与失落,另一方面努力"想我眷村兄弟们",重建族群记忆图谱,为眷村族群招魂。因此在小说的最后,作者刻意列出台湾各界杰出眷村子弟真实姓名:张大春、张晓风、朱天文、袁琼琼、苏伟贞、蔡琴、伊能静……其用意也是不言自明的。1990年代中期以后朱天心在《漫游者》中再次写到眷村,但更多的是对被主流历史"擦拭掉"的父亲朱西宁的感伤的记忆和怀念,努力复现父亲被遗忘的痕迹。

记忆和认同问题再次成为朱天心1990年代另一重要作品《古都》(曾被《亚洲周刊》列为20世纪小说一百强)关注的中心。

小说以第二人称的叙述方式,叙述主人公"你",一个生于台北长于台北的外省籍中年妇女,不满于拆迁重建中越来越陌生的城市,又无法像本省丈夫那样在台湾的本土化运动里找到激情和认同,"从不停止老有远意、老想远行、远走高飞"。正好少女时代的好友A约她到日本京都相会。A承载着主人公对少女时代的美好记忆,因而京都之行本身就是一次记忆的复现之旅。但好友迟迟未到,她独自行走于京都街巷,领略依然保持着川端康成《古都》时代的静与美的京都景色,不时让她想起"那政争惨烈丑陋的海岛"。好友终于爽约,主人公只好飞返台北,却被误为日本观光客,她将错就错,拿着日本的台湾地图,以观光客姿态来游览这座自己再熟悉不过的城市,希望能将地图上日据时期台北的建筑物、街道同自己少女时代的记忆联系起来,与眼前的台北景象相对照。现实、记忆、想象的景象缤纷呈现,她发现台北已经不再是自己记忆中的那个熟悉的城市,现代化过程中无秩序的开发,几经拆建,台北已经没有多少自己的记忆了,无处不在的迪斯尼、可口可乐、麦当劳、佐丹奴或温蒂7-11、米雪儿服饰、"HANG-TEN"淹没了台北悠久的文化记忆与城市身份标识。"你简直无法告诉女儿你们曾经在这个城市生活过的痕迹,你住过的村子,你的埋狗之地……"小说中反复使用与记忆相关的时间用语"那时候":"那时候的体液和泪水清新如花露……""那时候的树……""那时候的人们……""那时候的夏天夜晚……","那时候"的台北掩映在百年茄冬和枫香、大王椰中,呈现出一派都市田园景观,但现在,"那个城市所有你曾熟悉、有记忆的东西都一一先你而死了"。居住在台北的人们拒绝记忆,"不知有汉,无论魏晋",台北成了一座没有历史的"古都",执著于记忆的自己再也回不去了。个人的历史、城市的历史不得不通过浩繁的台湾史料与典故来追溯。曾经熟悉的城市正"像一条陌生、没有航标的大河"漫无目的地向前奔流,小说结尾主人公只能像一个误入了桃花源的渔人,对面目全非的城市大惊失色:"这是哪里……你放声大哭。"

　　文本借用时空错置的表现方法使日新月异、光怪陆离、没有历史记忆的台北与日本京都地久天长、宁静悠远的景物,古朴的节令风俗,怡然自得的日常生活交替出现,形成鲜明对照。京都无疑是一座记忆之城:圆山公园、南禅寺、清水寺、平安神宫、嵯峨的竹林、北山的园杉、青莲院的楠木、一年一度盛大的祇园会、时代祭、伐竹祭、鞍马山的大字篝火……一切依然如川端康成笔下的《古都》时代那样。更重要的是京都保存着个体的记忆与痕迹,隔着几年没去,清凉寺还在那里,甜食店的老板一样亲切招呼,甚至连池里的鲤鱼也还在,"你"行走于京都古城,流连不舍,对这座城市产生深深的认同感,以至于将它指认为存在于想象中、却从未去过的故乡——桃花源——中国,"你告诉女儿,江南就是这个样子……你哪儿去过江南?"京都毕竟不是"你"的家园,在京都,"你"是异乡人,在台北,"你"是外省人,而真正的故乡一如桃花源,永远只存在于你的想象中,此生"你"注定回不去、注定漂泊流浪,这便是小说的结尾"你"放声恸哭的原因(桃花源在文本中的象征意义是双面的,一方面是故土乌托邦,另一方面又暗示"不知有汉,无论魏晋"式的对历史的遗忘)。

　　如果说,"愿意自然的保留人们的生活痕迹,是一个以文明进步自许自期的现代城市该有的",那么,"一个不管以何为名(通常是繁荣进步偶或间以希望快乐)不打算保存人们生活痕迹的地方,不就等于一个陌生的城市?一个陌生的城市,何须特别叫人珍视、爱惜、维护、认同……"一如《想我眷村的兄弟们》那样,《古都》再次表现了因空间的变迁而引发的认同危机。这种对台北/本土空间的认同危机在1990年代甚嚣尘上的台湾性、本土性论述中常常遭致攻击,正如邱贵芬所言"人家就会贴标签,就会说滚回去,你不认同,你走开"①。事实上,朱天心在《古都》2002年新版说明中就指出本土化运动以排除法、减法而非加法来对待认同问题,"我以为我们应该可以忍耐容让各式表达认同的语言,而非政治正确、掌权者所钦定的语言"②。正是因为要争取"一些些不认同的自由(或各自表述)的空间"她才写作《古都》。在别的文字中,她不止一次表示,写作《古都》的动机,是源于长期支撑她及她的族类的"价值与信念","87年来逐渐被主流社会(由族群政治动员而成)所质疑、讪笑、污名、乃至践踏"③。"本土化运动"正是用减法而非加法对待边缘族群的认同、记忆,所以《古都》开头第一句话便是:"难道,你的记忆都不算数?"她不仅要复现被

---

　　① 邱贵芬:《"(不)同国女人"聒噪:访谈台湾当代女作家》,元尊文化企业1998年版,第137页。
　　② 朱天心:《新版说明》,《古都》,INK印刻出版有限公司2002年版,第44页。《古都》最初发表于1996年,初版于1997年,2002年转由INK印刻出版有限公司改版发行。
　　③ 朱天心:《"大和解?"回应之二》,《台湾社会研究季刊》2001年第43期。

抹杀的记忆,还要这记忆算数,由此可见《古都》具有明确的政治指向。《古都》对90年代以来台湾现实政治的批判是相当凌厉的,批判的矛头直指以本土化自我标榜的反对党政治人物,一旦上台,他们的作为依然和他们曾极力批判的所谓"外来政权"一样,急功近利、吃干抹净,根本没有保护本土文化与本土生态。"都市化——持续的、不可避免的都市化让本土论述奉为命根的台湾性也在世界化的过程中被抽离、分割,而失去了物质基础",可见所谓"本土化""台湾经验"不过是政治人物手里的一张牌。

当然,《古都》中的认同危机不专属于个别族群,更传达了现代性带来的现代人本体性的认同焦虑、一种泛性的文化乡愁,其批判的锋芒也超越了政治范畴而具有对全球化、现代化的文化反思与批判性质。事实上,正是这点使这部作品赢得了更广泛的读者。如果说,"就其维系了过去、现在与将来的连续性并连接了信任与惯例性的社会实践而言,传统提供了本体性安全的基本方式"①,那么,现代人本体性安全感缺失、认同焦虑无疑源于由记忆、历史构成的传统的消失。传统的消失常常由于空间上的急剧变迁,这点在第三世界城市空间中表现得更加明显。可口可乐、麦当劳、迪士尼,全球化犹如一只魔手轻而易举地抹去任何一个第三世界城市的本土记忆,而第一世界的城市却可以天长地久地保有自己的记忆与传统。再者,台北又有着怎样的本土性的记忆和传统呢?乐马饭店、美琪饭店、晴光市场、万国戏院、仿文艺复兴时代式的银行、近藤十郎设计的八卦形建筑、罗斯福路、以荷兰人命名的剑湖、品种齐全的樱花树……这一切无不呈现出这座城市斑驳的创伤性历史记忆。光怪陆离的台北和单纯古意的京都的鲜明对照,实际上隐含着殖民地与殖民者历史与权力的纠葛,甚至因果渊源。但作者显然忽略了这层意义,竟让主人公手持一册日版台北地图来逛台北。作者显然更看重的是个人记忆。

正如王德威所言,朱天心"是以背向,而非面向未来。他(她)们实在是脸朝过去,被名为'进步'的风暴吹得一步一步地'退'向未来"②。朱天心对记忆、时间的偏执更典型表现在她在90年代创造的一个被台湾文坛广为引用的独特形象——"老灵魂"身上。"老灵魂"最早见于《预知死亡纪事》第一小节的标题,指"那些历经几世轮回,但不知怎么忘了喝中国的孟婆汤,或漏了被犹太法典中的天使摸头,或希腊神话中的LETE忘川对之不发生效用的灵魂们","他们通常因此较他人累积了几世智慧经验(当然,也包括了死亡和痛苦)",他们并非老人,而是中青年人,在充满喧哗骚动、瞬息万变的当代社会,他们却忧

---

① [英]安东尼·吉登斯著,田禾译:《现代性的后果》,译林出版社2000年版,第92页。
② 王德威:《老灵魂的前生今世》,《落地的麦子不死——张爱玲与"张派"传人》,山东画报出版社2004年版。

患生死、守望记忆,甚至以"记忆"来观照现实。《匈牙利之水》中由衣服上的香味儿开启了通往过去的时光隧道,在丁香豆蔻芦荟玫瑰的氤氲芬芳中,故人纷至沓来。《从前从前有个浦岛太郎》中当年怀抱着社会主义理想的青年离开待了30年的监狱回到人间,一如日本童话中从龙宫回到人间的浦岛太郎,不知道自己已经逝去的时代与青春和眼前的世界与时代之间的巨大差异与裂痕,从而上演了一幕幕堂吉诃德战风车的悲喜剧。《我的朋友阿里萨》通过一个"老灵魂"的眼睛来透视世纪末肆无忌惮地享乐与索取、纵情声色的"新人类",表现了对现代人生存困境的深深焦虑。《古都》所表达的也正是一种"伊甸不在"的"老灵魂"失乐园的痛感。"老灵魂"实际上就是现代都市中具有本体性忧患意识、关注现代人生存处境、反抗异化社会的精神族类,一如本雅明笔下的精神"漫游者",与现代社会/都市保持若即若离的关系,他们在现代社会往往被视为畸零、边缘性另类他者。朱天心这种另类他者的身份感已然与眷村族群在1990年代以来甚嚣尘上排他性的本土化运动中的命运密切相关。我们知道朱天心的眷村身份来自她的父系族谱,那么身为女性她实际上又是眷村族群中的"他者",这种双重"他者"身份感受也促使朱天心将目光瞄准女性中的他者群落,如《袋鼠族物语》中在封闭生活中失去自我的家庭主妇、《春风蝴蝶之恋》中的女同性恋者。

相对于前期写实加浪漫的叙事方式,1990年代朱天心叙事方式有了较大的转变,这固然与这一时期台湾文坛后现代主义文学思潮影响有关,但更重要的是朱天心文学观念、价值观念的转变。放弃传统意义上的情节,"借此她反可能逼近现实无明也无常的面相。她的琐碎议论姿态成为对抗历史大说的方式"①。首先是对有头有尾、有前因后果的故事情节的拒绝,作品的结构呈现出拼盘杂烩式特点,例如《古都》中穿插的大量引文,有关台北风物的历代文献、日据记载,川端康成《古都》中的片段,劳伦斯、弗洛伊德、梭罗等人的文字,更有犹如背景音乐般与小说相始终的成段成段的《桃花源记》引文。大量的引文穿插固然是对文本空间的大面积的扩张,使文本的意义内涵丰厚起来,使小说因此具有"百科全书小说"(骆以军语)的特点,但这些互不相连的引文也使小说的叙述显得断断续续,呈现出碎片化的形态。事实上,这是作者对外部历史——无论是当政者钦定的历史,抑或反对党重新挖掘的所谓"历史真实"——的不信任,也是作者对进步、文明这样现代性线性时间观念的不信任。相反,朱天心只相信自己的记忆,那种片断零落却真实的记忆。这种拼盘杂烩的特点也表现在朱天心其他小说中,如《第凡内早餐》中穿插马克思《1844

---

① 王德威:《老灵魂的前生今世》,《落地的麦子不死——张爱玲与"张派"传人》,山东画报出版社2004年版,第84页。

年政治经济学手稿》的成段议论以及关于钻石的开采、鉴别的知识,《匈牙利之水》中穿插有关香料史的专业知识以及大脑辨别、记录气味的艰涩的生化学理论,而在《预知死亡纪事》中竟然引用毛泽东《满江红·和郭沫若同志》来作为小说的开篇。即便是较少有这种拼贴色彩的《想我眷村的兄弟们》,与她1980年代的眷村书写相比较,因为中间夹杂着急切的旁白、争辩、议论与感慨,因此其中的眷村生活的回忆也显出碎片化、零落化的特点。

与故事情节同时被消解的是人物形象,朱天心90年代作品中已经很难找到有着鲜明个性、清晰面貌、完整行动的人物形象。作为一个类的代表,他们常常面目模糊,甚至连姓名都没有,只是"他""她""你""A""老B羊""老X"。在描述人物行动时,朱天心常常使用"往往""通常""大多"这类词语,充满不确定性。

尽管朱天心1990年代的创作在表面上呈现出典型的后现代特征,但是因为她的创作在后现代的外表下包裹的是一颗"老灵魂"感时忧国的心,所以不能与台湾文坛上的后现代作品相提并论。

(四)苏伟贞:眷村情结的孤岛魔幻

苏伟贞在1990年代的主要作品有小说集《我们之间》(1990)、《离开同方》(1990)、《过站不停》(1991),散文体小说《热的灭绝》《沉默之岛》(1994,获第一届"中国时报"文学百万小说奖评审团推荐奖)。其中以《离开同方》和《沉默之岛》最被关注,也正是这两部作品,标志着苏伟贞对以往闺秀式情欲书写、怀旧式眷村叙事的超越,标志着她创作的成熟。而略早于《离开同方》出版的《我们之间》,所收作品大都创作于1980年代,依然延续早年《世间女子》《红颜已老》中欲仙欲死的男欢女爱,"《我们之间》的苏伟贞还是旧日的苏伟贞,与写《离开同方》的苏伟贞实不能同日而语的"①。

对出身眷村又长期任职于军界新闻部门的苏伟贞来说,眷村一直是她生命中的重要情结,早在80年代她描写眷村生活的《有缘千里》《旧爱》等作品就在台湾"眷村小说"中占有重要地位。这两篇小说都是写与眷村相关的爱情故事,但《旧爱》中眷村已退为背景,爱情的发生地已是都市。1990年,苏伟贞苦心经营写了三年的有关眷村的长篇小说《离开同方》最后定稿,并在《联合报》连载。小说一开篇便破题"离开同方",并列呈现两个截然相反的场景,一个是离开同方,另一个则是回到同方。先写第一人称叙事人"我"(奉磊)一家搬离位于嘉南平原上眷村——同方新村的情景,紧接着毫无过度地切入多年后的另一场景,"我"按照母亲生前的遗嘱,捧着母亲的骨灰盒回到同方新村的

---

① 李有成:《眷村的童马矣时代》,苏伟贞:《离开同方》,联经出版社2002年版,第6页。

情景。汽车在摇曳着稻穗和甘蔗花的九月的嘉南平原上飞驰,"我"开始进入一条记忆的隧道,眷村的人和事纷至沓来,在不断回忆、类似电影镜头的闪回中,小说叙述了同方新村五家人,即奉家("我"家)、袁家、李家、方家、段家的各自生活形态以及彼此之间的关系纠缠,来呈现同方新村特有的生活形态。袁家袁伯伯风流成性,与眷村许多女人关系暧昧,最后被疯儿子刺死;李家李妈妈因为丈夫长期驻防在外,受人诱骗生下私生子后就此失踪,多年之后却奇迹般摇身一变为野台戏班子当红名角全如意,却患上了失忆症;方家的女儿与恋人在一场甘蔗林的大火中被烧死,却又在某个遥远神秘的地方不断来信并最终现身同方;段家性格怪异的段叔叔是个性障碍者并陷入对妻子的变态怀疑中最终发疯。眷村的第二代在这样的迷乱、没落的氛围中成长,于是个个行为怪异乖张,奉家除"我"之外,姐妹们个个神神道道,其他家的孩子也是或疯或傻、怪诞神秘,"我们村子全疯了","这里没有几个是正常的"。这样一种诡秘、怪异的眷村生活形态是以往以及同时代的眷村小说从未有过的。①

相对照作者早年的眷村小说《有缘千里》《旧爱》以及1990年代出版的散文集《来不及长》中的忆旧散文《眷村生活》中所呈现出的亲切温暖的眷村生活画面、眷村子弟的成长经验、眷村男女之间的离合聚散等,《离开同方》所描写的并不是童年记忆中常态的眷村生活,而是作者有意打破真实与虚构的界限,对眷村生活的传奇化与魔幻化。事实上这是一种更深刻的眷村生态的真实。袁伯伯、段叔叔这样的眷村第一代人,正当风华正茂之际,人生突然被拦腰折断,一半留在大陆,残余的另一半流离失所、辗转迁徙来到这座海角天涯般的陌生孤岛,四周是茫茫的大海,乡关何处!由于眷村住民大都是中下层军官,卑微的社会地位更加重了这种畸零漂泊之感。眼下栖身的眷村则是孤岛中的孤岛,同方新村是个"对外地的事知道得太少",又被异质社会所包围的封闭世界,"没有人知道他们的历史",更没有人知道他们的未来。这些"'走在半途聚在一起'的人,来去同一方,充满回忆而压抑回忆,激狂爱恨暗藏着连他们自己也不自知的孤独宿命。更有甚者,时代的残缺使一些人疯了、健忘了、无品了,或无奈地不完整地煎熬着"②。发生在同方新村中的生活乱象与人性的诡秘变态在事实上是有所指涉的。同是眷村出身的张大春敏锐地指出,《离开同方》深受《百年孤独》的影响,"同方新村一如《百年的孤寂》里的马康多(马孔

---

① 1980年代的眷村小说书写温暖的故园记忆、刻骨铭心的成长经验,而1990年代的眷村小说则表现出强烈的族群记忆、身份认同,《离开同方》显然都不属于这样的范围,是眷村书写中的另类。

② 陈义芝:《悲悯感人:为一个时代作结》,苏伟贞:《离开同方》,联经出版社2002年版,第6页。

多——笔者）村，是某个处于乱世的国族的缩影"①。同方住民精神封闭、孤独与怆然，村子里弥漫着神秘、暧昧而又悲情的氛围，穷街陋巷随时随处浮现出的痴呆、病态、怪里怪气的孩子的脸，这一切像极了加西亚·马尔克斯笔下的马孔多村，眷村一族就是脸上烙着"孤独"烙印的"布恩蒂亚家族"。②

在表现手法上，《离开同方》也深受《百年孤独》的影响，尤其是在时间的处理上，同方新村对于人物来说是现实，对于叙述者"我"来说却是过去，叙述者有意穿梭于现在的过去、过去的未来之间，离开同方与回到同方之间，有意利用时空的交错与重合、记忆与现实、幻想与真实的重叠和错位来构筑一个亦真亦幻的眷村世界。正如她自己在再版叙中所言，"生命是没有时间与空间的，人类追求永恒，但是没有真正的永恒，打破时、空限制的那一刹那间便是永恒；人生也没有什么过去与未来，那只是一种相对性的分际。如此说来，生命也没有什么失去与得到了？没有绝对的黑与白……"③小说对同方新村中种种乱象的描述并没有指向道德评判、因果报应，而是在超越了黑白善恶、爱恨情仇之后，对人性的巨大悲悯、对一个时代的伤怀与苍凉作别，不经意间苏伟贞还是流露出张派传人的风骨。

事实上《离开同方》不是一般意义上的眷村小说，正如上文所提到的，写《离开同方》的苏伟贞已经是一个全新的苏伟贞了。她已经超越了具体眷村生活素材的限制，将眷村作为一个道具、一个框架来表现一个时代的孤独与残缺。有学者指出，眷村所以成为苏伟贞创作的一个挥之不去的情结，不仅仅是因为她来自眷村、熟悉眷村，更深层的原因是，"眷村"的封闭性、隔绝性犹如台湾社会的"大陆孤岛"，而正是从这种孤岛性中，苏伟贞找到自己对世界与人生的理解。封闭性的岛屿意象不断出现在苏伟贞的文学世界里，如《封闭的岛屿》《沉默之岛》《孤岛张爱玲》。

1994年获得第一届"中国时报"文学百万小说奖评审团推荐奖的《沉默之岛》，正是借用孤岛意象来表现人、个体生命尤其是女性自我生命的孤独感，该小说也主要是通过切入女性的身体来表现这种孤独感。身体与自我的关系一直是现代哲学的议题。现代哲学的转型使得古典时代先验的思辨主体为肉身主体所替代。但"身体"并不像我们所理解的那样是与生俱来的，依据福柯的观点，历史中"身体"实际上充满权力机制。诸种穿越身体的权力中一种最重要的、最基本的权力形式就是性别权力。躯体的代码化实际上隐藏着深重的

---

① 苏伟贞：《离开同方》，联经出版社2002年版，第9页。
② 这样的意味在早年的眷村小说《旧爱》就初露端倪，来自眷村家庭的典青就暗藏着自闭与疯狂的因子。
③ 苏伟贞：《再版序——分解记忆》，苏伟贞：《离开同方》，联经出版社2002年版，第1页。

性别意识形态。"身体"从来就不是一个抽象、中性的概念,它必须分为具体的男性的身体和女性的身体。① 女性主义身体伦理认为,"父权制文化秩序中躯体作为女性的象征,被损害被摆布,然而却未被承认。躯体这一万物和社会发展永恒的源头被置于历史文化和社会之外"②。因此,虽然父权文化秩序有着无比丰富的关于女性躯体的修辞代码系统,但这只是"空洞的能指",真正的女性躯体始终是历史与文化的缺席者、沉默者,处于晦暗不明的状态中,这也正是女性自我的状态,游离于历史、话语之外,语焉不详。这便是苏伟贞"沉默之岛"的真正含义。小说中母亲与晨勉两代女人相似的沉默,甚至在《旧爱》中桀骜不驯的主人公典青一生默然无言的状态,这些细节实际上都是互相指涉的。这让人想到大陆诗人翟永明所创造的象征女性本体性存在的著名的"黑夜"意象。女性要改变这种状况首先必须赎回自己的身体。因为本真性的女性"身体"是女性唯一没有被菲勒斯统治世界污染的东西,也是女性在这个世界上的唯一所有,它外在于一切语言制度而存在。女性写作必须写自己的身体,"写你自己,必须让人们听到你的身体,只有到那时,潜意识的巨大源泉才会喷涌,我们的气息才会布满世界"③。只有在这样的知识背景上我们才能理解小说的内容。

《沉默之岛》的主人公霍晨勉,他的家庭背景十分晦暗,母亲杀死不忠的父亲,被判无期徒刑,后在监狱中自杀。晨勉从小对男人、男权社会之于女性的种种宰制产生强烈的心理抗拒,长大以后更是拒绝男权社会一切秩序,不为人妻、人母,甚至居无定所,游走漂泊。尽管她不依靠男人、特立独行主宰自己的命运,但却无法逃脱身体的宿命,"没有办法控制性……好像受到身体的奴役,一直要迁就它"。女人的身体不断指向他者,这正是女人的宿命。她的身体不属于她自己,她的子宫用来存放男人的精液,进而将它们孕育成胚胎,衍变为她与男人共同的后代,然后吮吸她的乳汁,甚至她的快感也来自男人的给予,她必须借助男人才能完成由少女向女人过渡的人生历程。而男人永远是自己身体的主人,"男人永远比女人自由"。身体原本是所有权最明确的,而女人的身体却这样的晦暗不明,一如女人的自我④。于是,晨勉便幻化出另一个"真实的晨勉",一个有同样的姓名却具有完全不同家庭背景与人生境遇的女人。这个女人实际上是作为晨勉的镜像而存在,显示出女性自我认识、自我探寻的努力。尽管两个晨勉境遇迥异,但在一点上却惊人的相似,那就是对男权秩序

---

① 王宇:《性别表述与现代认同》,上海三联书店2006年版,第202页。
② [英]玛丽·伊格尔顿:《女权主义文学理论》,湖南人民出版社1989年版,第359页。
③ [法]埃莱娜·西苏:《美杜莎的笑声》,张京媛:《当代女性主义文学批评》,北京大学出版社1992年版,188页。
④ 大陆作家林白90年代轰动一时的女性成长小说《一个人的战争》中也出现过类似的思想意向。

身体原则的反叛。两个晨勉都将性变成吃饭、睡觉一样的日常事务,在一个又一个男人间漂泊,不管这些男人的身份、地位、国籍、性倾向,也不管彼此之间是否真有爱情,对她们而言,这些都不重要,重要的是,她们在性爱过程中的主体性地位、对自己身体甚至对方身体的主控权。"身体不仅是我们'拥有'的物理实体,它也是一个行动系统,一种实践模式"①,身体是自我认同最为内在的场域,借此,自体自根性的女性自我才得以出场。这是两个晨勉共有的现实,也是所有的女人共有的现实。小说的最后,两个晨勉都怀孕了,一个选择堕胎,另一个却决定将孩子生下来并为孩子找了一个同性恋者当父亲。殊途同归,同样是对作为父权制基石的生殖主义的重重的一击。特别值得一提的是,小说对女性身体、情欲、自我的勘探并不像传统女性主义所设置的那样走向凝固化、本质化,而呈现多种样态与不确定性、流动性:"独处或婚约、禁欲或滥交,于她们而言都是一种情欲存在的状态,随时准备流动到另一种可能。"②因而女性自我的本质也是永不确定的,用小说主人公自己的话说:"它永远有不同细节部分可以试探,永远有它的犹疑性。"由此亦可见出90年代台湾文坛盛行的后现代主义思潮对苏伟贞创作的濡染。

(五)袁琼琼:恐怖日常化的恐怖时代

同样出身眷村的袁琼琼在1980年代曾以描写乱世中眷村男女错综复杂的情爱恩怨和艰难生计的长篇小说《今生缘》,以及短篇《自己的天空》《沧桑》,蜚声文坛。1990年代伊始,她出版了小说集《情爱风尘》(1990),其中包含《自己的天空》《江雨的爱情》《流水年华》《烧》等15个短篇小说,都是早年的精彩旧作。滚滚红尘,万千情爱,袁琼琼对自己笔下的痴男怨女始终持一份张爱玲式的警醒,尤其是女性在"情爱风尘"中的宿命,《自己的天空》中的静敏丈夫移情别恋让她看透自己的婚姻,主动离婚,离婚后的静敏为自立、为"自己的天空"苦苦打拼,但最后还是做了另一个男人的情妇,这似让人想到那个遥远的谶语:娜拉走后不是堕落就是回来。90年代袁琼琼的精力基本上在影视剧本的创作,直到1999年,她才又出版了汇集了30则短篇速写的作品集《恐怖时代》(包含《口》《米》《咳嗽》《宠物》《蓝胡子》《断了头的太太》等篇章)。

《恐怖时代》描写了现代都市生活中种种神秘、怪诞的事件,令人匪夷所思甚至毛骨悚然却又忍俊不禁。《口》中因丈夫有外遇而自杀未遂的怨妇,不仅

---

① [英]安东尼·吉登斯著,赵旭东等译:《现代性与自我认同》,三联书店1998年版,第11页。
② 王德威:《以爱欲兴亡为己任,置个人死生于度外——苏伟贞论》,《落地的麦子不死——张爱玲与"张派"传人》,山东画报出版社2004年版,第143页。

从此不再进食,而且一夜间突然获得烹饪美味的异禀,从此留住丈夫,"她用美貌做不到的事,现在她的手艺做到了"。《米》中的女人曾在晨跑时路遇一具腐烂、生出白蛆的尸体,从此每天半夜梦游,起来买米做饭,一粒粒肥白的白米饭,转眼却成了一锅白白胖胖的白蛆,并且从自己身体各个部位往外冒出。还有那撅着屁股猛找断了的头的官太太(《断了头的官太太》)、大街上排列整齐等待出售的婴儿(《宠物》)……袁琼琼既不故弄玄虚、敷衍灵异,也不营造阴森鬼魅的氛围,以平淡的叙述来呈现荒诞不经的情节,荒诞不经的情节背后又是对现代社会更大真实的揭露,就这样在平常与反常之间、荒诞与真实之间造成读者心理承受的巨大落差,以此达到类似黑色幽默的效果。例如《宠物》,写"我"和女朋友唯唯在电影院门口百无聊赖地等待电影开场,有人开着车卖婴儿,各式各样漂亮的婴儿整齐陈列在面包车一格一格笼子里等待出售,"我"和唯唯禁不住小贩的再三推销,打了折后,挑选了一个与自己相配的婴儿抱回家,按照饲养宠物的全套方式把这个婴儿养了起来,喂食,清理排泄物,去医院做防疫注射,婴儿先是给他们带来许多开心,后来,则吵得他们日夜不宁,于是,他们把婴儿关进封闭的储存间,让他自生自灭,并盼着他早死,"他怎么这么耐命啊""估计他一时死不了,又不能杀了他",最后,女主人慨叹道:"以后再也不养宠物了。"平淡的、不经意的、若无其事的叙述读来却让人心惊肉跳、手脚冰凉,滑稽荒诞甚至带着喜剧色彩的场景却让人不寒而栗,这就是现代社会抑或未来世界中的人类吗? 显然《宠物》是对生命、亲情、人伦、爱,这些人类生存的最基本底线最残酷的挑战与戏谑。袁琼琼已经不再是"情爱风尘"中的袁琼琼了,尽管她依然关注男欢女爱,但不再有一丝的温情和爱意,不再有怨女、痴女,而是一个又一个的空心人,就连"恐怖"这种人类的基本情感也变了质,"在这纷然错乱的人生里,惊天地、泣鬼神的恐怖早已被无限架空、延搁了。我们失去了惊畏惧怕的对象及能力,我们胡乱对付着,这才觉得恐怖——恐怖得好笑"。如果说女作家常常借着鬼魅幽灵意象来触及男性世界中被视为禁忌的话题、被压抑的欲望,这一传统在台湾有李昂、施叔青、苏伟贞、陈雪、洪凌,在香港有李碧华、钟晓阳,在大陆有残雪、林白的话,[①]那么,袁琼琼揭示出最可怕的"恐怖时代"是"恐怖已被日常生活化"。这是她对中国文学鬼怪叙事传统,尤其是对女作家"鬼话"传统的创新。

(六)李元贞:爱情私语与身体新伦理

李元贞,1946年生于云南昆明,台湾大学中文研究所毕业,曾赴美国研修

[①] 王德威:《女作家的后现代神话——评袁琼琼〈恐怖时代〉》,《落地的麦子不死——张爱玲与"张派"传人》,山东画报出版社2004年版,第209~210页。

戏剧,返台后任教于淡江大学,积极投身妇女运动,担任许多实际工作,成为七八十年代台湾妇女运动风云人物。创办《妇女新知》杂志以及"妇女新知基金会",主要作品有小说集《还乡与旧梦》《妇女问题研究争论》,散文集《妇女开步走》《女人的明天》《解放爱与美》等,诗歌创作也颇具影响,出版有《女人诗眼》《女性诗学:台湾现代女诗人集体研究》等。《爱情私语》(1992)是她的第一部长篇小说,也是她最重要的作品,此后她又出版小说《婚姻私语》(1994)等,集中探讨有关爱情婚姻的问题。

李元贞的长篇小说《爱情私语》甫一出版,就在台湾文坛内外引起不小的轰动。小说的主题就是女性的身体,文本里有大量关于女性身体(特别是一向被视为禁忌的一些部位)的详尽描写,惊世骇俗,表现了激进女性主义的身体观念,那就是做自己身体的主人,享受自己的身体,身体就是自我,身体的解放才是女性的解放。主人公何未名(后改名为何来明)26岁,孤身在美国留学,先是被男友抛弃,又遭遇各式各样男性的骚扰,让她倍感女性身体的宿命,后又被美国人尼尔森诱奸,由于对自己身体的无知和长期的性禁忌,在与尼尔森的性关系中,始终处于被动承受地位,尼尔森最终带给她堕胎的创痛,但经历了这一切后,她朦朦胧胧有了身体的渴望,后来她又和邻居小张交往,她的身体渐渐苏醒,获得了身心合一的主体性。"直到交过尼尔森和小张,她才对自己的身体产生休戚与共的感情,尤其是堕胎的经验,她才知道女人的性器官是多么需要爱护",在何未名的性别经验中,爱情是缺席的,不是借助爱情,而是借助性,借助男人的身体,她才走向性别自我的成长,也即是说男人的身体只是唤醒女性身体的工具,是女性性别主体成长的催生物,一旦这个主体历史性地出场,这个工具也就被弃置不顾。何未名最后在自慰中获得安宁,女性的身体是自足的,不再借助任何他者而抵达涅槃境界。① 小说不仅大胆地将被视为禁忌的女性隐藏的身体经验带入公共的文化空间,从而挑战男权社会的文化规则,同时创制了一套崭新的女性身体伦理。

特别值得一提的是,这本书封底赫然打出"良家妇女的黄色小说"的招牌,这并不是哗众取宠,当然,也许不排斥书商的营销策略,但在作者,却是一种具有深度的文化行为。长期以来,"女人的性满足常见于淫妇身上,造成良家妇女排斥性之社会现象。我的小说尝试以良家妇女的角色来面对性、处理性、在性经验中成长……"②父权文化惯于制造二元对立、两极化的刻板的女性形

---

① 这样一套激进的女性主义身体伦理同样出现在大陆作家林白1990年代著名的女性成长小说《一个人的战争》中。尤其是《爱情私语》第156页一段何未名自慰的场景描写与《一个人的战争》扉页上一段曾经引起轩然大波的文字几乎如出一辙。

② 林耀德:《"她"的媒体与"她的媒体"——李元贞〈爱情私语〉实例操演》,郑明娳主编:《当代台湾女性文学论》,时报文化出版企业1993年版,第117页。

象,贞女(良家妇女)与荡妇,这两种女性形象实际上都是"所指"缺席的空洞"能指",是两种符号,前者是道德的符号,而后者是性的符号,用来满足男权社会对女性的两种功能期待,而与历史中真实存在的女性经验无关,这两种符号演化成两种刻板、僵硬的文化规范,深重地压抑宰制了女性有血有肉的人生。良家妇女不能有性的渴望,否则就是荡妇,而"良家妇女的黄色小说"则公然挑战了良家妇女/荡妇之间界限,还原出女性人性的丰繁多元的真实样态。①

二、超越传统乡土叙事

(一)凌烟:画眉失声与角色僭越性体验

凌烟,本名庄淑贞,1965年生于嘉义,台湾省台南县人,因自幼喜欢歌仔戏,高雄高工毕业后曾离家出走进入野台歌仔戏班半年,跟随剧团四处流浪,后因歌仔戏班的沦落而离开。出版有小说集《愤怒的杜鹃》(1986)、《泡沫情人》(1988)、《莲花化身》(1989)等,1990年代以来的主要作品有长篇小说《失声画眉》(1990)、《爱情夏威夷》(1991)。代表作《失声画眉》获得《自立晚报》百万小说大奖,也是该奖项设立17年以来第一部获此奖项的作品。1992年被拍成电影,产生很大的社会反响。

《失声画眉》是继1960年代洪醒夫的《散戏》、陈若曦的《最后的夜戏》之后又一涉足歌仔戏②题材的小说。《失声画眉》的时代背景发生在1960年代至

---

① 大陆作家铁凝的《永远有多远》写自小深刻内化外部道德规训的好女孩白大省,在自我压抑、自我禁锢的落寞枯索中,渐渐羡慕风骚的坏女孩西单小六,呈现出真实的女性身体/生命对外部道德规训的反抗。这也再次反映了两岸女性主义书写面对共同的文化传统因袭的相近姿态。

② 明末清初大批闽南人随郑成功移居台湾,带去锦歌、车鼓弄、采茶褒歌等曲艺说唱,至20世纪20年代开始融合为小戏演出。后受正字戏、高甲戏、北管戏、潮剧、京剧的影响,逐渐丰富定型、搬上舞台,这便是歌仔戏。歌仔戏在台湾形成后一直不忘祖家。1928年,台湾歌仔戏班三乐轩以回乡祭祖为名,回闽南、厦门等地演出,霓光班、霓进社接踵而来,轰动一时,其乡音和曲调深深感染了家乡的观众,他们专门从台湾请来歌仔戏的师傅教练歌仔戏,闽南歌仔戏名角不断涌现、演技大大提高,迅速在闽南语地区流传开来并传到东南亚华侨聚居地。由于它流行于闽南芗江地区,所以又称芗剧。芗剧与台湾歌仔戏同根同源,是同一剧种的两个名称。歌仔戏是唯一形成于台湾本土的民间戏曲,也是地方戏中最具台湾地方特色、流行最广的一种地方戏曲。而他的产生、发展历程最能体现两岸文化同根同源的色彩。歌仔戏在台湾曾受到日本殖民者的压抑,光复以后得到恢复,其中1950年代是歌仔戏最辉煌的时期,剧团总数达到230多个,占台湾各种剧团的近半数。随着台湾1960年代以后工商社会的崛起,受现代艺术形式、娱乐业的冲击,歌仔戏风光不再,和一切传统戏曲一样,不受年轻人欢迎,仅在老年人中流行。1990年,台湾成立"台湾歌仔戏协会"旨在挽救、推进这一传统的艺术形式。

1980年代，作者以全知的视角，描述了一个名叫"光明少女歌剧团"的歌仔戏班，辗转在台湾乡村和小镇表演时在途中发生的种种人事幻变。这个剧团原来是歌仔戏团，大部分团员因年幼家贫，被家人送到戏班，为家人挣得一笔微薄的生活费，她们小小年纪便开始了随着戏班东奔西走的漂泊生活，"像浮萍没有根，随着风吹水流，每个停住都是短暂的，必须等到老死才能结束这种流浪"①。由于戏班子常年辗转迁徙，与常态的社会结构脱离，这些女演员们根本无法拥有常人的婚姻生活，这是她们无法逃脱的悲剧命运。戏班自成一个小世界，但在这个封闭的世界里男权传统显得变本加厉。阿金年轻时曾是另一歌仔戏戏班里的当家苦旦，大好的青春年华为班主换来大把钞票，而到头来阿金自己却落得个给光明少女剧团的班主当细姨（小老婆）的下场。不仅身怀六甲还要走村串镇为班主赚钱，而且当喜新厌旧的班主又要迎娶新人时她只能"无声流泪"。

小说对众多女演员性格、命运的叙写不仅与女性在男权社会的悲剧处境相结合，而且与歌仔戏这一台湾民间传统艺术形式在现代工商社会日益式微的命运相结合。肉感姨年轻时漂亮且演技出众，恰逢歌仔戏黄金时代，她戏名远播、红极一时，而如今年老色衰又逢歌仔戏不景气，已经45岁的肉感姨不得不为了生活去替人家表演牵亡歌。肉感姨的一生就是一部歌仔戏的兴衰史，"从黄金时代到繁华落尽，从辉煌的戏院到简陋的路边野台，她们没有深刻的悲哀，有的只是生活的无奈"。随着竞争的加剧与生存的压力，戏班不得不在电子花车充斥的"野台戏"世界挣扎求生，被迫逐渐与新的表演文化妥协，放弃传统歌仔戏的表演方式，转变为以出卖肉体、穿插新剧的方式来维持戏班的基本观众市场。当歌仔戏班沦落到出卖色相的地步时，歌仔戏这一民间戏曲剧种也就失去往昔的地位，成为不太体面的行业。热爱传统歌仔戏的少女慕云，在随着"光明少女歌剧团"的流浪中，目睹了歌仔戏日益变质的过程，终于在幻灭之后，离开戏团，写下这部"歌仔戏的最后记录"。对自幼浸淫在歌仔戏这一台湾本土草根艺术氛围中的少女慕云而言，歌仔戏无疑代表着一种原乡理想。歌仔戏的沦落对少女慕云已然是一种洗礼，理想幻灭了，她也成长了。将性别的成长与土地、原乡的想象相纠缠，这正是1990年代以来台湾女性乡土书写的重要特点。

与五六十年代的"新移民"作家不同，1970年代崛起的台湾乡土文学的"原乡想象"不再是大陆原乡，而是台湾本土，《失声画眉》正是延续了这一原乡想象的路径，歌仔戏作为台湾民间土生土长的艺术形式，显然是非常合适的原乡想象的载体。歌仔戏班是一个最讲伦理传统的旧式社会结构的缩影，歌仔

---

① 凌烟：《失声画眉》，自立晚报社文化出版部1990年版，第91页。

戏本身具有浓厚的象征意味,俨然就是本土传统的象征。通过歌仔戏的沦落,来表现台湾60年代以来工商社会的崛起对农业文明的剥夺,书写"原乡不再"的怅然,为本土/农业文明唱一曲无尽的挽歌。但倘若这部小说主题仅限于此的话,那么,它不过是在延续1970年代以来乡土叙事的惯例。

这部小说的创新之处恰恰在于对这个惯例的超越。台湾乡土叙事总喜欢在现代/传统,西方/本土,工商社会/农业社会的二元对立中来建立自己的原乡想象,在《失声画眉》中,这样的二元对立似乎也非常明显,正如邱贵芬指出的,《失声画眉》重复了一般小说的隐喻,理想—农业社会记忆—高尚;现实—工商社会—堕落。但小说却一再将"书写的触角,伸张到被主流社会文化忽视的一群边缘女性人物,透过她们的情欲活动,呈现出'乡土想象'大叙事通常不去探索的女人私密、幽暗、被压缩的生活空间"[①]。例如小说对歌仔戏班女演员幽深的内心世界,尤其是她们之间的同性恋情,进行了细致描写。当然,这样的描写也引起很多争议,甚至被认为对歌仔戏的形象造成了负面影响。但这样的叙事却呈现歌仔戏班作为封闭的小社会自身的伦理与价值观,传统歌仔戏班女多男少,演员的生活漂泊不定,歌仔戏女演员的婚姻大多成问题。实际上即便是在歌仔戏的黄金时代,女演员们的婚姻也大多不幸。纵然红极一时,大受追捧,一旦谈婚论嫁,人们还是嫌弃她们身份低贱。这就导致她们对男性世界的排斥。再加上戏班外出演出时,为了方便两人常常同睡一床,当女演员们"发现彼此无心的抚摸,竟会带来难以言语的美妙感受时,不禁更急于探索其中的奥秘,而最终逐渐深迷在一个没有男人的世界里"。叙事将女演员之间的同性恋情表现得热烈执著,不夹带现实利益关系,如豆油哥和小春、家风和爱卿,与小说中的几对或沉湎于金钱利益、或沉湎于纯粹的感官刺激的异性恋关系形成鲜明对比。歌仔戏班的同性恋并非像一些评论家所指出的那样是社会变迁、歌仔戏衰落、道德堕落的结果,而是歌仔戏班在工商社会冲击之前原本就具有的"传统"。于是,一方面,歌仔戏班本是个最讲伦理传统、最保守的原乡农耕社会结构的缩影,另一方面,这最传统、最保守的社会却一直是建立在最僭越父权传统规范的女性同性恋关系上。"如果说在《失声画眉》里,歌仔戏代表着'乡土''传统',这个'乡土传统'的塑造与女人最不传统的情欲关系有极其暧昧难解的关系"[②],这样的一来,《失声画眉》就提供了与主流乡土文学中纯净、美丽的原乡想象有差异性的另一种乡土想象,这正是这部作品

[①] 邱贵芬:《女性的"乡土想象":台湾当代乡土女性小说初探》,梅家玲主编:《性别论述与台湾小说》,麦田出版社2000年版,第134页。

[②] 邱贵芬:《女性的"乡土想象":台湾当代乡土女性小说初探》,梅家玲主编:《性别论述与台湾小说》,麦田出版社2000年版,第133页。

的意义所在。

(二)蔡素芬:盐田儿女与性别化乡土经验

蔡素芬,1963年出生,台湾台南县七股乡人,在台南乡村度过童年,后随父母迁入高雄市。私立淡江大学毕业,后就读于美国得州大学双语文化研究所硕士生班,1992年回台湾。曾任"国文天地"杂志主编,"国语日报"少年版主编,《自由时报》副刊主编等职。大学时代开始文学创作,多次获校园文学奖。1986年以短篇小说《一夕琴》获得"中央日报"百万征文短篇小说第一名,后又获联合文学新人奖。1990年代左右出版的主要作品有短篇小说集《六分之一剧》(1989)、《告别孤寂》(1992)、《台北车站》(2000),中篇小说有《白氏春秋》《水源村新年》(1991年获第五届联合文学中篇小说推荐奖)、《返乡》等,长篇小说有《盐田儿女》(1994)、《姊妹书》(1996)、《橄榄树》(1998)等。《盐田儿女》获得1993年《联合报》长篇小说奖(《盐田儿女》以单行本出版前先在《联合报》上连载)。

对故乡台南乡村的记忆深刻影响着蔡素芬的创作,尤其是其代表作《盐田儿女》。作者把小说背景置放在1960年代至1980年代,这是台湾社会由农业社会向工商社会转型的时代。作者叙述了一个乡村女性在盐田村落的历史变迁中的成长,以及乡村人的情感世界和生命逻辑。女性的成长叙事与时代的乡土经验深刻地缠绕在一起,因而小说带给我们的意蕴是丰富多元的。首先是小说在对女主人公命运的叙述中呈现出一种性别化的乡土经验。女主人公明月美丽、聪颖、能干,是盐田村落最出色的姑娘,她和村里同样出色的小伙子大方青梅竹马、深深相爱,但命运不能容忍这份爱情。明月很小就开始承担起家庭的重任,成为年幼的弟妹、久病的母亲的依靠,为了能够把明月继续留在家里养家,父母决定让她走招赘婚的道路,将她配与粗暴浪荡的赌徒庆生。从此明月的人生更陷入悲惨境地,她拖着怀孕的身体在烈日下担盐,像男人一样到高雄港口出卖苦力、含辛茹苦生养四个儿女,还要忍受丈夫的拳脚。大方却不愿放弃无望的等待,终于一个偶然的机会,上天赐予明月和大方"一生一世最诚挚、激情的一次",并有了他们的女儿祥浩。不久,无望的大方远走他乡,闯荡人生,杳无音信。多年后明月拉家带口到高雄打短工讨生活,在一家公司从事繁重肮脏的清理船舱货柜的工作,不期然间重逢已经是这家公司董事长的大方,大方不改初衷,并且大方的妻子也已经去世。只要明月愿意,他们可以重新开始,明月的命运将会有天壤之别,但明月再次拒绝了大方。小说最后写到明月婉拒了大方情意,坚定地走向回家的路:

> 往日回家的路上总令她不安,怕庆生不知又要如何对待她,但今日遇见了大方,虽是尴尬,却像找到了信仰,对回家不再感到惧怕不安了,大方

总是给她安稳。到了这年纪,能见他一面也算了了心愿,可是她心里的决定不会改变的,除非他能自己发现,否则她永远不会让大方知道祥浩是他女儿,不管怎样,她有她的家,庆生需要家庭的安慰,若事情泄露出去,孩子们会如何激动看待他,庆生又会多么伤心绝望,他现在的情况受不起打击的,而祥浩是他最疼的孩子,不,一定不能让大方知道,以大方的个性,他若知道了终会闹出事来,甚至要回女儿,她要守这秘密,永远守着,就像永远守着大方和他共同的甜蜜往事。

尽管明月的选择让人有"哀其不幸怒其不争"之感,但作者对明月性格逻辑的设定还是相当吻合明月所成长的闭塞的台南乡村传统保守的道德、礼俗氛围。尽管时代变迁,明月也已离开"那块贫瘠到只有盐会生长的土地"来到都市,但因为婚姻的不幸,苦难依旧如影随形。明月无法摆脱这块土地,无法摆脱盐田女儿古老的宿命,盐田的儿子们却可以凭借时代的机缘改变命运。大方可以在爱情破碎后远走他乡,在现代都市高雄成就一番事业,明月的弟弟明辉也可以通过读书识字改变命运,明月和她的姐妹们却难逃劫数,她们也许可以摆脱土地的羁绊却无从摆脱这块土地馈赠给她们的宿命,只因为她们生来是"查某囡仔"(女孩)。这让人想到廖辉英《油麻菜籽》对"查某囡仔是油麻菜籽命"的叙述,从这个角度而言,《盐田儿女》似乎承继了廖辉英那一代女作家"一笔写尽台湾妇女 30 年悲苦生活"的女性写作传统。但从明月身上我们也能看到《盐田儿女》对这一女性写作传统的超越。

明月对命运的承受与包容似也包含着一种独特的女性伦理。阻止明月奔向幸福的固然是乡村传统父权制度森严的道德与礼俗的桎梏,但却也与明月对土地的独特认同态度不无干系,她始终认为如果自己不顾一切与大方私奔,"我们俩将是村里的笑柄,会让父母无颜做人,这是我们生长的土地,若使得父母也难在这块土地上站起,我们一辈子也不会幸福的"。破碎的爱情、无涯的苦难,这一切都无法摧毁明月,她以博大的坚忍和包容从容面对命运,在日出日落的平静劳作中坚守着对生命、土地、亲人的挚爱,还有心中的那份遥远的恋情,对于历经沧桑的明月而言,这份情感已经超越了对大方这个具体的人的爱,而是一份对人生的美好念想。对"一枝草一点露"的生命信念,大爱无疆。明月以一份大爱照亮了自己的生命,也照亮了爱她和她爱的人们的生命。

明月的形象让人想起大陆作家迟子建的短篇佳作《逝川》中的乡村女性吉喜。男权文化规范造成吉喜一辈子孑然一身的凄凉身世,但她平静豁达地在日出日落间劳作,一次又一次迎接新的生命,一年又一年安慰逝川上游来的泪鱼。正是对自然和生命的挚爱,对命运的承受与包容,成就了女性存在的尊严与高贵。由此可以看出,乡土与底层,这样的一种空间与阶层的经验事实上参与建构了乡村女性的性别位置,这样的位置与都市中产阶级女性是如此的不同。不仅如此,《盐田儿女》所表达的性别经验与《桂花巷》《泥河》以及其他女性乡土小说也不同,后者展现的只是单纯的乡村传统父权结构对女性的压迫,而前者除了表现乡村父权传统对女性命运的桎梏外,还展现了经济等其他因素在女性乡土经验中的重要作用,提醒我们"父权压迫并不是决定'女性'乡土经验中唯一要素"①。明月一生的境遇见证了多种社会力量参与建造女性的人生经验。

原乡情怀无疑是这部小说最重要的叙事诉求,正如作者自己在自序中所说:"故事以感情为诉求,纪念风土人情的意义远胜于其他企图。"②小说把我们带到台南海边乡村浓郁的地域风光中:闪着银光的连绵的盐田、飞翔于盐田上空的白鹭鸶……风物人情、乡音乡俗、谚语民谣营造了扑面而来的乡土气息,正如小说获奖之际评审委员会评委李乔的评语所说的那样:"文字间流动着炎热的南台湾海边盐田的风貌,抓住了那种阳光、空气与水分。作者酿造的气氛非常成功。"这篇小说获奖的重要原因无疑是它所提供的原乡想象慰藉了现代工商社会人们的文化乡愁,引领了一条精神还乡之路。叙事似乎也在处处显示乡土叙事惯例中的城乡二元对立,即盐田—乡村—纯朴、浓郁的人情—美好的理想,高雄港—都市—冷漠无情的生存竞争—残酷的现实,无论是明月还是大方,他们虽然到高雄港讨生活,但心中无时无刻不在想着盐田那块土地。但叙事也一再超越乡土小说中常见的城乡二元对立的刻板叙述模式,在有意无意之间"颠覆它表面刻意张显的所谓的'乡土之爱',小说虽然明显地把'乡土想象'浪漫化,凸现人物对盐田的眷恋,但是透过小说写实的人物心理活动记录,我们却看到,如果在某一个层面上,都市代表着现实生活的枷锁,'乡土'暗示着救赎和自由,在另一层面,'乡土'也可能是重重加身的锁链"③,都市却是一个"有希望有前途的所在,未来的日子会闪亮着无数意想不到的惊奇"。在明月的内心世界中,乡土的这种两面性有着清晰的呈现,尽管明月热爱脚下的土地,但得知在这块土地上自己必须走招赘的路时,明月明白"她的未来也要一成不变地操作盐田,看海上日起日落,抓虾捕鱼,这原是她爱的,但此刻竟激不起一丝兴奋了"。对男主角大方而言也是如此:"在那块贫瘠到只有盐会生长的土地,一个年轻人是没有希望的,日出日落的担盐捕鱼,他将像

---

① 邱贵芬:《女性的"乡土想象":台湾当代乡土女性小说初探》,梅家玲主编:《性别论述与台湾小说》,麦田出版社2000年版,第130页。

② 蔡素芬:《盐田风日——〈盐田儿女〉序》,联经出版社1994年版,第4页。

③ 邱贵芬:《女性的"乡土想象":台湾当代乡土女性小说初探》,梅家玲主编:《性别论述与台湾小说》,麦田出版社2000年版,第129页。

父亲及先人般衰老在这块土地上，一成不变地靠阴晴不定的天气过日子，一成不变地怀着贫穷的卑微，期望老天送来好年东。若他一直在村子里待下去，那些游走小路上和蹲在庙门晒太阳的老人就是他未来的影子，生命似有若无地在风吹日晒里默默地完结了。""在这里城乡意义反转：盐田＝贫穷＝无法掌握的命运，城市＝繁华＝开拓将来的自由"①，正如我们在《失声画眉》中所看到的那样，在女性的乡土书写中，原乡想象并非一味的纯净与美丽，反而呈现出乡土的复杂性与歧义性。造成这种复杂歧义的不仅有性别的因素，还有阶层、经济等各方面的因素。

当然，小说固然有对传统乡土叙事的超越，但同样也有对传统乡土叙事的承继，那就是以深厚的人道悲悯情怀来表现底层人物卑微执著的人生，乡土之美、人情之美总是抚慰冲淡着乡土之痛、生存之痛。这使作品罩上一种温暖的感伤。正如前面所提到的，由于小说在20世纪60至80年代台湾社会由农业社会向工商社会转型的背景下来叙述一个乡村女性的成长，便使这部作品无论在时间还是空间的延展上都拥有开阔的视角。盐田村落的历史变迁，港都高雄的崛起，盐民们生存方式的变更以及与此相连的民间村社习俗、仪式、庆典的兴衰，在现代都市的挤压下传统乡村的日益颓败，离乡别土进城讨生活的盐民们在都市里的漂泊与挣扎、沉沦与发迹，这一切无不尽收文中。

《盐田儿女》在艺术表现上相当传统、朴拙，正如作者自己所宣称的："故事以感情为诉求，纪念风土人情的意义远胜于其他企图。写法传统，无非是对人物有了真诚的感悟，宁以切和他们感情的方式，平实表达俗世生活，大千世界，惊涛与静浪原可并容，此物无意故作诡异瑰奇。故事是大众里的，自然也要归属于大众。"大量运用闽南方言、俚语、歌谣，不仅使小说充满浓郁的地域风情，更凸现了作者所追求的"归属于大众"的草根气息。

1980年代以来崛起于台湾文坛的新女性主义文学，其背景是不断壮大的知识女性和职业女性群体，因此，乡土一直是新女性主义文学的盲点，这点与大陆情形非常相似，《失声画眉》《盐田儿女》恰恰填补了这一空白，展现了特殊的空间（乡土）与阶层（底层/边缘）的经验是如何影响了女性性别位置的建构，换一句话说，女性的性别位置、经验会因为空间、阶层身份的介入而呈现不同的色彩。显然，《失声画眉》《盐田儿女》预示着台湾女性主义文学的一种新的话语场地。凸现了乡土想象中一向被忽略、漠视的性别观点，这在某种程度上是对台湾文学中传统乡土想象的补充和修正。"解严"之后，以男性作家为主体的台湾乡土文学风光不再，《失声画眉》《盐田儿女》这两部女性的乡土叙事

---

① 蔡素芬：《盐田风日——〈盐田儿女〉序》，联经出版社1994年版，第4页。

对台湾文坛的震动,兴许预示着一种新的乡土叙事的可能性。因此,无论是在新女性主义文学谱系中还是在台湾乡土文学谱系中,这两部小说都有其独特的文学史意义。

三、挑战性别规约的同志小说

同志小说,顾名思义,大体来说指的是表现同性恋题材的小说。在台湾,"同志运动"一般指的是女男同性恋(lesbian and gay)运动,但有时也指酷儿(queer)运动,因此,"同志小说"也包括这种含义在内。要理解此类小说,就必须对"同性恋"或酷儿有所了解。一个人的性别属性分为三个层次:生理性别(sex)、社会性别(gender)和性欲倾向(sexuality),传统异性恋机制最强有力的基础在于这三者之间的不容动摇的僵化的固定联系,即一个人的生理性别决定了他(她)的社会性别,进而决定他(她)的性欲倾向,如,一个人的生理性别是女性,那么,其社会性别也应该是女性,应该按照女性的行为模式来生存,性欲趋向应该指向男性,反之,一个人的生理性别是男性亦然。这三者之间的固定联系是不容变更的,否则,将会受到社会的严厉惩戒。同性恋恰恰就是要挑战生理性别(sex)、社会性别(gender)和性欲倾向(sexuality)三者之间的固定关系。

所谓酷儿,其英文为 queer,原是西方主流文化对同性恋者的贬义称呼,有"怪异"之意,后被性的激进派借用来概括自己的理论,即 queer theory。queer theory 是在后现代理论的影响下,西方及北美同性恋中产生的一种新的性理论倾向,一种比同性恋更激进的新的性理论。当同性恋成功地进入主流文化之际,酷儿理论又向正统的同性恋文化挑战。在酷儿看来,正统同性恋挑战的只是生理性别决定社会性别的定规,而并不否认生理性别的二分法,亦即按照正统同性恋观念,一个生理性别是男性的人,可以选择女性作为自己的社会性别,进而将性欲取向指向男性,因此传统的同性恋实际上是生理上的同性恋,而在心理上还是异性恋的,即在同性之间复制异性恋的爱欲模式。酷儿理论最大的不同在于根本上否定建制在西方占统治地位的二分思维基础上的男性和女性的二分结构,认为生理的区别并不能导致性别的二分,认为性别身份乃至自我"是表演性的、可变性、不连续性的和过程性的","是由互动关系和角色变换创造出来的"①。一个人的社会性别身份是流动的,并不是非男即女,而是亦男亦女、时男时女,因此在女同性恋中双方角色是流动的、可以互换的,性的模式也是各式各样,情欲的流动由单一走向复杂多元。实际上酷儿理

---

① [美]葛尔·罗宾等著,李银河译:《酷儿理论》,文化艺术出版社 2003 年版,第 7,11 页。

论就是要向一切严格的分类挑战,因此,它的核心点便是否定同性恋与异性恋的两分结构,取而代之双性恋倾向,因为"人们的同性恋、异性恋或双性恋的行为都不是来自某种固定的身份,而是像演员一样,是一种不断变换的表演"①。总之,酷儿理论就是要取消一切身份的分界,既反对异性恋的压迫也反对同性恋的同化,包容一切被权力边缘化的人们,包括虐恋、畸恋、不伦之恋,"欢迎和赞赏一幅更宽广的性与社会多样性的图景中的差异"②。酷儿书写显然比正统同性恋书写更具颠覆性。

此理论作为影响台湾的后现代思潮的第二波,于1990年代初由张小虹、何春蕤、卡维波等引进台湾文坛,并谐音为"酷儿",广泛而深刻地影响了1990年代台湾女作家的同性恋书写,如邱妙津,尤其是比邱妙津更年轻的1970年代出生的作家。

(一)邱妙津:无法互舔伤口的鳄鱼

邱妙津,1969年5月出生,卒于1995年6月,彰化县人。台大心理系毕业。1994年出国就读于巴黎第八大学第二阶段心理学系临床组,之后曾转入女性主义研究所。曾获第一届"中央日报"短篇小说首奖,《联合文学》中篇小说推荐奖。1995年《鳄鱼手记》荣获"时报文学奖推荐奖"。1980年代末,大学时代的邱妙津就开始创作,直到1995年在巴黎自戕。在她短暂的一生中介入文学不过七八年时间,却在1990年代留下小说集《鬼的狂欢》(1991,包含《临界点》《囚徒》《离心率》《鬼的狂欢》《玩具兵》《柏拉图之发》等)、《寂寞的群众》(1995,其中《寂寞的群众》于1990年获第四届联合文学小说新人奖中篇小说推荐奖)和长篇小说《鳄鱼手记》(1991年,1995年获"时报文学奖推荐奖")、《蒙马特遗书》(1996)等。

由于自身的同性恋身份和同性恋题材创作,邱妙津对台湾的同性恋文学的影响相当深远。1990年代以来台湾社会流行将"拉子""拉拉""鳄鱼"作为女同性恋的代称,正是源于《鳄鱼手记》。

邱妙津早年小说《离心率》的主人公阿志,坐在公交车上,面对窗外一个个标志着现实世界的站牌,却不下车,以"离心率"的方式辗转流徙于现实之外。《鬼的狂欢》中各篇呈现了邱妙津对现实与外部世界的极度恐惧与不信任。在这样的生存焦虑中,必须有一个支点才能支撑生命,在《鳄鱼手记》中,邱妙津找到的这个支点,就是"爱",同性之爱,而这使她不得不面对现实异性恋社会性别制度的强大压制。因为性别权力是一切权力的源头与最基本的形式,这就有了《寂寞的群众》中关于权力与个人信念问题的思考。纵观邱妙

---

①② [美]葛尔·罗宾等著,李银河译:《酷儿理论》,文化艺术出版社2003年版,第4页。

津一生的创作,她更关注的还是性别认同、生命中难以自拔又不敢面对的同性情欲。

《鳄鱼手记》叙述一个发生在台北某大学校园里的故事。以大学生拉子,一个女同性恋者手记的方式,第一人称自白的口吻细腻地记录了主人公在性别认同方面的折磨、生命中难以自拔又不敢面对的同性情欲中煎熬的惨烈内心世界。小说开篇,拉子便宣称:"我是一个爱女人的女人。"拉子心仪高中时的师姐水伶,这种"爱"让拉子感觉自己"被某种超乎人性的力量分裂为二了"。这里"超乎人性的力量"实际上应该为压抑人性的力量。我们知道,性别是生理角色的文化表现,主流异性恋社会的性别制度是生理性别(sex)决定文化性别(gender),在生理结构阴阳、男女二分概念的基础上,推演出性别刻板、制度化的社会文化表现,然后再把这种文化表现说成是天生的、生物性的。再也没有比为一种意识形态提供生物学的依据更能证明其合法性的了。性别实际上就是一种文化的建构,既然是一种文化建构,那么,个体是可以选择自己的性别的,不论他生为(be born)男性还是女性。同性恋女权主义者维剃(Monique Wittig)在她的同性恋论著《没有人本身就生为女人》(One Is not Born a Woman)中就认为"女同性恋者不是女人"。生理性别是女性的拉子,生命中最核心的问题就是变成一个"男人"来爱自己心仪的女人。但这样的一个性别选择的过程却充满艰辛:

> 像我这样一个人。一个世人眼中的女人——从世人的眼瞳聚焦出的是一个人的幻影,这个幻影符合他们的范畴。而从我这双独特的眼看自己,却似类似希腊神话所说的半人半马的怪物。我这样的怪物竟然还有另一个女人愿意痴心地爱着。

拉子深受性别认同的折磨,这种折磨不仅来自外部主流社会的放逐,更来自对主流异性恋社会性别观念的屈从,她在手记中对水伶这样写道:

> 毕竟你和我的性质不完全相同,你仍是个社会盖印之下的正常女性,你爱我仍是以阴性的母体在爱,你的爱可横跨正常的男性,基本上拟于一般女性不同之处只是多出了包容心,在我们的关系里变质的是我,是我被你撕露阳性的肉体……

同性恋固然是异性恋社会之异端,而女同性恋又是同性恋中的异端,尤其是女同性恋中处于阳性地位的角色,俨然就是对异性恋社会有关女性定位的全面颠覆,必然面临更大的压力,而处于阴性位置的角色基本上符合异性恋社会对女性角色的定位,因而拉子比水伶显然要承受来自异性恋社会的更大压力,"怪物""变质""不正常"俨然是她内化异性恋观念后对自己身份的指认。于是,她只能带着"红字般的罪孽与摒弃的印记"自我放逐。她逃课、离群索居,终日将自己封闭在租住的小屋中。事实上在她与水伶两人的交往中,水伶一直是相当主动的,而且似乎也没有拉子那么深重的压抑感与罪孽感。拉子实际上更不敢正视自己的同性情欲,在与水伶几度分分合合之后"因自卑和丑陋感"而逃走,致使水伶陷入歇斯底里的癫狂状态。拉子和水伶就好像"两只垂死的兽无法互舔伤口",无法互相抚慰,只能在施虐与受虐的互相撕咬中,陷入万劫不复的生命炼狱。小说通过对同性恋情悲情、绝望、惨烈的书写来质疑、控诉异性恋宰制霸权。这样的控诉还通过另一个角色——鳄鱼来完成。小说一直穿插着有关鳄鱼的充满戏谑色彩的荒诞的现代神话,拉子也总是在手记本上描画卡通鳄鱼的形象。鳄鱼的形象实际上是拉子形象的乃至同性恋文化的转喻,两者互相指涉,"从鳄鱼被发现、关注,到被报道、诱捕和迫害,以及最后的自焚,恰恰隐喻了同性恋文化公开亮相后所遭遇的社会舆论的文化围剿"①。

《鳄鱼手记》的同性恋书写却也充满着吊诡。从上面所引的两段小说原文中不难看出:当拉子在将自己想象成一个男性之后,便搬用了异性恋权力机制。首先是对异性恋男性/女性二元对立机制的认同,当作者将拉子叙述成一个从外表到内心都相当男性的角色,而将水伶从外表到内心置于一个绝对的、本质化的阴性位置上,这种二元对立甚至体现在两人的名字设计上。拉子与水伶之间建立起的情欲模式实际上也不知不觉又搬用了男性中心异性恋性爱模式,例如水伶"无限膨胀"的女性美、在恋爱中的主动、痴情和自我的丧失,拉子则热切渴望着水伶的女性身体,同时又清醒地抽身、怯懦、自私、逃避责任,并为自己的逃避制造托词,要将水伶赶回"正常的那一边,去结婚生子"。这活脱脱就是一出异性恋传统中始乱终弃、痴心女子负心汉的故事,俨然是刻板地复制了男性/女性、欲望主体/欲望客体、主控/屈从的经典异性恋权力结构,"进而认同这个权力结构所炮制出来的快感模式与位置高低的分配法则,以至于让一个女同性恋者穷尽生命的所有,只为了坚决否认自己有任何'非阳性'的特质"。因此,"《鳄鱼手记》声嘶力竭只是为了宣称/建构阳性的女同性恋身份"②。这样一来就像克里斯蒂娃所说的那样:"我们常常陷入敌人(宰制的男性)的权力结构内部。"叙事对异性恋性别霸权的解构已然大打折扣。

其实,拉子式的对异性恋欲望和性别模式的模仿与复制经常出现在1990年代的同性恋运动中,朱天文的《荒人手记》写的也是一个执著于自己阳性身

---

① 艾尤:《放逐式的同性情欲之女性欲望表达——以朱天文和邱妙津的同性恋代表作为阐释文本》,《北方论丛》2007年第6期。
② 洪凌:《蕾丝与鞭子的交欢——从当代台湾小说注释女同性恋的欲望流动》,林水福、林耀德主编:《蕾丝与鞭子的交欢——当代台湾情色文学论》,时报文化出版企业1997年版,第101页。

份进而复制异性恋霸权机制的男同性恋者阿尧。当然,由于《荒人手记》是以阴性身份的男同性恋者小韶为书写主体,努力建构建立在流动情欲基础上的摒弃二元对立的多元浑一的阴性乌托邦,这多少抑制了阿尧式的对异性恋权力机制的复制倾向。① 写作与发表时间都相当接近的《鳄鱼手记》与《荒人手记》之间其实存在一种深刻的互文性,特别是两位主人公、叙述者对自己同性情欲的深重罪孽感、万劫不复的自我放逐、畸零悲情的自我定位几乎如出一辙,反映了"解严"之初同性恋的共同处境,这显然大大不同于1990年代中期以后更年轻的一代作家(1970年代生)大胆张扬同性情欲,不仅颠覆异性恋而且从根本上颠覆异性恋的欲望模式的酷儿写作,如陈雪的《恶女书》、洪凌的《异端吸血鬼列传》。

《鳄鱼手记》还指涉了一些超越同性恋主题的现代人生存命题,如关于生死与爱欲、关于生命的真实、异端与认同等。由于作者本身和拉子一样是女同性恋中的阳性角色(即所谓T/婆关系式中的T)必然面临多重异端经验,这就使得这篇小说对现代社会中异端(他者)与认同(identity即同一性)这一对范畴的思考更加深入。邱妙津无疑是渴求认同的,但她拒绝以被同化为代价获得认同,固守自己生命的真实,"那无害的鳄鱼为何非得披着人皮才能活在人群中?鳄鱼渴望以鳄鱼的真实为世所见,但真实是人所恐惧的,所以,为了维护自身的真实,就只有任性地退出人类的世界"②。在写完《鳄鱼手记》后的四年,她终于"任性地退出人类的世界"。她的绝笔《蒙马特遗书》同样是个惨痛、凄绝的女同性恋文本。

《蒙马特遗书》借用书信体,同样以第一人称告白的方式叙述了主人公女同性恋者Zoe的情色与心路历程。与《鳄鱼手记》相比,叙述者似乎摆脱了深重的罪虐感,而能够以坦然的心态面对同性爱欲,这可能与邱妙津此时身在对同性恋相当包容的法国有关。她认为女人之间的情欲"既不是一种厄运,也不是被有意纵情享受的一种变态,它是在特定处境下被选择的一种态度,就是说,它既是被激发的,又是自由采纳的"。如果说,《鳄鱼手记》中拉子面临的困境是来自主流社会以及自己内心内化主流社会观念而生的巨大压力,那么,《蒙马特遗书》中的叙述者Zoe显然摆脱了拉子式道德上的罪虐感与压抑感,而能以坦然的态度面对自己的同性情欲,但却陷入对同性之间爱欲关系和同性恋存在状态更本源性的困惑中,这样的困惑深受法国存在主义的影响,"他人即地狱",相爱的人也不例外。当爱人变心、爱欲变成一厢情愿的单恋之际,

---

① 参见本书有关朱天文《荒人手记》的论述。
② 许琇祯:《台湾当代文艺小说纵论:解严前后(1977—1997)》,五南图书2001年版,第227页。

自诩"恐怖分子加神秘主义者"的叙述者便只能以施暴、自虐，乃至自毁、自戕，来摆脱生命中不能承受之痛。这也正是作者自杀的真正原因，由此可见，同性恋同样存在权力机制，并不比异性恋更接近人类爱欲的理想境界。

《蒙马特遗书》所表达的同性恋观念与《鳄鱼手记》也大不相同。与拉子相比，Zoe 在性爱的选择上显然呈现出多元性，一方面，她依然表现出拉子式的强烈的阳性气质的认同，将自己想象成父权文化传统所称颂的男性天才孤绝的艺术家。例如她和女子絮之间的关系，这种关系主要是通过 Zoe 在书信中不断地回忆来呈现，她写给絮的信充满了歇斯底里、声嘶力竭的话语暴力，而絮始终未露面，更没有话语权。另一方面，叙述者一向认同自己的阳刚主动阳性本质，只会爱恋最阴柔、女性化的女人，但当她遇到一个阳刚主动性更超过自己的法国女子 Laurence 时，Laurence 的身体既充满女性性感之美又充满力量，深深吸引主人公。叙述者反而成为一个阴性角色。同时，叙述者还借用一个希腊同学之口，说出："'身体'就是'身体'，只有能不能吸引人，能不能使人欲望的'身体'，哪有什么男人的身体或者女人的身体之分。"显然，这表明作者对同性恋的认知不再停留在《鳄鱼手记》时代——认为只有处在阳性位置上的拉子才是真正的女同性恋者，而处于阴性位置上的水伶与异性恋的女性无异——而是超越了异性恋性别二分的身体决定论，"叙述者意识到性别之多样，性别原不仅止于两种或三种"①。这显然是受酷儿理论的影响。

在 1990 年代酷儿书写潮流中，较具影响的作家作品还有陈雪的《恶女书》《寻找天使的翅膀》，洪凌的《异端吸血鬼列传》《肢解异兽》，杜修兰的《逆女》（获第一届皇冠小说奖首奖），曹丽娟的《童女之舞》（1991 年获《联合报》小说奖的短篇小说首奖）、曾晴阳的《裸体上班族》等。与以朱天文、邱妙津等为代表的同性恋书写相比，这批作家的酷儿书写除了不再具有前者的悲情、压抑与罪孽感，赤裸裸地张扬感官情欲外，还空前大胆地呈现了酷儿们千奇百怪的性象，甚至还有乱伦恋、非人异类的残酷性爱、玩虐扮虐、吸血鬼、生化人、魔障等，这批酷儿书写又以陈雪、洪凌的作品最具代表性。

(二)陈雪：寻找天使失落的翅膀

陈雪，原名陈雅玲，1970 年生于台中神岗乡，毕业于台湾"中央大学"中文系，大学时代开始写作，主要作品有小说集《恶女书》(1995)（包含《寻找天使失落的翅膀》《异色之屋》《猫死了之后》《夜的迷宫》等）、《梦游 1994》(1996)、《恶魔的女儿》(2000)等。

---

① 刘亮雅：《爱欲、性别与书写：邱妙津女同性恋小说》，梅家玲主编：《性别论述与台湾小说》，麦田出版社 2000 年版，第 281 页。

与邱妙津相比,陈雪小说中人物常常呈现出双性恋色彩,如《异色之屋》中的陶陶,自称爱她的异性恋恋人竟为了钱逼迫她卖身,陶陶最后在同性恋人那里获得真正的爱。这样的情节让人想起1990年代大陆作家陈染的代表作《私人生活》中的女主人公倪拗拗的遭遇。披着师长面纱的T先生无耻的诱奸轰毁了倪拗拗心中异性恋情的诗意,致使她成年之后始终认为男女结合只是生理层面上的,心理层面上达到和谐与美感的只有自恋与同性恋。她视比自己年长十几岁的美丽的禾寡妇的情谊为精神的支撑。当然,陈染文本一再强调倪拗拗与禾之间不存在肉体上的互相占有,这也是大陆女性书写与台湾女性书写面对同性之爱的最大不同。如果说《异色之屋》中导致陶陶抛弃异性恋转向同性恋的原因是遭遇异性恋恋人的残害,那么,在陈雪的大部分小说中摇摆于双性恋之间的主人公最终转向同性恋情,则是因为终于难以抵制同性恋人融合着双性之美的魅力与爱欲激情,如《寻找天使失落的翅膀》中的草草、《猫死了之后》中的阿雪、《夜的迷宫》中的女钢琴师。由此也可见,在酷儿书写中,同性情欲不再只是借以反抗异性恋的空洞的工具,而成了自足的主体,情欲展演构成酷儿书写最基本的文本事实。这也是酷儿书写、同志书写与女性主义书写面对同性之爱的最大不同。情欲的流动性、不连续性、性倾向随时间变化而变化以及在同性恋情中T与婆角色的不断互换,这样一些性/情欲表演性特征又使得陈雪式的酷儿书写区别于正统的同志书写。

陈雪小说中另一个很值得注意的现象,是通过潜意识、梦境、幻想等等手段塑造出的理想母亲/恋人/女性的形象,如《寻找天使失落的翅膀》中的阿苏,从而建构了一种恋母式的女同性恋关系或者说是同性恋式的新型母女关系。正如陈雪自己所言:"自古以来,母女、父子、君臣之间有一个固定的关系,那就叫伦常。我认为母女之间那个伦常其实不是固定的,它是跳动的,甚至可以翻转。"①陈雪不选择作为父权制异性恋权力体系核心的父子关系作为自己"翻转"的目标,而是选择母女关系,这其实是很有文化意味的。在父权制异性恋权力体系中原本处于边缘、受压抑地位的母女关系常常被父子关系所污染与毒化,母亲由受害者变成父权的代理人,对女儿实施直接的监控。因此,父权体系中被恶化的母亲以及被恶化的母女关系常常是女性主义书写挑战的对象,如1990年代大陆女作家徐坤的《女娲》、池莉的《你是一条河》、铁凝的《玫瑰门》中的恶魔母亲形象,还有陈染文本中那种紧张的、互相折磨的母女关系。然而,更多的女性文本则是通过对女性/母亲生命与文化谱系的寻访,来确立自己的女性主义立场。她们或者对苍凉而晦暗不明的母性家园所受的痛楚进

---

① 邱贵芬、陈雪:《陈雪创作观》(陈雪访谈录),邱贵芬:《"(不)同国女人"聒噪:访谈当代台湾女作家》,元尊文化企业1998年版,第69页。

行回望,如翟永明《女人》组诗中的《母亲》《十四首素歌——致母亲》,铁凝的《棉花垛》《麦秸垛》《青草垛》《玫瑰门》等等;或者努力建构理想的血脉相连的母女关系,共同对抗父性权力机制的压迫,如张洁的《世界上最爱我的人去了》《无字》等等。陈雪的小说似乎"翻转"了包括女性主义文本在内的所有的母女关系书写。实际上陈雪式的母女关系在大陆女作家陈染的《私人生活》中同样存在,倪拗拗与比自己年长十几岁的美丽的禾寡妇之间的情谊,就类似《寻找天使失落的翅膀》中草草与梦幻中的母亲/女性——阿苏之间的关系。不同的是,陈雪大胆地书写着母女之间"不伦"的情欲,而陈染却努力强调两人之间的精神之爱。

(三)洪凌:不见天日的向日葵

洪凌,本名洪泠泠,1971年出生于台中市,毕业于台湾大学外文系,英国Sussex大学研究生肄业。著有短篇小说集《异端吸血鬼列传》(1995,包含《记忆的故事》《骷髅地的十字路口》《发烧》等)、《肢解异兽》(1995)、《在玻璃悬崖上走索》(1997),长篇小说《宇宙奥狄赛》《末日玫瑰雨》(1997)、《不见天日的向日葵》(2000)等。《记忆的故事》获幼狮文艺科幻小说奖。

除了像陈雪那样将酷儿理论中的情欲表演理解为情欲/性的流动性、不稳定性外,洪凌小说的情欲表演还呈现为玩虐/扮虐的表演实践:"虐恋是一个游戏,在这一游戏中,权力的差别服从于制造人类快乐这一整体策略目标;它不是一种统治形式,在统治的形式当中,人们屈从于严格建立起来的权力差别的运作。"①那也就是说玩虐/扮虐是在双方平等的前提下以极致快感为唯一目的、不断互换施虐/受虐、征服/被征服的性角色位置的性游戏,其意义就在于它的纯粹的游戏性质,从而颠覆了主流社会只将性作为一种生殖手段、工具以及在性中人为附加上的种种权力关系的欲望机制,如《记忆的故事》就凸显反生殖的主题。玩虐/扮虐式的情欲表演将欲望与死亡的融合视为情色的高峰,为此,洪凌式的酷儿书写还将女同性恋小说与非写实的恐怖小说、科幻小说相结合,塑造出一个超然于主流异性恋社会权力机制之上的、非人的、超自然的、魔性的女双性恋吸血鬼形象。女吸血鬼们"并不因为走不出暗柜(closet)的躲藏或畏惧,而是借着这种类似恐怖分子(terroristic)的姿态,坦白地追寻本身的恐怖愉悦"②。为了"追寻本身的恐怖愉悦",女吸血鬼们常常将情欲对象、

---

① [美]葛尔·罗宾等著,李银河译:《酷儿理论》,文化艺术出版社2003年版,第218~219页。
② 洪凌:《蕾丝与鞭子的交欢——从当代台湾小说注释女同性恋的欲望流动》,林水福、林耀德主编:《蕾丝与鞭子的交欢——当代台湾情色文学论》,时报文化出版企业1997年版,第110页。

人世间一向处于施虐、征服位置上的男性放在心甘情愿的受虐、被征服角色位置上,以承受女吸血鬼的纵欲、施虐,从而以游戏的方式颠覆了女性在情欲中边缘、客体、被动的位置以及异性恋文化对女性阴柔、男性阳刚的角色定位。如《骷髅地的十字路口》中,蝎女与扮成少年男妓的"你"之间玩虐/扮虐式的情欲表演。当然,这种玩虐/扮虐式的情欲表演也出现在女吸血鬼与人间女性之间。在《发烧》中女吸血鬼与人间少女之间的情欲游戏相当瘆人:"在欲仙欲死的高潮,用她(女吸血鬼)的尖牙温柔地探入湿热的阴道,口腔宛如贪婪的吸盘,趁着吸取猩红液体的同时,也顺便将黏附在子宫的那团未成胎形的组织物一并吞到她的肚里。"显然,洪凌式的酷儿书写试图以女性情欲的多重样态来探索女性主体的多重位置,不断挑战人们对女同性恋的刻板印象以及阅读经验的底线,表现出一种凌厉的解构力量,而当她在一些作品中将血腥、恐怖、暴力、病态也纳入情欲表演之时,她实际上已经在挑战人类存在的底线。由于穿插着非人异类的残酷性爱与虐恋,洪凌的小说常常被排除在合法化的女同性恋小说之外。

1990年代的台湾酷儿书写显然还具有明确的政治批判的隐喻,因为它从根本上否定建制在西方占统治地位的二分思维基础上的男性和女性的二分结构,瓦解性别身份非此即彼的划分,实际上这是在向一切严格的分类进行挑战,模糊了各种身份之间的界限。既然性别身份只是一种表演,那么,任何身份(包括族群的、政治的身份)实际上也都是一种表演,都是流动的、不断变化的,而非本质化的、僵化刻板的,这样一来也就质疑了建立在刻板身份认同基础上的政治团体的利益,呈现出社会向自由平等的多极化、多元化发展的可能性。

四、另类的历史书写

(一)施叔青:性别东方主义的殖民吊诡

施叔青于1978年移居香港,香港成为她生命中的"第三个岛",直至1994年离开香港回到台湾,这期间的16年成了她的人生和艺术创作中非常重要的一个时期。"如果把施叔青的人生及艺术经历,简约为从东方走向西方,再把西方融于东方,那么,这个从人生旅程到文化意义上的东西融合,其最后的完成是在香港。"① 而在她众多的以香港为背景的"香港故事"中,成就最大影响也最大的无疑就是写成于1990年代的两部长篇小说《维多利亚俱乐部》(1993)和《香港三部曲》,后者包含《她名叫蝴蝶》(1993)、《遍山洋紫荆》(1995)

---

① 刘登翰:《施叔青:香港经验和台湾叙事》,《台湾研究辑刊》2005年第4期。

以及《寂寞云园》(1997)。比起前期的香港故事,这两部长篇小说在延续过去创作逻辑的基础上,有了全新的发展。这样说,并不意味着施叔青放弃了以往的性别立场①,而是具有一份超越性别的性别写作立场。

《香港三部曲》无疑是施叔青在1990年代最重要的作品。这部作品也是她自1978年移居香港之后创作的香港传奇系列中最有分量的一部(第三部《寂寞云园》出版时她早已离开香港回到台湾)。这部小说她整整准备了十年。1997年前后,无论是在香港还是在内地,有关香港百年沧桑的叙事汗牛充栋,但施叔青的这部作品却独树一帜。这部历时多年写就的作品规模庞大,作者付出相当多的辛劳与努力,参阅了大量历史材料,包括正史、野史、方志、民间传说等等。叙事基本遵循时间顺序,从1894年一直写到1997年。从1894年香港大鼠疫、英军攻占新界、"二七大罢工"、太平洋战争爆发香港被日军攻陷、"六七暴动"、70年代中产阶级兴起、香港经济的腾飞、1997年中英谈判等天地玄黄的历史事件,到香港地貌的变迁、典当业、金融业、房地产业、娼妓业的兴衰际遇,不同时代的街景、建筑、室内布置、人物衣饰审美、民生饮食、中西风俗,甚至于紫荆花的种植、蝴蝶标本,无不尽收文中。这样一部洋洋洒洒香港百年的编年史、风俗史却是通过一个小人物的命运表现出来。主人公黄得云原是东莞乡下一名农家女,被人贩子绑买到香港烟花地沦落为妓。由于种种偶然的机遇,黄得云得以离开妓院,并依据自己的商业天才由典当业名人十一姑的女佣奇迹般地掌管了一代典当业翘楚"公兴押"的大权,然后她把握住命运赐予的每一次机缘拼命聚敛财富,几十年来,她身边的男人换了一个又一个,港英政府洁净局帮办亚当·史密斯、华人通译屈亚炳、汇丰银行董事西恩·修洛等等。命运将各种身份的男人带到她身边又将他们带走,消失得无影无踪,黄得云则由一个不名一文的妓女变成腰缠万贯的上流社会贵妇、香港地产界的大亨。

这部作品最值得我们注意的是作者叙述历史时的性别视角以及由此带来的对历史的另一种叙述。首先以一个妓女的命运来影射香港被强占的历史,这显然是后殖民女性主义的一种历史观。在殖民者的眼中,殖民地历来是欲望和征服的对象,而小说中史密斯对黄得云的征服与玩弄,本身就是西方殖民者与东方殖民地关系的一个象征,即西方/男性/殖民者,东方/女性/被殖民者。黄得云充满魅力的女性身体,在史密斯的眼里,就是猎物,"这不是爱情,史密斯告诉自己,而是一种征服","史密斯是这女体的主人,黄得云说他是扑在她身上的海狮。狮子手中握的、怀中抱的这个专擅性爱、娇弱精致而贫穷的

---

① 例如有学者认为"作者不甘于被定位为'女作家'的身份,而决心超越性别以'作家'的全能视角,来观察和讲述世界"。刘登翰:《施叔青:香港经验和台湾叙事》,《台湾研究辑刊》2005年第4期。笔者不同意这样的观点。

女人"(这很容易看作闻一多《七子之歌》中"如今狞恶的海狮扑在我身上,啖着我的骨肉,嗳着我的脂膏"诗句的形象演绎)。在史密斯眼中,这个诡秘的、充满魅惑的、被他称为"黄翅蝴蝶"的黄皮肤的妓女和神秘的、黄色的东方是合二为一的:

> 这个南唐馆的前妓是情欲的化身,成合坊这座唐楼是他的后宫,史密斯要按照自己心目中的东方装扮起来;红纱宫灯、飞龙雕刻、竹椅、高几、瓷瓶、白绸衫黑绸裤的顺德女佣所组合的中国,他的女人将长衫大袖垂眉低眼,匍匐在地曲意奉承。

性别霸权与种族霸权在这里完全同构,这无疑是一幅"性别东方主义"典型画面,斯密斯的男性雄风完全是殖民者权威的象征,而黄得云的被动、曲意逢迎恰是被殖民的表现。西方文化标榜的以强悍的进攻性、征服性为标示的男性气质,原本就是随着西方殖民统治和资本主义经济关系的发展而发展起来的。它与欧洲和北美实力的空前扩张,全球性帝国的构建和全球性的资本主义经济密切相关。男性的气质不仅仅由帝国的扩张得以形成,而且也在这一扩张过程中起着积极的作用。①

但施叔青的叙事似乎并不停留在西方/男性/殖民者/压迫/征服者,东方/女性/被殖民者/被压迫/被征服者的二元对立上,而是将阴阳、强弱对立两极置于互相转化中,不断瓦解、颠覆这种二元对立,这是这部小说最有价值的地方。在我们的文化想象中,有关香港的想象始终有两种刻板模式,第一种即所谓"英国式",强调香港现代性成就掩盖香港被强占的殖民历史,第二种是中国式,强调前期香港被强占的过程,略写20世纪下半叶的经济发展。施叔青对香港的历史、殖民者与殖民地的关系显然有着更加多元的思考与探索。

黄得云虽然是身处被玩弄、被凌辱的位置,但小说也描写她旺盛的身体欲望往往反客为主,将男性置于被动地位。她辗转于众多男人之间,在被别人作为牟利与欲望对象的同时也成为金钱与欲望的主体,利用殖民地的种种机缘神话般地发迹起来。最后,史密斯们灰飞烟灭,他们既不属于殖民地宗主国也不属于香港,沉入历史的无名状态,黄得云和她显赫的子孙们却成为香港的真正主人。黄得云的儿子黄查理在发迹之后从不间断地豢养英国情妇,一如当年斯密斯豢养他的母亲黄得云。

黄得云与英国贵族、汇丰银行总经理西恩·修洛之间的纠葛同样超越了西方/男性/殖民者/压迫/征服者,东方/女性/被殖民者/被压迫/被征服者这

---

① [美]R.W.康奈尔著,柳莉等译:《男性气质》,社会科学文献出版社2003年版,第92,259页。

样简单的二元对立。尽管西恩·修洛与黄得云的关系最初也是建立在各取所需的交换原则基础上，被殖民地上流社会认为最有价值的单身汉西恩·修洛想利用与黄得云之间的暧昧关系来抵御待字闺中的殖民地贵族小姐们的进攻，黄得云则想利用西恩·修洛的社会地位为黄家谋取实利。他们各取所需，"黄家的一块块地产物业，就是在西恩上门啜饮由黄得云亲自奉上的一杯杯白兰地拼凑起来的"。但渐渐地西恩·修洛这位性情古怪的英国绅士却为黄得云的魅力所倾倒。与史密斯一样，西恩·修洛在黄得云身上印证着自己的东方幻想。但西恩·修洛所处的时代却已不再是史密斯的时代，新的殖民秩序正在崛起，日不落的古老大英帝国已雄风不再，一如他的子民西恩·修洛，他不再像史密斯那样在黄得云面前充满进攻欲与征服欲，西恩·修洛在风韵犹存的黄得云面前总是腼腆而羞涩，甚至在黄得云的魅惑面前落荒而逃。摒弃肉体欲望后，他们反倒获得感情上的互相接近，而在历经日本占领香港，西恩·修洛被囚禁等种种乱世磨难后，他们终于演绎了又一场的"倾城之恋"。这样的情爱描写实际上寄托了作者关于香港华洋关系的新想象。

　　施叔青对香港的历史、殖民者与殖民地的关系显然有着更加多元的思考、探索，这样的探索、思考也表现在小说对众多殖民地官员形象的刻画上。看起来在香港高高在上的英国殖民者，其实本身也是殖民制度的牺牲品。还是在1894年的那场致命的鼠疫中，史密斯带领通译屈亚炳和洁净局华人员工深入疫区烧毁疫屋，突然发现一个女人和一头黑毛猪，无助挣扎的生命唤起史密斯未泯灭的怜悯同情。本来他想帮助那个女人捉住那头猪转移出疫区，但手下一直在催促这个白人统治者使用他的威权惩治这个违法滞留的女人和她的猪，将火把掷向他们："在这一刹那，亚当·史密斯感到白人在东方的虚幻。他们是统治者，可是受被统治者的意志所左右。"他的怜悯心与同情心被虚幻的被统治者的意志击倒，一如他的上司怀特上校在马来丛林中遭遇到的一样。但与怀特上校不一样的是，亚当·史密斯人性中的软弱、动摇终于使得他在掷出火把的刹那犹豫了，女人和猪得以逃脱。五年后，在接管新界的过程中，亚当·史密斯成为一名皇家警官，他人性中的软弱、动摇再次摧毁了他，同时也成全了他。他始终未曾向敌人射出一粒子弹，于是与怀特上校不一样，亚当·史密斯终于没能表现出他的残酷，这使他受到惩罚。既然他不能做出征服的姿态，他自然被羞辱地排除出统治者的行列。小说对几个殖民地官员的刻画不仅超越了以往历史叙述中暴虐、残忍、人性泯灭的简单漫画式殖民者形象，而呈现出人性的幽深与丰富，还表明殖民者在造就殖民地的同时也被殖民地所造就这样一种历史的吊诡。施叔青对于殖民者与殖民地互动关系的描写，无疑挑战了那种简单的殖民／被殖民的善恶二元对立的固定模式，揭示出了殖民统治现象的复杂性。叙事显然有意要呈现性别与种族之间的强与弱、征服与被征服两极对立的互相转化,从而建构出香港历史的多面性与复杂性。

1994年,施叔青离开香港回台湾定居,不久便创作出长篇《微醺彩妆》。以新闻素材的巧妙组合,以香港、台北两地酒文化为中心,折射出世纪末台湾的种种政治幻象以及消费社会中都市的众生事态。对"当下"政治的指涉以及现代人生存状态的关注是这个小说的两个交叉互动的主题。所谓"微醺彩妆"是一种流行的化妆术,它使人看起来像轻醉微醺,而醉酒原本就是一种迷幻状态,真可谓假作真时真亦假,世界的善恶黑白不仅真伪难辨,而且难分彼此。小说以品酒师吕之翔嗅觉的丧失为开端,而以他恢复了一点嗅觉后又失去味觉为结局,这样刻意的安排是很有影射性的,反映了世纪末的台湾社会在全球化的迷障中所隐藏的危机,表现了现代人内心深处焦虑、无法获得救赎的悲剧性命运。这种对现代社会中人们的生存状态、命运和心理的关注与她早年的现代主义文本实践一脉相承。

创作《香港三部曲》而留下的历史书写欲望成了施叔青返台后最重要的创作冲动。实际上,1994年当施叔青决定回台湾之时,已经有了写作《台湾三部曲》的明确目的。写完香港的故事,2000年施叔青搬到纽约生活。在纽约,她遥望家乡鹿港(古名洛津),动笔写作《台湾三部曲》,延续她以小说演绎历史的创作理想。

1990年代的女性小说对记忆与历史的书写并不凸现书写者的族群身份,而是不断以性别身份来干扰、质询、覆盖族群身份,以纯粹的女性视角深入历史的种种缝隙,对历史提出另一种观看,出身本土族群的作家陈烨的《泥河》就是这样一部小说。

(二)陈烨:泥河般的本省族群记忆

陈烨,原名陈春秀,1959年出生于台湾台南市,台湾师范大学中文系毕业。1970年代末1980年初崛起于文坛,作品曾获"中国时报"文学奖小说奖、联合文学小说奖、吴浊流文学奖等多种奖项,1980年代末至1990年代出版的主要作品有《泥河》(1989)①、《蓝色的多瑙河》(1988)、《飞天》(1988)、《孤独和年轻总是睡在一张床上》(1990)、《燃烧的天》(1991),2001年推出自传小说《半脸女儿》。因忧郁症于2012年去世。

《泥河》全书分为"雾浓河岸""泥河""彼岸丽景"三个部分。小说故事正式开始于80年代。通过女主人公诚真华对被压抑的历史真相、创伤性记忆的不断回溯,叙述台南府城林姓家族三房三代如何在"二二八"事件的阴影中挣扎

---

① 这部作品虽然出版于1989年,但鉴于其思想面貌更接近于1990年代的作品,也在1990年代的文化空间中产生强烈反响,所以把它放在1990年代来论述。

求生的历史。年轻时的诚真华被生父卖掉,又被养父迫嫁给浪荡子林炳家,受尽凌辱。初恋情人林炳国在"二二八"事件中失踪,自己由于不堪军警的殴打泄漏了情人的踪迹而内疚终身。最疼爱的、被视为情人化身的二儿子林正炎又在"二二八"事件之后的白色恐怖中身陷囹圄,其隐蔽的婚外情被家人和子女误解与指责。公共领域的政治事件、私人领域的情感事件和家族中错综复杂的情仇爱恨,互相牵扯缠绕,千丝万缕、错综纠葛的政治迫害和性别压迫宰制了诚真华的一生。她不断逃离纠缠不清的创伤记忆,又抑制不住不断回返的痛苦的历史记忆。诚真华的记忆模糊混乱、亦真亦幻,如梦魇般挥之不去,映照着她一生的百孔千疮。

"解严"之后,台湾女性作家加大了对"二二八"事件记忆的书写,即书写"二二八"事件受难家属的故事,抑或通过受难家属、"政治寡妇"转述她们的父兄儿子丈夫在"二二八"事件中的遭遇。女性的"二二八"事件撰述虽然彰显了女性的声音,扩大了集体记忆,却不仅不背离主流男性的"二二八"事件记忆书写所隐含的政治企图,而且,"女性的'二二八'事件记忆无形中已标示了记忆撰述不同性别的主从位阶。性别位置与记忆建构的关系当然是个不能漠视的问题"①。也就是说,由于受男性的"二二八"叙事影响,女性的"二二八"事件记忆撰述实际上也隐含着深重的性别政治,但这样的性别政治却由于"解严"之后大语境中的"政治正确"而被忽略掉了。正是在这个意义上,陈烨的书写显示了独特的意义,凸显了"二二八"事件受难者家属的个人境遇,政治迫害与性别压迫共同造就了诚真华万劫不复的宿命。"'二二八'不是'受难家属'苦难的最终解释,却是这些苦难的触媒"②。作品对女性性别境遇的书写,并不停留在简单受男权压迫的位置上,而呈现出更加复杂的情形。诚真华由于饱经现实、情感的磨难而以冷漠来报复丈夫和被丈夫强暴后生下的大儿子和女儿,儿女们长大后对母亲爱恨交加,尤其是女儿,犹如复仇者,将父亲的一切罪过归咎于母亲。以新女性的姿态出现的女儿,却动辄用父权的戒律苛训母亲,指责母亲对家庭的背叛。母女之间互相伤害,加害者与被害者的关系已互相错乱。这正是女性人生万劫不复、无法救赎的"泥河"。

大陆作家池莉在1990年代的《你是一条河》中同样以"河"的意象隐喻女性在现实与历史、政治、经济、文化纵横交错的压力下百孔千疮的人生,犹如一条泥沙俱下的河流缓缓向前流动。铁凝于1989年出版的著名长篇小说《玫瑰门》,更是与《泥河》形成奇妙的互文。主人公司猗纹的性别境遇、生活年代都与诚真华如此相近。出身京城世家的司猗纹也曾有过"池水般清澈""睡莲般

---

① 邱贵芬:《后殖民其外》,麦田出版社2003年版,第189页。
② 邱贵芬:《后殖民其外》,麦田出版社2003年版,第191页。

纯洁"的少女时代和初恋,在恋人因政治原因神秘失踪之后,被迫嫁入曾家。忍受浪荡子丈夫百般凌辱、暴虐与冷落,她曾奋不顾身地一次又一次尝试新生的可能,然而社会秩序的拒绝、命运的戏弄、挫折感及精神上的流离失所,终于酿成她一生疯狂、自虐与他虐,她将苦难转嫁到儿女身上,变态地监控、宰制着儿媳、女儿、外孙女的生活。司猗纹原本是父权制的受害者,但现在却成了加害者。小说同样呈现女性人生万劫不复的泥潭,"玫瑰门"作为女性生殖产道的诗意形象,既意味着难以摆脱的无尽苦难,又意味着强大的生命力、新生的开始。比起泥河,"玫瑰门"似象征了女性人生更加多元的蕴意。这一互文性的比较已然显示出两岸由于文化的同源性而导致女性个体在抵达性别与人性历史幽深时的殊途同归。

相对于陈烨《泥河》对本省族群记忆的另类书写,平路的历史书写则可以看作对外省族群记忆的另类书写。

(三)平路:写在百龄笺上的隐喻

平路,本名路平,1953年出生于台湾高雄,原籍山东诸城。台湾大学心理系毕业,美国爱荷华大学数理统计系硕士。曾任美国邮政处统计分析师、"中国时报"主笔、驻美特派记者与《美洲时报周刊》主笔、《中时晚报》副刊主任,曾任教于台湾大学新闻所、台北艺术大学艺术行政与管理所。现专事写作。主要有长篇小说《行道天涯》(1995)、《何日君再来》(2002)等,短篇小说集《玉米田之死》(1985)、《五印封缄》(1988)、《禁书启示录》(1997)、《百龄笺》(1998)、《凝脂温泉》(2000)等,散文集《浪漫不浪漫》《我凝视》《巫婆之七味汤》等。平路还以文化和社会评论的系列文章闻名。

平路崛起于1980年代的台湾文坛,崛起之初的《玉米田之死》《在巨星的年代里》等作品,无论是主题内容上的家国情怀、政治关切,还是表现形式方面的议论捭阖、抽象思辨,都使其作品与当时流行的闺秀文学区别开来,似被排除在女性文学之外。弗吉尼亚·伍尔芙曾说过,女性写作与男性写作的本质区别不在于男人描写战争女人描写生孩子,而在于两个性别都表现自身。家国情怀、政治关切中也可以有女性立场的坚守。如果说,在1980年代的《玉米田之死》等作品中,这样的坚守并不凸显的话,那么,到了1990年代,在《行道天涯》和《百龄笺》中则表现得相当鲜明。

《行道天涯》与《百龄笺》分别是以20世纪中国历史上举足轻重的两姐妹宋庆龄、宋美龄为主角的系列小说,称得上是名副其实的姐妹篇。《行道天涯》副标题是"孙中山与宋庆龄的革命与爱情故事"。小说彻底颠覆了男性的革命历史叙述,将爱情与死亡作为作品的主题,让一代伟人孙中山、宋庆龄走下神坛,还原成一对乱世中的普通男女,呈现出情感世界的丰繁与人性的深幽。彰炳千秋的国父形象远非人们所想象的那样高大丰满,熠熠生辉,流亡与逃难、背叛与阴谋、冷落与无奈、临终的孤独与绝望,甚至去世的消息在当时中国北方报纸上竟被混在广告、菜谱中。小说对宋庆龄形象的刻画更是大胆挑战一切意识形态的规约,呈现出一直被男性大历史叙述所忽略的、无视的另一种历史真相:女人游走于家国关切、儿女情长公私领域之间的艰难、尴尬与悲情,种种荣耀、光环的背后女性那份对历史苍凉的体悟与苦涩的承担,"历史当然不只是'他'的故事,当岁月流逝,记忆漫漶;当'他'历经挫败走向死亡,唯'她'能以悠游旁观的位置,洞见爱情、生命与死亡的本质"①。当然,小说也过分夸大被压抑的情欲、私人情感生活在宋庆龄一生中的位置,这固然有"以小博大"、以张爱玲式的"琐碎政治"挑战宏大政治的意义,但却无法令人信服地解释宋庆龄一生的人生轨迹、心路历程,而且也使小说刻意张扬的性别立场走向自我解构,仿佛女性只能滞守私人领域,"即便那些投身社会解放的一代革命女性似也很难摆脱在公共领域依然演绎着私人性日常生活领域中性别角色定规的命运"②。这恰迎合了父权文化对女性的角色本质定位,不过,这样的偏颇在作者后来的《百龄笺》得到一定程度的纠正。《行道天涯》在结构上延续作者先前作品《捕蝶人》的叙述框架,采用男女分章接力式的叙述模式,全书共 62 节,前 50 节单数叙述孙中山生命最后一段历程,双数叙述宋庆龄的生平际遇,最后 12 节将二人的叙述相混杂,呈现出双声复调色彩。历史的记忆由单数变成复数,小说还匠心独运地使用昔日报纸、新闻、史料、照片瓦解历史记忆/真相的唯一性,报纸、新闻、史料、照片"原为纪实写真的凭证,竟也成为瓦解(大)历史真相的利器",呈现了"历史的随机偶然,真相的暧昧闪烁"③。小说典型地体现了新历史主义对历史的理解,即一切的历史都是文本。

《百龄笺》以第一人称宋美龄的口吻以及第三人称作者的叙述相夹杂,通过宋美龄在百岁生日前几日犹在伏案写信的行为,以女性的立场来重构"戒严"时代,乃至 20 世纪上半叶的历史记忆,呈现出女性、书写、历史之间的复杂纠葛。百岁的宋美龄不停地写信,写给已故的丈夫,写给美国总统、美国人民,写给她所创办的中学的学生……她坚信书信可以在她身后为自己的一生作证、为历史作证,其实这样的书写行为贯穿她的一生。西安事变后她写的回忆录与蒋介石的《西安半月记》是如此的不同,后者处处在骂张学良,而前者处处在为张学良辩护,"当时就有人暗示夫人改一改,但夫人始终拗在那里,她以为

---

① 梅家玲:《"她"的故事:平路小说中的女性·历史·书写》,《性别论述与台湾小说》,麦田出版社 2000 年版,第 201 页。
② 王宇:《20 世纪文学日常生活话语中性别政治》,《学术月刊》2007 年第 1 期。
③ 梅家玲:《"她"的故事:平路小说中的女性·历史·书写》,《性别论述与台湾小说》,麦田出版社 2000 年版,第 197 页。

自己在对历史负责,她可是要对得起历史"。几乎在每一桩历史错误之前,她都预先在信里提出警告,但没有人来倾听她的声音,在主流文化空间中,人们愿意看到的是夫唱妇随、光鲜体面的"第一夫人"的神格化形象,而在大众文化空间中,她又成为风景,成为传奇。人们津津乐道于她的美貌奢华、养生秘诀、私人情爱、宫闱密辛,而她卓越的政治才能、理想抱负与练达的智慧反成了人生的点缀。因而书写之于她是一份不甘、一份争取,她坚信"信的意义尤其在留下纪录,证明她曾经说过"。她要借写信来确认自我,"战胜时间,赢得她与蒋介石的众多女人之间的角力,最终却发现她仍然依附丈夫,且未必战胜时间"①。尽管如此,宋美龄身为女性不停的书写行为本身,还是有着意味深长的象征意义。因为在西方的父权传统中,笔是阴茎的象征,"这种阴茎之笔在处女膜之纸上书写的模式参与了源远流长的传统创造"②。书写一向都被认为是男性的行为,而女性则是被书写的空白之页。或许这就是平路要选择"书写"这样一个独特视角来切入宋美龄这个特殊历史人物的漫长的一生,将小说命名为"百龄笺"的原因。

第三节　1990年代的女性散文创作

一、风起云涌的女性散文与其变革

　　与1990年代的台湾女性小说的精彩相辉映,女性散文同样处于非常活跃的状态。在余光中编选的《中华现代文学大系·散文卷(台湾1989—2003)》中,有71位散文作家入选,其中女性有32位,占到43%。这个数量在比例上看起来似乎仍略逊男性散文家,但在主流选家历来更偏重男作家文本的情形下,这样的比例或许只是海上冰山露出的一角。如新文学大系第一本散文集入选女作家唯有当年万众景仰的冰心一人而已,按此标准,相信大多数男作家亦无法入选——遑论她们的影响力一点都不逊色于男散文家,甚至有的风头还略胜一筹。许多作品不仅成为当年台湾散文的扛鼎之作,甚至还改变了散文长期以来相对于小说较为边缘的少人问津的地位,成为大众阅读的热点,甚

---

　　① 邱贵芬:《〈百龄笺〉导读》,《日据以来台湾女作家小说选读》(下),女书文化事业有限公司2001年版,第307页。
　　② [美]苏珊·格巴:《空白之页与女性创造力问题》,张京媛:《当代女性主义文学批评》,北京大学出版1992年版,第165页。

至流传出台湾,在大陆和海外华人世界里产生很大的影响,就如席慕蓉和龙应台的散文。①

从作家的代际构成而言,这一阶段女性散文创作囊括了从1919年出生的罗兰、张秀亚到1960年代末1970年代初出生的钟怡雯、张惠菁,可谓六世同堂,每一代际的作家都有出色的表现。从各文体分布上看,不仅有传统的美文,即抒情摹景、纪事状物写人的所谓纯散文,而且出现大量议论、说理类的散文,即所谓杂文②。台湾女性散文原本只在美文/纯散文方面见长,如1950年代至1970年代琦君、张秀亚、林文月、张晓风等人创作的成绩皆集中于此,即便是作为第五世代女性散文代表的简媜在1980年代的创作也基本上属于这一流脉。但到了1990年代,尽管美文依然是女性散文最发达的一支,但女作家们却开始进入原本一直由男性垄断(如长期以来报纸专栏上柏杨、李敖的杂文)的论述、议论、说理的杂文领域,不仅有入道以来专事杂文创作的龙应台,即便一些擅长美文的作家也创作了相当优秀的议论说理性的作品,或在写景状物抒情中融入理性思辨色彩,如简媜在1990年代的《梦游书》《胭脂盆地》中的大量篇什。龙应台1990年代的杂文比起1980年代"野火"时代多了一份温情与个体生命的感悟,如《看世纪末向你走来》《孩子你慢慢地来》中的许多篇章。事实上,在1990年代的女性散文创作中,美文与杂文这两条五四以来的散文传统中泾渭分明的支脉出现融合的趋势,不再是界限分明的二元对立。这也可以看成女性写作对父权文化典型的思维模式——二元对立的冲击。这已然称得上是散文观念的变革了,事实上散文观念上的变革也正是1990年代台湾女性散文创作最值得关注的方面。

散文观念的变革首先表现在对小说诗歌的"虚构"观念的引入上。散文原本被认为是纪实的,不允许虚构,是四大文学体裁中唯一拒绝虚构的文体。但1990年代以来的台湾女性散文却出现小说化、诗化的倾向。例如席慕蓉散文的诗化,简媜、钟文音、钟怡雯等人散文的小说化,如简媜的《鹿回头》《浪子》《浮云》《朝露》对家族历史的溯源,充满想象与虚构的色彩,李昂、苏伟贞、朱天心、郝誉翔等小说家的散文创作,都不同程度存在小说化这一倾向,此外还有排湾族女作家利格拉乐·阿妈介于散文与小说之间的文字,凡此种种都构成

---

① 席慕蓉、龙应台的作品在大陆几乎家喻户晓。中国国家图书馆(北京)收入龙应台作品专辑有40种,其中近30种为80年代末以来在大陆出版的,这还不包括进入各种各样的散文选本(多位作者)中的龙应台作品。龙应台散文影响在欧洲、大陆、台湾三个文化圈中都是典型的个案。

② 杨牧(台湾诗人、散文家,被认为台湾十大散文作家之一)将台湾散文分为小品、论述、寓言、抒情、议论、说理、杂文七类,余光中也将散文分为抒情、说理、表意、叙事、抒情、写景、状物七类。

散文小说化的潮流。对这一饱受争议的散文虚构倾向，评论家郑明娳作出这样的解释："其实即使是作者的亲身体验，透过重组的记忆、艺术的剪裁就自然产生虚构的成分。"①从这个角度而言，任何记忆都是虚构，那么，散文创作又怎能拒绝记忆/虚构？古希腊神话中文艺女神缪斯的母亲便是记忆之神。而虚构的引入对传统的散文观念无疑是颠覆性的，带来一系列的散文技巧的革命，如虚构使长期以来散文作者与叙事者二者合一的现象受到挑战。1980年代末1990年代初的女性散文中出现大量第二、第三人称叙事视角，以及第一、第二人称与第一、第三人称互用的模式。如席慕蓉的《源》以及简媜的《烟波蓝》《母者》《渔父》《四月裂帛》等等。叙事人称的变化必然增加散文的虚构成分，降低散文的纪实成分，带来更广阔的叙述空间，这对女性散文的发展意义非常，原因有二：

其一，作者被叙述者所代替，隐匿于作品中，间接为读者提供信息，"而不一定必须以作者主体的身份霸占文本"②。这就克服了传统散文由于对作者真实经验的过分推崇与依赖带来的种种弊端与局限，如散文往往受作者阅历、经验、审美趣味的严重框限，一些优秀女性散文作家往往才华过人，但终因个人生活空间的逼仄、经验的单调，写来写去就那么一些内容，导致散文的空洞、自我复制或者无病呻吟、滥情与矫情。

其二，传统散文对纪实成分的过分推崇，使得读者往往抱着"文如其人"观念的影响，将作者与叙述人重叠。为了避免自我曝光给读者提供对号入座的机会，许多女作者不得不在散文中维持一幅父权文化所期待的温文尔雅的面孔，不敢面对人性的幽暗与丰繁（当然不乏勇敢者），这样一来，使得女性散文在人性书写的广度与深度上都无法与诗歌、小说比肩。这也是女性散文、诗歌总不如女性小说的根结。因此，"从文类角度而言，文中有我或文如其人的体制要求虽是散文和小说诗和剧本最显著的差异点，但无疑也局限了散文发展的空间"③。当然，对诗歌、小说表现手法的借用，只意味着开启了女性散文书写的更多的可能性，并不意味着抹杀散文与诗歌、小说的差异，这样便取消了散文这一文类的存在价值，因此，处理好虚构与纪实的关系对散文而言至关重要。

散文观念变革无疑给1990年代的台湾女性散文带来积极的意义，女性散文成为1990年代"后散文"创作潮流的中坚。虚构、想象、荒诞、魔幻、诡异种种手法使得1990年代的女性散文呈现出与前行世代很不相同的品格，极具冲

---

① 郑明娳：《从半掩到大开的散文扇面：当前散文走向》，"中国时报"1994年7月18日。
② 林幸谦：《九十年代台湾散文现象与理论走向》，《文艺理论研究》1997年第5期。
③ 林幸谦：《九十年代台湾散文现象与理论走向》，《文艺理论研究》1997年第5期。

击力。导致1990年代女性散文观念的变革的原因除了女性散文自身传统的沿革之外,又有下面两层更重要的原因:其一,"解严"之后,台湾社会所经历的巨大变迁、人事沉浮,导致这一时期女散文家们的境遇与所面临的问题和前行世代迥然不同。其二,西方女性主义思潮的影响。从1980年代以来,女性主义思潮影响对台湾知识、文化界的影响日益深入,尤其是进入1990年代以来,相对政治宽松、言论自由的局面无疑大大促进女性主义思潮/运动的蓬勃发展和广泛影响,原本相对于女性小说显得保守、滞重的女性散文领域也开始受其影响,性别意识在散文领域大面积浮出历史地表,尤其表现在1950年代以后出生的作家创作中。就拿张爱玲传统的承袭而言,如果说台湾女性散文与女性小说一样,总也逃不脱张爱玲这个"魔障","她的散文集《流言》对台湾女性散文的影响不亚于她的短篇小说集《传奇》"①,那么,女性主义视角中的张爱玲与男权文化视野中的张爱玲俨然大相径庭,正如女散文家戴文彩所言"张爱玲不是一朵自开自落的、柔艳的、绝美的花","她是一只狮子,孤僻至绝顶的狮子"②。因此,90年代"女性散文建立起来的美学就再也不是男性尺码可以轻易衡量的。女性现代主义绝对不同于男性现代主义。当男性专注语言的改造时,女性已更深一层在挖掘潜意识里从未被勘探过的感觉"④。所谓"挖掘潜意识里从未被勘探过的感觉"事实上也是对女性主体内在性的探寻,即对女性主体位置的叩问,这也是1990年代女性散文的性别意识的集中体现。由此亦可见,文学作品作为一种"有意味的形式",其内容与形式是分不开的。

毋庸讳言,女性主义已构成1990年代台湾女性散文创作中最引人注目的、最具年代标志性的创作倾向与潮流,它表现为下列两个面向:其一是对女性主体复杂纷繁的内在性、多元主体位置的探寻,例如苏伟贞《单人旅行》对女性深幽自我的勘探,简媜《女儿红》《红婴仔》和周芬伶《汝色》《世界是蔷薇色的》③对母性角色、社会角色与女性性别意识之间多重纠缠的探寻。其二是对历史、记忆的重新书写,在大量自传体、自白体散文和家族史散文中,女性书写不仅填充了自己历史的"空白之页",寻找"母亲的家园",重构被压抑、修改的历史,建构女性/母性历史文化谱系,而且以女性主义式的新历史主义观念来质疑男性中心的大历史,挑战男权历史叙述的合法性,如简媜的《天涯海角》、"原住民"女作家利格拉乐·阿妈的《谁来穿我织的美丽衣裳》《红嘴巴的Vu-Vu——阿妈初期踏查追寻的思考笔记》对闽台移民历史、"原住民"历史的重

---

① 陈芳明:《在母姓与女性之间——五〇年代已降台湾女性散文的流变》,张瑞芬:《五十年来台湾女性散文·评论篇》,麦田出版社2006年版,第23页。
②④ 陈芳明:《在母姓与女性之间——五〇年代已降台湾女性散文的流变》,张瑞芬:《五十年来台湾女性散文·评论篇》,麦田出版社2006年版,第25页。
③ 周芬伶这两本集子虽然出版于新世纪,但所收入的文章大部分创作于1990年代。

新书写,等等。此外,性别意识还向生态散文、都市散文、文化批判、社会批判等等各个传统散文领域渗透,显得开阔而厚重,影响着1990年代台湾散文的走向,女性主义散文已然成为文学领域女性主义思潮的重要组成部分。

还值得一提的是,1990年代以来女性散文出现的消费品格。随着1990年代台湾社会进入后工业社会,文学消费品格渐渐加重,散文也不例外。媒体出版业合力将散文打造成大众消费品,所谓"短短的篇章 甜甜的语言 浅浅的哲学 淡淡的哀愁"[1],加上精致、华丽的影像包装,名列各大书店畅销排行榜上的散文作品大体都具有这样的消费品格。女性散文占有其中很大的比重,这类散文类似同时期大陆的"小女人散文"现象。[2]

二、台湾女性散文的代际图谱

张秀亚、罗兰、齐邦媛作为台湾现代女性散文的第一代代表,在1990年代依然时有佳作问世,如张秀亚的《不凋的葵花》、罗兰的《人间小景》《岁月沉沙》、齐邦媛的《一生中的一天》《我的声音只有寒风听见》《故乡——父亲齐世英逝世十年祭》等篇章,颇见早年散文的流风余韵。作为台湾现代女性散文第二代代表的林文月,在1990年代更是笔耕不辍,连续推出散文集《作品》《拟古》《饮膳札记》等。写于1991年后收入散文集《作品》中的《温州街到温州街》,怀念老师台静农、郑骞,详细记述了两位老先生耄耋之年最后一次会晤以及他们的仙逝,情真意切,不仅写尽人生的苍凉与伤怀,字里行间流露出作为两位先生学脉传人的身份意识,体现出中华学统的绵延。这类散文在林文月散文中占有很大分量,也是她写得最好的一类散文。《阳光下读诗》不仅书写

---

[1] 林幸谦:《90年代台湾散文现象与理论走向》,郑明娳:《现代散文现象论》,大安出版社1993年版,第5～9页。

[2] 90年代大陆文坛出现被称为"小女人散文"的女性散文创作现象,代表性作家有黄茵、黄爱东西、张梅。作品的审美倾向上表现为重视世俗人生、生命体验,热衷家常琐事,创作主体的都市白领特殊身份使书写充满小资情调。"小女人散文"因其情感基调闲适幽雅,语调冲淡平和,篇幅短小,文字近乎口语、蕴涵显豁,问题类似都市小品,适应了快节奏的当代都市生活,在90年代的大众文化空间迅速传播,成为文坛热点。作为散文现象,"小女人散文"的存在自有其独特的文学文化内涵,其世俗关怀的精神向度使之参与了90年代大众文化的建构,并接续了"五四"以来"闲适"一派散文传统,客观上构成对传统宏大散文模式的消解。但作为一种时尚性的大众文化产品,它又不同程度存在着媚俗倾向。而一旦陷于媚俗的氛围,女性琐碎的日常生存经验就不仅已然丧失了边缘性所应具有的解构、批判的意味,且还衍化为对男权文化之于女性角色定位的自觉认同。而评论家在所谓"小女人散文"的命名中本身就明确隐含着女"小"男"大"的男权意识。因此,对这一类散文应保持足够的警醒。

自己闲适、散淡读书经验,而且以非常感性的笔调触及中西诗学、文学翻译等等学术问题。此外还有海外游记《白夜》《秋阳似酒风已寒》,都是她90年代散文创作中的佳作。1993年后的《拟古》十三篇系列散文,以陆机拟古诗作为摹写对象①,内容涉及追忆师友、母亲、儿时旧事以及给女儿等。林文月的散文极少儿女情长,特别是个人生活痕迹,简约古涩,理性节制,温婉疏淡,蕴藉深厚,书斋气息浓厚,具有典型的传统女学者散文品位。这固然与她一直从事学术研究、人到中年才开始散文创作有关,但更重要的原因也许是"文如其人"的传统散文观念,使得像林文月这样一个出身世家、深受父权文化浸淫的女性不得不尽力规避在文章中"自我暴露"。

相对于前行世代,四五十年代出生的作家已然是1990年代台湾女性散文创作的中坚。活跃于1990年代散文创作领域的1940年代出生的作家有刘静娟(1940)、张晓风(1941)、杏林子(1942)、席慕蓉(1943)、钟玲(1945)、爱亚(1945)、喻丽清(1945)、方瑜(1945)、黄碧瑞(1945)、洪素丽(1947)、吕大明(1947)、李黎(1948)、心岱(1949)等。其中以席慕蓉、张晓风的创作最为引人注目。

张晓风成名于1960年代中期,在七八十年代成为第三代女性散文创作中重要的代表人物。引领那个时代的女性散文的主流风格,1990年代以来推出的散文集有《谈戏》《我知道你是谁》《这杯咖啡的温度刚好》《星星都已经到齐了》。张晓风早期散文文体多书信体、自白体,1980年代中期的散文开始关涉家国情怀,1994年《我知道你是谁》中开始以台湾闽南语写作,《石碑与史碑》一文涉及"二二八"事件,《没有人叫我阿山》抒写一个外省女孩的台湾童年,表现一个"外省女作家的在地化过程"②。1990年代以后的散文多是短章,不再见先前的鸿篇巨制。写于1999年的《秋千上的女子》写秋千这个源自北方少数民族的娱乐工具对于古代深闺中的女子的非同寻常的意义。身体在秋千上飞翔的同时,精神也得以片刻的飞翔,只有借助秋千,她们才可以窥见高墙之外的"远方",尽管这"远方"左不过是邻居的苗圃,但就是这惊鸿一瞥中的"远方",使她们暂时僭越了牢狱般的生活。此后"远方"也许成为高墙中的她们一生"治不痊愈的痼疾"。所有的闲愁绵恨都来自这"远方"。作者还辛辣解构了以秋千上的女子为题的古典诗词的情色意味,那不过是男性文人一厢情愿的想象,其实对于秋千上的女子而言,"使她们愉悦的是春天,是身体在高下之间

---

① 林文月毕生从事古典文学研究,尤其熟谙魏晋南北朝文学,曾以此为题作为本科硕士论文论题,《拟古》十三篇系列散文深受陆机拟古诗影响,古奥、疏淡。
② 张瑞芬:《秋千外的天空——论张晓风的散文》,《五十年来女性散文·评论篇》,麦田出版社2006年版,第171页。

摆荡的快意,而不是男人"。性别意识溢于言表,这对张晓风这一辈女散文家来说实属难能可贵。

活跃于1990年代散文界的1950年代出生的女作家有廖玉蕙(1950)、冯青(1950)、凌拂(1952)、龙应台(1952)、曾丽华(1953)、沈花末(1953)、陈幸蕙(1953)、周芬伶(1955)、张让(1956)、黄宝莲(1956)、戴文采(1956)、刘黎儿(1956)、柯翠芬(1957)、郑宝娟(1957)、方梓(1957)、杨锦郁(1958)、韩良露(1958)等。相对于前行时代,这一代作家在1990年代正是风华正茂,无论是在散文观念、题材的创新上,还是在接受现代主义、女性主义影响的程度上都要大大超越前一世代作家。

陈幸蕙

作为一个出身中文系的学者型的散文作家,陈幸蕙的散文深受中国古典诗文影响,疏淡优雅的文风与张晓风颇为相近,大体沿袭中文系女作家闺秀散文的抒情模式。厚重的中国文学传统既成就了她,也限制了她。进入1990年代,陈幸蕙的创作呈现出对一向温婉的"安乐椅"(余光中语)风格的突破,文风由古典情怀转向接近现代主义,由表现人性的优美、单纯、明丽到表现人性的幽暗、挣扎、冲突,风格跳跃,充满虚构色彩,如收入1996年出版的《爱自己的方法》中的《金合欢》《日出草原在远方》。陈幸蕙的学术论著也深具笔力,如她研究余光中诗作的《阅读余光中》也颇为人称道。

曾丽华

曾丽华,1953年出生,广东人,毕业于台大中文系,美国旧金山加州州立大学中文硕士,任职金融界,业余从事写作,有散文集《流过的季节》《旅途冰凉》等。作品虽然不算多,却频频入选九歌版《散文二十年》《中华现代文学大系散文卷》。曾丽华与陈幸蕙一道被看成第四代散文的代表,一方面她继承了以林文月、张晓风为代表的前行世代中文系出身闺秀散文的古典婉约的情怀,另一方面她的散文呈现出一些与闺秀散文截然不同的风格,尤其是1990年代中期以后的散文有一种穿透人世的冰凉,对人性中的幽暗、暧昧状态的表现,文风类似喃喃自语的内心独白,采用第一、三人称换用,结构跳跃,段落之间旨意落差很大,这一切已突破闺秀散文的樊篱,带有现代主义色彩,而文字的绝美、感觉的独异,也颇具有现代主义的美感特征,如"扶梯幽暗,像一种跟在背后沉默的眼神""黄昏已经美得摇摇欲坠""清晨忽有鸟声倾泻如丝缎之落""木楼梯是这样沉重着呼应我的脚步"等。这一切都表明曾丽华已然是闺秀散文与简媜、钟怡雯"后散文"之间的过渡。

此外在四五十年代出生的作家中,以小说著名的李昂、施叔青、朱天文、袁琼琼、苏伟贞、平路等人在1990年代也颇有散文佳作出现。如苏伟贞在1990年代出版的散文集《来不及长大》《单人旅行》,书写女性内心深处孤独决绝的心灵旅程,是对深幽的性别自我的呈现,具有典型的女性主义书写的特征。

如果说1950年代出生的作家在1990年代的创作,无论是从散文观念、题材的创新上,还是从接受现代主义、女性主义影响程度上都要超越前一世代作家,那么,这样的超越到了1960年代出生的作家(包括1970年代初出生的作家)那里则成为一种飞跃。这一世代作家作为光复之后台湾女性散文第五代传人,按出生年代排序应该包括这样一些人:简媜(1961)、张曼娟(1961)、蔡珠儿(1961)、林黛嫚(1962)、钟文音(1966)、柯裕棻(1968)、钟怡雯(1969)、利格拉乐·阿(女鸟)(1969)、张娟芬(1970)、李欣频(1970)、张惠菁(1971)等。她们在1990年代的创作以简媜、钟怡雯为代表(钟文音、李欣频、张惠菁等人的创作我们将在新世纪散文中论及)。

钟怡雯

钟怡雯,1969年出生于马来西亚怡保,原籍广东省梅县,台湾师范大学博士毕业,为马华旅台作家、学者,1990年代初开始散文创作,1990年代中期以一系列的获奖而声名鹊起。曾获"中国时报"《联合报》"中央日报"文学奖,新加坡金狮奖等。主要散文作品集有《河宴》(1995)、《垂钓的睡眠》(1998)、《听说》(2000)、《我和我豢养的宇宙》(2002)等,深得文学前辈余光中、痖弦、焦桐等好评,被认为是简媜之后第五代女性散文更年轻的代表。散文多写故乡马来西亚热带小镇上的童年旧事、女性对世界的感悟与冥想,构思超越现实与虚构的界限,诡异、奇美、令人惊悚,文本的结构散漫、跳跃、灵动,语言流美、飘逸富有诗性,这一切都让人想起同样来自热带小镇的大陆作家林白。在此摘录两则来自《垂钓睡眠》和《渐渐死去》的文字来感受下她散文的美质:

> 此时无数野游睡眠都该已带着疲惫的身子各就其位,独有我的不知落脚何处。它大概迷路了,或者误入别人的梦土,在那里生根发芽而不知归途。

> 花开的时候,整个房子充满说不出的忧郁。茉莉花香很努力地抗拒腐朽的死亡。至于忧郁,是甜美的生命与死亡妥协之后的情绪。

由于长期生活在学院高墙内,钟怡雯散文创作题材不免局限,技巧上也多重复。

在1960年代出生的作家中还需要特别提到的是排湾族女作家利格拉乐·阿(女鸟)的创作。"原住民"女作家历史性地"浮出历史地表",也是90年代文坛的划时代的重要事件。利格拉乐·阿(女鸟)对本民族历史和文化的书写,引起文坛以及文化界越来越多的关注。另一个在当时台湾文坛上与阿(女鸟)齐名的"原住民"女作家是卑南族女作家董恕明,她的创作主要集中于诗歌、散文领域。此外还有泰雅族的里慕伊·阿纪、达德拉凡·伊苞等。

利格拉乐·阿㚩

利格拉乐·阿㚩,排湾族,汉名高振惠,1969年生于屏东,大甲高中毕业,1987年与泰雅族著名作家、"原住民"运动领导人瓦历斯·诺干结婚,共同创办《猎人文化》和"原住民人文研究中心",从事"原住民"基层草根文化研究工作,同时进行文学创作。著有《谁来穿我织的美丽衣裳》《红嘴巴的VuVu——阿㚩初期踏查追寻的思考笔记》《穆莉淡——部落手札》,还编著了《1997"原住民"文化手历》。阿㚩有着非常复杂的血缘族系和家庭背景,父亲是祖籍安徽的国民党军人,虽然阿㚩从小生活在空军眷村里,但父亲却是白色恐怖时期的政治犯,是"匪谍"。母亲出生于东部排湾族母系社会,阿㚩的丈夫瓦历斯·诺干又是以父系为尊的泰雅族人。尽管从小受到父亲汉族传统教育,认同外省第二代身份,但长大以后的阿㚩坚定认同母亲的族系,而不像母亲为本省客籍的朱天文、朱天心姐妹那样认同父亲的外省身份。这其中的原因相当复杂,除了由于父亲的政治犯身份,母亲的"原住民"血统使得阿㚩从小就是眷村中的另类外,更深层的原因则是潜在的性别意识致使阿㚩面对母亲所属的排湾母系社会有一种深切的归属感。

《谁来穿我织的美丽衣裳》共有两卷,第一卷"原住民母亲"接近小说,记录了包括自己的外婆与母亲在内的她所见到的"原住民"各族系的母亲,她们的生命轨迹,以及她们在族群变迁与文化离散的过程中的各种感思,表现出对底层女性的深厚关怀。"原住民"女性的生存状态并非都是悲情的,《想离婚的耳朵》饶有风趣地呈现了强势的排湾族外婆休弃"小外公"(外婆的第三任丈夫)的情形以及排湾族从母居的生活方式。第二卷"山居手札",基本上是"原住民"的文化笔记。《红嘴巴的VuVu——阿㚩初期踏查追寻的思考笔记》除了记录、思考"原住民"生活与文化之外,还记录了台湾"原住民"各族近年来为了争取仅有的生活空间所进行的种种抗争[①]。阿㚩转述"原住民"代代相传的故事,为"原住民"日益丧失的文化传统与记忆,尤其是"原住民"女性文化传统、记忆作证。阿㚩始终面对这样的现实——"原运由男性主导的,妇运由汉人主导的,'原住民'女性是永远的弱势者"[②]。性别之间的权力机制同样可以被复制在种族与阶层之间,因此,种族、性别与阶层意识纠结于阿㚩的人生经验与创作中。阿㚩的文本呈现出认同的流动性与主体经验的多重性,这也是阿㚩的创作相对于1990年代的女性主义散文书写最独特的意义。阿㚩的文字介

[①] 周翔:《现代台湾"原住民"女作家的身份认同:矛盾与抉择的呈现》,《民族文学研究》2007年第4期。

[②] 张瑞芬:《排湾族美丽的衣裳——论利格拉乐·阿㚩的散文》,《五十年来女性散文·评论篇》,麦田出版社2006年版,第433页。

于小说与散文之间,但却摒弃小说虚构带来的奢华,朴拙无华,纪实自然,犹如山间原野的劳作。

三、席慕蓉:游牧文化的情怀

席慕蓉以诗和散文崛起于1980年代的文坛,拥有广大的读者群。1990年代以来出版的作品主要有《我的家在高原上》(1990)、《水与石的对话》(1990)、《江山有待》(1991)、《大雁之歌》(1997)、《边缘光影》(1999)、《金色的马鞍》(2002)、《人间烟火》(2004)、《我折叠着我的爱》(2005)等。席慕蓉出身蒙古王公贵胄,外婆是成吉思汗的嫡系后裔。1989年秋天,席慕蓉第一次踏上原乡蒙古大草原,"深藏心中四十年的火种在踏上高原的瞬间被点燃"①。亲临故土、回归原乡后的不平静,对草原、游牧文化的热爱和久远的乡愁及对草原生态、游牧文化命运的关怀成为席慕蓉1990年代后作品的重要主题。

收入《我的家在高原上》《大雁之歌》《金色的马鞍》和《走马》等一系列集子中的作品正是从那时起逐渐累积而成的收获。其中的《汗诺日美丽之湖》可以说是这批作品中最具代表性的作品之一,这篇散文被收入作者的多种选本。《汗诺日美丽之湖》写"我"在一个亚热带酷热的正午徘徊在香港湾仔窄街寻觅童年往事。尽管香港是一个充满变化与变动的岛屿,但童年旧所却依然保持旧貌,致使我能如愿凭吊童年短暂的客居岁月,感动泪涟。但对这一生命中短暂的驿站的追忆,却激起"我"对生命所从来处,真正原乡——内蒙古草原更刻骨的乡愁。于是,手捧几页几十年前出版的《蒙古高原调查记》的影印文字,站在亚热带正午的阳光下,开始遥想凉风拂过、芳草鲜美、落英缤纷的草原与草原上汗诺日美丽之湖,却发现"我永远没有办法对美丽的汗诺日湖产生出我对香港湾仔一条街上的菜市场那种相同的反应。虽然,按原来的计划,那应该是我的故乡。在我的记忆里,应该有一片清澈的湖水,湖上有万千水鸟群栖群飞"。真正是"反认他乡为故乡""反认故乡为他乡",因为从生命的最初开始,就被一步一步带离原乡,"三十年就这样过去了,生命终于固定在一个错误与矛盾并且再也无法修改的格式里了","我们永远不能重新开始"。对香港充满依恋,但香港不是原乡,自己只是香港匆匆的过客,而真正的原乡,父母之邦,生命的所从来处,却因从未谋面而显得如此的陌生,认同危机油然而生,"从来没有见过汗诺日美丽之湖的我,到底算是什么呢","站在夏日正午的街边,我终于发现,我什么都不是,也什么都不能是"。这种"什么也不是"的心态正是

---

① 张瑞芬:《五十年台湾女性散文·评论篇》,麦田出版社2006年版,第198页。

1990年代台湾外省族群普遍的认同危机。文章的最后，作者不禁发出这样的慨叹："人的一生只能有一次童年，我为什么不能生长在汗诺日美丽之湖边？"一如朱天心《古都》结尾陷入认同危机"我"的大声恸哭，汗诺日美丽之湖也一如《古都》中反复出现的"桃花源"，是一种原乡的符号。

相对于席慕蓉大多数散文情感的明净、思想内涵的单纯，《汗诺日美丽之湖》表现的情感曲折驳杂、思想内涵丰厚多元。这里不仅有空间的乡愁，更有生命不能重来的时间乡愁、个体生命别无选择的宿命苍凉；有对童年往事感动，又有对这种"反认他乡为故乡"式感动的自责与愧疚。身在湾仔街市，唯一赖以遥想草原原乡的几张影印文字，竟是出自半个多世纪前的日本人之手，他们曾经以渔猎的目光虎视着"那些原本应该是理所当然的也属于我的一切"。他们中的一些人甚至"拿着枪支，把我的家毁了一次又一次"，蹂躏"我"的原乡和族人。如今他们留下的文字竟成为我遥想草原原乡的凭据，历史竟是这样的吊诡！

散文采用电影蒙太奇的手段，将现实、记忆以及想象与文本记载中不同的时间、空间毫无过渡地相拼接，眼前的湾仔街市、人到中年故地重游的"我"；童年时光中的湾仔旧居、孩提时的趣事；20世纪沧桑巨变中的内蒙古草原、草原的风物地貌；奔走于历史长河、家国风云中的父辈族人……这样的结构使散文的视角和表现空间变得非常开阔，尤其是对典籍文字的大量引用，超越了散文作者逼仄的主体经验与主观视角，极大地增强了散文的表现力。

作者在追寻父系原乡的同时也在追寻母系原乡，《松漠之国》《母亲的河》《旧日故事》《失母》等篇章，通过对母族故土大兴安岭昭乌达盟、"母亲的河"西拉木伦河的怀想与亲历来感受与承担女性生命中难以割舍的血缘之链，追索母族谱系，回望母亲的家园。西拉木伦河畔，月光下潋滟的河水、河畔牧草的芳香，仿佛都承载着母亲、外婆青春的印记。西拉木伦河对席慕蓉而言的确是名副其实的母亲河，"那条河发源于我母亲的家乡，流过我母亲的年轻岁月，也是我外祖母最最珍惜的记忆"（《母亲的河》）。席慕蓉的蒙古名字是穆伦·席连勃（蒙语意为江河），穆伦与慕容是谐音，穆伦河水一直流淌在她的梦中，一如她的身上一直流淌着母亲和外婆的血。这样以肉身来感受、承担女性生命中的难以割舍的血缘之链与此前《汗诺日美丽之湖》中对父系故土汗诺日湖的遥想形成意味深长的对照。

《我的家在高原上》可以看作席慕蓉前后期创作的分水岭，标志着席慕蓉将早年的创作具有南国风情的绮丽隽远与北国草原的广袤沉厚融于一体，代表她散文风格的成熟。

四、龙应台：特立独行的态度

我们知道，台湾女性散文原本只在美文（或曰纯散文）方面见长，尤其是抒情写景之文，如琦君、张秀亚、林文月、张晓风等人的创作，但1980年代龙应台的异军突起彻底改变了这个局面。1980年代中期，龙应台旅居瑞士后又迁居德国并在海德堡大学汉学系任教，1990年代中期开始不断在欧洲报刊上发表作品，对欧洲读者呈现出一个中国知识分子的文化立场与时事见解，颇受注目。与此同时还在上海《文汇报》"笔会"副刊开设"龙应台专栏"，与大陆文化界频繁接触。其实1980年代末以来龙应台的作品就在大陆陆续出版，拥有大量读者。"龙应台热"是继1980年代以来，"琼瑶热""三毛热""席慕蓉热"之后，台湾文学在大陆的读者中掀起的又一热潮。①

龙应台1990年代的散文集有《写给台湾的信》（1992）、《孩子你慢慢来》（1994）、《美丽的权利》（1994）、《看世纪末向你走来》（1994）、《干杯吧，托马斯曼》（1996）、《我的不安》（1997）、《啊，上海男人》（1998）、《这个动荡的世界》（1998）《百年思索》（1999）等。这些作品内容大致涉及文化批判（抵抗东西方文化交往中西方的强势文化、反省中国文化）、社会批判、性别批判三个方面，这三个方面总是贯穿着她身为第三世界知识分子、在台湾成长的外省第二代以及女性的多重社会身份和主体位置的经验与感触，贯穿她不依附于任何意识形态的特立独行的写作立场。其实，龙应台的写作立场与其成长经历不无关系。龙应台祖籍湖南衡山，属于外省第二代。她从小生活在本省人聚集的台湾南部乡村，格外感受到身为"外省人"的孤独、边缘、异端的身份。同时她又不像那些生活在台北都市、眷村中的外省第二代那样有着共同的外省族群记忆，因此，无论是在外省人还是在本省人中她都是个边缘者、他者。从童年就开始深刻体悟边缘、孤独、漂泊、流亡感觉，成长以后在欧洲受教育、居住，到世界各地旅行、从事文化活动，更加体会到这种边缘感与异端感。正是这样不属于任何族群的边缘身份奠定了她特立独行的写作立场，习惯于以质询的目光投向主流人群、主流价值观念，超越任何族群与意识形态，拥有一个普适性的人文价值观念，以开阔的视角来看待世界。

龙应台1990年代的创作中占醒目地位的是对知识分子身份、心灵的关注。《国破山河在——知识分子心灵的流亡》，书写当民主德国的民众为联邦德国的丰裕的物质所吸引，狂热地拥抱统一，民主德国的精英知识分子却在自

---

① 台湾女作家作品频频走红大陆，相对而言，男作家作品对大陆普通读者的影响要小得多。这是个值得关注的文化现象。

己的土地上流亡,"群众寻找的,正是知识分子所鄙视的约翰走路"。龙应台并未偏向哪一种意识形态,而是表述出民主德国消失后,民主德国知识精英的怀旧情感、尴尬历史处境以及整个民主德国历史的复杂性,并将此与甲午战争后的台湾历史相比较,批评国民党统治对本土文化的消音和1990年代甚嚣尘上的本土化运动对外省文化的消音。正是文化上的党同伐异,使得知识分子成为在自己土地上的流亡者。游离出任何意识形态,超越国界、族群的界限,注重文化的多元性、个体情境的复杂性、差异性,以对抗同质性的集体伦理,这是龙应台一向的文化立场。萨义德曾经说过,"知识分子的重大责任在于明确地把危机普遍化,从更宽广的人类范围来理解特定的种族或民族所蒙受的苦难,把那个经验连接上其他人的苦难"①。龙应台散文中那些涉及德国、欧洲历史,尤其是联邦德国和民主德国、柏林墙这样一些无法回避的历史的篇章,如《德国,在历史的网中》《"婚礼"前夕》《当国家统一的时候》,总能超越具体的国界与族群站在人类立场上关注东西方知识分子的共同经验,因此也赢得东方读者的青睐。《山间的小路》由海德堡古城山坡上烙印着歌德、亚斯培斯、黑格尔、韦伯、海德格尔等文化巨人脚印的羊肠小路联想到岳麓书院那条朱熹、王阳明、左宗棠、曾国藩徘徊其上的小径,引发对东西方学术传统的深刻反思。

《一只白色的乌鸦》《泰国来的》表达了置身西方/第一世界的来自东方/第三世界知识分子族群与地缘认同的尴尬,尤其是《一只白色的乌鸦》,写一只将自己的羽毛染成白色的乌鸦,"白里透黑,被鸽子赶了出去,回到鸦巢,因为黑里透白,又被乌鸦驱逐"。这恰是作者游走于第一世界、第三世界、东方、西方之间暧昧身份与尴尬认同的绝妙写照,这暗示了外省第二代在1990年代以来台湾岛内本土化潮流中的认同困境。《妈妈讲的话》更是以说瑞士方言的瑞士人与大德语文化的关系以及说法语的加拿大魁北克人与大英语文化的关系作为正反两方面的例子,来分析台湾地域文化与整个中华文化之间的关系。一方面"被压抑已久的方言文化蓬勃地站起来,是社会健康的迹象"。但是当"这个文化的蓬勃是以另一文化的压缩为代价"时,社会肌体的健康又出现问题。1990年代甚嚣尘上的台湾本土化运动打着反权威、民主的旗号,实际上却是在挪用"戒严"时代的权力模式,不仅对外省人造成压抑,也不利于台湾本土文化的发展壮大,体现了作者多元共生的文化发展理念。作者显然反感狭隘的族群、地域观念,崇信全人类拥有共同的价值关怀,"狭隘的民族主义是块砸自己脚的石头;有些基本信念,比如公正、自由、民主、人权等等,必须超越民族主义的捆绑"。这里实际上涉及全球化时代文化发展的深层命题——多元价值与普适性价值之间的关系,文化相对主义与文化普遍主义之间的关系。文化

---

① [美]爱德华·萨义德著,单德兴译:《知识分子论》,三联书店2002年版,第41页。

的多元化并不意味着多元文化之间各自为政、对立与排斥,而主张多元文化的对话,要对话就需要有对话的基础、共同遵守的普适性的共识与准则。文化相对主义谬误在于将自己信奉的"相对"的准则进行绝对延伸。如果所有的文化系统都满足于自身的价值标准,必然推导出自己是世界上唯一最优秀的文化,于是固守自己的文化方式,盲目排斥甚至压制其他文化,结果导致文化孤立主义,走向自己反对的文化普遍主义。多元文化条件下人类必须有共处的基本前提,多元经验之上存在先验的、普适的前提。

对普适性价值的信任并不意味着放弃民族性的光大、放弃族群身份,而是超越二元对立的思想方法,在崇信普适性价值的同时,表现对民族文化传统与身份的强烈认同,这是龙应台散文的另一重要内容。在《干杯吧,托马斯曼》中,当欧洲人将已经相当欧化的自己视为同类之际,感受到的不是被接受的欣喜,而是尴尬、无奈中的悲凉,"那位德国妇女所理解的,熟悉的,其实只是一个译本,她哪里知道原文的我是个什么东西"。这已然是对自己"原文"身份的一种自我提醒。在《一株湖北的竹子》中更是满怀深情地表达了对中国文化深切的认同,"我也是一株向日葵,贫血的脸孔朝着东方,太阳升起的地方。走遍万水千山,看见黄浦江却觉得心跳得特别快。认识整个世界,和台北的朋友相濡以沫的感觉却特别温暖"。用一株20世纪初漂洋过海来到欧洲扎根的湖北的竹子,来追怀20世纪中华民族历史的沧桑巨变,慷慨悲凉,彻悟个体作为民族历史文化共同体一员而与生俱来的宿命:

> 一株湖北的竹子,漂洋过海到异乡,在欧洲的阳光雨水下繁衍成千千万万株的竹丛。世纪末的时辰到了,仿佛一个私定的终生,千千万万丛竹子同时开花,死亡。

这样的彻悟却并不导向绝望,而是走向新生:

> 但是我不知道这能不能称为死亡?花穗中蹦出的种子,种子落在肥厚的土壤中,将衍化出另一片千千万万葱绿的竹丛,在另一个世纪之初始。而那新生的竹,将不再是被移植的品种;欧洲的土壤将是他们此生不渝的故乡。

这些竹子已然是千千万万在地化的海外华人生存形态的象征,中华文明无疑会在这样的生存形态中获得另一种形式的繁衍、流变、绵延与新生,生生不息……对民族文化传统的传承与流变的辩证思考,超越了狭隘的、刻板的、本质化的民族主义,显得大气开阔,也更符合文明发展的轨迹。文章结尾由民族文化认同最终超越民族、国度导向对生命永恒的流变,人类文明的生生不息的体悟:

死亡，竟是新生。那么，文化和历史的所谓宿命，当新的种子落土，新的思想抽芽，难道宿命所埋藏的不也是民族的新生吗？

街上，孩子的欢声不断。

身为中国人又处身德国这样一个特殊的国度，龙应台1990年代以来的许多散文一再涉足、反思与追问二战、犹太人、民主德国、柏林墙等20世纪特殊的历史记忆。《从马桶看文化》一文别出心裁，从德国、中国、日本三国的马桶的设计看三个国家面对自己的过去的态度乃至国民性。德国的马桶底部是平的，让你回首冲掉之前能完整地、毫不隐瞒地审视自己的过去，不仅如此，德国马桶的冲水声还震耳欲聋，德国人每天都在面对自己的过去，严厉审视自己的过去，动静很大地冲洗着自己的过去——两次世界大战、纳粹和犹太的过去，事实上德国人对纳粹罪恶决不宽恕的态度甚至超过那些被害国的人民。台湾马桶的设计是排泄物一离开身体就不知去向，使你完全没有回头看的机会，中华民族是个容易健忘的民族，人们信奉"过去了就让他过去了"的格言。相比于德国马桶，台湾马桶的设计无疑是优雅的，南京大屠杀、"文革"，一页页血腥灾难的过去就在这样的优雅中渐行渐远，这样的优雅的确"优雅得使我害怕"。日本的马桶设计更甚，竟在水箱里装上音乐，不但听不到任何冲洗过去的水声，还享受着叮咚悦耳的音乐。这与日本右翼分子美化侵略战争历史的态度相当一致。《在崇明和罗马之间》记录了发生在1940年上海崇明的侵华日军对无辜百姓的屠杀，和发生在1944年罗马的纳粹军人对罗马市民的一次屠杀，两次屠杀何其相似，但40多年后在罗马进行了一场惊心动魄的审判，屠杀真相的最有力的证人，竟然是一位专程从柏林赶来的德国军事历史学家，为纳粹军人辩护的反而是个意大利律师。发生在崇明的那桩屠杀却没有人记得，更没有人去追问，甚至连中国人自己。正是由于中国人有意无意的健忘，日本人有意刻意的美化，血腥的过去才日益沉入历史的忘怀洞中，语焉不详。

同样的，在《清理过去的黑暗——我看海牙大审》中，作者写到，1996年波黑战争结束后，联合国海牙国际法庭花费大量人力、财力清理战争的罪恶，这场战争屠杀了大量穆斯林平民，被认为是二战以来欧洲最残暴的行为，战争的元凶波斯尼亚塞族总统卡拉季奇和总司令姆拉迪奇以及其他一些战争罪犯一一受到历史的制裁。但扬州十日、旅顺屠城、南京大屠杀这样一些中国历史上针对异族的血腥屠杀从来未得到好好的清理，这样的对照让作者沉痛不已："如果五十年前的南京大屠杀有这样的大审来清理它的残骸与沉冤，我们今天的历史该有怎样不同的面貌？"号称代表人类公义的战后西方的主流媒体，尽管对于纳粹德国的侵略历史非常在意，不遗余力地追问、追查这段历史，展开一场场延宕多年的追捕与审判，但他们从未以这样的态度来对待日本的侵略历史。在《一个美国人死了》中，龙应台由一个被巴解组织打死的美国游客与十个被以色列人打死的巴勒斯坦平民在权力天平上的不同分量引申至不同民族的人生命的不同价格,继而陈述这样一个事实:作为与希特勒、墨索里尼齐名的三大法西斯头目之一的裕仁天皇,在战后四十多年依然身居天皇位置、享受日本朝野的顶礼膜拜,直到寿终正寝。西方对日本政治侵略的历史实际上并不在意,他们更在意的是直接给自己带来伤害的日本的经济侵略。即便谈及日本二战期间的侵略历史,"人们心中记得的'受害者'竟然是相较之下极其少数的英国百姓。有谁记得那千万个没有面貌、没有名字、没有声音的中国百姓吗?"借此,龙应台犀利揭示了战后西方对二战反思、追问潮流中隐含着的鲜为人知的权力机制。二战期间犹太人的境遇所以成为几十年来西方、美国舆论中人道与公义的焦点,实际上与以色列的崛起、全球范围内(尤其在美国),犹太人势力的日益壮大密切相关。

在《在疯狂中保持清醒》《在崇明和罗马之间》等涉及20世纪战争罪恶的篇章中,龙应台还触及深刻的道德哲学命题,在许多事后的审判中,杀人者常以当年只是奉命行事为自己开脱,但法庭总是依据较高的道德标准"在疯狂的社会中保持清醒"来定罪,由此常常引起激烈争论,这实际上是20世纪的国际审判史屡见不鲜的现象,龙应台似乎从不轻易下非此即彼的结论,而力图引发读者陷入关于法律与良知、道德的深层追问。

在涉及民主德国和柏林墙历史的散文中,龙应台也常常发出质疑西方主流媒体的声音,如《"婚礼"前夕》《当国家统一的时候》《双城记》《历史的一刻》《统一的奇异果》《人吃人的西方》,作者并不屈从于某种意识形态为民主德国的消失拍手称快抑或唱一曲无尽的挽歌,而是站在联邦德国和民主德国普通百姓的立场上来看待被西方媒体狂热讴歌的联邦德国和民主德国的统一、柏林墙的拆除,呈现出大历史天地玄黄之际那些被有意无意省略、遮蔽的角落,恰恰是这些角落安置了卑微个体最真实的人生。

如果将题材沉重的散文比作群山峻岭,那么,1994初版的《孩子你慢慢来》则是一条轻灵、秀丽的小溪,前者风格上的理性睿智犀利与后者的感性深情温婉恰形成鲜明的对照。如果说前者是对公共事务的关注,后者则是私人事件,身为女人、母亲的个人性经验。这个集子也是龙应台1990年代散文中主题意蕴比较集中、单纯的篇章。《孩子你慢慢地来》一篇书写由小花店5岁的孩子给顾客扎花的场景所引发的感动,体悟孩子世界的本真、率性、朴拙、脆弱以及他们与成人世界的隔阂,成人世界的游戏规则常常给他们带来严重的伤痛。于是,面对孩子,作者无限爱意地在心里说道:"孩子你慢慢来,慢慢来。"但成人的世界还是无孔不入地渗透了进来,《终于嫁给了王子》中谈到广为传颂的童话名篇《白雪公主》实际上在传播成人世界中非常势利的人生观,"这样的童话,无非在告诉两岁的小女生、小男生,女孩最大的幸福就是嫁给一个王子,所谓王子就是一个漂亮的男生,有钱、有国王的爸爸,大家都要向他行礼"。更有甚者,《白雪公主》和其他同样被视为世界童话名篇的《小红帽》《阿里巴巴和四十大盗》实际上还宣扬成人世界父权文化的嗜血与暴力,儿童纯真的世界与生命最原初的美好就这样不知不觉地被污染与吞噬。《初识·黄昏》呈现了一幅动人的孩子世界,这个世界的游戏规则与成人世界完全不同,那是生命的最本真法则。正是出于对孩子世界的呵护、对生命最原初的纯净的守望,《渐行渐远》中爸爸妈妈为安安守护着关于圣诞老人的秘密,长大以后的安安则自觉帮助爸爸妈妈为弟弟守护这个秘密,当弟弟长大,他一定也会为更小的孩子守护这个秘密,一茬又一茬的生命沿着自己的轨迹渐行渐远,生命最原初的感动却美丽如初。当自然被日益去魅、当神性日益隐失,我们是否还应当保留对自然、神灵的仰望?这篇散文与这个系列的许多篇章一样,显然已经超越育儿心得,叩问现代人存在的图景。龙应台就这样"把一般人写成保姆日志的东西写成人生手札"。① 将身为母亲、妻子、儿媳妇、女儿的角色经验与身为知识分子、社会人角色经验相关联,从而呈现多重的主体位置和经验。

弗吉尼亚·伍尔芙曾说过,女性写作与男性写作的区别不在于男人描写战争女人描写生孩子,而在于两个性别都在表现自身。尽管1990年代的龙应台不再像"胡美丽时代"②那样关注女性的问题与私人领域,但在她关涉公共领域、指点江山的文字中,却始终贯穿着潜在的性别立场,超越性别书写性别。她始终注重历史情境的差异性、异质性,知识与文化的多元性、复杂性,关注宏大历史中的个体,尤其是庸常卑微、异质性的个体。萨义德在批评班达的知识分子论时指出,"班达的知识分子不可避免的是一群少数、耀眼的人——他从未把女人算在内——这些人由高处向芸芸众生发出洪亮的声音和无礼的叱责"③。由男性知识分子构成的精英传统常常隐含了排他的倾向,包括蔑视弱者和庸者,龙应台的散文恰恰通过对他者、弱者、庸者的包容与守护,为我们呈现女性知识分子的独特经验,这样的经验正是傲慢的知识分子精英传统中一向缺席的。就文体意识、文章风格而言,龙应台的散文同样体现出这种超越性别的性别意识。正如前面我们一再提及的五四以来,中国文学的大散文传统中有一个不成文的规则,鲁迅所开创的以社会批判、文化批判为主旨的文字犀利、睿智的杂文一向为男性精英所垄断,龙应台闯入这一领域,但她并不复制

---

① 张晓风:《这一次,她点燃的是一堆灶火》,龙应台:《女子与小人——龙应台自选集》,上海文艺出版社1996年版,第282页。
② 80年代,龙应台曾化名"胡美丽"在"中国时报"上发表一系列关注女性问题的散文。
③ [美]爱德华·萨义德著,单德兴译:《知识分子论》,三联书店2002年版,第14页。

男性杂文传统,她文字的泼辣犀利、睿智幽默、纵横捭阖中总是隐含着无限的温情与人道悲悯。

五、简媜:多重风格的试验

自1980年代出道以来,简媜的散文创作如日中天,其散文成就被认为在台湾当代散文史上仅次于杨牧和余光中。早年散文主题触及爱情佛理和乡情,代表1990年代简媜散文成就的作品有《空灵》(1991)、《梦游书》(1994)、《胭脂盆地》(1994)、《女儿红》(1996)、《顽童小番茄》(1997)、《红婴仔》(1999)等,这些作品无论在主题、风格上还是体式、文体观念上,皆全面超越早年的创作。简媜早年作品多是随笔、札记,尽管在艺术风格上她坚持每一本集子都有相对独特完整的风格结构,但同一集子中各篇文章之间缺乏相对一致的主题。进入1990年代,"她面对前几本散文集的七宝散乱,不得不去正视文学的整体思想问题"①。从1990年代第一本散文集子《梦游书》开始,简媜几乎每一本集子都有一个相对一致的主题与格调。如《梦游书》对世事人生的澄明洞察和思辨,《胭脂盆地》中见微知著的都市批判,《女儿红》中的性别立场、女性意识,《红婴仔》中为人母的经验以及对母职的反思(她于1995年与学者姚怡庆结婚,次年生子),新世纪的《天涯海角》对家族、族群历史的溯源,《好一座浮桥》则批判"解严"以来台湾社会的政治乱象。前后集子之间总有一定的关联,如《胭脂盆地》中的《废园纪事——给正要离家的女人》开启了《女儿红》性别书写的主题,《女儿红》中的《母者》则又预示着《红婴仔》中的议题。介于两个集子之间的《顽童小番茄》则书写一个单亲小女孩的成长故事。除了追求主题一致的计划性写作外,1990年代简媜散文创作认真贯彻她在1980年代就已经成熟的散文创新的观念,她认为"'写作我'与'真实我'事实上是不同的,读者从文本中所得知的,是作者经过文学处理的人格呈现"②。这样的文学观念显然预示简媜散文超越个人经验的创作视角,这与她主张散文不妨挪用小说的技巧、可具多重性格的文体观念相呼应,最终造就了1990年代简媜散文的实验风格。

《女儿红》收入了简媜1991—1996年创作的主要作品,是简媜90年代最重要的代表作,被认为是总结台湾散文半个多世纪的经典之作③,其思想内涵具有鲜明的女性意识。"红"是父权文化传统对女性的定位,是女性的代名词,

---

①② 张瑞芬:《语言的星图——论简媜散文》,《五十年来女性散文·评论篇》,麦田出版社2006年版,第375页。

③ 张瑞芬:《语言的星图——论简媜散文》,《五十年来女性散文·评论篇》,麦田出版社2006年版,第376页。

如"红妆""红巾翠袖""红袖添香夜读书""红颜知己""红颜祸水",在这样文化定规中,"红"于是有了秀美可人抑或妖娆淫荡的意味,"然而经验中,让我刻骨铭心的红色,却跟血、牲礼与火焰有关"。女人的一生几乎都与红相伴,在母亲的血泊中来到这个世界,此时家里会藏起一坛好酒,名曰"女儿红",待这个呱呱坠地的女婴长大出嫁时再取出来宴宾客:

> 这大红喜宴上的一坛佳酿,固然欢了宾客,但从晃漾的酒液中浮影而出的那幅景象却令人惊心:一个天生地养的女儿,就这么随着锣鼓队伍走过旷野去领取她的未知;那坛酒饮尽了,表示从此她是无父无母、无兄无弟的孤独者,要一片天,得靠自己去挣。这个角度体会,"女儿红"这酒,颇有风萧萧兮易水寒的况味,是送别壮士的。

与酒红接踵而至的便是猩红——那纠缠着终结和开始、绝望与希望、万劫不复的沉沦与救赎、撕心裂肺的痛感与快感的婚床和产床上的红,"血色,残酷的红。我总记得一条浅色的毛巾被汩汩流出的人血染成暗红的情景,那毛巾像来不及吮吸的嘴,遂滴滴答答涎下血水"。因而,"每幢砖瓦屋内都有一名把自己当作献礼的女子才使那红色有了乡愁的重量……"于是,世间的女儿都是"一半壮士一半地母",于是,"女儿红"之红,"包藏丰富的争辩:死亡与再生,缠缚与解脱,幻灭与真实,囚禁与自由……"(《女儿红·序·红色的疼痛》)《女儿红》所呈现的女性世界不仅是一片带着血腥的幽暗荒野,更有女性生命的悲壮、坚忍与高贵。《母者》更是专注于女性义无反顾将自己当作牲礼奉献母性祭坛之上的决绝与悲壮,在纪实与虚构之间书写女性生命中并存的"蝴蝶与坦克",探究了爱、母性等女性生命中的原欲心理。尽管女性主义学者艾德丽安·里奇(Adrienne Rich)在《女人所生》(*Of Women Born*)一书中,提出母性作为制度、意识形态和作为经验的区分,质疑那种将母性这一性别角色看成生命本能的说法。① 但简媜自有自己的逻辑,她将爱、孕育理解为女性生命本体内在的欲求,而非父权文化的角色意识,女性生命中的爱,是自足的,是一个自我完成的过程,一个与天地万物呼应融合的过程,与男人无关:

> 蝴蝶的本能是吮吸花蜜,女人的爱亦有一种本能:采集所有美好的事物引诱自己进入想象……与其说情人的语汇支撑她进行想象,不如说是一种呼应——亘古运转不息的大秩序暗示了她,现在,她忆起自己是日月星辰的一部分、山崩地裂的一部分、潮汐的一部分。……

正是爱与孕育的本能,对生命永恒的持守,使女人化蛹为蝶、委身成蛇、舍

---

① [美]罗思玛莉·佟恩著,刁筱华译:《女性主义思潮》,时报文化出版企业有限公司1996年版,第148~149页。

身割肉,"走上世间充满最多苦痛的那条路","自断羽翼、套上脚镣,终其一生成为奴隶""独立承担一切苦厄,做一个没有资格绝望的人",这便是女人万劫不复的宿命,却也是女人的涅槃——男人永远无法企及的涅槃。《母者》对女性生命内涵的独特理解与大陆作家王安忆1980年代中期《小城之恋》《荒山之恋》的主题意蕴形成意味深长的互文性,《小城之恋》中的一对青年男女演员由于青春勃发的性原欲而陷入深渊,难以自拔,但女人最终却因为小生命的孕育而将自己从深渊中剥离出来,获得人性的升华和救赎,对生命孕育相当隔膜的男人则"注定得不到解救,注定还要继续那股烈焰对他的燃烧"(《小城之恋》)。《荒山之恋》中两个女人同时爱上一个男人,其实这个外表和内心都相当孱弱的男人根本不值得她们爱,只激发起她们爱的本能,"女人爱男人并不是那男人本身的价值,而往往只是为了实现自己的爱情理想,她们奋不顾身,不惜牺牲"(《荒山之恋》)。显然,简媜与王安忆的文本不约而同地表征了一种更具东方本土意味的女性主义观念。

简媜非常关注母性议题,在其主编的年度散文选《八十四年散文选》中,特别开设《阿妈历史》专辑,收录有关母性议题的作品,如林素芬的《莲花瓦厝》、韩良忆的《阿婆的秘密味道》、利格拉乐·阿妈的《月桃》、钟怡雯的《禁忌与秘方》等。简媜始终超越父权文化的角色定位来理解母性,即便是《红婴仔》,看起来似乎像琐碎的育婴杂记,但其性别立场也昭然若揭,"一个现代女人面对事业和家庭永无止境的斗争时,必须提刀砍断自己的手脚才得以抉择","女人乃千手千脚的观音,每日断其一二也不足为奇。至少周围的人看惯了血流满地,日久亦当作红花瓷砖,不足为奇"。简媜揭示出女人在母亲角色与其他社会性角色之间、事业和家庭之间两难的角色之累,揭示女人为此付出的巨大牺牲,而社会却安享这种牺牲,甚至轻松地欣赏这种牺牲的美丽。

从美学风格而言,简媜的创作深受佛家禅宗思想浸淫,散文语言也颇具禅语之风,古雅而稍显生涩,这点在她1980年代创作的散文中更加明显,1990年代散文语言走向平实,每一本散文集都有各自与主题内容相应的语言风格,如《梦游书》的澄明辩证(如其中名篇《寂寞像一只蚊子》《发烧夜》《背起一只黑猫》等)、《胭脂盆地》的幽默戏谑、《女儿红》的沉郁决绝。但综观简媜1990年代的作品,每一本集子却又有一种贯穿始终的语言风格,即言简意赅的东方智慧、高远深幽而又空灵的意境、对自然和生命独具慧心的顿悟与深切的宿命观念,这一切似不难看出禅学的影响,表现出浓郁的东方古典格调。从文学传承而言,简媜的文学成长实际上经历了现代派文学与乡土文学两种传统的影响,因此,简媜散文中也不乏现代意识,如对现代人生存困境的追问,对现代性、人与自然、宗教的反思,而进入1990年代以来,她的创作更是深受西方女性主义影响,呈现出我们在概述部分提到的陈芳明所谓的"女性现代主义的色彩"。

简媜散文的构思也颇值圈点,常常出其不意,即便是非常寻常、老套的选题也能营造出陌生化的效果,如《胭脂盆地》中的《三只蚂蚁吊死一个人——谈挫折》,结合了异想天开的寓言和日常化、常识化的比喻,在老生常谈的励志主题中开发出新颖的表意倾向:

> 情感受创、事业多磨,也不过像一锅好汤飘了一粒蟑螂屎,舀掉它,汤头还是鲜得很。

> 人生的结构,也像月之阴晴,草树之荣枯,一半光明一半黑暗。我们之所以容易受伤,乃因为在尽情享受美好的一半之后,更贪心地祈求全部的圆满。

就文体观念而言,简媜1990年代的散文无疑出现比较大胆的变革,如散文叙事人称变化上,第一、二、三人称并用,不仅避免了传统散文受第一人称叙事视角的局限,叙事空间逼仄的缺陷,也降低了第一人称叙事过于主观的成分。这还模糊了传统的散文与小说的界限,在纪实与虚构之间穿行,在《女儿红》中表现得非常突出①。这一倾向实际上也吻合了台湾文坛由小说担纲的总体文学潮流潮头的情况。

第四节 1990年代的女性诗歌创作

一、女性诗歌与后现代主义的融合

1990年代,随着全球化消费时代的到来,现实主义和现代主义的宏大叙事开始让位于个人主义的小众话语。1988年,台湾男诗人孟樊宣告台湾的现代诗濒临死亡②。到了1990年代,这个宣判几乎已经成为台湾诗坛的共识。台湾新世代诗人或是陷于表现日常生活的庸常美学,或是打造身体的欲望经济,之后现代的平面写作代替原先现代派所引以为豪的深度写作。

但对于女性诗歌来说,情况却并非完全如此。1980年代台湾女性主义所引起的思想潮流,到1990年代愈发茂盛。台湾女性主义者试图以"牵一发而动全身"来开展女性主义革命。1993年刘毓秀等组织"女性学学会",1994年则有"反性骚扰大游行",何春蕤带领妇女团体大声疾呼"性解放的文化才是女

---

① 简媜:《女儿红》,洪范书店1996年版,第7页。简媜自己认为,《女儿红》"这书虽属散文,但多篇已是散文与小说的混血体"。

② 孟樊:《濒临死亡的现代诗坛》,《自立早报·副刊》1988年12月26—28日。

人解放的文化",提出"打破处女情结"与"只要性高潮,不要性骚扰"等口号。之后"女书店"开张,"台北市女性权益促进会"(女权会)、"台湾妇女成长资源协会""台北市妇女新知协会""粉领联盟"等组织纷纷成立。1995年,"台湾市台湾妇女会"成立,台大女研社在女生宿舍举办 A 片展;"中央大学"英文系成立"性/别研究室"。1997年,台湾当局"教育部""两性平等教育委员会"成立。1999年,同志书店开张。在法律方面,女性主义运动成功地使"刑法"把"强暴"改为公诉罪。2000年,吕秀莲当选为台湾第一位女性地区领导人。

而在文学领域,女性主义文学批评由小说深入诗歌领域,钟玲、李元贞、孟樊、奚密、廖咸浩、林绿、陈义芝、胡锦媛、何金兰等批评家借鉴西方女性主义理论,重新评述女性诗人,为新女性诗的诠释、理解打通了新的对话渠道。钟玲是第一个对台湾现代女诗人进行整体研究的学者,她在《现代中国缪司:台湾女诗人作品析论》一书中对台湾1950年代到1992年的女性诗歌进行总结。李元贞则指出,1990年代那些最敏感最前列的女诗人所能达到的主体认同和自我追求,仍以"拥抱爱情""承担母性"为主,虽然表现了对传统角色的"主体挣扎",但这种反思是低调的,充满了不安、茫然和压抑。① 在她看来:"绝大多数台湾现代女诗人,能在抒情诗中用'我'的叙事方式去穿越父权制女性镜像的牢笼,以建立诗中'我'的主体叙事力量真是少之又少。"②胡锦媛则认为女性主体建立的困难在于,女诗人不知如何在阳刚风格中用语言建构主体,所以只能在传统中尽可能地表现拥有自主意识的但仍是"婉约"的"我",因此,"找寻/窃夺一个转化过的、改写过的语言成为女诗人们迫切的课题"③。

女性主体性的构建的前提是独立自主。在文学上,女性主义尝试开发传统文学尚未开发的女性经验与表达这一领域。女诗人们尝试以诗作为实验场域,在这样的背景中,女性诗是偏向"女性书写"特质的文体。在这一背景下,女性诗歌表现为以基于女性经验为主的身体诗和抒写工业社会的飘零感为主的后现代诗歌。

二、新世代的身体诗

1990年代的女诗人们让"身体"隆重出场,这本身也是台湾此时文学中身体论述和情欲诉求的必然结果。

---

① 李元贞:《台湾现代女诗人的自我观》,《中外文学》1989年第17卷第10期。
② 李元贞:《从"性别叙事"的观点论台湾现代女诗人作品中的"我"之叙事方式》,《中外文学》1996年第25卷第7期。
③ 胡锦媛:《主体、女性书写与阴性书写——七八十年代女诗人的作品》,封德屏主编:《台湾现代诗史》,文讯杂志社1996年版,第296页。

追求主体性,对于历史上被视为"第二性"(the Second Sex)的女性来说,极为重要又极为艰难。台湾的现代女性所走的这一条自省之路也是如此。1996年,"高雄市女性行动协会""中华妇女消费者文教基金会"成立,民进党妇运部主任彭婉如遇害事件震惊台湾社会。在彭婉如的纪念文集中,有这样一首诗,出自并非专业诗人的赖丽玉之手:

> 意识蒙昧未醒
> 女人的身体里住着男人
> 你来,告诉我
> 女人的身体该住女人。①

这首诗表现了1990年代台湾的女性启蒙已经相当深入而且到位。错误的"性别类型"(sex-typing)观念隐藏在习俗中,而传统的"家庭意识形态"(family ideology)则要把女性限制在"内",要女性成为贤妻良母。在这样的习俗框架下,女性的身体不是被视为取悦男性的玩物,就是延续宗族的工具,"女人被贴上传宗接代的标签像猪肉的红印"②。

翁文娴,笔名阿翁、不系舟、翁袜鹿,1970年出生于香港,广东台山人。台湾师范大学中文系毕业,香港新亚研究所文学系硕士,法国巴黎第七大学东方语文系博士。曾任《台湾诗学季刊》编辑委员、"中国文化大学"中文系文艺组、屏东科技大学通识教育中心副教授。现任成功大学中文系副教授,并为《当代诗学》《现在诗》诗刊编辑委员。出版有自印诗集《光黄莽》(1991)。诗论《创作的契机》融合中西文论,对台湾现代诗有独到的阐发。

翁文娴的《给当当书》通过怀孕十月来分十个篇章。这是母亲献给孩子的富于女性意识的诗作,通过对女性身体的变化来表现生命的流动,生动地呈现了女性温婉忧柔的心理图像,如《五月》:

> 我们怀着你
> 走过梨花深重的果园
> 低低枝条粉红粉白的压着
> 太浓了的气息会醉会有哀伤
> 我们原本也什么都不是
> 就可以在必然的时刻里
> 承当幸福

---

① 赖丽玉:《发声——悼彭师婉如》,胡淑雯等编:《坚持走完妇运的路》,女书文化事业有限公司1997年版,第267页。

② 白春燕:《新婚三月》,《台湾新文艺》1997年第8期。

或者逝亡

翁文娴写出了女性意识向母性意识的逐渐过渡。"六月"时"我护你酣眠","七月"写抒情主人公"我们"因宽大的腹身而勾起双重情境的母亲记忆，描写承托生命的苦辛："你的脸正分层滤出/在这样的月夜/我把童年以来的记忆揉着/揉到你的身上"(《七月》)。在《十月》中，她细致地描写了母体历经忧欢苦涩，从胎儿变动下降到产位、胎儿头部压迫到骨盆腔底部，把生命的痛苦与庄严并置，最后神圣的钟声响起：

> 世间的人已去远
> 梦爬满屋墙
> 我们在众生鼾息中与你是如此亲近
> 深山里水墨裂开
> 清音鸿蒙
> 当——当——①

1995年1月,《植物园诗学季刊》于台北创刊，这是由杨宗翰、何雅雯等人发起的跨校型刊物。1997年，颜艾琳以整本诗集《骨皮肉》专门讨论女性成长中的情欲问题，引起台湾诗坛瞩目；1998年，江文瑜的诗集《男人的乳头》从女性主义和性别政治的角度，颠覆传统女性形象，在原欲的身体与体制的身体之间、自然的身体与文化的身体之间寻找突破口，震惊台湾诗坛。

有些女性诗人的身体诗由存在主义高度深入反思女性的处境，如张芳慈的《花市》想象残花是被遗弃的女性，冯青的《港边惜别》反思征战议题中女性的感受，夏宇的《颓废末帝国Ⅱ给秋瑾》处理性别问题、《姜嫄》突出远古母系社会女性的生殖情态。朵思写于此时的诗歌也更注重表现身体的真实，她写鱼尾纹是一种"岁月逼出来的光芒"，无须为它自卑，"毫不自卑的向发根/光彩的辐射而去"②。

总体而言，在1990年代，官方严肃文化所禁锢的"身体"开放了，新世代通过抒写身体的欲望、快感和无意识来达到对本雅明所谓的"发达资本主义"这一新阶段的抵抗。法国女性主义者西苏的女性写作是一种身体写作的观念在女性诗中的阐释，西苏认为，女性写作在本质上是一种身体写作，女性"通过身体将自己的想法物质化了；她用自己的肉体表达自己的思想"③。身体写作

---

① 《台湾诗学季刊》第七期。
② 朵思：《窗的感觉》，1990年自印，第32页。
③ [法]埃莱娜·西苏：《美杜莎的笑声》，张京媛编：《当代女性主义文学批评》，北京大学出版社1992年版，第195页。

"还将归还她的能力与资格、她的欢乐、她的喉舌,以及她那一直被封锁着的巨大的身体领域"①。

身体诗由是成为90年代的书写主流之一,情欲世界和身体诗俨然一体,较受瞩目的诗人有颜艾琳、罗青、罗任玲、零雨和颜艾琳。

(一)罗任玲:在果菜市场遇见白雪公主

罗任玲,广东大埔人,1963年生于台湾屏东,台湾师范大学中文系学士、硕士、博士。在中学时,由阅读《联合报》副刊接触到现代诗。就读师大时,她曾到校外参加耕莘写作班,得过耕莘文学新诗第二名奖和耕莘青年写作会杰出会员奖等。罗任玲大学四年级时参加地平线诗社,认识许悔之、陈去非等诗友,后又参加象群诗社及曼陀罗诗社,曾获师大文学奖新诗奖、梁实秋文学奖等。她曾任"中央日报""文心艺坊"主编、《联合报》记者和台北市万华社区大学讲师。出版过诗集《密码》(1990)和《逆光飞行》(1998)。

罗任玲很注重诗的形式与风格,如《盲肠》:

> 古道后面一条
> 小小盲肠
> 风起时
> 隐隐作痛
> 一截溃疡的
> 乡愁

把乡愁比成盲肠,诗的身体性呼之欲出,与余光中式的乡愁表达已经截然不同,可见罗任玲试图以心灵捕捉超现实的感觉。

罗任玲的第一本诗集《密码》表现出她对童话中女性形象的反思,如写于1988年的《我坚持行过黑森林》《我在果菜市场遇见白雪公主》和写于1989年的《核暴巫婆》。

罗任玲在《我坚持行过黑森林》一诗中写道:"只为找寻童话/黄昏时分我坚持行入蓊郁的黑森林",这说明抒情主人公在一开始是有童话情结的,但接下来她立刻揭示童话所掩盖的真相——遍地腐朽衰败、到处是淫雨、炮声和蛇怪,不小心就踏到两具拥抱的枯骨,童话的告示牌上写着:"王子公主死于不确定的年代,/……生前阳光灿烂……"因此,非但没有读童话的乐趣,这可怕的真相只想让人远离童话,"未及读完告示/我匆匆离开他们/不小心踩断公主或

---

① [法]埃莱娜·西苏:《美杜莎的笑声》,张京媛编:《当代女性主义文学批评》,北京大学出版社1992年版,第194页

王子的/一根肋骨",童话的意义究竟何在呢,"为了避免我的心意急速老化不可收拾/偶尔变成小小孩是必要的"①。可见,罗任玲并不反对读者仍以童话为慰藉,因为这样有助于让心灵保持天真状态,不会因看破童话真相反而坠入庸俗。

但是,自我欺骗式地保持天真并不是一个好办法,《我在果菜市场遇见白雪公主》就是写"我"遭遇真相,反思童话对于女性的欺骗:

> 那是今天早晨的事了。我在果菜市场遇见白雪公主,她看来苍老而忧郁,并忙着和一只青苹果讨价还价。
> "可是,你不是中了毒……"
> 谁说的? 她扭转臃肿的腰身。
> "小时候童话书里说的!"我大声回答。
> 小时候? 我早就不相信童话了。
> 她搬着粗胖的指头,继续和一只桃子杀价。
> "可是,你被白马王子吻醒,后来……"我仍不甘心。
> 后来? 你说白马王子?
> 他投资股票去了,输掉三千万。
> "可是,书上说你们从此过着幸福,快乐的……"我嗫嚅着。
> 我说过,那只是童话。
> 不过……我确实演过白雪公主的。
> 她提着苹果桃子,仿佛陷入。深度沉思。②

罗任玲写了一个"我"在菜市场遇到白雪公主的新童话,白雪公主并不像她小时候读的童话那样"从此过上了幸福的生活",她在现实中变得苍老、腰身臃肿,不得不在菜市场为一个桃子而讨价还价。白雪公主与菜市场上的苍老妇人之间形象的巨大反差,带给读者震惊,也让人禁不住反思传统童话的审美中所隐含的欺骗,从而直面女性的真实处境。

《核暴巫婆》再次印证了罗任玲运用和反思童话的能力之超群。她愤慨指责美苏两个超级大国的核武器竞争,但有意思的是,她却把"巫婆"用为反面意象。这首诗富于节奏感,在形式上采用间隔性的押韵,以二十一行不分段的形式表现:"在暗夜里起床,点灯/绕地球一周/把恐惧寄给不乖的小孩/慢慢啃,油嫩的小指头/明天山姆叔叔会流泪/啊,慢慢啃/光滑的小臂膀/契夫伯伯总是爱说谎/没有人看到/啊,没有人看到/我肥沃蓬松的大圆裙/夜太暗了吧也

---

① 罗任玲:《密码》,曼陀罗诗社1990年版,第96~99页。
② 罗任玲:《密码》,曼陀罗诗社1990年版,第84~85页。

许/雾太浓了吧也许/等明天/明天/我就蓬松着头发出来/啊哈哈/啊哈哈/啃尽全世界的/小指头。"①这首诗把童话中巫婆的阴森和神秘气息表现得淋漓尽致,以专吃小孩骨肉的巫婆来指涉核暴,揭穿核竞赛的实质是毁灭人类。但是,明明是男性的行为,如美国的山姆大叔、苏联的契夫伯伯意气用事、牺牲人类。但罗任玲却偏偏使用巫婆这一女性喻象,而这一喻象究其本质却是反女性主义的,说明罗任玲此时还没有明确的女性意识,还没有全力挣脱传统。

罗任玲诗的另一个特点是以现实关怀来进行"介入"式批判:

> 宝宝,这不是你的错
> 分离世界的清凉与寂寞
> 陌生的七月里,我们该为你欢呼喝彩的。
> 呵,多么不易。五十亿分之一的机会。
> 而你光荣地领取了
> 世界为你准备的,最大的一份贺礼。
> 贫穷、疾病、饥饿。文盲。和失业。②

这首诗是写给全人类的孩子的,但却是一个成人才看得懂的严肃文本。她嘲讽"全球化"外衣包裹下的"贫穷、疾病、饥饿。文盲。和失业"为一份给新生孩子的"贺礼",富于现实意义。罗任玲的自我期望是成为一束冬夜里温暖的"光",如女神一样照亮世界。在《火焰》中,罗任玲创造的"我"就是一个燃烧的女诗人形象,"于是我伪装成一首诗……在苦寒的冬夜/来到你的梦中起舞","而我执意起舞/彼时天地俱灭/而我/燃烧成诗"③,女诗人如女神,燃烧自己,诗作为结晶,成为照亮世界冬夜的光。罗任玲把诗看成自己的同伴:"在生命中恒常被模糊的人事场景,我在其中寻找着记忆的出口,却发现它们和梦一样……像极了诗的诡魅。如同我无法陈述为何诗选择了我,作为暗夜里飞翔的共谋。"④她在诗中着力揭示女性生存和存在的"窘境":

> 然后我们歪着倒着
> 通过枯索的童话
> 搬运不知名的铜像和历史⑤

---

① 罗任玲:《密码》,曼陀罗诗社1990年版,第34~35页。
② 罗任玲:《宝宝,这不是你的错》,张默、萧萧编:《新诗三百首》,九歌出版社2003年版,第877~888页。
③ 《联合报》副刊1992年1月2日。
④ 罗任玲:《逆光飞行》,麦田出版社1998年版,第8页。
⑤ 罗任玲:《逆光飞行》,麦田出版社1998年版,第99页。

"不知名的铜像和历史"暗喻整个父权社会漫长的历程,这一历史与女性无关,至今女性仍然在这样一个历史的重压之下"歪着倒着"。罗任玲还在达尔文的进化论和《圣经》的原罪说之间找到一致之处:"你将永远看不见光,除非……/倚赖上帝? 我笑着,搁起达尔文,走出地下道。如果没/记错,那是个阴霾的日子。"(《天堂密码》)①这些写作说明罗任玲已经由自发的女性主义诗人转变成富于反思与批判精神的自觉的女性主义诗人。

(二)零雨:在掌声中一跃而出

与夏宇同为现代派中坚的是零雨。零雨,本名王美琴,1952年出生,台湾大学中文系毕业,美国威斯康星大学东亚系文学硕士。1991年美国哈佛大学访问学者。她曾任"国文天地"副总编,1985年自美返台,主持《现代诗》编务至1991年,现任教于宜兰大学人文中心。

零雨曾获年度诗人奖,1990年现代诗季刊社出版了她的第一本诗集《城的连作》。1992年时报人间丛书出版了她的第二本诗集《消失在地图上的名字》。这两本诗集分别收入零雨于1982—1987年、1987—1990年的创作。1996年,现代诗季刊社出版她的第三部诗集《特技家族》,这也是她备受诗坛瞩目的一年,她获得了几乎由清一色男性编委、评委们评选出来的"年度诗奖"。诗评家们认为她的诗表现了"人类存在的处境和生活的况味"(张芬龄)、"孤独"(张芬龄)、"超现实主义"和"知性"(痖弦)②等等。

由《消失在地图上的名字》的历史情怀,到《特技家族》在语言句法上的惊险实验,到《木冬咏歌集》(2000)的从容澄明,再到《关于故乡的一些计算》(2006),零雨形成内敛而着重抽象思维的创作风格,这使她在中生代诗人中独树一帜。

零雨的诗有着强烈的现代主义色彩,如《你感到幸福吗》③:

> 远远地,有一口箱子
> 朝我滚来。我要
> 在它到来之前滚开
>
> (你感到幸福吗)
>
> 在闪开的那一刹那

---

① 罗任玲:《密码》,曼陀罗诗社1990年版,第46页。
② 梅新、鸿鸿编:《八十二年诗选》,尔雅出版社1994年版,第25页。张芬龄、洛夫的观点可见此书。洛夫、杜十三编:《八十三年诗选》,现代诗季刊社1995年版,第39页。痖弦的观点可见此书。
③ 零雨:《消失在地图上的名字》,时报文化出版企业1992年版,第43页。

躲了箱子

也避开幸福

再给我一口箱子吧。

这种对"幸福"俗拒还迎、欲迎又拒的矛盾心理,表现了女性在挣脱束缚和追求自我实现方面的努力和困境。在《路线》中,她直言:"我们要去的地方/智慧的书/未曾记载。"在这里,"智慧的书"指的是《圣经》,而女性自我前进的道路与方向,却只是自己寻找。在《特技家族》中,她描写女性通过分裂而奇迹般获得的主体性:

我退到黑暗的角落再退到黑暗

的角落黑暗的角落黑暗

角落检查我的肉体。肉体它

没有伤口只是没有理由地生出

翅膀生出翅膀

一跃而出我在掌声中一跃而出把

昨日的我留在那里我只是把

昨日的我留在

那里①

这首诗通篇充斥着戏剧动作与戏剧独白,与内容的表现一致,这首诗的诗行也是无端分裂与停顿的。零雨以此诗入选 1993 年年度诗选并获"年度诗奖"。洛夫在对零雨的访谈中评价道:"我在《特技家族》的评语中特别强调一点,这组诗是非常知性的,把抒情性减到最低。"②的确,在《特技家族》中,零雨基本上告别了女性诗歌最常见的抒情,她的反抒情特点也一直贯穿在她之后所有的诗作中。

在《瀚海》中,零雨描写了受控制的虚幻主体:

一种古早,早于清晨

早于我,早于我寄居的时代,

早于星球,早于宇宙

那种浩瀚,我不能

述说,我让镜子

说话。但镜子亦不能

---

① 零雨:《特技家族》,现代诗社 1996 年版,第 9~10 页。

② 《现代诗》复刊 23 期。

穿过我的身体
又塑造我的形貌
只能回身看它
看我的躯壳。
(——在它的躯壳之中——)
变幻难测
而不能言说①

零雨不仅写女性诗歌,她的诗歌范围很广,如这首追思伍子胥的,就颇能表现伍子胥的"孤独",可能这种体验与零雨作为女性的边缘处境是相关的,例如《昭关——坐208公交车思及子胥过昭关》:

左手推窗,一夜冰雪
右手推窗,
一夜冰雪,一夜
冰雪。覆盖昭关
然后我的头发一根一根叛变
我的容颜遍布逃亡的彻迹
后面,追逐的人还在寻觅
嗅犬的声音渐次逼近
镜子里,我已是祖父了
有人呼唤我同年的乳名,企图
认出我,且
加以严峻的刺伤
今夜,我要度过昭关,行经
最险恶的地形,且拥抱
那温暖的陌生
守门的人　冷漠
打量我,仿佛
那雪的温度就是我内心的温度

子胥过昭关时,"一夜冰雪",愁白了头,"冷漠"的守门人。使"那雪的温度就是我内心的温度",零雨在这里暗示的是现代社会人与人之间(司机与乘客之间)的冷漠,通过古今之间的关联展示了相当的张力,暗示着都市里人与人之间的异化关系。这首诗说明零雨已能超越性别、年龄、地域而追求纯粹的诗

---

① 零雨:《木冬咏歌集》,唐山出版社2000年版,第32~33页。

歌经验。在零雨看来,诗和诗人都应该是匿名的,唯其匿名,方可展现心灵,又不用担心隐私暴露。零雨坦承自己"实在过于混沌而天真。但也许正因如此,写诗时就自然回到最基本的人的状态——单纯从'人'着眼,未曾考虑性别。然而话说回来,纯粹的'女性诗'恐怕也无法取悦我"①。正是在这样一种本真的状态中,她甚至主张重排"生命秩序",如《创世排练第一幕》②:

是要重新排练的时候吗?
……
有一种声音也能取悦我
是上帝的语言,他老是
在摇篮里不长大的时候
一切听我吩咐
我走到河边就有了桥
我走到田野就有了犁耙
我生出的众人占有了世界
流下眼泪,我们以彩虹彼此
招呼

零雨所描述的创世过程中,"我"显然占据着主导的位置,"他们是要从我身上诞生","我"走到那个"最初的位子"后,"欢然""让他进入我的体内"。可见,作为母性,女性的这一大"我"是衍生"他们"(暗指人类)的起点,如同男性的上帝,拥有创造万物的力量。零雨如此重新改写《圣经》的创世过程,大胆地填平圣经的创世神话中女性的缺席,抹去女性的原罪。

但是顽固、漫长的父权制是社会的一种深层结构,对于女性来说,甚至已经成为与生俱来的结构,这种结构牢牢地压抑着那些试图寻找主体性的女性。在这里,零雨表达了实际上是一种绝望的情绪,正如苏珊·古巴(Susan Gubar)讨论美国女诗人 H.D 的《埃及的海伦》时所言:"这诗篇(荷马笔下的海伦)就是圈套和陷阱,对她来说,避开或逃离这个天罗地网是难以想象地困难。"对于零雨来说,要逃离性别结构也同样"难以想象地困难"。在零雨看来,上帝所安排的这个世界已经僵化而落后,而问题在于:上帝本身也停留在摇篮阶段,于是,"我"不得不以创造与排练重新"创世",在作为女人的"我"的新创世中,自然(河边、田野)与文明(桥、犁耙)彼此相应相生。零雨以女性之"大我"取代了上帝的位置,赋予一切以新的意义,可谓女性主体意识的自觉体现。

---

① 杨小滨:《书面访谈录——杨小滨专访零雨》,《特技家族》,现代诗社1996年版,第162~163页。
② 零雨:《木冬咏歌集》,唐山出版社2000年版,第23页。

其《木冬咏歌集》中的一些作品说明她已经能把日常生活的意象巧妙融入诗中,不露痕迹地与议论相缝合,如《野地系列 晒谷场》:

> 那些早被衔走的谷粒
> 将不被理解。必要落入
> 最初的田中。必要。必要
> 被神话中的处女狠狠
> 踩过且秘密怀孕

2006年,零雨出版诗集《关于故乡的一些计算》,继续了《木冬咏歌集》对语言的思维方式,她尝试用诗感应"真实"①,例如《关于故乡的一些计算》写道:"几只鸡构成一个/小有规模的黎明/几只鸭跟着竹篮子/去浣衣"。可见,在想象和现实的处理上,她比以前更加开阔,也更加自然。

在与杨小滨的书面访谈中,零雨对"女性意识"方面问题的回答可以看成她对自己创作的总的阐释:

> 到目前为止,我写诗时着眼的对象确实就是一般人。我对人的意识很早,对"女性"的意识却很晚——几乎是在这几年出现了"女性主义"这类字眼,我才特别强烈意识到。我以为从"人"到"女人"的过程是庄严而辉煌的,而我却很晚才能体会。在性别这一方面,我实在过于混沌而天真。但也许正因如此,写诗时就自然回到了最基本的人的状态——单纯从"人"着眼,未曾考虑性别。然而,话说回来,纯粹的"女性诗"恐怕也无法取悦我。我读诗时并不特别强调题材或意识。如果有人立意写这一类诗,也没什么不好。但是这种分类,也许更适合学者作研究之用。现代人谈女性诗、女性文学,通常从社会学的角度去谈,而不采用诗的角度,或美学的角度。这种谈法,对人格的成长、女性的意识,或有帮助;在诗的范畴中,却无特殊进展。②

(三)颜艾琳:女性成长中的"骨皮肉"

颜艾琳,笔名墨耕,1968年生于台湾省台南县人下营乡,辅仁大学历史系毕业,1986年加入薪火诗刊社,1988年又入曼陀罗诗社。就读辅大后常获诗

---

① 零雨:《乱世的你盛事的他》:"幻觉比记忆真实,记忆比现在真实,现在比语言真实,语言比书写真实……一场没完没了的比赛。最终将回到吊诡的修辞表层。"零雨:《关于故乡的一些计算》,联丰书报社2006年版。

② 零雨:《特技家族》,现代诗社1996年版,第162~163页。

奖,作品进入各种诗选,曾任东立出版社漫画出版企划、探索文化公司总监、台北县政府顾问、耕莘文教院顾问、韩国文学季刊《诗评》台湾区顾问等职;现为联经出版公司主编、元智大学兼任讲师和九歌出版社副总编辑。1992年,她曾成立"绝版人"文艺工作室,推广现代诗。她曾获出版优秀青年奖、"行政院"文建会新诗创作奖和台湾优秀诗人奖等。1994年,台北县立文化中心出版她的第一本诗集《抽象的地图》,此后又出版《骨皮肉》(1997)、《黑暗温泉》(1998)、《点万物之名》《她方》(2004)、《微美》(2010)等诗集。

颜艾琳的诗从追求女性主体性出发,侧重于描写女性的内心体验和情欲感受。她要"在平衡的生活秩序中,寻找内心犹有不甘的出轨机会"①,所以,她以诗描写让人血脉贲张的感官和骚动的女性情欲以超越男权社会规范。在第一本诗集《抽象的地图》中,颜艾琳反思童话爱情,拒绝浪漫爱情,她甚至细致地考查了爱情的"量"的构成:

  10%的轻松,化解一天生活的紧张
  30%微微一笑,递给他一张心情密码的扑克牌
  15%少许女性神秘已经够神秘
  20%应有的妩媚是资生堂的复古主义
  15%带点20岁少女的清纯,利于撒娇
  20%"?"在进餐时,看菜色下佐料……②

在这个企图写"完整的一本女性成人诗集"的女诗人心中,主体首先意味着情欲自主,她承认自己"是爱情的老饕",喜欢品味"尤其是男生的喉结"③。这个女性老饕不喜欢童话爱情,"今夜,我准备用心雕塑一个古典的梦,/穿上中世纪的公主服,/故意去寻一只喷火恐龙,/温柔地请求它:/'掳获我。'/然后再看那个不怕烧烤的厚脸皮,/竟敢潜入我的梦中,/冒充白马王子,/以拯救他的美梦"④。在这个屠龙故事中,本来是王子杀掉恶龙拯救公主的故事,而在诗中,公主只是假装的,为的是识破王子的真相,根本不存在白马王子,有的只是冒充的"白马王子"。传统的英雄救美的故事,在这里充满了嘲讽的意味,如在她这里却只是懦夫的自救。在这里,朱迪思·巴特勒所强调的"操演"(performance)理论被颜艾琳在诗中运用得相当纯熟。

颜艾琳是最早有计划有目的地创作情欲诗的女诗人,她的诗呈现了女性的"多元情欲"。颜艾琳以《骨皮肉》的大胆著称,在这本诗集中,她首先解构男

---

① 颜艾琳:《骨皮肉》,时报文化出版企业1997年版,第12页。
② 颜艾琳:《爱情晚宴》,《抽象的地图》,台北县立文化中心1994年版,第4页。
③ 颜艾琳:《亚当的苹果核》,《抽象的地图》,台北县立文化中心1994年版,第9页。
④ 颜艾琳:《作梦》,《抽象的地图》,台北县立文化中心1994年版,第40页。

性的所谓身体"优势"。在《骨皮肉》自序中她坦承："因为很想了解自己,认识女人,于是写下这样一本可以暴露的成长纪录。"①她的"了解"和"认识"女人和自身的欲望使得她深入考查女性的历史、男权的历史,考查爱情,例如,她以"性"的对比来嘲讽男人引以为傲的阳具：

牠濡濡地吐出泡沫,
掩饰脸部害羞的面积。
"在海洋里,
我不过是人间的
一枚　微小精子。"②

首句是暗示射精,但马上写着男性的遮遮掩掩的害羞,显现其"自卑",暗示男性的胆怯与渺小,颠覆了男性的主体性。接着以海洋比喻女性,显现出巨鲸再"巨",在母性的"海洋"的浩瀚映衬下仍然渺小,而这就是牠(他)们自卑的根本原因。她说:"那在体内奋力抽送的男根,终要软化退出,对吾之女阴默默垂首致意","我是一朵女阴之蕊",它"嘴角泌出淫密、眼中流下血泪","我借由肉身思考而生化成雌性的一切！我道出阴性的篡位,她的无能、她们的万能。我只是阴思想的产物"③。颜艾琳用这些俏皮而充满"敏感"字眼的比喻,揶揄男性的符号象征。

颜艾琳善于使用这种类似去势(castrate)的话语,挑战男性威权的叙述:

亲爱的,今夜我决定吃掉你的耳朵。
想必在我长期甜言蜜语的酿造下,
那耳根应当香香脆脆,
肥嫩的耳垂嚼感十足……
于是我逐渐凑近你,
持着锐利的初六月光
迅速割下熟睡中的耳壳。④

在这里,她用"耳朵"这种身体的突出物来作为阳具象征。把性描写成对男性肉体的伤害,表现切割咀嚼的毁灭性快感,达到了女性主义的"反挫"的目的。

颜艾琳的诗作还大量通过呈现女性的身体,来反思女性的处境:

---

① 颜艾琳:《骨皮肉》,时报文化出版企业1997年版,第12页。
② 颜艾琳:《巨鲸的自卑论》,《骨皮肉》,时报文化出版企业1997年版,第75页。
③ 颜艾琳:《我的阴谋论·阴思想》,《自由时报》2001年5月13日。
④ 颜艾琳:《食耳》,《骨皮肉》,时报文化出版企业1997年版,第64页。

日子刚过去,经血冲洗过的子宫现在很虚无地闹着饥荒;没有守寡的卵子也没有来访的精子。只剩一个吊在腹腔下方的空巢,无父无母、无子无孙。①

《骨皮肉》中随处可见对女性身体情欲的呈现,如《淫时之月》以大自然景况邪写女性情欲:

脏脏而淫秽的桔月升起了。/在吸满了太阳的精光气色之后/她以浅浅的下弦//微笑地,/舔着云朵/舔着勃起的高楼/舔着矗立的山势;//以她挑逗的唇/勾撩起所有阳物的乡愁。②

这是一首相当露骨的情色之作,连痖弦也只含蓄地说:"言人之未曾言,言人之未敢言,言人之不好意思言。"③诗的一开始以"月"比喻女性,以"肮脏而淫秽"象征排卵期的到来,以"下弦月"对应女性"挑逗的嘴唇",把性表现为女性"采阳补阴"。在动词的使用上,充满性暗示的"舔"字,以及作用于阳具象征的"勃起的高楼""矗立的山势",可见她完全由女性角度出发来描写性爱。

西苏认为,每个人的自身都有双性存在,这一点对于女性来说尤其如此。④ 因为男人满足于优越的地位而更多地呈现为单一性别;女性既是"女",又在父权制下被迫以男性意识来进行自我认同,故而女性的存在才是真正的"阴阳同体"的存在。颜艾琳诗中的"安娜琪"就是如此:

房子里充满安娜琪的灵魂
安娜琪多么双性。一个人的安娜琪和
她(他)自己的安娜琪
妥协了这个孤立的房子。⑤

终于,颜艾琳在"安娜琪的房子"里终于找到自信,愿意重返女身:

女子历百千劫
方得转男身　进修正位,
但我已献上一枚
枯萎的子宫、一副

---

① 颜艾琳:《水性·潮》,《骨皮肉》,时报文化出版企业1997年版,第36页。
② 颜艾琳:《淫时之月》,《骨皮肉》,时报文化出版企业1997年版,第38页。
③ 痖弦:《淫时之月·小评》,《八十三年诗选》,现代诗季刊社1995年版,第69页。
④ [法]埃莱娜·西苏:《美杜莎的笑声》,张京媛编:《当代女性主义文学批评》,北京大学出版1992年版。
⑤ 颜艾琳:《安娜琪的房子》,江文瑜编:《诗在女鲸跃身击浪时》,书林出版有限公司1998年版,第76页。

没有性别与性欲的身体，
还有预付三十岁以后
流动于鼻息之间的
每一口气　阿弥陀佛

我意以女身
修证女佛　阿弥陀佛
不再罣碍色相松弛
改着佛界的晚礼服
步步莲花地赴宴
迎向
你开悟万年而再度开悟的
赠予我身为女子的特权
Miss 佛陀　阿·弥·陀·佛①

颜艾琳想要以女身修成正果，参入男性主导的一切游戏，得到历史的肯定与回馈。但她发现游戏规则不是女性制定的，两性平等的愿望不可能实现，如《超级贩卖机》：

我觉得饥渴
我投下所有的钱，
它什么也没有给我

我只好把手脚给它
又将头递过去
但还不够。

我继续让它吞噬其他的肢体，
它仍旧不给我任何东西。

最后我把灵魂也投给了它。它吐出一副骸骨
并显示：
"恕不找零"

在颜艾琳看来，游戏是为男性制定的，女性的加入没有意义，最后不但没有回报，只能成为牺牲。这些游戏规则包括男人为束缚女人而制定的"道德"，颜艾琳曾在《水性——女子但书》中说："道德不过是一件易脱的内衣/不过是贴己的亵物。"这是颜艾琳对于社会性别较为深刻的揭露。

---

① 颜艾琳：《密思（Miss）佛陀》，《幼狮文艺》1999 年第 543 期。

近几年,颜艾琳又有《人生降落》《上海呕吐》《七月流火》等具有纪实意味的诗作问世,显示了诗人对现实题材的提炼与升华的能力。颜艾琳被白灵形容为"用密码说话的丫头,熟读童话,唐诗倒背如流,是文坛年轻的飙车手,奇形怪状,活泼得有一点疯狂",而且,"因为年轻,因为洒脱。许多包袱都被卸下了"①。颜艾琳可能是最彻底的身体写作者之一,她认为女性写作就像女同性恋,"写诗像与心中的女神做爱。灵感虽如勃起,但才气一不小心便会阳痿……"②在这里,她故意错置自己的生理性别,借"勃起""阳痿"等一向只属于男性情欲\生理现象的词,移花接木到"女性书写"中。或者,我们可以继续追问,"淫邪"是不是颜艾琳用以颠覆男性话语权力的最有力的武器?

(四)亚嫩等:执著一分古典的美与距离

1990年代,还有一些诗风较为传统的女诗人坚持写作。

亚 嫩

亚嫩,本名郭金凤,别名慈凤,曾用笔名绿薇、学诗,1943年出生于台湾省宜兰县,毕业于省立台中的一所家庭商业职业学校。曾任《彰化周刊》副刊主编,台中圣寿宫《圣然杂志》主编、青溪新文艺学会理事、台湾省妇女写作协会理事。现为"中国艺术协会"名誉理事、台中圣寿宫总务组长、台中家商校友常务理事兼会刊执行编辑。她多才多艺,身兼诗人、作家和画家,酷爱大自然的美和田园生活,曾获台湾新诗学会诗运奖、"中国文艺协会"诗创作奖章等奖项。现任世界华人书画艺术家联合会名誉会长、"中国艺术学会"理事、"中华国际文化艺术交流学会"监事、美术学会顾问。

亚嫩出版有诗集《飞花有约》(1994)和《琉璃花》(2000)。她在诗与散文合集《牧草流烟》的《后记》中她写道:"向灿烂的远方,我依然继续地走着,且执著一分古典的美与距离中温馨牵绻。"③虽然她出了两个集子,但在台湾诗坛上仍默默无闻,这与她诗歌的过于清浅有直接关系,如《野姜僵花》:"荷叶儿轻摇/莲步儿细印/看萤火摇成烛影/望翠烟笑向湾溪/总有飞花揽/涟漪/人生多少红粉知己/都在悠悠绿照/沾着回忆/而胭脂花似万叠柔云/禁不住也跌进我心/柳条青青柳树静谧/像诗像画更像相思林/我啊!多爱长日访清溪/拥它的静寞/亲它的芳馨/该多么惬意销魂。"虽有古典意味,但抒情过于浅露直白。

栞涵

栞涵,本名郑频,广东潮阳人,1949年出生于台湾屏东。中国文化大学中

---

① 白灵:《用密码说话的丫头》,颜艾琳:《抽象的地图》,台北县立文化中心1994年版,序。
② 颜艾琳:《骨皮肉》,时报文化出版企业1997年版,第26页。
③ 亚嫩:《牧草流烟》,蓝灯文化公司1980年版,后记。

文系毕业，台湾师范大学中文研究所结业。曾任教于台北县海山高中、台南县白河中学。现已退休，专事写作。栾涵的创作文类以散文为主，曾获中山文艺奖散文奖。出版有诗集《和美相守》(1995)。

诗 薇

诗薇，本名罗秀珍，广东兴宁人，1949年出生于台湾新竹。台南家政专科学校会计统计科毕业。现为台南公私立中学中国结手工艺社团指导老师。曾获台湾优秀诗人奖、文艺工作绩优奖等。出版有诗集《情结》(1995)、《风情》(1998)。

曾美霞

曾美霞，笔名大来、方寸，台湾云林人，1950年出生于高雄。台北师范学院毕业，台北市教育大学应用语文所硕士。曾任小学教师。现为"中国文艺协会"、台湾新诗学会副秘书长。曾美霞创作文类包括诗、散文及小说，先后出版过多部小说集、散文集和电视剧本，筹资创办《中国诗刊》。她的中英对照诗集《山动了》(1992)以较新奇的方式排版，英文部分从左往右翻，中文部分从右往左翻，装帧手法显现着中西方文化的碰撞。《山中传奇》修改秦罗敷的故事，写使君与罗敷在山中一见钟情：

> 那片林
> 蓊蓊郁郁菲菲荠荠
> 修竹青翠
>
> 那午后
> 云蒸霞蔚雨新霁
> 鸟鸣清脆
>
> 那使君
> 乍然惊艳信誓旦旦
> 愿为卿瘁
>
> 那罗敷
> 翩翩回眸朱唇微启
> 嫣然轻啐

诗改自于经典的古典爱情诗，突出女性情欲情状。曾美霞的诗一般都有这样形象的浅显直白，如她的爱情之歌："如今／到了你的王国／我的每个梦中都是你"(《两点之间》)，"想画一个圆／单脚的圆规／寻觅、等待，终于／找到了另一半……／如果无法固守誓言／就该把圆心移到远方"(《圆》)。

三、后现代的破碎与自由

应该看到,有一些女作家思想意识虽不乏女性主义色彩,但却并非如另一些女作家那样投身于女性解放与政治斗争之中,激进如夏宇那样想摆脱"女诗人"的身份,"我只想做一个'腹地广大'的人(即使只为了犯错的可能),不管是不是诗人,是不是女诗人"①。这是因为,一方面,台湾女诗人大多呈现传统的女性气质,女性诗的主题仍然表现亲密情感和关系,正如钟玲所言:"比起男诗人,女诗人有其不逮之处,她们的眼光比较短浅,她们的诗作缺乏历史的层面,并缺乏社会性及时代感;此外,她们的诗作太纤柔,不能表现出浑厚的魄力及澎湃的气势。"②虽然深受欧美的"女性主义"思潮及欧美的"环保主义"(environmentalism)影响,台湾女性诗歌并没不像小说家李昂那样走向较为激进的女性主义——既没有出现大量表现对性别歧视的反抗,也没有表现受压迫的母亲、姊妹之间的情感;诗歌中女性团体及联盟的精神也是缺乏的——既没有表现出对迫害女性的父权社会的不屑与反抗,也没有表现出对性与情欲的激进的立场。相反,一些女诗人吟咏着她们的安适、喜悦与满足,体现了"快乐族群"的特征。

这一时期,女性诗歌在诗歌的创作方法上,主要表现为后现代与女性主义的融合。她们大量使用后现代的拼贴、博议和谐拟等手法。博议指在一件艺术作品中将从其他地方引用的片段加以组合,重新排列异质材料,以此实现晦涩反讽的审美修辞效果。丘缓的《搭配舞曲》拼贴了流行歌曲,《我的门联》则介于诗歌、对联和图形之间,《不想睡的时候》由前后并非连贯的 11 行诗句构成,如同 11 场即兴演出③;吴苑菱的《摩登女郎》则拼贴各种"主义",《专题:空间残余(Ⅱ)》更像一篇短小的哲理散文,《左右漆黑,一○○一演出新解》一诗则包括 43 场即兴演出,由阿拉伯数字引领的 43 句"话"组成,但按文章的体式排成一段;娜娜的《年度报告》三首诗则融诗歌、计划、总结、报表等体裁于一炉,完全不把诗当作文学体裁,如:"2. 微生物在麦面里的活动形象;优美的,可人的。3. 一粒米的原子能量转化法。4. 关于定比定律的应用……6. 垂死的蚂蚁所提供的亿分之一百合香料探讨。7. 都市建筑构想蛋糕摆放。"④最极端的例子是夏宇的诗集《摩擦・无以名状》,其中的诗作均来自她的前一本诗

---

① 夏宇、万胥亭:《笔谈》,夏宇:《腹语术》,现代诗社 1991 年版,第 115 页。
② 钟玲:《现代中国缪司:台湾女诗人作品析论》,联经出版社 1989 年版,第 24~25 页。
③ 孟樊:《当代台湾新诗理论》,扬智文化出版社 1995 年版,第 273 页。
④ 《双子星人文诗刊》1999 年第 8 期。

集《腹语术》,夏宇将《腹语术》中所有作品的字、词、句子拆解掉,然后重新剪贴。

谐拟法指以嘲弄或反讽的态度,模仿、改写甚至是颠覆已有的原作品或经典作品进行。在笔者看来,在1990年代台湾后现代女性诗歌中,通常有两种谐拟方式:

一是戏仿传统童话从而解构童话原先蕴含的男权思想,这是由于童话在形成意识形态方面的潜意识作用非常强大,要建立真正的女性主体,必得重新塑造童话中的性别关系。这方面的成果很多,如罗任玲的《我在果菜市场遇见白雪公主》解构了"白雪公主"的经典童话;夏宇的《青蛙》解构了"青蛙王子"的经典童话;娜娜的《小王子》解构了法国著名童话"小王子";又如颜艾琳的《舞鞋》,重新审视《灰姑娘》童话里的辛德瑞拉(Cinderella)的形象,把童话中的舞鞋意象转化为现代红色高跟鞋的意象,寓示现代灰姑娘早已厌倦舞会里的不停旋转,厌倦男性的恩赐和救赎,宁愿藏在角落,不愿供人玩赏,该诗也承认现代女性主体仍未成熟,仍有一颗玻璃心,承认现代女性的"心"还是脆弱的。

二是对古典诗歌进行女性主义改写,如夏宇、曾淑美和林婷都有诗重写《上邪》这首乐府情诗。夏宇的《上邪》质疑和解构了所谓忠贞不渝的古典爱情;曾淑美的《上邪》则将乐府原诗镶嵌于其中,通过语言策略质疑诗歌的原意,以现代女性的思考重新诠释这首著名的情诗。

(一)吴莞菱:做一个女巫般的坏女孩

吴莞菱,1970年生于台南,笔名言叶,辅仁大学英语系肄业,曾参加辅大的左翼倾向的"草原文学社",她曾自编、自写、自制地下刊物《甜蜜蜜》(甜甜圈),她的诗作散见于《台湾新文学》《台湾诗学季刊》《双子星》等刊物,著有诗集《万诗藏附》。此外,她还出版小说《红鹤楼》《色到极点》和《寻花问柳图》等,曾获城府文学奖等。

吴莞菱的后现代诗歌写作,将后现代主义与女性主义有机融合,让意符与意指追踪游戏。她以类似于精神分裂者的呓语迷狂口吻来表现存在和世界,表现情感的无序与混乱,由此形成鲜明独特的女性美学特征:挑战男性社会的禁忌、律令和规范,追求语言狂欢的诗意碎片。

首先,吴莞菱的诗是一种大胆的后现代女性主义的身体写作。"阳刚"在她看来不过是另一种模仿,非但不能"颠覆",反而是另一种形式的"认同"。那么,什么是女性诗歌呢?吴莞菱认为:"女性写诗必须要有女性自觉的推动,才能届于成熟阶段,从自身了解写起可以串连到爱欲、性别、甚至于文字功能的精神分裂症。正因自我是写作的患者,更应解剖自己,以达成创作的圆满度。诗是反映诗人世界观的中介,就我的观点而言,晦涩与忧郁是通往现代主义的钥匙,而病症的呈现则属于后现代主义,浪漫即其本源也。"① 她的诗代表了90年代以来的女性诗人试图冲破性别语言的禁区——大胆涉入私密肉体的震撼书写:

> 化做一只挺飞的食蚁兽
> 从腹欲吸吮到乳沟的深沉陷溺
> 把你的阳具冷静端详
> 这就是创造高潮和热浪的玩意儿?②

她甚至大胆地宣称:

> 当我们做爱
> 要教全世界难堪
> 当我们拥吻
> 要教全世界口渴③……

类似的作品还有《色情刺青》:

> 用烈酒激你突暴青筋
> 想试探壮阳肚酐的实际效能
> 撒一把干柴用焰火焚烧
> 啜一口交杯酒引来洪欲
> 用响尾蛇的奏鸣祭祀我们的爱情
> 上一炷香祈拜高潮迭起
> 于是屈膝亲临你栽种了雄霸的胸脯
> 觅找蜷蛐丛林室人气息的沼泽
> 就此沉浸一脉深邃的绿洲
> 难以弥补于沙漠中的虚空一如
> 我焦渴的华西街的逡巡
> 手棍腿柱的交媾缠绞
> 使我忆起咕哝的肠道
> 总是定时饥嚷着蠕动
> 举火将闪亮的纸钱燃放
> 鞭炮擎响为喜庆的永恒志念
> 宁为你妖娆的专属妓娘

---

① 吴菀菱:《诗观》,《台湾诗学季刊》2000年第30期。
② 吴婉菱:《科学时代的战略分析》,《台湾新文艺》1998年第10期。
③ 吴菀菱:《性交宣言》,《台湾新文艺》1997年第9期。

而非静待攻势的在室妻妾

　　此诗把女性置于巫山云雨（之前，之中，之后）全过程中的主动地位，始终操控着事件的发展进程，先是用"壮阳"功能的"烈酒"来刺激已经阳痿的男性，与此相对的则是女性的健全的"洪欲"以及如"响尾蛇"般的强势进攻。"我"对于性愉悦怀着宗教般的虔诚，"上一炷香祈拜高潮迭起"；而"宁为你妖娆的专属妓娘／而非静待攻势的在室妻妾"，意即"宁为妓不为妻妾"，这一口号式的诗句大胆地挑战了男权社会的道德准则。可以说《色情刺青》完全颠倒了传统社会陈旧的"社会性别"（gender）对两性的呆板而老套的设置，而刻意把妇女放在优越的、主体性的位置，瓦解了男性中心文化的意识形态，体现了极为激进的性别主张。但是，如此完全地颠覆两性关系，又被一些诗论者担心落入极端的女性"中心"，而在笔者看来，如此激进的"女性中心"虽然不免偏激，但未尝不是一种对老套的社会性别设置的矫枉过正。

　　其次，吴菀菱超越了台湾女诗人一向把"女巫"作为反面意象的老套，她用《童话故事》一诗对童话故事进行最彻底的解构。它一反传统的"淑女"形象，而以"女巫"般的坏女孩形象捉弄男性，对抗主流意识形态：

> 想咬你的动脉静脉手指脚趾
> 将瞳孔摘下来含在嘴里融化晶莹
> 你惨烈地喊叫像只咆哮的狼犬
> 我昧着良心窃笑着巫婆的嗓音
> 如此正统的资产阶级消费
> 被墙角的扑克魔术师
> 邪扭为虐待狂被虐待的公式
> 除此之外
> 染上恋物癖的我
> 异常想念手枪棍棒保险套丝袜
> 带有铁锈裆猩腥膻的花盆水瓶
> 以及阳刚的涡轮引擎马达螺旋桨
> 尚未成形的尼罗河女儿
> 最近用声呐电波嚷着要出生的讯号
> 贴进浓厚黑胡沉稳的呼吸
> 就有毛刷和洗衣板合纵的畅快
> 梅毒小姐和阳痿先生
> 阳春面和牛肉面
> 忍者龟和蝙蝠侠

钟乳石和肉包子

ZZZZZZZZZZ①

现代消费时代的麦当娜式的"我"不仅是个物质坏女孩,而且表现出强烈的消费男性的性渴望。在这首诗里,巫婆不再是一个消极性意象,女主角是公主和巫婆的混合体。而消极性的意象则是男性,他们完全失去了主动性,等待着被宰割,最后凝聚为"毛刷和洗衣板合纵的畅快"!在"ZZZZZZZZZZ"的鼾睡符号中,如巫婆般窃笑着的"我"安然入睡,进入吴菀菱所建构的"新童话"之梦。《童话故事》毫不留情地嘲弄了传统男权社会设定的关于"淑女"或"好女人"的文化规范和文化想象,颠倒了男女两性的等级差别,解构了这一社会性别传统的表意体系。

吴菀菱的后现代诗列举物质世界的种种形象,以解构现代派的深奥反叛。她的这些形象类比虽然不一定准确,但非常有力量。如《摩登女郎》:

我有两手榴弹的新保守主义
我有两只丝袜的超现实主义
穿上一顶鸭舌帽的独裁主义
套起两只叮当作响耳环的资本主义
加上十双高跟鞋的达达主义
换上一副太阳眼镜的激进主义
我有五件比基尼的立体主义
还有八个月花花公子的教条主义
拥有十打珍珠项链的托拉斯主义
衔着 Virginia Sims 香烟的女权主义
背上一支电子吉他的拜物主义
挂着新潮鸡血石戒指的斯大林主义
以及数条蓝色领带的马克思主义
一头清汤挂面假发的清教徒主义
我有一辆保时捷的无政府主义
数幢楼中楼别墅的殖民主义
还有一件性感内衣的神秘主义
外加三打纸裤的现实主义
携带耐用名牌伞的法西斯主义
月用五包舒洁卫生纸的鲁迅主义

---

① 吴菀菱:《童话故事》,《台湾诗学季刊》1996年第17期。

她嘲讽20世纪流行的各种主义,甚至包括女性主义在内,把女权主义简化成抽着品牌香烟,把法西斯主义说成是喜欢带"名牌伞",表面上很不准确,但仔细一看,她用的意象都是女性化的、富于触摸感的,如"丝袜""耳环""高跟鞋""比基尼""项链""戒指""性感内衣""名牌伞""舒洁卫生纸",以这些女性较为熟悉的意象与流行的各种各样主义相关联,既是对反概念的女性世界的回归,也是对男性的逻辑世界的"逻各斯"的嘲讽和反抗。

吴菀菱的短论《女性是个被分解的尸体》可视为她的女性主义诗学的政治学纲领,"在男权主义的曲解下,女性是符号,是阴茎象征,其实,女性不过是被性交尸解的躯骸"。那么,革命女性应该如何行动呢?"女性主义者应对男性彻底地绝望",支配他们、欺骗他们、切割他们,以其人之道还治其人之身,"女性应该参阅男权主流的政治手段及内容,然后以阴性的思考路线改写理论,站在学术的最前端,主宰整个文化实践","女性应自父权铺设的棺柩中复活,在枯槁死寂的墓地里生起愤怒的营火,将符合父权认同的形象与思想一概排泄出体外,占领父系所属的主权土地,绝地再生。女性千万不要成为鬼火下的怨魂或讨好男性的艳鬼,而应自行施行男性威胁的驱邪仪式","如果男性剥削你的性欲,你就囚禁他于丧失性欲享受的牢笼中,让他哀怨如狗嚎,但千万不要阉刹他的阳具,只要令他现实阳痿就好了,如果男人把你应招化了,你就应该反过来奴役他,让他五体投地"①;最后,"如果可以,使劲地挑逗男人的肛门,以阴唇或手指"②。她的确是一个女巫般的坏女孩,总之,在吴菀菱那里,女性必须以主动的进攻姿态,猥亵、调戏男人,不割阳具而使之阳痿,她如此以象征性的语言,试图瓦解男性中心权力结构轰然坍塌,以达到重建女性主体性的目的。

在谈到女诗人的创作时,吴菀菱说,"女诗人不是分析错乱的职业导师,而是采样女性心理标本和阴性语言的生物学者,正邪阴阳的交流应属专业道德之志向","女诗者对女权的再制和应用,也更加相辅相成于反抗性别歧视风气和身份依赖性之指责上面,切忌成为差劲恶劣的浪漫派情欲顾问"③。可见,吴菀菱的颠覆传统解构男权的女性主义诗作(如《摩登女郎》《童话故事》《色情刺青》)是与其世界观、创作观紧密相关、彼此参照的。

吴菀菱以这些激进的、大胆的女性主义写作实践,尝试把女性主义观念融入生活与写作的可能,正是吴菀菱诗歌的鲜明特色。因此有论者认为她在反

---

① 吴菀菱:《卖火柴的女作家》,《现代诗》1997年第30,31期。
② 吴菀菱:《女性是个被分解的尸体》,《台湾诗学季刊》1996年第17期。
③ 吴菀菱:《诗观》,《台湾诗学季刊》2000年第30期。

版上超过了夏宇,"是台湾当代诗90年代真实标帜后现代状况的第一人"①,"如果说夏宇是台湾80年代后现代女性诗歌重要的拓荒者,那么,吴菀菱则是90年代后现代女性诗歌的晚生代新秀;如果说夏宇开创性地将后现代主义与女性主义有机结合,那么,吴菀菱则将二者的融合推向了一个崭新的高度"②。这样的评价对于定位吴菀菱在台湾女性诗歌中的地位,的确是一语中的。

(二)丘缓:不知如何当中知道如何

丘缓,本名陈秋环、陈真修,笔名大嘴,1964年生于台湾澎湖,淡江大学日文系毕业。曾任传播公司文案、日语教师,曾参与曼陀罗诗社。她是2001年"桶盘艺术村"和"故事妻美术馆"二空间的构想发起人,推动"桶盘艺术村"至今,举办过三次年度艺术季活动。1990年,她出版诗集《掉入头皮屑的陷阱》。此外,她还有诗文合集《美丽大海的女儿》。相对于台湾其他后现代女性诗人的创作,丘缓的后现代写作更加注重诗歌文本形式的探索与构建。

丘缓在诗集中的宣言是这样的:"我捡起自己的颓废/离开了感觉颓废的时光/希望在不知所云当中/发现跃升以及不知如何当中/知道如何。"作为台湾的后现代女诗人,她的诗看似轻松,没有负荷,什么也不抵抗,但自由挥洒的言行本身就是"颠覆"。丘缓的《我的门联》一诗以四副门联形状排列而成,诗的内容与形式是游离的:

真的有美丽的鸟
儿
在
窗
外
仔细戏弄阳光吗
好像是有啦
不
过嘛管这干嘛呢
几年前不早已失去联络了吗
说
地
也

---

① 黄梁:《台湾当代诗的新版快——新世代风格特征与文化现象观察》,《现代诗》1997年第30,31期合刊。
② 王金城:《梦呓迷狂:论吴菀菱的后现代诗歌》,《世界华文文学论坛》2008年第3期。

是

啦

可是不知为什么突然想起来

该死该死

该

活

该活该死

门联本"该"左右相对,字数相等,词性相同,平仄相反,句法相近,但《我的门联》只保留传统的外形(无意义的外形),颠覆了所有门联的内容,表现出后现代嬉戏的色彩。

丘缓在《旅行之后》中暗示自己通过旅行达到的"自由状态":"完全的晕完全的/像爱用光了/起一粒石子/击打镜中的自己/灵魂于是轻轻地起舞/像在梦中舞得那么优雅/美/好。"旅行之后,自我的镜像被打破,灵魂获得了自由,欢舞在"小雨的街心",找到了自我的位置。

在形式上,丘缓喜欢使用后现代的后设语言(meta-language),如《煮夜》一诗中,"买花的日子来了/我顺柔地买了花/插在一对眼睛里/(省略)/(对不起)/(拜托请再读下去)//买海水的日子来了/我顺柔地买了海水/(实在对不起)"。诗人好像一面说一面与读者的想法对答。这首诗的诗句是对象语言,括号内的诗句都是说明性的、解释性的后设语言,以对象语言为基础。奚密在评论此诗时说:"括号里诗人对读者的旁白(说明、致歉、请求)不但打断了诗的行进,而且暗示这首诗读者自可按已有的形式照填下去。"这样,经读者填空,这首诗就"脱离了诗人的主观世界,变成一个可随意复制、不断延续的形式"[①]。但《执意》一诗又写出了丘缓对于诗歌语言的"不执意":

在净雅的黄昏可以执意

销尽魂魄且容我

在蓝海昏口吐白沫……

不可尽兴嘲笑一只船的午寐

一只船的简单梦里

有欢畅的歌声

有英雄自尽

有蚂蚁操兵

有血凶凶流漾有血凶凶流漾

---

① 奚密:《现当代诗文录》,联合文学出版社1998年版,第302页。

> 有诗在怀孕
> 有
> 不知所云
> 在净雅的黄昏可以执意
> 不知所云

丘缓抓住表面/深层、净雅/不知所云之间的冲突。"不知所云",正是诗的怀孕,诗人应该执意的,就是不执意的无意义境界。的确,丘缓把诗语言的表达方式用到了极限,开拓了语言所隐藏的力量。

(三)刘毓秀等:虽然世界倒着站

刘毓秀

刘毓秀,本名黄毓秀,1954年出生,但她有意弃父姓而随母姓,把名字改为刘毓秀。她任教于台湾大学外文系,是台湾妇女运动领头人之一。1998年,在"妇女权益行动年"的第三届全国妇女国是会议上,刘毓秀以一首诗带出了她的发言论文《去商品化、公私融合,及平等欢愉负责的性爱与亲情》,这首短诗名为《两性平等与"圣后"整体性》:

> 窗外蒙蒙发光
> 仿佛新世界即将破晓
> 人们将不再砍杀或敛夺
> 他们的双手将用于抚慰

这首诗隐约表达了刘毓秀作为女性主义者对未来的乐观想象,未来社会应是一个以母性爱替代父权侵略的新纪元,平等为一切的准则,人人得以享有欢愉的亲密关系。

她在《我知道罗得的妻子为什么回头》一诗的附注中说:"《圣经·创世纪》记载,天父将毁灭罪恶的城市索多玛,神派天使带领义人罗得和他的妻女离城。天使嘱咐罗得和他的妻子不得回头看。天父降下硫磺和烈焰,毁灭城中一切生物。这时,罗得的妻子转头回顾,立刻就变成一尊盐柱。"罗得的妻子看见"索多玛的中心有乐园",其中充满了女人的欲望、花果和群鸟,虽然"天父和丈夫的亲族"会认为那是幻象。"或许真的是幻象?罗得的妻子/紧闭着嘴,被一步步拖着上路……她缓缓环视/四望无际的燥渴,再也不肯移动脚步"①。刘毓秀传达的实际是出走女性的共鸣,即使代价很大,她们也不惜一切。

刘毓秀在《倒着站》中写道:"虽然我明明看见/这个世界倒着站","虽然我

---

① 江文瑜编:《诗在女鲸跃身击浪时》,书林出版有限公司1998年版,第118~119页。

坚持要直立","虽然世界倒着站/我只想唱歌,像一只野雀/唯求我所爱恋的它/会让我直立,或'倒着站'"①。现实世界颠倒了生命本质,但"我的心中没有恨",因为内心深信世界可以变得更美好。可见,无论是"直立"还是"倒着站",关键是要如野雀般自由,虽然"倒着站"很艰辛,但在一个已经颠倒的世界里,这是"直立"的唯一方式,也是女性的自主抉择。

刘毓秀将妇女运动定位为对法国大革命人权宣言所开启之现代性进程的反抗和挑战而不仅是其结果,她认为这一现代性进程所展现的,全然是资本主义与父权体系联手对劳动阶级与妇女的压迫。她还把台湾社会的性别压迫归咎于公私领域中女人的客体化,这种客体化表现在:一方面父权为主的家庭尽可能地压榨女人的生育力以及家务劳动。另一方面晚期资本主义社会里不断扩张的色情市场大幅度地把女人商品化,使她们成为被消费的性客体。在笔者看来,或者应该再补充一点,客体化还表现在把女性变成自以为获得了主体地位的消费主义者(伪主体)。因此,"去工具化"和"去商品化"是实现性别平等社会之关键,但这一进程本身除了要女性自身的觉醒,同时也需要公共权力介入以削弱商品无所不在的触角。

陈育虹

陈育虹,广东南海人,1952年出生于高雄,高雄文藻外语学院英文系毕业。旅居加拿大温哥华十数年后定居台北,专事写作,出版有诗集《魅》《索隐》《河流进你深层静脉》《其实,海》及《关于诗》等多种。

诗集《魅》用诗与札记相互交替的方式行进,由一只蓝猫蹑手蹑脚穿梭在诗与札记之中,大量运用内心独白,很有特色。《魅》中的诗最能表现陈育虹的充分运用感官意象的写作特色,《纽扣》中写道:"天暗了你们才能亲吻星和月亮……/上下追逐,翻覆……"

陈育虹常以雨来比喻性,使诗的暗示性很强,如"阳光洒下,夹着雨/一丝,一丝/时间瞬息填满整个湖/而湖是暧昧的"②,这首诗大胆地以雨象征男性精液,以湖象征女性身体,同时,还以"雨"这一意象暗示"我"对"你"的欲望。在《夜》中,她把夜色比成"黑丝绒",充分运用感官的意象,说夜色"长得够裁一件/晚礼服"③。她在另一首诗《其实,海》中,宣称"感觉是一切":"风等于时间/等于光等于空间/等于——//(去了又来了/远了又近了/暗了又明了/散了又聚了啊)//等于感觉/流动的 蓝色的/感觉,其实/是一切。"④这首诗暗示

---

① 刘毓秀:《倒着站》,《自立早报·副刊》1988年8月19日。
② 陈育虹:《我知道你在湖边》,《河流进你深层静脉》,宝瓶文化公司2002年版,第214页。
③ 陈育虹:《关于诗》,远流出版公司1996年版,第156页。
④ 陈育虹:《其实,海》,皇冠文学出版社1999年版,第13~14页。

我们感官/感觉才是一切意义的来源和中心。

　　陈育虹的《画像》一诗,写出了女性身体与实质在男性社会中只能是虚无:"一颗星背后/一朵水莲背后/一株仙人掌背后/一扇门背后/一只苹果背后……你是孤绝/不可知/甜美与迷惑/你是永恒与流失//你是一行行诗/背后/漂泊的/漂泊的　我。"①诗中的"你"就是作为叙述主体的"我",而现实中的"你"隐身于各样物之后,而主体的"我"在现实不存在的,只能在一行行诗中"漂泊"。这首诗一语道破现实中的女人只能藏在男人背后,丧失了现实中的主体性,只能在文本中找到空想中的主体性。

　　由于语言本身就有着父权的烙印,陈育虹在《独白》中表示要"温柔却决然,甚至/不愿回望一眼",她要抛弃旧有一切,只为了"我只是坚持最后的/想象空间"②。她要退回的这个领域,就是没有被语言污染的"洪荒",是女人潜意识中的想象宇宙。对于她而言,这也是在父权社会一个女诗人最后的"坚持"。到了1999年,陈育虹还尝试一种超语言的对话方式,如她在《籍贯·宇宙》中写道:"能不能用/风的语言火的语言/海与山的语言/交谈,我们//能不能用/星辰的语言/云的语言/花与树的语言/(是了,大地的语言)/交谈//能不能用心的语言/能不能不用/语言——你知道/我的籍贯是宇宙。"③

宋后颖

　　宋后颖,1942出生,1949年赴台,1967年毕业于台湾艺术专科美术工艺系。她致力于诗与绘画的结合,1961年与诗友一起创办葡萄园诗社,发行《葡萄园诗刊》。她以美术教育为志业,先后执教中小学30余年。1997年她在台北举办个人油画展"缤纷之美"。宋后颖曾出版个人诗集《岁月的光环》。

　　她的诗《泊》写得柔弱而又自信:

> 我安心做一只水鸟
> 泊于这美好宁静的湖畔
> 即使旭日展丽,鹰扬镇武
> 我也乐于憩息在这方寸的小巢
> 以一种欣赏,万分祝福
> 仰望这一切
> 这世界除了灿丽的旭日
> 也需要柔媚的月光
> 而我宁安泊于这小小的湖畔

---

① 陈育虹:《其实,海》,皇冠文学出版社1999年版,第144～145页。
② 陈育虹:《其实,海》,皇冠文学出版社1999年版,第196页。
③ 陈育虹:《其实,海》,皇冠文学出版社1999年版,第202～203页。

不为别的——
只因我胸中自有丘壑

宋后颖的诗《Show》则暗示了女性主义式的反思:"揽秀自照/但见镜中人另有千万容颜/再度迷离于这满眼的虚虚实实/不辨 你 我。"这场"show",既是"我"在"停摆的心路"上再次的"寻索、澄清自我",也意味着"我"的觉醒。所以,镜中不再呈现单一的自我。可贵的是,宋后颖不仅表现了镜中人千万容颜中的虚伪本质,而且认识到"不辨你我",即女性主义所谓的"阴阳同体"这一性别理想实质。

想你在雨中
在哗然隐逝的寂静里
眼睫边闪起一眶盈盈
闪起那茕茕如月的灯晕①

曾美玲

曾美玲,1960年出生于台湾省云林县,台湾师范大学英文系毕业,曾任葡萄园诗社编委,任教虎尾高中。大三时开始写诗,第一首诗《船歌》发表于《幼狮文艺》。大学期间曾获师大新诗奖、童诗奖,她于1995年获台湾优秀青年诗人奖。现为新诗学会、诗歌艺术学会会员。著有诗集《船歌》《囚禁的阳光》(2000)等。

她的诗以"小时候—长大后—多年后"为主要结构,表现她对时间的敏感和留恋,如《妈妈》《时间》。她的两首名诗《哀黛妃》与《破碎的童话——为九二一地震孤儿们而写》,都收于她第二本诗集《囚禁的阳光》中。《哀戴妃》发表于1998年,世人都以为黛安娜以平民身份嫁给查理王子如灰姑娘故事的再版。但这场童话般的婚姻,却以争吵、离婚以及戴妃惨死车轮下收场:"踩不响婚礼幸福的钟声/等不来王子温柔的马蹄/厝厝你被抬上醒目的头版/凝聚千万只/遗憾的眼睛 一颗比帝国耀眼的/珍珠,瞬间滑落/扛了十六年盛名的/压力,躺成满地/哀伤的玫瑰……"②曾美玲以收诗戳破了"从此以后,王子和公主就过着幸福和快乐的日子"的童话假象。《破碎的童话——为九二一地震孤儿们而写》,纪念的是1999年9月21日台湾大地震,但诗却以儿童的视角开始,前两段先描写小男孩一家人睡前的活动情形:小男孩在爸妈的床边故事与姊姊的歌声中,怀着童话的梦想入睡了。第三段写地震来临,天地瞬间变色之惨:"那是一场惊骇的序曲/凌晨一点四十七分/当愤怒的天地念起/巫婆的咒语/

---

① 宋后颖:《想你在雨中》,《岁月的光环》,扬智文化出版社1995年版,第18页。
② 曾美玲:《囚禁的阳光》,诗艺文出版社2000年版,第88～89页。

施展毁灭的法术/瞬间消失掉爸妈的温暖怀抱/顷刻终结住姊姊的熟悉歌声。"诗的第四段描写道:"幸存的小弟弟/把残余的力气,牢牢/抓紧,日夜拼凑/破碎的童话!"①把地震比喻成巫婆,虽然违反了自觉的女性主义形象设定,但诗的主题仍是母性情怀,深切同情受灾儿童。最深刻之处是反思童话,把童话看成永远逝去的幻梦。

曾美玲的诗有着浓厚的古典意蕴,她擅长用优美的意象,如"而当黑暗无声敲叩,乍见对岸灯火,朵朵绽放",就以意象叠加的方式,给人以震惊的优美。又如"扫些黄叶、花瓣/煮几道下酒的小菜"(《林间》)不由让人想起"山中煮酒烧黄叶,石上题诗扫绿苔"这样的唐诗。《午后淡水红楼小坐》是她的第四本诗集,采用中英文对照,收录了她2000—2008年发表的75首诗,其中的《独木桥》写道:"隐居无名的深山/耐心等候/知心的眼睛/停驻　垂钓/那轻轻流出内心/深深倒映湖水/万年的寂寞。"这首诗用现代语言完美诠释出古诗的意境。

叶　红

叶红,原名黄玉凤,1953年生于台北,四川渠县人,"中国文化大学"舞蹈学系毕业,曾任中学老师、《旦佤》杂志主编。叶红于2001年移居上海,2004年8月18日,她因抑郁症卒于上海。

叶红于1992年5月开始写诗,此后作品陆续发表于台湾各报及重要诗刊,曾任耕莘青年写作会副理事长、河童出版社社长。1993年6月,她的诗《藏明之歌》获耕莘文学奖的新诗首奖,此外,她还获得耕莘青年写作会1996年度杰出会员奖等,她的作品还曾入选尔雅版《1995年度诗选》和《1996年度诗选》。她出版的诗集有《藏明之歌》(获台湾"行政院"奖,1995)、《红蝴蝶》(1997)、《廊下铺着沉睡的夜》(1998)和《濒临崩溃的字眼感觉有风》(2000年)。首先来看叶红1997年入选《九十年代台湾诗选》的《指环》,这首诗写于1992年:

> 指让环紧紧圈住
> 再没空隙
> 指问
> 这是爱的刑罚吗
> 环　笑而不语
> 指蜷曲
> 紧紧地扣住了环②

---

① 曾美玲:《囚禁的阳光》,诗艺文出版社2000年版,第100～101页。
② 叶红:《藏明之歌》,鸿泰出版社1995版,第29页。

在这首短诗里,叶红写出了传统婚姻中戒指的真实含义——向命运屈服,写出了她对现存婚姻制度的质问:"这是爱的刑罚?"戒指所象征的家庭、婚姻的实质是对女人主体性的束缚,但大多数女性如同"蜷曲"的"指",不是挣脱,而是与束缚她们的"环"合作,完成了传统性别关系中的黑格尔所说的"主—奴"配置。

叶红的《理想国》可谓是对两性之间不可调和的矛盾的一个终级性关怀:

> 女人还原成骨
> 回到胸膛
> 男人怀抱着寂寞
> 沉入泥土

就算《圣经》的故事是真的,但两性之间的战争,使得两性之间无法达成谅解,最后一切皆空,女性把肋骨归还给男人,宁愿成为"无",也不愿再为其附属;但与此同时,失去女人陪伴的男人也回归泥土,回归寂寞,也失去存在的真正意义。这首诗不仅表现了两性之间的尖锐而无法调和的矛盾,也暗示两性是相互依存的,否则,一切重归于无,不过是撒旦的胜利。发表于1994年的"撒旦"系列的主题也与此相关,这一系列组诗同样是她对《圣经》言说的反思,但更像她个人的内心情感的记录和反思:

> 为诱惑
> 撒旦该被弃绝
> 我猛然回头
> 追赶失去的召唤
>
> ——《撒旦在转角处》节录

> 在地窖中摸索
> 几近完美的脸孔
> 就快要捏塑完成
> 抛下黑暗的时刻终于盼到了
> 阶梯顶端,倏地泻下一道亮光
> 映现一张如微曦的面容
> 不十分真切
> 那只令人悸动的眸……
> 忍不住,我轻唤使者……
> 神秘的交互感应,他低声
> "是撒旦"
> 藏起美丽却未完成的面具

又一次我向幽窦深处陷退

——《撒旦的脸孔》

叶红的最后一本诗集《濒临崩溃的字眼感觉有风》首度展现了她鲜为人知的绘画才能,诗集收录了她的 20 余幅彩色精印画作。或许这本诗集的名称就暗示出她最后的自杀,其实始于四年前的"濒临崩溃"。

(四)网络女诗人:共享一张脸

1990 年代中期以后,网络作为新媒介崛起,出现跨界写诗、公交车诗上路和全民写诗的风潮。一方面,虽然网络诗使得诗歌更趋普及,但庞多的作品,良莠不齐,对于一般读者而言,鉴别诗的层次和质量反而难度加大,这也影响了原先诗的多元格局。从另一方面来说,由于网络诗无须审核,这给网络青年诗人的发展提供了前所未有的空间,青年诗人在网络开设专栏,拥有许多读者,平面媒体的影响削弱。

大批网络女诗人涌现,新锐女诗人甚至呼吁:"女性写诗必须要有女性自觉的推助,才能届于成熟的阶段。"① 正因为现代诗中女性可资传承的资源有限,所以大多数女诗人更在创作时警惕诗作沦为消费市场的口香糖。《双子星》于 1999 年 3 月第 8 期推出《网络女诗人专辑》,一次就收录了 28 位网络女诗人的作品。

骆 野

网络女诗人骆野的《三个女人共享一张脸》在 1990 年代很有代表性:

三个女人共享一张脸
这张脸向来惯有着很自由的表情

之前也曾随意地认领过一只贫脊饥饿的猫
偶尔在凉爽的黄昏漫步田间或者
在午后一个人辛勤地荷锄工作

这三个女人一直是用的同一张脸
直到某个季节骤变

女人开始对动物的性情不定的脾气过敏
女人开始将那只半冬眠的猫送给邻家

直到秋节过后　还是月圆
女人用的还是同一张脸　这张脸

---

① 吴菀菱:《诗观》,《台湾诗学季刊》2000 年第 30 期。

　　　　终于开始有了自己的意见①

这样的描写充满着女性主义对主体性的追求,表现的思想内容也更反叛,完全不信任传统。

白　雨

白雨的《主妇日记》揭示了女性没有意义的日常生活:

　　每天把五个人的口粮搬上五楼
　　不知能否算一种薛西佛斯?
　　无底的冰箱和胃袋是难餍之饕
　　吸墨的衣袜则如野草日日沐春风
　　还有兆亿尘粒以等比级数在繁殖
　　一双螳臂该称道哪一层极限?
　　不周山原来像矮于身高的屋顶
　　稍一闪神便折断天柱缺了地维
　　瞧瞧电灯才复明水龙头又滴漏不停
　　可不是老三刚退烧老二就闹牙疼
　　那美丽的五色石只好昼夜赶炼
　　三分的人生早已注定了等于
　　一个永不止息的循环小数
　　零点三三三三三三三……
　　迨更深三小终告排成端正的品字
　　这才探首长吸一口室外的空气
　　恰巧瞥见无寐的恒娥也凭窗
　　她跟我说宁愿作伐桂的吴刚②

此诗把男性在"公共空间"所占据的位置比为"伐桂",他们这一符号地位是女性根本无法企及的,无论是婚姻内的"主妇",还是婚姻外孤单的"嫦娥"。因此,这首诗隐含着强烈的性别对立(sex-antagonism),以之为出发点,白雨要表达的是对传统角色的反思。

庄云惠

庄云惠,1963年生于台湾新竹县。她写诗和散文并从事绘画,出版有诗集《红遍相思》(1988)、《心似彩羽》(1990)、《绿满年华》(1994)和《岁月花瓣》(2007)。此外,她在大陆出版有《庄云惠诗选》(2008年)、散文水彩画集《花开

---

① 骆野:《三个女人共享一张脸》,《双子星人文诗刊》1999年第8期。
② 白雨:《主妇日记》,《一场雪》,1989年自印,第57页。

的声音》、新诗水彩画集《绿满年华》。庄云惠曾多次举办新诗水彩画个展及参与国内外水彩画展览,荣获优秀青年诗人奖、新诗创作文艺奖章、水彩画创作文艺奖章及中兴文艺奖章新诗奖。庄云惠是台湾诗人、画家王禄松先生的入室弟子,她的画艺、诗风、散文语言都受到师长的点染,如《回返》:

> 你说
> 寻遍千山万水
> 生命的唯一
> 竟是前世延伸的一个故事
> 点亮今生的一盏慧灯

庄云惠的语言富于叙述性和白描性,她善于用现代语言展现古典意境,难怪台湾诗人墨人称其诗为"现代闺阁体"。

蓝 路

蓝路,1976出生,出版有诗集《蓝路1996—1999》(1999)。她的诗有时诗题与内容完全不相呼应,但却能在空白处引人深思,如《夜之橘》的"想起了某一次夏季的逃亡/失速的风景",又如《隐喻》的"你适合一种纯粹似诗的真空/淡赭红色的/灵性"[①]。

布灵奇

布灵奇,1978年生于台北,台湾大学外文系毕业,爱丁堡英国文学系硕士,现旅居英国。出版有自印诗集《我和我破碎的诗》(1998)。她的诗意象甜美而充满跳跃,展现台湾当代社会破碎的内在图像。

江心静

江心静,本名江秋萍,1970年生于台北,政治大学毕业。曾任外文编辑、翻译、记者,现任蓝色空间文化出版社创意总监,中正大学清江终身学习中心、逢甲大学生命教育课程、台中文山小区大学讲师。江心静的创作以游记为多,她于1994年出版自印诗集《水光——八年藏诗集》以及诗与散文合集《候鸟返乡》(2003)。

吴 莹

吴莹,1969年出生于台湾花莲,静宜大学西班牙文系毕业,东华大学族群关系与文化所硕士。现任纪录片企编、执行制作。她曾获《联合报》文学奖新诗奖,出版过诗与散文合集《单人马戏团》(1994)。她的创作偏向短诗,以跳跃的意象,营造出魔幻而感伤的氛围,表现生命的碎片和伤痛。

栞 川

栞川,本名洪嘉君,1960年生于台南县,辅仁大学中文系毕业,师范大学

[①] 蓝路:《蓝路1996—1999》,台大诗文学社1999年版,第66页。

"国文研究所"结业。曾任文化出版社编辑,报纸、杂志花艺专栏作者,现任教于台北县立高级中学。《秋水诗刊》编委,秋水诗社网站驻站编辑。曾获盐分地带文艺奖、台湾优秀青年诗人奖、吴浊流文学新诗奖、"中国文艺协会"奖章等多项文学奖。出版诗集《在时间底蚌壳里》《饮风之蝶》《栞川诗集》《雨湿的情爱》等。栞川于2007年11月出版诗集《风之翼》,收诗作60余首。

心 笛

心笛是由台湾赴美的留学生,她是经济学和图书馆学的双硕士,曾在台湾政治大学和新加坡南洋大学当过老师,她的诗澄澈明丽、朴实典雅。她在诗中乐于表现日常生活,如她写了一系列厨事诗。她的诗可以算作传统的"闺怨诗"的现代发展,如"大雨已至/风声烦凄/纽约的尘埃死不去/栖头旅客空泣"(《纽约楼客》);又如"她提着一筐子的哀愁/到江边去抛丢"(《提筐人》)。

思 理

思理,本名沈丽华,1948年生于台湾基隆,辅仁大学历史系毕业,辅仁大学历史系硕士,美国印第安纳州圣母大学历史系硕士。曾任圣母大学、密歇根伟恩郡中文学校教员及教务主任,曾为密歇根侨教联谊会会长。思理创作的诗歌以英文诗为主,曾获华文著述文艺创作散文诗歌奖,出版有英文诗集 *"One Tenth of a Rainbow by the Setting Sun"*(2005)。

柔 之

柔之,本名邱俐华,1957年生于台北,台湾师范大学英语系毕业,美国印第安纳州立大学语言中心进修。柔之曾任书林出版公司中英编辑,现为自由译作者,并在多所小区大学兼任讲师。曾获梁实秋文学译诗组甄选奖,2003年出版诗集《驯顺的黑水仙》。

王学敏

王学敏,笔名奇恩、寻真,1958年生于台湾基隆,祖籍河南新乡,实践家专家政科毕业,曾任广告公司创意总监、华航企划处广告科科长、科技公司营运总监、建设公司副总经理等职。王学敏出版有诗集《敢爱敢恨》(1995)和《生活缠》(2002年)。

海 莹

海莹,本名张琼文,1949年生于台中。"中国文化大学"中文系文艺组毕业,为笠诗社及番薯诗社成员。曾任职海运公司,现为士莹公司负责人,作品曾获吴浊流文学奖、菊岛文学奖。著有诗集《敲窗雨》(1993)。

刘叔慧

刘叔慧,1969年生于台湾彰化,辅仁大学中文系毕业、淡江大学硕士。曾任《汉声》编辑、《历史》编辑和台北市政府新闻机要处秘书。现任明日工作室副总经理。她的创作以小说、散文为主,亦写诗歌,曾获"教育部"文艺创作奖、

《联合报》文学奖新诗奖。她出版有诗集《在你到来之前》(2003)。

王淑芬

王淑芬,笔名之襄,1961年生于台南,台湾师范大学毕业。曾任小学教务主任、辅导主任,现任小学美劳教师。王淑芬创作以儿童文学为主,在诗歌上则以儿童诗为主。曾获"教育部"文艺创作奖、台湾省教育厅儿童文学奖、洪建全儿童文学奖、海峡两岸少年小说童话征文优等奖等。王淑芬出版有诗集《如何谋杀一首诗》(1999年)和《背相机的旅人——新诗版》(2003)。

王诏观

王诏观,1967年生于台湾高雄,高雄师范大学中文系毕业,高雄师范大学中文系硕士学分班结业。现任高雄寿山中学教师。她常以日常生活入诗,以婚姻观照社会,曾获《台湾新闻报·西子湾副刊》年度最佳诗人、台湾新诗学会优秀青年诗人奖等。出版有诗集《花烛》(1997)和《王诏观短诗选》(1994)。

康逸蓝

康逸蓝,原名康阿勉,1959年生于台北,台湾师范大学中文系毕业,淡江大学中文系硕士。康逸蓝曾任淡水中学教师、东华书局、"国语日报"出版部编辑,作文班老师,旧金山培德高中、曼谷朱拉大学中文教师,淡水天生小学驻校作家。现专事写作,并为海峡两岸儿童文学研究会理事、乾坤诗社社务委员。她的创作以儿童文学为主,包括童话故事与童诗,她注重儿童阅读的启发性,曾获海峡两岸童话优选奖等。出版有诗集《周末·忧郁》(2007)和《今天这款心情》(2008)。她还有文学研究专著《明末清初剧作家之历史之历史关怀——以李玉、洪升、孔尚任为主》(2004)。

宋淑芬

从1994年就开始在《秋水》写诗的莫云,本名宋淑芬,1952年出生,台湾大学中文系毕业,曾任教于台中育英中学、居仁中学,为《秋水》诗刊的执行编辑。她的创作以小说为主,曾获梁实秋文学奖、"教育部"文艺创作奖、台湾省文学奖等。著有诗集《尘网》(1994)和《推开一扇面海的窗》(2008)。

陈艾妮

陈艾妮,本名陈莲涓,1950生于台北,原籍上海。台湾大学社会系毕业。曾任职商界、《艺术家》杂志主编、华视节目主持人、台视节目主持人,任《妇女文摘》《家庭与妇女》杂志的发行人兼总编辑。现为专业作家与画家。创作上以散文和诗为主,出版有诗集《书印家》(1991)、《天天生日快乐》(1998)和《永远年轻的旧情人》(1999)。

雪柔

雪柔,本名卢丽莺,1954年生于台北,原籍福建漳州,世界新闻专科学校编采科三专部肄业。曾任"国防部"心战处节目主持人、电视节目执行制作、秋水诗刊社社长、"中国新诗学会"理事、"中央电影公司"电视部制作人等。曾获台湾优秀青年诗人奖、金钟奖教育文化制作人奖、"行政院"文建会金带奖。现任台湾中山媒体中国区总台长。著有诗集《春天在旅行》(1990)、《春旅》(1993)和《销魂诗记》(2002)。

潘郁琦

潘郁琦,河北昌黎人,曾任《纽约明报》文艺副刊主编、休斯敦中文学校教师、美国《主流》月刊特约专栏、休斯敦华语电台文艺漫谈主持人,现旅居美国,负责华文教育机构及教学。曾获"交通部"观光文学奖、"教育部"文艺创作奖新诗奖、中外文协海外文艺奖等。出版有诗集《今生的图腾——潘郁琦新诗作品集》(1999)和《桥畔 我犹在等你——潘郁琦情诗选》(2003)。

蔡淑惠

蔡淑惠,笔名惠童,1963年生于台南,台湾大学外文系博士。曾任淡江大学英文系、实践大学英语系、"清华大学"外语系等兼任讲师。现任南台科技大学应用英语系专任副教授。蔡淑惠专长于文学理论、精神分析、现象学、神秘主义与影像等领域。曾获竹堑文学奖、台湾优秀青年新诗奖。在诗歌创作上,她尝试以长诗尝试摸索新的散文诗类型。出版有诗集《想望的高度》(2002)和《光与天空的温度》(2006)。她认为,诗歌是观照世界的温柔而孤寂的眼神,通过自我与世界的矛盾辩证,诗提升了灵魂的高度。

本章参考文献

邱贵芬:《后殖民及其外》,麦田出版社2003年版。

[美]凯特·米利特著,钟良明译:《性的政治》,社会科学文献出版社1999年版。

王宇:《性别表述与现代认同》,三联书店2006年版。

朱双一、张羽:《海峡两岸新文学思潮的渊源和比较》,厦门大学出版社2006年版。

[英]玛丽·伊格尔顿:《女权主义文学理论》,湖南人民出版社1989年版。

樊洛平:《当代台湾女性小说史论》,台湾商务印书馆2006年版。

詹明信:《晚期资本主义文化逻辑》,三联书店1997年版。

钟慧玲主编:《女性主义与中国文学》,里仁书局1997年版。

程风:《我想拔错了:说〈迷园〉中的花木》,《当代》1992年第73期。

王德威:《序论:性,丑闻与美学政治》,《北港香炉人人插》,麦田出版社1998年版。

郝翔誉:《情欲世纪末:当代台湾女性小说论》,联合文学出版社2002年版。

刘小枫:《现代性社会理论绪论》,三联书店1998年版。
曹惠民:《台湾"同志书写"的性别想象及其元素》,《华文文学》2007年第7期。
徐琇祯:《台湾当代小说纵论:解严前后(1977—1997)》,五南图书出版有限公司2001年版。
邱贵芬:《"(不)同国女人"聒噪:访谈台湾当代女作家》,元尊文化企业1998年版。
王德威:《落地的麦子不死——张爱玲与"张派"传人》,山东画报出版社2004年版。
张京媛:《当代女性主义文学批评》,北京大学出版社1992年版。
[英]安东尼·吉登斯著,赵旭东等译:《现代性与自我认同》,三联书店1998年版。
郑明俐主编:《当代台湾女性文学论》,时报文化出版企业有限公司1993年版。
梅家玲主编:《性别论述与台湾小说》,麦田出版社2000年版。
林水福、林耀德主编:《蕾丝与鞭子的交欢——当代台湾情色文学论》,时报文化出版企业1997年版。
刘亮雅:《后现代与后殖民:解严以来的台湾小说专论》,麦田出版社2006年版。
[美]葛尔·罗宾等著,李银河译:《酷儿理论》,文化艺术出版社2003年版。
刘登翰:《施叔青:香港经验和台湾叙事》,《台湾研究辑刊》2005年第4期。
邱贵芬:《日据以来台湾女作家小说选读》,女书文化事业有限公司2001年版。
王宇:《20世纪文学日常生活话语中性别政治》,《学术月刊》2007年第1期。
张瑞芬:《五十年来台湾女性散文·评论篇》,麦田出版社2006年版。
郑明荊:《从半掩到大开的散文扇面:当前散文走向》,"中国时报"1994年7月18日。
林悻谦:《九十年代台湾散文现象与理论走向》,《文艺理论研究》1997年第5期。
周翔:《现代台湾原住民女作家的身份认同:矛盾与抉择的呈现》,《民族文学研究》2007年第4期。
龙应台:《女子与小人——龙应台自选集》,上海文艺出版社1996年版。
[美]罗思玛莉·佟恩著,刁筱华译:《女性主义思潮》,时报文化出版企业出版有限公司1996年版。
[美]爱德华·萨义德著,单德兴译:《知识分子论》,三联书店2002年版。
孟樊:《台湾文学轻批评》,扬智文化出版社1994年版。
孟樊:《当代台湾新诗理论》,扬智文化出版社1995年版。

赖丽玉:《发声——悼彭师婉如》,胡淑雯等编:《坚持走完妇运的路》,女书文化事业有限公司1997年版。

钟玲:《现代中国缪司:台湾女诗人作品析论》,联经出版社1989年版。

江文瑜编:《诗在女鲸跃身击浪时》,书林出版有限公司1998年版。

封德屏编:《台湾现代诗史论》,文讯杂志社1996年版。

第十一章 21世纪初年的台湾女性文学

第一节 概 述

　　1990年代的台湾，尽管意识形态冲突对经济产生了负面影响，经济发展在波折中依然保持了相对平稳的势头，但进入新世纪后，政治对经济的阻碍作用凸显。2001年，台湾经济甚至出现了50年来的首次负增长，随后进入3％的低增长期。新世纪台湾政坛也发生剧烈动荡，2004年国民党下野，民进党执政。执政后的民进党，为了推行其各项"去中国化"的政策，刻意建构独立于"中国意识"的"台湾意识"，早在1990年代就已经泛滥的"统独"、蓝绿之争更加白热化。如果说1990年代政治领域的"统独"、蓝绿之争也波及女性主义运动领域，成为后者挥之不去的阴影，那么，新世纪初年，这一现象似有改观，女性主义运动似乎更加成熟，有了自己不受政治影响的独立诉求，与政党保持距离。在蓝绿对决的政治恶斗中，"妇女新知基金会"积极发起成立象征公平正义的"泛紫联盟"（又名公平正义联盟），以象征弱势的紫色为代表颜色，意在为弱势者和众多随时可能沦为弱势的受雇者发声，同时也与蓝绿阵营的代表颜色相区隔。妇女新知在推进1990年代的女性主义运动持续发展的同时，将这一运动的诉求定位于更切实有效的实际工作中，例如：2000年，妇女新知成立"原住民"妇女组，将本年度工作的主题定为"'原住民'妇运"年，将性别平等的理念向"原住民"族群推介；2001年，促使《两性工作平等法》最终获得通过，同年,妇女新知开始举办"玫瑰的战争"反性骚扰纪录片校园巡回放映;2003年,发起成立"泛紫联盟";2004年,"性别平等教育法"最终获得"立法院"通过,同年,妇女新知将年度工作主题定为"推动成立'行政院'性别平等委员会"(经过艰苦的努力,这一诉讼终于在当年获得兑现,"行政院"成立性别平等处);2006年,《性骚扰防治法》正式施行,依照此法,凡30人以上的公私机构都要成立防止性骚扰小组。除了切实有效推进1990年代风起云涌的女性主义运动持续发展外,新世纪女性主义运动还非常重视保卫妇运的成果,对执政当局通过的一些妇女权益保障法的实施进行密切的跟踪监督,如《家暴防治法》《性骚扰防治法》的实施都受到妇女团体的密切关注。

尽管1990年代末以来,在台湾思想文化领域,由于民进党执政当局的刻意提倡,"本土论述""台湾民族论"甚嚣尘上,形成一种新的主宰意识形态,乃至新的文化霸权,台湾知识界也陷入"何谓台湾""何谓台湾主体"的阐释与认同焦虑中。"解严"以来的台湾文学界继1970年代的乡土文学运动后掀起新一轮台湾寻根热,台湾本土叙事、"原住民"文学勃兴。在全球化时代强调文化的在地性原本无可厚非,乡土文学、台湾历史叙事对台湾乡土情怀的强调也有其合理性,台湾乡土情怀原本就是中华情怀不可分割的一部分,但现在却被一些别有用心的人上升到政治认同的高度,来营造分离性的台湾主体认同,女性文学也难免受影响。这股已经意识形态化的思想文化潮流一直延续至新世纪。

进入新世纪以后,正如上面所论述的,女性主义运动表现出对政治的疏离,新世纪的女性文学似乎也回应了这一特征,无论是创作和批评研究都表现出对各种政治意识形态的疏离。即便是施叔青的《台湾三部曲》(已经出版的两部《行过洛津》和《风前尘埃》)以及杨丽玲的《戏金戏土》,这样几部涉及台湾百年历史沧桑,从题材而言俨然可以归入1990年代以来台湾寻根热、本土论述中的作品,也更多地以女性主义历史观来呈现庶民百姓日常生活中琐碎、常态的历史,而更少政治影射。其实女性的乡土叙事已经有自己独立的主题,这点在上一章论述1990年代两部重要的本省籍女作家乡土叙事作品(即凌烟的《失声画眉》和蔡素芬的《盐田儿女》)时已作讨论。即便是1990年代以"后殖民"本土派立场重整台湾文学典律而著称的邱贵芬,也在其2003年出版的著名理论著作《后殖民及其外》中调整、检讨了自己原先的后殖民—本土论述的立场,客观地指出"如果我们站在以女性作家创作为主的观察位置来叙述台湾文学史,显然现有的台湾文学史述以殖民抗争为主轴的叙述并无法真正妥善处理女性文学,当然也就难以达成记录台湾文学多元丰富面貌的目标"①,彰

---

① 邱贵芬:《后殖民及其外》,麦田出版社2003年版,第71页。

显出女性文学观的独立性、自足性。新世纪初年,尽管台湾文学还是充斥着各种各样的政治话语,在男性书写中一再出现所谓"台北文学"与"南部文学"的分野、"台湾坐标"与"中国坐标"的对峙①,但女性文学却呈现出对各种政治话语的相对疏离。如果说,1990年代的台湾女性小说的最大特点就是情欲书写与泛政治化倾向,常常让情欲、身体越界,以身体、情欲这样的琐碎政治来影射公共领域的宏大政治,那么,新世纪初年的女性文学中女性主义诉求显然少了1990年代激昂尖锐泛政治化的倾向,回归更本色、纯粹的性别文化探求,追寻女性内心复杂深幽的自我及其与这个世界错综复杂的关系。

新世纪初年的女性散文依然延续1990年代六世同堂的格局,每一世代的作者在新世纪初年都奉献出不同以往的佳作,特别值得注意的是凌拂、阿宝等人的自然、生态散文;龙应台除了延续1990年代的文化批评、社会批判的散文路径外,也于新世纪初年推出充满中年沧桑感的《目送》《亲爱的安德烈》等书写亲情、日常生活深情隽远的系列散文。倒是90年代以书写女性议题、个人生活生命体验见长的简媜在新世纪初年出版的散文集《天涯海角》与《好一座浮岛》,开始介入社会历史宏大叙事领域,辛辣批判当下台湾社会种种乱象,追溯台湾历史,呈现出大散文的气象。在女性诗歌方面,女鲸诗社的四大编辑——江文瑜、沈花末、张芳慈、陈玉玲在新世纪依然有不俗的表现,如江文瑜诗歌中的情色书写,张芳慈的生态女性主义诗和客家语诗歌,沈花末、陈玉玲等人对女性的身体、欲望这些女性诗歌的传统议题的开掘。女鲸诗社创始人、90年代因小说《爱情私语》声名远扬的李元贞在新世纪诗歌创作中再一次大胆挑战父权文明的历史,提出"英雌"的概念来取代父权书写中的"英雄",李元贞在女性主义诗学上也颇有建树。此外,新新世代的诗人杨佳娴、杨久颖等人的创作以及校园诗歌的代表植物园诗社诗人们的创作也很突出。特别值得一提的是,除了传统形态的诗歌外,21世纪的台湾诗坛一重要特点就是网络诗歌取得重大发展,尤其是女性网络诗歌的大面积出现,扭转了女诗人长期以来边缘的诗坛地位。

新世纪女性戏剧延续了1990年代小剧场戏剧的传统,女同性恋题材的小剧场剧格外引人注目,如魏瑛娟推出改编自1990年代邱妙津著名的女同小说《蒙马特遗书》的《蒙马特遗书——女朋友作品2号》。特别值得一提的是王安祈对京剧女性意识的开掘,创作出前所未有的"女性京剧",以京剧这一具有浓郁父权文明特征的艺术形式来表现女性的议题。2005年,王安祈还将女同性恋议题引入古典题材京剧《三个人儿两盏灯》中,表现三个孤寂的唐代宫女之

---

① 古远清:《一道诡异的风景线——统独斗争影响下的新世纪台湾文学》,《天津师范大学学报》(社会科学版)2008年第3期。

间曲折幽暗的女性情谊,引起很大争议。在女性文学批评方面,新世纪初年的女性文学批评不约而同地对20世纪台湾女性文学创作与批评研究的总体面貌进行总结、评述,如梅家玲主编的《性别论述与台湾小说》(2000)集中呈现了一个阶段台湾女性文学批评的面貌,邱贵芬主编的《日据以来台湾女作家小说选读》(2001)收录了自日据迄当代的台湾女作家的20篇代表作品,约请台湾女性文学批评名家对每篇作品进行导读,既呈现了近一个世纪台湾女性文学的总体面貌,又彰显出台湾女性文学批评的总体面貌。此外,邱贵芬在新世纪重要的理论著作还有《台湾小说史论》(2007)以及《后殖民及其外》(2003)。新世纪初年活跃的女性文学评论家还有张小虹、刘纪蕙、钟玲、何春蕤等。

第二节　21世纪初年的女性小说创作

进入21世纪初年,平路的《蒙妮卡日记》、陈瑶华的《橡皮灵魂》、李季纹的《睡意》、成英姝的《女神》、梁慕灵的《故事的碎片》、张瀛太的《鄂伦春之猎》、张惠菁的《和平饭店》、苏伟贞的《日历日历挂在墙上》,以及杨丽玲的《戏金戏土》、李昂的《看得见的鬼》、朱天文的《巫言》等作品①,俨然一次女性主义议题的再出发。

平路的《蒙妮卡日记》取材非常新奇。单身女人欣如,由于童年匮乏,成年后又历经创伤性情感挫折,终于酿成无法弥补心理的缺失,将早年流产不存在的"女儿"纳入自己的身体与生活中,不仅在日常生活中替假想中的"女儿"安排一切,给她取名字——蒙妮卡(妮妮),为她购买各种各样的物品,让"女儿"随着时间慢慢长大,上小学、初中、高中;甚至还在心理层面上交替以母亲和女儿两种身份生活,她的身体里同时装着母亲和女儿,一体两面,构成她人格中的两个"自我",互相补充,以一种封闭自足的世界来对抗外部世界的冷漠与敌意。但这一切不见容于社会,偷窥他人隐私成癖的邻居,根据种种蛛丝马迹竟然编造了神秘的"杀女"事件,欣如成了一赃子虚乌有的"逆伦惨案"的主角接受警方的审问。《蒙妮卡日记》是一篇具有浓厚象征意味的心理小说,表达了女性的自我与这个世界的对峙。

陈瑶华的《橡皮灵魂》以第一人称视角叙述了一个少女离经叛道的成长经历。主人公徐如涓一方面是"一个文静优秀的模范生,一个涉世未深的少女",

---

① 这批作品或者入选世纪初年九歌出版社年度最佳小说选,或者被收入余光中总编、马森主编《中华现代文学大系:台湾1989—2003小说卷》(九歌出版社2009年版),是新世纪初年具有代表性的女性小说。

另一方面却充满恶的欲望、渴望性体验,最终处心积虑策划了一次"迷奸",让自己既享受了性快乐,又被当作无辜受害者而获得广泛的同情。令人惊惧的人格分裂,来自"身边表里不一的成人世界"长期的熏陶,"大人的世界多的是只能说不能做的事"。小说除了揭示大人世界的丑恶及其对孩子的毒化外,还有更深层的意义。首先颠覆了主流社会善恶观以及"好女孩""坏女孩"二元对立的定位,正是这样的刻板定位造成真实女性人生的桎梏,导致其畸变与异化。徐如涓自小就有自己惊世骇俗的善恶观:"对于善恶我们都应当以平等的眼光去看待,既不过分强调善行的优点,也不过分谴责罪恶,只有让两者得到平衡,我们才能生活在一个安定有秩序的社会里。"小说还深度叩问女性"自我",到底是我们的身体还是我们的灵魂才是我们真实的自我,并不是灵魂在操纵身体,而恰恰是反过来,前者才是被操纵的玩偶,是"一个橡皮灵魂"。小说思想的惊世骇俗,就连一向特立独行的李昂也认为,它"是在台湾这一波'女性书写'中少见的题材,从根本上颠覆了女性的身体与性,耸人听闻。"①

李季纹的《睡意》则探寻了中年女性人格中的"本我"与"超我"纠缠。主人公美莲人到中年,精神状况一直不好,陷入"一些无以名之的空洞,和那些无可奈何又无可宣泄的愤怒"②。美莲对自己的状况不甚了了,与家人、外部世界格格不入,终日沉湎于昏沉沉的睡意中。后来应邀从台北到美国盐湖城探望闺中好友宝华,发现比自己大10岁的宝华竟然整个人青春焕发,追问之下才知道原来是宝华新交了男友。美莲长久以来无以名状的情绪似乎找到明确的突破口,愤怒与不满油然而生,这是对自己的"人生什么也没有发生"的愤怒与不满,但美莲自己并没有意识到,情绪依旧处于冰封的状态中,直到一天在盐湖城意外停电事件中,美莲压抑已久的不满、怨恨全面爆发,这是"本我"对"超我"长期压抑的反抗。她精神几近崩溃,仓皇逃回台北。回到台北,美莲的"本我"再次回到冰封的状态,她再次回到沉沉睡意中,或者就在黑暗屋子里漫无目的地游走,对任何事情都没有意见,即便是宝华去世的消息她也无动于衷。小说实际上表现了女性,尤其是中年以后的女性,被世界拒绝、冷落之后那种局外人般的生存状态与精神状况。

成英姝的《女神》讲述一个神灵附身的现代恐怖故事。来自泰国的主人公琉花有着错综复杂的身世,自小就被印度复仇女神卡莉附体,行踪诡异,与许多死亡事件都有神秘的联系,后来突然出现在叙述人"我"与母亲的生活中,号称是"我"母亲同父异母的妹妹。不久为了替"我"报复背叛的男友,竟然误杀两个无辜的孩子。但琉花有自己的逻辑,因为孩子的父母表面上幸福和睦,其

---

① 李昂:《想象台湾》,李昂主编:《九十年小说选》,九歌出版社2002年版,第17页。
② 苏伟贞:《不甘停滞的原力》,《九十一年小说选》,九歌出版社2003年版,第15页。

实各自心怀鬼胎,母亲一直想杀死孩子来报复父亲。琉花就以这种决绝手段暴露这个家庭的真相。小说最后作者以惊世骇俗的逻辑肯定琉花行为的合理性——破坏的合理性,卡莉作为一个专事破坏的女神在印度会受到顶礼膜拜,那是因为"破坏有更广更深的定义,破坏就是生命,必须把蒙蔽真相的东西打破,才能看到事物的核心"。显然,作者在向主流社会道德与法律的底线进行挑战。

梁慕灵的《故事的碎片》是以时空倒错的方式将小女孩阿珠和母亲的人生场景进行重叠编码,就在母亲创伤性的性别经验中,女孩阿珠长大成人,她和几个妹妹一再轮回母亲的命运。小说一开始就说阿珠和母亲以及妹妹们住在"埃及的家",埃及的家并不真的在埃及,它实际上是个具有浓厚象征意味的意象,"令人联想到沉沉的金字塔,想到枯热的沙地,想到埋葬而不能死亡,活着而不能伸长"[1],影射着女人万劫不复的宿命。

进入2000年,台湾经济负增长,失业率居高,祖国大陆不仅成了淘金的新乐园,而且召唤起台湾民众的新认同。世纪之交台湾文坛最突出的现象是大陆题材的小说创作。年轻世代作家的作品中开始出现大陆题材作品,但这已然不同于久违了的"怀乡主题"。如荣获1999年《联合报》文学短篇小说奖第一名的张瀛太的《西藏爱人》,书写一位台北女子和一位藏族流浪诗人尼玛之间的刻骨铭心的爱情。新世纪之初,相近主题的《鄂伦春之猎》再次获得成功,获得2000年"时报"文学第二十三届短篇小说首奖。这篇小说写的是一位女副研究员寻觅神秘男子孟吉玛帕德的经过。除了表达对诡异瑰丽的大陆少数民族文化的向往、皈依外,这两篇小说都表现了这样的情节模式,即一个来自现代文明世界的女子对一个来自前现代世界、神秘男子的追寻。在这样追寻中,女性始终处于不断追寻(非追随)、游走的行动主体位置上,这样的情节模式是非常意味深长的,实际上是对西方现代父权文化传统对男性/文化/主动/自我、女性/自然/被动/他者刻板定位及其所隐含的权力机制的颠覆,暗藏着一种坚硬的女性主义立场。

张惠菁的《和平饭店》是在台湾岛内日益升温的"上海热"背景下产生的。写两个台湾男人小左和查理在上海的生活。小说一再将他们的境遇与攀爬金茂大厦的蜘蛛人进行对比,当查理站在金茂大厦八十八层楼上眺望上海,"心里充满了蜘蛛人的虚荣"。但是,远处"灰成一片的繁华"对他们来说是这样的不真实,蜘蛛人来自安徽,而他们来自台北,他们同样是上海的异乡人,一离开上海,"上海生活"就要"变成真实生活的反面,在记忆里,在对朋友的叙述里被编造"。上海,犹如一座魔岛,日新月异,永远只是记忆与想象之地,"下次来上

---

[1] 苏伟贞:《不甘停滞的原力》,《91年小说选》,九歌出版社2003年版,第32页。

海,上海会是什么样?"然而陌生的却不仅是上海,还有他们自己,"下次来上海的时候,他们自己又会是什么样?"小说已然表达了现代人深刻的自我认同危机,这种认同危机已然超越了上海、台北的地缘性,而具有本体的意味。

杨丽玲出版于2002年的长篇小说《戏金戏土》与施叔青的《行过洛津》一样,都是以某一地方戏剧剧种从大陆来台以及在台湾的发展来写台湾的历史。《戏金戏土》写作的年代稍晚,书写了日据以来台湾罗东宜兰地区一个戏剧世家的家族史,主人公尤丰喜在罗东地区从事戏院经营,在他的戏院上演过歌仔戏、台湾片、洋片、"国语"片,映射着台湾百年历史的变迁。小说还将汉语与台湾闽南语完美融合,创造出非常独特的书写风格。而施叔青《台湾三部曲》第二部《风中尘埃》则以日据时期花东"原住民"反抗日本殖民惨烈悲壮的"太鲁阁之役"为背景,叙述一段发生在"原住民"、客家人、日本人之间错综复杂爱恨情仇的故事。

李昂的《看得见的鬼》延续1990年代《迷园》的创作路线,再次以女性来映射台湾历史,借不同身份的女鬼的故事来勾勒台湾的历史。叙事一方面用压迫与反抗二元对立机制来表达所谓台湾"独立"的主体诉求,另一方面又呈现出台湾与大陆之间如影随形、难以割舍的文化、心理认同,反映了世纪初日益嚣张的"台独"言论之下台湾人在认同上的尴尬与犹豫。小说除了表现李昂一贯的情色与血腥的主题外,也表现了女性博大的本能与潜能、多元流动的身体空间。李昂在世纪初年另一重要作品是她写作六年之久的长篇饮食小说《鸳鸯春膳》,这是她近年来最温柔的小说,标志着她创作风格的转变。在这部作品中她借美食来体会人生的五味杂陈,以食物为隐喻,谈台湾社会生存的关系,表现饮食与权利、欲望、政治、社会、阶级、性别等等难以分割的关联。《鸳鸯春膳》连同她出版于2002年的散文集《爱吃鬼》以及林文月的散文集《饮膳杂记》等共同掀起一股不小的饮食文学风潮。

一、苏伟贞《日历日历挂在墙上》与朱天文《巫言》

苏伟贞的《日历日历挂在墙上》(九歌出版社2002年年度小说奖)与朱天文的《巫言》的一篇(其中《巫时》获九歌出版社2003年年度小说奖),可以说是探寻女性自我及其与这个世界关系的两个非常怪诞的文本。

苏伟贞的《日历日历挂在墙上》实际上是小说集《魔术时刻》中的一个短篇,小说讲述了一个荒诞的故事。小说的主人公冯老太太在丈夫有了外遇一去不返后,开始记日记。她将日记写在挂在墙上的日历纸上,一年又一年她的日记被儿女们装订成册,恭敬地收藏起来,但这一切不过是表演孝心的仪式,日记即便偶尔被翻阅,小辈们不过是将其作为备忘录,注意力也只在日历而不是在日记。日记对家人毫无意义,但对老太太自身却意义非凡。在日记里她依然生活在过去的"美好时光"中,冯家桂花飘香,到处充满老爷的气息,她和老爷相敬如宾,儿女们孝顺和睦,他们除了四个男孩外还有一个心爱的女儿。渐渐地老太太开始分不清真实与虚构,"对于双手创造一段不存在的历史,老太太浑然不觉"。她似乎更愿意生活在日记中,在现实生活中犹如游魂,"离大家越来越远,而离日记越近"。不再是她在记日记,而是她在跟随日记,日记在决定她的生活。"不久,老奶奶在日历上选定一天,'跟着走了',片面宣告于人间消失。"她忠实地跟随日记中的安排,停止了写日记,进入恍惚状态,"她迅速进入选择性的失忆症的另个阶段,仿佛权当自己死了"。不久,家人也权当她死了,提起她用的都是过去式,亲戚们甚至当着她的面用一种追悼语气谈论她。一如行尸走肉的冯老太太,其肉身却依然生命力顽强地活动着,每天绝对不忘撕日历。

这个荒诞的故事从内容到形式都充满女性主义意味。首先在现实层面上,它揭示了父权社会中女性的真实处境。父权制度重视的是女性的角色位置,而她的个体生命则被严重忽视。尽管在丈夫走后,冯老太太作为母亲、婆婆表面上依然领受着体面的尊荣,但没有人会去关心她作为一个人的个体生命状况以及她的内心世界。儿孙们天天看到她站在那里写日记,却从不关注她到底写了什么。冯老太太选择在挂在墙上的日历上记日记,就是对这种漠视的反抗。这种反抗实际上是双重的,书写日记行为本身也是对这种漠视的反抗。于是便进入了文本的象征层面——书写/语言之于女性存在的意义——写日记对于冯老太太就是一种发声、一种宣告自我存在的方式。这样的细节让人想起1990年代平路小说《百龄笺》中另一个老年女性的书写行为——百岁宋美龄日复一日地伏案写信。在西方的父权传统中,笔是阴茎的象征,"这种阴茎之笔在处女膜之纸上书写的模式参与了源远流长的传统创造"①。在父权文化传统中,书写一向都被认为是男性的行为,而女性则是被书写的空白之页,女性的书写行为因而有了非同寻常的意义。在书写中,冯老太太按照自己的意愿重新组织生活、创造生活,不仅创造一个女儿,还创造一个崭新的老爷。在现实生活中冯老爷决定冯老太太的生活,而在日记里,冯老太太的书写决定冯老爷的生活。甚至于大家的生活,不是书写在跟随生活,而是生活在跟随书写。先有了冯老太太书写中虚构的"女儿"冯冯,后才有真实的阿童被送到冯家;先有了日记中冯老太太"选定一天",后才有生活中冯老太太自行宣告"于人间消失"。老太太有意按日记的逻辑来生活("选择性的失忆

---

① [美]苏珊·格巴:《空白之页与女性创造力问题》,张京媛:《当代女性主义文学批评》,北京大学出版社1992年版,第165页。

症"），大家也接受这种逻辑。女性以这种苍凉荒诞的方式来完成对自我生命的主宰。

这篇小说新奇的结构同样充满女性主义的意味。小说在叙述冯老太太的故事间隙毫无过渡地插入西蒙·波伏娃在1947—1964年写给美国芝加哥小说家纳尔逊·艾格林的越洋情书、沈从文《边城》中有关翠翠的描写以及作者自己对这种描写的评价。这种后现代式的混搭拼贴，营造出非常丰富的互文语境，①大大拓展了文本的表现空间。冯老太太不停地写日记，翠翠长久地沉默、沉湎于青山翠竹间，波伏娃延续17年的独语般的情书；冯老太太生活在自己的日记中，翠翠生活在自己的世界中（没有人了解这个世界，哪怕是爷爷，《边城》在潜在层面上恰表现了这个世界与河街世界的隔膜，正是这样的隔膜造成了翠翠的悲剧），波伏娃生活在自己营造的爱情中（与纳尔逊无关）。穿越时空界限的三个女性的不同行为，共同见证着女性作为父权文化的异乡者的共同的宿命——孤独、寂寞，谁也无法走进她的内心世界，这个内心世界是自足，也是无援的，她生活在这个世界中，无视外部世界的流转变化，并以此来抵抗外部世界。

朱天文的《巫言》同样在荒谬情境中表现女性面对这个世界的苍凉与宿命。继《荒人手记》获大奖之后，朱天文沉寂多年，终于在2007年发表了写作七年之久的20万字长篇小说《巫言》。《巫言》是朱天文迄今为止在新世纪最重要的小说，小说分为《巫看》《巫时》《巫事》《巫途》《巫族》五篇，各自可独立成章，并无密切关联。其中部分章节曾以短篇小说的形式发表，例如第二章《巫时》就包括短篇小说《巫时》《E界》等内容。阅读《巫言》似乎要从书的封面开始。书的封面即是朱天文书房的一角，两支笔，其中一支秃笔随意搁置在稿纸上，窗外是一片浓绿的树荫，这就是完成《巫言》之所在，似乎也说明了《巫言》正是非常随意地记录了作者随时空与心境自由流转之所见所闻所经历、所思所感所议论。小说处处流露出作者生活的痕迹，出现的人物如前社长、老板、乔舒亚党、李摩西、阿舍先生、第三党党魁等，事实上影射着父亲朱西宁，导演侯孝贤，政治人物陈水扁、李登辉、连战、朱高正等，"假装结婚的妹妹"更明确地就是朱天心，"写字的鬣蜥"就是朱天心的丈夫谢材俊（唐诺）。一部近似自传的小说命名为"巫言"是有其深意的。朱天文显然以巫人自居，这样的身份定位以及小说所表现出的叙述视角，都有着明确的性别意味。我们知道，古代称女巫为巫，男巫为觋，即巫乃"女能无形以舞降神者"。如果说，现代化的过程就是一个不断对自然祛魅的过程，现代社会正是一个神性隐失的时代，女性

---

① 这种混搭拼贴的结构也是1990年代以来台湾女性小说常见的结构方式，朱天文的《荒人手记》、朱天心的《古都》等作品中也常用到。

由于一直作为父权文明的"他者",因而被认为更多地保留了神秘的与自然沟通的能力,朱天文公然以"巫"自居,正是对这种神性的召唤。正如她自己所言:"我好像活在一个泛灵的世界里,连塑胶都有灵,这种人是不是畸人,几近乎精神病?"①《巫言》正是一场舞动文字与神灵沟通的精神漫游。在写作小说期间,朱天文隐居幽僻老宅之中,收容流浪猫狗,不使用计算机,不接触电视,甚至几乎不上街,离群索居,以身体的与世隔绝来获得对世事人生的神秘感悟。自西方现代性萌生以来,在其理性逻辑中,女性与自然总是互相指涉,"在十六、十七世纪西方现代性的开端,自然和女人就曾被当成异于人类'他者性'的象征,被认为应当受到新的资产阶级男性科学和技术理性的操纵和利用"②。朱天文公然以"巫"自居,正是以"非理性""感觉""经验"来反抗、颠覆技术理性、现代逻各斯中心世界。正如1990年代《世纪末的华丽》中米亚所预言的:"有一天男人用理论与制度建立起的世界会倒塌,她将以嗅觉和颜色的记忆存活,从这里并予之重建。"

相对于《世纪末的华丽》,《巫言》对"逻各斯中心"的反抗突出地表现在时间上。小说的第二部分《巫时》写到"我"作为E时代(电子时代)的"伯母恐龙"与这个时代格格不入,甚至连传真纸用完了,也不愿到街上买,"街上,这么远的街上,不是十五分钟远,而是三百万年远",以致一再拖延信息的收发。"如果说,时代以'快'为特征要求人们对其服从,那么,'我'对'快'的拒绝,就意味着'我'对'时间'控制人的反抗。"③对这个资讯爆炸时代的拒绝,表明"我"是个时间之外的人。现代性首先是一种进化论线性时间观念,《巫言》从内容到形式处处表现出对这种线性时间观的瓦解,不仅没有虚构的完整的故事情节,甚至也没有完整的思想情感脉络,时间空间零乱错置,对经验的整体性、连续性的中断,对碎片化的生活场景、对物的迷恋,结构上不断地离题、中断线索、枝蔓繁多等等。尽管如此,比起《世纪末的华丽》,《巫言》的"反抗""拒绝"的意味还是消减了许多,更多地表现为对内心的持守和对宿命的认同(这样的宿命在《荒人手记》中已初露端倪)。这种意味也表现在贯穿小说第一章《巫看》首尾的意象"菩萨低眉"上,"怕与众生的目光对上,菩萨于是低眉"。后来在一次访谈中朱天文进一步解释道:"菩萨低眉呢,一向是说慈悲……但我个人经验,哪里是慈悲,根本是自保。"

朱天文曾非常独到地看到博尔赫斯的小说中"除了细节和紧密联结的局

---

① 舞鹤:《菩萨必须低眉——和朱天文谈〈巫言〉》,http://www.douban.com/group/topic/1038274/。
② 王宇:《性别表述与现代认同》,三联书店2006年版,第90页。
③ 刘俊:《时空变形后的人间生态及其意义——论朱天文〈巫时〉和〈E界〉》,《上海文学》2005年第1期。

部细节以外,别无其他任何东西"①。这句话也可以用在她自己的《巫言》上。《巫言》在艺术表现上完全摒弃传统小说概念,以致要想概括它的内容、主题意蕴都非常困难,在《巫言》中,朱天文并没有告诉我们什么,也不想告诉我们什么,她只是在呈现,一如她在短篇小说《巫时》获2003年最佳小说奖的获奖感言中所引的那段本雅明的话,小说家"不再知道如何对其所最执著之事物做出适合的判断,其自身已无人给予劝告,更不知如何劝告他人。写小说是要以尽可能的方法,写出生命中无可比拟的事物……"②这实际上一直是朱天文的文学观念,不过在《巫言》中获得极致的表现。

二、施叔青《台湾三部曲》及其他

施叔青在新世纪初的重要作品有《两个芙烈达·卡罗》(2001)和《台湾三部曲》的前两部,即第一部《行过洛津》(2003)与第二部《风前尘埃》(2008)。《两个芙烈达·卡罗》采用介于游记和小说之间的跨文体文本。它一方面是1997年施叔青在南欧各国旅行的见闻纪录,另一方面又以墨西哥女画家芙烈达·卡罗(Frida Kahlo,1907年7月6日—1954年7月13日)③的生平遭际为中心展开关于女性、国族、阶级等话题的讨论。墨西哥女画家芙烈达·卡罗被西方女性主义者推崇为20世纪最伟大的女艺术家,她传奇而坎坷的一生、桀骜不驯的个性、悲剧性的命运以及复杂迷离的文化身份显然为施叔青一向执著探索的女性主义诸多命题提供了恰当的言说起点。书名"两个芙烈达·卡罗"意味着芙烈达·卡罗的艺术融入了两种力量——女性的两个自我,象征着作为墨西哥人的芙烈达·卡罗和作为有着西班牙血统的芙烈达·卡罗,这其中涉及关于性别、国族、阶级之间错综复杂的纠葛。事实上这也正是施叔青对自身不断迁徙、游移的文化身份的一种探寻。因此有评论者指出,"激情澎湃、纵横捭阖、思虑深沉的《两个芙烈达·卡罗》,又可视作施叔青的半自传性的心灵史"④。

施叔青总是在游走,尽管故乡的风物人情、故乡的沧桑历史不断走进她的

---

① 舞鹤:《菩萨必须低眉——和朱天文谈〈巫言〉》,http://www.douban.com/group/topic/1038274/。

② 朱天文:《获奖感言》,林秀玲主编:《九十二年小说选》,九歌出版社2004年版。

③ 施叔青在多年前曾于纽约一家书店偶见女画家芙烈达·卡罗的画册,带给她极大的震撼。这次来到和女画家有着深厚文化渊源的南欧各国再一次激发了她与女画家的精神的共鸣。

④ 白舒荣:《临镜顾影呈现自己的投影——施叔青的〈两个芙烈达·卡罗〉》,《华文文学》2006年第3期。

小说,并且在全世界游荡了四分之一世纪后又回到了故乡台湾,但从文化身份而言,施叔青并不是传统意义上的乡土作家。虽然1970年代离开台湾去了美国,写了一个又一个在美国的中国人的故事,入籍美国使她在政治身份上成了美国人,但在文化身份上她却又不像汤婷婷、於梨华那样算美籍华人作家。居停香港16年,作品进入香港文学史,但在香港文坛上人们习惯于在她的香港作家身份前面加上"台湾来的"四个字修饰。这便是施叔青文化身份上暧昧,她好像不属于谁,但又都属于谁。① 其实,文化身份的探寻一直是施叔青写作的一个非常内在的动机,正是这一动机激发起她创作《香港三部曲》的历史书写欲望。实际上,1994年当施叔青决定回台湾之时,已经有了写作《台湾三部曲》的明确目的。写完香港的故事,2000年施叔青搬到纽约生活。在纽约,完成《两个芙烈达·卡罗》创作之后的施叔青,遥望家乡鹿港,一头扎进台湾历史,动笔写作《台湾三部曲》第一部《行过洛津》②,从而延续她以小说演绎历史,探寻身份的创作理想。

洛津(鹿港旧名)是祖国大陆移民最早登陆、垦殖台湾的地方,也是自1784年(乾隆四十九年)开放海禁后第一个与泉州蚶江对开航船的港口。但《行过洛津》并没有描写最初的开拓和垦殖而直接叙写洛津在嘉庆、道光、咸丰三朝间移民社会进入稳定定居阶段后农商贸易的繁华兴衰。洛津的繁华兴衰史以一个底层的小人物,泉州泉香七子戏班艺名月小桂的男旦许情半生的经历为主线连缀而成,这显然是延续《香港三部曲》以小人物妓女黄得云连缀香港百年沧桑的写作路径。

小说一开篇写当年红极一时的男旦许情,以一名鼓师的身份第三次渡海来洛津,洛津港已被沙淤,只能从芳仔挖(方苑)港上岸。当他抵达洛津时发现眼前的一切与第一次到洛津的所见所闻简直有天壤之别,接着以倒叙的方式叙述许情前两次来洛津及一次到台南府的经过。围绕着泉香七子戏班的到来以及戏班童伶月小桂的遭遇,洛津社会三教九流、官商庶民、各色人等、各种人生盘根错节、彼此纠缠。从社会最底层的优伶娼妓——泉香七子戏班的男旦月小桂、玉芙蓉、后车路如意居艺旦珍珠点、"妙音阿绾"花月痕,到执掌洛津社会经济命脉的暴发户们——泉郊首富石烟城、南郊巨贾乌秋,再到处于社会最上方的官僚阶层——海防同知朱仕光、开埠以来第一位洛津举子陈盛元等等,作者为读者勾勒出一幅清代洛津社会的"清明上河图",这幅"清明上河图"中最值得一提的是作者对"民俗台湾"的呈现。随同大陆移民携带而来的汉民族

---

① 刘登翰:《施叔青:香港经验和台湾叙事》,《台湾研究辑刊》2005年第4期。
② 施叔青:《行过洛津》,时报文化2003年版。2004年12月台湾"中国时报·开卷周报"公布2004年中文十大好书评选结果,《行过洛津》榜上有名。

文化在台湾的传承,实际上沿着两条互相渗透又互相抵牾的渠道。一条是以仕人为代表的来自官方的精雅文化,另一条是以俗民为代表的来自下层民间的世俗文化。① 施叔青显然更感兴趣于第二条路径,细致地描写了械斗,包养男宠,堪舆风水,摆史讲古,庙会科仪,歌仔戏,布袋戏,小脚文化,平埔族,高山族的生活习俗等世俗文化。但作者并非要用史料生硬堆积出一幅民俗大全,而是借流散于乡间俚巷的民俗,呈现出一幅既藏污纳垢又生机勃勃、异彩纷呈的草根民间世界。将历史日常生活化、琐碎化,从而质疑大历史中的政治风云、权力更迭,这也是施叔青为何总是要以妓女、优伶这样的底层人物来承载自己的历史叙述的原因。民俗的形成意味着移民社会的稳定、日常生活的绵延,相对于变幻莫测的政治风云,这才是历史的常态,弥合着历史的创痛,成就着历史的延续。也正是这样久远的民俗演绎见证了两岸文化的同源同宗,书中的民俗描写紧扣全书文化认同的主旨,如正月十九太阳星君诞辰祭拜习俗、"妙音阿绾"在府城梦蝶楼学艺先饮墨水,尤其是书中详细描写的在闽粤广为流传并成为闽南梨园戏经典的《荔镜记》(《陈三五娘》)过海来台的演出经过。《荔镜记》在小说中反复出现20次,包括演出《荔镜记》的七子戏班的组成、悲欢离合的剧情、演出时的盛况、洛津街头俚巷的浅唱低吟、同知朱仕光对《荔镜记》俗本情节的删改,无不折射出泉州作为洛津的文化原乡、洛津作为清代中国的一个特殊部分、台湾文化作为中华文化支脉这一历史文化身份的坚定认同/建构。

围绕着《荔镜记》,小说还表现了以仕人为代表的来自官方的精雅文化对以俗民为代表的来自下层民间的世俗文化的粗暴的干涉与压抑。同知朱仕光认为《荔镜记》表现淫奔丑行有失风雅,一心将其改编为"教忠教孝",对泉州方言俚语一窍不通的朱仕光本着造就一个《荔镜记》洁本的目的,对其中粗鄙、色情的方言对白蛮横删改,大大损伤了这部作品的魅力。因为方言作为一种草根民间的原生态语言,尽管粗俗,甚至粗鄙,但往往蕴含着民间最原初蓬勃的生命体验,这是精雅文化无法做到的。具有讽刺意义的是,朱仕光自己最终也无法抵制戏子们"不洁"的精彩演出,与伶人、戏子、草民百姓一起沉湎于俗本《荔镜记》所传播的情色欲望中。这样的叙述并没有构成简单的二元对立,并没有如有的评论所认为的那样表现的是大陆文化对台湾本土文化的压抑。相反,在施叔青的叙事中,精雅文化/俗文化、大陆/台湾、官方/民间、压抑/被压抑这样的二元对立恰恰是要被解构的。"潜意识里,我以小梨园七子戏为题材,有一个深沉的理由,晚近台湾重视本土、乡土文化,原本无可厚非,然而,如果是只以俚俗乡野的民俗、俗文化以偏概全,以为歌仔戏、布袋戏等于台湾戏

---

① 刘登翰:《施叔青:香港经验和台湾叙事》,《台湾研究辑刊》2005年第4期。

曲的代称,不仅有失公允,而且绝非史实。"①梨园戏原本属于精雅文化的范畴,梨园戏《荔镜记》在闽南、台湾地区的流行充分体现精雅文化、俗文化之间的融合,不再是界限分明的二元对立,而是你中有我、我中有你。由此可见,透过《荔镜记》的书写,施叔青坚守文化原乡溯源的同时,也表现了对台湾文化、族群身份复杂性的呈现,这也是这部小说值得我们注意的地方。

《行过洛津》延续了《香港三部曲》将文化身份的建构与性别身份相纠缠的策略,但值得注意的是,在这部小说中,性别身份与文化身份之间的复杂纠葛被承载于男性人物身上。②许情15岁第一次入台演戏,就被南郊顺应兴掌柜乌秋看重。乌秋以雕刻盆景的方式将他雕刻得比女人还女人,供自己亵玩。许情并不反抗,"只要乌秋开口,许情愿意离开戏班和他在洛津厮守下去"。许情似乎相当认同这个被强加的女性性别,并且以女性的身份与歌女阿绾之间产生同性恋情/姐妹情谊。就在这多重错置的性别情境中,许情在与阿绾一同上演《荔镜记》时,渐渐对她产生了一种欲望,尤其是在偶然一次与阿绾同照镜子时,镜中出现怪诞的镜像,就在与镜像互相凝视的瞬间,许情的心与身产生分离(这是对拉康镜像阶段理论的绝妙演绎),他惊奇地发现自己与阿绾并不是同类。此后,尽管他在阿绾面前依然保持女装,但却渐渐对她产生了一种欲望,他的性别意识觉醒了。演完戏后许情回到了泉州,却一次又一次重返台湾寻找阿绾,虽然最终没有找到阿绾,但当他看到自己当年无意中种在阿绾门前的花椒树如今已长得亭亭如盖,他决定留下来定居洛津。也就是说,许情只有在性别觉醒后才产生对洛津/台湾的土地认同,性别认同与土地认同深刻纠缠。③但洛津这块土地与许情的性别认同之间的纠缠却不是单一的,而是多元的。正是在洛津这块土地上,许情由男性被变成女性,也是在这块土地上他再由女性回到男性身份,这种流动的性别认同要折射的正是洛津/台湾诡异多变的历史所造成的主体认同上的流动性与复杂多面性。

作者还超越单纯的女性的视角对男性的性别霸权进行尖锐的批判,揭露了男旦鲜为人知的悲惨人生。他们虽然身为男性,但由于社会地位低贱,他们不仅不能分享父权社会赋予男性的特权,甚至还要出卖自己男性身份来换取生存的资源。从童年裹脚开始就被按照男性中心对女性的性愉悦期待来调教,被调教得比女人还女人,供那些有权有势的男人亵玩,一旦失去以身体取悦于人的条件,他们便被弃如敝屣,甚至比那些人老珠黄的女优伶更惨。许情

---

① 施叔青:《台湾长篇小说创作者经验谈:长篇有如长期抗战》,《文讯》2006年5月。
② 女性主义叙事的惯例常常是将这一切承载于女性的性别境遇上,例如施叔青自己的《香港三部曲》以及妹妹李昂的《迷园》。
③ 羊子乔:《从性别认同到土地认同——试析施叔青〈行过洛津〉的文化拼贴》,《文学台湾》2007年第62期。

一过 16 岁、长出喉结、变声,身价立即一落千丈,沦落为一个不名一文的鼓师。如果说,《香港三部曲》在意的是性别霸权与种族霸权之间的同构,那么,这篇小说在意的显然是性别霸权与阶级霸权之间的同构。

小说在结构上共分七卷,每卷四节,洋洋 30 万字。表面上看似乎延续了《香港三部曲》以一个底层小人物来发现大历史的叙事套路,但又有所不同。《香港三部曲》中黄得云从沦落到发迹的神话、通过屈辱地出卖自己来获得发展的吊诡人生境遇成了香港殖民地历史的典型写照,而且黄得云及其儿子、孙子、重孙女四代人贯穿全书,亲身参与了香港百年的殖民历史中种种重大历史事件。许情作为一个从泉州过海来洛津演戏的戏子,作者只是通过他先后于嘉庆中叶、末年和道光初年三次来台的经历,以一个"行过洛津"的旅人、外来者的视角来看洛津五十年的兴衰——从万商云集、百富竞奢的繁华热闹到后来港口淤塞的败落萧条,又从洛津的历史透视台湾的移民史。① 但许情本身并没有成为叙事的中心,很多时候他处于旁观、边缘的地位。施叔青似不重视完整的故事情节,而更重视场景的呈现,从散乱、驳杂、碎片化的场景中呈现洛津的历史,这是一种典型的后现代的历史观,也是对主流历史叙事中的"大河小说"结构模式的有意颠覆。② "如果说《香港三部曲》是几近于由点(黄得云)划成线(黄氏家族)地来结构香港的殖民史、社会史,那么,我们从《行过洛津》看到的更几近于中国绘画的'散点透视',几组不同的人物跳跃式地穿插于不同时空的生活,风俗画地展现社会生活的'面'。"③ 这个"面"正是以个体面貌出现的庶民群体的形象,不是《迷园》那样以豪门大族兴衰来折射洛津/鹿港的历史,也不是《香港三部曲》以个人的传奇来连缀香港百年沧桑,而是真正的庶民百姓日常生活中琐碎的历史。也许这才是历史的真正面目。

2003 年,施叔青受邀至花莲东华大学任驻校作家,这段生活给了她创作《台湾三部曲》第二部《风前尘埃》的灵感。小说叙述日据时期的花东一段发生在"原住民"、客家人、日本人之间错综纠葛的爱恨情仇故事。台湾东部"原住民"居住的山林地带蕴藏着大量日本殖民者需要的宝贵资源。日本占据台湾后不久,即开始制定对东部山区"原住民"的征服计划——所谓"理蕃政策",一方面对"原住民"进行几近灭绝的讨伐,另一方面又源源不断地从日本移民到花莲,彻底实施日本化。这使得"原住民"的生存和文化传承都面临灭顶的危机,必然引起"原住民"的激烈反抗。小说叙述以著名历史事件、惨烈悲壮的

---

① 清中叶以后台湾流行所谓"一府二鹿三艋甲"的民谚,可见洛津之于台湾的意义。
② "大河小说"原是法国文学中的一种形式,特指那种多卷本、叙事具有连续性、演绎现行历史发展的鸿篇巨制。20 世纪台湾文学中出现多部描绘台湾历史画卷的"大河小说",如钟肇政的《台湾人三部曲》,施叔青显然有意要挑战这种"宏大叙事"结构模式。
③ 刘登翰:《施叔青:香港经验和台湾叙事》,《台湾研究辑刊》2005 年第 4 期。

"太鲁阁之役"以及日本殖民总督佐久间左马太任内的殖民统治为背景,叙述的中心与叙述的主人公既不是"原住民",也不是客家人,而是一个日本移民/殖民家庭。名古屋和服绸缎庄的小伙计横山新藏为了出人头地携妻子横山绫子应征来台,在吉野移民村当警察,尔后参加讨伐太鲁阁之役,打完仗被提拔为山地部落立雾山警察驻在所巡查部长。横山夫妻上山就任前将女儿横山月姬留在移民村托人照看。后来,横山绫子因不适应山地气候与生活习惯返回日本,此后再也没有踏上台湾土地。横山新藏另娶太鲁阁部落头领之女为妾。而在移民村长大的女儿横山月姬则与太鲁阁抗日英雄哈鹿克·巴彦相爱,并怀有他的孩子。横山新藏逮捕并处死了哈鹿克·巴彦,要女儿嫁给三井林场的山林技师安田信界,横山月姬违背父亲的意愿逃婚,怀着哈鹿克·巴彦的孩子暂避客家人范姜义明的摄影店中。范姜义明爱上了横山月姬,但不久横山月姬不辞而别并于战后回到了日本,化名真子。多年之后,横山月姬故去,她的私生女无玄琴子早已长大成人,并开始一步步探究自己的身世之谜。历史便在这样的探究中渐渐复现。

《风前尘埃》通过细致的叙述呈现了那段惨烈、悲壮而又鲜为人知的历史,然而值得注意的是,该小说以多层次、复数形态的历史叙述代替了对这段历史的主流叙述中常见的殖民—被殖民、加害—受害、强—弱、胜—败简单的二元对立,而复现了更加细致、更为复杂的历史情境。侵略战争发动者、入侵者、加害者同时也可能是战争受害者。正如南方朔所言:"'征服—被征服''认同—自我分裂''受害—加害''迫害—野蛮'这些自古以来的历史课题已被镶嵌进了更复杂,更细致的架构下而一层层展开。"①无论是横山新藏还是佐久间左马太都难以逃脱自身的宿命。佐久间左马太作为殖民总督,凶狠强悍,但在讨伐太鲁阁之役中,坠落悬崖身负重伤,一年后死去,而他所笃信并为之献身的"八纮一宇"大日本帝国,终于在1945年化为风前尘埃。"风前尘埃"的意象原本取自日本平安朝诗僧西行和尚的句子:"诸行无常/胜者必衰/骄纵蛮横者/来日无多/正如春夜之梦幻/勇猛强悍者终必灭亡/宛如风前之尘埃。"施叔青以"风前尘埃"为小说题名预示着由杀伐、征服、掠夺构成的男权历史的虚妄,必将化作风前之尘埃,随风而逝。在历史中留下的恰恰是那些被视为蝼蚁草芥的卑微个体的吃喝拉撒、生老病死。作者细腻描写庶民的风俗文化、节庆、衣饰、饮食,正是在这样的"繁文缛节"中,对历史的叙述变得有血有肉。其对战争的叙述也是建立在日常细节上,通过服装、身体、感官来呈现,如佐久间左马太总督官邸表现暴力美的雕饰,无玄琴子参与策划的战时织物展上所展出

---

① 南方朔:《透过历史天使的悲伤之眼:〈风前尘埃〉推荐序》,施叔青:《风前尘埃》,时报文化出版企业2008年版。

的当年的和服,竟然精美地编织着侵华日军杀戮轰炸的图景。战争被穿在身上,杀戮、征服成为装饰日常饮食起居的图案,这样的细节也让我们看到,日常生活"琐碎政治"在抵制"宏大政治"的同时也深受其污染和强暴。《风前尘埃》的历史叙事显然进入更深一层面。

如果说《行过洛津》是以一个男人流变的性别身份来折射台湾历史所造成的主体认同上的流动性与复杂多面性,那么,《风前尘埃》则通过女人复杂流变的族群身份来表现历史的吊诡。横山新藏原本是要去征服太鲁阁人的,但他的女儿却反被太鲁阁人征服。横山月姬是日本人,可却是个被认为次一等的"湾生"日本人,还是个和"蕃民"私通生女的低劣日本人。战后回到日本,她隐瞒自己的真实身份,化名"真子"。真子晚年长时间沉湎于恍惚幽暗中,暗示着其身份的无名与尴尬,真假难辨。真子的女儿无玄琴子,一方面承袭日本殖民者横山新藏的血脉,另一方面又流淌着抗日英雄哈鹿克·巴彦的热血,"肤色暗哑身份不明"。与"香港三部曲"相似,小说再次颠覆了后殖民论述中的男人/女人、殖民者/被殖民者这一权力结构,呈现出性别与历史、族群之间复杂多元的纠缠关系。

如同写作《香港三部曲》和《行过洛津》一样,在《风前尘埃》的创作中,施叔青再一次呕心沥血地以严谨的学术态度来写作日据时期花莲的历史。除了大量研读当年日本人的诗作、小说作品和人类学家的著作,涉猎茶道花道庭院建筑等文化知识外,还利用身在花莲的一年多时间亲往山地切身体验太鲁阁人的生活习俗,接触巫师、参加祭典、了解猎人的生活。小说自2008年1月问世以来好评如潮,著名文学评论家南方朔认为,"这是个台湾文学史上的大丰收。纵使放在世界文学的书架上来评比,它也可以在一流大师面前抬起头来"[①]。

第三节 21世纪初年的女性散文创作[②]

余光中曾说过,半个多世纪以来台湾女性散文依时间顺序大约可以分为

[①] 南方朔:《透过历史天使的悲伤之眼:〈风前尘埃〉推荐序》,施叔青《风前尘埃》,台北:时报文化出版企业2008年版。

[②] 新世纪初年台湾女性散文有许多著名集子问世,但这些散文集中所收的散文大多写于1990年代,而本节内容以明确创作于新世纪初年的单篇散文名篇为论述对象。这些散文名篇收入廖玉蕙主编的《八十九年(2000年)散文选》(九歌出版社2001年版)、张晓风主编的《九十年散文选》(九歌出版社2002年版)、席慕蓉主编的《九十一年散文选》(九歌出版社2003年版)、颜昆阳主编的《九十二年散文选》(九歌出版社2004年版)以及余光中总编、张晓风主编的《中华现代文学大系 台湾一九八九——二〇〇三·散文卷》(九歌出版社2009年版)。

六代,琦君—林文月—张晓风—陈幸蕙—简媜—钟怡雯。这个代际划分依然适用新世纪初年的台湾女性散文。琦君一代的散文作家在新世纪仍有作品问世的有王怡之(1916)、罗兰(1919)、齐邦媛(1924)等,其中以齐邦媛作品最多,也最具代表性。这一代作家的作品主题多为追忆往昔,怀念故人,如王怡之《逝水——秀亚,好想念你》,罗兰《回首金刚桥》,齐邦媛《失散——送林海音》等。齐邦媛入选九歌出版社2002年度最佳散文的佳作《失散——送林海音》在这一代作家忆旧怀人散文中颇具代表性。这篇文章先写几年前自己和林海音在一同赶赴酒会的路上被车流人群挤散,并由此联想到60年前的天地玄黄之际,自己与儿时伙伴的失散,再写自己与林海音在人生中的几次聚散,最后写林海音生命的尽头两人的生离死别——一次永不能再相聚的"大失散":

> 终于看到了氧气罩下的她,生命的灵光已渐渐远离了我所熟知的强者海音——所有共同耕种的往事、所有不服输的企盼、所有因努力而得的快乐,至此只得放下,这是真正的失散了,不只是分离,是切断。

平实朴素的字里行间传达出生命冬季的迟暮、苍凉,令人动容。这篇散文延续了齐邦媛一贯的文风,与1990年代的《一生中的一天》《我的声音只有寒风听见》《故乡——父亲齐世英逝世十年祭》一脉相承,写自己对人世沧桑、骨肉亲情的真切体验,文字平实疏淡而蕴藉醇厚,犹如陈年佳酿。《追忆桥》一篇则对战争、历史、主流价值观提出另一种观看。《追忆桥》表面上看算是一篇游记散文,写自己游历新西兰时,看到一座被命名为"追忆桥"的石桥,便想当然地将它与文学名著中美好的乌托邦想象相联系;又以为它是纪念新西兰第一代拓荒者筚路蓝缕的建城功绩,对它寄以无限的诗意。可没想到,它竟是纪念一战期间远赴欧洲战场参加英军作战而殉难的新西兰青年。接下来作者令人惊异地表达了自己复杂的内心世界,面对这座战争英雄桥,作者并不肃然起敬,而是失望、疑惑:"这些新西兰的青年,既不是为了保乡卫国,为什么可舍弃这世外桃源,万里颠簸去参加与己无关的战争呢?"作者显然怀疑所谓"战争之正义与非正义"的主流价值观,充满对战争意义的惶惑:"看不出人类如此大规模的自相残杀有任何正义",从而质疑了那种"政治正确"的战争观。无论是一战中作了炮灰的纽澳兵团士兵、二战中阵亡的盟军将士、越战死难者,还是在日本殖民期间自愿成为日军敢死队而荣耀乡里的台湾青年,在作者看来其实都一样,都是"光荣正义之外的无意义的死亡"。在女性生命伦理的烛照下,彪炳千秋的父权文明暴露出它道貌岸然的光环下的残酷血腥、野蛮欺诈的本质。显然,作者毫不掩盖自己对历史的不信任。《追忆桥》已然突破齐邦媛自己以及这一代作家忆旧怀人散文创作的套路,散发出新锐的思想光芒。

同一情况也发生在第二代散文代表作家林文月身上。新世纪之初,林文月除了继续一向的学者散文、忆旧怀人的散文创作路径外,也创作出对自己以往散文创作题材与风格具有较大超越的作品,如明显的小说化倾向的《人物速写》、大胆书写情色的《窗外》、虚幻怪诞的《夜谈》。第三代作家张晓风、席慕蓉延续1990年代的创作势头,依然佳作不断。而一向以小说闻名的季季,经过1990年代的相对沉默后,以一系列追忆、描写1960年代文坛掌故的散文成功复出转型。新世纪之初,台湾文坛环保文学、自然书写方兴未艾,女性散文在这方面也颇有建树。第四代散文作家凌拂推出《带不走的小蜗牛》《有一种植物叫龙葵》《五月木棉飞》《无尾凤蝶的生日》等一系列以植物、昆虫为主题的散文集。朱天心则推出以猫为主题的散文集《猎人们》,表现人与动物相处的新型生态伦理。同属这一世代的龙应台,新世纪以来照样继续1990年代两条创作路径,即一方面依然是她最拿手的犀利尖锐的社会批评、文化批判,如《面对大海的时候》《请用文明来说服我》《龙应台的香港笔记》,另一方面则深情书写个体生命的感悟与体验,如《亲爱的安德烈》《目送》。第五代散文作家简媜在1990年代的创作曾倾向于女性议题、个人生活,而在新世纪则倾心于沉厚的族群关切和社会批判,如《天涯海角》与《好一座浮桥》。与简媜同世代的张曼娟继续游走于纯文学与高雅的大众读物之间、小说与散文之间、学术研究与创作之间,推出10多本作品集,如《青春》《曼·条斯理》《呼喊快乐》《芬芳》《永恒的倾诉》《黄鱼听雷》《不说话只作伴》。更年轻世代作家张惠菁的散文创作,深受1990年代以来台湾文坛后现代主义思潮影响,呈现出与前行世代散文作家较大的差异,充斥对世事人生的冷漠与戏谑的彻底后现代解构色彩,算是相对保守稳健的女性散文领域中的异数,如《闭上眼睛数到十》《活得像一句废话》。

一、林文月、张晓风、季季等人的创作

作为第二代散文代表人物的林文月在新世纪依然创作颇丰,于2004年推出《回首》与《人物速写》两本散文集。1993年,林文月从台湾大学退休赴美居住,两本集子中的文章大多写于1997年之后,正是她旅居海外的心得。《人物速写》写自己生命历程中匆忙的邂逅者,其中以入选九歌出版社2002年度最佳散文的《J》最为动人。这篇文章写自己退休旅居美国加州时,结识的一个55岁的美国女护士J。J是一个非常敬业的家庭访问护士,在作者丈夫病重时,经常上门来照看丈夫,J不仅为丈夫提供无微不至的医疗服务和心灵安慰,还与作者成了朋友。J天性宽厚友善、乐观开朗,在作者丈夫临终前的那段孤独无助、绝望悲凉的日子里,几乎成了作者的精神支柱。作者原以为她一定有一个非常幸福的家,直到有一天,才知道J实际上是一个坚强的单身母亲。很多年前J的丈夫就离她而去,她历尽艰辛独自将儿女抚养成人后,重新

回到访问护士的岗位上,把温暖和爱心带给那些需要帮助的人。当J向作者描述着自己坎坷的一生时,尽管眼里含着泪水,但没有怨恨与悲戚,有的是对命运与苦难的包容与承担,对这个世界的无边大爱。J的一切深深震撼了作者。在J家寂静的半山腰的院子里,夕阳西下,秋凉阵阵,两个女人,两个远隔千山万水却萍水相逢的异国女人,渐渐生出一份相濡以沫的姐妹情谊。告别J,作者获得一种前所未有的淡定与从容,走向屋外暮霭沉沉的苍茫大地。

尽管林文月是女性主义潮流之外的作家,她也并不深谙女性主义的理论观念,甚至其作品都极少关涉女性主题,但这篇散文却僭越了她以往的写作惯例,不经意间呈现出一份坚定的女性意识,可见女性意识的滋生并不都需要外在的理论灌输,还可以来自女性最切身的日常生命体验。《人物速写》集子中所写的人物大都没有姓名,多以"A/G/J/LVV"来指称。这些隐姓埋名者以女性居多,有学者对此产生疑惑①。我们有理由认为这恰是作者刻意的设计。"无名"正是"女性"这个性别在父权社会中的真实的存在状态,而正是"无名"状态的女性才构成这个世界最基本的面向,一如字母"A/G/J/LVV"是构成单词、句子、话语乃至语言的最基本面向。《J》这篇散文在艺术表现上也显示出林文月对以往创作惯例的超越,J的形象显然属于中外文学作品中的地母、圣母的女性形象类型,作者对这个形象的刻画非常细腻生动,完全摆脱以往记事写人散文的套路,而按照传记小说的形象刻画的章法,带有明显的小说化倾向。

《回首》主要是忆旧散文,抚今追昔、怀念故人,从题材而言似乎与从前的作品没有太多区别,甚至有些人事在前期散文中就已出现过,如《读中文系的人》《在台大的日子》《我的三种文笔》《江湾路忆往》《回家》等。但在艺术表现上却明显超越先前作品,回忆故人的篇章逐渐转向传记写法,在散文情感上不再像过去那样回避生活的痕迹,而是直面内心世界,特别是内心的起伏波澜,不仅保持一向伤怀隽永的情感面貌,而且还具有批判性与实验性,尤其是其中的《窗外》《夜谈》两篇。前者写自己客居布拉格的一幢高楼中,透过窗户窥视对面屋内一对情人的亲昵,这在林文月过去的散文创作中是不可想象的。后者更是异想天开,以拟人手法写满屋的旧家具夜深人静时的对谈,见证人世的沧桑。这样小说化的虚构色彩在林文月新世纪的创作中屡见不鲜。由此可见,进入新世纪,林文月展现了对自己一贯温文尔雅女学者散文风格的超越。出版于2003年的《饮膳杂记》,则不仅是林文月散文创作的另一转折,也开启了一阵饮食文学之风(同属这一潮流的有李昂散文集《爱吃鬼》与小说《鸳

---

① 张瑞芬:《温州街的书房——论林文月的散文》,《五十年来台湾女性散文·评论篇》,麦田出版社2006年版,第146页。

鸯春膳》)。

与林文月同时代的刘慕沙的《出奔——写于朱西宁逝世三周年》同样入选九歌出版社2002年度最佳散文。刘慕沙,出生于1935年,台湾苗栗族人,从事日本文学翻译30多年,出版译著30多种,著有短篇小说集《春心》等。《出奔》一文追忆自己20岁时离家出走,投奔从大陆来台"孑然一身的穷兵仔"朱西宁,两人一起度过最初那段艰难而又幸福的岁月。值得注意的是,作者并不采用忆旧散文一贯的第一人称叙事,而采用第三人称视角,仿佛在叙述别人的故事。这样做避免了第一第二人称叙事视角的逼仄,避免了过分将笔墨集中于主观情感抒发等第一人称叙事的弊端,不仅使得近半个世纪前相关的人世沧桑、时代风云尽收眼底,而且还能从容细腻地刻画细节和场景,通过具体细节场景的描写自然流露出对亡夫朱西宁的无限爱意与思念。《出奔》宛若一篇文辞优美的抒情小说,由此再次窥见新世纪散文深受小说影响倾向之一斑。

第三代女性散文代表人物张晓风的《善述与喜舍》和席慕蓉的《夏日草原》也是新世纪的散文佳作,分别入选九歌出版社2003年度、2002年度最佳散文。《善述与喜舍》是一篇写人的散文,以儒家经典中的"善述"来形容台湾文化名人蒋勋在文学、美学、艺术各个领域的丰厚造诣,又以"喜舍"来形容蒋勋的学术研究、创作对台湾读者的启迪,宛若最好的馈赠,"智慧和深思其实是最大最好的施舍"。此外,该文章还以诙谐幽默的笔调附带描绘了当代台北文化界的风物时尚,笔调纵横恣肆、挥洒自如。席慕蓉的《夏日草原》则是一篇优美的写景散文,延续了她一贯诗化的散文风格以及1980年代末以来草原书写的主题,以优美的文字呈现出夏日草原悠远而纯净、美丽又芬芳的盎然诗意。与她们同时代的季季,一直以小说著称于文坛,六七十年代是她小说的黄金时代。季季的散文创作也始于1960年代,七八十年代有代表性的集子有《夜歌》《摄氏二〇——二五度》,传记文学《休恋逝水:顾正秋回忆录》《我的姊姊张爱玲》(与张子静合作)。1990年代,经过一段时间的沉寂后,2004年季季以《鹭鸶潭已经没有了》成功复出文坛,接着便以《洛阳路15号》等文章在《中国时报》"人间副刊"上开设专栏,呈献了一系列描绘60年代两岸文坛掌故的精彩纷呈的散文。并于2005年成为《九十三年年度散文选》散文奖得主,从而开始了她专事散文写作的时代,先后推出《写给你的故事》(2005)和《行走的树》(2006)两本集子。散文风格也由过去深受自己小说创作影响而呈现出的琐碎繁复而归于简练平淡。《鹭鸶潭已经没有了》回忆了1960年代的文坛掌故以及自己最初的创作道路、芳草萋萋的鹭鸶潭边的青春野游、简朴浪漫的婚礼,最后以闲闲的几笔交代婚姻和鹭鸶潭的双重终结:

> 秋天来时,带着两个孩子,我回到了永定,结束了婚姻。
> 一九八七年,翡翠水库完工,北势溪上游沉入库底。

> 鹭鸶潭已经没有了!

人生历尽沧桑、繁花落尽后的冷峭、苍凉跃然纸上。芳草萋萋、莺歌燕舞的人生鹭鸶潭,已经没有了。"鹭鸶潭已经没有了"更原初的意义便是对1980年代以来台湾生态环境的质疑,这算是这篇散文的题外之意。这样的题外之意在更年轻的第四、第五代作家那里成了她们散文创作的重要主题。

二、凌拂等人的自然书写以及龙应台的创作

"自然写作"(Nature Writing)最初以报告文学的形式在1970年代的台湾文坛兴起,渐成气候,尤其是在女作家那里,出现如心岱、马以工等人的环保文学。自西方现代性萌生以来,在现代性的逻辑中,女性与自然总是互相指涉,"在十六、十七世纪西方现代性的开端,自然和女人就曾被当成异于人类'他者性'的象征,被认为应当受到新的资产阶级男性科学和技术理性的操纵和利用"[1]。当代西方学者从那个时代培根等人的著作中发现,在新兴资产阶级男性科学和技术理性的视野中,"自然变成一位性感的妇女:'需要以强制的手段迫使其脱离本身的状态,以供人们去蹂躏摆弄。'这样人类的知识和力量就融为了一体了","混乱和无序被成功地克服了,自然和妇女正等待着人们去开发利用"[2]。16、17世纪欧洲曾有过一场规模宏大、持续时间漫长的迫害女巫运动,600万妇女被当成女巫——一种混乱无序、必须被控制消灭的自然力量的象征,被处死。在西方现代性语境中,女性与自然实际上都处于被掌控、被规训的相同处境,女性的自然书写因而也就有了与男性自然书写不同的意义。在1990年代台湾女性散文的自然书写中,凌拂是相当具有代表性的作家。

凌 拂

凌拂,本名林俊娴,出生于1952年,安徽合肥人,台湾辅仁大学中文系毕业,长期从事散文及儿童文学创作。酷爱植物、野地,曾隐居深山十年。90年代有散文集《世人只有一只眼》《木棉树的喷嚏》《食野之萍:台湾野菜图谱》《与荒野相遇》《台湾的森林》等书写自然的散文集问世。成就于十年深山索居的《食野之萍:台湾野菜图谱》和《与荒野相遇》,不仅写出自己蛰居山中,"以草木为知己"的感受[3],更写出草木本身的性灵。她曾说过,"我永远都不会放弃书

---

[1] 王宇:《性别表述与现代认同》,上海三联书店2006年版,第90页。

[2] [美]大卫·格里芬著,王成兵译:《后现代精神》,中央编译社1998年版,第104~105页。

[3] 张瑞芬:《草木为知己——论凌拂的散文》,《五十年来台湾女性散文·评论篇》,麦田出版社2006年版,第296~300页。

写生命本身即内在的探求"①。新世纪以来继续自然书写的路径,相继出版这一主题的散文《带不走的小蜗牛》(2005)、《有一种植物叫龙葵》(2005)、《五月木棉飞》(2006)、《无尾凤蝶的生日》(2006)等,入选九十二年(2003年)年度最佳散文的《搬家的扁蜗牛》《衣被之树》可以看作凌佛新世纪自然书写的代表作。这两篇散文实际上是作者有关生态共生理想的两个寓言。前者写自己与寄生屋子里的扁蜗牛,"共居一室,彼此相安,互不相扰",自己搬家,扁蜗牛也一同随迁的真实生活故事。在作者看来,面对扁蜗牛,人类并没有任何优越感,人与扁蜗牛不过是生命的不同形态,"与物相处,它引发我更多对不可思议的生命的探寻"。《衣被之树》则描绘了大树身上寄生着不计其数的蕨类、藤类以及各种各样的叫不出名目的植物,"这些植物从着生到丛生,厚厚的覆被,最后终归将树身完全隐蔽"。作者通过详细描绘这样一棵层层披挂、外形古怪的衣被之树,昭示生态共生原则:"森林里从来没有孤立存在的角色,甚至包括枯木、朽叶都是相附相依的唇齿关系。"

与凌拂"以草木为知己",与蜗牛和平共处一样,朱天心以动物为知己,与猫和平共处,推出散文集《猫人们》,包括一系列以猫为主题的散文,如《当人遇见猫》《猫爸爸》《猫天使》《并不是每只猫都可爱》《猫咪不同国》《只要爱情不要面包的猫》《辛亥猫》《一只兴昌里小猫的独白》。作者试图以这些写猫的散文来召唤更多人去认领和收养流浪猫,"实现我们未完成的荒野梦"(《当人遇见猫》)。因此,她写猫,并不像传统生活散文那样写猫狗作为宠物怎样取悦于人,挥洒小资情调。朱天心笔下的猫非宠物猫,而是野猫、弃猫。《当人遇见猫》写自己和家人长期收养流浪、残疾、生病的弃猫,不是只满足于豢养它们,更不是将它们作为宠物,而是为它们提供食宿治疗的帮助后,依它们的野性,放任自流。更难能可贵的,作者还深入猫的世界,设身处地理解猫界生存法则、猫的心理活动,这似乎带有践行一种新型的生态伦理先锋性,即将猫看成与人平等的生命,探究人猫之间的"互主体性"。基于这样的一种新型生态伦理,作者发出这样的疑问:"只要街头一天还有流浪猫狗,'流浪之家'环保局狗满为患,为何会有人去宠物店买狗买猫"? 但吊诡的是,这篇文章又不断提及自己和家人对野猫实施结扎手术,这种阉割动物天性的行为岂不与作者倡导的新型生态理念相违背?

阿 宝

2004年阿宝出版的《女农讨山志——一个女子与土地的深情记事》则彰显了女性与山林和平共处的生态理想,是新世纪女性散文自然书写的一个独特例子。阿宝,原名李宝莲,大学中文系毕业,曾以骑单车、徒步、赶驴的方式

---

① 赖佳琦:《自然生活,自然创作——专访凌拂》,《文讯》1999年第170期。

游走西藏、尼泊尔、印度等地。2000年,阿宝选择台中县泰雅族聚居的高海拔山地梨山来践行她的生态理想。她租下一块土地,辟竹造屋,种植果树,善待土地、山林,甚至昆虫(用一种比较不痛苦的方式让吃果树的昆虫死亡)。白天躬耕垄亩,夜晚则就着油灯阅读农业书,写下许多记录农事、动植物的文字。《女农讨山志》便是这段生活的记录。在这本书中,我们可以看到,农事不再是为了牟利,也不再是文人雅士、小资的风雅休闲,不再是任何以人类为中心的行为,而是与自然的平等互利、互相庇护。我们知道农耕文明是父权制的发祥之地,男耕女织、父子相继是农耕文明最基本的存在与延续方式。现在阿宝以女性的身份独立躬行耕作,将对自然的索取变为对自然的照看关怀、互相庇护,俨然具有女性生态伦理的意义,挑战了男性农耕文明的法则。

进入新世纪,龙应台依然保持着旺盛的创作活力,先后出版散文集《银色仙人掌》《面对大海的时候》《请用文明来说服我》《龙应台的香港笔记》《亲爱的安德烈》《目送》。最新推出的《目送》收入2007年、2008年两年新创作并在报刊上发表的74篇散文,预示着其散文风格的新变化。一向以犀利笔锋纵横公共领域,擅长社会批评、文化批判的龙应台,在1990年代就曾有过深情款款的《孩子你慢慢来》。这本《目送》似延续了《孩子你慢慢来》的创作路线,再一次回到个人生活中,回到身为女儿、母亲、姐妹的位置上,增添了一份人到中年后的沧桑与宿命。父亲的逝世、母亲日渐一日的衰老、兄弟姐妹之间的分离,面对长大的孩子无奈地放手,面对似水流年的恐惧、挫败与无助,沮丧与脆弱,不舍与虚无,文字伤怀美丽、深邃隽永。尤其是《目送》一篇,总共不到1500字,算是龙应台散文中最短的篇章了,但却写尽人间父母与子女之间那份缠绵又无奈的亲情:

> 我慢慢地、慢慢地了解到,所谓父女母子一场,只不过意味着,你和他的缘分就是今生今世不断地在目送他的背影渐行渐远。你站立在小路的这一端,看着他逐渐消失在小路转弯的地方,而且,他用背影默默告诉你:不必追。

这样的文字已然能让每一个华人读者怦然心动,因为它揭示的是一份沉甸甸的关于亲情的宿命,提示着一段家喻户晓的文化记忆,那就是朱自清的《背影》。

此外,这一世代作家获得好评的作品还有苏伟贞的《时间特区》,黄宝莲的《鱼和婚姻》《我和影子一起走过岁月》,周芬伶的《美神啊!我要经历你》《欲世界》《衣魂》,刘黎儿的《樱花绝景》《声音的风景》,韩良露的《泥鳅的命运》,以及李昂探讨饮食与权力文化之间关系的散文集《爱吃鬼》等。

三、简媜、张曼娟以及更年轻世代作家的创作

简媜在新世纪出版的散文集有《天涯海角》(2002)、《好一座浮岛》(2004)、《旧情复燃》(2004)。① 在1990年代,简媜散文的主题是女性议题、个人生活与生命体验、对世事人生的澄明洞察和思辨,尽管也有《胭脂盆地》中见微知著的都市批判与社会观察,但只算是她散文创作的副题。新世纪以来,简媜延续发展了这一副题,出版于2004年的《好一座浮岛》,收集从1999年至2004年创作的散文,继续社会观察的主题(散文集主题的前后呼应也是简媜散文创作的一贯特色),戏谑辛辣的风格也一如《胭脂盆地》。其中的《在茄红素的领导下》《圣境出游——菜市场田野调查》等篇章,构思别出心裁。《在茄红素的领导下》以幽默诙谐的口吻,拟人手法写了自己的一个奇怪梦境,梦中番茄和芭乐轮番称王,主宰果蔬市场,互相斗狠,唾沫狂飞,甚至大打出手,这显然是世纪初台湾政坛面貌的隐喻。文章更进一步以番茄的独霸天下,讽刺90年代末以来本土化运动的甚嚣尘上、党同伐异,又将"历史使命""顺应民意""污名化"这样一些世纪初台湾社会高频率出现的政治词汇移植到水果世界,鲜明地表达了作者对政治的嘲讽。《圣境出游——菜市场田野调查》写菜市场的众生百态,喧哗骚动,表面上看起来充满对小市民的挖苦与嘲弄,骨子里却充满日常生活的暖意,对火辣辣的百姓世俗生计的肯定,让人想起菜市场在张爱玲眼中的诗意。

出版于2002年的《天涯海角》则俨然承载着沉厚的族群关切,表达对台湾这片土地的情感。《天涯海角》诸篇文章内容涉及闽台移民史、抗日史、简姓家族史以及对童年原乡深切的怀念,特别突出个人与族群的密切相连。如《浪子》将父系简姓家族先人由福建漳州来台的垦殖史植入闽台大移民史中;《浮云》一文幻想葛玛兰平原平埔族女子与简姓汉人结婚生下一个孩子,这平埔族女子则是母系的根源;《朝露》由一块简大师蒙难纪念碑,推演出一段可歌可泣的台湾民众抗日史。这些文章在彰显家国、族群、身份认同的主题的同时,也涉及生态、环保、人与自然的关系等话题,内涵显得丰厚多元②。如《水证据——给河流》既有对台湾境内的河流、地貌、历史,尤其是自己的故乡台湾南部葛玛兰平原复杂历史的摹写与追溯,也有对故乡冬山河以及河畔童年往事的追忆,这样的追忆终究没有落入怀旧散文的俗套,而是开发出对人与自然关

---

① 《旧情复燃》所收的作品写作时间却相当早,早于《红婴仔》(台北:联合文学出版社1999年版),但出版于新世纪。

② 这本集子似又突破简媜1990年代散文每本集子都有一个相对一致的主题的书写惯例,主题、格调都相当驳杂。

系、现代文明的反思这样一些新颖的主题:

> 你无意矫情地夸饰贫困年代,但你确信自己之所以不断地缅怀过往,最重要的原因是那时代的大自然有尊严,一棵老树或一条野溪,皆有其风情与故事。人,从它们的故事中穿梭而过,它们也不经意地替人生点睛。

简媜的童年少年时代在台湾南部乡村度过,在生命最原初时刻就与自然亲密接触,于此注定了与自然的不解之缘。上述所引寥寥几句优美平淡的文字,在她也许只是一种日常经验、一次司空见惯的与自然的相知、相交,却含蕴了丰厚的文化内涵。这里既有现代西方生态伦理学对自然伦理尊严的呼唤,也有古老东方哲学中的泛灵论思想(即认为自然万物皆有灵),更有她深深浸淫其中的佛家的思想中所谓"众生平等"的朴素自然观念。自然是否也有尊严?也有灵魂和身体像我们人类一样能感知、能疼痛?在这个自然日益被祛魅,神性日益隐失的时代,我们是否还要保持对自然的足够敬畏?现代性以来,人类为了自己的目的,任意宰割自然、战天斗地、让高山低头、将河流拦腰折断,这一切是否冒犯了自然的尊严从而招致自然疯狂的报复?这是面临生态危机的现代人应当扪心自问的。简媜散文中所附带的自然主题亦可见出,新世纪自然书写作为一种姿态已经广泛渗透到女性散文中,即便不是主要的主题也是伴随性的。

与简媜同时代的张曼娟是新世纪女性散文的另一个重要代表人物。张曼娟,出生于1961年,河北丰润人,生于台北,在眷村长大。东吴大学中文系毕业,中文研究所硕士、博士,现任东吴大学中文系教授。主要小说作品有《海水正蓝》(曾被"中国时报"选为40年来影响最大的十本书之一)、《鸳鸯纹身》,主要散文作品集有《百年相思》(1990)、《青春》(2001)、《缘起不灭》、《夏天赤脚走来》。张曼娟被认为是中文系出身古典散文传统(闺秀散文传统)最后的传人。①

张曼娟自1980年代出道,20多年来一直颇有文名,尤其是她的散文,介于纯文学与高雅的大众读物之间,拥有非常广泛的读者,被看成"张曼娟现象"(与席慕蓉现象相似)。1990年代以来她以返乡探亲为题材的作品在台湾"探亲散文"中颇受关注。随着1990年代中叶以来台湾文坛纯文学与大众读物的分野渐趋明晰,张曼娟的作品逐渐不再被纯文学界接纳,张曼娟自己也开始大幅度介入广告、媒体,散文作品常常高踞畅销书排行榜不坠,但这并不意味着她彻底成为一个通俗都市读物的写手。新世纪颇得好评的散文《青春并不消

---

① 张瑞芬:《青春的美丽与哀愁——论张曼娟散文》,《五十年来台湾女性散文·评论篇》,麦田出版社2006年版,第392页。

失,只是迁徙》《小板凳俱乐部》等再一次证明她是那种"在大众文学与严肃创作中少见地找到平衡点"①的作家。《青春并不消失,只是迁徙》叙述了一个相当动人的故事,研究生时期到老师家上课,初出茅庐单纯的自己对人到中年才情横溢的老师心怀倾慕,但不久老师便连遭不幸,很快溘然离世,多年之后,自己人到中年,虽然也像当年的老师那样在大学讲坛上挥洒学问与才情,却为渐行渐远的青春伤怀不已。不期然间发现一对倾慕注视着自己的年轻眼神,似曾相识,原来是老师的儿子,蓦然间她明白,"青春并不消失,只是迁徙"。"与青春恍惚相逢的刹那,我看见了岁月的慈悲",生命如歌,绵延不已。委婉亲切的文字,真切的生命感悟,通俗易懂的人生哲理,犹如短篇小说般的情节与场景,这一切都是让张曼娟散文长盛不衰的原因。

比简媜、张曼娟更晚一辈的张惠菁,是小说新世代的代表人物,其散文创作也不容忽视。张惠菁,出生于1971年,台湾宜兰县人,台大历史系毕业,曾获"中央日报"文学奖、《联合报》文学奖,主要作品有小说《恶寒》《末日的早晨》,传记《杨牧》。1990年代末以来出版有散文集《流浪在海绵城市》《闭上眼睛数到十》《活得像一句废话》《告别》《你不相信的事》等。张惠菁的散文虽然没有小说那样新锐,但在内在本质上,同样透着对世事人生的冷漠与戏谑。被认为深受卡尔维诺、村上春树的影响,旅行、流浪是她散文的恒在的主题。但在她笔下,旅行与流浪已不再呈现出三毛式寻找"梦中橄榄树"的文化意味以及米兰·昆德拉式"生活在别处"自我追寻的意味,甚至也放逐了这类散文中常见的迷惘彷徨情绪。因为她从本质上瓦解了"定居"与"流浪"的界限,她在《流浪与定居之间》一文中质疑道,住在冰原上的爱斯基摩人,冰块以缓慢的速度顺着洋流不断漂移着,他们算是定居还是流浪呢?现代生活"日益把空间从地点中分离出来,从位置上看,远离了任何给定的面对面互动的情势"②。旅行者无须与即将前往的场所面对面,在出发之前早已通过各种各样的资讯科技手段,对即将要前往的场所了如指掌,甚至尝试身临其境般的仿真旅行电子游戏,这样一来,任何一次旅行"在开始之前就已经结束"。那么,以往文人在旅行中所承载的种种文化期待也宣告终结。张惠菁的旅行书写呈现出彻底的后现代解构色彩。2002年写作的传记《杨牧》是张惠菁创作的一个转折点,此后她不仅专事散文写作,而且随着年龄的增长,散文风格也逐渐走向平实与沉潜。出版于2003年的《告别》、2005年的《你不相信的事》多了对现实社会事件、个人生活俗务的关怀。散文思想依然深刻,如依然执著于时间、空间等等

---

① 张瑞芬:《青春的美丽与哀愁——论张曼娟散文》,《五十年来台湾女性散文·评论篇》,麦田出版社2006年版,第398页。

② [英]安东尼·吉登斯著,田禾译,《现代性的后果》,译林出版社2000年版,第16页。

哲学命题,但却少了早年的新锐与飞扬,多了更加沉潜的知性与哲理。套用她散文中的一句话就是"后现代其实是在地化"(《无岸之河》)。

新世纪台湾女性散文一个值得一提的另类现象就是李欣频的"广告文案文学"。李欣频,台湾政治大学广告所硕士,曾就读北京大学博士班。曾任广告公司文案、诚品集团特约文案;《联合报》《自由时报》《皇冠》等杂志专栏作者。著有作品《十四堂人生创意课》《爱欲修道院:与得不到的恋人之间,十部情书》《恋物百科全书》等。李欣频的创作横跨广告、创意、教育、旅行、美食、网络、建筑、爱情、灵修,将商品广告文案语言糅进散文创作中,开创独具特色的新世代语言风格,掀起一股广告文案文学的热潮。她的创作再次模糊了纯文学与大众读物的分野。

第四节　21世纪初年的女性诗歌创作

一、21世纪初的妇运和新新世代视诗如归的多重写作

台湾现代诗坛在新世纪的第一个十年轰轰烈烈地开场,白灵(庄祖煌)所说的"视诗如归"①的新秀诗人不下百家。2003年年初,林德俊准备为尚未出版个人诗集的"新新世代诗人"编辑一本诗选时,他就排除掉17位诗人(已经出版或准备出版诗集的新新世代诗人),②加上收入编辑完成的《保险箱里的星星:新世纪青年诗人十家》诗选里的李长青、李怀、吴文超、林德俊、徐国能、陈隽弘、陈柏伶、曾琮琇、紫鹃、解昆桦等,一共是27人。2009年,向阳(林淇瀁)编的24人新秀诗人名单,其中有些诗人完全是"新秀"③,再加上向阳遗漏的刘纹豪、陈思娴、吴易叡、林禹瑄,以及后来的负离子、黄羊川、陈牧宏等,新世纪的新新诗人的确已经拥有此前不敢想象的规模。

总体而言,新世纪的女诗人,如何亭慧、曾琮琇、夏夏、叶觅觅,都已经获得

---

① 白灵:《诗人本色》,林德俊编:《保险箱里的星星:新世纪青年诗人十家》,尔雅出版社2003年版,第5~8页。
② 林德俊:《保险箱里的星星:编后记》,尔雅出版社2003年版,第171页。这些人分别是林婉瑜、鲸向海、若骥、木焱(林志远)、孙梓评、林怡翠、王宗仁、子建、杨寒(刘益州)、丁威仁、刘亮延、吴东晟、杨佳娴、杨宗翰、银色快手、罗浩原、许赫等。
③ 向阳:《疆域无限的新诗》,《联合文学》2009年第299期。向阳选的24人分别是鲸向海、李长青、王宗仁、夏夏、吴音宁、林德俊、阿芒、若骥、林怡翠、杨寒、孙梓评、曾琮琇、罗浩原、陈隽弘、叶觅觅、何亭慧、何雅雯、邱稚亘、杨佳娴、林达阳、林婉瑜、吴岱颖、凌性杰、骚夏。

了最初的成功。现任九歌出版社编辑的何亭慧①目前任职于出版公司,2007年,她以《同学会》等三首诗获"叶红女性诗奖"。何亭慧诗作的语言轻盈而富于理性,能于意象转换之处呈现对生活和社会的洞察。2005年,她出版了诗集《形状与音乐的抽屉》。

夏夏爱用手工艺结合诗创意,也是创意诗集中的佼佼者。她以剪纸艺术、《一五一时诗选集》、转蛋诗、印章诗、火柴盒诗来尝试新路。她设计发行火柴诗,她推出"引火自焚行动"——《火柴诗双月刊》,以"诗与火柴的最后一搏"为"火柴诗"下了批注。火柴诗以火柴盒包装,两个月发行一期,每期搭配两个诗人作品,结合诗作与中国节令来设计,首期推出周梦蝶的诗句节选和女诗人鹿苹从未发表过的新诗《句点》,《句点》头三句是:"你的胸腔这样冰冷,我只好点火燃烧你的屋子,世界是空的句点……"首期还印制了夏夏自制的狗年版画。从"人见人爱转蛋诗"开始,每期转蛋诗都有新的包装与文字宣传。印章诗则以"刻骨铭诗打印店"命名。这次火柴诗以"引火自焚行动"比喻,发行时则昵称"火烧屁股啰!"夏夏还设计了"活版自由诗"征诗活动,这个活动向所有爱诗者开放,成为2007年台北诗歌节最引人注目的活动之一。夏夏仿照已经被计算机打字淘汰的活版印刷铅字,自己刻了五百余颗木质活版印刷字,完成了自己的手刻诗集《闹别扭》的印制。同时,她与台北诗歌节和《联合报》副刊合作共同征件,从已刻出的印刷字中挑选151字,公开征求60字以内的诗作(含题目,可自订);字可重复使用,但应在规定的151字以内,不得加入额外的字。她美其名曰"限制性写作",在她看来,"限制越苛,越能令作家突破惯常思考模式,而制造新的惊奇"。这一诗的"行为艺术"迎来了大量优秀的应征作品。于是,除了当时获选的10首、少数名家示范作品外,夏夏又从来稿中挑选了151首,结成一本只有火车票大小的迷你诗集,并名之为《一五一时》,这个书名很有双关义,也算是创意十足的命名。如丘爱芝的《眼》:

> 她的清泪　像歌
> 有　海的味道
> 没有边界
> 干了　还在

叶觅觅也是跨界诗人,她同时写诗、写小说、摄影和拍实验片。林亚若及冯瑀珊两人都是空姐出身,她们擅长以女性意识来表现情欲,林亚若的诗集《此时,我们正飞过哪里?》利用大量的个人照片传达诗歌的"通感"。《吠》杂志

---

① 何亭慧,1980年生于台湾桃园,元智大学中文系毕业,东华大学创作与英语文学研究所硕士,曾获"中央日报"文学奖、"教育部"文艺创作奖、台湾优秀青年诗人奖、"行政院"文建会初书计划等奖。

的沈嘉悦(犴癸)、梵华大学哲学系研究所的廖亮羽,以及一群高中及大专院校的同学如林禹瑄、吴俊霖(崎云)、蒋阔宇、郭哲佑(墨明)、林哲仰(巫时)、吴宣莹(咏墨、栩栩)、罗毓嘉、宋尚玮等人成立风球诗社,办《风球杂志》,引领"80后"的校园诗人。总编辑林禹瑄(木霝),就读于台湾大学牙医学系,曾获台积电青年文学奖新诗奖、台湾学生文学奖新诗及散文奖、叶红女性诗奖、香港青年文学奖新诗奖,目前是喜菡文学网诗版主。她的作品让人感受到台湾诗坛的最新走向,她的《遗失地址的旅店》等一系列诗作写于高中,影响颇大,她的第一本诗集《那些我们名之为岛的》[①]则多了一些忧郁的意味。林焕彰主导的行动读诗会中,也有4位"80后"的新新诗人——欣生、冯瑀珊、林哲仰与吴宣莹。林哲仰与吴宣莹[②]同时也任《风球杂志》的编辑。

可以说,21世纪初的这些新新世代诗人是"电子化"[③]的一代,他们不参与诗社,不参加论战,也不愿为人们绘出新世纪的诗纪元。这些"六年级"诗人群各自写诗,也没有改写诗史及宏大叙事的打算。他们面对的是一个发表较为容易(透过网络、博客)但同时诗的影响力极小的时代,这也是他们放弃宏大叙事的潜在背景。

的确,台湾新诗走到21世纪,本身已经走到公共领域的边缘,正如向阳所言:"对照二十世纪台湾新诗的发展过程,二十一世纪的第一个十年显然不是金色时光。"[④]在这个背景下,他们"视诗如归"有一定的悲壮与无奈。

20世纪末台湾学术界讨论的主题是"主体"与"认同",这个论题从大的方面来说,可以延伸到台湾特殊历史处境中的后殖民论述、国族论述方式;从小的方面来说,可以深入到反思女性处境和强调女性解放的自觉。但是,关于主体如何被"规训"与"惩罚"的过程那种福柯式的主题,近年来在"原住民"文学、本土论述和女性小说等体的作品中涉及得较为深入,但台湾女性诗人并未站在最前列。

但是,《九十年诗选》中的77位作者中确定是女性的只有11位,老一辈2位,中生代4位,新人5位,这个比例几乎与过去半世纪来大多数诗选相近,仍然是男性诗人占主流的一面倒。[⑤]

---

① 林禹瑄:《那些我们名之为岛的》,http://cornersit.pixnet.net/blog,2003年。
② 吴宣莹(咏墨),1988年生于台南,就读于台北医科大学呼吸治疗学系,曾获X19全球华文诗奖、台积电文学奖、怀恩文学奖、台南市府城文学奖等,她是喜菡文学网诗版主、吹鼓吹论坛大学诗园版主。
③ 白灵:《诗人本色》,林德俊编:《保险箱里的星星:新世纪青年诗人十家》,尔雅出版社2003年版,第5~6页。
④ 向阳:《疆域无限的新诗》,《联合文学》2009年第299期。
⑤ 焦桐编:《九十年诗选》,《台湾诗学季刊》2002年版。

进入21世纪的台湾女性诗歌,将有希望表现克里斯蒂娃所宣布的新一代女性主义的丰富与差异,"将差异要求传给女性整体的每一个成员,并且,最终带来每位妇女的独一性以及超越视界、观点和信仰本身的好的多重性、她的多重语言"①,这也是笔者对于台湾现代女性诗的期待。

二、女鲸诗社的诗歌革命

1998年11月1日女鲸诗社成立,推出诗选《诗在女鲸跃身击浪时》,这是女性主义诗歌发展的重要里程碑,彰显了女性主体意识在1990年代以来的新发展。诗集收录了12位台湾女诗人的作品,其中年龄最长者,是1927年出生的杜潘芳格,她被推举为女鲸诗社的社长。女鲸诗社由台大语言研究所暨外文系副教授江文瑜发起,由江文瑜、沈花末、陈玉玲、张芳慈4人组成编辑小组,讨论诗社运作方式与发展方向。在《诗在女鲸翻身击浪时》(创刊号)中,女鲸诗社的发起者们还曾提出过一个更远大的梦想和目标:"以编年的方式或主题方式编纂台湾的女性诗选,甚至举办'年度女诗选',以各种可能的方式扩大女性诗人在台湾的能见度,增高女性诗人创作的欲望,最终达到建立台湾女性诗学的目的。"②迄今为止,加上1999年出版的《诗坛显影》和2001年出版的《震鲸:921大地震二周年纪念诗专辑》,女鲸诗社已经出版了三本"女鲸诗丛",影响了新世纪的台湾诗坛。

在1999年4月淡江大学中文系主办的"第一届中国女性书写国际学术研讨会"上,女鲸诗社的主要成员李元贞以论文《台湾现代女诗人的诗坛显影》讨论了以下三个问题:"女诗人如何在诗坛出现""男性诗坛主导及诠释女诗人的作品的特征""正统文学史分期难以安置女诗人"。

2001年"三八"节期间,淡江大学中文系、淡江大学中国女性文学研究室主办了"百年台湾文学版图研讨会",其中的一个议题便是"女性文学团体:运作与功能"。江文瑜担任讨论的主席。参与讨论的学者就"女性文学团体成员的阶级背景与族群身份如何?其创作目的各有何不同?结社的终极目的是什么?成员又是如何彼此支持以推广她们作品的出版与推广管道"等话题展开,她们侧重于强调女性结社在台湾文学版图上所占据的地位。

(一)江文瑜:情色的反情色诗

江文瑜,1961年生于台中市,台大外文系学士,美国得州大学奥斯汀分校

---

① [法]朱莉亚·克里斯蒂娃:《妇女的时间》,张京媛编:《当代女性主义文学批评》,北京大学出版社1992年版,第367页。

② 江文瑜编:《诗在女鲸跃身击浪时》,书林出版有限公司1998年版,第4页。

硕士，美国德拉瓦大学语文学博士，现任台大语言学研究所暨外文系副教授。成立女鲸诗社，曾任台北市女权促进会创会理事长、女学会监事。曾获陈秀喜诗奖、吴浊流文学奖诗奖等。

作为台湾女性诗社女鲸诗社的发起人和台湾"妇运健将"，江文瑜有意识地尝试自创女性的身体语言，对抗父权话语。1998年，江文瑜推出女性主义诗集《男人的乳头》(1998)。

《男人的乳头》试图以女性主义对身体的另一种情色书写——反情色——重创男性中心主义的霸权，表现女诗人的真正的主体书写姿态——身体是自己的，情色抒写是为了反男性写作传统中的对女性的情色窥视。江文瑜把写作的欲望形容为内心中的一只巨大的"母鲸"：《女教授/教兽随手记》系列的三首诗充满先锋性，诗人在语言形式及分行方面都极尽视觉冲击力。《佛陀在猫瞳里种下玫瑰》的构思是：左眼代表的玄妙神秘与右眼代表的现实尘俗相交互，把截然不同的眼光统一在一个人身上，互为彼此，代表女诗人对世界的全新观念。

在传统父权社会，女性的乳房或是欲望的符码，或在道德的遮掩下（象征着母性），但她写男人也有乳房，在《男人的乳头》一诗中，她反其道而用之，以女性的"男性想象"来反"客"为"主"，变男性"凝视"为女性"观看"、赏玩男性的身体（乳头）。她还戏仿男性把女人的乳房分为不同型号的罩杯，也把他们的身体分为"ａｂｃｄ／属于男人的／小写款式"。江文瑜说：之所以把书命名为《男人的乳头》，"一方面意在期待女性逐渐摆脱被观看的'客观'之角色，主动改变女性被动的形象，成为观看世界的主体，一方面希望男性欲望能往'边缘'多元流动……而同时，男女被异化的身体都能回归到较不被扭曲的状态"①。

在《胸罩与凶兆》一诗中，她还描写女性的乳房如何被父权重新塑造，在胸罩的压迫下留下红印，在怀孕和哺乳后逐渐变成"松动的城堡"②，她的诗呼吁女性应以松弛的乳房自矜，为真正属于自己的主体。

对于典型的男性骂街"三字经"，对于这种展示着男性语言的专属权，江文瑜毫不留情地加以嘲讽。她不仅要"凝视""修正"男人的权利，同时也试图以男人之道还治男人之身，显示出一派诗坛女教主的挑战传统的气派，如《女人·三字经·行动短剧》：

　　铜像：驶你老母
　　女人甲：阮老母开始学驾驶　掌握人生的方向盘

---

① 江文瑜：《男人的乳头和青蛙的眼睛——自序》，《男人的乳头》，远流出版公司1998年版，第11～15页。

② 江文瑜：《男人的乳头》，远流出版公司1998年版，第72页。

铜像:屎你老母
女人乙:阮老母排泄畅通　全身舒服
铜像:干你老母
女人丙:阮老母一向真能干　大的小的样样来
铜像:干你老祖妈
女人丁:阮老祖母真苦干实干　才能坚毅不拔
铜像:干你老母鸡巴
女人戊:阮老母养的鸡　巴不得现在就扑上
铜像:操你妈的B
女人戍:我妈身体的B.B. call　每天都在叫……
……
她妈的智慧高　她妈的才华众
她妈的美貌艳　她妈的意志坚①

在这首诗里,"铜像"的攻击性话语象征男权的坚固与不可改变,而江文瑜以几个女人的反攻击话语,成功地扑灭了男权在话语上的"侵略"。作为语言学博士和台湾妇运的重要人物,江文瑜对语言的结构、符号的意旨相当了解,语言本身蕴含着权力机制,父权社会就是通过语言和社会结构对女性进行控制和统治的。在1990年代的台湾女性诗歌中,女诗人不得不挑战诗语言的禁忌,来书写女性重塑主体的艰难过程。她还在《愤怒的玫瑰》中叫骂"没了酒客的归""梅了嫖客的龟""霉了赌客的贵""瘁了政客的规"。江文瑜说:"女性主义者如果在从事写作上,以玩弄文字作为抗争的姿态,其实是一个很好的写作策略。"②她在写作时特别对此策略加以实践:

身为女人的你对做爱总是无比惊异
率将鼓舞欢送冲锋陷阵的兵队精液
在暗潮汹涌的阴道浮沉惊溢
千万支膨胀盛开的鸡毛撢矗立劲屹
用力厮杀出忧暗角落隐藏的不经意
湿润的爱意与爱液淫役　武功高墙的精义
为保险　套上一层六脉神剑不侵的晶衣
豪爽对峙跃上最高峰竞艺
玉山动如跳跃茎翼

---

① 江文瑜:《男人的乳头》,远流出版公司1998年版,第58～59页。
② 江文瑜:《星空交会——Radio Interview by 林建隆》,《男人的乳头》,远流出版公司1998年版,第150页。

牵连闪烁着台湾鲸腋

每夜用　你　亲手抚慰的最高敬意

冥想创造　精益

求精

每日用　你　喉咙尖声喃喃的颈吃

冥想创造　精液

求惊①

　　这首诗第一节写性交过程,充满了强劲的动感和画面感;第二节通过"音近假借"进行文学游戏,以"惊异"的众多谐音词展开联想,让这些词义互相碰撞、融合,尤其是以"惊异与精液"提出"你(女人)要惊异与精液"的原欲,把性别还原到进入男性象征秩序之前的女性自主时期。江文瑜自言:"这些诗充分体现了台湾女性写作有意尝试澄清女性被污化的部分,表现主体性的追求。"江文瑜的理想就是:"女人其实可以借由女性书写变成最佳女主角。"②

　　江文瑜于2001年出版诗集《阿妈的料理》,展现父权社会对女性身体的控制,围绕着女性情欲想象、身体经验等进行反思,批判女性在现代社会的被商品化。这本诗集是一本经典的女性主义诗集,有着极其鲜明的政治意义。在《阿妈的料理》的后记中,江文瑜写道:"从四行诗到各种长度的长诗,诗集以'食物'作为庞大的隐喻系统,贯串三种不同的系列。每一系列中的每一首诗,都可独立阅读,也可串联成一组长诗。而三个系列又可链接成一个更庞大的长篇组诗,历史的、情欲的、政治的。"③这部诗集由三个部分组成:《阿妈的料理系列》《饮食雌雄系列》《台湾餐厅秀系列》。第一部分是她从女性观点来看台湾历史、政治和自身的情欲,江文瑜关心的是台湾历史中的女性以及她们的历史经验,她从女性身体的叙述出发,表现的是女性对自我身体的言说权力。江文瑜并不被自身性别所限制。第二部分"饮食雌雄系列"描绘的是男女之间的情欲流动;第三部分"台湾餐厅秀系列"则以食物的隐喻,批判"戒严"时期的高压政策。

　　在重塑"她"的历史中,江文瑜并没有忘记关照台湾的历史和现实。她笔下殖民的历史是用慰安妇的形象呈现出来的,如《木瓜》一诗中,她把慰安妇的

---

　　①　江文瑜:《你要惊异与精液》,《男人的乳头》,远流出版公司1998年版,第25页。

　　②　江文瑜:《星空交会——Radio Interview by 林建隆》,《男人的乳头》,远流出版公司1998年版,第151页。

　　③　江文瑜:《后记——从阿妈的背(ㄅㄟ和ㄅㄟˋ)张望》,《阿妈的料理》,女书文化事业有限公司2001年版,第204页。

青春凋零表现成由"两粒木瓜"到"墓瓜"的残酷变化：

> 五十几年前，充满青春的乳房
> 被当成泛着白光的省电灯泡
> 持久、耐用
> 日本军人一个接一个接上插头
> 以为弹性的玻璃永不破碎……
> 屋里未曾点灯
> 幽暗光线看不清对方的脸
> 他讪笑、他狂怒、他愉悦、他解脱
> 她胸口的白光照不亮他们的脸庞
> 在这个没有地名的小房间
> 在菲律宾岛上
> 她必须以体内仅存的光
> 慰安　未安　畏暗①……

这首诗映照了殖民符号与父权符号双重压迫下的女人。可贵的是，江文瑜不但批判日本殖民者对台湾女性的戕害，而且还批判日本男性对女性的压迫，如《中将汤》一诗，就是以日本军妇的口吻把女人生命的历程与殖民的历史合而为一。江文瑜还很关注台湾政治，许多诗都涉及对"二二八"事件以及"戒严"时期的台湾政治的描绘。

在主题上，《阿妈的料理》不只表现情欲和政治，更触及历史、社会等多种题材；在体裁上，则不仅有传统的分行诗，亦出现许多图像诗。形式的革命与内容的变化交织在一起，显现了江文瑜越来越丰富的创作主题和多变的艺术风格。

（二）张芳慈：从身体写作到生态女性主义

张芳慈，1964 年出生于台中，客家人，省立新竹师范专科学校毕业，台北市立师范学院进修部毕业，新竹教育大学国民教育所硕士，属战后台湾第二代作家。她曾任小学美劳教师、台中市立文化中心英文馆每周诗画作家、亚洲现代诗会议邀请诗画作家、台中县家扶中心儿童美术指导、台中县文化中心儿童美术指导、台北县地方美展邀请画家、客林艺术文化工作室负责人。

张芳慈自 1981 年 17 岁时就发表诗作，1986 年加入笠诗社，现为笠诗社编辑委员、台北市客家文化基金会常务董事。1991 年及 1992 年她连续两年

---

① 江文瑜：《阿妈的料理》，女书文化事业有限公司 2001 年版，第 40～42 页。

荣获象征台湾本土文学最高荣誉的吴浊流新诗奖,1993年出版诗集《越轨》。她的作品分别于1995年和1997年入选前卫版《台湾文学选》。1998年,她与李元贞、陈玉玲等合创女鲸诗社。她的第一部诗集《越轨》(1993)还没有建立女性主体的视角,到了河童版的卡片情诗选《虱目鱼与玫瑰》,她的诗风渐趋成熟;1999年的《红色漩涡》说明张芳慈已经具备了明确的女性主体意识,再到尔雅版的诗选《答案》时,张芳慈还加入了现实干预的政治书写。《天光日》(2004)则以客家语与汉语对照的版本出现。

张芳慈算是女鲸诗社中诗风最温和的女性主义诗人,在1993年的《越轨》中,张芳慈就很注重强调女性之间的情谊,她的《酒家女》写的就是同样处在悲哀境地的女性:"和你一样　女人/我们可以喝得一样多　为生命/不分主与客干杯无数/但是　虚伪的情爱伤害/我会比你先流泪呵。"[①]女性在与男性的"情爱"中的处境是一样的,心情也是一样的,差别只在于,酒家女以喝酒为职业,她的眼泪流得慢,而女诗人的脆弱无助更胜边缘人,"我会比你先流泪呵"。

《红色漩涡》的53首作品在立场上都偏向阳刚性的女性主义,如《手帕》一诗就被李元贞重点推荐。诗集中普遍使用的意象几乎全是刚性强烈的,如《双鱼座》:

说我是水,具有危险性的涌动
在你的生命河床上,我的确是
一次又一次地狂潮
让你淹没　在起伏的胸脯间
让你淹没　在扭转的漩涡里
当那股力量之后
涵盖死亡的淤泥
孕育你的生机

张芳慈的《红色漩涡》表现了女诗人在创作、生理和心理上都存在着身体的一致性,每当月事来临,女性既感受到创造的力量,又感受到身体被撕裂的痛苦,如同写作时的心理状态:

一场革命
宁静地在体内
撕裂所有不整的意象
免疫系统的攻防
或者不受孕的语言

---

① 张芳慈:《越轨》,笠诗社1993年版,第60页。

  承受着周期性的恐慌
  最后在红色旋涡中
  将激素释放

  只是谁会理解呢
  这样的过程
  是一种抵抗能力
  还是一场生命的负担①

  她把女性的生理周期看成有创造力的时期,红色的血让生命发源,而诗的激素则能让读者"受孕"。但是,她又颇为矛盾地把月经描写为既具积极的"抵抗能力",同时又成为相反的"生命的负担"。

  《红色漩涡》表现了女性主体的自我发现和自我塑造。张芳慈认为"从创作中看见自己,听见自己,我们的诗存在绝不是幻影,诗在每一个人心中是一个实体,凝聚着抒情的力量":

  不断地飞翔
  不断地对折的
  我的翅膀
  在低山带的蝶道上
  舞弄着冷却的日光
  发现时间静止②

  女性已具蝶形,已能飞翔,蓄势待发,"就绪的能量",以崭新的面貌,摆脱"所有的阴影",飞翔的过程就是一个主体不断自我发现的过程。可以说,张芳慈的诗歌书写相当前卫,抒情主人公呈现为一种阴阳同体的身份,在《诗——生命进行曲》中,她显现了对双性自我的想象,"亮面是雌性的","暗面是雄性的骨架",是"一只自我交媾"的双性生物,不需要受精交配,而是自行繁衍的③,说明张芳慈有意在诗中宣扬女性主义的双性同体的自我意识。

  《红色漩涡》分别以五个标题区隔,其中占比例最大的就是表现张芳慈较为前卫的生态女性主义诗歌。她并不直接道出爱憎,而是利用色彩及奔放的来表现,如《沃土》:

  紫色是牺牲的彩度
  黄色是奉献的明度

---

① 张芳慈:《红色旋涡》,女书文化事业有限公司1999年版,序诗,第Ⅳ～Ⅴ页。
② 张芳慈:《红色漩涡》,女书文化事业有限公司1999年版,第89页。
③ 张芳慈:《红色旋涡》,女书文化事业有限公司1999年版,第118～119页。

作为绿肥的花儿
紫云英和油菜籽
在田野,任由飞翔的青春
短暂而热烈地奔放
种过紫色和黄色的土地
蕴藏着隐隐的哀痛
腐黑的泥掩覆着灰绝的灿烂
层层叠着,压缩着
因为有肥沃的哀痛吧
才能生产有力量的淀粉植物

这首诗其实就是"落红不是无情物,化作春泥又护花"的现代台湾女性诗歌版。张芳慈以生命轮回再生的过程,赞美台湾的肥沃土地,富含紫云英和油菜籽,以"灰绝的灿烂"化作"腐黑的泥",保护和守卫着丰收。

台湾岛处在海洋之中,海洋就是台湾的生命之源,而进入后工业时代的台湾却以科技工业发展为名,大肆破坏海洋资源,台湾的鱼群日益陷入死亡与无望:

该在网外沮丧
还是在网内战栗
我们别无选择地面对

当流刺网坞无情地
封住所有的生路
我们仍在网中 逃窜
不愿 畏缩地等待
释放或者死亡的判决①

弱小的鱼群虽然没有反抗能力,但仍不愿被动地等待死亡。在表现对台湾生态的关注上,张芳慈的诗更多地透露出悲情。

此外,张芳慈还是台湾乡土诗派"笠"的重要成员,张芳慈的客家语诗写得相当婉约,有着乡愁的意韵。诗人李魁贤认为张芳慈是笠诗社的代表女诗人,有别于一般女诗人的婉约秀气,而有虎虎生风的英雌风格,"如果痛也会教人想念/那该是往事卡在心里的/一根最细的刺/尖尖的它 看不见"。在《下一站》中,她把"下一站"指成最后一站(故乡),指成心里最希望回归的一站:

---

① 赵天仪编:《混声合唱》,春晖出版社1992年版,第886页。

再过一个磅空,再过一个板铁桥,过了街路,转一个幹,远远个山城,木棉花正开,到咧,目珠金金,喊出来,早都看现现,下一站,故乡个名,跻我个心肝肚,喊出来。

《甜粄味》表现了客家人的生活习俗:

硬翘翘个甜粄,撮作签,摊在禾埕方晒燥,食到八月半,逐摆过年,夫娘侪将自家,当作磨石,迷迷回到三光半夜,甜粄个味绪,细细口紧食,阿姆个艰苦啊,映入做妹侪心肝肚,续无半屑甜味。

客家人相当节俭,他们将甜粄晒干后变成甜粄丝,放着慢慢吃,吃到中秋节。张芳慈通过写母亲辛苦,女儿吃到甜饭就感受到这种艰苦,尝不出甜饭的甜味,但由此让读者感受到深挚而质朴的客家亲情。

(三)李元贞:作一个"英雌"

李元贞,笔名史晶晶,1946年出生于云南昆明市,原籍湖北省荆门县,1949年随父母至台湾,毕业于花莲女中高中部,1968年台大中文系毕业,1971年台湾大学中国文学研究所硕士班毕业,1974年赴美进修戏剧,1976年返台,任教淡江大学中文系。1977年起参与新女性运动,1982年2月创办《妇女新知》杂志,1987为妇女新知基金会首任董事长,推动妇运二十五年。1997年5月获第六届陈秀喜诗奖,1997—1998年,为美国伊大国际妇女发展中心访问学者。1998年11月,她与江文瑜、刘毓秀、陈玉玲、张芳慈等人创建了台湾第一个现代女性诗社女鲸诗社。2001年5月获聘成为地区领导人顾问,2001年8月获聘"行政院"妇权会委员,2005年7月,自淡江大学中文系退休。2005年9月定居花莲,先后辞去妇权会委员与"国策顾问",现专事写作。

李元贞于1965年开始写作及发表诗,著有诗文集《女人诗眼》(1995),此书分两部:第一部分7辑诗130首,第二部分诗评4篇。2001年1月出版《女性诗学》、编辑《红得发紫——台湾现代女性诗选》两书,4月两书得到《台湾诗学季刊》的"年度诗奖"。另有短篇小说集若干,文学评论《文学论评——古典与现代》(1979)、《解放爱与美》(1990)、《女性诗学:台湾现代女诗人集体研究》(2000)等。此外,还有文化评论《女人的明天》(1991)等。

李元贞强调女性应作一个"英雌",而不是"英雄",这正源于她较为系统而深入的女性主义思想,历史不再是"他的故事"(history),而应变为"她的故事"(herstory):

从来没有
崇拜过英雄
因为我自己

即英雄,不
应该说英雌
且平凡无比①

李元贞很重视挣脱女性主义所说的"语言上的牢笼",拒绝落入(男性)语言的圈套,她要以自己的诗作来改变语言中隐藏的父权/男权意识形态,在这个意义上,也许可以把台湾所有的现代女诗人都称为"英雌"。她在《给LO十首之三》中还有对英雌的神话书写,她写了让天地为之变色的"雌"母之伟大:"龙从云中来/雨和雪齐下/丛林燃烧/飞禽走兽倾逃/大母开怀/双乳涌泉。"(《自语》)②"大母"如同天地的主宰者,拥有无法估计的能量。英雌并不像英雄那样只有单一性别,她平凡而又崇高,这一"大母"的英雌形象是台湾女性诗歌塑造的新形象,以充满力量的新女性形象颠覆了父权制下苍白无力的女性形象。

她的《母与女》③也表现了富于女性主义精神的母女情谊:

你是我的子宫
欲求一个男人
结下丰实的果

你渐变成小女人
双股如球
胸已蓓蕾

子宫尚在沉睡
未有卵血的呼喊
你的双眼无欲
成熟的女体
容易欲求一个男人
充实子宫

然而子宫之外
结实之外
还有自由的女灵。

在她看来,母亲是因为希望生命(小女人)才需要男人的,但女性仍然要警

---

① 李元贞:《女人诗眼》,台北县立文化中心1995年版,第194页。
② 李元贞:《女人诗眼》,台北县立文化中心1995年版,第94～95页。
③ 李元贞:《女人诗眼》,台北县立文化中心1995年版,第168～169页。

惕沉于性欲望或怀孕的欲望,因为,母女之间共通的最宝贵的东西是一种精神——自由的女灵。在《男人》中,李元贞说:

> ……
> 他们酷爱
> 战争
> 一种精液
> 炮轰的
> 游戏
> 比起来
> 女人的爱情
> 规模太小
> 且无
> 生与死的
> 挣扎
> 女人们
> 只好一面
> 捡骸骨
> 一面如池塘般
> 不抗议的
> 幽幽的
> 哭泣
>
> 我们都知道
> 男人
> 是我们乳大的。①

这首诗不规则地分为八段,首尾重复的两段是"我们都知道/男人/是我们乳大的",强调男人对于女性的从属性,而男人获得滋养长大之后,就"延长鼻子/控制世界",以谎言控制世界。"延长鼻子"这一意象来自意大利作家卡洛·科洛迪的《木偶奇遇记》。她又写"他们酷爱/战争";而战争的本质与男性身体的本质是一致的,都是"精液/炮轰的/游戏"。这首诗在最后来了一个"逆转",把女人由软弱的受害者形象变成了地母的形象,以生命的源泉滋养着男性的生命力。李元贞长期从事妇女运动,争取女权,这首诗通过对男女位置的这一"逆转",表现了她对两性关系的新认知。

---

① 李元贞:《女人诗眼》,台北县立文化中心1995年版,第229～330页。

(四)陈玉玲和沈花末:女人以恶露写诗

女鲸诗社的四大编委还有陈玉玲和沈花末,但两人的诗风差别很大,陈玉玲着眼于内,"身体写作"的意味浓厚,她甚至直接说,女人是以恶露来写诗的;而沈花末则着眼于外,企图从服装等角度切入女性的真实存在状态。

陈玉玲

陈玉玲,1965年生于台湾宜兰,卒于2004年,辅仁大学中文系毕业,淡江大学中文硕士,香港大学中文系哲学博士。曾任教于静宜大学中文系、台北师范学院语教系等,曾获台湾学生文学奖、吴浊流文学奖新诗奖。著有诗集《月亮的河流》(2002),诗集由"月亮的河流""木棉花开"和"蜘蛛网"三部分构成。此外,她还有论著《台湾文学的国度——女性、本土、反殖民论述》(2000)。

"夏天的时候/爸爸,我讨厌你/你跟踪/初恋的我/在约会的雨中。"①陈玉玲既有这样温婉的作品,也有非常大胆的女性主义诗歌。在她眼里,女性写作的实质就是以女性生殖器写作:

> 女人,以恶露写诗
> 自子宫至阴道。②

的确,正如肖瓦尔特所说,在真正达到"她们自己的文学"(a literature of their own)这一阶段,女性作家必须经过"抗议"的阶段,然后才是反省自身,重构自己的历史观。《沙发》表现了女性明确的反抗意识:"我决定不再思索/要不要离你而去/不管我如何,反正你/总是毫不考虑/就让那与日俱增的/体重,压在我身上,/也从不低头怜惜我/蹲得发酸的腿。"③她在诗的结尾宣布甚至有可能到来的一场"暴力革命":"在你背后的我/正计划制造/一场心折骨惊的/大地震。"④

沈花末

沈花末,1953年生于台湾省云林县,台湾大学中文系毕业,曾任中学教师、台湾《自立晚报》副刊主编,曾获台湾优秀青年诗人奖。她曾留学美国,获美国俄亥俄州大学艺术史研究所硕士。沈花末16岁开始写诗,于1970年代中期写诗投稿《联合报》《中外文学》。1978年她自费出版第一本诗集《水仙的心情》,1989年皇冠文学出版社重出此书,更名为《有梦的从前》。1986年,她主编《1985台湾诗选》。1992年由圆神出版社出版诗集《每一个句子都是因为

---

① 陈玉玲:《春夏秋冬》,《月亮的河流》,桂冠图书公司2002年版,第58页。
② 陈玉玲:《恶露》,《中外文学》1998年第313期。
③ 江文瑜编:《诗在女鲸跃身击浪时》,书林出版有限公司1998年版,第112页。
④ 陈玉玲:《月亮的河流》,桂冠图书公司2002年版,第113页。

你》。与苏白宇一样,她只有一次被尔雅版年度诗选(八十年年度诗选)选中。也许,她更以散文和《自立晚报》副刊主编的身份知名于文坛。

沈花末的诗说明她对女性服装有独特的把握,如《飨宴》:

曳地的裙裾
贴着银色图案,懒懒地
垂着,有一些动人的故事①

又如《雨天七行》:

山蓊地冷了
羞涩地拉紧薄衫②

法国哲学家罗兰·巴特喜欢把时装当作符码来研究,沈花末的诗很适合用巴特的符号学来分析,"曳地的裙裾"说明她对于长裙这一意象的认可,可见她对传统女性美的认同。"薄衫"既能引起浪漫的想象,薄衫的柔软贴身,又有一种处在男性凝视状态下的性感。在《寂寞也是歌》中,"春衫"这个意象被用来表现女孩的洒脱大方:

单薄的衣衫偎暖了
再割取一方天色
填补清瘦的脸

海岸我们走着想着
潮声牵动着神经
街道我们走着想着
人声嘲弄着孤独③

"春衫"这一意象实际上突出的是诗人主体的自恋:"我"是孤独而"清瘦"的。

沈花末在诗集《第一个句子都是为了你》的第四辑"一朵花的一生"中,她以花的生长来隐喻和建构女性的生活史,"我想写一点点诗,写一点点/一部迟误的自传/并且重新温习那死去已久的童年"④,"仿佛我可感应花的呼吸/第一次/我回到了失去很久的小时候"⑤。沈花末写诗,是以一种"白衣斜进水

---

① 沈花末:《有梦的从前》,皇冠文学出版社1989年版,第71页。
② 沈花末:《有梦的从前》,皇冠文学出版社1989年版,第184页。
③ 沈花末:《有梦的从前》,皇冠文学出版社1989年版,第98~99页。
④ 沈花末:《每一个句子都是因为你》,圆神出版社1992年版,第123~124页。
⑤ 沈花末:《每一个句子都是因为你》,圆神出版社1992年版,第129~130页。

里"(《初生的莲》①)的"水仙的心情"来写(《水仙的心情》)②。她组织出自恋的意象,少女时代在她笔下,"你十四岁的柔情是一次/温暖的雪崩"(《十四岁》);是"缓缓一朵初生的莲","形销骨立之后/身缠白布"(《烛火》)③,诗中的抒情主体"喜欢穿着暗色的衣裳"(《在写诗》④)。

沈花末诗中的这种象征的隐喻,不能仅以象征了传统女性来概括,她在《九月廿二日看残荷》中写道:"荷倒下,拥抱一片/晶莹的土地,遗言委于/水上,却没有葬仪。"写女性的牺牲,但多了反省。普通的景物在她眼中也有宏大的气势,如"一声落叶/纷纷惊起秋天"。《山风》⑤虽是一首爱情诗,但诗中的"我"却默默地承受着"你"的高姿态和杀害:

在起风的树梢
你凌越一切
收集黑暗
然后如超然的一支向我射来

你叙述星空的伟大
群山的以及无边的寂寞
在你眨眼的一瞬
你已用惯有的尖锐刺伤了我。

三、女性主义诗歌的新发展

(一)杨佳娴:"美人鱼"的现代版本

杨佳娴,1978 生于台湾新竹,政治大学中文系毕业,台湾大学中文所博士。杨佳娴是台湾诗坛新世纪十年重要的新秀诗人,曾获台北文学奖、梁实秋文学奖、台湾学生文学奖、台湾大专学生文学奖等奖项。作品以诗与散文为主,散见于华人报刊,著有诗集《屏息的文明》(2003)、《你的声音充满时间》(2006)。

杨佳娴大学二年级时(1999 年 10 月)写的短诗《在诗沦亡的前夕》就表现出"视诗如归"的气概,"于是我让呼喊的声音/越过这稀薄的大气/标语和学说

---

① 沈花末:《有梦的从前》,皇冠文学出版社 1989 年版,第 79 页。
② 沈花末:《有梦的从前》,皇冠文学出版社 1989 年版,第 34 页。
③ 沈花末:《有梦的从前》,皇冠文学出版社 1989 年版,第 88 页。
④ 沈花末:《每一个句子都是因为你》,圆神出版社 1992 年版,第 182 页。
⑤ 沈花末:《有梦的从前》,皇冠文学出版社 1989 年版,第 181~182 页。

淹没最后一棵树/光线失去剪裁的对象/城市的避雷针上/穿刺着爱/我们高傲的美学/只剩带血的犄角,浮出冰河"①。

台湾的大学生一直对"电子布告栏系统"(electronic bulletin boards, BBS)情有独钟,杨佳娴是政治大学"猫空行馆"(telnet://140.119.164.150)现代诗版的版主。由于担任版主,她开始在网络上发表诗作,她还在明日报个人新闻台主持"女鲸学园",每日都有相当庞大的访问流量。

古典故事的现代版本

《屏息的文明》收录了杨佳娴1999—2002年的诗作,全书共分四卷"美丽的忧患""在梦中腹语""暗夜行路""岛与半岛"。杨佳娴倡导"新古典主义",以"时间的易逝"与"小众的孤独"为主题。杨佳娴刚开始在网络上写诗的时候,曾经刻意不使用古典意象,"我要写那种让大家看不出来是中文系的人写的东西"。等到她对诗有更深的理解的时候,她反而对改写古典有一种"专业的自觉":"既然我身为一个正统中文系出身的创作者,与其厌弃这个事实上非常丰沛的资源,更应该好好利用。"她承认正是中文系的专业知识背景使她受益良多,"与其说我的新古典诗风是直接受到了某某诗人的影响,不如说我从诗、词等古典文学中获取了更多的文字资源"②。

杨佳娴灵活用典,她喜欢"纤细"的美学风格,如《破晓》:"哪一个字眼才能负载你/向我展示的纤细。"③《木瓜诗》(2000年5月)的灵感显然来自《诗经·卫风》中的"投我以木瓜,报之以琼琚。匪报也,永以为好也":

像松针穿过月光的织物
听见纤维让开了道路
从小小的孔隙
折下小小一片你的笑
整个黄昏就打翻了　牛奶一样的
光滑起来

夏天是你的季节呢
山脉似的背鳍展开了　我知道
有鼓胀的果实在行军
我呢焦躁难安地徘徊此岸
拉扯相思树遮掩赤裸的思维

---

① 杨佳娴:《屏息的文明》,木马文化事业有限公司2003年版,第119～120页。
② 汤舒雯:《古典的现代文法》,《联合文学》2009年第299期。
③ 杨佳娴:《屏息的文明》,木马文化事业有限公司2003年版,第157页。

感觉身体里充满鳞片
　　波浪向我移植骨髓
　　风剌剌地来了
　　线条汹涌,山也有海的基因

　　木瓜已经向你掷去了

　　此刻我神情鲜艳
　　亿万条微血管都酗了酒
　　等待你游牧着缄默而孤独的萤火
　　向这里徐徐而来①

在这首诗里,《诗经》中的典故成为背景。"我"的目光和思绪"像松针",透过月光,"听见纤维让开了道路",她以松针来编织月光,构思巧妙,"打翻了牛奶"更是使用魔幻和象征的手法来表现情感。单独成段的一句"木瓜已经向你掷去了",记载下女性永恒的爱情,"亿万条微血管都酗了酒"则写下古今女子的情欲故事。的确,《木瓜诗》可以算是杨佳娴的开卷诗,也是新古典诗风的"神情鲜艳"的第一章,正如杨宗翰所言:"杨佳娴最着力经营者,正是被年轻诗人们日渐遗忘了的,诗的纤细。纤细,并非只是诗人惯用的一个词汇;纤细,更是指对诗想象及诗美学的一种追求。"②但他对第二节以后"鱼"的意象的加入不满,认为其过于跳跃。

创作于两个月后的《迟疑》一诗,足以打消杨宗翰的这种担心,《迟疑》二首的第一首写当代的织女与牛郎:

　　织女星缄默着
　　许多鹊鸟因为等待架桥
　　而开始瞌睡

　　那疲惫的男子啊
　　牵着整座夏日星图
　　还在城市深处
　　向街灯问路③

---

① 杨佳娴:《屏息的文明》,木马文化事业有限公司 2003 年版,第 25～27 页。原刊于《自由时报》副刊 2001 年 4 月 13 日,后收入《九十年诗选》。
② 杨松年、杨宗翰编:《跨国界诗想——世华新诗评析》,唐山出版社 2003 年版,第 338 页。杨宗翰执笔评论的杨佳娴、林婉瑜、林怡翠三篇合为"崛起"中的七字头后期女诗人——以林婉瑜、林怡翠、杨佳娴为例》一文,收入《创世纪诗杂志》2003 年第 137 期。
③ 杨佳娴:《屏息的文明》,木马文化事业有限公司 2003 年版,第 32 页。

短短的七句诗活用典故,讲述了一个既散发着古典光泽而又新鲜无比的爱情故事。在这个现代故事版的故事中,等待爱情的织女与找不到道路的男子,在诗的想象力的延伸之下来到现代都市,现代织女虽然情感已经成熟,但仍然被迫困于古老神话的被动性,不得不让心灵的"鹊鸟"因等待而疲倦,而那个都市男子还在寻途问路、迷于津渡,最后甚至有可能错过爱情。这首诗最先三行的韵脚运用得自然而贴切,表现出男性的无能、无助以及渴望,由此更见作为背景的"织女"的期待与恋慕。唐捐充分认识到杨佳娴诗作"利用'能说'的特性"这一优点,"杨佳娴在这一方面,像个跳级升学的资优生,展现了极高的能耐"①。

此后一年之内,杨佳娴陆续创作出《相忘》(2002年7月)、《海神岸上的踟蹰》(2003年4月)、《柱下之歌》(2003年5月)等诗继续这种超时空对话。《相忘》与《柱下之歌》都是对《庄子盗跖》篇里的"尾生与女子期于梁下,女子不来,水至不去,抱梁柱而死"故事的诗歌想象:

> 白色无尽的线条
> 世界不断流失
> 像不可挽回的什么
> 沿途,跋涉过树叶的灰烬
> 蝴蝶的灰烬,梦的灰烬
> 神殿隐约而遥远
>
> 你仍执伞立在柱下
> 相隔千里,我还是可以听见
> 水滴从你发脚弹落
> 摇曳,破碎,迟疑的爱
> 我们之中有谁算错了节拍
> 而世界仍然是一组庞大的乐队
> 洪流般的音乐瞬间淹没
>
> 暴雨来过,又风云而去
> 江湖从未有事②

这首诗从暴雨初起写起,"世界不断流失/像不可挽回的什么",既写暴雨,又写出不安的心情。以"你"指称尾生,虽与"我"相隔千里,但超越时空,隐约

---

① 唐捐:《花样年华,金凤玉露》,杨佳娴:《你的声音充满时间》,INK 印刻出版有限公司 2006 年版,第 11 页。
② 杨佳娴:《相忘》,《屏息的文明》,INK 印刻出版有限公司 2006 年版,第 181~182 页。

以21世纪写诗的"我"暗指那个失约的女子。其他如《思想史课》通过思想史课缅怀魏晋时代的郭象①,《蚩尤四则》组诗(2001年10月)则重新塑造蚩尤的悲剧英雄形象。② 2002年7月的《冠盖之外》出自杜甫《梦李白》二首之二:"冠盖满京华,斯人独憔悴",杨佳娴让诗的目光穿透千年:

光游过墙头
浓叶筛透了暑声
树下有吹落的蝉衣
窗外,斯人独
憔悴——闲闲掠过
篱笆上三两麻雀啄啄
衣袖微动,是迟疑的云

仿佛还是临别那日
渐行渐远,低着头
感觉长长的草绿得荒凉
路由笔直而至分歧
已经是太迟了
回首,送行的人和你
早隔阂于两个时代③

新古典主义的诗风一直贯穿于杨佳娴的诗作,2008年的《太虚幻境》则换了一种笔法,把"我"想象为"书生",通过"书生"的眼呈现女性的女神:

芦苇后面,掩映
女神的沐浴
唯一的凡人,在此
我比草木砂尘
更没有道行
所以心悸,所以
不知所措地度量着自己
在神话中的位置
期待一桩

---

① 《诗路2000年度诗选》,http://dcc.ndhu.edu.tw/poemroad/yang-jiashian。
② 杨佳娴:《屏息的文明》,木马文化事业有限公司2003年版,第95～98页。
③ 杨佳娴:《屏息的文明》,木马文化事业有限公司2003年版,第109～110页。

可供后人觑读的韵事①

杨佳娴的确是在纵向参与了文学的历史,又在横向隔开了历史人物。

"海"中之"鱼"的女性隐喻

2000年杨佳娴刚开始写诗,就以"鱼"的意象来表现"我"。《木瓜诗》第二节以后杨佳娴很奇怪地使用了"山脉似的背鳍""感觉身体里充满鳞片"等有关鱼的原型意象,使得杨宗翰不无忧虑地评说道:"但我们也不免有些担心:在恣意挥洒才情之余,这两段(诗的二、三节)各个意象间的联系是否过于跳跃、庞杂,甚至有失序的危机。"②杨宗翰由诗的形式角度出发的担心,可能来自他未能全面理解杨佳娴诗歌中对"鱼"的意象的复杂诠释。杨佳娴正是用诗歌的炼金术把"鱼"这一意象锻炼成女性自我的意象。

杨佳娴对诗歌创作的基本观点是:诗是表现,是把人生的折纸打开,看见凹痕与阴影,写诗就是在房间里炼金……2000年10月,杨佳娴以《有人》展现她在古典叙事中"看见凹痕与阴影"的炼金术:

月光阅读过的一棵梧桐
流浪中蓦然知返的鸟
不曾熨干的一捧雪
或者,就有那么一个人在掩映间
从阴影的缺口
浮现如花香
从不断移动的小径
追溯上一个夏天的历史
那是风穿过走廊吹奏时间之孔窍
那是时间缝制的犹疑与不安
从旷废的经书里被释放
复又锁入诗句的典故
语言背后有房间
房间里有海

我在海里指挥着满天星群
朝你的窗户迁徙③

---

① 杨佳娴:《太虚幻境》,《联合报》副刊2008年4月12日。
② 杨松年、杨宗翰编:《跨国界诗想——世华新诗评析》,唐山出版社2003年版,第341页。
③ 杨佳娴:《屏息的文明》,木马文化事业有限公司2003年版,第78~79页。

在诗题下她引了白居易的诗句"月明无叶树,霜滑有风枝",表明此诗改写的来源。白居易的这两句诗出自《乐府诗集》第四十七卷《乌夜啼》:

  城上归时晚,庭前宿处危。
  月明无叶树,霜滑有风枝。
  啼涩饥喉咽,飞低冻翅垂。
  画堂鹦鹉鸟,冷暖不相知。①

杨佳娴此诗题为"有人",呼应的却不仅仅是白居易,还有杨牧的诗集《有人》②中的《乌夜啼》,当时杨牧就以这两句为诗题的引子。杨佳娴之诗题即为"有人"。白居易的原乐府诗《乌夜啼》以现实主义关怀为主题,而杨牧的《乌夜啼》同样以批判社会相呼应,杨佳娴这首诗却只是以"鸟"(呼应"乌")、"夜"、"月"、"树"(梧桐)、"雪"(呼应"霜")等意象靠拢白居易的古典原作和杨牧的近作。但她实际要表现的主题全然不同。"语言背后有房间/房间里有海",以小意象容纳大意象,推陈出新。值得注意的是,这首诗中出现"海"中的"我"(鱼)的意象,是她刻意在之后的诗作中表现的女性主体的意象——"我"在波澜涌动的大海中看见满天星群,打开"你"的生命之窗,"房间"象征"心",在此表达"我"直抵诗人"你"的生命核心。

在她的诗语创造的想象世界里,女性就是楚地的鱼女巫:

  云梦大泽沉我又载我,鱼骨和浮沫
  盛行的季节,金箔在每个手势中飞散
  洋溢着美学与直觉的口水我们相濡
  以诗,我几乎要怀疑自己是
  楚地的香草和异禽了
  或者就是巫咸,我们以矿石涂彩的面孔
  摇晃文字的旄尾,剧烈舞蹈而且
  挪移结冰的象征大系
  只有幻境来的人可以破解的暗语③

这首诗于 2000 年发表于网络,"我们"既是"相濡以诗"的女诗人,又是云

---

① [宋]郭茂倩编:《乐府诗集》,中华书局 1979 年版,第 694 页。
② 杨牧:《杨牧诗集Ⅱ》,洪范书店 1995 年版,第 443~446 页。杨牧的《乌夜啼》作于 1982 年 6 月,隐隐呼应 1979 年"美丽岛事件",1980 年林义雄灭门血案以及台湾社会、政治的巨大变化。
③ 杨佳娴:《沉默但仍然充满声响》,《诗路 2000 年度诗选》,http://dcc.ndhu.edu.tw/poemroad/yang-jiashian。

梦泽中的鱼,还是屈原笔下的楚地风物,"我们"不断"挪移结冰的象征大系",说着"暗语",这一切暗示女性的神性起源(幻境来的人)。正如郑慧如所说的,"悬宕的待续句、文白调和的倒叙句、缤纷而波动的意象、似真似幻的感官经验,展开此诗独特的表演形式",造成"藕断丝连、久而不衰的苦吟"效果①。2002年5月,她的诗《求索》开始以"鱼"的化身,回归古代的历程,这首诗只有短短16行,但却巧引庄子作品中"鱼"的典故:

> 雾中城市轮廓隐约
> 如一匹垂老之兽颤抖的背脊
> 我们默默地出了城门
> 周道笔直,上一批军队的辙痕
> 深深印渍着昨夜的雨声
>
> 这已经不是千年前的大旱了
> 你仍面容震动,陷入回忆:
> "曾经,有一尾鱼,辗转
> 于辙痕中向我腹语……"
> 你积欠的一瓢水
> 在典籍内变成肃穆的泪
>
> 跋涉过每个时代的强光与暗影
> 那无法被完整解答的困惑
> 犹如德行的瘢癣
> 总令我们感到悲伤
> 与瘙痒②

"我"与庄子同行千年,组成"我们"漫游古老中国,千年而下,战争与苦难并不因统治者高举的"德行"而减少。《庄子·外物》中的寓言里,鲋鱼问道"君岂有斗升之水而活我哉",这在诗中演变成一个真实的事件,千年后仍是庄子心中的一大遗憾,女性意象是"辗转/于辙痕中向我腹语"的缺水的鱼,"瘢癣"是指女神上岸后去掉鱼鳞后,皮肤上所留下的磨灭不去的印记。我们面对历史所留下来的无法解答的问题(如女性的处境),诗的回答只是"悲伤"与"痒"。

以"鱼"作为女性自我意象的诗句在杨佳娴的诗集中比比皆是,"鱼"是一个女性的理想自我的"意象",如"湖心草深长,一千尾听法的鱼们/都已经修炼

---

① 郑慧如:《评语》,《诗路 2000 年度诗选》,http://dcc.ndhu.edu.tw/poemroad/yang-jiashian。

② 杨佳娴:《屏息的文明》,木马文化事业有限公司 2003 年版,第 107~108 页。

完成了/我们还踯躅着"①,这是"我们"与"鱼们"的区别之所,我们在洞悟生活方面比不上"鱼们",而有时你、我、泥、鱼之间并没有区别,鱼可能还是"修炼"之后的更高境界,如"当然,你就是我/在同一条河道里拥挤前行/变化为泥,或修炼成鱼"②。又如,"独独我们/中心如鱼,潜游于大海/辨听卵石与珠玉//不过是在小小湿巷里/却有了沧溟的惆怅"③,我们的生存与存在甚至不如鱼,它们在大海中潜游,而我们不过在"小小湿巷"中,但感受却是一样的,我们感受到的也是"沧溟的惆怅",因为我们"中心如鱼"。又如"海洋一千年翻身几次/我古典的尾鳍啊/能不能横越陌生的黑峡"④又如,"或者你将生出背鳞/我将发现耳边有鳃/在漂忽,逐流的时刻里"⑤,都说明她对海洋有一种神秘而执着的乡愁,而人类最后的本质的找寻也与海洋有关。

2003年4月,杨佳娴写下《海神岸上的踟蹰》,诗中巧妙地隐藏了《庄子逍遥游》的神话与"鱼"的原型意象:

曾有一段荒凉岁日
你鼓翼上岸,想体会
大气阻力和海浪的怀抱
哪一种更令人心折

然而,神话的途径
如同人间海岸线
一分,一寸……蚀缺后退
无人早晨,袒开棉衫
无限怀念地凝视
胁下的鳍鳞
或者在高温夏日
留心每一名街路上清凉男子
以为那可能是同族的
浪荡者

重新面对大海

---

① 杨佳娴:《时间从不理会我们的美好》,《屏息的文明》,木马文化事业有限公司2003年版,第50页。
② 杨佳娴:《记载》,《屏息的文明》,木马文化事业有限公司2003年版,第59~60页。
③ 杨佳娴:《有知》,《你的声音充满时间》,INK印刻出版有限公司2006年版,第95页。
④ 《我们的花样年华》,《诗路2000年度诗选》,http://dcc.ndhu.edu.tw/poemroad/yang-jiashian。
⑤ 杨佳娴:《镇魂诗》,《幼狮文艺》2009年第671期。

浪花拨打着遗忘的手势
你已忘记海底
如何通讯①

杨佳娴让《庄子》中的海神鲲上岸变成人，以此暗喻女性的海神起源，即"你"的美人鱼起源，所以本节特以"美人鱼"指称杨佳娴。由于男性更早上岸，大海变得"荒凉"，女神（"你"）不得不由海入岸，寻找尚存海的记忆的同类男性。这里以"同类"暗示男女两性曾有一段海洋里的和谐生活。但随着海岸被日渐销蚀后退，女性最后也与记忆和起源隔绝，只剩隐藏于胁下的鳍鳞尚维系最后一点记忆。由于与海的历史隔绝太久，又难以找到同源于海的理想男性（"可能是同族的／浪荡者"），更可怕的是，女性却无法回归海洋，因为，"你已忘记海底／如何通讯"。"你"这一形象暗喻了女性的鱼的起源，虽然来到陆地，但心中永存一个鱼的原型记忆。通过巧妙地把"你""我"融合（"无人早晨，袒开棉衫……"），如此描写完全是写"我"的语气和视角，使读者明白其实"你"就是"我"，就是诗人自喻。

杨佳娴刚开始写诗的时候，颜艾琳就评论说："这个陌生的名字，一显影便是自身的姿态，在新人出场中，已是成熟而可以被期待的潜力新生代。"②2003年杨佳娴出版第一本诗集时，她向杨牧寄稿索序，杨牧欣然赠序，指出她的诗作中代表了台湾诗坛世代变迁的痕迹③。2006年唐捐为她第二本诗集作序时，赞扬她的"尖新"，不仅有发轫于古典的锤炼之功，而且"任纵有力，放弃了伟大传统的雅正与矜持"，她的诗"天机精警，人机深刻，造老成而斗尖新"。④2008年，唐捐在一篇诗评中再度赞扬她"才力特出"⑤。

杨佳娴对时间有着非常细致的感觉，她最新出版的诗集《少女维特》，一半是十年前的旧作，一半是近作。正如奚密在书前推荐序中所言：一位新世代诗人勤奋建立了一套具有相当深度和坚实质地的美学。总而言之，杨佳娴的诗语言雅致，感觉"纤细"，但她仍需强化写作中的女性意识及语言形式层面的创新。在新近的受访中，杨佳娴也预告了她更新的试验与转向，她宣布将不再持续"新古典"的诗风，而将尝试口语化。⑥

① 杨佳娴：《你的声音充满时间》，INK印刻出版有限公司2006年版，第90～91页。
② 颜艾琳：《成熟的完成——评杨佳娴的四首诗》，《幼狮文艺》2000年第554期。
③ 杨牧：《无与有的诗——杨佳娴诗集序》，《屏息的文明》，木马文化事业有限公司2003年版，第2页。
④ 唐捐：《花样年华，金风玉露》，《你的声音充满时间》，INK印刻出版有限公司2006年版，第8～16页。
⑤ 唐捐：《如鹰如狼听风看雪》，《幼狮文艺》2008年第658期。
⑥ 汤舒雯：《古典的现代文法》，《联合文学》2009年第299期。

（二）廖之韵、林婉瑜和杨久颖：新新世代的清醒的童话公主

廖之韵

廖之韵，1976年出生，台湾大学心理学系、公共卫生学系双学士毕业，台大心理学系硕士。曾任《张老师月刊》企划编辑、《美丽佳人》杂志编辑和《饮食》杂志主编，现专事写作。曾获台湾学生文学奖、优秀青年诗人奖、宗教文学奖等，并获台湾文化艺术基金会2004年文学类出版补助和第十届台北文学年金。她16岁开始写诗，出版有诗集《以美人之名》（2004），作品曾收录于《四季》《如果远方有战争》等书。

诗人萧萧是廖之韵高二时的语文导师，算是廖之韵的写诗启蒙老师。后来，廖之韵以《四季》《姬别霸王》这两首诗囊括台北女中"绿园文粹"新诗第一名与第二名时，格外感谢萧萧在课堂上所给予的创作自由。在台湾大学时，廖之韵又受到女性主义和性别课程的影响，故而尝试在诗歌中反思性别（gender）问题。廖之韵在诗集的后记里写道："如果被期待成为一个女人，为什么不写女人的诗，在阴性特质底下流转的，无关性别，再跨出去一步，我遇见了美人。"①

廖之韵在大学时受夏宇的后现代诗歌的影响，后来又喜欢周梦蝶的诗作。

在《童话睡公主》中，她对童话的反思与嘲讽也很到位。此诗试图表现"睡美人"这一童话故事的真相："我醒了……／他的头发不好看，／他的鼻梁不够挺，／他太胖了，他太矮了，／他不懂得欣赏我的花，／他的唇不会重复／吸吮：他只是一个王子……"②王子的形象在诗中显得非常可笑，既不英俊又不性感，相反，王子被表现得非常丑陋庸俗，她在诗中大胆地写道："他的唇不会重复／吸吮"，暗示女性对于性的期待。而她对于浪漫爱情童话的反讽，也由此达到了一个较为深刻的层次。

廖之韵的诗集《以美人之名》中的名诗是她写于高中（高二）时期的《以美人之名》，有如下的句子："以美人之名／崩毁城墙蜿蜒／回眸巧笑倩兮／从锦蛇的口中吐出一篇篇／虫蛀了的断页／从那未知的书简遗忘／以美人之名／转身，从头开始／飞天而馈三月落花／点点，江山无限风流。"关于美人的性别，她在后记里写道，"美人，非男非女，是男是女。在面具底下，有谁正在眨眼，凝视，与我对望呢"。美人既非男非女，又是男是女，这就是廖之韵基于社会性别（gender）角度提出的独特见解。萧萧在为她的诗集写的推荐序中认为："《姬别霸王》……从题目就可以看出有别于世俗大众的'霸王别姬'，之韵不以传统男性

---

① 廖之韵：《美人之名》，宝瓶文化公司2004年版，后记。
② 廖之韵：《美人之名》，宝瓶文化公司2004年版，第11页。

观点回顾历史沧桑,而以女性角色主动出击,主动告别。高二的年纪,姬别霸王的认知,其实已奠下这册诗集里'千年之泪'与'名字'二辑诗的主轴,要从历史的爬梳中见证女性的时代意义与价值。"这样的评价相当准确而一语中的。

林婉瑜

林婉瑜,1977年生于台中,1996年进入台北医学院保健营养学系就读,1998年休学,考入台北艺术大学戏剧系,南华大学中文系硕士。戏剧系二年级开始创作诗与剧本,曾任《乾坤诗刊》主编、《台湾立报》专栏作者。作品曾入选《中华现代文学大系Ⅱ:诗卷》《年度诗选》《现在诗》《译丛》等海内外刊物。曾获时报文学奖、第一届青年文学创作奖、林荣三文学奖、优秀青年诗人奖、第一届青年文学创作奖、"诗路"2000年"年度诗人奖"等。现为出版社编辑。2001年10月,在"教育部"和文建会补助下,尔雅出版社出版了她的第一部诗集《索爱练习》,此外,她还出版有最新诗集《刚刚发生的事》(2007)。

林婉瑜写母亲的病,表现了既牵挂又无奈的情感,引出读者相似的悲伤与无奈:

> 母亲的病延宕着
> 迟迟地
> 我们已忘了
> 毫无挂记的笑容是怎么样
>
> 公车上,回家的路
> 我们把发皱的脸烫平
> 回到公寓
> 寂静的饭桌
> 听电视综艺主持人的花腔
> 间中穿插华丽乐声
> 点滴架以高音显示地板的纤尘无染
> 母亲端来白菜、竹笋炖排骨
> 滋味并没有改变
> 碗筷碰触的声音
> 敲击我们的隐忍

林婉瑜写性,也一样充满了"隐忍"的冷漠,如《做爱》:

> I
> 如果只因为欲望
> 请亲吻右边乳房

如果有着爱
请吻左边乳房
那里
比较靠近心脏

Ⅱ
自然在我体腔种植的
三热点
因为摩擦

杨久颖

杨久颖,笔名Join,1973年出生,政治大学广播电视研究所毕业,联合电子报乐评专栏作家,长期从事摇滚乐、电影评论工作。她是网络新兴团体之一"尤里西斯"创作空间的版主。

杨久颖的名诗是《黑雪公主》:

包里的打火机呢蕾丝内裤呢
明明是用链条系住的啊
不见了消失了像昨天你说过的话

她以黑雪公主为白雪公主的反面,这是一个理性的、反讽的形象,但对爱情还没有绝望。"宗教和哲学一向是严肃的命题/棒棒糖则不是/跳舞可能是可能不是/三小时内请重复四百二十七次舔的动作(质数 使人心安)。"

杨久颖的诗表现了新新世代女性的主要特征:半途转喻、跳跃增殖、颠覆。在谈到创作时,她否认写作的历史感:"坦白讲,我不太懂什么是'历史感';我只知道自己除了用自己习惯的方式去面对世界,便别无他法了。我也不会在白晓燕案发生时写'悼一只早逝的燕',也不会在修宪成功时写'一个被放在冷藏柜里的岛屿',更不知道该如何去摹绘时下当红的种种性别、躯体、欲望……等等议题。我只能经由那些令我感动的东西,激发出写作的基本元素,至于别人想不想看,就没有那么重要了。对我来说,假如我企图用文字来记录些什么,那就只有我自身的历史。"①

虽然她如此说,但是她的诗其实是有历史感的,并且不仅是她自身的,而是"面对世界"时的历史感。如《那是一个多么美好的年代》:

……

---

① 庄裕安:《啄木与飞翔——跟新生代诗人笔谈》,http://bbs.nsysu.edu.tw/txtVersion/treasure/poem/M.999184888.A/M.1007535476.A/M.1007540296.A.html,2001年11月12日。

那是一个多么美好的年代
有阳光,也有月亮
革命家决定隐退
路边卖艺者决定献身
给
一个不知纷扰的世界

那是一个多么美好的年代
萤火虫可以用尽一生
只为
照亮信笺尾端最后的名字

那是一个多么美好的年代……

(三)植物园诗社的女诗人:反思消费文化

1994年成立的植物园诗社在整个1990年代一直活跃于台湾现代诗坛,为台湾最大的跨校性诗社,参与者为台湾各大学学生。创社时,成员平均年龄只有18岁。历年加入的社员多达40余位,主要成员有杨宗翰、何雅雯、潘宁馨、邱稚亘、林思涵、洪书勤等人。1995年1月,诗社发行《植物园诗学季刊》,由杨宗翰、孙梓评担任发行人,创刊号主编林思涵,第2期主编林怡翠,第3、4期主编何雅雯。主题涵盖创作与评论。原为季刊,后受限于财源因素,发行四期后,改为年刊,但最后仍于1998年停刊,最后出版《毕业纪念册——植物园六人诗选》。此后虽未以社团名义对外公开活动,但21世纪以来原诗社的许多人继续创作,成为影响台湾新世纪女性诗歌的重要诗人。

植物园诗社的女诗人们多出生于1970年代中后期的都市,多受过本科以上教育,她们对女性自身存在的反省,对台湾作为一个岛屿的复杂历史以及台湾迅速发展的都市消费文化的反省达到相当的深度。

林怡翠

林怡翠,1976年生于台中,台湾大学中文系毕业,南华大学文学研究所硕士,她在非洲南端居住多年,作品曾获台大文学奖、台湾学生文学奖,已出版诗集《被月光抓伤的背》(2002)和短篇小说集《公主与公主的一千零一夜》《开房间》(2003)。现为《乾坤诗刊》主编,《台湾立报》专栏作者,诗作发表于《蓝星诗刊》《乾坤诗刊》《创世纪诗杂志》等,并出现在《台湾诗学季刊》2000年新世代诗人大展,作品多次收入年度诗选。

林怡翠的女性主义倾向相当明显。她的诗的意象也说明了这一点,在《后月亮主义》一文中,林怡翠承认,"我的诗里总少不了月亮"①。月亮本身则是女性书写的象征。

她的代表作《被月光抓伤的背》一诗发表于 2000 年 4 月 21 日《劲报·劲副刊》。本诗共分 6 节,有一副标题为"写给带着'慰安妇' 伤痛活着的台湾阿嬷"。

《被月光抓伤的背》以 6 段 58 行的诗,讲述关于慰安妇的一个"苍老得有些难堪"的故事:女主角 16 岁时父母双亡,被派去南洋当"慰安妇",被日本军人们蹂躏;战争结束后回到家乡,面对的是街头巷尾的羞辱、耳语,乃至昔日爱人闪避的眼神。但是,抒情主人公并没有绝望,相反,她有相当的清醒,别人都以为她处在"黑暗的深渊里",但她只叹息"不曾有人见过我的清白"②,这才是她最大的疼痛、最难痊愈的伤口。作者面对日据时期台籍慰安妇的"历史事实",内心深处始终以"我们"指认并怀着深挚的同情:

　　天已被焚化,灰烬是无处攀爬的
　　蝼蚁,我们驮伏着沉重过自己数倍的命运
　　那时流苏花还飘飞满天
　　怎么会就下了一场大火?

台籍慰安妇以"蝼蚁"之躯负载着国族沉重的命运:

　　食物都吃完了
　　战争独自熏烤着美味的城镇
　　一个嗝,喷翻无数条人命
　　我的阿爸,阿母你们飞去哪里?
　　男人找着左边的肘骨和右边的踝
　　女人找的却是,船向南洋时
　　没入远烟的十六岁
　　那时幸与不幸,距离是一个炮火乍响的
　　七月。七月
　　神与鬼都顿时爱哭起来。
　　是谁弄湿了一双再没有干过的眼睛?

　　反正青春也好老去也好
　　路,总是朝着死亡那一边倾斜

---

① 林怡翠:《被月光抓伤的背》,麦田出版社 2002 年版,第 6 页。
② 林怡翠:《被月光抓伤的背》,麦田出版社 2002 年版,第 76 页。

整首诗的意象环环相扣,抒情之后是一种让人心痛的"豁达"。她写慰安妇的可怕的处境,把战争和性的意象并置:

> 一颗子弹穿过我的下体
> 竟像一片枯叶轻轻地飞过庭院
> 我已忘却的疼痛如一排一排的落花
> 不知黏在哪一双军靴跟底,一步
> 踩烂一个少女的春天

一连串的隐喻代替了愤怒的呐喊。林怡翠在诗前附了一段文字,说明写作之动机:"夜半,在公视看见台籍慰安妇阿嬷的纪录片……在贞操洁癖的世界里,她们哭着或笑着说起自己的故事,多半是不甘心,是青春不再。她们很老很老了,像这段战争和妇女受难的日子一样,在镜头前苍老得有些难堪。可是,我感觉到了那种疼痛却不轻易叫出来的勇敢,当她们低头,在满身的伤口中看见自己的时候。我不由得尊敬起这些生命来,然后才有诗。"①

何雅雯

何雅雯,1976年生于台北,台湾大学中文系硕士毕业,台湾大学中文系博士。求学期间曾加入植物园诗社,担任诗刊主编。曾任世新大学中国文学系兼任讲师、台大中文系系刊《新潮》主编和《植物园诗学季刊》主编。现任台湾大学中文系讲师。作品曾获"教育部"1990年文艺创作奖短篇小说组佳作、第一届台湾大专学生文学奖新诗佳作奖、台湾学生文学奖新诗奖等。2005年出版个人诗集《抒情考古学》。

何雅雯浸淫古典文学日久,在写诗方面,她一直无法超越爱情题材。她擅长以现代角度重入古典氛围,如《标本》:

> 请给我一枚火种
> 我将还你整束阳光
> 因为我是吸饱了夏日的
> 容易感动的盐
> 释出泪水
> 又晒成碎晶
> 是纷飞的蝴蝶
> 注解一部春天
> 你的经文写于冬季
> 我的体温无法阅读

---

① 林怡翠:《被月光抓伤的背》,麦田出版社2002年版,第70页。

躺在纸页间
眼泪把隶书洗成山水
自己却逐渐干瘪
翅膀皱成智慧
颜色褪成梦
我溺死于陈年旧事
当你翻页
就被吹成落雪

潘宁馨

潘宁馨,1976年出生,辅大中文系毕业,1998年与植物园诗社同好共同出版《毕业纪念册——植物园六人诗选》。她对都市流行文化的反思颇有力度,如她对麦当劳的批判达到一定深度:

M到底是胜利的姿势
还是一对无辜
高耸的乳房
饥饿咀嚼时间
人装饰孤单
首都则迅速沦陷在
空心手势和黄色乳房
尺寸一致的塑胶味笑容里
意志和肥胖的争执仍未停止
胃已好整以暇地趴在柜台
挑拣一个看来可口的数字
至于超值的问题
谢绝消化①

这首诗表面赞赏而实则批判全球化。潘宁馨使用反讽的手法,一一清点了麦当劳(M)的商业标志、诱人的餐点样式、难以抵抗的食物组合等细节后,让我们怀疑她曾是麦当劳的长期顾客,才能有如此深入的反省。她讲述顾客们如何在物质享受和精神挣扎中徘徊,思考切入了文化驯养的深层问题,点出美国的政治胜利是以商业胜利为表象和标志的。

潘宁馨对"性"的抒写也绝无保留,在《造爱》一诗中,她直接描写性爱场面:

---

① 潘宁馨:《速食店记实》,《创世纪》1997年第112期。

爱～爱爱～爱爱爱～～～
爱～～～
我们的爱　一夜之间
反复进行六次
浓烈而威猛的爱呀

你还是察觉到第三者存在
那是个意外　我发誓
情况有点复杂会尽快解决
我们讨厌不纯粹
我们承诺:no promises

你的吻吮干我股间的血
悲剧已经结束了
没关系。我安慰你
继续　我们又开始愉快地
爱①

如此的性场面铺叙确实是直接而震撼,这场"造爱"虽然插入了一个"第三者"的小广告,但也只视之为正常现象,而"我们"(女性之总称)也不再海誓山盟,在潘宁馨这里,女性在爱情中的承诺就是:没有承诺(no promises)。

林思涵

林思涵,1975年生于台湾云林西螺,师大中文系毕业。曾获第一届台湾省文学奖散文奖,第十二届、十五届台湾学生文学奖散文奖,屡获师大文学奖新诗奖、散文奖。1998年与植物园诗社同好共同出版《毕业纪念册——植物园六人诗选》。后来她信仰了基督教,创作越来越少,她解释说:"我以前尝试用文字去解释生命,不过我现在找到更好的了(指主耶稣),所以我不再抱持着文字是唯一工具的想法了,我也不知道我会不会再继续写下去。"②

(四)蔡秀菊、蔡宛璇等:女体之抒写

蔡秀菊

蔡秀菊,1953年生于台中,台湾师范大学生物系毕业,静宜大学生态系硕士。曾任台中清泉中学、沙鹿中学、中山中学和汉口中学教师。现任静宜大学

---

① 潘宁馨:《造爱》,《台湾诗学季刊》1998年第24期。
② 林思涵:《植物园诗社八月聚会实录》,http://www.etat.com/news/etatnews/980904-3.htm。

通识中心讲师。曾获以色列林德堡和平纪念奖、第一届台中市大墩文学奖新人奖、吴浊流文学新诗佳作奖、第十届陈秀喜诗奖、第二届绿川个人史首奖、吴浊流文学新诗奖等,为笠诗刊编委。蔡秀菊曾在台湾新竹县尖石乡 Smangus 部落生活并完成诗集《司马库斯部落诗抄》(2003),后来又把它扩展成"原住民"部落史诗《Smangus 之歌》。此外,她还出版有诗集《蛹变》(1997)、《黄金印象》(2000)、《春天的 e-mail》(2003)、《野地集——当自然、人文与现代诗相遇》(2007)、《诗的光与影》(2007)。

蔡秀菊以"沉默"和"无声"的存在来进行自我检视:

面对滔滔不绝的雄辩
我——沉默

面对热血奔腾的主张
我——还是沉默

面对忽左忽右的风向
我——
更须沉默

面对忽黑忽白的指控
我——
坚持
绝对沉默

最后
他们下了结论
我　不值一顾

这首诗指出了女性在历史上的无声以及因果相循的原因,由于女性不去抵抗,加上长期没有自我定位带来的无力感,女性最后被迫沦为客体。在《荣耀的背后》中,女人处在"被判出局"、被"遗忘"的位置,历史给男人以荣耀,最后女人只剩下"滴血的青春":

为了理想和热忱
我的男人抛弃甜蜜的爱情
扛起笔杆走入黑牢

男人与男人
玩着支配的角力
被遗忘的女人

> 只能对着无尽的暗夜
> 咀嚼清冷的孤寂
> 从战场回来的男人
> 佩戴荣誉的勋章
> 从黑牢出来的男人
> 顶着先知的光环
>
> 所有荣辉的背后
> 有女人的青春在滴血

蔡秀菊的抒写是真正的身体写作,她大胆地呈现"女体书写"的关键在于生殖器写作,她在《女体书写》中写道:

> 最最不敢示众的那个地方
> 应该是夏娃离开伊甸园时
> 上帝赠送的礼物吧?
>
> 激情交会时
> 那个地方
> 点燃起殷红火焰
> 导引亿万雄兵
> 穿越幽邃的生之甬道
> 以膜拜的泳姿
> 游向太初混沌处女地
> 一个个圣洁的胚胎
> 于是被种在丰饶母土之上①

蔡秀菊歌颂女阴和子宫,她笔下的"那个地方",不再是"只能躲在阴暗角落/像犯人一般做着肮脏的买卖",而是女性繁殖力的象征,是延续生命的根本,是承接上帝旨意的圣地。在她看来,女人应该善用它,以之照亮女性情欲。

蔡宛璇

蔡宛璇来自澎湖,最近的诗集是《潮汐》(2006)。此外,她还有《曾有一个时空……》为金纸(冥纸)手工诗画集。她以金纸为媒材,在凹凸不平的纸上作画写诗。

"《潮汐》的诗跨越十年,其中展现了两个世界。一个是原乡:以澎湖为母体,写自身在小岛的成长经验,面对海、岸、激烈的季节(主要是冬与夏),而被

---

① 蔡秀菊:《女体书写》,女鲸诗社编:《诗坛显影》,书林出版公司1999年版,第116页。

启发、认识了自身的感觉、自身的激烈、自身的辽阔。开卷诗《母亲岛》即以母亲和岛二者互喻,并说母亲和自己都在心里养一个海,却在自己的海里奋力泅泳。"①《潮汐》的主题是原乡情结与异乡情结的联系与冲突。她写被压抑的欲望如"红气球/风中无声爆破";内在焦虑则如同"黑暗中解放身体/念念//那些忘不了的事//充满/看不见的钉子"。

蔡宛璇的诗富于感伤,她对于"物"尤其能写出深意。她写椅子——"爱过的人都走了。//只留下/他们用体温弯曲过/的形状"。在表现"异乡"这一主题时,她写自己自故乡的出发,"沿着清晨的边/我拉起那条线/整个世界微微露出破绽//它等着我/以自身去填补空缺//那空缺命以我之名","我"自信可以填补世界,让天地圆满。但是现代化城市却打破了她的自信。她在不同城市间漫游,搭地铁、逛美术馆、查路标、看电视、下酒馆、踩在满是鸽粪的广场以及切格瓦拉的画像,她失落自己于"肥胖的和平鸽/踮起脚尖跳舞的城市",她不由得开始寻找"任何一处都可以认出的乡音/例如/糖在碗里旋转溶解汤匙因谈话而晕眩"。原乡与异乡情结的冲突,使得她只能追问:"要如何/向梦揭露睡眠。"正如鸿鸿所言:"我以为,这本诗集的两个世界互相映照,于是彼此都彰显了残酷的力量。"②

林 岸

林岸,本名庄琼花,出生于1974年,空中大学人文学系毕业,曾为《自由时报》美术编辑,现为《皇冠》杂志主编。她的创作以小说为主,著有小说集《寂地之光》。林岸的诗关心个人的心灵困境:

> 她总是说她还没有准备好
> 还没准备好放弃单身生活
> 当然也还没准备好答应情人的求婚
>
> 是的　她总是说她还没有准备好
> 即使无数个适合睡眠的夜晚被它糟蹋
> 即使情人已经等得头发斑白
> 她还是坚持她还没有准备好③

这首诗表现的是女性情欲的自主,而不是性泛滥;是一种自由意识的抉择,而不是简单的"做"或"不做",林岸要表现的是女性对自主性爱的追求。

紫 娟

紫娟,本名许维玲,1968年生于屏东,是网络上较为活跃的诗人。

---

① ② 鸿鸿:《读蔡宛璇诗集〈潮汐〉——如何向梦揭露睡眠》,《文讯》2007年8月号。
③ 林岸:《还没准备好》,《台湾诗学季刊》2000年第30期。

叶惠芳

叶惠芳,1976年生于台北,毕业于英国坎特伯里某大学,主修戏剧,为"魔羯剧场"成员,"朱雀诗园"海外同人。她的诗关注女性的潜意识,有着现代主义诗人和后现代诗歌的探索精神。

江月英

江月英,1978生于台湾苗栗,真理大学外文系毕业。她的诗多表现日常生活,由小见大,用细小的经验反思人生。

古 嘉

古嘉,本名古嘉琦,1981年生于台北,毕业于台北教育大学特教系。她的诗作多系短诗、小诗,表现青春期的复杂情感,曾获台中县文学奖等。古嘉出版有诗集《古嘉诗领域》(2006)。

李康莉

李康莉,1975年生于台北,英美文学研究所硕士。曾任广告文案、营销企划、出版社编辑,现任"网络与书"编辑。出版有诗集《玛格莉回忆录》(2002)。她的诗实验意味浓厚,以梦境般的语言、后现代的拼贴、寓言等方式,营造出把个人的现实、过去与未来相交融的世界,充满诡谲的气氛。

李 郁

李郁,本名李宛怡,1972年生于台南,成功大学中文系毕业,成功大学艺术所硕士。曾任"中华日报"社编辑,现为新闻编辑工作者。曾获府城文学奖、南瀛文学奖、台湾学生文学奖、优秀青年诗人奖等奖项。出版诗集《海军蓝》(2005)。

林奇梅

林奇梅,台湾嘉义人,铭传女子商业专科学校毕业,伦敦大学毕业。曾任商业学校教师,进出口贸易、建设公司会计和英国依岭中文学校校长。现任职于彰化银行伦敦分行,为世界华文作家协会欧洲分会理事。她曾获侨联文教基金会华文著述奖,出版有诗集《金黄耀眼》(2002)和《青草地》(2006)。她的诗以华美的语言和台湾独有的意象来表现乡愁。

张菱舲

张菱舲,本名张郯郯,笔名圈圈、珞沁、菱子,云南昆明人,1936年生于南京,1949年赴台,2003年去世。淡江英专肄业。曾任"中华日报"艺术文教记者、副刊编辑,驻纽约特约记者。有诗集《风弦》(2007)。

高岱君

高岱君,福建长乐人,1972年出生于台湾屏东,东吴大学中文系毕业。历任出版社编辑、主编。现任张曼娟小学堂主编。高岱君创作诗与小说,她写情诗,擅长以贝壳为意象来抒情,表现自然和爱的体悟。她曾获萧毅虹文学奖学金,出版有诗集《散步在云朵的背脊——高岱君贝壳诗》(2001)。

张晓萍

张晓萍,笔名 Ava、爱小冰,现为插画家。张晓萍创作文类以诗为主。短诗多与插图搭配,曾获孙中山纪念馆青年学生水彩画写生比赛、"国军"文艺金像奖、台湾优秀青年诗人奖等。著有诗集《喜欢,一个人》(2002)、《女子巷弄.2号》(2003)和《遇见》(2005)。

陆丽雅

陆丽雅,1960年出生于台湾高雄。台南家政专科学校服装设计科毕业,台东师范学院初等教育学系毕业。曾任幼儿园教师,现任台东富山小学教师。曾获九歌少儿文学奖荣誉奖、吴浊流文学奖、"教育部"文艺创作奖、台北文学奖等。她擅长以闽南语创作诗歌,以闽南语独特的音韵表现故乡记忆。出版有诗集《东海岸恋情》(2002)。

林明理

林明理,1961年出生于云林县,法学硕士,曾任大学讲师。著作有《秋收的黄昏》(2008)、《夜樱——林明理诗画集》(2009),作品散见于海内外刊物。

阳　荷

阳荷,本名陈碧珠,1961年出生于台湾南投,台湾师范大学中文系毕业、"国研所"学分班结业。曾任台北三重永福小学教师。现任台中市四育中学教师。曾获台湾优秀青年诗人奖、大墩文学奖、玉山文学奖。出版有诗集《静夜独钓》(2006)。

黄越绥

黄越绥,1947年出生于台湾台南,铭传大学毕业,菲律宾大学公共行政管理硕士公共行政管理、工商管理、餐饮管理硕士。曾为美国哈佛大学东方民族基金会研究员,美国心理咨商协会、美国婚姻家族治疗协会会员和美国(PAIRS)心理发展基金会讲师。曾任作家、电视节目主持人、"妇女权益促进委员会"委员等。现为黄越绥咨询顾问社负责人。2006年出版诗集《黄越绥诗集》。

叶觅觅

叶觅觅,本名林巧乡,笔名帕帕奇,台湾台北人,1980年出生于嘉义。东华大学中文系毕业,东华大学文学创作与英语文学硕士,现就读于美国芝加哥艺术学院电影创作所。曾于绿岛中学任实习教师。获联合文学小说新人奖、"教育部"文艺创作奖、花莲文学奖、台北诗歌节影像诗评审奖等。叶觅觅创作文类以诗为主。她喜欢表现梦境,暗含意旨于符码之间产生后现代的多重指涉。2004年有自印诗集《漆黑》。

马 雅

马雅,本名蔡惠婷,1973年出生于台中。曾为餐厅服务生、影像企划。她喜欢用蜡笔绘画,她的诗通过诗文字与蜡笔图像的对话,吟唱山海自然。她于2004年出版诗集《月亮越来越多》。

蔡银娟

蔡银娟,台湾南投人,台湾大学社工系毕业,英国肯特艺术设计学院视觉传媒博士。曾任文山中学教师、励馨基金会社工员、协和工商教师等。现为画家,多次办画展。曾获耕莘文学奖、竹堑文学奖、十大杰出女青年奖、全球华文BLOG奖等。出版有诗集《夏绿蒂的爱情习题》(2001)和《我的32个脸孔》(2005)。

戴丽珠

戴丽珠,1946年出生于台湾新竹。台湾师范大学中文系毕业,台湾师范大学中文系硕士、博士。曾任淡江大学兼任讲师,逢甲大学兼任副教授、教授。现任静宜大学中文系教授。著有诗集《晨起所见》(2005)和《洋桔梗的亲情》(2005)。

龚 华

龚华,笔名临频、沈萌、佑华、雨梅等,四川万县人,1948年生于台湾台南。辅仁大学食品营养系毕业,"中国文化大学"中文研究所学分班。曾任辅仁大学外语学院助教及学生辅导中心辅导老师,悦享公司负责人,台湾乳癌协会理事、总编辑等职。现为乾坤诗刊社社长,曾获"中国文艺协会"散文创作奖、台湾新诗学会诗运奖、"中国诗歌艺术学会"诗歌创作奖等。著有诗、散文与小说合集《心灵的独白》(与薛林合著,1979)以及诗集《花恋》(2001)、《玫瑰如是说》(2003)和《我们看风景去》(2007)。

郑丽娥

郑丽娥,笔名郑栗儿、夏之光,1963年生于台湾基隆。中兴大学合作经济系毕业。曾任锦绣文化出版公司编辑、企划主编,人类文化出版公司主编,时报文化出版公司文学主编,《联合文学》执行副总编,《自由时报》副刊专栏作家等。现为自由创作者。以小说、散文创作为主,曾获时报广告金像奖、主编金鼎奖等。2002年出版诗集《游嬉记号》。

陈宛茜

陈宛茜,出生于1974年,台大历史系毕业,伦敦大学玛丽女皇学院城市文化研究硕士,曾获"中国时报"文学奖,现为《联合报》文化线记者。有诗作零星发表,其诗作富于女性主义色彩。

骚 夏

骚夏,本名黄千芳,台湾嘉义人,1978年生于高雄。淡江大学中文系毕业,东华大学创作与英美文学所硕士。现任时报文化出版公司文学线企划。出版有诗集《骚夏》(2003)。

(五)网络诗《诗次元:2001诗路年度诗选》:女性诗的多元发展

网络诗歌在21世纪取得更大的发展。台湾的网站中,"诗路,台湾现代诗网络联盟"是个发表作品和查找诗人都很便利的网站,在这个网站中,可以看到各个世代的诗人的数据以及作品。例如:"典藏诗坛新势力"版就收取1960年后生人,其中1970年后生人除植物园诗社的六人以外,还有杨佳娴等。陈思娴曾担任过"台湾诗学吹鼓吹诗论坛"的网站版主,鲸向海、杨佳娴、林德俊、李长青、罗浩原等人也都曾经担任过"台湾诗学吹鼓吹诗论坛"网站的版主。向阳在《飞越旧星空》中说:"理论上,只要文学与网路结合,文学传播就可以为全民所有、所享;文学不会再只是少数文学精英的语言游戏,也不再会被传统的文学媒介及其建构出的媒介霸权所垄断。"①

无论是从作品筛选,还是推荐角度,各大文学网站的文学角度和标准并未丧失。许多文学网站虽然没有独立印制的刊物,但至少都设有版主甚至是驻站作家。

《诗次元:2001诗路年度诗选》选诗的文学性仍然是很强的。"诗次元"作为网络诗的选本,网络女诗人占了相当大的比重,同时它还允许诗人隐藏自己的生理性别。诗人可以特地隐藏自己的性别或宣布自己"可能是女"。如《诗路2001》中第一位诗人flyfay就自我介绍"本名黄诗格,可能是女(虽然外星人无分性别)",1979年生于高雄,东吴大学英文系毕业,现于某电子公司担任行销企划。又如自称为"阴性"的张夜瞳,本名郑嘉华,1971年生于台中市,文化大学中文系文艺创作组毕业,华冈诗社成员。她的网络诗作曾入选《双子星诗刊》及"中央副刊",新诗作品曾入选《诗路1999年诗选》②,《我已来到梦中的小镇》获耕莘文学奖诗组佳作。

网络诗歌扭转了女诗人长期以来边缘的诗坛地位,网络女诗人的增长成为网络流行以来最引人入胜的"突变"。《诗次元:2001诗路年度诗选》的54位作者中,女诗人25名,男诗人29名,虽然女性诗人仍属少数,但其所占比例已达到空前之高。

《诗次元:2001诗路年度诗选》除了上文我们已经讨论过的杨佳娴、林婉瑜、林怡翠等女诗人之外,还有下列女诗人:

---

① 向阳:《飞越旧星空——鸟瞰当前台湾的网路文学》,http://home.kimo.com.tw/poettaiwan/index.html。

② 个人网站为:http://nighteye.idv.tw。

陈思娴

陈思娴,1977年出生于台中县,静宜大学中文系、南华大学文学研究所毕业。回归线诗社社长。曾获第五届台中县文学新诗奖、2006年竹堑文学现代诗奖、第二届林荣三文学奖新诗首奖、2000年公交车暨捷运诗奖入选。诗作多发表于《乾坤诗刊》《台湾日报》副刊。曾任台湾文学馆《通讯》编辑、台湾文化艺术基金会。现为《自由时报》副刊编辑。她的诗歌观点是"写诗像暗暗把舌头伸进蛀牙那空缺的黑洞"。如《老情歌》：

一只艳后等级的埃及斑蚊,交缠着壁虎
铺在天花板上的长舌
吸食器倾注血的沸腾
钟摆对墙,卖力交换
彼此拥吻的深度
光影缄默,时间依旧走回墙角的尘埃
我们早已萎缩的舌根,无力地
瘫痪成一座颤抖的危桥
无从抗衡两端　青春力学的拉扯
舌苔风化了
许多润湿了的话语,翻覆、颓圮
誓言沉积在岁月的侵蚀岩壁
报时鸟钻出岩缝,测试了十五声
午后的肺活量
你微微点头,瞌睡着还没醒来
鸡毛掸子温柔地接获,头顶以上
一对坠楼的热恋
……
皮球跳墙,砸碎了池塘
初凝的薄冰
发梢溅起一季冬雪皑皑
晚餐菜肴里,白盐泪咸的滋味
往后将添加更多了吧
你微微点头,瞌睡着还没醒来
藤椅驼背,贴紧脊椎的弧线
膝盖骨嘎嘎作响,测量风的湿度
唱针刻划唱盘　那深邃的年轮纹路
一圈挨近一圈渐渐老去的轴心

拐杖举步敲起蹒跚的节奏
我轻轻哼唱着桌灯罩里,一首
恒常走音的情歌
然而张口的时候,毕竟是无牙了
你微微点头,瞌睡着还没醒来

此诗写的是一对老夫妇的情爱,描写老人正在衰退的身体机能,以此入诗,可谓另类,无论是瘫痪如危桥的舌根、风化了的舌苔、满是厚茧的手掌、误将杂草视为玫瑰的老花眼,还是那位于七级震央齿牙等,都显现她以诗的想象力将现实加以变形的尝试。最后,我们明白她之所以夸大老态龙钟的身形,为的是从另一个角度来抒写"恒常走音的情歌"。

陈思娴的诗歌中经常出现解构性的后现代悖谬场景。《简讯两则》一诗洋溢着秘密的热情,诗作《乂》和《赃物举隅》则表现了一场不存在的浪漫。她的诗以虚构与想象的浪漫替换了无生气的现实:面包店、典当行、歌手、雾、博物馆。但是,陈思娴的语言偏于散文化,精练、含蓄等方面有待强化。

阿 芒

阿芒,本名洪丽卿,生于花莲,师大英语系毕业,现任小学英语教师。1995年夏开始写诗,诗作曾在《现在诗》及个人网页上发表,著有诗集《on/off》。阿芒在《听诗》中写道:

"滴落如银色蜂蜜"
谁念出记忆清澈美好的诗行
在楼下　读诗中途听到楼上　有人小便
多么好啊,整个宇宙像裤子擦响
我被系回了腰带

这首诗通过粗俗与雅致的对比,试图重新由身体的角度认识宇宙。口中吟出的诗,与身体排出的小便,都同样是宇宙不可或缺的一部分。阿芒的这首诗有点像大陆诗人伊沙的《车过黄河》,都是塑造出一个后现代的场景,将崇高与卑下并置,再以诗人的反应为这种并置定调。

阿芒对于身体与欲望的书写向来大胆而深刻。在形式上,她善用不寻常的断行断句,制造意在言外的悬疑和语带冷笑的节奏。如《爱情真美丽》中:

0 变成∞,虽然很远
虽然她不情愿
她仍然用它钻洞,用它
埋下地雷
如此做令手赞叹而

对面的手感激
可以
拥抱了：
四条蛇，扭曲起来
到空中洗澡
泡在浴缸把0吹成∞，吹出：
稳重
均衡
可以
非常能
双倍承受的
样子
很好看

阿芒在诗中把爱情之吻比成铁丝插入锁孔偷走东西，这个意象有强烈的性暗示。阿芒巧妙地表现两个0加起来，变成了"无限"。女人虽然不情愿，但仍然继续发展下去，当然也埋下了未来的苦果（地雷）。阿芒把拥抱说成是"到空中洗澡"，两人的手臂也形成∞的形状，泡泡也吹出∞的形状……在这首诗中，阿芒对于0与∞符号的自由运用，将主题言简意赅地形象化了。结尾虽然与诗题呼应，但却导致完全相反的效果，使得"爱情真美丽"更像是一种嘲讽。

吕美亲

吕美亲，网名荒芜，1979年生于嘉义。嘉义大学植物保护科毕业，私立东海大学中国文学系毕业。有台湾闽南语诗创作发表于《海翁台湾闽南语文学》杂志。在明日报个人新闻台"荒芜橘园"以及优秀文学网上有专栏。

她获奖的网络诗为《流民的遗书》：

如果我死了，请
这样为我埋葬
在一个没有风雨也没有大太阳的
晴天
先扫干净我睡过的骑楼
再撤走街上的闲杂人等

给我一件长衣
遮盖我小腿上的疮疤

给我一片CD
赶走所有的寂寞

给我一朵玫瑰
我的爱情早已凋谢

给我一枚拾元硬币
它是我最常遇见的朋友

给我一颗喜糖
我没听过教堂的钟声

就你看到的那片山野吧!
离城市不远
只要六片薄板及一炷香
放一面镜子在我手边
我得记清这一生的模样

最后,给我一杯热茶
献予上帝赐我如此恩典

我偷来的脚踏车
也请帮我奉还

这首诗之所以在网络诗中脱颖而出,不仅是形式、结构与层次都很细致,更是由于它"不只是流民生活的纪录,更应视为对时代的回应方式。作者以这封流民的遗书,给永逝的时光一个悲哀的吊唁"①。

其他活跃于网路诗的女诗人还有谢慈笲、邓丹媛、江凌青、侯馨婷、张如彝、莫淑雅、许琇莹、陈静玮、喜菡、黄淑姿、陈榆婷、范巧铃、赖怡绫、曾琮琇、许玉青、郑慧如等。

本章参考文献

张京媛:《当代女性主义文学批评》,北京大学出版社1992年版。

邱贵芬:《后殖民及其外》,麦田出版社2003年版。

古远清:《一道诡异的风景线——统独斗争影响下的新世纪台湾文学》,《天津师范大学学报》(社会科学版)2008年第3期。

李昂主编:《九十年小说选》,九歌出版社2002年版。

王宇:《性别表述与现代认同》,上海三联书店2006年版。

白舒荣:《临镜顾影呈现自己的投影———施叔青的〈两个芙烈达·卡

---

① 《诗次元》中郑慧如评语。

罗〉》,《华文学》2006年第3期。

刘登翰:《施叔青:香港经验和台湾叙事》,《台湾研究辑刊》2005年第4期。

施叔青:《台湾长篇小说创作者经验谈:长篇有如长期抗战》,《文讯》2006年5月。

羊子乔:《从性别认同到土地认同——试析施叔青〈行过洛津〉的文化拼贴》,《文学台湾》2007年第62期。

南方朔:《透过历史天使的悲伤之眼:〈风前尘埃〉推荐序》,施叔青:《风前尘埃》,时报文化出版企业公司2008年版。

林德俊编:《保险箱里的星星——新世纪青年诗人十家》,尔雅出版社2003年版。

江文瑜编:《诗在女鲸跃身击浪时》,书林出版有限公司1998年版。

赵天仪编:《混声合唱》,春晖出版社1992年版。

杨松年、杨宗翰编:《跨国界诗想——世华新诗评析》,唐山出版社2003年版。

女鲸诗社编:《诗坛显影》,书林出版公司1999年版。

第十二章 台湾现代女性戏剧

第一节 概 述

台湾的新兴戏剧萌芽于1910年,1923年前后以"文化剧"之名兴盛一时。三四十年代,台湾现代戏剧处于惨淡经营之状态。1949年国民党当局迁台,一批追随国民党的作家跟着来到台湾,为台湾当代戏剧的发展储备了编剧人才。此前,台湾只有女演员、女观众,并无女剧作家。

在台湾,最早面世的女剧作家的剧本,是1949年6月迁居台湾的李曼瑰的四幕话剧《时代插曲》,此剧1946年由台北妇女文化月刊社出版。1950年,李曼瑰的四幕话剧《皇天后土》再由台北的新社会月刊出版。自此,台湾渐渐有女作家创作的剧本问世。[①]

1950年代,台湾话剧由"戡乱剧"进而发展为"反共抗俄剧",是为战斗戏剧阶段。曾任政工干校教授、中国妇女写作协会理事的**丛静文**(笔名丛林,1927年生,北京市人),此期出版了两部剧作《春风吹绿湖边草》(四幕剧,1954)和《绛帐千秋》(四幕剧,1959)。《春风吹绿湖边草》针对台湾畸形的养女

[①] 1952年夏天,已离开大陆数载,创作过唯美主义剧本《玫瑰与春》《鸠那罗的眼睛》的女作家苏雪林,从巴黎经香港抵达台湾。在台湾,她没有再写剧本,但是,她关注女作家的戏剧创作并为她们写剧评。

制度,《绛帐千秋》强调家庭、教育的重要性,两剧均有具体且富于人情味的故事情节。这两部当年颇得好评的剧本,台词中仍不免有"反共抗俄""反攻大陆"之类的宣传式口号。

1960年,赴欧亚十二国考察戏剧的李曼瑰返台。在当局的支持下,李曼瑰大力倡导小剧场运动,培养戏剧人才。她坚持不懈的努力与付出,使原本奄奄一息的台湾戏剧挣扎着走向另一个阶段。李曼瑰本人被看成"台湾当代戏剧的奠基人",得到"台湾戏剧导师"之赞誉。

1970—1973年,《中华戏剧集》①陆续出版,内中收录5个女作者的12个剧本:李曼瑰的《淡水河畔》《国父传》《汉宫春秋》《楚汉风云》《女画家》《维新桥》《汉武帝》,吴青萍的《黄帝》,张晓风的《画》《第五墙》,黄幼兰的《仙瓶》,丛静文的《翠谷情长》。这五个女编剧中的张晓风,正是李曼瑰的亲传弟子。继导师李曼瑰之后,张晓风成为1970年代台湾编剧界最耀眼的明星。

在李曼瑰推动的台湾剧运中,成长起来一批女性戏剧工作者,有把发展教育戏剧作为中心目标的吴青萍;有推动南部剧运的邵玉珍(她获得过"剧运贡献特别奖"并在高雄市发起成立话剧学会)有致力于儿童剧运与儿童剧创作的黄幼兰、尹世英,等等。②

1970年代后,不断有从西方学习戏剧的女学者、女作家返台,投身于戏剧教学与小剧场运动。成绩突出且影响力大的首推汪其楣。这些女海归中,也有不以剧作闻名却跟戏剧大有渊源的女作家,如施叔青、李昂、李元贞。施叔青1970年初赴纽约市立大学杭特学院攻读戏剧硕士,1972年毕业后回台北,在高校讲授西方戏剧和戏剧写作,1976年出版了戏剧评论集《西方人看中国戏剧》。李昂于1978年在美国取得戏剧硕士后回台湾,曾任"耕莘实验剧团"③的指导老师半年。1974年9月—1976年8月,李元贞曾赴美进修戏剧,此后创作了二幕四场话剧《秋瑾——人生的选择》。

陈映真曾言1950年以后,台湾剧场受到了最严苛的"安全"监视,国民党及军文工团体包办了台湾剧运。国民党当局对戏剧预设的立场是,如果它不能担任对外思想战线上的尖兵,那么它至少不能妨碍政权对内的社会控制。在剧作家的思想自由受到极大束缚的形势下,1960年代李曼瑰提倡的欧美式的小剧场运动,政治色彩依然浓厚,最多只能做到几分形似,不可能有实质性的突破。1970年代台湾在国际上的地位发生巨大变化,作为战后成长起来的

---

① 刘硕夫主编:《中华戏剧集》十辑,台湾"中国戏剧艺术中心"编印。共收录41个作者的67个剧本。
② 吴若、贾亦棣:《中国话剧史》,"行政院"文化建设委员会1985年版,第361~411页。
③ "耕莘实验剧团",1977年成立,1980年4月改组为"兰陵剧坊",金士杰任团长,艺术指导为吴静吉。

一代精英，汪其楣等剧作家生出台湾"孤儿"之感，在强调"民族性""本土性"的思潮中，对台湾人、台湾本土及本土艺术倍加关注。

可以说，六七十年代的台湾戏剧，尽管从"反共抗俄"的思想战线上撤退下来，却还是为政权服务的社会教育工具。台湾当代戏剧在艺术形式、思想观念上有所突破，始自 1980—1984 年的实验剧展时期。不过，以陈玲玲的《八仙作场》为代表的融合了民族戏曲与西方现代主义戏剧的实验剧作仍然属于大型戏剧。西方戏剧观念中的小剧场运动，发生在 1980 年代中期。

1980 年代中期，来自西方的女性主义、女权思想已经扩散、渗透进台湾的各个领域，成为重要的社会意识。1987 年 7 月 15 日，台湾国民党当局宣告"解严"，同年 10 月，台北剧场联谊会成立，各种小剧场剧团纷纷成立，风行一时。女戏剧人躬逢其盛，在这一波的小剧场运动中亦有不俗战绩，如李永萍与"环墟剧场"（1986 年）、刘静敏与"优剧场"（1987 年）、詹慧玲与"临界点剧象录"（1988 年）。这三个剧团受西方当代剧场的影响很深，均可纳入台湾剧场艺术的拓荒者之列。

小剧场运动发展到 1989 年，传统意义上的剧场美学已经遭到彻底破坏，现代主义、后现代主义冲击着剧场。没有单一的思想、政治、性别等观念束缚的台湾戏剧舞台，渐渐进入一个百无禁忌的狂欢时代。小剧场里以身体（肢体与动作）作为形式的戏剧文本，以后现代主义的暴力、破坏与拼贴为特征的"语言"，成为女性反体制、反社会、反男权的重要工具。女性主义、同性恋文化、环保主义等，成为她们表现较多的题材。

1991 年 6 月，女诗人夏宇编剧的《三个乖张女人所撰写的词不达意的女性论文》由台北女性舞蹈团体多面向工作室演出，轰动一时。学者们因性别不同，评价的角度也存在差异，有男士赞美此剧"兼备女性直觉与后现代的拼贴理念，以及对于被庸俗化、概念化的女性主义的反讽，极富时代的开创意义"[①]。女性学者则言："这出作品对父权的批判，不仅是在政治层面上重新检视身体、性别、语言与欲望的运作，也是在中产阶级女性反省日常生活与日常抗拒中寻求微观政治的实践可能"，此剧"正是要去'谋杀'被父权社会定义为性奴隶与被约化为家务劳动苦力的女性样板"[②]。这种评价、理解上的差异，在观看台湾后现代主义的女性戏剧时产生，其实十分正常。编导的创作理念与演员的表演，往往过于专注自我表达，常令观众莫名其妙，不知所云。

---

① 余光中总编：《中华现代文学大系（贰）——台湾 1989~2003》之《戏剧卷·序》，九歌出版社 2003 年版，第 9 页。

② 张小虹：《性别越界：女性主义文学理论与批评》，联合文学出版社 1995 年版，第 193，196 页。

在女性戏剧的性别越界、艺术探讨方面，台湾戏剧人走得比大陆远得多。1995年，魏瑛娟创立了著名的"莎士比亚的妹妹们的剧团"，以纯粹动作的美学、尖锐独特的视角、性别色彩鲜明的演出而备受瞩目。1996年，剧场工作者傅裕惠等人创办"女节"，每四年一届，以跨界表演的艺术形式，建立起女性戏剧联展模式，培养了不少女性的剧场人才。至2008年，"女节"已有四届的女性戏剧联演。

台湾当代女性的群体意识颇强，由女性戏剧工作者创立或负责的剧团很多，这些剧团成立的目的、理念及形式、形态多种多样。最早成立的女性剧团，是1973年春由戏剧中心举办的教师导演班学员张明玉等人发起成立的"我们剧团"，剧团的成员多数是女教师和女演员，女议员杨黄秀玉被聘为团长，公演过李曼瑰的《戏中戏》，极为成功①。为弱势群体、为族群，汪其楣组建聋剧团（1976年）、许瑞芳创立台南人剧团（1997年）、邱娟娟创立玉米田实验剧场（1991年）；为记忆、为民众，彭雅玲创立口述历史剧场——魅登峰剧团（1993年）、欢喜扮戏团（1995年），社区剧场"石冈妈妈剧团"建成（2000年）；为戏剧本身、为个人理念，陈玲玲创立方圆剧场（1982年），吴文翠创立极体剧团（1994年）……这些女性主导的剧团在社会上产生持续影响力。

女性的现代性群体表演，已成为台湾妇女社会解放与个人自我实现的最佳搭档。在看到西方女性主义和性别文化冲击下，台湾女性戏剧、女性剧场涌现的同时，应该认识到，对于个体的女剧作家而言，中国传统文化、台湾本土文化始终根植于她们的创作之中，例如李曼瑰、张晓风的历史剧，王安祈的新编京剧，而汪其楣称自己的《一年三季》是"台南的女性戏剧"。②

台湾当代女性戏剧是以剧本为灵魂的文学艺术，是以剧场为中心的表演艺术。张晓风说"剧本是无声无影的戏"③，在纸上看戏，它需要一点想象力。而台湾小剧场中激进的女性表演，以肢体、动作取代叙述性的语言，在现代媒介、影像的帮助下，不断地带给观众视觉上的冲击。然而，女性戏剧人在追求舞台技术"镜像化"的同时，作品的文学色彩、文化底蕴已然薄弱。

第二节　戏剧导师李曼瑰

任意翻开一本有关台湾话剧史的著作，定能读到这个名字——李曼瑰。

---

① 吴若、贾亦棣：《中国话剧史》，"行政院"文化建设委员会1985年版，第236页。
② 汪其楣：《你的舞，我的忆》，《舞者阿月：台湾舞蹈家蔡瑞月的生命传奇》，远流出版公司2004年版，第15页。
③ 张晓风：《我们来看戏，好吗》，《晓风戏剧集》，九歌出版社2007年版，第26页。

拥有这个名字的人,去世两天后,被台湾的教育界、文化界、戏剧界追封为"中国戏剧导师",足见"一生尽瘁于戏剧"(台湾戏剧家姚一苇语)的她,在台湾话剧史中的地位与贡献。

李曼瑰,幼名李满桂,笔名雨初,广东省台山人。1907年6月出生,1949年6月由大陆迁居台湾,卒于1975年10月。"她写戏剧——包括中文的和英文的。她翻译戏剧——包括古典的和现代的。她演出戏剧——包括商业的和学院的。她教戏剧——包括正规的和短期训练班的。她推展戏剧——包括理论的和行动的。"①

李曼瑰的祖上是殷实的金商,她的父亲为其家乡第一个基督徒,因信教被逐出家门后,独自创立了仁安西药房。李曼瑰于1918年就读于广州西关路得女校,1921年进广州白鹤洞真光中学,在教会学校的生活学习,对李曼瑰一生的影响重要且深远。

真光中学创校之初名为"真光女子中学",校训"尔乃世之光",鼓励每位女学生成为世上的光,用生命影响造福人群。在这里,李曼瑰写出处女作《有价值的人生》(1923,获女青年会征文首奖),开始接触西洋名剧与五四以后剧坛新著,尝试编戏、导戏、演戏。1926年,她被保送到燕京大学,先入国文系,后转入教育系,最后又回到国文系。她在燕大时,喜欢编剧,接受熊佛西的戏剧训练后,创作独幕剧《新人道》(1927)和《慷慨》(1929)。1930年,她完成毕业论文《李笠翁十种曲之研究》,该文曾连载于《晨报》副刊。同年夏天,李曼瑰回到广州任教于培道中学。从此,终身未婚的基督徒李曼瑰,把毕生精力奉献给了戏剧与教育事业。

李曼瑰的第一个剧本《新人道》描写一个青年误解了自由恋爱,追求一位美丽少妇破坏了对方的幸福家庭。《慷慨》讽刺在异性身上挥霍金钱却吝啬于慈善事业的大学生。这最初的两个独幕剧,已体现出剧作者的高度道德与崇高精神。三幕剧《赵氏孤儿》于1930年发表在培道中学季刊。1931年"九一八事变"爆发后,李曼瑰创作了独幕剧《爱国疯狂》,由著名话剧导演唐槐秋指导学生们演出。1933年,她重返燕京大学,入国文研究所研究中国古典戏曲。在撰写论文的同时,创作独幕剧《花瓶》《乐善好施》和《往何处去》。

1934年秋天,李曼瑰赴美留学,入密歇根大学研究院英文学系戏剧组,在Keneth Rowe与Cowden两位教授指导下,学习编剧。1934—1940年,在美国六七年间,她连续创作了数部英文戏。第一个英文剧本多幕剧 *Water Ghost*(《溺鬼》,1934)写一个颇具悲情色彩的浪漫故事,以贯穿全剧的"水"之意象,呼应基督教的"受洗"仪式,劝导年轻人珍惜生命。1935年,创作 *The Trage-*

---

① 林克欢:《台湾剧作选》,中国戏剧出版社1987年版,编后记。

dy of a Woman(《妇女悲剧》)。1936 年,密歇根大学授予李曼瑰硕士学位,同年,她以 The Grand Garden(《大观园》)一剧,获美国本年度的霍柏伍德奖戏剧项奖金,以《中国文学批评》一文获该奖的文学理论项奖金。这两项霍柏伍德奖,为李曼瑰在留学生中间赢得"中国莎士比亚"的美誉。

李曼瑰用爱国的热诚与忧国的哀思写成的《大观园》,兼具《红楼梦》与《樱桃园》之美,其创作灵感来自契诃夫的《樱桃园》,动机来自当时的中国环境。彼时的中国就像一座樱桃园,贾母象征旧的权威,林黛玉象征旧的爱与美,贾宝玉代表国内那些可爱而不中用的人物,贾兰代表埋头苦干的新时代青年,象征旧时代的大观园被凤姐焚毁了,重振贾氏家族的任务,落在"东门草"贾兰和将嫁给农家子弟的巧姐身上。

《大观园》发表后,李曼瑰受聘于华盛顿的美国国会图书馆,协助编纂《清代名人辞典》。1937 年,她前往纽约的哥伦比亚大学,选修现代戏剧、戏剧写作等课程,任职于哥伦比亚大学的东方图书馆,完成英文剧本 Half a Century(《半世纪》)和 God Unkind(《万物刍狗》)。第二年,写作独幕剧 Devils Unleashed(《沦陷之家》)。1939 年,完成三幕悲剧 Homeland(《兄弟故乡情》)。1940 年,完成剧本 Yang-shih-ying(《杨世英》)。

1940 年秋天,李曼瑰回国,应金陵女子文理学院之聘任英语系副教授。与此同时,加入中国国民党,兼做党务。次年秋,她到重庆担任"新生活运动"妇女指导委员会文化事业组组长,主编《妇女新运》杂志,除了从事有益于妇女的具体事务外,更重要的是从宏观上领导中国妇女思想,确定妇女运动的方向,建立妇女正确健全的观念。1942 年,她被选为三民主义青年团常务监察,兼任女青年处副处长。1946 年,由重庆返回南京,任政治大学与戏剧专科学校教授、江苏学院英语系主任。

1941—1946 年,李曼瑰写了不少谈妇女问题的文章,结集为《创造妇女的新史实》;其话剧创作亦以女性为中心展开,计有剧本《慈母恨》(独幕剧,1941)、《冤家路窄》(三幕剧,1942)、《戏中戏》(三幕剧,1943)、《女画家》(三幕剧,改编自 1944 年的五幕剧《天问》,1945)、《时代插曲》(四幕剧,1946)。

除宣传抗日的《慈母恨》外,其他四部多幕剧的女主人公均受过良好教育,有律师石如冰(《冤家路窄》)、科学家范平喆(《戏中戏》)、画家史坤义(《女画家》)和满嘴英文的"女儿皇帝"翁若斯(《时代插曲》)。李曼瑰鼓励妇女成为专才,她认为妇女运动的目的,是求男女合作共创文明,妇女要反抗的不是一切男子,而是压迫妇女的制度与歧视妇女的观念。李曼瑰推崇自强不息的独立女性,《女画家》中的史坤义原本是个眼里心里只有丈夫,甘当丈夫影子的女人,被丈夫李公普抛弃后,她奋发向上反而"变成一个有骨头,有志气,能够独立的人",成为一个名画家。李曼瑰认为女人的美丽,不仅表现于学问和奋斗精神，更在人格，受过男人伤害的史坤义"绝不肯抢了别一个女人的爱，伤了别一个女子的心，毁坏了别一个女人的幸福"，为此，她屡次拒绝已有未婚妻的潘乾生的求爱，体现出较高的道德水准。

李曼瑰创作于重庆的几部多幕剧，受政治环境影响，在1940年代未能演出。《女画家》《时代插曲》首次登台，是在1955年的台湾，为了适应彼时台湾"反共抗俄"的新需要，这两个剧本均被剧作者修改得面目全非了。

1948年，李曼瑰当选为第一届"立法委员"，担任此项职务直至去世。1949年，随国民党当局迁台后，李曼瑰的戏剧人生开启了一个崭新而重要的阶段。此前，她只是参与中国现代戏剧文学创作的一分子；此后，她成为台湾第一位重要的女剧作家、台湾戏剧运动的领航人。

从1949年迁台至1975年逝世，李曼瑰在台湾的戏剧创作与活动，大致可分三个阶段：

第一阶段：50年代，创作以"反共抗俄"为指导思想的剧本，以《汉宫春秋》（1956年）为代表，还有《皇天后土》（即《时代悲剧》，1950）、《光武中兴两部曲》（《王莽篡汉》《光武中兴》两剧合称，1952）、《维新桥》（1956）、《大汉复兴曲》（五幕剧，1957）。此外，有一部纪念医师伍智梅从事女权运动的剧本《尽瘁留芳》（四幕剧，1957年），"尽瘁留芳"是蒋介石于伍智梅逝世后对其所颁旌表。

1950—1956年，从"中华文艺奖金委员会"（简称"文奖会"）成立到停办，李曼瑰始终是委员，负责审阅话剧稿件。"文奖会"出刊《文艺创作》月刊60期，其中的舞台剧本均由她过目。这期间，她根据自己的创作经验，写作《编剧纲要》一书，从何谓戏剧、剧情、人物、对话、主题、编剧的程序六方面谈编剧方法。

李曼瑰一向以培养戏剧接班人为己任，曾在台湾女青年戏剧征文活动中以《沉渊》一剧获奖的吴青萍，便是她的私淑弟子。1955年，她接任政工干校影剧戏系主任后，更是广泛网罗、重点提拔年轻的戏剧人才。与此同时，李曼瑰身体力行，在台湾话剧艺术凋零的50年代，坚持话剧创作，推动台湾剧运。在这种情形下，历史剧《汉宫春秋》成为1956年"新世界剧运"的开锣戏。《汉宫春秋》改编自《光武中兴两部曲》，取材于王莽篡汉的史实，绝大部分剧情出自《汉书》《资治通鉴》《王莽传》《汉纪》的记载，写王莽篡汉、王莽暴政及其灭亡，其借古喻今之意，不言自明。虽然这是一出着眼于"新政苛于猛虎"的政治讽喻剧，剧本的情节重心却着落于王莽的家庭悲剧，通过王莽制造的一系列家庭悲剧——他有四个儿子一个女儿，其中三个儿子被逼自杀，女婿孝平皇帝被毒死，女儿王英为全忠全孝跳火自焚——反映出王莽为了权势不择手段的阴险、冷酷与残忍。最终，王莽被刺死于未央殿之上，剧作的主旨由此揭示——暴政必亡。

《汉宫春秋》于1956年2月上演于台北新世界戏院,演出空前成功,有评价称之为"台湾话剧史上空前绝后的盛况"。① 作为一出"战斗戏剧",该剧的性质属于蒋介石当时提倡的"反共战斗文艺",剧作者的高明之处在于"宣传"得不着痕迹。编剧手法之高超,史料剪裁之合理,令观众欣赏到一部严肃而不乏味的历史剧。《汉宫春秋》不仅缔造了台湾剧场史上连演45天49场满座的纪录,而且首次出现了话剧戏票黑市买卖的现象,原本票价最高为新台币8元,黑市卖至50元,足见此剧所造成的轰动效应与一票难求的盛况。

第二阶段:60年代初中期,倡导小剧场运动,完成代表作《楚汉风云》(1961)。

1950年代后期,轰轰烈烈的"反共抗俄剧"走向没落,台湾剧团大多呈解体状态,勉力支撑的也靠品位低级的演出吸引观众,台湾话剧已经奄奄一息了。这种情形下,李曼瑰于50年代末赴美,先在耶鲁大学戏剧研究所研究半年,继而赴欧亚十二国考察戏剧,回台湾后,她开始了复兴台湾话剧运动的一系列努力。

1960年10月,李曼瑰组织起"三一戏剧艺术研究社"(即"三一剧艺社"),仿效欧美小剧场的做法,举办话剧欣赏会;11月,在"中国青年反共救国团"的支持下,成立"小剧场运动推行委员会";第二年10月,台湾"教育部"成立"台北话剧欣赏演出委员会",李曼瑰任主任,这个委员会是六七十年代台湾戏剧运动的主要机构,影响深远;1962年,她进入"中国文化学院",创立戏剧电影研究所和戏剧系,任所长、系主任。通过这些组织,李曼瑰有计划、有步骤地推动具备艺术性、教育性的高水准剧本上演,培养起固定的话剧观众,台湾话剧舞台自此恢复了经常性的演出。

五幕十二场话剧(有序幕和尾声)《楚汉风云》就这样在剧坛热闹的氛围中登台亮相了。此剧从酝酿至最终完稿于1961年,经历了十数年的光阴,淘净"反共抗俄剧"的政治色彩之后,它显示出剧作者对艺术的追求,无论主题思想、情节编排、结构艺术,还是人物关系,都打上了"曼瑰牌"字样,从中能见出剧作者独特的性别视角与宗教观念,是公认的佳作。

李曼瑰的朋友苏雪林曾在1963年10月18日(星期五)的日记中记载,当日,她和谢冰莹到台北的曼瑰家,吃完晚餐后,大家一起去南海路艺术馆看曼瑰史剧《楚汉风云》,"表演颇佳,但寓意太高深,余无法评论"②。根据报纸上刊登的公演广告,演出于晚七点半开始。李曼瑰去世后,苏雪林通看她写的所

---

① 黄仁:《台北市话剧史九十年大事纪》,亚太图书出版社2002年版,第66页。
② 苏雪林:《苏雪林作品集·日记卷》(第四册),成功大学教务处出版组1999年版,第122页。日记中将"楚汉风云"写成"楚汉春秋"。

有剧本,这次,在1975年11月3日(星期一)的日记里,她评价说:"楚汉风云构局不错,但对白有时欠佳。"①

李曼瑰认为"诗如点,小说如线,戏剧如球",《楚汉风云》剧中人物众多,冲突错综复杂,"以悲剧英雄论项羽,以政治家论刘邦,以理想家论张良,写来激越苍凉"②。它由张良得天书开场、还天书闭幕,以张良和虞姬的友情、虞姬和项羽的爱情贯穿全剧,刘邦与项羽争夺天下波澜壮阔的场面穿插其间。在李曼瑰设计的情节里,楚汉相争之际最重要的三位历史人物项羽、刘邦、张良,都爱上了虞姬。当初,虞姬与张良相约访寻英雄,各献才貌,合力辅助他击破暴秦,建立大同世界。身为女子,虞姬"没有办法独创功业,所以要择主而事",怀抱这种目的,她出现在项羽面前,希望通过项羽实现理想,建立一个"楚霸王的金刚王国"。不料,张良却因虞姬爱上项羽,心生嫉妒,离开了项羽。张良、项羽都表示只要和虞姬在一起,连刘邦也向虞姬承诺"只要你肯跟我,你求什么,我都可以答应你"。刘邦追求虞姬,吕雉对虞姬因妒生恨,妄图以凶残的手段杀死她。吕雉帮助刘邦打垮项羽一个很重要的目的便是想"羞死"虞姬。楚汉相争,既是项羽和刘邦之争,也是吕雉和虞姬之争。如此阐释楚汉相争这段充满阳刚、雄霸之气的历史,未免有变政治史、战争史为男女情爱史的嫌疑,然而,正是这种被"篡改"的历史情节,表达了剧作者对女性建功立业的期望。《楚汉风云》把传统美人虞姬塑造成"一个忠贞英烈的女子",她不仅长得"美貌端庄,超凡绝俗","具备最多的女性美,女性的温柔,女性的智慧",而且有胸襟、有抱负、有爱心,有改造世界的梦想。现实世界里,虞姬、项羽建立金刚宫殿的理想破灭了;舞台上,项羽和虞姬却"互相携手,飘飘欲仙的奔向云中一座金刚宫殿"。将天书归还黄石公的张良,仿佛大梦初醒,"孤零零独立大地之上","天边一轮落日,林中传来牧童的笛声,与归鸟齐鸣"。梦想破灭之后,不尽的孤独凄惶,意境无限的悲凉。

从以"反共抗俄"为主观意图的出发点,到回归艺术创作的一般规律,刻画人性、人情,《楚汉风云》见证了李曼瑰剧本创作的转变与转向,也预示着台湾剧坛的整体"破冰"行动即将来临。

第三阶段:1960年代中期至1970年代中期(1967—1975年),发起成立"中国戏剧艺术中心",坚持不懈地扩大台湾剧运的范围与成果,启动台湾儿童戏剧、宗教戏剧,举办青年剧展、世界剧展;创作历史剧《汉武帝》(1968)、《瑶池仙梦》(1973),现代题材剧《淡水河畔》(1967)、《阿里山的太阳》(1970)。

---

① 苏雪林:《苏雪林作品集·日记卷》(第七册),成功大学教务处出版组1999年版,第372页。
② 林克欢:《台湾剧作选》,中国戏剧出版社1987年版,编后记。

在"话剧欣赏会"营造的剧坛热闹景象渐趋冷却之时,1967年,李曼瑰发起成立"中国戏剧艺术中心",从事戏剧组训、联络与出版等活动。作为发起新一轮台湾戏剧运动的基地,"中国戏剧艺术中心"的影响一直持续到80年代中期。

李曼瑰也是台湾儿童戏剧的主要推动者。1969年,她邀请儿童教育家与戏剧教育家成立儿童戏剧推行委员会与儿童教育剧团,举办儿童戏剧训练班。1972年,她组织台湾"教育部"相关部门讨论儿童戏剧推动问题,成立儿童剧本征选委员会;向全台湾中学、小学教师征求儿童剧本的同时,由"中国戏剧艺术中心"举办函授班,予以训练。1973年,编辑出版《中国儿童戏剧集》四册。李曼瑰所有关于儿童戏剧的努力均指向一个目的,即"催促政府当局与教育界同人,早日把戏剧活动定为学校教学方法"①。

在李曼瑰倡导、推动的众多剧运之中,以协助大专院校开展校园戏剧活动、由学生团体演出的"世界剧展"与"青年剧展"成效最为明显。名剧展演开阔了学生们的视野,调动起年轻人对戏剧的激情,促使更多青年投身于台湾当代剧运的潮流之中,新世代的编导演人才在此间酝酿。

1968年,李曼瑰姐弟四人捐款新台币5万元,成立李圣质先生夫人宗教剧征选委员会,设立"李圣质先生夫人天主教剧本创作奖金",委托"中国戏剧艺术中心"主办宗教剧征选活动。李曼瑰亲手培育的戏剧接班人张晓风,凭《画》一剧获征文首奖,同年圣诞节,此剧由话剧欣赏会辅助演出,极为成功。1970年,张晓风、林治平夫妇和黄以功等人组织"基督教艺术团契",于每年圣诞节演出宗教剧,剧本均为张晓风创作。"在认识她以前,我从来不相信自己会投入舞台剧的工作——我不相信我会那么傻。可是,毕竟我也傻了,一个人只有在被另一个傻瓜的精神震撼之后,才有可能成为新起的傻瓜"②,这便是弟子张晓风心目中李曼瑰的写照——一个为戏剧矢志不渝的"傻瓜"。

迁居台湾后,李曼瑰创作了大量的历史剧,少有现实题材的剧本,《淡水河畔》是她的第一个以台湾为背景的剧作。它融爱情婚姻、伦理道德,台湾的太保问题、崇洋心理于一炉,展现各种病态的社会心理,是部名副其实的社会问题剧。此剧于1967年初演,1996年仍有学校演出该剧。

四幕历史剧《瑶池仙梦》是李曼瑰创作的最后一个剧本。此剧为《汉武帝三部曲》的第二部,第一部《汉武帝》完成于1968年,第三部《望子成龙》未及完成。1974年,《瑶池仙梦》获中山文艺创作奖、台湾编剧学会首届最佳剧本奖。

---

① 李皇良:《李曼瑰》,台北艺术大学2003年版,第125页。
② 张晓风:《她曾教过我——为纪念中国戏剧导师李曼瑰教授而作》,《新世纪散文家:张晓风精选集》,九歌出版社2004年版,第147页。

《瑶池仙梦》围绕汉武帝和宠妃李夫人生前死后的情爱展开情节,没有皇位承继争斗,没有皇后妃子争宠,却在现实的歌舞与虚幻的仙境之间、尘世皇帝与仙界王母之间来去自如,借俗世最具代表性的帝王之家,探讨最具普遍意义的人生真谛、协助男子安邦定国的女性的影响力、父母对子女进行家庭教育的重要性等等,表达了把大千世界打造成人间天庭、父母兄弟相亲相爱的美好愿望。

也许感应到大限将至、生之不久,李曼瑰在她最后的剧本里描绘了生者对死亡的感受:

> 汉武帝:你到如今还可以活在世上,行着、动着、走着、谈着、说着、笑着;能吃、能喝、能睡、能醒、又歌、又唱,享受五味,鉴赏五色,聆听五音,而她,却蛰伏在那冰冷黑暗的泥土里,她那花容月貌,那慧心灵性……都……都……

通过这段文字,多少能看出《瑶池仙梦》文字之优美典雅、诗趣洋溢。皇后与宠妃,在别的历史剧作者笔下,难免要争宠斗气,而在《瑶池仙梦》中却是罕见的非对抗关系。剧中的卫皇后与李夫人能够互相了解、互相体谅,两人还在教育儿子方面达成共识,体现出女性之善。透视女人的真像,表露女人的善与恶,因为了解而展示女性的美德,这正是李曼瑰一以贯之的创作理念。

推动妇女剧运是李曼瑰规划的1975年剧运的发展重点,这年3月恰逢《瑶池仙梦》公演,她邀请十几位妇女界领袖担任演出委员,把"三一剧艺社"献给她们,令女性成为剧艺社的中坚分子。李曼瑰已经拟定出了具体的妇女剧运推展计划:(1)开办妇女编剧班(已于当年2月付诸实施);(2)举办妇女的戏剧创作奖征选活动;(3)在每年的妇女节、母亲节或教师节,公演与妇女生活和问题相关的戏剧。① 然而不幸的是,这个妇女剧运计划刚刚起步,李曼瑰就病倒了。若天假李曼瑰以数载时日,也许,台湾女剧作家会在1970年代末即以群体姿态出现。李曼瑰仙逝后再也看不到有组织、有规模的台湾妇女剧运了。

从第一个剧本《新人道》问世,到《瑶池仙梦》演出后辞世,近半个世纪里,李曼瑰创作的中英文剧本有30多个。迁居台湾之前,她的现实题材剧《女画家》(即《天问》)、《时代插曲》最富时代气息,描摹知识分子笔调生动而细腻,是较为成功的作品。迁居台湾之后,她以台湾生活为背景的剧作极少,凭历史剧"汉宫春秋"系列、"汉武帝"两部取得较大影响;她的剧本以《楚汉风云》最具代表性,台湾女剧作家丛静文认为此剧"在戏剧史上是不朽杰作"②;当然在台

---

① 李皇良:《李曼瑰》,台北艺术大学2003年版,第163页。
② 潘亚暾主编:《台港文学导论》,高等教育出版社1990年版,第209页。

湾,也有学者认为《瑶池仙梦》是李曼瑰最好的剧本。何以一个深受西洋戏剧浸染、不愿埋首故纸堆的剧作家,到台湾后反以创作历史剧为主了呢?这里面藏着女剧作家沉痛的故国之思,难以排解的怀乡之情。她的双足禁锢于海岛之上,灵魂神游于大陆,她从古代典籍中寻找剧情,从传统文化中摄取养分,最后的绝响《瑶池仙梦》洗尽"洋味""纯乎中国风味"①,可以看到汉赋、《长生殿》《红楼梦》等中国古典文学的深刻影响。

第三节 布道者张晓风

张晓风是公认的"台湾戏剧三大家"之一,另两位分别是李曼瑰和姚一苇。通过"晓风散文"认识她的大陆读者,或许很难想象张晓风也是一位著名的剧作家,她说:"我从来不曾放弃我的散文和小说,但戏剧却是更令我倾心的一种形式。"②

戏剧方面,张晓风师承李曼瑰,"戏剧导师"在前面披荆斩棘,女弟子紧随其后,开启了台湾小剧场运动的中兴。台湾的戏剧评论者称赞张晓风是"李曼瑰后台湾质量最佳的一位女性剧作家"。③ 1950年代至1980年代,台湾剧坛因为有这两位女剧作家的接力,才不致寂寞荒芜。

张晓风,祖籍江苏铜山,1941年3月出生于浙江金华一个名为白龙桥的地方。因其父任职军中,她从出生就开始随着军队四处迁移。1949年随父母到台湾定居之前,她已在福建建阳、重庆、南京、柳州、广州等地居住过。1952年,考入北一女,两年后因举家从台北迁往屏东,入读屏东女中。1958年,考取东吴大学中文系,1962年留校任教,1964年11月结婚。1967年,她的第一本书《地毯的那一端》(1966)获得第二届中山文艺奖散文奖。

1968年,李曼瑰为了提倡宗教戏剧,在"中国戏剧艺术中心"开设编剧研习班,张晓风报名参加了这个班。开课没有多久,这个班只剩下两个学生,再往后,编剧课的教室里,只剩下李曼瑰和张晓风一师一徒,老师仍认真教课、徒弟仍认真学习。李曼瑰曾告诉学员学了就要开始编演,因此,做事有始有终的张晓风编出了自己的第一个剧本《画》(四幕剧,1969)。在李曼瑰的不断鼓励下,她和丈夫林治平将《画》(导演黄以功,舞台设计聂光炎)搬上舞台。1969年圣诞节,宗教剧《画》在台湾艺术馆演出。这个剧作者并不满意的剧本在演

---

① 李皇良:《李曼瑰》,台北艺术大学2003年版,第162页。苏雪林语。
② 张晓风:《写在〈第五墙〉出版之前》,《晓风戏剧集》,九歌出版社2007年版,第83页。
③ 黄美序:《戏剧的味道》,山东画报出版社2009年版,第247页。

出后,一举拿下金鼎奖三座奖杯。第二年圣诞节,张晓风将美国作曲家约翰·彼得逊(John W. Peterson)的清唱剧《无比的爱》改编成一出融戏剧、音乐、诗歌为一炉的戏。演出形式之新颖、演员专业素质之高,为《无比的爱》博得一片叫好之声。《画》与《无比的爱》只是编剧张晓风的牛刀小试。她的锐意创新与实验精神,宗教关怀与表达的渴望,在其后的剧本中得到进一步展示。

1971年圣诞节,四幕话剧《第五墙》演出15天。这是部张晓风独立创作的第一个剧本,获得由台湾"教育部"颁发的金鼎奖之编剧奖。该剧的形式全凭她喜欢,理念任由她表达,导演黄以功道:"我从来没有看见过这么不像剧本的剧本,我看了快昏倒了,对我是很大的挑战。"①布莱希特主张打破观众与舞台之间的第四堵墙,张晓风认为人与上天(上帝)之间存在着一个"第五墙"。剧中角色"先知",向人们传达上帝的旨意,他的一天是剧中人的数年,打破了时间上的统一性,打通了人与上天(上帝)之间的"第五墙"。剧中角色"观众",随时上台、下台,对舞台上的生活、正在进行的演出发表评论,打破了空间上的"第四墙",传达出剧作者"舞台即人生,人生即舞台,人人都是演员""人生的舞台,永远不闭幕"的观念。

《第五墙》的人物是最普通的"张三""李四"和他们的子女"张生人""张人生",他们过着最普通的生活——恋爱、结婚、生子、再恋爱、再结婚、再生子……直至生病、老去,祖辈如此,父辈如此,子辈亦如此。剧作者表现平淡无奇的生活之时,也在向观众提问:人生种种无意义的忙碌,究竟为什么?生命的意义、生存的价值是什么?宗教与人生有何关系?剧作者带着悲悯的情怀,俯视芸芸众生,通过"先知"之口为人们祈祷:

> 父啊,怜悯他们,因为他们所做的他们不晓得,
> 他们不断地喝,却永远干渴,
> 他们不断地吃,却永远饥饿,
> 他们不断地堆聚,却永远缺乏,
> 他们不断地营求,却永远虚空。

张晓风渴望观众能接受一场严肃的演出,与剧作者一起深入思考并且有所顿悟。

《第五墙》的演出造成了轰动,一时之间,佳评如潮。各报刊发表评论文章,学生们为它开座谈会,讨论它的内涵,知识分子和文艺界人士高度关注,所有这些使"基督教艺术团契"——这个由年轻的基督徒成立的戏剧团体声名大震。有评论认为《第五墙》"是一出极有深度的现代剧","无疑的,这将是中国

---

① 金明玮:《张晓风》,"行政院"文化建设委员会2004年版,第103页。

剧运发展的里程碑,一个由传统的、注重故事曲折的'话'剧演出方式,转变为抽象的、探讨思想价值的'散文剧'方式的里程碑"①。

张晓风是个有散文家身份的剧作家,她接触曹禺的剧本时,就发现后者喜欢用散文笔调详细说明人物背景、舞台布置,剧本具有很强的可读性。她学习曹禺的这种写法,用散文写舞台说明,连剧本本身亦是散文式的。张晓风的"散文剧"独树一帜,寓意深远,尤善于从人们熟悉的故事之中挖掘出新意与深意,升华其内涵。她的最具代表性的剧作《武陵人》便是这样一部作品。

四幕话剧《武陵人》发表于台湾《中外文学》第一卷第六期(1972年11月号),1972年圣诞节期间由基督教艺术团契演出于台北的艺术馆。连续半个月的演出,场场客满,且每场都卖站票。演出完毕后,台湾的大专院校举行《武陵人》座谈会达20余次。从1972年11月至1973年7月,20余种台湾报刊发表了40余篇论争文章,针对剧中涉及的有关人生的幸福与痛苦、寻找并认识自我等观念展开讨论。《武陵人》影响范围之广大,在台湾的文化生活中实属罕见。

《武陵人》是以古典名篇《桃花源记》为蓝本的现代剧。剧作者为陶渊明《桃花源记》中捕鱼为业的武陵人取名"黄道真",并设计了三个黄道真:灰衣黄道真、白衣黄道真、黑衣黄道真。开场是一段由音乐、吟诵、舞蹈组成的阐释全剧的"前奏"。第一幕,晋太元十二年的春天,在武陵打鱼谋生的黄道真跟随桃花林,偶然走进桃花源。第二幕,武陵人黄道真来到桃花源,在这个所有人都幸福生活了600年的地方,他遇见一位叫桃花的美貌姑娘。第三幕,武陵人黄道真生活在桃花源,桃花姑娘对新来的武陵人有意,桃花娘欲招赘600年才来一个的外人黄道真为婿。第四幕,武陵人黄道真主动放弃桃花源,返回武陵。

身着清洁明朗的青灰色衣服的黄道真,是个生活在武陵的年轻渔夫,他住在村子东边那棵黄桷树下的小屋里,和别的渔夫一样每日打鱼。他有一个樵夫朋友,有个西村的蓝姑娘正等着他迎娶。与众不同的是,这个武陵人黄道真爱做梦,颇有些不安于生活现状。他的内心始终藏着两个不同的自我,黑衣黄道真不断提醒他把脚踩在实地上,做个面对世俗的聪明人,白衣黄道真则不断提醒他让心灵处于活跃状态,灵魂要往高处飞升。《武陵人》以三个黄道真的并立、冲突、剖析为经,以《桃花源记》记述的故事为纬,将武陵与桃源、武陵人与桃源人作对比,通过黄道真选择的痛苦,《武陵人》追问何谓终极幸福、何谓第一等的美善,结构单纯、脉络清晰、节奏舒缓。

剧作否定了陶渊明描绘的桃花源的幸福生活,亦不认为桃花源代表理想的天国,更不相信怡然自乐的桃源人就没有恐惧、猜疑与私心。《桃花源记》写

---

① 金明玮:《张晓风》,"行政院"文化建设委员会2004年版,第105页。

武陵人"停数日,辞去",并未说明他为何离开,而且武陵人离开桃花源后,特意在归路上做了标记。《武陵人》却详细地阐释了武陵人离开桃花源的原因。在武陵人看来,安稳、幸福、欢乐了600年的桃花源,拥有的不过是次等的理想、次等的幸福、次等的美善,连欢乐也是"一种凝结窒息的欢乐",因此,桃花姑娘恋慕懂得忧伤的武陵人,而那"六百年的快乐使我疲倦,六百年的幸福使我厌烦":

> 黄道真:当我和我的祖先在六百年里不断地吃着苦的时候,你们在干什么呢?
> 桃　花:我们在欢乐,我们,和我们的牛,我们的狗,甚至还有我们的鸡,都一成不变地欢乐着。
> 黄道真:那么,将来,当武陵人和武陵人的子孙在受苦的时候呢?
> 桃　花:我们仍将欢乐,我们将永远守着这一片欢乐。除了欢乐,我们还有什么呢?
> ——第四幕

在武陵的痛苦、苦难之中,武陵人可以向往天国,而桃源的幸福与欢乐,只会取消人思索的权利、做梦的权利,令人忘记了自己、忘记了身家、忘记了天国,只会躺下来睡觉、站起来吃喝,故而,这些幸福对武陵人黄道真而言,不是"享受",而是"忍受"。离开桃花源的黄道真,义无反顾、大彻大悟,他劝守候在他的船旁、等待他归来的朋友樵夫,不要去寻找他选择放弃的"次等的幸福"——桃花源:

> 是的,当时,你以为你掉进了天堂,
> 但等你张开口,你发现所有无边无际的咸水,你一口都不能喝。

至于那第一等的幸福,它来自武陵人在长久的苦难中对天国的向往,它来自人们的希望,来自人们在丑恶中仍然不断地寻求、不断地梦想。张晓风写这出戏的时候,想到的是世纪的苦难和一份投入苦难的悲剧精神。

作为一部反映出现代人丰富的思想内涵的剧本,象征、隐喻、对比等艺术方法在《武陵人》中的运用是显而易见的。古代经典用现代形式包装之后,《武陵人》更大的特色在于富有古典情调与文字的诗之韵味,例如第一幕,渔夫黄道真和朋友樵夫对春天的咏叹:

> 樵　子:你看,在山上,草绿得不一样了,起先是浅浅的,好像绿得不太好意思似的,后来就一大蓬一大蓬,理直气壮地壮着胆子绿起来了,然后就一不做二不休地绿得满山满谷。树也不一样了,你好像可以听见树醒了,咕嘟咕嘟的在喝地底下的

泉水，（忽然活泼起来，忘了背上的重量）喝完了，就伸伸懒腰，（比画）往这边这么一伸，就长出一根新枝子，往那边那么一伸，又长出一根新枝子，新枝子们一天一个样子，害得我老是走迷路。

黄道真：可是，你不知道，在水边，春天比山上来得还早，起先是化冰，化得嗤嗤喀喀的，那些冰都你争我夺的来不及地溶，溶得一条河像一张琴似的。后来，水就愈来愈暖和了，有时候你把手伸进去，（伸手入河）觉得水暖和得像你的血一样，你觉得整个一条河都是你的血，又年轻又快活的血，你觉得你的血（指远方）流到天涯海角去了，流到洪荒的宇宙里去了，你跟天地变成一体了。

——第一幕

这简直就是散文诗。随后，是诗句组成的白衣黄道真、灰衣黄道真关于春天的反复吟咏：

白衣人：春天，
春天总是那样渺渺茫茫，
春天像一只水果，
成熟得恰到好处的时候，就必须采摘——否则一转眼就跌在地上摔烂了。

黄道真：春天，脆弱的春天，
我们所永远不会再有的，
晋太元十二年的春天。

白衣人：以后的时代也许有千千万万次春天，
正如以前的时代已经有千千万万度春天，
可是我们的眼睛再也看不见那些春天，
我们所有的只是这一度春天，
晋，太元十二年的，春天。

黄道真：晋太元十二年的春天，
这不久以后即将湮灭的春天。

白衣人：这就要被人忘记的春天，
晋，太元十二年的，春天。

——第一幕

《武陵人》就是由这样诗意的语言、诗样的韵律写成的。从所引文字中，亦可见出张晓风对大自然的礼赞。

台湾学者普遍将《武陵人》定位为一部具有现代精神的意念剧。例如,李曼瑰就认为《武陵人》和《第五墙》都是"富有宗教韵味而风格清新的意念剧(Drama of idea)"。①《武陵人》之后,"晓风意念剧"成为张晓风戏剧的又一个标签。在香港演出《自烹》《和氏璧》两剧时,海报上都打出了"(张)晓风意念剧"的字样。十场话剧《自烹》创作于1973年夏天,是张晓风唯一在台湾遭禁演的剧本。在台湾,直到1993年,《自烹》才由艺术专科学校戏剧科学生作为毕业剧目公演;但在香港,1974年就由路德演艺社演出过,并且于1980年代多次上演;在大陆,1987年上海人民艺术剧院在上海演出过该剧,由女导演雷国华执导。

为何《自烹》通不过台湾的剧本审查?剧作者亦不知就里,她只能猜测审核员大概认为这种昏君佞臣的戏少碰为妙,出了事准丢官。"其实身为编剧,我对讽刺时政毫无兴趣,我想写的只是人性"②。那么,《自烹》究竟写了人性的什么,让审核员的神经无法承受呢?

此剧取材于有历史记载的易牙烹子献齐桓公的故事,其内容源出中国古典文学,精神却是古希腊悲剧式的。它写人的自残与相残,写人无止境的欲望,以及人最终的自我毁灭,是一出充满了恐怖、残忍与血腥的悲剧。按剧作者自己的话说,《自烹》是根据亚里士多德的"恐怖与悲悯"的观念描写人类"自我摧残"的悲剧。在结构上,它特意引入古希腊悲剧常使用的合唱队。剧本展现了"一群不幸的人","仅有的花香是血腥"(第一场合唱队歌词)。齐国公子小白在鲍叔牙的帮助下当上了国君,这就是齐桓公。在管仲的治理下,齐国富有强大起来,齐桓公成为春秋时期的第一个霸主。管仲能够让齐国富强,助齐桓公会合诸侯、一匡天下,却无法拯救齐桓公的灵魂,改变其"亲君子,远小人"的本性。齐桓公信赖、仰仗管仲,清醒地认识到管仲是"唯一能够帮助我毁灭我的毁灭性的人"(第三场),但在心底,他还是更爱竖刁,一个为了他阉了自己的男人。

齐桓公、蔡姬吃遍人间美味尚不满足,还想品尝人肉的滋味。一心求富贵的易牙,为抓住向上爬的机会,烹了自己的幼儿献给他们。为得宠信,竖刁自阉,易牙自烹。住在富丽堂皇的齐宫内的人都是疯狂的,他们毁灭的欲望像无底洞。

> 蔡姬:小白,小白,我们做了什么事!我们吃了易牙的儿子——不,我们其实是吃了易牙——我不知道是易牙卑鄙呢?还是我们卑鄙?啊!他烹了自己的儿子!可怕,其实他烹的是自己!啊,

---

① 金明玮:《张晓风》,"行政院"文化建设委员会2004年版,第116页。
② 张晓风:《晓风素描》,《张晓风自选集》,三联书店2003年版,第552页。

小白,小白,我们吃的不是肉,而是毁灭!
齐桓公:管夷吾!管夷吾!
管仲:(悲悯地)祈祷吧!忏悔吧!我不能救你!——

——第七场

为齐桓公毁灭自身的竖刁与易牙,最终将齐桓公囚禁在高墙之内,活活饿死了他。死后,齐桓公还在杨木门板上躺了67天,"他生前曾吃过许多美味/而后来,他成为蛆虫的餐点/他生前曾穿过华丽的金线/而后来,他穿着小虫万千"(第十场合唱队歌词)。鲍叔牙的仁善、管夷吾的才干救不了齐桓公,除了自我救赎外,别无他途。《自烹》的结局是悲惨的,作为历史廊柱间的一片青藤,它叙述来自历史的阳光与阴影,张晓风认为日光底下无新事,历史沿着一条悲哀的轨迹走,杀戮的仍杀戮,愚昧的仍愚昧,毁灭的仍毁灭。在展露人性可怕的一面同时,《自烹》写了一个仁善的"好人"鲍叔牙,他挖掘出藏在管仲心中的"美玉",而管仲成为剧作者的代言人。管仲告诫齐桓公,"做人的第一条道德是爱自己",那些为了权势不惜自阉、自烹之人的忠诚是极不可靠的,他呼吁人们不要伤害自己,应该"好好活过这一生,并且有一天,跨过死亡进入永生"(第九场)。

《自烹》里,管仲问鲍叔牙:"公子小白,内心深处也有一块美玉吗?"后者答:"每一个人原来都有一块美玉——但是有许多人,慢慢一角一角地把它砸碎了。"(第二场)如果作品的优劣是和创作期间受苦的程度成正比的话,张晓风认为她所有作品中最好的一部就是写一块玉的故事的《和氏璧》。① 玉,在《和氏璧》里是一切完美事物的象征。

九场话剧《和氏璧》完成于1974年。这一年,张晓风33岁,正是耶稣被钉在十字架上的岁数。她体会到生命的受难,思考做"活着的殉道者"之沉重,她愿塑造出高贵而有尊严的"人"。把一个怀有信仰、信念、社会责任感的人,放置在一个充满怀疑、否定、人人忧惧的时代,这就是《和氏璧》设置的戏剧冲突。

新婚之夜,荆山的玉匠卞和听到了凤凰鸣叫。在周围的人占卜凤凰之鸣预示的吉凶之时,卞和从中听出了一个伟大而神秘的召唤,"牠似乎固执地停留在那里,想要挖深我们的生命,想要一寸一寸地提升我们的生命——但这一切都要付出极大的代价,因为辉煌的生命绝不会是廉价的"(第二场)。正如卞和所言,伟大之事是吉的,它的历程却是凶的。听到凤凰鸣叫之后,卞和挖出了一块璞玉,他坚信这块粗劣的石头内藏稀世美玉。卞和的师弟咼氏,代表那些缺乏信仰的怀疑者,"我不能相信,我不愿意去相信"(第三场)。咼氏劝说卞

---

① 张晓风:《一块玉的故事》,《晓风戏剧集》,九歌出版社2007年版,第235页。

和把这块玉丢入脚下的万丈深渊,哪怕它是一块真玉,"让它永世永劫地躺在那里吧,师兄,为一种真实,为一种信仰,要付的代价太大——不是你我这种小民出得起的——丢掉它吧!"(第三场)果不其然,为让世人认知旷世的无瑕美玉,卞和付出了巨大代价,而聪明的昌氏,靠制造假玉赚了大钱。

卞和的妻子玉娥不希望丈夫冒险,她唯愿谋温饱,过平安和乐的柴米夫妻的生活。可是听到那神圣的召唤,卞和的生活信念已发生改变,"我必须为这块旷古未有的美玉而活了,从今往后,我活着(欲泣)只有一件事,让人们相信世界上有一块玉":

> 卞和:玉比一切都可贵。玉是一切美好事物的具体形象,玉帮助我们忽然之间了解我们自己内在一切对美德的饥渴的需要。
> ——第四场

卞和不顾妻子的劝阻,为新生儿取名为"琼儿"之后,毅然踏上奔赴楚宫的漫漫路途。

卞和明白"爱心、信仰和希望都是使人容易受伤的东西,敢于爱的人就是在从事最大的冒险"(第七场)。第一次献玉,卞和失去了左脚,忧愁夺走了他的母亲;第二次献玉,卞和失去了右脚,贫穷和疾病吞噬了他的女儿。"我第一次走上往楚宫中的路是两只脚走去的,我第二次走上往楚宫中的路是一只脚拐着去的,而今,我只能用我的手掌,一步一步匍匐地去了。"(第八场)倾其一生,卞和把自己献给了那块玉,他的行为不仅令周围的人惊奇、不安、迷惑,也令他们思索——也许,世界上或者人心中,真有一块美玉。

"我差不多把主角卞和写成一个传教士的典型"①,剧作者张晓风如是说。卞和明知人生会因这块美玉而成为一出悲剧,"可是,我不能推卸,上天要经由我的手传下这块宝贵的玉","我的责任在使人相信","相信上苍曾在人间赐下如此完整的神迹"(第四场、第九场)。剧本为主人公卞和营造了一个对比强烈的戏剧情境,他经受一而再的苦难,却不向命运妥协,不向世俗让步,凭借坚定的意志与牺牲的勇气,怀抱信仰,最终完成一个平凡人向悲剧英雄的跃进。

如果说《和氏璧》的冲突来自人与环境之对立,那么《第三害》的冲突则来自于人内心的自我争斗。九场话剧《第三害》完成于1975年暑假,它的创作源于剧作者对人的兴趣,不只对卞和那样崇高的英雄,还有周处这样的"坏人"。周处的故事,读过中学的人都知道。对它的理解,一般停留在"朝闻道,夕死可矣"的层面。《第三害》将其深入至每个人的心中,挖掘人性中向善的本能。剧作通过陆清河之口,说:"就是在人类最邪恶的时候,他还是知道自己应该善

---

① 张晓风:《一块玉的故事》,《晓风戏剧集》,九歌出版社2007年版,第236页。

良,在人类最肮脏的时候,他还是知道自己应该纯洁。在他们最堕落的时候,他还是知道他应该向上。"(第六场)人类真正的祸患,不在山中的老虎、水里的苍蛟,而在"每一个人在深心里贻养着第三害"(第九场)。周处这个"自己跟自己犯了冲的人",内心总在冲突之中,坏人做得很不快乐。他烦恼自己每次想"好"的时候,"恶"就来了,每次想往上升,就有东西把他往下沉。但是,不管多坏,他的心中总有一个美好的声音引导其向善。周处之所以没有在滚滚尘世中沦陷,缘于他始终不肯放弃自己。

《第三害》将周处比喻成一件渴望被缝起来的破衣服,为他安排了一个温和安详的邻居蕙儿,这个甜美动人的少女,唯一的本领就是缝补衣服。张晓风对人的喜爱,不仅限于好人,还有那些心中存有善念的"坏人",她说:"用无情的排斥来毁灭一个人是更容易的——但世上有谁肯用一针一线去补缀一个破碎的人生呢?"①她把《第三害》献给那些意识到人性的弱点而仍未放弃自己的人。

继"坏男人"的故事之后,1976年,张晓风编了一个"坏女人"的故事——九场话剧《严子与妻》。该剧取材于"庄子试妻",明代小说家冯梦龙根据历史与民间传说写过一篇《庄子休鼓盆成大道》,曾被改编成传奇《蝴蝶梦》,后来又被改编为著名的京剧《大劈棺》。这些文本遵从旧道德旧礼教,视扇坟妇人、庄妻为"坏女人",站在庄子高高在上的立场上,嘲笑正常的人情与情欲。

《严子与妻》为贤者讳,将庄子更名为严子,情节上则与旧文本大同小异。严子游学归家途中,遇见一个新寡的妇人在扇坟,原来她的丈夫临终前与她约定:坟土全干后可再嫁。严子替她扇干了坟,却不由怀疑起自己的妻子,田氏能否作忠贞不贰的节妇呢?于是,严子装死,他化身成富贵、风流、聪慧的翩翩佳公子楚王孙,前来诱惑田氏。田氏没能抵制住内心的情欲,她劈开棺材,要取严子的脑髓救楚王孙,随后,她发现严子装死。田氏用斧头劈死自己。

与大陆女剧作家徐棻创作于80年代的川剧《田姐与庄周》不同,《严子与妻》并非肯定女性情欲的女性主义抒写,它延续了剧作者在《第三害》中对人性弱点的阐发,劝诫世人不要苛责犯错之人,对认识到自己邪恶之人当宽容。

自古道忠臣不事二主,烈女不事二夫,对这句老话,扇坟妇人的见解独到:"改朝换代的事少,几百年才一次,轮到男人做忠臣的事总是少的,但女人死丈夫的事太多了——事非经过不知难"(第二场)。听完扇坟妇人的故事之后,田氏不以为然地责备她是个"无耻的女人",肯定自己绝对不会像她一样,她对自己的贞洁很有信心:"我也不知道女人是什么——可是我知道我自己是好女

---

① 张晓风:《第三害后记》,《晓风戏剧集》,九歌出版社2007年版,第300页。

人,世界上当然有坏女人——可是我是好女人。"(第四场)"我是一个贞洁的女人,一个贞洁的不嫁二夫的女人。"(第六场)事到临头方知难,想象过自己如何节烈的田氏,重复了扇坟妇人的老路,且比后者更激烈——她不仅想再嫁,还要劈开前夫的脑瓜。

严子的自我反省,建立在田氏之死上。他终于意识到,自己才是三个人中最疯狂、最邪恶的那一个。扇坟妇人只不过抗拒不了衣食的需要,自以为是圣人节妇的田氏无法胜过内心的情欲,而他自己却是残忍的,他像一个耍猴人,捉弄妻子直至她死,"是谁给我权利站在最高的守望台上欣赏别人的错误呢?"(第九场)显而易见,描绘人与人之间的关系,关注"人",思考"人性",是贯穿张晓风戏剧的一条主线。

1977年完成的无场次话剧《位子》构思巧妙,它是张晓风戏剧中最生动有趣的一部。它以说唱人老叟与徒弟小童到赵家庄说唱故事,引出了乡间读书人邓安。这个在场下找不到位子的"讨人厌"的邓安,粉墨登场。邓安寻找自己在舞台上的位子的过程中,魏晋名士纷纷登场:喝酒、弹琴、服食五石散的竹林名士,郝隆晒肚子、刘伶裸体狂饮酒、嵇康打铁、王戎钻李、王衍手如白玉、卫玠看杀、阮嗣宗途穷而哭……邓安可以扮演其中任何一个角色,但是,他总不满意。与生活中一样,舞台上的邓安依然在哪儿都不自在,左挑右选的确实"讨人厌"。他"总是没有位子",不听说唱故事要登台演戏的是他,挑了服装又耍赖的也是他,上台后不想演出的还是他,什么都依他,他仍然不自在。

角色挑选,暗示一种可能的人生。通过挑选角色,邓安的心理、欲望、思索得以一一呈现。点铁成金的炼金术士,邓安不喜欢演,"等我把所有的铁都炼成金子,我就恨起金子来了,我会走遍天下去找一种方子来炼金成铁"。扮演邓攸舍弃亲子而保存下来的其弟之子邓方,邓安又嫌命债太大了、太沉重,"一条拿别人的命换来的命,真不知道要怎么活法才对得起那条命"。聪明贤达的魏晋名士及其生活,看似风雅、潇洒、恬淡,实则一样世俗——嵇康藏私,舍不得把《广陵散》教给学生袁孝尼,致使该曲成绝响;眼光灿灿如岩下乍亮之闪电的王戎,怕别人得到自家的李子种子,在每一个李子核上都钻洞——他们无法做到真正的豁达、洒脱,何况邓安还不喜欢谈玄说奥呢。邓安想做神仙。戏中戏里,邓安在洛水之滨吞食了五石散,带着西施,乘坐大船,遨游海外的仙山,仙乐一路飘,仙果处处香……很快,这对神仙眷属变得悲怆空虚、目光狂乱、惊惶不已:

> 邓安:这是什么荒唐的情节,我真的有过这样的愿望吗?我不要演这一段戏,我一定不要演这段戏,太可怕了,像钉子一样地钉死在船上。一路喝仙泉,吃仙果,听仙乐,我不能忍受了!

邓安令人想起《武陵人》中的黄道真。两者同是寻寻觅觅地"追求着""不安于现状"之人,包括观点都是相通的。黄道真不满足于桃花源宁静的、不变的快乐,不喜欢神仙般的俗世生活;邓安也不满足于神仙美眷的幸福日子,他看透了一成不变的安静快乐多么可怕。

邓安老觉得自己没有位子,要看戏,没有看戏的位子,要演戏,又没有演戏的位子。待得戏散场了,他又不肯走,因为尚未演过自己。归根结底,这个"讨人厌"的人内心还有一股温热的东西,他还想好好地抱一抱这个人世,好好地爱一爱这个人世。晓风意念剧惯用戏末点睛法传达剧作者的理念,大幕闭拢之前,说唱人老叟劝慰找不到位子的邓安——崇敬上苍,悲悯人世,为人如此,也就大体不差了。

《位子》演出结束后,"基督教艺术团契"坚持九年的圣诞演出也停止了。演出张晓风剧作的艺术团契,其性质是业余艺术团体。它完全摆脱了政治意识形态下"反共抗俄"剧的模式,从剧本、舞台的各个层面,开戏剧创新实验、突破传统的风气之先,是台湾追求纯粹剧场艺术的起点之一。每年固定的不落俗套的演出,激发了青年观众进剧场的热情,对台湾剧场艺术的发展影响深远,台湾剧坛因此有了一个"艺术团契时代"。一年一度的艺术团契公演散场了,它播下的戏剧艺术种子却在台湾各处发芽、壮大。

从《第五墙》到《位子》,张晓风的话剧创作集中于1970年代。此后,还有两个取自中国古典寓言的剧本《一匹马的故事》(四幕,1981)和《猩猩的故事》(无场次,1985)。在彼时的台湾剧坛,她的戏可谓风格鲜明、独树一帜。

张晓风的剧本辞章华茂,充满诗情画意,抒情色彩浓郁,而且理性说教成分厚重,注重情绪、情境的传达。有评论者指出她的剧本更适合阅读,舞台上的演员为了"背"好台词常常无法做戏。从剧场角度看,这当然是最忌讳的,从文学角度进行分析,却因此变得很适宜。

分阶段、分时段地探讨张晓风1970年代的剧本创作,纯属多此一举。她的剧本主要贯穿线索始终如一,"如果有人分析'我',其实也只有两种东西,一个是'中国',一个是'基督教'"。张晓风在回答《幼狮月刊》记者提问时,这样回答。① 或许,还可以加上第三种东西——现代意识。

1954年,读初二的张晓风,在台北浸信会仁爱堂正式受洗成为基督徒。在散文《山路》中,她写道:"若是没有信仰,我再也想不出其他的意义了。"她认为"所有的坚持力量无疑地来自爱,但更富韧性的坚持力量却来自'信仰',来自受天之托的'使命感',来自一位值得为之'坚持'下去的对象(例如说,永存

---

① 《〈桃花源记〉的再思——张晓风访问记》,《晓风戏剧集》,道声出版社1976年版,第209页。

不变的上帝)"①。信仰,浓厚的基督教色彩,成为她生命和写作的基调。

"中国""基督教",这也可以从对她影响最大的两部书中看出来——一部《圣经》、一本《论语》。中国传统文化与西方基督教思想遇合,催生了融合中西的古典现代剧——《武陵人》《自烹》《和氏璧》《第三害》《严子与妻》《位子》。这些剧作纵情于古典,而心系现代,混合着古老昆曲的优雅苍凉,形成了张晓风剧作的典型风格。

素材来自中国古代,主旨却在当今、现世,剧本中的人物缺乏写实剧要求的典型性格,却充满"诗剧中的象喻意义""每一个人物都代表了作者所赋予的某种抽象的意旨,可能是一种情感的化身,也可能是人的某种特质的具体形象"②。在剧本《自烹》的前面,张晓风写到,这是一则两千六百年前的故事,可是,"我们对他的了解,并不来自那称为'相砺书'的《左传》,相反地,来自现代,来自我们最深处的自己"③。晋朝的周处,在张晓风看来,"许多年来他生活在我周围,在台湾、在香港、在东京、在美国——他一直在那里,我觉得他比我公寓中的邻居离我更近"④。凭借一支"亦秀亦豪的健笔"(余光中评价张晓风之语),张晓风拓展小我到大我,用古老的原型寄托现代人的精神境遇,通过对经典作品、经典故事的解构与重释,成功地宣扬了她的价值观念、生命态度与生存法则。

第四节　汪其楣领航"边缘"实验

1978年1月,张晓风最后一个代表性剧本《位子》首演之后,晓风戏剧独占台湾剧坛鳌头的时代结束了。此前,从美国学成归台的汪其楣创办了"聋剧团"。1977年5月初,聋剧团演出聋剧取得成功。该剧团以手语动作演出小型聋剧,用手语"朗诵"新诗,开启了20世纪八九十年代台湾小剧场对话剧艺术形体表现的追求。顺理成章地,汪其楣接过本土剧作家张晓风手中的接力棒,继李曼瑰、张晓风之后,成为八九十年代台湾实验戏剧中女剧作家的代表。

早在1960年代末1970年代初,崭露头角的晓风戏剧部分地借鉴布莱希特的史诗剧及其叙事手法,突破传统写实剧的模式,就带着明显的实验味道。但是晓风意念剧过于高调,并未触及台湾社会的敏感现实。汪其楣关注台湾、

---

① 张晓风:《一块玉的故事》,《晓风戏剧集》,九歌出版社2007年版,第237页。
② 马森:《为晓风的戏剧定位》,《晓风戏剧集》,九歌出版社2007年版,第34页。
③ 张晓风:《自烹》,《晓风戏剧集》,九歌出版社2007年版,第135页。
④ 张晓风:《第三害后记》,《晓风戏剧集》,九歌出版社2007年版,第299页。

关注台湾人本身,她领导的"聋剧团"公演三次,均造成极大的轰动,激起社会人士对聋人的关怀。她特别喜欢编写与台湾、台湾女性有关的故事,以台湾为背景创作了多部话剧,并且花费大量精力策划出版台湾小剧场剧本。

汪其楣,1946年出生于北平,1948年随父母定居台湾,在台北东门长大。1968年,台湾大学中文系毕业后,当上中学第一届教师。1970年留学美国俄勒冈大学戏剧研究所,获戏剧硕士学位,1976年回台湾。回台湾后,任教于文化大学、艺专、政战等校,继任职艺术学院副教授、台南成功大学中文系教授,长期致力于剧场艺术和各类传统戏曲的推广。

1979年5月至6月,汪其楣指导文化大学艺术研究所戏剧组的学生分两梯次演出了包括马森编剧的《狮子》《一碗凉粥》在内的8个实验性很强的现代剧。著名剧作家、时任台湾"中国话剧欣赏委员会"主任的姚一苇,看过演出后写道:"我认为这是一次真正的实验演出,是我多年来梦想的初步实现。"①第二年7月,他策划了台湾"第一届实验剧展",并将实验剧展持续举办多年。可以说,1970年代末汪其楣的戏剧实践,乃是台湾实验戏剧的先声。

1987年2月台湾举办第八届国际艺术节期间,汪其楣和黄建亚共同编剧的小剧场话剧《天堂旅馆》,由新象艺术中心于台北"国军文艺活动中心"首演。《天堂旅馆》以人物为主,全剧只有四个女性,是一出关于女人的戏剧。《天堂旅馆》的想象很奇特,它设计了一个独特的空间——供人转世投胎前歇脚的天堂旅馆,让死者得以在此总结前生,向往来世。三位女客人许美君、石锦秀、周稚平住进了天堂旅馆,她们在等待上天堂的旅馆里,和女服务员一起,述说生前的种种故事,她们的爱与不舍,还有遗憾。在对自己过往人生的回味、探索中,三位旅客的灵魂得到升华,最后,身着白袍,飞向未来。剧本表达纯净、细致,显示出女性心灵的美好与纯洁。

汪其楣编导、策划了不少影响较大的舞台剧目,曾获1988年台湾的"国家文艺"戏剧导演奖、1993年吴三连剧本文学奖。她创作的话剧剧本,大体上可分为两类:一类是以台湾的历史、经验、环境为题材的剧本,主要有话剧《人间孤儿》《大地之子》和以"原住民"神话传说为题材的舞剧《海山传说·环》;另一类是刻画女性角色、关注女性问题的剧本,以话剧《天堂旅馆》《一年三季》为代表,其他还有《记得香港》《复制新娘》《舞者阿月》《歌未央》等。

多场话剧《人间孤儿》是一部较早以台湾史为题材的作品,1987年5月公演于台北市社教馆,此后剧本进行过多次修订与改写,于1992年出版了《人间孤儿·枝叶版》。

《人间孤儿》全剧包括一个楔子和28个段落,加上没有纳入段落的"中场

---

① 姚一苇:《一个实验剧场的诞生》,《现代文学》1979年第8期。

休息　搬演偶戏",共30个片段,涉及台湾的方方面面。

楔子,以私塾式的学童诵读《三字经》时的背影开幕。随后,学生们介绍台湾之名从最早的Formosa(意即"美丽之岛")到"台湾"的转换,他们一条一条地朗读《台湾通史序》(1918年)中提到的历史事件,从古至今的台湾历史得以简洁、明晰的呈现。楔子起提纲挈领的作用,因为"夫史者,民族之精神,而人群之龟鉴也……故凡文化之国,未有不重其史者也"。

从第一段"飞扬的青春"到第28段"婆娑之洋,美丽之岛",全剧的剧情按照各段的标题进行,中间依次为"台湾河川""迪斯可·洋烟""儿童美语""新宿族""白人传教士""竹篓队""雨夜花·阉鸡""爱河·淡水河""古老的故事""幽幽基隆河""惜别的海岸·兰屿行脚""诊断书""客家山歌""台湾面积""举抗议牌""车鼓阵""玩具枪打老师""夕阳·球""台中台中""林秋田""吸食污染""过客""女工的故事""爆炸没关系""文化公车""李天·叶美惠"。28个或长或短的场景,简单地演绎出台湾的人文变迁,包括台湾年轻人的思想变革与精神危机,具有台湾本土特征的诗歌、民谣、歌曲、偶戏穿插其间,甚至有一场戏中戏《阉鸡》,剧作用心良苦地设计了一辆文化公车,列举出台北重要的文化点。在展示台湾的山川、河流之变化时,《人间孤儿》极其关注严重的污染问题,呼吁人们关心并改变目前这种严峻的生存环境。

汪其楣属于"二战"之后跟台湾共同成长、进步的第一代。《人间孤儿》传达出对台湾本土深厚的情感,表现了这代人对台湾的关切,他们的忧虑、忧伤及对重建一个美好未来的渴望。因此,富有自省精神与人文关怀的《人间孤儿》被解读为"一出台湾历史的寻根剧","从历史到族群,从文化艺术到社会乱象,从山川地志到小人物心声,这期间自然生成出交叉对照的趣味,更重要的是,落差所反映出的'孤儿'情结"[①]。此剧演出之后,引起台湾社会的热烈回应,普遍认为它提供了建立台湾意识与重新认识历史的最佳教材。

1989年5月,汪其楣带着《人间孤儿》的姊妹篇《大地之子》到乡镇演出。《大地之子》将西西的小说《肥土镇的故事》改编后分解于剧本的不同地方,全剧分"台湾飞行""童年肥土镇""远足的心""肥土镇庙会""成长的惨绿""肥土膨胀""一九九九"七个部分。

三个来自未来之人驾驶飞船飞行到台湾上空时,被迫降落肥土镇,引出一直生活在本地的花可久回叙肥土镇的故事:

花可久:肥土镇以前不是这样子的。

说到肥土镇,要从我的童年开始。我在肥土镇出生,在肥土

[①] 王友辉、郭强生主编:《戏剧读本》(台湾现代文学教程),二鱼文化事业有限公司2003年版,第34页。

镇长大,和我爸爸,我阿公,我阿公的阿公一样。我永远记得在肥土镇度过的童年。

我以为,一个人十八岁以前的记忆,可以一直用到八十岁。

(花可久脱去披肩,旋舞一圈,把披肩团成一团,往后台一抛,回到童年)

这就是我童年时代的肥土镇。

关于肥土镇的来历和名称有两种说法:一种说此地原来是一片汪洋大海,出海的渔民忽然看到天塌了一角,掉下一大块泥土落在海上,成为一片陆地,所以,它叫飞土镇;另一种说出海的渔民突然看到一块青绿色的土地从海上冒出来,其实就是一只巨大的海龟,现在海龟仍在睡觉,所以,它叫浮土镇。到底是飞土镇,还是浮土镇? 不管哪种说法,都反映出生活在那里的人们毫无安全感可言。

每日为生活琐事争吵不休的祖父、祖母,成天只晓得做研究的两个叔叔,一起玩耍一起上学的伙伴们,在花可久的记忆里,那么亲切、可爱。孩子们上课的场景,他们的家庭生活,邻里之间的关系,一一再现。每个孩子都有各自的喜悦、烦恼和憧憬,他们为学业跟父母顶嘴,为能去远足而心情激动,为逛庙会看野台戏雀跃不已。那些过去的时光,得以在舞台上细腻生动地重演。

这是肥土镇繁荣之前的事了。那个时候,下象棋还会被家里人讲,打麻将都不敢给别人听见,小鸟衔牌的把戏也被公认是骗人的,连小孩都知道;以前,庙公很好,每次都会把拜神剩下的糖果分给小朋友,后来,他变成最会敛财的庙公。当然,那也是政治意识形态浓郁的时代,张伟毅会被爸爸骂做"共产党"——"这么小就会顶嘴,长大一定是共产党!"而刘仲伦的课堂演讲,堪称彼时之楷模:

> 仲伦(神采飞扬,昂首阔步地起立,鞠躬):敬爱的老师,亲爱的各位同学,今天我所要演讲的题目是(加手势握拳举起,左边一次,右边一次)"希望! 希望!"(再强调一次)"希望! 希望!",副题是(配上更热情的手势,按字句节拍,双手伸向观众,再合抱胸前):"风雨生信心! 风雨生信心!"(稍息)大家都知道,在大陆的那一边,有无数的,如火如荼的,大陆同胞正等着我们去解救。目前,我们要努力的有,(伸出一根手指)第一,要遵从先总统蒋公的遗训(全体同学应声肃然坐正,花可久在怔忡中,也依邻座的样儿,把手放好坐直),建立一个富强康乐的台湾。(伸出两根手指)第二,我们要消灭(举起手做刀砍状)万恶的共匪,将青天白日满地红的国旗,插在大陆神州的每一个角落。我的演讲到此结束,

（鞠躬）谢谢。（坐下）
　　（其他小朋友，尤其是花可久，都钦羡地看着仲伦）
　　　　　　　　　　　　　　　　　　——童年肥土镇

　　懵懂的童年过去了，肥土镇也在不知不觉中变样，原来的小伙伴现在都念中学了，成长的惨绿伴随着肥土的膨胀。花可久的两个叔叔的研究成果，令小镇的烂泥变得非常肥沃，无论种什么东西，都长得出奇的茂盛鲜艳、茁壮硕大，空心菜像一丛竹子、槟榔像椰子、莲雾生得像斗笠……人们忘记了"飞土镇""浮土镇"，这个小镇的名字被正式确定为"肥土镇"。肥土镇上的各项事业，无不欣欣向荣，它从来没有如此热闹繁荣、生机勃勃。可是，祖父祖母开始围绕着钱吵架；肥土镇的废物并未失踪，它们不过移换了位置；更糟糕的是，肥土镇上还在念书的小孩，居然会抢劫正在看店的花可久，还叫她脱衣服。人们发现用肥土种出来的东西，不能吃。两个花叔叔又研制出对抗肥土的细菌，可悲剧又发生了，人们使用得太快、太凶、太贪心，把肥土变得十分贫瘠。

　　时间，1999年，飞船之所以迫降到此地，是因为肥土镇发生了地震，新社区的房子全倒了，满地废墟。飞船驾驶员中，有一个是花可久的同学。肥土膨胀后，人们不再留恋家乡，花可久昔日的同学多半留在外地发展，地震了，老同学反而全回来了。

　　从民风淳厚俭朴的肥土镇到一切向钱看的肥土镇；从充满生趣的小学校园、一心只想玩耍的小学生到充斥着补习费、升学的中学校园，想着理想、职业、恋爱的中学生；再到如今，学生、家长都变得嚣张、功利，动辄对老师指手画脚。肥土镇就是台湾的缩影，而肥土镇上的花可久与她的伙伴，就是战后成长起来的第一代台湾人的缩影。通过肥土镇的变化，展示台湾社会的变迁。《大地之子》暴露当代台湾社会发展过程中出现的各种问题，尤其是教育的无力与挫败、道德的堕落以及严重的环境污染。汪其楣像生态学家一样关注环境的变化，将某些状况表现得触目惊心，促人反思与自省。

　　从"童年肥土镇"到"肥土膨胀"这五部分，写得富有风土味，令人想起美国剧作家怀尔德的剧本《我们的小镇》(*Our Town*)、想起林海音的小说《城南旧事》，那遥远的绵绵不尽的感伤情绪遍布字里行间。《大地之子》道出了每一个台湾长大的孩子，童年的酸楚与甘甜，对家乡的爱、痛与忧思。

　　汪其楣强调台湾本土意识，她的剧本记录了台湾地方文化的多元与复杂，除普通话之外，对白往往穿插台湾闽南语、客家话，夹杂日语、英语等多种语言，剧中人有时还会唱上两句盛行于台湾的地方戏——歌仔戏，更增乡土气息。她赞美台南女性的三幕剧《一年三季》（2000年），剧本即用闽南语写作。

　　《一年三季》重现了台南市海安路附近古老长窄的巷道以及巷子里的人情

冷暖,刻画了台湾社会经济转型时期,做洋裁的香莲、秋云等台南女人的事业、友谊与情爱。剧本用台南语言描绘心灵手巧、温柔多情的台南女人,香莲离开家乡前的那一夜,她与情人文泰之间的缱绻离情自不必说;一边修改衣服,一边知心叙话的女人们,亦温婉如春风化雨:

> 玉珍:秋云姐,单只你这款,人慈悲又有量,勿会和你尪冤家,又真用心照顾一家伙仔;我是比你不上,也无好性地,会晓做好女德的媳妇。
>
> 秋云:我"还好"啦,毋免奉待大家、官彼边一家伙仔;结做尪某是冤仇,我是憨,向往伊早晚有一天会变温柔。你勿要责备家己,我和你的状况无同,你还少年,你更加毋免惊。
>
> ——第二幕 离开的前一晚

这种场景,大有"何当共剪西窗烛,却话巴山夜雨时"的意境。

在台南,没有冬天,一年只有三个季节:春、夏、秋。剧本的名字"一年三季",既有台湾稻米一年三熟之意,也象征着剧中台南女人所经历的人生季节之更迭。一年三季人与地,这些从旧时代走来的女性,踏上了不同的人生道路,但是,无论自身面对怎样的困境,她们都踏实而从容地面对,她们拥有同样的坚强与忍耐。

《舞者阿月》(2004年底公演)和《歌未央》(2007年)是汪其楣写台湾人的故事,为当代人物作传的结晶。前者写舞蹈家蔡瑞月,后者写歌词作者慎芝,两人均系台湾著名的女艺术家,才华横溢,创造力强,人生如戏。这两个剧本都花费她不少心血,一个写了四年,在蔡瑞月生命结束前一个月搬上舞台,剧中的女主角就坐在台下看剧作者汪其楣扮演的自己;另一个,从1988年慎芝辞世开始收集资料、进行访谈,经过近20年的沉淀,终于完成台湾流行音乐史上的传奇音乐人慎芝的故事,同时,记录了台湾电视歌唱节目"群英会"时期的辉煌,汪其楣再次登台,饰演她的朋友慎芝。

《舞者阿月:台湾舞蹈家蔡瑞月的生命传奇》是台湾现代舞蹈的先驱者蔡瑞月的舞台传记。蔡瑞月1921年出生于台南,1937年赴日本学习现代舞。1946年春天,学成后的蔡瑞月乘船回到台湾,在故乡台南创办舞蹈研究所,她持续一生的编舞、教舞、表演的艺术生涯自此开始。同是这个春天,留学日本、思想"左倾"的大陆诗人雷石榆也来到光复后的台湾。这年冬天,舞蹈家与诗人结识,阿月的人生传奇自此揭幕。当时,雷石榆刚到台湾交响乐团工作,在他的奔走与大力帮助下,1947年1月阿月在台北中山堂的演出空前成功,轰动了艺术界。而两人的关系也进入了一个新阶段:

> 蔡瑞月:……他爱我的舞蹈,什么事都替我想,他开朗、热情,到处找

人帮我的忙,还在报纸上写文章,还顺利接洽长官公署的交响乐团,破天荒为我现场伴奏。

编舞我不怕,上阵就会,可是找音乐真难,真难,石榆一出现——我的舞蹈好像有了很大的支柱。

我心里也想跟他结婚……

——舞者阿月·怅然忘川

阿月以她的兄长称之为"速配"的速度,嫁给了外省人雷石榆。热爱舞蹈的阿月,怀孕八个月时,还在台北举办舞展。恩爱的夫妻憧憬带上儿子一起去香港、去印尼,继续发展他们的艺术事业。可是,这个小家庭组建于一个战争结束不久而社会依然动乱的年代,美梦转瞬间就能化成泡影:

蔡瑞月:……(她抚着自己的胸口)

石榆,从外面兴冲冲地买了船票回来,把随身的皮包交给我,他说他马上就回来,就被一部吉普车带走了。

——舞者阿月·怅然忘川

雷石榆被捕,关押三个月后,以"奸党嫌疑犯"的罪名被驱逐出境。雷石榆离境前,阿月经过多方奔走,得以一见丈夫,此刻的她还天真地相信"美好的时代不会那么快结束",夫妻约定在香港见面。

"假如我是只海燕/永远不会害怕/也不会忧愁/我爱在暴风雨中翱翔/剪破一个又一个巨浪/而且唱着歌儿/用低音播送爱情的小调/但我的进行曲/世间也没有那样昂扬",这是雷石榆为阿月写的舞剧诗《假如我是一只海燕》中的一段。当雷石榆在香港苦等妻子之时,阿月正处在"暴风雨中"。她与儿子被限制出境,1949年12月,受丈夫牵连的阿月也被捕了,入狱三年整,先后被囚于台北、内湖和绿岛。即使在狱中,阿月亦不忘舞蹈,她编舞、教狱友跳舞、演出。出狱后,阿月继续经营舞蹈社,并将"中华舞蹈社"带入全盛期。到1983年移居澳洲前,她已为台湾培养了众多舞蹈人才,她编的民族舞《苗女弄杯》流行了数十年。

爱情与艺术、历史与现实、政治与时代在剧本中交织、融合,贯穿其间的是一个生于台南的女舞蹈家对台湾的热爱与讴歌。《舞者阿月》的群戏较多,诗意、散文化特点很明显,舞台时空自由、开放。以"心之海岸"一幕为例,它上接"序场",满头银发、弓身的老妇人蔡瑞月,在舞台上面向观众恢复成四五十年前那个对未来无限憧憬的青年,地点也随之转换到她回台湾时乘坐的轮船之上,她在船上把歌曲《咱台湾》编成了群舞《咱爱咱台湾》。

《舞者阿月》中扮演女主角蔡瑞月的就是编剧汪其楣本人。汪其楣是个能编剧、导戏、演戏的戏剧全才。与此同时,她还策划出版了不少台湾小剧场剧本。她选编的剧本给予女剧作者特别的关注,记录那些没有被听到的声音,聋人、盲人这样的弱势群体,被主流剧坛忽略的偏远地区的话剧实践,均收于她的视野之内。2004年她编定的《国民文选·戏剧卷》两卷,就令读者结识了除她自己之外的四位台湾女剧作者:许瑞芳、邱娟娟、杨璧莹和彭雅玲。这四位女剧作者的五部剧作,从族群、阶层、地域等各方面反映出台湾社会的多元性,关注不同身份、年龄、职业的人群的真实声音,具有极大的包容性,其反映台湾人生活之广泛程度,恰如李昂所说,堪称"一本台湾戏剧史"①。

许瑞芳的《带我去看鱼》在时代变迁中,描绘一户原汁原味的台南人家普通而琐碎的日常生活,表现台湾本土的情感与社会现象,尤重女性家庭成员:夫妻之间的小吵闹、姐妹之间的友爱,父母将女儿的读书、升学、相亲、婚姻看成头等大事,而女儿最怀念童年跟随父亲去海边钓鱼的日子。尽管家庭内部的小冲突不断,全剧整体上笼罩在温情脉脉的淡淡的怀旧氛围里。1992年2月该剧在台北"国家剧院"实验剧场演出时,采用贴近本土观众的台湾闽南语,使用多媒体、幻灯片等手段,增强了剧作的表现力与感染力。

《带我去看鱼》的编剧兼导演许瑞芳是台南人。1987年,她参与组建光复后在台南成立的第一个现代剧团——华灯剧团并具体负责。1994年,她于台湾的艺术学院戏剧研究所获得了剧本创作硕士学位。1997年6月,华灯剧团改名为台南人剧团,许瑞芳任艺术总监,直至2002年。台南人剧团是一个根植于台南的地方性业余剧团,它以带动台南的剧场艺术向专业化迈进为使命。在许瑞芳的领导下,它已令全台湾瞩目,被称为"台南第一大剧团",为南部培育了众多的剧场工作者与观众。剧团演出的由许瑞芳编剧的作品,还有《凤凰花开了》(1994年首演,1995年出版,1997年再次演出)、《非国民》(1994年出版)、《凤鸟之旅》(1996年首演)等剧目。

邱娟娟的《内湾线的故事》(1994年首演)聚焦于台湾新竹一个客家人聚居的村落内湾的兴衰。这里有一条铁路线,它将山中的内湾与山外的世界连接起来,一车车的煤、石灰石、木材从此矿藏丰饶之地运走。劳动者过着挖矿、伐木、拉竹子的生活,有闲时唱唱客家山歌,辛苦而知足:

> 我们的矿场福利好　在这里工作有劳保
> 白米一斤才一块半　比外头市价少五毛
> 要住房子有工寮　如此福利哪里找
> 下地采煤挖三月　足够一年得温饱
>
> ——第二场　矿工的生活

---

① 李昂:《国民文选·戏剧卷·推荐序Ⅱ》,汪其楣选编:《国民文选·戏剧卷Ⅰ》,玉山社出版事业股份有限公司2004年版,第11页。

工人们白天勤奋地劳作,夜晚来临,有歌舞团、酒家、茶室的小姐们陪他们尽情喝酒、对唱山歌,偶尔,也有相好的正式结了婚。随着时光推移,内湾不可避免地没落了,煤矿挖完,森林砍光,内湾火车载走了一车车的年轻人。过去的劳动记忆已经模糊,被开矿采煤岁月污染得黑黑灰灰的油罗溪,已由滚滚大水变成清澈的小溪。内湾线能从工矿铁路转型成观光铁路,创造它的第二春吗?剧作的末尾对未来充满疑虑。

《内湾线的故事》与《带我去看鱼》一样,带有浓厚的地方意识与怀旧情绪。新竹人邱娟娟怀着"洗刷新竹是文化沙漠的辱名"的愿望,于1991年1月在新竹创立玉米田实验剧场,编导了多出戏剧后,客家人邱娟娟成为新竹地区戏剧及文化的代言人。她的剧团可以在任何场所演出。第一出戏《身份独奏》在她父母家的车库里上演,车库门打开,街坊邻居坐在巷子里看戏。环保剧《河川》《看谁最美丽》在庙前的戏台上演出。之后,玉米田实验剧场又在新竹东门外演出了《与东门城的对话》《内湾线的故事》《跳舞的砂子》《娱人娱鬼》等剧目。1996年之后,成为母亲的邱娟娟,暂停了舞台剧的制作与编导工作,转换成亲子戏剧的创作与推广。

1995年,资深导演、小剧场工作者彭雅玲,在台北组织"欢喜扮戏团"。这是继她为之导戏的台南市"魅登峰剧团"之后成立的第二个老人剧团,采用即兴创作方式演出实验剧。"欢喜扮戏团"每年推出"台湾告白"系列的舞台剧,口述、演出团员亲身经历的故事与历史,其重要的舞台剧有《岁月流转五十年》(1995年)、《黑狗兄黑猫姊游台湾》(1996年)、《台湾查埔人的故事》(1997年)、《如果你叫我》(1998年)、《一老一少(童年启示录)》(1999年)、《我们在这里》(2000年)、《母亲》(2001年)、《春天来的时候》(2004年)。这个口述历史剧团,每年推出一部主题性作品,讲述生活在台湾的客家、福佬、外省族群的生命经验。

这些舞台剧中,以客家族群为主角的故事尤为引人注目,例如台湾告白系列之六《我们在这里》、之十《春天来的时候》。可以说,欢喜扮戏团是唯一一个以客家特色来制作的现代剧场。编导彭雅玲原本不会说客家话,不爱听客家山歌,后来,她以客家话入戏,坚持唱客家山歌。从1999年起,欢喜扮戏团致力于制作客家现代剧,每年在台湾的"国家实验剧场"首演,在全省各地客家庄巡演并且远赴欧洲。彭雅玲认为有隔阂乃是因为陌生,唯有认识不同的文化特色,才可丰富自身多元的生命。

在剧本《我们在这里》的前面,编导彭雅玲问道:"一个曾经保留自己特色并以此为荣的客家族群,如今散落全球各地,他们的家族伦理、音乐传统、产业文化,甚至语言都已逐渐有意无意地被掩埋了,在大都会的客家族群,你们在哪里?"剧中的"叙事者"在"序"中解说客家人的源起,以及住在新竹县客家庄的自己,还有那些名字各异的客家女人们,为何来到台北。刘蕉妹离家因为她嫁给了外省人,玉清离家为了赚钱养家,春秋离家为了寻找更好的发展机会,菊英离家为了不用耕作,碧珠被送给人做养女……客家人以种田为主要谋生方式,他们辛勤劳作却吃不饱饭,终日为贫穷所困,女人们受的苦尤甚。种田苦,当养女更苦。子女众多的家庭,将女儿送人,再领养别人的女儿。这些被送养的女孩,从小就被要求做家事、种田、做苦工,长大后便嫁给收养家庭的哥哥,在苛责、受虐、没有尊严及埋怨下度过她们的一生。而她们的养母,往往也是养女。一代又一代,客家女人的命运不停地轮回。怎样才能摆脱悲情女人的命运?唯有彼此慰藉、求自身独立。她们拿起蓝布包袱,离开客家庄,来到都会台北。当她们年老时,她们来到剧场,打开蓝布包袱,分享彼此珍藏的生命体验,唱着客家山歌,在集体回忆里,向客家庄的观众讲述自己的人生,跟过去的自己对话。

《母亲》是"台湾告白系列"之七,以田野调查的方式访问三位"母亲",展示母女、母子关系的几个不同阶段(出生、婴幼儿、童年、少年、青年、成年),重点呈现出两代女性在人生诸方面(例如日常生活、教养、教育、婚姻)的矛盾与冲突。编导彭雅玲和剧中人诚实地承认,母女、母子关系不像圣母圣婴图画里的那样一团和气、纯净温馨,也许写在剧本前面的那段文字更接近本质:

> 她像是我的天使
> 然而有时却像巫婆
> 我有好些地方像她
> 也有好些地方我希望不要像她
> 我很喜欢在她的怀里撒娇
> 更多的时候　我渴望
> 剪断脐带　展翅高飞

细腻、平淡、具体得近乎琐碎的口述,演示着身为母亲的关爱与期待、身为女儿的感激与不满,真实的生活在剧场里真诚地上演。

同"欢喜扮戏团"由老人们演出自己的人生经历相似,由天主教光鉴爱盲服务中心策划制作、杨璧莹编剧的《我驾着翅膀穿透黑夜》(1998年12月首演),是一出由视障者亲身演出自己故事的特别的戏。盲人有可能成为"优势团体"吗?盲人们设想"假如世界上的人都看不见"就有可能,因为他们最能适应没有光的生活。虽然在没有光的黑夜,他们仍然能够诙谐地自嘲,透过表演让世人知晓他们对待生活的勇气与热忱。阅读下面这段对白,就能感受得到:

悬漳:报告江哥! 如果歹徒知道我们是瞎子,那怎么办?
嘉堂:怎么办……大不了让他们打死;反正现在是在做梦,你爱怎么编就怎么编!

长清:那可不可以不要梦我们死,我们把它梦成……歹徒也是瞎子,那不就扯平了!(大声说还站起)Who 怕 who!

懋漳:(他也站起)对呀! 如果歹徒也看不见,那我绝对有办法抓到他,我瞎了二十年了,当瞎子谁比我资历深!

——第二场　假如世界上的人都看不见

该剧共分六场,呈现了一个与明眼人不同的盲人世界。盲人的日常生活,他们遭遇的世态炎凉、人情冷暖,他们的思考与感恩,一一暴露在观众面前,一如盲人演员敞开的心扉。阅读剧本时,读者难以体会盲人戏剧对以视觉为主要感官的剧场艺术的冲击,盲人演出更多依赖听觉、触觉,其无法精准的肢体语言,对于明眼人的传统审美观来说,无疑是一种新的挑战。《我驾着翅膀穿透黑夜》的成功,带动了台湾的盲人戏剧演出。

汪其楣的本土意识特别强烈,曾言台湾人应该演自己的戏,尽量用自己人的作品。本节中提到的以汪其楣为代表的女性戏剧工作者,立足于台湾本土,关心台湾与台湾人的命运,关注弱势群体——儿童、老人、聋人、盲人等,关注边缘族群——台湾的客家人、福佬、少数民族等,着力于书写台湾与台湾人的历史。她们让那些没有被听到的、被忽视的、微弱的"边缘"声音走上舞台,用独树一帜的方式讲述最精彩的弱势者的故事。从"聋剧团"于1978年演出汪其楣自编自导的舞台剧《飞舞的手指》,到1998年杨璧莹为盲人写作的《我驾着翅膀穿透黑夜》上演,本节提到的女戏剧人所从事的戏剧创作与实验,相较于戏剧本体而言,更可视之为人的实验。

这类进行"边缘"实验的女性戏剧人,是"有心的剧场人"[1],拥有一套自己的艺术思想。其领航者汪其楣认为,在艺术的世界里,没有障碍,没有界限,不分阶级,不谈条件;通过艺术,人们更密切连接,人们更放心、更自由;而聋人、盲人等所谓的弱能者,也能在看似不可能的困境中挥洒,把艺术的美慷慨送给曾经漠然对待他们的社会。[2] 人们不得不承认,她们拓宽了剧场的疆界。

第五节　从实验走向先锋

1980年代台湾现代实验剧场中,有几位能编能导的女性戏剧人,其中影响较大的,除了汪其楣之外,还有陈玲玲。汪其楣立足于台湾本土,给了弱势

---

[1] 黄美序:《戏剧的味道》,山东画报出版社2009年版,第254页。
[2] 汪其楣:《归零与无限:台湾特殊艺术金讲义》,联合文学出版社2010年版。

群体、边缘族群足够的关注;陈玲玲则立足于小剧场,她所做的戏剧本体意义上的实验为专业人士津津乐道,她编导的《八仙作场》(1982年)已被看作"为现代台湾大型演出立下新标杆的作品"。①

陈玲玲,又名洪祖玲,毕业于东吴大学外文系,1978年在"中国文化大学"艺术研究所取得硕士学位,1983年赴美国纽约大学进修戏剧课程,现任教于台湾艺术学院戏剧系。陈玲玲硕士论文的指导教授姚一苇,在接任台湾"中国话剧欣赏委员会"主任一职后,从1980年起,连续五年举办实验剧展,这是台湾当代剧场的分水岭。陈玲玲带领方圆剧场,参加了第三届(1982)、第四届(1983)、第五届(1984)实验剧展,剧目分别为陈玲玲编剧、导演的《八仙作场》《周腊梅成亲》及洪祖琼编剧的《什么》(陈玲玲、洪祖琼导演)。

曾是"兰陵剧坊"前身"耕莘实验剧团"的骨干成员的陈玲玲,1982年夏天创办的非职业性剧团"方圆剧场",是台湾实验剧场最早的戏剧团体之一。方圆剧场以吸收传统戏曲特色、创作实验戏剧为宗旨,代表作为《八仙作场》。

《八仙作场》取材于民间传说、元明戏曲中的八仙故事,其创作估计起意于陈玲玲的硕士学位论文《八仙在元朝杂剧和台湾扮仙戏中的状况》(1978),剧本里来自古典作品的非原创台词,作者都一一注明了出处,如同写论文。剧作内容乍看有故事新编的嫌疑,其表现方法却灵活多变,作者以现代观念、现代形式介入古典文本,达到了实验剧展的预期效果:"舞台艺术工作者在这里可以完全地自由发挥,自由创造,舞台表现形式不断地在求新求变"。②

瑶池金母的寿辰,八仙姗姗来迟。原来,他们早已厌倦"拜寿专家"的名号,不愿意再尽"拜寿应酬"义务,要求改行。做什么呢?回归老本行,度脱世人吗?这种想法,受到金母毫不客气的打击:

> 金母:度脱世人?!你知道人间已演变到什么地步了吗?他们的能力已大大超过我们了,他们没来度脱我们已经很客气啦!只有他们自己能决定自己的命运。时代不同啰!

开"八仙俱乐部""八仙出版社",还是结束"无风无雨不是晴的仙人生涯",重回人间?可是,细数现代环境中的种种生活,已很难适应。最后,他们决定试试蓝采和在人间时的那种"多彩多姿的剧场生活","从模拟百态中得到乐趣,在组合事件里呈现意义"——演戏。

---

① 王友辉、郭强生主编:《戏剧读本》(台湾现代文学教程),二鱼文化事业有限公司2003年版,第306页。

② 姚一苇:《写在第二届实验剧展之前》,陈玲玲:《落实的梦想骑士》,《联合文学》1977年第152期。

"瑶池天界八仙队，粉墨妆点组剧团"，戏中戏登场。剧本撷取歌仔戏的即兴作业方式，让"八仙"排演了三出改编自古典小说、戏曲的八仙剧——《回道人戏弄白牡丹》《吕洞宾度恶吏岳寿》《杨子焚尸李玄》。舞台上的八仙，一个人饰演多个角色，还互演彼此。"吕洞宾"既演《吕洞宾度恶吏岳寿》中的吕洞宾，也演《杨子焚尸李玄》中的李玄（即后来的铁拐李），而《回道人戏弄白牡丹》中的回道人（暗指吕洞宾）却由"张果老""韩湘子"饰演。戏中戏，拓展了剧本的时空，丰富了剧本的内涵。

突破有限的舞台空间与剧场时间，正是实验戏剧的重要探索。《八仙作场》中6名小仙童组成的歌队，因其进出舞台自由，起到控制节奏与氛围、当众完成戏剧时空转换的作用。歌队在剧中亦演、亦舞、亦唱、亦吟诵，对剧中人发表评论、更换布景和道具、在戏中戏里跑龙套……功能多样灵活。

剧作的形式创新别致轻盈，但是剧作者的理念仍旧属"文以载道"一类。剧本借古讽今，打破古今界限，在自由转换的舞台空间里，探讨传达了超越时间的各种想法与观念。陈玲玲显然同意张晓风在《位子》中对"神仙般日子"做的新注解，她认为修道成仙后的仙人们过的是一种"沉空滞寂的日子""极端的幸福也是一种不幸，生活里总要有个奋斗的目标才好"。借着剧中仙童之口，她也在追问众说纷纭的故事的真相，以及"自己到底是谁"。

跟《八仙作场》上演同年，1982年初出版的台湾期刊《现代文学》复刊第16期上，发表了陈玲玲的剧本《爱情红绿灯》。此剧与陈玲玲改自京剧小戏《打面缸》的《周腊梅成亲》（方圆剧场1983年演出）一样，也是"旧瓶装新酒"，把传统剧目现代化。《周腊梅成亲》将古代的从良妓女周腊梅化身为现代的酒廊小姐；《爱情红绿灯》则把古代的牧童、村姑转移到灯红酒绿的现代都市，变身成汤米、莉莉。

《爱情红绿灯》全剧包括《摩登小放牛》《灯下呐喊》和《我住大台北》三折，曲调分别采用《小放牛》《月下对唱》和《我住长江头》三只曲子。剧作尝试将小戏"摩登化"的同时，保留传统剧场中"有声必歌""无动不舞"的表演原则，企图用整出戏的"非驴非马"，影射纷繁芜杂的现代都市内难以找到纯正的爱情，或表现或讽刺金钱、欲望至上的社会里打着"爱"之旗号的混乱男女关系。

一出小生、小旦调情戏，假如离开古典的乡村，发生在当代的都市之内，会怎样？激情过后，见到搂着安娜的汤米的无耻模样，莉莉悟到"摩登爱情真真无情/早上朋友晚上夫妻/次日又成过路陌人"。面对1980年代初受西方性观念影响变得日益开放的两性关系，剧作者显露出某种不赞成：

安娜：他感慨人生苦短
　　我哀叹良辰不常
　　其实借词寻乐——女爱男欢

莉莉：我标榜女权
　　　他高唱开放
安娜：说起吃药、打针、堕胎——
莉莉：麻烦痛苦谁挨？
安娜、莉莉：唉，我——挨——！

他们追求的"开放的、多元式爱情"，造成社会上的未婚妈妈不断增多。《爱情红绿灯》第二折末尾，陈玲玲特别要求利用如梦似幻的剪影，营造出有梦魇效果的"未婚妈妈之家"这一场景，要"显出未婚妈妈境遇的孤单凄凉"。此前争风吃醋的莉莉、安娜看见此景，不禁目瞪口呆、抱成一团。

那些住在大台北的无知少女们，看不到此情此景，她们坐在安全岛上抽烟聊天，嘴中说着"每参加一次舞会就爱一次""我的恋爱很少超过三天""我已经想不起前几个爱人的样子了"一类视恋爱为游戏的话。至于都市里的"小放牛"，那就是"日日见君不思君/同喝台北水"。

《八仙作场》《爱情红绿灯》把古典文本用戏剧实验的形式呈现于舞台，摆脱传统的现实主义风格，体现出中国民族色彩与西方现代美学的合流；采用亦庄亦谐、古今中外杂糅的语言，令剧场氛围活跃，其"实验"不至于让观众望而生畏。导演《什么》一剧时，陈玲玲的导演手法与风格有了新突破。彼时，体验过美国当代剧场的陈玲玲，用三个人扮演一个角色，用不同的色彩象征人物分裂的心理，用"镜子游戏"作为真实与虚幻人物之间的对比，表现出人性的矛盾与挣扎。

作为导演，陈玲玲善于吸收中国戏曲的表现手法，并将之与布莱希特演剧体系和欧美当代演剧理论融合，尝试新的演剧形式。1986年陈玲玲离开了方圆剧场，剧团由创始团员彭雅玲接管，在她的主持下，方圆剧场继续演出《摇滚伊迪帕斯王》《皇后的尾巴》等六个剧目。1993年，彭雅玲创立"魅登峰剧团"，"方圆剧场"随之正式落幕。

1980—1984年，连续五届的"实验剧展"结束后，姚一苇辞去了"中国话剧欣赏委员会"主任一职，实验剧展就此结束。1985年，"为纪念中国戏剧导师李曼瑰教授"举行过一次名为"锣声定目剧场"的系列演出。该年6月，陈玉慧回到台湾，9月她自编自导的《谢微笑》由"兰陵剧坊"于此次展演中推出。这位写散文起家，后来以《征婚启事》《海神家庭》等畅销小说闻名的作家、记者，此时以女剧作家、女导演的身份公开亮相。

陈玉慧，1957年生于台湾。1979年起留学法国，攻读法国国家社会高等科学研究院历史系硕士。与此同时，她在学习戏剧的期间，曾随西班牙小丑剧团、法国阳光剧团巡回演出，并在纽约外百老汇等欧美重要剧场参与戏剧实习。回台湾后，她的第一份工作是在"兰陵剧坊"和文化大学戏剧系教授表演课。一两年内,她都在教学生如何揣摩与模仿以及掌控时间。

以1985年的《谢微笑》为起点,陈玉慧导演了自己编剧的《山河岁月》(1986)、《大路》(1986)、《谁在吹口琴》(1987)、《戏蚂蚁》(1989)、《祝你幸福》(1991)等剧目。1994年,剧本《谁在吹口琴》和《戏蚂蚁》出版。

《谁在吹口琴》"就剧本而言,始于一段黑暗中的贝克特式对话(令人想起贝克特晚年多致力于广播剧),迅即转为以人物塑造为主的平行推展,最后却以谋杀案类型冲动地结束","人物的反应各自以不同方式追求一种激烈而偏执的表达"①。导演把舞台设计成一个封闭的房间,把世界极端化为一所封闭的盲人院,探索个人孤寂的心灵。有剧评人指出,此戏跟当时台北的实验剧场格格不入,难以界定。②

这种"格格不入"或许可以理解为,先后就读过六所欧美戏剧学校的陈玉慧,其演剧观念远比当时台湾的小剧场实验超前。在1990年由台北社教馆演出的《戏蚂蚁》中,陈玉慧集结了包括兰陵剧坊的编导、明华园歌仔戏团的演员、黑名单工作室的音乐在内的各路艺术精英,将歌仔戏、影像多媒体、摇滚乐、现代舞与现代诗熔为一炉,各种南辕北辙得离谱的表演风格混杂在一起——想象一下歌仔戏摇滚,令人过目难忘,也使此剧成为台湾小剧场史上的惊艳之作。赞美者称其充满戏味与兴味,也有观者为《戏蚂蚁》做完"体检"后,在"报告书"中批评其为"驴头马尾的草率接枝",实际是"最缺乏创意的作品"③,认为"《戏蚂蚁》只是各种不同媒体在舞台上的拼凑,而未形成有机互动的组合"④。《亚洲华尔街日报》则把这出戏评为当年最精彩的中文舞台剧作品。

《戏蚂蚁》用一段轮回的爱情故事贯穿全剧,讲一个传统歌仔戏班子的更迭,冲突集中在戏班的后台;剧本的结构繁复,有两个叙述者,有人有鬼,既有虚幻的前世,也有现实的今生,既有异性之恋,也有阴阳相隔的同性之恋。除了纷繁复杂的舞台表现手段之外,单就剧中出现的戏班"女同志"故事而言,《戏蚂蚁》在当年也算十分前卫的。

1992年陈玉慧移居德国后,主要从事新闻工作,2005年曾为台北"国家剧院"担任戏剧及舞蹈节目策展人。2009年,她再度与明华园合作,排演根据她的小说《海神家族》改编的同名歌仔戏。21世纪初的台湾,吸收传统戏曲与现代剧场中的各种表演元素,即便在戏曲演出中,也已成为一种趋势。

在陈玉慧离开台湾的1992年年初,"环墟剧场"把"新媒体浪潮系列1"的

---

① 鸿鸿:《跳舞之后·天亮以前》,"行政院"新闻局1996年版,第8页。
② 鸿鸿:《跳舞之后·天亮以前》,"行政院"新闻局1996年版,第10页。
③ 鸿鸿:《跳舞之后·天亮以前》,"行政院"新闻局1996年版,第12页。
④ 鸿鸿:《跳舞之后·天亮以前》,"行政院"新闻局1996年版,第226页。

标签贴在了告别演出剧目《吠月之犬》上,此剧宣传的重点就是舞台上电脑动画、实时摄影的电视影像等技术的运用。巧得很,环墟剧场的负责人李永萍在实验剧场中崭露头角,同陈玉慧一样,也是1985年。

1985年,是"后来被笼统地称为'小剧场运动'的各种体制外戏剧外实验的胎动期","偏重政治的环境戏剧与各类政治剧场,同偏重题材与舞台湾闽南语汇探索的小剧场戏剧,并蒂怒放"①。环墟剧场显然属于前一种类型。这年7月,李永萍、许乃威编导的《永生咒》首演于云门实验剧场,此剧获花城剧展第一名。1986年年初"环墟剧场"正式组成,其成员均是台大学生,创团的献演剧目是《十五号半岛:以及之后》。

环墟剧场的团长及主要编导李永萍,1964年生于台中,祖籍广东从化,北一女中、台湾大学外文系毕业,美国纽约大学新闻硕士。留学归来后,她成为台湾颇受争议的政治人物,曾先后任职台北市文化局局长、台北市副市长。李永萍对社会的强烈关注,她的政治意图早在环墟剧场中就已得到充足表现,"剧场的发展到了最后和社会运动、政治改革愈来愈有关系,连带的对美学的包袱也就愈来愈大",她自己"一直处在艺术工作者和社会改革者的困扰之中",因对政治的焦虑无处表达,反映到剧场美学中就出现了暴力②。在1987年7月首演的《奔赴落日而显现狼》中,编导就让演员在最后一场撞墙,而且撞破头。这种场面,在环墟剧场中不是个例。《被绳子欺骗的欲望》(李永萍编导,1987)演出时,情绪失控的演员,在奔跑中撞得头上血流如注,当众痛哭倒地。1989年7月《事件315、608、729》演出时,有更出人意料的举动,他们将剧场的前门关起来,使散场观众不得其门而出,愤怒中,观众打电话报警,于是,演出本身也成为一个"事件"。

如此的极端与前卫,显然跟剧场主创人员青年时期渴望表达却因无处释放而变得叛逆、抗拒、焦躁不安的内心有关。《奔赴落日而显现狼》最初是李永萍以"夏行"为笔名发表的短篇小说,原载于1985年12月3日《联合报》副刊。这篇被称为"新世代心理小说"的作品,本身即是一部情感宣泄之作。《奔赴落日而显现狼》的女主人公酷爱奔跑、速度,酷爱一切具有终极性质的事物,她认为终极中往往蕴含着纯粹的且具毁灭性的美质。她期待完全的力与美的结合,疯狂爱恋,创造与毁灭。最终,白昼与黑夜相交的瞬间,女主人公失望地发现一切都是幻象,是在生活中迷失了的她一个人的悲剧。

与小说同名的舞台剧,情节与小说不尽相同,但在精神上,传达了小说原

---

① 林克欢:《台湾的先锋戏剧》,《山花》2005年第5期。
② 李永萍等:《小剧场发展历程》,《台湾现代剧场研讨会论文集:1986—1995台湾小剧场》,"行政院"文化建设委员会1996年版,第219〜220页。

有的情绪。据载:《奔赴落日而显现狼》的演出从模仿西方现代戏剧语言开始,三个演员坐在椅子上朗读斯特林堡的剧作《冤家债主》,《冤家债主》中两男一女三个中产阶级之间的三角关系,与排演《冤家债主》两男一女三个演员之间的三角关系,剪接、拼贴在一起。演员彼此交谈、追问观众演这种情感游戏的意义所在,他们对观众诉说自己的梦魇,在舞台上追逐、歇斯底里地尖叫着直至演出结束。

"425 环境剧坊"的负责人钟明德认为,此剧的剧场语言顺着创作脉动,不自觉地从现代剧场遁变到了后现代剧场,他这样评价《奔赴落日而显现狼》:"《奔赴落日而显现狼》如果发生在纽约市的东村,将成为前卫艺术阵营中的年度盛事! 首先,《村声》周刊会有相当篇幅的剧评和专访,然后,艺术圈里,不论名流显要或无名小卒,将没有人敢错过这种被看好的新潮;《纽约时报》的二路剧评家也会给予审慎的密切注意。两三个星期后,纽约地方性或全国性的艺术杂志都会争先恐后、各取所需地予以报导、评论,或甚至引发教人脸红耳热的辩论。有人会指着《奔赴》一剧阐释后现代表演艺术的暗潮汹涌;也有人会指着同样的东西责备我们这个'消费社会'的轻薄和无聊。"①可惜,此剧出现在台北,"这只台北黄昏中惊鸿乍现的狼,只一眨眼就可能永远消失于艺术的地平线上"②。但是,这并不影响《奔赴落日而显现狼》以前卫姿态,以反叙事结构的意象戏剧之面貌,成为台北第二代小剧场的重要剧目。

特立独行、放任不羁,充满暴力与破坏欲望的环墟剧场,因其先锋性质决定了其观众必然极少。剧团的演出很少有超过 150 个的观众,上演三场的《奔赴落日而显现狼》观众也不会超过这个数字,而且"没有留下影像,文字剧本,只留下了三张幻灯片"。③

削弱、摒弃语言与剧本文学的影响,这也是环墟剧场先锋性质的一种表现。彼时,台湾的小剧场运动正走在"剧场"取代"话剧"的新阶段,刚刚兴起的新剧场所能使用的语汇非常少,环墟剧场演出的剧目大多"没有故事、剧情,角色也不定,整个环境是混淆的"④,带有片断化与不确定性的特点。演出《流动的图像构成》(1987 年)一剧时,就取消了语言与叙事结构。至于剧目的取材,则往往是性与政治,以性隐喻政治,表达对社会的意见。

除了上文提到的,环墟剧场演出的剧目还有《舞台倾斜》(1986)、《家中无

---

① 钟明德:《在后现代主义的杂音中》,书林出版有限公司 1989 年版,第 19 页。
② 钟明德:《在后现代主义的杂音中》,书林出版有限公司 1989 年版,第 20 页。
③ 李永萍等:《小剧场发展历程》,《台湾现代剧场研讨会论文集:1986—1995 台湾小剧场》,"行政院"文化建设委员会 1996 年版,第 219 页。
④ 李永萍等:《小剧场发展历程》,《台湾现代剧场研讨会论文集:1986—1995 台湾小剧场》,"行政院"文化建设委员会 1996 年版,第 223 页。

老鼠》(1987)、《对于关系的印象》(1987)、《拾月——丁卯记事本末》(1987)、《星期五/童话世界/躲猫猫》(1987)、《零时61分》(1988)、《我醒着而又睡去》(1989)、《木樨香》(1989)、《方块舞》(1989)、《五二〇》(1989)。

80年代中后期,女性为负责人且在新起的第二代小剧场中发生影响的剧团,除了李永萍与"环墟剧场"之外,较为重要的还有刘静敏与"优剧场"、詹慧玲与"临界点剧象录",这三个剧团受西方当代剧场的影响很深,均可纳入台湾剧场艺术的拓荒者之列。

优剧场成立于1987年,拥有一座位于台北木栅山上的露天"老泉剧场",创团作品《地下室手记浮士德》首演于1988年6月。团长兼艺术总监刘静敏,"中国文化大学"戏剧系毕业,美国纽约大学戏剧硕士。她是出身于兰陵剧坊的演员,曾出演第一届实验剧展重要剧目《荷珠新配》。

由于领导者刘静敏在美国学习过格罗托夫斯基的"质朴戏剧"(贫穷戏剧),一般认为优剧场受质朴戏剧的理念影响很深。优剧场成立后,进行了一个"溯计划"行动,透过对中国传统及民间技艺的学习,寻找中国人的肢体表现方式。刘静敏认为没有技术就没有艺术,优剧场摆脱了剧本文学的束缚,从中国的传统戏曲、民间仪式中找寻"根",强调身心连接的表演方法,重视表演空间的灵活运用及肢体的强烈展现,是一个以表演者为中心,强调技艺,实验性较强的剧团。

优剧场尽管专注于技艺,在1980年代后期的社会思潮冲击下,仍然身不由己地卷进政治剧场的行动,参加了1989年3月—12月的"抢救台湾森林"大游行并演出街头剧。环保问题从此变成小剧场的主要社会关怀,环保运动则是小剧场运动与社会运动的交汇点。

1988年与田启元等朋友成立"临界点剧象录"的詹慧玲,也是演员出身。她于1966年生于台北,中兴大学社会系毕业,是该剧团的现任团长。"临界点"暗指跨界与不可逾越的边界极限,英译为"critical point",可知它具有社会批判的特点。"临界点剧象录"向传统的价值观、道统思想宣战,向性别霸权挑战,创团时就演出了台湾讨论同性恋文化的第一个代表性作品《毛尸》。1994年剧团又突破政治禁忌,演出《谢氏阿女——隐藏在历史背后的台湾女人》,表现共产党员谢雪红的一生。总体上看,临界点剧象录力图营造自由开放、没有界限的剧场,借此进行隐性的社会改革。

对于女性戏剧人而言,她们利用戏剧对社会所进行的干预,还能通过一个独特的视角得以体现——性别。台湾当代女戏剧家对女性本身、对两性关系、对性别问题的关注,尤其突出。

早在第五届实验剧展时,在大观剧场就上演过《她们的故事》(1984年7月)。此剧由《叙》(剧作/导演:李文惠)、《情何以堪》(剧作/导演:张咏莲)、《档案七十五》(剧作/导演:林呈炘)三个短剧组成,分别用荒谬、象征、写实三种不同风格,讲述妇女被强暴的社会问题。

1993年,陈玉慧应李国修之请,将自己的畅销小说《征婚启事》改编成同名话剧。剧作通过某剧团排演《征婚启事》①时发生的一系列人事纠葛,以喜剧的方式展演婚恋主题。在现实生活版的征婚中,陈玉慧接触了至少107个台北男人,小说中写了42个,舞台上则由李国修一人串演了剧中的22个应征男士。10月,此剧在台北可容纳最多观众的台北孙中山纪念馆演出,打破该场地十年来从未全满的纪录,并且连满五场。②

在台南市成立的"魅登峰剧团",1994年演出的首部作品《盐巴与味素》(编导彭雅玲)即由真实的夫妻生活经验编辑而成。剧团的成员都是中老年人,他们也憧憬罗曼蒂克的情爱,但是现实生活中的夫妻总是吵吵闹闹。该剧认为夫妻之间的争吵,就像炒菜用的盐巴与味精,在夫妻生活中必不可少,吵吵闹闹中自有真情意,为的是让你知道没有你我会死。俗语言"争争吵吵,白头到老",只要味道调得好,生活将更有滋味。

自然,无论社会上的妇女问题,还是家庭中的夫妻关系,乃至各种涉及爱情婚姻的剧目,都不如女性主义议题、同性恋题材、性解放和舞台上突破传统的性禁忌、性尺度的情爱表演引发观众兴趣。所有这些均离不开"女""性",因为女性主义运动发展到后来很重视性权利、身体权利,女性主义、同性恋、性解放时合时分。在1990年代以来的台湾剧场,可举出魏瑛娟与"莎士比亚的妹妹们的剧团"为代表。

魏瑛娟,1964年生于台北,毕业于台大外文系,美国纽约大学教育剧场硕士。她编导的第一部戏《我·康康·的台北》于1988年5月演出。1995年夏天,魏瑛娟创立"莎士比亚的妹妹们的剧团",担任编剧、导演、音效设计等工作。该剧团的名称来源于英国女作家弗吉尼亚·伍尔芙,她在名作《一间自己的房间》中这样假设:如果伟大的戏剧家莎士比亚有个同样天才的妹妹,她会怎么样呢?以"莎士比亚的妹妹们的剧团"为名,显示出了剧团成员渴望一展被男性压抑的女性戏剧才华的愿望。

魏瑛娟在台北小剧场中,以才华横溢、擅长戏谑闻名,她编导的剧目大多致力于社会问题的探讨,往往观点尖锐、角度独特且能出人意表。迄今为止,在她编导的30余出戏剧作品中,以具有鲜明女性主义色彩和同性恋题材的剧

---

① 胡星亮:《当代中外比较戏剧史论(1949—2000)》,人民出版社2009年版,第504,505页。有学者批评李国修表演的此剧没有真正的戏剧性,认为"作者只是以通俗剧的形式,拉拉杂杂地、平铺直叙地给观众展示了一个女子与一群男子类似的征婚故事,以表现不同男性的寂寞情事,其艺术表现就缺乏结构张力和剧情节奏",认为表演中的"某些滑稽粗俗的语言动作的渲染","影响到剧作内涵的表达"。

② 黄仁:《台北市话剧史九十年大事纪》,亚太图书出版社2002年版,第161页。

目最引人瞩目。1995年的《甜蜜生活》《文艺爱情戏练习》，1996年的《我们之间心心相印——女朋友作品1号》，1997年的《自己的房间》，以及2000年的《蒙马特遗书——女朋友作品2号》，均系一时之选。

《甜蜜生活》借同性恋、异性恋之间的关系，探讨寂寞与疏离的生命滋味。据介绍，此剧无对白，只有动作及演员发出的各种声音。剧中有一段堪称经典的场景：三个女孩在舞台上直露地表演生育过程，但一个女孩从另一个女孩体内取出的却是花茎、花朵，第三个女孩幽默地将它们拼成一朵完整的花，女孩们愉快地赏玩此花。《文艺爱情戏练习》也是异性恋、同性恋同台，四个演员演绎四段恋情：一个女子追求一个男同性恋者的失败，两个女同性恋者的相悦，一对异性恋人的背叛，两个男同性恋者的交欢。① 剧中的对白甚少，它用歌曲暗示不同的时代情境，靠动作表达恋爱情境中角色与权力的交互关系恢复。

《我们之间心心相印——女朋友作品1号》和《蒙马特遗书——女朋友作品2号》两部戏，望题而知，讲述女同性恋的故事。前一部戏，由绿色、粉色、蓝色装扮起来的三个造型既像洋娃娃又像女巫的演员，游戏般地演绎三个女人之间暧昧不清的情感纠葛，全剧在三个轮流登台的女人没有台词的"倾述"中结束。后一部戏，在剧场中重新编排了台湾著名的女同性恋小说《蒙马特遗书》，六位女演员运用肢体动作呈现小说中对爱情的绝望、挣扎与痛苦。

1990年代中后期，魏瑛娟编导的多数剧作缺少有实质意义的台词，这导致编导的创意与观众的理解之间，存在一定偏差。然而，无论文学性怎样匮乏，观众也能看出其作品所富有的黑色幽默，对日常生活、经典作品的戏仿、反讽、解构；而舞台上大胆出格且具有创意的性爱表演，更令剧评人佩服不已。如在《文艺爱情戏练习》中，有一对貌似互相吸引的年轻男女，当女孩一再跳到墙壁上反身扑向男孩时，他却脚步移位，无情地令抱空的女孩摔倒在地上——女孩是异性恋者，男孩却是个同性恋者。剧中尚有男、女角色的性别身份互换，有为人津津乐道的两位男同性恋者互换内裤的精彩表演——在营造巧妙的黑暗中，两位男演员全裸亮相，以此挑战社会中的男同性恋恐惧症。对《我们之间心心相印——女朋友作品1号》结尾时，三位女同性恋者逐步脱掉身上的饰物、长长的手套、艳丽的假发的举动，有评论者认为恰似剥除女性身上有形无形的枷锁，是"一幅独立自主而又彼此扶持的女性解放图像"："喜欢三个女人间的暧昧爱恨关系，摆荡在女性主义与女同性恋间，既打破了女性主义与女同性恋的区隔分野，又让两者互相辉映。解放的极限，竟是女性居然可以用自己的眼泪把脸部化妆这最后的一层约束都清除掉，如此这般彻底的解放，你

---

① 鸿鸿：《跳舞之后·天亮以前》，"行政院"新闻局1996年版，第138页。

能不喜极而泣吗？"①

　　小说《蒙马特遗书》作者女同性恋者邱妙津自杀的1995年，台湾剧场中同性恋题材的剧目涌现。至此，小剧场在女性戏剧人手中，走向先锋，且百无禁忌。性格、人物、情节、对话等传统戏剧的基本因素统统被淡化，肢体线条、音乐、影像等辅助形式得到突显。活跃于剧场中的台湾女性戏剧，文学色彩较为薄弱，剧本创作成就有限，很多剧目只有演出而没有剧本。剧目《我们之间心心相印——女朋友作品1号》更达到极致，"除了节目单以外，作品完全没有文字，连任何有约定俗成之意指的语言都消失了"②。

　　现代戏剧固然如此，戏曲也依然以旧戏新编、改编者居多。2000年后，以写"女性京剧"著称的王安祈"很清楚地把创作导向京剧女性意识的开掘"③，用唱词曲文抒发古代女子的内心情事，在一定程度上获得成功。但是，不管戏曲如何现代化，如何强调"新编剧本的内涵一定要能反映现代人的欲求想望，贴近现代人心灵"④，在描绘某些特定内容时，终究会因戏曲形式的桎梏而有隔靴搔痒之嫌。如引人瞩目的女同性恋题材。京剧《三个人儿两盏灯》（王安祈、赵雪君编剧，2005）尽管把三个孤寂的唐代宫女之间的女性情谊表现得优美隐晦、细腻动人，剧作者追求的"展现当代人新思维"⑤却不及现代小剧场中的女同性恋艺术表现来得自在、随意，有社会与情感基础。在这里，可以举出被认为是"一次相当具有远见的策展性剧场表演"⑥的《约会》与之进行对比。

　　《约会》一剧于2007年5月由"莎士比亚的妹妹们的剧团"演出，它用9个生活片段，采取写实手法，拼接出当代城市中女同性恋爱情之全貌。据介绍，《约会》的故事拼图有："女演员甄试角色真假出柜练习、车祸未亡人面对死者双胞胎手足恍惚时分、文字癖创作恋侣费尽苦心说分手、软糖踢与美型踢卡拉OK谈判记、恋侣与挚友三人觥筹交错间危险平衡、中学美眉对手帕交好感暗

---

① 李幼新：《小剧场与社会禁忌》，《台湾现代剧场研讨会论文集：1986—1995台湾小剧场》，"行政院"文化建设委员会1996年版，第147~148页。
② 王浩威：《激进与伦理：小剧场内部的民主》，《台湾现代剧场研讨会论文集：1986—1995台湾小剧场》，"行政院"文化建设委员会1996年版，第190页。
③ 王安祈：《绛唇珠袖两寂寞：京剧·女书》，INK印刻出版有限公司2008年版，第17页。
④ 王安祈：《绛唇珠袖两寂寞：京剧·女书》，INK印刻出版有限公司2008年版，第16页。
⑤ 王安祈：《绛唇珠袖两寂寞：京剧·女书》，INK印刻出版有限公司2008年版，第36页。
⑥ 傅裕惠：《Size L的坚持》，《PAR表演艺术》2007年第175期。

生、'老贺尔蒙'女士跨过更年期大啖美食清算人生等等。"①该剧编导徐堰铃认为,无论戏里戏外,人与人的相遇,都需要敞开胸怀用心体会,生命中的每个步伐都像前往一个你早就知道的约会,此乃"约会"的含义。

《约会》的编导徐堰铃,一直关注台湾的女同性恋议题,曾出演多部同性恋剧目,并于2006年出版女同性恋剧作集《三姊妹》(内收《安妮的甦醒》《踏青去》《三姊妹》三个剧本)。至于用田野剧场的方式,反映女同性恋妈妈的生活与心声的《一百种回家的方法》(编导陈亮君,于2007年9月由三缺一剧团首演),其社会现实意义就愈加清楚明白了。

从1980年代中期至21世纪初的十年间,台湾现代剧场中的女性戏剧人,将艺术变革与社会变革紧密结合起来,从戏剧实验走向女性先锋,完成了由艺术而社会的角色转换。立场之不同,决定了她们对戏剧采取的不同态度——关注戏剧艺术本身的发展与命运,或者,把戏剧当成一种表达个人理念的反社会武器加以利用。

本章参考文献

吴若、贾亦棣:《中国话剧史》,"行政院"文化建设委员会1985年版。

余光中:《中华现代文学大系(贰)——台湾1989~2003》,九歌出版社2003年版。

张小虹:《性别越界:女性主义文学理论与批评》,联合文学出版社1995年版。

张晓风:《晓风戏剧集》,九歌出版社2007年版。

林克欢:《台湾剧作选》,中国戏剧出版社1987年版。

苏雪林:《苏雪林作品集》,成功大学教务处出版组1999年版。

李皇良:《李曼瑰》,台北艺术大学2003年版。

潘亚暾:《台港文学导论》,高等教育出版社1990年版。

黄美序:《戏剧的味道》,山东画报出版社2009年版。

金明玮:《张晓风》,"行政院"文化建设委员会2004年版。

王友辉、郭强生:《戏剧读本》,二鱼文化事业有限公司2003年版。

汪其楣:《归零与无限:台湾特殊艺术金讲义》,联合文学出版社2010年版。

鸿鸿:《跳舞之后·天亮以前》,"行政院"新闻局1996年版。

---

① 郑尹真:《徐堰铃〈约会〉拼接城市女同志的爱情》,《PAR表演艺术》2007年第173期。

钟明德:《在后现代主义的杂音中》,书林出版有限公司1989年版。
黄仁:《台北市话剧史九十年大事纪》,亚太图书出版社2002年版。
王安祈:《绛唇珠袖两寂寞:京剧·女书》,INK印刻出版有限公司2008年版。

第十三章 台湾现代女性主义批评

第一节 概 述

　　作为台湾女性文学史的一部分,台湾女性批评家的光彩同样灿烂夺目。战后初期国民党迁台,随国民党当局来台的大陆女性中不少具有高等学历,具备娴熟的中文书写能力此时正值上国民党当局推行"国语政策"鼓励汉语写作,造成了战后第一代女性创作的蓬勃兴盛。1950年代,虽未出现重要的女性批评家,但作为著名作家与《联合报》副刊主编的林海音,事实上是这一时期文坛生态的重要推动者,她编选文章的原则,对作家的编辑、指导意见,在某个意义上不啻扮演着批评家的角色。同样1960年代《自由中国》的文艺副刊编辑聂华苓,也团结了一批围绕《自由中国》的作家,对自由主义在台湾的传播卓有贡献。1960年代《现代文学》创刊,现代主义文学蔚为风潮,英美"新批评"的批评典范也随着台大外文系颜元叔等人的大力推介而开始成为学院批评的主流。在这一潮流中,欧阳子先是作为台湾现代主义的重要作家登场,在1970年代又写下了一部以新批评方法研析白先勇《台北人》的批评著作《王谢堂前的燕子》,现已成为台湾文学批评史上新批评派的代表著作。同样以新批评的分析方法写"实用批评"的龙应台在1980年代以一本直言不讳、爽快犀利的书评《龙应台评小说》引起文学批评界的关注,可惜随着她写于同一时期的社会文化评论集《野火集》的轰动,龙应台也将更多精力放在社会文化评论写作上,逐渐淡出文学批评圈。

　　1980年代对女性文学来说,最重要的是女性主义批评的崛起。台湾的女权运动于1970年代兴起,吕秀莲率先提出"新女性主义"的口号,批判中国传统传宗接代、三从四德、片面贞操、男主外女主内等男性中心思想,提倡"女人先做人再做女人""女人走出厨房"等新女性主体行为。1975年,吕秀莲在台湾创办第一家具有女性主义色彩的出版社"拓荒者出版社",在短短一年内出版了15本书及2本小册子,讨论台湾的家庭主妇、女工、农村妇女、娼妓等妇女问题。她先后在高雄、台北创设针对女工的"保护你"电话专线,为离乡北上或南下谋职的妇女提供辅导及协助。此外,吕秀莲还为关系妇女切身利益的《民法亲属篇修订草案》及《堕胎合法化》召开座谈会,以催生此两个法案的完成立法。1977年吕秀莲因高雄"美丽岛事件"被捕入狱,她所领导的新女性运动便暂告一段落。吕秀莲播下的女权种子在1980年代的台湾持续发酵。1982年,李元贞创办《妇女新知》杂志,提出"女性自觉"的观念,说明做一个现代女性必须了解现代社会不停变迁的情形,只有训练自己具有独立自主的能力,才能适应社会潮流,解决自己的切身问题。妇女新知鼓励妇女积极参与社会活动,发挥自己的潜能。1983年妇女新知推出主题为"妇女的潜力与发展"的"八三三八妇女周"活动;1984年推出"一九八四保护妇女年"活动,发布"女性骚扰问题"问卷调查;推出"家庭主妇年"活动,鼓励家庭主妇再发展,呼吁社会为家庭主妇的再就业提供管道。1984年妇女新知发动7个妇女团体联合签署了一份对堕胎合法化的意见书,呈递给"立法院",力促优生保健法的通过。① 1990年代台湾的妇女运动继续蓬勃发展,呈现出高度的正当性,但也出现了被称为"妇权派"与"性权派"的路线之争。1994年女学会领导人发表"性自主不等于性解放"的声明,何春蕤被女学会除名,1997年妇女新知"家变"解雇王萍,双方的对立开始明显与公开化。"女性"? 何为女性? 为谁说话? 政治公权力与女性主义之间关系为何? 女性主义开始出现了国家与破国家、主流与边缘战斗等种种理念与策略之争。②

　　始于1970年代,在1980年代风起云涌,1990年代蓬勃发展的台湾妇女运动在文学界也得到响应。1972年,欧阳子、杨美惠、杨翠屏翻译的西蒙·波伏娃的《第二性》在台湾出版,产生了较大影响。女性主义文学研究在1986年前后开始蔚为风潮,该年先后有《中外文学》第14卷第10期的《女性主义文学

---

① 李元贞:《妇女运动的回顾与展望》,《妇女新知》第53期。有关台湾七八十年代妇女运动的历史请参见该书。
② 卡维波:《"妇权派"与"性权派"的两条女性主义路线在台湾》,《文化研究月报》第5期。

专号》《当代》第5期的《女性主义专辑》《联合文学》第17期的《女性与文学专辑》,"女性主义文学研究正式成为台湾当代文学研究中结合美学与政治的方法学与批判立场"①。女性主义文学批评的浪潮持续至今,仅以台湾学术界享有盛名的刊物《中外文学》为例,就先后制作了《女性主义文学专号》(第14卷第10期,1986年3月)、《女性主义/女性意识专号》(第17卷第10期,1989年3月)、《文学的女性/女性的文学》(第18卷第1期,1989年6月)、《法国女性主义专辑》(第21卷第9期,1989年6月)、《女性主义重阅古典文学专辑》(第22卷第6期,1993年11月)、《精神分析与性别建构专辑》(第22卷第10期,1994年3月)、《性别与后殖民论述专辑》(第24卷第5期,1995年10月)、《法国女性主义Ⅱ》(第24卷第11期,1996年4月)、《性/性别政治》(第25卷第4期,1996年9月)、《现代诗·性别·历史记忆》(第25卷第7期,1996年12月)、《女人的天空:台湾女性文学与文化》(第26卷第2期,1997年8月)、《女人的湖泊:台湾女性文学与文化Ⅱ》(第27卷第1期,1998年6月)、《空间·性别·再现专辑》(第27卷第10期,1999年3月)、《女性文学/艺术与文化论述专辑Ⅰ》(第27卷第10期,1999年3月)、《女性文学/艺术与文化论述专辑Ⅱ》(第27卷第11期,1999年4月)、《女性与旅行专辑》(第27卷第12期,1999年5月)、《女性书写与艺术表现Ⅰ:从女性诗学到女性神学》(第28卷第4期,1999年9月)、《女性书写与艺术表现Ⅱ:女性影像与女性艺术》(第28卷第5期,1999年10月)及《跨文化·跨学科·跨性别》(第29卷第7期,2000年12月)等。这些集中推出的女性主义文学论述专辑极大推动了台湾女性主义文学批评的发展。在著述方面,子宛玉主编的《风起云涌的女性主义批评》(1988)②是较早的一本本土女性主义文学批评的论文集,此外如郑明娳主编的《当代台湾女性文学论》(1993)③、钟慧玲主编的《女性主义与中国文学》(1997)④、张小虹主编的《性/别研究读本》(1998)⑤、梅家玲主编的《性别论述与台湾小说》(2000)⑥等都集中呈现了一个阶段台湾女性文学批评的面貌。特别值得一提的是由邱贵芬主编于2001年出版的《日据以来台湾女作家小说选读》(2001)⑦,该书收录了自日据迄当代的台湾女作家的20篇代表作品,约

---

① 张小虹:《性别的美学/政治:当代台湾女性主义文学研究》,钟慧玲主编:《女性主义与中国文学》,里仁书局1997年版,119页。
② 子宛玉编:《风起云涌的女性主义批评》,谷风出版社1988年版。
③ 郑明娳编:《当代台湾女性文学论》,时报文化出版企业1993年版。
④ 钟慧玲编:《女性主义与中国文学》,里仁书局1997年版。
⑤ 张小虹编:《性/别研究读本》,麦田出版社1998年版。
⑥ 梅家玲编:《性别论述与台湾小说》,麦田出版社2000年版。
⑦ 邱贵芬编:《日据以来台湾女作家小说选读》,女书文化事业有限公司2001年版。

请台湾女性文学批评的名家对每篇作品进行导读,这些人包括杨翠、许俊雅、张素贞、吕正惠、范铭如、曾珍珍、刘纪蕙、梅家玲、张淑丽、郝誉翔、张小虹、朱伟诚、廖朝阳、简瑛瑛、刘亮雅、梁一萍等,几乎囊括了台湾女性文学批评的重要人物。每位评家的导读所呈现的不同观照和诠释,恰恰展现出台湾女性文学批评经过近20年所累积的丰厚度与多重面向。台湾的女性主义文学批评也从早期文学中的男权中心批判、女性意识的提倡,一直发展到现在强调"解构、差异"的后现代女性主义,情欲解放的"性权派"女性主义,以及试图接合国家、族群与女性主义的后殖民女性主义等多样纷纭的局面。进入21世纪,女性主义文学批评已成为台湾文学批评界的大宗,流派纷呈,复数、多元的女性主义正走向纵深,展现出更为全面与成熟的态势。

此外,女性主义也不是台湾女性批评家所操持的唯一批评工具。在女性主义批评在学院蔚为主流的时候,也有一些女性批评家持续开发其他的研究领域,比如操持马克思主义社会历史观点的施淑,运用精神分析方法读解台湾文化症状的刘纪蕙,从女性主义文学批评跨界到以空间理论解读文学的范铭如。

本章试图按照历史年代与方法论的角度,选取代表性的人物来呈现台湾女性批评家对于台湾文学批评的贡献:从早期新批评派的欧阳子、龙应台、撰写第一本台湾女作家专论的钟玲,1980年代致力于推动妇女运动的李元贞,到1990年代台湾女性主义文学与文化研究的几位代表性人物:后现代女性主义张小虹、性权派何春蕤、后殖民女性主义邱贵芬,以及使用马克思主义分析方法的施淑、使用精神分析方法的刘纪蕙,21世纪横跨女性主义与文学地理学两个领域的范铭如。

第二节 欧阳子:新批评的典范之作

现代主义文学在1960年代的台湾蔚为风潮,其主要参与者为台湾大学外文系的一群年轻学子王文兴、白先勇、欧阳子、陈若曦等人与他们的指导教师夏济安。他们创办《现代文学》,以该杂志为核心,积极引介西方现代主义文学,致力于创作出与台湾50年代软性抒情的主流文学大不一样的文学形式与样貌。在引介、创作文学作品的过程中,他们也希望树立起认真、严肃、专业的批评形态,以与政治挂帅式的、随感式的文学批评区隔开来。这一批评理路受到西方"新批评"派的深刻影响,开创了台湾文学批评专业化的局面。在运用"新批评"的方法阐释文学作品方面,六七十年代的夏济安、刘绍铭、颜元叔、姚一苇等人都是此中的佼佼者。欧阳子本人身为"现代杂志"的一员,身兼二任,既从事创作也写作批评,她于70年代完成的白先勇小说《台北人》的研析著作《王谢堂前的燕子》,高度发挥"细读"的批评能力,对白先勇的小说进行了细致完整的阐释。如果说白先勇的《台北人》已成为台湾文学史的经典,那么欧阳子的这本批评著作,同样是台湾"新批评"分析的典范之作。

欧阳子,原名洪智惠,1939年生于日本广岛,籍贯台湾南投,13岁开始在报纸杂志上发表作品,18岁考入台湾大学外文系,21岁与同学白先勇、王文兴、陈若曦等人创办《现代文学》杂志,采用欧阳子笔名,开始在该刊发表短篇小说并译介西洋文学作品。后赴美留学,获爱荷华大学小说创作硕士学位。现定居美国得克萨斯州奥斯汀。出版有短篇小说集《那长头发的女孩》(1967)、《秋叶》(1971),译作有西蒙·波伏娃《第二性》之"形成期"部分(1972),文学评论集《王谢堂前的燕子》(1976)。

《王谢堂前的燕子》共15章,第一章为总纲,总论白先勇的小说世界:经由对他作品的研析所抽象出来的白先勇小说的主题,他的人生观与宇宙观。其后则遵循《台北人》的篇目,从开篇《永远的尹雪艳》到收官《国葬》,具体分析每一篇小说的文学技巧。如此一横一纵,将《台北人》的艺术特质作了完整的阐释,呈现在读者面前。

在《白先勇的小说世界》中,欧阳子总结白先勇《台北人》的主题主要由三方面交织而成:今昔之比、灵肉之争、生死之谜。今昔之比包括了国家、社会、文化、个人四个层面:国民党战败退守海岛一隅的失落;社会是中国旧式单纯、讲究秩序、以人情为主的农业社会正日益蜕变为现在复杂、以利害关系为重的、追求物质享受的工商业社会;相应的,过去是大气派的、辉煌灿烂的中国传统精神文化,现在则是失去灵性的、斤斤计较于物质得失的西洋机器文明;除了以上对国家兴衰、社会剧变,对面临危机的传统中国文化之感慨与乡愁,最基本的,是白先勇对人类生命之有限,对人类永远无法长葆青春、停止时间激流的万古怅恨——过去是纯洁灵活的青春,现在是遭受时间污染腐蚀而趋于腐烂的肉身。这个今昔之比,在某个程度上常常也就是灵肉之争,在白先勇"台北人"的世界里,过去是青春、爱情、理想、精神,代表着"灵",今天则常常意味着"肉",是性欲、现实、肉体对于灵的腐化,这两者彼此对立,在现实中往往是"肉"取胜,然而作者的同情在"灵"的这一边,他对于灵肉拉扯的人生悲剧有无限的喟叹,也常常赋予"记忆"——对过去爱情或"灵"的记忆作为对现在的肉性现实的救赎。不管是今昔之比还是灵肉之争,它们后面真正的操纵者其实是时间,时间将一切化为乌有,人生最终不过是一片虚空。这就牵涉到白先勇对于生死之谜的看法。经由开篇《永远的尹雪艳》中的尹雪艳、收官之作《国葬》里的刘行奇所暗示的象征:"幽灵""菩萨"与《孤恋花》对于"孽"的铺陈,白先勇表达了他对人类生命"一切皆空""冤孽反复"的佛家式的轮回与宿命观。

欧阳子指出，虽然白先勇的人生观念偏于消极，但是不可用实用社会学的观点对之遽下价值评判，毕竟，文学不过是作家对于人生经验与思考的一己之见，它从美学的角度提供了对于世界的某种观点；在美学取向与意识形态上，白先勇并不乏类似的同道，比如福克纳，他对于 doom（命、劫数）、curse（孽、天谴）的兴趣就与白先勇相去不远。

在接下去的章节中，欧阳子对白先勇《台北人》的各篇作品进行了详尽的解析。她的解析侧重于文学技巧与主题的密切配合，其中有几个层面是她反复提及的，这也是新批评派的分析重点：语调（tone）、叙述观点（focus of narrative）的运用；平行、对比技巧及反讽；隐喻与象征。兹举例说明如下：

语调（tone），即叙述者之口吻。一个高明的写作者总是会借叙述语调的操控，传达出某类气氛或旨意。比如在《永远的尹雪艳》中，白先勇通过"让叙述者说反面话或歪扭话"的方式有效地传达出某种意在言外的嘲讽。例："叙述者的话：'尹雪艳总也不老……不管人事怎样变迁，尹雪艳永远是尹雪艳。'作者的本意：孰能不老？即使像尹雪艳，外表看似没有改变，人人以为'永远'，其实还不是自欺欺人。"①另一种嘲讽的方式，则是"叙事时故意使用成语、陈腔烂调以及夸张言语"，"成语或陈腔烂调如'五陵年少''两鬓添霜''一腔思古的幽情''津津乐道''高朋满座''世外桃源''呆如木鸡''倾诉衷肠'等。夸张的比喻与描写更是俯拾皆是，给全篇小说带来含有喜剧意味的嘲讽效果"②。在《满天里亮晶晶的星星》中，全称叙述者"我们"的语调，又是另一种苍凉的沧桑之感，"这个叙述者，好像没有面孔，没有形体，只有声音——一种萦回的、奇怪的，仿佛发自黑暗古墓或幽盟谷壑的空洞回音"③，"这种有如空谷回音的语调，一大由来便是作者在叙述文字里，时而夹入一些短促的，有时还重复或具有重复节奏的疑问句子。如'你们以为自己活得很长吗……你以为你的身体很棒吗？你以为你的脸蛋儿长得很俏吗……你们以为你们能活到四十？五十？''那个月亮——你见过吗？你见过那样淫邪的月亮吗'"④。如此，通过叙述语调，作者有效地经营出某种艺术效果。

叙述观点（focus of narrative），也译作叙述焦点、叙述角度，叙述者可采外在客观角度，不进入任何人物内心，也可采用某一人物的观点，只讲述他所选择的人物所经验的范围，其感知、感触、回忆乃至意识流，等等。同一素材经由不同叙述观点的聚焦往往会收到不同的艺术效果。叙述观点的巧妙运用是台

---

① 欧阳子：《王谢堂前的燕子》，尔雅出版社1976年版，第33页。
② 欧阳子：《王谢堂前的燕子》，尔雅出版社1976年版，第35页。
③ 欧阳子：《王谢堂前的燕子》，尔雅出版社1976年版，第226页。
④ 欧阳子：《王谢堂前的燕子》，尔雅出版社1976年版，第227,228页。

湾现代派作家对台湾文学发展的一大贡献,白先勇是其中的好手。比如在《游园惊梦》中,白先勇为了表现今昔平行、对比,人生如梦的主题,叙述观点便也在外在写实与内在主观之间变动:"当钱夫人以隔离态度审视宴会环境和人物,作者便配合着采用客观写实的架构。当宴会的景象引起钱夫人一些今昔联想和感触,作者便随着探入一下她的内部思想,于是客观写实里夹进一些主观的思想意见。可是这时的主观部分,多以'回忆'方式出现,换一句话说,钱夫人明白知道自己是在做回忆的动作。可是到了徐太太唱'游园'的时候,钱夫人却被一股狂流吸卷入记忆的大旋涡,立时晕头转向。于是,过去和现在化为混沌一片,今昔平行的人物骤然叠合在一起。这时,小说作者便灵巧适当地配合而取用'意识流'叙述方法。等到徐太太唱完'游园',钱夫人惊梦而醒,今与昔的界线再度明朗化。钱夫人恢复了当初的隔离态度,作者亦恢复使用开头那种客观写实架构,直到小说终结。"①在入梦与出梦的转换间,现实与象征的"惊梦"道德剧于焉完成。

平行与对比技巧。白先勇小说的一大主题是今昔对比,因此,过去和现在在他的小说中常常以相对比、相平行的方式出现,在这一形式中让读者充分憬悟到时间对人物的无情销蚀。在《台北人》的《一把青》中,对比的运用体现得最为明显。白先勇通过主人公朱青在南京与台北的外貌、举止、行事的一系列比对描述,刻画出朱青经历人生剧烈痛苦变动后为继续存活而让心灵麻木的人生悲剧。在《台北人》中,白先勇也一再使用平行来混淆今昔,种种表面相符或相似的形象,实质内里却大相径庭,从而暗示出今不如昔、今非昔比的反讽、沉痛之感。诸如,《秋思》中,华夫人的南京住宅花园种有"一捧雪",台北住宅花园也种有"一捧雪",或如《金大班的最后一夜》中的金大班,当年爱上会脸红的月如,今日又对同样会脸红的青年男子发生柔情。实际上,"对比"和"平行"这两种技巧,时常可以同时并存,譬如《一把青》里,小顾一方面是郭轸的对比人物,另一方面又是郭轸的对等人物。在平行技巧方面,《台北人》运用得最多的是《游园惊梦》,欧阳子认为,"《游园惊梦》里平行技巧的运用,遍及构成一篇小说诸成分"②。在人物、布景、情节结构上无不可见平行的巧思。人物方面,作者使窦夫人宴会里出现的一些人物,和钱夫人往日在南京相识的人物,互相对合。今日富贵荣华的窦夫人,相当于昔日的钱夫人自己。窦夫人的妹妹,风骚泼辣的蒋碧月是自己同样佻㒓标劲的妹妹月月红的投影,更重要的,她们同是抢夺自己姐姐男人的狠角色。程参谋,今日窦长官的参谋,显然是往日钱将军的参谋郑彦青之影像。小说的地点背景或布设亦呈平行现象:南京和台北,

---

① 欧阳子:《王谢堂前的燕子》,尔雅出版社1976年版,245~246页。
② 欧阳子:《王谢堂前的燕子》,尔雅出版社1976年版,第235页。

都是国民党府的要地;窦夫人今日之盛宴,可比二十年前钱夫人之华宴。在这篇小说十分复杂的情节构造中,作者更是大量地运用了平行技巧。在宴会上,蒋碧月来敬钱夫人的酒,串联上月月红当时起哄要姐姐喝酒,钱夫人不肯喝,月月红说了一句:姐姐不赏脸。同样,对于钱夫人的推辞,蒋碧月也说:到底是不赏妹子的脸。紧接着过来敬酒的程参谋,又让钱夫人想起与她有过私情的郑彦青。当徐夫人开始唱"游园"时,蒋碧月坐到程参谋旁边,两人靠在一起,说话时一同把脸转向钱夫人,"两张脸都向着她,一齐咧着整齐的白牙,朝她微笑着,两张红得发油光的面靥渐渐的靠拢过来,凑在一块儿,咧着白牙,朝她笑着"。醉意朦胧中,钱夫人恍惚回到了二十年前的一幕,郑彦青和她的妹妹月月红靠在一起,"那两张醉红的面孔渐渐的凑拢在一起,就在那一刻,我看到了他们的眼睛:她的眼睛,他的眼睛。完了,我知道,就在那一刻,除问天——"现在的景象跟过去的景象叠合在一起,过去的钱夫人唱到《除问天》,便"哑掉"不能再唱了,现在的钱夫人再次被痛苦割裂,原本应该轮到她唱《惊梦》,也突然"哑掉"不能再唱了。这些平行技巧的运用有效映衬了今昔之比的主题。

隐喻与象征手法。白先勇的《台北人》并不像一般的现代派小说那样晦涩难解,在外部他基本维持着写实架构,而不走现代主义小说变形、时空混乱之路线,因此,相较于同辈的现代派小说家,白先勇在一般读者的阅读接受度最高。然而,如果据此认定白先勇只是个社会写实作家,那么就还远未领悟到白先勇艺术世界的奥妙。欧阳子说:"'台北人'确实以写实手法,捕捉了各阶级各行业的大陆人在逃亡来台后二十年间的生活面貌。但如果说'台北人'止于写实、止于众生相之嘲讽,而喻之为改革社会为最终目的的维多利亚时期之小说,我觉得却是完全忽略了'台北人'的底意。"①在写实的层面之上,白先勇透过意象、隐喻、象征的精心经营所表达的意涵才是他小说的真正"底意"。因此,对于象征层面的领略构成解读白先勇小说的一大关键。比如《那片血一般红的杜鹃花》,单就文字与情节结构来讲,十分简易,讲述的是大陆来台退伍军人、40岁的王雄在一有钱寡母家做男佣,非常疼爱主人的独生女丽儿,全身心的感情都投注于丽儿身上,然而丽儿上了中学之后逐渐嫌弃外表粗笨的王雄,不再要他上下学接送,开始疏远他,王雄于是更加沉默寡言,终于在一日和素习厌恶的下女喜妹发生冲突后,对喜妹的肉体施暴,最后投海自尽。单就情节而言,该篇小说似乎只是讲述了一位外省下层老兵的故事,然而透过文中大量的隐喻和象征,白先勇有力表达了灵肉之争的深刻主题。欧阳子分析说,王雄对丽儿的痴恋实因他在丽儿身上看到了他少年时在湖南乡下定了亲的"小妹仔",丽儿代表了"过去",同时也是"灵"的象征,王雄对丽儿的迷恋正是他对

---

① 欧阳子:《王谢堂前的燕子》,尔雅出版社1976年版,第7页。

"过去"的迷恋,也是"灵"在他身上占据着主导地位。与此同时,"肉"也企图反抗"灵"的压抑,将王雄往相反方向拉。那"肥壮""肉颤颤"的下女喜妹,就是王雄体内的"肉"的象征,这种灵肉对峙白先勇在一开始就通过叙述者的叙述暗示出来,"舅妈说,王雄和喜妹的八字一定犯了冲,王雄一来便和她成了死对头,王雄每次一看到她就避得远远的,但是喜妹偏偏却又喜欢去撩拨他,每逢她逗得他红头赤脸的当儿,她就大乐起来";"然而时间不能长驻,丽儿必须长大。入中学后的丽儿,就开始不再能符合凝滞于王雄心中那十岁的'小妹仔'之影像,而丽儿在实际生活上,开始脱离王雄,也是白先勇特意用外在现象,来投射王雄的内心现象。最后,当丽儿舍弃了王雄,也就是说,当'过去'舍弃了王雄,他的生活意义顿失,'灵'即衰萎。剩下的,只是空空的'现在',只是肉体,只是喜妹。但他那被阉割了的'灵',哪里肯就此罢休?他最后对喜妹之施暴,与自杀身亡,其实就是他的'灵'对'肉'之最后报复,最后胜利。可不是吗?他死后,灵魂岂非又回到丽儿家里,天天夜里在花园里浇水,把那百多株杜鹃花,浇得像喷出了鲜血,开放得'那样放肆,那样愤怒'"①。在白先勇的小说中,这样的隐喻、象征含义比比皆是,但是这些含义却需要读者悉心体会揣摩,方能领略到作者的苦心深虑。欧阳子的研析与索隐帮助读者对白先勇的小说有了更深一层的领会。

欧阳子的这部批评著作在运用新批评方法解读小说文本方面展现了作为一位女批评家细腻精细的技艺,也成为日后白先勇研究必读的参考著作之一。另外值得一提的是,在70年代,欧阳子虽然还未展开女性主义的文学批评方式,她却是最早译介国外女性主义著作的人物之一,西蒙·波伏娃的《第二性》之"形成期"部分,就是她翻译到台湾的。

第三节 龙应台:新批评的"实用批评"

如果说欧阳子《王谢堂前的燕子》是对白先勇小说一次全面系统的新批评学院派的解读,那么龙应台发表于《新书月刊》(后结集为《龙应台评小说》)的一系列短小精干的文章则颇具"实用批评"(Pratical Criticism)的精神。它是面向大众的、非学院的,但又不是随感式的,而是专业性的推荐书评。甫从美国归来的龙应台认为台湾没有严肃、认真的书评,因此矢志要在台湾树立"严格、专业"的批评标准。事实上,台湾并非没有"严格专业"的批评,早在六七十年代就有夏济安、颜元叔、刘绍铭、欧阳子等人在认真耕耘着这样的文学批评。

---

① 欧阳子:《王谢堂前的燕子》,尔雅出版社1976年版,第102~103页。

龙应台对台湾批评现状所做的批评毋宁针对的是大众媒体上浮浅随意的书评,因此她本人在稍后进行了澄清:"我希望在台湾推动的文学批评,当然不是纯学术的批评。一方面,学术不是靠任何个人来推动的,另一方面,台湾所缺的,并非学术性的批评(在《中外文学》或各大学的学刊里随时都可以找到这一类)。我说'台湾没有文学批评'指的是学院门墙外,与社会中买书的读者、写作的作家、关心文艺的评家所息息相关的实用文学批评,一个充满活力的文学交流道!"①

因此,龙应台的文学批评基本上是面向普通读者的"短打"批评,重视可读性及直截了当的批评作风。但是,龙应台也强调,非学术(academic)的批评并非就是非专业(professional)的批评:"纽约的两份书评刊物(《纽约时报》*Book Review*、《纽约书评》),还有伦敦时报的《文艺副刊》TLS,都不是学术性的书评,却是绝对的'专业'。所谓专业,就是说,写书评的人必须有相当程度的批评训练,并且把书评当作一件长期的、严肃的工作来做。一个只是对文学有点兴趣,或是只写过一些创作,或偶一为之的写批评,而没有受过严格的批评训练的人,就只是'业余'的,与'专业'相对。不管是学术批评或实用批评,都需要专业的素养与态度。"②

专业的素养与态度,指的就是批评者长期累积的美学品位与经过训练的批评方法。从龙应台的文学批评所展现的风格而言,基本上她仍然是新批评派的弟子。语言、形式技巧是她评介一篇小说的重心。在《龙应台评小说》中,她也确实展现出一个训练有素的新批评派批评家对于文学技术严密精准的严格要求。比如她分析白先勇《孽子》的语言,叙述者兼主角阿青是位18岁的少年,作者一方面把阿青塑造成一个稚气十足的少年——"我整天只吃了两枚烧饼,老早饿得肚子不停地叽咕叽咕发响,一闻到那阵烤鸡腿的肉香,顿时一嘴巴的清口水,手上的筷子跟阿雄仔的手爪差不多同时伸到盘中最大那支鸡腿上"。另一方面当阿青在叙事时又变成了一个洞悉世事的哲学诗人——"'在我们这个王国里,'阿青说,'我们共同有的,是一具具让欲望焚炼得痛不可当的身体,一颗颗寂寞得发疯发狂的心……我们如同一群梦游症的患者……追逐我们那个巨大无比充满了爱与欲的梦魇。'"龙应台批评道:"这里的用词遣句以及语言中所透露对人生的了解是属于作者白先勇的,不属于刚被高中开除、18岁的阿青。两种语言的冲突分裂了阿青的个性,也因而削弱了这个角色的可信性。读者时时觉得这是作者在说话,不是阿青,阿青沦为作者传声的道具,这是《孽子》较严重的缺陷之一。"③《孽子》另一个语言上的瑕疵是,白先

---

①② 龙应台:《龙应台评小说》,尔雅出版社1985年版,第314页。
③ 龙应台:《龙应台评小说》,尔雅出版社1985年版,第4页。

勇不能让不同的角色说不一样的话。龙子和阿青的教育背景相当悬殊,两人的口气却如出一辙。"从《孽子》中随意取出一段叙述,读者很难辨别这段话出自哪一个角色的口,因为基本上,郭老、傅崇山、龙子、艺术大师、叙述者阿青,说话的口气和用词大致一样,一句话由谁来说都有可能。"①这些语言上的漏洞造成了《孽子》艺术上一个刺目的缺陷。

另一位台湾现代派小说巨匠李永平在《吉陵春秋》中的语言表现受到龙应台的称赞。李永平语言的一个特色是善于使用旧词汇,在这部小说中,旧词汇词汇的选用与小说所要表现的吉陵镇的时空背景相得益彰,选字丰富精细:"刘老实泡杯茶,点根烟,'剐剐剐地刨起了棺材来''拿起刨子又在木头上一前一后刽刽刽刽的,刨了起来。'光是刨棺材,作者就用了'剐'、'刽'、'刨'这么多字,既写意,又形声。单是一个'看'的动作,李永平就用了'瞅'、'瞟'、'睨'、'觑'、'睐'、'勾'、'撩了一眼'、'眯'、'打量'、'端详'等等。走路的姿态,有'趔趔趄趄'、'挨挨蹭蹭'、'蹭蹬'、'蹒跚跚'、'踱'、'蹦'、'蹿'、'逡巡'、'蹑'……李永平用字的细心与执著在当代作家中非常少见,他文字的风格也因此显得更为独特。"②李永平语言的用心不仅在描述上,在对话方面也极具精心的安排。当对话的人是两个鲜明的个人时,对话的语言基本是鲜活的具人物个性的口语,而当对话是由一群面目模糊的"群众"发出时,李永平也改换了对话的口吻。听听这一群娼妇的对话——"刘老娘六月十九,施舍棺材"。"积了德","给儿子讨来","好媳妇","算命先生啊","说她那个相,长得好","只可惜","身上单薄了些","不像个","生孩子的哟"……龙应台分析道:"与其说这是对话,不如说这是讲古说书,每当群众在三言两语时,这个说书的调调就出现,贯穿整个故事。不知作者有心或无意,这个说书风格的群体对话在小说中就发挥了希腊悲剧中 chorus 的作用。Chorus 也往往是剧中的老百姓,在唱词中或阐释,或谴责,或歌颂,或讽刺。李永平为了避免直接告知读者,往往就用群众的对话让读者听到一点真相。对话'说书'化了,它就更成为故事的衬托。"③龙应台的这段分析确实是剔精抉微,发常人所未见。在情节结构方面,龙应台非常强调"让具体的事件与人物自然的、有机的谱出戏来"④。换言之,必须是"showing",而非"telling"。

马森的小说《夜游》"开卷有益",对文化和社会问题有很多深刻的思考,但却不是一本好小说。就结构而言,《夜游》由两个基本的模式来表达主题:一个

---

① 龙应台:《龙应台评小说》,尔雅出版社 1985 年版,第 5 页。
② 龙应台:《龙应台评小说》,尔雅出版社 1985 年版,第 185 页。
③ 龙应台:《龙应台评小说》,尔雅出版社 1985 年版,第 186 页。
④ 龙应台:《龙应台评小说》,尔雅出版社 1985 年版,第 34 页。

是对话,一个是自话。"全书有一半是知性的对话录,每一篇对话都有一个特定的主题,或由两方辩论,或由一方对另一方阐释分析。自话的部分,慷慨陈词的议论成分也特别重……换句话说,《夜游》中复杂而庞大的主题,不是由事件的发展或角色在客观环境中的反应表现出来,而是由各个角色嘴中直接的陈述出来。马森所想表达的许多深意,并非读者自小说错踪的事件中自己领悟所得,而是作者安排角色轮流演讲,把意旨明明白白的标出。《夜游》读起来并不枯燥,但它不枯燥是因为其中有些令人停页深思的问题,并不因为它是本强劲的小说。强劲的小说不需要倚赖角色把含义大声'说'出来,它可以利用角色个性的塑造、情节的发展、布景的安排、象征或意象的运用等等,交纵错杂的处理,而主题就像涟漪中的月亮,在明眼人中隐隐浮现。"①龙应台总结道:"小说,也是要'意会',不是'言传'的。《夜游》直接说理的成分太重,或许是掷地有声的论文,以小说的标准来看,却嫌不够含蓄、不够复杂。"②

龙应台认为,张爱玲的《秧歌》却是一部"世界级"的艺术品。它外表朴素,笔调轻淡,但张轻描淡写的笔触之下却饱含着深沉的感情。比如写夫妻之情。金根与月香分离三年后重聚,作者不正面去写两人如何倾吐思念,却写金根如何为妻子斟杯热茶,猛然想起一屋子外人,又驻足不前。她不提做丈夫的如何渴望妻子温软的肉体,却写其如何发现妻子颈后有颗痣——如果不是忆念中妻子的体温犹香,男人怎么会记得女人本来颈后无痣?"张爱玲好像一个画家,以云的深来写山的高,而她的云只是一大片留白。中国人的感情又是含蓄隐藏的,作者以'虚'来写'实',因此很入骨地刻画出中国人的心灵"③;"在淡淡的笔触下,《秧歌》显得非常朴素,没有什么弗洛伊德的精神分析,也不见什么意识流或文字的革命。但很意外的,在朴素的外表之下,这本小说有挖不完的宝藏,而且是非常合乎'现代'价值观的宝藏"④。比如反讽,第五章写长时饥饿的月香偷吃一两片咸菜,镜头一转,看见:"白粉墙高处画着小小的几幅墨笔画。一幅扇面形的,画着一簇兰花;一幅六角形的,画着琴囊宝剑……""代表贵族文化的兰花宝剑墨画挂在饿殍的头上,这是很有力的讽刺"⑤。比如象征,第十四章写金根夫妇的逃亡与自沉。一开始,读者注意到在天黑之后,"只有那溪水是苍白而明亮的,一条宽阔的银灰色"。然后看见月香驮着受伤的金根过桥,"桥下那广阔的水面是苍白的"。接着金花见死不救,金根为了不拖累妻子妹妹,带伤跳水自杀。家破人亡之后:"那苍白的明亮的溪水在她脚底下潺潺流着……""这个重复的意象并不是作者词汇不够。人已经

---

① ② 龙应台:《龙应台评小说》,尔雅出版社1985年版,第22页。
③　龙应台:《龙应台评小说》,尔雅出版社1985年版,第78页。
④ ⑤　龙应台:《龙应台评小说》,尔雅出版社1985年版,第79页。

死去又活来,溪水却依旧'苍白而明亮';永恒不变的自然对人的悲剧无动于衷。在张爱玲的悲惨世界里,草木天地并不与人同悲,使'人'显得更渺小无助"①。相较于马森作品的"用力",张爱玲四两拨千斤的写法显然更受到龙应台的肯定。

在《龙应台评小说》中,龙应台展现了她训练有素的新批评分析技巧与能力,然而在展示她犀利的解剖刀之际,她缺乏对自己批评方法的反省,也充分暴露了她所运用的新批评派批评的盲点与局限。经过七八十年代的冲击,新批评派已逐渐失去它在英美文学研究界的统治地位。有关结构主义、解构主义、阐释学、读者接受美学等学派的兴起,都提示了文学研究更复杂的面向,也揭示了新批评将文本孤立起来切断历史外缘做法的狭隘与片面。然而奇怪的是,龙应台这本写于1980年代的著作,似乎丝毫未受到这些新理论的冲击。当然,频繁地变换理论花样也许不过是在赶时髦,然而不面对冲击去反省自己思考框架的局限又是另一回事。龙应台在这部评论集里基于新批评派立足点的批评也暴露了她评断作品的几个缺陷:

其一,美学品鉴标准的单一化。龙应台反复强调小说要"浓缩精致""轻描淡写",要"戏剧地呈现",这样一套"现代小说"的标准实际上是19世纪中期以降福楼拜、莫泊桑、詹姆斯等人所建立起来的小说准则。在《龙应台评小说》中,符合这一小说准则的——如"轻描淡写"的《秧歌》、有"立体的架构"的张系国的《不朽者》,是好小说,而偏离这一写法,以芜杂、混乱、嘉年华式戏谑文体写出的小说——如黄凡的《反对者》、王祯和的《玫瑰玫瑰我爱你》,龙应台似乎就显得无从下手。面对这些作品的纷纭、复杂、暧昧,龙应台一旦找不到新批评派惯常所依赖的"更高的综合""有机统一体",就会径直做出黄凡的小说"超重、超载""逻辑打结",王祯和《玫瑰玫瑰我爱你》"错把粗话当幽默""语言的卖弄、玩弄",王祯和"走错了路"的艺术宣判来。时至今日,王祯和的《玫瑰玫瑰我爱你》已成为台湾文学史公认的经典,王祯和小说以"谐拟""杂语"的形式对台湾社会文化状况所做的深沉思考也被一再讨论,事实证明,不是王祯和走错了路,而是龙应台评价尺度的单一与偏颇使她看走了眼。

其二,历史观照的缺乏。新批评切断作者与读者,将作品孤立起来做"封闭"式阅读(close reading),忽略了作品、作者、读者均处于流动不居的历史过程中,作品的阅读阐释、意义生产因此必须放置于具体历史时空的网络中加以定位与说明,《龙应台评小说》常常忽略了这一历史网络的限制,对作品采取静态式、分离式的评断,因而不能充分照顾意义网络的互动性、历史性。

---

① 龙应台:《龙应台评小说》,尔雅出版社1985年版,第80页。

其三,与第二点相联系的,新批评意识形态预设的抽象性。基本上新批评的意识形态是自由人道主义,强调文学的作用意在保持个人道德的敏感,表现永恒的人性。龙应台也是以这一意识形态预设来对作品进行价值判断。她赞扬张爱玲的《秧歌》所显示的"人类的悲剧与地球转动的历史一样绵长",《孽子》描绘"所有生活在黑暗中的'边缘人'与正常社会的冲突"。王德威评论道:"这种企图将个别的作品或事件综合于一大一统史观的做法或许能划清作品与文学文化传统中的关系,但也未尝不容易成为一种简单的借口,逃避与淡化个别作品所可能显示的特有问题。"①这是龙应台从新批评派承继的意识形态预设——抽象自由人道主义的缺陷。

龙应台的这本批评集也没有使用在80年代蹒跚起步的女性主义批评方法,但是在书中对施叔青、萧丽红等女作家的作品所做的评价中,表露了她鲜明的现代女性意识。比如她批评施叔青作品中的女性"非常的'女人',她们不是理性、知性的动物,而往往受情欲的控制,到不可自拔的地步"②;"作者为这些女人做了一个厚厚的茧,让她们在里面缠来绕去,结婚了痛苦,离了婚也痛苦;满足了痛苦,不满足也痛苦。施叔青究竟想说些什么?作者显然很关心女性在灵与肉间的挣扎心理,但就这六篇的处理方式来看,似乎作者本身也仍在一个茧里,还没有摸出一个方向来"③。萧丽红的《千江有水千江月》获得《联合报》小说大奖,是1984年台湾最畅销的小说之一。龙应台肯定这部小说语言典雅又不失鲜活,对台湾民俗有生动的呈现,但是它对男尊女卑的传统社会的赞美令龙应台感到非常不安:"这本小说所流露的观念意识——凡是'传统',都是美好的——却令我坐立不安。作者以极度感情式的、唯美式的、罗曼蒂克式近乎盲目地去拥抱、歌颂一个父尊子卑、男贵女贱的世界,对这样一个世界没有一点反省与怀疑,使《千江》成为一本非常肤浅的小说,辜负了它美丽的文字与民俗的丰富知识。"④

短短的一年内,《龙应台评小说》就印行了17版,这证明了龙应台所做的"实用批评"对于打开普通读者文学批评阅读市场的可行性。但此后的龙应台因为《野火集》在台湾巨大的社会影响力而被推上社会文化批评的风口浪尖,她也将大部分的重心转移到社会文化评论的杂文写作上,逐渐淡出文学批评界。

---

① 王德威:《考蒂莉亚公主传奇》,龙应台:《龙应台评小说》,尔雅出版社1985年版,第267页。
② 龙应台:《龙应台评小说》,尔雅出版社1985年版,第47页。
③ 龙应台:《龙应台评小说》,尔雅出版社1985年版,第48页。
④ 龙应台:《龙应台评小说》,尔雅出版社1985年版,第150页。

第四节　钟玲:为台湾女诗人塑像

国民党渡台后,女性作家大量崛起,其中女诗人就有50年代的蓉子、夐虹、林泠,60年代的罗英、蓝菱、朵思、钟玲,到七八十年代的朱陵、冯青、夏宇、洪素丽等等,前涌后继,代有才人。这些女诗人作品丰富,诗艺高超,与男诗人相比不遑多让,构成了台湾文坛的重要风景。台湾女诗人的作品是否形成了某一种传统,某一种女性文体？她们的作品有什么突出之处及缺失？台湾这一批女诗人在中国文学史上占有什么样的地位？钟玲出版于1989年的《现代中国缪司:台湾女诗人作品析论》,是第一本对台湾女诗人进行整体研究的专论。

作为知名小说家、诗人、翻译家,钟玲的学术研究领域为中美文学关系、美国诗歌与小说、台湾文学与台湾女性文学等,曾多次获得台湾"国科会"研究成果奖助优等奖,凭《现代中国缪斯:台湾女诗人作品析论》(1989)一书获台湾"国家文艺奖"(文学理论奖)。钟玲的其他学术著作还有《美国诗与中国梦:美国现代诗中的中国文化模式》(1996)、《美国诗人史耐德与亚洲文化:西方吸纳东方传统的范例》(2003)。

钟玲自身兼具女性与诗人二重身份,对"女诗人"这一身份具有相当的体认,《现代中国缪斯:台湾女诗人作品析论》对女诗人的"女"与"诗"皆有深入的分析,持论公允、平正,是台湾较早具有女性主义眼光的批评专著。

谈论台湾女诗人的艺术特色和成就,首先要探讨一个问题:是否有纯女性风格的诗,也就是说是否存在所谓的"女性文体"？钟玲认为,从女诗人的诗风来看,确乎有一种"女性文体"的存在,如"敏锐细致的感觉,及和谐宽容的倾向等特征"①。但这种女性文体其来有自,它并不是性别本质论所谓的自然而然的女性特质的投影,而是文化环境文化建构造成的后果,它与社会对女性的文化形塑相关,也与历代评论家对女诗人作品的评价标准对女性创作的制约有关。不过钟玲并不抱持纯然性别建构论的观点,她认为当女性描述某些特有的生理状况、生理经验所带来的感受时,如怀孕、生产、流产、哺乳、月经等,确实造就了某一类男性不可能写出的"女性文体","本人认为是有所谓'女性文体'的作品,但这类文体有其形成的前提,或是社会派定了女性某类角色、某些个性的特征;或是女诗人集中呈现自身生理上的一些经验或感受;或是由于文学评论家所揭举的某种文体,形成传统,而对女诗人产生相

---

① 钟玲:《现代中国缪司:台湾女诗人作品析论》,联经出版社1989年版,第10页。

当的影响"①。

在《现代中国缪斯:台湾女诗人作品析论》导言部分讨论了"女性文体"与"女性"之间的关系后,钟玲具体展开了对台湾女诗人的分析。她先从女诗人所继承、吸取的资源着手,从一纵一横,即中国古典文学传统与现代文明冲击两方面论述了台湾女诗人所受的影响。中国古典诗歌的传统源远流长,它对后代诗人起着一个基数的作用,无论是拥抱、转化还是抗拒、叛逆,传统都是不容忽视的背景。台湾女诗人基本上受中国古典诗歌两大风格:豪放与婉约风格的影响,其中婉约的风格及"闺怨"的主题,由于是历代评论家对女性诗词作者所褒扬的正面特质,对女诗人的写作选择有着莫大的影响,其中林泠最能体现欲语还休的诗风,敻虹含蓄温婉的特色也极其明显;至于豪放的风格,则只占女诗人作品的少数,代表作品如淡莹的《楚霸王》,全诗气势磅礴,豪气如虹,证明了女诗人也能写出"男性"风格的诗作。然而,台湾女诗人毕竟是现代诗人,她们不仅受中国古典文学传统的影响,当代的思想潮流、文学运动、文体风格对她们也产生冲击。五六十年代台湾文坛现代主义"横的移植"催生了女诗人罗英的超现实主义写作,1970年代的乡土文学运动促发了一批富乡土之爱、社会关怀的作品,1980年代从西方传入的女性主义、环保主义及后现代主义也在台湾女诗人的诗作中得到回应,比如夏宇运用嘲谑戏仿体对"男性中心论"与"浪漫爱"的解构,洪素丽、斯人对城市环境污染的批判等。

鉴于"爱情"是台湾女诗人书写最多最有力的主题,钟玲专辟了一章"多姿多彩的感情世界"讨论女诗人的爱情书写,分析女诗人从少年到老年不同阶段的感情经验与表达。青少女时期是水仙花清纯透明的世界:"有一支鹭鸶停着,悄悄小立/而我们宁静地寒暄,道着再见/以沉默相约,攀过那远远的两个山头遥望/(——一片纯白的羽毛轻轻落下来——)……(林泠《阡陌》)当然,也不乏水仙花式自怜自恋的心态:"两岸的灯火也湿了/我眉睫的露水盈盈/开了又开的素花,静静地在秋色中疲倦。"(冯青《水姜花》)有时候她们又把心目中的情人神化:"从盼企中走来/请上阶石,踏着叮咚音符/有颜彩以缤纷来,有江海以澎湃来/我的神,请上阶石/豪华的寂寞,在你之后。"(敻虹《敻虹诗集》)同时期待着一个生死与共的缠绵:"我隔着墓帏悄悄窥望/何处传来沼沼的水声/远远的雁影是否飞来沉鱼的讯息/落花和泥香忽然苏醒了/谁家的笛声把绿和红吹得更远/雨水绵绵疏疏又密密/带着三杯两盏淡酒的天气/我禁不住血融的兴奋/但愿是深情的宝剑/冬天来了我揭开墓帏/舳舻千里在你的大江上迎待我。"(方娥真《墓帏》)然而当对方不一定有同等强烈的回应时,这些特

---

① 钟玲:《现代中国缪司:台湾女诗人作品析论》,联经出版社1989年版,第25页。

别敏感的女诗人就会陷入内心的痛苦:"你要用一点儿微温的爱来偿还我吗?/如同大地/用平静偿还了风雨/知否?篝火烧久了也会自熄/台风夜后/肆虐与滋扰都将成为过去/而我已经把爱给了你/却只把茫然留给我自己(朵思《台风夜——给毕加》)。"经过感情的历练之后,有些女诗人对爱情开始有一种冷凝的观照,不再只是戚戚惨惨凄凄,而多了一份机智与喜感:"把你的影子加点盐/腌起来/风干/老的时候/下酒"(夏宇《甜蜜的复仇》)。然而,尽管台湾女诗人们写了大量的爱情诗,上下求索,苦心经营,但这些爱情似乎与身体无涉,女诗人们一意营造着爱情的精神象牙塔,却将爱情的肉身委弃在地,钟玲指出,"这多少与女诗人执着于中国传统女性含蓄温婉的形象有关。"①仅有少数女诗人如钟玲、利玉芳大胆打破了情欲书写的禁区,对女性的情欲进行了正面的描写。

在接下去的章节中,钟玲以时代为纬,对50年代至80年代的代表性女诗人进行了作家论式的分析。她的分析细腻周到,对诸位女诗人的主题、诗艺、风格进行了全面的点评。

在结语部分,钟玲对台湾女诗人的艺术特色、文体风格进行了总结,试图对台湾女诗人的成就做出一个文学史的定位。钟玲认为,在这三十年中,台湾女诗人形成了自成体系的女性文体:"以承继古典文学的婉约风格为主流,而又衍生了对这主流三种不同的反动:(一)走另一极端的豪放雄伟风格,(二)针对含蓄矜持语调而走相反路线的激情告解式文体,(三)针对甜美、宽容气质而走相反路线的阴冷或戏谑风格。以上所列女诗人的婉约风格主流及其三种流变,可以称之为台湾诗歌中的女性文体传统。"②钟玲对这种女性文体传统的形成与社会文化背景之间的关系做了说明:"五十、六十年代是婉约派的全盛期,由于台湾处于由农业社会入工商社会的转型期,在比较保守的风气下传统婉约派自然盛行。到七十年代工商社会的意识已渗入婉约派的作品中。而女性在工商社会地位之提高,影响到产生独立自主意识,因而导致针对婉约派的反动。"③

那么,放诸中国文学史,台湾女诗人有什么样的贡献与不足呢?从史的角度看,"几乎举凡台湾女诗人所为,皆有历史价值。就婉约派传统而言,在古典时期,绝大部分婉约风格及闺怨体的诗词都由男诗人执笔,台湾女诗人大力承继此传统,可说是扭转乾坤,收复了失地。而由婉约派风格衍生出来的三种流变,则为台湾女诗人光大传统文体之实证,予传统女性文体全新的面貌。另一方面来说,这三种流变也是台湾女诗人试图突破传统的成功之举,尤以阴冷气

---

① 钟玲:《现代中国缪司:台湾女诗人作品析论》,联经出版社1989年版,第135页。
②③ 钟玲:《现代中国缪司:台湾女诗人作品析论》,联经出版社1989年版,第396页。

质的风格、反判戏谑的语调,及激情告解式的文体,都足以独步古今。此外,台湾女诗人试笔社会写实诗,或写出彻头彻尾现代主义的作品,或写出后现代主义特征明显的作品,或试笔气势恢宏的史诗体,或探讨女性自觉及女性地位,都在中国文学史上,为后来女性诗人奠定了一些新的立足点。"① 但是,历史价值不一定意味着同等重量的艺术价值,台湾女诗人为女性写作开辟了一个更大更广的空间,然而艺术上仍然有进一步磨炼的可能,钟玲因此也在结尾对台湾女诗人寄予更高的期望:"纵观台湾女诗人,将来有许多人也许只留下一个名字及几首诗,但实质的成就掷地可作金玉声的人也不在少数。例如语调矜持、文字优美的林泠,意象清丽、富女性感性的敻虹,浑然表现神话世界的罗英、返璞归真、风格沉实的蓝菱,善以戏谑语调呈现城市感性的夏宇,表现澎湃激情及思想层次的斯人等等。如今期待的是,各位女诗人在分量上,及深度广度上加强,希望在不久的将来,有重头的作品涌现,这样台湾女诗人将会出现时代的大家,出现主要诗人(major poet),而非都是次要诗人(minor poet)。"②

钟玲的《现代中国缪司:台湾女诗人作品析论》是第一本系统梳理台湾女诗人写作状况的专著,为后来的台湾女性文学研究奠定了一个良好的基础。她也持续耕耘台湾女性文学的研究,陆续写有《女性主义与台湾女性作家小说》《四十年来中国文学》《追随太阳的步伐:六十年代台湾女诗人作品风貌》等重要论文。

第五节 李元贞:"女性诗学"的建构

李元贞是台湾早期妇女运动的开拓者及重要领导者,自 1977 年投身妇运,于 1982 年创办《妇女新知》杂志,1987 年创办"妇女新知基金会",提出"女性自觉"观念,鼓励妇女积极参与社会活动,发挥自己的潜能。李元贞参与组织的女性社会运动包括:1983 年"八三三八妇女周"活动;1984 年"一九八四保护妇女年"活动;1984 年发动七个妇女团体,联合签署一份对堕胎合法化的意见书,呈递给"立法院",并力促优生保健法的通过;1987 年华西街救援雏妓大游行;1994 年《民法亲属编修法》万人大连署,与女人连线反性骚游行等。历任妇女新知基金会董事长、妇女新知基金会监事等。

李元贞是台湾妇女运动的重要推手,在推动台湾妇女运动,保障女性权

---

① 钟玲:《现代中国缪司:台湾女诗人作品析论》,联经出版社 1989 年版,第 405~406 页。

② 钟玲:《现代中国缪司:台湾女诗人作品析论》,联经出版社 1989 年版,第 406 页。

益,促进女性发展方面不遗余力,有目共睹。除了在政治与社会场域深耕细植,她还是一位具女性主义观点的诗人、散文家与文学评论家。因本书为台湾女性文学史,故在本部分不拟展开她在妇女社会运动方面的论述,而着重介绍她的女性主义文评《女性诗学:台湾现代女诗人集体研究》(2000)。

相较于钟玲1989年出版的《现代中国缪司:台湾女诗人作品析论》,李元贞出版于2000年的《女性诗学:台湾现代女诗人集体研究》的研究范围下延至21世纪;与钟玲侧重从文学史与文体风格的角度来谈论各个女诗人的作品相比,李元贞则试图从集体性的视野归纳建构出一种女性诗学。因此,除了对于吴莹的个别论述,李元贞的这本著作不再以作家论的面貌出现,而是以更为宏大的主题试图概括台湾现代女诗人的特点,包括台湾女诗人的自我观、"国家"论述、女诗人作品中身体与情欲的想象、时间与社会的正义等等,其中《女诗人的诗坛显影》一章从文学社会学的角度补充了有关女诗人社会身份、文学史身份形构的问题。

谈论女诗人的身份,自我与国家是论述的两个端点。李元贞认为,在探讨台湾女诗人的自我时,除了讨论一般所表现的"拥抱爱情"与"承担母性"这两种传统的女性书写题材外,更要注意到敏感的女诗人在表面内容之下对于爱情与母性复杂深刻的探求,在这种探求中流露出的控诉与批评的色彩。此外,女诗人除了这两种追求之外,还有更深层的自我追求——主体追求,由此造成"主体挣扎"的问题。主体在"自我实现"与爱情的束缚和母职的桎梏之间,左右冲突,试图全面兼顾,却又顾此失彼,力求完美而破碎不堪,女诗人从"倾斜"的角度细致入微地刻画了这种女性主体失衡的状况。

女人与国家,女诗人与国家之间有着什么样的关系,女性身份与国民身份之间的张力,同样是李元贞探讨女诗人身份的重要议题。著名的女作家弗吉尼亚·伍尔芙在《三枚金币》中有句现已成为女性主义名言的话:"事实上,作为一个女人,我没有国家,作为一个女人,我不要国家,作为一个女人,我的国家是全世界。"这句话宣示了伍尔芙对于女人与父权制国家之间的关系的看法。具体到第三世界的女性与国家之关系,又别有一番错综复杂。一方面,她们与第一世界女性同样面对父权制国家的压迫,另一方面,身为第三世界的女性,她们又和第三世界的男性共同面对着帝国主义与殖民主义的压迫。身为台湾女人,复又叠加上冷战体制所形成的两岸分裂,中国/台湾的认同问题,随着本土派"台湾建国论"的兴起,台湾女诗人的国家身份认同愈趋分裂。李元贞通过上述议题在女诗人诗作中的呈现方式,分别探讨了"女诗人对国家的想象""女诗人对国家的批判与嘲讽""女诗人的国家认同""女人在国家国民中的位置"等问题。如何对待女性身份与民族国家国民身份的暧昧难解,李元贞提出了她身为第三世界女性主义者的看法:"在现实上面对'由上而下'的民族主义强权时,女性选择'由下而上'的国民国家的认同,同时还要联合社会上不同的边缘者,共同将'由下而上'的国民国家运动真正落实。在当今台湾的国民国家运动的论述中,为了避免男性国家论述的独霸,以造成国家论述中没有女人自主的声音,女性主义者更必须寻找女人在国家国民论述中的适当位置……女人即使选择国民国家的认同,仍必须随时对父权为主导的国民国家的现实提出批评和要求改革,否则国家或国民国家运动对女人都毫无意义。"

李元贞在《女性诗学:台湾现代女诗人集体研究》中还特别专辟一章《台湾现代女诗人的诗坛显影》,以文学社会学的角度来观察台湾女诗人进入诗坛的方式。她同时犀利地指出主流男性诗坛包容、收编这些女诗人的两大策略:其一,"以性别化谀词或母爱形象赞美女诗人";其二,"以理论大包或语言的琐碎分析简化作品的含义"。前者以"温柔、婉约、温暖、宽厚"等制式评价加诸女性诗作,使之"女性化",后者则以语言的"纯文学性"分析来削减、去除女性诗作中的政治性。李元贞由此担心由男性作家、批评家所主导、书写的文学史,容或有女诗人的一席之地,然而却是经由男性批评诠释框架之下呈现的女诗人,她们将被剪除去诗作中具有挑战男权文化危险性的成分,而成为主流文学史无害的点缀。这也是李元贞要致力建构出一种"女性诗学"的原因,只有经由女性主义批评话语的阐发,女诗人才不会被埋没在男性话语的霸权中,丧失她们冲激性的力量。

在全书的结语,李元贞对"女性诗学"进行了总结与说明。首先,对女诗人而言,既存的语言体系、文学传统、女性社会位置,三者初始都对书写产生不利,但女诗人透过语言的探索,不断试图将女性的独特经验带进文学,与现当代诗学进行对话;其次,随着探索的深化与扩大,女诗人也逐渐跳出自身的束缚,以更多的角度与眼光来探索女性位置的复杂性,在种族、阶级、性倾向等纵横交错的网络中,书写女性与之相连的同质性与差异性。"首先,从属阶级可在支配结构里以哀歌发声,接着是抵抗与愤怒,接着是主体的复杂探索。连接政治社会的变动,从属阶级必须想尽办法争取自己的发言机会。毕竟语言学家莎莉也认为,'依我看,语言不是一个钉死的结构,而是不断在多种行动与反应中互相作用,这种作用即可被解释为多重和改变结构的可能性。'而文学批评或书写,即在破除各种同一化的努力,在现代文学发展标示'新精神'、'新形式'的探索中,在女性与其他问题的交错中,女诗人从经验出发,可以反省自己的局限,并因此丰富自己。"

在2001年于淡江大学的主题演讲中,李元贞——这位台湾女性运动的拓荒者在临退休之际语重心长地陈述了她对未来台湾女性文化的愿景。她回顾了过去50年台湾女性文学的发展,对台湾女性文学的成就表示了高度的肯定:"20世纪后半,台湾女性文学是女性文化活动中较受重视的角色,女性文学工作者遍及各行各业,她们的成就值得赞赏,她们所关联的文化现象亦值得关注。"面对 21 世纪的到来,如何持续转化与积累这些女性文化的果实,李元贞提出期许:"多元的文学(文化)内容要持续而变成文化传统,避免一时的风起云涌,以便利后代子孙文化丰富的承传,还需要人类社会的前景是继续朝向尊重差异的思想与制度来发展,国家的政治、经济、文化资源才能够公平分配。只要新世纪不走回头路,女作家能以优秀的作品来竞争,女性的智慧一定比过去世代更有机会长久地贡献于人类社会。"

第六节　张小虹:后现代女性主义

张小虹,美国密歇根大学英美文学博士,曾任美国加州大学伯克利分校客座教授,美国哈佛大学与英国萨塞克斯大学访问学者,现任台湾大学外文系教授。张小虹是 1990 年代台湾女性主义、文化研究颇富影响力的学者,也是一位颇具明星效应的学者。她的研究穿梭于严肃文学与大众文化之间,从性别、同志到时尚现代性、全球化,以文字游走/游击于各类权力、欲望与知识的边界。她不仅撰写精深的学院论文,也经常在媒体上发表简短精粹的文化时文。她的论述华丽流动,特别擅长利用谐音翻转文字的多重含义,是后现代意符衍异的绝佳例证,也是文字/性别表演的生动体现。主要学术著作有《后现代/女人:权力、欲望与性别表演》(1993)、《性别越界:女性主义文学理论与批评》(1995)、《欲望新地图:性别·同志学》(1996)、《性帝国主义》(1998)、《情欲唯物论》(1999)、《穿衣与不穿衣的城市》(2007)等。

一、解构女人国

张小虹的女性主义倾向于后现代主义的女性主义,企图松动本质主义的二元对立思维方式,转而强调多元、差异、流动与越界。相对于女性运动经常诉诸的女性"集体",张小虹认为绝对有其政治抗争的必要,但应注意这乃是一种"策略性的本质主义",万不可重蹈男性阳物理体中心的本质论陷阱,易言之,女性也是小写的复数,必须开放女性的差异,在不同的种族、阶级、性倾向间看到女人的不同与互通的可能。

在《解构女人国》里,张小虹描述了从"男人中心"的女人国到"女人中心"的女人国的转变。前者是父权意识形态投射的产物,男人畏惧憎恶,女人也无法认同;后者则是 1970 年代女性主义第二波中女性文化的蓝图,强调女性特殊经验的范畴和姊妹团体的共识。前一种"男人中心"的女人国,在西方文化想象中有长盛不衰的"亚马逊女人国",这一女人国由一群骁勇善战、善于骑射的女战士组成,她们长发飘飘,身披盔甲,左乳喂哺婴儿,右乳则为拉弓而切除。这样一种既温柔又孔武的"双性同体"的完美形象,一旦放诸男权中心的文化体制中,便成为违反自然的"怪物"。张小虹指出这种怪物恐惧论的观念前提:"只有在将男性与权势打上等号的前提下,女人统治的国家才变得可怕;只有在强调女性温柔和顺的形象时,女人的主动性才会被加上叛逆、残酷的色彩。所以,如果说女人国有一丝一毫恐怖成分存在的话,那是因为她们的独立自主严重威胁到男性支配的自大心态;她们的主动积极造成了男性心理上的一种去势恐惧。"①于是,亚马逊女人国的传说经常被加上一个男性主义的结尾:女人国终于在"爱情"和"母爱"的感召下瓦解、投降。"这个由男性投射出的恐怖女性意象,便又重新归顺臣服于男权中心的意识形态。"②中国文化中的女儿国则如《西游记》中的西梁女国,一见玄奘便自愿委身下嫁"以夫为君,以妾为妻",迅速投回男权中心的社会秩序;《镜花缘》中的女儿国表面上颠倒了日常社会中男尊女卑、男主外女主内的社会位置,但却不曾深入探讨男权社会中男女地位的症结,"基本上它只是个殊方异物下的'海外奇谈',只是个配合全书'错乱阴阳'架构下的情节。如同此书的背景选在武则天女皇统治时代,而书末必须安排男子薛刚大破酒色财气四阵,推翻武则天一样,英明练达的反面也可能只是天魔下界,而唯一能肯定的便是天下万物终需'归位'——当然就是男性中心的定位方式了"③。

从"男性中心"的女人国转换成"女性中心"的女人国,经过了几个阶段的发展。早期的女性主义一直以消除女性与男性的差异为标志,并且提出"两性同体"的形上理念以期超越性别经验,达到两性和谐。这种布尔乔亚式的女性主义使得女性脱离女性散漫软弱的联想,而能够发展出男性理性干练的风格。但在后起的女性主义看来,这种"女性同男性一样杰出"的论断,也许只是"女性依循男性的方式,在男性的社会中,获取男性的认可与赞许",她们认为这种抽象的两性同体模式,既不能正视女性压抑的历史包袱,也不能改变权力运作下的社会现状,更不具有女性主义应有的强烈批判精神。因此,其后的女性主义的重点更强调女性特殊经验的价值在长期压抑之后,能对当前偏重男性经验的文化加以矫正与补充。"首先她们提出'女性大团结'的口号,要女性透过'女性意识'的洗礼,以共同遭受的苦难及特有经验互通互

---

①② 张小虹:《后现代/女人:权力、欲望与性别表演》,时报文化出版企业1993年版,第139页。

③ 张小虹:《后现代/女人:权力、欲望与性别表演》,时报文化出版企业1993年版,第140页。

诉。在生理方面,她们强调女性生理的特殊经验将形成女性不同的感知方式与情感生活,她们要求女性将生理现象当成力量的来源(而非命定的限制),并作为女性智力的肉体基础。在语言方面,她们反对充满性别歧视的男性语言,而企图寻回消失了的女性语言(存在于女神崇拜的远古时代)。在心理方面,她们要把女性从俄狄帕斯期拉回前俄狄帕斯期分析,将焦点由父亲—儿子的轴线调整到母亲—女儿的配置。最终她们要建立的是真正的'女性文化'与姊妹团体的共识,而女性中心的女人国便成了她们最强烈、极端的意象。这时女人国不再是一群手执双斧,屠杀男性的女战士,而是一群真正紧密相连,亲密告解的女人,以女性中心的方式独立于男性权威之外。"①然而,这一"女人中心"的女人国是否就是女性主义的最终理想?张小虹对此也提出困惑:"男性中心的女人国只是男性错误的投射与恐惧,但女性中心的女人国却如何才能避免遗世独立、走火入魔的命运呢?这种种'欲解还结'的症结正是今日女性的困境所在。"②

而且,所有的女性是否共享同一片天空,共承同一种压迫?在《审判"女性主义"?——第一世界/第三世界的女性对话》中,张小虹针对"国际女性主义"提出第三世界女性主义的质疑。"'女性主义'的危险,不仅在于极易僵化的'主义'形式,更在于隐含专擅独大的'单数'形式,一旦揭去其世界普遍性的伪装,'女性主义'往往现出其白种—中产阶级—异性恋取向—学院派中心的原形。"③在大多数第一世界女性主义的著作中,"女性"一词通常不加以定义,这种"泛论"心态源自第一世界女性的一种错误认知:她们以为自己能代表世界上所有妇女发言,她们的女性经验是世界共通的。这种"白种唯我论"的狭隘观点,往往阻碍了她们去了解第三世界女性的特殊处境、去尊重第三世界女性的不同遭遇。张小虹指出第一世界女性主义与西方帝国殖民主义的隐形勾连:"在谈到第三世界女性问题时,我们不可不先检视第一世界女性主义与西方帝国殖民主义的牵扯。白种女性主义者很少反省到她们在种族上的'特权',反而天真地相信女性团体绝无统制支配式的霸权运作。当她们一心一意要打入白种男性权力中心的同时,常常疏忽了这些位子是建立在种族歧视或剥削第三世界国家的基础之上,于是在男女分享权力的口号下,她们成为新的压迫者;当她们一心一意要发展新女性文化、打破传统父权桎梏的同时,往往仍是在欧美原有的文化架构中打转,忘了反省这架构中内存的民族本位主义

---

① 张小虹:《后现代/女人:权力、欲望与性别表演》,时报文化出版企业1993年版,第144页。

②③ 张小虹:《后现代/女人:权力、欲望与性别表演》,时报文化出版企业1993年版,第145页。

与优越感。这些缺失推到极端,将使国际女性主义变成另一种新帝国、新殖民主义。"①但当第三世界女性主义与反帝反殖的民族主义、独立建国运动相结合时,也存在着潜藏的危险,有可能因为服从一个所谓"更高的目标"而压抑了妇女解放的诉求,张小虹因此也提出了对第三世界妇女运动的警示:"妇女问题绝不是唯一的问题,但要妇女为了'更高'的理想牺牲或暂缓对妇女问题的关怀,便是一种虚伪的改革论。鉴于历史的发展,妇女解放运动往往必须寄托于更大的改革运动以壮声势、实现理想,但也不可不慎随时被吞噬、被牺牲的命运。第三世界根深蒂固的男性中心心态是毋庸置疑的,如果一个对帝国主义口诛笔伐,对特权阶级大肆抨击的男性革命家,回到家里却不能反省到自己得自传统性别划分的'既得利益',又怎不是一大讽刺呢？第三世界在反抗种族压迫、阶级压迫的同时,是不是也不该轻视了性别压迫呢？"②张小虹在文末展望了一种开放差异、互通有无的和而不同的女性主义联盟:"对第一世界女性而言,她们必须重新反省自己的理论建构与优越心态;对第三世界女性而言,我们也需参考西方女性主义之研究与经验,接受她们不断的提醒与警告,莫为其他运动牺牲了对性别压迫的关注。这期间没有无条件的拥抱或移植,但也不需要有极端仇恨、水火不容的态度。分中有合,合中有分,在分分合合之中产生对话式的辩证。"③

二、女性主义与通俗文化

张小虹曾戏言她的研究专长是 S/M,S 是莎士比亚,M 是麦当娜。这种在经典文学与通俗文化之间越界,积极介入后现代文化解构与建构的努力,也是张小虹作为后现代女性主义者"用身体思考,用智力舞蹈"④的文化实践之一。下面就串联张小虹有关麦当娜的论述一展张小虹思考与表述之后现代特色。

麦当娜在 1980 年代风靡全球,以其少女(稚嫩的歌声)/女人(性感的身体)多变混杂的"表演"引发众多青少女的崇拜与模仿(在纽约、台北都曾经举办过"谁像麦当娜"的模仿比赛)。这位出道早期以"男孩玩具"自居的偶像,浓妆艳抹,搔首弄姿,大受女性主义团体之抨击,认为这是将女性降格为性玩偶

---

①② 张小虹:《后现代/女人:权力、欲望与性别表演》,时报文化出版企业 1993 年版,第 148 页。

③ 张小虹:《后现代/女人:权力、欲望与性别表演》,时报文化出版企业 1993 年版,第 152 页。

④ 张小虹:《后现代/女人:权力、欲望与性别表演》,时报文化出版企业 1993 年版,第 8 页。

的做法。但是，麦当娜却受到成千上万青少女的喜爱、崇拜。这一"麦当娜现象"是否只是文化工业操纵之下引发的风潮——麦当娜、受众都只是傀儡？女性主义又该如何对这一现象发言——义愤填膺地大唱道德老调？

张小虹认为，女性主义者对大众文化的疏离与轻视，正加深了女性主义少数优秀团体与其他女性大众之间的阶级划分。女性主义者似乎该花更多的心神与精力介入大众文化之中，从电视、电影、MTV、广告、流行小说等渠道中分析研究女性需求的多样多面性。另外，女性主义是否太过严肃刻板，无法应付活泼万变的后现代时期？面对麦当娜现象，女性主义者有更细致复杂的分析，积极挪用、转化"麦当娜"，以争取意义的诠释权，创造更丰富更具生机的女性主义文化环境："昔日女性主义的口号'个人的即政治的'，现今似乎更该加上'流行的即政治的'。女性主义者不该再鄙视大众文化或轻忽其对一般女性大众之影响，而应以女性主义文化批判者的立场介入，析剔出其中的矛盾冲突，转化为批判男权中心、倡导两性平等的活力。"①

麦当娜结合了两种互为矛盾冲突的女性形象：少女/艳妇，纯洁/性感，独立自主/挑逗吸引，在满足男性观众色情观看享受的同时，她也大胆回视，反客为主，玩弄男性崇拜于股掌之上。这些矛盾错综的现象说明80年代晚期麦当娜占有的是一个复杂交错的文化空间，有主流意识形态的干涉，有市场需求的考虑，有女性主义通俗化的痕迹，更有后现代游戏模拟的不拘。对女性主义者来说，"麦当娜这种性感肤浅/独立坚强的组合，是个令人伤脑筋的异数，但同时却又不能不同意她对中产阶级女性主义清教禁欲倾向的挑战，以及她对任何单一刻板说教的反击。"②张小虹以麦当娜主演的《神秘约会》为例，解读片中依赖性重、幼稚烂漫的家庭主妇萝伯塔离家寻找苏珊（麦当娜）的过程，未尝不可以看作一种女性自觉独立的历程。苏珊独立自主，充满街头谋生的智慧与次文化的叛逆精神。她特立独行，玩世不恭，既不依赖男性也不做爱情承诺，"她不是一般女性主义所标榜的模范典型，但在她的影响之下，萝伯塔扬弃了昔日温室小花的依赖生活，在经历中成长自信"③。麦当娜是美国消费资本主义社会的神话，她个人主义式的自由独立，遮蔽了结构性的两性不平等关系，但是，麦当娜也解构了女性主义单一形象的神话，"她打破了传统女性主义刻板严肃的清教形象，解放出女性对性欲与享乐的追求；她提醒了女性团体中因年龄、职业、喜好等等因素所造成的内在差异；她更刺激了女性主义适合时

---

① 张小虹：《后现代/女人：权力、欲望与性别表演》，时报文化出版企业1993年版，第12页。

②③ 张小虹：《后现代/女人：权力、欲望与性别表演》，时报文化出版企业1993年版，第14页。

代潮流的多样变化"①。

面对后现代的暧昧不明、游戏模拟，政治立场鲜明的女性主义应该如何应对呢？张小虹提出："一方面我们要打破传统男权中心文化的霸权运作，一方面却也必须不断超越解构主义形上不定论的虚无，重建女性主义的政治文化论述；一方面要抗拒父权社会种种压抑女性的意识形态，一方面也要不断打破内在单一独裁、压制差异的倾向。女性主义者对'麦当娜现象'的爱恨交结，正说明了八零年代末期女性主义者并无单一认同的文化共识，也许这种分歧复杂，会减弱女性主义的政治行动力，但却也何尝不是遏止女性主义僵化老化的一种活力。'麦当娜现象'不是个可以完全肯定或完全否定的议题，对现象的诠释端在乎如何游走各种后现代论述，如何开放女性主义对大众文化的关怀，以及如何多样化八零年代女性的需求之上。"②

张小虹因此也在《盗版麦当娜——后现代拟仿与性别拷贝》中再度探讨"麦当娜"的文化旅行，台湾在地脉络之下的"麦当娜"所散播、衍异的后现代/后性别/后殖民。

在台湾，麦当娜同样深受青少年喜爱，有超高的人气与销售量。1986年台湾举行了第一届麦当娜模仿大赛，有56位参赛者，平均年龄18.2岁。当表演的时空场景由纽约移转到台北，我们该如何看待这个第三世界仿冒第一世界的仿冒（台北"麦当娜模仿大赛"模仿纽约梅西百货"谁像麦当娜"活动）呢，模仿的模仿是被动的文化移植或是积极的文化翻译？张小虹认为有多个角度可观察这一第三世界的模仿行为。首先，单就该比赛决赛部分录影带原拟在电视上播出，却遭到新闻局广电处禁止，表明了麦当娜在保守的台湾对于青少年来说所深具的次文化的颠覆力，这是她受台湾青少年喜爱的原因，但其台湾受众平均年龄比国外偏高，也许可归诸台湾青春期后延现象。其次，大多数台湾的喜好者都听不懂麦当娜的英文歌词，而以视觉形象与舞步为模仿对象，这多少减弱了对麦当娜歌曲里的抗拒与颠覆的理解。更重要的，就这些金头发、黑眼睛、黄皮肤的麦当娜影印本而言，"其文化失真处不仅是巴巴（Homi Bhabha）所言——'非白种人/不完全是'（not white/not quite），更是'非台湾人/不完全是'（not Taiwanese/not quite），尤其是当船坚炮利的殖民外爆（explosion）早已被后殖民的文化影像内爆（implosion）所取代"③。

---

① 张小虹：《后现代/女人：权力、欲望与性别表演》，时报文化出版企业1993年版，第14页。
② 张小虹：《后现代/女人：权力、欲望与性别表演》，时报文化出版企业1993年版，第15～16页。
③ 张小虹：《性别越界：女性主义文学理论与批评》，联合文学出版社1995年版，第46页。

在"麦当娜模仿大赛"中,有多位男性反串麦当娜,在华视《金曲龙虎榜》《连环炮》的节目中,也有男性唯妙唯肖地模仿麦当娜,这一性别扮装同样展现了"性别表演"(gender performance)的繁复层次。台湾男人模仿麦当娜,麦当娜的舞步则模仿迈克·杰克逊,迈克·杰克逊模仿的是黑人女歌星萝丝;当台湾男人模仿美国白种女人模仿美国黑种男人模仿美国黑种女人,这一性别扮装的多重转移再度证明了巴特勒(Butler)的表演理论:性别原只是一种重复性的表演行为,它没有"本质",没有"原本",只有一次又一次的表演性行为。"性别认同能如文字般加以曲解或交换,没有男人或女人的'真实'指涉物,只有男人和女人的扮装表演。"①

另外,麦当娜的写真集《性》在欧美掀起热潮,但在台湾却销路不佳,远不及日本女星宫泽里惠的写真集。对这一"橘逾淮为枳"的现象,张小虹也做出了解释:"对一般未经历美国六零年代性解放、妇女运动与同性恋运动的台湾阅听人来说,很难望文生义出其性政治的'颠覆/地下版本',而以一般取悦男异性恋阅听人的色情刊物期待之,难怪《性》是如此这般令人不'爽'了。"②

张小虹在文末再次强调了女性主义的"在地性":"当台湾Pub中的男男女女闻'流行时尚'起舞,当研究麦当娜卓然有成的学者凯布伦和费斯克皆应邀来台发表论文,而台湾的报纸更是遵从世界潮流,从社会、政治、影剧版到副刊紧紧盯住麦当娜的一举一动,即使本篇论文也不无东施效颦、理论学舌之嫌。但对第一世界训练的第三世界东施而言,真正危险的也许不是西施存不存在或西施是否盗版西施或东施,而是长篇大论后是否只剩那双失真却传神的眉头而无在地脉络的脸。"③

张小虹作为后现代女性主义在台湾的代表人物,思维辩证流动,文风生动流利,特别是"且用且批"西方女性主义,以在地语境商榷与修正之,为女性主义的复数化、多样化、脉络化树立了一个良好的榜样。

第七节 何春蕤:性权派女性主义

在1994年台湾女性反性骚扰的游行中,"中央大学"的何春蕤带头喊出了

---

① 张小虹:《性别越界:女性主义文学理论与批评》,联合文学出版社1995年版,第51页。
② 张小虹:《性别越界:女性主义文学理论与批评》,联合文学出版社1995年版,第55页。
③ 张小虹:《性别越界:女性主义文学理论与批评》,联合文学出版社1995年版,第57页。

"我要性高潮,反对性骚扰"的口号,此话鲜明的女/性主体色彩,顿时吹皱了又一波女性主义的春水,令人侧目的同时何春蕤也一呼成名。

何春蕤,1951年生于台湾台中,大学时主攻西洋文学,毕业后赴美,先后获佐治亚大学语言教育博士及印第安纳大学英美文学博士学位。1988年返台任教于"中央大学"英美文学系并参与台湾的妇女运动。1995年,何春蕤在"中央大学"成立"性/别研究室",系统化地展开学术领域内的性/别研究以及教育领域内的中小学性别教育。除了个人专著的写作,何春蕤也连年主办大型的"性教育、性学、性别研究暨同性恋研究学术研讨会",另外也主办"性/别政治超薄型国际学术研讨会",邀请海外学者共同推动新的性/别议题。何春蕤现任台湾中央大学英文系主任、教授暨性/别研究室召集人,她也曾经是台湾文化研究学会第二任会长。主要著作有《为什么他们不告诉你:性政治入门》(1990,与卡维波合写)、《豪爽女人:女性主义与性解放》(1994)、《不同国女人:性别、资本、文化》(1994)、《性心情:治疗与解放的新性学报告》(1996)、《好色女人》(1998)等,主要编著有《呼唤台湾新女性:豪爽女人谁不爽》(1997年)、《性/别研究的新视野》(1997)、《从酷儿空间到教育空间》(2000)、《性别政治与主体形构》(2000)、《同志研究》(2001)、《性工作:妓权观点》(2001)、《跨性别》(2003)等。

在其最为著名的《豪爽女人:女性主义与性解放》中,何春蕤以豪爽女人为榜样,号召女性打破两性情欲的赚赔逻辑,改造性压抑的贫瘠情欲文化,展开一场女性主义的性解放运动,以解除父权制与性压抑的社会施之于女人身上的情欲控制,造就性领域内的两性平等,重新塑造女性的主体人格。何春蕤的女性情欲议题与论述不仅对父权与性压抑的社会构成极大的挑衅,在台湾妇运界内部也引发很大的争议。随着何春蕤被女学会开除,在"中央大学"成立性/别研究室自立门户,台湾女性主义也因此开启了被称为"妇权派"与"性权派"的运动路线、论述生产的分裂。在此后有关禁止色情、废除公娼的政治/社会事件中,两者的对立愈加突显,呈现出鲜明的不同立场。

性/别研究室何以要在性别中间加上斜杠,何春蕤解释说是为了突显台湾已往的性别研究对于性与别(差异)的忽视,性别与性是两种不同但密切相关的权力关系,因此谈性别不能不谈性,同时性和性别都不是铁板一块,它们内部有很明显的"别",比如男性、女性、跨性别;异性恋、同性恋、双性恋及其他各种恋之别。"性/别"可以表达性与性别之间很多复杂的关系,使得性/别里面有了多元性,还表达了"性"和"性别"与其他的社会差异因素,如阶级、种族、年龄等有着复杂的关联[①]。这样的命名与架构宣示了一种更为丰富与复杂的对

---

① 何春蕤:《台湾性/别研究演讲集》(上),九州出版社2007年版,第6~7页。

于女性主义的思考。

之所以选择从情欲解放、性革命的角度切入女性主义,何春蕤认为最大的原因在于应对台湾社会的变化对于学者的挑战。借助马克思生产力与生产关系的思考,何春蕤观察在1990年代的台湾,性的社会涌动到达了某一个非常明确可见的高点,"情欲生产力已经紧绷生产关系"①。这一情欲生产力表现在由于经济的发展,大量提供情欲流动的空间、物质设备的出现,比如私家车、钟点房、情趣商店等(何春蕤称之为"情欲的物质基础"),与此同时,很多人的情欲实践突破了原先规范情欲实践的社会架构,比如婚前性、婚外性(第三者)、女性不婚、同性恋等等,这样,无论从情欲的物质基础还是主体实践,情欲生产力都呈现出一种高涨的状态,一个性革命的契机正在发生。然而,这样一个性革命可能会顺着传统道德观的逻辑、男权的逻辑、资本主义商品消费的逻辑,走到一个并不推动社会改革开放,挑战旧有权力架构的方向,进步的知识分子因此必须在此刻积极介入这一契机,生产论述来改变主流的情欲话语、性道德与性别秩序。何春蕤明言:"在这样一个时刻,必须要有一个以女性主体为定位的情欲解放运动,不但打开女性情欲的空间,更可以借此壮大女性的力量,养成比较强悍的心态和气魄。用比较抽象的话来讲,而对当时社会已经出现的各种情欲生产力的蓬勃现象,我们必须思考如何借力使力,去收编那些混乱脉动的社会力,组织成能够挑战性别体制的主体新实践,赋予其女性主义的方向和意义,并且把这些趋势进一步推向改变既有权力关系的方向。"②这是何春蕤1994年写作《豪爽女人》一书的社会历史背景与动能。

在《豪爽女人》中,何春蕤分析了面对高涨的情欲社会力,女性为什么仍然不能坦然面对自己的情欲、解放身心,在性领域内形成主动、进取、具协商能力的开放性格。重要的是,这样一种对性的畏缩、胆怯、害怕、保守的心态,同时也潜移默化地影响了女性的主体发育,破坏了女性主体性的完整建立。该书第一章,何春蕤开宗明义提出了她对于问题症结的解答:赚与赔,这个社会上主导两性身体价值观和情欲发展方向的身体情欲逻辑。何谓赚与赔?简言之就是,在有关性的事情上,男人怎么样都是赚,女人怎么样都是赔。例如在男性与女性的看与被看上,何春蕤列举了如下的种种态度:"一,不管进行观看的主体是男是女,值得被看的永远是女体。二,女体上值得看的只有那三点,其中又以最后一点最难得。三,男人看到女体是赚,如果自己的身体被女人看到也是赚。四、女人的身体被看到是赔,如果自己看到男体也是赔。"③总而言

---

① 何春蕤:《台湾性/别研究演讲集》(上),九州出版社2007年版,第4页。
② 何春蕤:《台湾性/别研究演讲集》(上),九州出版社2007年版,第23页。
③ 何春蕤:《豪爽女人:女性主义与性解放》,皇冠文学出版社1994年版,第16页。

之:"这个逻辑的基本精神在于:男人无论如何都赚,女人无论如何都赔。换句话说,情欲的流动其实被男强女弱、男进女退、男爽女亏的不平等权力关系所渗透,因此只要是情欲有流动,它的运作及效果都会受到两性不平等的权力关系所左右。"①这一两性不平等的父权制在两性身体、情欲观的文化—心理层面上运作,导致了两性在身体态度乃至人格主体的不同姿态,男性对于性(扩及其他事物)好奇、前进、开拓,女性对于性回避、嫌恶乃至于在其他领域也经常处于退缩保守的状态。再进一步追究,这一赚赔逻辑的深层基础是——一夫一妻制的婚姻交易制度,"在我们这个由男性主导的父权社会中,女人必须归属某个男人为妻,以身体以及身体可以执行的各种功能(如性交、生育、家务劳动等)来交换一个长期的、稳固的社会位置(即名分)。这种交易是一夫一妻(甚至多妻)婚姻制度的真正意义"②;"如果这个制度要继续运作,如果女人要维持她的交换价值,她就不能白给,不能只因为自己喜欢就提供身体及服务功能给男人。因此,社会常规教导女人,她必须等男人提供婚约(代表稳定关系及名分的正式文件)、爱情(有可能引至婚约的预备动作),或者至少提供金钱或物质享受等等条件之后再进行交易('给他')才是道德的"③。为了保障这一将来要换取人生目的和人生幸福的身体,女性当然要严防死守,以免"亏损",殊不知,这种怕亏畏缩的保守心态其实造成了女性在主体人格发育以及人生发展上的大亏。何春蕤指出,女性这种对身体的态度并不是天生的,它其实是社会规划的产物。这个社会规划把男人放在主动的、占有的、征服的——也就是"赚"的位置上;把女人放在被动的、被掠夺的、被掌管的——也就是"赔"的位置上。"在男人位置上的人'很自然的'以拓展疆域为志,随时盘算着如何赚,在女人位置上的人则'很自然的'以自保为重,时刻提防亏损。这种态度和力量上展现出来的差异又倒过来继续支配我们现有的性别分工和性别歧视,巩固现有的赚赔逻辑的正常性与'合理性'。可见支配我们身体和情欲的赚赔逻辑是性压抑和男女不平等制度的共同产物。"④

那么,女性怎样才能不在这个逻辑之下生存,活出女人的自我呢?何春蕤在《豪爽女人》里的重要工作就是试图将现实生活里某些被视为"坏女人""淫妇"的女性多元的性实践转化为论述力量,以"豪爽女人"的自我肯定来彰显女性作为性能动主体的可能。这些豪爽女人不甩交换,不甩赚赔逻辑,追求多样多变、愉悦自主的情欲经验。何春蕤认为,这些自主性很高的女人开创了女人的新典范,"由于豪爽女人扬弃了一夫一妻的父权性道德,开创了新的、有利两

---

① 何春蕤:《豪爽女人:女性主义与性解放》,皇冠文学出版社1994年版,第16页。
②③ 何春蕤:《豪爽女人:女性主义与性解放》,皇冠文学出版社1994年版,第18页。
④ 何春蕤:《豪爽女人:女性主义与性解放》,皇冠文学出版社1994年版,第21页。

性平等的性道德,她们可以说是我们新一代的女圣人。对抗父权体制的妇女解放运动,因此应该联结豪爽女人,把她们目前的个人生活方式转化为集体的抗争"①。这就是何春蕤书写《豪爽女人》这部从性解放介入女性主义的论著的动机:"不管是以颠覆赚赔逻辑或是开拓自主性而言,豪爽女人都是好女人的榜样,是妇女解放运动的重要盟友。当妇女运动展开对父权体制的全面挑战时,豪爽女人的气魄和胆识提供正面积极的模范,帮助女人建立新的、自主的生活方式,打乱赚赔逻辑的阵脚,展现女性情欲自主的新天地,而妇女解放运动所提出的情欲解放论述则为在性压抑社会边缘游走的豪爽女人提供组织的、正当化的力量,建立结盟的论述场域,联手打击那个压抑女人、限制女人的两性赚赔逻辑。"②

然而,男女有别,女人也未必同一国,"豪爽女人"所代表的情欲解放运动并没有得到主流女性主义的支持,"淫妇"遭到了占据性上层位置的"良妇"的排斥。1994年女学会发表"性自主不等于性解放"的声明,何春蕤被从女学会开除,开启了台湾女性主义的不同路线之争。在1997年的台北废除公娼事件中,"妇权派女性主义"与"性权派女性主义"表现出完全不同的立场与态度,也展现出这两条路线的"国家女性主义"与"人民民主女性主义"的分裂。

1997年主流女性主义透过与台北市政府陈水扁合作推动废止公娼运动,剥夺公娼的工作权。公娼持续抗争两年,要求从事性工作的正当权益。针对主流女性主义在这一事件中所展现出来的阶级位置,以及"貌左实右"的言论,诸如"支援性工作者在本身的行业之内争取自身权益(而不设法消灭这个行业),就是支持父权对女人的身体剥削",何春蕤指出主流女性主义这种高高在上、"救援转业"的施恩态度不仅蔑视性工作者的主体性,更践踏性工作者的自主性。这与主流女性主义对性的文化偏见,对性的中产阶级撇清其实是一脉相承的,"我认为'扫黄废娼'所依据的性观点,归根究底是一个对'性'的文化偏见,也就是把'性'看作可怕羞耻危险的事,只有在和爱情、婚姻、责任连接在一起时,才因为可能有助于稳定合法关系而稍稍有一点价值,要是不和爱情、婚姻、责任连接在一起,那就是随便、下流、淫荡、邪恶,要是还牵扯到金钱交易,就更是最无耻丑陋的事。但是这种对性的规范看法(像是:爱必须和性同行,女人不能也不喜欢用身体做交易,性只能在婚姻的保护伞下进行,女人对自己的身体要自尊自持,婚姻之前或之外的性都是丑事等等)——这些充满性压抑和性恐惧的价值观——对所有的女人而言还真造成了不少'性剥削',使

---

①② 何春蕤:《豪爽女人:女性主义与性解放》,皇冠文学出版社1994年版,第27页。

女人的身体长年被她们周围的人'剥削'呢!"①性工作者的工作只是现代性劳动分工的一种,"公娼的工作既不特别痛苦,也不特别轻松,它就是另一个工作而已,和别的工作一样在累积经验中发展专业的效率和态度。不在性工作行业内的女人,经验少,心态简单,总是把性活动想象成一个需要谨慎考量才长线交易换取长期饭票的事情,觉得要把性想成是会让一个女人终身痛苦的事。可是对公娼而言,性只是工作,只是一个自我操控公平交易但是短线操作的事情,在这样的心态中,性工作既不特别痛苦,也不特别轻松,它就是另一个工作而已"②。主流女性主义不去挑战所有女人在日常生活、文化调教中所承受的"性剥削",却独把矛头指向性产业中的女性性工作者,这样的差别对待充分暴露出主流女性主义高高在上的阶级骄傲;对性工作者的工作既没有实际的了解,又一厢情愿地要求性工作者承认自己的工作是可怜可耻的,罔顾公娼自身的主体性,而不愿去创造一个使得性工作者可以现身、发声、集体化的文化与论述环境,让性工作者顺利地反污名化和得力壮大,可以为自己的权益抗争。这样的妇运是一个符合中产阶级国家形象的妇运,却是一个排除、压抑非异性恋家庭非"正常"情欲模式的边缘女性的妇运。何春蕤对主流女性主义政客化的批评代表了另一种人民民主的女性主义的声音。

借助联系对性愉悦与主体人格、社会文化调教、物质基础关系的弗洛伊德马克思主义论述③,扣连台湾的社会历史脉络,何春蕤开创出"赚赔逻辑"这样深具本土原创性的女性主义性革命论述,是台湾女性主义的深化,也打开了一个挑战与改革现有社会文化性/别架构的新的论述与社会运动领域。

第八节　邱贵芬:台湾·女人·文学史

邱贵芬,台湾大学外文系毕业,美国威斯康星大学比较文学硕士,美国华盛顿大学比较文学博士。曾任台湾中兴大学外文系教授、主任,台湾比较文学学会理事长,台湾"清华大学"台湾文学研究所教授,英国剑桥大学访问学者。现任中兴大学台湾文学研究所所长。主要著作有《仲介台湾·女人:后殖民女性观点的台湾阅读》(1997)、《后殖民及其外》(2003),主要编著有《"(不)同国

---

① 何春蕤:《女性主义的色情/性工作立场》,《性工作:妓权观点》,巨流图书股份有限公司2001年版,第217页。
② 何春蕤:《豪爽女人:女性主义与性解放》,皇冠文学出版社1994年版,第229页。
③ 何春蕤:《性道德及其不满——赖希的性革命》,《联合报》副刊1995年6月11日。何春蕤:《性革命——一个马克思主义观点的美国百年性史》,《性/别研究的新视野——第一届四性研讨会论文集》,元尊文化企业1997年版。

女人"聒噪:访谈台湾当代女作家》(1998)、《台湾小说史论》(2007)。

在《仲介台湾·女人:后殖民女性观点的台湾阅读》的序言中,邱贵芬戏称自己经常"两面不是人",原因是她经常在"台湾文学场域凸显女性观点,转到女性主义场域又坚持国家政治的重要"①,这多少揭示了她所选取的后殖民女性主义发言位置的双面性。后殖民女性主义一方面认为在有被殖民经验的国家或地区,女性的问题不仅是两性不平等的结构所造成,更与政治殖民压迫大有关系,"对有殖民压迫经验或生存于殖民统治地区而言的女性而言,她们所面临的问题往往无法以'父权压迫'一言以蔽之,而是必须放在当地特定殖民政治经济脉络里来思考,才能见而寻求解决之道"②。第三世界的女性问题因此必须与民族、国家、全球权力结构等范畴并置思考。另一方面,在被殖民地区寻求民族独立、建国运动时,被殖民地区的女性经常被作为压迫隐喻的符号,成为号召、动员被殖民地区男性保家卫国的有力意象,然而被殖民地区女性多重的被压迫经验却也同时被抽象化,女性更在建国运动成功之后,再度被父权制的权力机制边缘化,被排斥于国家政治之外。女性主义与民族主义的合作、冲突与张力因此是后殖民女性主义必须处理的难题。

作为本土派学者,邱贵芬在她的第一本著作《仲介台湾·女人:后殖民女性观点的台湾阅读》中比较着力的是在女性主义中凸显后殖民主义—台湾本土派③的立场,"推展一个有别于当前台湾主流女性主义论述凸显性别批判却往往压抑台湾政治、族群、殖民等问题的论述方法"④。那么,何为"后殖民","台湾后殖民"指的是什么?根据邱贵芬所引用 The Empire Writes Back 的作者解释,后殖民"涵盖从殖民时刻开始到目前所有受到帝国主义影响的文化"。后殖民的特色乃在于"凸显与帝国势力的张力,强调其与帝国中心思考的差异"⑤。在台湾,后殖民指涉什么?邱贵芬认为:"不少学者在提及台湾的被殖民经验时,总将这段经验锁定于日据时代。但是,如果我们浏览台湾过去的岁月,我们发现台湾自郑氏父子时代,历经《天津条约》的开港时期、日据时

---

① 邱贵芬:《仲介台湾·女人:后殖民女性观点的台湾阅读》,元尊文化企业1997年版,第12页。

② 邱贵芬:《后殖民女性主义》,顾燕翎主编:《女性主义理论与流派》,女书文化事业有限公司2000年版,第341页。

③ 后殖民主义在台湾有不同的历史脉络与展开,有陈映真视中国台湾与大陆同为第三世界受殖民/半殖民压迫共同体命运的"统派",有陈光兴强调日本与美国的殖民与冷战结构在台湾的缠绕努力推动亚洲连接的"去帝国"的左派,以及致力于"去中国化"的"独派"等。

④ 邱贵芬:《仲介台湾·女人:后殖民女性观点的台湾阅读》,元尊文化企业1997年版,第11页。

⑤ 邱贵芬:《后殖民及其外》,麦田出版社2003年版,第276页。

代,到国民政府迁台初期,一直持续扮演被殖民的角色。数百年来台湾的执政者多以此地为经济资源之地,鲜作久留之计。此处,'被殖民经验'已不限于两国相争所产生的政治效应。在后现代用法里,被殖民者乃是被迫居于依赖、边缘地位的群体,被处于优势的政治团体统治,并被视为较统治者略逊一筹的次等人种。以此为定义,台湾的被殖民经验不仅限于日据时代,更需上下延伸,长达数百年。"①这样的论述显然是福佬系本土派的立场,视1987年至1988年台湾"解严"由李登辉掌权后,政治结构大洗牌,台湾进入后殖民。"抵殖民"的论述重点因此在很大程度上不是摆在去日本化,去美国化,而是"去中国化",针对的是国民党当局迁台,外省人对于本省人的"文化殖民",以"国语"政策为本位的语言与文化政策对于台湾人的语言与文化的贬抑。"国民政府迁台初期的种种策略无异复制了台湾日据时代的被殖民梦魇,'绥靖工作'大量关闭台湾报社,以外省作家主掌报刊编辑。媒体垄断和'国语'本位政策的推行不仅主宰台湾文学往后数十年间的发展,更决定了台湾文学典律的运作……战后台湾文学典律的运作并非是单纯脱离意识形态的筛选作品的过程而已。作为典律运作基础的美学品味乃建立于'国语'本位之上,而语言政策,就后殖民论述观点论之,所关心的并非单纯的语言问题,而是一个本身即极富意义和影响力的政治动作。"②从这样的立场出发,邱贵芬认为有必要建构台湾后殖民论述,以后殖民观点重新看待台湾文学,"殖民压迫既然透过语言阶级制完成,后殖民论述意图瓦解殖民压迫自然要从瓦解语言阶级着手。在策略上,后殖民论述更替,并重新定位语言。主要步骤有二:第一,抵制殖民语言本位论调;第二,进行语言整合,建构足以表达本身被殖民经验的语言。运用于台湾文学论述之上,亦即破除'国语本位政策'所造成的语言阶层迷思,并以台湾经验出发,定义最足以贴切表达台湾经验的台湾语言"③。不过,在究竟什么是"台湾语言"的态度上,与本土基本教义派强调否弃中文有别,邱贵芬认为,台湾自古以来就是个移民社会,"跨文化"是台湾文化的特性,"跨语言"是台湾语言的特质。"在破除殖民本位迷思的同时,我们亦须破除'回归殖民前净土净语'的迷思。一个'纯'乡土、'纯'台湾本土的文化、语言事实上从未存在过。所谓'殖民前'的台湾语言早已是多种文化语言的混合……所谓的'台湾本质'所指亦只是抵制中国本位主义的一个立场,'台湾本质'事实上等于台

---

① 邱贵芬:《仲介台湾·女人:后殖民女性观点的台湾阅读》,元尊文化企业1997年版,第157页。
② 邱贵芬:《仲介台湾·女人:后殖民女性观点的台湾阅读》,元尊文化企业1997年版,第159页。
③ 邱贵芬:《仲介台湾·女人:后殖民女性观点的台湾阅读》,元尊文化企业1997年版,第161页。

湾被殖民经验里所有不同文化异质的全部。台湾语不是俗称台湾闽南语的'福佬话',企图以福佬话取代'国语'的权威正统性,无异复制另一版本的殖民压迫。"思虑细腻的邱贵芬不幸言中,不会讲台湾闽南语(福佬话)的外省人在本土化日益高涨的今天似乎也开始尝到噤声的命运(不会讲台湾闽南语=不爱台湾),开始被"台湾文化"排斥与边缘化,几位不合"台独"政治观点的著名外省籍作家在几部"后殖民"台湾文学史的消失就是例子。

具体到文学史,邱贵芬希望能够建构出具"后殖民"史观,突出台湾主体性的"台湾"文学史,而不是"中国"台湾文学史。以张爱玲在台湾为例,邱贵芬在《从张爱玲看台湾女性文学传统的建构》中分析了台湾文坛与媒体"拜恋"(fetishization)张爱玲,塑造"张爱玲"符号,建构台湾女性文学张派系谱后面的心理动能与话语—权力机制。邱贵芬认为,张爱玲笔下的世纪末中国提供了战后大陆来台文人对母国复杂情绪的透射,满足他们"中国想象"的欲望:"张爱玲擅写世纪末颓废苍凉的中国。这样的中国,显然最能契合当时来台大陆系人对中国爱恨交加,欲拒还迎的复杂情愫。只有在张爱玲文学里的苍凉、腐败、'没有光的所在',才能找到那梦里寻她多少遍、又爱又恨、却永远不得归返、永远失落的'中国'。张爱玲的隐遁难见,恰可提供这份心情的转移投射。欲见张爱玲不得、爱慕张爱玲、拜物张爱玲,台湾的文化界因而得以持续爱慕'中国',在不断书写张爱玲中,一方面企图抚慰'失落中国'的挫折,一方面在台湾建构一个文学网络,延续'想象中国'的欲望。这或许是台湾文化社群集体'恋物化''张爱玲'的深层心理意义。"①1980 年代台湾女性小说的风潮更与张爱玲"缺席的在场"息息相关,一方面,透过文学奖评选机制,承传张爱玲写作题材与风格的女作家(如蒋晓云、朱天文、萧丽红等)得到了嘉许张爱玲的文学奖评委(如夏志清、朱西宁等)的关注;另一方面,从文化深层的意义上看,"张爱玲"风也可看作"乡土文学"论战所牵涉的意识形态之争的延续,"如果乡土文学论战再度演练了'失落中国'的威胁及其引发的焦虑(不过,这一次,不是政治领土,而是文化、精神上的),造就'张爱玲'、(潜意识地)复制张爱玲、让'张爱玲'形成一个文学网络,让继承她衣钵的文学子子孙孙在台湾繁衍不息,却是继续'想象中国'的一条活路"②。针对王德威所建构的张派文学系谱(王德威《"女"作家的现代鬼话——从张爱玲到苏伟贞》《张爱玲成了祖师奶奶》《落地的麦子不死——张爱玲的文学影响力与"张派"作家的超越之路》),邱贵

---

① 邱贵芬:《仲介台湾·女人:后殖民女性观点的台湾阅读》,元尊文化企业 1997 年版,第 24 页。
② 邱贵芬:《仲介台湾·女人:后殖民女性观点的台湾阅读》,元尊文化企业 1997 年版,第 28 页。

芬建议转用福柯的"断层"概念来取替这种貌似自然的"传承"叙述,"王德威在建构这套张爱玲的台湾(女性)文学传统系谱时,着眼于张罗'张腔'的网络,在其论述呈现中,张爱玲传统的形成似乎是水到渠成,极其自然。但是,如果我们以(迈向后殖民时代)重整台湾文学典律的角度来探讨这个问题,或许我们宁可选择用福柯有关系谱(genealogy)的关照点,来探讨这套台湾女性文学系谱里牵涉到的一些重整台湾文学典律问题。从强调中国想象及其叙述传统传承的角度来看,张爱玲的台湾文学传统是中国传统在台湾的延续,其合理性似乎不那么需要进一步思考。但是,这样一套显然极其'自然、合理'的文学传承,如果是站在以台湾为主体位置的观点来看,就显得问题重重。断层(discontinuity)应该取代平顺的传承关系(continuity)成为探讨台湾女性文学史建构的主题"①;"就台湾女性文学传统的建构而言,我们必须将张爱玲的台湾文学系谱视为理所当然。我们必须进一步深究,这样一个被自然化的系谱(如果它存在的话),究竟掩饰什么样台湾特定时空背景中意识形态力量的折冲?只有当我们拒绝将'张爱玲'的介入,视为一个自然的历史事件,我们才能诚实地面对知识(或论述)与权力的问题,才能穿透表面,深入去挖掘台湾(女性)文学传统建构一向被忽略的问题。透过这样一个史学观点,台湾女性文学的特殊历史性及在地性才不至于被架空,我们才不会忽略过去台湾的被殖民经验对台湾社会里文化生产、消费活动的影响。台湾女性文学活动才得以被放置在适当的历史脉络里来讨论"②。作为一名本土派学者,邱贵芬因此呼吁"告别张爱玲",重整台湾女性文学典律,"'告别'张爱玲不是要撇清与张爱玲的关系。台湾女性文学活动里有张爱玲的气息是毋庸置疑的。但是,告别'张爱玲'却能让我们另起炉灶,挖掘台湾女性文学里被忽略、被压抑的声音……以前集中于'张爱玲'的文化资源,得以重新分配,用来挖掘更多被张爱玲身影掩盖的台湾历史沧桑岁月里的女作家"③。

以"后殖民"本土派立场重整台湾文学典律,在"解严"后先后有叶石涛的《台湾文学史纲》(1987)和彭瑞金的《台湾新文学运动四十年》(1991)。这两个人强调"站在被异族的强权欺凌的被压迫的立场来透视","台湾人如何经由文化创造运动中的文学创作,去思考、寻找自己民族灵魂的经验"。文学史的建构跟政治反对运动、"台湾"国族打造密切相关。然而这样所谓以殖民—抵殖民为叙述主轴的"台湾"文学史,女性文学的位置在哪里?比如战后迁台女作

---

① 邱贵芬:《仲介台湾·女人:后殖民女性观点的台湾阅读》,元尊文化企业1997年版,第31页。

②③ 邱贵芬:《仲介台湾·女人:后殖民女性观点的台湾阅读》,元尊文化企业1997年版,第32页。

家的兴旺,80年代与反对运动无甚关联的"闺秀文学",以及对"本土化"运动心怀疑虑的外省第二代女作家(像朱天心这样创作成绩颇为可观的外省籍优秀女作家已被放逐于这两部台湾文学史之外),她们是不是台湾文学的一部分?如何将她们纳入而不是删消,照顾到这些与国家政治无涉或与本土派政治立场未必一致的女作家与创作,是摆在邱贵芬面前的难题。邱贵芬的第二部著作《后殖民及其外》因此也标示出调整后殖民—本土论述力有不逮的一个微妙的转折。

在从《战后初期女作家的创作谈台湾文学史的叙述》中,邱贵芬检讨了本土派的这两本台湾文学史著,针对他们所叙述的50年代台湾文坛的"空白""荒凉"一说,邱贵芬从女性主义的观点指出:"假设我们以女作家创作的观点来看战后初期的台湾文坛,毫无疑问的是丰富无比;如果我们舍弃以本省籍作家创作为主要探讨对象的史述观点,改采以女性创作为主要论述范畴的叙述观点来书写台湾文学史,那么战后初期可算是台湾女性创作空间大为开展的一个关键期。"①显然史家观察及论述的位置不一样,所建构的台湾文学面貌也大不相同,其影响所及,可能连传统台湾文学史采用的断代分期都需改头换面。"如果我们站在以女性作家创作为主的观察位置来叙述台湾文学史,显然现有的台湾文学史述以殖民抗争为主轴的叙述并无法真正妥善处理女性文学,当然也就难以达成记录台湾文学多元丰富面貌的目标。"②那么,邱贵芬是否主张用一套以女性观点为主的台湾文学史来取代以殖民抗争为主轴的台湾文学史?邱贵芬认为,这样的做法不过是延续以压迫/反压迫二元对立为架构的线性发展叙述模式(殖民/反殖民,父权/反父权等等),无助于对史学方法的反思,开拓台湾文学史更为丰富多元的格局。台湾文学并不可以反殖民一言蔽之,性别/阶级等层面必须同时被容纳;同样,只从性别压迫的角度来谈台湾女性创作,也简化了台湾特殊殖民历史情境的影响以及女性内部的差异。

邱贵芬借用Soja关于"第三空间"的讨论("所谓的'第三空间'即是一个能容纳多元主体的空间,在此空间里种族/族群/性别和阶级因素都能同时被照顾而无厚此薄彼的现象产生"③),希望台湾文学史的写作能够超越二元对立,延展线性叙述为空间化的历史论述,坐落于台湾不同位置观点的创作的最大交集处。"支撑这套台湾史的主要论述概念必须能够涵盖在台湾这块土地上从不同族群、性别、性取向、阶级观察出发点的创作,而且在这个史述架构

---

① 邱贵芬:《后殖民及其外》,麦田出版社2003年版,第60页。
② 邱贵芬:《后殖民及其外》,麦田出版社2003年版,第71页。
③ 邱贵芬:《后殖民及其外》,麦田出版社2003年版,第73页。

里,上述创作切入观点都平起平坐,无主从之分。"①邱贵芬因此建议以"现代性的追求"作为台湾文学史的叙述主轴,此处"现代性"不仅意指政治经济结构的变革,也包含了文化现代性即对"民主、自由"的追求,"这套'现代性'的理论不诉诸二元对立的线性叙述,改用关照多元势力互动纠缠的过程来解释历史,用来当作台湾(文学)史的叙述基调,或许能解除目前台湾史述依赖二元对立线性结构所产生的困境,并进而整合台湾文学研究里不少分裂或看似无法统合的议题和文学现象"②。

以"现代性"置换"后殖民",不仅可以照顾左右两翼作家关于民族与阶级问题的不同处理,也可避免史家对于不同国家认同立场的作家的评估困扰,更为后殖民观点史述边缘化的女性文学、同志文学、"原住民"文学开辟了论述空间,"这些创作实在难以纳入史家所采取的'反殖民'叙述架构。相较之下,'现代性'概念里所带出的'民主'、'自由'的追寻却可用来铺陈弱势族群创作的脉络;许多女性文学和'原住民'文学或许和'现代性'里国家民族认同的打造不甚相关,却与'现代性'产生过程里社会形态的转变大有关系"③。

另外,以"现代性"这一概念作为台湾文学史的叙述重点,也可补足反殖民论述"在地性"有余,"国际观"不足的缺陷。"以殖民/反殖民为思考重点史述,往往过分集中讨论台湾土地上的权力斗争,而忽视了台湾与'世界潮流'积极互动的层面,以至于对在地的关注有余,却缺乏以一个宏观的全球版图视野来观看台湾的历史。如果台湾文学史能解脱殖民主义对史家历史视野的限制,不再以殖民/反殖民来架构台湾历史,转从'现代性'的观点来探讨台湾文学创作所展现的台湾现代化经验过程里的种种人民生活与台湾社会的面向,则不仅能坚持本土论述传统里'书写土地、书写人民'的原则,更可将台湾的历史放在宏观的全球历史架构里来观照。"④

延续这样的思考方向,近年来,邱贵芬开始试图在"后殖民"之外引入"全球化"的思考架构,在"全球化"与"在地化"的辩证中思考台湾文学的"台湾性","台湾性"中的庶民面向与另类现代性、草根全球化的关系⑤,她的研究也由此延伸到纪录片领域,开创出台湾庶民文化研究的新空间。

---

① 邱贵芬:《后殖民及其外》,麦田出版社2003年版,第74页。
② 邱贵芬:《后殖民及其外》,麦田出版社2003年版,第76页。
③④ 邱贵芬:《后殖民及其外》,麦田出版社2003年版,第78页。
⑤ 邱贵芬:《寻找"台湾性"——全球化时代乡土想象的基进政治意义》,《中外文学》第32卷第4期。

第九节　施淑：马克思主义的文学分析

　　1950至1970年代的台湾，由于冷战环境的威权体制，国民党对共产党的肃清，左翼思想基本没有存在的空间。相对于国民党的党国意识形态，只有有限度的自由主义思想的传播与批判空间，与之相应，这一时期的文学理论与批评话语，与官方制式文艺的表扬或大字报式的教条批评相比，较具学术价值的，也就只有"新批评"这个以形式批评为表，以自由人文精神为里的批评话语一枝独秀了。新批评强调形式，强调人性，重视文学对个人道德的影响，对于文学与社会的意识形态关系比较缺乏宏观的观照。这一文学批评状况要到70年代的乡土文学运动兴起后才开始有所改观，乡土文学强烈的社会关怀与阶级视野，使得日据时期的左翼文学传统开始复活，以马克思主义分析方法来讨论文学作品、文学现象的作家、批评家开始涌现，最重要的代表人物就是陈映真。而这一由陈映真接续上的马克思主义的文学批评，也在80年代后继有人，代表性的批评家有吕正惠，还有在这里将要介绍的富于缜密分析与理想精神的施淑。

　　施淑，本名施淑女，台湾鹿港人。台湾大学中国文学研究所硕士，加拿大英属哥伦比亚大学亚洲研究系博士班博士。现任教于淡江大学中文系，讲授"中国现代小说""文学理论与批评"等课程。主要著作有《理想主义者的剪影》(1990)、《两岸文学论集》(1997)等。

一、卢卡契的意义

　　在《形象塑造的知性风貌——卢卡契文艺理论札记》中，施淑重提现在似乎已经相当"古典"的卢卡契对于认知今天的文学状况可能具有的意义："放眼今日，当我们的文艺随着所谓经济起飞和现代化，逐渐与消费品的形式与内容同步化，斤斤以异色、异味、异态的经营相标榜，以至于只能名之为包装—风格决定论的商品美学的时候，回过头去看看异端的，'老掉大牙'的卢卡契文艺理论，除了认识他的历史性错误，或者不无其他意义。"①

　　有关人物形象的知性风貌，卢卡契认为是文艺创作的最关键问题。他认为好的文学作品，一定有清晰的人物形象的知性风貌，而文学的衰落，则一直

---

① 施淑：《形象塑造的知性风貌——卢卡契文艺理论札记》，《两岸文学论集》，新地文学出版社1997年版，第366页。

表现为人物知性风貌的模糊,表现为作家在创作上有意忽略或无力于透过想象提出并探讨问题。他解释知性风貌这术语可能引起的误解:"一,知性风貌并非以正确的世界观为先决条件,因为个人的意识形态不一定正确无误地映照客观真实。""二,抽象理念并非表现人物知性风貌的关键因素。"①那么,怎样塑造出人物的知性风貌呢,卢卡契认为,"知性风貌的塑造有赖于对典型这一观点的深刻了解","一个明晰的、动态的知性风貌的塑造与典型的呈现有决定性关系"②。也就是说,人物性格必须具有典型性才具有知性风貌,它不仅是具体生动地刻画人物,还能够透过犬牙交错的人物与事件关系,呈现症结性的社会历史问题。在资本帝国主义期,文学衰落了,其征兆就是人物知性风貌的模糊,它表现在结构的瓦解和典型的消失。它以两个特征出现,其一是极端主观,其二是集中于平常事物的描写。这两种方式都远离重要的社会冲突,缺乏历史内容,它反映出资本主义没落期的作家丧失了把现实理解为一个运动中的整体的能力。

对于"总体论"的乐观信念,使得卢卡契对于现代主义文学作品的价值过于轻忽,然而他犀利的文学与社会关系的历史分析,仍然对我们深具启示。这也是施淑推介在台湾普受冷落的卢卡契的原因,她在这篇阅读札记的文末说:"如果容许我们把卢卡契的上述论断做一总结,那么自从左拉高唱'把巴尔扎克式的英雄从作品里流放出去',存在于现代文艺中的人物,也就从黑格尔笔下那象征时代精神的'这一个',转变成在未知和不可知的感觉的旋涡中不断改变姿势的'这样的一个人'。而在并非吊诡的意义上,它应该有认识上的作用。"③

从社会历史的视野出发,讨论文学作品的美学与意识形态含义,这是施淑的文学批评的特色。除了对台湾当代文学的精彩短评(比如她为前卫出版社出版的台湾作家全集所撰写的黄凡、宋泽莱、李昂等作家集的序,她担任文学奖评委时对参选作品言简意赅的评语),她近年颇用力于台湾日据时期文学的研究,她对于台湾日据时期文学知识分子意识形态光谱的分析,对左翼文学遗产的挖掘,开创了一个富于理论与现实意义的领域。

---

① 施淑:《形象塑造的知性风貌——卢卡契文艺理论札记》,《两岸文学论集》,新地文学出版社1997年版,第367~368页。
② 施淑:《形象塑造的知性风貌——卢卡契文艺理论札记》,《两岸文学论集》,新地文学出版社1997年版,第368页。
③ 施淑:《形象塑造的知性风貌——卢卡契文艺理论札记》,《两岸文学论集》,新地文学出版社1997年版,第374页。

二、日据时期文学知识分子研究

在《日据时代小说中的知识分子》中,施淑借用葛兰西关于"传统知识分子"和"机能性知识分子"的概念,指出由日本殖民统治而导致的封建传统知识分子和新兴的资产阶级的机能性知识分子的分野,但由于这一分野是殖民统治的外来因素促成,而不是因为社会本身由传统农业经济走向资本主义经济而导致的自然发展,因而从根本上失去了历史文化发展的连续性,失去了被葛兰西视为社会及文化发展上的重要课题的新旧知识分子间的意识形态上的同化和征服的必要条件。

对于日据时期的启蒙知识分子来说,资本主义的人道、自由主义思想具有先验的、不证自明的优越性,他们以社会达尔文的眼光,将传统封建文化一律视为应扫进历史垃圾箱的糟粕,从而完全排除了传统之为传统的千丝万缕的纠葛。

在小说创作上,与五四文学相类似,启蒙知识分子首先处理的是个人"恋爱自由"的问题,小说中的知识分子青年不惜以出走(甚至死亡)来反抗加在他们身上的束缚,表现了从封建式的人身依附的道德纽带解放出来的,以世界和人类公民自居的台湾新生市民的个性与坚持,表现了追求自由平等,向往人道正义的"文明人"的"自觉"。然而,施淑指出,由于这一启蒙思想被殖民地社会条件所决定的先天的不足,使得"这仿照阿诺德式的希腊化了的资本主义的社会的市民,在殖民地'前不见古人,后不见来者'的匆迫的历史断裂感下,很快就被还原成一个恰如观念本身的纯粹的、绝对的'个人'"①,"这些日据时代的知识分子,由殖民主义使之提早结束的封建长夜醒来,在需要幻想来拯救的经济剥削和民族压迫的双重贫困下,从现实游离出来,以刚被解放的'自我'为材料,在资本主义的自由、平等、博爱、正义等信念的保证下,热情地进行着全世界全人类性的乌托邦幻想;因而当这些资本主义的使徒,得到需要的幻想,尽了他们的社会功能的同时,连带得到的是与幻想成正比例的此岸的贫困的自己"②。

由此也带来启蒙知识分子的变奏:革命与颓废——"接下来,我们看到的是,在同样需要幻想的条件下,另一类也是由殖民统治有机地生产出来的新知

---

① 施淑:《日据时代小说中的知识分子》,《两岸文学论集》,新地文学出版社 1997 年版,第 43 页。
② 施淑:《日据时代小说中的知识分子》,《两岸文学论集》,新地文学出版社 1997 年版,第 43~44 页。

识分子,自觉地运用本来就被他们所代言的精于计算的资产阶级认可的现实主义精神,以现实检验幻想,因而在一次大战后,很快地从暴露资本主义本身的发展危机的世界性经济大萧条,怀疑那标榜自由、平等、博爱、正义的资本主义社会的正当性,从而思索和呼唤一个与这些信念名副其实的世界的到来。"①这就是日据时代的左翼文学运动及小说中的左翼知识分子的出现。这些知识分子力图突破抽象的人性论,改以特定条件下的多数人处境为思考对象。以杨守愚的《决裂》、杨逵的《送报伕》等小说为标志,"这些小说不论是关于艺术、殖民地、私有财产、医疗或战争,都是对资本主义的社会制度及观念的重新思考,也都回响着三十年代左翼文艺理论的精神要求"②。

在这些充满社会批判和行动者的姿势,弥漫着普罗文学特有的乐观昂扬气氛的左翼文学的另一侧,则是30年代退向内心生活、"感觉世界"的另类小说,"在游离现实的社会人格,及其不彻底的反资本主义思想的知性体质的交互作用下,为三十年代的小说界带来了早熟萎弱的人道和个人主义的花朵"③。以布尔乔亚的颓废式浪漫出现在这些小说中的人物,他们始而叛逆,继而颓废,终而虚无的发展全貌,反映的正是殖民地台湾早熟的资本主义社会结构及其制约下的台湾个人知识分子的精神状况,"显现出来的正是发生在弱势族群和殖民地人民的心灵、物质的流离失所的状态"④。从封建传统知识分子到资产阶级机能性知识分子的转变,左翼社会主义文艺思想与文学的传播,台湾小说中颓废意识的起源,通过细致的爬梳,施淑为我们整理出了一幅日据时期台湾知识分子的心史图。

三、女性文学与社会历史

身为台湾著名的两大文学家族之一⑤的成员,作为大姐的施淑对于其妹施叔青、李昂的女性小说也有独到客观的分析。

在《论施叔青早期小说的禁锢与颠覆意识》中,施淑分析了施叔青小说中

---

① 施淑:《日据时代小说中的知识分子》,《两岸文学论集》,新地文学出版社1997年版,第46页。
② 施淑:《书斋、城市与乡村——日据时代的左翼文学运动及小说中的左翼知识分子》,《两岸文学论集》,新地文学出版社1997年版,第78页。
③ 施淑:《感觉世界——三十年代台湾另类小说》,《两岸文学论集》,新地文学出版社年版,第99页。
④ 施淑:《日据时代台湾小说中颓废意识的起源》,《两岸文学论集》,新地文学出版社年版,第120页。
⑤ 施家:施淑、施叔青、李昂;朱家:朱西宁、朱天文、朱天心。

所显现出来的女性写作策略的心理的、社会的意义。对于施叔青小说中大量出现的对立性的象征以及越来越趋于梦魇、幻想的奇幻、怪诞文体,施淑认为,前者执意以对立性的象征来表现摆荡现实边际的畸零人物,正象征着作者自己被禁锢在男性中心的权威秩序下的离心的、无处可归的窘境;后者为充斥于施叔青小说中的巫婆、童乩、白痴、羊癫风、壁虎、蜘蛛、蜈蚣、蝙蝠、蛇等异物异象、人物和情境,使得她的小说充满了变形的梦魇、疯狂的基调,作者趋于把现实表现得更富于梦及惊诧的色彩,反映的或许正是女作家以变异来颠覆、瓦解象征父权的理性思维、符号秩序的写作策略:"这个任凭她呼风唤雨、五鬼搬运的恐怖世界,可以说是现实的鹿港斜阳折射出的心灵上的地志,是它代表的传统和价值观念的变形,因为按幻想文学的社会意义层面而言,作品中所表现的物体及肢体的残缺相当于理性的破裂;人物性格的解体,暗示的是对于社会和文化秩序的强烈排斥,而这应该是男性中心的社会里,被撕扯于自己究竟是什么,应该是什么之间的女性特有的破裂感的不合法的合情出路。"①"存在于施叔青早期小说中的激情的、疯狂的女性群像,及与之相对的萎缩的、影子似的男性角色,或许正是对日薄西山的中原传统父权文化的深沉的、漂亮的一击。"②施淑也从她一贯的社会历史的分析立场指出这样的女性写作也许不过是另一种意义上的布尔乔亚社会的病症:"同样可能的是,根据女性文学的'阳奉阴违'的写作策略,呈现在施叔青幻象重重的小说世界中的异常情境、它的解决不了的冲突,它的总是戛然而止的、无政府主义式的终局,除了是经常被女性主义批评奉为圭臬的:'以歪斜的方式说出全部真理点',或许只是对于已经没有生命的布尔乔亚社会的形式上的颠倒,而颠之倒之之余,它的实际意义也不过是对她感觉中的'不毛'的布尔乔亚人文主义及其生活的妥协与顺服罢!"③

  对于近一二十年一直处于文坛中心旋涡的另一位作家妹妹李昂,施淑也有中肯的评价。从早期的《花季》《杀夫》到近年的《迷园》,李昂一直是个备受关注也备受争议的作家。她的备受争议,与她不断挑战题材的禁忌有关。施淑指出,李昂无疑是个问题意识强烈的作家,她的作品紧扣现实脉动,对于台湾资本主义社会,性与金钱、道德的纠葛有逼近的探掘:"作为一个文学现象,李昂的作品是值得注意和深思的,通过她早期小说中以前卫姿态出现的荒谬人物,到后来作品中,林林总总的都会男女,灯红酒绿,我们看到了台湾在现代

---

① 施淑:《论施叔青早期小说的禁锢与颠覆意识》,《两岸文学论集》,新地文学出版社年版,第177页。
②③ 施淑:《论施叔青早期小说的禁锢与颠覆意识》,《两岸文学论集》,新地文学出版社年版,第180页。

化过程中,精神和物质发展的一些方面,一些属于小知识层和新兴的资产者、投机者的生活画卷。在这个以欲望为前导的世界中,腐败与新生、荣誉与耻辱、希望与绝望、压迫与反抗、败北与胜利,这些一向用来判定人的意义的观念,它们的内涵与界限,都在性与金钱,这新的价值系统的指示器之前,变得暧昧难分,不清不楚。正是在这里,李昂那把现实事件几乎照单全收的小说世界,她笔下的自觉或不自觉地追逐其中的、那被性与金钱还原成可以是任何人也可能查无其人的小说人物,让我们毫无回避余地的面对现代台湾社会的生命与死亡的旋涡,它的现实与梦魇,它的新的与旧的罪恶,让我们被激怒和被迫严肃及真诚地思考,关于人,关于生命的最基本的问题。"[1]基于现实主义立场的判准,施淑也对李昂的作品提出了卢卡契式的批评,她认为李昂小说的现代主义倾向使得她的作品只是展示问题、暴露问题,却不提供任何解决的可能与想象:"感觉到问题的存在,但并不试图改变;怀疑既成事实的正当性,但不愿也没有能力解决。"[2]这样,她的小说中的人物,最终也只能是沦为资本主义社会的一个苍白的抗议者:"少掉了正面抗争意义的易卜生式的'人民公敌',一个向社会黑暗、权威和禁忌挑战的虚无的异端。"[3]

第十节　刘纪蕙:台湾文化症状的精神分析式解读

　　刘纪蕙,1956年生于台北,祖籍上海。1984年获美国伊利诺伊大学比较文学博士,1994年创立辅仁大学比较文学研究所。曾任辅仁大学英文系主任、辅仁大学比较文学研究所所长,台湾"交通大学"语言文化研究所所长,台湾文化研究学会理事长。现任台湾交通大学社会与文化研究所所长。主要著作有《文学与艺术八论:互文·对位·文化诠释》(1994)、《孤儿·女神·负面书写》(2000)、《心的变异:现代性的精神形式》(2004),主要编著有《框架内外:艺术、文类与符号疆界》(1999)、《书写台湾:文学史、后殖民与后现代》(2000)、《他者之域:文化身份与再现策略》(2000)。

　　刘纪蕙是1990年代台湾文化研究兴起的重要人物,她的跨学科、跨领域的广阔视野,以精神分析方法切入当代台湾文学、文化场域观察的研究,极富开创意义与启示性。

　　在早期著作《文学与艺术八论:互文·对位·文化诠释》中,刘纪蕙探讨了西方跨艺术文本中的文化诠释问题。到《孤儿·女神·负面书写》,刘纪蕙转

---

[1]　施淑:《李昂小说集序》,《两岸文学论集》,新地文学出版社1997年版,第336页。
[2][3]　施淑:《李昂小说集序》,《两岸文学论集》,新地文学出版社1997年版,第335页。

向了对当代台湾文化场域的观察,思索的触发来自近20年台湾文化认同的转变、矛盾、冲突及其中呈现的种种症状。刘纪蕙希望透过后设心理学的精神分析方法,检视在这个文化认同转变过程中,"中国符号"与"台湾图像"后面所流露的种种认同、净化、排他、推离的心理欲力以及引发的焦虑,这些符号背后被置换的文化动力与投注对象,以及此符号的替代转换过程中被压抑的原初对象。同时,她也试图探讨附着于"中国符号"与"台湾图像"之上的台湾文学史论述之外的"负面书写",此一固着之外的负面书写的意义何在。

为什么要借重精神分析学来探讨历史文化问题,或者,精神分析学的分析方法具有哪些其他研究方法无法取代的切入角度与洞察力?刘纪蕙在《孤儿·女神·负面书写》与《心的变异》两本著作中都辟专章阐述了她的方法论的构成。弗洛伊德的精神分析,强调梦、病人的症状、艺术书写其实是潜意识心理欲力被压抑的变貌伪装,它通过移置、扭曲的形式出现,因此,我们面对各种文化符号或症状,它的客观指涉并不重要,其隐藏且暴露的主观心理状态才是我们要探究的真实对象。"当文化活动以创造的想象力选取特定的文化符号,如同游戏,也如同表演,此文化符号便以伪装的变形替换文化内在的欲望动力"①;"思考以及面对书写如何使我们的文化得以释放潜藏的欲望动力,透过种种转换与伪装,将欲望的冲突表演出来,则是我们研究文化符号者可以探讨的议题"②;"文化场域中的精神能量会借由文化对象物之转借投资,以及扭曲伪装的路径,寻得其意念的代表。我们的工作便是以精神分析的诠释技术,翻译文化场域意识行为与语言构筑中被扭曲的欲力,将其带到语言与意识层面,而不至于因否认而永远以不同形貌扭曲复出"③;也就是说,透过精神分析的分析方法,我们或许能够面对自身内部的真相,避免无止境的循环或固着,朝向一个更为开放的自我与文化生机。

为了探讨在文化认同的变迁过程中所引发的种种净化与推离动作,探讨族群间及族群内的敌意与冲突,刘纪蕙特别引进克里斯蒂娃有关"贱斥"的理论来尝试说明此问题。克里斯蒂娃在《恐怖的力量》中提出了"adjection"(推离、贱斥)的概念。相对于超我所亟欲认同的"对象物","推离物"则是被超我所要求,进入象征系统之前必须被不断推离的原初母体。此推离运动,如同呕吐,是一种自身系统的净化作用,透过净化的仪式,这个文化得以保全其系统之一致与正常。"所以,面对'中国'或是'台湾',依着文化认同的转向,所有对于'超我'以及对于'父亲'来说无法同化的不洁之物都需被推离,以便建构出

---

① 刘纪蕙:《孤儿·女神·负面书写》,立绪文化事业有限公司2000年版,第46页。
② 刘纪蕙:《孤儿·女神·负面书写》,立绪文化事业有限公司2000年版,第47页。
③ 刘纪蕙:《孤儿·女神·负面书写》,立绪文化事业有限公司2000年版,第48页。

同质性高的文化论述。换句话说,在象征系统之内,欲望所追求的'对象物'是架构在象征系统之内的价值体系。此对象物可以稳固个体的身份,而不至于产生认同的混乱。同时,造成身份、系统与秩序的紊乱的,破坏界限的,居于二者之间的、暧昧的、复合的状态,便是此必须被'推离'之物,或说是原初要抗拒推离母亲的挣扎。推离了母亲,拒绝了混乱,便能够进入语言,进入象征系统以及想象父亲。"①然而,这种建构集体认同所要求的划立疆界,净化清除,其中所隐藏的施虐受虐的暴力与快感,正是族群间及族群内敌意的起点。克里斯蒂娃在《没有国家主义的国度》与《我们之中的异乡人》中,讨论了"文化他者"所引发的欲望、幻想与偏见的问题。克里斯蒂娃指出此"文化他者"主观地展现了我们身份内部隐藏的面貌,而"外国人恐惧症",正说明了我们将自身的"异质元素"投射到我们可以攻击的文化他者身上并且进行阉割的心理暴力。刘纪蕙认为,在台湾当代认同结构中,"日本"/"中国"/"台湾","外省人"/"本省人"的复杂纠葛,引发台湾当代居民更为复杂多重的焦虑,"也引发了台湾居民面对岛上内部的'文化他者'更无法容忍,生怕自身的认同界限会被模糊取消或是玷污,因而采取更为防卫性的排他性攻击。暴力成为清洁内部系统的手段,攻击则是面对威胁自身身份的认同焦虑而产生的防卫性反应"②。因此,只有透彻探讨我们与"他者"以及"我们自身的陌生性"的关系后,才能使我们放弃追逐不属于此团体的代罪羔羊,执行自我的净化工作。

　　借由精神分析所带来的启示,刘纪蕙探讨了台湾艺术工作者建构台湾身份认同的两个最具代表性的象征符号:"孤儿"与"女神"。比如汪其楣自1987年至1992年的"孤儿戏剧系列",陶馥兰和林秀伟的"女神文化"舞蹈。汪其楣的"孤儿"意象来自作家吴浊流的《亚细亚的孤儿》。在《人间孤儿》系列中,汪其楣希望改写以汉族为中心的中原文化论述,而以本土多元声音取代。剧作中的对白错杂使用台湾闽南语、汉语、客家话、日语、英语等多种语言,也经常使用"原住民"卑南、布农、泰雅族等的吟唱与舞蹈语汇,显示了一种突显台湾本土文化意识的努力。然而剧中以一种集体性的召唤认同反复进行的台湾史述的仪式化演出,使得"台湾"以一种绝对的价值凌驾于有血有肉的个人之上。"《人间孤儿》剧中除了导演的历史意识与台湾认同的真诚意图之外,我们却不得不承认,这些剧场演出中的历史纲要架构过于突兀的困窘……这种编年史式的点状线性叙述,尤其使得剧中为台湾定义身份的集体历史意识膨胀而充塞整个舞台……虽然参与演出的演员都用真实姓名出现,虽然这些历史事件由不同角色念出,但是,舞台上的说话的却不是演员,不是音乐、灯光,不是空

---

① 刘纪蕙:《孤儿·女神·负面书写》,立绪文化事业有限公司2000年版,第52页。
② 刘纪蕙:《孤儿·女神·负面书写》,立绪文化事业有限公司2000年版,第57页。

间层次,甚至不是导演,而是历史。"①刘纪蕙指出:"这种诉诸集体历史意识与仪式性的认同召唤,造成舞台上类似集体催眠的效果,而原本要脱离中原论述之单一意识形态与拓展多元本土声音的企图,却掉落入另一种形式的单一扁平叙述。这种单一逻辑的论述,正是克里斯蒂娃讨论巴赫金时,所指出的与嘉年华会式多音写作相对的史诗式叙述:单一原则,单一观点,没有论述距离,根据因果之信念,泯灭任何与自身对话的可能性,因此是属于系统式的语言。汪其楣便是以这种系统式的单一逻辑,将台湾历史与台湾岛屿神圣化,召唤集体认同,并且以仪式化膜拜的方式,感动观众,而使观众一起跃入信仰的彼界。"②相对于悲情性的"孤儿",另一种更具积极性的台湾意识追求体现在"女神"形象的塑造上,诸如舞蹈家陶馥兰和林秀伟的"女神文化"舞蹈。她们借重以身体舞动操练巫术起乩的南方民间信仰,召唤女神、召唤女巫起乩,目的是要借助于边缘的俗文化以及非正统的民间文化,来脱离中原儒家传统,以施展文化新生的能力。陶馥兰和林秀伟代表了 80 年代以降台湾新文化的开展,一个具有女神孕育生机与自我更新创生的文化。然而,刘纪蕙在女神文化的追求背后,也看到了恋物固着,单一化文化论述的危险,"在这个女神文化中,以及在陶馥兰与林秀伟的理论与舞作中,我们却也同时看到一个反向的恋物窒碍:企图以堆塑神龛、凝结女神形貌、集体崇拜的神圣化仪式,来固定住这个文化的论述结构"③;"八零年代中期以降,台湾新文化试图展开一个具有女神孕育生机与自我更新创生的文化,以脱离孤儿文化;然而,在建立本土文化的同时,却难免不企图凝结女神形貌、堆塑神龛、进行集体崇拜的神圣化仪式。这种父权体系内为了巩固系统而固定文化论述结构的行动,展现出恋物窒碍的困境;也就是说,'女神文化'在展开的同时,亦被恋物固着、凝止于神龛之上而失去生命动力"④。刘纪蕙指出,这种内在的两难呈现于台湾当前文化论述场域的各个层面。

在"台湾文学史"的书写场域,这种抗拒——固着的冲动亦同时存在。"后殖民"论述在当前台湾文学史述的流行就是一例。这种以西方/中国和本土的对立轴引发的文学史叙述,将众多不能纳入台湾认同框架的文学排除在外,刘纪蕙因此试图探讨被排除在国族认同、写实主义之外的现代主义的"负面意识书写",探究其所流露出的多重异质的台湾经验与本土意义。

为什么台湾的文学史如此抗拒现代主义,刘纪蕙认为:"以国族论述为后

---

① 刘纪蕙:《孤儿·女神·负面书写》,立绪文化事业有限公司 2000 年版,第 74~77 页。
② 刘纪蕙:《孤儿·女神·负面书写》,立绪文化事业有限公司 2000 年版,第 79 页。
③ 刘纪蕙:《孤儿·女神·负面书写》,立绪文化事业有限公司 2000 年版,第 144 页。
④ 刘纪蕙:《孤儿·女神·负面书写》,立绪文化事业有限公司 2000 年版,第 145 页。

盾的现代性,与个人化偏离系统的现代主义发生了无法弥合的裂隙。写实主义作家紧紧守住写实原则的方式,迈向国族建构的大道,排斥所有外来的异己之物,遮盖过去曾经发生的'深刻化的混沌'与'杂音',推离语言的多种实验,反而砌塑了另一种僵化的现实体制。现代性的必要加上以进化论与系统论来筛选文学史,则使得个人化而多元'异常'的文学创作被规律在正统之外而须被推离与净化。台湾文学的'正常'是所谓的'新文学运动',此'新文学运动'无法放弃写实身份政治,文学创作以国族立场与本土精神为前提,而无法尝试接纳异己的他者经验与翻转现实的形式实验,使得从语言改革为起点的台湾新文学,转变为民族意识高昂与改革文化的社会写实运动。台湾现代文学场域中反复出现的这种意识形态矛盾,揭露了企图依附父祖而推离自身/异己的恐个人化现代主义之症状。"① 然而,刘纪蕙指出,正是企图逃逸、偏离组织化的"精神分裂",具有挑战语言与社会秩序的革命性的潜力。从30年代杨炽昌的"异常为"书写,40年代银玲会诗人林亨泰的超现实主义,50年代纪弦"横的移植",以至于80年代、90年代林耀德的后现代暴力书写,其语言实验背后的政治目的如出一辙,"表面上这些现代主义诗人借着西方与现代来批判本地的抒情与写实传统,实质上是借现代主义而展现种种对抗意识形态的政治抗拒"②;"语言革命的颠覆力绝不仅仅在于形式,而必然延展深入语言背面的意识形态批判以及社会体制"③。

讨论了相对于组织化而集中统一的"正常"模式的"变态意识",刘纪蕙在《心的变异:现代性的精神形式》中又反过来探讨有关"正常"——现代性国家主义的问题:朝向"国家"的固着而引发的种种法西斯心态与症状。她在该书的开篇即提出她所要探讨的问题:"我在近几年的研究中,持续提出的问题是:中国与台湾二十世纪初期现代化过程中,'心'为何脱离生生不息、流变万端的活泼状态,发生变异,并且僵化固着于某一特定对象,例如国家?'心'如何被层层繁复的语言所构筑模塑,引导组织其欲望路径,甚至因而激动、昂扬、悲壮,或因国家之痼癖而承受'心之创伤',或是嫌恶他者而义愤填膺、亟欲除之而后快?"④ 这种为了弥补现代性线性史观的落后与创伤匮乏,而迫切朝向现代国家,以国家的整体形式作为欲望对象,以国家作为遮蔽创伤的恋物对象的状况,使得心脱离了流变万端的活泼状态而黏着于国家,这就是刘纪蕙所说的"心的变异"。刘纪蕙也持续运用精神分析的方法来探讨此问题:"弗洛伊德反

---

① 刘纪蕙:《孤儿·女神·负面书写》,立绪文化事业有限公司2000年版,第160页。
②③ 刘纪蕙:《孤儿·女神·负面书写》,立绪文化事业有限公司2000年版,第181页。
④ 刘纪蕙:《心的变异:现代性的精神形式》,麦田出版社2004年版,第9页。

复说过:我们能够直接观察到的心理过程,就是其意识性。但是,不是从其'指向性'切入,而需要从含有无意识衍生物之处入手。这种说法对我是很有启发的。因为意识行为与语言构筑是我们研究文化现象唯一的切入点,不过,当我们观察意识行为,我们面对的其实却时常是此意识行为背后的非理性动机,或是此意识语言无法命名而已经消音之处。要如何面对经过转折投注而替代形成的文化行为与文字构筑,探知其中以结构的方式持续起作用的动力模式,以及其中的断裂与矛盾,便是精神分析文化研究的重要工作。"①

刘纪蕙选择了几个症状性的文本来展开她对20世纪前半叶有关中国与台湾的现代性、历史创伤、崇高主体与国家神话问题的探究。比如有关厨川白村的翻译所表达的"心伤"以及企图弥补追赶落后而生的欲望或生命冲击力;创造社所主持的几份"左"倾刊物的视觉图像所隐藏的论述模式;郭沫若关于"门"的诗歌与30年代上海联华电影公司的电影《国风》《大路》所包蕴的组织集结动力与集体妄想症;台湾"皇民化"时期对于"心"的改造的国家神话工程等。刘纪蕙指出这些中国大陆二三十年代,以及台湾三四十年代对于新秩序与新生活的乌托邦式想象,或是生活艺术化的要求,皆具有内在的法西斯冲动以及政治美学化的模式。现代主义被排拒的原因也正在此:"我们也注意到,在国家主体受到威胁之际,此时代焦虑成为一个基本的发言位置。因此,并不是'文以载道'或是'现代化'造成中国现代文学与文化论述场域远离现代主义的实验,而是国家主体展开形式化的过程所使然。这种急切追寻国家主体与新秩序的动力,使得个人放弃眼前之直接对象,压抑个人之私人欲望,转而投注于集体的欲望对象;同时,无法有效生产、不属于健康进步的异质物,便必须被排除于'正常模式'之外。这就是为何反组织化、反僵化政治身份的现代主义文学艺术,成为现代化与国家主义形式化过程中所不容的异端。"②

刘纪蕙关于国家主义与现代主义问题的论述,为人们提供了一个从精神分析的后设心理学层面进入的角度。她对于精神分析学的深入理解与运用于本土文化场域观察的能力为我们提供了一个西方理论如何挪用、落实于本土文化现实分析的良好范例。

第十一节　范铭如:从女性到空间

台湾女性主义文学批评自1980年代发酵成长,进入21世纪已蔚为台湾

---

① 刘纪蕙:《心的变异:现代性的精神形式》,麦田出版社2004年版,第12页。
② 刘纪蕙:《心的变异:现代性的精神形式》,麦田出版社2004年版,第302页。

文学批评的大宗,然而正如邱贵芬所言:令人略感遗憾的是,迄今为止并没有一本专门的台湾女性文学史著。在这个意义上,范铭如出版于 2002 年的《众里寻她:台湾女性小说纵论》可说是较具史观意识的台湾女性小说专论。

范铭如,1964 年生,台湾嘉义人。"中国文化大学"中文系文艺创作组学士,美国威斯康星大学麦迪逊分校东亚文学系博士。曾任淡江大学中文系教授、淡江大学中国女性文学研究室主持人,台北大学中文系教授、主任,现任政治大学台湾文学研究所教授。主要著作有《众里寻她:台湾女性小说纵论》(2002)、《像一盒巧克力:当代文学文化评论》(2005)、《大头崁仔的布袋戏》(2006)、《文学地理:台湾小说的空间阅读》(2008),主要编著有《岛屿妏声:台湾女性小说读本》(2000)、《挑拨新趋势:第二届中国女性书写国际学术研讨会论文集》(2003)等。

范铭如的《众里寻她:台湾女性小说纵论》是纵论台湾女性小说的研究专著,对女性文学在台湾文坛的嬗递有较为系统整体的探讨。书中共收论文 8 篇,从 1950 年代一路探讨到 1990 年代。其中《台湾新故乡》和《我行我素》反驳了一般评论家视台湾五六十年代的文学除"反共"怀乡外无其他主题的观点,指出这一时期其实是台湾女性文学发展的第一个"黄金期";由于战后国民党在台湾推行"国语政策",很多日据时期的台湾本土知识分子由于语言能力的限制,逐渐退出台湾文学舞台,台湾文坛此时是处于真空的状态,而刚好大陆来台的外省女作家有良好的汉语基础,很多人受过良好的高等教育,因而抢攻了台湾文坛的位置,遂使女性作家凸显。《现代主义女作家》则在 60 年代现代主义文学的通行研究之上加入了两个参考因素:"省籍"与"性别",诸如施叔青、李昂这样的本省籍女性作家,从现代主义汲取又增添了什么,是该篇论文探讨的主题。六七十年代台湾涌动着出国移民的"美国梦",於梨华的《又见棕榈,又见棕榈》是反映这一潮流颇具代表性的海外移民小说,该书也分析了六七十年代的海外女性小说中的现代化话语、民族认同与性别之间的复杂纠葛。《由爱出走》则探讨了台湾 1980 年代女性文学的繁荣盛景,尤其是此一时期屡获两大报文学奖,被归类为"闺秀文学"的女性作家群。此一时期的女性小说于"爱情"多所着墨,新一代女作家对于"爱情"的描述、想象与前辈的女作家之间有着怎样的传承、反叛与对话关系,在这二十年间,因应台湾政治经济文化的结构性变革,女性作家如何琢磨出相应的叙事形式与内容,是范铭如这篇论文的重心。在《90 年代的女性通俗文类再造》里范铭如讨论了女性创作的武侠小说与武侠言情小说,试图发现女性作家突破传统通俗文类的性别限制的方法,偷渡女性意识,重新打造通俗文类的可能性。该书的收官之作《从强种到杂种》规模最为宏大,从早期的五四女性小说谈到当代两岸的女性小说,探讨女性与国族之间的爱恨纠缠,综观中国现代化一世纪里女性思索民族性与全球化的轨迹，时有洞见。未来得及收入此书，发表于《中国女性文学研究室学刊》的《新文学女作家小史》，范铭如更是以一己之力，对于中国现当代，包括海峡两岸女性文学的发展进行了全面的概述。

在女性文学研究耕耘多年后，范铭如于近年又开辟出新的研究领域：空间与文学研究。鉴于传统文学研究多半偏于"时间"范畴，范铭如意欲补充"空间"思考于文学研究的启发性。近三十年来，空间理论在西方学术界方兴未艾，传统的空间概念在许多理论家的重新探讨与界定下产生了质变，诸如福柯的"异质空间"、列斐伏尔的"空间的生产"、哈维的"时空压缩"、索雅的"第三空间"等皆提出了有关空间新的分析范畴，因此也提供了文学批评从空间理论汲取养分的可能。

何谓空间阅读法？范铭如解释说："空间阅读法的意义在于凸显长期以来文学批评以时间（事件及人物）演变为阅读中心的盲点，在文本的情节与角色的历时性发展之外，特别留意角色（甚或作者）在社会空间结构里的文化位置，以及每一次主体在文本内外空间的遭遇经验对于后续情节推展的影响。在原本的线性（时间）阅读之中，置入（空间）点状阅读，全面性地解读出暗藏在文化地理里的符码。"①在《文学地理：台湾小说的空间阅读》中，范铭如将她的空间批评实践分为三类：第一类是文本里的空间，探讨文本中空间的象征意义或被描述的策略。《两岸·女性·酒吧里的愿景》分析了两岸女性小说对于酒吧的再现以及背后所折射的对于全球化的拥抱与抗拒。《放风男子与儿童乐园》注意到近年来一些台湾男作家所发展出的一种在固定地点让时间循环的叙事模式。借由巴赫金的"时空型"概念，范铭如探讨了这种新近发展出的特殊叙事模式如何将当代社会关系与性别权力的转变投射到对空间与时序的幻想上。在《另眼相看——当代台湾小说的鬼/地方》中，通过王家祥和李昂这两位作家，范铭如观察到当代小说家以灵异故事介绍不同历史空间的新颖手法，借着鬼魂，再现地图上被刮除、涂抹、缺漏的遗迹。空间批评的第二类是比较空间与空间、地区与地区之间，观念、文化和文学创作上的异同或关联。在《京派·伍尔芙·台湾首航》，范铭如梳理了30年代凌叔华与伍尔芙的书信往来，以及两位"凌迷"——张秀亚和林海音在1970年代台湾译介伍尔芙《一间自己的房间》的过程，试图落实女性主义在台湾的在地脉络，理解台湾在第二波妇运之前女性文学及女性文学批评的特色。《逃离与依违——〈何日君再来〉的空间、饮食与文化身份》则以女性小说家平路的小说《何日君再来》为例，探讨女性的空间移动、越界与固有的文化身份之间的逃离与皈依，家族、国族与女性主体千丝万缕的牵绊。空间批评的第三类：文本与空间性，是近十年来在英美学界

---

① 范铭如：《文学地理：台湾小说的空间阅读》，麦田出版社2008年版，第28～29页。

发展起来,也是范铭如在此书中最想尝试运用的空间理论文学批评的新面向。空间性,或说组织空间的内在社会人文特性,既有地理学物质形式上的基础,也有人文象征介入构成的因素。文本的生产与再生产在空间性的形塑过程中扮演一定的角色,空间性的构成亦会对文本里的空间再现和文学生态造成作用。"本书所指称的空间阅读即是研究不同范畴形状功能的空间——包括抽象概念上、大范围的'空间'和范围较小且具有亲近、明确性和认同特性的'地方',以至于尺度较小、形廓更具体的区域、乡镇、城市、社区、家园、自然界及聚落建筑种种景观,如何影响作者和读者对空间的认知与再现,文本与各历史时代的空间性之间如何呼应、协商或对抗,以及这些关系如何反映于空间的叙事模式。"①循此路径,范铭如在《七零年代乡土小说的"土"生土长》《本土都市——重读八零年代的台北书写》中分析了台湾"乡土"与"城市"空间与文本生产之间的关系,《当代台湾小说的"南部书写"》探讨"地方"感的形塑与文学书写、再现之间的复杂关系,《后乡土小说初探》则讨论新一代小说家在"后学"认识框架下再现台湾"乡土"的矛盾暧昧。

从女性文学批评转向空间批评,范铭如坦言是她个人研究兴趣的偶然,两者并无必然的关联。然而两者皆具批判理论的激进潜能,正如范铭如的老师、著名的女性主义理论家苏珊·弗瑞蒙(Susan Stanford Friedman)在《图志:女性主义与接触的文化地理学》中运用空间观念去考察探讨女性主义的地缘政治学,以期开启、激发女性空间的革命可能。女性主义与空间理论的联结,女性主义文学批评与空间阅读法的拓展仍然大有可为。

本章参考文献

子宛玉:《风起云涌的女性主义批评》,谷风出版社1988年版。
郑明娳:《当代台湾女性文学论》,时报文化出版企业1993年版。
钟慧玲:《女性主义与中国文学》,里仁书局1997年版。
张小虹:《性/别研究读本》,麦田出版社1998年版。
梅家玲:《性别论述与台湾小说》,麦田出版社2000年版。
邱贵芬:《日据以来台湾女作家小说选读》,女书文化事业有限公司2001年版。
欧阳子:《王谢堂前的燕子》,尔雅出版社1976年版。
龙应台:《龙应台评小说》,尔雅出版社1985年版。
钟玲:《现代中国谬司:台湾女诗人作品析论》,联经出版社1989年版。

---

① 范铭如:《文学地理:台湾小说的空间阅读》,麦田出版社2008年版,第35页。

李元贞:《女性诗学:台湾现代女诗人集体研究》,女书文化事业有限公司2000年版。

张小虹:《后现代/女人:权力、欲望与性别表演》,时报文化出版企业1993年版。

张小虹:《性别越界:女性主义文学理论与批评》,联合文学出版社1995年版。

何春蕤:《豪爽女人:女性主义与性解放》,皇冠文学出版社1994年版。

邱贵芬:《仲介台湾·女人:后殖民女性主义的台湾阅读》,元尊文化企业1997年版。

邱贵芬:《后殖民及其外》,麦田出版社2003年版。

施淑:《两岸文学论集》,新地文学出版社1997年版。

刘纪蕙:《孤儿·女神·负面书写》,立绪文化事业有限公司2000年版。

刘纪蕙:《心的变异:现代性的精神形式》,麦田出版社2004年版。

范铭如:《众里寻她:台湾女性小说纵论》,麦田出版社2002年版。

范铭如:《文学地理:台湾小说的空间阅读》,麦田出版社2008年版。

附录　台湾女性文学大事记

1862 年

福建金门人林豪来台,与林占梅共同发起成立"潜园吟社",应聘担任林占梅侧室杜淑雅的西席,促成了目前所知台湾本土最早知名女性古典诗人的出现。杜淑雅存诗仅一首《春日居园》。

1884—1887 年

基督教传教士为培养女性传导者,于 1884 年和 1887 年创办"淡水女学堂""新楼女学校",开启台湾现代女子教育的历史先河。

1895 年

3 月,《马关条约》签订,台湾进入日据时期。

1896 年

总督府在台湾各地开设"国语传习所"及"国语学校",推行日语。

1897 年

10 月 3 日,林次湘于《台湾新报》发表诗作《读红楼梦吊林黛玉》《读镜花缘有感》等,林次湘为台湾第一位公开发表诗作的女诗人。

是年,国语学校第一附属学校女子分校场成立,开启台湾本省女子的中学教育。

1898 年

日当局令台湾各地"公学校"设立传授日语的"速成科",并要求汉书房增设日语科目。

1911 年

2 月 28 日—3 月 13 日,梁令娴随父梁启超来台,作《侍大人游台湾,集雾峰庄林氏莱园,分韵得"举"字》。

1920 年

7月7号,《台湾青年》于东京创刊,台湾新文化运动遂兴起。

1922 年

4月10日,《台湾青年》改名为《台湾》。

蔡旨禅、蔡月华等12人组织创立莲社,成立台湾首个纯由女性组成的诗社。

1923 年

1月1日,黄呈聪、黄朝琴等人首先在《台湾》汉文栏上提倡白话文。

1923—1928 年

张丽云、玉鹃、玉梅、紫鹃等女作家以《台湾青年》《台湾民报》为阵地,发表大量抨击时弊的杂文,批判传统汉儒礼教,激励女子解放。

1925 年

彰化妇女共励会成立,是为台湾最初的妇女团体。

1928 年

叶陶担任农民组合的妇女部长。

1929 年

叶陶、杨逵夫妇被捕。

1930 年

石俪玉邀集台南闺秀创立秀英吟社,在当时享有盛名。

1931 年

私立台北女子高等学院成立。

1934 年

6月15日,张碧华于《福尔摩沙》发表日语小说《新月》。

11月5日,张碧渊于《台湾文艺》创刊号发表日语小说《罗曼史》。

1935 年

12 月 28 日,杨逵、叶陶夫妇成立台湾新文学社,独资创办《台湾新文学》杂志,其创刊号发表黄宝桃日语小说《人生》。

本年间,叶陶于《台湾新闻文艺栏》发表日语诗作《病儿》。

1936 年

2 月 6 日,叶陶于《新文学月报》发表日语小说《爱的结晶》。

4 月 20 日,黄宝桃于《台湾文艺》发表日语小说《感情》。

8 月,黄宝桃于《台湾文艺》发表日语诗歌《诗手》《故乡》。

1937 年

1 月,《台湾新民报》被迫废止中文版。

4 月 1 日,台湾所有学校和大众传媒都被禁用中文,强制推行日语。

1939 年

5 月 19 日,日本宣布对台湾实行"皇民化统治"。

1941 年

杨千鹤进入《台湾日日新报》报社工作,担任家庭文化版的记者,被认为是台湾第一位女记者。

日本学者金关丈夫创办《民俗台湾》杂志,提出从"日常生活所产生的意识感情"中探索台湾民俗,影响了当时的台湾女性散文的文体、写作视角及主题,即多以平实简短的叙述体散文,书写台湾传统生活,产生了如黄凤姿、杨千鹤、张美惠等作家。

1942 年

7 月 11 日,杨千鹤于《台湾文学》发表日文小说《花开时节》。

10 月,赖雪红于《台湾文学》发表日文小说《夏日抄》。

1943 年

4 月,私立台北女子专门学校成立。

1944 年

辜颜碧霞自费出版长篇日文小说《流》,此作品为日据时期唯一一部女性创作的长篇小说。因小说影射了辜氏家族的隐秘,引起辜显荣震怒,遂将所有刊本收购并销毁,致使市面上几无流通,直至1999年4月方重见天日。

1945年

8月15日,日本无条件投降,第二次世界大战宣告结束,台湾回归祖国。
10月25日,《台湾新生报》创刊,此为光复后第一家报纸,有半版为汉文。

1946年

10月25日,台湾当局废除报刊的日文版。

1947年

2月28日,台湾发生"二二八"事件。

1948年

11月,林海音携家人一同回到故乡台湾。

1949年

3月13日,"中央日报""妇女与家庭"版创刊,女作家武月卿任主编。
5月20日,台湾颁布"戒严令",宣布全省"戒严"。
5月,琦君跟随国民党当局迁台。
6月,李曼瑰跟随国民党当局迁台。
11月,胡适、雷震创办《自由中国》杂志,聂华苓成为该社唯一的女编辑。

1950年

3月1日,"中华文艺奖金委员会"成立,主任委员张道藩。
5月4日,"中国文艺协会"成立,陈纪莹任主席。
6月1日,《军中文摘》创刊,女作家王文漪任主编。
7月1日,《中华妇女》月刊创刊。

1951年

1月,徐钟佩散文集《我在台北》由重光文艺出版社出版。
4月,艾雯散文集《青春篇》由启文出版社出版,被誉为"文化沙漠的年代的第一本散文集"。
7月,钟梅音散文集《冷泉心影》由重光文艺出版社出版。
9月16日,《联合报》创刊。

10月,女作家苏雪林由法国至台。

1952年

1月,潘人木长篇小说《莲漪表妹》由文艺创作社出版。

6月,张秀亚散文集《三色堇》由重光文艺出版社出版。

8月,蓉子的诗歌《缪斯》发表于纪弦主编的《诗志》第一期,成为台湾现代女诗人中发表作品最早的一位。

本年间,张漱菡长篇小说《意难忘》由畅流半月刊社出版。

1953年

1月,郭良蕙自费出版短篇小说集《银梦》。

2月1日,《现代诗季刊》创刊,纪弦任主编及发行人,至1964年2月1日停刊。

7月,《台湾省"戒严"期间新闻纸杂志图书管制办法》颁布,孟瑶长篇处女作《心园》由畅流半月刊社出版。

8月1日,"中国青年写作协会"成立。

10月,由台湾妇女会印行的《台湾妇女通讯》创刊。

11月1日,女作家林海音接编联合报《联合副刊》。

11月,蓉子诗集《青鸟集》由中兴文学出版社出版,蓉子由此被誉为台湾诗坛上"永远的青鸟"。

12月,琦君的第一本书散文、小说合集《琴心》由国风出版社出版。

1954年

1月15日,《文艺月报》创刊,虞君质主编,"中国新闻出版公司"印行。

1月25日,《皇冠杂志》月刊创刊,平鑫涛等主编。

1月,张秀亚小说集《七弦琴》由大业书店出版。

3月29日,《幼狮文艺》创刊,由台湾"中国青年作家协会"主办。

7月26日,"文协"发起"文化清洁运动"。

10月10日,《妇女》月刊于台北市创刊,由国民党"中央妇女工作会"主办,王文漪任主编;《创世纪》诗刊于左营创刊,洛夫、张默、痖弦主编,1969年1月停刊。

12月,郭良蕙短篇小说集《禁果》由台湾书局出版,谢冰莹散文集《爱晚亭》由三民书局出版。

1955年

1月,台湾当局开展"战斗文艺"运动。

5月5日,"台湾省妇女写作协会"成立,成立当日即于台北举行成立大会及第一届年会,会议由筹备会发起人苏雪林主持。

6月16日,台湾省妇女写作协会召开第一次文艺座谈,邀请罗家伦主讲《写作的理论》。

8月,苏雪林散文集《归鸿集》由畅流半月刊社出版。

10月10日,文坛社出版"战斗文艺丛书"共十种,包括心蕊的散文集《葡萄园》,琰如的短篇小说《长相忆》,徐钟佩的翻译小说《不能征服的人》。

1956年

1月9日,"中国青年写作协会"举办"1955年度台湾青年最喜阅读文艺作品测验",选出青年最喜阅读的小说、散文、诗歌、剧本各十部。四大体裁中除诗歌没有女性的作品外,其他则多见女作家身影。

1月15日,由纪弦创导的"现代派"在台北宣布成立,提倡横的移植,共有四位女诗人蓉子、李政乃、张秀亚、林泠参加。

2月,李曼瑰所编历史剧《汉宫春秋》于台北新世界戏院上演,缔造了台湾剧场史上连演四十五天四十九场满座的纪录。

4月,《妇女创作集》第一辑,由台湾省妇女写作协会编辑出版。

8月,张漱菡长篇小说《七孔笛》由大业书店出版。

9月20日,《文学杂志》月刊于台北市创刊,夏济安任主编,1960年8月停刊。

12月,张秀亚诗集《水上琴声》由乐天出版社出版。

1957年

1月1日,《今日新诗》创刊。

1月,《蓝星》月刊创刊。

1月15日,"现代派"诗人第二届年会在台北举行,女诗人林泠获"现代诗奖"。

11月1日,《人间世》月刊创刊。

11月5日,《文星杂志》月刊于台北市创刊。

12月,钟梅音小说集《迟开的茉莉》由三民书局出版。

1958年

12月10日,《蓝星诗页》创刊。

1959年

3月,孟瑶长篇小说集《乱离人》由明华书局出版。

5月5日,《妇女创作集》第三辑,由台湾省妇女写作协会编辑出版。

7月,苏雪林在《自由青年》上发表《新诗坛象征派创始者李金发》,对当前新诗有所批评,覃子豪回应《论象征派与中国新诗》,苏雪林又发表《为象征诗体的争论敬答覃子豪先生》,覃子豪又回以《简论马拉美,徐志摩,李金发及其他——再致苏雪林先生》。

12月20日,纪弦交出《现代诗》编务,以他为核心的"现代派"至此遂告瓦解。

12月,孟瑶长篇小说《黎明前》由长城出版社出版,林海音长篇小说《晓云》由红蓝出版社出版。

1960 年

3月5日,《现代文学》双月刊创刊,陈若曦等任主编,常撰稿的女作者有欧阳子、丛苏等。

5月4日,"中国文艺协会"在台北市实践堂举行成立十周年纪念大会及第十七次会员大会,并颁发该会创设的"中国文艺协会文艺奖章",在第一届获奖者中,张秀亚获得散文奖。

5月29日,孟瑶长篇小说集《荆棘场》由力行书局出版。

7月,林海音长篇小说集《城南旧事》由光启出版社出版。

8月,《文学杂志》停刊,童真小说集《黑烟》由明华书局出版。

9月1日,教育广播电台《文艺橱窗》开播,由刘枋主持。

9月4日,《自由中国》杂志发行人雷震,涉嫌叛乱,被提起公诉。

9月20日,孟瑶小说集《小木屋》由作品出版社出版。

9月,《自由中国》半月刊停刊,共出版二十三卷五期,聂华苓被监视。

10月10日,《蓝星诗页》第二十三期刊出"女诗人专号",收入蓉子、王渝、罗英、张秀亚等十一家的诗,附有《自由中国的女诗人》介绍文。

10月,李曼瑰组织"三一戏剧艺术研究社"(即"三一剧艺社"),仿效欧美小剧场的做法,举办话剧欣赏会。

11月,李曼瑰主持的"小剧场运动推行委员会"成立。

12月,严友梅小说集《阚多先生》由民间知识社出版。

1961 年

1月20日,张默、痖弦等合编的国民党迁台后第一本诗人作品选集《六十年代诗选》由创世纪诗社出版,林泠、夐虹两位女诗人入选。

3月,《妇女创作集散文选集》由台湾省妇女写作协会编印发行。

5月10日,"中国新诗"创刊。

6月15日,《蓝星季刊》创刊,主编覃子豪。

7月1日,"全国第一次文艺会谈"揭幕,至7日结束。

10月,台湾"教育部"成立"台北话剧欣赏演出委员会",李曼瑰任主任。

本年间,聂华苓长篇小说《失去的金铃子》由台湾学生书局出版,施叔青于《现代文学》发表处女作《壁虎》,陈若曦于《现代文学》第十期发表小说《最后夜戏》,罗英与沉冬由现代诗社出版诗合集《玫瑰的上午》。

1962年

2月23日,"中国文艺协会"马祖访问团一行31人,由谢冰莹任团长,赴马祖前线访问五天。

5月4日,"中国文艺协会"在台北市艺术馆举行成立十二周年大会及第十九次会员大会,并颁授第三届"中国文艺协会文艺奖章",潘人木获得小说奖。

5月,张秀亚散文集《北窗下》由光启出版社出版。

7月15日,《葡萄园》诗刊创刊。

9月,郭良蕙长篇小说《心锁》由大业书店出版。

12月1日,台湾电视公司《艺文学苑》开播,主持人方瑀。1963年更名为《艺文夜谈》,主持人钟梅音,是第一个介绍作家的电视节目。

12月27日,"第一届亚洲作家会议"在菲律宾马尼拉举行,由团长罗家伦率领,参加的女作家有李曼瑰。

本年间,李曼瑰于"中国文化学院"创立戏剧电影研究所和戏剧系,出任所长、系主任。

1963年

1月1日,郭良蕙长篇小说《心锁》被台湾省新闻处查禁。

1月22日,1962年度"教育部"文艺奖金评定,孟瑶等三人得奖。

2月10日,《现代诗》创刊,于1964年2月1日停刊。

3月,苏雪林著《评两本黄色小说〈江山美人〉与〈心锁〉》发表于《文苑》第2卷第4期。

4月,朵思诗集《侧影》由创世纪诗社出版。

5月4日,"中国文艺协会"在台北市实践堂举行成立十三周年大会及第二十次会员大会,并颁授第三届"中国文艺协会"文艺奖章,琦君获得散文奖。

5月,王集丛著《郭良蕙〈心锁〉问题与文协年会声明》发表于《政治评论》第10卷第6期,郭良蕙被文协除名。

6月,童真第一部长篇小说《爱情道上》由大业书店出版。

7月,罗兰散文集《罗兰小语第一辑》由文化图书公司出版。

9月25日,文星书店第一批文星丛书出版,包括林海音短篇小说集《婚姻的故事》、聂华苓短篇小说集《一朵小百花》、於梨华小说集《归》。

10月18日,李曼瑰代表作《楚汉风云》公演。

本年间,因《联合报》副刊刊登一首被认为影射台湾当局的诗,作者遭逮捕,林海音被迫离开《联合报》。

1964年

4月1日,《台湾文艺》创刊,由吴浊流独资创办。

4月25日,文星书店第四批文星丛书出版,包括徐钟佩散文《多少英伦旧事》,钟梅英《十月小阳春》等。

5月4日,"中国文艺协会文艺奖章"颁奖,琦君《烟愁》获得散文奖。

6月14日,《蓝星》年刊出版,由罗门、蓉子主编。

6月15日,《笠诗刊》创刊。

10月,琼瑶在台北皇冠出版社出版了长篇小说《窗外》,一举成名。

11月12日,"中国青年诗人联谊会"成立。

11月23日,《中国新诗》创刊,由"中国青年诗人联谊会"出版。

11月24日,"第二届亚洲作家会议"在泰国曼谷举行,参加代表中有女作家徐钟佩。

本年间,聂华苓离开台湾前往美国定居。

1965年

1月1日,《剧场》季刊创刊。

4月18日,林海音作为美国国务院"认识美国"计划所邀请的第一位台湾女作家赴美访问。访问的四个月间,她将随行的点点滴滴记录下来,先后在台湾的刊物上发表,如《中国作家在美国》《辛酸餐馆泪——罗拔·蔡是吃角子老虎》,后结集成《作客美国》一书出版。

4月,林海音短篇小说集《烛芯》由文星书店出版。

5月4日,"中国文艺协会"在台北市中山堂举行成立十五周年大会及第二十二次会员大会,并颁授第六届"中国文艺协会文艺奖章",艾雯获得散文奖。

5月5日,台湾省妇女写作协会在台北市举行第十一届年会及庆祝成立十周年,并举行"妇协成立十年成果展览"。

5月9日,台湾省妇女写作协会应韩国女苑杂志社邀请,由谢冰莹、潘琦君、王蓉芷三人组织"中国女作家大韩民国访问团"赴韩访问。

5月，张秀亚散文集《曼陀罗》由光启出版社出版。

6月，繁露主编《女作家散文集》，由时代生活出版社出版。

9月，胡品清诗集《人造花》由文星书店出版。

12月1日，《前卫》杂志创刊，以提倡现代艺术为主。创刊号的作者中，文学部分有蓉子、胡品清等女作家。

1966年

1月，胡品清小说诗歌散文合集《梦的船》由皇冠出版社出版。

2月23日，女作家刘娟翔当选第一届十大杰出女青年。

3月，"中国文艺协会"、"中国青年写作协会"、台湾妇女写作协会等文艺作家150人，于台北市三军军官俱乐部举行青年节文艺界联欢会。

6月10日，为纪念国父孙中山先生百年诞辰，中山文艺创作奖正式成立。

6月12日，第二届嘉新新闻奖文艺创作奖于台北市中山堂举行颁奖典礼，钟梅音《海天游踪》获得报道文学奖。

8月25日，文星书店出版一系列青年作家的散文及小说作品。其中不乏女作家的作品，散文集有张晓风《地毯的那一端》，小说集有刘静娟《载走和载不走的》、康芸薇《这样好的星期天》、江玲《坑里的太阳》。

10月10日，《文学季刊》创刊。

11月12日，第一届中山文艺创作奖于台北市"国宾大饭店"举行颁奖典礼，小说组繁露《向日葵》、散文组张秀亚《北窗下》获奖。

11月17日，台湾省妇女写作协会与妇女月刊社于妇女之家联合举办座谈会，就妇女立场讨论如何展开中华文化复兴运动。

12月7日，《幼狮文艺》月刊于台北市"中国大饭店"举行"新诗往何处去"座谈会，女诗人蓉子参加。

本年间，女作家陈若曦夫妇由美国前往中国大陆定居。

1967年

1月1日，《纯文学》月刊创刊，由林海音任发行人兼主编。

1月，谢冰莹的《作家印象记》由三民书局出版。

4月29日，剧作家庞宜安当选第二届十大杰出女青年。

5月4日，第八届"中国文艺协会"文艺奖章于台北市举行颁奖典礼，童真获小说创作奖。

5月14日，"中国文艺协会""中国青年写作协会""中国妇女写作协会"等各诗社代表，于台北市"中国文艺协会"召开"庆祝1967年度诗人节筹备会"，并决定成立"中国新诗学会"。

5月,台湾政治大学主办"文学座谈会",由尉天聪、张秀亚、余光中分别主持小说、散文和新诗的座谈。

6月25日,文星书店继续推出一系列青年作家作品集,包括欧阳子的《那长头发的女孩》,林文月的古典文学论集《澄辉集》。

7月15日,第三届嘉新文艺创作奖于台北市"统一饭店"举行颁奖典礼,於梨华《又见棕榈,又见棕榈》获奖。

10月8日,《幼狮文艺》于台北市美而廉举行"谈翻译问题座谈会",与会作家中有女作家刘慕沙、沉樱、胡品清等。

11月11日,第二届中山学术文艺奖于台北市中山堂举行颁奖典礼,散文组张晓风《地毯的那一端》获奖。

本年间,李曼瑰发起成立"中国戏剧艺术中心",从事戏剧组训、联络、出版等活动。

1968年

5月4日,"中国文艺协会"十八周年纪念暨第九届"中国文艺协会"文艺奖章举行颁奖典礼,蒋芸获散文类奖。

6月,旅美女作家吉铮在美国旧金山自杀身亡,年仅31岁。吉铮,1937年生,河北深泽人,著有小说集《孤云》《拾乡》《海那边》等。《纯文学》月刊第21期刊登"吉铮女士特辑"。

7月,敻虹第一本诗集《金蛹》由蓝星诗社出版。

8月20日,剧作家陈小红获选第三届十大杰出女青年奖。

9月1日,"中国时报"创刊,原名《征信新闻报》。

11月11日,第三届中山文艺奖评选,散文组钟梅音《海天游踪》获奖。

12月10日,纯情文学出版社于台北市成立,由林海音主持。

12月,李昂于"中国时报"发表处女作小说《花季》。

本年间,叶曼出任《妇女杂志》总编并主持了20多年的《叶曼信箱》,为广大读者特别是女性读者提供情感和生活疑难的咨询与解答;李曼瑰姐弟成立李圣质先生夫人宗教剧征选委员会,设立"李圣质先生夫人天主教剧本创作奖金",张晓风凭《画》一剧获征文首奖。

1969年

4月20日,台湾省妇女写作协会改组为"中国妇女写作协会"。历任总干事为刘枋、姚宜瑛、邱七七。

5月10日,"中国妇女写作协会"于台北市自由之家举行女作家座谈会。

5月20日,"中国青年写作协会"台北师专分会于该校会议室举行文艺座谈会,参与座谈的女作家有钟梅音。

7月1日,女诗人陈敏华主持台湾电视公司《艺文夜谈》栏目。

7月20日,"吴浊流文学基金会"成立。

7月21日,"中华民国笔会"于台北市妇女之家举行会员大会,推选林语堂为新任会长。

7月,张秀亚短篇小说集《那飘去的云》由三民书局出版。

8月25日,第一届世界诗人大会于菲律宾马尼拉举行,由诗人钟鼎文、纪弦、林绿、罗门、蓉子、陈敏华、绿蒂等7人代表出席。其中,女诗人陈敏华获纪念金牌,罗门、蓉子夫妇获第一文学伉俪奖,颁发菲总统大绶勋章。

10月6日,第五届嘉新新闻奖于台北市"国宾大饭店"举行颁奖典礼,孟瑶小说《这一代》获文艺创作奖。

11月11日,第四届中山文艺奖于台北市"国宾饭店"举行颁奖典礼,罗兰《罗兰散文》获散文类奖。

11月17日,1969年度台湾青年学术大竞赛揭晓,心岱《收获季》获得最佳小说奖。

12月,女诗人陈敏华经国际诗人桂冠协会推荐获英国国际学院颁赠"名誉文学硕士",蓉子诗集《维纳丽沙组曲》由纯文学出版社出版,施叔青小说集《约伯的末裔》由仙人掌出版社出版。

1970年

1月,季季短篇小说集《异乡之死》由晚蝉出版社出版。

4月,"台湾编剧协会"成立。

5月22日,《台湾地区"戒严"时期出版物管制办法》颁布。

8月15日,由白先勇投资的晨钟出版社成立,陆续出版欧阳子小说集《秋叶》、丛苏小说集《秋雾》。

11月11日,第五届中山文艺奖颁发,琦君的《红纱灯》获散文奖。

本年间,聂华苓的长篇小说《桑青与桃红》在《联合副刊》连载,半途遭禁,后在香港《明报月刊》续载;张晓风、林治平夫妇和黄以功等人组织"基督教艺术团契",于每年的圣诞节上演晓风剧作。

1971年

1月1日,龙族诗社成立。

1月10日,《水星诗刊》创刊。

1月15日,《文学》双月刊创刊。

1月29—30日,"保钓运动"爆发。

3月,志文出版社推出"新潮丛书",其中包括施叔青的小说集《拾掇那些日子》。

4月,林文月首部散文集《京都一年》由纯文学出版社出版。

本年间,吕秀莲等人发起了新女性主义运动,张晓风四幕话剧《第五墙》获得由台湾"教育部"颁发的金鼎奖之编剧奖。

1972 年

1月,余光中、洛夫主编的《中国现代文学大系》由巨人出版社陆续出版,张晓风为散文辑作序,聂华苓出任编辑委员,诗辑中,70 位诗人中共有 8 位女诗人入选,她们是蓉子、林泠、敻虹、罗英、朵思、王渝、刘延湘、蓝菱。

2月28日,关杰明在"中国时报""人间副刊"上发表《中国现代诗的困境》,对台湾现代诗提出尖锐的批评。

3月20日,《现代文学》第46期推出"现代诗回顾专号"。

6月1日,《中外文学》由台湾大学外文系创办。

6月,大地诗社成立。

9月1日,《书评书目》创刊。

10月,欧阳子、杨美惠、杨翠屏翻译的西蒙·波伏娃作品《第二性:形成期》,由晨钟出版社出版。

11月,张晓风代表剧作《武陵人》发表于台湾《中外文学》第 1 卷第 6 期;苏雪林以《海蠡集》获得中山文艺创作奖。

12月4日,台湾大学师生举行"民族主义座谈会",提出"统一中国"的主张,遭台湾当局镇压,酿成"民族主义事件"。

12月,张晓风四幕话剧《武陵人》由基督教艺术团契首演于台北的艺术馆,引发极大的社会反响。

本年间,瞿宛文在《台大法言》以及《毕联会讯》上,以"罗莎"和"罗琼"为笔名撰文多篇,呼吁女性自觉,尤为关注两性关系中女性心理机制。

1973 年

2月,张秀亚散文集《水仙辞》由三民书局出版。

3月1日,吕秀莲应瞿宛文之邀在"男性中心的社会该结束了吧"座谈会担任主讲,提倡"新女性主义"。

6月,季季文集《月亮的背面》由大地出版社出版,刘延湘诗集《露珠集》由英文"中国邮报社"出版。

7月,《龙族评论专号》出版,对现代诗进行尖锐批评。

8月1日,《中外文学》刊出唐文标的《僵毙的现代诗》,对现代诗进行总清算,引发争论。

本年间,张晓风创作话剧《自烹》,遭禁,直到1993年,才由台湾艺术专科学校戏剧科学生作为毕业剧目公演;陈若曦夫妇离开大陆,定居美国。

1974年

1月,涂静怡与古丁、绿蒂等同创办《秋水》诗刊,任职主编,开辟"怡园诗话"专栏。

3月,胡品清散文集《芭琪的雕像》由三民书局出版。

5月15日,林海音主编的《纯文学散文选集》由纯文学出版社出版。

9月28日,李曼瑰剧本《瑶池仙梦》获得台湾编剧协会最佳话剧剧本奖。

11月10日,第九届中山文艺奖颁奖,李曼瑰剧本《瑶池仙梦》获奖。

本年间,经由幼狮月刊,吕秀莲出版了她的第一本书《新女性主义》。

1975年

3月25日,隐地与郑明娳合编的《近二十年短篇小说选集编目》,由书评书目社出版。

3月,胡品清散文集《欧菲丽亚的日记》由水芙蓉出版社出版。

7月,齐邦媛主编的《中国现代文学选集》英译本由台湾编译馆出版,施叔青的小说《牛铃声响》由皇冠出版社出版,琦君散文集《三更有梦书当枕》由尔雅出版社出版。

9月,朱天文、朱天心与父亲二次上阳明山拜访胡兰成,涂静怡诗集《织虹的人》由长歌出版社出版。

10月20日,戏剧家李曼瑰病逝,享年70岁。

12月,李昂小说《混声合唱》由中华文艺社出版。

本年间,吕秀莲在台湾创办了第一家具有女性主义色彩的出版社"拓荒者出版社",出版了施叔青主编的评论集《由女人到人》,施叔青获中山文化基金奖助研究台湾歌仔戏;谢霜天长篇小说《梅村心曲》三部曲由智燕出版社陆续出版。

1976年

3月,陈若曦描写大陆"文革"的小说集《尹县长》由远景出版社出版,施叔青小说《琉璃瓦》由时报文化出版公司出版。

4月,欧阳子关于《台北人》的研析论文《王谢堂前的燕子——〈台北人〉的研析与索引》由尔雅出版社出版。

5月4日,第十七届"中国文艺协会文艺奖"颁奖,郑明娳获文艺评论奖,邓蔼梅获小说奖。

5月,三毛散文集《撒哈拉的故事》由皇冠出版社出版。

8月25日,洪范书店成立。

9月16日,第一届《联合报》小说奖颁发,朱天心的《天凉好个秋》获小说奖佳作奖,曾心仪的《我爱博士》获小说奖佳作奖,席慕蓉的《生日蛋糕》获小说奖佳作奖,蒋晓云的《掉伞天》获短篇小说奖第二名,朱天文的《乔太守新记》获短篇小说奖第三名。

10月,施叔青小说集《常满姨的一日》由景象出版社出版。

11月4日,中文报业协会第九届年会在香港富丽华酒店开幕,林海音以台湾代表团团员身份出席并发表演讲。

11月,朱天文与友人开始筹办刊物,师承胡兰成,定刊名为"三三"并在中正纪念堂演讲厅举行第一次座谈;王文漪的《风廊》获得中山文艺创作奖。

12月,聂华苓的长篇小说《桑青与桃红》由香港友联印行全球首发;李昂小说集《人世间》由大汉出版社出版;琦君散文集《桂花雨》由尔雅出版社出版;琼瑶与平鑫涛、盛竹如合作创办巨星影视公司,实现了通俗文化与音像影视的结盟。

本年间,世界各国300多位作家提名聂华苓夫妇成为诺贝尔和平奖候选人,从美国留学归台的汪其楣创办聋剧团。

1977年

1月1日,符兆祥主编的《现代最杰出的青年作家小说选》由文豪出版社出版,荻宜、蒋晓云、萧丽红、朱天心、朱天文等女作家入选。

1月,萧丽红第一部长篇小说《桂花巷》由联经出版公司出版。

3月,杜潘芳格自费出版第一本双语诗集《庆寿》,由笠诗社出版。

4月,第一集《三三集刊》出版,形成了一个松散集合于"三三"旗下的作家群,包括朱天文、朱天心、谢材俊、袁琼琼、萧丽红、吴念真、苏伟贞、钟晓阳、陈玉慧等。

5月4日,邱秀芷获得"中国文艺协会"文艺奖章散文奖。

6月1日,欧阳子主编的《现代文学小说选集》由尔雅出版社出版。

6月,三毛散文集《稻草人手记》由皇冠出版社出版。

7月1日,《现代文学》复刊,白先勇任社长兼发行人。

7月15日,源成出版公司编印《中国当代十大散文家选集》,张秀亚、徐钟佩、琦君、张晓风的作品入选。

8月29日,由"中央文化工作会"主办的第二次全岛性的文艺会谈在台北召开,意在商讨如何处置正在勃兴的乡土文学,会议通过了《对当前文艺政策修正建议》等案。

8月,三毛散文集《哭泣的骆驼》由皇冠出版社出版。

9月17日,第二届《联合报》小说奖颁发,蒋晓云的《乐山行》获短篇小说奖第二名。

10月,曾心仪代表作短篇小说《彩凤的心愿》刊于《小说新潮》。

11月11日,第十二届中山文艺奖创作奖颁发,陈若曦《尹县长》获小说奖。

本年间,聂华苓成为"国际写作计划"的主持人,曾心仪第一本小说集《我爱博士》出版,获宜以短篇小说《米粉嫂》崛起文坛。

1978年

1月,张晓风无场次话剧《位子》公演,至此"基督教艺术团契"坚持9年的圣诞演出停止。

8月26日,第三届《联合报》短篇小说奖颁奖,陈若曦获作家特别奖,李昂以《爱情实验》获佳作奖。

9月25日,乾隆图书公司出版"女作家丛书",推出赵晓君、陈克环、蓉子、曹又方等人的作品。

9月,林文月散文集《读中文系的人》由洪范出版社出版。

10月2日,第一届《时报》文学奖颁奖,朱天心《爱情》获小说优等奖。

11月11日,第十三届中山文艺奖颁奖,简宛的散文《地上的云》获奖。

11月13日,第一届吴三联文艺奖颁发,陈若曦获文学奖。

1979年

4月26日,第二届中兴文艺奖颁奖,赵淑敏获散文奖,邱秀芷获小说奖。

5月4日,"中国文艺协会"第二十届文艺奖章颁奖,小说类授予徐薏蓝,散文类授予丹扉。

7月,陈幸蕙的第一本散文集《群树之歌》、张秀亚散文集《湖水·秋灯》、张晓风散文集《步下红毯之后》均由九歌出版社出版。

8月,吕秀莲参与创办《美丽岛》杂志,出任该杂志社社长。

9月16日,第四届《联合报》小说奖颁奖,萧飒的《我儿汉声》获第二名。

10月,朱天心的小说《昨日当我年轻时》获第二届《时报》文学奖小说佳作奖,与朱天文等人成立三三书坊,担任三三书坊业务经理。

11月,张汉良、萧萧主编《现代诗导读》,涂静怡、翔翎、朱陵、冯青、沈花末五位女诗人入选。

12月10日《美丽岛》杂志社为纪念"世界人权日"在高雄市组织集会并举

行游行,与当局发生冲突,爆发"美丽岛事件"。

12月13日,吕秀莲因"美丽岛事件"被捕。

12月,季季纪实性小说集《涩果》由尔雅出版社出版。

本年间,苏伟贞发表《陪他一段》于《联合副刊》。

1980年

1月1日,台北爱书人杂志第一届"仓颉奖"选出十大作家与十大作品,三毛、张晓风、罗兰三人入选。

6月,《於梨华作品集》十四卷由香港天地图书公司出版,涂静怡的长诗《历史的伤痕》由长歌出版社出版。

9月25日,神州诗社被查抄,方娥真、温瑞安被捕,后被驱逐出境。

10月26日,《联合报》第五届小说奖揭晓,萧丽红的《千江有水千江月》获长篇小说奖,苏伟贞的《红颜已老》、萧飒的《霞飞之家》获中篇小说奖,袁琼琼的《自己的天空》获短篇小说奖。

10月,心岱的《大地反扑》获"中国时报"文学奖报告文学首奖。

11月,涂静怡的长诗《历史的伤痕》获中山文艺创作奖,喻丽清散文集《阑干拍遍》由尔雅出版社出版。

本年间,赵淑侠长篇小说《我们的歌》获台湾文艺写作协会"最佳小说创作奖"。

1981年

5月4日,"中国文艺协会"文艺奖章颁发,谢霜天的《渡》获长篇小说奖,涂静怡获得新诗创作奖。

6月6日,张默主编的《现代女诗人选集——剪成碧玉叶层层》,由尔雅出版社出版。

7月,席慕蓉第一部诗文集《七里香》由大地出版社出版,其正式登上文坛。

8月,袁琼琼小说集《自己的天空》由洪范书店出版,洪素丽诗集《十年诗草》由时报文化出版公司出版。

本年间,李昂以《别可怜我,请教育我》获得"中国时报"文学奖报告文学优等奖,《误解》获小说佳作奖;李昂受詹宏志与张武顺之邀,在"中国时报"写专栏《女性的意见》;陈若曦的《路口》获第十二届吴浊流小说奖正奖;第六届《联合报》文学奖颁奖,朱天心的《未了》获得中篇小说奖,许台英的《蟹行人》获短篇小说推荐奖,《岁修》获中篇小说奖,苏伟贞的《东西南北》获极短篇小说奖;钟晓阳以《停车暂借问》获台湾《联合报》小说奖,轰动香港及台湾文坛,参加台湾"三三集团";聂华苓夫妇一起荣获美国五十州州长颁发的文学艺术贡献奖（Award for Distinguished Service to Theater）。

1982 年

2月，李元贞与曹爱兰、郑至慧、刘毓秀、尤美女等人创办妇女新知杂志社，发行《妇女新知》杂志。

3月，席慕蓉散文集《成长的痕迹》由尔雅出版社出版。

4月，朱天心中篇小说《未了——联合报1981年度中篇小说奖作品》由联合报社出版。

6月，零雨担任《现代诗》编辑。

7月，林海音主编的《纯文学好小说》由纯文学出版社出版。

9月，《联合报》文学奖揭晓，苏伟贞的《世间女子》获中篇小说奖，萧飒的《死了一个国中女生之后》获短篇小说推荐奖，薛黎（李黎）的《最后夜车》获短篇小说首奖；朱天文出版小说集《小毕的故事》，由三三书坊出版。

10月1日，廖辉英以处女作《油麻菜籽》获得第五届"中国时报"文学奖短篇小说首奖。

本年间，李昂在《文学界》第3期上发表寓言式杂文《水仙花症》；聂华苓受邀担任美国纽斯塔文学奖（Neustadt International Prize of Literary Prize）评审委员；陈烨的《夜戏》获"中国时报"文学奖小说优等奖；陈玲玲创办非职业性剧团"方圆剧场"，演出实验剧《八仙作场》，参加由台湾"中国话剧欣赏委员会"举办的第二届实验剧展。

1983 年

2月，苏伟贞短篇小说集《陪他一段》由洪范书店出版。

6月，心岱的报告文学《大地反扑》由时报文化出版公司出版。

9月30日，第八届《联合报》文学奖公布，李昂的《杀夫》获中篇小说首奖，廖辉英的中篇小说《不归路》获得特别小说奖，施叔青的《窑变》获得短篇小说推荐奖。平路的《玉米田之死》获短篇小说首奖。

11月，李昂的《杀夫》由台北联经出版公司出版。

11月11日，中山学术文化基金会颁奖，陈幸蕙的散文集《把爱还诸天地》获散文奖，曾焰的《七彩玉》获小说奖。

11月，苏伟贞长篇小说《有缘千里》与短篇小说集《旧爱》由洪范书店出版，苏伟贞获第二十五届"中国文艺协会"文艺奖章小说创作奖，苏伟贞《陪他一段》获第七届中兴文艺小说奖奖章。

11月，朱天文以《小毕的故事》和侯孝贤、丁亚民、许淑真获第二十届金马奖最佳改编剧本奖。

本年间,妇女新知基金会推出主题为"妇女的潜力与发展"的"八三三八妇女周"活动。

1984 年

1月12日,女作家钟梅音病逝。

1月,施叔青短篇小说集《愫细怨》由洪范书店出版。

2月19日,李昂受邀参加由《文学界》杂志主办的"李昂作品讨论会",谈话内容刊登于《文学界》第10集。

3月1日,女作家萧毅虹病逝,得年31岁。

4月1日,《中外文学》公布第一届现代诗奖,夏宇获得第二名。

4月,夏宇自费出版诗集《备忘录》。

7月,以强暴妇女问题为题材的社会剧《她们的故事》参加第五届实验剧展的演出。

10月1日,第七届"中国时报"文学奖公布,袁琼琼的《沧桑》获得小说甄选奖,萧飒的《小叶》获得小说推荐奖。

11月20日,龙应台于《中国时报·人间》刊出《中国人,你为什么不生气》。

12月,萧飒长篇小说《小镇医生的爱情》由尔雅出版社出版;洪素丽散文、木刻集《昔人的脸》由时报文化出版公司出版;朱秀娟的《女强人》,获中山文艺奖长篇小说奖。

本年间,廖辉英的《油麻菜籽》被改编为电影并获得第二十一届金马奖最佳改编剧本奖;夏宇获得《创世纪》三十周年新诗奖;妇女新知协会推出"一九八四保护妇女年"活动,发布"妇女性骚扰问题"问卷调查,推出"家庭主妇年",鼓励家庭主妇再发展,发动七个妇女团体,联合签署了一份对堕胎合法化的意见书,呈递给"立法院",力促优生保健法的通过。

1985 年

2月,袁琼琼小说集《沧桑》由洪范书店出版,简媜散文集《水问》由洪范书店出版。

3月20日,陈幸蕙主编的《七十三年文学批评选》出版。

3月,龙应台于"中国时报"撰写"野火集"专栏。

5月,朱天文以《冬冬的假期》获得第二届《电影欣赏》奖的最佳编剧。

6月,龙应台的文学批评集《龙应台评小说》由尔雅出版社出版。

7月,李永萍、许乃威编导的《永生咒》首演于云门实验剧场,此剧获花城剧展第一名。

8月,李昂长篇小说《暗夜》由时报文化出版公司出版。

10月,张曼娟短篇小说集《海水正蓝》由希代书版出版公司出版。

11月,朱天文以《童年往事》和侯孝贤获得第22届金马奖最佳原著剧本奖。

12月,龙应台的《野火集》出版。

本年间,吕秀莲因甲状腺癌复发,获得"保外就医"的资格,于来年获准离台赴美进一步就医,并在狱中写作了《这三个女人》,后出版;萧飒的《霞飞之家》改编成电影《我这样过了一生》,揽获金马奖最佳影片、最佳编剧、最佳导演、最佳女主角奖;顾燕翎在台湾大学创设"妇女研究室",发行《妇女研究通讯》;台湾大学成立学生社团女性研究社。赵淑侠被英国剑桥大学列入《世界妇女名人录》。

1986年

2月,利玉芳诗集《活的滋味》由笠诗社刊出版。

3月30日,利玉芳作品《猫》获得吴浊流文学奖新诗正奖。

4月4日,第九届中兴文艺奖章获奖名单揭晓,曾焰的《丹成百宝——云南白药的故事》获得小说奖。

4月,苏伟贞长篇小说《陌路》由联经出版公司出版。

5月4日,第二十七届文艺奖章获奖名单揭晓,刘自亮(晶晶)获诗歌创作奖,陈幸蕙获散文创作奖,赵淑敏、许台英获小说创作奖。

5月,苏伟贞作品《离家出走》获得"中华日报"文学奖小说首奖。

6月,李昂散文集《猫咪与情人》由时报文化出版公司出版。

8月,李昂与萧新煌对谈,谈话记录《文学两路看——萧新煌与李昂对谈"小说与社会"》刊登于《自立晚报》。

10月,洪素丽散文集《守望的鱼》由晨星出版社出版。

11月,美国纽约出版李昂《杀夫》英文版 *The Butcher's Wife*,葛浩文译。

本年间,《中外文学》《当代》与《联合文学》分别推出"女性主义文学专号""女性主义专辑"和"女性与文学专辑";陈斐雯自费出版《陈斐雯诗集》;筱晓自费出版第一本诗集《印象诗集:1977—1986》;"环墟剧场"正式组成,剧团的主要编导是李永萍。

1987年

1月,席慕蓉诗集《时光九篇》由尔雅出版社出版。

2月,苏伟贞短篇小说集《离家出走》由洪范书店出版;龙应台的《野火集外集》由圆神出版社出版;台湾举办第八届国际艺术节期间,汪其楣和黄建亚共同编剧的关于女性的小剧场话剧《天堂旅馆》,由新象艺术中心首演。

4月,席慕蓉诗集《时光九篇》获得中兴文艺奖章新诗奖。

5月,汪其楣以台湾史为题材的多场话剧《人间孤儿》公演于台北市社教馆。

7月15日,台湾国民党当局宣告"解严"。

7月,李永萍话剧《奔赴落日而显现狼》首演。

8月27日,李昂与蔡源煌对话,谈话纪录《女性作家的天空——蔡源煌与李昂对话》,刊登于《台北评论》第3期。

8月,"台湾妇女救援协会"成立。

10月31日,第一届联合文学小说新人奖揭晓,卢慧真(张让)《并不很久以前》获中篇小说类首奖,陈烨的《天堂的小孩》获新人奖推荐奖。

10月,妇女新知基金会正式成立,李元贞担任首任董事长。

10月,台北剧场联谊会成立,各种小剧场剧团纷纷成立,风行一时。

11月,夐虹的《红珊瑚》获得中山文艺奖。

本年间,曾淑美第一本诗集《坠入花丛的女子》由《人间》杂志出版;方娥真出版诗集《小方碗》;优剧场成立,刘静敏任团长兼艺术总监。

1988年

2月,陈幸蕙散文集《黎明心情》由尔雅出版社出版。

3月,席慕蓉诗及散文合集《在那遥远的地方》由圆神出版社出版。

6月,龙应台文集《人在欧洲》由时报文化出版公司出版,优剧场的创团剧作《地下室手记浮士德》首演。

8月,曹又方散文集《门前一道清流》由圆神出版社出版;自连载被禁十多年后,聂华苓小说《桑青与桃红》终由台北市汉艺色研文化公司出版。

9月,廖辉英长篇小说《窗口的女人》由皇冠出版社出版,袁琼琼长篇小说《今生缘》由联经出版公司出版,詹慧玲与田启元等朋友成立"临界点剧象录"。

12月,萧飒担任电影《童党万岁》编剧,此片入围金马奖最佳影片。

12月31日,廖辉英获颁"中国文艺协会"文艺奖章。

本年间,"晚情协会"和"台大女研社"成立;台湾女性文学的第一本批评论著,子宛玉主编的《风起云涌的女性主义批评》出版;王丽华自费出版政治诗集《他们对着我的窗口演讲》,并获得吴浊流新诗奖正奖。

1989年

1月20日,金石堂书店公布十大畅销女作家,依序为三毛、张曼娟、席慕蓉、萧飒、薇薇夫人、张爱玲、廖辉英、李昂、龙应台、亦舒。

2月12日,陈烨作品《天窗》获第十二届吴浊流文学奖小说佳作奖。

2月,苏伟贞中篇小说《流离》由洪范书店出版;李昂与陈幼石创办《女性人》杂志,两岸同时发行。

3月30日,为纪念五四运动七十周年,《联合报》举办"中国现代小说系列讲座",活动延续至5月中旬,李昂受邀出席。

3月,陈烨长篇小说《泥河》由自立晚报社文化出版部出版。

5月4日,廖玉蕙获"中国文艺协会五四文艺奖章"散文类奖项。

5月,施叔青的《对谈录——面对当代大陆文学心灵》由时报文化出版公司出版,汪其楣带着《人间孤儿》的姊妹篇《大地之子》到乡镇演出。

6月16日,久大书香世界统计得出,三十年来最畅销的文学书为龙应台的《野火集》,琦君名列三十年来最畅销的文学作家。

6月,钟玲的《现代中国缪司——台湾女诗人作品析论》由联经出版公司出版。

7月,台湾"清华大学""两性与社会研究室"成立。

9月16日,由朱天文、吴念真合编剧本所拍摄的电影《悲情城市》获得威尼斯电影节金狮奖。

9月,袁琼琼长篇小说《苹果会微笑》由洪范书店出版;席慕蓉前往父亲及先母的家乡,初见蒙古高原。其应主编季季之邀,自28日起将返乡经历以《我的家在高原上》系列文章(共10篇)发表于"中国时报""人间副刊"。

11月,中山文艺奖揭晓,周芬伶、林少雯获奖。

12月21日,《联合报》副刊选出"年度文学新书质的总排行榜":苏伟贞的《流离》排名第一,钟玲的《现代中国缪斯》排名第四,朱天文、吴念真合著的《悲情城市》排名第六,林太乙的《林语堂传》排名第十。

本年间,筱晓获得台湾优秀青年诗人奖,平路的《台湾奇迹》获《联合报》小说奖短篇小说首奖,曹又方获得洪醒夫小说奖。

1990年

1月1日,《联合报》第十一届小说奖揭晓,李若男的《叮当猫的梦》获得中篇小说第一名。

4月,洪素丽诗集《流亡》由自立晚报社出版。

5月4日,本年度"中国文艺协会"文艺奖章颁发,散文类廖玉蕙、简嫃获奖,报告文学类心岱获奖。

6月23、24日,廖辉英与戴文采、周腓力、罗智成四人应邀赴美参加在洛杉矶举行的美西华人学会的年会。

7月，喻丽清散文集《依然茉莉香》（王开平编选）由尔雅出版社出版；朱天文小说集《世纪末的华丽》由远流出版公司出版；席慕蓉散文集《我的家在高原上》由圆神出版社出版，为"中国时报""人间副刊""我的家在高原上"系列结集。

10月6日，凌烟以长篇小说《失声画眉》成为第一位获得《自立晚报》百万小说征文奖的得主，此前这一奖项已经悬置八年之久。

10月7日，"中国时报"举办的"四十年来影响我们最深的书籍"票选结果公布，龙应台的《野火集》、三毛作品、张曼娟的《海水正蓝》入选。

10月，第四届《联合报》小说新人奖揭晓，邱妙津的《寂寞的群众》获中篇小说推荐奖。

11月11日，1990年度中山学术文化奖揭晓，林玫仪的《词学考诠》获得文艺论著奖，赵淑侠的《赛金花》获小说奖。

11月，苏伟贞长篇小说《离开同方》由联经出版公司出版。

12月，凌烟的长篇小说《失声画眉》由自立晚报社出版。

本年间，林太乙获传记文学奖；聂华苓小说《桑青与桃红》获得美国书卷奖（American Book Award）小说奖；陈烨《泥河》由Howard C. Goldblatt（葛浩文）推荐列入大英百科全书中文文学年鉴；陈烨《天墙》获第二十一届吴浊流文学奖小说正奖；平路以《是谁杀了×××》获首届"中国时报"剧本奖首奖，因题材敏感取消颁奖；朱天心获洪醒夫小说奖；陈玉慧编导的结合歌仔戏、现代舞台剧、现代舞蹈等多种形式的新式舞台剧《戏蚂蚁》公演；高雄医学院"两性研究中心"成立。

1991年

1月4日，三毛辞世。

1月25日，李昂参加由《自由中国评论》杂志主办的"文学与社会"座谈会，谈话内容刊于《文讯》第66期。

1月，邱娟娟在新竹创立"玉米田实验剧场"。

2月25日，陈秀喜逝世。

3月，李昂自行印发长篇小说《迷园》。

4月，沈花末诗集《每一个句子都是因为你》由圆神出版社出版。

6月，女诗人夏宇编剧的《三个乖张女人所撰写的词不达意的女性论文》由台北女性舞蹈团体多面向工作室演出，轰动一时。

9月10—11日，朱天心发表小说《想我眷村的兄弟们》于"中国时报"副刊。

1992 年

5月,朱天心短篇小说集《想我眷村的兄弟们》由麦田出版公司出版。

7月,李元贞长篇小说《爱情私语》由自立晚报社文化出版部出版。

8月1日,台湾高雄医学院"两性研究中心"成立。

9月,简媜以《梦游书》获得第九届吴鲁芹散文奖,零雨诗集《消失在地图上的名字》由时报文化出版公司出版。

10月,第十五届"中国时报"文学奖颁奖,简媜以《母者》获得散文首奖,朱天心小说《想我眷村的兄弟们》获小说推荐奖,同时获得《联合报》读书人最佳书奖。

11月,郑明俐获中山文艺奖。

本年间,苏伟贞以《问路回家》获得第五届梁实秋文学奖散文奖佳作奖;齐邦媛接"中华民国笔会季刊"主编,将台湾当代文学英译推介到国际。

1993 年

2月,零雨发表《特技家族》于《现代诗季刊》复刊第19期,获年度诗奖。

5月20日,苏伟贞担任《联合报》"读书人专刊"主编。

8月8日,龙应台于"中国时报"发表《历史的舌头——知识分子的心灵流亡》。

9月28日,在李元贞、刘毓秀推动下,以全台大专院校女教授为主要成员的"女性学学会"成立。

9月,蔡素芬《盐田儿女》获得第十五届《联合报》小说奖长篇小说奖,施叔青长篇小说《她的名叫蝴蝶——香港三部曲之一》由洪范书店出版。

10月,施叔青长篇小说《维多利亚俱乐部》由联合文学出版社出版。

本年间,由朱天文、吴念真合著剧本,侯孝贤导演的电影《戏梦人生》获得戛纳电影节评委会奖;苏伟贞散文《问路回家》获得"中华日报"梁实秋散文佳作奖;汪其楣获得吴三连文学类戏剧剧本奖;张晓虹著作《后现代/女人:权力、欲望与性别表演》由时报文化出版社出版。

1994 年

1月8—9日,"中国时报""人间副刊"举办"两岸三地华文小说研讨会",李昂发表论文《花季到迷园》,朱天心发表论文《玄圣邈远,宝变为石》。

2月5日,台北市女性权益促进会成立。

3月,龙应台散文集《孩子你慢慢来》由皇冠文学出版公司出版,散文集《看世纪末向你走来》由时报文化出版公司出版。

4月17日,台湾女书店成立。

5月10日,台北市妇女新知协会成立。

5月22日,李元贞带领发起女人联合反性骚扰游行,何春蕤打出"要性高潮,不要性骚扰"的性解放口号。

5月,蔡素芬长篇小说《盐田儿女》由联经出版公司出版,邱妙津长篇小说《鳄鱼手记》由时报文化出版公司出版。

6月,朱天文的《荒人手记》与苏伟贞的《沉默之岛》获第一届《时报》文学百万小说奖。

10月,简媜散文集《胭脂盆地》由洪范书店出版。

11月10日,朱天文、苏伟贞对谈,谈话记录《情欲写作——身体像一件优秀的漆器》刊登于"中国时报"。

11月,朱天文小说《荒人手记》由时报文化出版公司出版,廖玉惠获第29届中山文艺奖散文奖。

12月,苏伟贞长篇小说《沉默之岛》由时报文化出版公司出版,并以《沉默之岛》获得第一届《时报》文学百万小说奖评审推荐奖。

本年间,聂华苓被聘为台湾文学奖评审;简媜《胭脂盆地》获1994年《联合报》读书人最佳书奖;何春蕤著作《豪爽女人:女性主义与性解放》由皇冠出版公司出版;"临界点剧象录"剧团突破政治禁忌,演出《谢氏阿女——隐藏在历史背后的台湾女人》。

1995年

1月,《植物园诗学季刊》于台北创刊,这是由杨宗翰、何雅雯等人发起之跨校型刊物。

3月,平路长篇小说《行道天涯——孙中山与宋庆龄的革命与爱情故事》由联合文学出版社出版。

6月,李元贞诗集《女人诗眼》由台北县立文化中心出版,邱妙津在巴黎自杀身亡,时年26岁。

8月24日—9月2日,李昂于"中国时报"发表小说《戴贞操带的魔鬼》。

9月30日,台湾大学"性别与空间"研究室成立。

9月,邱妙津中、短篇小说集《寂寞的群众》由联合文学出版社出版;陈雪短篇小说集《恶女书》由平氏出版公司出版;施叔青《遍山洋紫荆——香港三部曲之二》由洪范书店出版,是书获台北《联合报》读书人奖,成为台北"中国时报""开卷"十大好书之一。

10月,台湾"中央大学""性/别研究室"成立。

12月,朱天文以《好男好女》获第三十二届金马奖最佳改编剧本奖。

本年间,邱妙津小说《鳄鱼手记》获第十八届"中国时报"文学奖推荐奖;冯青获第二十六届吴浊流新诗奖正奖;洪凌短篇小说集《异端吸血鬼列传》由台北平安文化有限公司出版;魏瑛娟创立"莎士比亚的妹妹们的剧团",演出戏剧《甜蜜生活》《文艺爱情戏练习》;张晓虹著作《性别越界:女性主义文学理论与批评》由联合文学出版社出版。

1996 年

5月,邱妙津长篇小说《蒙马特遗书》由联合文学出版社出版。

6月,颜艾琳诗集《抽象的地图》由台北县立文化中心出版。

7月,李昂发表小说《空白的灵堂》于《联合文学》第141期;利格拉乐·阿𡠋散文集《谁来穿我织的美丽衣裳》由晨星出版社出版。

9月,简嫃散文集《女儿红》由洪范书店出版,并获得1996年《联合报》读书人最佳书奖。

11月30日,民进党妇运部主任彭婉如遇害,震惊台湾社会。

本年间,傅裕惠等人创办"女节",这是台湾第一个以女性议题及女性创作者为主题的戏剧节,"莎士比亚的妹妹们的剧团",演出戏剧《我们之间心心相印——女朋友作品1号》,讲述女同性恋的故事。

1997 年

1月1日,台湾"内政部"家庭暴力及性侵害防治委员会成立。

1月22日,《性侵害犯罪防治法》颁布。

2月,李昂发表小说《彩妆血祭》于《联合文学》第148期。

3月,李昂赴新加坡参加"新加坡国际作家周"座谈。

5月,朱天心中、短篇小说集《古都》由麦田出版社出版,李元贞诗集《女人诗眼》获第六届陈秀喜诗奖。

6月,颜艾琳诗集《骨皮肉》由时报文化出版公司出版。

7月,施叔青长篇小说《寂寞云园——香港三部曲之三》由洪范书店出版。

9月,李昂小说《北港香炉人人插》由麦田出版社出版。

本年间,朱天心作品《古都》获"中国时报"开卷十大好书奖、《联合报》读书人最佳书奖、金鼎奖图书类奖;施叔青小说《遍山洋紫荆》获第十九届"中国时报"文学奖小说推荐奖;陈淑瑶短篇小说《女儿井》获得第二十届"中国时报"文学奖短篇小说首奖、第十六届洪醒夫小说奖;张晓风获得吴三连文学类散文奖;钟怡雯获《联合报》文学奖散文类第一名,获"中国时报"文学奖散文首奖;教育部"两性平等教育委员会"成立;妇女新知基金会解雇王萍,"妇权派"与"性权派"的对立开始明显与公开化;邱贵芬著作《仲介台湾·女人:后殖民女性主义的台湾阅读》由元尊文化公司出版;施淑著作《两岸文学论集》由新地出版社出版。

1998年

3月,平路小说《百龄笺》由联合文学出版社出版。

4月,李昂赴美国纽约哥伦比亚大学参加"台湾文学国际研讨会"。

5月4日,第三十九届"中国文艺协会"文艺奖章颁奖,林黛嫚获小说创作奖,林少雯获散文奖。

6月24日,台湾《家庭暴力防治法》立法通过。

9月,袁琼琼小说《恐怖时代》由时报文化出版公司出版。

11月1日,李元贞与江文瑜等人在新竹市文化中心所举行的"陈秀喜作品讨论会"中宣布成立女鲸诗社,杜潘芳格被推举为社长,江文瑜、沈花末、陈玉玲、张芳慈四人组成编辑小组,推出诗选《诗在女鲸跃身击浪时》,这是台湾第一个现代女性诗社。

11月,林太乙获钟上文艺奖。

本年间,朱天心小说《古都》获"中国时报"文学奖;朱天心、李昂等人接受邱贵芬专访,访谈内容刊于邱贵芬所著的《"(不)同国女人"聒噪——访谈当代台湾女作家》,由元尊文化公司出版;江文瑜女性主义诗集《男人的乳头》由远流出版社出版;蔡秀菊获第二十九届吴浊流新诗奖;周芬伶获吴鲁芹散文奖。

1999年

1月1日,台湾首家同志书店创立。

4月21日,苏雪林因病去世,享年103岁。

4月,林文月散文集《饮膳札记》由洪范出版社出版;淡江大学中文系主办"第一届中国女性书写国际学术研讨会",女鲸诗社主要成员李元贞发表论文《台湾现代女诗人的诗坛显影》。

5月1日,第二十二届中兴文艺奖颁奖,廖玉蕙以《妩媚》获散文奖,蔡素芬以《橄榄树》获小说奖。

7月4日,"中国诗歌艺术学会"于台湾师范大学举办"两岸女性诗歌学术研讨会",李元贞应邀参加。

9月30日,张瀛太《西藏爱人》获第二十一届《联合报》文学奖短篇小说第一名。

10月1日,张瀛太《竖琴海域》获第二十二届"中国时报"文学奖散文奖首奖。

12月,零雨诗集《木冬咏歌集》由唐山出版社出版。

本年间,苏伟贞《沉默之岛》被评为《亚洲周刊》"二十世纪中文小说一百强",张芳慈诗集《红色漩涡》由女书文化公司出版,张芳慈获第三十届吴浊流新诗奖,女鲸诗社出版诗集《诗坛显影》。

2000 年

1月5日,谢冰莹因病于旧金山去世,享年95岁。

3月,李昂散文集《漂流之旅》、小说《自传の小说》由皇冠文化出版公司出版。

4月21日,林怡翠代表作《被月光抓伤的背》一诗发表于《劲报·劲副刊》。

5月,平路短篇小说集《凝脂温泉》由联合文学出版社出版。

10月1日,张瀛太《鄂伦春之猎》获第二十三届"中国时报"文学奖短篇小说首奖。

10月6日,孟瑶逝世。

11月,朱天心短篇小说集《漫游者》由联合文学出版社出版,陈若曦获中山文艺奖。

11月,李元贞论著《女性诗学——台湾现代女诗人集体研究》及其主编的《红得发紫——台湾现代女性诗选》由女书文化公司出版,李元贞获《台湾诗学季刊》"年度诗奖"。

本年间,朱天心小说《古都》获台北文学奖,作品《漫游者》获《联合报》读书人最佳书奖;简媜《红婴仔》获得九歌年度散文奖、第二十四届金鼎奖优良图书奖文学创作类奖项、第三届台北文学奖散文奖;平路小说《血色乡关》获九歌年度文学奖小说奖;林文月《饮膳札记》获第三届台北文学奖及"中国时报"文学奖;江文喻的《阿妈的料理》等获第三十一届吴浊流新诗奖;成英姝的《无伴奏的安眠曲》获"中国时报"文学百万小说奖,其获选"行政院"文建会2000年十大文学人;女人组剧团主办第二届"女节";汪其楣赞美台南女性的三幕剧《一年三季》公演;"莎士比亚的妹妹们的剧团",重新编排了台湾著名女同性恋小说《蒙马特遗书》,演出戏剧《蒙马特遗书——女朋友作品2号》;刘纪蕙著作《孤儿·女神·负面书写》由立绪出版公司出版;妇女新知基金会成立"原住民"妇女组,并将本年度工作的主题定为"原住民妇运年",将性别平等的理念向"原住民"族群推介。

2001 年

3月8日,淡江大学中文系与"中国女性文学研究室"主办"百年台湾女性文学版图研讨会",李元贞应邀参加,发表《新世纪女性文化的愿景》。

3月10日,联合文学出版社与"中国时报""人间副刊"一同主办"朱天心作品讨论会",杨泽担任主持人,朱天心与三位新生代女作家柯裕棻、郝誉翔、张惠菁共同讨论。

4月,陈瑶华发表《橡皮灵魂》于《幼狮文艺》第568期。

5月4日,第四十二届"中国文艺协会"文艺奖章颁奖,蔡素芬获文学类小说创作奖,张秀亚获荣誉文艺奖章。

6月29日,张秀亚逝世。

7月6—10日,张惠菁小说《和平饭店》连载于"中国时报"。

7月,施叔青出版《两个芙烈达·卡罗》,由时报文化出版公司出版。

8月,李元贞获聘"行政院妇权会委员"。

9月,张曼娟散文集《青春》由皇冠出版社出版。

12月1日,林海音逝世。

12月22日,台湾《两性工作平等法》立法通过。

本年间,钟怡雯获得吴鲁芹散文奖,女鲸诗社出版诗集《震鲸:921大地震二周年纪念诗专辑》,张晓风受九歌出版社之邀编《2001年度散文选》,妇女新知基金会开始举办"玫瑰的战争"反性骚扰纪录片校园巡回放。

2002年

2月,苏伟贞发表《日历日历挂在墙壁》于《联合文学》第208期,获得九歌出版社2002年度小说奖。

3月,简媜散文集《天涯海角——福尔摩沙抒情志》由联合文学出版社出版,获得2002年《联合报》读书人年度最佳书奖文学类奖项;朱天文《荒人手记》英译本获得美国翻译学会年度翻译奖。

7月,李昂散文集《爱吃鬼》由一方出版社出版,廖玉惠获得第二十二届吴鲁芹文学奖散文奖。

本年间,李昂获第十一届赖和文学奖;张晓风再次受九歌出版社之邀,主编《中国现代文学大系·散文类(1989—2003)》,出版《九十年度散文选》;陈玉玲诗集《月亮的河流》由桂冠出版社出版;范铭如著作《众里寻她:台湾女性小说纵论》由麦田出版社出版;王安祈出任台湾"国光剧团"艺术总监。

2003年

5月,季季于"中国时报""人间副刊"撰写专栏"三少四壮"。

11月1日,施叔青出席"台湾文学创世纪"座谈会,与夏曼·蓝波安、林瑞明进行对谈。

12月,施叔青《台湾三部曲》之一《行过洛津》由时报文化出版公司出版。

本年间,妇女新知基金会发起成立"泛紫联盟";杨丽玲长篇小说《戏金戏土》由二鱼文化公司出版;杨佳娴诗集《屏息的文明》由木马出版社出版;邱贵芬著作《后殖民及其外》由麦田出版社出版;第三十四届吴浊流文学奖颁奖,陈淑瑶的《沙舟》获得小说奖,陈玉玲的《歌声》获得新诗奖。

2004 年

3月,朱天文以小说《巫时》获九歌年度文学小说奖,龙应台的《在紫藤庐和Starbucks之间》获九歌年度散文奖,林文月散文集《人物速写》由联合文学出版社出版。

5月,齐邦媛散文集《一生中的一天》由尔雅出版社出版。

8月29日,罗任玲担任第二十六届《联合报》文学奖新诗奖评审。

9月,简媜散文集《好一座浮岛》由洪范书店出版,获2004年《联合报》读书人最佳书奖。

10月,李昂小说《暗夜》法文版 Nuit Obscure 在法国出版,李昂获得法国文化艺术骑士勋章;陈玉慧长篇小说《海神家族》由印刻出版公司出版。

11月11日,龙应台创立"清华思想沙龙"与"龙应台文化基金会"。

本年间,施叔青《行过洛津》入选"中国时报"开卷版2004年开卷十大好书(中文创作类);第三十五届吴浊流文学奖颁奖,周芬伶《影子情人》获得小说奖,蔡秀菊获得新诗奖;陈育虹获得《台湾诗选》年度诗奖;胡淑雯获台湾"中国时报"文学奖散文首奖;阿宝出版《女农讨山志——一个女子与土地的深情记事》;刘纪蕙著作《心的变异:现代性的精神形式》由麦田出版社出版;女人组剧团主办"十全十美女节",在皇冠小剧场举行第三届女性戏剧联演;年底,汪其楣戏剧《舞者阿月》公演,本剧为台湾现代舞蹈的先驱者蔡瑞月的舞台传记,由汪其楣本人饰演女主角蔡瑞月;《性别平等教育法》正式公布;妇女新知基金会年度工作主题定为"推动成立'行政院'性别平等委员会"。

2005 年

4月,李昂小说《迷园》法文版 Le jardin des 'egarements 在法国巴黎出版。

5月4日,朱天心、朱天文双双获第四十六届"中国文艺协会"文艺奖章小说创作奖。

9月,季季散文集《写给你的故事》由印刻出版公司出版。

10月,朱天心散文集《猎人们》由印刻出版公司出版,获"中国文艺协会"文艺奖章小说创作奖。

11月3日,潘人木逝世。

11月,林黛嫚获第四十届中山文艺创作奖文学类文艺创作奖。

本年间,张芳慈出版客家诗集《天光日》;由王安祈、赵雪君编剧的女同性恋题材京剧《三个人儿两盏灯》公演;陈玉慧长篇小说《海神家族》入围第二十九届金鼎奖文学创作及著作人奖。

2006 年

4月5日,徐钟佩逝世。

6月7日,琦君逝世。

9月30日,胡品清逝世。

11月,季季散文集《行走的树——向伤痕告别》由印刻出版公司出版。

本年间,陈玉慧长篇小说《海神家族》获得香港浸会大学文学院"第一届红楼梦奖决审团奖",廖辉英获得吴三连文学类小说奖,《性骚扰防治法》正式施行。

2007 年

5月4日,第四十八届"中国文艺协会"文艺奖章颁奖,陈育虹获得新诗奖,成英姝获散文奖。

7月,张瀛太小说集《熊儿悄声对我说》由九歌出版社出版。

8月12日,严友梅逝世。

8月,李昂小说《鸳鸯春膳》由联合文学出版社出版。

9月,廖辉英获邀担任第二十届梁实秋文学奖决审委员。

12月,朱天文小说《巫言》由印刻出版公司出版。

本年间,罗任玲担任第三十届《联合报》文学奖新诗奖评审;陈玉慧《海神家族》获得台湾文学奖图书类长篇小说金典奖;李怡婷获"中国时报"文学奖短篇小说首奖;汪其楣戏剧《歌未央》公演,本剧乃歌词作者慎芝的舞台传记,汪其楣再登台,饰演慎芝。

2008 年

1月,施叔青《台湾三部曲》之二《风前尘埃》由时报文化出版公司出版。

2月13日,张瀛太的《熊儿悄声对我说》获得"2008第一届台北国际书展大奖"小说类奖。

3月,赖香吟的《暮色将至》获得九歌年度小说奖,曾丽华以《我寂寞故我在》获得九歌年度散文奖。

7月,龙应台散文集《目送》由时报文化出版公司出版。

12月,施叔青《风前尘埃》入围台湾文学馆"2008台湾文学奖"。

本年间，萧吟薇获《联合报》文学奖新诗奖，第四届以女性的编导演为主的"女节"由戏盒剧团主办。

2009 年

3 月 24 日，曹又方逝世。

5 月 4 日，第五十届"中国文艺协会"文艺奖章颁发，张晓风获得荣誉文艺奖章。

6 月，陈淑瑶长篇小说《流水账》由印刻出版公司出版。

7 月，齐邦媛回忆录《巨流河》出版。

8 月 27 日，艾雯逝世。

8 月，冯青长篇小说《悬浮》由远景出版社出版。

9 月 4 日，台湾文学馆举办"女性文学家影展"与"女性影像与文学的对话"座谈会，施叔青出席，与导演简伟斯、周旭薇进行对谈。

11 月，朱天文参加"台湾作家美国加拿大巡回座谈会"，走访美国与加拿大各大学。

本年间，朱天心的《初夏荷花时期的爱情》获得九歌年度小说奖。

2010 年

1 月，朱天心长篇小说《初夏荷花时期的爱情》由印刻出版公司出版。

5 月 4 日，钟文音获得第五十一届"中国文艺协会"文艺奖章小说创作奖。

5 月 21—22 日，中正大学、台湾文学研究所、中文系及加拿大雅博达大学东亚系主办，台湾文学馆合办"第四届经典人物——李昂跨领域国际学术研讨会"。

5 月，周芬伶散文集《兰花辞——物与词的狂想》由九歌出版社出版，获台湾文学奖图书类散文金典奖。

6 月 4—5 日，复旦大学召开由复旦大学和香港大学联合主办的"朱天文、朱天心与比较文学视域下的世界文学研讨会"。

6 月 16—19 日，加拿大多伦多 York 大学举办"第 11 届英文短篇小说国际会议"，台湾女作家李昂、锺文音、蔡素芬、张瀛太应邀出席。

10 月 1 日，施叔青《台湾三部曲》之三《三世人》由时报文化出版公司出版。

10 月 15 日，施叔青出席于台湾文学馆举行的"施叔青手稿捐赠暨新书《三世人》发表座谈会"，与施淑对谈。

10 月 30 日，文讯杂志社、台北市文化局、台湾文学馆共同举办"穿越林间听海音——林海音文学展"人文讲座，廖玉蕙应邀参加，并发表演讲《幽默与幽默之外——亲子散文的书写之路》。

本年间,冯青的《悬浮》获吴浊流文学奖小说奖,颜艾琳的《那个徐志摩的男人》等获新诗奖;陈淑瑶《流水账》获第三届台北"国际书展"大奖小说类年度之书奖项;陈烨的《乐园》获林荣三文学奖散文佳作奖。

2011 年

1月,朱天心《初夏荷花时期的爱情》获台北"国际书展"大奖。

2月,平路小说《蒙妮卡日记》由联经出版公司出版。

3月19日,台湾文学馆于桃园机场第二航厦的"C5飞阅候机楼"推出"台湾文学故事馆",展出施叔青《台湾三部曲》(《行过洛津》《风前尘埃》《三世人》)与《香港三部曲》手稿复印件。

5月4日,颜艾琳获第五十二届"中国文艺协会"文艺奖章文学类新诗创作奖。

6月4—5日,台湾文学馆主办"榴红诗会在府城:2011台湾诗歌节",罗任玲、颜艾琳等女诗人出席会议。

8月,李昂长篇小说《附身》由九歌出版社出版。

本年间,涂妙沂的《米兰婆婆的异想世界》获吴浊流文学奖小说奖,吴妮民获"中国时报"文学奖散文组首奖。

2012 年

1月2日,陈烨逝世,得年53岁。

11月16日,赖香吟的《其后》获得台湾文学奖图书类长篇小说金典奖。

后 记

众所周知,台湾文学是中国文学的一部分,而台湾女性文学是台湾文学重要组成部分。台湾文学的实质是中华文化母体和文学传统在台湾地区延播所形成的区域形态,是一种亚文化形态和文学的地方特征,而这一特征是历时性的。从女性文学的视角来呈现这种历时性无疑具有深刻的文化与现实意义。因为我们一直认为文学固然受制于政治,但又可以超出政治的种种限制,这种超越最典型地体现在更加关注人的日常生活、习俗经验的女性文学身上。对台湾女性文学的历史考察,更能醒目地呈现两岸文化精神与民族血脉的同根同源,相互影响,这对两岸关系将起到积极良好的促进作用。尤其是70年代以来,女性文学已然成为台湾愈来愈重要的文化力量,对台湾女性文学史的研究,将大大加强两岸间的文化与学术之间的联系。

随着80年代以来大陆与台湾海峡两岸之间交通往来的越来越开放,两岸文学文化交流的日益频繁与相互影响力日渐显著。从台湾女性文学的发展历程来看,台湾女性文学的发生、发展与大陆女性文学的发生、发展有着共振合拍之处,即在总体上循着由几近于无到零星出现到日益增多到枝繁叶茂的方向发展;女作家也走过了一条从无到有,从少到多,从被写、模仿到有自主创造的历程。然而,两岸女性文学发展总体上的类似并不意味着完全可以用描述和书写大陆女性文学史的话语和方式来处理台湾女性文学史。地理位置、政治环境、文化背景的巨大差异使得台湾女性文学的面貌呈现出丰富的独特性,并与大陆女性文学区别开来。仅举一例:西方女性主义理论在70年代已经进入台湾,并促进了台湾女性文学在80年代的繁荣;"解严"以来政治环境的宽松以及向西方文化的靠拢,使得一些相对比较激进的女性主义批评和文学作品得以在台湾出现,这也是台湾女性主义文学和批评在某些方面比大陆更具前卫性和解构性的原因所在。总之,同与不同,都使两岸文学成为一种可以相互参照、相互吸收、相互影响、相互借鉴,互补共享的文化资源。而这么多年来,两岸学界以及海内外学者对台湾文学的研究成果不在少数,但至今仍缺少一部可以较为系统与全面地反映台湾女性文学面貌的史料性研究著作。

有鉴于此,借我们所在的闽台两地地缘史缘学缘关系的基础,厦门大学台湾文学研究的积累与优势,我们组织包括古代、现当代文学方面的相关教研人员,组成课题组,不揣浅陋,开展研究写作计划,以期共同完成一部反映由古至今台湾女性文学缘起、发展、沿革脉络的著作,以填补这方面的缺憾。参加人员认真讨论了撰写本书的相关事宜,并对本书各章节的初稿写作进行了人员分工,具体安排情况如下:

全书策划、制定框架、编写大纲、组织分工:林丹娅

前言　林丹娅

第一章　胡旭

第二章　钱建状

第三章　洪迎华

第四章　唐琰

第五章　王烨　于闽梅

第六章　周海琳　于闽梅

第七章　周海琳　于闽梅

第八章　桂蔚　于闽梅

第九章　桂蔚　于闽梅

第十章　王宇　于闽梅

第十一章　王宇　于闽梅

第十二章　苏琼

第十三章　郑国庆

附录　林丹娅　周文晓

后记　林丹娅

全书通稿、修订:林丹娅

全书审校、规范:林丹娅、郭焱

参与写作的人员身兼繁重的教学研究任务,但仍不计个人得失,分工协作,各擅所长,克服包括资料难寻、人事变动等种种困难,终于完成此书的写作。本书在撰写成书过程中,借鉴吸纳了多年来学界同人的研究成果,尤其是得到台湾文学研究专家朱双一教授、樊洛平教授的热忱帮助与指导;并得到2007年度国家社会科学基金项目、厦门大学人文学院211三期项目培育课题的资助,在此一并致以衷心的感谢。

厦门大学的台湾文学研究有着深厚渊源与基础,参与本书撰写的成员也是在中国文学领域学有专长的研究者,大家在撰写过程中都付出了巨大的心血与劳动,尽管如此,由于所涉对象内容的庞杂及所获资料存在一定的时域差与困难度,更因为本人水平之所限,本书难免存在许多疏漏不足乃至谬误之

处。其实所有的研究甫一开始，就注定永在修正偏误抵达完美的征程中，由此我们诚挚期待方家与读者的不吝赐教，并愿以此促使人们对台湾女性文学的关注，促使此史修不断完善，持续发挥我们所企盼的功能与作用。

林丹娅

2014 年 6 月 28 日

图书在版编目(CIP)数据

台湾女性文学史/林丹娅主编.—厦门:厦门大学出版社,2015.3
ISBN 978-7-5615-5192-9

Ⅰ.①台… Ⅱ.①林… Ⅲ.①妇女文学-地方文学史-台湾省 Ⅳ.①I209.958

中国版本图书馆 CIP 数据核字(2014)第 238078 号

官方合作网络销售商:

厦门大学出版社出版发行

(地址:厦门市软件园二期望海路39号 邮编:361008)
总 编 办 电 话:0592-2182177   传真:0592-2181253
营销中心电话:0592-2184458   传真:0592-2181365
网址:http://www.xmupress.com
邮箱:xmup@xmupress.com
厦门集大印刷厂印刷
2015 年 3 月第 1 版 2015 年 3 月第 1 次印刷
开本:720×1000 1/16 印张:51.5 插页:2
字数:952 千字 印数:1~2 000 册
定价:150.00 元
本书如有印装质量问题请直接寄承印厂调换